历代词人词话之三

清人詞話

孫仲權題

孙克强 杨传庆 裴喆 编著

（上）

南開大學出版社

图书在版编目(CIP)数据

清人词话 / 孙克强,杨传庆,裴喆编著. —天津:南开大学出版社,2012.8

(历代词人词话)

ISBN 978-7-310-03911-1

Ⅰ. ①清…　Ⅱ. ①孙…　②杨…　③裴…　Ⅲ. ①词话—中国—清代　Ⅳ. ①I207.23

中国版本图书馆 CIP 数据核字(2012)第 094860 号

南开大学出版社出版发行

出版人:孙克强

地址:天津市南开区卫津路 94 号　邮政编码:300071

营销部电话:(022)23508339　23500755

营销部传真:(022)23508542　邮购部电话:(022)23502200

*

天津市蓟县宏图印务有限公司印刷

全国各地新华书店经销

*

2012 年 8 月第 1 版　2012 年 8 月第 1 次印刷

210×148 毫米　32 开本　71 印张　12 插页　1770 千字

定价:180.00 元(上中下)

如遇图书印装质量问题,请与本社营销部联系调换,电话:(022)23507125

说　明

一、本书收录民国时期之前（含部分民国之后）有关清代词人的评论资料。

二、词论以总评为主，具体词作之评论如兼及总评，亦斟酌收入。

三、本书辑录清代词人1120家。以词人年代先后排列。具体年代不详者，参考其交游大致推算。后附词人姓名笔画索引以便于检索。

四、论者亦以年代先后排列，论者具体年代不详者，亦参考其事迹、交游大致推算。

五、材料尽可能录其原始，而后世重复引用者不再采录；如材料仅见后世引用，则录最早出者；如材料重出且重出材料所冠论者、著作不同者，选录一家，并于其后加按语说明。为节省篇幅，评论中所引词作，大多录首句，后用省略号。

六、历代词话文献中有一些乃抄袭之伪作，如托名彭孙遹的《词藻》、《词统源流》，托名李良年的《词家辨证》、《词坛纪事》等，乃抄袭徐釚《词苑丛谈》，本书不予收录。

七、历代词话中征引、转录的情况十分常见。一些后世转录前代的材料可能有误。如清初沈雄《古今词话》收录的部分文献不一定可靠，但为保持历代文献原貌，本书原文录入，后加按语说明。一些转录他人的词话没有注明，如田同之的《西圃词说》多转录前人或时人的词话，本书尽可能采录原出处。

八、历代词话中常有同一作者撰有多种词学文献，而各种文献又有前后沿袭或改易的情况。如陈廷焯的《词则》与《白雨斋词话》，赵尊岳的《珍重阁词话》与《填词丛话》等。本书采录时如完全或基本相同则采录其前著，如改动较大则两著兼采。

九、正文所注文献版本尽量从简，详细的版本信息参见书后引用文献。

十、本书采录文献尽量使用现代整理排印本，必要时参校各种刻本、抄本。

十一、本书采录文献材料有以下数种：1. 词话、诗话、曲话；2. 序、跋；3. 词集、词选批注评语；4. 笔记、书札；5. 书录、总目提要；6. 史传；7. 论词诗、论词词；8. 词韵、词谱、词律；9. 评词专论。民国时期章节形式的专著和论文一般不在辑录范围。个别著作虽分章节，但仍具词话特点的专著如吴梅的《词学通论》仍予采录。

十二、本书与《唐宋人词话》、《金元明人词话》为系列丛书，总名之为《历代词人词话》。

目　录

钱谦益

钱谦益(1582—1664)字受之，号尚湖，又号牧斋，晚号蒙叟、东涧遗老，自称绛云老人，江苏常熟人。明万历三十八年(1610)进士。历任翰林院编修、太子中允，官至礼部右侍郎。坐事削籍归。早年是东林党重要人物，为魏忠贤党所忌。南都福王立，召为礼部尚书，与马士英勾结。清兵南下，迎降，授秘书院学士兼礼部侍郎，充修《明史》副总裁。旋归乡里，不复出仕，秘密进行反清活动，与郑成功、瞿式耜通声气，与黄宗羲、屈大均、吕留良等遗民有往还。《清史稿》、《清史列传》有传。钱谦益涉览极广，以文学冠东南，又为东林党魁首，物望所归，遂领袖明末清初文坛。虽不以词名，间亦染指。唯视为小技，随作随弃，故多散佚。今存〔永遇乐〕四首，见《倚声初集》。著有《初学集》、《有学集》、《苦海集》、《牧斋外集》、《杜诗笺注》等。

1. 邹祗谟：

阮亭尝云：有诗人之词，有词人之词。诗人之词，自然胜引，托寄高旷，如虞山、曲周、吉水、兰阳、新建、益都诸公是也。

《远志斋词衷》

2. 沈雄：

宗伯以大手笔，不趋佻险而饶蕴藉，以崇诗古文之格。其〔永遇乐〕三、四阕，偶一游戏为之。

《古今词话·词话》卷下

李元鼎

李元鼎(1595—1670)字吉甫，号梅公，江西吉水人。明天启二年(1622)进士，官光禄寺少卿。降清，两为兵部侍郎，两定死罪，幸免。罢归后，凿池筑室，与远山夫人朱中楣倡和其中。事具《清史列传》。著有《石园全集》三十卷。元鼎居官无可称举，独喜从文士游，故其诗词亦因之负时名。聂先、曾王孙《百名家词钞》首录其《文江词》。后《石园全集》刻成，内有《唱和诗余》，存词三十余首。

1. 邓汉仪：

《文江词》清真澹雅，而无富缛之累；深微高邈，而无肤浅之讥；体格朴雅，而风神自尔秀畅；胸怀磊落，而气韵复极安闲，其得《花间》之正传者乎？

《百名家词钞》引

2. 邹祇谟：

侍郎《文江唱酬》一集，钱宗伯序云："珊瑚笔格，绿沉之管交挥；玳瑁书签，云母之笺双擘。花深网户，每刻烛以分题；燕乳绮疏，或摊书而征事。"又云："雕轩文驷，骖玉马以北朝；翟茀鞠衣，伴角中而东下。水晶帘幕，镇日焚香；云母莲花，千年辟蠹。岂若敬通见抵，但对孺人；子美漂流，长随妻子。"侍郎自序云："拈题送韵，不为交谪之言，多有开愁之句。于喁自适，金石相宣。即言之无文，不暇计矣。"观此小词，虽秦嘉有赠妇之书，张媛传寄夫之什，又何能俪此美谈，方斯胜事耶？

《倚声初集》卷七

3. 王士禛：

司马风神玉立，望之如神仙中人。又得远山夫人，伉俪倡酬。

《文江》一编，不减金石千卷，故为拈冠倚声，并传钱蒙叟、杜少君两序，以作千秋佳话云。

《百名家词钞》引

4. 聂先：

吾乡梅公侍郎之词，极为艺林推重。

《百名家词钞》引

5. 王昶：

李梅公元鼎有《文江倡和集》，熊雪堂跋之，所谓“司马梅公敛经纶之业，养晦名园，远山夫人以林下之风，联吟一室”者也。远山元日〔清平乐〕云：“灯花乍吐。玉漏频催五。数点寒梅香绣户。犹带冬残嫩雨。　相看小饮屠苏。晓来细整云梳。却喜新添彩胜，炉烟斜袅金凫。”梅公属和，乃伤俚俗，正（不）当以巾帼遗之。

《西崦山人词话》卷三

6. 王初桐：

李文江词清真澹雅，无富缛之累，又得远山夫人伉俪倡酬，亦词林佳话也。

《小嫏嬛词话》卷三

熊文举

熊文举（1599—1669）字公远，号雪堂，江西新建人。明崇祯四年（1631）进士，官吏部侍郎。入清官兵部右侍郎。撰有《雪堂文集》二十八卷。

1. 邹祗谟：

阮亭尝云：有诗人之词，有词人之词。诗人之词，自然胜引，托寄高旷，如虞山、曲周、吉水、兰阳、新建、益都诸公是也。

《远志斋词衷》

2. 彭孙遹：

长调之难于小调者，难于语气贯串，不冗不复，徘徊宛转，自然成文。今人作词，中、小调独多，长调寥寥不概见，当由兴寄所成，非专诣耳。惟龚中丞芊绵温丽，无美不臻，直夺宋人之席。熊侍郎之清绮，吴祭酒之高旷，曹学士之恬雅，皆卓然名家，照耀一代。长调之妙，斯叹观止矣。

《金粟词话》

3. 王士禛：

新建词不矜奇斗丽，犹有晏氏父子之遗。

《倚声初集》卷十一

郭士璟

郭士璟(1600—1679)字眉枢，号饮霞，广陵(今江苏扬州)人，祖籍陕西泾阳。清顺治十一年(1654)举于乡，次年成进士。官常州府学教授，擢国子监助教，寻迁工部屯田司主事，督修天坛；旋出督江西九江关税。晚得痹疾归养，卒于家，享年八十。工长短句，著有《句云堂词》四卷。

1. 曾王孙：

《句云堂词》豪处不让稼轩，而造句之妙，刻意入神，又似长吉。读之能使眼界胸襟，另增奇旷。

《百名家词钞》引

2. 桑豸：

眉枢词，清则云轻弱柳，怨则月堕烟沉。隔花啼鸟，当路游丝，有其丽致；调雨为酥，借冰作水，有其巧思。写华贵则瑶钗钿合，碧户红窗；拟倩娇则漆点填眸，香檀缓板。以至一川烟草，三径风梅，溪水清涟，峰峦空翠。前人好句，兼而有之。词之移人性情亦至此乎？

《百名家词钞》引

王翃

王翃(1603—1653)字介人，号秋槐，浙江秀水(今嘉兴)人。王庭从兄。家故业染，勤读不辍。好制词曲，忌者讼于官，家计日落，与陈子龙有交游。诗崇唐音，不沿竟陵流派。平生所作诗词多散佚。今存《秋槐堂词存》二卷，乃王庭搜辑遗篇重刻。

1. 王翃：

吾老于诗，思索情竭，多作艳情绮词以发之。

朱一是《梅里词序》引 （《梅里词》卷首）

2. 谈迁：

介人才特俊，字组句烹，姿媚横生，朝霞夕烟霏霏笔墨间，琢以天斧，润以清渭，其诗若词，洵足传矣……陈卧子大善之，序其词，推冠当代。

《王介人传》(《北游录·纪文》)

3. 王庭：

余兄介人专习词，集必备诸调，调复备诸体。《二槐堂稿》遂以千计。

沈雄《古今词话·词评》卷下引

4. 王庭：

阅平生所作诗余，谓仅述《花间》、《草堂》二种耳，诸体多未备。因遍搜诸词家，自小令十余言起至长调四五百言止，课题协调，殚力经年，共集成三千余首，分为四帙，帙纸各二百张。

《王介人传》

5. 王庭：

介人才大，而庾清（按：徐梗）情深，各擅其长，相对无愧容也。

《梅里词绪》引

6. 陈子龙：

（宋人）所造独工，非后世可及。盖以沉至之思，而出之必浅近，使读之者，骤遇如在耳目之表，久诵而得沉永之趣，则用意难也。以嬛利之词，而制之实工炼，使篇无累句，句无累字，圆润明密，言如贯珠，则铸调难也。其为体也纤弱，所谓明珠翠羽，尚嫌其重，何况龙鸾，必有鲜妍之姿，而不藉粉泽，则设色难也。其为境也婉媚，虽以警露取妍，实贵含蓄，有余不尽，时在低回唱叹之际，则命篇难也。唯宋人专力事之，篇什既多，触景皆会，天机所启，若出自然，虽高谈大雅，而亦觉其不可废，何则？物有独至，小道可观也。本朝以词名者，如刘伯温、杨用修、王元美，各有短长，大都不能及宋人。禾中王子介人，示予所著词，不下千余首。自前世李、晏、周、秦之徒，未有多余兹者也。其小令、长调，动皆擅长。莫不有俊逸之韵，深刻之思，流畅之调，秾丽之态，于前所称四难者，多有合焉。进而与升元父子，汴京诸公，连镳竞逐，即何得有下驷耶？王子真词人也。已而王子示予以诗，则又澹荡庄雅，规摩古人，远非宋代可望，而后知王子深远矣，王子非词人也。

《王介人诗余序》（《安雅堂稿》卷三）

7. 薛廷文：

明季至国初，自二王以下数公之词，尚在老成一派，未脱风雅之意。迄于今，词虽娟美，然以儇薄为佳丽者矣。此可以知人情风气之盛衰也。

《梅里词绪》

8. 王初桐：

明词如商毅庵至明净，王介人之深俊，陈眉公之潇洒，高深甫之独出心裁，顾东桥之承平气象，尚有可观，卓珂月《寤歌词》十二卷，格调尖新，语意儇侧，去宋人门庑甚远，惟所作《词统》

有廓清之力。

《小嫏嬛词话》卷三

9. 吴衡照：

嘉兴王价人翃，为梅里风雅之倡，尤深于词。相传价人少失学，《论》、《孟》不卒读。弱冠偶览《琵琶传奇》，辄欣然会意曰："此无难"，即据案唔唔学填词，竟合调，积三千余篇。族弟迈人庭守粤，捆载以往。舟次瑞洪镇，镇有张睢阳公庙，即鄱阳湖神也。凡渡湖者，祀庙始发。价人以公义炳千秋，功撑半壁，阴司楚粤之灵封，默相风涛之巨险，自应轸民财而纾物力。乃明禋之侈，同于暴殄，神意当不其然。因为文祭告焚之。旋解维，不数里，遇盗，价人赴水仅脱。盗取箧衍，尽投诸湖。迨抵粤署，日夕记忆不可得。郁郁居岁余，复积百阕缄之。归到家后发视，碎如刀划，蚀如虫啮，殆无完纸。此事绝异，真理之不可解者。价人买妾，难妇也，逢其故偶，还之，作〔满庭芳〕以赠。

《莲子居词话》卷二

10. 徐珂：

明崇祯之季，诗余盛行，人沿竟陵一派。入国朝……若钱塘吴农祥、嘉兴王翃、周篔亦有名于时。

《近词丛话》

11. 周庆云：

陈子龙为序其词。介人词有俊逸之韵，深刻之思，集必备诸调，调复备诸体。

《历代两浙词人小传》卷五

12. 沈轶刘：

明末诸生王翃，浙江嘉兴人，有《秋怀堂词存》二卷。运丁季世，商飙盈肘，隐痛不时。其〔鹊踏花翻〕《故宋女校场》云："戈发烟香，旗翻风软，桃花喷沫流星晓。耳衣半剪宫黄，画鼓轰春，日华射甲流钱绕。夫容骑将没人妆，云鬟点翅金鳌小。　多少。锦对蛾眉争扫。鱼翎绣剑鸣弦巧。凤凰飞去，空山水冷，西湖影浸闲花草。夜深鬼火照團营，粉虫结恨秋声老。”词意等于无题，第二句“软”字，点出题性，接以桃花马，鲜明托出习武，第三、四句“宫黄”、“画鼓”，题前备足声势，第七句点题作结。下片换意，从“凤凰”逼向“闲花草”，疾风暴雨，都用急笔，而“浸”为诗眼，花草无情，中边皆冷，天地双瘖，秋虫自急而已！弦外意当从线索中求之。

《繁霜榭词札》

单恂

单恂（1602—1671）字质生，号猬庵，又号莼僧，江苏华亭（今上海）人。明崇祯十三年（1640）进士，知麻城县。工诗词，著有《竹香庵词》、《白燕庵诗集》。

1. 沈雄：

曾见莼僧与同学论词，所尚当行者，选旨遥深，含情丽楚，纵复弦中防露，衿里回文，要不失《三百篇》与骚赋、古乐府之遗意。故其《竹香庵词》工于言情，而藻思丽句，复不犹人也。

《古今词话·词评》下卷

2. 王士禛：

云间之有莼僧，正如唐诗中之李才江。

《倚声初集》卷十一

3. 王昶：

单莼僧恂所作诗，率以《香奁》为宗，词秽亵尤甚，聊存其一。外此，若徐野君士俊、卓人月珂、陈善百世祥、程墨仙酹、董遐周斯张、李梅公元曷、吴凝父鼎芳、茅孝若维、周安期永年、黄奉倩承辈，率疏粗鄙不堪，不敢甄录，以违别裁伪体之旨。

【眉批】：洪武初，松陵沈风仪韶，游九江，登琵琶亭，月夜闻歌声，明日复往亭中，有丽人冉冉而至，呼韶共坐，曰：“妾伪汉陈主婕妤郑婉娥也。年二十而死，殡于亭侧。”随命侍儿钿蝉、金雁取酒歌〔念奴娇〕词，曰：“昨夜郎所闻也。”口占一诗赠风仪。风仪答之，相与话元末群雄兴废及伪汉宫中事甚悉。临别，以金跳脱为赠。（卷二）

《柳塘词话》：曾见蓴生与同学论词，所尚当行者，选旨遥深，含情丽楚，纵复弦中防露，衿里回文，要不失《三百篇》与骚赋、

古乐府之遗意。故其《竹香庵词》工于言情，而藻思丽句复不犹人也。（卷三）

《小娜嬛词话》

4. 陈廷焯：

质生平日论词，以含情绵丽者为宗，谓不失《风》、《骚》、乐府遗意。其所自作，大半藻思丽句，诚如所言，但风骨太低，开后人尖巧之习。

《词则·闲情集》卷二

徐士俊

徐士俊（1602—1681）字三友，号野君，又号紫珍道人，浙江仁和（今杭州）人。家于鄞水，筑雁楼以居。一生著述甚丰，达六十余种。今存著述保留在《雁楼集》中，其中第十三卷为诗余，另与卓人月共同选辑《古今词统》十六卷。

1. 邹祗谟：

野君词人硕果，近制不愧新清老成之目。

《倚声初集》卷十九

2. 邹祗谟：

珂月《蕊渊》、野君《雁楼》二集，亦复风致淋漓，艳佚竞响。但过于尖透处，未免浸淫元曲耳。

《远志斋词衷》

万寿祺

万寿祺（1603—1652）字年少，一字若，或字若若，江苏徐州人。明崇祯三年（1630），一作十二年（1639）举人。入清，更名寿，字内景。儒衣僧帽，往来吴、楚间，世称万道人。自署沙门慧寿，号明志道人。有《隰西草堂集》。

1. 上里高人：

万年少先生当明季，遽遭鼎革，故园之思，怀旧之感，与有生为终始。所图不遂，遁为缁流，以视古志节之士，何以加焉？故其为词孤拔凄紧，留连往复，厕诸古作者之林，足寺一席。苟其袭王、吴之迹，逐龚、钱之尘，则造诣不能若是，断可知也。故言为心声，欲学古人言其言，不如行其行而心其心，词其末焉者矣。惜唱和诸人不传姓字，而心侔力敌，异曲同工，谓为三人所作可，谓为一人所作，亦无不可，固不必深求也。余读近代诸家之词，辄扞格不入。及读遁渚词集，心魄为之动摇。频年遭世丧乱，手录成帙，时时讽诵，不厌百回。

《遁渚唱和词集跋》（《遁渚唱和词集》）

2. 刘湘：

（甲申后）先生所为诗词书画，或称僧，或称道人，晚年惟以一字自识曰寿。先生于此隐姓氏，匿文采，经历坎壈，甘心穷困，迹其用意，诚有所不得已也。

《遁渚唱和词集序》（《遁渚唱和词集》）

徐石麒

徐石麒（生卒年不详）字又陵，号坦庵，先世浙人，明初迁扬州。生于明末，从父心绎受王艮之学，不应有司之式，终日坐于图书之间，潜心研修名理，入清隐居不仕。工诗，兼善绘事，又精通杂剧词曲，擅倚声，著述颇丰。诗文著作有《松芝集》、《倦飞集》等，皆佚。有《坦庵词》。

1. 徐元美：

坦庵之为人，沉静寡言，门无杂宾。四壁图书，终日危坐。则其性之介然正、洌然清，可知矣。乃读其诗骚词剧者，每每拟为风流倜傥，或一觏其容止，则使人疑而不知信。……坦庵静研经史，博猎典籍，多所论著，而以其感愤滑稽之致，寄之诗骚。乃世之见我坦翁者，特其寄耳。……杨子之书，每欲俟之后世，班氏之学，不能喻诸俗人，殆以其可知者示人，而余则有待。是以远有《唾珠》、《癖佳》二集，近有《瓮吟》、《黍香》数种，兹复有《且谣》之役，大抵先后一意也。

《坦庵词序》（《坦庵词》）

2. 焦循：

石麒盖隐于词曲者。其推论经史，探论道德，岂屯田、梦窗之流？

刘师培《徐石麒传》引（《左庵外集》卷十八）

3.《续修四库全书总目提要》：

所作轻浅标露，然时有清新之制。〔踏莎行〕《龙潭道中》云：……观其形态，可谓雅洁矣。含旨未深，而转嗜描写，亦一理乎？石麒著作甚夥，尤长度曲，一门老幼，尽知倚声。

《续修四库全书总目提要·坦庵词一卷》

4. 卢前：

〔望江南〕

拈花笑，托咏越西施。信有转轮容感慨，别无世界许栖迟。还对《黍香词》。

《饮虹簃论清词百家》(《清名家词》)

王朗

王朗（生卒年不详）字仲英，自称羼提道人，又曰无生子，金坛(今江苏金坛)人。王彦泓之女，无锡秦松龄继母。王朗生而夙慧，擅写歌诗小词，及画水墨梅花。词集名为《古香亭词》。存词七首。

1.《神释脞语》：

近日闺秀诗，宗义山者两家：冰仙得其秾丽，仲英领其清遥，秋菊春兰，各一时之秀。王小词尤足情致，如龙女遇柳毅时，苕艳惊人，而雾鬓风鬟，有可怜之色。

《历代妇女著作考》（增订本）卷五引

2. 陈维崧：

金沙王朗，学博次回名彦泓女也。学博以香奁艳体盛传吴下。朗亦生而夙悟，诗歌书画，靡不精工。尤长小词，为古今绝调。生平著撰极多，兵火以来，便成遗失。尝于扇头见其〔浪淘沙〕《闺情》三首云："几日病淹煎。昨夜迟眠。强移心绪镜台前。双鬓淡烟低髻滑，自也生怜。　不贴翠花钿。懒易衣鲜。碧油衫子褪红边。为怯游人如蚁拥，故拣阴天。"（一）"疏雨滴青帘。花压重檐。绣帏人倦思恹恹。昨夜春寒眠不足，莫卷湘帘。　罗袖护掺掺。怕拂妆奁。兽炉香倩侍儿添。为甚双蛾长翠锁，自也憎嫌。"（二）"斜倚镜台前。长叹无言。菱花蚀彩个人蔫。分付侍儿收拾去。莫拭红绵。　满砌小榆钱。难买春还。若为留住艳阳天。人去更兼春去也，烦恼无边。"（三）才致如许，真所谓"却扇一顾，倾城无色"矣。又王吏部为余言：夫人有《春愁》〔浣溪纱〕词前段云："抱月怀风绕夜堂。看花写影上纱窗。薄寒春懒被池香。"爱咏之"抱月怀风"四字，非温尉、韦相不能为也。"绿肥红瘦"

何足言警！又有词云：“昨夜睡浓兼好梦，一身春懒起还迟。”亦是好句。按朗适梁溪秦氏，父彦泓任楚中学博。朗集唐以饯其行，中有“君向潇湘我向秦”之句，可谓雅当。又有“学绣青衣闲刺凤。自把金针，代补翎毛空”一词。才思雕艳，殊为巧妙矣。

《妇人集》

3. 邹祇谟：

仆最爱王仲英“学绣青衣难艰刺凤。自把金针，代补翎毛空”之句。天然神骏，不数易安。及读阮亭“郎似桐花”二语，不觉叫绝。昔卓珂月以太白、后主、易安为三李名斋，余即以仲英、阮亭为“二王”，自堪并垂天壤。

《词苑粹编》卷八引

4.《无锡县志》：

歌诗小词及画水墨梅花，并称奇绝。

《词女五录》引

5. 雷瑨：

金沙王朗，学博次回女也。学博以香奁艳体盛传吴下。朗亦生而夙悟，诗歌书画，靡不精工，尤长小词，为古今绝调，生平注撰甚多。兵火以来，便成遗失，惟传其〔浪淘沙〕闺情三首……才致如许，真所谓“却扇一顾，倾城无色”矣。又有春愁〔浣溪纱〕词，前段云：“抱月怀风绕夜堂。看花写影上纱窗。薄寒春懒被池香。”说者谓“抱月怀风”四字，非温尉、韦相不能为也，“绿肥红瘦”何足言警！又有词云：“昨夜睡浓兼好梦，一身春懒起还迟。”亦是好句。按朗适梁溪秦氏，父彦泓，任楚中学博，朗集唐以饯其行，中有“君向潇湘我向秦”之句，可谓雅尚。又有“学绣青衣间刺凤，自把金针，代补翎毛空”一词，才思雕妍，殊为巧妙。

《闺秀词话》卷一

6. 王蕴章：

与避秦人闺中相和者，有金沙王朗。朗字仲英，适吾乡秦氏，次回女也。次回官楚中学博，适朗将赋于归，集唐饯行，有“君向潇湘我向秦”之句，其敏慧可想。最工小词。〔浪淘沙〕闺情三首云……又春愁〔浣溪纱〕云：“抱月怀风绕夜堂。看花写影上纱窗。薄寒春懒被池香。”陈其年最爱咏之，谓“抱月怀风”四字，非温尉、韦相不能为也。

《然脂余韵》卷六

吕师濂

吕师濂(生卒年不详)字黍子（一作黍字），号守斋，又号何山草堂，浙江山阴(今绍兴)人。明太子太保、文渊阁大学士吕本曾孙。甲申(1644)国变后，散财结客，好谈兵。入清后，历览燕、宋、梁、齐之郊，又至酒泉、张掖。后游滇南，为幕府上客。复游粤、闽而归，其踪迹颇奇。慕徐文长之为人，尝醉云其长曰诗一、字二、酒三、文四、词五。著有《何山草堂诗稿》。词有《守斋词》一卷，入聂先、曾王孙编《百名家词钞》本，仅录十五首。

1. 吴绮：

黍字读书破万卷，壮游远万里，而不遇若此。不得已而漫兴填词，出入于秦、柳、辛、陆之间。致况萧瑟，良可哀也。然读其辞华流丽，铿锵和雅，若出金石，宛然正始之音。吾于是不奇黍字之才，不奇黍字之养矣。

《百名家词钞》引

2. 聂先：

钞词以气骨为主，故专尊平易疏畅一路，以矫近来抉摘刻削之弊。吾友殳山夫常道：黍子天下才也。其为诗词，章法雄横，有清庙明堂之声，力致太平之气。今读其《守斋》一编，洵知黍字之作，岂独为词坛药石也哉?

《百名家词钞》引

3. 王士禛：

黍字词峭雅而旨艳。

徐珂《清代词学概论》引

许承钦

许承钦（1605—？）字钦哉，号漱石。湖广汉阳人。明崇祯丁丑年（1637）进士。有《粘影词》一卷。

1. 尤侗：

于诗得李贺、卢仝，于文得孙樵、刘蜕，天地间自有此副笔墨，侧生挺出。山不厌高，水不厌深，诗文岂厌幽灵哉？独诗余一途，蚕丛未辟。柳郎中“晓风残月”，苏学士“大江东去”，后人衣钵，不出两家，作者自佳，但依样葫芦，描画增丑耳。读许漱石农部词，龙跳虎卧，鲸呿鳌掷，奇穿天心，险破鬼胆，直以仝、贺之诗，樵、蜕之文，合为填词之体，勿作《花》、《草》、《兰》、《荃》观也。夫山至泰华，水至江海，高深极矣，而瀛海之外，又有五岳十洲，朱宫绛阙，金井玉梁，莫可名状。虽不知其有无，犹几望见之焉，乃于笔墨一旦遇之哉？王子西樵语予：“漱石好交异人，搜异书。”予谓漱石之人与文自异，又何异之求？读《粘影轩词》，邈然如见斧子矣。

《许漱石粘影轩词序》（《西堂杂俎》二集卷三）

2. 邹祗谟：

沈天羽《别集》一选，自谓有捶肠镂肾之妙。吾最喜其“意致相诡，言语妙天下”数语，为诗余开却生面。近如嵇叔子、尤展成、许有介、王山长诸集，类皆瓌姿逸颖，体裁别出。然亦有刻意纤僻，臻离本旨，如芜阴张渌渔、云间朱宗远、楚中许漱石、赵友沂诸君，不无奇过得庸、深极反浅之病。岷源滥觞，不得不归咎于“别集”二字。

《远志斋词衷》

3. 邹祗谟：

漱石《粘影轩》一集，瑰奇可喜，而合格者不多，正如碧海珊瑚，一枝足宝。

《倚声初集》卷五

嵇宗孟

嵇宗孟（生卒年不详）字淑子，号子震，江苏山阳人。明崇祯九年（1636）举人，授浙江知县。入清由余杭知县官至杭州府知府，后乞归。清康熙十八年（1679）荐博学鸿儒，以疾辞。撰有《立命堂二集》，有词一卷，名《酒骨董》。

1. 李明睿：

《酒骨董》似《考工记》。

《立命堂二集序》（《立命堂二集》）

2. 邹祗谟：

沈天羽《别集》一选，自谓有捶肠锼肾之妙。吾最喜其“意致相诡，言语妙天下”数语，为诗余开却生面。近如嵇叔子、尤展成、许有介、王山长诸集，类皆瓌姿逸颖，体裁别出。

《远志斋词衷》

史可程

史可程（1606—1684）字赤豹，号蘧庵，河南祥符（今开封）人，史可法堂弟。明崇祯十六年（1643）进士，改庶吉士。明亡后流寓宜兴，为阳羡派词人。有《观槿堂词》。

1. 陈维崧：

谶起狐祥，妖征蛾贼。寻三川之失守，洊五帅之难归。田单合族，载铁笼而宵奔；庾冰孑身，横荻船而潜渡。悲歌慷慨之士，感激何穷；乌头马角之言，沉吟奚极？且夫霍博陆既骠骑之兄，班定远实兰台之弟。一则兵栏武库，奠鳌足于人间；一则芝检银函，作龙头于天上。两环耀日，双剑凌云。而今则瞻望兄兮，九原人去；所思伯也，八阵图空。江流不转，烟霾葛相之营；日瘦无光，天压祁连之冢。风车云马，时闻褒鄂之弓刀；牧笛樵歌，不见滕公之寝室。遂使旧时牙将，半随老妪以吹篪；每令贤弟黄冠，私杂群伧而絜酒。于焉曰怨，怨何如乎？以此言悲，悲可知矣。于是歌则不能，泣仍不可。念欲著金陀之史，姑俟诸地老而天荒；无如填兰畹之词，犹藉以娱年而送日。爰乃借雷辊电砉之声，写剑拔弩张之气。或跌荡于舞女双鬟之队，挥毫而竹肉奋飞；或凭吊夫将军百战之场，入破而关河劈裂。蒲牢乍吼，九边之马俱瘖；干镆一挥，万将之头毕白。幽可匹夫庄骚，细不遗夫虫豸。臧文仲书词诘屈，谶语居多；钟仪父音节苍凉，土风不少。观其见事生风，倚声横笔，锁蛟螭于腕下，鳞甲之而；落蝌蚪于行间，风雷发作。百灵穿凿，拟郜鼎而逾斑；万怪槎牙，较商盘而更驳。旁人不识，谓多郭公之缺文；神瞽何知，云是子云之奇字。嗟乎，秦时毛女，汉室铜仙，声作龙吟，泪如铅水。

《观槿堂词集序》（《陈迦陵俪体文集》卷七）

王辂

王辂（1606—？）字苍霞，号大席，江苏句容人。著有《万卷山房诗集》十卷。

1. 余怀：

儒家腐迂，才人佻巧，均病也。儒不腐迂，才非佻巧，斯国宝矣。王子大席庶几近之。余既论次其诗以问世，今观其诗余，亦复和平婉丽，声情嗷然，其“红杏尚书”、“微云学士”之流亚欤？

《百名家词钞》引

2. 韩菼：

大席词藻思泉涌，逸兴云流；组织莺花，雕镂物象；语句出入意表，神情俱在笔先。洵乐府之雄师，骚坛之哲匠也。

《百名家词钞》引

3. 张芳：

诗有别肠，词有别才。所谓别者，不同于流俗人寻章斗采之所为，而别有一段缥缈云霞、澒洞江山之致。惟吾友大席知之，而又能形之歌咏，被诸弦管，恐郑虔三绝中少此一绝也。

《百名家词钞》引

邹宏志

邹宏志（生卒年不详）字念莼，江苏吴江人。有《邀月词》一卷。

1. 尤侗：

具区今之孝子也，杀贼守城，驰名天下。且又工于小词，字字香艳，实是凌轹辛、柳。

《百名家词钞》引

2. 王庭录：

具区从京邸归，索晤竹西，出新词且示，咀商嚼羽，可与苏、黄并驾。

《百名家词钞》引

3. 聂先：

具区绝世才也，博闻强记，抑郁无聊，日从事于酒垆檀板间，坐月品箫，乘风弄笛，不特能潜心按调，以见一斑，而探源大吕，叠犯宫商，洵是别出机杼，大家作手。

《百名家词钞》引

钱继章

钱继章（1605—1674）字尔斐，号菊农，嘉兴（今浙江嘉兴）人。明崇祯九年（1636）举人。入清，以词名于清初浙西词坛，为“柳洲词派”重要作家，著有《菊农词》，原本未见，清初诸词选集中存词三十七首。

1. 沈雄：

魏里钱尔斐，五十三年填词手也。曾贻我《菊农长短句》，见其编以岁月，感慨系之，其词亦整而有法。

《古今词话·词评》下卷

2. 陈维崧：

〔贺新郎〕《魏塘舟中读尔斐先生菊农词稿》

笔补娲天罅。笑词场，止贪浓腆，谁餐龙蚱。只有菊农词一卷，竹翠梧光团射。向楮墨，蒙蒙欲下。爽胜衰梨清橄榄，更险如雪钱宵行怕。快瀑布，炎窗挂。　垫巾野服神飘洒。句清圆，诸船易及，一清难画。把向鸳鸯湖上读，涧水奔浑似马。雪又向，篷窗乱打。好琢琉璃为砚甲，架霜豪，床用珊瑚者。还倩取，锦棱藉。

《迦陵词全集》

3. 邹祗谟：

词至柳洲诸子，几二百余家，可谓极盛。无论袁、钱、戈、支诸先辈，吐纳风流如尔斐、子顾、子更、子存、卜臣、古喤诸家，先后振藻。飚流符会，实有倡导之功。要之阮亭所云“不纤不诡，一往熨贴”，则柳洲词派尽矣。

《远志斋词衷》

4. 陈廷焯：

自是不免近小家气，然当时须算名作。（评〔浣溪沙〕“春尽园林褪闹红”）

起五字妙。此词绝佳，不减元人。（评〔浪淘沙〕“云意压山尖”）

《云韶集》卷十三

5. 周庆云：

有《菊农词》一卷，编以岁月，感慨系之，其词整而有法。

《历代两浙词人小传》卷五

陈轼

陈轼（1617—1694）字静机，福建侯官（今福州）人。明崇祯十三年（1640）进士，官南海知县，隆武帝时官御史，永历时官广西苍梧道。后归里，葺道山故居居之。著有《道山堂前集》四卷，《后集》七卷传于世，词载两集中。

1. 谢章铤：

《道山堂前集》，吾乡陈静机轼著，首有黎士宏、黄周星序。静机胜朝遗老，采薇不出，盖气节之士。然其文殊平庸不足观，词尤多失调。

《赌棋山庄词话续编》一

王庭

王庭(1607—1693)字言远，号迈人，浙江秀水(今嘉兴)人。少与从兄王翃诗词唱和。清顺治六年(1649)进士，除广州知府。十一年，充广东乡试同考官，累迁广西左江道，四川按察使，江西右布政使，终山西右布政使。廉介不苟，以清惠称。归乡后足迹不入城市，优游山林二十余年，著书自娱。工词，明末清初，嘉兴词作者以王氏兄弟为最著。《清史列传》有传。著有《秋闲词》一卷，聂先、曾王孙辑入《百名家词钞》，存词近三百首。

1. 王庭：

方今词学大彰，南宋以来诸幽芳无不毕出。四方之俊，闻声相应，英华斐然，可谓盛矣。予老不自嫌才尽，得与诸名家对扬，积年之久，词稍成帙。尝私自省阅，将诸鄙篇方之古与今人，果不知孰似。即予一身，以后所作视前，亦未知孰优也。

《梅里词绪》引

2. 邹祗谟：

诗家有王、孟、储、韦一派，词流惟务观、仙伦、次山、少鲁诸家近似，与辛、刘徒作壮语者有别。近惟顾庵学士情景相生，纵笔便合，酷似渭南老人；言远方伯，洮洮清迥，与葛理问震父瑜亮……求之近代，其文待诏、陈征君之间乎？

《远志斋词衷》

3. 吴绮：

填词妙丽，尽狃于风情婉娈，殊觉闹人。兹以《秋闲》名词，淡雅不俚，真刻不率，何似执襳襶子而服以清凉散也！读者当以纯灰三斛涤肠，其庶几乎？

《百名家词钞》引

4. 丁澎：

先生两总雄藩，依然布素，从不作金华殿中语。故其小词，意旨超远，有睥睨古人气慨，一似挥麈家言。

《百名家词钞》引

5. 聂先：

向之学者求精于诗，近来风气一移于词，则所难又在词矣。先生自序，尚有孰似孰优之问，故于句法章法之妙，从不拾人齿牙后慧，则知先生所蕴实深矣。

《百名家词钞》引

6. 沈雄：

王阮亭推服方伯五言逼真韦左司，故其词且淡冶而不嫌于俚，刻入而不伤于率。学道人固无一事荒唐，无一语欺人处。

《古今词话·词评》下卷

7. 薛廷文：

明季至国初，自二王以下数公之词，尚在老成一派，未脱风雅之意。迄于今，词虽娟美，然以儇薄为佳丽者矣。此可以知人情风气之盛衰也。

《梅里词绪》

徐梗

徐梗（生卒年不详）字庾清，浙江嘉兴人，与王翃、王庭兄弟为友，著有《徐文学诗钞》。

1. 王庭：

徐子庾清少学为诗，见宋人诗余，甚好之，因而学词。其词之逸怀隽思，殊胜于诗。予初见而喜之，然以习举子业，不劝之多作。继而予游四方，庾清与予兄介人相日夕勤倡和。惟介人才大，而庾清情深，各擅其长，相对无愧容也。

《梅里词绪》引

李雯

李雯(1608—1647)字舒章，号蓼斋，江南华亭(今属上海)人。明崇祯十五年举人，入清，廷臣交荐，授弘文院撰文、中书舍人。顺治初，充顺天(今北京)乡试同考官，以父丧归。早岁倡几社，少与陈子龙、宋征舆齐名，称“云间三子”。工词。生平事迹见《国朝耆献类征》。著有《蓼斋集》、《蓼斋后集》、《仿佛楼草》、《蓼斋词》一卷。又与陈子龙、宋征舆合刻有《幽兰草》词。

1. 陈子龙：

吾友李子、宋子，当今文章之雄也。又以妙有才情，性通宫徵，时屈其班、张宏博之姿，枚、苏大雅之致，作为小词，以当博弈……今观李子之词丽而逸，可以昆季景、煜，娣姒清照；宋子之词俊以婉，淮海、屯田，肩随而已。要而论之，本朝（按：指明朝）所未有也。

《幽兰草题词》(《幽兰草》)

2. 曹尔堪：

云间诸子填词，必不肯入姜之琢语，亦不屑为柳七俳调。舒章舍人，是欧、秦入手处。

沈雄《古今词话·词评》下卷

3. 邹祗谟：

黄门、舍人之于屯田、待制，直如曹、刘之于苏、李，遂觉后来愈工。

《衍波词序》(《衍波词》)

4. 邹祗谟：

舍人较陈、宋，语微透而思转沉，其得意正在神理淡含处。（卷六）

《幽兰》诸子长调必不肯入姜、史琢语，亦不屑作柳七俳调，是欧、秦入室处。（卷十五）

《倚声初集》

5. 邹祗谟：

舒章作〔小重山〕除夕，全不学村夫子面目。

沈雄《古今词话·词评》下卷

6. 蒋景祁：

钱尚书牧斋、吴祭酒梅村、陈黄门大樽、龚宗伯芝麓、曹侍郎秋岳、宋宗丞镶文、李舍人舒章一时倡和，特绝千古。

《刻瑶华集述》（《瑶华集》）

7. 徐珂：

雯字舒章，语多哀艳，逼近温、韦。

《近词丛话》

8.《续修四库全书总目提要》：

雯与陈子龙齐名，其小令仍袭明风，宗主《花》、《草》。〔南乡子〕云："凉雨似新秋。帘卷湘波不下钩。看尽青山和黛湿，新愁。压下云屏角枕头。　　常把带围收。银蒜低垂宝篆浮。暗数松儿人不见，凝眸。浓绿阴晴燕子楼。"虽不若陈子龙之精深，而笔端不纤弱也。其慢词甚少，亦有可论者。〔风流子〕云："千山梅雨歇，翠微里、冉冉碧云归。想煮兰庭户，吴天平暖，罢蚕时候，越岭低迷。凭阑久、朱霞明粉壁，黄鸟度新枝。看水散荷珠，暗成别泪，笺余蕉叶，写起相思。　　登楼携手处，常牵惹、最是珍重声迟。为数几围明月，应问归期。念湘竹帘中，半残栀子，海棠阶下，细点萤儿。好个恼人天气，独自难支。"词虽未尽工整，而气韵和雅，似有宋贤遗意。清初之词，改变风气，由渐而积，此可留意者也。

《续修四库全书总目提要·蓼斋词一卷》

9. 卢前：

〔望江南〕

江天暮，红泪满金篝。语似《花间》才力薄，人如秋梦性情柔。断雁使人愁。

《饮虹簃论清词百家》(《清名家词》)

10. 朱庸斋：

清初诸家，如李雯、吴伟业、宋征舆辈，所为皆“诗人之词”，以词为诗之余，摹拟《花间》、《草堂》冶艳之调，故成就不高。

《分春馆词话》卷三

郑侠如

郑侠如(生卒年不详)字士介，号休囤，江苏江都(今扬州)人，祖籍安徽歙县。明崇祯十二年(1639)贡生，授工部司务。入清后归里，筑“休园”，以诗酒自娱。康熙间，以其子郑为光贵，赐翰林院庶吉士。著有《休园集》，词有《休园诗余》一卷。

1. 杜浚：

休园先生词，喜其无当行习气，正如餐霞羽客，结屋深山，采术为粮，久不食人间烟火者。细玩之，真无一字犹人，文无一字不典，洵词家拔宅飞升之技。

《百名家词钞》）引

2. 宗元鼎：

郑水部公诗余在宋人则似黄山谷、辛稼轩，在今人则似曹顾庵、宋荔裳，皆从清爽中别具一副神力。昔钟伯敬谓元次山诗有异趣奇响，在盛唐中自为一调。可知古人中无所不有。选梅村、芝麓两公秾丽绮艳之后，急选水部灵奥古澹之词若干首，正取以救俗手套袭宋元词语千篇一律之陋。

《百名家词钞》引

3. 吴绮：

吾乡水部郑士介先生，所制词诣旨深遥，而奇怀亮节，固有吐字成声，不极其情不止者。海内人士读其词，谓其静者可鉴，庄者可铭，秀者可餐，珍者可佩，诚非虚语也。先生解组归田，以著述自娱，闲构亭阁池榭，为习静之地，扁曰休园，与南北往来士大夫题咏其中，论者谓不减司空表圣之高致。

《百名家词钞》引

4. 徐芳：

予少固陋，性不喜词曲。以为吾儒之学，自性命道德经史以外，有古文诸体，又复有诗，诗又有歌行、律、绝，古近诸体不一。其以涵泳性情，抒发胸次，亦既足矣。填词音度柔靡，多脂粉淫亵之气。士诵法孔、孟，以立言自命，才情笔墨，不宜用之于此也。后读苏子瞻、欧阳永叔两公集，而得其诗余，虽宋、元词曲所从出，其韵节爽隽，所以感人，又有出于诗文之上者。因叹声情道微，而时代迁移，愈工而益侈。雅、颂之变而乐府也，犹蝌蚪之为隶篆也；乐府之变而诗余，又变而词曲也，犹篆隶之为今书行草也。虽孔、孟复起，不能尽去以复其故。惟矩其正，无即于其蔓，于以见才，而明所学，亦无不可矣。且以《三百篇》未有之先，而《击壤》、《卿云》讴吟既已代续。其尤著者，《五子》以昭其法诫；《拘幽》以表其幽贞，《箕山》以写其清狂；《狡童》以志其哀怨。古高人逸士，奇怀亮节，托旨深遥而临风慷慨，固有吐字成声，不极其情不止者。安见宋、元人之必逊汉、唐，而词之有戾于道也？同籍广陵郑士介先生以诗文名江淮有年，近进而为性命之学，治圃旁舍，艺花布石，尽谢尘事，日匡坐其中，名曰“休园”。间以其绪余寄诸翰墨，所著《迩言》、《省录》诸书，皆足以砥柱颓流，羽翼名教。近复出其所制诗余数十首示予，予怪先生学道人，乃更以才见也。已徐而读之，则静者可鉴，庄者可铭，秀者可餐，珍者可佩。或洪钟镯击，或边鼓轻敲，或挥麈清谈，或拈花微笑，或猿鹤空山之寂历，或皋比广座之方严，或西台恸哭之悲凉，或苏门长啸之萧远。盖先生之学与所得，于性命道德、经史百家之微者，毕寓于诸篇之中。其感人诚深，而其情之见乎辞者，亦乌能以已也？黄鲁直喜作艳语，秀铁面呵之，而广平梅花固不害其心之铁石。即宋初填词者，首称欧、苏两公，而其言其人，固已卓然于千古矣。词何戾于道？词如先生，道不在是耶？呜呼，高人逸士奇怀亮节之郁勃于世，茹之不能而吐之不可，苟非读《骚》痛饮，与縻其情于名花怪石、长篇短什之间，亦安所置其胸次哉？予既自愧所学之陋，而又虞以才艳先生者之失先生也，为表而出之，夫诗余若休园者可也。

《休园诗余序》(《休园诗余》)

释智朴

释智朴（生卒年不详）字质庵，号拙庵，江苏徐州人。明崇祯时为裨将，曾随洪承畴与清军战于松山、杏山之间，败后逃至盘山为僧四十余年。著有《盘谷诗集》、《清沟偈语》、《辛壬蔓草》等。

1. 查礼：

释大拙智朴住锡盘山之青沟禅院，与王阮亭、洪昉思升诸公最相契密。时作小词，亦多道气，如山行〔望江南〕云："幽深处，曲涧小桥横。细薄云归千丈影，弯环泉放百泉声。立立又行行。"具见解脱之乐。

《榕巢词话》（《查恂叔集》）

吴伟业

吴伟业(1609—1672)字骏公，号梅村，又号鹿樵生，江苏太仓人。明崇祯四年(1631)一甲二名进士。授翰林院编修，充东宫讲读官，历官南京国子监司业、左庶子。南明弘光时，授少詹事，因与马士英、阮大铖辈不合，辞官归里。清顺治九年(1652)，以两江总督马国柱荐，强征至京，次年授秘书院侍讲，充修太祖、太宗《圣训》纂修官。十三年，迁国子监祭酒，旋辞官归。家居十四年而殁。临殁，遗言曰："吾一生遭际，万事忧危，无一刻不历艰险，无一境不尝艰辛，实为天下大苦人。吾死后，敛以僧装，葬吾于邓尉灵岩之侧，墓前立一圆石，题曰'诗人吴梅村之墓'，勿起祠堂，勿乞铭。"梅村早年受学于复社领袖张溥，为溥门下称首弟子。入清后，在野主持十郡大社于虎丘，名望愈重。事迹见《清史稿》、《清史列传》，另有顾湄撰《吴梅村先生行状》、陈廷敬撰《吴梅村先生墓表》。梅村博览群书、精熟史事，以诗歌名震天下，自成一家，乃"江左三大家"之一，为时人推尊。又工词与传奇，为一代名手。著作有《春秋地理志》、《春秋氏族志》、《绥寇纪略》、《复社纪闻》，诗文集有《梅村集》、《梅村家藏稿》等。另有《诗话》及传奇《秣陵春》、杂剧《临春阁》、《通天台》等。词有《梅村词》二卷。

1. 熊文举：

情语不嫌其尽，终不露英雄儿女本色，似剑南老子晚年句。《百名家词钞》引

2. 熊文举：

情语不嫌其尽，终不露英雄儿女本色，则尤服其无一字欺人处。

沈雄《古今词话·词评》卷下引

3. 吴伟业：

余少喜学词，每自恨香奁艳情，当升平游赏之日，不能渺思巧句，以规摹秦、柳；中岁，悲歌侘傺之响，间有所发，而转喉扪舌，喑噫不能出声；比垂老，而生气渐已衰矣。此余词所以不成也。

《百名家词钞·秋雪词》引

4. 尤侗：

吴梅村文采风流，映照一时。及入本朝，迫于征辟，复有北山之移。予读其诗词乐府，故君之思，流连言外。及临终一词云："故人慷慨多奇节。为当年、沉吟不断，草间偷活。脱屣妻孥非易事，竟一钱不值何须说。"其恨恨可知矣。

《艮斋杂说》卷五（《西堂全集》）

5. 尤侗：

词者诗之余也，乃诗人与词人有不相兼者。如李、杜皆诗人也，然太白〔忆秦娥〕、〔菩萨蛮〕为词开山，而子美无之也。温、李皆诗人也，然飞卿〔玉楼春〕、〔更漏子〕为词擅场，而义山无之也。欧、苏以文章大手降体为词，坡公〔大江东去〕，卓绝千古，而六一婉丽实妙于苏。介甫偶一涉笔，而子固无之。眉山一家，老泉、子由无之也。以辛幼安之豪气，而人谓其不当以诗名，而以词名。岂诗与词若有分量，不可得而逾者乎？有明才人，莫过于杨用修、汤若士，用修亲抱琵琶度北曲，而词顾寥寥。若士《四梦》，为南曲野狐精，而填词自宾白外无闻焉。即词与曲亦有不相兼者，不可解也。近日虞山号诗文宗匠，其词仅见〔永遇乐〕数首，颓唐殊极。兼人之才，吾目中惟见梅村先生耳。先生文章彷佛班史，然犹谦让未遑，尝语予曰"若文则吾岂敢，于诗或庶几焉。"今读其七言古律诸体，流连光景，哀乐缠绵，使人一唱三叹有不堪为怀者。及所谱《通天台》、《临春阁》、《秣陵春》诸曲，亦于兴亡盛衰之感三致意焉，盖先生之遇为之也。词在季孟之间，虽不多作，要皆名于国风好色，小雅怨诽之致。故予尝谓先生之诗可谓词，词可为曲，然而诗之格不坠，词曲之格不抗者，则下笔之妙，非古人所及也。休宁孙无言遍征当代名家词，将以梅村编首，亡何而梅村没矣。孙子手卷不释，仍寓予评次刻之，可谓笃好深思。而予于先生琴樽风月，未忘平生，故得附知言序其本末如此。予观先生遗命墓前立一圆石题曰“词人吴某之墓”，盖先生退然以词人自居矣。夫使先生终于词人，则先生之遇为之也悲夫！（按：此序别题邹祗谟撰，惟“近日虞山号诗文宗匠，其词仅见〔永遇乐〕数首，颓唐殊甚”一句作“近日词林宗匠，往往专意诗、古文，至度曲倚声，则多搁笔”，按此文载《西堂杂俎三集》，当为尤作）

《梅村词序》（《西堂杂俎》三集卷三）

6. 尤侗：

先生之文，如江如海；先生之诗，如云如霞；先生之词与曲，烂兮如锦，灼兮如花。其华而壮者，如龙楼风阁；其清而逸者，如雪柱冰车；其美而艳者，如宝钗翠钿；其哀而婉者，如玉笛金笳。

《祭吴祭酒文》（《西堂全集》）

7. 丁澎：

有以梅村比吴彦高，曰：“吴郎近以乐府高天下。”余读其“十八年来如梦，万事凄凉”一语，又元之许祭酒也。词惟步稼轩，故无一字放逸。但见其得力句，唾壶欲碎，俯仰固是独绝。

《百名家词钞》引

8. 徐倬：

梅村清婉，香严瑰丽，棠村纤秾，家弟电发欲合三先生诗余行世，真堪鼎峙骚坛。

《棠村词话》（《棠村词》）

9. 邹祗谟：

《词品》云：填词于文为末，而非自选诗、乐府来，不能入妙。李易安词“清露晨流，新桐初引”，乃全用《世说》语。愚按：词至稼轩，经子百家，行间笔下，驱斥如意。近则娄东善用南北史，江左风流，惟有安石；词家妙境，重见桃源矣。

《远志斋词衷》

10. 彭孙遹：

长调之难于小调者，难于语气贯串，不冗不复，徘徊宛转，自然成文。今人作词，中、小调独多，长调寥寥不概见，当由兴寄所成，非专诣耳。惟龚中丞芊绵温丽，无美不臻，直夺宋人之席。熊侍郎之清绮，吴祭酒之高旷，曹学士之恬雅，皆卓然名家，照耀一代。长调之妙，斯叹观止矣。

《金粟词话》

11. 聂先：

有欲合刻梅村、香岩、棠村为《三大家》词者，以梅村骀宕，香岩惊挺，棠村有柳欹花亸之致。或谓河南、河北，代为雄视，未若三公之旨之一也。意气遒上，感慨苍凉，当以梅村为冠。

《百名家词钞》

12. 沈雄：

有以梅村比吴彦高者，曰：“吴郎近以乐府高天下。”余读其“十八年来如梦，万事凄凉”，几使唾壶欲碎。

《古今词话·词评》卷下

13. 王士禛：

娄东祭酒长短句，能驱使《南北史》，为体中独创，且流利稳贴，不徒直逼幼安。

《百名家词钞》引

14. 王士禛：

云间数公论诗拘格律，崇神韵，然拘于方幅，泥于时代，不免为识者所少。其于词，亦不欲涉南宋一笔，佳处在此，短处亦坐此。合肥乃备极才情，变化不测。娄东驱使南北史，澜翻泉涌，妥帖流丽，正是公歌行本色，要是独绝。不似流辈捋扯稼轩，如宋初伶人谑馆职也。

《花草蒙拾》

15. 王士禛：

祭酒长调逼幼安，而小令不概见。予与程村从《秣陵春》、《通天台》传奇中采摘数章，如翡翠片羽，殊可珍惜。（评吴伟业〔菩萨蛮〕“谢家池馆桐花甃”）

祭酒长调，极意稼轩，此处乃似东坡。（评〔鹊桥仙〕“园林晚霁”）

娄东长句驱使《南北史》，妥帖流丽，为体中独创。不意填词亦复如是。（评〔满江红〕“绿草效原”）

《倚声初集》

16. 汪懋麟：

钱唐令君梁冶湄，欲合吴祭酒《梅村稿》、龚司马《香严词》，与其家司农《棠村集》，汇梓行世。夫祭酒骀宕，司马惊挺，司农起恒朔间，而有柳欹花眠之致。彼河北、河南，代为雄视，未若三公之旨之一也。

沈雄《古今词话·词话》卷下

17. 江尚质：

祭酒神于使事，又得一唱三叹之旨。若其艳情动色，岂真效樊川风致？所谓“正是客心愁绝处，见人红袖倚高楼”，亦复未能免此。

沈雄《古今词话·词评》卷下

18. 蒋景祁：

钱尚书牧斋、吴祭酒梅村、陈黄门大樽、龚宗伯芝麓、曹侍郎秋岳、宋宗丞辕文、李舍人舒章一时倡和，特绝千古。

《刻瑶华集述》(《瑶华集》)

19.《四库全书总目提要》:

至于以其余技度曲倚声，亦复接迹屯田，嗣音淮海。王士禛诗称“白发填词吴祭酒”，亦非虚美。

《梅村集提要》

20. 程穆衡:

梅村词，亦艺林所称引，谓其婉靡雄放，兼有周、柳、苏、辛之长，本朝词家推为冠冕。

《吴梅村先生诗余序》(《吴梅村编年诗笺注》)

21. 查礼:

吴梅村伟业〔望江南〕十八解写苏台景物，亲切无一泛语，其最切者第三解云:“江南好，博古旧家风。宣庙乳炉三代上，元人手卷四家中。厂盒斗鸡钟。”第四解云:“江南好，兰蕙伏盆芽。茉莉缕藏新茗椀，木瓜香透小窗纱。换水胆瓶花。”第八解云:“江南好，皓月石场歌。一曲轻圆同伴少，十反粗细听人多。弦索应云锣。”第十四解云:“江南好，艳饰绮罗仙。百裥细裙金线柳，半装高屧玉台莲。故故立风前。”读之宛在灵岩、虎邱间。

《榕巢词话》(《查恂叔集》)

22. 王初桐:

吴梅村流丽稳贴，王阮亭所称“白发填词吴祭酒”是也。其词能驱使《南北史》，为是体中独创。

《小嫏嬛词话》卷三

23. 郭麐:

红豆、梅村诗笔擅一时，而词皆非本色。梅村词虽比红豆较工，亦沿明人熟调，然于曲独工。

《灵芬馆词话》卷二

24. 孙尔准:

史笔梅村语太庄，雕华不解定山堂。

要从遗老求佳制，一曲观潮最擅场。吴伟业 龚鼎孳

《论词绝句》二十二首（《泰云堂诗集》卷四）

25. 吴衡照：

梅村《闺词》："烟锁画桥人病。燕子玉关归信。"《咏别词》："廉纤细雨绿杨舟。画阁玉人垂手。"寻常吐属，自不作三家村语。

《莲子居词话》卷一

26. 谭莹：

白发飘萧事可知，江南祭酒独称诗。

闲官大有沧桑感，宋玉微词莫更疑。

《论词绝句四十首专论国朝人》（《乐志堂诗集》卷六）

27. 华长卿：

紫色蛙声尽唱酬，朱明一代废歌讴。

千秋绝学传三杰，竹垞梅村湖海楼。朱彝尊、吴伟业、陈维崧

《论词绝句》（《梅庄诗钞》卷五）

28. 谢章铤：

昔陈大樽以温、李为宗，自吴梅村以逮王阮亭，翕然从之，当其时无人不晚唐。

《赌棋山庄词话·续编》卷三

29. 翁同龢：

诗余两卷，艳词多靡，寿词多谀，要是亡国之音，未足与风骚之选。

《吴诗集览》批语（《天风阁丛书》本《梅村词》附录三）

30. 胡薇元：

清初词人，如吴骏公、梁玉立、龚孝升、曹洁躬、陈其年、朱竹垞、严荪友诸家，词采精善，美不胜收。中间先征君稚威、吴榖人、洪北江、钱晓征，均称后劲。嘉、道以来，则以龚定庵、恽子居、张皋文辈为足继雅音也。

《岁寒居词话》

31. 陈廷焯：

吴梅村诗名盖代，词亦工绝。以易代之时，欲言难言，发为诗词，秋月春花，满眼皆泪。若作香奁词读，失其旨矣。

《词坛丛话》

32. 陈廷焯：

梅村词一片哀感，其词纤丽如揽嫱施之袂，其旨悲凉实屈子美人香草之遗也。

《云韶集》卷十四

33. 陈廷焯：

梅村词，笔力甚遒，意味亦永，界乎苏、辛之间，几可独树一帜。

此（按：指〔贺新郎〕病中有感）梅村绝笔也，悲感万端，自怨自艾。千载下读其词，思其人，悲其志，固与牧斋不同，亦与芝麓辈有别。

《词则·放歌集》卷三

34. 陈廷焯：

国初诸老多工艳词，梅村其首倡也。

《词则·闲情集》卷三

35. 陈廷焯：

吴梅村词，虽非专长，然其高处，有令人不可捉摸者。此亦身世之感使然。否则徒为“难得今宵是乍凉”等语，乃又一马浩澜耳。

东坡词豪宕感激，忠厚缠绵，后人学之，徒形粗鲁。故东坡词不能学，亦不必学。惟梅村高者，有与老坡神似处，可作此翁后劲。如〔满江红〕诸阕，颇为暗合。“松栝凌寒”、“满目山川”、“沽酒南徐”三篇，尤见笔意。即闲情之作，如〔临江仙〕逢旧结句云：“姑苏城外月黄昏，绿窗人去住，红粉泪纵横。”哀艳而超脱，直是坡仙化境。〔贺新郎〕病中有感一篇，梅村绝笔也。悲感万端，自怨自艾。千载下读其词，思其人，悲其遇。固与牧斋不同，亦与芝麓辈有别。

《白雨斋词话》卷三

36. 张德瀛：

吴梅村祭酒，为本朝词家之领袖，其出处绝类元之许衡。慢声诸词，吟叹颓息，苍莽无尽，盖所谓有为言之者也。

《词徵》卷六

37. 徐珂：

明崇祯之季，诗余盛行，人沿竟陵一派。入国朝，合肥龚鼎孳、真定梁清标，皆负盛名。而太仓吴伟业尤为之冠，其词学屯田、淮海，高者直逼东坡。王士禛以为明黄门陈子龙之劲敌。

《近词丛话》

38. 张尔田：

有清一代词家，约可分三派：其效苏、辛者，多失之粗豪。其效秦、柳者，多失之侧艳。国初名家如梅村、羡门，皆不能免。中叶以还，又有一种轻清派出，学之者一变而流为纤佻。

《与龙榆生论词书》（《同声月刊》第一卷第八号）

39.《续修四库全书总目提要》：

伟业词非专家，故是编仅九十二首。然如〔如梦令〕云……皆宛转低回，凄凉哀怨。又〔贺新郎〕病中有感一阕……轣辘牵肠，哀音低转，伟业身事两朝，贻讥当世，读此词者，亦可以怜其身而哀其志矣。

《续修四库全书总目提要·吴梅村词一卷》

40. 闻野鹤：

曩读《灵芬诗话》，见其极口诋骏公词，颇疑未当。顷得读一过，乃知其不谬。骏公词大抵显而失之粗，艳而失之俗。至于〔千秋岁〕、〔江城子〕诸阕，则直是打油钉铰也。又如〔临江仙〕逢旧上阕“偷解研罗裙”五字，未免太媟。而下阕之“薄幸萧郎憔悴甚”云云，尤肤俗不耐。〔南乡子〕之“新浴皓腕约金环”云云，亦全似近人稗官中语。初不意清初诸家，乃至于此。卷首〔望江南〕诸阕，张排过甚，丽而无韵，亦不足道。末阕〔贺新郎〕“万里催华发”云云，即世所盛称之悔艾词也。“沉吟不断，草间苟活”云云，意虽可取，论词则未有当。

《愢簃词话》

41. 卢前：

〔望江南〕

娄东老，白首识孤心。月片龙团都笑语，艾眉瓜鼻换沉吟。故国梦中寻。

《饮虹簃论清词百家》（《清名家词》）

谢良琦

谢良琦(1624—?)字仲韩，号石臞，广西全州人。明崇祯十五年(1642)举于乡，入清两为邑令，皆有政声；两为别驾，遭谗而去，后以江苏常州府通判致仕。著有《醉白堂集》、《诗余》一卷附，存词五十余首，编入《广西乡贤遗著乙编第一种》。

1. 张怡：

间以小词寄其逸兴，柔情细语，缓步花间，又欲与淮海、七郎争驰并辔矣。

《醉白堂文集序》(《醉白堂文集》)

2. 谢良琦：

半生无暇为填词。时剑津之役，舟小滩涸，日行数十里，又与同年张蹇庵、妻舅张我济、童正公俱不能独读书，无事乃间为韵语，既多，则若可为填词者。然素不习，不知用韵及字数多少，蹇庵虽知之，亦不能详。无已则取生平所偶熟者拟之，因得十余阕。最后滞榕城时，时有所感触则书，既久，亦得数十阕。夫诗余者，诗之终事也。诗自《三百篇》一变而汉魏，再变而唐，而宋，至诗词流为歌曲，而诗遂亡。非诗余之能亡诗，势使然也。顾其体始于唐，而盛于宋，《花间》、《草堂》，今读之犹有风人之意；至于明，俚且率矣。近时作者数千，大约刻意争胜，求之过高，则不惟诗亡，几并诗余而亡之，无他，寖失其意而好异者之过也。辟之食然，五穀人之所同嗜也，珍错亦人之所同嗜也，亦有人厌五谷、珍错之同而惟异之求，则将何食？必也污秽臭腐始足厌斯饥乎？凡吾为文章，岂惟自娱乐，亦将以上同于古人，不求人知，不敢立异，至于合不合，则学所成就，不可强也。诗余虽小，亦文之一体，既已为之，则亦不敢漫然以从事矣。而况诗余亡而后歌曲作，歌曲作而后诗亡，则诗余不亡，诗犹未亡也。诗余之所系又岂渺少也哉？凡事不足传天下、示后世则不为之，不则终其身皆以其暇日学之矣。

《醉白堂诗余自序》（《醉白堂诗集·诗余》）

3. 朱依真：

侯鲭都不解疗饥，癖嗜疮痂笑亦宜。

一夜梨花惊梦破，何如春草谢家诗。吾乡谢良琦《醉白堂词》一卷。首二句括其自序语。“昨夜梨花惊梦破，而今芳草伤心碧”，其词中佳句也。

《论词绝句二十二首》之十八（《九芝草堂诗存》卷一）

朱一是

朱一是（生卒年不详）字近修，海宁（今浙江海宁）人。明崇祯十五年（1642）举人。素怀经济天下之志，尝远赴京城，欲上书言国事，但国事已危，无可挽回。明亡，拒绝降清，流亡海上。后归乡里，莳桑种竹，披缁衣授徒，主持当地文社。著有《为可堂集》，词集《梅里词》，有清初清远堂刊本。存词一百七十一首。

1. 朱一是：

诗余者，诗之余旨与？词之近诗，不可入诗，则余之自成一体。余诗犹未能也，岂暇为余？王介人曰："吾老于诗，思索情竭，多作艳情绮词以发之。"闻此十五年久矣。因思屈子江潭幽放，托词于香草美人，或亦如介人之云。今吾比介人加老，遂一为诗余。世之高誉望少壮者，忽咸出于此，其居尝讨求与燕叙相题目，举置诗不言，言诗余，岂风会则有然欤？天都孙无言既集成数家，亟搉予作不令终自秘。老妇面傅粉唇朱，一旦入姬姜之群，呜呼！其丑也！

《梅里词自序》（《梅里词》卷首）

2. 周庆云：

有《梅里词》一卷，其〔二郎神〕《登燕子矶秋眺》一词，最饶逸响。

《历代两浙词人小传》卷五

李因

李因（1610—1685）字今是，一字是庵，又字今生，又号龛山女史，浙江会稽（今绍兴）人。初为明末名妓，后为葛征奇侧室。明亡流寓海宁，故题画每作海宁女史，善画山水花鸟。撰有《竹笑轩吟草》一卷、《续集》一卷、《三集》一卷。有《竹笑轩诗余》。

1. 吴衡照：

闺秀李因，字是庵，杭州人。光禄卿葛征奇妾。有《竹笑轩集》。工诗及诗余，语短情长，去北宋未远。

《莲子居词话》卷三

2. 雷瑨：

李因，字是庵，杭州人，光禄卿葛征奇侧室，有《竹笑轩集》。画法陈白阳，工诗及诗余，语短情长，去北宋人未远。

《闺秀词话》卷三

王岱

王岱(1610?—1683后)字山长，号九青，又号了庵、且园，湖南湘潭人。明崇桢十二年(1639)举人。入清，屡赴公车不第，选安乡教谕，顺天府教授，荐举博学鸿词试，不第。清康熙二十二年(1683)迁澄海知县，卒于官。工诗文，善画。著有《了庵诗集》、《了庵文集》、《且园近诗》、《且园近集》。词附《了庵诗集》后，七十八首。

1. 邹祇谟：

沈天羽《别集》一选，自谓有捶肠镂肾之妙。吾最喜其“意致相诡，言语妙天下”数语，为诗余开却生面。近如嵇叔子、尤展成、许有介、王山长诸集，类皆瓌姿逸颖，体裁别出。然亦有刻意纤僻，臻离本旨，如芜阴张渌渔、云间朱宗远、楚中许漱石、赵友沂诸君，不无奇过得庸，深极反浅之病。岷源滥觞，不得不归咎于别集二字。

《远志斋词衷》

2. 邹祇谟：

山长《四影词》，俱善绘空中语，而灯、月二影尤胜，可谓写照独工。

《倚声初集》卷九

李渔

李渔（1611—1679）字谪凡，号笠翁，时称李十郎，自号湖上笠翁。生于江苏雉皋（今如皋）。清初著名戏曲家。十八岁补博士弟子员，在明代中过秀才，入清后无意仕进，从事著述和指导戏剧演出。后居于南京，命名居所为“芥子园”，开设书铺，编刻图籍，广交达官名流。著作甚丰，诗有《笠翁一家言诗集》，戏曲有《凰求凤》、《玉搔头》等，小说有《十二楼》、《无声戏》、《连城壁》等，词有《耐翁词》四卷、《笠翁诗余》一卷，另著有《闲情偶寄》一书。

1. 芥子园主人：

湖上笠翁先生，声霏北玉，名重南金。海内文人，无不奉为宗匠；鸡林词客，孰不视为指南？其生平著述甚夥，虽稗史、传奇，亦大有关于人心世道，姑不具论。其最脍炙人口者，如诗文之《一家言》，诗余之《耐歌词》，读史之《论古》，闲情之《偶寄》，皆不傍前人之一篱，不拾名流之一唾，诚能阐风雅之英华，启后人之聋聩，不胫而走天下，近百年于兹矣。

《一家言全集弁言》（《李渔全集》第一卷）

2. 袁枚：

李笠翁词曲尖巧，人多轻之。

《随园诗话》卷九

3. 查礼：

宋词惟山谷最俚，然其雅者秦、柳不及也，李笠翁渔以杂剧擅名，词多近俚，今偶记其雅者于此。〔思帝乡〕咏春尽云：“莺语涩，燕声微。莺语燕声相约告春归。此际只宜荒酒，日如洗。赢得不知，花落免凄。”其又〔河满子〕忆乔姬云：“记时落英时候，与人同坐芳裀。把酒送春春不去，依然柳媚花颦。绣幌易来清晓，画眉难得黄昏。”二词虽不超绝，然犹有《花间》遗音。

《榕巢词话》(《查恂叔集》)

4. 高旭：

笠翁小说固为槃槃大才，但其病失之俗耳，要其所作词当推艳词之能手，惟间有草率语，而其大体非他人所能几及者，他人有其意无其笔。笠翁之笔高于他人，每一奇句出，必使出人意外，而仍入人意中，此其所以语妙天下也。

《愿无尽庐诗话》下（《高旭集》卷二十五）

5. 赵尊岳：

逮至易代，朴学渐兴，王船山、屈翁山诸遗老，善以流美之情，托黍离之致，寄桑海之感，抒故国之思。即至余澹心、李笠翁之流，要亦沦落江湖，自甘寐异，水云寄慨，歌哭无声。是则玉田之值梅娇，犹谙周谱；野人之题桥驲，善和坡词。遗泽之深，平居之感，庶几同之也。

《惜阴堂明词丛书叙录》(《词学季刊》第三卷第四号)

高珩

高珩（1611—1696）字葱佩，一字念东，晚号紫霞道人，山东淄川人。明崇祯十六年进士，选庶吉士。入清后，授检讨，历官刑部侍郎。著有《栖云阁集》三十四卷。

1. 查礼：

高念东珩下笔妙天下，留心二氏之学，生平撰者不减万篇，尝广东坡“劝尔一杯聊复醉，人间贫富海茫茫”之意作〔临江仙〕八阕，虽出游戏，亦绝调也。偶记一二于此，词云：“亭长归来屯万乘，大风云起飞扬。数行泣下美人裳。楚歌为若舞，何似在乌江？　铜雀双鸾春宛转，挂钗便到分香。西陵歌吹为谁长？一杯聊复醉，啼笑海茫茫。”又一阕云：“送客白衣看短剑，羽声击筑相将。雪园寒月倦游梁。夷门虚左地，春暮绿芜长。　香水吴宫多少恨，鱼肠酒后如霜。姑苏麋鹿亦荒凉。一杯聊复醉，恩怨海茫茫。”又一阕云：“杨柳春风何婀娜，幽兰瑟瑟秋霜。江潭憔悴子兰狂。世情双燕子，随处得雕梁。　惊道碧纱新姓字，大搃争铸金章。木棉庵近半闲堂。一杯聊复醉，荣悴海茫茫。”少陵云：“欲觉闻晨钟，令人发深省。”此词何止晨钟之击耶！

《榕巢词话》（《查恂叔集》）

陈世祥

陈世祥(生卒年不详)字善百，号散木，江南通州(今江苏南通)人。明崇祯十二年(1639)举人。入清，官直隶新安县知县。罢归后，与冒襄、陈维崧等游。有《含影词》二卷，孙默刻入《国朝名家诗余》(一名《十六家词》)本。

1. 吴绮：

词家旧推云间，次数兰陵，今则广陵亦称极盛。闻之程村曰：陈善百《半豹吟》，巧于言情。宗定九《芙蓉集》，精于取境，乃刻意避香奁语，岂畏北海无礼之诮耶。近如锦瑟、溉堂，亦足旗鼓中原也。

《古今词话·词话》下卷

2. 孙金砺：

语言文字之所发，恒本乎其人之性情，尝持此以取友，百不失一。今读吾友陈子散木《含影词》，而窃有怪焉。散木素狷介不为苟容，落落寡合，与同好坚则金石，意所不属，望望然去之。性嗜饮，善治觞政。生平博览强记，每与座客会，隶事肆应不竭。健辩论，遇客或不合，抗首立拄之，不少迁随。或憾焉，散木闻而曰："我之所嫉，怒我固然，即而见喜，正复何益？"予尝述其言。其举于乡也，方弱冠，当是时，士子以科名为贵，竞以得失相重轻。散木才勇气锐，得此又蚤，盛自期待，岸然不与庸俗接。其慕之而不获从与游者多怨恨，散木绝不为意。既屡困公车，又颠连大故，不得已而筮仕，得保定之新安令，终以不肯折腰解组归，益独行。其意托兴于诗词，雅好游名山水之所在，淹留至忘岁月，家人生产不问也。夫以孤骞简傲之性而为填词，则妍越妩媚、淫放荡逸，如冶容靓妆，目遇心摇，使予初未交其人而遽读其词，谓出自风流年少无疑也。皮日休常怪宋广平之为人，谓其铁心石肠，而为《梅花赋》则清便艳发，类南朝徐庾体，仿之而作《桃花赋》，秾丽纤巧，亦极其致。东坡序沈太守《牡丹记》则云："公自耆老重德，而予又方蠢迂阔，其于此书，无乃皆非其人。"以予观于散木亦云然哉。梓成，属序于予，予曰："散木之词，不待予文而传也。然千载而下，读其词而观予斯文，以想见其为人，则其人之性情非予莫之传也。"

《含影词序》(《含影词》)

3. 邹祗谟：

广陵诸子，善百、园次，巧于言情。

《远志斋词衷》

4. 沈雄：

善百老于填词，曾贻我《半豹吟》、《虫余集》。数年以来，情词婉至，诸家必以散木为《金荃》、《兰畹》之比，故咸快其流传。自以散木名其词。

《古今词话·词评》下卷

5. 陈廷焯：

国初十六家词孙默编独遗竹垞，殊不可解。其中王士禄、王士禛，于词一道，并非专长，不知何以列入？又尤侗、董俞、陈世祥、黄永、陆求可、邹祗谟等词，根柢既浅，措语又不尽雅驯，尚非分虎、符曾、藕渔之匹二李一严亦未入选，亦何敢与小长芦抗哉。去取太不当人意，而纪文达公谓国初填词之家，约略具是，亦失之不检也。

《白雨斋词话》卷五

6. 周曾锦：

吾通工词而有盛名于世者，仅陈散木世祥一人。散木性狷介，不为苟容。有捷才，读书数行，下笔数千言不竭。明末举于乡，宰新安，不屑折腰权贵，投劾归。徜徉山水，与王西樵、杜茶村、冒巢民善。每有诗歌，隔千里邮寄无虚日。所在淹留，几忘岁月，不问家人生产，有《楚云章句》、《半豹吟》、《敝帚》、《虫余》、《瑶草》诸集行世。工倚声，与迦陵检讨有“江左二陈”之目。其《含影词》二卷，刻入十六家词集中，全稿未见。

《卧庐词话》

曹溶

曹溶(1613—1685)字洁躬，一字鉴躬，号秋岳，别号倦圃，又作金陀老圃，晚号锄菜翁。浙江秀水(今嘉兴)人。明崇祯十年(1637)进士，考授御史。明亡，事李自成政权。后降清。初以原官任河南道御史，督学顺天，顺治三年(1646)革职。十一年，起补太常寺少卿。翌年，擢户部侍郎，外用广东布政使。因与陈之遴“同年相善”，以坐“党陈”而降为山西阳和道，补山西按察副使，备兵大同。康熙三年(1664)以裁缺归。后荐举博学鸿词试，以疾辞，荐修《明史》亦不赴，终老林泉。《清史稿》、《清史列传》有传。秋岳家富藏书，为浙中著名藏书家，朱彝尊选辑《词综》，多赖其所藏。其诗与合肥龚鼎孳齐名，人称“龚曹”。尤工长短句，卓然名家。论者以曹溶为浙派词先河。著有《静惕堂诗集》、《静惕堂词》等。

1. 陈之遴：

秋岳才大如斗，体苞众妙，当世罕俦。独于诗余，间或商之于余。余应之曰：选义按部，考词就班，此际填词之金科玉律也。公乃日夕揣摩，不屑屑于南唐北宋，而自出机杼，独立营垒，建大将旗鼓，而出井径，望之者皆旗靡辙乱。余亦将退避三舍，愿奉盘匜以从事矣。词名寓言，其亦窃庄生之十九乎？

《百名家词钞》引

2. 陈之遴：

秋岳词，从无一蹈袭之语，正不必拟之以周、秦，周、秦合让一头地。

沈雄《古今词话·词评》卷下

3. 龚鼎孳：

君词如晏小山，合情景之胜，以取径于风华者，所云“舞低杨柳楼心月，歌罢桃花扇底风”，庶乎。

沈雄《古今词话·词评》卷下

4. 朱彝尊：

吾乡倦圃曹先生著述之富，在牧斋、梅村伯仲间，乃钱、吴专集行世已久，近且墨渝纸敝，独静惕堂诗文未之雕刻。岂著述之传否，固有数存焉耶？抑其出也。愈后，则其传之者弥永耶？从孙恺仲昆季取所填词先付梨枣。彝尊忆壮日从先生南游岭表，西北至云中，酒阑灯灺，往往以小令慢词，更迭唱和，有井水处，辄为银筝檀板所歌。念倚声虽小道，当其为之，必崇尔雅，斥淫哇。极其能事，则亦足以宣召六义，鼓吹元音。往者明三百祀，词学失传。先生收辑南宋遗集，尊曾表而出之。数十年来，浙西填词家，家白石而户玉田，舂容大雅，风气之变，实由先生。当世君子，得先生词诵之，必有思雕先生之诗文者，先生之著作，虽出之也晚，庶几传之弥永焉。

《静惕堂词序》(《静惕堂词》)

5. 徐釚义：

先生旷代逸才，天留硕果，诗文久播鸡林。酒边花底，喜作填词，如朝霞散彩，笙鹤瑶天。论者谓其智珠在掌，慧剑当胸，三寸管落指，即有红云蔽左，紫烟纾右。发而为声，惊鸿落雁，求之神仙之中，遇诸风尘之外，不得不以百宝庄严板拍矣。

《百名家词钞》引

6. 顾贞观：

国初辇毂诸公，尊前酒边，借长短句以吐其胸中，始而微有寄托，久则务为谐畅。香岩、倦圃，领袖一时。

《答秋田求词序书》(谢章铤《赌棋山庄词话续编》卷三引)

7. 张星耀：

昭代词人之盛，不特凌轹元明，直可并肩唐宋。如《香岩》之雄瞻，《棠村》之韶令，《容斋》之新秀，《衍波》之大雅，《延露》之俊逸，《丽农》之宏富，《东江》之绵渺，《弹指》之幽艳，《乌丝》之悲壮，《艺香》之浓鲜，《玉凫》之清润，《兰思》之真致，《玉蕤》之周密，余如秋岳、锡鬯、容若、云士、舒凫、夏珠、昉思诸公，未窥全豹，微露一斑，而《二乡》、《远山》、《云涌》、《扶荔》、《鸾情》、《南溪》、《炊闻》、《百末》、《含影》、《支机》、《蓉渡》、《锦瑟》、《柳村》、《遏云》、《当楼》、《青城》、《蝶庵》、《秋水》、《峡流》、《吹香》、《椒峰》、《萝村》、《菊庄》、《移春》、《山晓》、《梨庄》、《红蕉》、《柯亭》诸集，可谓家操和璧，人握隋珠，一时群聚。噫，盛矣！

《词论》（《东白堂词选初集》）

8. 蒋景祁：

钱尚书（牧斋）、吴祭酒（梅村）、陈黄门（大樽）、龚宗伯（芝麓）、曹侍郎（秋岳）、宋宗丞（辕文）、李舍人（舒章）一时倡和，特绝千古。

《刻瑶华集述》（《瑶华集》）

9. 汪孟鋗：

吾州最数侍郎曹，伯仲辛苏尽自豪。

独立秋风愁绝晚，浙江潮影一时高。曹侍郎溶

《题本朝词十首》（《厚石斋诗集》卷一）

10. 谢章铤：

秋岳词颇短于情。

《稗贩杂录》卷三《词话纪余》（《赌棋山庄集》）

11. 胡薇元：

清初词人，如吴骏公、梁玉立、龚孝升、曹洁躬、陈其年、朱竹垞、严荪友诸家，词采精善，美不胜收。中间先征君稚威、

吴榖人、洪北江、钱晓征，均称后劲。嘉道以来，则以龚定庵、恽子居、张皋文辈为足继雅音也。

《岁寒居词话》

12. 陈廷焯：

洁躬词直追南宋，无一字不雅。

《云韶集》卷十四

13. 吴梅：

先生为浙词之最先者，故竹垞最为心折……其词虽不尽工，然颇得空灵之趣。

《词学通论》

14. 《重修浙江通志稿》：

溶……填词务规摹两宋，一洗明人之弊，浙西词风为之一变。

《广清碑传集》

15. 《续修四库全书总目提要》：

是编……虽未尽洗明人习气，而冲和雅正，风骨甚高，渐次東前启后矣。……浙派之词，首创于溶而成于彝尊也。

《续修四库全书总目提要·静惕堂词一卷》

16. 沈轶刘：

清代初期之词，在并时诸大家之外，能本其所处之特定环境，相与消长，陶冶出各自不同之作品，变成一代有影响之流派者，有不能忽略之三曹词。三曹者，首为曹溶，二为曹尔堪，三为曹贞吉。

曹溶……有《静惕堂词》一卷。其生活历程，两朝各半，秋蝉无声，春鹃自咽，中心纠结，有不可宣泄者在。

三曹消长，曹溶所处环境最难危，季世造良材，成就亦最大。

《繁霜簃词札》

17. 卢前：

〔望江南〕

真男子，痛饮发狂歌。秀水从游薪火在，浙西宗派此先河。六义岂能磨。

《饮虹簃论清词百家》（《清名家词》）

程康庄

程康庄（1613—1679）字坦如，号昆仑，山西武乡人，明崇祯八年（1635）拔贡，入清官镇江府通判、陕西耀州知州，著有《自课堂集》。有《衍愚词》一卷。

1. 杜濬：

乃今昆仑氏崛起上党，奋发为天下雄，其叙事之文祖述司马迁不必言矣。吾评其诗，绝类王维，盖不事王之修饰，其质肆往往近杜而有王之灵异。其文绝类柳宗元，盖不事柳之刮削，其怪奇往往近韩而有柳之疏峭。至以其余溢为小词，则又娴雅都丽，有温庭筠之风焉。是皆晋之杰也。

《自课堂集序》（《自课堂集》卷首）

2. 龚鼎孳：

昆仑……诗余琢字炼句，周、秦、辛、陆，遂兼其胜。

《自课堂集叙》（《自课堂集》卷首）

3. 邹祗谟：

诗家有王、孟、储、韦一派，词流惟务观、仙伦、次山、少鲁诸家近似，与辛、刘徒作壮语者有别。近惟顾庵学士情景相生，纵笔便合，酷似渭南老人。言远方伯，洮洮清迥，与葛理问震父瑜亮。更如岸初、文夏、耕坞、昆仑诸公，俱以闲澹秀脱为宗，不作浓情致语。求之近代，其文待诏、陈征君之间乎？

《远志斋词衷》

4. 王士禄：

昔人谓韩退之以文为诗，今观其诗，泱泱也，虽柳之以诗为诗者无以过也；谓苏子瞻以诗为词，今观其词，琅琅也，虽黄与秦之以词为词者无以过也。惟其才大，故无不宜也。昆仑以文章名海内，乃点笔为诗，诗工；倚声为词，词又工。其《衍愚词》四十余篇具在，试取而读之，纵复专家独诣，能远过乎？是以词求昆仑，雅不足以尽昆仑，亦可以见其才大而无不宜矣。仆更有异焉：古来工文者，退之之前，莫尚班、马，班则犹有《明堂》、《宝鼎》诸诗，子长不闻也，是工文者不必尽兼诗也。古来工诗者，子瞻之前，莫尚李、杜，李则创为《菩萨蛮》、《忆秦娥》诸词，子美不闻也，是工诗者不必尽兼词也。即其莫尚者且有然矣。吾闻大江以南之尸祝昆仑也，于其文，合某某四家而奉之为大家；于其诗，合某某十家而奉之为名家。出其余为词，又为专家独诣之所不能过如此。此岂区区兼人之目足用褒赞欤？若夫挈温较韦、拟柳比周，仅操词家之说以相衡量，抑愈陋矣，仆固略而弗述也。

《自课堂集序》（《自课堂集》卷首）

5. 黄心甫：

古世人不屑作词者，以词尚软媚，诗贵高古；词取纤佻，诗宗浑雅。不但择体不同，亦颇相妨，恐入乎词，出乎诗也。先生诗才幽窈，诗骨苍特，似具铁石心肠者，乃拈词温细摇曳，如出两人手。合古今算之，未见第二人也。

《自课堂集·诗余》

宋琬

宋琬(1614—1673)字玉叔，号荔裳，山东莱阳人。清顺治四年(1647)进士。授户部河南司主事，累迁户部郎中，出为陇右道佥事，升永平副使，后擢浙江按察使。顺治七年（1650）、康熙元年(1662)，先后两次被诬系狱，事白得释，流寓吴越。康熙十一年重起为四川按察使，适遇吴三桂之变，以入觐卒于京师。琬为名家子弟，以诗文闻名四方，为“燕台七子”之一。然数举不第，一生遭遇坎坷。《清史列传》、《清史稿》有传。诗与施闰章齐名，人称“南施北宋”。词亦名列清初诸大家。康熙四年，荔裳与曹尔堪、王士禄在杭相遇，三人均方从狱室得释，感慨相同，同以词抒发胸中块垒，各填《满江红》八首，合刊为《湖上唱和词》。著有《安雅堂集》及《安雅堂未刻稿》，词有《二乡亭词》三卷。

1. 李渔：

人皆谓眼前事，口头语，都被前人说尽，焉能复有遗漏者。予独谓遗漏者多，说过者少……只据眼前词客论之，如董文友、王西樵、王阮亭、曹顾庵、丁药园、尤悔庵、吴园次、何醒斋、毛稚黄、陈其年、宋荔裳、彭羡门诸君集中，言人所未言，而又不出寻常见闻之外者，不知凡几。

《窥词管见》

2. 施闰章：

词固以艳丽为工，尤须蕴藉，始称作手，读《二乡词》，方可谓秾纤雅洁。

《百名家词钞》引

3. 吴绮：

予与观察订交最久，每商填词，妙处难脱香艳之外另臻化境。

然极厌人摭拾“黄昏芳草”、“细雨春风”等句，以为周、秦复起，故极推观察词以救之，不独为油滑下针砭也。

《百名家词钞》引

4. 梁清标：

南唐、北宋以还几数百年，振兴之功，于今为烈。若荔裳独步于莱阳，悔庵扬芬于吴苑，西樵、阮亭，兄弟竞爽；绎堂（按：沈荃）、子山（按：计南阳），同邑联镳；其年、椒峰，启兰陵之秀；顾庵、羡门，蔚浙水之宗。一时才子，各自名家，亦既彬彬矣，继起之英，指不胜屈。

丁澎《菊庄词序》引（《菊庄词》卷首）

5. 沈雄：

闻荔裳观察，只闭户两月，而竟为填词老手。余最服其赋情之真挚，用语之苍古，是以夙学之淹贯，而溢为声歌，故不难也。

《古今词话·词评》卷下

6. 董俞：

莱阳宋荔裳先生，以文章名海内久矣。乃人称其登临宴集之暇，好为小词。甫脱稿，辄为好事袖去。尚书“红杏”、郎中“花影”之句，恒津津人齿颊间云。间读《安雅堂》所载古文辞，暨各体韵语，绝似昌黎、庐陵诸大家与建安、开元时人。不禁叹曰：美哉泱泱乎！东海之风，于鳞以后，一人而已。顾以未得读其诗余为恨。一日先生驻骖五茸，得追随杖履，采蓴淀湖，玩月九峰，历寿梦之遗墟，吊平原之故馆，夕阳蔓草，流水寒鸦，相与徘徊不忍去。于是，出其奚囊中诸长调歌之，多商羽之音，秋飚拂林，哀泉动壑，不足以喻其峥嵘萧瑟也。已而置酒名园，银屏绛蜡，掩映于花榭竹屿间，檀板红牙，肉唱丝和。先生复出其小令，为曼声歌之，如新筝乍调，雏莺初啭，尖佻新艳，不数齐梁《子夜》读曲诸歌。噫，观止矣！湖海之作，伧父辛、刘；闺帷之制，衙官秦、柳，此真子建天人之才，邯郸生能不为之咋舌汗下乎！余尝谓之曰:“不朽之道,人患之少,公患其多,岂欲占尽文苑诸家耶?抑公以生平风波危惧,跋胡疐尾者尚少,而更将深造物之忌耶?”先生为之扪腹微笑而已。

《二乡亭词序》(《二乡亭词》)

7. 蒋景祁:

曹解元升六清思密致,与新城王、莱阳宋别为一派。

《刻瑶华集述》(《瑶华集》)

8. 王初桐:

宋荔裳慢词皆商羽之音,小令则尖佻求新。

《小嫏嬛词话》卷三

9. 孙尔准:

炊闻玉友二乡亭,山左才人未迳庭。

只有曹家珂雪句,白杨凉雨耐人听。

《论词绝句》二十二首(《泰云堂诗集》卷四)

10. 谭莹:

穷始能工到乐章,曼声哀艳越齐梁。

诗文望重遭逢惨,凄绝莱阳宋荔裳。宋琬

《论词绝句四十首专论国朝人》(《乐志堂诗集》卷六)

11. 陈廷焯:

玉叔词凄凉婉丽,高在雅致,不作佻语。

《云韶集》卷十四

12. 卢前:

〔望江南〕

调筝乍,苍水最知音。动壑哀泉商羽激,雏莺枯树怨思深。智井古苔侵。

《饮虹簃论清词百家》(《清名家词》)

曹垂灿

曹垂灿(1614—1688)字天祺，号绿岩。江南上海(今上海)人。清顺治二年(1645)举人，四年进士，官浙江遂安知县。有政声，诗词亦名于时。著有《明志堂集》。有《竹香亭词》一卷，聂先、曾王孙辑入《百名家词钞》。

1. 朱锦：

诗余虽云绮语，而倚声属事，视他体为微难。宋元名家，能遗世独立，脍炙千古者，若周、秦、辛、陆而下，亦不多见。绿岩芳辞所扇，兴会飚举，以视捆束声调，刻鹜为工者流，直唾而愧之，作百尺楼下客矣。

《百名家词钞》引

2. 周纶：

绿岩先生与先君子同谱乙酉，父执存硕果者，惟先生耳。倚声于且闲亭畔，一丘一壑，万卷百城，香山九老之乐，不止于著述间见之矣。

《百名家词钞》引

3. 聂先：

昨来上洋，知前辈风雅，首推绿岩。钞《竹香词》，尤多逸句，如〔虞美人〕之“偏是柳慵花倦最难支”、“恰在酒阑灯下费思量”之类，不一而足也。

《百名家词钞》引

陈大成

陈大成(1614—1685后)字集生，江苏无锡人。少孤，家贫，性孝友而好读书，同邑严绳孙、秦日新，宜兴曹亮武等皆与之交。著有《影树楼词》。本集今不见，传者为聂先、曾王孙辑《百名家词钞》本，存词二十九首。

1. 曹溶：

集生词多得力于《迦陵》、《乌丝》间，省斋、栎园极叹赏之。然其浑朴婉转处，能真吐性灵，不事雕绘，摆脱缰锁，妙绝古今。于苏、辛诸家初无意于规仿，而究其所近，抑亦不让南宋以上之名手也。

《百名家词钞》引

2. 顾有孝：

读《影树楼词》，意致深远，如皎月入怀，明珠在握。

《百名家词钞》引

3. 吴绮：

集生孝友性成，博综群藉，于友无有不交，于书无所不读，故发为文词，调高而情笃，致远而声幽，真足鼓吹风雅，树帜词坛者也。

《百名家词钞》引

沈永令

沈永令(1614—1698)字闻人，一作文人，以手有枝指，号一枝，又称一指，江苏吴江人。沈璟从弟沈瑾孙。清顺治五年(1648)副贡，入国子监，选授陕西韩城知县，除督粮潼关道副使，以丁忧归。起补高陵知县，被劾罢归里。事迹见《国朝诗人征略初编》。吴江沈氏，一门多才，永令以文学世家子，优游林下四十余年，精擅诗文词曲书画，著有《深柳读书堂集》，所撰《噀霞阁词》一卷，为聂先、曾王孙辑入《百名家词钞》。另有《桃花寨传奇》、《退思日录》等。

1. 吴绮：

一指为词隐先生从孙，《九宫谱》所自出，《噀霞阁词》固世其家学者也。且身经裘马声伎之场，而故为嫚骂嬉戏之句；每多登览凭吊之题，而饶有慷慨淋漓之致，则又不独柳七郎工于行役之辞者矣。

《百名家词钞》引

2. 聂先：

言情者每拘牵于理致，言景者又熟习于浮靡，所贵情景相须为词家极则，即刻划纤巧为第二义。能有若是一唱三叹，上不侵唐音，下不流元曲者哉？余夙知一指为审律宗工，今读其词而益信。

《百名家词钞》引

3. 王晫：

沈文人工绘事，兼善音律，因为小词，直窥稼轩之奥。其秾情逸韵，周勒山谓惠草雪消不足方也。

《今世说》(《丛书集成初编》)

今释澹归

今释澹归（1614—1680）俗名金堡，字卫公，又字道隐，号性因，浙江杭州人。明崇祯十三年（1640）进士。永历二年（1648）诣肇庆，谒永明王，授体科给事中，抗直不畏强御。桂林破，薙发为僧，住韶州丹霞山寺。著有《遍行堂集》、《续集》，清初曾刊行，旋遭禁毁。王昶《明词综》、叶恭绰《广箧中词》选收其词。有《遍行堂词》三卷，存词四百余首。

1. 谭莹：

落落寒云独倚楼，远怀如画一天秋。并见《明词综》得程民部诗却寄《小重山》词语。

此才不让程民部，佛屋填词也白头。

《三十六首专论岭南人》（《乐志堂诗集》卷六）

2. 赵尊岳：

正嵓、今释，皆禅门尊宿，《遍行》、《豁堂》，超仲殊之举娼。宗风棒喝，林壑清梵，音教所被，同轨缁素。

《惜阴堂明词丛书叙录》（《词学季刊》第三卷第四号）

3. 沈轶刘：

明清易代之际，气节之士，遁为僧者极多，今释澹归其尤著者也……其词戛戛独造，风骨峻厉，不可逼视。

《繁霜簃词札》

彭孙贻

彭孙贻（1615—1673）字仲谋，一字羿仁，号茗斋，浙江海盐人，明太常寺卿期生子。期生以抗清殉难赣州，孙贻终身不仕，卒后私谥“孝介先生”，著有《茗斋集》等。有《茗斋诗余》。

1. 蒋光煦：

武原彭羿仁先生为明太常节愍公期生子。公视赣州兵备事，城破死难，先生间关兵燹，冒白刃求遗骨，有江右义士负骸送归，乃杜门奉母不出。先生少以选贡入成均，与羡门少宰并有才名，平生耿介自守，孝行闻于时，乡人私谥“考介先生”。济南王文简称其诗宏探奥衍，穷变极奇。尤工倚声，《茗斋诗余》二卷俊爽、婉媚兼而有之，实擅南北宋之长。间有闲情侧艳之作，亦属词家之常。昔尤悔庵检讨题羡门《延露词》云：彭子与王子阮亭无题唱和，叹其淫思古意，两玉一时。盖即美人香草之遗，借以抒其幽郁之情，词家固不以为嫌。则茗斋之词，当与《延露》并传矣。

《茗斋诗余跋》（《茗斋诗余》卷首）

2. 吴衡照：

词历主两宋，秾致学黄鲁直，高峭近姜石帚。试难弟羡门先生，殆无多让。间尝论明人词好亦似曲，求其辞不伤雅，调不落卑，无雕巧之痕，无叫嚣之习，茗斋而外，盖鲜其俦。今人知羡门《延露》之词，而不知茗斋之词之工。知茗斋古今体诗之妙，而不知其词之殆过于诗也。

《莲子居词话》卷三

3. 况周颐：

世讥明词纤靡伤格，未为允协之论。明词专家少，粗浅、芜率之失多，诚不足当宋元之续。惟是纤靡伤格，若祝希哲、汤义仍义仍工曲，词则敝甚、施子野辈，偻指不过数家，何至为全体诟病？

洎乎晚季，夏节愍、陈忠裕、彭茗斋、王渼斋诸贤，含婀娜于刚健，有风骚之遗则，庶几纤靡者之药石矣。国初曾王孙、聂先辑《百名家词》，多沉著浓厚之作，明贤之流风余韵，犹有存者。

《蕙风词话》卷五

4. 赵尊岳：

诗余则侧艳芬芳，淫思古意，以俊爽药庸下，以婉约运清空，惟开清初神韵之途，则亦未能遽免尔。词凡上卷一百三十三首，下卷九十八首。其俊爽者如〔水调歌头〕：“今古此春色，几个客登楼。把杯还问春色，毕竟为谁留？岁岁燕来燕去，月月花开花谢，白尽少年头。花下一壶酒，且莫替春愁。”其婉约者如〔长亭怨慢〕云：“是何处、流莺低语。不道高楼，有人闲倚。飞絮漫天，马蹄蹂碎暗尘里。青山江尾，堆积到愁多处。山自不消愁，何若两峰窝，云敛碧聚？　　春江非有泪，那只管流难住？纵饶是泪，也和杂楚天风雨。是不合独自凭阑，见无限江山如此。取次若重来，无杜鹃时方许。”至短调则学《花间》，虽工力或有未逮，而新词丽句，终乎可传也。

《惜阴堂汇刻明词提要·茗斋诗余二卷》(《词学季刊》第一卷第三号）

5. 赵尊岳：

茗斋承明词敝，以俊爽药庸下，以婉约运清空，颇极声家能事。词学自清初已还，阮亭、程村诸子以神韵流美为归，而斯道为之不尊，如金粟辈实皆之历茗斋先生犹为彼善。

《茗斋诗余跋》(《茗斋诗余》)

6. 赵尊岳：

夫万、崇以降，岩壑士流，复及词事托旨，较精短调，要从婉约见长。长调则虞竭蹶之弊，《湘中》、《茗斋》、《蕊渊》、《草贤》著作，朱王祖祢，甚在斯乎。

《惜阴堂明词丛书叙录》(《明词汇刊》附）

高不骞

高不骞（1615—1701）字槎客，一作查客，晚号小湖，江苏华亭（今属上海市）人。幼好学，不屑举业，亲炙朱彝尊，与惠士奇、何焯、张大受诸名士游。长于考订，诗尚唐音。康熙南巡，召试称旨，命献诗及骈体文，帝悦其才华，命供奉内庭，旋授翰林院待诏。后优游林泉，以诗文为事。纂有《方舆考略》、《月令辑要》，著有《商榷集》、《罗裙草》及《松圩书屋集》等。

1. 吴骐：

读罢新词黯自伤，朽株羡杀牡丹香。

回思四十年前日，亦解微吟对月光。

《罗裙草题跋》（《罗裙草》）

2. 周贫：

梅溪第一是“侵阶罗袜”语，耐人反复。若以尊乡“玲珑石，消受屐声频点”较之，自觉更俊。

《罗裙草题跋》（《罗裙草》）

3. 严绳孙：

云间词矫时敝，故多正始之音。然吾尝苦《草堂》诸编，为其不异人意。若尊乡钓师者，将移我情矣。东华软，红尘忽忽如梦，当归江南，于画船听雨时读也。

《罗裙草题跋》（《罗裙草》）

4. 计南阳：

当年陈李是吾师，摧折幽兰世已移。卧子、舒章词名《幽兰草》。

今日罗裙新草出，风流不坠使人思。

《罗裙草题跋》（《罗裙草》）

5. 朱彝尊：

拟乐笑、中仙，几于神似。向与谡苑论词，意无不合。今更思与阿戎谭矣。

《罗裙草题跋》(《罗裙草》)

6. 曹贞吉：

今天下言词者，非辛、苏，则秦、柳。然亦袭其貌耳，至于神理都未梦见。若语以南渡后诸家，舌挢而不下矣。高子查客，投余一编，大都出入于玉田、碧山之间，而细腻过之。若〔画堂春〕之“一痕烟浪长柔蓝”，〔渡江云〕之“西风阵阵，卷荒烟，翠澹峰螺”，〔月华清〕之“云际无风，澹了碧痕千顷”，〔桂枝香〕之“响滴林梢，惓叶也应飘落”，〔宴山亭〕之“别院秋千，闲了树头红影”。虽起昔人于今，吮豪按拍无以加之也。高子年在终贾，便已陵轹词坛，如此迟之数年，吾知有井水吃处，莫不歌《罗裙草》也。为题数语归之，试质之竹垞先生，以仆之言为然否耶？

《罗裙草题跋》(《罗裙草》)

7. 徐釚：

《罗裙草》极其旖旎，如徐熙画花。反侧背面，俱能宛肖。

《罗裙草题跋》(《罗裙草》)

8. 李符：

填词不离乎情，情又因境而发，若无情未可与言词，即有情矣，而居非其地，词亦未能工也。我吴越间饶佳山水，本有情之乡，故宋词自南渡以后，类多缠绵幽婉，胜于汴京，岂非地使然乎？华亭高子查客，固深于情者，而九峰三泖又皆掩映几席。所谓户藏烟浦，家具画船，无往非词人之境，宜其倚声之工矣。比以定省，来游京师，编辑所制，以“罗裙草”自题其卷。盖取高竹屋咏草词“江南旧恨，翻忆翠罗裙”之句，以自寓乡国之思，未尝顷刻忘也。昔白石老仙每得一解，即使侍儿倚洞箫吹之，数百年来，虽谱存而声亡。然查客诸调风格相似，试令玉肌花貌随意按拍，听以自娱，未始不可也。吾乡去五茸最近，他日操艓相访，征逐酒旗戏鼓间，以写其放浪烟波之情。愿更与查客期之。

《罗裙草题跋》(《罗裙草》)

9. 蔡曜:

晏有小山，苏有斜川，家数自然迥别。阳羡陈维崧、尊乡诸令，大是旧人笔意。

《罗裙草题跋》(《罗裙草》)

10. 江士奇:

长短句昉于唐，盛于宋。本朝操觚之士竞尚填词，更发周、柳、辛、陆诸人之所未尽。吾家查客作《罗裙草》，丽不至亵，新不犯陈。读之激昂蕴藉，齿牙皆快。昔东坡、山谷，亟称少游，而伊川以为亵渎。柳耆卿名重一时，而半山惜其心为谬用。查客才缛年富，姑以流连光景，咏歌太平为乐，其所抱实不止此。余既如东坡、山谷之击节，而又以伊川、半山之语进之也。

《罗裙草题跋》(《罗裙草》)

11. 钱德震:

冶习难忘谱异才，云衣花梦共徘徊。

江头采得田田叶，妆阁螺笺一色裁。

《罗裙草题跋》(《罗裙草》)

12. 沈皞日:

海内词人能有几？菰村妙绝更尊乡。

红牙按尽罗裙谱，风飐青帘独擅场。

赋蟹题蝉唱白莲，五茸才子笔如仙。

草窗竹屋浑难拟，查客前身是玉田。

《罗裙草题跋》(《罗裙草》)

13. 魏坤:

别裁色样青螺扫，可似当年竹屋无？

新谱偕来冰萼底，冷香一片雪模糊。

乡绪茫茫鬓渐丝，不堪重唱翠罗词。
桃花影里江南恨，正在湔红簇蝶时。
《罗裙草题跋》(《罗裙草》)

14. 朱昆田：

红丝小研试烟丸，细镜朝朝对伯鸾。
解说罗裙新谱好，曹家碑背记曾刊。
《罗裙草题跋》(《罗裙草》)

15. 邵瓒：

湘管风流自脱尘，吹花斗酒水云身。
吟情绝似并刀快，剪得江南一段春。

兰窻斜襞七香笺，恍听风莺残梦边。
一自罗裙新草出，红牙谁复按屯田？
《罗裙草题跋》(《罗裙草》)

16. 龚翔麟：

也曾按阕谱金荃，一艇烟乡住六年。
燕子春风桃叶水，飘零旧雨已茫然。

易酒如渑泻不停，惜无好句斗旗亭。
银灯谁唱罗裙草？唤我蓴塘梦一醒。
《罗裙草题跋》(《罗裙草》)

17. 张大受：

自小苏台合洞箫，丽人红烛赏春宵。
风残月晓何人恨，唱彻新词梦转遥。

湘瑟初停曲正希，彩云吹散泪空挥。

故应百幅红罗带，化作漫天蛱蝶飞。

《罗裙草题跋》(《罗裙草》)

18. 浦越乔：

〔琵琶仙〕

抛了江南，肯忘却、历乱深花浅草。寒处偏怯飞沙，低徊那时好。谁遣得，沉浮久矣，总描模雾昏烟晓。腕底春生，乌丝翠满，青管红绕。　可堪此一段心情，问缝月裁云几时到。回首粉香游冶，奈湔裙人杳。凭寄与，征鸿携去付曲屏，按拍多少。想见无限相思，小山圆泖。

《罗裙草题跋》(《罗裙草》)

19. 郎廷极：

〔山花子〕

白苎又填白纻辞，翠娥珍重翠罗时。赢得旗亭画壁侣，困琼卮。　兰鹢而今移未晚，西湖风月解相知。十日淹留真不羡，影娥池。

《罗裙草题跋》(《罗裙草》)

20. 张士俊：

〔忆王孙〕

近来长句信能为，乐府缘知妙色丝。笑指侬家一树梨。正相宜，半刻君词半刻诗。

《罗裙草题跋》(《罗裙草》)

许友

许友（1615—1663）初名宰，一名眉，字有介、介眉，号瓯香，别号友眉、友原。福建侯官（今福州）人。许豸之子，世居光禄坊。明崇祯十六年（1643年）廪生。明亡，不求仕进。《清史列传》有传。少师事倪元璐，钦慕宋米芾，名其室曰“米友堂”。工诗、书、画，时称“三绝”，为钱谦益、王士禛、朱彝尊所称许。著有《米友堂诗集》、《箬茧室诗集》一卷。

1. 邹祗谟：

沈天羽《别集》一选，自谓有捶肠镂肾之妙。吾最喜其“意致相诡，言语妙天下”数语，为诗余开却生面。近如嵇叔子、尤展成、许有介、王山长诸集，类皆瓌姿逸颖，体裁别出。然亦有刻意纤僻，臻离本旨，如芜阴张渌渔、云间朱宗远、楚中许漱石、赵友沂诸君，不无奇过得庸，深极反浅之病。岷源滥觞，不得不归咎于别集二字。

《远志斋词衷》

2. 谢章铤：

吾闽词家，宋元极盛，要以柳屯田、刘后村为眉目。明代作者虽少，然如张志道以宁、王道思慎中、林初文章，亦复流风未泯。又继以余澹心怀、许有介友、林西仲云铭、丁雁水炜、丁韬汝焯。

《赌棋山庄词话》卷一

龚鼎孳

龚鼎孳(1615—1673)字孝升，号芝麓，安徽合肥人。明崇祯七年(1628)进士，官兵科给事中。降清，起吏科，转礼科，后屡踬屡起，官至礼部尚书。卒谥端毅。乾隆三十四年，诏削其谥号。事迹见《清史稿》、《清史列传》。龚鼎孳文学声望与钱谦益、吴伟业相近，有“江左三大家”之称，然论其成就实非二家匹。诗余与吴伟业并驱，领袖清初词坛；追沿明末余绪，格调逊于吴。唯倾囊橐以恤穷交，出气力以援知己，为士流所归，遂得享重名。鼎孳身前即有《香严集》、《三十二芙蓉斋词》之刻。后孙默刻《十六家词》，亦收其《香严词》二卷。雍正间查禁文字，龚氏文字亦并入官。孙默《十六家词》本收入《四库全书》时，《香严词》遭抽毁，遂改称《十五家词》。著有《定山堂集》、《定山堂诗余》四卷。

1. 纪映钟：

肥水龚端毅公，文章风节不减宋两文忠，而好为诗余。或慷慨悲歌，穿云裂石；或柔情纷绮，触絮黏香。殆亦似之，而尤能为叠韵，愈狭愈工，愈险愈妙。每脱一稿，如芙蕖出水，秀色天然，晓黛横秋，苍翠欲滴，胸中别有垆鞲，不知其所自来也。今海内读公诗文以及奏章条札，若览川岳而厌粱肉，罔不瞠目，动观止之叹矣。孰知绝流背麓，复有拳石小溪离奇激荡之趣。常人之情，偃仰饱饫，又未尝不躭嗜珍错。读公著作，何以异是？

《香严词序》(《香严词》)

2. 钱肃润：

端毅公不独以诗余见长，而诗余亦非近代词人所及，可见千古才人，大言小言，无所不可。

纪映钟《香严斋诗余序》评语（《文瀫初编》卷七）

3. 周亮工：

依永和声，诗词相禅；而引商刻羽，宫调久疏。先生偶一拈提，辄居最上。青莲才富，更传残照西风；坡老名高，亦谱轻凉玉枕。即如儿子在浚所刻《秋水轩唱和》诸阕，韵险而句弥工，和多而调愈稳。上林三月，无非睍睆之音；大谷千溪，尽叶笙镛之韵。揽其全鼎，足了十人。入广野之岳，举步宝阙琼楼；授苍使之书，触目琅文琳篆。此又元、白诸公所未窥之阃奥，而周、秦诸子不易测其津涯者也。

《定山堂诗集序》（《定山堂诗集》卷首）

4. 龚鼎孳：

暂出白门前，杨柳可藏乌。欢作沉水香，侬作博山炉。靡曼相侵，恣心极态，江南金粉，奉为艳宗，吾所云然，不端斯谓，要之发乎情，止乎礼义，其大略可得而观焉。

《白门柳自题》（《定山堂诗余》）

5. 龚鼎孳：

湖上旅愁，呼春风柳七。凭栏欲语，时吟《花间》小令，为晓风残月招魂。脱口津津，寻自厌悔，昔山谷以绮语被诃，针锤甚痛，要其语诚妙天下，无妨为大雅罪人。吾不能绮，而诡之乎忏，然则吾不当忏绮语，当忏妄语矣。

《绮忏自题》（《定山堂诗余》）

6. 尤侗：

《香严词》新艳旎旎，得言情之三昧。

《菊庄词话》

7. 尤侗：

诗能穷人，非笃论也。至于词，尤不然。《花间》、《兰畹》所载，和凝、韦庄、冯延巳之流，皆一时卿相，而〔谒金门〕、〔小重山〕诸阕传为佳话，要其人不足道也。宋子京“红杏枝头”，晏同叔“桃花扇底”，草堂巨公并艳千古矣。更有进者，以寇平仲之刚，而曰“柔情不断如春水”；范希文之正，而曰“眉间心上，无计相回避”；欧阳永叔之忠，而曰“无人与说相思，近日带围宽”。尽三公名垂宇宙，不以纇其白璧，由斯以谭，岂惟词不能穷人，殆达者而后工也。庐江龚芝麓先生，天下仰之如高山大河，其勋业在台阁之上，而作为诗歌流播于骚人墨士之口，下至填词小伎，疑不屑。以为乃尊前马上，往往寄兴及之。向有白门绮忏，脍炙齿牙。今松陵徐电发汇刻其《三十二芙蓉集》，受而读之，如名香美锦，郁然而新，词人冠冕无逾公者。以视《花间》、《兰畹》诸子，直发蒙振落耳。世人论词，辄举苏、柳两家，然大苏“琼楼玉宇，高处不胜寒”，神宗叹为爱君。而柳七“晓风残月”有登溷之讥，至“太液波翻”忤旨，抵地而詈，何遭遇之悬殊耶？予谓二子立身各有本末，即词亦雅俗自别，东坡“柳绵”之句可入女郎红牙，使屯田赋“赤壁”，必不能制将军铁板之声也。先生之才庶几眉山，而境地过之矣，岂三变所敢望哉？太史公传留侯，以为其人计魁梧奇伟，至见其图状貌，乃如妇人好女。今公之魁梧奇伟，予固得而识之，及观其词，则如花间美人，更觉妩媚，吾益无以测之矣。

《三十二芙蓉词序》(《西堂杂俎》二集卷三)

8. 丁澎：

大宗伯芝麓先生，以人伦之宗鉴，为我朝之柱石，其德业文章，横绝乎汉唐以上，弁髦乎宋元以下，千古精华之气，天地特聚之以畀先生之一人……间以其闲情发为诗余……于是取是编而读之，沨沨乎有《三百篇》之遗音焉：其珥珰槐掖，濡笔承明，则雅音亮节，依然《彤弓》、《湛露》之赋答也；其遣情山水，放目云烟，抚白石以流连，漱清漪而沦泝，则逸兴遄飞，陶然《卷阿》、《苓隰》之高致也；其凄心悄志，悱恻缠绵，寄悲怨于花晨，讬遥思于月夕，则殷然忧谗畏讥，离夫思妇之萧骚也；其香闺忆别，霜塞鸣笳，听木叶于宵砧，响愁鸿于铁马，则杨花雨雪，色然以惊，凄然以悲，而瞻望勿及者也；其春郊约友，曲水联心，就云中而招鹤，开金井以投轮，则鸟鸣伐木，慕友声而思兰味者也。然则先生之诗余，非古乐府之余，盛中晚之余，而《三百篇》之余也；亦非仅《三百篇》之余，直可上泝夫八伯卿云之歌，白云西母之谣，元首股肱之赓飏，而为其余者也。昔欧阳文忠、晏元献诸公以词名宋代，立朝正色，卓立不移，以先生德业文章之盛，何其先后若一辙也。世之读是编者，性情以是正焉，风会以是醇焉，房中正始之音以是传焉，宁仅曰诗之余而已哉？

《定山堂诗余序》(《定山堂诗余》)

9. 毛奇龄：

句香字艳，直逼《花间》、《尊前》，故当伧父辛、刘，衙官秦、柳。

《香严斋词话》(《香严斋词》)

10. 毛奇龄：

或问香严之妙，曰雄放处时见伟观；问棠村之妙，曰旖旎时亦属本色。

《棠村词话》(《棠村词》)

11. 徐倬：

梅村清婉，香严瑰丽，棠村纤秾，家弟电发欲合三先生诗余行世，真堪鼎峙骚坛。

《棠村词话》(《棠村词》)

12. 陆世楷：

昔杨用修评陆放翁词云："纤丽处似淮海，沉雄处似东坡。"余谓合肥先生能撮有其盛。

《香严斋词话》(《香严斋词》)

13. 邹祗谟：

余常与文友论词，谓小调不学《花间》，则当学欧、晏、秦、黄。《花间》绮琢处，于诗为靡。而于词则如古锦纹理，自有黯然异色。欧、晏蕴藉，秦、黄生动，一唱三叹，总以不尽为佳。清真、乐章以短调行长调，故滔滔莽莽处，如唐初四杰作七古，嫌其不能尽变。至姜、史、高、吴，而融篇、炼句、琢字之法，无一不备。今惟合肥兼擅其胜，正不如用修好入六朝丽字，似近而实远也。

张玉田谓词不宜和韵，盖词语句参错，复格以成韵，支分驱染，欲合得离。能如李长沙所谓善用韵者，虽和犹如自作，乃为妙协。近则龚中丞《绮忏》诸集，半用宋韵。阮亭称其与和杜诸作，同为天才，不可学。

《远志斋词衷》

14. 邹祗谟：

合肥赞河渚词“玉琢巧心，香咳红唾”，此言得无自道？（卷二）

中丞小词，精丽非常，垂珠散锦，而有曳雪牵云之妙，比之新都，绘琢处相似，而风韵更尔不凡。（卷五）

《乐章集》，风致缠绵，情语是其所长，而弩末时涉俚浅，不无易尽之恨。合肥以清丽胜之，婉至精详，兼融篇炼字之胜，又非屯田所梦见也。（评《十二时》“浦口寄忆用柳耆卿秋夜韵”）（卷二十）

南宋诸词以进奉，故未免浅俗取妍。《香严》一集，如此雕搜彩致，仍归生色真香，所谓妙音难文，未易为浅人索解。

《倚声初集》

15. 彭孙遹：

长调之难于小调者，难于语气贯串，不冗不复，徘徊宛转，自然成文。今人作词，中、小调独多，长调寥寥不概见，当由兴寄所成，非专诣耳。惟龚中丞芊绵温丽，无美不臻，直夺宋人之席。熊侍郎之清绮，吴祭酒之高旷，曹学士之恬雅，皆卓然名家，照耀一代。长调之妙，斯叹观止矣。

《金粟词话》

16. 聂先：

有欲合刻梅村、香岩、棠村为三大家词者，以梅村骀宕，香岩惊挺，棠村有柳欹花亸之致。或谓河南河北，代为雄视，未若三公之旨之一世，意气遒上，感慨苍凉，当以梅村为冠。

《百名家词钞》

17. 聂先：

合肥才位德望，可谓盛矣。至其怜才好士，汲引后学，一往情深，久而弥笃，恐前哲名贤中，亦不易得也。其为小调，论者称其冰心铁骨，饶有玉润珠鲜之致。一夕，余试歌于深雪哀弦之次，其声宛转沉郁，悲壮激扬，为之踊跃，为之黯然。

《百名家词钞》

18. 王士禛：

云间数公论诗拘格律，崇神韵。然拘于方幅，泥于时代，不免为识者所少。其于词，亦不欲涉南宋一笔，佳处在此，短处亦坐此。合肥乃备极才情，变化不测。娄东驱使南北史，澜翻泉涌，妥帖流丽，正是公歌行本色，要是独绝。不似流辈挦扯稼轩，如宋初伶人谑馆职也。友人中，陈其年工哀艳之辞，彭金粟擅清华之体，董文友善写闺襜之致，邹程村独标广大之称，仆所云，近愧真长矣。

《花草蒙拾》

19. 顾贞观：

国初辇毂诸公，尊前酒边，借长短句以吐其胸中，始而微有寄托，久则务为谐畅。香岩、倦圃，领袖一时。

《答秋田求词序书》（谢章铤《赌棋山庄词话续编》卷三引）

20. 徐釚：

古人蕴藉生动，一唱三叹，以不尽为嘉。清真以短调行长调，滔滔漭漭，如唐初四杰作七古，嫌其不能尽变。至姜、史、蒋、吴融炼字句，法无不备。兼擅其胜者，惟芝麓尚书矣。

《古今词话·词评》卷下引

21. 徐釚：

〔沁园春〕《校镌〈七十二芙蓉词〉成上龚芝麓尚书》

我爱先生，兰畹花间，亦复为之。想琼楼玉宇，闲抛锦字，晓风残月，偶逗相思。夺却骚坛，撇残狂客，黄绢重题少妇辞。还须谱，倩银筝翠管，玉轸金徽。　天街露冷烟霏。划不断、柔情世上稀。更兔园春老，宫怀磊落，龙门路杳，人想雄奇。绿野阴浓，碧纱烟笼，拈断霜毫色已飞。堪更羡，笑枝头红杏，压倒前题。

雅健雄深，公岂逊之，焉数班扬。念纷纷项领，谁能推毂；丝丝烟雨，肯付冥茫。坐有布衣，交怜短褐，灶下芦中也激昂。仗短句，论平津东阁，今日谁长？　追思剧孟欢场。便丞相、车茵醉不妨。况玉筝红袖，分行领取；银箫翠管，逐队翱翔。慷慨悲歌，嵚崎历落，铁板红牙总断肠。还太息，叹书生鹅笼，藩触羝羊。

《菊庄词》

22. 汪懋麟：

汪蛟门曰：钱唐令君梁冶湄，欲合吴祭酒《梅村稿》、龚司马《香严词》，与其家司农《棠村集》，汇梓行世。夫祭酒骀宕，司马惊挺，司农起恒朔间，而有柳欹花亸之致。彼河北、河南，代为雄视，未若三公之旨之一也。

《古今词话·词话》卷下

23. 张星耀：

昭代词人之盛，不特凌轹元明，直可并肩唐宋。如《香岩》之雄瞻，《棠村》之韶令，《容斋》之新秀，《衍波》之大雅，《延露》之俊逸，《丽农》之宏富，《东江》之绵渺，《弹指》之幽艳，

《乌丝》之悲壮，《艺香》之浓鲜，《玉凫》之清润，《兰思》之真致，《玉蕤》之周密，余如秋岳、锡鬯、容若、云士、舒凫、夏珠、昉思诸公，未窥全豹，微露一斑，而《二乡》、《远山》、《云涌》、《扶荔》、《鸾情》、《南溪》、《炊闻》、《百未》、《含影》、《支机》、《蓉渡》、《锦瑟》、《柳村》、《遏云》、《当楼》、《青城》、《蝶庵》、《秋水》、《峡流》、《吹香》、《椒峰》、《萝村》、《菊庄》、《移春》、《山晓》、《梨庄》、《红蕉》、《柯亭》诸集，可谓家操和璧，人握隋珠，一时群聚。噫，盛矣！

《词论》（《东白堂词选初集》）

24. 蒋景祁：

钱尚书牧斋、吴祭酒梅村、陈黄门大樽、龚宗伯芝麓、曹侍郎秋岳、宋宗丞辕文、李舍人舒章一时倡和，特绝千古。

《刻瑶华集述》（《瑶华集》）

25. 徐琰：

尚书词于绵丽温润之中，别具一种天香国色，令人心意俱尽，则以豪才博学，寄托于浓情艳语之间，虽极铺设藻绘，但见为大雅不群耳。低手效之，非轻儇即软俗矣。

《香严斋词》评语（黄裳《来燕榭读书记》卷七《徐电发刻三家词》引）

26. 孙尔准：

史笔梅村语太庄，雕华不解定山堂。

要从遗老求佳制，一曲观潮最擅场。

《论词绝句》二十二首（《泰云堂诗集》卷四）

27. 谢章铤：

江左三家，吴梅村、龚芝麓俱以词名，而龚不及吴，芝麓感慨有余，缠绵不足也。

《词话纪余》（《稗贩杂录》卷三）

28. 胡薇元：

清初词人，如吴骏公、梁玉立、龚孝升、曹洁躬、陈其年、朱竹垞、严荪友诸家，词采精善，美不胜收。中间先征君稚威、吴縠人、洪北江、钱晓征，均称后劲。嘉道以来，则以龚定庵、恽子居、张皋文辈为足继雅音也。

《岁寒居词话》

29. 陈廷焯：

芙蓉词秀而有骨，故佳。

《云韶集》卷十四

30. 徐珂：

明崇祯之季，诗余盛行，人沿竟陵一派。入国朝，合肥龚鼎孳、真定梁清标，皆负盛名。

《近词丛话》

31. 《续修四库全书提要》：

鼎孳势位优隆，声气愈广，与汪蛟门、曹子顾、王西樵、阮亭、陈其年诸人酬酢往还，斗韵唱和。然激壮之词，不及迦陵；雅艳之制，亦逊二王，盖犹沿袭明风，未尽纯正。而又自许甚深，务为高远。中间用柳屯田、贺方回、周美成、史邦卿诸家之韵者甚夥，徒蹈效颦之讥，无当于词体矣。

《定山堂诗余提要》

32. 闻野鹤：

清词诸家，龚芝麓如初日芙蓉，娉婷秀发。

《㤅簃词话》

33. 卢前：

〔望江南〕

飞红雨，门巷叹重来。隔水芙蓉多妩媚，流莺铁马漫疑猜。梦只到妆台。

《饮虹簃论清词百家》（《清名家词》）

余怀

余怀(1616—1695)字澹心，一字无怀，号鬘翁，又号鬘持老人，福建莆田人，侨居金陵(今南京)。澹心生明季，无科名，终老布衣，以遗民自居。工于诗，才情艳逸，与杜浚、白梦鼐齐名，时称“余杜白”。晚年流寓吴门，徜徉于支硎、灵岩间。事迹见《清史列传》。工诗词、善曲。著述甚富，有《味外轩文稿》、《板桥杂记》、《茶史》、《平生萧瑟诗》、《三吴游览志》、《枫江酒泉诗》等，词则有《秋雪词》、《玉琴斋词》传世。

1. 吴伟业：

澹心之词，大要本于放翁，而点染藻艳，出脱轻俊，又得诸《金荃》、《清真》，此由学富而才俊，无所不诣其胜耳。

《玉雪斋词题词》(《玉琴斋词》)

2. 龚鼎孳：

《秋雪词》惊才绝艳，绣口锦心，人所易知也。而其一寸柔肠，千年绝调，腴而不靡，丽而不纤，悲壮而不激烈，旷达而不肤廓，不必以雕镂为工，而玉光剑气隐现于声律芳香之外，非人所易知也。一觞一咏，吾当北面，岂敢以旗鼓抗中原哉？

《百名家词钞》引

3. 龚鼎孳：

澹心余子，惊才绝艳，吐气若兰。而搦管题词，直搴淮海之旗、夺小山之篳者。

沈雄《古今词话·词评》卷下

4. 尤侗：

昔人问词何句最佳，曰“好似一江春水向东流”，然“小楼昨夜”卒召牵机之祸，岂非恨耶？千载而下遇余子为知己，从而和之，可以□洗面之泪矣。宋人佳句多不易得，“雨打梨花深闭门”，遂用入两调，柳七“杨柳岸，晓风残月”脱胎魏承班〔渔歌子〕，而梢公登溷，未脱妒语，不如“霜风凄紧，关河冷落，残照当楼”，尤为切响，此外亦寥寥矣。他如“红杏枝头春意闹尚书”，“云破月来花弄影郎中”，只以一句了其一生，词家之矜重身价若此。如余子之清言绮语，络绎奔赴，又何巧于用多耶？寿词多者无过魏鹤山，苦不能传稼轩，差强人意。余子于此兼能擅场，因知才人无所不可。犹记梅村赋〔满江红〕赠余子云“赌墅好寻王武子，论书不减萧思话。问后来领袖，复谁人如乡者。”足以定余。

《玉琴斋词题辞》(《玉琴斋词》)

5. 谢章铤：

莆田余澹心怀侨寓金陵，推襟送抱，一时名士皆从之游。词曰《秋雪》，阮亭称其步武放翁。……澹心……笔墨哀丽，虽光远之志《北里》，不啻子山之赋《江南》，后之作者，莫之或先。

《赌棋山庄词话》卷一

6. 张琴：

落拓青衫艳俊游，金樽檀板醉高楼。

留将家国兴亡泪，付与秦淮曲曲流。

旧院春风忆老鬘澹心别号鬘持居士，玉琴声澈暮云闲。

白头庾信肠堪断，黄叶江南一片山。

《题玉琴斋词后》(《玉琴斋词》)

7. 陈廷焯：

澹心词颇轻倩。

《闲情集》卷三（《词则》）

8. 胡玉缙：

词大致风华掩映，寄托遥深，繁缛之中，寓以悽惋，虽犹是《杂记》之遗意，而苟以意逆志，固不得为风雅罪人也。

《玉琴斋词提要》(《四库未收书目提要续编》)

9.《续修四库全书总目提要》:

其体格与渔洋、珂雪二家相伯仲……其词风具见吴伟业、龚鼎孳二公所论述,盖能兼阳刚、阴柔之美者。

《续修四库全书总目提要·玉琴斋词不分卷》

10.《续修四库全书总目提要》:

吴梅村论澹心之词“大要本于放翁,而点染藻艳,出脱轻俊,又得诸《金荃》、《清真》”,龚鼎孳云“《秋雪词》惊才绝艳,绣口锦心,人所易知也。而其一寸柔肠,千年绝调,腴而不靡,丽而不纤,悲壮而不激烈,旷达而不肤廓,则非人所易知也”。二公皆词坛国手,而备极推崇如此。观之集内,洵非虚谀阿好。澹心什记之作即足见其伤心人别有怀抱,其性情、才调,固宜于倚声度曲者也。

《续修四库全书总目提要·秋雪词一卷》

11. 赵尊岳:

逮至易代,朴学渐兴,王船山、屈翁山诸遗老,善以流美之情,托黍离之致,寄桑海之感,抒故国之思。即至余澹心、李笠翁之流,要亦沦落江湖,自甘寐异,水云寄慨,歌哭无声。是则玉田之值梅娇,犹谙周谱;野人之题桥驷,善和坡词,遗泽之深,平居之感,庶几同之也。

《惜阴堂明词丛书叙录》(《词学季刊》第三卷第四号)

卢元昌

卢元昌（1616—？）字文子，号半林居士，江苏华亭（今属上海市）人，著有《杜诗阐》、《半林诗稿》、《思美庐删存诗》、《稀余堂留稿》等，亦能词。

1. 邹祗谟：

文子填词爽俊脱俗，于云间另作一格。

《倚声初集》卷四

蒋平阶

蒋平阶（生卒年不详）原名阶，又名雯阶，字大鸿，华亭（今属上海市）人，明诸生，曾从陈子龙学诗，又长于堪舆之学，参与抗清失败后隐居绍兴。与弟子沈亿年、周积贤等合著有《支机集》。

1. 毛奇龄：

予乡曩时有创为西蜀、南唐之音者，华亭蒋大鸿也。其法宗《花间》，而人之为《草堂》者却而不进。

《倚玉词序》（《西河集》卷四十七）

2. 邹祗谟：

《支机集》本仿《花间》，刻遗宋调，缀词悉有调无题。

《倚声初集》卷一

3. 张宗城：

夫杜陵岂仅蚁视唐宋，且欲直追正始，沨沨乎《三百》遗音也。

《词草小序》（《三江所志》）

4. 《续修四库全书总目提要》：

三家（按：指《支机集》之作者蒋平阶、沈亿年、周积贤三家）所作，平阶为上，虽不能如《花间》之浑厚重大，而高丽开阔，亦明词之上乘也。

《续修四库全书总目提要·支机集三卷》

毛重倬

毛重倬（1617—1885）字卓人，号阆仙，阳羡著名词人曹亮武的岳父。清顺治二年（1645）应乡试，以“文体怪异”被拘。著作甚富，著有《乐志堂诗集》，有《卓人词》一卷，今不传。

1. 邹祗谟：

余向序阮亭词云：“同里诸子，好工小词，如文友之儇艳，其年之矫丽，云孙之雅逸，初子之清扬，无不尽东南之瑰宝。今则陈、董愈加绵渺，二黄益属深妍。更加庸庵之醇洁，风山之超爽，卓人之精腴，介眉之隽练，公阮之幽峭，紫曜之鲜圆，陶云之雅润，赓明之秀濯，含英咀华，彬彬可诵。词虽小道，读之亦觉风气日上。”

《远志斋词衷》

陆求可

陆求可（1617—1679）字咸一，号密庵，江苏山阳（今淮安）人。幼孤，事祖母与母孝。笃志好学，贯通经史。清顺治十二年（1655）进士。授河南裕州知州，有惠政，以最入为刑部员外郎。历转布政司参议。著有《密庵文集》二十卷、《诗集》八卷、《语录》四卷、《月湄词》四卷。

1. 陆求可：

温、和生而《花间》作刻羽引商，李、晏出而《草堂》兴谐声依咏。淮海、漱玉倡温丽之微言，稼轩、放翁极雄豪之变态。投袂而赴节，咏歌朝庙之端；比事以属词，怅别都门之外。管弦所协，作者掇腫，褰芳词令斐然，听之惊心动魄，洵元音之鼓吹，衍乐府之源流。近代而还，指不多屈。用修、元美几同秦、柳升堂，征仲、眉公亦比欧、苏入室。张右文纂《图谱》，恰在泯绝之日；钱功甫辑《词华》，适丁散佚之年。各出新声，俱标艳体，多有缘情雅作，宁为累德微词。碧云红叶之章，共推扬于文正；杨花谢桥之句，犹许可于伊川。盖假物而行吟，实贤者所不免，未可呵为蜡屐，奚容等若雕虫。仆解绂偷闲，读书怀古。咏绿红肥瘦，不觉魂销；吟残月晓风，能无技痒。爰寻声而按谱，遂累句以成编。托景言怀，或缘感激而归旷远；逢时揽胜，或因叹冶而起悲愁。卉蕊涉趣于朝昏，虫鸟争妍于远迩。假闺房而矢咏，岂曰淫哇；望古昔以具言，敢流愤激？风云月露，画入笔端；尹吉姬姜，俱供词料。写生体物，未造语入微；惜别征歌，将深情如诉。厥类既广，为词良多。翰墨怡情，窃愧短辕之犊；笙歌娱志，犹贤长日之棋。借以消忧，用兹捐忿。随时铨次，间多先后之殊；辨物成章，弗别短长之体。诚知蓬垢自喜，未窥倾国之令姿。然而瓦缶杂陈，或当拊髀之雅好；情词刺谬，倘蒙一顾于周郎。教诲殷勤，愿贶百朋于陆子。庶乎挈微蛙智井，得窥苍昊之全；转尺鲵啼涔，获识江湖之大。敢云虀臼，聊备刍荛。

《月湄词自序》(《月湄词》)

2. 尤侗：

山阳陆密庵先生尝视学八闽，坐高堂施绛帐，以五经六艺寻其子弟。盖庄庄乎道学君子也。癸丑来游虎丘，与予辈饮酒赋诗，谈谐间作，大似江山韵人。今冬寄予《月湄词》，读之芳华旖旎，不减“晓风残月”。其彭泽之《闲情》，广平之《梅花》耶？至其命题分门别部，以良辰为一集，美景为一集，古迹为一集，艳情为一集，似《花间》之类苑，为《草堂》之丛书。字里云霞，灿于金谷；行间珠玉，富于铜陵矣。吾吴诗余，自云间发源，武塘分脉，西湖溯其流，毗陵扬其波。今兹风气，自南而北。由维扬以达淮海，而先生卓然为词坛总持。山阳，故楚州地，楚人善怨，小山《招隐》有沅湘遗风焉。先生其倚户而歌，邻人有吹笛者，嚼徵含商，移宫换羽，当为使君洗尽蛮烟瘴雨作霜天晓矣。

《月湄词序》(《月湄词》)

3. 范国禄：

古人之集行世者，自成一家言，不必以类分也，非不类不成类耳。事物繁多，著作有限，不能一一备之，虽欲类不可得也。即以诗论，莫多于少陵、东坡类，少陵者，仅于其律类，东坡者始及其古，家传户诵至今，与全集并行，然仅二家而已。至于词则无闻焉，以词之迫束于调，作者之才未易尽也。方今才子推密庵先生，文章尔雅已为多士楷模。诗赋高华，允作六经鼓吹。以其暇豫，旁及诗余，合周、柳、辛、陆为一家，分唐、宋、元、明之各脉。追风及格，振藻谐音，极倚声之能事矣。乃其体物托情，随景命意，既多既备，孔雅孔群。统之则全编不遗诸调，悉之则一物亦有数阕。词苑大观，比于少陵、东坡，洵称并驾。余从孙子无言搜辑名家词，得备参阅，独至《月湄集》不觉快心叫绝。梓成因缀数语其后。古琅范国禄汝受跋。

《月湄词跋》(《月湄词》)

4. 陈廷焯：

国初十六家词孙默编，独遗竹垞，殊不可解。其中王士禄、王士禛，于词一道，并非专长。不知何以列入。又尤侗、董俞、陈世祥、黄永、陆求可、邹祗谟等词，根柢既浅，措语又不尽雅驯，尚非分虎、符曾、藕渔之匹二李一严亦未入选，亦何敢与小长芦抗哉？去取太不当人意，而纪文达公谓国初填词之家，约略具是，亦失之不检也。

《白雨斋词话》卷五

华章庆

华章庆（生卒年不详）字叔延，号守斋，江苏无锡人。诸生。官训导。有《九龙山人集》，附词一卷。

1. 丁绍仪：

华叔延广文章庆，吾邑诸生，以教习得官。少从吴梅村、曹倦圃诸老游，诗词咸有法。

《听秋声馆词话》卷一

曹尔堪

曹尔堪(1617—1679)字子顾，号顾庵，浙江嘉善人。清顺治九年(1652)进士，授翰林院编修，扈从瀛台、南苑，奉旨与吴伟业同注唐诗。丁艰，起补转侍读，升侍讲学士。仕途多艰，曾以家事牵系下狱，事白，罢归，优游田园，与二三老友选胜赋诗，间作远游。《清史稿》、《清史列传》有传。尔堪幼甚颖慧，博学广识，能文善诗，与宋琬、施闰章、沈绎堂、王士禛、王士禄、汪琬、程周量合称“海内八家”。顾庵亦以词名世，与山东曹贞吉并称“南北二曹”，为清初“柳洲词派”主干，清初词坛重要词人。康熙初三次参与词坛唱和。其一为康熙三年前后，与宋碗、王士禄在杭州唱和，以《江村唱和词》题名刊行。其二为王士禛在扬州推官任上，会集词坛名流，朝夕唱酬于红桥、蜀冈间，即广陵唱和。其三为康熙十年，曹尔堪至北京，作《贺新凉·雪客秋水轩晓坐，柬檗子、青藜、湘草、古直》，唱和者甚众，即秋水轩倡和。著有《杜鹃亭稿》、《南溪诗略》，词集有《南溪词》、《秋水轩唱和词》。

1. 吴伟业：

顾庵诸词，有渭南之萧散，无后村之粗豪，南宋当家之技。沈雄《古今词话·词评》卷下

2. 李渔：

人皆谓眼前事，口头语，都被前人说尽，焉能复有遗漏者。予独谓遗漏者多，说过者少……只据眼前词客论之，如董文友、王西樵、王阮亭、曹顾庵、丁药园、尤悔庵、吴园次、何醒斋、毛稚黄、陈其年、宋荔裳、彭羡门诸君集中，言人所未言，而又不出寻常见闻之外者，不知凡几。

《窥词管见》

3. 周茂源：

墨妙真双擅，新诗与艳词。

旗亭矜绝唱，只许最娇姿。

《曹顾庵学士寄示诗词新作》(《鹤静堂集》卷十三)

4. 尤侗：

记二十年前与顾庵相乐也，每当湖山宴集，毫墨淋漓，酒旗歌扇，逢迎不暇，此真少时之极致矣。顾庵既登上第，直内廷，簪笔视草，蜚声京洛，忽以细故，下吏放归草庐。而予幞被灌园已及十载，握手相看，颠毛半白，回思二十年前之乐，恍焉如梦，其能无慨于心乎？独诗歌兴会，至老不衰，予间以花草之余，度曲梨园，陶写丝竹。而顾庵出所著近词，一唱三叹，遂使铁板承前，红牙侍后，狂奴故态，吾两人可相视而笑矣。予惟近日词家，烘写闺襜，易流狎昵；蹈扬湖海，动涉叫嚣，二者交病。顾庵独以深长之思，发大雅之音，如桐露新流，松风徐举，秋高远唳，霁晚孤吹，第其品格，应在眉山、渭南之间，会须诃周、柳为小儿，嗤辛、刘为伧父。予又何人，敢与之较长絜短哉!假使今日有上官昭容秤量天下，则顾庵必受明月夜珠之宠，而予则纸落如飞矣；又使今日有旗亭妙伎，双鬟发声，则顾庵必擅黄河远上之名，而予且未得画壁。然则顾庵之词，予岂惟不敢望肩背，虽欲品题甲乙，亦不能赞一辞也。盖新城王阮亭亟称之矣，曰：学士词，其源出于《豳风》，一洗郑、卫。予尝以为知言。

《南溪词序》(《南溪词》)

5. 尤侗：

近日词家爱写闺襜，易流狎昵，惟曹南溪工于寓意，发为雅音，品格在周、秦、姜、史之间。

王初桐《小嫏嬛词话》卷三引

6. 梁清标：

南唐、北宋以还几数百年，振兴之功，于今为烈。若荔裳独步于莱阳，悔庵扬芬于吴苑，西樵、阮亭，兄弟竞爽；绎堂、子山，同邑联镳；其年、椒峰，启兰陵之秀；顾庵、羡门，蔚浙水之宗。一时才子，各自名家，亦既彬彬矣，继起之英，指不胜屈。

丁澎《菊庄词序》引（《菊庄词》

7. 丁澎：

词以温韦为则。自欧、秦、姜、史，盛极而衰。至明末习气颓唐，迄今日而始盛，其犹诗之在开元、天宝欤？学士之词，实得《花间》绝妙之致，似有《兰畹》、《金荃》之丽。阮亭先生尝谓学士词，其源出于《豳风》，一洗郑卫余习，其知言乎？

《百名家词钞》引

8. 陈维崧：

〔念奴娇〕《读顾庵先生新词兼酬赠什即次原韵》

老颠欲裂，看盘空硬句，苍然十幅。谁拍袁绹铁绰板，洗净琵琶场屋。击物无声，杀人如草，笔扫毚毫秃。较量词品，稼轩白石山谷。　记得戏马长杨，割鲜下肚，天笑温堪掬。玉靶角弓云外响，捎动离宫花木。银海乌飞，铜池鲸舞，月照孤臣独。江潭遗老，一声寒喷霜竹。

《迦陵词》

9. 邹祗谟：

南溪诸词，能取眼前景物，随手位置，所制自成胜寄。如晏小山善写杯酒间一时意中事，当使莲、鸿、苹、云别按红牙以歌之。

沈雄《古今词话·词评》卷下

10. 邹祗谟：

诗家有王、孟、储、韦一派，词流惟务观、仙伦、次山、少鲁诸家近似，与辛、刘徒作壮语者有别。近惟顾庵学士情景相生，纵笔便合，酷似渭南老人。言远方伯，洮洮清迥，与葛理问震父瑜亮。更如岸初、文夏、耕坞、昆仑诸公，俱以闲澹秀脱为宗，不作浓情致语。求之近代，其文待诏、陈征君之间乎。

《远志斋词衷》

11. 邹祇谟：

顾庵诸词，有务观之萧散，无后村之粗豪，南宋当家之技。（卷一）

悬宰（按：当作“玄宰”，董其昌）论画云：“小树最要淋漓，简枝繁影，欲如文君之眉与黛。”观此可质顾庵诸短调。（卷二）

顾庵作艳词，如王谢子弟捉麈尾，自有俊致。（卷八）

顾庵善作景语，禽虫飞蝡，偶入词中，便如徐熙、边鸾写生点染，茅一相云：“画花竹禽鱼者，古不如近”，于此亦然。（卷十二）

贺黄公谓宋诗至范至能，真有华山騄耳过都历块之才，虽霜蹄一蹶，不损千里之步，余读顾庵词亦云然，要使人不得不爱其神骏。（卷十五）

顾庵诸词，能取眼前景物，随手位置，自成胜寄，求之两宋，前有坡翁，后有放翁，其诗仿佛似此，不徒称广大教化主也。（卷二十）

《倚声初集》

12. 邹祇谟：

顾庵诸词，每与画理相出入，觉善为峰峦气象。（评〔阮郎归〕寒村漫兴）

《南溪词》卷上（《国朝名家诗余》）

13. 彭孙遹：

长调之难于小调者，难于语气贯串，不冗不复，徘徊宛转，自然成文。今人作词，中小调独多，长调寥寥不概见，当由兴寄所成，非专诣耳。唯龚中丞芊绵温丽，无美不臻，直夺宋人之席。

熊侍郎之清绮，吴祭酒之高旷，曹学士之恬雅，皆卓然名家，照耀一代，长调之妙，斯叹观止矣。

《金粟词话》

14. 王士禛：

顾庵词不为儇巧，自是方家。（卷五）

柳洲风雅极东南之美，实子顾、子存、子更数公倡导之。（卷七）

学士词如诗中储、王。（卷九）

顾庵之词，五百年中，有此两人。

每笑山林樵牧，身在画图，或不能自名其谷。学士身践清华，而其词了无烟火，乃知岩栖木食人所为，殆是前身荷蓧石户之流耶？（卷十五）

学士词，其源出于《豳风》，一洗郑卫。（卷二十）

《倚声初集》

15. 王士禛：

“牛衣古柳卖黄瓜”，非坡仙无此胸次。近惟曹顾庵学士时复有之。

《花草蒙拾》

16. 朱彝尊：

宋元诗人，无不兼工乐章者，明之初亦然。自李献吉论诗，谓唐以后书可勿读，唐以后事可勿使，学者笃信其说，见宋人诗集辄屏置不观。诗既屏置，词亦在所勿道。焦氏编《经籍志》，其于二氏百家搜采勿遗，独乐章不见录，宜作者之日寥寥矣。崇祯之际，江左渐有工之者，吾乡魏塘诸子和之，前辈曹学士子顾雄视其间，守其派者，无异豫章诗人之宗涪翁也。

《柯寓匏振雅堂词序》（《曝书亭集》卷四十）

17. 张星耀：

昭代词人之盛，不特凌轹元明，直可并肩唐宋。如《香岩》

之雄瞻，《棠村》之韶令，《容斋》之新秀，《衍波》之大雅，《延露》之俊逸，《丽农》之宏富，《东江》之绵渺，《弹指》之幽艳，《乌丝》之悲壮，《艺香》之浓鲜，《玉凫》之清润，《兰思》之真致，《玉蕤》之周密，余如秋岳、锡鬯、容若、云士、舒凫、夏珠、昉思诸公，未窥全豹，微露一斑，而《二乡》、《远山》、《云涌》、《扶荔》、《鸾情》、《南溪》、《炊闻》、《百末》、《含影》、《支机》、《蓉渡》、《锦瑟》、《柳村》、《遏云》、《当楼》、《青城》、《蝶庵》、《秋水》、《峡流》、《吹香》、《椒峰》、《萝村》、《菊庄》、《移春》、《山晓》、《梨庄》、《红蕉》、《柯亭》诸集，可谓家操和璧，人握隋珠，一时群聚。噫，盛矣！

《词论》（《东白堂词选初集》）

18. 田同之：

魏塘曹学士云："词之为体如美人，而诗则壮士也。如春华，而诗则秋实也。如夭桃繁杏，而诗则劲松贞柏也。"罕譬最为明快。

《西圃词说》

19. 李调元：

曹顾庵尔堪《南溪词》多咏妓作，亦词人之玷也，然亦足资考证。

《雨村词话》卷四

20. 郭麐：

国初浙西词人辈出，嘉善曹顾庵尔堪与吴中尤西堂侗齐名。西堂《百末词》，自以为《花间》、《草堂》之余。顾庵颇为雅洁，〔念奴娇〕一阕，殊有竹山风调。

《灵芬馆词话》卷二

21. 陈廷焯：

南溪词婉丽有情，字字和雅。

《云韶集》卷十四

22. 赵尊岳：

明代亡国时，词人特多，尤极工胜，以视南宋末年，几有过之，殊无不及。且煌煌巨著，如曹元方、王屋、曹尔堪诸家，均积至数百首，更视稼轩、后村为富。而夏存古、陆钰、陈卧子著作，雄奇凄丽，更夺水云诸贤之席。盖甲申之变，内乱外患，相迫而来，忠义之流，势穷力促，或挥鲁阳之戈陈、夏均以儒生起义，或励薇葛之节陆系亡国后饿死，而多托于变徵之音，其人固大节凛然，其词亦纯金璞玉矣。

《惜阴堂汇刻明词纪略》(《明词汇刻》附录)

23.《重修浙江通志稿》：

尔堪……词亦工于寓意，发为雅音，品格当在周、秦、姜、史之间。

《广清碑传集》

24.《续修四库全书总目提要》：

词虽趋于浓艳，时见古雅之作。〔鹧鸪天〕《送客之金陵》云……其神情似在贺、晏之间。又〔西江月〕云："乌巷家家王谢，黄初字字徐刘。"〔双调望江南〕云："鸥浴似添涛外雪，林疏微映菊前黄。"〔江城子〕云："一天征雁唤离愁。"皆精巧之句也。

《续修四库全书总目提要·南溪词一卷》

25. 沈轶刘：

清代初期之词，在并时诸大家之外，能本其所处之特定环境，相与消长，陶冶出各自不同之作品，变成一代有影响之流派者，有不能忽略之三曹词。三曹者，首为曹溶，二为曹尔堪，三为曹贞吉。

曹尔堪……有《南溪词》两卷，全学陆游而半胜之。世之学陆者多效其颓丧，尔堪独注力于其离即处，所谓闲而不适处。当时文网严密，词人习为飞遁，陷于颓丧，尔堪平处出奇，取陆词之平熟者陶冶消长，赋以新生命，使之诉合于时变，于是烟云翕张中寓剑啸雷崩作用，与世离合，而色香俱消。如〔捣练子〕乙亥冬暮晓行云：“流水无声波不起，淡烟微月写轻霞。”字面极度肃穆，意象极度萧凉，而内心极度复杂，山沉水寂中迸出冷烟、微月、轻霞，其可道者如此耳。至如〔鹧鸪天〕云“鸟声都在征鼙外，兵气犹缠大角边”，则雄练亦何减剑南？

三曹消长，曹溶所处环境最难危，季世造良材，成就亦最大。曹贞吉笔仗与处境逐渐接近平世，发挥亦较利，笔墨纵横，瞻顾随意，才思颇近迦陵，足与诸大家分庭抗礼，平视曹溶。曹尔堪学有偏嗜，境亦适中，宜居第三。

《繁霜簃词札》

26. 卢前：

〔望江南〕

英雄少，竖子竟成名。落笔尚饶湖海气，自家重染绣闺情。一著胜尤生。

《饮虹簃论清词百家》(《清名家词》)

吴秉仁

吴秉仁（生卒年不详）字符九，号慎庵，浙江山阴（今绍兴）人，原籍江苏江都，吴绮从兄。著有《慎庵词》、《摄寒词》各一卷。

1. 丁澎：

慎庵词如芙蕖出水，秀色天然，晓黛横秋，苍翠欲滴。时而慷慨悲歌，穿云裂石，时而秀情纷绮，触絮黏香。偶携一册于西湖夜月，倚声而歌，不觉驱温、韦于腕内，掉周、柳于毫端。文人之情生于才，有如是乎？

《百名家词钞》引

2. 聂先：

慎庵善用虚字，极得古人精髓。昔有读文通诗，至“远与君别者，乃至雁门关”，叹其用虚字为天造地设。我于慎庵亦云：至于虚处入神之妙，上夺化工。盖其意到、机到、笔到，自有光焰过人。苟非读尽万卷书，走遍万里路，恐不足以语此。

《百名家词钞》引

尤侗

尤侗(1618—1704)字同人，一字展成，号悔庵，一号良斋，又号西堂老人，江苏长洲(今苏州)人。少补诸生，有才名。清顺治五年(1648)以贡生谒选永平(今河北卢龙)推官，坐擅打旗丁降调归。康熙十八年(1679)举博学鸿词，授检讨，与修《明史》。居三年告归。徜徉林下二十余年。康熙南巡至苏州，侗献诗颂，嘉赐堂额，迁侍讲。侗为清初著名文学家，善诗词戏曲。早岁作传奇，流闻禁中，顺治帝以“才子”目之。后康熙帝亦称其为“老名士”。位虽不尊，天下羡其荣誉。晚年为东南耆宿，喜汲引才隽，凡名士皆与交接。事具《清史稿》。著有《鹤栖堂集》、《西堂全集》、《余集》，自编《悔庵年谱》二卷，附《年谱图诗》、《小影图赞》各一卷。其词亦擅名一时，有《百末词》六卷载集中。其后孙默刻《十六家词》，聂先、曾王孙刻《百名家词钞》均入录。

1. 李渔：

人皆谓眼前事，口头语，都被前人说尽，焉能复有遗漏者。予独谓遗漏者多，说过者少……只据眼前词客论之，如董文友、王西樵、王阮亭、曹顾庵、丁药园、尤悔庵、吴园次、何醒斋、毛稚黄、陈其年、宋荔裳、彭羡门诸君集中，言人所未言，而又不出寻常见闻之外者，不知凡几。

《窥词管见》

2. 曹尔堪：

余以放废余生，停骖吴市，悔庵握手，劳苦如平生。各有近词一帙，拟授无言较梓者，迭为序之。追惟三十年以来，世事苍桑，功名荣落，不可胜计，独笔墨之缘少年积习，老而不辍。自髫龀至今，追随唱和者，同里尚木、质生、尔斐、寅仲诸君子，引为同调。而扁舟过从，商榷《花间》、《草堂》之胜事者，吴门独吾悔庵耳。悔庵古文词，下笔妙天下，《西堂杂俎》已登虎观走鸡林。其所为词，供奉于内庭，流传于酒楼邮壁，天然绮艳，粉黛生妍，未许元微、杜牧独擅风流也。余与悔庵齿既肩随，息机近亦相似，年且半百，意气渐平。回忆画舫寻春，山房听雨，如梦如幻。请从此斗笠枯筇，婆娑于支硎、邓尉之间，咽冰雪，嚼梅花，槁木形骸，悚然悟道，则青箱红豆之缠绵，檀板金尊之婉娈，皆可一齐放下。翻读平日所作小词，疑是古人，疑是前身，不复记忆。则吾两人当有嗒然而自得者，况临去秋波，悔庵早从此证入，又何俟余之饶舌耶？

《百末词序》(《百末词》)

3. 曹尔堪：

《悔庵词》流丽圆转，如细管临风，新莺啼树。至其感慨诙谐，流传酒楼邮壁，又天然工妙，直兼苏、辛、秦、柳诸家所长。

冯金伯《词苑萃编》卷八

4. 尤侗：

汉人以百花百草末造酒，号“百末酒”。予所作词，亦《花间》、《草堂》之末也。

《百末词题辞》(《百末词》)

5. 吴绮：

阮生失路，浇泪无端；屈子问天，寄愁何处？水以不平而激，木因有郁而奇，情有所之，理固然矣。吾友悔庵，文高于命，宦薄于名。艳曲三章，欲醉沉香之酒；奇才两字，不分归院之灯。孤竹崖前，空随射虎；百花洲上，徒共鸥眠。刘公干高卧清漳，王仲宣哀吟荆楚。爰以沉郁之意，写为秾丽之音，此病中八章所由作也。夫生而识字，即种愁根；长解言文，原非善气。惺惺自合，人奴咄咄，何堪令仆吾侪若此，何怪矣！子善吹箫请命，小红而按节。我为拔剑，聊浮大白以倚声。

〔菩萨蛮〕《病中八首》跋（《百末词》卷一）

6. 沈荃：

悔庵词妙任流丽圆转，无一滞笔，如新莺啼树，细管临风，不须调筝鼓瑟，而已感沁心腑矣。至于感慨诙谐之作，直夺化工设色之奇。较昔之周、秦、辛、陆，人各擅长，惟吾悔庵其兼有之耶？

《百名家词钞》引

7. 陈维崧：

〔水龙吟〕《寿尤悔庵六十用辛稼轩寿韩南涧原韵》

曾经天语怜才，如今老却凌云手。开元鹤发，茂陵铅泪，海天非旧。长乐笙箫，连昌花竹，可堪回首。算软裘快马，呼鹰绁犬，当时事，还能否。　摘尽瑶台星斗，水哉轩、夜明如昼。《离骚》一曲，《清平》三调，小盘珠走。汉殿唐宫，能有几度，光明杯酒。闹筝琶腰鼓，红樱紫笋，上先生寿。

《迦陵词》

8. 邹祗谟：

沈天羽《别集》一选，自谓有捶肠镂肾之妙。吾最喜其“意致相诡，言语妙天下”数语，为诗余开却生面。近如嵇叔子、尤展成、许有介、王山长诸集，类皆瓌姿逸颖，体裁别出。然亦有刻意纤僻，臻离本旨，如芜阴张渌渔、云间朱宗远、楚中许漱石、赵友沂诸君，不无奇过得庸，深极反浅之病。岷源滥觞，不得不归咎于“别集”二字。

《远志斋词衷》

9. 邹祗谟：

展成诸词，字字隽脱，颇有瑶天笙鹤之致，存其合调者，以见一斑。

《倚声初集》卷四

10. 沈雄：

晦庵人文压倒一世。每为填词家作小序，不用树颠苦思，亦更层次有致，落笔便有隽上殊胜之想。

《古今词话·词评》卷下

11. 王士禛：

百末诸调，不蹈《花间》、《草堂》一字，而有追魂沥魄之妙。

《百名家词钞》引

12. 《倚声集》：

展成所作，字字隽脱，有瑶天笙鹤之致。《西堂杂俎》诸刻，自尔欣艳宸衷也。

沈雄《古今词话·词评》卷下

13. 蒋景祁：

尤检讨悔庵风华绝世，所撰乐府，巧夺元人，偶谱新声，皆足压卷。

《刻瑶华集述》(《瑶华集》)

14. 张星耀：

昭代词人之盛，不特凌轹元明，直可并肩唐宋。如《香岩》之雄瞻，《棠村》之韶令，《容斋》之新秀，《衍波》之大雅，《延露》之俊逸，《丽农》之宏富，《东江》之绵渺，《弹指》之幽艳，《乌丝》之悲壮，《艺香》之浓鲜，《玉凫》之清润，《兰思》之真致，《玉蕤》之周密，余如秋岳、锡鬯、容若、云士、舒凫、夏珠、昉思诸公，未窥全豹，微露一斑，而《二乡》、《远山》、《云涌》、《扶荔》、《鸾情》、《南溪》、《炊闻》、《百末》、《含影》、《文机》、《蓉渡》、《锦瑟》、《柳村》、《遏云》、《当楼》、《青城》、《蝶庵》、《秋水》、《峡流》、《吹香》、《椒峰》、《萝村》、《菊庄》、《移春》、《山晓》、《梨庄》、《红蕉》、《柯亭》诸集，可谓家操和璧，人握隋珠，一时群聚。噫，盛矣！

《词论》(《东白堂词选初集》)

15. 查礼：

尤悔庵侗病中有感作〔菩萨蛮〕八解，词甚凄楚，吴园次跋其后曰：阮生失路，浇恨无端；屈子问天，寄愁何处？水以不平而激，木因有郁而奇，情有所之，理固然矣。吾友悔庵，文高于命，宦薄于名，艳曲三章，欲醉沉香之酒；奇才两字，不分归院之灯。孤竹崖前，曾随射虎；百花洲上，徒共眠鸥。刘公干高卧清漳，王仲宣哀吟荆楚。爰以沉郁之意，写为秾丽之音，此病中八解所由作也。夫生而识字，即种愁根；长解言文，原非善气。惺惺自合，人奴咄咄，何堪令仆。吾侪若此，复何怪耶？子善吹箫请命，小红而按节；我为拔剑，聊浮大白以倚声。又尤尝作《桃花源》北曲，吾作〔清平乐〕题其后云："山空石古。遮断桃花橹。采菊东篱杯自举。独把义熙留取。　门生儿子篮舆。有时直上匡庐。人道贤哉隐者，不知佛也仙乎。"

《榕巢词话》(《查恂叔集》)

16. 王初桐：

尤悔庵艳才奔轶，以《百末词》名词，不离《草堂》结习。其词俳调居多，雅音绝少。曹顾庵云：悔庵词流丽圆转，至其感慨诙谐，流转酒楼邮壁，又天然之妙。

《小嫏嬛词话》卷三

17. 李调元：

尤悔庵侗序彭羡门《延露词》云："诗何以余哉？'小楼昨夜'，《哀江头》之余也。'水殿风来'，《清平调》之余也。'红藕香残'，《古别离》之余也。'将军白发'，《从军行》之余也。'今宵酒醒'，《子夜》、《懊恼》之余也。'大江东去'，《鼓角》、《横吹》之余也。诗以余亡，亦以余存，非诗余之能存亡，则诗余之人存亡之也。"论诗余二字独得。

《雨村词话》卷四

18. 郭麐：

国初浙西词人辈出，嘉善曹顾庵尔堪与吴中尤西堂侗齐名。西堂《百末词》，自以为《花间》、《草堂》之余。顾庵颇为雅洁，〔念奴娇〕一阕，殊有竹山风调。……同时魏学渠喜用侧艳之字。

《灵芬馆词话》卷二

19. 《清史列传》：

尤侗……其诗词古文，才既富赡，复多新警之思，体物言情，精切流丽。每一篇出，传诵遍人口。

《文苑传二》

20. 谭莹：

语本天然笔不休，将军射虎也封侯。

老名士是真才子，法曲飘零总泪流。

《论词绝句四十首专论国朝人》（《乐志堂诗集》卷六）

21. 袁学澜：

论词家言，词上不侵诗。然词中〔小秦王〕、〔杨柳枝〕明是七言诗；又云下不侵曲，如词律中〔玉抱肚〕明明是曲。且如唐人之“黄河远上”、“奉帚平明”等诗，皆付歌伶传唱，则合诗词曲为一矣。总之，词之俗者，即近乎曲，如尤悔庵之《新嫁娘》词云：“昨宵犹是女孩儿，今日居然娘子。”则俗而似曲矣。如汤临川之“原来姹紫嫣红开遍，都付与断井颓垣。良辰美景奈何天，赏心乐事谁家院”则雅而近词矣。大抵诗词曲原是一流文字，其中各分境界。今作者宁可为临川之雅，而弗为悔庵之俗可也。

《适园论词》

22. 陈廷焯：

西堂词，情文相生，风流哀怨，令人不忍释手。

西堂词，秾丽中寓感慨，《骚》、《雅》变相也。

西堂词含情绵邈，不第以词胜，韵胜也。（评〔转应曲〕《春雨》）

《云韶集》卷一五

23. 陈廷焯：

西堂词曲，擅名一时，然皆不见佳。力量既薄，意境亦浅。专恃一二聪明语，以为新奇独得之秘，不值有识者一笑。

西堂小令最不佳，除〔浣溪纱〕清明悼亡两阕，及〔菩萨蛮〕病中有感第二阕外，合者寥寥。长调稍可，壮语工于绮语也。

西堂亦好为艳词，多聪明纤巧语，殊乖大雅。“不敢骂檀郎，喃喃咒杜康”，“笑掷竹夫人，无端一面瞋”之类，皆足令人喷饭。

西堂好作聪明语，害人最深。小有才者，一索而得，终身隐入苦海矣。（卷三）

词有表里俱佳，文质适中者……有有文无质者，刘改之、施浪仙、杨升庵、彭羡门、尤西堂、王渔洋、丁飞涛、毛会侯、吴园次、徐电发、严藕渔、毛西河、董苍水、钱保酚、汪晋贤、董文友、王小山、王香雪、吴竹屿、吴穀人诸人是也。（卷八）

《白雨斋词话》

24. 闻野鹤：

清词诸家……尤西堂如天半明星，流动自如。

《懮簃词话》

25.《续修四库全书总目提要》：

其名“百末”者，自识云：“汉人以百花百草末造酒，号‘百末酒’。予所作，亦《花间》、《草堂》之末也，故以名之。”此可知其为词之旨趣矣。内无深沉之旨，外求艳丽之容，喜弄笔端，纤浮不重，而侈谈《花》、《草》，明清间词，比比皆是。侗之所作，匪特失其精神，并丧其形貌，较之别家，益为下矣。其慢词剑拔弩张，叫嚣喧嚷，无迦陵之力而欲方轨齐驱，是亦难矣。

《续修四库全书总目提要·百末词一卷》

26. 卢前：

〔望江南〕

烧香曲，两字借轻盈。终觉顾庵阿所好，酒楼邮壁亦虚名。圆转让新莺。

《饮虹簃论清词百家》(《清名家词》)

柳是

柳是(1618—1664)本名杨爱，又名隐，字如是，又字蘼芜，号我闻室主，人称河东君，浙江嘉兴人。因家贫，入文渊阁大学士周道登家为侍女，周卒后被逐，堕入章台。明崇祯十三年，遇钱谦益，相得甚欢，钱纳为侧室，称河东夫人，筑绛云楼以居之。明亡，如是劝钱谦益殉国，钱不能从。后钱反清，如是助之。钱死，柳是以身殉。柳如是是明清易代之际的著名歌妓才女，幼即聪颖，工近体七言，擅书法。著有《湖上草》、《河东君集》十二卷。

1. 王蕴章：

吴陶宰《鼠璞词》有〔台城路〕一阕，赋河东君古镜，序云：镜径五寸许，背有诗云："照日菱花出，临池满月生。官看衣帽整，妾映点妆成。" 据查初白《金陵杂咏》，知为蘼芜旧物。按蘼芜诗词颇富。虞山〔柳枝词〕诋斥过甚，要其文采自足动人也。余最赏其咏寒柳〔金明池〕一词云："有恨寒潮，无情残照，正是萧萧南浦。更吹起、霜条孤影，还记得旧时飞絮。况晚来、烟浪迷离，见行客、特地瘦腰如舞。认一种凄凉，十分憔悴，尚有燕台佳句。　春日酿成秋日雨。念畴昔风流，暗伤如许。纵饶有、绕堤画肪，冷落尽、水云犹故。念从前、一点春风，几隔著重帘，眉儿愁苦。特约个梅魂，黄昏月澹，与伊深怜低语。"缠绵婉笃，词意殊胜。

《然脂余韵》卷一

施闰章

施闰章（1618—1683）字尚白，一字屺云，号愚山，又号蠖斋，晚号矩斋，安徽宣城人。清顺治六年（1649）进士，授刑部主事，官山东学政、江西布政司参议、分守湖西道。康熙六年归里。康熙十八年（1679），召博学宏词，授侍讲，参与纂修《明史》。康熙二十二年（1683），任翰林院侍读。事迹见《清史稿》、《清史列传》。施闰章与宋琬齐名，号“南施北宋”。著有《施愚山先生学余文集》、《诗集》、《别集》、《遗集》。

1. 丁绍仪：

宣城施愚山先生闰章，官巡道，后复举鸿博，擢侍讲。诗最简洁，五言尤工。与山左宋荔裳观察，有南施北宋之称，词亦清丽。

《听秋声馆词话》卷一

宋征舆

宋征舆(1618—1667)字直方，一字辕文，别号佩月主人、佩月骚人，江南华亭(今上海松江)人。征璧从弟。清顺治四年(1647)进士，官至都察院左副都御史。《国朝耆献类征》载其事迹。明末与陈子龙、李雯等倡几社，以古学气节相砥砺，称“云间三子”。声誉亚于陈子龙。尤工词，为云间词派主力。著有《林屋文稿》、《林屋诗草》、《海闾香词》，辑有《全闽诗选》，又与陈子龙、李雯词合刻为《幽兰草》，人各一卷，刊出后，对当时词坛影响甚大。其散曲见《棣萼香词》。

1. 陈子龙：

吾友李子、宋子，当今文章之雄也，又以妙有才情，性通宫徵，时屈其班、张宏博之姿，枚、苏大雅之致，作为小词，以当博弈……今观李子之词丽而逸，可以昆季景、煜，娣姒清照；宋子之词俊以婉，淮海、屯田，肩随而已。要而论之，本朝（按：指明朝）所未有也。

《幽兰草题词》(《幽兰草》)

2. 邹祗谟：

《幽兰》诸词，每在新警中仍留蕴藉，故立格独高。(卷七)

宗丞善作销魂语，如“重销前夜魂，轻魂销尽又重销”，及“欲待销魂销未得”，比“不曾真箇也销魂”又进一层。(卷十三)

《倚声初集》

3. 彭孙遹：

近人诗余，云间独盛。然能作景语，不能作情语。尝从素笺见宗丞〔长相思〕十六阕，仿沈约《六忆》诗体刻画无余，令人色飞魂断，言情之作，斯为优矣。

《金粟词话》

4.《倚声集》：

幽兰诸词，不及湘真，于新警中，仍留蕴藉。以才情论，则镶文居胜。

沈雄《古今词话·词评》下卷

5. 王士禛：

言情之作，与湘真殆是一时瑜亮。

《倚声初集》评语

6. 蒋景祁：

钱尚书牧斋、吴祭酒梅村、陈黄门大樽、龚宗伯芝麓、曹侍郎秋岳、宋宗丞辕文、李舍人舒章一时倡和，特绝千古。

《刻瑶华集述》（《瑶华集》）

7. 徐珂：

征舆字辕文，其词不减冯、韦。

《近词丛话》

吴绮

吴绮(1619—1694)字园次，一字丰南，号听翁，一号施叟，别号红豆词人，江苏江都(今扬州)人，原籍安徽歙县。清顺治十一年(1654)拔贡生，荐授中书舍人。奉诏谱杨继盛乐府，流传宫掖，目为“江都才子”。迁兵部主事，出知湖州府。于湖州擒治豪猾，喜接宾客，人称“三风太守”，谓其多风力，尚风节，饶风趣。又以词〔醉花间〕有“把酒嘱东风，种出双红豆”句，人称“红豆词人”。卒以风雅好事失上欢，罢归。因贫，购买废圃以居。且有求诗文者，以花木润笔，不数月成林，因颜其圃曰“种字林”。绮好宾客，门前名流云集，与吴伟业、施闰章、徐乾学、宋琬等最为密切。生平事迹见《清史稿》、《清史列传》及自撰《听翁自传》。绮以骈文称，与陈维崧齐名。又善词曲。著有《林蕙堂集》、《扬州鼓吹词》、《岭南风物记》，又有《啸秋风》、《忠愍记》等传奇。词有《艺香词钞》四卷，其早年居金陵，著有《萧瑟词》一卷，皆登临古迹、吊古伤今之作。未入《艺香词集》，今传有钞本。

1. 李渔：

人皆谓眼前事，口头语，都被前人说尽，焉能复有遗漏者。予独谓遗漏者多，说过者少……只据眼前词客论之，如董文友、王西樵、王阮亭、曹顾庵、丁药园、尤悔庵、吴园次、何醒斋、毛稚黄、陈其年、宋荔裳、彭羡门诸君集中，言人所未言，而又不出寻常见闻之外者，不知凡几。

《窥词管见》

2. 宋祖谦：

君家填词，蘅蕙吐于行间，亦能顾曲之误；畹兰采于字里，不数辨挝之工。君真四声之功臣，而十法之领袖也。若使飞卿有知，亦当点首地下矣。

《与吴园次书》

3. 朱彝尊：

诗降而词，取则未远，一自“词以香艳为主，宁为风雅罪人”之说兴，而诗人忠厚之意微矣。窃谓词之与诗，体格虽别，而兴会所发，庸讵有异乎？奈之何岐之为二也。园次之词，选调寓声各有旨趣，缠绵悱恻，足以兴感而不失诗人忠厚之意，岂特其词之工也已！

《百名家词钞》引

4. 朱彝尊：

园次之词选调寓声，各有旨趣，其和平雅丽处，绝似陈西麓。

王初桐《小嫏嬛词话》卷三引

5. 吴慊庵：

吴兴有艺香山，为西施种兰处。家园次适守是邦，取以名词者也。其深丽绵密，集周、秦诸家而为大成。海内操觚家，堪语此者且少。

沈雄《古今词话·词评》卷下

6. 孙金砺：

先生之词，言情写怨，无不婉畅流丽，尽态极妍，令人把之若有气，望之若有色，听之若有声，咀之若有味，深得《铙歌》、《鼓吹》、《清商》、《舞调》之节。而为填词，其格、其趣、其意、其理，毕臻备美，虽待制、屯田复出，莫不方鸣而齐驱也夫。

《百名家词钞》引

7. 邹祗谟：

广陵诸子，善百、园次，巧于言情。宗子梅岑，精于取境。然宗固是艳才，刻意避香奁语，岂畏北海无礼之呵耶？

《远志斋词衷》

8. 聂先：

吴兴有艺香山，相传为西施种兰处。先生之词，香艳异常，词名《艺香》，其果称其实耶？

《百名家词钞》引

9. 王士禛：

吴园次太守工为小赋，隽逼庾、鲍。词亦《哀江南》之流。

沈雄《古今词话·词评》卷下

10.《四库全书总目提要》：

诗余亦颇擅名，有"红豆词人"之号，以所作有"把酒嘱东风，种出双红豆"句也。……跌宕风流，亦可谓一时才士矣。

《林蕙堂集提要》

11. 张星耀：

昭代词人之盛，不特凌轹元明，直可并肩唐宋。如《香岩》之雄瞻，《棠村》之韶令，《容斋》之新秀，《衍波》之大雅，《延露》之俊逸，《丽农》之宏富，《东江》之绵渺，《弹指》之幽艳，《乌丝》之悲壮，《艺香》之浓鲜，《玉凫》之清润，《兰思》之真致，《玉蕤》之周密，余如秋岳、锡鬯、容若、云士、舒凫、夏珠、昉思诸公，未窥全豹，微露一斑，而《二乡》、《远山》、《云涌》、《扶荔》、《鸾情》、《南溪》、《炊闻》、《百末》、《含影》、《支机》、《蓉渡》、《锦瑟》、《柳村》、《遏云》、《当楼》、《青城》、《蝶庵》、《秋水》、《峡流》、《吹香》、《椒峰》、《萝村》、《菊庄》、《移春》、《山晓》、《梨庄》、《红蕉》、《柯亭》诸集，可谓家操和璧，人握隋珠，一时群聚。噫，盛矣！

《词论》(《东白堂词选初集》)

12. 郭麐：

红豆、梅村诗笔擅一时，而词皆非本色。

《灵芬馆词话》卷二

13. 汪孟鋗：

红豆词人谱艺香，扬州花月尽商量。

不知何预春闺女，酒祝东风寸断肠。

《题本朝词十首》（《厚石斋诗集》卷一）

14. 李调元：

怀古词宜用〔望海潮〕调，始于秦少游广陵诸《怀古》及《越州怀古》等阕。本朝吴绮园次于此体尤工，有《怀古和韵》五阕，直压前人。今录之以备览。

《雨村词话》卷四

15. 谭莹：

奉敕填词教小伶，人非曾觌海野却曾经。

我如十五双鬟女，把酒东风祝不停。

《论词绝句四十首专论国朝人》（《乐志堂诗集》卷六）

16. 丁绍仪：

太守由贡生官中书，奉诏谱《椒山乐府》，特邀称赏，迁武选司员外郎，盖即以椒山原官官之，其宠眷如此。旋出守湖州，锄强扶弱，不受请托，致失上官意，以诗酒不事事罢官。早岁有“把酒祝东风，种出双红豆”句，因之得名，惜全阕不称。所著《艺香词》，已录入《四库全书》。其吴兴感事〔相见欢〕云云……音余言外，足冠全编，他词未能称是。

《听秋声馆词话》卷一二

17. 谢章铤：

余尝论国初诸词家，以诗譬之，竹垞严整，其高、岑乎；迦陵矫变，其李、杜乎？容若绵至，其温、李乎？而园次著墨不多，都适人意，殆王、孟欤？然难与刻舟求剑者道也。园次序钱葆馚《湘瑟词》云：“词原靡丽，体虽本于房中，而语必遥深，义实通于《世说》。”又云：“昔天下历三百载，此道几属荆榛。迨云间有一二公，斯世重知花草。”数语括尽词品词运。

《赌棋山庄词话》卷九

18. 陈廷焯：

《艺香词》名最盛，出入西麓，而显豁近人。

婉丽之词，是园次本色。（评〔忆王孙〕“昨宵冻合”）

《云韶集》卷十四

19. 陈廷焯：

《艺香词》四卷，绮语最工。竹垞谓其绝似陈西麓，则未必然也。

《词则·闲情集》卷三

20. 陈廷焯：

吴园次词，调和音雅，情态亦浓，词中小品也。竹垞谓其似陈西麓，亦漫为许与之论。

园次小令，亦不能脱《草堂》窠臼，长调间作壮浪语。如〔满江红〕醉吟云：“髀肉晚销燕市马，乡心秋冷扬州鹤。”又云：“海上文章苏玉局，人间游戏东方朔。”园次与迦陵结异姓昆季，似此亦颇类迦陵也。（卷三）

词有表里俱佳，文质适中者……有有文无质者，刘改之、施浪仙、杨升庵、彭羡门、尤西堂、王渔洋、丁飞涛、毛会侯、吴园次、徐电发、严藕渔、毛西河、董苍水、钱保酚、汪晋贤、董文友、王小山、王香雪、吴竹屿、吴榖人诸人是也。词中之下乘也。（卷八）

《白雨斋词话》

21. 吴梅：

小令学《花间》，长调学苏、辛，清初词家通例也。然能情语者，未必工壮语，园次则两者皆工。故竹垞论其词，谓选调寓声，各有旨趣。其和平雅丽处，绝似西麓，亦非溢美。

《词学通论》

22. 蔡桢：

清词派别，可分三期。浙西派与阳羡派同时。浙西派倡自朱竹垞，曹升六、徐电发等继之，崇尚姜、张，以雅正为归。阳羡派倡自陈迦陵，吴园次、万红友等继之，效法苏、辛，惟才气是尚，此第一期也。常州派倡自张皋文，董晋卿、周介存等继之，振北宋名家之绪，以立意为本，以叶律为末，此第二期也。第三期词派，创自王半塘，叶遐庵戏呼为桂派，予亦姑以桂派名之。和之者有郑叔问、况蕙风、朱彊村等，本张皋文意内言外之旨，参以凌次仲、戈顺卿审音持律之说，而益发挥光大之。此派最晚出，以立意为体，故词格颇高。以守律为用，故词法颇严。今世词学正宗，惟有此派。余皆少所树立，不能成派。其下者，野狐禅耳。故王、朱、郑、况诸家，词之家数虽不同，而词派则同。

《柯亭词论》

23.《清史列传》：

吴绮……诗才华富艳，瓣香晚唐，词最有名，儿童妇女皆能习之，以有“把酒祝东风，种出双红豆”之句，号红豆词人。

《文苑传二》

24.《续修四库全书总目提要》：

绮词造语圆融，流丽自喜，然能放而不能敛，外露而不内收，故时有侧艳之语也。又如〔醉花间〕《春闺》云：“把酒嘱东风，种出双红豆。”当时有“红豆词人”之号，其实此亦非上品之句也。长调〔满江红〕九阕，颇有激壮之语，殆与其年、华峰游，而同其嗜好欤？朱彝尊谓绮词似陈西麓，则河汉之言也。

《续修四库全书总目提要·艺香词钞四卷》

25. 卢前：

〔望江南〕

双红豆，把酒祝东风。不独和平西麓近，有时雅丽玉田同。跌宕一时雄。

《饮虹簃论清词百家》(《清名家词》)

龚百药

龚百药（1619—？）字介眉，号琅霞。清顺治三年（1646）举人，顺治十八年以“奏销案”黜科名学籍。有《湘笙阁词》，今不传。

1. 邹祗谟：

余向序阮亭词云：同里诸子，好工小词，如文友之儇艳，其年之矫丽，云孙之雅逸，初子之清扬，无不尽东南之瑰宝。今则陈、董愈加绵渺，二黄益属深妍。更加庸庵之醇洁，风山之超爽，卓人之精腴，介眉之隽练，公阮之幽峭，紫曜之鲜圆，陶云之雅润，赓明之秀濯，含英咀华，彬彬可诵。词虽小道，读之亦觉风气日上。

《远志斋词衷》

2. 邹祗谟：

介眉为词，从沉炼得自然，故深隽无佻语。（卷七）

介眉喜仿三变，如此僻调，用韵使事，无不安顿圆妥，声情逼肖。昔王通叟集名《冠柳》，当以移号介眉。（卷十五）

《倚声初集》

史惟圆

史惟圆(1619—1692)原名策，字云臣，号蝶庵，别署荆水钓客，又曾名若愚，江苏宜兴人。与陈维崧为姻表亲，论交三十余载，为清初阳羡词派健将，有“平分髯客(陈维崧)旗鼓”之目。蒋景祁辑《瑶华集》录其词四十五首，仅次于陈维崧、朱彝尊。著有《蝶庵词》初集、二集各二卷，存二百五十六首，散见于各词选本佚作五十二首，共三百零八首。

1. 尤侗：

吾友陈子其年工于填词，有一千余首。予笑语之曰：“古人无是也，使子为之不已，则《花间》、《草堂》塞破张公、善卷二洞矣。”然不独陈子，阳羡诸子无不群起为之，于是史子云臣《蝶庵词》出亦不下数百首，命予序之。予恤然骇焉，如石崇、王恺两家斗富，珊瑚树、火浣布、紫丝、锦步障，递献杂陈，顾盼不暇，使史子为之不已，髯其危哉。或谓天下之多者未有不穷者也，日月之光，照过则昃；江河之波，流急则竭。况笔墨菁华，熠耀几何？使史子为之不已，荆山之竹其可尽乎？史子亦危矣。嗟乎，是未读史子蝶庵之所为词也。盖天下之寓言，未有妙于《庄子》者也。其首篇曰：“北溟有鱼，其名为鲲。鲲之大，不知其几千里也。化而为鸟，其名为鹏，鹏之背不知其几千里也。”其次篇曰：“庄周梦为胡蝶，栩栩然蝶也，俄然觉，则蘧蘧然周也。不知周之梦为蝶与？蝶之梦为周与？”夫以周之洸洋自恣，不梦为鲲为鹏，而梦为蝶，何与？自其常者视之，则鲲鹏之大蝶之小，不可以数计矣。若一以齐物之论，庸知鲲鹏不小于蝶乎？庸知蝶不大于鲲鹏乎？庸知鲲鹏不化为蝶？蝶不化为鲲鹏乎？史子之为词亦若是则已矣。是故可以吾一词化为千万词焉，亦可以吾千万词化为一词，复归于无词焉，以其有蝶之梦者存也。陈子闻之，听然而笑曰：“嘻，有是哉。由子之言，岂惟蝶哉？浸假而化吾词为鼠肝，浸假而化吾词为虫臂，浸假而化吾词为焦螟之巢，浸假而化吾词为华胥之国，其亦可矣。”

《蝶庵词序》（《西堂杂俎》三集卷三）

2. 尤侗：

填词家务令阴阳开合，字字合拍，方无鳖拗之病，然律协而语不工，打油、钉铰，俚俗满纸，此伶人之词，非文人之词也。文人之词，未有不情景交集、声色兼妙者。吾向于荆溪推故友陈其年为第一，今所传《迦陵词》是也。其与其年颉颃者，有史子云臣、曹子南耕。

《南耕词序》（《南耕词》卷首）

3. 吴绮：

塞巷春泥，阴连人日；盈庭冻雨，寒甚尧年。吴生方煮酒以读《骚》，陈子乃挈舟而款户。好风拂座，与客俱来；朗月投怀，如人未已。而余与史子始联嵇、吕之交，尽读秦、黄之作。相其体制，备有风华；揽厥性情，雅多深至。因叹今日声音之盛，实为当年《骚》、《雅》之衰。用考诸家，良由二弊：一则因本《房中》之体，务雕楮上之文。量五色之真珠，何关窈窕；披千丝之神锦，只益妖淫。宝井琼树，似入波斯之肆；烟绡雾縠，徒盈织染之坊。宁知人出西家，那用露华遮颊；品高南国，不须黛叶通眉。一则缘写思妇之情，罔顾风人之旨。夷光自好，而偏学其捧心；孙寿何堪，乃独怜其龋齿。本是清羸之疾，回身谬作纤腰；原无袅娜之容，曳足阳称巧步。宁知神如处子，曾何藉于矜持；婢学夫人，只益形其羞涩。于是俳谐杂进，图画靡真。识者欲矫以辛、苏，究至有乖于唐宋。兹则以其古意，用发新声。丽不伤华，清非近弱。都梁、迷迭，熏炉同是荀香；扶荔、鲜支，入苑都成汉树。珊瑚插架，光鲜逸少之毫；琥珀藏衣，响戛丽娟之节。

吊鸱夷于胥浦，白马银涛；问帝子之湘灵，青蛾锦瑟。翠翘金雀，皆本于读曲之篇；香草幽兰，无失乎寓言之意。斯固屯田愧其残月，淮海逊其微云者矣。

《史云臣〈蝶庵词〉序》（《林蕙堂全集》卷五）

4. 陈维崧：

蝶庵者，史子云臣读书处也。庵外为庭三楹，由庭而左达之为偃室，又纵之，则庵在焉。史子盖钼墙隅隙地而构之者也。庵不十笏，明窗交网，绮疏栏楯，备中列乌皮几，一竹榻，一茗椀，炉熏酒枪，手钞《花间》暨唐宋人诗词杂置几上。榻则笙阮筝琶间设焉，以俟能者。庵之外亦不十笏，甃石为砌，莳牡丹数本，史子居之，栩栩然适也。性不善饮，又不能辍饮，饮少辄醉，醉则都无省记，惟喜作小词。常谓余曰："今天下词亦极盛矣，然其所为盛，正吾所谓衰也。家温、韦而户周、秦，抑亦《金荃》、《兰畹》之大忧也。夫作者非有《国风》美人，《离骚》香草之志意，以优柔而涵濡之，则其入也不微，而其出也不厚。人或者以淫亵之音乱之，以佻巧之习沿之，非俚则诬，故吾之为此也，悄乎其有为也，泊乎其无营也，俨乎其若思，矜乎其若谋也。久之，而若释矣。如风水之相遭焉，沦涟涣澌而成文也。如街衢妇孺之歌哭焉，缠绵涤荡而成声也。盖余之为词也如是焉。"止矣！及观吾子为词，湫乎恤乎？非阡非陌乎？何其似二山之束峭壑，窘蠢厄塞，数起而莫知所自拔乎？抑众水之赴夔门乎？漩涡湍激，或蹙之而转轮，或矾之而溅沫乎？譬之子，子学庄，余学屈焉。譬之诗，子师杜，余师李焉。虽然毋论当世，即千百载而言，惠施者莫余与子若也。盖史子之言如此，余因反复。其《蝶庵词》一卷，沉吟掩抑，定为必传，又宁独余言以为必传，即子亦当自知之也。抑吾两人论交三十年矣，向者脑满肠肥，年盛气得，俯仰顾盼，亦思有所建立。乃者日月愈迈，老与贱俱，顾犹不自持，流浪于旗亭酒垆间，廑廑挟红牙檀板，为北里梨园长价。沉思畴昔，知益不足道矣。会客摭邑中故事，谈次偶及一先辈巨公，客曰：此公人品颇足传，恨其生平曾作词曲耳。余与云臣闻之皆大笑。

《蝶庵词序》(《迦陵文集》卷二)

5. 朱彝尊：

〔采桑子〕《寄赠史云臣》

梅溪乐府真同调，把袂偏迟。曾寄相思。载酒江湖杜牧之。缁尘不到横塘路，稳卧山茨。醉咏新词。春雨梨花燕子时。

《江湖载酒集》

王夫之

王夫之(1619—1692)字而农，号姜斋，又号夕堂，或曰一瓢道人、双髻外史，晚居石船山观生居，自署船山并叟，学者称船山先生。祖籍江苏高邮，徙湖南衡阳。明崇祯十五年(1642)举人。明亡，曾起兵抗清，且受瞿式耜之荐，任南明桂王行人之职。兵败后，长期匿伏于湘西苗瑶聚居山区不出，勤恳著述垂四十年。事迹见《清史稿》、《清史列传》等。王为明清之际著名思想家、学者、文学家，博学多闻，精研经史百家，主张为学经世致用。著作有《张子正蒙注》、《读通鉴论》、《永历实录》、《楚辞通释》、《姜斋诗话》等，著述宏富，现编成有《船山遗书》、《王船山诗文集》行世。王氏不以词见称，其《鼓棹》初集、二集与《潇湘怨词》收词二百七十四首，风格遒上。

1. 朱祖谋：

〔望江南〕《杂题我朝诸名家词集后》

苍梧恨，竹泪已平沉。万古湘灵闻乐地，云山韶濩入凄音，字字楚骚心。

《彊村语业》卷三

2. 张德瀛：

王船山有《鼓棹初集》、《鼓棹二集》，其词多不叶律，如诗之长短句而已。二集中有〔蝶恋花〕衰柳词一阕独佳，颇肖六一。

《词徵》卷六

3. 高旭：

最怜遁世遗民，字字伤心故国。

安得谢翱如意，吟上西台痛哭。王姜斋

《十大家词题词》(《愿无尽庐诗话》下引，《高旭集》卷二十

五）

4. 高旭：

船山先生在明末四大儒中文章断推为第一。就其一人之文论之，论著为上，词次之，而诗最下。其词有一种哀音，较之后唐主李煜正相伯仲，至诚挚处尤复过之，其殆屈子之心者乎？而词中尤以咏物为上乘。

《愿无尽庐诗话》中（《高旭集》卷二十四）

5. 高燮：

〔徵招〕《题王船山〈鼓棹词〉》

孤灯冷对婆娑影，毕竟愁肠难断。举目尽沧桑，可有人心思汉。故枝空自恋，只写出鹧鸪声怨。地老天荒，但南无北，海枯石烂。　　苦忆好春归，烟花散、一寸情怀缭乱。伫立盼佳期，比天涯还远。残红看不见，想消受、泪珠无算。而今我亦最伤心，怕临风重按。

《高燮集・诗词》

6. 高增：

〔眼儿媚〕《题王船山词》

大好华年总堪怜。零落人间。谁家庭院？两行衰柳，一抹寒烟。　　知君别有情难说，幽咽托啼鹃。关山何处？忍随归鸟，飞向胡天。

《愿无尽庐诗话》中引（《高旭集》卷二十四）

7. 叶恭绰：

故国之思，体兼骚辨。船山词言皆有物，与并时批风抹露者迥殊，知此方可以言词旨。

《广箧中词》

8. 赵尊岳：

逮至易代，朴学渐兴，王船山、屈翁山诸遗老，善以流美之情，托黍离之致，寄桑海之感，抒故国之思。即至余澹心、李笠翁之流，要亦沦落江湖，自甘寐异，水云寄慨，歌哭无声。是则玉田之值梅娇，犹谙周谱；野人之题桥驲，善和坡词，遗泽之深，平居之感，庶几同之也。

《惜阴堂明词丛书叙录》（《词学季刊》第三卷第四号）

钱肃润

钱肃润（1619—1699）字季霖，一字础日，江苏无锡人。明诸生，入清不仕。著有《十峰草堂集》，词有《十峰草堂诗余》。

1. 史可程：

词之《草堂》集，犹诗之古唐苑也。邓林一枝，瑶圃片玉，耳学者不冥思遐览，旁搜博采，内以窥其蕴奥，外以廓其疆宇，偶得寸珠，遂题琼海，未知汉大，自诩夜郎，尊乐府而诎倚声，昵房帏而逖郊庙，至谓宋元颓江河之运，诗余堕花鸟之囮，有今不逮古之叹。吁！过矣。余尝流览词林，盱衡作者，如诰如铭，亦骚亦雅，兼备众美，各崇坛坫，往往而是。夫岂仅斗叶俪花，遂侈工巧，镂云琢月，枉骋情思，如老伶官之伧语乎？胜国无论矣，即以近今言之，词坛鼓吹，南北竞爽，煌煌乎家握灵蛇，人怀隋璧，而础日钱子则固巍然一斗岳也。钱子嗜古著书，谭经乐道，早矢皋夔之愿，遭时不偶，乃折而修河汾之业，龙门将相，壁府文章，士之归之者莫不拱手曰：础日先生，人伦之冠冕也。其制举义、古文词，金县都市，字织鸡林，匪伊朝夕矣。兹读其诗余若干首，编珠贯玉，刻羽流商，鞭挞辛、苏，爬梳秦、柳，其于斯道，可谓启蚕丛之路而问夔伶之鼎者矣。夫饫禁脔者不哜藜藿，聆韶濩者不恢巴里。由《草堂》以蒐词统，由词统以溯乐府，则本末条贯，瞭若指掌，而后读钱子之集，式歌且舞，一唱而三叹也已。

《十峰草堂诗余序》（《文瀫初编》卷七）

2. 徐喈凤：

吾友钱子础日尝过荆溪，把盏赓吟，究论风雅之道甚精，故其诗歌古近体温厚和平，深得《三百》遗音。兹示十峰诗余属为序，予细读之，取意正大，选语新隽，耆卿、梦窗，逊其清旷；梅溪、竹屋，让其芳鲜，虽词也而亦不失《三百》遗音。

《十峰草堂诗余序》(《文瀫初编》卷七)

茅麐

茅麐（生卒年不详）字天石，浙江归安（今湖州市）人。著有《溯红词》一卷。

1. 吴绮：

出湖南郭，半百里而遥，有山东林，矗三峰而立。葛仙翁之丹井，于此在焉；吕真人之画垣，未之湮也。虽黄金白酒，与旧迹俱遐；然碧嶂青溪，具名都之胜。吾友茅子天石，先人数楹居梧竹之间，三径在蓬蒿而外。流离兵燹，拜杜宇而犹怜；移徙琴书，听蟪蛄而未远。然而情殷与砚，每眷故都；遂亦兴托含毫，多赓雅调。柳七郎之作，非为多情；张三影之篇，俱成绝唱。爰取梦窗之句，名曰溯红；可入花庵之编，歌而浮白。盖天石之审音最细，而天石之按律必严。譬如李帅之旌旗，能移其色；亦若程营之刁斗，不紊其声。谱合大晟，节奏长谐于钟吕；法同内部，短长悉协于宫商。得淮海之精，岂止云高一抹？具清真之妙，宁惟露湿三更？夫娘子记歌，犹烦红豆；而周郎顾曲，乃在碧油。亦何让焉？斯可乐矣。昔钟期雅奏，乃知山水之音；张子清言，适有松石间意。是可拊姜夔之节，聊以遗庄舄之思矣。

《茅天石〈溯红词〉序》(《林蕙堂全集》卷五)

宗元鼎

宗元鼎(1620—1698)字定九，号梅岑，又号香斋、小香居士、东原居士、梅西居士，江苏江都(今扬州)人。清康熙十八年(1679)贡生，铨注州同知，未仕。《清史稿》、《清史列传》有传。幼聪颖，七岁咏梅，远近传诵，人称“宗梅郎”。性狷而孝，釜甑屡空，与从弟宗元豫、元观，侄宗之瑾、之瑜皆工诗，誉为“广陵五宗”。交接当时知名文士，酬倡亦夥。著有《芙蓉集》、《新柳堂诗集》等。有《芙蓉词》一卷附《芙蓉集》中，又选编《诗余花钿》(一名《花钿集选》)，保存扬州词人作品，并系小传评述，弥足珍贵。

1. 曹尔堪：

梅岑称小香居士，《芙蓉集》缘情绮丽，不减《西昆》、《丁卯》。而诗余特出清绮。南晋仙谓《花间》一书，只有“细雨湿流光”五字，使读梅岑“半湿斜阳暮”，又如何叹赏耶。

沈雄《古今词话·词评》下卷

2. 吴绮：

词家旧推云间，次数兰陵，今则广陵亦称极盛。闻之程村曰陈善百《半豹吟》，巧于言情。宗定九《芙蓉集》，精于取境。乃刻意避香奁语，岂畏北海无礼之诮耶？近如锦瑟、溉堂，亦足旗鼓中原也。

沈雄《古今词话·词话》下卷

3. 邹祗谟：

广陵诸子，善百、园次，巧于言情。宗子梅岑，精于取境。然宗固是艳才，刻意避香奁语，岂畏北海无礼之呵耶？

《远志斋词衷》

4. 王士禛：

梅岑《芙蓉集》，缘情绮靡，不减《西昆》、《丁卯》，此特其绪余耳。

《倚声初集》卷三

杨大鲲

杨大鲲（生卒年不详）字九传，一字陶云，号天池，又号秋屏，亦号晓屏，江苏阳湖（今常州）人。清顺治十六年（1659）进士，官至山东按察使。

1. 邹祗谟：

余向序阮亭词云："同里诸子，好工小词，如文友之儇艳，其年之娇丽，云孙之雅逸，初子之清扬，无不尽东南之瑰宝。今则陈、董愈加绵渺，二黄益属深妍。更加庸庵之醇洁，风山之超爽，卓人之精腴，介眉之隽练，公阮之幽峭，紫曜之鲜圆，陶云之雅润，赓明之秀濯，含英咀华，彬彬可诵。词虽小道，读之亦觉风气日上。"

《远志斋词衷》

2. 王士禛：

清婉似六一居士，词中正派。（评〔踏莎行〕"绿重平池"）

《倚声初集》评语

计南阳

计南阳（生卒年不详）原名安，字子山，号罍斋，江苏华亭（今属上海市）人，明诸生，入清不仕。著有《负镫集》、《江枫草》等。

1. 陈子龙：

同郡徐子丽冲、计子子山、王子汇升，年并韶茂，有斐然著作之志。每当春日骀宕，秋气明瑟，则寄情于思士怨女，以陶咏物色，祛遣伊郁。示予词一编，婉弱倩艳，俊辞络绎，缠绵猗娜，逸态横生，真宋人之流亚也。或曰："是无伤于大雅乎？"予曰：不然。夫"并刀吴盐"，美成所以被贬；"琼楼玉宇"，子瞻遂称爱君。端人丽而不淫，荒才刺而实谀，其旨殊也。三子者托贞心于妍貌，隐挚念于佻言，则元亮《闲情》，不能与总持赓和于临春、结绮之间矣。

《三子诗余序》（《陈忠裕公全集》卷二十六）

2. 邹祗谟：

阮亭既极推云间三子，而谓入室登堂，今惟子山、其年。子山《江枫》一集，力删透露；其年咏枕诸篇，更饶含蕴。情景兼得，吾何间然。

《远志斋词衷》

3. 邹祗谟：

子山《江枫》一集，比《负镫》字删句削，可见其细心微诣处。彼放笔颓唐，自矜神会者，吾知其不经推敲也。

《倚声初集》卷六

4. 朱彝尊：

江左固多词人，荪友、子山、其年、葆馚，其词皆与南北宋方驾。

《耒边词序》(《耒边词》卷首)

5. 王士禛:

子山得意处,遂登黄门之堂。(卷五)

子山词别有香气,前身当从众香国中来。(卷十)

《倚声初集》

6. 王昶:

计子山南阳〔如梦令〕,盖为弘光出走作也。王阮亭云:绝似通眉生赋《江潭苑》。又有〔谒金门〕咏杜鹃,亦是少陵下拜意。(卷二)

计子山南阳〔花非花〕云:“同心花,合欢树。四更风,五更雨。画眉山上鹧鸪啼,画眉山下郎行去。”王阮亭云直可作古乐府读。(卷三)

《西崦山人词话》

7. 继昌(李佳):

计南阳〔花非花〕云:“画眉山上鹧鸪啼,画眉山下郎行去。”犹有古乐府遗音。

《左庵词话》卷上

8. 陈廷焯:

不谓明词亦有此种笔墨,我如何不快,我如何不选。(评〔花非花〕“同心花”)

《云韶集》卷十三

9. 陈廷焯:

音调古雅,□□词中正声,在明代自是骄骄之作。(评〔花非花〕“同心花”)

《词则·别调集》卷三

吴骐

吴骐(1620—1695)字日千，晚号铠龙，又号九峰遗黎，室名杜鹃楼，江南华亭(今上海松江)人。明诸生。幼有神童之目，以诗文受知于陈子龙、夏允彝。明崇桢十五年(1642)与陶冰修、周茂源等别立雅似堂社。明亡，绝意进取。汤斌抚吴时，拟招之入幕，不受，后又却徐乾学之邀。退居山中，时人目为高士。其词承云间派。著有《颇颔集》、《铠龙文集》、《吴日千先生集》，有《颇颔词》一卷(一名《杜鹃楼词》)。

1. 沈谦：

日千词专攻小令，读之不纤不诡，不浅不深，生香真色，在离即之间。晚唐人用叠字多不见佳，易安〔声声慢〕连下十四叠字，不嫌其复。日千亦连下十二叠字，此等语自宜于填词家耳。

沈雄《古今词话·词评》下卷引

2. 高旭：

日千先生文若诗，规唐矩宋，有古作者风，积径虽未尽夷，要之可于文字界别立一帜。至其词多香奁，专以风流擅胜场，而略欠蕴藉，尽多慷慨激楚之音，然终不若香奁体之工也。日千先生之词，殆李笠翁一流乎？夫吾侪苟具特性，立奇节，步趋迥异俗流，文字一秉忠孝，虽有时作华丽淫荡之辞，意涉芜秽，自学道者视之，要不为病。陶靖节赋丽人，屈灵均咏香草，儿女情痴，果何伤于大雅欤？有明僭窃风雅之徒每欲删《关睢》、郑卫诗，矜为独见，识者早已嗤为伧夫矣。而日千先生，节士也，非伧夫也。

《吴日千先生遗集序》(《高旭集》卷二十一《天梅文》)

3. 姚光：

先生诗词，开府清新，参军俊逸，兼而有之，而词尤幽艳冷绝。先生以苦节高蹈，而其言妩媚可爱如此，信乎赋梅花者不独宋广平矣。

《吴日千先生诗词跋》（《姚光全集》第一卷《复庐文稿》）

4. 赵尊岳：

词凡三十九首，同在集中。竹垞谓其“力崇正始，深厚不佻”，实则其词温雅澹荡，亦间有伤格处。一时风尚，无可为讳者也。其小令之学五代者，〔花非花〕：“梦回进，思深处。不敢留，未忍去。临行握手订幽期，高柳朦胧天欲曙。”〔生查子〕云：“沈香亭下花，红艳凝朝露，不及镜中人，微笑时相顾。　衔杯忆所欢，泪向杯中坠。花发怕春寒，人远愁春暮。”均能得出拙字、直字之诀。其松秀处，如〔踏莎行〕起拍：“花堕红绡，柳飞香絮，流莺百转催天曙。人言满苑是春光，毕竟今何处。”亦情景宛然，可为籀诵。惟其侧艳处如“强将残酒换侬觞，口脂香”，又“那能身化杏花绡，裁作裾儿，紧贴玉人腰”，则近于狎亵，有乖风人之教矣。

《惜阴堂汇刻明词提要·顑颔词一卷》（《词学季刊》第一卷第三号）

5. 赵尊岳：

鼎革之际，忠义诸公，投袂束发，或会櫌棘之师，或励葛薇之节，济兹多士，孤愤勤王。而缩地南疆，留都已解；颓波海国，闰统垂亡。凄凉激楚，听河满之悲鸣；悱恻缠绵，怯宫声之不返。若陈卧子、夏存古、张元普、吴日生、陆真如诸家，曲雅清雄，别具胜概，可歌可泣，以怨以群，不特敦名节于诗教之间，抑且起正声于俗乐之末。稼轩、同甫，共词才情，花外、草窗，微嫌刷色。此则厌朱明一朝之国运，亦所以振紫阳、奕叶之词林，轩冕文章，从容大节。诋諆明词者，手此一篇，低回掩抑，亦当然自返矣。

《惜阴堂明词丛书叙录》（《明词汇刊》附）

魏际瑞

魏际瑞(1620—1677)原名祥，字善伯，号伯子，江西宁都人。明清之际偕弟魏禧、魏礼结庐金精翠微峰，与李腾蛟、林时益、曾灿等结生死之交，号“易堂九子”。初则避兵，继谋恢复。后际瑞独出应试，为清顺治十七年(1660)岁贡生。家贫，游食军中，为哲尔肯说降韩大任，被杀。事详见魏禧撰墓志铭。有《魏伯子文集》，附词一卷，计七十余首。

1. 杨希闵：

晓解音律，词胜于诗。

《乡诗摭谭》

2. 周曾锦：

魏伯子际瑞本不以诗词名家，其词不衫不履，然颇有俊快之笔。

《卧庐词话》

赵进美

赵进美（1620—1693）字嶷叔，一字韫退，号清止，山东益都（今青州）人，明崇祯十三年（1640）进士，官行人，入清官至福建按察使，著有《清止阁集》。亦能词。

1. 邹祗谟：

清止诸咏，多系题画之作，荆艳燕佳，倚声选梦之致，尽在笔端矣。

《倚声初集》卷三

梁清标

梁清标(1620—1691)字玉立，一字苍岩，号棠村，又号苍岩子、蕉林居士、苍樵子、冶溪渔隐，直隶真定(今河北正定)人。明崇祯十六年(1643)进士，官庶吉士。李自成农民起义军克北京，归附任职。入清，以原官授翰林编修，累迁兵、刑、户、礼各部侍郎、尚书。清康熙二十七年(1688)，晋升保和殿大学士。卒于官。其行迹散见于《清史稿》之《部院大臣年表》、《大学士年表》等。梁氏笃学，精鉴赏，富收藏。位高望重，门弟子中又多文坛名家，故当时文名特盛。诗与吴伟业、龚鼎孳齐名。著有《蕉林诗集》、《蕉林文集》，有《棠村词》二卷。

1. 宋琬：

苍岩先生襟期潇洒，意度郭落，大似坡仙。初夏仆将往蜀，同芝麓诸公燕集梁家园，伶人演仆所编《祭皋陶》杂剧，座上各赋〔蝶恋花〕一阕，苍岩有“旧事甘陵，今夕关情”等句，水涨花明，酒酣烛跋，使倩袁绹歌之，应为雪涕。

《棠村词话》

2. 龚鼎孳：

棠村旖旎纤靡，宛似《花间》，其芊绵俊爽，则又《草堂》之丽句也。洵当排黄轶秦，驾周凌柳，电发以仆《香严词》并行，糠秕谬扬，窃有子鱼龙尾之叹。

《棠村词话》

3. 尤侗：

仆尝客恒山，苍岩公出家伎奏乐，仆于座上演《清平乐调》杂剧，即令小鬟歌之，音节谐婉，公呼酒命醉，几乎履遗缨绝。今读棠村诸阕，犹觉柔情似水，令人思“小红低唱我吹箫”也。

《棠村词话》

4. 周在浚：

司农公奉使岭南于兵戈豺虎中，倚棹停骖，衔杯刻烛，其长短句沉雄绮丽，不减坡公海外。广陵邓孝威云："春风油幕夜挡筝，唤出柔奴据有情。一别珠江烟雨暗，鹧鸪啼煞五羊城。"吴江徐电发云："过岭新词喜乍攀，海天归棹泣乌蛮。尚书自爱蕉林好，饱看倪迂数尺山。"二诗俱足道公潇洒绝尘之致。

《棠村词话》

5. 宗元鼎：

棠村词穷极雕镂，而天然蕴藉，自不使秦柳独步。

《棠村词话》

6. 宗元鼎：

〔满江红〕《寄梁苍岩先生》

台阁文章，公今日、欧阳永叔。三十载、功齐韩范，中年眉目。回想题名才弱冠，已登科甲称才宿。羡风仪、峻爽好尚书，如兰菊。　朝堂暇，归书屋。展古画，修闲福。似当时六一，琴樽棋局。诗比庐陵神骨秀，词填庆历调丝竹。问近来、酬唱许何人，苏洵熟。

《全清词·顺康卷》

7. 宋实颖：

晏元献清词丽句，上逼李唐，一时贤士大夫如范仲淹、欧阳永叔辈皆出其门，遂推为《草堂》巨工。今苍岩先生勋业文章光耀史册，而间为小词亦复瞻丽，庶几元献堪比拟，若韦庄、冯延巳之流，瞠乎后矣。

《棠村词话》

8. 丁澎：

《棠村词》者，大司农梁苍岩先生之作也。北地诸梁，蝉联鹊起，犹汉代之有荀、杨，江左之有顾、陆。而笙簧三谢，偏重临川；绮绔群刘，共推孝绰。早已鼓吹骚坛，发物词苑，谈艺之家奉为乔岱者矣。乃先生益弘损益之风，不遗纬艾之采。子期清节，喜附巨源；敬礼小文，见裒郎将。故恒峰旅寄，获奉仪规棋野之暇，品及林泉；兰亭禊饮之时，旁观丝竹。蕉林屋低，每多红杏之吟；蓝尾樽前，共谱檀牙之奏。此棠村一编所由葺也。讽唱之余，敢为论次：小令体贵纤秾，味归轻婉。如奇葩春茁，残英未飞；新篁夜舒，湿翠乍滴。冰纨厕锦之内，忽露隋珠；雕镂错采之丛，无非紫贝。长调才瞻，博而尚奇。气啴缓以尽变，譬之箜篌杂引，缘子建以争艳；琵琶曼声，得季伦而倍逸。但使红儿按节，绣帐征歌，绛树回风，锦茵逞舞。袭其遗韵，在昔为难。今也缠绵巧妙，不殊梅溪、石屋之间；韶秀清芬，直居待制、屯田之上。所谓玉钗、罗袖，均有旨归；杜若、江蓠，并深比兴。固先生所独诣也。讵仅邢子才纸贵京师，徐孝穆流传异域而已哉！仆更获交先生之小阮冶湄明府来宰江，才同潘令，但种名花；清若胡威，曾无匹绢。独手授先生新词一卷，得卒读焉。既无忝于雅颂，亦粲溢于风人。昔琼楼乐冷，玉局终为爱君；香径燕归，元献因而荐士。先生振佩承华，人伦东国，发为吟咏，原本性情，即以当《卷阿》、《穆如》之颂，《山榛》、《彼美》之篇，岂有异乎？洵盛世之音安以肆，非词人之赋丽以淫也。词学肇兴，元声未坠，舍先生其谁与归？

《棠村词二刻序》(《棠村词》)

9. 金硕鼐：

昔人云文生于情，又曰情由意生。或登山临水，远望长歌；或魏阙江湖，先忧后乐。盖其寄托遥深，言在此而意在彼，千古文人必于古今之钟情最深者也。硕鼐下里浅学，每记辰午□间，因肆业国雍，承宗伯王敬哉夫子特达之知，且齿及于梁少宰葵石、大司农苍岩二先生之前。曾蒙筑室相邀，因得瞻二先生命世之风采。而司农时宠燕笑，于论文之暇，亦尝手示耳提，扬摧风雅，引人著胜。自恨尘骨凡胎，一落天涯便隔弱水三千矣。今冬跨驴冲寒，偶过四滨，于令侄次典大令晚衙中，以先生《棠村词》二刻见示。捧读之，峨峨洋洋，目所未见，譬游琼宫贝阙者，无珍不备。不意范、欧诸名公后，复有超轶而上者，如斯之尽美。盖先生自少壮立朝，以至周典政府，曳履星辰，从容因应，洞中机宜，旁及诗词，亦眉山所云万斛泉源不择地而出，讵止风华淹丽，斗胜于六朝花草间也。若夫情之所钟，有所感慨，寓言婉转，莫不曲尽缱绻，霭然如春。乐府新声，引物连类，诚有珠光玉洁，周情孔思之拟，非体协宫商，德合张弛者不及此。鼐本不能文，睹此鸿笔，辄为飞跃，非敢自附蠡测之末也。

《棠村词题词》（《棠村词》）

10. 吴仪一：

大司农梁公高阀巨笔，埒宋韩、范、欧阳。所撰乐府小令多旖旎语。世亦以武陵凝睇、秋色连波、水晶双枕之句相方拟。仪谓宋贤诸词，佻达之子藉为解嘲，边幅之士疑其□作，此不足深辩也。夫诣韵之文，与时递变，而逮于词曲，要皆本元《三百篇》。无论涉溱蔓草，将谑已甚，娥眉虿发，形容欲绝。即南雅所登，如《卷耳》、《杕杜》之怀人，"雨雪杨柳"之行旅，以及夭桃秾李，感帨警尨，莫不旨蕴温柔，辞缘绮靡，况其余者乎？史迁称《离骚》兼《国风》、《小雅》，今观其文，瑶台佚女非指美人，芳洲不惟香草，犹是山榛湿苓之遗。公词比兴杂陈，情文斐亹，直将上举辎轩，平视正则矣。必谓广平梅花，不阂铁石；元亮闲情，无类白玉。抑沾沾与红杏尚书絜华媲采，皆浅之为见也。辑《棠村词》者，初为蛟门、菊庄二太史公，小阮冶媚太守复广之，易斋大令又录二集，仪与校字之役，因附记此。

《棠村词题词》（《棠村词》）

11. 徐虬：

范文正公"长烟落日孤城闭"，虽觉凄婉动人，然词旨苍凉，多道边镇之苦，欧阳永叔目为“穷塞主”，宜矣。未若棠村春雍和雅，有钧天广乐气象也。

《棠村词话》

12. 毛奇龄：

或问香严之妙，曰雄放处时见伟观；问棠村之妙，曰旖旎时亦属本色。

《棠村词话》

13. 陈维崧：

棠村〔望江南〕一词云：“欲写乌丝嗔燕子，将输楸局倩猧儿。”较前人“无可奈何花落去，似曾相识燕归来”，真堪伯仲。

《棠村词话》

14. 龙光：

苍岩父子过岭诸词，似从花田撷秀，觉翠羽明珰，文相映发，昔人谓文章得江山之助，小词亦云。

《棠村词话》

15. 周纶：

司农蕉林诗集雄浑流丽，在北地、信阳上。滥入小词，不乏宠柳娇花之致，知才人正未可量。今冶媚与菊庄先后校梓，使经商纬羽之士，咸取则焉，诚词苑功臣也。

《棠村词话》

16. 徐倬：

梅村清婉，香严瑰丽，棠村纤秾，家弟电发欲合三先生诗余行世，真堪鼎峙骚坛。

《棠村词话》

17. 王士禄：

司农诗格雄浑，酷似少陵词。复婉约偎艳，雕组天然。杨用修云：诗圣如子美，而集内填词无闻，少游、幼安词极工矣，而语殊不强人意。恐读棠村词者，未以用修为通论也。

耆卿“残蝉向晚”，聒得人心欲碎，是写闺中秋怨也。梁棠村春云怨词“疏灯薄暮又一声，归燕飞来平楚”，是写闺中春怨也，各自极其情致。

《棠村词话》

18. 聂先：

钞《棠村词》有未尽收佳句，如〔浣溪纱〕之“莺声愁杀画楼人”，〔忆王孙〕之“细雨孤城尽闭门”，〔菩萨蛮〕之“茅店闭黄昏，孤灯何处村”，〔满庭芳〕之“闲消受，幽花文蝶，秋水玉簪香”，〔夏初临〕之“小立斜阳，映纱橱笑看残妆”，〔苏幕遮〕之“天意也知离别苦。片片轻云，遮断人行路”，即置之《片玉》、《漱玉》集中，若相伯仲。至若〔百字令〕之“道在斯人，晴窗高卧，闲却经纶手”，竟是一幅画中人物。如此数阕，惜皆未列全豹，谨为拈出。

《百名家词钞》引

19. 傅燮词：

《棠村词》足为当世词家之冠。

《菊庄词序》（《菊庄词》卷首）

20. 王士禛：

“红杏枝头春意闹”尚书，当时传为美谭，吾友公�极叹之，以为卓绝千古，然实本《花间》“暖觉杏梢红”，特有青蓝冰水之妙耳。《棠村词》从无一语袭前人者，山谷谓东坡非吃人间烟火，仆于苍岩夫子亦云。

《棠村词话》

21. 方象瑛：

司农夫子负公辅重望，与富、欧、韩、范为匹，尤喜汲引寒□，与草茅之士赓唱，读其寄酬松陵徐电发诗词，芦中人一齐感泣。

《棠村词话》

22. 曹鉴平：

今人睹工致绮靡者，辄曰《花间》致语；览婉娈流动者，《草堂》丽句。虽刻画摹拟，犹去一尘，以神韵未到耳。今试置棠村诸作杂《花》、《草》间，尚能复辨否？

《棠村词话》

23. 陆进：

棠村极秾艳而无绮罗香泽之态，所谓生香真色，人难学也。

《棠村词话》

24. 顾贞观：

评书者有言：唐人以法胜，宋人以意胜，惟晋人韵胜，非法与意可到。词如棠村，才当得一“韵”字。质之先生，定不以斯言为烦。

《棠村词话》

25. 叶舒崇：

寇平仲、范希文，非不冰心铁骨，多垂宇宙，而小词皆尽态极妍。今司农夫子名位德望仿佛二公，长短调亦尔缠绵旖旎，故知广平梅花正自无碍，不必嫁名河阳书记也。

《棠村词话》

26. 汪懋麟：

词莫盛于南北宋，人各一集，集有端名，如毛氏所梓百名家，其最著者。元明以后，作者多有二传者少逊矣。

本朝词学近复益胜，实始于武进邹进士程村《倚声集》一选，同时休宁孙子无言复有三家诗余之选，由是广为六家，又十家，今且十六家，势不百家不已，岂不与毛氏争雄长乎？十六家最后出者为吴祭酒之《梅村词》，龚尚书之《香严斋词》与梁大司农之《棠村词》。司农以勋业名天下，誉望端凝，不矜不伐，所为古今诗数十卷，以及门屡请始付梓于吴浙之间。常为小词，不以示宾客，初懋麟侍左右，与公从子承笃从几案间抄积，授徐子电发梓于钱塘，遂流播远近，家有是书。乃无言取冠诸集，子复以公奉使东粤，山川道路之作益于后，较钱塘本加多矣，而实未足尽公之作也。倾予来自京，见公所作词，复累累，惜未及尽抄而南。无言悬板莫能待，予知他日视此本殆复如钱塘矣。公词雅丽浑成，不事雕饰，不摭拾隐僻，得北宋诸贤之遗意焉。予尝论宋词有三派，欧、晏正其始，秦、黄、周、柳、姜、史、李清照之徒备其盛，东坡、稼轩放乎其言之矣。其余子，非无单词只句可喜可诵，苟求其继，难矣哉。若今之专事故实，蠹窃幽险，神韵索然，予莫知其派之所由矣。愿亟药以棠村之词。

《棠村词序》(《棠村词》)

27. 汪懋麟：

欧阳公尝谓遭时之士功烈显于朝廷，名誉垂于竹帛，每观文章为末事而又有不暇与不能者焉。故有事业者不必有文章，而穷居隐约失志之人，每感激发愤一寓于文辞甚矣，二者之难兼也。然从来得志于时者，不尽劳心以为人也，试观沉而兴，暮而息，皆悉心于国事之大乎，抑别有所以耗吾神而劳吾形者耶？是不能者，故有之以云不暇则未也。今大司农梁公领尚书事垂二十年，功名既赫奕矣，犹笃学不倦，每退食即帘阁静坐，啸咏自娱，所著诗古文海内传诵已久，间为小词，必夺宋人之席，每一篇出，艺林竞相传写，何暇且能欤？而人或谓公得时行道，文章在史馆政事，在天下，安用此小技？懋曰：不然。昔晏元献、欧文忠为宋名臣，其所建树与所著作自古罕匹，而珠玉、六一之词歌咏人口至不废。盖大君子之用心，不汩汩于嗜欲政事之暇，寄闲情于词赋，性情使然也，夫何害？先是松陵徐子电发梓公《棠村词》一卷，俱收散佚屏素纨扇间者，惜未窥全豹，近公小阮冶媚复请公新旧诸作合龚大宗伯《香严词》、吴祭酒《梅村词》并行于世，以懋受业于公，属为序。顾余小子自通籍以来，方困辱于趋走，忧愁郁积，殆欧阳公所谓穷者也。夫穷者之言，固穷者之言，宜工而亦复鹿鹿不暇，以为则兼而有之者，不愈难哉！不愈难哉！

《棠村词二刻序》(《棠村词》)

28. 汪懋麟：

士大夫以勋业道德相高者，鲜不以声韵之学为病。然寇平仲、韩稚圭、范希文、司马君实以至朱考亭、真西山、许鲁斋、吴草庐诸先生，皆未尝以填词为讳。而时贤则务修饰为敬慎，甚有少时所作艳体诗，久且追悔，谬言伪作，恐妨吾他日俎豆，亦先贤之罪人矣。陈质斋尝云，欧阳公词多有与《花间》、《阳春》相混，亦有鄙亵之语厕其中，当是仇人无名子所为，或谓刘辉伪作。不知六一居士文笔跌宕，何所不有，乌足为公病？读棠村长短句者破伪学方幅之见乃可。

黄鲁直云：晏叔原乐府精壮顿挫，动摇人心，在《高唐》、《洛神》、《桃叶》、《团扇》之间。公词出入骚雅，蕴藉多风，视叔原岂复多让。

张公甫称史邦卿词织绡泉低，去尘眼中，妥帖轻圆，词情俱到，有瓌奇警迈、清新闲婉之长，无诡荡污淫之失。允为词家正论。公居平与群从子弟论填词之法大率准此，后学亦知所宗法矣。

古人填词立被弦管，非深明音律罕能叶调。绍圣初东坡先生与晁以道别于汴上，酒既酣，自歌古阳关一阕，则东坡神会音律可知。迩日陪公游玩祝氏山庄，有老乐公侍侧，命歌所填新词，低昂婉转，流响丝竹，此岂时流斤斤按谱苟当平仄所能及也。

《棠村词话》

29. 汪懋麟：

钱唐令君梁冶湄，欲合吴祭酒《梅村稿》、龚司马《香严词》，与其家司农《棠村集》，汇梓行世。夫祭酒骀宕，司马惊挺，司农起恒朔间，而有柳欹花亸之致。彼河北、河南，代为雄视，未若三公之旨之一也。

沈雄《古今词话·词话》下卷

30. 梁允植：

家叔父司农教子弟家法醇谨，虽步履□旋，进退规矩，必合法度。自理学经济诸书外，稗官野史都不令浏览，然于诗词必使涉猎焉。曰所以发其兴观群怨，使识古人美人香草皆有所寄托也。

《棠村词跋》（《棠村词》）

31. 梁天植：

范文正公、司马温公、韩魏公，皆一时名德重望，范〔御街行〕有“眉间心上，无计相回避”之语，韩〔点绛唇〕有“武陵凝睇，人远波空翠”之句，至温公〔西江月〕直云“相间争如不见，有情还是无情”，风流婉丽，其视广平《梅花》一赋，又为过之，非故好闲情也，直因至性缠绵、郁而不泄，遂借长短句以抒其忠爱之忱。不然彼《榛苓》之颂美人、《离骚》之歌香草，将不登于周秦、汉魏以上也。癸丑冬日因弟允植教携叔父棠村词集，遂连类及之。

《棠村词跋》（《棠村词》）

32. 张星耀：

昭代词人之盛，不特凌轹元明，直可并肩唐宋。如《香岩》之雄瞻，《棠村》之韶令，《容斋》之新秀，《衍波》之大雅，《延露》之俊逸，《丽农》之宏富，《东江》之绵渺，《弹指》之幽艳，《乌丝》之悲壮，《艺香》之浓鲜，《玉凫》之清润，《兰思》之真致，《玉蕤》之周密，余如秋岳、锡鬯、容若、云士、舒凫、夏珠、昉思诸公，未窥全豹，微露一斑，而《二乡》、《远山》、《云涌》、《扶荔》、《鸳情》、《南溪》、《炊闻》、《百末》、《含影》、《支机》、《蓉渡》、《锦瑟》、《柳村》、《遏云》、《当楼》、《青城》、《蝶庵》、《秋水》、《峡流》、《吹香》、《椒峰》、《萝村》、《菊庄》、《移春》、《山晓》、《梨庄》、《红蕉》、《柯亭》诸集，可谓家操和璧，人握隋珠，一时群聚。噫，盛矣！

《词论》（《东白堂词选初集》）

33. 孙尔准：

德也清才却执殳，棠村未许便齐驱。

风流侧帽天然好，莫向铜街拟独孤。梁清标

《论词绝句》二十二首（《泰云堂诗集》卷四）

34. 谭莹：

涂泽为工足寄情，生香真色殆分明。

海棠开否芭蕉绿，一品官闲独倚声。梁清标

《论词绝句四十首专论国朝人》（《乐志堂诗集》卷六）

35. 胡薇元：

清初词人，如吴骏公、梁玉立、龚孝升、曹洁躬、陈其年、朱竹垞、严荪友诸家，词采精善，美不胜收。中间先征君稚威、吴榖人、洪北江、钱晓征，均称后劲。嘉道以来，则以龚定庵、恽子居、张皋文辈为足继雅音也。

《岁寒居词话》

36. 陈廷焯：

棠村词，风流秀丽，犹胜叔原，但风格微逊。

《云韶集》卷十四

37. 陈廷焯：

国初诸老之词，论不胜论，而最著者，除吴、王、朱、陈之外，莫如棠村。秋岳、南溪、珂雪、蘅香、华峰、饮水、羡门、秋水、符曾、分虎、晋贤、覃九、蘅圃、松坪、西堂、莘野、紫纶、奕山诸家，分道扬镳，各树一帜。而饮水、羡门、符曾、分虎，尤为杰出。

《词坛丛话》

38. 陈廷焯：

棠村词，工丽婉雅，自是福泽人语。

《词则·闲情集》卷三

39. 陈廷焯：

梁棠村词尚秾艳，语必和平，自是福泽人声口。然论词未为高妙。

《白雨斋词话》卷三

40. 张德瀛：

愚谓本朝词有三变，国初朱、陈角立，有曹实庵、成容若、顾梁汾、梁棠村、李秋锦诸人以羽翼之，尽祛有明积弊，此一变也。樊榭崛起，约情敛体，世称大宗，此二变也。茗柯开山采铜，创常州一派，又得恽子居、李申耆诸人以衍其绪，此三变也。

《词徵》卷六

41. 郭则沄：

开国相臣身名泰然者，推梁清标、李景裔。棠村词以秾丽著称，然其〔玉楼春〕“花飞南陌东风暮”……亦不能无身世之感。

《清词玉屑》卷一

42. 《续修四库全书提要》：

清标所作，丽句清词，雍容华贵，亦未可尽非也。

《棠村词提要》

43. 卢前：

〔望江南〕

绮罗态，秾艳不相同。好是葸思评骘语，生香真色定词宗。玉立有家风。

《饮虹簃论清词百家》（《清名家词》）

李昌垣

李昌垣（生卒年不详）字长文，宛平（今北京大兴）人。清顺治三年（1646）举人，四年成进士，授翰林院编修，官至侍读学士。

1. 邹祗谟：

李长文学士词，清姿朗调，原本秦、黄。为予言，少作极多，因在馆署日，薛行屋侍郎劝弗多作，以崇诗格，乃遂搁笔。昔文太青少卿，亦持此论，先辈大率如此。

《远志斋词衷》

2. 邹祗谟：

数词戊子春得自衣月缄寄，今读之澄鲜妍莹，真不减两欧阳学士也。

《倚声初集》卷四

沈谦

沈谦(1620—1670)字去矜，号东江，浙江仁和(今杭州)人。明崇祯十五年(1642)补县学生员。甲申国变之际，与毛先舒、张丹绝口不谈世务，日登南楼，舒啸高吟，时称“南楼三子”。又与柴绍炳、丁澎、陆圻、孙治等并称“西泠十子”。事迹见《清史稿》、《杭州府志》及毛先舒《沈去矜墓志铭》。入清后，不图仕进，嗣其父为岐黄业，而肆力于诗古文，尤工词。擅散曲，与弟子洪昇善。晚筑东江草堂，因自号东江渔父，吟咏不绝，潜心著述。著有《东江集钞》、《东江别集》、《词学》、《填词杂说》、《词韵略》，又有《词韵》、《词谱》、《南曲谱》、《古今词选》、《沈氏族谱》诸书，另外沈氏还著有杂剧《庄生鼓盆》，传奇《兴福宫》、《美唐风》、《胭脂婿》等。

1. 毛先舒：

足下《云华词稿》一编，妙丽缠绵，俛睨盛宋，清弹朗歌，穷写纤隐，于古靡所不合，而微指所向，则祢祀柳七。

《与沈去矜论填词书》(《倚声初集》前编卷二)

2. 邹祗谟：

阮亭尝云：有诗人之词，有词人之词……词人之词，缠绵荡往，穷纤极隐，则凝父、遐周、莼僧、去矜诸君而外，此理正难简会。

《云华词》，其抚仿屯田处，穷纤极眇，缠绵儇俏。

《远志斋词衷》

3. 邹祗谟：

去矜诸词，率从屯田、待制两家浸淫而出，言情浓至，不欲多留余秘，意得处，直欲据秦黄之垒。

《倚声初集》卷八

4. 沈雄：

家去矜列名于西泠十子，填词称最。大意以〔薄幸〕一篇，语真挚、情幽折以胜人。宋歇浦特以书规之。及贻我《东江别业》，有云："野桥南去不逢人，蒙蒙一片杨花雪。"此即小山"梦魂惯得无拘锁，又逐杨花过野桥"也，谁谓其仅仅言情者乎？

《古今词话·词话》下卷

5. 沈雄：

家去矜诸词，率从屯田、待制浸淫而出，言情最为浓挚，又必欲据秦、黄之垒以鸣得意，所以来宋歇浦之论词书也。

《古今词话·词评》下卷

6. 张星耀：

昭代词人之盛，不特凌轹元明，直可并肩唐宋。如《香岩》之雄瞻，《棠村》之韶令，《容斋》之新秀，《衍波》之大雅，《延露》之俊逸，《丽农》之宏富，《东江》之绵渺，《弹指》之幽艳，《乌丝》之悲壮，《艺香》之浓鲜，《玉凫》之清润，《兰思》之真致，《玉蕤》之周密，余如秋岳、锡鬯、容若、云士、舒凫、夏珠、昉思诸公，未窥全豹，微露一斑，而《二乡》、《远山》、《云涌》、《扶荔》、《鸾情》、《南溪》、《炊闻》、《百末》、《含影》、《支机》、《蓉渡》、《锦瑟》、《柳村》、《遏云》、《当楼》、《青城》、《蝶庵》、《秋水》、《峡流》、《吹香》、《椒峰》、《萝村》、《菊庄》、《移春》、《山晓》、《梨庄》、《红蕉》、《柯亭》诸集，可谓家操和璧，人握隋珠，一时群聚。噫，盛矣！

《词论》(《东白堂词选初集》)

7. 厉鹗：

本朝沈处士去矜号能词，未洗鹤窗（按：马浩澜）余习，出其门者，波靡不返。

《吴尺凫玲珑帘词序》(《樊榭山房集·文集》卷四)

8. 谢章铤：

沈去矜谦好尽好排，取法未高，故不尽倚声三昧。长调意不副情，笔不副气，徒觉拖沓耳，且时时阑入元曲。去矜好自度曲，如〔美人鬟〕四十四字，〔月笼沙〕六十字，〔东风无力〕七十一字，〔蝶恋小桃红〕犯曲，上四〔蝶恋花〕，下三〔小桃红〕，后段同七十二字，胜常七十六字之类皆是。〔东湖月〕一百字，则及门潘云赤所度，去矜和之者，调皆圆美。其〔东风无力〕云："万里春愁直"，"直"字最奇，至〔十二时慢〕云："仔细想，真无意思。撞著吃亏忍气。"又云："人也劝奴，为何守这冷冷清清地，奴须丢不下，死生只在这里"等句，实非雅调，不得以黄九、柳七借口。

红友《词律》，去矜《词韵》，皆声名极盛之作。而二君于词，都非超乘。

《赌棋山庄词话》卷八

9. 陈廷焯：

彭骏孙见沈去矜、董文友词，谓泥犁中皆若人，故无俗物。去矜亦《花影》之余，冰持之匹，不及文友之工。

《白雨斋词话》卷三

10. 徐珂：

谦字去矜，步武苏、辛，而以五代北宋为归。

《近词丛话》

11. 沈轶刘：

清词自康熙初期朝局渐定，人民生活随获喘息机会，词人亦得以从容陶冶，转入修词，抚时触景，或有所指，溶曳演漾，浅深曲直之际，刻意雕镂，火候独工。如沈谦能在人所不着力处寄其密意，亦乘时间出之魁选也。……谦之为词，貌若一意为词、心无旁骛者，然雅有内涵，特善含蓄，以雅贯骚，绝不着色，非寻常功力所能届。试观其所为〔清平乐〕咏罗带……小词大波折，控纵若飞，何异长调？

《繁霜簃词札》

毛先舒

毛先舒(1620—1688)字稚黄，初名骙，字驰黄，浙江仁和(今杭州)人。明崇祯诸生。父殁后弃举业，以著述终老。事迹见《清史稿》、《杭州府志》等。驰黄少工诗，年十八以《白榆堂诗集》就教于陈子龙，得其称赏，并为之序。诗文与毛奇龄、毛际可齐名，时人称“浙中三毛，文中三豪”。中年病困，久卧草荐，乡人戏称“草荐先生”。家居时，常与张丹、沈谦唱和，号“南楼三子”；又与陆圻、孙治、柴绍炳、丁澎等并称“西泠十子”。著有《潠书》、《小匡文钞》、《稚黄子文洴》、《思古堂文集》、《东苑文钞》；诗有《蕊云集》、《晚唱》、《东苑诗钞》；词则有《鸾情集选填词》三卷，并《填词名解》、《填词图谱》等多种。

1. 李渔：

人皆谓眼前事；口头语，都被前人说尽，焉能复有遗漏者。予独谓遗漏者多，说过者少……只据眼前词客论之，如董文友、王西樵、王阮亭、曹顾庵、丁药园、尤悔庵、吴园次、何醒斋、毛稚黄、陈其年、宋荔裳、彭羡门诸君集中，言人所未言，而又不出寻常见闻之外者，不知凡几。

《窥词管见》

2. 毛先舒：

外集者何？集填词也。外者何？外之也。何以外之？古经不得已而变风、雅，古诗不得已而变六朝，近体不得已而变中、晚，中、晚，诗之末也，填词抑末也。其辞荡于心，其节谐于吻，其音惕乎道，古者耻言之，而予又何从事于斯？生乎开元之先，予微得其声，然予弗敢开也；立乎祥兴之后，予获觇其成，然予弗敢废也。虽然，弗敢淫，弗敢多。男女之际，有执手之义、金罍之思，上宫闲馆，罔置喙焉，是弗敢淫也；约其什不盈数十，是弗敢多也……客曰：其间感仳离而悲怨旷，壹何多邪？予曰：是托也，非志也。夫人衷有所隐，而辞有弗能已，则更端以达之。《离骚》之志，美人目君；张衡《四愁》，非直为错刀绣段而已也。客曰：唯唯，可无罪矣。

《平远楼外集自序》（《潠书》卷一）

3. 毛先舒：

余词笔颇椎，而闻远许我能置身题上。

《汪闻远填词序》（《潠书》卷一）

4. 毛先舒：

仆才劣劣，焉敢比方古人？然小词历落疏纵，当其神来，亦复自喜。豪苏腻柳，总付水滨。

《答孙无言书》（《潠书》卷七）

5. 恽格：

梨花穿月夜无痕，柳絮芦绵大地温。

极绮艳时翻有恨，最悲凉处亦销魂。

《题毛稚黄新词》（《瓯香馆集》卷二）

6. 王初桐：

（毛先舒）其自著词名《鸾情集》，亦非当行家。然间有聪明人语，如“除却鞋尖似旧时，余多是今春瘦”，殊纤媚。

《小嫏嬛词话》卷三

7. 李调元：

毛先舒骙，号稚黄，作《填词名解》四卷，能发人所未发，较胜图谱，然观其自作《鸾情词》则多俗，何也？

《雨村词话》卷四

8. 谢章铤：

国初三毛：稚黄、西河、鹤舫际可。稚黄、西河较胜，西河论词多确凿。即稚黄谈艺亦复不苟。议者徒訾其《填词名解》之附会穿凿，遂尽没其真耳。鹤舫与吾闽林西仲善，文亦相似，均非上乘正法眼也。

《赌棋山庄词话》卷八

孙枝蔚

孙枝蔚(1620—1687)字豹人，号溉堂，陕西三原人。明末，曾起兵抗李自成军。脱身走广陵，遂流寓。行盐屡致千金，号为大贾。旋弃而不为，折节读书，以诗文知名。清康熙十八年(1679)荐举博学鸿词，自陈衰老，求免试，特赐中书舍人衔以宠其行。由是名益重而家益贫，不免游食。事具《清史稿》、《清史列传》、郑方坤《孙枝蔚小传》。豹人当明清之际，诗词自成理路。著有《溉堂前集》九卷、《续集》六卷、《文集》五卷、《诗余》一卷。

1. 吴伟业：

剑拔弩张之态，喷薄楮墨间，想古人击碎唾壶时，亦复尔尔。

《百名家词钞》引

2. 应撝谦：

溉堂词如渴骅奔泉，怒猊下坂，想见南楼清啸，老子兴复不浅也。

《百名家词钞》引

3. 周稚廉：

豹人倚声，大都发源眉山、剑南，而新爽之致，则其自杼机轴。譬之于书法，此擘窠大字，非蚊脚蝇头矣。余最赏其“小妾不嫌白发，先生对坐花间”，何等风致。

《百名家词钞》引

4. 尤侗：

豹人词，以飞扬跋扈之气，写嵚崎历落之思，其品格当在稼轩、东坡之间。

徐珂《清代词学概论》引

5. 尤侗：

予闻孙豹人先生名久矣，每读其诗，想见其人。意谓身长八尺，声如洪钟，须眉皓白，衣冠甚伟者，必是人也。今冬偶客扬州，先生来访，予甫入门望见即跃起曰："噫，此孙先生也，吾固识之。"相与握手，大笑无何，先生以《溉堂词》一卷示予。予读之有飞扬跋扈之气，嵚崎历落之思，噌吰镗铬之音，浑脱浏漓之势，此先生本色也。盖先生家本秦川，遭世乱，流寓江都，遂卜居焉。每西风起，远望故乡，思与呼鹰屠狗者游。既不可得，乃沉埋于春江花月，酒旗歌扇间。田无负郭，环堵萧然，左对孺人，右抱稚子相乐也。已而相泣，中若有不自得者。故遇不如意之事，则以慷慨悲歌发之；见无奈何之人，则以嘻笑怒骂遣之。词虽一技，拟之《草堂》，其在辛、苏间乎？夫苏公以殿阁奇才，屏弃蛮烟瘴雨之外，惟与老僧谈禅，或强闲人说鬼。辛公当南渡时，自恨抱负未尽，至欲据牛头之山，决西湖之水，陈同甫骇而遁去。彼两公者，何如人哉？其见于词者，如"大江东去，浪淘尽，千古风流人物"，与"把吴钩看了，栏杆拍遍，无人会，登临意"，略见一斑矣。今孙先生庶几似之，顾先生老矣，虽元龙湖海豪气未除，而亦有时寄托闲情，作儿女语者，犹之东坡令朝云唱"花褪残红"，稼轩"倩盈盈翠袖，揾英雄泪"老子于此兴复不浅也。其〔清平乐〕云"小妾不嗔白发，先生并坐朱帘"，此一幅行乐图也。世有未识先生者，读其词如见其人，孙郎在焉，呼之或出矣。

《溉堂词序》(《西堂杂组》三集卷三)

6. 聂先：

读《溉堂词》，觉元声充塞，有非南唐北宋人所能及。若以针灸炼僻好奇之病，自有脱皮换骨之效。

《百名家词钞》引

7. 沈雄：

吴园次曰：词家旧推云间，次数兰陵，今则广陵亦称极盛。……

近如锦瑟、溉堂，亦足旗鼓中原也。

《古今词话·词话》下卷

8. 汪懋麟：

其为词专摹东坡、稼轩，一往雄肆，秦风之余也。

《征君孙豹人先生行状》(《百尺梧桐阁文集》卷八)

9.《清史列传》：

孙枝蔚……其所为诗词，气近粗，然有真意，称其人品之高。……诗余二卷，原本秦声，多激壮之词。

《文苑传二》

柯耸

柯耸（生卒年不详）字素培，号岸初，浙江嘉善人。清顺治六年（1649）进士，初官湖北枣阳知县，历礼科给事中、通政司左参议，乞归。光绪《嘉善县志》载其著有《霁园诗》，今不见。又《柯素培诗》，入《皇清百名家诗》。

1. 邹祗谟：

诗家有王、孟、储、韦一派，词流惟务观、仙伦、次山、少鲁诸家近似，与辛、刘徒作壮语者有别。近惟顾庵学士情景相生，纵笔便合，酷似渭南老人。言远方伯，洮洮清迥，与葛理问震父瑜亮。更如岸初、文夏、耕坞、昆仑诸公，俱以闲澹秀脱为宗，不作浓情致语。求之近代，其文待诏、陈征君之间乎？

《远志斋词衷》

顾景星

顾景星(1621—1687)字赤方，号黄公，湖北蕲州(今蕲春)人。少有神童之誉，龚鼎孳目为“江夏黄童”。长与杜浚齐名，称“杜顾”；又与唐洛、胡承诺、张仁熙、吴骥等并称“江汉逸民”。明贡生，弘光时授推官。入清，屡征不出。清康熙十八年(1679)荐举博学鸿词试，因病未与。景星记诵淹博，才气纵横，称一时霸才，惜乎细大不捐，榛楛勿剪，贪多而近于杂。著有《白茅堂全集》，附《白茅堂词》一卷，聂先、曾王孙辑入《百名家词钞》。

1. 聂先：

楚中名家首推卢四照，填词独擅一时。龚香岩极为许可。蒋梧月选当代《瑶华》，以惜未入《白茅堂词》，乃手执兹编，其许可一如香岩之于四照也。固即付之梓。

《百名家词钞》引

2. 蒋景祁：

黄公《白茅堂诗》，深入少陵之室，俱未有雕本行世。其为词少，至老填缀最富，而鲜合格。然合格者，欧、苏、辛、黄弗能过也。黄公本吴人，三世家楚。丁卯适邂逅，幸为忘年交。佩诵其诗不释手，未暇抄传，兹先传其词如此。

《百名家词钞》引

任绳隗

任绳隗(1621—1679)字青际，号植斋，江苏宜兴人。应试时更名方斗，清顺治十四年(1657)举人，以奏销案褫革，仍复原名。初师事张溥，入复社。顺治十年，从吴伟业参加虎丘集会，声名大震。宜兴诸任中，绳隗既工经义，诗才又高，与陈维崧齐名，王士禛赞为“阳羡双绝”。亦工词，词风与陈维崧为近。著有《直木堂集》、《直木斋诗余》。《全清词钞》第二卷载述尚有《冰弦词》，未见传。

1. 尤侗：

吾友蒋虎臣游张公、善卷二洞，归为余述其胜，以笔作画。自一径折入，别有天地，飞崖叠嶂回壑间之，不仅祝陵玉柱在人耳目间者。余虽未至，心为一快，且云果尔阳羡书生，必有异人。陈子其年，髯之轶伦超群也。因其年而得任子青际，阮亭称为同时双绝。今春遇于西鹿，读其《直木斋集》，又为快心如游二洞焉。盖山莫高于泰华，水莫壮于黄河，然而发露太过，地气盛者人风少杀焉。若夫仙灵恍惚之区，幽隐窈窕之境，其人必磊落而离奇，其文必闳深而俶诡，其诗词比隽永而曲致，吾于任子遇之矣。……

《直木斋集序》(《直木斋诗余》)

2. 陈维崧：

忆在庚寅、辛卯间，与常州邹、董游也。文酒之暇，河轻月落，杯阑烛暗，两君则起而为小词。方是时，天下填词家尚少，而两君独矻矻为之，放笔不休，狼籍旗亭北里间。其在吾邑中相与为倡和则植斋及余耳。顾余当日妄意词之工者，不过得数致语足矣，毋事为深湛之思也。乃余向所为词，今覆读之，辄头颈发赤，大悔恨不止。而植斋所为词，则已大工。今集中所载《十索》

诸词，寄衣〔汉宫春〕词，暨酒阑题壁〔念奴娇〕词，阮亭所谓杜紫薇后身者是也。植斋秀拔警悟，自为儿时，即有颜子之目。殆后学益练识益老，才气益喷薄。而经奇赋序箴铭书记赞传诸体，出入班、马、韩、苏间。诗则沉博绝丽，拟议变化，沿汉魏以迄三唐，宋元明以来无论也。填词顾矜慎不多作，已足传吾植斋矣。噫，自吾与子学为填词，其岁月也不为不多矣。庚寅、辛卯迄于今，阅二十余年矣。此二十余年以来，人事日非，江河渐下，昔之文酒高燕，尚能之乎？盖同郡之内，百里之间，平时交好有屡岁不相见者矣。文友既亡，程邨旋没，夜深月黑，经过旧游，觅当日旗亭北里老伶工，亦寂寂无一二人在者。展植斋与邹、董唱和之词，残煤败楮乎，犹见昔畴之练裙檀板也；蛛丝蠹迹乎，恍遇往昔之酒痕墨汁也。余能无悄然而三叹也耶？然则斯词也，以为《金荃》之丽句也，抑亦《梦华》之别录也已？

《直木斋集序》(《陈迦陵文集》卷二)

朱中楣

朱中楣(1622—1672)本名懿则，字远山，世称远山夫人。江西南昌人。明宗室朱议汶女，吉水李元鼎继室。才名藉藉，至动帝王歆羡，指名索其诗集。夫妇酬和之作，合编为唱和集，其中署“石园随草”者，则朱中楣自作，所著与元鼎合编为《石园全集》。中楣诗余，多与元鼎唱随之作，故曰《随草诗余》。著有《镜阁新声》、《石园随草》。徐乃昌辑《随草诗余》入《小檀栾室闺秀词》第九集，易名为《镜阁新声》。

1. 杜漪兰：

尔其燕阙苍茫，潞河萧瑟，人归落雁，思发莼鲈。舟容与于寒流，车逶迤于远道。莫不诗歌苏李，酒映琉璃。庆易水之生还，羡鉴湖之得请。乃有名媛，实储天族，词镌玉管，色艳琼葩。惜联佩于香奁，恨分携于桂楫。留连北渚，调寄南乡。

《题随草诗余》(《石园全集》)

2. 熊文举：

司马梅翁敛经济之业，养晦石园；远山夫人以林下之风，联吟一室。二南雅颂，洋溢香闺，诚人间之快事。其视出自北门，忧心殷殷，敦王室而愁室谪者，何如哉？古今名媛篇什，多以风韵取胜，然不无浮渲脂黛之习。惟夫人诸作，雄浑方严，具有丈夫之概。至偶缀诗余，秾纤倩丽，不减易安。

《随草诗余跋》(《石园全集》)

3. 熊文举：

豫章有远山夫人者，淑德著于闺帏，诗词溢于海宇，盖班婕妤、左贵嫔、谢道韫以上之才，而迩来名媛卿阀之所仅见者也……及其作为诗词，冥搜古调，纬以新声，韵格苍严，神锋峻厉，力洗晓风残月之态，如闻黄钟大吕之音。近日风雅，将与名士载油素而征诗歌者，络绎章门，得夫人剩楮废缣，宝如珠贝。而雅自韬晦，不欲以篇什见长。虽然《关雎》、《麟趾》，王化所由基，夫人岂以为非是而不贵乎？举谊联莩，戚道叶兰馨。忆昔铜驼之泣，与司马把臂同哀，异时金马之游，复与司马脂车接轸。湛波茭之余润，览镜阁之名章犹钦。彤管丽矣，香奁惭序，草之无文，虽赓言而不韵，而夫人勉以未至，勖之必传。兹当天中介酒之辰，效来吉跻堂之祝。遥跂双成，翩翩青鸟；愿歌南有，馥馥霞觞。别制颂述鄙词，书之单条挂壁，庶几芸香邺架，花雨湘帘，一为赏音而进爵乎？是则荣贶无涯，然而未敢企也。

《寿远山夫人词序》（《侣鸥阁近集》卷一）

4. 李元鼎：

偶取内子十六年中所得各诗词再一披阅，稍加删定，大都触景而吟，冲口而出。白云红树，名山大川，或伤故国之黍离，或怀王孙之芳草，或叹时序之变迁，或感行旅之飘零。陟屺望母，挑灯课儿，而鹢首舆肩，风晨月夕，与余茗碗清尊，相对欷歔流连，此唱彼和，而其一段渊秀朗彻之神，博大澹远之思，绝无脂粉，如列须眉。庄生云：诗本于情性，亶其然乎？

《随草序》（《石园全集》卷十三）

5. 薛正平：

《随草》及《唱和》两集，则司马夫人之著述，渢渢乎大雅之遗乎？

《石园全集序》（《石园全集》）

6. 沈雄：

往日读《文江倡和》，余师牧斋叙之，雪堂跋之，所谓司马梅公敛经济之业，养晦名园；远山夫人以林下之风，联吟一室者是也。今得读其《随草诗余》，登其一二唱和者，以备佳话。……词皆隽永有致，得一唱三叹之妙，而不为妍媚之笔。

《古今词话·词话》下卷

7. 宋荦：

朱淑人亦能文，今集中所载倡和诗词，高情独秀，有林下风。

《石园全集序》(《石园全集》)

8. 吴衡照：

徐湘蘋夫人《拙政园词》，清新独绝，为闺阁弁冕。同时如商媚生、朱远山弗逮也。

《莲子居词话》卷四

9. 雷瑨：

吉水朱远山名中楣，原名懿则，明宗室议汶女，尚书李元鼎室也。著有《石园五集》，钱牧斋宗伯为序。熊雪堂少宰称其诗余秾纤情丽，不减易安。陈伯玑、李云田遴选《国雅》，一海内闺秀仅得二人，惟夫人与秀水黄皆令而已。

《闺秀词话》卷四

丁澎

丁澎(1622—1685)字飞涛，号药园，浙江仁和(今杭州)人，回族，丁大绶长子。明崇祯十五年(1642)举乡试。清顺治十二年(1655)进士。初官刑部主事，调礼部郎中，十五年，充河南乡试副考官，以科场案牵系，获罪下狱。十七年，谪徙辽东靖安(今吉林洮安)。康熙四年(1665)遇赦放归故里。游食四方，以著述终身。事迹见《清史稿》、《清史列传》、《杭州府志》、《仁和县志》。丁澎少有隽才，尝有《白燕楼》诗流传吴下。早年与毛先舒等以诗词就正于陈子龙，为陈氏所赏识，为“西泠十子”之一。与仲弟丁景鸿、季弟丁潆，皆工诗文，有才名，人称“盐桥三丁”(家仁和盐桥，故称)。著有《扶荔堂诗稿》、《扶荔堂文选》、《扶荔堂诗集选》，另有《药园闲话》、《演骚》杂剧等，词有《扶荔词》三卷。

1. 李渔：

蒙贶诗词二刻……词则隶使苏、秦，奴鞭辛、柳，自成一家，而又能合众美以成一家。弟自选词以来，未有庆得其人如今日者。

《与丁飞涛仪部》

2. 李渔：

人皆谓眼前事，口头语，都被前人说尽，焉能复有遗漏者。予独谓遗漏者多，说过者少……只据眼前词客论之，如董文友、王西樵、王阮亭、曹顾庵、丁药园、尤悔庵、吴园次、何醒斋、毛稚黄、陈其年、宋荔裳、彭羡门诸君集中，言人所未言，而又不出寻常见闻之外者，不知凡几。

《窥词管见》

3. 曹尔堪：

大樽以才胜，祠部以韵胜，瑜亮并爽，未可轩轾也。

《扶荔词》引

4. 梁清标：

往壬午岁，飞涛丁子举于南，余举于北，当时即闻丁子负隽才，名噪海内。及乙未丁子成进士，官仪部。又得读其诗，组织三唐，溯溯乎大雅之音，上追高岑，下亦不失为钱刘，乃知丁子风雅正宗，昇冕词场，有由然也。数思与之把臂扬扢，一书其蕴。无何丁子有塞外之行，谋面不果，心仪而神企之者十余年于兹矣！比闻入关，余亦归里，今年过恒山，晤余田间，执手相劳苦，见其人雅度冲襟，澹然自远，宜其吐词抒采，春容温粹，婉约而多风也。从之索新篇，则又知方肆力于词学，撰著盈轶，出以示余，流览再四，骎骎乎踞南唐北宋之室。猗欤盛哉！益叹丁子之才，如万斛之舟，而又服其道气湛深，有大过人者，不独为词人雄也。昔人穷愁著书，如三闾之骚，龙门之史，皆以牢落嵚崎之感，发为奇崛幽妙之辞，然伤于愤矣！丁子处忧患穷，关塞身历险巇，备极艰瘁，忧能伤人，意期侘傺无聊当何如者？而其气愈益和，神愈益王，所著日益富，亦日益工。酒酣耳热，谈艺文，娓娓忘倦，不及世事。观集中之词，流丽隽永，一往情深，所谓言近指远，语有尽而意无穷者。令人讽咏之余，穆然以思式歌且舞。至其写闺房之委曲，摹旅况之萧森，畅叙樽罍，流连赠答，事存乎闾巷妇子之微，而情系乎君臣友朋之大，寄寓闳而托兴婉，抑何其乐而不淫，怨而不怒耶？是丁子风雅之一变而不失古人温厚和平之旨，非深于道者，乌足以语此？观丁子之所遭如彼，其所造如此，较昔之穷愁所著，抑又远矣！余固陋失学，坐井窥管，何足以尽之？聊缀数言简末，使海内读斯集者，知丁子以词名家，而又不徒以词见长，则庶几乎？

《扶荔词集序》(《扶荔词集》)

5. 宗元鼎：

康熙庚戌春。余读书于芜城道院，评阅丁药园仪部《扶荔词》

三卷，曰：“美哉斯词，庶不愧扶荔之名乎！”

夫扶荔，汉武之宫也，在上林苑中。汉武既破南越，起扶荔宫以植所得之奇草异木。宫中有甘蕉十二本，留求子十本，桂百本，蜜香指甲花百本，龙眼、荔枝、槟榔、橄榄一千岁子，甘橘皆百余本。是宫中所植不独一种，而宫名“扶荔”，岂非以荔枝又独异乎群芳乎？夫百物皆足用也，而必以稀者为贵，是以熊肤脍鲤，切如蝉翼，未尝不美。而进以山海珠翠之鲊，则近芳不更射越乎？纤缟文罗，飘著云烟，未尝不适，而进以蜀吴鸾鸿之章，则流光不更驰耀乎？

故读仪部〔琐窗寒〕东风词：“入柳非烟，弄花无影，断肠何处。”〔声声慢〕秋夜词：“撇得我恁憔悴，自己镜中难识。欹著枕，把泪儿揾住怎得。”〔柳初新〕词“最惜纤腰如楚，恐难禁灞桥人去。及早和他同倚，怕销魂夕阳飞絮。”〔瓜茉莉〕闺怨词：“含糊过，翻恨成悲。细看去，都是泪被风吹。直向海天云底也，知到他那里。”〔眉萼〕忆旧词：“心头念著小字千回，忍将伊咒。”〔品令〕幽怀词：“九十春光，添作百分憔悴。不如除却今番，慢把相思再理。”〔凤衔杯〕旧恨词：“将拉泪双绢，断肠一纸，交伊看。怎推得无人见。”〔临江仙〕春睡词：“柳慵花醉，唤不起鹧鸪啼。画梁残日依依，怪他燕子故双栖。湘钩暗下，赚得个扑帘飞。”是愈出愈妍，后人驾前人之上，真可谓山间明月，风管秋声，凄楚回环，伤情欲尽。其视《花间》、《草堂》唐宋诸词人，不啻奴卢橘而婢黄柑，舆葡萄而隶荅沓，此武皇宫中草木，不止一本，而必以扶荔为名，无惑乎天宝妃子独爱红尘一骑也。以此词授双鬟执红牙板，倚雕栏，作曼声，命余定其品格，其殆骨细肌柔，恰似当年十八娘乎？

《扶荔词记》(《扶荔词》)

6. 沈荃：

夫辞赋之作，体有雅怨，声有愉苦，此情之正者也。然有从雅而得怨，从愉而得苦者，此时之变者也。夫时变矣，而情或与之偕移，则必有噍戾之音与幼眇之响，或亢或坠，或浮或沉，此虽情之变，亦变之正者也。药园丁子，天下才也，自其少时，能妙天下。往在长安官礼曹，与余等论诗，其声崇竑清越，如金钟大镛，此之谓夏声矣！居无何，有忠州之贬，走辽海，望长白山，其声激昂凄怆，流连苏、李，此已变矣。既入玉关，复仰瞻宫阕，与故交夙契重结缟带，置酒相劳，欢若平生。辄发而为小词，如屯田、淮海，缠绵婉恻，清绮柔澹，此又一变矣！或曰："是诚丽矣！美矣！将毋失之弱，伤于靡？"余曰："不然。《国风》好色而不淫，《小雅》怨诽而不乱。岂曰非情之变，变而正者乎！渊明闲情每反复于五愿，平子道术或郁陶乎四愁。讬美人于君王，比琅玕为君子，又焉知不以怨为雅，以苦为愉，以变为正者乎！夫丁子，天下才也！忠君爱国之诚与夫慕友悦群之概，其为缠绵婉恻，清绮柔澹，实有不能自已者。一旦天子思贾生，对宣室，出入承明著作之廷，向之所称金钟大镛，铿然自在，又何疑其为正为变之不伦也哉！"

《扶荔词序》(《扶荔词》)

7. 王士禄：

丁飞涛最善填词，有《扶荔集》三卷，为当世所传诵。如〔锁窗寒〕东风词："入柳非烟，弄花无影，断肠何处。"……是愈出愈妍，后人驾前人之上，真可谓山间明月，凤管箫声，凄楚回环，伤情欲绝矣。

冯金伯《词苑萃编》卷八

8. 沈雄：

朱近修称丁药园，雄视艺林。余见其〔虞美人〕曲云："与郎一处誓同生。除是郎为柳絮妾为萍。侬拚水面作杨花。只恐郎为飞絮又天涯。"与周勒山所定《吴歈》云："约郎约在夜合开。夜合花开不见来。只道夜合花开夜夜合，那道夜合花开夜夜开。"更为真挚而稍觉透露。且丁郎中绝不似柳郎中，有秽亵语。若尤悔庵词云：“漫将薄幸比杨花，杨花犹解穿帘幕。”恐又成妒极情深一种矣……丁药园自徙靖安，躬自饭牛。行游紫塞，而吟诵自若。词人所至，不可拘摄如此。

《柳塘词话》（《古今词话·词话》下卷引）

9. 沈雄：

药园祠部于拂意时不作侘傺佽语，偏工旖旎愁肠。故《扶荔词》曲尽纤艳之思。其友亦有以词柬之者：“劝君莫负赏花时，幸归矣，长嘘复奚为。黄须笑援凭红肌，论英雄如此足矣。”其中调〔行香子〕、〔两同心〕诸作，犹有酒悲余绪。

《古今词话·词评》卷下

10. 王士禛：

藻思巧妙，如晴霞结绮，祠部尝有《如意曲》三十首，予摘其尤妙绝者，如“莲栽鄂渚皆成偶，玉种蓝田合自双”、“芳心惯惹东君恨，春思须防阿母疑”、“槛外芳丛闲蟋蟀，梧梢清露洗蟾蜍”、“队列鸳央秦氏女，孤飞孔雀仲卿妻”、“肠结千丝回雪藕，酸含一味似青梅”、“凭将精卫填愁海，肯向巫山作断云”、“晴里虹垂知假雨，蜜中蜂断是空房”、“菡萏独开迎妾渡，蘼芜不采望夫山”、“离恨三分添颊晕，春情一段上眉头”、“芙蓉并蒂时临镜，蝴蝶双飞不卷帘”、“自君出矣交河北，有所思兮大海南”、“豆蔻含情应结子，菖蒲难见是开花”等句，惊才绝艳，异调同工，西昆、玉溪何足拟其芳泽耶？

《扶荔词》引

11. 严沆：

药园才情风调不减长卿。

《扶荔词》引

12. 凌廷堪：

词者诗之余也，昉于唐，沿于五代，具于北宋，盛于南宋，衰于元，亡于明……我朝斯道复兴，若严荪友、李秋锦、彭羡门、曹升六、李畊客、陈其年、宋牧仲、丁飞涛、沈南渟、徐电发诸公，率皆雅正，上宗南宋，然风气初开，音律不无小乖，词意微带豪艳，不脱《草堂》前明习染。

张其锦《梅边吹笛谱目录跋》引（《梅边吹笛谱》）

13. 吴衡照：

徐釚《续本事诗》称丁药园祠部盛名膴仕垂二十年。单辞只字，仿佛有旗亭歌唱之思。今其词如〔锁窗寒〕云：“入柳非烟，弄花无影，断肠何处东风。”（东风）〔柳初新〕云：“柔条无力，挽不尽陇烟湘雨。及早和他同倚，怕销魂夕阳飞絮。”（本意）〔凤衔杯〕云：“将和泪双绡，断肠一纸，交伊看。怎推得无人见。”（旧恨）等语，洵才人之笔，在《艺香》、《丽农》之间。

《莲子居词话》卷二

14. 谢章铤：

飞涛《扶荔词》颇伤于脆，由其极力爱好。

《赌棋山庄词话》卷八

15. 陈廷焯：

飞涛词风流美丽，情味无穷，读之使人心醉。

凄艳之词亦不减易安。飞涛每一词必有一二动人之语，如此结二语是也。（评〔醉花阴〕“帘影沉沉移午昼”）

《云韶集》卷十四

16. 陈廷焯：

丁飞涛亦工为艳词，较周冰持为和雅。然亦只是做得面子好，不足为词坛重也。（卷三）

词有表里俱佳，文质适中者……有有文无质者，刘改之、施浪仙、杨升庵、彭羡门、尤西堂、王渔洋、丁飞涛、毛会侯、吴园次、徐电发、严藕渔、毛西河、董苍水、钱保酚、汪晋贤、董文友、王小山、王香雪、吴竹屿、吴榖人诸人是也。词中之下乘

也。（卷八）

《白雨斋词话》

17. 张德瀛：

丁飞涛蚤岁有白燕楼诗，流传吴下，士女争采摭，书于衣袖间……所撰《扶荔词》，如〔柳初新〕咏柳云："及早和他同倚，怕消魂夕阳飞絮。"大有江潭摇落之感。然如宗定九所评则过矣。

《词徵》卷六

18. 《续修四库全书总目提要》：

其词喜为绮语，亦多纤巧之言也。

《续修四库全书总目提要·扶荔词三卷别录一卷》

张锡怿

张锡怿（1622—1691）字越九，号弘轩，江南上海（今上海）人。清顺治十二（1655）年进士，廷试第一，官泰安州知州。十四年，以科场案牵累被逮，后宽释归。生平事迹见《国朝耆献类征》。长于诗，亦工词。著有《啸阁余声》一卷、《南归》、《涉江》、《漫游》诸集。

1. 许缵曾：

先生为风雅领袖，其诗古文集俱讨论精微，各极其妙。今读其词，婉丽之中俱见豪迈，居然登唐宋之席矣。先生虽优游泉石，怡情花鸟，观其藻思坌涌，骏才卓越，是岂山中之人哉？

《百名家词钞》引

2. 徐釚：

今人为诗，多规摹放翁、遗山，即小词亦必舍南唐、北宋而问金元矣。江湖日下，为之太息。今观先生诸阕，芊绵婉丽中，有排空兀奡之致。辛、柳、苏、黄，合为一家。固知金钟玉镛之才，虽阑入《花间》、《草堂》，犹不忘正始元音也。

《百名家词钞》引

3. 孙致弥：

先生之词，其源出于东坡，而温雅绵丽，含蓄不露，则斟酌于小山、淮海之间，集长去短，自成一家，不屑以镂花剪叶、搓酥滴粉为工。盖其气体高妙，见地卓澈，得诸天成。虽填词小技，犹杰然可传若此。昔胡武夷之称芗林居士，以为步趋苏堂而哜其胔者也。仆于先生亦云。

《百名家词钞》引

何思

何思（生卒年不详）字双山，浙江山阴（今绍兴）人。有《玉艳词》一卷。

1. 刘壮国：

双山妙笔葩芬，奇思清峙，填词之妙，全不落北宋一下章程。

《百名家词钞》引

2. 丁澎：

《阿含经》云西域无著山中象王行处，一切伏藏珍贝，发光玉石生艳，不劳琢磨为国大宝。罗汉见之入无生忍。今双山词名玉艳，取义有在，若仅证以玉蕴山辉之说，恐不足以尽其奥也。

《百名家词钞》引

3. 毛奇龄：

《玉艳词》，雅淡绝伦处如诗中陶、韦，摹古人深处如唐临晋帖，秀色天然处如美女簪花，反复吟咏则另有一种逸致遐思。当以翠岭朝霞，碧潭初月似之矣。

《百名家词钞》引

徐喈凤

徐喈凤(1628—1689)字鸣岐，更字竹逸，号荆南山人，江苏宜兴人。清顺治十五年(1658)进士，官云南永昌推官。十八年，“以本籍奏销降调”，次年辞官归里，后曾两次被荐举，不就。康熙二十五年(1686)主持重修《宜兴县志》。事迹散见于《上阳徐氏家乘》及《宜兴县志》、《今世说》等。著有《荫绿轩词》正、续集，喈凤与弟徐翙凤、子侄徐瑶、徐玑均系阳羡词派中重要成员。

1. 徐士俊：

竹逸诗余，萧寥工雅，兼备风骚，如聆清琴，不觉意消心远。

《荫绿轩词序》

2. 史可程：

竹逸之词，触绪停云，涤怀秋水，清澈如水壶濯魄，奔腾如天马行空。

《百名家词钞》引

3. 曹尔堪：

竹逸自辟堂奥，不入前人窠臼，此道中五丁手也。

《荫绿轩词徵》引（《荫绿轩词》）

4. 陈维崧：

竹逸徐先生，犀角名家，驹王贵裔。弱龄淹博，能探岣嵝之碑；绮岁通华，即辨琅琊之稻。徐孝穆文成百轴，龙斓鱼油；颜延之诗擅五言，镂金错采。少食贫而种学，北郭骚誉满人间；壮委质以从王，东方朔名高殿上。一官系组，则武侯流马之乡；万里牵丝，亦新息跕鸢之地。句町斜连白国，五溪开庄跻雄关；牒榆旁绾牂牁，九晱奉唐蒙一诏。蛮花树树，红绵烧爨女之钗；犵鸟村村，鹦鹉劝僰僮之酒。先生则叱驭开边，褰裳听事。程经洱海，驰驱于冉駹邛笮之间；路出昆明，鞅掌于楼橹戈船之下。赍幪火毳，都成月露之形；渝舞狼歌，齐叶风云之调。固已碧鸡主簿，玩此清文；白马氐羌，讶其丽制。竹王古庙，缭墙砌夜月之吟；花面诸黎，缣帕绣春灯之句。然而一上点苍，顿深乡思；屡听杜宇，弥减宦情。小人有母，难忘考叔之言；行路多岐，偏下杨朱之泣。誓拂衣而终老，遂散发以言旋。于是宅枕铜官，潭临玉女。陶渊明之门外，垂柳五株；卢照邻之阶前，病梨一树。蓬蒿几尺，俨然三径元卿；杂果千头，何异小园庾信。隐夫簪沓，园有隙而皆红；平仲君迁，邻无扉而不绿。先生既散诞琴书之侧，复优游岩岫之旁，客到开轩，朋来刻烛。花前挈榼，半南山卖药之翁；树下提壶，多北海修琴之叟。才开芍药，邀侧帽以来观；甫钓鳟鲂，命解衣而对食。鸡豚芋栗，极岁时暇豫之欢；灯火桑麻，尽里社团圞之乐。若乃邓尉梅花，钱塘桂子。三春日暖，听南国之鹧鸪；八月秋晴，看西山之麋鹿。笔床茶灶，依山崦以为家；梵磬渔筒，睠烟波而结友。浮家泛宅，醒噩梦于沧浪；醉月迷花，叙前游于杯酒。莫不词写《金荃》，句同《锦瑟》。三千粉黛，掩周柳之香柔；丈八琵琶，驾辛、苏之感激。讵若牛家给事，行间描杨柳之花；宁徒张氏郎中，字里写秋千之影。仆愧不才，托君末契，屐量花雨，时陪铃索之游；诗画旗亭，每预筝琶之宴。嗟乎！西鄂文人，从来失路；余姚书记，大抵无家。君也坐愁行啸，恒伤廉吏之难为；仆兮望远登高，尝恨古人之不见。张一军于酒旗歌扇之上，谁得臣狂；问六代于残阳暮霭之余，讵干卿事？聊题俪句，用谱新声。

《徐竹逸〈荫绿轩词〉序》（《陈迦陵俪体文集》卷七）

4. 周稚廉：

读《荫绿轩词》，不愧词坛老将之目。

《百名家词钞》引

5. 徐喈凤：

余素不读词，亦不作词。壬寅冬自滇南归，访邹程村于远志斋，见几上有《倚声集》，展而读之，其中有艳语焉，足以移我情也；快语焉，足以舒我闷也；有壮语旷语焉，足以鼓我气而荡我胸也。遂跃然动填词之兴。及拈题拟调，语多径率，不能为柔辞曼声。

《荫绿轩词证》（《荫绿轩词》附）

6. 聂先：

荆溪、其年昆仲，独倡声教，而先生鼓吹之功实多。故其词自开堂奥，不落前人窠臼，看其起结联络，处处别开生面。

《百名家词钞》引

7. 徐秉义：

家竹逸滇水归来，坚卧不出，日以鼓吹风雅为事，翰墨之乐，何必沾沾于碧鸡金马间也？

《百名家词钞》引

黄永

黄永(1621—1680 后)字云孙，号艾庵，江南武进(今江苏武进)人。清顺治十二年(1655)进士，官刑部员外郎。罹“奏销案”开革。家居后，读书终老。事迹散见《锡金识小录》及陈维崧、董以宁等诗文集。黄永工诗文，早年与董以宁、邹衹谟、陈维崧合称“毗陵四子”，名噪一时，同称才士。著有《黄云孙诗选》、《溪南词》二卷(又名《溆水词》)、《艾庵存稿词》、《姗姗传》。孙默留松阁《国朝名家诗余》收其词入集。

1. 邹衹谟：

同里诸子，好工小词，如文友之儇艳，其年之矫丽，云孙之雅逸，初子之清扬，无不尽东南之瑰宝。今则陈、董愈加绵渺，二黄益属深研。

《远志斋词衷》

2. 邹衹谟：

予少习为词，每以欧、晏、秦、黄为正风。最后读南宋诸家词，乃知能摆落故态，而意气跌宕者，惟陆务观为善，能自道其与驰骋上下者，庶几子瞻、幼安其人乎？而务观自序乃云少有所为，晚而悔之。然犹未能止者，何也？岂非乐府歌谣之变，固非此不足以抒永言，发逸思耶？吾友艾庵黄子，于文笔无所不工，少为诗余，颇有工妙之致。年来纵笔为词，嵚崎历落，洋洋缅缅，有不知其然而然者，余以为非渭南老人不能如此超逸独至也。嗟乎！词虽小道，本乎性情，中乎音节，固有系乎时与遇者焉。方黄子少时，故有闺房之好，自相唱和，所著小诗流传里巷间，无不述为佳事。既而偕其季弟初子与余辈数人常为文酒之会，单词小令悉被管弦，笔墨所至，皆有低徊宛转之思。斯时也，亦可谓极人间之快意矣。未几而登上第，佐西曹，此乐既不可得，而又以清赋之累，与余等共遭放废。艾庵遂寄迹戴溪之南，小妻稚子优游卒岁，机杼之声与弦诵时相间也。暇则从野夫牧子，较量晴雨。间为小词，冲胸而出，矢口而成，一再行吟，浩浩乎如出金石，自以为钧天广乐，不过如是。此岂务观所云渔歌菱唱不能自止者欤？昔唐季《花间》诸集，流宕可喜，而务观则谓士大夫无聊所寄世。有能知艾庵者，诵其词而想见其意，勿以为仅出于无聊焉，斯可矣。

《溪南词序》(《溪南词》)

3. 邹祗谟：

同里诸子，好工小词，如文友之儇艳，其年之矫丽，云孙之雅逸，初子之清扬，无不尽东南之瑰宝，以视阮亭，并驱中原，犹恐不免为黄、沛耳。

《衍波词序》

4. 邹祗谟：

云孙词着笔婉逸，公车诸作，独有排奡之致，提辛絜陆，语语擅场。(卷二)

艾庵自记:“予不作填词，迄今十载。适读阮亭、金粟‘偶兴’，未免见猎心喜，与程村同和。时家居落拓，多无聊寄傲之词，非特才不逮人，益自愧其识度弇浅，甚有愧于诸公也。”

程村云：“昔王弇州云：‘吾自庚寅以后，每读刘司空二语，未尝不唏嘘罢酒，至少陵‘千秋万岁名，寂寞身后事’，辄黯然低回久之。弇州名位甚盛，乃作尔许语，何况吾辈焉？读艾庵词，又不禁爽然自失也。”(卷十九)

《倚声初集》

5. 沈雄：

《溪南词》，不趋新斗险，整摄自余情致。余偕其年读溪南词〔金缕曲〕云：“说年来，家同鸥泛，门央鹤守。细注农家新月令，乐事吾生尽有。茅檐下，乌乌罨画，戴溪都不恶，好风光只落闲人手。”得想见其生趣。

《古今词话·词评》卷下

6. 陈廷焯：

国初十六家词孙默编，独遗竹垞，殊不可解。其中王士禄、王士禛，于词一道，并非专长。不知何以列入。又尤侗、董俞、陈世祥、黄永、陆求可、邹祗谟等词，根柢既浅，措语又不尽雅驯，尚非分虎、符曾、藕渔之匹二李一严亦未入选，亦何敢与小长芦抗哉？去取太不当人意，而纪文达公谓国初填词之家，约略具是，亦失之不检也。

《白雨斋词话》卷五

史鉴宗

史鉴宗（1622—1674）字绳远，号远公，原籍金坛。清顺治八年（1651）举人，曾官南陵县（今安徽宁国）教谕，因“奏销案”被黜。怀才不遇，沉浮学舍，以授徒终。鉴宗颀长美髯，性敏多能，擅书画，精诗文，工于词。《清画家诗史》选收其诗，词有《青堂词》一卷。

1. 任绳隗：

其歌耶，其哭耶？远公之喜耶，乐耶；其吊古耶，其望远耶？远公之哀耶，怨耶；其托物耶，其本意耶？远公之兴耶，比耶？

《青堂词序》（《青堂词》）

2. 陈维崧：

甲寅春，余友史子远公疾将革，呼余榻前，手一编谓余曰：“此予年来所为词，余殁后，子幸为我厘订焉，毋使其无闻于人也。”语呜咽，绝沉痛可悲。余泪滛滛承睫下，不忍应，然心则已私诺之。始，余与远公同里闬，然远公宦游久，余亦东西南北觅衣食。间岁归，率倚闾门一语耳，固未尝相知深，相知深则自壬子冬远公魏塘归始。是时，远公新与顾庵曹先生以填词相倡和，余适与云臣、竹逸诸子亦为词里门。远公甫抵家，亟走觅余辈谈词，淋漓恣肆，累昼夜不止。一日酒半，远公奋髯抵几，呼予言曰：“余词成，其命名青堂乎？夫青堂，花之蠲忿者也。余不幸生数岁而孤，故居荡析，兄弟鲜所倚，伶伶俜俜，寄居旁郡县姑家，虽常举于乡，浮沉学舍，为生徒师，非其志也。戊戌之役，闱中已拟元，主司以引嫌故，卒抑置副车第一人。居京师，困不自聊，为人画花卉、禽虫、山水、竹石，或作径寸劈窠书，十指皲瘃，谋捃拾自给。墨痕粉迹，辄漫漶僧寮酒壁间。其所为书，间一邀先皇帝咨赏，问其姓名，惜侍臣默不敢应也。时或诸王帝胄设九宾筵以召之，不肯遽至。至则解衣脱帽，叫噪无人臣礼，而王顾愈重之，所赏赉书画、狗马无算，然卒无所遇也。间辄饮酒而悲，一日大醉，啮案上椀碟大小数十器几尽。穿龈齾齿，裂痕侵入齗颊间，流血被面，坐以此得狂名。今刮磨久，故态禁不复作矣。然不平侘傺之色，顾未尝忘也。酒旗歌板，吾若将终吾身焉。乐天知命而不忧，余其以词为萱苏焉，可乎？”余闻而悲之。常与余轻舟委浪，上下龙池、善权两山。其间湫洞窈黑，峰崿崱屴，颓溪破埊，蛇虎迹半，人慑慑不敢登。远公则短衣杖策，登顿若飞，讙呶狂笑，声砰𨫼崖谷间，栖乌傑傑率惊起。又余辈窃从北里诸倡游，初不令远公知，远公辄拊掌排闼至，骂公等非长者，乃以予为不足与游也。则相与敖弄为小词，词故多，多又极工。居无何，余苦滞下，远公数视余寝舍，时买莲芡、薏苡馈予。少间，又市鲑菜啖予，慰劳如家人。乃余濒死不死，而反哭吾友也，悲夫！远公疾，仅后予一月。其疾也，亦患滞下。又余两人相欢俱以词，故予于远公没哭失声。读其词，益重伤予心也。远公有丈夫子二，皆秀嶷能读父书。夫人子之思其嗜也，于吾亲玩好诸物，象犀、珠玉之类极细碎不足道，犹必摩娑而庋置之不敢忘。况词之为物，流连唱叹，其魂魄犹应恋此乎？评竟，遂觅其子归之。

《青堂词序》(《陈迦陵文集》卷二)

3. 陈维崧：

〔玉山枕〕《秋夜校雠亡友史远公青堂词卷竟，凄然缀此》

山馆烟舍。记汗漫，同杯斝。飞腾峭壁，攀援绝涧，乱水奔浑，暮云狼藉。夜深健句怒盘空，看笔底、崖崩涛泻。更兴酣、蚁视群儿，掷琵琶、踞酒垆而骂。　如今往事随飘瓦。经几阵，寒潮打。灯昏拍促，更阑弦急，月魄难圆，莲衣易谢。泪和铅水泛鹃红，都点上、残缣剩帕。落梧声、似伴吟魂，隔西窗、作秋宵闲话。

《迦陵词》

黄京

黄京（生卒年不详）字初子，黄永之弟，能诗词。著有《续花庵词》，今未见。

1. 邹祇谟：

余向序阮亭词云："同里诸子，好工小词，如文友之儇艳，其年之矫丽，云孙之雅逸，初子之清扬，无不尽东南之瑰宝。今则陈、董愈加绵渺，二黄益属深妍。更加庸庵之醇洁，风山之超爽，卓人之精腴，介眉之隽练，公阮之幽峭，紫曜之鲜圆，陶云之雅润，赓明之秀濯，含英咀华，彬彬可诵。词虽小道，读之亦觉风气日上。"

《远志斋词衷》

2. 邹祇谟：

初子作词，每于稳秀中得琢句之妙。瘦杏柳肥，前人未及。

《倚声初集》卷三

严绳孙

严绳孙（1623—1702）字荪友，号秋水，后号藕渔，又作藕塘渔人。无锡人。诸生。与朱彝尊、李因笃、潘耒并称“四布衣”，清康熙十八年以布衣举博学鸿词科，授翰林院检讨，与修《明史》。历官日讲起居注官，山西乡试正考官，右中允，寻告归，筑雨青草堂，以书画著述终老。生平事迹见《清史稿》、《清史列传》。绳孙性高旷，淡荣利，文师班马，诗词婉约，长于书画。著有《秋水集》，词有《秋水词》二卷。

1. 曹溶：

词以自然为宗，如秋水不事雕琢而动中羽商，手和笔调河南书法，几与怒猊渴骥并驰千载也。

《百名家词钞》引

2. 周稚廉：

锡山山不甚高，而平台曲榭，幽壑名泉，使人一往有濠濮间想。秋水会得此意，故于倚声能无驱花嵌草之语，读之使人把玩不释手。

《百名家词钞》引

3. 吴绮：

往余解组溪干，系船湖曲，见当垆之酒母，瓮酿百花；有题壁之词人，墨成五采。则藕渔严子所制〔望海潮〕一章也。既而贯写羊孚，楷羡钟王之法；因之函开殷浩，书通稽吕之交，乃严子谬许入林，时同藉卉。身如鸿雪，虽漂流略似西川；羿比龙云，然企慕实踰东野。顾余湖海之气，犹未除豪；而子丘壑之姿，非关作达。波涵千顷，不浊兼之以不清；千挺百寻，若近尤能以若远。眼无清白，登山独喜看云；口绝雌黄，对客惟宜饮酒。是以静多于动，实过其名。王公甚重嘉宾，懒于置幕；天子将召供奉，呼不上船。良由性情使然，故非矫强所致矣。至于才清拟月，言粲成花。具庾、鲍之幽思，用钱、刘之妙格。引人著胜，多濠濮间情；使我犹怜，是风尘外物。无不仰追骚雅，共振藻于葩坛；并使旁及声歌，总揽香于兰畹。洞庭落木，凄清葭菼之声；湘浦层波，澹荡芙蓉之影。此《秋水》一集所由名耶？嗟乎！名士无多，虚声何益。《上林》三奏，惟相如能赋大人；“汾水”一篇，独李峤可称才子。吾不能无生瑜亮之叹，且重有怀璧之伤也。

《秋水词序》（《秋水词》）

4. 邹祗谟：

梁溪、云门诸子，才华斐然。近对岩以荪友、乐天、景行、华峰、青莲及家黎眉词见示，合之山来、沛玄诸子旧作，笔古蕴藉，清艳兼长。惜全集欲成，采撷绝少，不无蛤帐将旦之恨。乃对岩以古文作手自命，诸子亦诗歌竞爽，而词悉当家。故知揽芳撷蕤，正不以倚声为卑格耳。

《远志斋词衷》

5. 朱彝尊：

慢词、小令，雅而不艳。

《承德郎日讲官起居注右春坊右中允兼翰林院编修严君墓志铭》（《曝书亭集》卷七六）

6. 朱彝尊：

江左固多词人，荪友、子山、其年、葆酚，其词皆与南北宋方驾。

《耒边词序》（《耒边词》卷首）

7. 聂先：

词本以艳情丽质为宗，而出语天然蕴藉，始号作手。才如秋水，可谓秾纤合度，泼墨淋漓，足称当代大家。

《百名家词钞》引

8. 沈雄：

余于《秋水词》中，见荪友所制娟娟静好，行役寄情如此，亦词品之最上乘也。

《古今词话·词评》卷下

9. 张星耀：

昭代词人之盛，不特凌轹元明，直可并肩唐宋。如《香岩》之雄瞻，《棠村》之韶令，《容斋》之新秀，《衍波》之大雅，《延露》之俊逸，《丽农》之宏富，《东江》之绵渺，《弹指》之幽艳，《乌丝》之悲壮，《艺香》之浓鲜，《玉凫》之清润，《兰思》之真致，《玉蕤》之周密，余如秋岳、锡鬯、容若、云士、舒凫、夏珠、昉思诸公，未窥全豹，微露一斑，而《二乡》、《远山》、《云涌》、《扶荔》、《鸾情》、《南溪》、《炊闻》、《百末》、《含影》、《支机》、《蓉渡》、《锦瑟》、《柳村》、《遏云》、《当楼》、《青城》、《蝶庵》、《秋水》、《峡流》、《吹香》、《椒峰》、《萝村》、《菊庄》、《移春》、《山晓》、《梨庄》、《红蕉》、《柯亭》诸集，可谓家操和璧，人握隋珠，一时群聚。噫，盛矣！

《词论》(《东白堂词选初集》)

10. 厉鹗：

闲情何碍写云蓝，淡处翻浓我未谙。

独有藕渔工小令，不教贺老占江南。

《论词绝句十二首》(《樊榭山房诗集》卷七)

11. 张四科：

国初词家，小长芦而外，断推秋水，小词精妙，一时作者未易几也。樊榭论词绝句曰："闲情何碍写云蓝，淡处翻浓我未谙。独有藕渔工小令，不教贺老占江南。"斯言当矣。

冯金伯《词苑萃编》卷八

12. 查礼：

《南风》之诗，《五子》之歌，此长短句之所自始也。由汉魏晋宋齐梁迄初唐，多以诗被乐。如《铙歌》、《鞞舞》诸章，《白纻》、《关山》诸调，皆名之曰古乐府，迨乐府不作而后有词，故曰词者诗之余也。词昉于唐之开元、天宝间，逮五代十国作者渐多，盛于宋，流演于金元。词又变而为曲，曲兴而词微，然人工声律未绝元音。明初青邱、文成诸家遗韵犹在，后历世久远，音节之缓急，均奏之高下，渐隔渐离，作者每增自度之腔，易羽移宫，换平更仄，舛错既多，难就绳墨矣。至我朝文运丕隆，海内词人争出，如宜兴陈其年维崧、秀水朱锡鬯彝尊、嘉兴李武曾良年、无锡严荪友绳孙、嘉善魏禹平坤、慈溪姜西溟宸英、秀水曹洁躬溶、华亭钱葆酚芳标、平湖沈覃九登岸、会稽姜开先启、海宁家韬荒伯容、家悔余伯慎行，各家妍辞丽句，擅美东南，惟时谱去拗为顺，稽考议论，率多误略，流失莫底。于是阳羡万红友树亟为救弊，寻绎旧章，纠谬驳讹，正体厘调，分阴阳辨上去，推本追源，一准古人之成作，著《词律》一书，音谐律协，洵词学之津梁，为功后世不浅也。

《榕巢词话》卷一（《查恂叔集》）

13. 汪孟鋗：

内情宛与宋人俱，秋水如云定有无。

零落遂初存几阕，擅场未必后来输。

《题本朝词十首》（《厚石斋诗集》卷一）

14. 凌廷堪：

词者诗之余也，昉于唐，沿于五代，具于北宋，盛于南宋，衰于元，亡于明。……我朝斯道复兴，若严荪友、李秋锦、彭羡门、曹升六、李畊客、陈其年、宋牧仲、丁飞涛、沈南渟、徐电发诸公，率皆雅正，上宗南宋，然风气初开，音律不无小乖，词意微带豪艳，不脱《草堂》前明习染。

张其锦《梅边吹笛谱目录跋》引（《梅边吹笛谱》）

15. 谭莹：

人如倪瓒特萧闲见《本事诗》，绮靡缘情语早删。

小令见推樊榭老，固当标格异《花间》。

《论词绝句四十首专论国朝人》（《乐志堂诗集》卷六）

16. 丁绍仪：

康熙己未召试博学鸿词，吾乡严荪友中允绳孙适病甚，只成省耕一诗，不得进呈。圣祖久知其名，谓史馆不可无此人，引唐人祖咏"南山阴岭秀"二十字入选故事，特授检讨，预修明史，为四布衣之一。旋转中允，乞病归家，居藕荡桥，自称藕渔。夙擅三绝称，诗词尤鲜洁。

《听秋声馆词话》卷二

17. 胡薇元：

清初词人，如吴骏公、梁玉立、龚孝升、曹洁躬、陈其年、朱竹垞、严荪友诸家，词采精善，美不胜收。中间先征君稚威、吴榖人、洪北江、钱晓征，均称后劲。嘉道以来，则以龚定庵、恽子居、张皋文辈为足继雅音也。

《岁寒居词话》

18. 陈廷焯：

藕渔小令之妙，独绝一时，与渔洋南北并峙可也。

《词坛丛话》

19. 陈廷焯：

秋水小令，情词并胜。出入唐宋，自成一家。

《云韶集》卷十五

20. 陈廷焯：

藕渔小令取法北宋，合者颇近方回。

《闲情集》卷三（《词则》）

21. 陈廷焯：

樊榭论词云："独有藕渔工小令，不教贺老占江南。"余观荪

友词色泽有余，措词亦闲雅，虽不能接武方回，固出电发之右。（卷三）

词有表里俱佳，文质适中者……有有文无质者，刘改之、施浪仙、杨升庵、彭羡门、尤西堂、王渔洋、丁飞涛、毛会侯、吴园次、徐电发、严藕渔、毛西河、董苍水、钱葆馚、汪晋贤、董文友、王小山、王香雪、吴竹屿、吴縠人诸人是也。词中之下乘也。（卷八）

《白雨斋词话》

22. 《续修四库全书总目提要》：

其慢词殊未成格，令曲不脱明风，效法《花间》，虽伤浅薄，而脱胎之处，时见精悍。……盖从《花间》出者，笔力重厚，自可免于轻浅之讥，不得尽谓为外强中干也。

《续修四库全书总目提要·秋水词一卷》

23. 闻野鹤：

严藕渔《秋水词》，当时争称之。张渔川谓：小长芦而外，断推秋水。樊榭《论词绝句》云："闲情何碍写云蓝，淡处翻浓我未谙。独有藕渔工小令，不教贺老占江南。"可见推引之重。仆乍读一过，觉浮词满纸，未见是处。虽源出南唐，然终不脱宋末习气也。

《悃簃词话》

24. 卢前：

〔望江南〕

闲陶写，何碍出云蓝。淡处翻浓秋水妙，顾、兰风格藕渔参。故应老江南。

《饮虹簃论清词百家》（《清名家词》）

范国禄

范国禄（1623—1696）字汝受，江苏通州（今南通市）人。著有《十山楼稿》，词有《十山楼词》。

1. 吴绮：

夫词者，诗之余也。诗号三唐，极骚坛之变化；词称两宋，尽乐府之源流。然风雅所传，不能有王、韦而无温、李；岂声音之道，乃可右周、柳而左苏、辛？譬如五味之滋，并陈醯酱；若夫八音之奏，同具宫商。乃说者互有所持，而究之皆非通论也。予友范子汝受，少多奇气，人知孟博之名；早擅贤声，世重巨卿之义。青箱家学，闻六艺于趋庭；黄绢才华，夺五花于隶事。聪明冰雪，学架区中；意气云霞，心倾海内。当年对酒，同游白兔之园；此夜论诗，共宿青鸾之寺。杯酣耳热，辄发新声；灯尽人归，多成逸调。所著《十山词》二卷，清而兼丽，直如霞引新桐；澹更多姿，有若云横古木。听琴弹于清夜，独爱月明；比花发于空山，偏临流水。皆以自然之韵，抒其不染之怀；更将独得之情，出以无穷之思。以视世之雕金镂玉、仿优孟之衣冠；筑粉涂脂、学夷光之颦笑者，实已有殊于河汉，岂但尽洗其铅华而已哉？

《范汝受〈十山楼词〉序》（《林蕙堂全集》卷五）

毛奇龄

毛奇龄(1623—1716)原名甡，字大可，又字于一、齐于，号河右，别号西河，人称西河先生。别署初晴、秋晴、晚晴、春庄、春迟、僧弥、僧开。浙江萧山人。明末诸生，与兄毛万龄并有文名，人呼奇龄为小毛生。明亡，参与义师，变姓名为王彦，字方士，匿迹江淮间十余年。事稍解，乃归里。复以文学游食四方，有盛名。清康熙十八年(1679)以荐举博学鸿词科，授翰林院检讨，充《明史》纂修官，后为会试同考。二十四年，乞假归里，以痹疾不复出，卜籍杭州竹竿巷，专意著述。《清史稿》、《清史列传》有传，自撰《墓志铭》、《萧山县志》、《山阳县志》及郑方坤《国朝名家诗钞小传》等均载其行迹。毛奇龄著作以经术自负，兼善骈散文，流播四方，名动海内外。平生著作多达一百七十余种、四百九十余卷，《四库全书总目》称其“著述之富，甲于近代”。其《西河合集》，分经、史、子、集四部。奇龄亦工词，有《桂枝词》(一名《毛翰林词》)，并有《西河词话》，论韵、论歌，俱极精凿。

1. 姜埈：

河右小令、中调，宗李、秦、张、晏之间；长调稍及周、柳，总取其当家者。以《花间》、《草堂》不同时，小令、长调又不同体也。或曰：宗《花间》宜屏《草堂》，则作古体者，必无近体；宗淮海宜却柳七，则作沈、宋短律，必务绝卢、骆诸曼章矣。河右随体填合，不务一格，要其断不为辛、蒋余习，则自有坊域耳。

《百名家词钞》引

2. 姜埈：

西河词其旨精深，其体温丽。

王初桐《小嫏嬛词话》卷三引

3. 姜埈：

毛大可《河右词》，其旨精深，其体温丽。户网粘虫，枕声停钏。吹龠苦唇朱之落，梦欢愁臂红之销。腰慵结带，时作萦回；镜喜看花，暗相转侧。此真靡曼之玮辞，夫岂纤庸之佚调？

冯金伯《词苑萃编》卷八

4. 曾王孙：

河右论词，几如哪吒太子折骨还父，析肉还母，其自运小词，琢字雕句，刻意不堕太平兴国以后。近代能合《花间》者，此公而外，又如宋长白、吴伯憩、金子闇，然三人皆出越东，山阴道上，钟英毓秀，如是灵杰耶。又曰：学河右者，当看其圆通，不当但仿其组织。

《百名家词钞》引

5. 沈雄：

文如异锦斑斓，情至之语，使人色飞魂动。近与竹垞、迦陵辈，纂修之暇，不废吟咏，颖异亦当前队。如“小姑不解断人肠。看花落，又看浴鸳鸯”，“眼底分明暗著人，故逐旁人语”，“落花原有早和迟，空自晓风吹了晚风吹”，妙丽胜人百倍。

《古今词话·词评》卷下

6. 王晫：

毛甡少与兄万并知名，人呼小毛子。性恢奇，负才任达，与人交，坦然无所忤。贤者多爱其才，昵就之。善诗歌乐府填词，所为大率托之美人香草，以写其骚激之意。缠绵绮丽，按节而歌，使人凄婉。

《今世说》卷一

7. 徐釚：

大可歌词纤靡淫佚，上驾徐、庾，下掩温、李。会稽姜埈《〈当楼集〉序》曰：“河右诗词一本三百篇，故温丽其体，而精深其旨，若其语则工妙备矣。……至若户网枯虫，枕声停钏，讶霜明为曙光，惊星摇之夜水。孤居键户，只对窗环；隔舍闻歌，误裁宫锦。吹龠苦朱唇之落，梦欢愁绛臂之销。幽岩春竹冷，公子屏前；夜雨采蒲归，女坟湖上。则或填足如钩，断帘垂露。夜坐灯前，惜后裾之成褶；朝来沐罢，揽前衫而自思。腰间慵结带，时作萦回；镜里喜看花，暗相转侧。屏外闲情，漫调婿语；梦中秘事，难与婢言。此真靡曼之玮词，夫岂纤庸之佚调？”

《本事诗后集》

8. 蒋景祁：

西河洞晓音律，为词学宗师。

《瑶华集》卷附二

9. 查礼：

杭州女校场在凤凰山麓，宋南渡诸妃嫔演武于此。毛大可奇龄过之赋〔鹧鸪天〕云：“银甲琱戈小队工，内家宣敕教从戎。山萝覆簇萦金细，野火烧旗内幔红。　宫月静，障云空。凤凰山下抱龙弓。珠兜玉鞁团营路，小雨寒花何处逢？”读之如见宫娥小队丽服扬威，红颜敌脆之军容，结二句亦得凭今吊古之意。

《榕巢词话》（《查恂叔集》）

10. 吴衡照：

毛奇龄言：词本无韵，今创为韵，转失古意。西河初不知宋词韵也，故为是言。钱塘沈谦取刘渊、阴时夫，而参之周德清韵，并其所分，分其所并，甚至割裂数字，并失广韵二百六部所属，诚多可议。莱阳赵钥、宜兴曹亮武次第刊行，均失之也。全椒吴烺学宋斋本小变其面目，终亦沿沈氏误处。近日海盐吴应和榕园韵，遵广韵部目，斟酌分并，平声从沈氏，上、去以平为准，入以平、上、去为准，最确。其中有增益删汰而无割裂，亦属至是。敢以俟论定者。

《莲子居词话》卷一

11.《四库全书总目提要》：

王晫《今世说》称："奇龄善诗歌乐府填词，所为大率托之美人香草。缠绵绮丽，按节而歌，使人凄怆，又能吹箫度曲。"是奇龄填词之功，较深于诗。且词本为小技，萌于唐而成于宋，亦不待援引古书，别为高论。故所说转不支离。其论沈去矜《词韵》一条，尤为精核。论辛弃疾、蒋捷为别调，亦深明原委。惟其远溯六朝，以鲍照《梅花落》亦可称词，则汉代《铙歌》何尝不句有长短，亦以为词之始乎？……至所述词曲变为演剧，缕陈始末，亦极赅悉。……然自宋以来，撰诗话者多，撰词话者较少。奇龄是编虽不及徐釚《词苑丛谈》之采摭繁富，门目详明，然所叙论，亦足备谈资。

《词话提要》

12. 谭莹：

沉博文章点笔成，酒楼妓馆倏知名。

陈周徐庾唐温李，转作词家总正声。

《论词绝句四十首专论国朝人》(《乐志堂诗集》卷六)

13. 谢章铤：

毛西河少年受知于陈卧子，故词诗皆承其派别，而词较胜于诗。卧子之论词也，探源《兰畹》，滥觞《花间》，自余率不措意。西河虽稍贬辛、蒋，而不废周、史。其词于小令、中调、长调之中，析隋唐题特立一卷，曰《原调》，虽〔菩萨蛮〕、〔小重山〕之古，而多为宋人取填者，亦不入焉，可以知其意趣之所在矣。……《西河词话》四卷，佚其二，论韵、论歌诸则，俱极精凿，亦谈词一正法眼。

《赌棋山庄词话》卷四

14. 谢章铤：

国初三毛：稚黄、西河、鹤舫际可。稚黄、西河较胜，西河论词多确凿。即稚黄谈艺亦复不苟。议者徒訾其《填词名解》之附会穿凿，遂尽没其真耳。鹤舫与吾闽林西仲善，文亦相似，均非上乘正法眼也。

《赌棋山庄词话》卷八

15. 江顺诒：

其旨精深，其体温丽。“户网粘虫，枕声停钏。吹龠苦唇朱之落，梦欢愁臂红之销。腰庸结带，时作萦回。镜喜看花，暗相转侧。”此其靡曼之玮词，夫岂纤庸之逸调？诒案：此论可入词之绵邈品，毛词不足以当之。

《词学集成》卷七

16. 杨希闵：

邹訏士病北宋诸家长篇不足，正如嘉州、右丞不能为工部之五七排体。此梦呓也。……彼邹訏士第知买菜求益耳，词中微妙，概乎未闻也。国初诸老，才学非不富，大半为此等瞽说所锢。竹垞、迦陵，犹是坐破蒲团，未证圆觉。……惟《衍波》、《河右》、《饮水》远溯《握兰》，近挹《湘真》，元箸超超，斯为宗乘龙象也。

《词轨·总论》

17. 陈廷焯：

西河渊博如海，著述等身，为国初才人之冠。词非先生之至诣，然一种婉丽之情，亦不在宋人下也。

《云韶集》卷十五

18. 陈廷焯：

西河经术湛深，而作诗却能谨守唐贤绳墨，词亦在五代、宋初之间。但造境未深，运思多巧。境不深尚可，思多巧则有伤大雅矣。（卷三）

词有表里俱佳，文质适中者……有有文无质者，刘改之、施浪仙、杨升庵、彭羡门、尤西堂、王渔洋、丁飞涛、毛会侯、吴园次、徐电发、严藕渔、毛西河、董苍水、钱保酚、汪晋贤、董文友、王小山、王香雪、吴竹屿、吴穀人诸人是也。词中之下乘

也。（卷八）

《白雨斋词话》

19. 朱祖谋：

〔望江南〕《杂题我朝诸名家词集后》

争一字，鹅鸭恼春江。脱手居然新乐府，曲中亦自有齐梁，不忍薄三唐。

《彊村语业》卷三

20. 张尔田：

其年、竹垞、梁汾、容若，皆以渊奥之才，辟径独行。西河、珂雪，幺弦自操，如律之应，敻思顽藻，此其独也。

《词莂序》

21. 《续修四库全书提要》：

奇龄论词，最薄辛、蒋。观其所撰，令曲学《花间》，慢词宗北宋。然《花间》精妙，而奇龄所作往往流为纤巧。……北宋高浑，而奇龄所作往往流为浅薄。

《填词提要》

22. 卢前：

〔望江南〕

彊村说，一字鸭鹅争。乐府齐梁遗蜕在，斩新机杼出天成，吹篇苦唇樱。

《饮虹簃论清词百家》（《清名家词》）

周篔

周篔(1623—1687)初名筠，字公贞，更字青士，又作清士，别字筜谷。浙江嘉兴人。明诸生。入清后弃举子业，隐于米市，且贾且读。事迹见《清史稿》、《嘉兴府志》。好为诗词，与同里王翃、朱彝尊、朱一是等相唱酬，尝以诗法授人。工词学。曾协助朱彝尊编辑《词综》二十六卷，并负责校勘。又与汪森增补十卷，合成三十六卷。著有《采山堂诗》，辑有《词纬》、《今词综》。其词未见有集流传，仅于清初诸选本如《瑶华集》、乾隆间编刊之《梅里词绪》、《国朝词雅》中存词三十五首。

1. 曹溶：

一

霜丝猎猎不胜簪，结友来过碧玉潭。

便许平分春色看，此生谁遣别江南。

二

南山一夜老双螺，拾得云笺意较多。

抛却少年燕市酒，愁来常拟和清歌。

三

名士由来属布衣，旧家花柳半依稀。

未妨红豆相思切，口取轻轺访洛妃。

四

口床写恨满青衫，道字须教彩凤衔。

知尔梦中贪忆我，断肠秋气五湖帆。

《题周青士词卷》四首（《静惕堂诗集》卷四三）

2. 王初桐：

周青士辑《词纬》三十卷，考核最精，又辑《今词综》十卷。

自司寇辑《国朝词综》四十八卷，计七百八十八人，洋洋乎大观也，而青士之《今词综》不足言矣。又辑现在词家为二集八卷，计六十一人。

《小嫏嬛词话》卷三

3. 徐珂：

明崇祯之季，诗余盛行，人沿竟陵一派。入国朝……若钱塘吴农祥、嘉兴王翃、周篔，亦有名于时。

《近词丛话》

顾贞立

顾贞立(1623—1699)原名文婉，字碧汾，自号避秦人，江苏无锡人。顾贞观之胞姊，嫁同邑州佐侯晋。清初著名女词人，创作颇多，成就颇高。诗词皆工，著有《餐霞子集》，无锡《金匮县志》著录为《栖香阁诗词稿》，今未见。今存《栖香阁词》二卷。

1. 李文媛：

今吾观梁溪节母顾太夫人文婉氏《栖香阁词》，而知巾帼亦有英雄，脂粉无惭记传也。至若伤怀念远，悼古思今，意记白苹，悲弹红豆，移宫换徵，悲鸣于月夕花朝；减字偷声，寄恨于东徐南楚。出天孙余锦，弥结深思；为乐府指迷，频移格调。于是低徊惆怅，顾盼沉吟，绮语增纤，孤怀独觉。转辘轳之韵，欲与肠回；弄参差之吹，因之气郁。泪将琼坠，秋共叶飞。满纸凄凉，频问梅花之影；一庭岑寂，如参檐卜之禅。忧非萱草可忘，志岂幽兰能托！……由是栖香阁之词遂行于江右，而妙香之刻用达于都中。以节母之才，而遭遇之胜，如此必传于后无疑矣。

《栖香阁词序》(《栖香阁词》)

2. 侯暕：

高祖母顾太安人，端文公孙，庸庵公女，梁汾先生胞姊，家学源渊，涵濡风雅，著有《栖香阁诗词》。诗则表叔顾响泉观察选入《梁溪诗钞》，词二卷未刊。岁癸未，山阳李芝龄先生督学江右，姻好孙君和叔在幕，谭及吾邑诗人并闺阁工词章者，偶诵安人词，先生击节叹赏曰："君胡不于家书中邮致之？"暕得书，即命元照缮钞词稿寄呈，先生遂将词稿校付梨枣……窃思安人之作，经二百年之久，幸得大人先生刊行传世，使闺阁清词，永垂不朽，文章知遇，可不谓盛欤！

《栖香阁词跋》(《栖香阁词》)

3. 顾愈:

顾太安人……少承家学,覃研声律,闺中自为唱和。梁汾先生《效少陵同谷七歌》有云:“有姊有姊号能文,长者曹昭次左芬。”长即指太安人,著有《栖香阁诗词集》,一时传播艺林……道光癸未,山阳李芝龄少司寇督学西江,于幕客孙肃禾案头读太安人词数阕,大加击赏……固由少司寇嗜才若渴,微显阐幽,亦太安人之词英光灏气,终有不可磨灭者,特假手以永其传也……其词蕴藉深厚,才思又复艳绝神味,于草窗为近。并时吴江郭频迦《灵芬馆词话》称太安人楚黄署中闻警调寄〔满江红〕语带风云,气含骚雅,殊不似巾帼人吐属。同邑丁杏舲《国朝词综补》亦选录栖香五十余阕,宜兴陈其年《妇人集》称:“无锡顾文婉,自号避秦人,诗词极夥,恒与王仲英女士相唱和。”当时负盛名已若此,宜于弹指、垆塘外,别树一帜,无庸轩轾其间也……太安人生长名族,跌宕文史,机云昆季,自相师友。读集中往复酬答之阕,犹想见一门风雅之盛。

《栖香阁词序》(《栖香阁词》)

4. 郭麐:

无锡顾文端公女为梁汾姊。有楚黄署中闻警寄〔满江红〕……语带风云,气含骚雅,殊不语带风云,气含骚雅,殊不似闺阁中人作者,亦奇女子也。

《灵芬馆词话》卷二

5. 继昌(李佳):

碧汾女士《栖香词》二卷……山阳李芝龄侍郎女弟文媛序云:“满纸凄凉,频问梅花之影;一庭沉寂,如参檐卜之禅。忧非萱草可忘,志岂幽兰能托。”可以想其词境。

《左庵词话》卷下

6. 陈廷焯：

文婉词甚闲丽。凄切之语。（评〔浣溪沙〕“晓日凝妆上翠楼”）

不沾沾描写初月，落笔自高。（评〔西楼子〕“雕栏漫倚凝眸”）

《云韶集》卷十三

7. 雷瑨：

无锡顾文婉，字碧汾，自号避秦人。诗词极多，恒与王夫人仲英相唱和，著有《栖香阁词》二卷。录其〔浣溪纱〕云：“风雨妨春苦不宽。开帘怕见嫩红残。锦屏深护早春寒。　新懒一身扶不起，愁痕万点镜慵看。空拈斑管写长叹。”又云：“独坐无聊对简编。闲题恨字满花笺。夕阳西去转凄然。　掩泪低徊妆阁畔，掀帘私语瘦梅前。此时试问阿谁怜。”又云：“晓日凝妆上翠楼。恼人春色遍枝头。湘帘风细荡银钩。　燕子未归寒恻恻，梅花初落恨幽幽。重门深锁一天愁。”又有〔天仙子〕十影三首，最爱其“自掬清流怜瘦影”、“梅花界断阑干影”、“繁华梦去难留影”，亦是闺阁中之三影词人也。

《闺秀词话》卷一

8. 王蕴章：

近余辑录邑人词为《梁溪词徵》三十卷。宋元间作者绝少，明亦无多，至清初顾梁汾贞观出而此道大章。《弹指》一编，调高响逸，况夔笙以“清刚”二字评之，可为确论。嗣后至顾简塘翰，而弹指宗风因此不坠。简塘词清新俊逸，杭州迈孙尝执礼为词弟子。当浙派风靡一时之际，而自具兰芳竟体之概，虽于律稍疏，要自餐冰嚼雪人语。自简塘殁而吾邑作者少矣。有清一代，词若以此二顾先生为起讫，亦可异也。简塘女弟羽素词已为著录。梁汾女兄贞立，字文婉，自号避秦人，亦屹然为闺阁女宗，所著《栖香阁集》。〔浣溪纱〕云：“风雨妨春苦不宽。开帘怕见嫩红残。锦屏深护早春寒。　新懒一身扶不起，愁痕万点镜慵看。空拈斑管写长叹。”又云：“独坐无聊对简编。闲题恨字满花笺。夕阳西去转凄然。　掩泪低徊妆阁畔，掀帘私语瘦梅前。此时试问阿谁怜。”又“晓日凝妆上翠楼。恼人春色遍枝头。湘帘风细荡银钩。　燕子未归寒恻恻，梅花初落恨幽幽。重门深锁一天愁。”皆幽咽哀断，令人不忍卒读。

《然脂余韵》卷六

姜垚

姜垚（生卒年不详）字汝皋，号苍崖，浙江会稽（今绍兴）人。由廪贡生教授新昌县学，迁国子监博士。有《柯亭词》。

1. 毛奇龄：

向与苍崖作集字诗，平陂单复，顷刻裁押，予早知其能填词。及其游大梁，作《大梁竹枝》若干首，愿雅而隽狎，得填词家遗法。《竹枝》者，填词中一体也，盖苍崖才多，其于学无所不窥然，且未尝习为之，略涉即得，故其为词，固未尝知其为词，而其词工焉。况履甲得乙，予已早见其能工者哉。特词为词语，使必效隋唐余习，刻意组就，将以别于元、庆之庸便，嘉、隆之佻滑，而其失也锥而不利。词为词气，必欲蓄志以蕴气，使气不横泄，比之诗歌，庶几免于苏、黄之孱劣，辛、蒋之顽诞，然其失也宛而不舒。苍崖甫涉笔而二弊免焉。

《柯亭词序》（《西河集》卷三十五）

2. 陆进：

词有两体，闺襜之作，宜于旖旎，登临赠答，则又以豪迈见长，此秦、柳之于苏、辛，并足千古也。《柯亭词》柔情逸韵，一往而深，固是得鉴湖之清，金山之秀者。

《百名家词钞》引

3. 吴棠祯：

苍岩不好为《香奁》婉媚之作，然风致奕奕，宛若游龙，翩若惊鸿，又何洵美且都也？由其志贞而体逸，志贞故立旨也不靡，体逸故舒文也不滞。斯道沦胥，雅郑莫辨，得苍崖可以忘言矣。

《百名家词钞》引

4. 蒋守大：

苍崖妍词秀句，若不经思，正复他人百思不逮。尝与余同策蹇驴，千里并辔，每拈一题，不数步而已成矣。子建援牍如口诵，仲宣举笔如宿构，公子今复见耶？

《百名家词钞》引

魏学渠

魏学渠(生卒年不详)字子存，号青城，浙江嘉善人。清顺治五年(1648)举人。授成都推官，历湖广学道、江西少参、刑部主事等。《鹤征录》有传。学渠负诗才，工骈文，兼善书法，名闻邑里，为“柳洲八子”之一。为官亦有政声。晚与钱澄之知交尤深。今传《青城词》三卷，为柳洲词派之翘楚。

1. 钱继章：

乃出其诗余一卷示余，曰：“此余游蜀、楚时所得，其余则从燕市酒垆游者，亦间入一二焉。关河犹昔，风景已殊，有令人怆然以怀，高吟而不忍寘者，子其叙之。”余受而卒读，见其绵延幽冶，秀色撩人，时而排荡雄奇，惊魂夺目，文心之妙，真有与山川形胜相似者。近世填词家，不曰秦、柳，则曰辛、刘，然琢句妍丽者，往往不协于律，而考律精核者，又自然之趣寡。求其匠心独裁，体兼众制如魏子者未之见也。魏子，字子存，字之字曰青城。青城发源岷嶓，为道书第五洞天，今称之者，不忘蜀也。

《青城词序》(《青城词》)

2. 曹溶：

温丽者古人之酝藉，疏放者后习之轻佻，非漫以周、秦、辛、陆论也。先生留心名理，不尚浮华，每于花落酒阑，吐言成妙，本以啸歌为过，非矜字句之妍。读者当知先生集声教之大成于一唱三叹之间得之，不可以温丽疏放限之也。

《百名家词钞》引

3. 魏学渠：

予十四五岁时，从先大夫于曹氏塾，与顾庵兄弟同学。举业之暇，先大夫教之为诗，间读《花间》、《草堂》诸体，心窃喜之，顾未能工也。嗣后诗坛文社往往有所酬唱，终为制举所格，其有韵之言成即弃去。迨申、酉，江左鼎沸，屡遭兵燹，生平诗文杂稿俱不可问矣。亥、子、丑、寅间，家居寓感叹之音，出门纪凭吊之什，片纸寸帙，间有存者。迨庚子入蜀，凡耳目之所睹，记山川之所登涉，半以长短句述之。至于浮湛金马，赠答为多；憔悴荆湘，讽咏杂见。皆如候虫时鸟，自鸣其志，不问工拙，亦不欲以工拙问人耳。诸稿并置废簏中，都无诠次。昨岁秋日，钱子饮光慨然谓予曰："子于一切世好都能澹忘，但我辈诗文亦一生性情所寄也，奈何竟湮诸尘土乎？"予时复有荆南之行，舟中旅次，萧寂无事，感钱子之言，先简所存长短句，手写编录，得三卷。我老矣，笔墨结习未忘，倘有正我者，或尚能弃其故技，与诸君问旗亭诗价也。

《青城词自序》(《青城词》)

4. 郭麐：

国初浙西词人辈出，嘉善曹顾庵尔堪与吴中尤西堂侗齐名……同时魏学渠喜用侧艳之字，〔误佳期〕云："花满驿亭香浅。恨翠啼红宛转。碧城十二曲阑干。送落英无算。　铜漏莫嫌长，银烛偏愁短。寒情孤坐愤眠迟，好梦终难选。"然他词未能如此。

《灵芬馆词话》卷二

易弘

易弘(生卒年不详)字渭远,一作谓远,号坡亭、秋河,又号云华君,广东新会人。后因避弘历讳,清人著录中“弘”写作“宏”。少工诗词,为陈恭尹所赏。又以诗得总督吴兴祚赏识,招致幕中,后北游塞外,遍历名山,归粤后居肇庆法轮寺中,无家无子嗣,谢绝入事,著述以终。著有《道德经注》、《金丹会辑》、《青山外史》、《云华阁诗略》。易弘系明末清初岭南遗逸词人,与陈子升、陈恭尹、今无、梁无技等并有词名,词有《坡亭词钞》一卷,存词二十二首。

1. 谭莹:

日上坡亭集名日按歌,瓣香当属易秋河。

才名足动张文烈见《鹤山县草志》,绮靡新声奈汝何。

《三十六首专论岭南人》(《乐志堂诗集》卷六)

贾琼升

贾琼升（生卒年不详）字月坞，山西长子人。副贡生，官福建上杭县县丞。有《啄花词》一卷。

1. 史必显：

月坞游遍天下，著述等身。其填词，艳冶之中尤雅秀豪宕。余榜多才，不得不推月坞为词坛弁冕。宁齐梁纤靡之音所能仿佛万一耶？

《百名家词钞》引

2. 崔石公：

月坞与余订交有年，胸次豪迈，才情磊落。初不仅以丽句见长，然《啄花》诸词尤风流香艳，别具神品。每花朝月夜，按板低吟一过，几不知前有苏、辛、秦、黄也。

《百名家词钞》引

3. 聂先：

《啄花词》，取格纯正，用语典雅，选声香冶，谱调流丽。赵蓝虹称其词有绘花、绘香、绘水、绘声之妙。其知言乎？

《百名家词钞》引

贺裳

贺裳（生卒年不详）约1681年前后在世，字黄公，号檗斋，江苏丹阳人。诸生。明崇祯二年（1629），加入复社。十七年，刻所著《赘疣集》、《红牙集》、《皱水轩词筌》。清康熙十二年（1673），与昆山吴乔会，吴将其论诗语载入《围炉诗话》。裳著述颇丰，著有《少贱斋集》、《寻坠斋集》、《唐诗钞》、《宋诗泾沚》、《明诗择闻集》、《载酒园诗话》、《史折》等。工于词，词学著作有《红牙词》、《皱水轩词筌》、《词旃》、《词榷》。

1．邹祗谟：

余过金阊，贺拓庵为余言，黄公少时，风流倜傥，在青樱桃叶间，大有佳语。此〔醉花阴〕即事，入之《北里志》中，犹令读者想十四楼风味也。

沈雄《古今词话·词评》下卷

2．邹祗谟：

贺黄公《诗话》云：元、白、温、李，绵称艳手。而元之“频频闻动中门锁，犹带春酲懒相送”，李之“书被催成墨未浓，车走雷声语未通”。始真是浪子宰相，清狂从事。《词筌》云：词至少游“无端银烛殒秋风”之类，而蔓草顿邱，不惟极意形容，兼亦直认无讳数语，可谓乐而不淫。然黄公《红牙》一集，其刻画迷离处，西陵松析，北里菖蒲，履遗缨绝，宛然在目。所云生平悔习此技者，其黄才伯如花落梅之喻耶，抑弇州山人所谓宁为大雅罪人也。

自词韵无成书，而近来名手操觚者，随意调叶，不按古法，如贺黄公《词筌》一书，引断典核，而于词韵未尝留意……此等因习，佳词不乏，所云一韵之驳，坐累全篇，亮音俊曲，终于废弃，反不如胡氏词韵之按部就班矣。

《远志斋词衷》

3. 邹祗谟：

天士为余言，黄公少时，风流倜傥，在清溪、桃叶间，大有佳遇。此等词入之《青楼》、《北里志》中，犹令读者想十四楼中风调也。（卷八）

黄公长调，率善写闺曲情事，惜用韵太宽，故稍为分别存之。（卷十七）

黄公作艳词，每尔情景兼到，故能无郑卫之音。（卷十九）

《倚声初集》

4. 王士禛：

黄公《载酒园诗话》一编，论诗词已入三昧，宜其自运之工如此。

《倚声初集》卷七

5. 王士禛：

《红牙》咏燕词，“斜日拖花，微风扑絮”，不独措语之工，正如柳塘花坞之诗，读之便觉春光骀宕。

沈雄《古今词话·词评》下卷

6. 沈曾植：

黄公《皱水轩词筌》，亦多俊语，而确守弇州规轨。殊不思《卮言》所谓宛转绵丽、浅至儇俏者，吴歌佳致，政可表隆庆间江左风流。

弇州云：“温飞卿词曰《金荃》，唐人词有集曰《兰畹》，盖取其香而弱也。然则雄壮者固次之矣。”此弇州妙语。自明季国初诸公，瓣香《花间》者，人人意中拟似一境而莫可名之者，公以“香弱”二字摄之，可谓善于侔色揣称者矣。皱水胜谛，大都演此。

黄公拈出险丽二字，亦千剑千赋，阅后有得者语，非宋人旨。其以王通叟《春游词》证之，则瞎却后人眼目矣。

《菌阁琐谈》

韩纯玉

韩纯玉(1624—1702)字子蘧，号蘧庐，浙江归安(今湖州)人，明诸生。明状元韩敬之子，敬以党附汤宾尹见摈于时，纯玉以是抱憾终身，不求仕进。入清，避居栖贤山。其行踪事迹略具其所作《蘧庐诗自序》及《癸丑五十生朝示儿诗》中。尝辑选明一代诗为《明诗兼》。著有《蘧庐诗集》，朱彝尊《明诗综》、沈德潜《国朝诗别裁集》皆加选录。兼赋小词，今传《蘧庐词》三卷，共八十九首。

1. 徐崧：

子蘧为吴兴人文之望，间赋小词，必措语鲜绽，谋篇清圆，不为透露，亦非沉刻，填词上乘也。

沈雄《古今词话·词评》下卷

徐倬

徐倬(1624—1713)字方虎，号苹村，浙江德清人。少聪颖，喜读书，少与如皋冒襄父子友善，晨夕相唱和，为名士所重。清康熙十二年（1673）进士及第。改翰林院庶吉士，入史馆，授编修。历任国子监司业、顺天(今北京)乡试正考官，后升侍读，告老归。倬工诗古文辞，著述丰富，著有《全唐诗录》、《古今文统》、《修吉堂文稿》、《寓园小草》、《燕台小草》、《苹蓼闲集》等，后合刊为《苹村类稿》，有《词集》二卷。

1. 曹禾：

本朝士大夫词笔风流，几上追南唐、北宋。彭、王、邹、董，夙擅孅声。近来同人中，惟锡鬯、蛟门、方虎、实庵超然并胜。

《珂雪词话》

陈维崧

陈维崧(1625—1682)字其年，号迦陵，以清臞多须，海内称陈髯。江苏宜兴人。陈贞慧子。明诸生。清康熙十八年(1679)应博学鸿词试，授翰林院检讨，与修《明史》，越四年卒于官。《清史稿》、《清史列传》有传。其年天才绝艳，幼有神童之誉，援笔作文，千言立就，吴伟业称其为“江左三凤凰”之一。然屡试不售，乃束装出游，所至自王公卿相而下，争相逢迎，声名大著。后由汴入都，与朱彝尊合刻《朱陈村词》，流传禁中，蒙帝赐问为荣。与王士禛、王士禄、宋实颖等时相唱和，维崧诗文词都可称绝一代。所作诗风华典赡，后乃兀傲恣放，跌宕沉郁，直追吴伟业。文则能骈能散，尤以骈文为最，与吴绮、章藻功并称“清初骈体三大家”。词与朱彝尊齐名，世称“朱陈”，名扬天下。其年领袖清初词坛，开创阳羡词派，继云间、松陵、武陵、魏里诸词派而后来居上。其词创作或一日得数十首，或一韵至十余首。慢词、小令多至千八百首，古今无敌手。其年少时家门鼎盛，青年时期寄食冒襄水绘园，不无声华裙屐之好。初师陈子龙，又与毗陵邹祇谟、董文友过往颇密，相与唱和，时风所染，多作旖旎语。中年以后，乞食四方，词风一变。沉雄俊爽，飞扬跋扈，其短调更为词论家所称道，题材广泛，几无意不可入，无事不可入。著有《湖海楼诗集》、《迦陵文集》、《湖海楼词》，与潘眉同辑有《今词选》，又与曹亮武等编《荆溪词初集》。

1. 李渔：

人皆谓眼前事、口头语，都被前人说尽，焉能复有遗漏者。予独谓遗漏者多，说过者少……只据眼前词客论之，如董文友、王西樵、王阮亭、曹顾庵、丁药园、尤悔庵、吴园次、何醒斋、毛稚黄、陈其年、宋荔裳、彭羡门诸君集中，言人所未言，而又不出寻常见闻之外者，不知凡几。

《窥词管见》

2. 陈世祥：

〔沁园春〕《题其年〈乌丝集〉》

此日相逢，文选楼头，琼花榭边。有累朝丽句，旧传邺架；一枝仙蕊，独种蓝田。诗正而葩，玉温而栗，幻作髯之绝妙篇。人还羡，读元龙湖海，百尺高搴。　风流绝处能传。看写向、乌丝字字妍。见红牙度者，又名玉树，《绿腰》谱了，不让《金荃》。多少才人，百千声调，屈指能争几个先？云郎道，是儿家捧砚，染作云烟。

《含影词》

3. 曹溶：

其年天才秀挺，作为四六绮言，直可凌轹颜谢，吞吐王卢。而于诗余，犹为独辟蚕丛，自开生面，不惟无体不备，益且众妙毕臻。“即攀屈宋宜方驾，肯与齐梁作后尘”，当以持赠迦陵。呜呼，观止矣。

《百名家词钞》引

4. 曹溶：

其年与锡鬯并负轶世才，同举博学鸿词，交又最深，其为词亦工力悉敌。《乌丝》、《载酒》，一时未易轩轾也。

冯金伯《词苑萃编》卷八

5. 宋琬：

〔沁园春〕《题陈其年〈乌丝词〉》

天上张星，游戏人间，我幸见之。羡高阳里第，门才旋马，西园公子，赋必探骊。八斗才华，五陵逸气，齑臼争传绝妙辞。旗亭上，有诸伶按拍，玉笛金徽。　奚囊白雪霏霏。信此曲、从来和者稀。似秦邮太史，风流旖旎，渭南老子，浑脱雄奇。扬子涛深，洞庭月冷，应有鱼龙骇且飞。观止矣，待曹王敌手，险韵重题。

《二乡亭词》

6. 蒋平阶：

今天下工文辞称才士者且甚多，而吾必以阳羡陈其年为之冠。盖以文章家所应有之事，其年无一不有，而其所有者又能度越余子故也。予与其年壬辰定交，早定此目，迄今二十五年，所见后来之俊不知凡几，而终不能易我昔日之言，何哉？岂天之生才止有此数乎哉？其年诗、古文，虽世人不能尽知，然大率震于其名，知与不知同声推服，独填词为其年生平所最忽，未有专书。予以为此不足轻重乎其年也。今复示予《迦陵词集》五卷，予发而读之，窃谓：今日之为词者又可废矣。此如构名园者，必称主家沁水、石氏金谷，盖以天家贵女、耦国高赀，率其财力，虽构数十园而绰有余裕，然后以之构一园则雄观丽瞩，殆非耳目所常经矣。吴下有顾辟疆者，隐约之士，亦以园名，彼一丘一壑之幽奇，纵能穷天工，极人巧，而蹇啬之态不觉自露，又何得比于煌煌炬丽哉？吾谓其年词之工，不工于其年之词，而工于其年之才，人必见其年之词而后称其工，何足以知其年矣。

《陈其年词集序》(《迦陵词稿本》)

7. 龚鼎孳：

〔沁园春〕《读〈乌丝集〉次曹顾庵、王西樵、阮亭韵》

烟月江东，文采风流，旷代遇之。恰临春琼树，家称叔宝，黄初金枕，人是陈思。如此才名，坐君床上，我拜低头竟不辞。多情甚，倩花间锦笔，描画崔徽。　　餐霞吐玉霏霏。任拍遍、阑干绝调稀。更雨铃风笛，伤心绮丽，云鬟雾鬣，过眼权奇。帘阁香浓，市楼酒罢，错落明珠万斛飞。须记取，有曲江红袖，围绕留题。

彼美何其，绣口檀心，婉娈清扬。怪须髯如戟，偏成妩媚，文章似海，转益苍茫。玳瑁为簪，珊瑚作架，十五城偿价未昂。朱弦发，听短歌日短，长恨情长。　无端雪涕欢场。尽潦倒、荒迷事不妨。胜流黄思妇，鸳机组织，从军荡子，马稍腾翔。有讬而逃，是乡可老，粉黛英雄总断肠。君试问，任痴人济济，谁似羚羊。

《定山堂诗余》

8. 曹尔堪：

〔沁园春〕《题〈乌丝词〉》

畏友颖川，绝艳惊才，鬓髯戟张。羡中丞祖德，丝毫能述，孝廉党祸，秘录犹藏。两世清坚，半生慷慨，不朽文章已擅场。雄而健、似怒猊抉水，俊鹘凌霜。　相寻隋苑凄凉，归太急、栖迟鸥鹭乡。向周候桥畔，泛芙蓉艇，善权洞口，制薜荔裳。一卷新词，单行海内，笑则红牙哭白杨。吾老矣、且骚坛看尔，刻翠雕香。

《迦陵词稿本》

9. 史惟圆：

今天下词亦极盛矣。然其所为盛，正吾所谓衰也。家温、韦而户周、秦，抑亦《金荃》、《兰畹》之大忧也。夫作者非有《国风》美人、《离骚》香草之志意以优柔而涵濡之，则其入也不微而其出也不厚。人或者以淫亵之音乱之，以佻巧之习沿之，非俚则诬。故吾之为此也，悄乎其有为也，洎乎其无营也，俨乎其若思，矜乎其若谋也，久之而若释矣。如风水之相遭焉，沦涟涣澌而成文也；如街衢妇孺之歌哭焉，缠绵涤荡而成声也。盖余之为词也如是焉止矣。及观吾子之词，湫乎伷乎？非阡非陌乎？何其似两山之束峭壑，窘蠢阨塞数起而莫知所自拔乎？抑众水之赴夔门乎？漩涡湍激，或蹙之而转轮，或矶之而溅沫乎？譬之子，子（按：指陈维崧）学庄，余学屈焉；譬之诗，子师杜，余师李焉；虽然，毋论当世，即千百载而言惠施者，莫余与子若也。

陈维崧《蝶庵词序》引（《陈迦陵文集》卷二）

10. 史惟圆：

〔沁园春〕《题其年〈乌丝词〉》

将古人诗，比似君诗，惟髯绝伦。更倚声写句，镂冰雕玉，风樯阵马，牛鬼蛇神。年事蹉跎，交流零落，短褐羸僮逐路尘。凝愁处，纵才如云锦，不疗饥贫。　乌丝谁和阳春。忆邹董、风流逝水滨。恐吟尽斜阳，莺花多怨，咏残落月，蟾兔还嗔。我本痴顽，君应潦倒，白雪红儿寄此身。凭君问，唱江南曲子，更有何人。亡友邹程村、董文友俱善填词，追忆风流，可为三叹。

《全清词·顺康卷》

11. 宗元鼎：

丙子之秋，余与陈子其年俱落第。后会黄山孙子无言，意欲以吾两人诗余梓以行世者。嗟乎，余与陈子少志观光，许身稷契，意谓有神之笔，庶几“致君尧舜上，再使风俗淳”。谁知萧条瓠落，而与莺嘴啄红，燕尾点绿，争长于钩帘借月染云为幌之间，岂吾两人之志哉？陈子叹曰：是亦何伤，丈夫处不得志，正当如柳郎中使十七八女郎按红牙拍板歌“杨柳岸、晓风残月”，以陶写性情。吾将以秦七、黄九作萱草忘忧耳。虽然，昔裴休为相，李群玉能诗，荐授校书郎，而陈去非长于歌词，亦为高宗所眷注。孰谓诗词一道，何尝不得知己于天子宰相哉？彼尤尚书谓程正伯之文每过于诗，说者以为是时当涂诸公方且以文章荐正伯，尤公之言，可谓识程正伯之大者。但不知代往年遥，此事可传，而复可见否耶？为劝陈子，生逢尧舜，垂翅青冥，此意宜付之悠悠旷士之胸。且暂往东皋，与汝石交辟疆冒君，每得一好词，如沈廉叔、陈君宠辈，付莲、鸿、苹、云品清讴为一笑乐。冬季归阳羡，当复借紫云相伴，又何减尧章过垂虹桥畔“小红低唱我吹箫”也。至于裁云缝月之妙手，敲金戛玉之奇声，驱遣齐梁，舆台温李，则又当世传写，织帕机房，不必待余扬扢矣。时穷冬凛冽，不亚改之寒甚手颤时，陈子幸为余沽酒。

《乌丝词序》(《乌丝词》)

12. 毛奇龄：

往予与华亭蒋生搜讨唐词，谓小词者实词所自，始而或曰否，夫词以具体，第曰词，则曼体不可少也夫，是故《花间》、《草堂》各不相掩。其后迦陵陈君偏欲取南渡以后、元明以前，与竹垞朱君作《乐府补遗》诸倡和，而词体遂变。

《鸡园词序》(《西河集》卷三十八)

13. 王士禄：

〔沁园春〕《读陈其年〈乌丝词〉赋寄》

屈指词人，咄咄陈髯，跋扈飞扬。似波寒竟去，衣冠飒飒，烛昏欲醉，履号茫茫。红豆簁中，白杨斋外，哀艳无端互激昂。凭人道，是秋坟唱苦，子夜歌长。　廿年落拓名场。便历落、嵚崎也未妨。看祢生单绞，挝声忼慨，陈王芋蔗，舞态回翔。儿女情深，风云气在，同此牢愁一寸肠。君毋让，信黠如顾虎，狂比袁羊。

《炊闻词》

14. 邹祗谟：

阮亭既极推云间三子，而谓入室登堂，今惟子山、其年。子山《江枫》一集，力删透露。其年《咏枕》诸篇，更饶含蕴。情景兼得，吾何间然？

余向序阮亭词云：“同里诸子，好工小词，如文友之儇艳，其年之矫丽，云孙之雅逸，初子之清扬，无不尽东南之瑰宝。今则陈、董愈加绵渺，二黄益属深妍。更加庸庵之醇洁，风山之超爽，卓人之精腴，介眉之隽练，公阮之幽峭，紫曜之鲜圆，陶云之雅润，赓明之秀濯，含英咀华，彬彬可诵。词虽小道，读之亦觉风气日上。”

《远志斋词衷》

15. 邹祗谟：

其年工作情语，浓淡皆有倩色。（卷九）

其年少作好用僻事，而风致璀艳，绝无马头安角之病。（卷十二）

长爪生天才瑰诡，有其年起为匹敌，诸辞离奇险丽，字字《湘君》、《山鬼》之亚，昌谷而上，惟有左徒。（评〔满江红〕“一亩书斋”）（卷十五）

《倚声初集》

16. 高佑釲：

尝从先子坐隅，窃闻春波词人钱而介先生之绪论矣：词始于唐，衍于五代，盛于宋，沿于元，而榛芜于明。明词佳者不数家，余悉踵《草堂》之习，鄙俚亵狎，风雅荡然矣，文章气运，有剥必复。吾友朱子锡鬯出而振兴斯道，俞子右吉、周子青士、彭子羡门、沈子山子（沈进）、融谷、抟九、李子武曾、分虎，共阐宗风，陈子其年起阳羡，与吾里旗鼓相当，海内始知词之为道，非浅学率意所能操管者也。

予间至京师，偶与友人顾咸三共读其年之词，咸三谓宋名家词最盛，体非一格，苏、辛之雄放豪宕，秦、柳之妩媚风流，判然分途，各极其妙。而姜白石、张叔夏辈，以冲淡秀洁，得词之中正。至其年先生纵横变化，无美不臻，铜琶铁板，残月晓风，兼长并擅。其新警处，往往为古人所不经道，是为词学中绝唱。予闻其言，而益信其年之词之必宜单行也。夫其年与锡鬯并负轶群才，同举博学鸿词，入翰苑，交又最深，其为词工力悉敌。

《湖海楼词序》（《湖海楼词》）

17. 姜宸英：

梁溪圆美清淡，以北宋为宗；陈则颓唐于稼轩；朱则湔洗于白石。譬之韶夏异奏，同归悦耳。一时词学之盛，渡越前古矣。

《题蒋度臣长短句》(《湛园未定稿》卷五)

18. 田兰芳:

辟柔艳蚕丛，为词家五丁，神化于融雅之途，则推先生为独步焉。

《答陈其年书》(《逸德轩文集》卷上)

19. 赵吉士:

〔沁园春〕《题迦陵词后》

绝世才华，若有人兮，罨画溪边。怪老去仲宣，登楼岁岁，长饥曼倩，索米年年。诗酒功名，莺花事业，白发飘零误一官。当日话，记江东三凤，誉满骚坛。　遗书流落人间。爱寿入、名山尽可传。更羌笛秋笳，吟成锦字，红牙翠袖，谱出金荃。疑有五丁，驱来双腕，重辟词家混沌天。人何处，向迦陵集里，想杀陈髯。

《万青阁诗余》

20. 朱彝尊:

宜兴陈其年诗余妙绝天下，今之作者虽多，莫有过焉者也。

《陈纬云红盐词序》(《曝书亭集》卷四十)

21. 朱彝尊:

江左固多词人，荪友、子山、其年、葆酚，其词皆与南北宋方驾。

《耒边词序》(《耒边词》卷首)

22. 朱彝尊:

〔百字令〕《酬陈纬云》

过江人物，数君家伯氏，辞华无敌。比岁才名惊小谢，听说犹工诗律。二陆三张，双丁两到，声动长安陌。新词赠我，居然黄九秦七。　可叹歧路西东，浮云零雨，别思同萧瑟。此日高阳逢旧侣，一半酒人非昔。碣石离鸿，香山落叶，风雪重游历。池塘梦里，试寻髯也消息。

《江湖载酒集》

23. 朱彝尊：

〔迈陂塘〕《题其年题词图》

擅词场、飞扬跋扈，前身可是青兕？风烟一壑家阳羡，最好竹山乡里。携砚几。坐罨画溪阴，袅袅珠藤翠。人生快意。但紫笋烹泉，银筝侑酒，此外总闲事。　空中语，想出空中姝丽。图来菱角双髻。乐章琴趣三千调，作者古今能几？团扇底。也值得，樽前记曲呼娘子。旗亭药市。听江北江南，歌尘到处，柳下井华水。

《江湖载酒集》

24. 徐咸清：

〔菩萨蛮〕《题陈迦陵填词图》

长卿文赋江郎笔，词源一泻洮湖碧。笔底灿朝霞，争如解语花。　还将明玉管，描出春山远。曲曲播新声，春风满洛城。

《全清词·顺康卷》

25. 季振宜：

乐府云亡，郑声竞作，黄花满耳，白雪无人。律有迷于左高，声不辨夫下浊。阳羡陈其年先生，东吴鼎族，南国才人。首述家风，曾弄璋于汉殿；先陈世德，应进笏于唐朝。典午风流，既传桃叶之女谶；叔宝词藻，徒听蒋山之乌啼。今日布衣，昔年公子。空存老屋，但守残书。泣不成章，慨当以慷。眼虽青而莫告，头垂白以无成。无命有才，天只人只。去冬顾我，寒夜论文。烧烛惟嫌其不长，饮酒先忧其已罄。吃不能言，笑诸君之但知用口；文未加点，惊四座之如见有神。自尔别离，徒劳梦寐。近知栖迟京口，当痛饮之我师。复闻偃息荆溪，异常州之上表。秋风初动，暑气已阑。三鳣未飞于庭前，双鲤忽传于江北。使同青鸟，集曰乌丝。斑竹驱驰，不仅风云月露；画船迎送，将无城郭山河。振宜幸得买山，何须种豆。虽不及郑五之歇后，敢轻嗤柳七之为词。

庐陵〔定风波〕，歌清一曲；东坡〔醉落魄〕，酒醒三更。余也闲闲，君犹寂寂。或梦池塘之春草，或采汀洲之白萍。席地慕天，何有于我；绕手顿足，不知其它。

《乌丝词序》(《乌丝词》)

26. 董元恺：

〔瑞龙吟〕《陈其年属题〈乌丝词〉》

荆溪第。共羡仲举儿郎，元方兄弟。承家列戟云霄，三珠玉树，翩翩浊世。　　南州士。传自梓州而后，还应屈指。惊人咄咄惟髯，英声籍籍，沾沾可喜。　　大手文章燕许，挥毫落纸，渊渟岳峙。更工黄绢新词，乌丝妙伎。玉箫檀板，白雪移宫徵。忆当日、群公高会，国门争市。一曲梁尘起。岐王笑赐，千端绮，绝调谁堪拟。只海内佳人，世间才子。挑灯读罢，尽为情死。

《苍梧词》

27. 聂先：

太史前十年刻《乌丝词》，后十年为《迦陵词》，合千八百阕。殁后，蒋京少去其应酬祝嘏之篇，芟十二卷行世，颜曰《词钞》，志阙也。但太史小词，妙在长调。不知何故，其长调多不照谱编填，或句之长短，或字之多寡，声调平仄，无从厘正。今姑摭其最为传诵者，约数十首付之梓，亦不过以一羽见凤、一斑见豹也。京少序云：迦陵为西王母所使之鸟，其羽毛世不可得而见，其文彩世不可得而知，朝游碧落，暮返西池。余又考释典长阿含云：迦陵为西域并头共命之鸟，人若多情，化生此类。未知二说孰合？

《百名家词钞》引

28. 储欣：

词尤凌厉光怪，变化若神，富至千八百首，前此作者未之有也。

《陈检讨传》(《在陆草堂文集》卷三)

29. 沈雄：

其年词如潜夫别调，一开生面。不能多载，因检其一二录之，不嫌偏锋取胜也。

《古今词话·词话》下卷

30. 王士禛：

云间数公论诗拘格律，崇神韵。然拘于方幅，泥于时代，不免为识者所少。其于词，亦不欲涉南宋一笔，佳处在此，短处亦坐此。合肥乃备极才情，变化不测。娄东驱使南北史，澜翻泉涌，妥帖流丽，正是公歌行本色，要是独绝。不似流辈挦扯稼轩，如宋初伶人谑馆职也。友人中，陈其年工哀艳之辞，彭金粟擅清华之体，董文友善写闺襜之致，邹程村独标广大之称，仆所云，近愧真长矣。

《花草蒙拾》

31. 王士禛：

近日名家，作丽语无如程邨，作情语无如其年。（评陈维崧〔菩萨蛮〕“当年曾上轻红阁”）

其年，今之温八叉也。（评〔阮郎归〕“碧窗凉思染平芜”）

其年词如玉楼金埒，春色骀荡。（评〔踏莎行〕“睡晕痕微”）

读其年词，往往如柳毅初入龙宫，心目都别。（评〔渔家傲〕“欸乃数声罗袜溅”）

《倚声初集》

32. 王士禛：

《乌丝词》三卷多瑰奇，闺房、游侠之词尤妙，如“春阴帘外天如墨”、“玉梅花下交三九”，虽秦、李不能过也。

《池北偶谈》

33. 刘榛：

〔沁园春〕《题其年〈乌丝词〉》

游泳词源，纵横笔阵，泣鬼雄才。似海涛汹起，双蛟疾斗，阵云深结，万载森排。酝藉风流悲壮里，岂俯仰穷途潦倒哉。虽小道，亦入神超圣，继往开来。　　分明盛时鼓吹。宜荐郊奏庙，雅颂齐谐。何江皋雾隐，裳裁薜荔，天涯蓬转，雪上罘罳。空博浮名千百世，说十六英雄君与偕时有《十六家词》行世，其年与焉。吟讽下，当渐离击筑，曼倩诙谐。

《董园词》（《虚直堂文集》卷二十四）

34. 陈维岳：

先伯兄中年始学为诗余，晚年尤好之不厌，至于赠送应酬，往往以词为之，或一月作几十首，或一韵叠十余阕，解衣盘礴，变化错落，几于昔人所谓嬉笑怒骂皆成文章者，故多至千余。古今人为词之多，未有过焉者也。

《湖海楼词集跋》

35. 方炳：

〔金缕曲〕《书陈其年〈今词选〉后，用刘须溪韵》

笔墨真难说。自一泄，图书巧凿，已非怀葛。妇女歌谣情和景，半入烟云风雪。屈正则、行吟披发。留下楚辞多哀怨，怨灵修、空对他乡月。不见处，鼓湘瑟。　□词家裔派从来别。看《草堂》、《花间》各选，微多不合。譬彼美人如飞燕，固属温柔无骨。亦妒婢予肥痴绝。莫道直臣无妩媚，闻仙人、吹笛皆吹铁。声一动，绛河裂。

《全清词・顺康卷》

36. 李天馥：

〔贺新郎〕《送陈其年之中州和芝麓年伯元韵》二首之一

紫禁清钟發。望银河、秋星如曙，光涵城阙。坐久离亭箫管亮，阶砌霜浓似雪。休辜负、今宵明月。落落衣冠狂态好，怜新丝、如戟森须髪。出处事，争毫末。　　唾壶醉击和愁折。真羡杀、闲都春雅，风尘表物。廿载词坛推执耳，狎主齐盟豪杰。方信道、斯文未灭。行揽中原河岳壮，怕吟多、呕尽英雄血。非卖菜，且求益。

《全清词·顺康卷》

37. 沈皞日：

阳羡扬镳于北，梅里扶舆于南，正复工力悉敌。

蒋景祁《刻瑶华集述》引（《瑶华集》）

38. 陈宗石：

伯兄之词富矣，伯兄之遇穷矣。方伯兄少时，值家门鼎盛，意气横逸，谢郎捉鼻，麈尾时挥，不无声华群屐之好，故其词多旖旎语。迨中更颠沛，饥驱四方。或驴背清霜，孤蓬夜雨；或河梁送别，千里怀人；或酒旗歌板，须髯奋张；或月榭风廊，肝肠掩抑；一切诙谐狂啸，细泣幽吟，无不寓之于词。甚至里语巷谈，一经点化，居然典雅，真有意到笔随，春风物化之妙。概伯兄中年始学为诗余，晚岁尤好之不厌，或一日得数十首，或一韵至数十阕，统计小令、中调、长调共得四百一十六调，共词一千六百二十九阕。先是京少有天藜阁《迦陵词》刻，犹属丰备，今乃尽付梓人。自唐、宋、元、明以来，从事倚声者，未有如吾伯兄之富且工也。

《湖海楼词序》（《湖海楼词》）

39. 张星耀：

昭代词人之盛，不特凌轹元明，直可并肩唐宋。如《香岩》之雄瞻，《棠村》之韶令，《容斋》之新秀，《衍波》之大雅，《延露》之俊逸，《丽农》之宏富，《东江》之绵渺，《弹指》之幽艳，《乌丝》之悲壮，《艺香》之浓鲜，《玉凫》之清润，《兰思》之真致，《玉蕤》之周密，余如秋岳、锡鬯、容若、云士、舒凫、夏珠、昉思诸公，未窥全豹，微露一斑，而《二乡》、《远山》、《云涌》、《扶荔》、《鸾情》、《南溪》、《炊闻》、《百末》、《含影》、《支机》、《蓉渡》、《锦瑟》、《柳村》、《遏云》、《当楼》、《青城》、《蝶庵》、《秋水》、《峡流》、《吹香》、《椒峰》、《萝村》、《菊庄》、《移春》、

《山晓》、《梨庄》、《红蕉》、《柯亭》诸集，可谓家操和璧，人握隋珠，一时群聚。噫，盛矣！

《词论》(《东白堂词选初集》)

40. 蒋景祁：

其年先生幼工诗歌，自济南王阮亭先生官扬州，倡倚声之学，其上有吴梅村、龚芝麓、曹秋岳诸先生主持之，先生内联同郡邹程村、董文友，始朝夕为填词，然刻于《倚声》者，过辄弃去，间有人诵其逸句，至哕呕不欲听，因励志为《乌丝词》，然《乌丝》词刻，而先生志未已也。向者诗与词并行，迨倦游广陵归，遂弃诗不作，伤邹、董又谢世，间岁一至商丘，寻失意返，独与里中数子晨夕往还。磊砢抑塞之意，一发之于词，诸生平所诵习经史百家古文奇字，一一于词见之。如是者近十年，自名曰《迦陵词》。夫迦陵者，西王母所使之鸟名也，其羽毛世不可得而见，其文彩世不可得而知，划然啸空，声若鸾凤，朝游碧落，暮返西池，神仙之与偕，而缥缈之与宅。呜呼，此其是欤？故读先生之词者，以为苏、辛可，以为周、秦可，以为温、韦可，以为左、国、史、汉、唐、宋诸家之文亦可。盖既具什佰众人之才，而又笃志好古，取裁非一体，造就非一诣，豪情艳�，触绪纷起，而要皆含咀酝酿而后出，以故履其阈，赏心洞目，接应不暇；探其奥，乃不觉晦明风雨之真移我情。噫，其至矣！向使先生于词，墨守专家，沉雄荡激，则目为伧父；柔声曼节，或鄙为妇人。即极力为幽情妙绪，昔人已有至之者，其能开疆辟远，旷古绝今，一至此也耶？

《陈检讨词钞序》(《湖海楼词》)

41. 蒋景祁：

填词与诗格等，而归于工妍，则为论尤严。小令约至十数字，长调衍至百十字，结构疏略，字法重见，作者草草，使读者兴味索然。近惟陈检讨（其年）惊才逸艳，不可以常律拘。

《刻瑶华集述》(《瑶华集》)

42. 钮琇：

三吴词家，称朱、陈两检讨，陈以苍雄擅奇，朱以生新标隽，俱已誉高黄绢，价重乌丝。

《觚剩》卷一

43. 吴蔼：

其年先生词，直轹秦轹苏，三百年来，一人而已。

《迦陵词稿本》

44. 任玑：

迦陵陈太史先生，世擅清华……巨手亦事雕虫，则有春闺懊恼之辞，子夜相思之曲。陌头凝望，悔教夫婿；洛下看花，为问良人。得意泣秋风于扬子，未寄鱼书；惊残梦于辽西，生恼莺闹。又有送君南浦，别客西江。渺渺春帆，绿徧王孙之草；匆匆晓骑，青回酒市之旗。能不握手赠言，攀条增感。若乃登临山水，凭吊兴亡。嗟仙掌之消沉，露零邺下；叹铜驼之湮没，荆满华园。西京之禾黍芃然，东洛之衣冠邈矣。于斯时也，不亦悲乎？至于江上琵琶，青衫泪湿；楼头珠斛，红粉尘埋。僵碧玉于甃泉，啼采苹于翠竹。马嵬土涩，只剩香囊；铜雀台空，不闻歌吹。斯又写牢骚于落日，抒哀怨于愁云者矣。君为才子，仆亦恨人。身似陇禽，出潼关而未返；梦成庄蝶，依吴树以常飞。曾叨缟纻之投久，抱人琴之痛。西州门外，伤心不但羊昙；北海尊前，把袂更无文举。剧怜香令，为述难兄。出遗稿于缥囊，聚回文于断锦。一声何满，老泪横流；三叠阳关，仙踪竟去。试访红牙按拍，当年可有何戡；若令铁拨调弦，今日难为贺老。一言弁首，万绪填膺。

《陈迦陵词全集序》(《陈迦陵词全集》)

45. 吴璠：

诗余最富，盖千余阕云。灵思杳忽，蘸墨欲飞，随笔所之，天机镗鞳勃发，凡可歌可泣者，胥寓于词，洵飘飘然空前而绝后矣。

《湖海楼词集跋》

46. 杜诏：

迦陵之词，横放杰出，大都出自辛、苏，卒非词家本色。

《弹指词序》

47. 孔传铎：

〔祝英台近〕《题陈其年〈迦陵词〉》

对昏灯，伸尺素。落笔骤如雨。似戟须眉，绮语更神助。每当换羽移宫，繁弦促节，揾老泪、青衫无数。　被征去。几载官注清班，萧然旧寒素。盖世才名，伯乐仅一顾。玉楼若召填词，苏黄辛柳，怕此际、都无坐处。

《全清词·顺康卷补编》

48. 王朝瓛：

今代填词，惟《迦陵集》、《江湖载酒集》，后生服膺无异辞，虽位置南宋名流中，犹当擅场，非有明三百年词人所及也。

《楝亭词钞序》

49. 许田：

陈其年集，人徒称其骈体最工，余谓当以迦陵词为第一。具有苏、辛、周、柳胜场，是渠一生精神所贯注，非泛泛裁红剪翠伎俩，当与《香严词》并传。适同司马靳雁堂论近词及此，颇以余言为允。

《屏山词话》(《屏山春梦乐府》)

50. 盛本柟：

〔虞美人〕《题陈其年词集》

杜陵才子工词赋，笔落惊风雨。寻章摘句老雕虫，云破月来花弄影郎中。　乌丝醉墨知音少，落魄长安道。相逢谁为解金鱼，红杏枝头春意闹尚书。

《全清词·顺康卷》

51. 潘谦：

〔如梦令〕《读陈其年〈迦陵词〉》

洵是博通今古。谁伍。类豪苏。大江东去劲如弩。无阻。气吞吴。

《全清词·顺康卷》

52. 周大枢：

国朝先辈阮亭词工于诗，陈检讨诗工于词，而世所称或反。盖词家两派，秦柳、苏辛而已，秦柳婉媚，而苏、辛以宕激慷慨变之近于诗矣。诗意风古为主，苏分其诗才之余者也，辛则并其诗之才之力而专治其余。故尝谓闲澹历落之才，其人宜于诗，词则闲为之可矣。其年诗最风秀有骨力，而词非雅音，无他，劲激之调不易摹耳。

《调香词自序》（《湖海文传》卷三十二）

53. 郑方坤：

阳羡才情冠古今，光腾万丈影千寻。

人间乃有迦陵鸟，白纻红盐尽鷇音。

《论词绝句》三十六首（《蔗尾诗集》卷五）

54. 史承谦：

迦陵先生词淋漓跌宕，才气横绝一世，自是稼轩后一人。至其闺襜之语，多堕恶道，少年最不可轻易染指。

《青梅轩诗话》卷四

55. 史承谦：

〔点绛唇〕《题迦陵先生填词图》

玉貌亭亭，当年待诏趋金马。凌云声价，顾曲周郎亚。　为问词人，谁似先生者？乌丝写。粉沾红藉，千载留图画。

《小眠斋词》

56. 万之蘅：

吾乡迦陵先生，以天吴紫凤之才，作镂月裁云之调。豪俊则苏、辛并驾，谐媚则秦、李争妍。短什长谣，协宫商之变；穿杨彻札，空南北之军，固已一时无两、千载少双者矣。

《小眠斋词序》

57. 汪孟鋗：

画壁旗亭意兴淹，青山泪墨一时沾。

须眉傅粉人言激，谁个风骚似此髯？

《题本朝词十首》(《厚石斋诗集》卷一)

58. 沈初：

安邱舍人致潇洒，酒酣横槊有家风。

悲歌最爱陈阳羡，跋扈飞扬气概中。

《编旧词存稿，作论词绝句十八首》(《兰韵堂诗集》卷一《南窗集》上)

59. 王初桐：

国初词人极盛，竹垞而外允推迦陵。余阅佟世南《东白堂词选》，至迦陵〔减字木兰花〕云："西风古道，二十年来人迹少。漠漠迢迢，秋雨重经红板桥。"如黄茅白苇中苍松拔起，第其家数与竹垞自别。

竹垞《题其年填词图》云："擅词场，飞扬跋扈，前身应是青兕。"盖迦陵学稼轩者也。

《小嫏嬛词话》卷三

60. 吴锡麒：

〔百字谣〕《陈伯恭同年崇本属题迦陵先生填词图》

公真健者，记昔日、词坛交推青兕。醇酒妇人供跌宕，学得信陵生计。笔秃枯毫，衫横老泪，谁晓琵琶意。功名五十，马周头早白矣。　　啸向玉宇琼楼，欲乘风去，只有髯苏比。一百年来朋辈尽，今日玉梅花底。井水依然，旗亭故在，莫说先生死。安排铁笛，玉龙夜半催起。

《有正味斋词》

61. 洪亮吉：

〔满江红〕《陈其年先生填词图为伯恭学士赋二首》之二

试问熙朝，人物在、宋元之右。只已未、宏词一榜，尤称渊薮。前辈爱才真似命，升平乐事吾能究。趁闲来、歌板两三声，消清昼。　　竹垞老，梅村叟。招玉叔，携红友。且不知秦七，何论黄九。翡几暂停三寸管，新腔已落千人口。羡当年、风月最清华，谁能又。

《更生斋诗余》

62. 朱依真：

陈髯怀抱亦堪悲，写入青衫怅怅词。

记得中州乐府体，岂知肖子属吴儿。

《论词绝句二十二首》之十六（《九芝草堂诗存》卷一）

63. 杨芳灿：

倚声之学，惟国朝为盛。文人才子，磊落间起，词坛月旦，咸推朱、陈二家为最。同时能与之角立者，其惟成容若先生乎？陈词天才艳发，辞锋横溢，盖出入北宋欧、苏诸大家。

《纳兰词序》

64. 凌廷堪：

词者诗之余也，昉于唐，沿于五代，具于北宋，盛于南宋，衰于元，亡于明。……我朝斯道复兴，若严荪友、李秋锦、彭羡门、曹升六、李畊客、陈其年、宋牧仲、丁飞涛、沈南渟、徐电发诸公，率皆雅正，上宗南宋，然风气初开，音律不无小乖，词意微带豪艳，不脱《草堂》前明习染。

张其锦《梅边吹笛谱目录跋》引（《梅边吹笛谱》）

65. 顾广圻：

其年之词，貌为苏、辛，逞其才气，奔放不拘，足以惊凡目而不足以餍知音。

《戈顺卿填词图序》（《思适斋集》卷十三）

66. 郭麐：

迦陵词伉爽之气，清丽之才，自是词坛飞将。竹垞所谓“前身定自青兕”，非妄誉也。然时有俗笔，村不可耐。如“玉梅花下交三九”，既已妙矣。下半阕结句，乃下劣如是，令人恨恨。（卷一）

激昂慷慨，迦陵为最。竹垞亦时用其体，如《居庸关》、《李晋王墓》诸作，直欲平视辛、刘，自出机杼。（卷二）

《灵芬馆词话》

67. 孙尔准：

词场青兕说髯陈，千载辛刘有替人。
罗帕旧家闲话在，更兼蒋捷是乡亲。

姑山句好尚书称，一代词家尽服膺。
人籁定输天籁好，长芦终是逊迦陵。

《论词绝句》二十二首（《泰云堂诗集》卷四）

68. 吴衡照：

今人学辛稼轩，叫嚣打乖，堕入恶趣。无迦陵先生才，不作可耳。

《莲子居词话》卷三

69. 陈文述：

阳羡才人梁苑客，湖海声名动蛮貊。
已将文体匹徐庾，更遣诗名压元白。

花月江山笔一枝，金荃兰畹谱乌丝。
寺楼残墨山僧护，驿壁新题过客知。

玉关羌笛黄河上，旗亭风雪双鬟唱。
铜琶铁板学苏辛，酒边按拍闲情荡。

侠客琵琶谢茂秦，党魁复壁冒巢民。
豪端别有沧桑在，岂独梅花写紫云。

图中风貌何人写，小红擫笛尤妍冶。
袖角裙边半姓名，新词谁是如君者。

迟暮共鸣两鬓秋，依人王粲感登楼。
天涯我亦青衫敝，日者无人说马周。

《题陈迦陵填词图》(《颐道堂诗选》外集卷四)

70. 沈道宽：

定论多因出至公，浙西风调六家同。
竹垞高唱迦陵和，可似曹刘角两雄。

《论词绝句》四十二首(《话山草堂诗钞》卷一)

71. 《清史列传》：

陈维崧……词至千百八首，尤凌厉光怪，变化若神，前此未有也。

《文苑传二》

72. 姚椿：

〔满江红〕《陈其年填词图》

青兕前身，数千古、词人几个。有如此、悲歌慷慨，风流江左。铁拨铜弦雷大使，长头大鼻陈惊座。问当筵、拓戟怎雄心，家山破。　　钩党事，清流祸。词科举，兴朝佐。叹盛衰门户，刹时电火。红板已随云影化，素缣尚怕风尘涴。怅山花山鸟更无人，归来些。其年临终吟云“山花山鸟是故人”，人传其前身为善卷山中古猿云。

《洒雪词》

73. 宋翔凤：

雅词亡后草堂兴，也道修箫月底曾。
果使稗官登乐府，才从江左数迦陵。

《论词绝句》二十首（《洞箫楼诗纪》三）

74. 赵函：

国朝诗人而兼擅倚声者，首推竹垞、迦陵，后此则樊榭而已。然读三家之词，终觉才情横溢，般演太多，与黄叔旸质实清空之论，往往不洽。盖其胸中积轴未尽陶镕，借词发挥，惟恐不极其致，可以为词家大观，其实非词家正轨也。

《纳兰词序》

75. 潘德舆：

迦陵师稼轩，凌厉有余，未臻虚浑。

《养一斋词自序》（《养一斋词》）

76. 谭莹：

载酒江湖竟让谁，疏狂不减杜分司。

铜琶铁板红牙拍，各叶迦陵绝妙词。

《论词绝句四十首专论国朝人》（《乐志堂诗集》卷六）

77. 吴存义：

〔满江红〕《读迦陵词集题后》

江左风流，让髯也、酣歌金戟。想当日，艳情豪慨，堕簪岸帻。梁苑楼台秋泊酒，芜城花柳春横笛。画图中、侧帽唤词人，声凄咽。　　金缕曲，将云别。铜仙泪，如铅滴。恰摩空作赋，天垂海立。白发宫袍蓬岛雨，红心香草兰陵雪。怅东皋、水绘旧苔綦，波凝碧。

《榴实山庄词钞》

78. 华长卿：

紫色蛙声尽唱酬，朱明一代废歌讴。

千秋绝学传三杰，竹垞梅村湖海楼。

《论词绝句》（《梅庄诗钞》卷五）

79. 杨希闵：

邹訏士病北宋诸家长篇不足，正如嘉州、右丞不能为工部之五七排体。此梦呓也。……彼邹訏士第知买菜求益耳，词中微妙，概乎未闻也。国初诸老，才学非不富，大半为此等瞽说所锢。竹垞、迦陵，犹是坐破蒲团，未证圆觉。

《词轨·总论》

80. 蒋敦复：

诗至咏古，酒杯块垒，慷慨激昂，词亦有之。第如迦陵之叫嚣，反觉无味。

《芬陀利室词话》卷一

81. 汪元浩：

国初才人辈出，秀水以高逸胜，阳羡以豪宕胜，均出入于南北宋间。

《纳兰词跋》

82. 杜文澜：

我朝振兴词学，国初诸老辈，能矫明词委靡之失，铸为伟词。如朱竹垞、陈迦陵、厉樊榭诸先生，均卓然大雅，自成一家。

《憩园词话序》

83. 谢章铤：

和韵叠韵，因难见巧，偶为之便可，否则恐有未造词先造韵之嫌，且恐失却佳兴。国初词人迦陵最健，叠韵诸作已不能纵横妥帖。阮亭才极清妙，和韵亦不无凑砌句。新丰鸡犬，总未能尽得故处也。(卷一)

彭羡门填词，字之多寡，音之平仄，多所出入，迦陵亦然。(卷一)

国初渔洋、羡门、迦陵、竹垞诸老，南北提唱，一时飚发泉涌，电掣云屯，倚声一途，称为极盛。

国初填词最多者，王价人翃及迦陵。价人草本阨于水，迦陵则《湖海楼集》裒然数寸许。然腹笥既富，成篇自易，堆垛之病，同于繁缛。去其浓酰厚酱，真味乃见，不有赖于浙中之庖乎？述庵乃宝其椟而多遗其珠，动以姜、史相绳，令此老生气不出，余所以不能无间于《国朝词综》者，率以此类。盖选家须浏览全集，取其长技，不得以意见为去取也。

大抵文字无才情，便无兴会。所以古人论诗，比之张弓，须有十分力，方开得到十分。否则勉强钩弦，筋怒面赤，一再发，敬谢不敏矣。吾读迦陵长调，庶几绰有余勇哉。……迦陵受知于龚芝麓鼎孳尚书最深，集中赠别诸作，读之令人气厚。……然迦陵流荡浩瀚，时少停滀，其率易处，颇不宜取法。(卷四)

彭羡门孙遹真得温、李神髓……然迦陵之豪宕，竹垞之醇雅，羡门之妍秀，攻倚声者所当铸金事之，缺一不可。(卷八)

余尝论国初诸词家以诗譬之，竹垞严整，其高、岑乎？迦陵矫变，其李、杜乎？容若绵至，其温、李乎？(卷九)

长短调并工者，难矣哉。国朝其惟竹垞、迦陵、容若乎。竹垞以学胜，迦陵以才胜，容若以情胜。(卷十二)

《赌棋山庄词话》

84. 沈世良：

老辈朱陈树鼓旗，家家传写遍乌丝。

谁知天授非人力，别有聪明饮水词。

《案头杂置诸词集戏题四绝句》(《小祇陀庵诗钞》卷一)

85. 周星誉：

〔念奴娇〕《十六夜对月读湖海楼词辄题其后》

髯乎堪恨，占词名、一代竟无其匹。早岁红牙添韵事，传唱六宫都彻。宰相衣冠，党人子弟，老作梁园客。功名五十，马周久已头白。　　知否二百年来，替人属我，来与公争席。自写江南肠断句，恨少紫云擫笛。余子徒劳，此才不易，鹿角谁当折。花前清啸，诗魂飞下寒月。

《东鸥草堂词》

86. 黎庶焘：

〔金缕曲〕《陈其年先生填词图》

当代填词手。溯风流，紫云珂雪，红盐载酒。谁比迦陵三千调，字字苏辛秦柳。那肯让、卢前王后。半世青衫工落拓，问乌丝、写遍红情否。休懊恼，拍铜斗。　　功名五十犹呼负。更何意，玉堂风月，待髯吟就。一自明光征献赋，才誉突过黄九。又好把、紫箫重奏。白发难除姜史习，任斯腔、远播歌儿口。唤徐李，意亲授。

《琴洲词》

87. 李慈铭：

迦陵词如丝竹迭奏广场，繁响中时作渊渊金石声。

国朝谭词推朱、陈两家。迦陵病在熟，竹垞病在陈，顾迦陵胜于竹垞者，笔意灵也。余子不足数。求于迦陵鼎峙者，其容若及金风亭长乎！

《越缦堂读书记·集部·词曲类》

88. 谭献：

锡鬯、其年出，而本朝词派始成。顾朱伤于碎，陈厌其率，流弊亦百年而渐变。锡鬯情深，其年笔重，固后人所难到。嘉庆以前，为二家牢笼者，十居七八。(《箧中词》)

《复堂词话》

89. 缪荃孙：

其年郁青霞之奇气，谱乌丝之新制，实大声宏，激昂善变。

《国朝常州词录序》

90. 继昌（李佳）：

〔凤凰台上忆吹箫〕《读湖海词》

笑问陈髯，云郎捧砚，豪情尚负诗不。便红牙敲月，玉笛吹秋。独占词名当代，偏五十、霜雪盈头。算金马，功名到手，厌倦春游。　　却愁断肠好句，看芳草，江南几处红楼。甚冒家水绘，觞咏都休。仿佛花间清啸，吟魂冷、为月勾留。歌儿散，重披画图，想煞风流。

《左庵诗余·燕月词》

91. 胡薇元：

清初词人，如吴骏公、梁玉立、龚孝升、曹洁躬、陈其年、朱竹垞、严荪友诸家，词采精善，美不胜收。中间先征君稚威、吴穀人、洪北江、钱晓征，均称后劲。嘉道以来，则以龚定庵、恽子居、张皋文辈为足继雅音也。

倚声之学，国朝为盛，竹垞、其年、容若鼎足词坛。陈天才艳发，辞锋横溢。朱严密精审，超诣高秀。容若《饮水》一卷，《侧帽》数章，为词家正声。散璧零玑，字字可宝。杨蓉裳称其“骚情古调，侠肠俊骨，隐隐奔弈，流露于毫楮间”。玉津少年所为《铁笛词》一卷，刻羽调商，每逢凄风暗雨、凉月三星，曼声长吟，时恨不与容若同时耳。

《岁寒居词话》

92. 陈廷焯：

陈其年词，纵横博大，海走山飞。其源亦出自苏、辛，而力量更大，气魄更胜，骨韵更高，有吞天地走风雷之势，前无古，后无今。

词中陈其年，犹诗中之老杜也，风流悲壮，雄跨一时。后人作词，非失之俚，即失之伉。谈闺襜者，失之淫亵；扬湖海者，失之叫嚣，曷不三复其年词也？

其年年四十余尚为诸生，故学业最富。其一种潦倒名场，抑郁不平之气，胥于诗词发之。与竹垞同举鸿博，订交又最深，极一时之盛，呜呼至矣。

其年才大如海，其于倚声，视美成、白石，直若路人。东坡、稼轩不过借径，别具旗鼓，足以光掩前人，不顾后世。如神龙在天，变化盘屈；如鲸鱼掣海，杳冥恣肆。视彼浅斟低唱者，固无论矣；即视彼清虚骚雅，归于纯正者，亦觉其一枝一叶为之，未足语于风雅之大也。后人不善学之，近于粗野；即善学之，如郑板桥、蒋心余辈，尚不能几其万一，遑问其它哉？以诗中老杜较之，固非虚美。

贺方回之韵致，周美成之法度，姜白石之清虚，朱竹垞之气骨，陈其年之博大，皆词坛中不可无一，不能有二者。

每读其年词，则诸家尽皆披靡，以其情胜，非以其气胜也。盖有气以辅情，而情愈出。情为主，贵得其正；气为辅，贵得其厚。后人徒学其矜才使气，殊属无谓。

读其年词，令人拔剑悲歌。

《词坛丛话》

93. 陈廷焯：

国初诸老，才力宏厚，直逼两宋，而圣于词者，莫如其年、竹垞。(《序》)

其年词，沉雄悲郁，变化从心，诗中之老杜也。词至北宋，方回、美成各极其盛，南宋而后竹屋、梅溪诸家各树一帜，而总其全者则白石老仙也，元明以来，作者无几。国朝者则竹垞、其年也，今就两家论之，竹垞以高胜，其源出于玉田而缜密过之；其年以大胜，其源出于苏辛而悲壮过之。譬之于诗，如少陵、太白各有千古，未可别为低昂也。其年词能包一切，扫一切，源出于苏、辛，实包姜、史之长，真词中之圣也。其年、板桥皆祖苏、辛，然板桥不免叫嚣，失雅正之旨，其年则学苏、辛而出其上，既淋漓悲壮又忠厚温柔，除竹垞外，谁敢与之并驱哉？其年年近五十，尚为诸生。学业最富，又目睹易代之时，其一种抑郁不平之气，胥于诗词发之，而词又其最著者。纵横博大，鼓舞风雷，其气吞天地、走江河。而其大旨仍不外忠厚缠绵之意，后人蹈扬湖海，那有先生风格耶！

词虽小道，未易言矣。低唱浅斟，不免淫亵；铜琶铁板，见笑粗豪，舍是二者，一以雅正为宗。又动涉沉晦迂腐之病，必兼之乃工。然兼之实难。余谓圣于词者有五家：北宋之贺方回、周美成，南宋之姜白石，国朝之朱竹垞、陈其年也。

其年小令诸篇，虽非正格，然独来独往，自成一家，亦如少陵七绝也，但学其年者，不宜从此入门。（评〔望江南〕“如皋忆”）

以其年之才而为小令，如豢神龙于池沼中，虽有风韵而桀骜之气不减。（评〔浣溪纱〕“窈窕山塘半酒家”）

其年才大如海，其于倚声独开门径，别具旗鼓，足以光掩前人，不顾后世，如神龙在天，变化盘曲，他手自不能到，即如乞巧一题，佳者林立，问有此种笔墨否？自是神技。（评〔洞仙歌〕“碧云耿耿”）

其年词以气魄胜，绮语非其所尚，然偶一落笔已足迈等越伦，自是大才。（评〔系裙腰〕“满园草色绿迢迢”）

其年词多悲调。有不期然而然者。不堪卒读。（评〔满江红〕“二十年前”）

《云韶集》卷十六

94. 陈廷焯：

迦陵以豪放为苏辛，而失其沉郁；竹垞以清和为姜史，而昧厥旨归。下此者更无论矣。无往不复，皋文溯其源，蒿庵引其绪，两宋宗风，一灯不灭。（《大雅集序》）

竹垞、其年，在国初可称两雄，而心折秀水者尤众，至以为神明乎姜、史。本朝作者虽多，莫之能过。其实朱、陈两家皆非词中正声，其年气魄沉雄而未能深厚，竹垞措词温雅而未达渊微。求一篇如两宋诸公之沉郁顿挫，颇不易得，余不敢随声附和也。竹垞词，疏中有密，但少沉厚之意。其自题词集云：“不师秦七，不师黄九，倚新声玉田差近。”夫秦七、黄九，岂可并称。外黄九，并外秦七，所以不能深厚。即以玉田论，竹垞去之尚远。

迦陵词气魄绝大，骨力绝遒，填词之富，古今无两。只是一发无余，不及稼轩之浑厚沉郁。然在国初诸老中，不得不推为大手笔。迦陵词沉雄俊爽，论其气魄，古今无敌手。若能加以浑厚沉郁，便可突过苏、辛，独步千古，惜哉！迦陵直是词坛一霸，详见《放歌集》中。择其宛雅者十余阕入《大雅集》，视宋人正不多让也。

大抵迦陵、竹垞、樊榭三人，负其才力，皆欲于宋贤外别开天地，而不知宋贤范围，必不可越。陈、朱固非正声，樊榭亦属别调。樊榭拔帜于陈、朱之外，自是高境。（《大雅集》卷五）

其年词，魄力雄大，虎视千古，稼轩后一人而已。板桥、心余辈极力腾踔，终不能望其项背。其年气魄可与稼轩颉颃，而沉郁浑厚则去稼轩尚远。至于著述之富，古今罕见，故所选独多。其年词有真气魄、真力量，故涉笔便作惊雷怒涛。板桥、心余辈有意为之，正是魄力歉处。国初词家，断以迦陵为巨擘。后人每好扬朱而抑陈，以为竹垞独得南宋真脉。呜呼！彼岂真知有南宋哉！庸耳俗目，不值一笑也。

其年诸短调，波澜壮阔，气象万千，是何神勇。（《放歌集》卷四）

艳词非其年专长，然振笔写去，吐弃一切闺襜泛话，不求工而自工，才大者固无所不可也。（《闲情集》卷四）

其年小令诸篇，俊爽有余，少温婉之致，学其年者不必从此入门。（《别调集》卷四）

《词则》

95. 陈廷焯：

明代无一工词者差强人意，不过一陈人中而已。自国初诸公出，如五色朗畅，八音和鸣，备极一时之盛。然规模虽具，精蕴未宣。综论群公，其病有二。一则板袭南宋面目，而遗其真，谋色揣称，雅而不韵。一则专习北宋小令，务取浓艳，遂以为晏、欧复生。不知晏、欧已落下乘，取法乎下，弊将何极，况并不如晏、欧耶？反是者一陈其年，然第得稼轩之貌，蹈扬湖海，不免叫嚣。樊榭窈然而深，悠然而远，似有可观。然亦特一邱一壑，不足语于沧海之大，泰华之高也。

学古人词，贵得其本原，舍本求末，终无是处。其年学稼轩，非稼轩也。竹垞学玉田，非玉田也。樊榭取径于楚骚，非楚骚也。均不容不辨。

国初词家，断以迦陵为巨擘，后人每好扬朱而抑陈，以为竹垞独得南宋真脉。呜呼，彼岂真知有南宋哉。庸耳俗目，不值一笑也。

迦陵词气魄绝大，骨力绝遒，填词之富，古今无两。只是一发无余，不及稼轩之浑厚沉郁。然在国初诸老中，不得不推为大手笔。

迦陵词沉雄俊爽，论其气魄，古今无敌手。若能加以浑厚沉郁，便可突过苏、辛，独步千古。惜哉。

蹈扬湖海，一发无余，是其年短处，然其长处亦在此。盖偏至之诣，至于绝后空前，亦令人望而却走。其年亦人杰矣哉。

迦陵词不患不能沉，患在不能郁。不郁则不深，不深则不厚。发扬蹈厉，而无余蕴，究属粗才。

其年词极壮浪，所少者沉郁。其年诸短调，波澜壮阔，气象万千，是何神勇。如〔点绛唇〕云……平叙中峰峦忽起，力量最雄。板桥、心余辈，极力腾踔，终不能望其项背。

其年〔满江红〕诸阕，纵笔所之，无不雄健。……此类皆极苍凉，亦极雄丽，真才人之笔。

其年〔水调歌头〕诸阕，英姿飒爽，行气如虹，不及稼轩之神化，而老辣处时复过之，真稼轩后劲也。

其年〔沁园春〕调，填至一百三十余首之多，每章俱于苍莽中见骨力。精悍之色，不可逼视，第四韵尤能振拔。如“北固外，晴江夜走。其上有秦时明月，帘以外秋星作作”，皆是突接，精神

更觉百倍。(卷一)

〔贺新郎〕有洞穿七札，笔力横绝者……此类皆得未曾有，真足惊习动魄。

“万马齐喑蒲牢吼”，此迦陵题《珂雪词》语，然直似先生自品其词，吾恐升六尚谦让未遑也。其后叠云：“耳热杯阑无限感，目送塞鸿归尽。又眼底群公衮衮。”其年胸中，不知吞几许云梦。下云：“作达放颠无不可，劝临淄且传当筵粉。城柝沸、夜乌紧。”悲极愤极，如闻其声。

闲情之作，非其年所长，然振笔写去，吐弃一切闺襜泛话，不求工而自工，才大者固无所不可也。如〔桂殿秋〕云……似此皆低回哀怨，情致缠绵。惟云郎合卺词，未免俚亵。

或问其年、竹垞，一时两雄，不知置之宋人中，可匹谁氏。余曰：“此不可相提并论也。陈、朱才力极富，求之宋名家亦不多觏，而论其所造，则去宋贤甚选。宋贤得其正，陈、朱得其偏。宋贤得其精，陈、朱得其粗。自词有陈、朱，而古意全失矣。”

近人慑于陈、朱之名，以为国朝冠冕。不知陈、朱不过偏至之诣，有志于古者，尚宜取法乎上。《乌丝》、《载酒》，聊存之以备一体可也。乃知读书不可无才，尤不可无识。

善为词者，贵久而愈新，不妨俟知音于千载后。陈、朱之词，佳处一览了然，不能根柢于风骚，局面虽大，规模终隘也。(卷三)

其年词沉雄悲壮，是本来力量如此。又加以身世之感，故涉笔便作惊雷怒涛，所少者，深厚之致耳。板桥、心余，未落笔时，先有意为刘、蒋，金刚努目，正是力量歉处。

其年词最雄丽，竹垞则清丽，樊榭则幽丽，璞函则秾丽，位存则雅丽，皆一代艳才。位存稍得其正，而才气微减。

国朝词家，多犯此病。故骤览之，居然姜、史复生。深求之，皆姜、史之糟粕。惟陈迦陵兕吼熊啼，悍然不顾，虽非正声，不得谓非豪杰士。

其年、竹垞，才力雄矣，而意境未厚。位存、湘云，韵味长矣，而气魄不大。词之为道，正未易言精也。（卷四）

激昂慷慨，原非正声。然果能精神团聚，辟易万夫，亦非强有力者未易臻此。国朝为此调者，迦陵尚矣。后来之隽，必不得已，仍推板桥。若蒋心余、黄仲则辈，丑态百出矣。（卷五）

縠人辈工于炼字耳。迦陵则精于炼句。

迦陵力量，不减稼轩，而卒不能步武者，本原未厚也。后人更欲学之，恐又为迦陵窃笑矣。

朱、陈、厉三家，可谓极词之变态。以云骚雅，概未之闻。

陈、朱词，显悖乎风骚。樊榭则隐违乎风骚。而不知风骚门径，必不容与之相背也。

陈以雄阔胜，可药纤小之病。朱以隽逸胜，可药拙滞之病。厉以幽峭胜，可药陈俗之病。不可谓之正声，不得不谓之作手。

迦陵雄劲之气，竹垞清隽之思，樊榭幽艳之笔，得其一节，亦足自豪。若兼有众长，加以沉郁，本诸忠厚，便是词中圣境。

宋词有不能学者，苏、辛是也。国朝词有不能学者，陈、朱是也。然苏、辛自是正声，人若学不到耳。陈、朱则异是矣。（卷六）

词至元、明，犹诗至陈、隋。茗柯、蒿庵犹陈射洪、张曲江也。嗣后谁为太白，收前古之终。谁为杜陵，别出旗鼓，以开来学哉。朱、陈不能与古化，虽敢于变古，终无少陵手段，不足范围后学也。（卷七）

其年词以气胜，然亦是以情胜。盖有气以达情，而情愈出。情为主，贵得其正。气为辅，贵得其厚。后人徒学其矜才使气，殊属无谓。此亦第论形骸。其年词亦未能到此地步，然其说自可取。（卷七）

词有表里俱佳，文质适中者……有文过于质者，李后主、牛松卿、晏元献、欧阳永叔、晏小山、柳耆卿、陈子高、高竹屋、周草窗、汪叔耕、李易安、张仲举、曹珂雪、陈其年、朱竹垞、厉太鸿、过湘云、史位存、赵璞函、蒋鹿潭是也。

其年题《珂雪词》云："万马齐喑蒲牢吼，百斛蛟螭困蠢。算蝶拍、莺簧休混。多少词场谈文藻，向豪苏腻柳寻蓝本。吾大笑，比蛙黾。"夫柳诚不足重，苏则何可厚非。一概抹煞，此盖其年自道其词，而特借珂雪一发之也。然竟是老瞒、石勒声口。其年能作壮语，然悲者多而丽者少。(卷八)

《白雨斋词话》

96. 蒋兆兰：

清初陈迦陵纳雄奇万变于令慢之中，而才力雄富，气概卓荦。苏、辛派至此，可谓竭尽才人能事，后之人无可措手，不容作，亦不必作也。

《词说》

97. 朱祖谋：

〔望江南〕《杂题我朝名家词集后》

迦陵韵，哀乐过人多。跋扈颇参青兕意，清扬恰称紫云歌，不管秀师诃。

《彊村语业》卷三

98. 张德瀛：

容若词幽怨凄黯，其年词高阔雄健，犹之晋侯不能乘郑马，赵将不能用楚兵，两家诣力，固判然各别也。

愚谓本朝词有三变，国初朱、陈角立，有曹实庵、成容若、顾梁汾、梁棠村、李秋锦诸人以羽翼之，尽祛有明积弊，此一变也。樊榭崛起，约情敛体，世称大宗，此二变也。茗柯开山采铜，创常州一派，又得恽子居、李申耆诸人以衍其绪，此三变也。

《词徵》卷六

99. 章钰：

先生为词，妙兼众体，不可方物。

《陈检讨手写词稿跋》(《四当斋集》卷三)

100. 徐珂：

维崧字其年，郁青霞之奇气，谱乌丝之新制，实大声宏，激昂善变者也。

康乾之际，言词者几莫不以朱、陈为范围，惟朱才多，不免于碎，陈气盛，不免于率。故其末派，有俳巧奋末之病。

《近词丛话》

101. 徐珂：

清初之词，最著者为朱竹垞、陈其年，两人并世齐名，合刻《朱陈村词》，流传天下。竹垞之情深，所作词高秀超诣，绵密精美，其弊为饾饤。其年之笔重，所作词天才艳发，辞锋横溢，其弊为粗率。嘉庆以前词人为竹垞、其年牢笼者，十之七八。

《清代词学概论》

102. 张尔田：

其年、竹垞、梁汾、容若，皆以渊奥之才，辟径独行。

《词莂序》

103. 夏敬观：

清初词当以陈其年、朱彝尊为冠。二家之词，微论其词之多涉轻、巧、小，即其所赋之题，已多喜为小巧者。盖其时视词为小道，不惜以轻、巧、小见长。初为词者，断不可学。

多读书，始能医俗，非胸中书卷多，皆可使用于词中也。词中最忌多用典故，陈其年、朱彝尊可谓读书多矣，其词中好使用史事及小典故，搬弄家私，最为疵病，亦是词之贼也，不特俗为词之贼也。

词固不可多用典。用典充塞，非佳词也。清初竹垞、迦陵犯此弊。

《蕙风词话诠评》（《蕙风词话》附录）

104. 吴梅：

清初词家，断以迦陵为巨擘……后人每好扬朱而抑陈，以为竹垞独得南宋真脉，盖亦偏激之论。世之所以抑陈者，不过诋其粗豪耳，而迦陵不独工于壮语也。〔丁香〕竹菇、〔齐天乐〕辽后妆楼、〔过秦楼〕疏香阁、〔愁春未醒〕春晓、〔月华清〕诸阕，婉丽娴雅，何亚竹垞乎？即以壮语论之，其气魄之壮，古今殆无敌手。〔满江红〕、〔金缕曲〕多至百余首，自来词家有此雄伟否？虽其间不无粗率处，而波澜壮阔，气象万千，即苏辛复生，犹将视为畏友也。……情词兼胜，骨韵都高，几合苏、辛、周、姜为一手矣。

清词中其年雄丽，竹垞清丽，樊榭幽丽，位存则雅丽，皆一代艳才，位存稍得其正而已。

《词学通论》

105. 陈匪石：

有清一代词学，驾有明之上，且骎骎而入于宋。然究其指归，则宋末二字足以尽之。何则？清代之词派，浙西、常州而已。浙西唱自竹垞，实衍玉田之绪；常州起于茗柯，实宗碧山之作。迭相流衍，垂三百年。世之学者，非朱即张，实则玉田、碧山两家而已。《湖海楼词》崛起清初，导源幼安，极纵横跌宕之妙，至无语不可入词，而自然浑脱。然自关天分，非后人勉强可学，故后无传人，不能与浙西、常州分镳并进也。至同光以降，半塘、沤尹出，始倡导周、吴而趋其途径。沤尹则直入梦窗之室，吴派遂为清末之新声矣。若学美成而至者，则尚未有之也。

《旧时月色斋词谭》

106. 蔡桢：

清词派别，可分三期。浙西派与阳羡派同时。浙西派倡自朱竹垞，曹升六、徐电发等继之，崇尚姜张，以雅正为归。阳羡派倡自陈迦陵，吴园次、万红友等继之，效法苏、辛，惟才气是尚，此第一期也。常州派倡自张皋文，董晋卿、周介存等继之，振北宋名家之绪，以立意为本，以叶律为末，此第二期也。第三期词派，创自王半塘，叶遐庵戏呼为桂派，予亦姑以桂派名之。和之者有郑叔问、况蕙风、朱彊村等，本张皋文意内言外之旨，参以凌次仲、戈顺卿审音持律之说，而益发挥光大之。此派最晚出，以立意为体，故词格颇高。以守律为用，故词法颇严。今世词学正宗，惟有此派。余皆少所树立，不能成派。其下者，野狐禅耳。故王、朱、郑、况诸家，词之家数虽不同，而词派则同。

《柯亭词论》

107. 姚鹓雏：

竹垞情眇自难同，笔重其年亦易工。

燕子不来连月雨，鲥鱼如雪一江风。

《示了公论词绝句十二首》(《姚鹓雏文集（诗词卷）·红豆簃诗·春尘集二》)

108.《续修四库全书提要》：

古今作词之多，无过于维崧者矣。其词沉雄骏爽，气魄伟大，有如万马齐喑，蒲牢狂吼。集中〔满江红〕、〔水调歌头〕、〔念奴娇〕、〔贺新郎〕诸阕，皆于苍茫之中，见其骨力，即其令曲，亦波澜起伏，如〔点绛唇〕夜宿临洺驿下段曰："赵魏燕韩，历历堪回首。悲风吼，临洺驿口，黄叶中原走。"淋漓大笔，殆欲突过稼轩。其年与朱彝尊同举鸿博，交又最深，其为词，亦工力悉敌，故当时号曰朱陈。朱词雅正，陈词激壮，后人多扬朱而抑陈，尽以陈为偏诣，朱为正宗也。其实其年之作，发扬蹈厉，粗豪之处诚所不免，然其词境，亦有变化，譬若骏马下坡，左顾右盼，平原将尽，忽近楼台，如〔好事近〕和史蘧庵下段曰："别来世事一番新，只吾徒犹昨。话到英雄失路，忽凉风索索。"有柳暗花明之妙。其间如〔月华清〕读《芙蓉斋集》、〔丁香结〕竹菇、〔齐天乐〕辽后妆楼诸作，亦甚婉丽。惟此类在其年集中，譬之燕赵佳人，貌妍而性刚，非若江南美女之天性柔和也。其年、彝尊各有独得之处，未易轩轾也。总而论之，东坡浑厚，稼轩高亮，上下低昂，不离其宗。其年喜用纵横之笔，其高处苍苍莽莽，其弊也发泄无余，故苏、辛之词不易学，其年之词不可学也。

《迦陵词提要》

109. 沈轶刘：

辛词郁勃，擅绝古今，益沆瀣于眉山、漱玉，一空骥足。湖海楼比苏者，时欲出藩，而云起轩则所得于辛者，正在其所异处。辛词终始陈、文两支柱，云中鳞爪，故可思也。

《繁霜榭词札》

110. 沈轶刘：

〔秋水〕《读湖海楼词》

消尽半生湖海疹，酒悲起，红箫喷。奈茶花未髓，古烟谁爨，只剩与、苦椿珊瑚盈寸。爇锦菊、空余短烬。豪泻哀丝，凭铸就、竹山孤愤。　　心事旧家阑楯。老怀长绝，故园樱笋。恁庾郎萧瑟，鬓边词赋，尽孤负、席畔南朝金粉。但醉倒青楼休问。放却颠狂，还看取、梦里须眉齐奋。

《繁霜榭诗词集·叶流词》

111. 王煜：

沉雄壮阔，秾丽苍凉，合称转世青兕。清初词家，断为巨擘。……其年以胜朝世家，不忘故国，雄才盛气，追步苏、辛，鞺鞳辉煌，清词初大。(《自序》)

《迦陵词》三十卷，沉雄壮阔，秾丽苍凉，合称转世青兕。清初词家，断为巨擘。(《迦陵词钞》)

《清十一家词钞》

112. 黄孝纾：

清代学术昌盛，度越前朝，康乾之交，两开制科，才俊辈出。国初词人大半为鸿博学士，故能恢畅元音，黼黻盛治，风尚所趋，浸成流别。迦陵振采于三吴，竹垞明禋于两浙，并衔华佩宝，质有其文焉。迨阳湖张皋文辈崛起乾嘉，标举意内言外之旨，一洗侧艳饾饤故习，世益知词学讬体之尊。咸同以来，兵事俶扰，外患日亟才智之士，蕴其忧闵忠爱悱恻芬芳之怀，一寄于词，越世孤往，其绪益昌，远若蒋鹿潭，近若王半塘、郑大鹤、朱彊村诸人，虽各肸蚃阳湖，至其广己造哀，寄心家国，以蕲合重拙大之旨，虽起茗柯诸老于九泉，要不能无前贤后生之畏，庸非遭际之迥殊，而造诣有独至邪？

《清名家词序》

113. 顾宪融：

其年词天才艳发，辞锋横溢，驱使群籍，举重若轻，然其弊在叫嚣粗野，未夺稼轩之垒，先蹈龙洲之辙。全集多至千八百余阕，未免玉石杂揉矣。又好为叠词，往往一叠至十余阕，蹈险逞能，亦非正格。谭复堂云：锡鬯、其年出而本朝词派始成，顾朱伤于碎，陈获其率，流弊亦百年而渐变。锡鬯情深，其年笔重，固后人所难到。嘉庆以前，为二家牢笼者十居七八。

《填词百法》卷下

114. 卢前：

〔望江南〕

中原走，黄叶称豪风。小令已参青兕意，慢词千首尽能雄。哀乐不言中。

《饮虹簃论清词百家》(《清名家词》)

115. 朱庸斋：

陈其年《湖海楼词》，人多谓其力学苏辛，而学褚得薛，转似刘克庄。雄奇奔放，未免叫嚣，然笔力饱满，足以掩其弊也。驯至蒋士铨、郑燮辈，学之而徒得其皮毛，粗犷滑易，令人难以卒读，其年固不受其咎也。

《分春馆词话》卷三

徐灿

徐灿(生卒年不详)字湘蘋，一字深明，号明霞。江苏长洲（今苏州）人。徐子懋女，海宁陈之遴继室。买宅拙政园，吟咏其中。之遴为明崇祯进士，官中允。入清，累官弘文院大学士，加少保。因结党营私，以原官发辽阳居住，后流徙，卒于徙所。湘蘋随夫谪徙塞外。清康熙五年(1666)检夫骸骨南归，遂皈帐佛法，奉母以终。《清史稿》有传。灿善属文，并精书、画。清初闺秀词，以湘蘋为第一，得北宋风格，绝去纤佻之习。俞陛云以其与顾春、吴藻为清代闺秀词三大家。有《拙政园诗余》三卷。清嘉庆间，吴骞合其诗词重刻为《拙政园诗集》。近人徐乃昌抽印《拙政园诗余》三卷入《小檀栾室汇刻闺秀词》第二集。

1. 陈之遴：

湘蘋所为诗及长短句，多清新可诵。寻以世难去国，绝意仕进。湘蘋吟咏益广，好长短句愈于诗，所爱玩者，南唐则后主，宋则永叔、子瞻、少游、易安，明则元美。若大晟乐正辈，以为靡靡无足取，其论多与余合。频年兵燹散佚，今冬搜集得百首，余为之诠次。每阅一首，辄忆岁月及辙迹所至。相对黯然，毋论海滨故地化为荒烟断草，诸所游历皆沧桑不可问矣。曩西城书室亭榭苍然平楚，合欢树已供刍荛，独湘蘋游览诸诗在耳。自通籍去国，迨再入春明，不及一纪，而人事变异，赋咏零落若此，能不悲哉？湘蘋长短句得温柔敦厚之意，佳者追宋诸家，次亦楚楚无近人语，中多凄惋之调，盖所遇然也。湘蘋爱余诗愈于长短句，余爱湘蘋长短句愈于诗，岂非各工其所好邪！……余与湘蘋流离坎壈，借三寸不律，相与短歌。微吟以消其菀结，感愤何遭逢之径庭也。古人有言，和平之声淡薄，愁思之声要眇，将无穷于遇者，工于辞欤？抑辞有所以工者，而无与于穷达欤？今兵革渐偃，辇下日以清晏，湘蘋试舒眉濡颖视此帙何如也？

《拙政园诗余序》（《拙政园诗余》）

2. 朱中楣：

〔满江红〕《丁酉仲夏读陈素庵夫人词感和》

泪眼愁怀，聊只把芳词翻阅。句清新堪齐络纬，并称双绝。字字香传今古愤，行行画破英雄策，倩玉箫吹彻汉宫秋，声声咽。　离别闷，仍纠结。旧游处，燕台月。恨一番，风雨乱红愁叠。玉树森森连紫苑，英才尽是人中杰。盼相逢约略在何年，从头说。

《全清词·顺康卷》

3. 陈维崧：

徐湘蘋才锋遒丽，生平著小词绝佳，盖南宋以来，闺房之秀，一人而已。其词娣视淑真，姒蓄清照，至“道是愁心春带来，春又来何处”，又“衰杨霜遍灞陵桥。何处是前朝”等语，缠绵辛苦，兼撮屯田、淮海诸胜。

《妇人集》

4. 蒋景祁：

闺中秀士，惟苏州范夫人、海宁陈夫人无闺阁气。

《刻瑶华集述》（《瑶华集》）

5. 周铭：

徐灿字湘蘋，茂苑人，海宁陈之遴相国夫人。善属文，兼精书画，诗余得北宋风格，绝去纤佻之习。冠冕处，即李易安亦当避席，不独为当代第一也。

《林下词选》

6. 吴骞：

湘蘋则尽洗铅华，独标清韵。友多历患难，忧愁怫郁之思，时时流露楮墨间。

《拜经楼诗话》

7. 李调元：

近来才女，应以徐灿为第一。灿字湘蘋，长洲人，归海宁陈素庵之遴，所著有《拙政园词》，皆绝工艳流丽。尤喜其〔菩萨蛮〕二词云……皆秀品也。

《雨村词话》卷四

8. 吴衡照：

徐湘蘋夫人《拙政园词》，清新独绝，为闺阁弁冕。同时如商媚生、朱远山，弗逮也。

《莲子居词话》卷四

9. 谭莹：

起居八座也伶俜，出塞能还绣佛灵。

文似易安人道韫，教谁不服到心形。

《论词绝句四十首专论国朝人》（《乐志堂诗集》卷六）

10. 陈廷焯：

湘蘋夫人词，宛转娴雅，丽而不佻，足以并肩李易安，俯视朱淑真。

湘蘋夫人〔满江红〕诸阕一片感喟，运笔之妙，如落花流水，盖熟极而流也。

《云韶集》卷二三

11. 陈廷焯：

国朝闺秀工词者，自以徐湘蘋为第一。李纫兰、吴蘋香等相去甚远。湘蘋〔踏莎行〕云："碧云犹叠旧河山，月痕休到深深处。"既超逸，又和雅，笔意在五代北宋之间。闺秀工为词者，前则李易安，后则徐湘蘋。明末叶小鸾，较胜于朱淑真，可为李、徐之亚。（卷五）

双卿词怨而不怒，可感可泣。吴蘋香则怨而怒矣，词不逮双卿。其情之可悯则一也。（卷七）

《白雨斋词话》

12. 朱祖谋：

〔望江南〕《杂题我朝诸名家词集后》

双飞翼，悔杀到瀛洲。词是易安人道韫，可堪伤逝又工愁？肠断塞垣秋。

《彊村语业》卷三

13. 张德瀛：

陈素庵室徐湘蘋，晚年皈依佛法，号紫箐氏。曾制〔青玉案〕吊古词，为世传诵，即《林下词选》所云得北宋风调者。蘋香词，缉商缀羽，不失分寸，尝写饮酒读骚图，自制乐府，名曰乔影，吴中好事者被之管弦，一时传唱，遂遍大江南北。

《词徵》卷六

14. 徐乃昌：

诗余得北宋风格，绝去纤佻之习。其冠冕处即李易安亦当避席，不独为本朝第一。

《小檀栾室闺秀词》第二集

15. 俞陛云：

清代闺秀词有三大家：湘蘋特起于前，顾太清、吴蘋香扬芬于后，卓然为词坛名媛。

《清代闺秀诗话》卷二

16. 俞陛云：

素庵相国虽两朝冠剑，湘蘋则时有故国之思，其〔少年游〕词云："夜来明月，依然相照"，"何物似前朝"。……

《吟边小识》卷二

17. 雷瑨：

徐湘蘋名灿，海宁陈相国之遴贤佩，著《拙政园诗余初集》，小词绝佳，南宋以来闺房之秀，一人而已。其词娣视淑真，姒蓄清照，至道"是愁心春带来，春又归何处"，又"衰杨霜徧灞陵桥，何处是前朝”等语，缠绵辛苦，兼涉屯田、淮海诸胜。

《闺秀词话》卷一

18. 木石居士：

望江南罢绝冰弦，塞雁凄凉唳远天。

凤沼渔矶劳位置，可堪憔悴柳条边。

注：湘蘋故国之思时于词中流露，“凤沼鱼矶何处是”，〔满江红〕句也，后从夫流徙宁古塔，其生死不可知矣。

《名媛词选题辞十首》(《五百家名媛词选》)

19. 王蕴章：

陈其年评徐湘蘋词，谓南宋以来，闺房之秀，一人而已。湘蘋名灿，吴人，有《拙政园诗余》，海昌相国配也。清世祖每天大怒必笑，每天大笑不大止，则必有大处分。溧阳海昌，或盘水加剑，或窜死穷荒，皆又干纲独断。海昌相国宫词云……相国由明代词臣，躐居政地，机智敏练，时政因革，多出其手。……以康熙四年殁有戍所。后五年，湘蘋始疏请归骨焉。……湘蘋病中〔永遇乐〕云：“翠帐春寒，玉墀雨细，病怀如许。永昼愔愔，黄昏悄悄，金篆添愁炷。薄幸杨花，多情燕子，时向琐窗细语。怨东风，一夕无端，狼藉几番风雨。　曲曲阑干，沉沉帘幙，嫩草王孙归路。短梦飞云，冷香侵佩，别有伤心处。半暖微寒，欲晴还雨，销得许多愁否。春来也，愁随春长，肯放春归去。”回曲隐轸，可以怨矣。

《然脂余韵》卷四

20.《清史稿》：

陈之遴妻徐，名灿……有《拙政园诗词集》，词尤工，陈维崧推为南宋后闺秀第一。

《列女传一》(《清史稿》卷五百八)

21.《续修四库全书总目提要》：

湘蘋之于词，其所爱玩者，南唐则后主，宋则永叔、子瞻、少游、易安诸家，若大晟乐正辈，皆以为靡靡不足取，故其所作皆天然超妙，能得北宋风格，绝无纤佻之习。其小词尤清新可诵，如〔卜算子〕“小雨着春愁，愁到眉边住。道是愁心春带来，春又奈何处”及〔少年游〕“霜遍灞陵桥。何物是前朝。夜来明月，依然相照。还认楚宫腰”等语，缠绵蕴藉，可谓“娣视淑贞，姒畜清照”。至于中多凄惋之调者，则遭遇使然，盖心怀感慨，托填词以自遣，有不得不然也。陈维崧《妇人集》称其“才锋遒丽，生平著小词绝佳。南宋以来，闺房之秀，一人而已”，《林下词选》谓其“冠冕处即李易安亦当避席，不独为当代第一”，虽不免虚美之辞，亦庶几近之焉。

《续修四库全书总目提要·拙政园诗余三卷》

22. 沈轶刘：

清代妇女之词，数量奇夥，分布面广。其间特出颖异，无脂粉气而能抗高格者，首推初期之徐灿与末期之吕碧城。然徐犹不能脱旧习。

《繁霜篘词札》

23. 朱庸斋：

徐灿为明进士陈之遴妻，陈降清后官至弘文院大学士，灿深感痛心，所为词每寓兴亡之感。其小令常参集欧、晏，能用重笔，以北宋字句结合南宋气骨，故格调颇高。

《分春馆词话》卷三

李霨

李霨(1625—1684)字景霱，号坦园，自号据梧居士，直隶高阳(今属河北)人。清顺治三年(1646)进士。选庶吉士，授检讨，进编修。十年，擢中允，累迁至保和殿大学士、太子太傅，卒谥文勤。《清史稿》有传。霨虽久居相位，然不辍翰墨，撰有《心远堂诗集》。词多佚，今仅存十余首。

1. 曹溶：

兴朝相国海昌陈素庵，有《上阳词》，其〔南楼令〕诸作，俱出塞之曲。高阳李坦园有《心远堂词》，小令〔三字令〕，曼词〔绿头鸭〕，为清绮之句，人所不及也。

沈雄《古今词话·词话》下卷

赵维烈

赵维烈（生卒年不详）字兰舫，号承哉，上海人。少即颖慧，载誉社中，其赋钞一选，吴绮赞为巨匠苦心。有《兰舫词》。

1. 吴绮：

承哉博搜群藉，著书满家，即读其《赋钞》一选，足征巨匠苦心。兰舫小词，又豹之一斑也。

《百名家词钞》引

2. 丁澎：

兰舫炼格不取奇伟，而流丽处时有清风徐来，水波不兴之致。

《百名家词钞》引

3. 丁澎：

承斋（哉）词炼格，流露处妙极自然。

徐珂《清代词学概论》引

4. 聂先：

香泽销沉于坡老，壮怀减气于屯田。今得读兰舫词，始知兼跻兰棂，有天衣无缝之致。

《百名家词钞》引

5. 王九龄：

承哉为半眉进士令嗣，其飞才驾学，同社素所屈指。今读其词，抑何珠玑错落，芳芬袭人也。

《百名家词钞》引

6. 陈廷焯：

承哉词能于婉丽中时见骨力，固自高人一筹。（评〔一痕沙〕“记得君行春暮”）

《云韶集》卷十六

吴之登

吴之登（生卒年不详）字云客，号升公，浙江余姚人。有《粤游词》。

1. 陆大成：

升公词，情浮其貌，意胜于法，远想长思，径致独绝。

《百名家词钞》引

2. 曾王孙：

升公不独以诗余见长，而诗余亦非近代词家所及。足见文人锦心绣口，大言小言，无有不妙。园次每言升公词俊爽豪迈，全以气胜，不可以句裁经纬、字叶宫商者同日语也。

《百名家词钞》引

3. 聂先：

《粤游词》，如王谢家富贵子弟，便极奢华，无裘马纨绔气。又如渴虹饮水，霜隼摩天，变幻夭矫，令人睫惊。

《百名家词钞》引

顾岱

顾岱(1625—1697)字商若，一字泰瞻，号舆山，又号止庵。江苏无锡人。榜籍嘉定（今上海）。清顺治十五年(1658)进士。初除贵州铜仁府推官，迁思南府同知，再迁武定军民府知府，调山西潞安府，后左迁江西赣州府同知。历官至杭州知府，罢归卒。岱迁职江右时，适值“三藩”战乱，时用“军兴法”，督抚提镇皆得专杀之权，斡旋拯救，多所全活，然由此与上峰时有龃龉。事迹散见《梁溪诗钞》、《国朝诗人征略》等。工词。著有《青霞堂集》、《澹雪斋集》等，词有《澹雪》、《雨花》二种，存九十一首。

1. 丁澎：

止庵太守，博极群书，凡古文碑铭骚赋，奏议诗歌诸体，罔不究心，登峰造极。偶为小词，汪洋千顷，能以气胜。虽有子瞻，其能专美于前耶？

《百名家词钞》引

2. 聂先：

近之词家自命者，往往以组织藻绘为能事。初阅之不觉灿然可观，及取其情致婉丽者，则失之纤弱，气骨高华者，则失之放纵。惟《澹雪词》，才气纵横，词章绚烂，兼以细心老手出之，其精到处，使人惊心动魄，永叹沉吟，而不能置，真是绝妙好词。

《百名家词钞》引

江士式

江士式（生卒年不详）字梅墩，安徽休宁人，有《梦花窗词》一卷。

1. 聂先：

新安词家甚少，近推孙无言、赵天羽、程梓园诸公，然皆以片言只调为拱璧，俱未获瞻全豹。读《梦花窗》、《澄晖堂》唱和新词，如行黄山白岳间，层峦曲折，愈变愈奇，烟云设色，非王右丞、李将军点染山水所能描摹其万一。

《百名家词钞》引

沈雄

沈雄（生卒年不详）字偶僧，江苏吴江人。诸生。尝从钱谦益游，诗词俱有宗法，撰有《竹窗笺体》、《柳塘绮语》诸集，曹秋岳称为“艺林拱璧”，多兴亡之感。清顺治十四年参与校阅《南词新谱》。著有《柳塘词》，聂先、曾王孙辑入《百名家词钞》，词六十余首，合散见于清初诸词选本者，共存词七十四首。另有《柳塘词话》一卷、《古今词话》八卷，后者保存了珍贵的词学资料。

1. 龚鼎孳：

有以《柳塘词》进者，尚书曰：“艳才如是，可称绮语一障。我可以谢过于山翁，并可以谢过于秀老矣。”因驰翰相讯，偶僧答以歌头有云：“不入泥犁狱底。便主芙蓉城里。抱椠也风流。莫借空中语，大雅定无尤。”尚书重为之首肯。

沈雄《古今词话·词话》下卷

2. 曹尔堪：

余数过柳塘，与偶僧和小词，如按辔徐行于康庄大堤，不似矜奇斗险，驰逐于巉岩峭壁以为工者。然亦时出新警之句，藻思亦不犹人，正徐文长所云，读之陡然一惊也。

《百名家词钞》引

3. 聂先：

偶僧常游平阳、报恩二老之门，深入禅理，发为词藻，澜翻泉涌，变化不测，实能调雨为酥，呵冰作汞。不特备极才情，章法流丽，游神于《金荃》、《兰畹》间也。闻其所纂《竹窗笺体》、《柳塘绮语》诸集，曹秋翁称为“艺林拱璧”，惜未之梓，当为跂足以俟。

《百名家词钞》引

江尚质

江尚质（生卒年不详）字丹崖，安徽休宁人，著有《澄晖堂词》，又增辑沈雄《古今词话》。

1. 吴绮：

丹崖词，不矜奇斗险，而声调按格，自有天然设色之妙。譬之奏细响于洪钟，赘奇葩于全锦，非十年养气者，不足以有此。

《百名家词钞》引

2. 丁澎：

丹崖以笃行君子，博搜群藉，于诗古文词，无不究其指归，又复极意《花间》、《草堂》，沉湎《金荃》、《兰畹》，销尖新于香艳，化幽媚于清真，当推倚声第一能手。

《百名家词钞》引

3. 聂先：

新安词人如丹崖者，能不让孙子执升，而考声协律，则澄晖堂可与山晓阁并传。

《百名家词钞》引

何采

何采(1626—1700)字第五，一字敬与，又字涤源，号南涧，一号省斋。安徽桐城人，流寓金陵(今江苏南京)。清顺治六年(1649)进士，改庶吉士，授翰林院编修，官至侍读，年方三十即辞官，归隐，终老。事迹见本集及《梅村诗集》、《全清词钞》等。工词善书，著有《南涧词选》二卷，卒后为其次子何持国、门人王著编订校刊，收词四百九十首。

1. 李渔：

人皆谓眼前事，口头语，都被前人说尽，焉能复有遗漏者。予独谓遗漏者多，说过者少……只据眼前词客论之，如董文友、王西樵、王阮亭、曹顾庵、丁药园、尤悔庵、吴园次、何醒斋、毛稚黄、陈其年、宋荔裳、彭羡门诸君集中，言人所未言，而又不出寻常见闻之外者，不知凡几。

《窥词管见》

2. 余怀：

省斋上相子孙，少年科第，视富贵如浮云，闭户读书，孤行一意，多怪少可，盖嵚崎历落人也。酒边花下信笔填词，非陆非辛，亦苏亦柳。老子婆娑暮年萧瑟，惟我与尔有是夫。

《百名家词钞》引

3. 余怀：

东坡喜为词。《与鲜于子骏书》云：“近作小词，虽无柳七郎风味，亦自是一家。”南涧亦喜为词，其词艳而不冶，巧而不纤，质而不俚，有奇怀豪逸之长，无淹荡淫佚之失，亦自是一家。

《南涧词选序》

4. 何采：

余戒诗后以词自娱，率皆悲凉侘傺之音，艳情巧思，未能规摹秦、柳，犹姜桂不与蔗梨同味，性使然也。又往往缘手而就，懒于追琢校雠，盘空硬语，虑乖古法。尝戏谓坐客："坡公〔乳燕飞〕、〔大江东去〕尚致后人讥评，何有于仆？仆得援此以解嘲否？"客曰："不然。急屏退二八女郎，令铜将军执铁绰板唱君〔哨遍〕一阕，亦足以豪。"

《南涧词选·自记》

5. 何采：

〔鹊桥仙〕《自题南涧词集》

歌场停扇，舞场停袖，老子从无绮语。少年专拜醉乡侯，未兼领温柔乡路。张家三影，柳家三变，只合轻翻低度。一声铁板响锹铮，且高唱大江东去。

《南涧词选》

6. 汤斌：

省斋先生文章风雅，为词林领袖，遨游湖山，六桥烟树、双峰白云，杖履几遍。时同年不期而聚者六七人，携酒登高，赋诗倡和，甚相得也。追忆昔时长安并辔，忽忽三十年事，少壮者今鬓发种种矣。酒酣为小词数阙，萧凉高逸，与稼轩、放翁驰骋上下。济武先生将南游太未，余以使事高竣，亦且北归，叹我辈相聚之难，而后会之未可期也，不能不抚卷流连云。

《百名家词钞》引

7. 王谟：

先生为东林君宗，遂初以来端坐一室，潜神契道，澹泊自如。今东林蔚然兴起，道南倡率，舍先生其谁与归？先生与潜庵汤宗伯、吾师迈人王方伯同时登第，各以阐扬道化为任，又皆于乐府擅场，岂吾道亦不外于红牙檀板间耶？

《百名家词钞》引

8. 王蓍：

居恒谢绝尘务，虽临池自适，即诗与文亦复应酬是戒。而独寄情乐府，兴之所致，倚调填词，用摅胸臆，直继苏、黄而架姜、陆，不趋时习，能上得风人之旨。

《南涧词选跋》

孙继登

孙继登（生卒年不详）字汲山，江苏常熟人，曾从龚鼎孳、冒襄、赵而忭等人游。有《山啸词》、《菊醉词》。

1. 吴绮：

予与孙子汲山论交者三十六年，赋别者一十七载。中间风雨，无非剪烛之期；到处莺花，不少衔觞之会。维时长沙公子，常授简于西园；淝水先生，每征歌于南第。名贤雾合，竞奏新声；硕彦星罗，争传丽曲。雪儿坐上，弹筝红豆之词；云母屏前，击钵青莲之句。而汲山悠然意远，不辞金谷之三升；卓尔神闲，时倒玉山于一夕。人皆讶其莫测，予独许以无俦。洎乎旧事空花，故人小草，十年冰雪，频消京洛之魂；两地山川，再执河梁之手。询其近况，示以新篇，爰开古锦之囊，尽出明珠之篋。格传长庆，已堪元白齐驱；律协大晟，尤喜秦黄再见。或体物而尽态，或即景以妍情，或慷慨于欢场，或缠绵于别绪，莫不匀笺意满，振笔情飞。自有鸾凤之音，响传山半；羞作鹦鹉之语，词寄篱间。得《兰畹》之微，何论柳家第七；穷《草堂》之变，宁言李氏成三。遂使吴下群贤，同为刮目；邺中诸子，并极赏心。岂非逸气横流，惊才绝胜者乎？昔达夫觅句，在中岁而方工；子美言诗，亦晚年而入细。而或者偶逢龙睡，遽欲阻以重云；未见鹄飞，遂谓量其千里，是犹拘时俗之见，乌足论天下之士哉？

《孙汲山〈山啸词〉序》(《林蕙堂全集》卷五)

周积贤

周积贤（生卒年不详）字寿王，江南华亭（今属上海市）人，与沈亿年等同师从于蒋平阶，合著有《支机集》。

1. 邹祗谟：

寿王诸子刻画《花间》，能得其菁华处，故丽句与宋人有别。《倚声初集》卷二

喻捻

喻捻（生卒年不详）字惟绮，江西吉水人，流寓梅里。侯鼎臣室，著有《蕙芳集》。

1. 周铭：

才情艳逸，闺中秀、林下风殆兼之矣。

《林下词选》卷一二

徐沁

徐沁（1626—1683）字埜公，号水浣、委羽山人、镜曲化农，浙江会稽（今属绍兴市）人，少时受知于陈子龙，入清不事科举，有经世之才，曾先后入朱之锡、蔡毓荣、李之芳幕，著有《明画录》、《曲波园传奇二种》等。词有《春草》四卷。

1. 王沄：

贺家湖上老词人，乐府流传丽句新。

一代风骚推狎主，青藤高士是前身。近世词学惟君为雅宗。君手录徐文长遗文甚富，尝以相拟。

《癸亥除夕哭山阴徐埜公》（《王义士辋川诗钞》卷六）

王士禄

王士禄(1626—1673)字子底，号西樵山人，山东新城(今桓台)人。清顺治九年(1652)进士，选莱州教授，迁国子监助教，擢吏部主事，累官至吏部员外郎，充河南乡试正考官，以事罹案，羁“请室”几一年，事白复原官，后又免官。母丧，以毁卒。私谥节孝先生。士禄为王士禛长兄，自少能文章，工吟咏，以诗法授诸弟，后士禧、士祜、士祯皆工诗，士祯独高位耆年，为一代宗主。事迹散见《清史稿》、《清史列传》、《国朝诗人征略》等。著有《表余堂诗存》、《十笏堂诗选》、《辛甲集》、《上浮集》、《读史蒙拾》，词有《炊闻卮语》二卷，又名《炊闻词》，有孙默留松阁《国朝名家诗余》本，《百名家词钞》选钞其词一卷。《炊闻词》大部分作于清康熙三年(1664)春夏“以蜚语下羁”时。次年事白南泛江淮，与曹尔堪、宋琬聚于杭州，作“江村唱和词”，又称“湖上唱和词”，各填〔满江红〕八首，合为二十四篇，为清初词坛重要活动之一。后又参与京师重要词事活动秋水轩唱和，留有词篇。

1. 李渔：

人皆谓眼前事，口头语，都被前人说尽，焉能复有遗漏者。予独谓遗漏者多，说过者少……只据眼前词客论之，如董文友、王西樵、王阮亭、曹顾庵、丁药园、尤悔庵、吴园次、何醒斋、毛稚黄、陈其年、宋荔裳、彭羡门诸君集中，言人所未言，而又不出寻常见闻之外者，不知凡几。

《窥词管见》

2. 尤侗：

眉山二苏，风流竞爽，独至填词则丈六琵琶偏让老髯，而颍滨不得一语，以此定其为兄弟耳，琅琊二王即不然。向读阮亭《衍波词》，每出一语，落落如有香气，固当奴视七郎，婢视清照。今遇西樵于邗上，出《炊闻卮语》读之，静情艳致，撷花草之标，似未肯放阮亭独步。何也？古人佳句，多在歌眉舞袖、酒粘花压之间，乃西樵羁縻请室，八月南冠，他人书空咄咄，尚不能堪，而弄笔所至，兴会乃尔。观其胸中空澹，若无一物，以视邹生书、嵇生诗，相去何如！戏语阮亭：君即有广陵十部鼓吹，此事故须输阿兄一著。或谓西樵方长斋绣佛，盥写名经，不当忏此绮语邪！不也！天上无懵懂仙人，西方岂有钝根佛子？假以《炊闻卮语》供养如来，如来必且微笑，以教迦陵诸鸟鹙子大弟，和以微妙音乐，百千天女，皆以种种花香而散其处。

《炊闻词序》(《西堂杂组》二集卷二)

3. 陈维崧：

甲辰春三月，吏部王先生以蜚语下羁所，越数月，事大白。先生南浮江淮，出其诗若干篇，词若干篇，令维崧读之。词则所谓《炊闻卮语》者是也。或问维崧曰："甲辰三月之事，王先生可谓穷矣！即有旷达者，于此亦宜无聊侘傺，不平有动于中。先生顾日坐请室，与宾客为隐语、庾语、俳语、孟浪语，且又日为词，词又甚工，何欤？"维崧曰："王先生之穷，王先生之词之所由工也。"客曰："吾子之遭遇可谓穷矣，然自揣吾子之词与王先生之词孰工？"维崧蹙然曰："维崧之词何敢比夫王先生，即维崧之穷何敢与王先生比。大约维崧之所谓穷者，不过旦夕不得志，及弃坟墓、去妻子以餬口四方耳。未尝对狱吏，则头抢地也。负其薄艺，以与贤豪长者游，则北里西曲之靓丽，辄时时征逐其间。哀丝豪竹之音，又未尝三日而不闻于耳也。少年生在甲族，中外悉强盛，小楼前后捉迷藏，及黄昏微雨画帘垂诸景状往往有之。今虽迟暮矣，然而梦回酒醒，崇让宅中，光延坊底，二十年旧事耿耿于心，庶几不死而犹一遇也。以故前者之泡影未能尽忘，过此之妄想亦未能中断。百端万绪，窅窅茫茫，如幽泉之触危石，呜咽而不能自遂也。如风絮之散漫于天地间，帘茵粪溷之随其所遇也。盖维崧者愁矣，而未穷，故维崧之词将老，而愈不能工。若甲辰三月王先生之穷，则何如？拘挛困苦于圜扉间，前后际俱断，彼思前日之事与后日之事，俱如乞儿过朱门，意所不期，魂梦都绝。盖已视此身兀然若枯木，而块然类异物矣。故其所遇最穷，而为词愈工。”客曰：“善穷愁而后工，向者不信，乃今知之。虽然必愁矣，而后工必愁且穷矣，而后益工，然则词固不易工，工词亦不易哉！”

《炊闻卮语序》（《陈迦陵文集》卷二）

4. 王士禄：

康熙甲辰三月，余以磨勘之狱入羁于司勋之署。于时捕檄西出，未即对簿。伏念日月旷邈，不有拈弄，其何以荡涤烦懑，支距幽忧？忆自髫齿，颇耽词调，虽未能研审其精妙，聊可藉彼抗坠，通此蕴结。因取《花间》、《尊前》、《草堂》诸体，稍规模为之，日少即一二，多或六七，漫然随意，都无约限，既检积稿，遂逾百篇，因录而存之，识时日焉。其间或得之负手，或得之摇膝，或得之矫首，或得之瞪目，或得之隐几，或得之面壁，或得之绕廊，或得之倚柱，或得之酒酣，或得之梦破，或得之孤灯欲烬，或得之晨鸡之乍鸣。其文无谓，其绪无端，伦脊难寻，阡陌莫指，诚欲引而远之，使此寸心如游丝之飏空，轻凫之信流，不令与愁相枨触，故不复引绳点墨，断髭落眉耳。读者循其声节，逆其行叹坐愁之意，故当于行间字外髣髴遇之。倘以之絜温较韦，拟李比秦，殊自径庭，亦非仆意之所存也。其客岁使豫，道中所作二十许篇，亦附见焉。曰炊闻者，兀兀南冠不殊，邯郸一枕，故取杜陵诗语断章而命之也。其文无谓，其绪无端，系之以卮，亦又宜矣。王士禄记。

《炊闻词自序》（《炊闻词》）

5. 邹祗谟：

西樵考功、无题诸诗，丽情逸致，已见一斑。所撰《然脂》百余卷，《朱鸟轶事》数帙，大为彤管纪胜。而《炊闻卮语》，亦复新艳自矜。尤悔庵为之叙，更为赏识不倦也。

沈雄《古今词话·词评》卷下

6. 邹祗谟：

西樵作艳词，每以瑰琢语称胜，故是《花间》遗法。

《炊闻词》卷下（《国朝名家诗余》）

7. 彭孙遹：

汪琬说铃云：二王好香奁，倡和每至数十首。刘比部寓书问讯之，王六西樵，不致堕冬郎云雾否？是虽慧业不作可也。余戏语之，不解填词，日诵楞严，岂足了事？

沈雄《古今词话》引

8. 张星耀：

昭代词人之盛，不特凌轹元明，直可并肩唐宋。如《香岩》之雄瞻，《棠村》之韶令，《容斋》之新秀，《衍波》之大雅，《延露》之俊逸，《丽农》之宏富，《东江》之绵渺，《弹指》之幽艳，《乌丝》之悲壮，《艺香》之浓鲜，《玉凫》之清润，《兰思》之真致，《玉蕤》之周密，余如秋岳、锡鬯、容若、云士、舒凫、夏珠、昉思诸公，未窥全豹，微露一斑，而《二乡》、《远山》、《云涌》、《扶荔》、《鸾情》、《南溪》、《炊闻》、《百未》、《含影》、《支机》、《蓉渡》、《锦瑟》、《柳村》、《遏云》、《当楼》、《青城》、《蝶庵》、《秋水》、《峡流》、《吹香》、《椒峰》、《萝村》、《菊庄》、《移春》、《山晓》、《梨庄》、《红蕉》、《柯亭》诸集，可谓家操和璧，人握隋珠，一时群聚。噫，盛矣！

《词论》（《东白堂词选初集》）

9. 王初桐：

王西樵词多过于雕琢处，病在刻意求新。

《小娜嬛词话》卷三

10. 孙尔准：

炊闻玉友二乡亭，山左才人未迳庭。

只有曹家珂雪句，白杨凉雨耐人听。

《论词绝句》二十二首（《泰云堂诗集》卷四）

11.《四库全书总目提要》：

是集皆其以科场磨勘事系狱时作……其中如〔渔歌子〕之“逐鹭征凫下远洲”，〔生查子〕之“阶怜好月痴”，〔点绛唇〕之“两鹏空庭”，〔卜算子〕之“暗烛影疑冰”，皆未免失之雕琢，为过于求奇之病，非词家本色也。然大抵才思新颖，不肯蹈袭故常。如〔南柯子〕之窗午一阕，〔昭君怨〕之楼外一阕，〔两同心〕之咏鸳鸯后半阕，皆足与作者颉颃。其〔满江红〕叠韵九阕，亦见才思之富。

《炊闻词提要》

12. 丁绍仪：

本朝王阮亭尚书与兄丁樵，陈其年太史与弟纬云，均以词名，然《炊闻》、《红盐》二集，远不如《衍波》、《乌丝》。今给谏昆仲，埙吹篪应，殆将上掩古人。

《听秋声馆词话》卷三

13. 谢章铤：

西樵士禄《炊闻词》，一百七十三首，论者谓如〔渔歌子〕之“逐鹭征凫下远洲”，〔生查子〕之“阶怜好月痴”，〔点绛唇〕之“雨鹏空庭”，〔卜算子〕之“暗烛影疑冰”，皆未免失之雕琢，过于求奇，非词家本色也。

《赌棋山庄词话》卷八

14. 陈廷焯：

国初《十六家词》孙默编，独遗竹垞，殊不可解。其中王士禄、王士禛，于词一道，并非专长，不知何以列入。

《白雨斋词话》卷五

15. 陈声聪：

王西樵《炊闻词》不甚为人所喜，谢枚如谓之为温尉门庭。其中确多艳语，如《梦回》〔荷叶杯〕云："红晕倦眸如缬，春歇，梦回时。被香无赖晓魂腻，还睡，掩帘帏。"又《艳情》〔生查子〕云："窗晓露微明，未醒双文睡。辗转玩琼颜，爱照斜鬟腻。　睡浅为郎羞，拥损重楼被。后夜却防郎，只枕郎君臂。"其弟阮亭词，后人但选其红桥垂杨、雷塘芳草之句，实则闺情之作亦不少。如春闺〔浣溪纱〕中"情思昵人何处去，碧桐阴里下帘栊。玉钗微堕髻鬟松"、"檀晕乍消星的浅，眉痕初淡月棱新。帘衣如縠映横陈"、"眉语似通还匿笑，目成难去且徐行。个侬无赖可怜生"、"不逐晨风飘陌路，愿随明月入君怀。半床辨梦待郎来"，亦复艳极。

《读词枝语》(《填词要略及词评四篇》)

16. 卢前：

〔望江南〕

沙洲远，逐鹭语能奇。好月怜痴疑烛影，空庭瓣雨亦成词。雕琢岂堪师。

《饮虹簃论清词百家》(《清名家词》)

孙旸

孙旸（1626—1701）字寅仲，一字赤崖，号蔗庵，江苏常熟人。清顺治六年（1649）结“同声社”的骨干，十四年以科场案流放尚阳堡，二十年由兵部尚书捐金赎还。著有《蔗庵诗选》五卷，有《折柳词》，又名《蔗庵词》。

1. 朱彝尊：

蔗庵词，心情澹雅，寄托遥深，能尽洗《草堂》陋习。与柘西交最深，近复同住双柏树下，坐卧研论，宜其词之工也。

冯金伯《词苑萃编》卷八引

2. 顾贞观：

《折柳》诸作，极清婉妍秀之致，较《浣红居》词，体格又一变矣。按：常熟孙蔗庵旸，顺治十四年举人。有《折柳词》一卷。

冯金伯《词苑萃编》卷八

3. 陈廷焯：

蔗庵词绝似南宋陈西麓。

蔗庵词浓处固佳，淡处尤见笔力，非真作手不能。（评〔解连环〕“线笺题遍”）

《云韶集》卷十四

冯云骧

冯云骧(1626?—1693?)字讷生，山西代州（今代县）人。清顺治八年(1651)举人，十二年进士，初授大同府教授、内转国子监博士，迁户部主事、刑部员外郎。康熙十七年(1678)典福建乡试，次年举博学鸿词，寻转四川提学佥事，以福建督粮道致仕归里。事迹见《代州志·讷生公小传》、《国朝诗人辑略》等。云骧工诗词，兼善书法。著有《讷生诗集》，卷六为《寒山吟》词。另有《春秋说约》、《约斋文集》、《飞霞楼诗》等，《寒山吟》共录词一百十三首。

1. 余怀：

余于丁酉年序讷生先生《飞霞楼诗》于金陵，今三十余年矣。聂子晋人忽持《寒山诗余》来示，循览讽玩，如与先生促坐奋袖，捧手而谈也。晋自柳州、香山而后，风流文采若灭若没，盖寥寥焉。先生挹景霍汾浍之奇，钟屈马绛盐之秀，发为词歌，标映古今，霞披电抉，不独以娇花宠柳为工也。晋有泽州冢宰之诗，又有代州观察之词，三河文阵，可以雄视中原矣。

《百名家词钞》引

2. 聂先：

曹秋岳先生畀余《寒山词》一卷，曰："此山右冯公讷生之所作。公天才弘颖，学殖硼于中，而藻采襮于外。其为词也，戛玉铿金，牢笼百态，怜垂柳，吊秋云，渍渍然有江山之助焉。子盍梓而传之。"余稽首敬受，钞付剞劂。其词俱在，直与西麓、草窗同工异曲，秋岳先生之言备矣，余何能赞一辞哉？

《百名家词钞》引

唐梦赉

唐梦赉(1627—1698)字济武，号豹岩，山东淄川（今淄博）人。清顺治六年（1649)进士，改庶吉士，授翰林院检讨。性讦直言事，以救李呈祥获罪放归，遂不再出。事迹见《清史列传》。梦赉究心世务，以经济自负，天经地义、性理体数、会计之制，无不贯通。诗词特其余事，然词雅意和，无复怨尤，与高珩、李呈祥并称。亦能词。著有《志壑堂全集》、《济南府志》、《淄川县志》、《借鸽楼小集》、《林皋漫录》，词有《志壑堂》一卷，共二十二首。

1. 余怀：

词家以缠绵婉丽为宗，其次则凄清萧瑟，又次则古直悲凉，兼斯三者，其惟淄川乎？读先生词，如观绛云在霄，如听宫莺百啭，如闻商女之琵琶，如送孤臣之去国，如击渐离之筑，如吹吴市之萧，仙才逸品，怀古情深。尝与泛小舠于西子湖头，衰柳阴中，谈论今古，分题啸咏，快绝生平，惜乎，少十七、八女郎，按红牙檀板歌之，至今尚为阙事。

《百名家词钞》引

2. 聂先：

先生博极群书，发为词章，风骨高古，间作闺襜欢宴语，仍不失轩昂本色。秋翁每言《志壑词》，一语之艳，一字之工，令人色飞神动。

《百名家词钞》引

蒋垓

蒋垓（生卒年不详）字兆侯，江苏苏州人。清顺治十四年（1657）举人，十六年会试副榜，官府学教谕。能诗词，曾在苏州建绣谷园，撰有《绣谷记》。

1. 丁绍仪：

兆侯名垓，顺治十六年会试副榜。錞庵名德埈，顺治十八年进士。词均庸俗，然不当以工拙论。

《听秋声馆词话》卷十七

华胥

华胥(1627—1687)字羲逸，一作希逸，江苏无锡人。擅画人物、仕女，清丽冶逸，犹存古意，尤长于水墨。画余不废吟咏，工词。著有《画余谱》，聂先、曾王孙《百名家词钞》辑录。

1. 魏禧：

画余者华子羲逸之诗余也。羲逸工画，若曰："吾以画之余力为之。"羲逸性好诗赋，而画多门，其人物楼榭器用之工，独步于江南。予尝见所绘人物，闲丽婉雅，有游龙惊鸿之致，宜其于诗余，辄学而辄工也。

《百名家词钞》引

2. 杨大鹤：

羲逸一日出长短句见示，直臻神品，乐得而读之。虽须发星星，而姿媚之色胜于二十年前，正十七八女郎唱柳屯田"杨柳岸"时也。良由山川朋友之胜，助其笔端。余方欲屏息而聆之，余又何能以测之？

《百名家词钞》引

王昊

王昊（1627—1679）字惟夏，号硕园，江南太仓人，王世懋曾孙，诗为钱谦益、吴伟业等人所推重，为“太仓十子”之一，因“奏销案”破家，自是不复进取，筑当恕轩，与门人弟子讲道论艺其中。清康熙十七年荐试博学鸿词，以疾笃特授内阁中书，未受命已卒，著有《硕园诗稿》。有《硕园词稿》。

1. 邹祗谟：

王次公云：词曲家非当行本色，虽丽语博学无用。丽语而复当行，不得不以此事归之云间诸子。至娄东惟夏、次谷二君，善能作本色语。揆之乃祖，可谓大小美复出。

《远志斋词衷》

刘壮国

刘壮国（生卒年不详）字幼功，河南颍州人，清顺治十六年（1659）进士。著有《东皋诗余》一卷。

1. 丁澎：

颖川公勇先辈工于论词，尝读其《七颂堂词绎》，引文长论诗曰："如冷水浇背，陡然一惊，便足兴观群怨。"然此是为庸言借貌一流人说法。温柔敦厚诗教也，陡然一惊正是填词妙境。今阅其伯氏幼功先生《东皋词集》，多至数百余调，每调句法字面读之无不令人陡然一惊，真词林中杰出之作。公勇得先生友于之教，故论词为一代伟观。

《百名家词钞》引

2. 毛奇龄：

《东皋词》，有裁云缝月之妙技，敲金戛玉之新声，信乎词林砥柱，艺苑规衡也。

《百名家词钞》引

赵吉士

赵吉士(1628—1706)字天羽，号恒夫，安徽休宁人，寄籍杭州。清顺治八年(1651)举人。康熙七年，授山西交城知县，在任五年，政绩卓著。行取户部主事，擢户科给事中。康熙二十七年(1688)以勘河不称旨罢，侨居“寄园”，始作诗词。《清史稿》、《清史列传》有传。吉士诗作颇丰，亦能词。吉士先刻《林卧遥集》三卷，多为叠韵诗，附词十余首。后刻《万青阁自订全集》八卷，第六卷附《诗余》，多达五百余首。

1. 曹溶：

诗尚沉雄，忌纤靡；词喜清婉，戒浮腻。昔人言之详矣。不知清婉之变，其流而下也，势若江湖然，浸浸乎几不可挽矣。先生诗词等身，能使清婉入妙，究不落尖刻一路。读《万青词》可以知所宗矣。

《百名家词钞》引

2. 张养重：

自将军、女郎之说起，词家专以香艳为正派。予尝不服其论。伟然丈夫，何至粉面脂唇、掩袖低声，尽态极妍作儿女形状耶？然有周、秦不可无辛、苏，自属两派，未得交讥，顾命题何如耳。今读天羽先生词，苍凉宕折，感慨系之，使我神情开涤、眉宇飞扬，自是英雄本色。

《万青阁诗余跋》(《万青阁诗余》)

3. 曾王孙：

词有豪旷、鲜艳二路，近人多能学之。但豪旷多沿入理障，鲜艳多堕落情痴。求为超脱一路，而不落苏辛习气，虽数十名家中，不得其一也。先生之词，良学道而得于心者耶。读者当自得之。

《百名家词钞》引

4. 吴一元：

若使天上度无愁之曲，人间捐长恨之歌，则是月竟长圆，天能不夜。江边斑竹，应消湘女之痕；台畔巫云，不入楚王之梦。三千粉黛，有色皆空；十二金钗，无缘不幻矣。然而江蓠沅芷，写幽怨于骚人；赠芍采兰，诉芳情于倩女。曼声肇自郑、卫，艳体盛于齐、梁。固多寄托之淑词，终具雅人之深致。从来旧制乐府居多，近代新声诗余特盛。宋子京风流独步，染成红杏枝头；晏同叔才调无双，歌澈桃花扇底。低翻水调，谱柳七之金荃；高唱江东，按苏髯之铁板。唐后主雨声吹彻，那堪肠断三秋；李清照红藕香残，真足魂销千古。美成、伯可应推词苑连珠，淮海、稼轩定是骚坛双璧。虽云小艺，具见大方。要之体贵温厚，字争奇艳。残香剩粉，尽是琳琅；琢句选言，都成珠玉。吐纳则风云月露，触腕皆灵；驱策则草木虫鱼，添毫欲活。必兼综乎众美，始独擅夫专家。寄园夫子，夙标仙骨，生具胜襟，廿载宦游，誉满梧冈花掖；三年吏隐，情耽菊涧松门。叠画里之楼台，不羡石家金谷；移镜中之烟树，依稀摩诘辋川。高屐长裙，时来三径；牙签锦轴，坐拥百城。年来系钵分笺，既多江上青峰之句；昔日偷声减字，更有郢中白云之吟。偶因休沐余闲，话及填词旧事。蛟腾艺苑，才情之骀宕如初；蠹蚀羽陵，法曲之飘零殆遍。爰启敝箧，重检残编，见夫有句皆工，无言不韵。缠绵婉丽，托柔情于铁拨银筝；顿挫淋漓，发劲响于金笳玉笛。绮语则寓之不少，终非桑濮之音；□影则游览偏多，大得江山之助。知其兴至，定属神来。拨出琵琶，年年制恨；擎来纨扇，岁岁笺愁。课长谣小令以疗饥，须冉似戟；借换羽移宫为写照，齿颊皆香。打起黄莺，莫教梦短；生憎杜宇，又唤春归。想象醉妆，劈乌丝而度曲；临摹笑靥，翻红豆以长歌。几多滴粉搓酥，谱入梅花引里；一阕晓风残月，吟来豆叶黄时。银烛青尊，调翻如梦；玉台红泪，曲号相思。云雨巫山，盖楚舞大都艳冶；懊侬子夜，岂吴音果属妖浮。技至此乎，观真止矣。嗟乎，怀中锦在，笑他赋别江郎；夜畔香飞，不数多才韩偓。老作游仙之戏，谁云太上忘情；吟成幼妇之辞，本是文人慧业。既倚声而协律，洵轶后而超前。讵止张氏郎中，写秋千于字里；牛家给事，描杨柳于行间之哉？

《万青阁诗余题辞》(《万青阁诗余》)

5. 丁绍仪：

国初赵天羽给谏吉士，由副贡生官交城令，寇盗充斥，设计平之。内擢御史，迁给事中。所著《万青阁词》，多侧艳体。

《听秋声馆词话》卷十

孙自式

孙自式（1628—？）字衣月，号风山。清顺治四年（1647）进士，授翰林院检讨。顺治十二年被退职。能诗，有《风山诗稿》，词集佚失。

1. 邹祗谟：

余向序《阮亭词》云："同里诸子，好工小词，如文友之儇艳，其年之矫丽，云孙之雅逸，初子之清扬，无不尽东南之瑰宝。今则陈、董愈加绵渺，二黄益属深妍。更加庸庵之醇洁，风山之超爽，卓人之精腴，介眉之隽练，公阮之幽峭，紫曜之鲜圆，陶云之雅润，赓明之秀濯，含英咀华，彬彬可诵。词虽小道，读之亦觉风气日上。"

《远志斋词衷》

2. 邹祗谟：

幼安、务观，牢骚高放，未免有功名迟暮之悲。衣月早岁拂衣，萧然物外，胸中笔底，便觉夷旷一层。

《倚声初集》卷五

林云铭

林云铭(1628—1697 后)字西仲，自号损斋，福建侯官(今福州)人。清顺治十五年(1658)进士，官安徽徽州通判。耿精忠叛乱时被执，囚十八月。释后客寓浙江杭州以终，数十年中，口不绝吟，手不停披。所作诗文署名曰“吴山”、曰“鷇音”，其著述丰富，而文运不济，屡灾兵、火。著有《挹奎楼集》、《损斋焚余》、《吴山鷇音》、《庄子因》、《读庄子法》、《楚辞灯》等。能词，有《诗余》一卷。

1. 聂先：

晋安林先生，文章气节不减宋两文忠，而偶为诗余，每脱一稿，如芙蕖出水，秀色天然，晓黛横秋，苍翠欲滴。其元配蔡孺人，名捷字羽仙，亦能词，而好为忠节之音。尤展成太史，尝谓先生虽蒙大难，百炼弥刚，鷇音云乎哉？三山之人，闻之必以为辽东之鹤也。

《百名家词钞》引

2. 洪图光：

西仲于理学经济之大，天人性命之微，靡不穷极源流，发明体用。司李新安后，归隐建溪，著书等身，一时纸贵。而寄情于美人香草，略写《风》、《骚》逸韵，才老愈工，皆由性情所得，有不期然而然者。今以鷇音名其编，其情哀，其志苦矣。

《百名家词钞》引

姜宸英

姜宸英(1628—1699)字西溟，号湛园，又号苇间，浙江慈溪人。明诸生，工诗文，精书法，与朱彝尊、严绳孙并称“江南三布衣”。与纳兰性德友善。清康熙十九年(1680)荐入明史馆任纂修官，分撰刑法志，又参与修纂《大清一统志》。康熙三十六年(1697)始成进士，年已七十，以殿试第三名(探花)授翰林院编修。三十八年为顺天乡试副考官，因主考官舞弊，被连累下狱死。著有《湛园未定稿》、《湛园题跋》、《苇间诗集》、《西溟文钞》、《湛园诗词拾遗》等，由后人编撰的《姜先生全集》三十三卷。

1. 查礼：

《南风》之诗，《五子》之歌，此长短句之所自始也。由汉魏晋宋齐梁迄初唐，多以诗被乐。如《铙歌》、《鞞舞》诸章，《白纻》、《关山》诸调，皆名之曰古乐府，追乐府不作而后有词，故曰词者诗之余也。词昉于唐之开元、天宝间，逮五代十国作者渐多，盛于宋，流演于金元，词又变而为曲，曲兴而词微，然人工声律未绝元音。明初青邱、文成诸家遗韵犹在，后历世久远，音节之缓急，均奏之高下，渐隔渐离，作者每增自度之腔，易羽移宫，换平更仄，舛错既多，难就绳墨矣。至我朝文运丕隆，海内词人争出，如宜兴陈其年维崧、秀水朱锡鬯彝尊、嘉兴李武曾良年、无锡严荪友绳孙、嘉善魏禹平坤、慈溪姜西溟宸英、秀水曹洁躬溶、华亭钱葆酚芳标、平湖沈覃九登岸、会稽姜开先启、海宁家韬荒伯容、家悔余伯慎行，各家妍辞丽句，擅美东南，惟时谱去拗为顺，稽考议论，率多误略，流失莫底。于是阳羡万红友树亟为救弊，寻绎旧章，纠谬驳讹，正体厘调，分阴阳辨上去，推本追源，一准古人之成作，著《词律》一书，音谐律协，洵词学之津梁，为功后世不浅也。

《榕巢词话》卷一（《查恂叔集》）

魏允札

魏允札（1629—？）字州来，又名少野，字东老，号东斋居士。浙江嘉善人。魏学濂子，允枚弟。诸生。在柳洲词派诸魏中，允札特立独行，为此派重要词人。所著有《东斋诗文集》，今佚。有《东斋词略》四卷。

1. 柯煜：

词莫高于两宋，若稼轩之豪，石帚之雅，玉田之清，皆词苑第一流也。东斋先生始学稼轩，其纵横排奡之气，如赤手捕蛟龙，不施鞚勒骑生马，夭矫奇姿，不可捉搦。既而焚香静寄，洒然有得，铲除豪气，一归清雅，未尝规规焉。步趋石帚、玉田而风神意度自与之肖。殆所谓客情既尽，妙气来宅者耶？夫尧章、叔夏与稼轩分道扬镳，非有轩轾也。第先生之诣力于何入门，于何变化，则有不可诬者。今先生年且八十矣，每一篇出，秀色潋滟，清芬噀人，使读者不能自持。余尝举似同人，浸假先生之年，为篯铿之八百，广成子之千二百岁，其笔墨间偏娟绰约之致，不知更当何如。此虽一时戏语，亦可想见先生之精进，有月异而岁不同者矣。于前后得先生词，悉藏弆以为帐中之秘，四方好事之家，欲购之而无从也。今年夏，文翁舅氏命梓人摹印成若干卷，于是名流韵士一慰其饥渴之怀焉。顾余犹有请者，先生之诗不下万首，冷然风飞，脱去凡近。其伐毛洗髓之功，虽古人罕有其比，海内不乏知音，有能缉成卷轴，悬之国门者乎？余将引领以俟之。

《东斋词序》（《东斋词略》）

2. 王初桐：

魏东斋始学稼轩，既而铲除豪气，一归清雅。

《小嫏嬛词话》卷三

3. 陈廷焯：

柯南陔谓东斋始学稼轩，纵横排奡，不可捉搦。既而焚香静寄，洒然有得，铲除豪气，一归清雅，吾观此词益信。结笔雅甚，绝无怒容。（评〔法曲献仙音〕“霜鹤衰翎”）

《云韶集》卷十六

梁允植

梁允植（1629—？）字承笃，号冶湄，河北正定人。顺治间贡生，为梁清标之侄，历官浙江钱塘知县、福建延平知府。其在杭州任上时，与西陵词人群如陆进、陆次云等唱和甚勤。著有《藤坞诗集》、《柳村词》。

1. 钱肃润：

柳村诸词，抑扬沉郁，具有性情，而清风逸致，更溢于笔墨之外。

《柳村词跋》评语（《文瀫初编》卷十九）

2. 俞士彪：

吾杭秀毓湖山，向多作者，宋之清真，明之浩澜，久为词坛矩镬。近且得宋荔裳、梁冶湄诸先生来宦是土，表率人文，鼓吹风雅，盖复家吟户咏，卷帙成林，直可掩千秋而夸四方矣。

《西陵词选序》（《西陵词选》）

3. 徐釚：

冶湄独能于倥偬杂沓中肆应旁出，意气激发，或马上，或舆中，口吟手披，诗文累累成帙，间作乐章小令，亦复骀宕妩媚，闯入《花间》、《草堂》之奥，真足以傲秦七、黄九而媲美坡仙、白傅矣。斯诚异人也哉。

《柳村词跋》（《南州草堂集》卷二十八）

董以宁

董以宁(1629—1669)字文友，号宛斋，江苏武进人。诸生。少负文名，与邹祗谟齐名，时称邹董。又与陈维崧、邹祗谟、黄永号称“毗陵四才子”，三人皆取科第，以宁独以诸生终。以宁兼精天算、乐律，晚年弃词章而专研律历、兵农经世之学，聚徒授经，有弟子数百人。《清史列传》、《国朝耆献类征》载其事迹。著有《正谊堂文集》、《正谊堂诗集》，有《蓉渡词》三卷，康熙间，孙默刻入留松阁《国朝名家诗余》。

1. 李渔：

文字莫不贵新，而词为尤甚。不新可以不作，意新为上，语新次之，字句之新又次之……只据眼前词客论之，如董文友、王西樵……诸君集中，言人所未言，而又不出寻常见闻之外者，不知凡几。

《窥词管见》

2. 沈谦：

彭金粟在广陵，见予小词及董文友《蓉渡集》，笑谓邹程村曰：泥犁中皆若人，故无俗物。

《填词杂说》

3. 董以宁：

仆与程村少时笔墨颇滥，小词具数千首，仆尤好作空中语。所刻《琴言》六卷，意欲焚之。戏谓程村曰：“恐如王考功言，于两庑无分耳。”程村笑曰：“待欧阳公罢祀时，那时再作理会。”

初子常云：“近来说词者，颇有彭、王、邹、董之目，其位置如何？”仆曰：“仆隽永不如阮亭，澹远不如金粟，精绮不如程村，但神韵偶到，时或相似耳。”初子曰：“君乃复以神韵自赏。”

《蓉渡词话》

4. 杨岱：

往岁，吾友孙无言称毗陵董文友先生有弟子数百人，谈经不辍。私意董子当不必求之风流跌宕中矣。他日，无言出董子《蓉渡词》，读之，何其嫣然以媚，婉约而多思也！昔子瞻《尚书》、《论语》、《易》皆有传，而舞裙歌板之间，又复新声缭绕；乃知风流轶宕，亦犹风人之旨也。董子著书满家，天下称之，填词特董子余事耳。吾近得从董子饮琼花台畔，见其翩翩霞举。异时过其读书处，则绛帷后当必有季长女乐。书此，以为后堂之券。

《蓉渡词序》(《蓉渡词》)

5. 邹祗谟：

贺黄公云：生平不喜集句诗，以佳则仅一斑斓衣，不佳且百补破衲也。至词则尤难神合。曩惟仲茅，今则文友、阮亭，称为老手并驱，然此体正不必多作。

词有隐括体，有回文体。回文之就句回者，自东坡、晦庵始也。其通体回者，自义仍始也。近来吾友公阮、文友，有一首回作两调者。文人慧笔，曲生狡狯，此中故有三昧，匪徒乞灵窦家余巧也。

余向序阮亭词云："同里诸子，好工小词，如文友之儇艳，其年之矫丽，云孙之雅逸，初子之清扬，无不尽东南之瑰宝。今则陈、董愈加绵渺，二黄益属深妍。更加庸庵之醇洁，风山之超爽，卓人之精腴，介眉之隽练，公阮之幽峭，紫曜之鲜圆，陶云之雅润，赓明之秀濯，含英咀华，彬彬可诵。词虽小道，读之亦觉风气日上。"

《远志斋词衷》

6. 邹祗谟：

文友填词，染笔称俊，珠蕾玉尘，无非瓌瑶。毛驰黄谓：杨用修词有沐兰浴芳、吐云含雪之妙，将无词有别肠？斯言益信。

（卷一）

文友少工小词，提笔辄得数十首，清新婉艳，妙不一种，此等作复屡经删润，务归大雅。每自云词曲之辨甚微，正不容门外汉轻道。（卷二）

言情至文友，刻画几无余蕴，尝与王次回香奁诗并传，集中严为论列，正为填词力返正宗耳。（卷五）

阮亭辨韵敏确，文友词中，如庚青、真文通用者，多从逸去。（卷七）

文友小词，每指一事咏之，率皆前人未发，乃知玉台绣阁，自有形容不尽处。（卷八）

清溪遗事八首，阮亭首唱〔菩萨蛮〕调，仆与金粟继和，虽语本空中，丽字浓情，写生欲活。文友以中调角胜，如温、韦之后，继以秦、柳，艳而不促，雅而尽致，潘景升《鸾啸》诸篇，梅禹金《青泥》一记，睹此香茜，应惭伧父。（卷十三）

《倚声初集》

7. 邹祗谟：

忆庚寅、辛卯间，与文友取唐宋诸集僻调，摹填殆遍，刻集十不存五，兹更存一二合体者，聊志唱和之勤，且深悔少年之浪滥笔墨也。（评《蓉渡词》卷上《一叶落》“一叶落”）

《广川词录》

8. 邹祗谟：

同里诸子，好工小词，如文友之儇艳，其年之矫丽，云孙之雅逸，初子之清扬，无不尽东南之瑰宝，以视阮亭，并驱中原，犹恐不免为黄、沛耳。

《衍波词序》

9. 沈雄：

毛驰黄评杨升庵词有沐兰浴芳、吐雪含英之妙，将无词有别肠乎？以余读文友词极其儇巧，恰合屯田待制得意处。《国仪》一集，几四百首，又恐其以喁喁儿女语、渐沦落于渔樵问答也，故欲力为芟而存之。

《古今词话·词评》卷下

10. 王士禛：

羡门于广陵旅舍，读蓉渡诸词，曰："得不为秀老所呵耶，若此泥犁，安得有空日？"余应之曰："山谷迄今泥犁，尽如我辈，便无俗物败人意。"

沈雄《古今词话·词话》下卷引

11. 王士禛：

云间数公论诗拘格律，崇神韵。然拘于方幅，泥于时代，不免为识者所少。其于词，亦不欲涉南宋一笔，佳处在此，短处亦坐此。合肥乃备极才情，变化不测。娄东驱使南北史，澜翻泉涌，妥帖流丽，正是公歌行本色，要是独绝。不似流辈挦扯稼轩，如宋初伶人谑馆职也。友人中，陈其年工哀艳之辞，彭金粟擅清华之体，董文友善写闺襜之致，邹程村独标广大之称，仆所云，近愧真长矣。

《花草蒙拾》

12. 王士禛：

艳情中之有文友，绘风手也。（卷四）

邹、董以奇丽角胜，在词苑中亦如沈、宋昆明池应制，未易轩轾。

文友善摹闺阁，遂为词家开几许生面。（卷八）

南宋诸名家，才情蹀躞，以长调擅胜场。近惟程村、文友，翩翩竞爽。

长调、僻调能一气回旋，此处惟文友为工。（卷十八）

《倚声初集》

13. 陈玉璂：

夫词，始于唐，盛于宋，然自乐府变为趋、艳，杂以《捉搦》、

《企喻》、《子夜》、《读曲》之属，而词变体之法本此矣。自《毛诗》有藻艳之词，流为黄初、建安、齐梁之俳句，以及唐微之、乐天、致光、君平诸君子香奁旖旎之作，而词言情之法本此矣。自有骚赋、连珠、七，而词造语之法本此矣。故知前人虽无词，其为诗与文与诸体之所寓，未尝无近乎词者。特太白〔清平乐〕、〔菩萨蛮〕二调显著为体，宋人遂多创其格，而词以名，于是名家者遂不一其人。闻之论词者，以为言情者词之本，使才者词之变。论诚是矣，然欧阳、苏、陆之词非以才称者乎？夫词有宜于言情，有宜于使才，亦视乎相其体为之。况乎有才而无情，则必流为粗豪放诞；有情而无才，则必同于妇人女子，二者又未可偏废也。今观文友《蓉渡词》，才、情各不相掩，词虽小道，如文友岂易及哉？予观文友《正谊堂集》所拟乐府趋、艳、《捉搦》、《企喻》、《子夜》、《读曲》以及黄初、建安、齐梁，唐微之、乐天、致光、君平之诗，骚赋、连珠、七之属，殆无不备，文友之词未尝不寓于其中，然则《蓉渡》一刻，殆亦如宋人创为一格以名家者乎？

《蓉渡词序》（《学文堂文集》卷二）

14. 徐釚：

董文友善为情语。

《词苑丛谈》卷五《品藻三》

15. 徐釚：

文友诗词秾纤婉丽，尝著《珊珊怨》，题词云：“杜牧寻春较晚，惆怅芳时；苏娘聘月来迟，萧条清梦。”又云：“月如无恨，似合常圆；花到方开，那禁轻折。”语语皆堪断肠也。

《本事诗后集》卷十

16. 曹鉴平：

董文友，殆仿毛文锡之〔赞成功〕而不及者也，颖异居然第一。

沈雄《古今词话·词评》卷下

17. 曹禾：

本朝士大夫词笔风流，几上追南唐、北宋。彭、王、邹、董，夙擅孅声。

《珂雪词话》（《珂雪词》卷首）

18. 蒋景祁：

彭羡门、王阮亭、邹程村、董文友廓清表章之力，大费苦心。

《刻瑶华集述》（《瑶华集》）

19. 张星耀：

昭代词人之盛，不特凌轹元明，直可并肩唐宋。如《香岩》之雄瞻，《棠村》之韶令，《容斋》之新秀，《衍波》之大雅，《延露》之俊逸，《丽农》之宏富，《东江》之绵渺，《弹指》之幽艳，《乌丝》之悲壮，《艺香》之浓鲜，《玉凫》之清润，《兰思》之真致，《玉蕤》之周密，余如秋岳、锡鬯、容若、云士、舒凫、夏珠、昉思诸公，未窥全豹，微露一斑，而《二乡》、《远山》、《云涌》、《扶荔》、《鸾情》、《南溪》、《炊闻》、《百末》、《含影》、《支机》、《蓉渡》、《锦瑟》、《柳村》、《遏云》、《当楼》、《青城》、《蝶庵》、《秋水》、《峡流》、《吹香》、《椒峰》、《萝村》、《菊庄》、《移春》、《山晓》、《梨庄》、《红蕉》、《柯亭》诸集，可谓家操和璧，人握隋珠，一时群聚。噫，盛矣！

《词论》（《东白堂词选初集》）

20. 郭麐：

毗陵邹、董，各以词名，文友词淫言媟语，不免秀铁面所呵。邹词亦未为工，难与迦陵并称也。

《灵芬馆词话》卷二

21. 孙尔准：

流传遮莫笑吴儿，蓉渡真凭谰语为。

若向兰陵论风雅，解嘲赖有栩园词。

《论词绝句》二十二首（《泰云堂诗集》卷四）

22. 谭莹：

妾是无盐君太冲，善言儿女竟谁同？

易安居士谈何易宋牧仲语，《词苑丛谈》，殆宋尚书曲未工。

《论词绝句四十首专论国朝人》（《乐志堂诗集》卷六）

23. 李慈铭：

国朝董文友小令最佳，惜不见其集。

《越缦堂读书记》

24. 陈廷焯：

文友闺词，丽而不佻，去古未远。

文友〔鹧鸪天〕诸阕风神俊秀，香奁词之有则者。风致可人。（〔鹧鸪天〕“豆蔻香含正未笄”评语）

《云韶集》卷十六

25. 陈廷焯：

董文友，词中之妖也，与诗中之王次回，可谓匹敌。文友《蓉渡词》三卷，艳体居其八九，钩心斗角，工丽芊绵，又远出施浪仙、马浩澜、沈去衿、周冰持辈上矣。《花影词》不过如倚门卖笑者流，并不足为词之妖。《蓉渡词》乃真足惑人矣，此妖之神通也。

文友美人额等数篇，精工刻挚，胜似竹垞所咏诸篇，以此知词各有极也。

彭骏孙见沈去矜、董文友词，谓泥犁中皆若人，故无俗物。然去矜亦《花影》之余，冰持之匹，不及文友之工也。

《词则·闲情集》卷五

26. 陈廷焯：

竹垞艳词，纯以真气盘旋，情至者文亦至。若董文友则丽而淫矣。

董文友，词中之妖也；与王次回《疑雨集》可谓匹敌。〔满江红〕十二章，置之《蓉渡集》中，无乃不类。

《蓉渡词》三卷，艳体居其八九，钩心斗角，工丽芊绵，又远出施浪仙、马浩澜、沈去矜、周冰持之右。

《花影词》，不过如倚门卖笑者流，并不足为词之妖。《蓉渡河》乃真足感人矣，此妖之神通也。

文友词，如〔感皇恩〕云："忒觉情多，真假转难分。转难分，便是空言，忍猜他未真。"王小山词："空言亦是玉人愚。"未尝不刻入，尚不及此之沉至。又〔叩叩词〕云："堂下每迎花底笑，人前私向镜中看，可许一生拼。"又〔菩萨蛮〕云："此情频欲寄，又恐伤郎意。斟酌数行书，言欢字字虚。"曲折哀婉，情之至也。王阮亭谓："文友为艳情中绘风手。"亦非虚誉。

文友〔鹧鸪天〕诸篇，如"忆"云："花并蒂，燕双栖，合欢犹卜紫姑乩。傍人已道成连理，惹得春山翠黛低。"又"绣苑"云："名花结果春前定，小鸟姻缘枝上谐。"又"寄"云："鸳鸯向午常交颈，豆蔻多时始见心。"又"慰"云："每弹指处闻花叹，自抵牙时为曲差。"丽而不佻，极芊婉之致。至"昨夜"云："昨夜天孙罢锦梭，轻槎无恙渡明河。几经私语全珍重，再试真心薄谴河。羞月姊，避鹦歌，玉人频问枝如何。最怜蝴蝶惊魂骤，输与庄生晓梦多。"深情密意，自有艳词以来，未有写到如此地步者。又〔东坡引〕九首、〔苏幕遮〕十首，命题既异，措词尤能销魂铄骨，真词中之妖也。

〔东坡引〕，如《咏湖镜》云："个中人也将人觑。肯教他让汝。肯教他让汝。"《杭粉》云："道侬春色何曾借。不堪珠汗洒，不堪珠汗洒。"《济宁油胭脂》云："问郎原碟多应满。是谁分一半。是谁分一半。"《川扇》云：'轻摇莫便心儿喜。秋风明日起。秋风明日起。"《蕲簟》云："与伊铺在纱帷近。银灯将欲晕。银灯将欲晕。"皆极有思致。又《建宁香袋》云："缝成红素绢，妆就鸳鸯线。双双嬉子双双燕。一双图半面。一双图半面。　系他裙腰，氤氲堪羡。愿翠馆，郎亲捻。翻来覆去教郎见。这边题欲遍。这边题欲遍。"前后叠句，俱有两意，真是想入非非。

〔苏幕遮〕，如“帘外听堕钗声”云：“闹扫虽松，恺堕知何苦。难道拔时纤手误。倘为侬来，忽地回头顾。”“屏边听浴声”云：“粉应消，珠定映。唤取汤添，冷热心头省。”“楼前听骰子声”云：“似无愁，如有思。漫想闲猜，卜甚心头事。转忆前宵揪局里，亲点牙筹，赌喝双双雉。”“灯下听剪刀声”云：“应恐鸳鸯分背面，钿尺频移，停处商量遍。”“帐畔听流苏响声”云：“响原轻，声渐悄。睡熟鹦歌，定不惊他觉。和月和云和被抱。此语庸劣，“和月和云”四字，亦似雅而俗。姜西拓独叹为化工之句，何也？一枝春风，散尽愁多少。”如此之类，皆能曲折传神，扑入深处，词中之妖也。学词者一入其门，念头差错，终身不可语于大雅矣。同时如梅村、阮亭、迦陵、园次、蛟门、程村、西堂、西铭、荔裳、顾庵辈，多心折《蓉渡词》，每首下各缀以评语，亦不可解。

彭骏孙见沈去矜、董文友词，谓泥犁中皆若人，故无俗物。去矜亦花影之余，冰持之匹，不及文友之工。（卷三）

董文友词，只能言情，不堪论事。其〔望梅花〕过鹦鹉洲、〔贺新郎〕淮阴祠两调，偶为慷慨之词，立见其蹶。措语固不能圆健，平仄亦有颠倒处。（卷六）

竹垞艳词，言情者远胜文友。而体物诸篇，则文友为工。此亦各有所长，不可相强。如美人额、美人齿等篇，竹垞非不工巧，然不及文友之精。

文友词，如《美人额》云：“更辗转愁添，回头半枕，平安喜报，举手频加。却讶萧郎，虚称上客，岁岁龙门望总赊。”词意俱胜。又《美人鼻》云：“花气嗅来，歌声收入，蕴得风前无限春。”又云：“想微亚风棂，侵寒欲嚏，潜携月幌，屏息无闻。”《美人齿》云：“念衬处参红，榴编细贝，露时凝素，瓠剖明犀。”又云：“更吟费推敲，咬松兔管，绣商深浅，嚼烂绒丝。”皆极其细腻。《美人肩》云：“想向月凭时，削成软玉，将云护著，衬出明霞。”又云：“愁多处，似相思担尽，绕遍天涯。”又云：“更昵语羞应，笑时微耸，慵情漫倚，觯处恒斜。娇若难胜，瘦如欲脱，寒倩萧郎半袂遮。”《美人乳》云：“讶素影微笼，雪堆姑射，紫尖轻晕，露滴葡萄。”又云：“见浴罢铜洼，罗巾掩早。围来绣袜，锦带拴牢。逗向瓜期，褪将裙底，天壤何人吮时胶。幽欢再，为娇儿抛下，湿透重绡。”《美人背》云：“浃来红汗还频。便浴室潜窥此独亲。想郎手绕将，柔乡熨贴，妹胸拥著，寒夜横陈。剪爪轻搔，靠窗闲曝，问相应封虢与秦。偏芒刺，怕无端笑指，向后纷纷。”《美人膝》云：“更爱欲频登，促来绮席，愁教独抱，阁尽吟笺。誓月幽窗，拈花法座，屈向氍毹较可怜。如今见，有阿侯旋绕，长在伊前。”此类皆极精丽。刘龙洲〔沁园春〕等篇，不足数矣。

文友为词中之妖，然却有妖之神通。后人为艳词，更欲胜之，亦非易易。故余愿学词者，各究其本原之所在。本原既得，不独蓉渡为糟粕，即《乌丝》、《载酒》，亦成旒缀。（卷七）

词有表里俱佳，文质适中者……有有文无质者，刘改之、施浪仙、杨升庵、彭羡门、尤西堂、王渔洋、丁飞涛、毛会侯、吴园次、徐电发、严藕渔、毛西河、董苍水、钱保酚、汪晋贤、董文友、王小山、王香雪、吴竹屿、吴榖人诸人是也。词中之下乘也。（卷八）

《白雨斋词话》

27.《清史列传》：

董以宁……诸生。少明敏，为古文诗歌数十万言，尤工填词，以是声誉蔚起。

《文苑传一》

28.《续修四库全书提要》：

以宁工为艳语，惜思路微左。小令颇有精妙之作，长调则平庸流滑，无可选择。陈廷焯《白雨斋词话》云：“董文友〔苏幕遮〕诸篇，皆能曲折传神，扑入深处，词中之妖也。学词者一入其门，念头差错，终身不可语于大雅矣。”确为此书之定评。

《蓉渡词提要》

29. 卢前：

〔望江南〕

承徐、沈，《词话》尚能鸣。后起《蓉渡》为世诵，常州坛坫得先声。《齐物》仰长明。

《饮虹簃论清词百家》(《清名家词》)

朱彝尊

朱彝尊(1629—1709)字锡鬯，号竹垞，又号醧舫、金风亭长、小长芦钓鱼师，浙江秀水(今嘉兴)人。为明朝宰辅朱国祚曾孙，早年曾秘密参与反清复明活动，事败后游历四方，以布衣自尊。清康熙十八年(1679)以布衣荐举博学鸿词，授翰林院检讨，充《明史》纂修官。二十年充日讲官，知起居注，出典江南省试。二十二年入值南书房。二十三年因违例携仆入内廷钞书被弹劾罢官。二十九年复职，三十一年罢归，后殚心著述终老。事具见《清史稿》、《清史列传》及里人杨谦编有《朱竹垞先生年谱》。竹垞为有清一代著名文学家兼学者，在学术上，其贡献遍及经学、史地学、文学以及目录学等各领域。在诗、文、词的创作以及理论上更是成就卓著，深刻影响后世。竹垞诗以才藻魄力称盛，当时与王士禛齐名，称“南朱北王”，其为浙派诗歌的开山，与查慎行同为浙派初期大家。竹垞古文为顾炎武、汪琬等古文大家所推许，富于个人特色。其词名则与陈维崧并驾，号为“朱陈”，曾合刊《朱陈村词》。竹垞词学宗南宋姜、张，尝纂辑唐、宋、金、元五百余家词为《词综》，创浙西词派，对清代词坛影响甚大。著作有《经义考》、《日下旧闻》、《明诗综》、《词综》、《曝书亭集》、《曝书亭集外稿》等等。其《曝书亭词》，自定为《江湖载酒集》、《静志居琴趣》、《茶烟阁体物集》、《蕃锦集》等四种。

1. 曹溶：

其年与锡鬯并负轶世才，同举博学鸿词，交又最深，其为词亦工力悉敌。《乌丝》、《载酒》，一时未易轩轾也。

冯金伯《词苑萃编》卷八

2. 曹尔堪：

往壬寅夏日，与锡鬯聚首湖上，时画舡歌扇，午风涤暑，各有诗篇，和答倏忽已十年矣。中间离合不常，锡鬯时理游屐历穷边。汾阴之横吹已遥，青冢之琵琶欲咽。据鞍吊古，音调弥高。而仆且蹉跌不振，奔走困顿于四方，不减屈吟而贾赋也。顷与锡鬯同客邗沟，出示近词一帙，芊绵温丽，为周柳擅场，时复杂以悲壮，殆与秦缶燕筑相摩荡，其为闺中之逸词耶？为塞上之羽音耶？盛年绮笔，造而益深，固宜其无所不有也。

《江湖载酒集序》(《江湖载酒集》)

3. 毛奇龄：

予乡曩时有创为西蜀、南唐之音者，华亭蒋大鸿也，其法宗《花间》，而人之为《草堂》者却而不进。有创为德祐、景炎之音者，禾中朱竹垞也。竹垞客予郡，觅予郡之景炎处士所称菊山唐珏、蘋洲周密、后村仇远辈而效其倡和，相率为恝急逼剥之词，而人卒局步而不敢前。

《倚玉词序》(《西河集》卷四十七)

4. 高佑釲：

词始于唐，衍于五代，盛于宋，沿于元，而榛芜于明。明词佳者不数家，余悉踵《草堂》之习，鄙俚亵狎，风雅荡然矣。文章气运，有剥必复。吾友朱子锡鬯出而振兴斯道。俞子右吉、周子青士、彭子羡门、沈子山子、融欲、抟九、李子武曾、分虎共阐宗风。

《湖海楼词序》(《湖海楼词》)

5. 朱彝尊：

〔解佩令〕《自题词集》

十年磨剑，五陵结客，把平生涕泪都飘尽。老去填词，一半是空中传恨。几曾围燕钗蝉鬓？不师秦七，不师黄九，倚新声玉田差近。落拓江湖，且分付歌筵红粉。料封侯白头无分！

《江湖载酒集》

6. 李天馥：

锡鬯集唐句为词，曰《蕃锦集》，不惟调协声和，又复文心妙合，真杰构也。

沈雄《古今词话·词评》卷下

7. 聂先：

世之论词者，多宗《草堂》一选。先生博搜群集，以辑《词综》，尽收唐宋金元妙句。玉峰谓其一洗《草堂》之陋，而倚声者知其所宗矣。《载酒词》句琢字炼，归于醇雅，深得白石、梅溪之精髓，学者当洗涤肠胃，读之以新耳目。

《百名家词钞》引

8. 沈雄：

汪晋贤盛称竹垞新词，贻我一卷。读之如梦窗之丽情幽思，不可梯接，但下语用事处，浅人固不易知。

《古今词话·词评》卷下

9. 江尚质：

竹垞检讨每拈一调，务为情警，奇思妙句，总不犹人。良由夙昔之博洽曲籍，以暨平生之周览山川，复得胜情如此。《载酒》一集，亦尚有未尽者。

沈雄《古今词话·词评》卷下

10. 曹贞吉：

〔摸鱼儿〕《题锡鬯〈蕃锦集〉》

裒茶烟、吟成乐府，旗亭画壁无数。龙梭一掷光零乱，碎翦碧霞千缕。红豆谱。仿佛似、方圭圆璧冰花铸，高岑李杜入主客图中，新声古调，总属丽情句。　　前身是，白石仙人非误。精灵虎仆输汝。长安箫鼓千门热，闭户著书良苦。寒欲去，又早是春灯，金薤琳琅处，天衣重铺。羡妙手针神，丝丝无缝。莫被夜来妒。

《珂雪词》

11. 曹禾：

本朝士大夫词笔风流，几上追南唐、北宋。彭、王、邹、董，夙擅嫩声。近来同人中，惟锡鬯、蛟门、方虎、实庵超然并胜。

《珂雪词话》(《珂雪词》卷首)

12. 徐釚：

锡鬯天才踔厉，诗文脍炙海内，填词与柳七、黄九争胜。叶元礼尝作骈体文序之，缀以绝句云："鸳鸯湖口推朱十，代北汶西词客哀。弄墨偶然工小令，人间肠断贺方回。"

《南州草堂词话》

13. 李符：

竹垞昔游大同始为词，其后客太原、客济南、客燕、客闽、客白下，皆有词，然在燕为最久，其词亦数倍于他所，合计之凡数百阕，遗坠者什之三，删者什之二，故所辑甫得半耳。自题其卷曰《江湖载酒集》，取杜牧感旧之句，以自况其生平也。竹垞能文章，能诗，至于词亦无勿能，予每叹其才为不可及。年来倦游，方与予约，将为青鞋布袜，行歌互答于长水之乡，且终老焉。乃未几而征车北发，旋登史馆，继此而往，倚声按谱，吾知有不暇为也。……集中虽多艳曲，然皆一归雅正，不似屯田《乐章》徒以香泽为工者。从来托旨遥深，非假闺阁裙裾不足以写我情，《高唐》、《洛神》婉而多讽，亦何伤于文人之笔，而况于词乎？词而艳能如竹垞，斯可矣。

《江湖载酒集序》(《浙西六家词》)

14. 沈皞日：

竹垞博搜唐、宋、金、元人集以辑《词综》，一洗草室之陋。其词句琢字炼，归于醇雅。虽起白石、梅溪诸家为之，无以过也。

冯金伯《词苑萃编》卷八

15. 沈皞日：

阳羡扬镳于北，梅里抉奥于南，正复工力悉敌。

蒋景祁《刻瑶华集述》引（《瑶华集》）

16. 叶舒崇：

鸳鸯湖口推朱十，代北汶西词客哀。

弄笔偶然工小令，人间肠断贺方回。

《评朱彝尊词》（徐釚《词苑丛谈》卷九引）

17. 叶舒崇：

原夫乐府，盛于齐梁，倚声肇诸唐宋，虽递为泛滥，难目同源，而揆厥《风》、《骚》，总非异辙。是以门前杨柳，讵无托兴之风；石上菖蒲，大有相思之句。新歌子夜，独擅新声；旧舞前溪，还夸旧调。迨夫月满秦楼，倡新词于供奉；家临长信，叹丽制于温岐。《花间》、《兰畹》，尽赏才华；绰板琵琶，别推风格。梦回鸡塞，难消后主之愁；肠断人间，惟有方回之句。柳屯田无惭风雅，李清照实冠闺房。凡诸作者，俱隶风人。吾友朱十，天上谪星，人间达士。弄桓尹之笛，姿制无双；鼓安道之琴，风流第一。文情欣赏，诗律群推。固已置之名山，云霞蒸蔚；试令掷地，金石铿锵矣。然而江文通之著作，别绪居多；庾开府之生平，间关不少。昔年远梦，曾隔羊城；此日思君，还来雁塞。李陵台畔，诗咏浮云；太武宫前，愁随明月。望昭君之青草，能不伤心；登秦女之白楼，可无怀古。爰历介推之地，更寻尹铎之乡。宝瑟晨弹，尽是倡家荡妇；锦裘夜猎，都为上国王孙。未免有情，能无所感。托深思于红豆，忧亦中来；悲摇落于青衫，泣将何及？于是被之小令，不无惆怅之词；写就衍波，亦有绸缪之作。抚箜篌而意远，弹捍拨而魂消。遂使赋称鹦鹉，更传寸锦名文；湖号鸳鸯，争羡吹箫仙子。嗟乎，仆本恨人，愁逢锦瑟；君为上客，雅擅金荃。别逾三年，时惟九月。若耶同泛，曾闻越女之歌；碣石相逢，重觅燕王之馆。怅飞花，于大道何处狂游；记残曲，于当垆难忘送酒。舞同鸜鹆，谁怜落托之人；句是珊瑚，终属清狂之客。用为此序，聊代红牙；敢付高文，永垂黄绢。

《江湖载酒集序》(《江湖载酒集》)

18. 张星耀：

昭代词人之盛，不特凌轹元明，直可并肩唐宋。如《香岩》之雄赡，《棠村》之韶令，《容斋》之新秀，《衍波》之大雅，《延露》之俊逸，《丽农》之宏富，《东江》之绵渺，《弹指》之幽艳，《乌丝》之悲壮，《艺香》之浓鲜，《玉凫》之清润，《兰思》之真致，《玉蕤》之周密，余如秋岳、锡鬯、容若、云士、舒凫、夏珠、昉思诸公，未窥全豹，微露一斑，而《二乡》、《远山》、《云涌》、《扶荔》、《鸾情》、《南溪》、《炊闻》、《百未》、《含影》、《支机》、《蓉渡》、《锦瑟》、《柳村》、《遏云》、《当楼》、《青城》、《蝶庵》、《秋水》、《峡流》、《吹香》、《椒峰》、《萝村》、《菊庄》、《移春》、《山晓》、《梨庄》、《红蕉》、《柯亭》诸集，可谓家操和璧，人握隋珠，一时群聚。噫，盛矣！

《词论》(《东白堂词选初集》)

19. 高士奇：

〔满江红〕《赠朱十锡鬯》

文采风流，问当代、谁为词客？近十载、论交京洛，羡君颜色。艳句魂消隋苑柳，侠肠酒酹秦淮月。向旗亭、暗赌唱新词，人称绝。……

《清吟堂词·蔬香词》

20. 蒋景祁：

词多而工者，莫若朱（竹垞）、陈（其年）两家。

艳情冶思，贵以典雅出之，方不落〔黄莺〕、〔挂枝〕声口，如竹垞〔沁园春〕诸作，摹画刻露，庶几靖节《闲情》之遗，非他家可到。

填词与诗格等，而归于工妍，则为论尤严。小令约至十数字，长调衍至百十字，结构疏略，字法重见，作者草草，使读者兴味索然。近惟陈检讨（其年）惊才逸艳，不可以常律拘。而体制精整，必当以白石、玉田诸君子为法。守此格者，则秀水朱日讲（竹坨）耳。

《刻瑶华集述》（《瑶华集》）

21．钮琇：

三吴词家，称朱、陈两检讨，陈以苍雄擅奇，朱以生新标隽，俱已誉高黄绢，价重乌丝。（卷一）

竹垞朱十，中年以后，出其诗古文之余力，专攻于词。故指事肖物，有从革之工，无雕绘之迹。即其裘马清狂，昵昵儿女，亦偶然遥情所托，非若浅斟低唱、滴粉搓酥，专引红妆为知己者也。其自题《江湖载酒集》云："不师秦七，不师黄九，倚新声、玉田差近。"《题竹垞壁》云："赋新词、竹山竹屋。"言所宗也。以余观之，殆又过焉。（卷四）

《觚剩》

22．查慎行：

竹垞乐府跌荡清新，一扫《花庵》、《草堂》之旧，填词家至与白石、玉田并称，竹垞亦自以为无愧。

《小嫏嬛词话》卷三引

23．焦袁熹：

〔解佩令〕《题〈江湖载酒集〉》

零珠碎玉，残膏剩粉，似国风、删后无篇什谓自金元已下。宋玉微词，叹前辈、风流难及。艳煞人、又生朱十。　　前身欧九、本师柳七，付歌喉、浑无生涩。团扇钟情，也则是、三生结习。便泥犁、拚将身入。朱自云"玉田差近"者，谦词耳。

《此木轩直寄词》

24．赵执信：

竹垞先生雄据词坛，自吾乡曹礼部实庵逝后，无与抗者。

《侣蛩遗音跋》(《侣蛩遗音》)

25. 王朝瓛：

今代填词，惟《迦陵集》、《江湖载酒集》，后生服膺无异辞，虽位置南宋名流中，犹当擅场，非有明三百年词人所及也。

《楝亭词钞序》

26. 杜诏：

竹垞神明乎姜、史，刻削隽永，本朝作者虽多，莫有过焉者。虽然，缘情绮靡，诗体尚然，何况乎词？彼学姜、史者，辄屏弃秦、柳诸家，一扫绮靡之习，品则超矣，或者不足于情。

《弹指词序》(《弹指词》)

27.《清史列传》：

彝尊又好为词，其体近姜白石、张玉田，而加恢宏焉。

《文苑传二》

28. 厉鹗：

寂寞湖山尔许时，近来传唱六家词。

偶然燕语人无语，心折小长芦钓师。朱竹垞检讨《静志居琴趣》中语。

《论词绝句十二首》(《樊榭山房诗集》卷七)

29. 郑方坤：

长芦朱叟捧珠盘，琴趣编成秀可餐。

力为词场斩榛楛，老年花不雾中看。竹垞词，矜秀芊绵，直造白石佳境，所辑《词综》一书，尤大有功于倚声家，说者谓可一洗《草堂》之陋云。

《论词绝句》三十六首(《蔗尾诗集》卷五)

30. 章恺：

南渡风流唱和齐，清才只在浙东西。

一尊剩载江湖酒，苍玉丛寒梦未迷。

《论词绝句八首》(《北亭集》卷二)

31. 汪孟鋗：

落魄江湖载酒行，首低心下玉田生。

洞仙歌冷平生梦，绮语尤难字字清。朱检讨彝尊

《题本朝词十首》(《厚石斋诗集》卷一)

32. 王初桐：

竹垞《自题词集》云：“不师黄九，不师秦七，倚新声玉田差近。”余观竹垞之于玉田，惟空阔疏荡之气稍不逮焉，而精深或过之。其言情咏物皆工，尤长于登临吊古，如《严子陵钓台》、《吴大帝庙》、《张子房祠》、《居庸关》、《天龙寺》、《雨花台》等作，兀傲苍凉，落落有大家气。余常称其词为五百年来第一人。

《蕃锦集》巧夺天工，阮亭极称之。

学问、文章与年俱进，竹垞词初刻有〔行香子〕伎席垂丝钓题垂杆图、〔沁园春〕指甲等作，晚年尽已删去。

朱竹垞云：词至南宋始工。斯言出未有不大怪者，惟实庵舍人意与余合。余谓此论为慢词言之耳，若小令则至南宋而始衰。

《小嫏嬛词话》卷三

33. 李调元：

本朝朱彝尊竹垞，词名冠一时，有《江湖载酒集》三卷，《静志居琴趣》一卷，《茶烟阁体物集》二卷，《蕃锦集集句》一卷。……至世所称〔洞仙歌〕十七阕与诗集中《风怀》百首，则似近狭邪，不无宋玉登徒子之讥，虽艳丽，非余所好也。

《雨村词话》卷四

34. 毛大瀛：

集句词至竹垞《蕃锦集》，工巧极矣。

《戏鸥居词话》

35. 朱依真：

燕语新词旧所推，中兴力挽古风颓。

如何拈出清空语，强半吴郎七宝台。词至前明音响殆绝，竹垞始复古焉，第嫌其《体物集》不免叠垛耳。

《论词绝句二十二首》之十五(《九芝草堂诗存》卷一)

36. 杨芳灿：

倚声之学，惟国朝为盛。文人才子，磊落间起，词坛月旦，咸推朱、陈二家为最。同时能与之角立者，其惟成容若先生乎？……朱词高秀超诣，绮密精严，则又与南宋白石诸家为近。

《纳兰词序》

37. 凌廷堪：

词者诗之余也，昉于唐，沿于五代，具于北宋，盛于南宋，衰于元，亡于明。……我朝斯道复兴，若严荪友、李秋锦、彭羡门、曹升六、李畊客、陈其年、宋牧仲、丁飞涛、沈南渟、徐电发诸公，率皆雅正，上宗南宋，然风气初开，音律不无小乖，词意微带豪艳，不脱《草堂》前明习染。惟朱竹垞氏，专以玉田为模楷，品在众人上。至厉太鸿出，而琢句炼字，含宫咀商，净洗铅华，力除俳鄙，清空绝俗，直欲上摩高、史之垒矣。又必以律调为先，词藻次之。昔屯田、清真、白石、梦窗诸君，皆深于律吕，能自制新声者。其用前人旧谱，皆恪守不敢失，况其下乎？

张其锦《梅边吹笛谱目录跋》引（《梅边吹笛谱》）

38. 李富孙：

富孙自弱冠喜为倚声，于本朝诸家，尤爱先征士秋锦公暨竹垞先生词，实能兼清真、白石、梅溪、玉田之长。

《曝书亭词注序》

39. 郭麐：

本朝词人，以竹垞为至，一废《草堂》之陋，首阐白石之风。《词综》一书，鉴别精审，殆无遗憾。其所自为，则才力既富，采择又精，佐以积学，运以灵思，直欲平视《花间》，奴隶周、柳。姜、张诸子，神韵相同，至下字之典雅，出语之浑成，非其比也。

竹垞才既绝人，又能搜剔唐、宋人诗中字冷隽艳异者，取以入词。至于熔铸自然，令人不觉，直是胸臆间语，尤为难也。同时诸公，皆非其偶。梁汾时有俗笔。耒边锦瑟，苦无动人。惟《饮水》一编，专学南唐五代，减字偷声，骎骎乎入《花间》之室。

词之为体，盖有诗所难言者，委曲倚之于声，竹垞之论如此。真能道词人之能事者也。又言世之言词者，动曰南唐、北宋，词实至南宋而始极其能。此亦不易之论者。

近见凌仲子论词云：词以南宋为极，能继之者竹垞。至厉樊榭则更极其工，后来居上……樊榭论词绝句云："偶然燕语人无语，心折小长芦钓师。"愚谓竹垞小令固佳，即长调纡余宕往中，有藻华艳耀之奇，斯为极至。即小令中佳者，亦未必惟此语为可心折也。大抵樊榭之词，专学姜、张，竹垞则兼收众体也。（卷一）

激昂慷慨，迦陵为最。竹垞亦时用其体，如《居庸关》、《李晋王墓》诸作，直欲平视辛、刘，自出机杼。（卷二）

《灵芬馆词话》

40. 彭兆荪：

填词至近日，几于家祝姜、张，户尸朱、厉。

《小谟觞馆诗余序》（《小谟觞馆诗余》卷首）

41. 孙尔准：

姑山句好尚书称，一代词家尽服膺。
人籁定输天籁好，长芦终是逊迦陵。

七宝楼台隶事骈，雪狮儿句咏衔蝉。
清空婉约词家旨，未必新声近玉田。

《论词绝句》（《泰云堂诗集》卷四）

42. 吴衡照：

竹垞自云："倚新声，玉田差近。"其实玉田词疏，竹垞谨严。玉田词淡，竹垞精致。殊不相类。窃谓小长芦撮有南宋人之胜，而其圆转浏亮，应得力于乐笑翁耳。

竹垞咏物，不减南宋诸老。李秋锦〔催雪〕咏珍珠兰，〔惜秋华〕咏牵牛花，李耕客〔珍珠令〕咏珥，〔解连环〕咏钏，〔瑶花〕

咏玉绣球等作，细意熨贴，虽茶烟阁体物，亦无以过也。（卷二）

吾浙词派三家，羡门有才子气，于北宋中最近小山、少游、耆卿诸公，格韵独绝。竹垞有名士气，渊雅深稳，字句密致。自明季左道言词，先生标举准绳，起衰振声，厥功良伟。樊榭有幽人气，惟冷故峭，由生得新。当其沉思独往，逸兴遄飞，自成情理之高，无预搜讨之末。全谢山为樊榭作墓碣，谓深于言情，故其擅场尤在词。谢山初不攻倚声之业，然斯言独得樊榭之概。（卷三）

《莲子居词话》

43. 沈道宽：

定论多因出至公，浙西风调六家同。

竹垞高唱迦陵和，可似曹刘角两雄。朱彝尊、陈维崧

《论词绝句》四十二首（《话山草堂诗钞》卷一）

44. 赵函：

国朝诗人而兼擅倚声者，首推竹垞、迦陵，后此则樊榭而已。然读三家之词，终觉才情横溢，般演太多，与黄叔旸质实清空之论，往往不洽。盖其胸中积轴未尽陶镕，借词发挥，惟恐不极其致，可以为词家大观，其实非词家正轨也。

《纳兰词序》

45.《四库全书总目提要》：

彝尊有《经义考》，森有《粤西诗载》，并已著录。是编录唐、宋、金、元词，选五百余家。于专集及诸选本外，凡稗官、野纪中，有片词足录者，辄为采掇，故多他选未见之作。其调名、句读为他选所淆舛，及姓氏、爵里之误，皆详考而订正之。其去取亦具有鉴别，盖彝尊本工于填词，平日以姜夔为词家正宗，而张辑、卢祖皋、史达祖、吴文英、蒋捷、王沂孙、张炎、周密为之羽翼，谓“自此以后，得其门者者或寡”。又谓“小令当法汴京以前，慢词则取诸南渡”。又谓“论词必出于雅正，故曾慥录《雅词》，

鲖阳居士辑《复雅》”。又盛称《绝妙好词》甄录之当，其立说大抵精确。故其所选，能简择不苟如此。以视《花间》、《草堂》诸编，胜之远矣。

《词综提要》

46. 朱绶：

世士堕《草堂》云雾者数百年，国初朱竹垞氏，稍后厉樊榭氏，始标南宋为准的，一洗叫呶之习。

《历代词腴序》

47. 谭莹：

齐名当代说王朱，乐府还能抗手无。

少日桐花名丽绝，也应心折小长芦。

《论词绝句四十首专论国朝人》（《乐志堂诗集》卷六）

48. 袁学澜：

国朝词家，朱厉并称。竹垞词清丽芊眠，时露豪爽之气，自是当代名家。樊榭词一味幽淡，毫无情味，不称其名。

《适园论词》

49. 华长卿：

紫色蛙声尽唱酬，朱明一代废歌讴。

千秋绝学传三杰，竹垞梅村湖海楼。

《论词绝句》（《梅庄诗钞》卷五）

50. 杨希闵：

邹訏士病北宋诸家长篇不足，正如嘉州、右丞不能为工部之五七排体。此梦呓也。……彼邹訏士第知买菜求益耳，词中微妙，概乎未闻也。国初诸老，才学非不富，大半为此等瞽说所锢。竹垞、迦陵，犹是坐破蒲团，未证圆觉。

《词轨·总论》

51. 蒋敦复：

浙派词，竹垞开其端，樊榭振其绪，频伽畅其风，皆奉石帚、玉田为圭臬，不肯进入北宋人一步，况唐人乎？

《芬陀利室词话》卷一

52. 汪元浩：

国初才人辈出，秀水以高逸胜，阳羡以豪宕胜，均出入南北两宋间。

《纳兰词跋》(《纳兰词》)

53. 钱裴仲：

迷离惝怳，若近若远，若隐若见，此善言情者也。若忒煞头头尾尾说来，不为合作。竹垞先生《静志居词》，未免此病。

吾乡朱竹垞先生自题其词曰:“不师黄九，不师秦七，倚新声，玉田差近。”余窃以为未然。玉田词清高灵变，先生富于典籍，未免堆砌。咏物之作，尤觉故实多而旨趣少。咏物之题，不能不用故实，然须运化无迹，而以虚字呼唤之，方为妙手。

《雨华盦词话》

54. 丁绍仪：

太史于南北宋词兼收并采，蔚为一代词宗，顾仅以玉田自拟。《自题词稿》〔解佩令〕云:“十年磨剑，五陵结客，玉田差近。落拓江湖，且会付、歌筵红粉。料封侯、白头无分。”集中言情诸作，羌无故实，可知即风怀诗，亦未必真有所指。(卷二)

至文靖论词绝句中，有“人籁定输天籁好，长芦终是逊迦陵”语，未免阿好乡曲。竹垞太史词，不少清空婉约处，若谓饾饤逞能，乃学者之过，不得为太史诟病。(卷四)

《听秋声馆词话》

55. 杜文澜：

我朝振兴词学，国初诸老辈，能矫明词委靡之失，铸为伟词。如朱竹垞、陈迦陵、厉樊榭诸先生，均卓然大雅，自成一家。

《憩园词话序》

56. 谢章铤：

国初词场诸老，蕴藉端推竹垞，即纸醉金迷，亦复令人意远。如赠女郎细细、逢吕二梅、寄吕二梅、赠伎饼儿、蜡儿、张绮绮、张伴月、赠歌者陈郎以及偶忆感旧诸作，莫不关注遥深，闲情自永。

咏物词虽不作可也，别有寄托如东坡之咏雁，独写哀怨如白石之咏蟋蟀，斯最善矣。至如史邦卿之咏燕，刘龙洲之咏指足，纵工摹绘，已落言诠。今日则虽欲为刘、吏奴隶，恐二公亦不屑也。彼演肤辞，此征僻典，夸富矜多，味同嚼蜡。夫咏物之诗，古来汗牛充栋，然佳者亦甚寥寥，况词之体又微与诗异乎。作之不已，多者百篇，少亦不下廿卅篇，此如咏梅花者，累代不能得数语。而逐臭之夫，或百咏，或五十咏，是徒使开府汗颜，逋仙冷齿矣。且竹垞咏猫，武曾咏笋，辄胪故实，亦载鄙谚，偶一为之，亦才人忍俊不禁之故态。究之，静志居、秋锦山房之联踪二宋，弁冕六家者，区区在此，谅不其然，顾奈何以侔色揣称为能事乎。（卷二）

迦陵之豪宕，竹垞之醇雅，羡门之妍秀，攻倚声者所当铸金事之，缺一不可。（卷八）

竹垞曰："世人言词，必称北宋，然词至南宋始极其工，至宋季而始极其变。"此为当时孟浪言词者，发其实，北宋如晏、柳、苏、秦，可谓之不工乎。且竹垞之与李十九论词也，亦曰"慢词宜师南宋，而小令宜师北宋矣。"盖明自刘诚意、高季迪数君而后，师傅既失，鄙风斯煽，误以编曲为填词。故焦弱侯《经籍志》备采百家，下及二氏，而倚声一道缺焉。盖以鄙事视词久矣，升庵、弇州力挽之，于是始知有李唐、五代、宋初诸作者。其后耳食之徒，又专奉《花间》为准的，一若非《金荃集》、《阳春》录，举不得谓之词，并不知尚有辛、刘、姜、史诸法门。于是竹垞大声疾呼，力阐宗旨，而强作解事之讥，遂不禁集矢于杨、王矣。然二君复古之功，正不可没。至今日袭浙西之遗制，鼓秀水之余波，既鲜深情，又乏高格，盖自樊榭而外，率多自桧无讥，而竹垞又不免供人指摘矣。盖嗣法不精，能累初祖者率如此。

余尝论国初诸词家以诗譬之，竹垞严整，其高、岑乎；迦陵矫变，其李、杜乎；容若绵至，其温、李乎。

宋词三派，曰婉丽，曰豪宕，曰醇雅，今则又益一派曰饾饤。宋人咏物，高者摹神，次者赋形，而题中有寄托，题外有感慨，虽词实无愧于六义焉。至国朝小长芦出，始创为征典之作，继之者樊榭山房。长芦腹笥浩博，樊榭又熟于说部，无处展布，借此以抒其丛杂。然实一时游戏，不足为标准也。（卷九）

余谓竹垞超伦绝群，以匹迦陵，洵无愧色，余子皆当敛衽。（卷十一）

填词有即集词句者，且有通阕只集一人之句者。然他人寥寥数篇，至竹垞则专集诗句，既工且多。

《蕃锦集》偶句，无不工妙。

长短调并工者，难矣哉。国朝其惟竹垞、迦陵、容若乎。竹垞以学胜，迦陵以才胜，容若以情胜。（卷十二）

《赌棋山庄词话》

57. 谢章铤：

至朱竹垞以姜、史为的，自李武曾以逮厉樊榭，群然和之，当其时亦无人不南宋。

《赌棋山庄词话续编》卷三

58. 谢章铤：

浙西之词，以小长芦钓师为职志。其生平减偷宗旨，备见于《自题词集》之中。以彼飘零桑海，萧索高门，夜别酒徒，朝瞻兵气，此何景邪？舟唇马背，水曲山椒，北风凄其吹人，饥乌昏而啄屋，此何地邪？引商刻羽，其第求派别邪？其第美音节邪？夫固有迫之于初、干之于内者矣。

《寒松阁词序》

59. 谢章铤：

国朝词学，浙最盛。竹垞倡于前，樊榭骋于后，羽翼佐佑，俊才辈出，而派别成焉。祖宋窥唐，意内言外，竹垞以情，樊榭以格，作者莫之或先。又揭其涉猎之余绪，搜奇征僻，以相夸耀。昔昌黎之诗，时多险涩，皆其文之所吐弃者，积之于诗而已矣。朱、厉体物数典，其游戏殆亦若是哉。或尊孝之，浙词之盛反衰。

《抱山楼词叙》（《赌棋山庄集》文集卷五）

60. 江顺诒：

朱、厉二公，清真雅洁，似犹不足为正声。

本朝朱、厉，步武姜、张，各有真气，非明七子之貌袭。

《词学集成》卷一

61. 沈世良：

老辈朱陈树鼓旗，家家传写遍《乌丝》。

谁知天授非人力，别有聪明《饮水词》。竹垞、迦陵、容若

《案头杂置诸词集戏题四绝句》（《小祇陀庵诗钞》卷一）

62. 庄棫：

夫义可相附，义即不深。喻可专指，喻即不广。托志帷房，倦怀君国，温、韦以下，有迹可寻。然而自宋及今，几九百载，少游、美成而外，合者鲜矣。又或用意太深，词为义掩，虽多比、兴之旨，未发缥缈之音。近世作者，竹垞撷其华，而未芟其芜。茗柯溯其原，而未竟其委。

《叙复堂词》（《白雨斋词话》卷五引）

63. 李慈铭：

国朝谭词推朱、陈两家。迦陵病在熟，竹垞病在陈，顾迦陵胜于竹垞者，笔意灵也。余子不足数。求于迦陵鼎峙者，其容若及金风亭长乎！

《越缦堂读书记·集部·词曲类》

64. 谭献：

锡鬯、其年出，而本朝词派始成。顾朱伤于碎，陈厌其率，流弊亦百年而渐变。锡鬯情深，其年笔重，固后人所难到。嘉庆以前，为二家牢笼者，十居七八。（《箧中词》）

《复堂词话》

65. 王闿运：

词盛于宋，南渡至今，苏、杭濡染其风。吴中犹有北宋遗响，越中则纯乎南音。数百年来，浙人词为正宗，天下莫盛也。至本朝二百余年，共推成容若、吴穀人。成则北人，几夺浙席矣。朱竹垞亦浙人，而尤自信其词。既选《词综》，又作词话。其词稿率多点易，再三斟酌，自以为尽善。然观其所选，汗漫如黄茅白苇；其所作乃如嚼蜡，浙派之木者也，未为浙派也。

《湘绮楼词选序》（《湘绮楼词选》）

66. 沈祥龙：

词选自《花间》、《草堂》后，周氏《绝妙好词》选择最精当。朱竹垞《宋元词综》，搜罗美备，亦称善本，然欲学词，仍须博观诸家全集，以穷其变，而约以取之，斯能集古人之所长矣。

《论词随笔》

67. 冯煦：

金风亭长诗无敌，更有词名压浙西。

一蹑遗綦樊榭叟，马塍西畔子规啼。

《论词绝句》（《蒿庵类稿》卷七）

68. 胡薇元：

清初词人，如吴骏公、梁玉立、龚孝升、曹洁躬、陈其年、朱竹垞、严荪友诸家，词采精善，美不胜收。中间先征君稚威、吴穀人、洪北江、钱晓征，均称后劲。嘉道以来，则以龚定庵、恽子居、张皋文辈为足继雅音也。

倚声之学，国朝为盛，竹垞、其年、容若鼎足词坛。陈天才艳发，辞锋横溢。朱严密精审，超诣高秀。容若《饮水》一卷，侧帽数章，为词家正声。散璧零玑，字字可宝。杨蓉裳称其骚情古调，侠肠俊骨，隐隐弈弈，流露于毫楮间。玉津少年所为《铁笛词》一卷，刻羽调商，每逢凄风暗雨、凉月三星，曼声长吟，时恨不与容若同时耳。

《岁寒居词话》

69. 沈曾植：

词莫盛于宋，而宋人以词为小道，名之曰诗余。及我朝而其道大昌，秀水朱氏、钱塘厉氏，先后以博奥澹雅之才，舒窈之思，倚于声以恢其坛宇，浙派流风泱泱大矣。

《彊村校词图序》(《彊村丛书》)

70. 陈廷焯：

词至国朝，直追两宋。而等而上之，作者如林，要以竹垞、其年为冠。朱、陈外，首推太鸿。譬之唐诗，朱、陈犹李、杜，太鸿犹昌黎。作者虽多，无出三家之右。

朱竹垞词，艳而不浮，疏而不流，工丽芊绵中，而笔墨飞舞。其源亦出自白石而绝不相似。盖白石之妙，正如大江无风，波涛自涌。竹垞之妙，其咏物诸作，则杯水可以作波涛，一篑可以成泰山；其感怀吊古诸作，意之所到，笔即随之。笔之所到，信手拈来，都成异彩，是又泰山不辞土壤，河海不择细流也。与白石并峙千古，岂有愧与？

竹垞自题词云："不师秦七，不师黄九，倚新声玉田差近。"此犹其谦词也。其实取法玉田，不过借径。至其自得之妙，虽玉田亦当避一席。

词贵疏密相间。昔人谓梦窗之密，玉田之疏，必兼之乃工，然兼之实难。竹垞词，人知其疏矣，未知其密也。

昔人谓吴梦窗词，如七宝楼台，拆碎下来，不成片段。余谓张玉田词，如镜花水月，万籁空虚。兼两家之妙者，竹垞也。

竹垞所选《词综》，自唐至元，凡三十八卷。一以雅正为宗，诚千古词坛之圭臬也。其所自作，浓淡相兼，疏密相称，深得风雅之正。除陈其年外，谁敢与之并驱中原哉？

《词坛丛话》

71. 陈廷焯：

国初诸老，才力宏厚，直逼两宋，而圣于词者，莫如其年、竹垞。(《云韶集序》)

国初如梅村、棠村、南溪、渔洋、珂雪、艺香、华峰、饮水、羡门、西堂、秋水、符曾、分虎、晋贤、覃九、蘅圃、松坪、莘野、紫纶、奕山诸家，各具旗鼓，互有短长。而圣于词者莫如其年、竹垞两家，譬之于诗，一时李杜，分道扬镳，各有千古，词至是，蔑以加矣。(卷一四)

竹垞词，小令之工，兼唐宋金元诸家，而奄有众长；长调之妙，尤为沉郁顿挫，独往独来，取法南宋而不泥于南宋，先生真人杰哉！

竹垞辑《词综》一书，洗《花间》、《草堂》之陋，一以雅正为宗，千载后古乐不致泯没者，皆先生力也。

竹垞《自题词集》云："倚新声玉田差近。"此先生谦词，亦犹少陵之师开府，太白之师宣城，才大者心必小，其实竹垞之词实驾玉田而上之。千古词人除北宋方回、美成，南宋白石及国朝陈其年外，莫与先生争锋矣。

惟先生方许与太白代兴，言非夸也。

朱陈相交最深，其词分道扬镳，一时瑜亮，其大旨则一也。

竹垞词，无论自作及题他人词集，俱是一团感喟，却只不露。其词温厚和平，其意则看破红尘，不如归去。读者试于言外求之，其一唱三叹之神至今犹在人耳。

竹垞咏物诸篇大率寓身世之感，以凄切之情发为哀婉之调，既悲凉又忠厚，读之久而其味愈长。(卷十五)

余谓圣于词者有五家：北宋之贺方回、周美成，南宋之姜白石，国朝之朱竹缘、陈其年也。（卷十六）

《云韶集》

72．陈廷焯：

竹垞以清新为姜、史，而昧厥旨归。（《大雅集序》）

竹垞、其年，在国初可称两雄，而心折秀水者尤众，至以为神明乎姜、史。本朝作者虽多，莫之能过。其实朱、陈两家皆非词中正声，其年气魄沉雄而未能深厚，竹垞措词温雅而未达渊微。求一篇如两宋诸公之沉郁顿挫，颇不易得，余不敢随声附和也。竹垞词，疏中有密，但少沉厚之意。其自题词集云："不师秦七，不师黄九，倚新声玉田差近。"夫秦七、黄九，岂可并称。外黄九，并外秦七，所以不能深厚。即以玉田论，竹垞去之尚远。

大抵迦陵、竹垞、樊榭三人，负其才力，皆欲于宋贤外别开天地，而不知宋贤范围，必不可越。陈、朱固非正声，樊榭亦属别调。樊榭拔帜于陈、朱之外，自是高境。（《大雅集》卷五）

艳词至竹垞，空诸古人，独抒妙蕴，其味浓，其色澹，自有绮语以来，更不得不推为绝唱也。

情词俱臻绝顶，摆脱绮罗香泽之态，独饶仙艳，自非仙才不能；凄艳独绝，是从《风》、《骚》、乐府来，非晏、欧、周、柳一派也。

艳词有竹垞，真乃尽掩古人，独辟机杼。

艳词至竹垞，扫尽绮罗香泽之态，纯以真气盘旋，情至者文亦至，前无古人，后无来者。（《闲情集》卷四）

《词则》

73．陈廷焯：

学古人词，贵得其本原，舍本求末，终无是处。其年学稼轩，非稼轩也。竹垞学玉田，非玉田也。樊榭取径于楚骚，非楚骚也。均不容不辨。

国初多宗北宋，竹垞独取南宋，分虎、符曾佐之，而风气一变。

竹垞词，疏中有密，独出冠时，微少沉厚之意。其自题词集云："不师秦七，不师黄九，倚新声、玉田差近。"夫秦七、黄九岂可并称？师玉田不师秦七，所以不能深厚。不知秦七，亦何能知玉田，彼所知者，玉田之表耳。师玉田而不师其沉郁，是买椟还珠也。

昔人谓梦窗之密，玉田之疏，必兼之乃工。就形骸而论，竹垞似能兼之矣。然余则云：梦窗疏处，高过玉田，而密处不及，与古人之言正相反，书之以俟识者。

竹垞《江湖载酒集》，洒落有致。《茶烟阁体物集》，组织甚工。《蕃锦集》，运用成语，别具匠心，然皆无甚大过人处。惟《静志居琴趣》一卷，尽扫陈言，独出机杼。艳词有此，匪独晏、欧所不能，即李后主、牛松卿亦未尝梦见，真古今绝构也。惜托体未为大雅。

吾于竹垞，独取其艳体，盖论词于两宋之后，不容过刻，节取可也。竹垞《静志居琴趣》一卷，生香真色，得未曾有。前后次序，略可意会，不必穿凿求之。

或问其年、竹垞，一时两雄，不知置之宋人中，可匹谁氏？余曰："此不可相提并论也。陈、朱才力极富，求之宋名家亦不多觏，而论其所造，则去宋贤甚选。宋贤得其正，陈、朱得其偏。宋贤得其精，陈、朱得其粗。自词有陈、朱，而古意全失矣。"

近人慑于陈、朱之名，以为国朝冠冕。不知陈、朱不过偏至之诣，有志于古者，尚宜取法乎上。《乌丝》、《载酒》，聊存之以备一体可也。乃知读书不可无才，尤不可无识。

善为词者，贵久而愈新，不妨俟知音于千载后。陈、朱之词，佳处一览了然，不能根柢于风骚，局面虽大，规模终隘也。

竹垞〔洞仙歌〕十七首，是计其始终，而历叙悲欢离合之情也。色取其淡，骨取其高，不用绮语，风韵自胜，斯谓惊才绝艳。又：〔洞仙歌〕善用折笔，浅处皆深。又：〔洞仙歌〕之妙，全在烘衬，正面寥寥。又：〔洞仙歌〕每以朴处见长，最是高妙。……艳词有竹垞，直是化境也。又：〔洞仙歌〕有运思极隽极深者……皆能发前人所未发。不必用秾丽之词，而视彼秾丽者，浅深判然矣。又：〔洞仙歌〕有极密极昵者……古香古艳，无些子绮罗欲态。又：〔洞仙歌〕有凄艳入之骨者……皆凄绝艳绝。然自是竹垞之凄艳，非棠村、藕渔辈所能到也。（卷三）

其年词最雄丽，竹垞则清丽，樊榭则幽丽，璞函则秾丽，位存则雅丽，皆一代艳才。位存稍得其正，而才气微减。

艳词至竹垞，仙骨珊珊，正如姑射神人，无一点人间烟火气。（卷四）

朱、陈、厉三家，可谓极词之变态。以云骚雅，概未之闻。

陈、朱词，显悖乎风骚。樊榭则隐违乎风骚。而不知风骚门径，必不容与之相背也。

陈以雄阔胜，可药纤小之病。朱以隽逸胜，可药拙滞之病。厉以幽峭胜，可药陈俗之病。不可谓之正声，不得不谓之作手。

迦陵雄劲之气，竹垞清隽之思，樊榭幽艳之笔，得其一节，亦足自豪。若兼有众长，加以沉郁，本诸忠厚，便是词中圣境。

宋词有不能学者，苏、辛是也。国朝词有不能学者，陈、朱是也。然苏、辛自是正声，人若学不到耳。陈、朱则异是矣。（卷六）

词至元、明，犹诗至陈、隋。茗柯、蒿庵犹陈射洪、张曲江也。嗣后谁为太白，收前古之终。谁为杜陵，别出旗鼓，以开来学哉？朱、陈不能与古化，虽敢于变古，终无少陵手段，不足范围后学也。

竹垞《茶烟阁体物集》二卷，纵极工致，终无关于风雅。

竹垞艳词，言情者远胜文友。而体物诸篇，则文友为工。此亦各有所长，不可相强。如美人额、美人齿等篇，竹垞非不工巧，

然不及文友之精。(卷七)

词有表里俱佳，文质适中者……有文过于质者，李后主、牛松卿、晏元献、欧阳永叔、晏小山、柳耆卿、陈子高、高竹屋、周草窗、汪叔耕、李易安、张仲举、曹珂雪、陈其年、朱竹垞、厉太鸿、过湘云、史位存、赵璞函、蒋鹿潭是也。(卷八)

《白雨斋词话》

74. 蒋兆兰：

清初诸公，犹不免守《花间》、《草堂》之陋，小令竞趋侧艳，慢词多效苏、辛。竹垞大雅闳达，辞而辟之，词体为之一正。嘉庆初，茗柯、宛邻，溯流穷源，跻之风雅，独辟门径，而词学以尊。周止庵穷正变，分家数，为学人导先路，而词学始有系统，有归宿。吴门七子，守词律，订词韵，于是偭规错矩者，不敢自肆于法度之外。故以清代词学而论，诚有如外人所谓逐渐改良者。以故清季词人，如前所论列诸家，色色皆精，蔚然称盛，殆亦时会使然。

《词说》

75. 郑文焯：

词中举典至难，其妙处欲理隐而文贵，志微而辞显。若朱、厉雕缋满纸，便是撮囊。

龙榆生《忍寒庐零拾（二)》引（《词学季刊》第一卷第二号)

76. 朱祖谋：

〔望江南〕《杂题我朝诸名家词集后》

江湖老，载酒一年年。体素微妨耽绮语，贪多宁独是诗篇？宗派浙河先。

《彊村语业》卷三

77. 翁之润：

竹垞先生以沉博绝丽之才，为悱恻缠绵之体。燕钗蝉鬓，半传恨于空中；琴趣茶烟，觅赏心于弦外。固已汲柳阴之井水，处处歌尘；听渔唱于蘋洲，家家笛谱矣。

《曝书亭词拾遗序》

78. 夏孙桐：

清初鸿硕蔚兴，斯文间气，词亦起明代之衰。竹垞、樊榭，以通才为词学专家，上承两宋之遗绪，而词乃有轨辙可循。茗柯、止庵，发表意内言外经旨，实有关于温柔敦厚之教，而词体益尊。

《广箧中词序》

79. 康有为：

明人于词不足道，国朝最盛，然朱、厉以来，皆组越甲以为工，夸晋郊以炫富。夫词以纾情，非与波斯胡竞贾也，奚取于斯？

《江山万里楼词钞序》（《江山万里楼诗词钞》）

80. 况周颐：

金风亭长《江湖载酒》一集，虽距宋贤堂奥稍远，而气体尚近沉著。就清初时代论词，不得不推为上驷。其《历朝词综》一书，以轻清婉丽为主旨，遂开浙派之先河。凡所撰录古昔名人之作，往往非其至者。操觚之士，奉为圭臬，初程不无歧误，抑亦风气使然矣。

《词学讲义》

81. 况周颐：

或问国初词人，当以谁氏为冠。再三审度，举金风亭长对。问佳构奚若。举〔捣练子〕云：“思往事，渡江干。青蛾低映越山看。共眠一舸听秋雨，小枕轻衾各自寒。”

《蕙风词话》卷五

82. 况周颐：

别黑白而定一尊，吾必以金风亭长为巨擘焉。其所为词由精稳而进于沉著，不失其为格调之正也。

《历代两浙词人小传序》（《历代两浙词人小传》）

83. 张德瀛：

愚谓本朝词有三变，国初朱、陈角立，有曹实庵、成容若、顾梁汾、梁棠村、李秋锦诸人以羽翼之，尽祛有明积弊，此一变也。樊榭崛起，约情敛体，世称大宗，此二变也。茗柯开山采铜，创常州一派，又得恽子居、李申耆诸人以衍其绪，此三变也。

《词徵》卷六

84. 周庆云：

彝尊……词为清初大家，隶事最博，遂成浙派。初与宜兴陈其年齐名，人合刻其词为《朱陈村词》。朱或失之琐碎，陈或流于浮嚣，然清初填词者率为两家所牢笼。李分虎称："竹垞词虽多艳语，然皆一归雅正，不若屯田乐章，徒以香泽为工者。"沈融谷称："竹垞博搜唐宋金元人集辑成《词综》一书，一洗《草堂》之陋。其词句琢字炼，归于醇雅。虽起白石、梅溪诸家为之，无以过也。"杜紫纶称："竹垞神明乎姜、史，刻削隽永。"诸家评泊虽多，要不如其自题词集〔解佩令〕云："十年磨剑，五陵结客，把平生、涕泪都飘尽。老去填词，一半是、空中传恨。几曾围、盐钗蝉鬓。不师秦七，不师黄九，依新声、玉田差近。落拓江湖，且分付、歌筵红粉。料封侯、白头无分。"自道甘苦，较为亲切。

《历代两浙词人小传》

85. 徐珂：

同时与其年齐名者，为秀水朱彝尊。彝尊字锡鬯，号竹垞，当时《朱陈村词》，流遍宇内，传入禁中。彝尊又别出新意，集唐人诗成数十阕，名《蕃锦集》，殊有妙思。士禛见之，以为殆鬼工也。然彝尊词一宗姜、张，其弟子李良年、李符辅佐之，而其传弥广。康、乾之际，言词者几莫不以朱、陈为范围。惟朱才多，不免于碎，陈气盛，不免于率。故其末派，有俳巧奋末之病。钱塘厉鹗、吴县过春山，近朱者也。兴化郑燮、铅山蒋士铨，近陈者也。

《近词丛话》

86. 徐珂：

清初之词，最著者为朱竹垞、陈其年，两人并世齐名，合刻《朱陈村词》，流传天下。竹垞之情深，所作词高秀超诣，绵密精美，其弊为饾饤。其年之笔重，所作词天才艳发，辞锋横溢，其弊为粗率。嘉庆以前词人为竹垞、其年牢笼者，十之七八。

浙派之词，竹垞开其端，樊榭振其绪，频伽畅其风，皆奉白石、玉田为圭臬，不肯进北宋人一步，况唐人乎？世之诟病浙派者，谓其以白石、玉田为止境，而又不能如白石之涩，玉田之润也。

《清代词学概论》

87. 陈洵：

自元以来，若仇仁近、张仲举，皆宗姜、张者。以至于清，竹垞、樊榭极力推演，而周、吴之绪几绝矣。

《海绡说词·通论》

88. 张尔田：

其年、竹垞、梁汾、容若，皆以渊奥之才，辟径独行。

《词莂序》

89. 夏敬观：

清初词当以陈其年、朱彝尊为冠。二家之词，微论其词之多涉轻、巧、小，即其所赋之题，已多喜为小巧者。盖其时视词为小道，不惜以轻、巧、小见长。初为词者，断不可学。

多读书，始能医俗，非胸中书卷多，皆可使用于词中也。词中最忌多用典故，陈其年、朱彝尊可谓读书多矣，其词中好使用史事及小典故，搬弄家私，最为疵病，亦是词之贼也，不特俗为词之贼也。

词固不可多用典。用典充塞，非佳词也。清初竹垞、迦陵犯此弊。后人为之笺注，阅之尚可厌，自注则尤鄙陋。

《蕙风词话诠评》(《蕙风词话》附录)

90. 叶恭绰:

余尝论清代学术有数事超轶明代，而词居其一。盖词学滥觞于唐，滋衍于五代，极于宋而剥于明，至清乃复兴。朱、陈导其源流，沈、厉振其波，二张、周、谭尊其体，王、文、郑、朱续其余。二百八十年中，高才辈出，异曲同工，并轨扬芬，标新领异。

《清名家词序》

91. 吴梅:

竹垞诸作，《载酒集》洒落有致，《茶烟阁》组织甚工，《蕃锦集》运用成语，别具匠心，皆无甚大过人之处，惟《静志居琴趣》一卷，尽扫陈言，独出机杼，艳词有此，不独晏、欧所不能，即李后主、牛松卿亦未易过之，生香真色，得未曾有。其前后次序，略可意会，不必穿凿求之也。余尝谓竹垞自比玉田，故词多浏亮。惟秦七与黄九，不可相提并论，秦之工处，北宋殆无与抗，非黄九所能望其项背。竹垞不学秦，而学玉田，盖独标南宋之帜耳。然而竹垞词托体之不能高，即坐此病，知音者当以余言为然也。

《词学通论》

92. 陈匪石:

有清一代词学，驾有明之上，且骎骎而入于宋。然究其指归，则宋末二字足以尽之。何则？清代之词派，浙西、常州而已。浙西倡自竹垞，实衍玉田之绪；常州起于茗柯，实宗碧山之作。迭相流衍，垂三百年。世之学者，非朱即张，实则玉田、碧山两家而已。湖海楼崛起清初，导源幼安，极纵横跌宕之妙，至无语不可入词，而自然浑脱。然自关天分，非后人勉强可学，故后无传人，不能与浙西、常州分镳并进也。至同光以降，半塘、沤尹出，始倡导周、吴而趋其途径。沤尹则直入梦窗之室，吴派遂为清末之新声矣。若学美成而至者，则尚未有之也。

其《茶烟阁体物集》，全掉书袋，直獭祭耳。

竹垞有言：“世人言词，必称北宋；然词至南宋始极其工，至宋季始极其变。”此在竹垞当时，自有两种道理：一则词至明季尽成浮响，皆由高谈《花间》、《尊前》，鄙南宋而不观之过，故以此语矫之；二则竹垞专宗乐笑翁，遂开二百年浙西词派，其得力正在宋季，自言其所致力也。……竹垞此语，实为宗南宋而祧北宋者开其端。

《旧时月色斋词谭》

93. 陈匪石：

朱氏当有明之后，为词专宗玉田，一洗明代纤巧靡曼之习，遂开浙西一派，垂二百年，简练揣摩，在清代颇占地位。

《声执》卷下

94. 柳亚子：

〔解佩令〕《题竹垞词即用其集中自题原韵》

平陵结客，长杨献赋，叹黄花、晚节凋零尽。尘土东华，也应把、蹉跎自恨。又何堪、星星双鬓。　扬州杜牧，小园庾信，哭穷途、步兵差近。载酒江湖，且收拾、残脂剩粉。更销魂、温柔无分。

《磨剑室诗词集·词集》

95. 蔡桢：

清词派别，可分三期。浙西派与阳羡派同时。浙西派倡自朱竹垞，曹升六、徐电发等继之，崇尚姜、张，以雅正为归。阳羡派倡自陈迦陵，吴园次、万红友等继之，效法苏、辛，惟才气是尚，此第一期也。常州派倡自张皋文，董晋卿、周介存等继之，振北宋名家之绪，以立意为本，以叶律为末，此第二期也。第三期词派，创自王半塘，叶遐庵戏呼为桂派，予亦姑以桂派名之。和之者有郑叔问、况蕙风、朱彊村等，本张皋文意内言外之旨，参以凌次仲、戈顺卿审音持律之说，而益发挥光大之。此派最晚出，以立意为体，故词格颇高。以守律为用，故词法颇严。今世词学正宗，惟有此派。余皆少所树立，不能成派。其下者，野狐禅耳。故王、朱、郑、况诸家，词之家数虽不同，而词派则同。

《柯亭词论》

96.《续修四库全书提要》：

有明一代，词最靡敝，宫谱沦亡，学无准则；逮至末年，浮夸纤绮，其风极矣。彝尊起而矫之，一以雅正为归，尊重姜、张，旁及梅溪、梦窗、草窗、碧山诸家，故搜罗旧集，编选《词综》，风气丕变，厥功甚伟。彝尊谓此旨始于曹溶，盖浙派之兴，发端于溶，而大成于彝尊也。……其词清雅可咏，洒落有致，当时与陈维崧并称，号曰朱陈。然世多扬朱而抑陈，盖以彝尊得其正，维崧得其偏也。其实彝尊之词，未能沉郁，其〔解佩令〕自题词集曰“不师秦七，不师黄九，倚新声玉田差近。”须知淮海之词，岂黄九所可比拟？淮海内有深沉之思而出之以淡雅，最为词中上境。自周邦彦以来，莫不以婉雅为正宗，实自淮海启之，玉田虽雅，往往流为滑易，彝尊但知玉田，而不知淮海，此其所以不能沉郁也。浙派之病，在于过尊南宋，而不能知北宋之大也。

《江湖载酒集提要》

97.《续修四库全书总目提要》：

自本根言之，浙派之词，仅得“和雅”二字。盖以南宋为止境，终不能见其大。彝尊之词，即犯此病。

《续修四库全书总目提要·黑蝶斋词一卷》

98. 姚鹓雏：

竹垞情眇自难同，笔重其年亦易工。

燕子不来连月雨，鲥鱼如雪一江风。

《示了公论词绝句十二首》（《姚鹓雏文集（诗词卷）·红豆簃诗·春尘集二》）

99. 陈声聪：

朱竹垞《度居庸关》〔百字令〕中有“画鼓无声，朱旗卷尽”，“谁放十万黄巾，丸泥不闭。十二园林风雨暗，响遍哀鸿离兽”，《度雁门关》〔消息〕篇中有“猿臂将军，鸦儿节度，说尽英雄难据。窃国真王，论功醉尉，世事都如许”，《谒张子房祠》〔水龙吟〕篇中有“纵汉当兴，使韩成在，肯臣刘季。算论功三杰，封侯万里，都未是，平生意”之语。怀古伤今，百端枨触。时清统治者入关不久，虽指责过去，而语多涉嫌触讳。足见康熙时代，文网犹宽，若在雍、乾，深文周纳，必不免文字狱矣。竹垞出身于清朝，仕宦得志，以生于朱明，词中犹多故国禾黍之感，明亡，人心终未泯也。

《读词枝语》(《填词要略及词评四篇》)

100. 张伯驹：

王渔洋诗主神韵自然，于词为近。虽非词家，而出语即自名贵。纳兰容若，清词中之南唐；朱竹垞，清词中之北宋。蒋鹿潭、项莲生，为有清词人之词，然以家数论，余以为蒋为大。

《丛碧词话》

101. 沈轶刘：

有清一代之词，终始于两朱，流派缤纷，席卷一代。虽互为消长，各逞风华，而拔帜为魁者，象外之致，涵容百态，兼收并蓄，不落元明下流。以浙西六家词为例，试先读其五家，然后再读前朱，最易感觉此点。清末四家虽承道、咸以后，流派杂出，系统未明，然后朱之集成大功昭昭在目，已成定论。盖末世词料多，题材广，取资易，此点后朱远较前朱为便利也。

朱彝尊起元明积弊，衍为浙宗，其针对手段两端：以醇美化诡薄，以渊雅救俚鄙。其嫡系凡两人：前者为李良年，后者则为厉鹗，其余皆不过羽翼鼓吹而已。

《繁霜簃词札》

102. 王煜：

竹垞淳深，独张南宋，抗颜《乌》、《帽》，词派始成。(《自序》)

有《江湖载酒集》三卷，《静志居琴趣》一卷，《蕃锦集》一卷，合刊《曝书亭词》，浏亮渊雅，追美玉田，南宋徵音，于斯益大。

《曝书亭词钞》(《清十一家词钞》)

103. 舍我：

诗至唐而变为词，词至元而变为曲。元以后之词家，颇不多觏，虽有二三作者，然其去宋远矣。有清一代，惟竹垞、樊榭、仲修三人可以追踪前贤，而功力不足以副之，故不能恢廓堂皇，与姜、张媲美。他若容若之《饮水词》，哀感顽艳，说者谓容若乃后主前身，语虽无稽，然容若实后主同调也。

《天问庐词话》(《民国日报》)

104. 黄孝纾：

国初词人，大半为鸿博之士，故能恢畅元音，黼黻盛治，风尚所趋，浸成流别。迦陵振采于三吴，竹垞明禋于两浙，并衔华佩实，质有其文焉。

《清名家词序》(《清名家词》)

105. 严既澄：

昔人有言："韩退之以文为诗，苏子瞻以诗为词，虽极天下之工，要非本色。"余亦向持此论，以为一切文体，胥各自有其特征，岂可比而齐之，乱其畛域？词之气骨略逊于诗，至其缠绵幽咽，疏状入微，若姚姬传所谓得阴柔之美者，求诸古近体诗中，惟七言绝句庶几得其一二，斯吾所谓词之特质，论词者所当依为圭臬者也。胜清三百年间，词人辈出，可谓洋洋乎大观矣，然试执此以绳，纳兰才高，时或失之纵恣；竹垞则华妆盛饰，真美反掩而不彰；其能掇周、柳之流风，嗣南唐之逸响者，惟项忆云庶乎近之。

《驻梦词自序》(《驻梦词》)

106. 闻野鹤：

清词诸家……朱秀水如乐师奏曲，声声入叩。

《怬簃词话》

107. 顾宪融：

《曝书亭词》以《江湖载酒集》三卷为正集，缠绵悲壮，各体皆备。《静志居琴趣》一卷首首皆有本事，卷尾〔洞仙歌〕三十阕，尤可与其《风怀诗》参看，古来连用数十阕长调纪事者，盖自竹垞始也。又《茶烟阁体物集》二卷，咏物之工，不减梅溪。《蕃锦集》一卷，皆集唐人诗句为词，亦别体也。综其所作，高秀超诣，绵密精严，标格在南宋诸公，而但以姜、张为止境。又好引经据典，饾饤琐屑，遂有“朱贪多，王渔洋爱好”之称，可谓切中其弊矣。

《填词百法》卷下

108. 卢前：

〔望江南〕

姜张裔，浙派溯先河。《蕃锦》、《茶烟》无足取，《静居》、《载酒》未容诃。朱十总贪多。

《饮虹簃论清词百家》(《清名家词》)

109. 朱庸斋：

清初词人，沿明季颓风，去骚雅之道益远。朱彝尊补偏救弊，欲挽颓澜，拈出白石、玉田为词之圭臬，一以大雅为归，创立浙西词派。然竹垞词每有肤浅空廓之病，败笔辄出，词中尤好用典，不见性情，流弊颇大。《静志居琴趣》风雅稍佳，然深情不如纳兰；《江湖载酒集》疏宕有致，气势又不如其年；《茶烟阁体物集》摹形绘状，格调不高，匪独未窥碧山之藩篱，即南宋词社诸人亦未能到。朱氏标榜“崇尔雅，斥淫哇”，然其集中〔沁园春〕咏美人诸作，则又词旨冶荡，不堪寓目，乌足以言从容大雅也。朱、陈两家词中，则吾取其年焉。

竹垞颇芜杂，爱用典实，《静志居》之作，又近纤艳，咏物一集多欠空灵。

《分春馆词话》卷三

梁佩兰

梁佩兰(1629—1705)字芝五，号药亭，号郁州，广东南海(今广州)人。清顺治十四年(1657)乡试第一。屡试春闱不第，留滞京师，与文人学士相唱和，与纳兰性德交谊颇深。康熙二十年(1681)离京返粤。二十七年，徐乾学主会试，始成进士，选授翰林院庶吉士，时已近花甲之年。次年告假归里，游历唱酬。四十二年，应召回京，赴馆供职，然在京不及一月，以“不习清书(满文)”被革职。越二年，卒。事见《清史稿》、《清史列传》。佩兰以诗著名，与屈大均、陈恭尹合称“岭南三大家”，又与同邑程可则、番禺方殿元、王邦畿以及陈恭尹、方远、方朝等结兰湖社，称“岭南七子”。著有《六莹堂集》前、后二集，《诗余》附。

1. 谭莹：

岭外论诗笔斩新，六莹堂冠我朝人。

倚声仅有山花子，不吊湘妃见《国朝词综》吊洛神。见《国朝词雅》。《六莹堂集》附存词十八阕，而两阕俱不存。

《三十六首专论岭南人》(《乐志堂诗集》卷六)

2. 潘飞声：

烟渚灵旗对九峰，雅琴瑶瑟愧雷同。

六莹诗有清莲笔，题句湘灵恨未工。

《论岭南词绝句》二十首(《古今文艺丛书》)

梁无技

梁无技（生卒年不详）字王顾，号南樵，广东番禺（今广州）人。梁佩兰族侄。困诸生数十年。早年以能诗受到梁佩兰、陈恭尹赏识，与朱彝尊、王士禛等为友，晚掌粤秀书院，年八十以明经终。擅诗古文词，著有《南樵初集》、《南樵二集》、《诔文杂著》等，词附于《南樵二集》中。

1. 谭莹：

岭南竟有玉田生，翻觉称诗浪得名。

试览南樵初二集初集附词十六阕，二集附词三阕，流闻犹藉赋风筝。见《广州府志》。

《三十六首专论岭南人》（《乐志堂诗集》卷六）

2. 潘飞声：

南樵风调柳耆卿，梦断南湖载酒行。

一席花娘能劝醉，玉梅红袖可怜生。

《论岭南词绝句》二十首（《古今文艺丛书》）

沈榛

沈榛(生卒年不详)字伯虔，一字孟端，浙江嘉善人。明天启进士沈德滋女。清顺治十二年(1655)进士钱黯妻，年五十二卒。有《松籁阁诗余》一卷行世，计四十七首，《小檀栾室汇刻闲秀词》收录。

1. 郭麐：

近世闺秀能词者，嘉善沈夫人榛、蒋夫人纫兰，最为清绝。沈有《松籁阁集》，附词一卷。

《灵芬馆词话》卷一

2. 雷瑨：

《松籁阁诗余》，嘉善沈伯处女士所著，均是小令，轻灵婉约，别有一种神韵。宛转读之，如听枝头黄莺初啭时也。

《闺秀词话》卷三

3. 王蕴章：

《彭城三秀集》钱氏所刊。一为吴夫人黄字文裳，著有《荻雪集》，一为沈夫人榛字伯虔，著有《松籁阁遗稿》，一为蒋夫人纫兰字秋佩，著有《绣余诗存》，姑妇相承，世传风雅。……沈夫人诗笔不逮姑妇，而诗余一体，远接漱玉，亦一奇也。……蒋亦有诗余一卷。

《然脂余韵》卷一

蒋纫兰

蒋纫兰（生卒年不详）字秋佩，浙江嘉善人。清康熙时人，适钱氏。刺绣之余，专心诗词。性情洒脱，有谢道韫遗风。著有《鲜洁亭诗余》一卷。

1. 郭麐：

近世闺秀能词者，嘉善沈夫人榛、蒋夫人纫兰，最为清绝。沈有《松籁阁集》，附词一卷。

《灵芬馆词话》卷一

徐惺

徐惺（1630—？）字即山，号子星，江苏江宁（今南京）人，清顺治六年（1649）进士，典中书，为世祖侍从，累官至湖广布政使。有《横江词》五卷。

1. 聂先：

《横江词》，格调俊逸，声致琳琅，能于闲远秀脱之中，寓其浓情丽语，动人眉目，出人意表，卓然名世大家。

《百名家词钞》引

2. 徐釚：

或曰：昌黎子云“欢愉之言难工，愁苦之言易好”，大抵为诗言之也，至于词则闺帏之绮语，婉丽芊绵，方始擅长。古人于宴嬉逸乐之时，往往假借声律，被诸管弦。此屯田待制诸君，或命双鬟女伎，按调于花下酒边，至今旗亭乐部之所流传，犹足令人开颜破涕，未有幽忧凄戾之音可以采入乐章者。词固非愁苦之所能言矣。余独以为不然。夫诗与词亦道人之性情耳，人当欢愉，则所言皆欢愉之语；人直愁苦，则所言皆愁苦之句。是虽不失为性情之正，然犹匹夫匹妇所能言耳。唯见道深者，则虽愁苦之时而犹得欢愉之旨，此即颜氏子箪食瓢饮之乐，而子舆氏所谓不动心者也。不然，彼灵均之憔悴放逐而犹寄兴于美人香草，亦何以哉。吾宗即山先生以名进士为京朝官，由谏垣领岳牧，扬历中外，遂晋大藩，清节为天下第一。因内艰解组，时值军兴，需饷数十百万，先生以一手指擘画供给，仰佐荡平，而司农犹以综核未清，不即令去。五六年来，筑室高观山顶，一时亲故，有为之蹙额相对者。先生方携宾客酒肴，日倚声倡和于空香翠微之侧。其所为《横江词》，皆属温柔旖旎之作，从未见有幽忧凄厉之音，吾以为此真得颜氏之乐，较离骚之悲愤，犹未为见道矣。然则昌黎子所云，宁独为诗言之哉？

《横江词序》(《南州草堂集》卷二十)

3. 蒋景祁：

词于文章家为一体，而今作者率趁焉，纵横凌厉，往往举其全力赴之，固不必专尊词人之词为当行本色也。子星方伯胸罗万有，著述等身。近啸傲东山，始作为词，与蕲春顾黄公、白下李因兄及家仲氏玉润吟咏无虚日。丁卯春，予过从于黄鹄矶头，得问业焉，而惜《瑶华集》未及录也。乃邮聂子晋人俾刻之。《横江词》已未刻凡五卷，顾黄公景星为之序，兹择其尤雅者云。

《百名家词钞》引

邹祗谟

邹祗谟（1627—1670)字訏士，号程村，别号丽农山人，江苏武进人。清顺治十五年(1658)进士。归以养母，以孝闻。生平事迹见《清史列传》、《国朝耆献类征》。自幼聪慧，读书过目不忘，自经史以及天文宗乘百家之书，无不悉记，而诗词尤工。祗谟早负文名，与董以宁并称邹董；又与陈维崧、董以宁、黄永有“毗陵四才子”之目。词名则与王士禛、彭孙遹并重，又与王士禛同辑《倚声初集》二十卷，为清初大型词选总集，嘉惠词林，功不可没。著有《程村文选》、《邹訏士诗选》，其词单行者有《丽农词》二卷。《倚声初集》后附刻祗谟《远志斋词衷》一卷，于词韵辨识颇精。

1. 宗元鼎：

忆十年前，邹子程村游广陵，与余定交于谢太傅之法云寺，庭树婆娑，相对促膝。酒余，示我诗余一编，见其寄情绵邈，致语清扬，令人想见“风帘霜幕，素蟾初霁，玉杯醽醁，纤手破橙桔香浓”时也。庚子秋，邹子复游广陵，则高车驷马，已属长卿得意后，然不减昔年布衣豪宕。与余步出西郊，登欧阳平山，眺望访萤苑、鸡台、九曲池、玉钩斜故址，憩旗亭小饮，亭有当垆妓，命歌萧竹屋〔蝶恋花〕词“记得来时，买酒朱桥畔。远树平芜空目断，乱山惟见斜阳半”之句。邹子怅然者久之，因就奚囊中复出诗余示余，已梓成帙矣，而属余序之。夫李白诗文光焰万丈，当其坐七宝床，御手调羹，玉妃捧砚，所作〔清平调〕三词遂为诗余首唱。今邹子以冠绝人天之才，凡所为不朽盛事，无不陵轹今古。即诗余一道，遂已小语曲致，尽态极妍，直可上接青莲〔菩萨蛮〕诸调，下睨弇州“凤凰桥下”诸词。岂特飞卿以下十八人，共作舆台；抑亦南唐而后数百家，难矜香艳也。如余者，久卧蓬蒿，志违绮语。邹子更十年后，征轺所过，如元献、永叔诸公。或访余于芙蓉别墅，杯酒道故，别诵新词，吾知稼轩所言雄深雅健，不让文章太史公也。

《丽农词序》(《丽农词》)

2. 毛先舒：

天地之开人以文章也，有不得不开之势，故文人之趋于变也，亦有不得不变之势。善论文者因势以为功，不善论文者反之。夫《三百》降而为楚《骚》也，商周之作者必不知后之复有《骚》也；《骚》之降而为汉乐府也，屈、景之徒必不知后之复有乐府也。等此而递下，亡不然已。尝疑孔子录《诗》而遗古《元首》、《南风》、《涂山》、《五子》诸作，大略取周为多，间及商先王而止，毋亦以时代殷遥，稍从迁祧之例也欤？今世文章家泥古而罕知尽变，与溯而追源，则欣然欲往，与顺而穷流，则掉头去之，曰：是惛音也，宕往而不返者也。嗟乎！千古旦暮耳，其可以一成之规画之欤？兰陵邹子訏士，寄情填词，先后有《丽农》诸刻。其笔墨之妙，如流波，如静女，其设色、落想，都似不从人间来。今读之，风刺揄扬，隐而微中，使人留连焉，惝怳焉，其意义视《三百篇》何以异哉？虽然，余谓皆訏士之学为之耳。盖訏士负宏博才，其于文章，真能穷源极流者也，所著文抄，经术、史学，条贯纷纶而便便出之，如云属河注，故虽作一词，皆有大气精思贯其表里，而足以益人性情如此。且訏士射策中甲科，中更不得意，其缠绵侘傺之思，不能不于词发之，而又必本太史公所称《国风》、《小雅》以为托始，独难为拘墟者道耳。同郡陆景宣尝语余，今之真诗在南曲，余深叹其知言。填词者，南音之祖也。夫文章之日开而趋于变也，天也，孔子且不能违天而必因乎世，今之善论文者亦知之邪？

《丽农词序》(《潠书》卷一)

3. 邹祗谟：

阮亭《衍波》、羡门《延露》，彭、王齐名，良云不忝。近复以仆《丽农词》列为三家者，窃有子鱼龙尾之恧矣。

沈雄《古今词话》引

4. 董以宁：

初子常云："近来说词者，颇有彭、王、邹、董之目，其位置如何？"仆曰："仆隽永不如阮亭，澹远不如金粟，精绮不如程村，但神韵偶到，时或相似耳。"初子曰："君乃复以神韵自赏。"

《蓉渡词话》

5. 王晫：

邹程村语言妙天下，小词单文，令人色飞神艳。

《今世说》卷三

6. 彭孙遹：

程村作诸僻调，能安顿拗折处，使之转旋从我法，又无一字粗牾，真削猴刻鹄之技也。

冯金伯《词苑萃编》卷八引

7. 彭孙遹：

咏物词，极不易工，要须字字刻画，字字天然，方为上乘。即间一使事，亦必脱化无迹乃妙。近在广陵，见程村、阮亭诸作，便为叹绝，始几几乎与白石、梅溪颉颃今古矣。

《金粟词话》

8. 王士禛：

云间数公论诗拘格律，崇神韵。然拘于方幅，泥于时代，不免为识者所少。其于词，亦不欲涉南宋一笔，佳处在此，短处亦坐此。合肥乃备极才情，变化不测。娄东驱使南北史，澜翻泉涌，妥帖流丽，正是公歌行本色，要是独绝。不似流辈挦扯稼轩，如宋初伶人谑馆职也。友人中，陈其年工哀艳之辞，彭金粟擅清华之体，董文友善写闺襜之致，邹程村独标广大之称，仆所云，近愧真长矣。

近日名家，如程村咏蝶、咏草、咏美人蕉、白鹦鹉诸作……可谓前无古人。程村尤多至数十首，仆常望洋而叹。昔人谓八大家所以独雄唐宋，为其篇目众多，波澜老成也。仆于《丽农词》亦云。

程村咏物词甚富，略举一二，如《落花》云："五更风，三月雨，惯作伤心别。"《蟋蟀》云："偏与愁人作楚，细思量，甚事恰关卿。"《白鹳鸽》云："露冷水晶屏，烟暖蓝田玉。料不夜珠边，长傍冰壶浴。"《咏草》云："闺中陌上，到处欲断还匀。"《金钱花》云："金风冷、留买一线斜阳，怎看秋贱。"《白鹦鹉》云："便花田珠网携来，傍雕阑、向梨花闲睡。"诸如此例，不独传神写照，殆欲追魂摄魄矣。于此道中，具有哪吒手段。

《花草蒙拾》

9. 王士禛：

近日名家，作丽语无如程村，作绮语无如其年。（卷四）

程村作诸僻调，能安顿拗折处使之转旋从我法，又无一字龃龉，真削猴刻鹄之技也。（评〔南歌子〕"待把愁推愁未舍"）

邹、董诸子分赋十六艳诸词，率皆镂肠钵胃之作，《花间》、《草堂》后，正不可少此一种。（评〔簇水〕"从此闺中"）

南宋诸名家，才情蹀躞，以长调擅胜场。近惟程村、文友翩翩竞爽。（评〔绮罗香〕"莱子传声"）

《倚声初集》评语

10. 沈雄：

訏士少有"邹、董"之目，多拈僻调。后来曲折尽变，而时出新警之句。

《古今词话·词评》下卷

11. 曹禾：

本朝士大夫词笔风流，几上追南唐、北宋。彭、王、邹、董，夙擅孅声。近来同人中，惟锡鬯、蛟门、方虎、实庵超然并胜。

《珂雪词话》（《珂雪词》卷首）

12. 张星耀：

昭代词人之盛，不特凌轹元明，直可并肩唐宋。如《香岩》之雄瞻，《棠村》之韶令，《容斋》之新秀，《衍波》之大雅，《延露》之俊逸，《丽农》之宏富，《东江》之绵渺，《弹指》之幽艳，《乌丝》之悲壮，《艺香》之浓鲜，《玉凫》之清润，《兰思》之真致，《玉蕤》之周密，余如秋岳、锡鬯、容若、云士、舒凫、夏珠、昉思诸公，未窥全豹，微露一斑，而《二乡》、《远山》、《云涌》、《扶荔》、《鸾情》、《南溪》、《炊闻》、《百末》、《含影》、《支机》、《蓉渡》、《锦瑟》、《柳村》、《遏云》、《当楼》、《青城》、《蝶庵》、《秋水》、《峡流》、《吹香》、《椒峰》、《萝村》、《菊庄》、《移春》、《山晓》、《梨庄》、《红蕉》、《柯亭》诸集，可谓家操和璧，人握隋珠，一时群聚。噫，盛矣！

《词论》（《东白堂词选初集》）

13. 李调元：

邹程村祗谟《丽农词》，以典丽为宗，而稍失之浓缛。

《雨村词话》卷四

14. 郭麐：

毗陵邹、董，各以词名，文友词淫言媟语，不免秀铁面所呵。邹词亦未为工，难与迦陵并称也。惟〔菩萨蛮〕一首，殊得《花间》之遗。

《灵芬馆词话》卷二

15. 沈道宽：

倚声小集爱程村，挖剔幽奇花样翻。

狡狯神通正法眼，莫言别调是傍门。

《论词绝句》四十二首（《话山草堂诗钞》卷一）

16. 谢章铤：

程村论词谱、词名、词韵，语颇精详，以篇长不及录，然攻词者不可不肄业及之。（卷一）

邹程村祗谟与阮亭、羡门游，故其词修洁，有《花间》遗意。（卷八）

《赌棋山庄词话》

17. 陈廷焯：

尤侗、董俞、陈世祥、黄永、陆求可、邹祗谟等词，根柢既浅，措词又不尽雅驯，尚非分虎、符曾、藕渔之匹，亦何敢与小长芦抗哉？

《白雨斋词话》卷五

18《清史列传》：

邹祗谟……与人真挚，交久不忘。妙于言语，小词单文，令人色飞神艳。

《文苑传一》

19. 卢前：

〔望江南〕

《词衷》作，远志旧斋人。不与万戈成沆瀣，程村词句亦能新。出语见勤辛。

《饮虹簃论清词百家》（《清名家词》）

董元恺

董元恺(1630?—1687)字舜民，号子康，江苏长洲（今苏州）人。清顺治十七年(1660)举人，次年即罹“奏销案”被黜。侘傺不自得，于是西出秦关，东走粤峤，登大梁之城，泛小孤之渚，吊祖龙(秦始皇)之陵，哭重瞳(项羽)之庙，激昂慷慨，悉寓于词。有《苍梧词》十二卷，《全清词钞》选收之，陈乃乾辑入《清名家词》。

1. 尤侗：

文生于情，情生于境，哀乐者，情之至也。莫哀于湘累《九歌》、《天问》，江潭之放为之也，莫乐于蒙庄《逍遥》、《秋水》濠上之游为之也。推而龙门之史，茂陵之赋，青莲、浣花之诗，右军、长史之书，虎头、龙眠之画，无不由哀乐而出者，何况乎词？每念李后主“小楼昨夜又东风”，辄欲以眼泪洗面。及咏周美成“低鬟蝉影动，私语口脂香”，则泪痕犹在，笑靥自开矣。词之能感人如此！吾读董子舜民《苍梧词》，而叹其合焉。董子以兰陵佳公子，为名孝廉，忽遭诖误，侘傺不自得。于是西出秦关，东走粤峤。登大梁之城，泛小孤之渚。过咸阳，吊祖龙之陵；入乌江，哭重瞳之庙。陟夫椒，问吴王之故宫；眺邺台，寻魏武之遗迹。则有兴亡如梦，慷慨余哀者矣。然而家有田园，室多图史，佳妇比肩，并坐鼓瑟。乃至邓尉探梅，断桥对月，浮家洞庭之泽，销夏芙蓉之湾。弹琴而看文君，买钗以贻徐淑。李居士书藏金石，管夫人尽擅梅花。人生乐事莫过于此，而董子一于词乎发之。故以抑塞磊落之才，使飞扬跋扈之气；以嵚崎窈窕之遇，抒缠绵凄怆之怀。其为词也，或取诸骚焉，或取诸子焉，或取诸史焉，或取诸赋与诗焉，或取诸书与画焉，无不有也，无不似也，岂非哀乐过人，一往有深情者乎？或者谓声无哀乐，词亦何能感人？试以《苍梧》

一编，付之铜将军、铁绰板，一唱而凉风生，再奏而繁霜落，如听雍门之琴，莫不欷歔泣下矣。又使双鬟女郎按红牙歌之，则彩云为之徘徊，青鸟随而翔舞。如明皇击羯鼓，四顾柳杏，有不嫣然发笑者乎？

《苍梧词序》（《西堂杂组》三集卷三）

2. 梁清标：

〔沁园春〕《读董舜民〈苍梧词〉赋赠》

六代风流，江左文豪，杖策北来。羡一编在箧，餐霞霏玉，千秋自赏，绝艳惊才。憔悴江潭，逡巡京洛，十载兰成意可哀。芒鞋遍，仗乌丝彩笔，抒写孤怀。　而今名满燕台。看鞭弭、中原何有哉。尽危楼百尺，从君高卧，旗亭群伎，聊与徘徊。雪苑人稀，酒垆风邈，读罢新词倦眼开。期成赋，有黄金为寿，一拂尘埃。

《棠村词》

3. 陈维崧：

今有豢龙华胄，绣虎雄才。名已动于春官，身甫偕夫计吏。而楚国亡猿，塞翁失马。叩丹霄而无路，攀紫闼以谁阶。泣不成声，逝将安适？时则四海谁容，三年不笑。西游盩厔，听鸡渡函谷之关；东返轘辕，立马望咸阳之坂。北风拉沓，高台飒其无人；南内荒凉，夜乌咽而相语。此皆扶荔遗基，长扬废馆。金戈夜声，则群雄蹴踏之乡；铁垒晨摩，则悍帅夺扬之地。汉高皇大风置酒，起舞悲来；唐玄宗夜雨闻铃，沾襟泪下。既美人骏马之安在，亦故宫陈迹之极多。于是万感风生，千端猬急。蘸杯盘而狂嗷，墨欲成龙；濡须发以作书，字皆成蚪。每于钟鸣灯炧之余，恒作剑拔弩张之势。狂时漫写，定属神来；醒后详观，不知谁作。又或挂玉鎚前，绝缨会上。一双红绶，见隔巷之新人；半夜青衫，遇下江之故伎。梦华小录，仿佛前生；花月新闻，依稀故事。亦复曲付何戡，调翻穆护。安公子闲歌一曲，小秦王高唱三章。金柔玉软，青娥闲谱其声情；斗转参横，白发暗传其点拍。信陵君醇酒妇人而外，他何知乎？卢思道白掷剧饮之风，君其是矣。仆也老而失学，雅好填词，壮不如人，仅专顾曲。慨自邹董既亡之后，泪满蝉钿；况复曹王久别以来，心灰兔管。见吾友之一编，动鄙人之三叹。啼成绀碧，不让江潭红豆之思；泣化琼瑰，何殊风雨苍梧之恨。永传乐府，长播词林。

《苍梧词序》(《苍梧词》)

4. 陈维崧：

〔水调歌头〕《读董舜民〈苍梧词〉题后》

老屋数间耳，世事不关渠。堆墙牛腰困蠹，巨束笋般粗。中有奇文兀奡，每夜必腾光怪，鳌掷与鲸呿。力压古謷叟，气慑万獠奴。　　珠零乱，玉夭娇，翠模糊。我行以手扪摸，作此定谁欤？既似苔纹瓦篆，又似碑残鼓蠹，字里吼于菟。乃是兰陵董，词集曰《苍梧》。

《迦陵词全集》卷十四

5. 董元名：

舜民之于词学几三十年，亦可为标新领异，月变而岁不同矣。其间篇章之重叠、格调之奇幻，可以跡前贤、跨近代者，何啻盈箱累轴？

《苍梧词选后叙》(《苍梧词》)

6. 陈玉璂：

况舜民之词，能按古谱，出新意，在所必传。宋之能词者六十余家，如秦少游、高竹屋、姜白石、史邦远卿、吴梦窗数子，始可称以新意合古谱者。杨守斋论词六要，一曰按谱，一曰出新意是也。苟不按谱，则歌韵不协，歌韵不协，则凌犯他宫，非复本调。不出新意，则必蹈袭前人，即或炼字换句，而趣旨雷同，其神味亦索然易尽。今观《苍梧词》，既绝此二病，而于秦史诸家，贯穿变化，别成一家之言，其并传也奚疑哉？

《苍梧词序》(《苍梧词》)

7. 邵长蘅：

舜老填词，率意写来，无不曲折如意，如秦王袅袅而来，貌与常异，故老杜曰“真气晶户牖”也，足以千古矣。

《苍梧词》卷十二评

8. 潘眉：

舜民卜筑苍梧别业，有偕隐终焉之志。其所游历燕、赵、秦、晋、齐、鲁、魏、宋、越、楚，以及三江、五湖、七闽、百粤诸名胜，尽入奚囊。故小词亦以苍梧名之，殊有山川郁葱之概。

沈雄《古今词话·词评》下卷

9. 朱祖谋：

国朝词流，常州称盛。其年实开其先，同时分镳平骋者，其惟舜民先生乎？王阮亭论词每道晋陵阳羡，又谓《乌丝词》多瓌奇闺房游侠之词，尤妙。而其年序《苍梧词》亦极言醇酒妇人，白掷剧饮之概，盖先生以名孝廉怀才不遇，复遭诖误，侘傺不自得，故激昂哀感，悉寓于词。先生裔孙授经将重梓是编，征言于余。余之老矣，遭之世变，志意怫郁，偶有所作，亦所谓可以适独坐而不可以娱众宾者。读《苍梧词》，辄为想见当时冠裾文酒之盛，而不获进退于其间也。己丑闰夏归安朱孝臧跋。

《苍梧词跋》(《苍梧词》)

10. 《续修四库全书总目提要》：

董元恺《苍梧词》及董以宁《蓉渡词》……其体导源于《花间》、二晏，沉博绝丽，锦心绣口，语见才思，虽不如二张之清约而蕴藉，而才藻艳丽，思致悱恻，则有过之。盖词人之旨，本乎心声，固无事于雕琢，若二张诸家，则为文人之词，非出于天籁矣。

《续修四库全书总目提要·广川词录十种二十四卷》

11. 黄孝纾：

阳湖为江南文物之薮，国初声学，首推三董。玉虬《微泉》

之集，文友《蓉渡》之篇，并撷芳馨，为时模楷。鼎足之任，爰在舜民，号钟滥觞，本自合音，片玉碎金，俱堪传世。顾玉虬卓荦姿年，敭详言路，伏蒲一疏，气肃乌台，珥笔九能，望崇懋列。文友则家世素封，不挂朝籍。公差设教，平揖高流，泥犁腾嘲，本非俗物，夷远之情，亦荣天爵。独舜民黯阖声闻，秃落英曜，吐文万牒，只畔牢愁；赋命六张，横被口语。承明在望，而踠足长嗟；殊次还丹，而屈声屡振。假皋苏于金缕，纡菀结于铜琶。燕南赵北，慷慨哀歌；楚尾吴头，迷离羁思。瑶京梦浅，按谱而唱云谣；玉宇天寒，寻声而翻水调。烟骚无极，铅泪长倾。桂枝故国之篇，斜阳成恨；杨柳晓风之句，井水知名。其或鸥天结社，麝月当花。谱笛家于瓦子，寻筝扃于柔奴。旧狂重理，动啰唝之歌尘；影事追逋，记华鬘之色界。龙香弦拨，鸾羽笺飞。要皆缘情造哀，荡郁成采。植兰湘畹，喻厥芳心；鼓琴海山，通其幽悟。佩实衔华，庶几近道矣。词集裒然，阅世堙暧。裔孙授经年丈，敦饮水之思，广藏山之志。庋疏刲烬，用付手民。比之蕤宾方响，重振元音；厕诸宛委秘藏，永珍家集。猥以无文，命缀荒翰。词仙老去，应居白瑶之宫；巫咸下招，伫想素云之驾。然而舜民生值昌时，名传狂社。江山文藻，世睹华勋。门地衣冠，人为养炬。探梅邓尉，招香海之胜流；击节章台，传高尘之嘉会。标榜缘达，同闬有白云逸人；嘤鸣所求，投分则金风亭长。赢缩有数，荣悴何蹉。沈泉可作，舒蹇产于回风；异代相知，企灵芬而如昨。修罗藕孔，几阅枯尘；慧业莲花，已成陈迹。人间何世，余情信芳。是知年丈之珍此篇，微直锡类于昆仍，盖亦寄渊思于开、宝矣。

《重刊苍梧词序》（《词学季刊》第一卷第四号）

12. **卢前：**

〔望江南〕

功名误，垂老不能安。一卷《苍梧》多古意，百年侘傺许人看。笔下泪汍澜。

《饮虹簃论清词百家》（《清名家词》）

陈维嵋

陈维嵋(1630—1672)字文鹭，一字半雪。江苏宜兴人。陈维崧仲弟。邑庠生。清顺治十一年入学籍。性情磊落，嗜酒。工词，为阳羡派作手之一。著有《亦山草堂遗稿》、《亦山草堂南曲》，词有《亦山草堂遗词》二卷。

1. 陈宗石：

呜呼！此仲兄遗词也。仲兄生年不永，词止四十五首……仲兄词虽不多，如集中《怀三弟都下》〔南乡子〕“中三度梅花，不共看，雪后烟蓑雨后山”，〔浣溪纱〕《春思》：“江南，红豆百相思”，〔鹧鸪天〕《寄内》“到门流水绿于烟”诸句，直撮豪苏腻柳之胜，虽老兄不逮也。

《亦山草堂遗词序》（《亦山草堂遗词》）

2. 谢章铤：

陈氏门材最盛，《乌丝》一篇，既推老手，而半雪维嵋有《亦山草堂词》，纬云维岳有《红盐词》，鲁望维岱有《石闾词》，皆迦陵兄弟行，莫不含宫咀商，埙篪迭奏。

《赌棋山庄词话》卷四

屈大均

屈大均(1630—1696)初名绍隆，或名邵龙，字介子，一字翁山、骚余。自号泠君、华夫、南海遗民、罗浮山人；曾一度为僧，法名今种，字一灵。广东番禺（今属广州市）人。明诸生。从其师陈邦彦起兵抗清，曾至永历帝行在肇庆上《中兴六大典书》；又曾为联络郑成功，献策以图夺取金陵。郑败后，大均归里，后浪迹四方，历江浙，入京师，出榆关，过秦晋，与顾炎武、傅山订交。吴三桂反清，大均欲与，后见吴有称帝之心，遂罢。清康熙十九年(1680)后，返里不出，潜心著述终老。《清史稿》、《清史列传》具载其事迹。大均早能诗，得名甚早，与朱彝尊、顾炎武、陈恭尹等往还唱和，与其师之子陈恭尹、梁佩兰，并称为“岭南三大家”。屈氏著述，因有着强烈的民族意识，在雍、乾二朝被严禁。其著述宏富，主要有《道援堂集》、《翁山诗外》、《翁山文外》、《翁山文钞》、《翁山易外》、《广东新语》、《广东文选》、《皇明四朝成仁录》等。词有《道援堂词》(一名《骚屑词》)，有三百六十余首。

1. 谭莹：

国初抗手小长芦，除是番禺屈华夫。

读竟道援堂一集，彭孙遹邹祗谟说擅倚声无。

《三十六首专论岭南人》(《乐志堂诗集》卷六)

2. 丁绍仪：

番禺屈翁山大均……集后附词一卷，远不如诗，可存者数词而已。(卷十六)

南海谭玉生广文莹……推崇戴石屏与本朝之毛西河、屈翁山，谓屈词足以抗手竹垞。此与番禺张南山司马维屏服膺郑板桥、蒋

藏园词，同似门外人语。（卷二十）

《听秋声馆词话》

3. 朱祖谋：

〔望江南〕《杂题我朝诸名家词集后》

湘真老，断代殿朱明。不信明珠生海峤，江南哀怨总难平，愁绝庾兰成！

《彊村语业》卷三

4. 潘飞声：

剩水残山郁作诗，塞门骚屑又填词。

秣陵吊古苍凉甚，可有金笳故国思。

《论岭南词绝句》二十首（《古今文艺丛书》）

5. 张德瀛：

屈翁山词，有《九歌》、《九辩》遗旨，故以骚屑名篇。观其《潼关感旧》、《榆林镇吊诸忠烈》诸阕，激昂慨慷，如蒯通读乐毅传而涕泣，其遇亦可悲矣。

《词徵》卷六

6. 郭则沄：

顺、康才士，抗怀藐世者，无如屈翁山。初披缁为僧，旋返儒服，漫游南北，所交盖遗逸。其《道援堂集》，多触时忌语。

《清词玉屑》卷二

7. 赵尊岳：

逮至易代，朴学渐兴，王船山、屈翁山诸遗老，善以流美之情，托黍离之致，寄桑海之感，抒故国之思。即至余澹心、李笠翁之流，要亦沦落江湖，自甘寐异，水云寄慨，歌哭无声。是则玉田之值梅娇，犹谙周谱；野人之题桥驲，善和坡词。遗泽之深，平居之感，庶几同之也。

《惜阴堂明词丛书叙录》（《词学季刊》第三卷第四号）

8. 赵尊岳：

《道援堂词》一百八十二首，不在全集。以翁山文字罹禁网，益不易求得也。……其怀旧念思之切，梦魂相与之亲，真令人情深一往而不能自已。

《惜阴堂汇刻明词提要·道援堂词一卷》

9. 沈轶刘：

明遗民之桀骜不驯，跳荡激越，俯视一世，能与陈维崧方驾而领袖清初词坛者，只有番禺屈大均……屈词夭矫绵密，刻意振奇，其最大特点在于严守矩矱，在传统格律范围内寻求自由，充分发挥内蕴。因此所作如环峰激水，随意方圆；高鸟出云，不离烟霭，纵横驰骤，力能扫荡群言，廓清积弊。所作如〔鹊踏枝〕、〔长亭怨〕等，皆足以表现其宕激不逾矩之绝特面。

《繁霜簃词札》

10. 朱庸斋：

吾粤为词风气，远后江南。宋、元、明之词人占籍岭南者寥寥无几，作品亦非出色。清代以来，当推屈翁山为第一人此说叶遐庵最为同意。朱彊村题清朝名家词集，亦以翁山冠首，足见其对屈词之推重矣。《道援堂词》极沉郁凄婉，多感时伤事之作。其比兴要眇之旨，实与屈原为近。

《分春馆词话》卷三

毛羽宸

毛羽宸（生卒年不详）字公阮，浙江嘉善人。有《画荻笺词》。

1．邹祗谟：

词有隐括体，有回文体。回文之就句回者，自东坡、晦庵始也。其通体回者，自义仍始也。近来吾友公阮、文友，有一首回作两调者。文人慧笔，曲生狡狯，此中故有三昧，匪徒乞灵窦家余巧也。

余向序阮亭词云："同里诸子，好工小词，如文友之儇艳，其年之娇丽，云孙之雅逸，初子之清扬，无不尽东南之瑰宝。今则陈、董愈加绵渺，二黄益属深妍。更加庸庵之醇洁，风山之超爽，卓人之精腴，介眉之隽练，公阮之幽峭，紫曜之鲜圆，陶云之雅润，赓明之秀濯，含英咀华，彬彬可诵。词虽小道，读之亦觉风气日上。"

《远志斋词衷》

2．邹祗谟：

公阮诗幽异自赏，词复瘦峭，王南云之流亚。（卷二）

读公阮诸词，真有落花无言，人如淡菊之意。（卷六）

《倚声初集》

陆棻

陆棻（1630—1699）初名世枋，字次友，号义山，一号宜山，又号雅坪，浙江平湖人。清康熙六年进士，掌管内秘书院典籍。十八年再试博学鸿词，授翰林院编修，分纂《明史》，后官至内阁学士，兼礼部右侍郎。《清史稿》、《清史列传》有传。棻与朱彝尊为中表兄弟，时相唱和。撰有《雅坪文稿》、《雅坪诗稿》、《雅坪词谱》等。

1．蒋景祁：

义山词，体致修洁，体物诸作，犹极工细。

徐珂《清代词学概论》引

2．查礼：

陆次友棻在都下尝以中元与同人集高谡园竹屋，各作〔燕山亭〕一阕，陆词云："垂了帘衣，宛在米家，书画船窗坐。楸局未停，玉子声声，听得卖花车过。树杪凉生，吹几叶、絮云低堕。灯火。晕粉莉娟筠，翠梢香妥。　才度天上秋期，对月径风檐，又陈瓜果。南槽红友，内样青瓷，今霄锦茵拚涴。嘶骑频催，便醉也、欲留无那。归可。料写入、竹溪有我。"其咏初秋景物，大觉凉雨袭人。

《榕巢词话》（《查恂叔集》）

张渊懿

张渊懿(1630?—1691后)字砚铭，一字符清，号蛰园，青浦(今属上海)人。清顺治十一年(1654)举人，以奏销案坐废乡里。同年与同邑杜登春、华亭顾开雍等结“原社”，康熙十二年又与陆纬、姜遴、顾横等结“春藻堂社”。工词。渊懿与田茂遇合辑《清平初选》，是书录清初三百十九家词，计二百九十四调，一千一百四十余首，其中以云间(上海松江)词人居多，实为“云间词派”之结集。又与董俞等合选《十五国风》。著有《临流诗》、《月听轩诗余》(又名《雒鹃词》)，聂先、曾王孙辑《百名家词钞》收录。自存词一百余首。

1. 周稚廉：

《月听词》以温润为则，尽欲铲去小山、白石之尖刻。而近代名家，俱力矫平易一路，然未免过当。故于《月听词》，深有取焉，亦犹凤洲之服膺震川也。

《百名家词钞》引

2. 周稚廉：

《月听词》，铲去尖刻，以温润为体，深得乐府之遗。

冯金伯《词苑萃编》卷八

3. 毛际可：

读《月听轩词》，其感遇激昂慷慨，不可一世，固已五岳起于方寸。至于写妍思，发冶唱，使人魂荡色飞，低徊欲绝。而按之纸上，不独无金粉迹，并笔痕墨沉，皆若荡以晓风，涤以清露。渊渊乎深得乐府之遗，即进之国风，亦可庶几焉，岂但为助流扬波之藉也哉？

《百名家词钞》引

4. 沈雄：

张砚铭《雒鹃草》，独能删削靡曼之词，咸归雅洁，而出以工致。徐臞庵向曾为余言之，此真选声第一功臣也。

《古今词话·词评》下卷

5.《倚声集》：

其词不过数阕，而筋节成就处，入北宋堂奥，非时流凑泊所能及。

沈雄《古今词话·词评》下卷

6. 陈廷焯：

砚铭词温婉流丽，入西麓之室。

《云韶集》卷十四

吴雯炯

吴雯炯（生卒年不详）字镜秋，号葛巾老人，室名笙山草堂。安徽歙县丰南人。活动于清康熙间，寓居江西南昌蓼洲，与罗牧、僧心壁善，尝从吴绮学词，得填词法。著有《香草词》一卷、《笙山草堂诗》等。

1. 陈撰：

吴笙山雯炯《香草》一编，熏心染臆于姜、张、吴、史之间，故秾而不迷，艳而能清。

冯金伯《词苑萃编》卷八

2. 厉鹗：

笙山生世寡谐，含情有讬，《香草》词卷，小令尤工，“莫道风敲竹，是侬来”，非手提金缕之冶思乎？“孤月也，应无可遣，各分愁一段”，非踏杨花之鬼语乎？南唐、北宋殆兼其胜。

徐珂《清代词学概论》引

吴秉钧

吴秉钧（生卒年不详）字琰青，浙江山阴人。不屑科举业，键关力学，足不入城市，学者称贞隐先生。吴兴祚督两广时，邀至幕中。与万树友善，参订《词律》，著有《课鹉词》。

1. 高简：

留村司马，盖代伟人，笃生琰青，轶群才子。当兰成作赋之岁，为樊川嬉水之词。丽萍纷披，闲情旖旎，鲜争春艳，巧夺天工。宝马东风，王孙芳草。洵可远追五愿，近拟八叉。

《百名家词钞》引

2. 余兰硕：

琰青逸才旷世，缥缈风流，吐凤雕龙，慧心巧手，发为词调，轹柳凌秦。昔黄山谷之序晏小山也，有曰其合者《高唐》、《洛神》之流，其下者不减《桃叶》、《团扇》。试拈此语，移赠琰青，庶几无愧。

《百名家词钞》引

3. 张延珪：

琰青以宏丽博胆之才，寄情声律，瓌辞渺思，蕴藉风流，可称纤秾合度。恐春风杨柳，秋晓芙蓉，不足喻其态致；三峡波涛，九天笙鹤，不足神其观听也。

《百名家词钞》引

曹士勋

曹士勋（生卒年不详）字名竹，号菊田，浙江桐乡人，祖籍嘉兴。清康熙诸生，困于场屋。家贫，以塾师为业。工诗词，著有《萍梗诗钞》一卷，《翠羽词》一卷。

1．盛远：

曹子名竹，余南池社友也。诗固清新，词尤绮丽。老友徐坚仲常录数阕正之竹垞先生，先生读至〔满江红〕结句云“猛加鞭，回首夕阳，山苍凉状”，不觉击节曰：“此人词名当不在吾下，吾将为延誉矣。”竹垞先生海内奉为词宗，而奖许若此。奚怪其词之流传于世，脍炙人口也耶？

《翠羽词序》(《翠羽词》)

2．汤叙：

词之道，于今鲜矣。岂以其为诗之余而忽之哉？古之以诗文名者，未有不工于词。李太白，诗人正宗也，而工于词。欧阳永叔、苏子瞻文章大家也，而工于词。则词亦安可忽耶？名竹兄以风雅之才，掉鞅骚坛，所填新词俱组织纤艳，音调温柔，可谓深于情者。余谒选来都，寓观我马先生书舍，因得与名竹兄缔交，联床接席，欢洽靡间。余幽忧之余，偶寄情声韵，名竹兄不嫌污秽，属而和之。余每击节叹赏，欲焚弃鄙稿。既而出《翠羽词》索序于余，乃知名竹兄固以词擅场，而余焚弃之念殆将绝矣。至其文则浸淫庆历，诗则出入唐宋，有非时流所能仿佛者。嗟嗟，以名竹兄之才，而蹭蹬场屋，不克蚤振于时，岂非其命也哉？

《翠羽词序》(《翠羽词》)

3．高怡：

名竹多才好学，诗文而外，尤善倚声。栖迹金台，赏音寂寂。

庚子九月，访余寓庐，出所著《翠羽词》见赠，兼索余序。见其文生于情，情生于文，令人咏叹淫佚，不能自禁。夫君臣父子皆情所钟，曹子之词，发乎情止乎礼义。岂特寄遥情于婉娈，结深怨于蹇修也哉！

《翠羽词序》(《翠羽词》)

4. 汪楫：

红丝小砚涌香云，谱就新词锦绣纹。

檀板银筝低度后，殷勤为写石榴裙。

《翠羽词序》(《翠羽词》)

5. 潘又汤：

〔风流子〕

鸳鸯湖上客，花间集声，价重南金。想诗成七步，名喧三国，建安才子，称到于今。几千载风流超往，哲儒雅动知音。秋水一泓，蒹葭半渚，曾经兰棹，欲寄瑶琴。　遨游燕台畔，何人买骏骨，万古伤心。赖有绿窗丽句，红豆佳吟。将山川秀气，尽归翠羽，好逢伯乐，莫虑升沉。从此片帆烟雨，不费追寻。

《翠羽词》

6. 曹源郁：

吾弟诗文振耀一时，词尤笃好。故是追踪屈、宋，陵轹周、秦。然落落寡和，以是叹赏音之难也。

《翠羽词序》(《翠羽词》)

7. 沈起孟：

最爱曹郎《翠羽词》，幽香冷艳少人知。

色丝幼妇分明是，绝代风流我所师。

《翠羽词序》(《翠羽词》)

8. 沈尧咨：

词与诗异响而同工，昔人于诗所难言者，往往倚声为词。其托想益微而远甚，或假香奁绣幕，虫鸣草长以见意，亦犹离骚之寄情兰芷也。名竹兄少负异才，典博善赋。比壮无所遇，持襆被走京师。凡燕社酬赠，及晓烟暮雨，灯灺梦残，有所思辄见诸词。人竞赏其藻丽，讵知哀艳幽思，有甚于狂歌怒号乎？

《翠羽词序》(《翠羽词》)

9. 王慎行：

曹子之词，意旨遥深，摛辞清绮，令读之者如闻江上琵琶，如听城头觱篥。岂非词场独步，惊才绝艳哉？

《翠羽词序》(《翠羽词》)

10. 方日岱：

新词婉丽尽堪传，才子于今让菊田名竹，一字菊田。

唤取雪儿檀板按，为君谱上十三弦。

《翠羽词序》(《翠羽词》)

11. 杜诏：

宋以来词各异趣。秦、柳之艳，辛、苏之豪，各自成家，不可强同也。桐川曹子名竹，高才绩学，所著《翠羽词》，小令极纤艳，出入秦、柳间。慢词豪放，则兼辛、苏而有之。其体制与近日迦陵相近，当于浙西六家外，独树一标坛矣。

《翠羽词序》(《翠羽词》)

12. 胡期恒：

己丑春，因岵怀汪先生得交曹子名竹，时恨相见之晚。适家表兄吴桥令杜果斋欲延西席，余即代为敦请。知其人品端方，不苟訾笑，心益重之。辛卯秋，果斋兄摄篆津门，余将赴任信宿官署，尊酒联吟，更深款洽。乃以所作《翠羽词》索序，唱叹之下，意颤神摇。疑其人品端方，不善作温柔香艳之语，而婉丽至此。则当日宋广平之铁肠石心，而能吐媚辞亦若是则已矣。

《翠羽词序》(《翠羽词》)

13. 陈世倌：

余不善作词，然词之工拙，颇能默契。读《翠羽词》，殆与“杨柳岸，晓风残月”同其丰韵矣。

《翠羽词序》(《翠羽词》)

14. 汪由敦：

〔满江红〕

减字偷声，我笃爱梅溪、白石。数能事，今人不薄迦陵、竹垞。大海澜回鲸浪紫，芳洲春丽兰苕碧。叹词坛耆旧总凋零，今非昔。　旗亭壁，长安陌。温卷客，笺狼籍。羡雄才八斗，一时无敌。老我虫鱼穷句读，删除绮语曾何益。算不如赌酒命双鬟，称词伯。

《翠羽词》

15. 王昶：

曹名竹士勋有《翠羽词》，徐仲坚常录数阕示竹垞先生。竹垞读其〔满江红〕，至结句“猛加鞭、回首夕阳山，苍凉状”，不觉击节曰：“此人词名当不在吾下。”其推许如此。名竹自序云：“一声河满，堪为取乐之方；双调江南，聊当扫愁之具。放荡酒旗戏鼓，残月晓风；淋漓粉帕香罗，画帘微雨。敛雄心于艳史柔乡之内，益复无聊；传哀怨于偷声减字之余，大非得已。”陈海宁师相题其卷首云：“余不善作词，然词之工拙颇能解会。读《翠羽词》，殆与‘杨柳岸、晓风残月’同其丰韵矣。”

《西崦山人词话》卷三

徐瑶

徐瑶（生卒年不详）字天璧，一作天碧，号瑞斋，又号离骚墨人，江苏宜兴人。徐喈凤子。清康熙间岁贡生。著有《学古堂稿》，分骈体、古文、词集三类。又有《爱古堂俪体》四卷、《续集》四卷。有《离墨词》(一名《桂子楼词》),《百名家词钞》收其词，名为《双溪泛月词》。

1. 曾王孙：

天璧于填词之道，独化神奇，故运斤置斧处，能尽扫蹊径，直露本色。

《百名家词钞》引

2. 聂先：

近来词家好尚不同，取舍互异，要皆不得绝妙好词耳。今观天璧之词，字字出人意想外，句句如在人口头边。创语尖新，炼调逸响，不雕刻以失之文，不变幻以失之野，足称一代作者。

《百名家词钞》引

3. 陈玉璂：

天璧家学既深，天才尤巨，诗赋古文无不擅绝。其词凌今轹古，先学秦、辛，多豪健之致；近乃精研姜、史，益复秀艳无比。阳羡虽多才，不得不于南州俯首矣。

《百名家词钞》引

4. 狄亿：

天璧才擅众长，词不一格，或瑰玮如梦窗，或清劲如白石，或绮丽婉约如美成少游。

徐珂《清代词学概论》引

5. 陈廷焯：

狄立人谓天壁才擅众长，词非一格。尤展成谓此调惝恍迷离，得神光掩映之妙。余谓此词诚佳，真高唐、洛神之流，但与梦窗体格貌似而神不似，不必拟梦窗也。（评〔惜红衣〕“云母屏前”）

《云韶集》卷十七

万树

万树(1630—1688)字花农，又字红友，号山翁，自号三野先生，江苏宜兴人。国子监太学生。吴兴祚巡抚福建、总督两广时，延至幕中，奏议皆出其手。工词曲，逋脱稿，兴祚即命家伶按拍侑觞。清康熙二十七年(1688)病归，卒于蒙江舟次。有《堆絮园集》、《璇玑碎锦》等二十多种。红友先在无锡侯氏亦园研讨词律，后于广州独立编纂《词律》。工词。著有《香胆词》(一名《堆絮词》)、《词律》，《玉双飞》、《锦尘帆》、《空青石》等传奇以及《舞霓裳》、《玉山庵》、《珊瑚毯》等短剧。

1. 余怀：

红友锦心绣肠，嵚崎锁碎，言词绘景，别出新声，俱前人所未经道。天惊石破，海立山飞。余未识其人，直欲生致太真，自拔其舌。

《百名家词钞》引

2. 聂先：

选词将竟，忽得《香胆词》付钞，不觉狂喜，当以生平从未赠人“绝妙好词”四字相赠。但词中有纤新妙句，极类涪翁，足见文人锦心绣口。吾闻昭中称先生词“如初白芙蕖，光艳夺目，如天衣无缝，自然成章”。信然。

《百名家词钞》引

3. 沈雄：

读红友词，已见细心微诣。近得《词律》一书，留情倚声，服其上下千载，有功词学，固当以公瑾望之。

《古今词话·词评》下卷

4. 陈玉瑾：

词中如“不等荔枝甜，怕家园杨梅过了”、“共燕子长嗟，梨花多病”；“我已伤心听不得，况是黄莺”、“若为荔枝成了病，也是风流”；“莺也怜他，乍停还起，留与南园做雪”、“三年有半为伊愁，人生能几三年半”、“问恁时呆守窗儿，独自怎生得白”，句句字字在人心窝里，人却道一字一句不出。

《百名家词钞》引

5. 厉鹗：

去上双声子细论，荆溪万树得专门。

欲呼南渡诸公起，韵本重雕菉斐轩。近时宜兴万红友《词律》严去上二声之辨，本宋沈伯时《乐府指迷》。予曾见绍兴二年刊菉斐轩《词林要韵》一册，分东红邦阳等十九韵，亦有上去入三声作平声者。

《论词绝句十二首》（《樊榭山房诗集》卷七）

6. 郑方坤：

图谱金科守《啸余》，移宫换徵果何居。

迩来词律严师律，三复宜兴廿卷书。《啸余谱》纰缪特甚，顾俎豆百年不替。《词律》二十卷最精核，阳羡万红友著。

《论词绝句》三十六首（《蔗尾诗集》卷五）

7. 查礼：

《南风》之诗，《五子》之歌，此长短句之所自始也。由汉魏晋宋齐梁迄初唐，多以诗被乐。如《铙歌》、《鞞舞》诸章，《白纻》、《关山》诸调，皆名之曰古乐府，迨乐府不作而后有词，故曰词者诗之余也。词昉于唐之开元、天宝间，逮五代十国作者渐多，盛于宋，流演于金元，词又变而为曲，曲兴而词微，然人工声律未绝元音。明初青邱、文成诸家遗韵犹在，后历世久远，音节之缓急，均奏之高下，渐隔渐离，作者每增自度之腔，易羽移宫，换平更仄，舛错既多，难就绳墨矣。至我朝文运丕隆，海内词人争出，如宜兴陈其年维崧、秀水朱锡鬯彝尊、嘉兴李武曾良年、无锡严荪友绳孙、嘉善魏禹平坤、慈溪姜西溟宸英、秀水曹洁躬溶、华亭钱葆酚芳标、平湖沈覃九登岸、会稽姜开先启、海宁家韬荒伯容、家悔余伯慎行，各家妍辞丽句，擅美东南，惟时谱去拗为顺，稽考议论，率多误略，流失莫底。于是阳羡万红友树亟为救弊，寻绎旧章，纠谬驳讹，正体厘调，分阴阳辨上去，推本追源，一准古人之成作，著《词律》一书，音谐律协，洵词学之津梁，为功后世不浅也。

《榕巢词话》卷一（《查恂叔集》）

8. 孙尔准：

红友宫商上去严，偷声减字尽排签。

石亭畅好韩欧笔，一字何妨直一缣。万树

《论词绝句》二十二首（《泰云堂诗集》卷四）

9. 吴衡照：

万红友当轇轕榛楛之时，为词宗护法，可谓功臣。

《莲子居词话》卷一

10. 杜文澜：

阳羡万氏红友，独求声律之原，广取唐、宋、十国之词，折衷剖白，精撰《词律》二十卷。虽不免尚有遗漏舛误，而能于荆棘之内，力辟康庄，实为词家正轨。

《憩园词话序》

11. 丁绍仪：

格调之舛，明词为甚，国初诸家，亦尚不免。盖奉程、张二家《啸余图谱》为式，踵讹袭陋，如行云雾中。康熙初，宜兴万红友树断断辨证，定为《词律》，廓清之功不小。惜所收各调，错漏尚多。其所自著，亦鲜杰作，殆与考据家罕工古文相似。

《听秋声馆词话》卷一

12. 谢章铤：

红友《词律》，去矜《词韵》，皆声名极盛之作。而二君于词，都非超乘，但红友较强耳。其《登悠然楼》云：“曲尚屯田柳。独予宗眉山苏大，分宁黄九。”然其排荡处颇涉辛、蒋藩篱，一泻千里，绝少潆洄。词论之讥，正恐不免。

《赌棋山庄词话》卷八

13. 陈廷焯：

万红友《香胆词》，颇多别调，语欠雅驯，音律亦多不协处。与所著词律，竟如出两人手。真不可解。

《白雨斋词话》卷三

14. 朱孝臧：

〔望江南〕

意有未尽，再缀二章。红友之律，顺卿之韵，皆足称词苑功臣。新会陈述叔，临桂况夔笙，并世两雄，无与抗手也。

谈声律，词笔此权舆。翻谱竹枝归刌度，重雕菉斐费爬梳。持配紫霞无。

《彊村语业》卷三

15. 吴梅：

至于论律诸家，亦以清代为胜。红友订词，实开橐钥，顺卿论韵，亦推输墨，而其所作，率皆颓唐，不称其才。

《词学通论》

16. 陈匪石：

近二百年来，善言词者，多不工，如万红友、戈顺卿、徐级庵、陈亦峰皆是也。或谓律太谨严，则为所束缚，而摛词遂不能自然超妙。抑知两宋大家，如秦、周、姜、吴、张诸子，谁非精于律者，又谁不工于词耶？故谓红友诸人精于律而拙于词则可，谓其词之不工，由于律之太细，则断断不可也。

万红友《词律》，于去声辨之极严，启发后人不少。

《旧时月色斋词谈》

17. 蔡桢：

阳羡派倡自陈迦陵，吴园次、万红友等继之，效法苏、辛，惟才气是尚。

《柯亭词论》

沈尔璟

沈尔璟(生卒年不详)字凤于，号冀昭，浙江乌程(今湖州)人。清康熙二年(1663)举人，二十一年进士，官公安知县。撰有《月团词》。尔璟早负词名，聂先、曾王孙辑《百名家词钞》选其词一卷，诸词选本亦录其作。今传《月团词》共一百八十三首，不分卷，以小令、中调、长调编次。此为康熙己未年（1679）之前所作，晚年所撰未见，仅于词选本中得集外词三阕，合共一百八十六首。

1. 宗元鼎：

康熙己未，仆游长安，与凤于遇于大司农真定梁苍岩先生席上，贻仆《月团词》一卷。沈君乌程名宿，中康熙壬戌进士。吾友陈太史其年，谓吴梦窗无此清新，张玉田逊其绮密，信然也。

《诗余花钿集选跋》

2. 曾王孙：

《月团词》新声香茜，温丽尖圆，觉昔梅溪、梦窗，刻意作风华语，渭南、稼轩亦稍露豪迈之气。近代凑字好奇之辈，又当退避三舍无余矣。

《百名家词钞》引

3. 朱彝尊：

《月团词》绮而不伤雕绘，艳而不伤醇雅。逼真南宋风格，安得不叹其工！

沈雄《古今词话·词评》下卷

4. 聂先：

予宿有茶癖，以不得月团三佰片为恨。忽一日访茶湖上，遇钮菜翁携茶具，同宿僧寮，因出《月团词》相与呼灯读之，始知绝妙好辞，能于排荡奡兀中有一种葱茜香洁之气，觉塍花浮动独擅其长。慧眼文心之妙，能于茗深漏永，晓风残月时，更臻化境。

《百名家词钞》引

吕洪烈

吕洪烈（生卒年不详）字清卿，号药庵。浙江山阴（今绍兴）人。清康熙二十年前后曾与万树同客吴兴祚闽粤督署中。著有传奇《回头宝》、《状元符》、《双猿幻》、《宝砚缘》，均佚。有《药庵词》。

1. 曾王孙：

清卿以跋扈飞扬之笔，舒恢奇磊落之才，填红牙铁板之音，谱锦瑟银筝之调。翠袖怀青绫几束，莺喉唱绛树双声。操选事而严倚声者，其亦有余荣耶？

《百名家词钞》引

2. 聂先：

海内词家林立，而当行者最少。好婉娈则摹秦、柳，乐雄放则仿辛、陆。近来浙西一派，独嗜姜、史，追尊南宋。殊不知倚声之道，不可执一而论，如《药庵词》，不即不离，酌乎其中，可以陶我性情，播之弦管，便是词家三昧。

《百名家词钞》引

董俞

董俞(1631—1688)字苍水，号樗亭，一号莼乡钓客，江南华亭(今上海金山)人。清顺治十七年(1660)举人。康熙初，江南奏销案起，苍水挂名其间，被除名。于是弃去帖括，专心风雅正变，与钱芳标齐名，人称钱董。康熙十八年(1679)荐试博学鸿词，途遇盗劫，被刃伤而返。晚年卜筑南村，灌园种菜。事迹见《清史列传》。苍水工诗词，尤善赋，人比之吴绮。有《浮湘》、《度岭》、《樗亭》等集，词有《玉凫词》二卷，一名《盟鸥草堂词》。

1. 曹尔堪：

忆庚子冬，樗亭兄弟公车入燕，握手邸舍，不减故乡之乐。明春阆石得隽，拟首唱第一，而胪传时忽以他卷易之。樗亭归而益自修砥，博涉风骚，遜览经史，所著诗古文亦几于等身矣。偶以余暇，工为小词，无不抉髓《花间》，夺胎《兰畹》。对清尊而惆怅，拾红豆以缠绵，悦于魄而动于魂。古人之言，岂欺我哉？吾党之词，见称于海内者，陈李前驱，辕文骖驾，俱已玉树长埋，宿草可悼矣。尚木清华，莼僧香丽，而或乘五马以徙鳄鱼，投三杼而栖白燕。近制寥寥，未易多得也。如子璧、崃文、子山、丽冲皆有专稿，为艺林脍炙。独樗亭之词出，而同人退舍，莫与颉颃。由其神力震荡，足以推倒智勇，开拓心胸耳。客冬浪游还里时，樗亭以长歌见赠，烂若披锦。而余放废衰颓，江郎之管，梦中为人攫去，忽忽未酬，深抱愧怍。偶过邗沟，见无言新梓《玉凫词》，读之快绝。烛跋未眠，浇以大白，因剪灯书之，并藉手以复樗亭。

《玉凫词序》(《玉凫词》)

2. 吴骐：

文章专论才，词兼论情。才贵广大，情贵微密，苏长公词有气势而少缠绵，才大而情疏也。柳耆卿、周美成缠绵矣，而乏气势，情长而才短也。苍水可谓才情兼至矣。

《百名家词钞》引

3. 彭孙遹：

董苍水情词兼胜，小令尤工。

冯金伯《词苑萃编》卷八

4. 彭孙遹：

董苍水、钱宝汾，善为婉丽之词，亦往往风美动人。

《金粟词话》

5. 彭孙遹：

《草堂》景胜于情，《花间》情浮于景，能兼之者，惟我苍水。《金荃》、《兰畹》，浪得名耳。

《百名家词钞》引

6. 钱芳标：

诗变而为词，盖滥觞于《香奁》诸什，至宋人而其制大备。当时匠哲，咸推秦、柳，皆以旖旎缠绵之思，运其风艳。是知柔情冶语，原属当行，爽致雄裁，终非本色。即是以读樗亭之作，其于词家三昧无剩伎矣。

《百名家词钞》引

7. 张渊懿：

宋尚木为词家老手，推重董樗亭，津津不置。近复见潮阳所寄赫蹄云，每日荒陬无事，辄焚香咏玉凫乐府，其虚怀折服如此。

沈雄《古今词话·词评》下卷

8. 张星耀：

昭代词人之盛，不特凌轹元明，直可并肩唐宋。如《香岩》之雄瞻，《棠村》之韶令，《容斋》之新秀，《衍波》之大雅，《延露》之俊逸，《丽农》之宏富，《东江》之绵渺，《弹指》之幽艳，《乌丝》之悲壮，《艺香》之浓鲜，《玉凫》之清润，《兰思》之真致，《玉蕤》之周密，余如秋岳、锡鬯、容若、云士、舒凫、夏珠、昉思诸公，未窥全豹，微露一斑，而《二乡》、《远山》、《云涌》、《扶荔》、《鸾情》、《南溪》、《炊闻》、《百末》、《含影》、《支机》、《蓉渡》、《锦瑟》、《柳村》、《遏云》、《当楼》、《青城》、《蝶庵》、《秋水》、《峡流》、《吹香》、《椒峰》、《萝村》、《菊庄》、《移春》、《山晓》、《梨庄》、《红蕉》、《柯亭》诸集，可谓家操和璧，人握隋珠，一时群聚。噫，盛矣！

《词论》(《东白堂词选初集》)

9. 汪森：

樗亭婉丽之什，源于清商诸曲，遂与子夜、欢闻竞爽。若矫健疏宕处，则又歌行佳境，非学步辛、陆者也。

沈雄《古今词话·词评》下卷

10. 陈廷焯：

苍水词取法叔原，而静细之致。

《云韶集》卷十四

11. 陈廷焯：

尤侗、董俞、陈世祥、黄永、陆求可、邹祗谟等词，根柢既浅，措词又不尽雅驯，尚非分虎、符曾、藕渔之匹，亦何敢与小长芦抗哉？

《白雨斋词话》卷五

12. 陈廷焯：

词……有有文无质者，刘改之、施浪仙、杨升庵、彭羡门、尤西堂、王渔洋、丁飞涛、毛会侯、吴园次、徐电发、严藕渔、毛西河、董苍水、钱保馚、汪晋贤、董文友、王小山、王香雪、吴竹屿、吴縠人诸人是也。词中之下乘也。

《白雨斋词话》卷八

13. 卢前：

〔望江南〕

盟鸥阁，小令有余情。草舍尚容安卷帙，题名苍水况平生。造语出中诚。

《饮虹簃论清词百家》(《清名家词》)

吴兆骞

吴兆骞(1631—1684)字汉槎，江苏吴江人，清顺治十四年(1657)举人。以科场案遣戍宁古塔（今黑龙江宁安）二十余年。出关时以牛车载书万卷，于苦寒塞外仍与谪臣逐客饮酒赋诗。后得友人顾贞观为之求援于纳兰性德、徐乾学等人，经性德之父明珠活动，于康熙二十年被允纳资赎回，不几年病死于京师旅舍。《清史稿》、《清史列传》有传。兆骞少即有隽才，与陈维崧、彭师度有“江左三凤凰”之誉，及长主持社盟，名震一时。著有《秋笳集》，词有《秋笳词》。

1. 郭麐：

吾乡吴汉槎，以事戍宁古塔，所传《秋笳集》，悲凉抑塞，真有崩云裂石之音。

《灵芬馆词话》卷二

2. 谭莹：

偶然声价重鸡林，词苑从谈说赏音。

此事何尝关阅历，秋笳集名穷塞入孤吟。

《论词绝句四十首专论国朝人》(《乐志堂诗集》卷六)

3. 郭则沄：

吴汉槎《秋笳词》卷，皆戍宁吉塔时所作。竹垞《词综》录其〔念奴娇〕家信至有感一阕云云。语出至情，故当独擅。

《清词玉屑》卷一

彭桂

彭桂（1631—？）原名椅，字上馨，一字爰琴，江苏溧阳人。以游幕为生。清康熙十七年（1678）荐博学鸿词，以母老力辞。著有《初蓉阁诗》十二卷。有《初蓉词》三卷，又《泊庵诗余》四卷。

1. 吴绮：

忆予久沉金马之曹，将受玉麟之命。齿牙不惜，频闻芳誉于文通；肝胆可披，获订素交于汝砺。而彭子爰琴以及瓜之际，为歌《折柳》之篇。千里河梁，拟缠绵而指日；十年湖海，感惆怅于停云。及乎解组苕川，还辕芍郡。屈原既放，方从泽畔行吟；王粲言归，辄向庭前问讯。见故人之面，宛似青山；读才子之文，都如白雪。仰追芸阁，有燕、许之弘裁；旁及草堂，亦周、秦之丽响。因出酒边诸作，用俾简首一言。夫词号诗余，体原乐府。翰林三阕，写怨思于寒烟；博士八叉，怆离情于夜雨。翠翘金雀，虽务极其绸缪；玉宇琼楼，要本原于忠厚。夫何小巫日竞，几自类于倚门；遂至大雅云希，难求其入室。兹则法综淮海，义仿屯田。端丽出于性成，秾秀原于自有。春风杨柳，是孝伯之清华；初日芙蕖，非颜延之雕绘。七襄成锦，支机得自天孙；三日留香，拂座都如荀令。倾城有笑，何须龋齿为妍；照水堪怜，不待捧心作态。是以江郎虚己，尝欲让其风流；而宗子逢人，还共称其雅令也。予顾曲徒怀夫公瑾，作序颇愧于士安。入仙圃以看花，心迷四照；过旗亭而贯酒，拜下双鬟矣。

《彭爰琴词序》（《林蕙堂全集》卷五）

徐玑

徐玑（生卒年不详）字天玉，别字畏山。诸生。徐喈凤子；工诗文，与兄徐瑶齐名。著有《湖山词》。

1. 陆次云：

荆溪陈子其年才情盖世，而尤擅长于倚声，广陵一绝，难乎嗣音。近得徐子天璧、天玉两人，天璧才调不下其年，而天玉亦骎骎乎与阿兄竞爽。观《湖山》一词，风流艳逸，深浑瑰奇，几欲驾《乌丝》而逼《迦陵》。一门瑜亮，旗鼓相当，会见并驱中原，万人辟易，岂直称雄于铜官玉女间已耶。

《百名家词钞》引

2. 徐宾：

天玉摆落近世气习，敛情约性，因狭出奇，淹贯唐宋大家。而一门之中，纷唱迭吟，世所未有。然其思益新，句愈工，良以参雅颂轶风骚者，有贤父兄也。天璧敷鬯才华，倾于海内；天玉陶冶尘思，进于古人。孰云雁行不甘比也耶？

《百名家词钞》引

彭孙遹

彭孙遹(1631—1700)字骏孙，号羡门，又号金粟山人，浙江海盐人。清顺治十六年(1659)进士。官内阁中书。康熙十八年(1679)召试博学鸿词，擢一等一名，授翰林院编修。历官礼部侍郎、吏部侍郎，充经筵讲官，兼翰林院掌院学士，纂修《明史》总裁。年七十，致仕归，御赐“松桂堂”额，遂以名其集。生平事迹见《清史列传》、《国朝先正事略》、《国朝耆献类征》。孙遹工词章，与王士禛齐名，称“彭王”。著有《松桂堂全集》、《南往集》，有《延露词》，附《金粟词话》，选入《倚声初集》，后聂先、曾王孙《百名家词钞》选录一卷。

1. 李渔：

人皆谓眼前事，口头语，都被前人说尽，焉能复有遗漏者。予独谓遗漏者多，说过者少……只据眼前词客论之，如董文友、王西樵、王阮亭、曹顾庵、丁药园、尤悔庵、吴园次、何醒斋、毛稚黄、陈其年、宋荔裳、彭羡门诸君集中，言人所未言，而又不出寻常见闻之外者，不知凡几。

《窥词管见》

2. 孙默：

越中彭十近秦观。红牙小令风格妙，字字可付吴姬弹。

陈维崧《送孙无言由吴阊之海盐访彭十骏孙》(《湖海楼诗集》卷一)

3. 余怀：

羡门家于盐官，出门数步即大海，伯牙之琴台在焉。其西即秦皇所驰道也。银涛突出，澒洞天地，日夕吟啸其间，淘汰澄练，诗词安得不工？即以词论，顿挫抑扬，一字不寄人篱下。善乎黄鲁直之序晏叔原也。曰："其合者《高唐》、《神女》之流，其下者岂减《桃叶》、《团扇》？"移赠羡门，奚愧？

《百名家词钞》引

4. 尤侗：

诗何以余哉？"小楼昨夜"，哀江头之余也；"水殿风来"，清平调之余也；"红藕香残"，古别离之余也；"将军白发"，从军行之余也；"今宵酒醒"，子夜、懊恼之余也；"大江东去"，鼓角横吹之余也。诗以余亡，亦以余存，非诗余之能为存亡，则诗余之人存亡之也。向读彭子羡门与王子阮亭无题唱和，叹其淫思古意，两玉一时。阮亭既官扬州，羡门有客信宿，会邹子程村初集倚声，于是延露之词成焉，然则延露者，其无题之余乎？盖维扬佳丽，固诗余之地也。昔人谓天下三分明月，二分独照扬州，至有"人生只合扬州死"之语，不止三年一梦而已。故登芜城，宜赋西风残照；吊隋苑，宜赋金镖重门；过玉沟斜，宜赋晓星明灭；上二十四桥，问吹箫玉人，宜赋衣染莺簧；载酒青楼，听竹西歌吹，宜赋并刀如剪；进雷塘观八月潮，宜赋玉虹遥挂。岂惟平山栏槛，让文章太守挥毫独步哉？楚大夫芳华竟体，若无湘浦蘅兰，巫峰云雨，则九歌、九辩何处生活？今以彭子之才，江山助之。折大堤之杨柳，对官阁之梅花。选楼公子，盥手装书；殿脚夫人，画眉捧砚。宜其提辛攀李，含柳吐秦，与红杏尚书、花影郎中平分风月，则维扬固诗余之地，而彭子乃诗余之人也。有其地，有其人；有其人，有其词。诗余人乎，人余诗乎？寄语王、邹，想当绝倒。如仆者，刻画无盐，唐突西子，斯又彭子之余也已。

《延露词序》(《西堂杂组》二集卷二)

5. 宗元鼎：

〔绮罗香〕《题彭太史羡门〈延露词〉》

冷露初沉，凉风向晓，飘送一天金粟。环佩秋空，宜贮洞房云屋。卷舞蝶、缀彩仙衣，烘倒凤、唧花箫局。赛清真、宝鉴春帏，枕痕一线红生玉。　　彭王词果并敌，把《衍波》、《延露》，齐名丝竹。萤火莲花，擅尽绕梁人曲。是南宋、白石梅溪，傲文人、东坡山谷。暗携来、秋水芙蓉，碧波深处读。

《全清词·顺康卷》

6. 严绳孙：

羡门惊才绝艳，长调数十阕，固堪独步江左；至其小词，啼香怨粉，怯月凄花，不减南唐风格。

《词苑萃编》卷八

7. 邹祗谟：

稼轩雄深雅健，自是本色，俱从南华冲虚得来。然作词之多，亦无如稼轩者。……至阮亭、金粟、艾庵唱和，偶兴数阕，以笔墨牢骚，写胸中块垒，无意摹古，而提刘攀陆，予能无续貂之愧耶？

咏物固不可不似，尤忌刻意太似。取形不如取神，用事不若用意。宋词至白石、梅溪，始得个中妙谛。今则短调，必推云间。长调则阮亭赠雁，金粟咏萤、咏莲诸篇，可谓神似矣。

长调惟南宋诸家，才情蹀躞，尽态极妍。阮亭尝云：词至姜、吴、蒋、史，有秦、李所未到者。正如晚唐绝句，以刘宾客、杜紫微为神诣，时出龙标、供奉一头地。彭十金粟所作数十阕长调，妙合斯旨。阮亭戏谓彭十是艳词专家。余亦云：词至金粟，一字之工，能生百媚，虽欲怫然不受，岂可得耶？

金粟《延露》，阮亭《衍波》，高才闲拟，濡笔奇工，合之双美，离之各擅，彭、王齐名，良云不忝。然阮亭尝云："每当彭十，辄复自惭伧父。"金粟亦谓阮亭云："君诗文歌词，悉踞峰顶，令我辈从何处生活。"近有以仆《丽农词》，列为三家者，糠粃谬先，当有子鱼龙尾之恧矣。

《远志斋词衷》

8. 邹祗谟：

作艳词至金粟，情景兼至，字字清丽，一语之工，能生百媚，不仅作六朝金粉也。

《倚声初集》卷十二

9. 邹祗谟：

柳七“关河冷落”三语，坡公亦服为唐人语。六百年而羡门以“西风旅梦”、“残月当楼”二语胜之。乃知太白咏凤凰台，终是胆怯司勋也。

冯金伯《词苑萃编》卷八

10. 董以宁：

初子常云：“近来说词者，颇有彭、王、邹、董之目，其位置如何？”仆曰：“仆隽永不如阮亭，澹远不如金粟，精绮不如程村，但神韵偶到，时或相似耳。”初子曰：“君乃复以神韵自赏。”

《蓉渡词话》

11. 彭孙遹：

仆自难后，郁伊无聊，时浮沉于八十四调之中，淫思艳语，不免为秀禅师所诃谴。

《旷庵词序》（《松桂堂全集》卷三七）

12. 曹禾：

本朝士大夫词笔风流，几上追南唐、北宋。彭、王、邹、董，夙擅孅声。近来同人中，惟锡鬯、蛟门、方虎、实庵超然并胜。

《珂雪词话》（《珂雪词》卷首）

13. 聂先：

昔紫阳真人遇羡门子于蒙山，乘白鹤，执羽盖，佩青毛之节，侍从玉女数十辈。真人再拜乞长生旨诀，羡门子曰：“名勒丹台玉室之中，何忧不仙，乃远越江河何为？”读先生之词，情景超逸，飘飘欲仙，苟非名勒丹台玉室者，乌得以有此？

《百名家词钞》引

14. 沈雄：

《柳塘词话》曰：《延露词》绰然有生趣，而又耐人长想。如“旧社酒徒零乱，添得红襟燕”，“落花一夜嫁东风，无情蜂蝶轻相许”。词家所谓无理而入妙，非深情者不办。

《古今词话·词评》下卷

15. 沈雄：

《今世说》曰：羡门惊才绝艳，词家独步。阮亭称其吹气如兰，每当十郎，辄自愧伧父。故其词绰然有生趣，又诞甚，耐人长想。

《古今词话·词话》下卷

16. 王士禛：

词以少游、易安为宗，固也。然竹屋、梅溪、白石诸公极妍尽态处，反有秦、李未到者。譬如绝句至刘宾客、杜京兆，时出青莲、龙标一头地。金粟刻意高、史，故多神妙之诣。程村亦首肯余言。

《倚声初集》卷二十

17. 王士禛：

词至金粟，情景兼胜，字字清丽，一语之工，能生百媚，不仅作六朝金粉也。其为慷慨淋漓，沉雄悲壮处，能使古人缩舌。徐天池所云：“读之如冷冰浇背，陡然一惊”，恐不足以尽化工之笔也。

《百名家词钞》引

18. 王士禛：

云间数公论诗拘格律，崇神韵。然拘于方幅，泥于时代，不免为识者所少。其于词，亦不欲涉南宋一笔，佳处在此，短处亦坐此。合肥乃备极才情，变化不测。娄东驱使南北史，澜翻泉涌，妥帖流丽，正是公歌行本色，要是独绝。不似流辈捋扯稼轩，如宋初伶人谑馆职也。友人中，陈其年工哀艳之辞，彭金粟擅清华之体，董文友善写闺襜之致，邹程村独标广大之称，仆所云，近愧真长矣。

《花草蒙拾》

19. 王士禛：

诵羡门〔一萼红〕词，风流香腻，更不许温段复赋锦鞋也。

冯金伯《词苑萃编》卷八

20. 王晫：

羡门惊才绝艳，词家独步。阮亭称其吹气如兰，每当十郎，辄自愧伧父。故其词绰然有生趣，又诞甚，耐人长想。如“旧社酒徒零乱，添得红襟燕”，“落花一夜嫁东风，无情蜂蝶轻相许”，无理而入妙，非深于情者不办。

《今世说》

21. 徐釚：

骏孙与西樵、阮亭为香奁倡和诗，人都传之。作小令长调，皆臻妙境，阮亭撰《倚声集》推为近今词人第一。中遭放废，日从吴姬于酒间按拍搊弹，红牙檀板，新声宛转，其兴致亦在柳郎中、秦淮海之上也。

《本事诗后集》卷九

22. 徐釚：

阮亭尝戏谓彭十是艳词当家，骏孙则怫然不受。一日彭赋〔风中柳〕离别词云……阮亭见之，谓曰：“试以此举似他人，得不云吾从众耶？”彭一笑谢之。

《词苑丛谈》卷五

23. 蒋景祁：

彭羡门、王阮亭、邹程村、董文友廓清表章之力，大费苦心。

《刻瑶华集述》(《瑶华集》)

24. 张星耀：

昭代词人之盛，不特凌轹元明，直可并肩唐宋。如《香岩》之雄瞻，《棠村》之韶令，《容斋》之新秀，《衍波》之大雅，《延露》之俊逸，《丽农》之宏富，《东江》之绵渺，《弹指》之幽艳，《乌丝》之悲壮，《艺香》之浓鲜，《玉凫》之清润，《兰思》之真致，《玉蕤》之周密，余如秋岳、锡鬯、容若、云士、舒凫、夏珠、昉思诸公，未窥全豹，微露一斑，而《二乡》、《远山》、《云涌》、《扶荔》、《鸾情》、《南溪》、《炊闻》、《百末》、《含影》、《支机》、《蓉渡》、《锦瑟》、《柳村》、《遏云》、《当楼》、《青城》、《蝶庵》、《秋水》、《峡流》、《吹香》、《椒峰》、《萝村》、《菊庄》、《移春》、《山晓》、《梨庄》、《红蕉》、《柯亭》诸集，可谓家操和璧，人握隋珠，一时群聚。噫，盛矣！

《词论》(《东白堂词选初集》)

25. 王昶：

彭骏孙与西樵、阮亭为香奁倡和诗，人都传之。作小令长调，皆臻妙境。阮亭撰《倚声集》，推为近今词人第一。中遭放废，日从吴姬于酒间按拍搊弹，红牙檀板，新声宛转，其兴致亦在柳郎中、秦淮海之上。

《西崦山人词话》卷三

26. 沈初：

羡门彭十老风情，延露新词盛著名。

何似长芦朱太史，无弦琴趣有余声。彭孙遹

《编旧词存稿，作论词绝句十八首》(《兰韵堂诗集》卷一《南窗集》上)

27. 李调元：

羡门《延露词》率多悲壮，不减稼轩。如〔念奴娇〕长歌四首、〔沁园春〕酒后作歌四首是也。然其艳体独步，不特阮亭所称“子城一带绿阴中”也。〔长相思〕云：“启围屏，下重旌。解意银釭故不明，今宵始目成。　夜香清，坠钗横。灯下频频相唤声，教人待怎生。”咏目成情景，皆以静会得之。

《雨村词话》卷四

28. 凌廷堪：

词者诗之余也，昉于唐，沿于五代，具于北宋，盛于南宋，衰于元，亡于明。……我朝斯道复兴，若严荪友、李秋锦、彭羡门、曹升六、李畊客、陈其年、宋牧仲、丁飞涛、沈南淳、徐电发诸公，率皆雅正，上宗南宋。然风气初开，音律不无小乖，词意微带豪艳，不脱《草堂》前明习染。

张其锦《梅边吹笛谱目录跋》引（《梅边吹笛谱》）

29. 吴衡照：

董东亭潮《东皋杂抄》，彭羡门晚年自悔其少作，厚价购其所为《延露词》，随得随毁。与《北梦琐言》载晋和凝事适相类。文人自爱，率复尔尔。然陈王八斗，江郎五色，少宰天才俊艳，弗可及也。词中如问病云云，闺恨云云，讯使云云，扶病云云，离别云云，旅梦云云，春尽日，有寄云云，萤火云云，莲花云云，南窗睡觉云云，姿致幽眇，神味绵远，良由取境高，故时逼秦柳。今人学《延露词》，适得其纤佻亵狎之习，非所谓知音。

《延露词》亦有两副笔墨。如华逊来生日云云，长歌云云，酌酒与孙默云云，又时带辛气。

彭羡门少宰……词极艳，而终其身无妾媵之御，不类其词。

彭十于字之多寡平仄，任意出入，沿明人故习，不若朱十之严。（卷一）

羡门有才子气，于北宋中最近小山、少游、耆卿诸公，格韵独绝。（卷三）

《莲子居词话》

30. 谭莹：

怯月凄花不可伦，即焚绮语见《东皋杂钞》亦周秦。

大科名重千秋在，开国填词第一人。见《倚声集》。彭孙遹

《论词绝句四十首专论国朝人》（《乐志堂诗集》卷六）

31. 丁绍仪：

彭羡门少宰孙遹，康熙中由主事举鸿博第一人，官至侍郎。所著《延露词》，或推为本朝第一，或訾为浪得才名，皆非笃论。其旨趣颇近欧、晏，微乏风骨，且未精纯耳。

《听秋声馆词话》卷一

32. 谢章铤：

彭羡门填词，字之多寡，音之平仄，多所出入，迦陵亦然。（卷一）

国初渔洋、羡门、迦陵、竹垞诸老，南北提唱，一时飚发泉涌，电掣云屯，倚声一途，称为极盛。（卷四）

彭羡门孙遹真得温、李神髓，由其骨妍，故辞媚而非俗艳。董东亭潮谓先生晚年收毁《延露词》，故传本甚少东皋杂钞。然迦陵之豪宕，竹垞之醇雅，羡门之妍秀，攻倚声者所当铸金事之，缺一不可。……彭十艳情当家，固宜阮亭怵服。

温尉词当看其清真，不当看其繁缛。胡元任谓庭筠工于造语，极为奇丽。然如〔菩萨蛮〕云："梧桐树，三更雨，不道离情正苦。一叶叶，一声声，空阶滴到明。"语弥淡，情弥苦，非奇丽为佳者矣。羡门深窥此秘。〔生查子〕云："起立悄无言，残月生西弄。"〔玉楼春〕云："江南无限断肠花，枝上东风枝下雨。"又云："人从春色去边来，舟向梦魂来处去。"〔临江仙〕云："斜阳如弱水，只管向西流。"著墨无多，寻味不尽，亦异乎屯田俳语矣。（卷八）

《赌棋山庄词话》

33. 陈廷焯：

羡门词，风韵微逊阮亭，而骨力则过之，两人各有千古也。

《云韶集》卷十五

34. 陈廷焯：

彭羡门词，意境较厚。但不甚沉著，仍是力量未足。

羡门词，长调、小令均有可观，而小令为胜。〔忆王孙〕寒食、

〔苏幕遮〕娄江寄家信等篇，颇得北宋人遗韵。（卷三）

彭骏孙……其所撰《延露词》，亦未见高妙。（卷五）

词有表里俱佳，文质适中者……有有文无质者，刘改之、施浪仙、杨升庵、彭羡门、尤西堂、王渔洋、丁飞涛、毛会侯、吴园次、徐电发、严藕渔、毛西河、董苍水、钱保酚、汪晋贤、董文友、王小山、王香雪、吴竹屿、吴縠人诸人是也。词中之下乘也。（卷八）

《白雨斋词话》

35. 况周颐：

国朝彭羡门孙遹《延露词》，吐属香艳，多涉闺襜。与夫人伉俪綦笃，生平无姬侍。词固不可概人也。

《蕙风词话》卷一

36. 张德瀛：

彭羡门，与王渔洋齐名，时有彭、王之目。滕王阁落成一诗，尤为渔洋心折。王评其词为近代词人第一。集中词如〔菩萨蛮〕之"泓黛秀联娟。云鬟亚玉肩"，〔鹧鸪天〕之"翠蛾一滴能传语，熏住春愁不放还"，〔玉楼春〕之"江南无限断肠花，枝上东风枝下雨"，〔瑶花〕之"旧欢如梦多少事，记取金钗罗帕"，〔白苎〕之"袅柔条，断送了落红如霰"，尤悔庵所谓含柳吐秦，沈偶僧所谓绰有生趣者，谓此类也。

《词徵》卷六

37. 张尔田：

有清一代词家，约可分三派：其效苏、辛者，多失之粗豪；其效秦、柳者，多失之侧艳，国初名家如梅村、羡门，皆不能免；中叶以还，又有一种轻倩派出，学之者一变而流为纤佻。

《与龙榆生论词书》（《同声月刊》第一卷第八号）

38. 叶恭绰：

茗斋词与羡门可称"二难"。

《广箧中词》卷一

39. 徐珂：

孙遹字羡门，多唐调，士禛撰《倚声集》，推为近今词人第一，尝称其吹气若兰，每当十郎，辄自愧伧父。

《近词丛话》

40. 宣雨苍：

彭羡门以鸿博第一名世，所著《延露词》，妖艳特甚。记其〔卜算子〕有云："身作合欢床，臂作游仙枕。打起黄莺不放啼，一晌留郎寝。"评者谓为神品。就艳词言，诚为佳构，然而风雅道丧矣。

《词谰》(《国闻周报》)

41. 吴梅：

清初诸家，羡门较为深厚……余谓羡门长调小令，咸有可观。惟不能沉著，故仍以聪明见长。盖力量未足，不得不以巧胜也。〔忆王孙〕寒食、〔苏幕遮〕娄江寄家信等篇，颇得北宋人遗韵。

《词学通论》

42. 闻野鹤：

清词诸家……彭羡门如北里新姝，时嫌浮艳。

《憁簃词话》

43.《续修四库全书提要》：

其为词不宗一派，喜步趋于北宋及五代，故骤观之，似觉深厚，细绎之，好逞聪明，不能沉著。盖浙派之词，以南宋为止境，其失也浅薄；孙遹高视阔步，其失也不纯。二者相较，厥失维均。

《延露词提要》

44. 卢前：

〔望江南〕

论彭十，怨粉与啼香。绝艳公然推独步，若言持律已迷方。岂可拟南唐。

《饮虹簃论清词百家》(《清名家词》)

陈恭尹

陈恭尹(1631—1700)字符孝，初号半峰，晚号独漉子，又号罗浮布衣，广东顺德人。南明诸生。以父陈邦彦抗清死难，桂王授为世袭锦衣卫佥事。曾与郑成功结连，又与张煌言相仪，以图反清之事。事败后，间关江海，飘泊无归，与梁梿、陶璜、何衡、何绛深相结纳，世称“北田五子”，遥与宁都“易堂九子”声应气求。清康熙十七年(1678)以“三藩之乱”嫌疑下狱二百日。得脱，乃筑舍广州之南，与世徜徉，以诗文自娱。《清史稿》有传，邑人温肃编有《陈独漉先生年谱》。恭尹以诗名，多易代之感，与屈大均、梁佩兰并称“岭南三大家”。著有《独漉堂诗集》，有《独漉堂诗余》一卷附集中。

1. 谭莹：

千秋得失也须公，独漉诗名盖代雄。

祝寿饯离兼咏物《独漉堂集》附诗余一卷，类多此等题，倚声何敢过推崇。

《三十六首专论岭南人》(《乐志堂诗集》卷六)

2. 赵尊岳：

今裁其词二十九首，刊于明季诸贤之列，亦犹金凤亭长之遗意也。然视翁山逊色。其俳谐者如〔水龙吟〕题哑虎：“宵来万籁刁调，阿谁清啸风生苑？仙都仁兽，爪牙空利，肝肠偏善。夜目如灯，斑毛如刺，不惊林犬。但泥沙路上，童儿笑指，啼痕处，看深浅。　　浪说驺虞不践，草青青，经行何损。霁威勿用，忍饥忘食，古今应鲜。负子宏农，乳儿荆楚，化机潜转。待龙从九五，气求声应，大人利见。”喻愤慨于调侃之中，亦词苑之别体，然未足语于词谊也。

《惜阴堂汇刻明词提要·独漉堂诗余一卷》(《词学季刊》第一卷第三号)

3. 赵尊岳：

词其余事，视翁山逊色多矣。

《独漉堂诗余跋》(《独漉堂诗余》，《明词汇刊》本)

王项龄

王项龄(1642—1725)字颛士，一字容士，号瑁瑚，晚号松乔老人，江苏华亭(今上海松江)人。清康熙十五年(1676)进士，授太常寺博士。十八年，举博学鸿词，授翰林院编修，纂修《明史》，充日讲起居注官。累迁侍讲学士、礼部侍郎，拜武英殿大学士。雍正元年(1723)重与鹿鸣宴，加太子太傅。卒谥文恭。《清史稿》、《清史列传》有传。项龄弱冠即负诗名，亦能词。著有《世恩堂集》，有《螺舟绮语》一卷，聂先、曾王孙辑入《百名家词钞》。

1. 丁澎：

金粟谓近日诗余，云间极盛，但能作景语，不能作情语。蓉渡谓景语多，情语少，同是一病。但言情至色飞神动处，乃能于无景中著景，此意亦近人所未解。鬗渊谓螺舟解此意以制词，所以妙绝古今。选《螺舟词》者解此意以选调，即起李、晏、周、秦而谱新声，于引商刻羽，骋妍抽秘，罔弗协也。又何情与景之偏病欤？

《百名家词钞》引

2. 董俞：

王子颛士文笔夺班、扬之席，诗歌登王、孟之堂。出其绪余，标为绮语，含商吐徵，动魄惊魂，固已驾柳轶秦，岂特攀温挈韦。兼之门第高华，庭闱掩映。洵淮水之家声，父为逸少；擅康乐之词藻，弟乃惠连。汝南著二应之名，东海籍三何之誉。邹、枚而为棣萼，著述同堂；机、云而契金兰，风华接武。江花谢草，皆成齑白之词；楚峡秦楼，尽谱旗亭之句。

《百名家词钞》引

3. 陈廷焯：

《螺舟词》，不独情词兼胜，其骨法亦遒炼，亦纡徐，自是作家。

《云韶集》卷十五

吴兴祚

吴兴祚(1632—1698)字伯成，号留村，浙江山阴(今绍兴)人。祖占籍辽东清河卫，入清为正红旗籍。十八岁以贡生授江西萍乡知县，补知山西大宁，迁山东沂州知府。清康熙二年(1663)降为江苏无锡知县，迁行人司行人。十五年起，累官至两广总督。二十八年以事降副都统，镇守大同右卫。三十四年随驾北征，明年奉旨戍边。《清史稿》有传。留村喜与文士游，江浙才士望而归之，多共唱酬，间为词调。著有《宋元诗律选》、《史迁句解》、《留村诗钞》，词有《留村词》一卷。

1. 陈大成：

夫子词雄旨洽，综博渊深。昔龚合肥云：文人未见留村，犹之乎未睹沧海。见留村之词，犹之乎见沧海之一波也。

《百名家词钞》引

2. 余怀：

词家盛推秦、柳为擅场，然其人率轻佻浮华，无事功可纪。若韩魏公、范文正、周平园诸巨公，皆以填词名，则词因人重，不必定以“杨柳外晓风残月”著声红牙白板间也。留村先生雄才大略，上拟范、韩，而彩笔纵横，目空一世。当其据梧而吟，登高而赋，倾倒三峡，响震千门，亦何减辛稼轩镇南徐，命侍儿歌“千古江山”时耶？

《百名家词钞》引

3. 聂先：

先生经济文章首系天下苍生之望久矣，而尊前马上，间为词调，流传于骚人墨士之口，能令齿颊俱香，光腾二酉。若拟之前哲，当与韩、范、晏、欧争光日月；质之艺林，当与梅村、棠村共传不朽。他日功标铜柱，铭勒燕然，铙歌竟鸣，河山清晏，岂非词坛中千秋佳话也哉？

《百名家词钞》引

高层云

高层云(1633—1689)字二鲍，号谡苑，江苏华亭(今上海松江)人。清康熙十五年(1676)进士，历官大理寺评事、广西乡试副统考，迁吏科给事中，转通政司参议，升太常寺少卿。卒于官。《清史稿》、《清史列传》有传。层云诗宗杜甫，尤工书画，又善词。著有《改虫斋集》、《改虫斋诗略》。词有《改虫斋词》一卷，聂先、曾王孙辑入《百名家词钞》。

1. 曹溶：

晤园次于蜀冈之下，因言《改虫斋词》逼似竹垞、葆酚一路。阅之乃上凌梦窗、白石，有非竹垞诸公可以尽其长也。

《百名家词钞》引

2. 周稚廉：

谡苑主尖新，近南宋。槎客主憺远，近北宋。父子之间，其各立畦畛如此。

《百名家词钞》引

3. 周纶：

谡苑词力辟蚕丛，殊有五丁凿道之勇。

《百名家词钞》引

4. 高简：

家谡苑词，思宁刻而毋瘦，句宁琢而毋平，立意尖新，字句隐秀，真所谓戛戛乎陈言之务去者。

《百名家词钞》引

5. 丁绍仪：

太常风节如此，而所著《改虫斋词》，丁当清逸，殊不类其为人。

《听秋声馆词话》卷十七

恽格

恽格（1633—1690）字寿平，又字正叔，别号南田，一号白云外史、云溪外史、东园客、巢枫客、草衣生、横山樵者。江苏武进人。少经战乱流离，初为僧，后隐居故乡。以父忠于明朝，终生不应举，以绘画为业，卖画养父，潦倒一生。是清代初期影响很大的花鸟画家，为“清初六家”之一。又工古文诗词。著有《南田诗钞》、《欧香馆集》、《南田画真本》、《南田集》等。

1. 继昌（李佳）：

恽南田先生以画名，诗亦得清气。尝见其倚声二首，清华朗润，不染尘滓。

《左庵词话》卷下

傅燮詷

傅燮詷（1633—1706）字去异，一字绳庵，号浣岚。直隶灵寿人。荫生，康熙间曾官邛州知府、汀州知府。编有《词觏》，著有《绳庵诗稿》、《绳庵词》。

1. 傅燮詷：

予每读词说、词话、词评、词品诸书，未尝不哑然而笑也。作者未必有以议者，遂成聚讼。夫词寄兴耳，兴至则然，必曰此调因何事而摛，屯语为何人而发，起古人于今日，宁无怪其嚣嚣乎？予性好词，而厌辨。窃思予词虽鄙俚，必不得传。幸而传后世，世岂无如数家者，予能复起而辨之哉？故名小集曰“声影”，夫声者，过而不留；影者，召而不实。犹黄鲁直谓空中语也。因述屯茹，今以告之知音。

《绳庵词小引》（《绳庵词》）

2. 张仁敏：

公以迈德清才，克世门楣旧泽；仙昭异质，缵承家学先畴。筮仕鲁阳，政高露岫；继迁邛牧，泽沛牙江。爰以委蛇退食之余，徙倚些骚之圃。平山杨柳，春风流永叔之芳；玉宇婵娟，秋月步坡仙之韵。惟其英多磊落，怀瑾而握瑜；是以逸韵横生，雨花而飞玉。嬉笑怒骂，尽是文章；香味色声，俱超玄箸。

《诗余合集序》

3. 徐釚：

词至今日而极盛，亦至今日而极衰。盖古者里巷讴谣，皆被管弦，南唐北宋以来，凡所见于《花间》、《草堂》者，莫不别其源流，严其声格，若圭景龠黍之纤毫，无以易也。故其时之作者，代不数十人，人不数十阕，按其音节，传于乐部，如周美成所为大晟乐正者，咸是物也。自姜白石辈间为自度曲，于是作者纷然。金元以后，遂不复能谱旧词矣。传至今日，放失益滋，染指者愈多，则舛缪者愈甚。余故以为极衰也。灵寿浣岚傅先生，自幼喜倚声为长短句，审音于南北清浊之间，用心专一，有一字未安，辄翻古人体制，叶其声之高下，必尽善乃已。故于填词一道，独能得其精奥。三十年来，苦心搜辑，舟车万里，上而名公巨卿，次而骚人韵士，以迄缁流羽客、乩仙闺房之作，侧出于断纨零素、旗亭驿壁间者，无不旁罗博采，纳诸古锦囊中。卷轴渐如牛腰，遂为之分别体裁，审定律吕，以今人之字法句法，合于古词之字法句法，即至移宫换羽而中矩中规，无尺寸之失者，编成若干卷。此诚词苑之津梁，而目中所未觏也。顷岁以来，上念乐府旧章犹仍前代太常所习见者，以奏之郊庙，荐之明堂，特命词臣更为厘定。然而古曲既亡，雅音难再，亦未见有雄词杰作，可以振遗响而超出于汉唐以上者。声音之道，盖戛戛乎难言也。今得是编，推而广之，易作者之耳目，导其心志，虽《金荃》、《兰畹》与古乐章殊流异派，而引商刻羽，斟酌其高下清浊，未必非太师瞽工之一助云尔。

《词觏序》（《南州草堂集》卷二十一）

毛际可

毛际可(1633—1708)字会侯，号鹤舫，晚号松泉老人。浙江遂安(今属淳安)人。清顺治十五年(1658)进士。授彰德府推官，改知固城，调祥符令。康熙十八年(1679)举博学鸿词试，卓异赐服，寻告归。尝充《浙江通志》总裁。《清史列传》有本传。毛际可幼即颖慧，九岁能文，擅长古文辞，与杭州毛先舒、萧山毛奇龄齐名，有“浙中三毛，文中三豪”之称。亦能诗擅词。著有《会侯文钞》、《春秋三传考异》、《松皋文集》、《松皋诗选》、《拾余诗稿》等。其词称清初浙西名家，有《浣雪词钞》(一名《映竹轩词》)二卷。

1. 周稚廉：

会侯先生过云间，留十日，日与诸名家命题拈调，为文酒之会。不谒当事，不受馈遗。游九峰三泖，兴尽而返。余时客燕，未获躬预其盛，归而知之。此等词人先达，真寰宇中罕觏也。因悉其尊前酒边之作，益知先生才敏思新，绮艳秀逸，有非今人所能道。

《百名家词钞》引

2. 沈雄：

余于同人辈，稔知会侯工填词。其古文已读之久矣，然未见其《映竹轩全集》也。曾有邮寄〔蝶恋花〕一阕云：“桂魄清凉寒玉宇。顾影无聊，影也添凄楚。为月不眠情更苦。来宵愿下廉纤雨。　　待欲浇愁斟绿醑。酒尽愁生，毕竟愁为主。天上寄愁愁可去。天孙正别银河渚。”似此曲折情致，岂可与颓唐弄笔者比数哉？

《古今词话·词评》卷下

3. 方象瑛：

毛子会侯夙著名山之业，早悬国门之书。偶尔摛词，便同《兰畹》；暇时选韵，无异《金荃》。允称乐府元音，洵是《花间》绝调。

《百名家词钞》引

4. 方象瑛：

毛会侯文尚遒逸，力洗近世肤伪之习，宜其不专以绮靡为尚也。而顾好为小词，其所著《映竹轩诗余》，有冬夜集稚黄宅听歌，调〔清平乐〕云："霜寒如许。烛焰红偏露。预借春光来作主。听得春莺双语。新词幽恨无涯。声声颤落梅花。我欲徘徊起舞，漫教泪湿琵琶。"柔情曼调，有不可概论者。

冯金伯《词苑萃编》卷八

5. 王项龄：

每读《映竹轩词》，罗罗清疏，令人入胜。"红杏枝头春意闹"，未免烟火气矣。

《百名家词钞》引

6. 沈昭子：

毛会侯博洽研贯，其所为词俱审音协律，不愧大晟乐府之遗。

冯金伯《词苑萃编》卷八辑录

7. 吴陈琰：

唐诗如李、杜集皆不分体，词例虽有小令、中调、长调之分，辑词者政不必斤斤数字为先后，作算博士也。始鹤舫先生本稿杂列，既又欲分体为三卷，就商于余。余以随题诠次为古雅，遂仍杂列焉。

今人作词有二病：言情之作，徒学涪翁、屯田之俚鄙，去清真、淮海之蕴藉远矣；感兴之作，徒学改之、竹山之顽艳，去稼轩、放翁之沈雄跌宕远矣。《浣雪词》独免此两失，撮有众长。

坡公词纵横豪放，自是曲子缚不住者，然任意增减字句，终非当行。如〔念奴娇〕换头以下："小乔初嫁了雄姿英发"，又云"多情应笑我早生华发"，皆宜四字、五字句，而此作四字、五字句误也。后人牵强附会者，或指此为又一体，殊可笑。《浣雪词》中有此调，多依古体，间亦仿坡公作，余既订正，特为拈出。

词犹诗也，非江山之助不能工。昔人称张曲江谪岳州以后诗，视其少作，风格殊进。近日新城王学士尝评《邝湛若集》云："诗写在潇湘、洞庭间，那得不佳？"仆诵先生《楚游》诸词亦然。

往曹秋岳司农寄余书，谓辛稼轩本能诗，后以词名世，而诗不复作。宝崖，词坛巨手也，当解颐斯语。然余故不敢当稼轩，亦未尝以词废诗也，十年以来，则又以诗废词矣。尝阅鹤舫先生与友人书云："既肆力古文，故绝笔不为诗者十余年，后避寇穷山，日课诗余数首，以消途况。"余谓先生长调当是稼轩一流，虽不复作诗，而名自不减。

辛酉冬，余客淄川，忆故乡风物，作〔凤栖梧〕十二月词，谬为高司寇、唐太史称叹，录而藏之。今读《浣雪词》〔田家乐〕十二阕，又爽然自失矣。

先生与余论文契合，辱以第一流见许。一日，以词稿命选，谓必痛加删定，庶几可传。余非知词者，因先生之虚怀下问，不敢负所托，间有去取点窜，先生颇色喜。爰选评如干首而归之，并愧夫漫然著书而自以为世莫己若者。

先生旧有《映竹轩词》数十阕传诵人间，余曾作〔清平乐〕词题之，词云："惜春春去。梅子黄时雨。休唱江南肠断句。自有东堂新谱。雨余恰见残莺。遮花映竹低鸣。恁仗毛滂一曲，和莺留住春城。"先生亟称其佳，令辑是集，仍附列旧刻诸词以成全璧。命名《浣雪》，言其洁也，即先生之所尚可知已。

《浣雪词话》(《浣雪词钞》)

8. 谢章铤：

国初三毛：稚黄、西河、鹤舫际可。稚黄、西河较胜，西河论词多确凿。即稚黄谈艺亦复不苟。议者徒訾其《填词名解》之附会穿凿，遂尽没其真耳。鹤舫与吾闽林西仲善，文亦相似，均非上乘正法眼也。

《赌棋山庄词话》卷八

9. 陈廷焯：

会侯词，思深词艳，香奁体之最高者。

《云韶集》卷十四

10. 陈廷焯：

毛会侯《浣雪词》，刻翠裁红，务求新颖，丁飞涛之流亚也，总不免染《花间》、《草堂》陋习。(卷三)

词有表里俱佳，文质适中者……有有文无质者，刘改之、施浪仙、杨升庵、彭羡门、尤西堂、王渔洋、丁飞涛、毛会侯、吴园次、徐电发、严藕渔、毛西河、董苍水、钱保馚、汪晋贤、董文友、王小山、王香雪、吴竹屿、吴縠人诸人是也。词中之下乘也。(卷八)

《白雨斋词话》

11. 张德瀛：

毛会侯〔眼儿媚〕词："妆成自许，除非镜里，或是池边。"〔苏幕遮〕词："肥瘦近来无定也，前岁相偎，记妾腰微窄。"骫骳从俗，虽谓之乖调可也。

《词徵》卷六

宋荦

宋荦(1634—1713)字牧仲，号漫堂，一号西陂，别号绵津山人，河南商丘人。为大学士宋权之子。清顺治四年，年十四，荫列侍卫。康熙三年，为黄州(今湖北黄冈)通判，迁山东按察使，擢江西巡抚，调江苏巡抚。值康熙帝三次南巡，竭东南民力以事供张，得久任。内迁吏部尚书，加太子少师致仕。事具《清史稿》、《清史列传》、自订《漫堂年谱》等。荦早负盛望，诗文俱有名于当时，几与王士禛齐名。乐与名士往来，提倡风雅，颇为名流所称述。撰有《西陂类稿》、《筠廊偶笔》、《漫堂说诗》，词有《枫香词》一卷，仅二十六首。

1. 曹溶：

汤潜庵称牧仲诗为萧闲澹远，于山水文章有深情者。枫香小词，亦浸淫于乐府，流溢而为法曲，不作儇巧，是一大家。

沈雄《古今词话·词评》下卷

2. 余怀：

枫香词情深今古，思入风云，组织之工胜于铺锦列绣，运思之巧居然轹柳凌秦。赋铁石之梅花，闹枝头之红杏，何其丽也！宜广播于艺林，技至此乎，爰永传于乐府。

《百名家词钞》引

3. 吴绮：

近之词家，互为涩体，施于乐府，竞号新声。实有江河之忧，岂独风雅之变也。先生楷模八代，衣被九州，乃以大雅之才，间为小山之制，具周、秦之丽节而去其靡，写辛、苏之壮怀而无其亢，所谓永嘉之末，复闻正始之音也。

《百名家词钞》引

4. 陈维崧：

秀琢则梦窗，细腻则片玉。一种缥缈离合之致，更复置身词外，得离钩三寸之妙。

《百名家词钞》引

5. 朱彝尊：

商丘，宋之南京也。东都盛时，由汴水浮舟，达通津门，三百里而近。车徒之轚互，冠盖之络绎，妖童光妓自露台瓦市，而至乐府之流传，朝倚声而夕勾队于照碧堂上。盖流风虽远，遗响宜有传者。故言词于汴宋，若燕函秦庐，夫人而能之者也。然自金源变而为曲，中州言韵者四声乃去其一，按以大晟之律吕不能无误。生于是土者又必游览四方，交友之往来，审音于南北清浊之辨，用心专一，而后可无憾焉。理藩院判宋君牧仲倜傥好结客，其谈论古今，衮衮不倦。至为长短句，虚怀讨论，一字未安，辄历翻古人体制，按其声之清浊，必尽善乃已。故其所作咸可上拟北宋，虽东南以词名者或有逊焉。不观夫函乎？必先为容，乃以制革权其上下，旅衣之始可无龂，至于庐摩锏矣。又置而摇之，使其无蜎炙诸墙，以视其桡之均。横而摇之，以视其劲。盖专且审如是，然后谓之国工，则非燕秦夫人之所能善矣。君之词殆类是与？

《宋院判词序》(《曝书亭集》卷第四十)

6. 曹贞吉：

〔珍珠帘〕《为牧仲题〈枫香词〉》

乌丝闲写柔情句。吟红豆、才子梁园新赋。高调和人稀，似引商荆楚。忆佩双鞬随豹尾，谙出塞、凄风零雨。辛苦。早中年易感，鬓丝添素。　　又向粉署为郎，听熏香侍史，鹅笙曲度。动魄复惊心，耿一天星露。江上青枫闻铁拨，抵多少、海飞山怒。休诉。倩岑牟狂客，挝残羯鼓。

《珂雪词》

7. 沈雄：

我友甫草、其年辈，数游京洛，归即艳称宋公为风雅宗盟。今读《枫香》一刻，固集周、柳、辛、陆诸家而为大成，翩翩材藻，正不屑争雄于下中李、蔡也。

《古今词话·词评》下卷

8. 查礼：

宋牧仲词以“枫香”名集，枫香，黄州桥名也，尝作〔青玉案〕自题其词云：“枫香桥是黄州路，曾岸帻、扶筇去。一望江天风景暮。空山流水，白云红树，动我悲秋赋。　　于今屡梦高歌处，聊取嘉名锡痴语。兰畹金荃休见妒。《花间》低按，尊前轻度，总愧江枫句。”

《榕巢词话》（《查恂叔集》）

9. 凌廷堪：

词者诗之余也，昉于唐，沿于五代，具于北宋，盛于南宋，衰于元，亡于明。……我朝斯道复兴，若严荪友、李秋锦、彭羡门、曹升六、李畊客、陈其年、宋牧仲、丁飞涛、沈南渟、徐电发诸公，率皆雅正，上宗南宋，然风气初开，音律不无小乖，词意微带豪艳，不脱《草堂》前明习染。

张其锦《梅边吹笛谱目录跋》引（《梅边吹笛谱》）

10. 丁绍仪：

太宰以壬子通判黄州，历抚大江左右，内掌铨政，生平爱才若渴。所著诗词，虽不克方驾阮亭，亦不让荔裳廉访。

《听秋声馆词话》卷五

11.《续修四库全书总目提要》：

朱彝尊序其词，谓所作咸可上拟北宋，一字未安，辄历翻古人体制，按其声之清浊，必尽善乃已。其言虽难尽据，然其气骨甚高，语句警策，未可非也。荦诗与王士禛并称，本无词名，而在清初词中实允当之作也。

《续修四库全书总目提要·枫香词一卷》

12. 卢前：

〔望江南〕

西陂稿，专力在歌诗。余事偏工长短句，白头开府尚栖迟。河洛一家辞。

《饮虹簃论清词百家》(《清名家词》)

华衮

华衮（生卒年不详）字龙眉，江都人。

1. 王士禛：

龙眉，广陵诗人，其词清婉，仿佛竹屋、芦川。

徐珂《清代词学概论》引

2. 陈廷焯：

阮亭谓龙眉词笔清婉，仿佛竹屋、芦川，非虚誉也。语亦清澈可喜。（评〔临江仙〕“十里芰荷香暗送”）

《云韶集补人》卷二五

徐允哲

徐允哲（生卒年不详）字西崖，江苏云间（今上海）人。工诗古文，王士禛、毛奇龄等视其为畏友，兼长书法，以晋人为宗，游戏于丹青，得宋元诸名家法。有《响泉词》。

1. 曾王孙：

西崖之诗，毛西河、任待庵两先生亟称之矣。西崖之词，未之闻也。过松陵，得一编于茂伦斋头，读之觉长桥蜿蜒，虹亭开豁，皆不足以喻尽其胜矣。

《百名家词钞》引

2. 缪彤：

徐子不独以诗名世，其文章兼古人之长，书法以晋人为宗，游戏于丹青，得宋元诸名家遗法。读《申江响泉集》，知徐子不淹于荒江寂寞之乡也，信夫。

《百名家词钞》引

3. 张彦之：

我与同里后进，郡城则周子冰持，青溪则王子令诏，上洋则徐子西崖，皆词坛中之浑金璞玉也。

《百名家词钞》引

4. 周纶：

西崖为春藻赤帜，《响泉词》温藻芊绵，当以一缣酬一字，未为折阅。

《百名家词钞》引

王士禛

王士禛(1634—1711)字子真，一字贻上，号阮亭，别号渔洋山人，济南新城(今山东桓台)人。因避雍正帝胤禛讳，追改名为士正。乾隆时，复诏改为士祯。清顺治十五年(1658)进士，选扬州府推官，入为礼部主事，由户部郎中改翰林院侍讲，入值南书房，后官至刑部尚书。康熙四十三年罢官归里。卒谥文简。事具《清史稿》、《清史列传》、《渔洋山人自撰年谱》。士禛幼即才华横溢，早以诗名，又受知于诗坛领袖钱谦益，名声益重，为清初著名诗人，尤工绝句，倡“神韵说”。渔洋以余力填词，特长小令，与其绝句同一机杼。其填词之顶峰期，在扬州推官任上。昼理公务，夜接词人，修禊红桥及如皋冒氏之水绘园，风流韵事，至今流传。又与邹祗谟合辑《倚声初集》，别刻流传者名《衍波词》。此后官位日隆，则鄙词为小道，终至搁笔。著有《带经堂全集》、《阮亭诗钞》、《渔洋山人精华录》，诗话、笔记有《渔洋诗话》、《香祖笔记》、《池北偶谈》、《花草蒙拾》等。今存《衍波词》一卷。

1. 邱石常：

宋广平铁石心肠，乃《梅花》一赋，艳情如许。贻上制艺，为学者宗师。……阮亭鞭前千古，如马牛羊，皆为性情所统，不统乎性情，此阮亭移我情者也。请观永叔、凤洲之文，不佳处皆学韩学马，其佳处则永叔、凤洲自为耳。若此词，则甚似宋广平之不可测矣。

《衍波词序》(《衍波词》)

2. 徐夜：

贻上弱龄，性近骚怨，流连极致，爰有是编。流商激楚之音，发皓扬清之技，所为企羡于时年，顿伤乎迟暮者，较之昔人所叹，兹为称耳。若乃芳泽杂揉，竹丝渐近。《锦囊》之句，兼善夫短长；《团扇》之篇，妙得诸参错。斯固擅场之余事，又何恨于诗人哉！

《衍波词序》(《衍波词》)

3. 杜浚：

扬州为自古名士游宦之地，而风流独著，称醉翁、东坡二公，皆有游平山堂小词。醉翁“江天渺渺没孤鸿”，东坡“三过平山堂下”之句是也。今城外西北，向有红桥，跨流水，五六月间，芙蕖盛开，则酒席歌板，游人竞集，为一郡之胜。过桥一水，不数里，即是平山堂道，而二公词翰，直至今六百年，得阮亭王先生新词三阕，妙绝当时，始继其响，甚矣才之难也。然二公圣于文而诗稍逊，今阮翁诗格至高，所为小词，复极旖旎之致，若出两手，各自专家，此乃尤奇耳。至若先生理扬，难于欧苏时十倍，顾乃政成而诵声作，以其余闲，览方内之胜，诗词迭出，脍炙人口，则其风流又不可胜道者哉。

《红桥倡和词序》(《红桥倡和词》)

4. 李渔：

人皆谓眼前事，口头语，都被前人说尽，焉能复有遗漏者。予独谓遗漏者多，说过者少……只据眼前词客论之，如董文友、王西樵、王阮亭、曹顾庵、丁药园、尤悔庵、吴园次、何醒斋、毛稚黄、陈其年、宋荔裳、彭羡门诸君集中，言人所未言，而又不出寻常见闻之外者，不知凡几。

《窥词管见》

5. 唐允甲：

同盟王子贻上，文宗两汉，诗俪初盛，束其鸿博淹雅之才，作为《花间》隽语，极哀艳之深情，穷倩盼之逸趣。其旖旎而称丽者，则景、煜、清照之遗也；其芊绵而俊爽者，则淮海、屯田之匹也。求之近代，即用修长于用博，元美妙于取境，未之或先。乃贻上告予曰：某之为此也，博弈犹贤云尔，曩苏文忠节义文章，有宋一代之冠，而长言短阕，士女争传。然则是集也，固贻上游艺之一端，亦以见才人驰骋文囿，其无所不宜类如此。

《衍波词序》(《衍波词》)

6. 丁宏诲：

兹《阮亭词》一卷，朦胧萌折，明隽清圆，即令小山选句以争妍,淮海含毫而竞秀，谅无惭夫人室，或兴叹于积薪。向人谓词能损格，故近代何李诸大家，并有阙如之憾。以观贻上，异曲同工若此。诗之异词，一耶？二耶？而贻上兼才，不可及矣。

《衍波词序》(《衍波词》)

7. 沈履夏：

贻上抱宋子之才，而结怀秋之想，每叶一调，可使明妃嫣然解语，红叶殷勤渡沟。境会情真，写照欲绝。设令李密十二女郎在，按拍隶歌，讵不为一字一珠圆耶！吴越间，如范香令之词谱，王季重之艳曲，贺黄公之碎锦，一时鼎立，早见吾阮亭，三先生当撤其扇簟矣。

《衍波词序》(《衍波词》)

8. 尤侗：

向读阮亭《衍波词》，每出一语，落落如有香气，固当奴视七郎，婢视清照。

《炊闻词序》(《衍波词》)

9. 邹祗谟：

序《衍波词》，如唐祖命云：“极哀艳之深情，穷倩盼之逸趣。其旖旎而秾丽者，则景、煜、清照之遗也；其芊绵而俊爽者，则淮海、屯田之匹也。”丁景吕云：“朦胧萌折，明隽清圆，即令小山选句以争妍，淮海含毫而竞秀，谅无惭夫入室，或兴叹于积薪。”徐东痴云：“流商激楚之音，发皓扬清之技。芳泽杂揉，竹丝渐近。锦囊之句，兼善夫短长；团扇之篇，妙得诸参错。”凡兹数则，不独为阮亭诗余写照，亦可以溯洄词蕴矣。

《百名家词钞》引

10. 邹祗谟：

盖闻之弇州曰：《花间》者，《世说》之靡也。《草堂》者，《文选》之变也。而余以为不然。《花间》句雕字琢，调成未谐，句无不致，是昌谷之靡也。《草堂》音协调流，句或未研，体无不秀，是西昆之变也。至所云字必色飞，语必魂绝，则美出自然，诚非缘借矣。常试论前代诸家，文成之于元献，犹兰亭之似梓泽也；新都之于庐陵，犹弘治之似伯玉也；琅琊之于眉山，犹小令之似大令也；公谨之于稼轩，犹宣武之似司空也；逮黄门舍人之于屯田待制，直如曹刘之于苏李，遂觉后来益工。然未有如吾阮亭者也。阮亭年少才丰，无所不擅，千古文义书词，直欲一时将去。即如诗余一事，于阮亭直雕虫耳。而以余读之，篝灯萧寺，中夜琅琅，觉十年中离别之苦，哀乐之多，无不怦然欲动。而艳思绮语，令人手推口维，而不能解。则阮亭之移我情，与我情之合于阮亭，诚有不自知者，又何色飞魂绝之足拟也哉！如余舌本作强，笔底如椎，偶赋短言，无关佳事。即至同里诸子，好工小词，如文友之儇艳，其年之娇丽，云孙之雅逸，初子之清扬，无不尽东南之瑰宝，以视阮亭，并驱中原，犹恐不免为黄沛耳。

《衍波词序》(《衍波词》)

11. 邹祗谟：

阮亭、金粟、艾庵唱和，偶兴数阕，以笔墨牢骚，写胸中块垒，无意摹古，而提刘攀陆，予能无续貂之愧耶。

咏物固不可不似，尤忌刻意太似。取形不如取神，用事不若用意。宋词至白石、梅溪，始得个中妙谛。今则短调必推云间。长调则阮亭《赠雁》，金粟《咏萤》、《咏莲》诸篇，可谓神似矣。

贺黄公云：生平不喜集句诗，以佳则仅一斑斓衣，不佳且百补破衲也。至词则尤难神合。曩惟仲茅，今则文友、阮亭，称为老手并驱，然此体正不必多作。

袁籜庵以乐府擅名，自谓醉心马贯音学。其序《衍波词》云："词律甚严，稍戾即不叶，其关要处，正需此一字，阮亭刚刚填此一字。其行文如水之流坎，落韵如屡之称足，音文双妙，自然天成。即口头极平极淡之字，一经陶写，便觉香破铿訇，压纸欲飞。生居古人之后，而犹多创获之词，非才倍古人者弗能。"此论多主音律，微近曲理，然阮亭固当不愧此语。

金粟云：阮亭《衍波词》一集，体备唐宋，珍逾琳琅，美非一族，目不给赏。如春去秋来二阕，以及"射生归晚，雪暗盘雕，屈子离骚，史公货殖"等语，非稼轩之托兴乎。扬子江上之"风高雁断"，蜀冈眺望之"乱柳栖鸦"，非坡公之吊古乎。咏镜之"一泓春水碧如烟"，赠雁之"水碧沙明，参横月落，远向潇江去"，非梅溪、白石之赋物乎。"楚簟凉生，孤睡何曾著。借锦水桃花笺色，合鲛泪和入隃麋，小字重封"，非清真、淮海之言情乎。约而言之，其工致而绮靡者，《花间》之致语也。其婉娈而流动者，《草堂》之丽字也。洵乎排黄轶秦，凌周驾柳，尽态穷姿，色飞魂断矣。凡此雅论，无非实录。昔空同、大复，苦相排难，琅琊、历下，过属稚标，我辈正当祛斯二惑耳。

余昔序阮亭词，略云：尝论前代诸家，文成之于元献，犹兰亭之似梓泽也。新都之于庐陵，犹宏治之似伯玉也。郎琊之于眉山，犹小令之似大令也。公谨之于幼安，犹宣武之似司空也。逮黄门舍人之于屯田、待制，直如曹、刘之于苏、李，遂觉后来益工，然未有如吾阮亭者也。世有解人，应不河汉余言。

金粟《延露》，阮亭《衍波》，高才闲拟，濡笔奇工，合之双美，离之各擅，彭王齐名，良云不忝。然阮亭尝云：每当彭十，辄复自惭伧父。金粟亦谓阮亭云：君诗文歌词，悉踞峰顶，令我辈从何处生活。近有以仆《丽农词》，列为三家者，糠粃谬先，当有子鱼龙尾之恧矣。

《远志斋词衷》

12. 邹祗谟：

阮亭和清照词，押韵天然，复出自新意，芊绵婉逸，胜方千里之和清真也。（卷二）

阮亭尝称易安、幼安，二安俱济南人，各擅词家之胜，阮亭曩已和漱玉，今复仿稼轩，千古风流，遂欲一时将去耶？（卷七）

《倚声初集》

13. 邹祗谟：

清真有其妍宛，而无其清艳；梦窗有其瑰琢，而无其流丽。作僻调具如此风致，两宋好手，恐当避地三舍。（评《塞翁吟》“记得相逢处”）

《衍波词》卷下（《国朝名家诗余》）

14. 邹祗谟：

邹程村云阮亭小词极哀艳之深情，穷倩盼之逸趣，其〔醉花阴〕、〔浣溪纱〕诸阕不减南唐二主也。

王初桐《小嫏嬛词话》卷三引

15. 董以宁：

初子常云：“近来说词者，颇有彭、王、邹、董之目，其位置如何？”仆曰：“仆隽永不如阮亭，澹远不如金粟，精绮不如程村，但神韵偶到，时或相似耳。”初子曰：“君乃复以神韵自赏。”

《蓉渡词话》

16. 彭孙遹：

《衍波词》体备唐、宋，美非一族。江上之“风高雁断”，蜀冈之“乱柳啼鸦”，赠雁之“水碧沙明，参横月落，远向潇湘去”，直合东坡、稼轩、白石、梅溪为一手。

冯金伯《词苑萃编》卷八辑

17. 彭孙遹：

咏物词，极不易工，要须字字刻画，字字天然，方为上乘。即间一使事，亦必脱化无迹乃妙。近在广陵，见程村、阮亭诸作，便为叹绝，始几几乎与白石、梅溪颉颃今古矣。

《金粟词话》

18. 彭孙遹：

《衍波》一集，体备唐宋，目不给赏。如扬子江上之“风高雁断”，蜀岗眺望之“乱柳栖鸦”，非坡公之吊古乎。咏镜之“一泓秋水碧于烟”，赠雁之“水碧沙明，参横月落，还向潇湘去”，非梅溪、白石之赋物乎。“楚簟凉生，孤睡何曾著。借锦水桃花笺色，合鲛泪和入隃麋，小字重封”，非清真、淮海之言情乎。要其工致而绮靡者，《花间》之致语也。其婉娈而流转者，《草堂》之丽字也。填词于是无憾矣。

沈雄《古今词话》引

19. 彭孙遹：

阮亭《衍波》一集，体备唐宋，珍逾琳琅，美非一族，目不给赏。……约而言之，其工致而绮靡者，《花间》之致语也；其婉娈而流动者，《草堂》之丽字也。洵乎排秦轶黄，凌周驾柳，尽态穷姿，色飞魂荡矣。

《衍波集序》(《松桂堂全集》卷三七)

20. 曹禾：

本朝士大夫词笔风流，几上追南唐、北宋。彭、王、邹、董，夙擅孅声。近来同人中，惟锡鬯、蛟门、方虎、实庵，超然并胜。

《珂雪词话》(《珂雪词》卷首)

21. 聂先：

《衍波词》香艳惊人耳目，每读一阕，便称词坛大观，不知抹倒海内几许词人。至其纵笔任意之妙，公孙氏舞剑器，浑脱浏漓，差足相拟。羡门先生每拈其佳句云：“《衍波》一集，体备唐宋之长。”信夫！

《百名家词钞》引

22. 王士禛：

向十许岁学作长短句，不工，辄弃去。今夏楼居，效比邱休夏自恣。桐花苔影，绿入巾舄；墨卿毛子，兼省应酬。偶读《啸余谱》，辄拈笔填词，次第得三十首。易安《漱玉》一卷，藏之文笥，珍惜逾恒，乃依其原韵尽和之，大抵涪翁所谓“空中语”耳。适内邱乔子文依、云间田子髯渊征檄至，聊命奴子录一通寄之。文依谬奖为好手。余落魄之余，聊以寄兴，无心与秦七、黄九较工拙，文依之许我过矣。

《阮亭诗余自叙》(《衍波词》)

23. 王晫：

王阮亭和漱玉词，有“郎似桐花、妾似桐花凤”语，长安以此遂有“王桐花”之目。

王词又有“春水平帆绿”、“梦里江南绿”、“新妇矶头烟水绿”，邹程村叹曰：昔应子和名“三红秀才”，今更不当称“三绿”耶？

《今世说》卷四

24. 汪懋麟：

阮亭尝称易安、幼安俱济南人物，各擅词家之胜。《衍波》一集，既和漱玉，复仿稼轩，千古风流，遂欲一身兼并耶？

沈雄《古今词话》

25. 蒋景祁：

彭羡门、王阮亭、邹程村、董文友廓清表章之力，大费苦心。

曹解元升六清思密致，与新城王、莱阳宋别为一派。

《刻瑶华集述》(《瑶华集》)

26. 张星耀：

昭代词人之盛，不特凌轹元明，直可并肩唐宋。如《香岩》之雄瞻，《棠村》之韶令，《容斋》之新秀，《衍波》之大雅，《延露》之俊逸，《丽农》之宏富，《东江》之绵渺，《弹指》之幽艳，《乌丝》之悲壮，《艺香》之浓鲜，《玉凫》之清润，《兰思》之真致，《玉蕤》之周密，余如秋岳、锡鬯、容若、云士、舒凫、夏珠、昉思诸公，未窥全豹，微露一斑，而《二乡》、《远山》、《云涌》、《扶荔》、《鸾情》、《南溪》、《炊闻》、《百末》、《含影》、《支机》、《蓉渡》、《锦瑟》、《柳村》、《遏云》、《当楼》、《青城》、《蝶庵》、《秋水》、《峡流》、《吹香》、《椒峰》、《萝村》、《菊庄》、《移春》、《山晓》、《梨庄》、《红蕉》、《柯亭》诸集，可谓家操和璧，人握隋珠，一时群聚。噫，盛矣！

《词论》(《东白堂词选初集》)

27. 朱依真：

欲起琅琊仔细论，机锋拈出付儿孙。

禾中选体荆溪律，一代能扶大雅轮。阮亭云："'无可奈何花落去，似曾相识燕归来'，必不是香奁诗；'良辰美景奈何天，赏心乐事谁家院'，必不是《草堂》词。"确论也。

《仆少有〈论词绝句〉，迄今二十年，灯下读诸家词，有老此数家之意，复缀六章，于前论无所出入也》其五(《九芝草堂诗存》卷六)

28. 郑方坤：

耳食纷纷互击撞，填词一技藐男邦。

锦衾摹拟桐花凤，未害渔洋笔力扛。阮亭《和漱玉词》云："忆共锦衾无半缝，郎似桐花，妾似桐花凤。"时目为"王桐花"。

《论词绝句》三十六首(《蔗尾诗集》卷五)

29. 汪孟鋗：

江南只有贺梅子，不是涪翁信笔夸。

直将渔洋一诗老，也填小令占桐花。

《题本朝词十首》(《厚石斋诗集》卷一)

30. 沈初：

一编漱玉总工愁，零落残魂黯不收。

却唱桐花新乐府，扬州司理最风流。

《编旧词存稿，作论词绝句十八首》(《兰韵堂诗集》卷一《南窗集》上)

31. 王初桐：

阮亭〔浣溪纱〕“绿杨城郭是扬州”，好事者绘为图。汪氏《说铃》又有“王桐花”之号。今观《衍波》一集，词固雅正，然以诗之余事为之，未入宋人壶奥，望而知为浅尝之学。

《小嫏嬛词话》卷三

32. 孙尔准：

《丽农》、《延露》、《衍波》笺，一世才名只浪传。

妾是桐花郎是凤，倚声谁辟野狐禅？

《论词绝句》二十二首（《泰云堂诗集》卷四）

33. 沈道宽：

一片笙歌咏太平，渔洋唱叹意分明。

《衍波》一卷饶清艳，开出人间雅颂声。

巧思无仿作雅音，等闲秀折入幽深。

清新五字桐花凤，却是新城最赏心。

《论词绝句》四十二首（《话山草堂诗钞》卷一）

34. 谭莹：

我朝供奉典裁诗，大笔淋漓顾曲宜。

艳说君侯肠断句，王扬州亦少年时。

《论词绝句四十首专论国朝人》(《乐志堂诗集》卷六)

35. 丁绍仪：

山左王阮亭尚书，诗为国初冠。顾身后尊之者与诋之者各半。所著《衍波词》，颇沾沾自喜，幸无异说。乃吾乡孙文靖论词，谓“妾是桐花郎是凤，倚声谁辟野狐禅”，一经拈出，令人爽然。盖刻意求新，不免流于纤仄，然平心而论，亦未可全非。

《听秋声馆词话》卷四

36. 杨希闵：

邹訏士病北宋诸家长篇不足，正如嘉州、右丞不能为工部之五七排体。此梦呓也。……彼邹訏士第知买菜求益耳，词中微妙，概乎未闻也。国初诸老，才学非不富，大半为此等瞽说所锢。竹垞、迦陵，犹是坐破蒲团，未证圆觉。……惟《衍波》、《河右》、《饮水》远溯《握兰》，近挹《湘真》，元箸超超，斯为宗乘龙象也。

《词轨·总论》

37. 谢章铤：

和韵叠韵，因难见巧，偶为之便可，否则恐有未造词先造韵之嫌，且恐失却佳兴。国初词人迦陵最健，叠韵诸作已不能纵横妥帖。阮亭才极清妙，和韵亦不无凑砌句。新丰鸡犬，总未能尽得故处也。（卷一）

国初渔洋、羡门、迦陵、竹垞诸老，南北提唱，一时飚发泉涌，电掣云屯，倚声一途，称为极盛。（卷四）

阮亭揣摩《花间》，沾沾于翫苣一二字义，是犹见其表而遗其里欤？

阮亭沿凤洲、大樽绪论，心摹手追，半在《花间》，虽未尽倚声之变，而敷辞选字，极费推敲。且其平日著作，体骨俱秀，故入词即常语浅语，亦自娓娓动听。（卷八）

《赌棋山庄词话》

38. 谢章铤：

昔陈大樽以温、李为宗，自吴梅村以逮王阮亭，翕然从之，当其时无人不晚唐。

《赌棋山庄词话续编》卷三

39. 周大枢：

国朝先辈，阮亭词工于诗，陈检讨诗工于词。

《调香词自序》（《湖海文传》卷三十二）

40. 谭献：

与迈孙纵论填词正变，皆以为王贻上尚书以诗篇弁冕一代，顾论者曰“王爱好”；又曰“绝代销魂王阮亭”。其言不尽王诗之量，而于词适合。出箧中《衍波词》写本共读之，所谓“爱好”与“消魂”者，其在是与？

《校刻衍波词序》(《衍波词》)

41. 谭献：

阮亭、葆酚一流，为才人之词。(《箧中词》)

《复堂词话》

42. 沈曾植：

渔洋《花草蒙拾》，偶然涉笔，殊有通识。其述云间诸公论词云：“五季犹有唐风，入宋便开元曲。故专端意小令，冀复古音，屏去宋调，庶防流失。”谓其长处在此，短处亦在此。不独评议持平，且能举出当时词家心髓，识度固在诸公上也。

《菌阁琐谈》

43. 陈廷焯：

王渔洋词，风流闲雅，小令之妙，空绝古今。

渔洋小令，每以诗为词，虽非本色，然自是词坛中一帜。西堂小令亦工，然终不及也。

藕渔小令之妙，独绝一时，与渔洋南北并峙可也。

《词坛丛话》

44. 陈廷焯：

渔洋词，意极沉著，语极风流，如海上三山烟云缥缈，富丽矣，又清虚也。吾乌乎测其所至？小令为最。

《云韶集》卷十四

45. 陈廷焯：

渔洋小令之工，直逼五代、北宋。

《词则·大雅集》卷五

46. 陈廷焯：

渔洋小令，能以风韵胜，仍是做七绝惯技耳。然自是大雅，但少沉郁顿挫之致。昔人谓渔洋词为诗掩抑，又过矣。

渔洋词含蓄有味，但不能沉厚。盖含蓄之意境浅，沉厚之根柢深也。彼力量薄者，每以含蓄为深厚，遂自谓效法北宋，亦吾所不取。（卷三）

国初《十六家词》……其中王士禄、王士禛，于词一道，并非专长，不知何以列入。（卷五）

词有表里俱佳，文质适中者……有有文无质者，刘改之、施浪仙、杨升庵、彭羡门、尤西堂、王渔洋、丁飞涛、毛会侯、吴园次、徐电发、严藕渔、毛西河、董苍水、钱保酚、汪晋贤、董文友、王小山、王香雪、吴竹屿、吴縠人诸人是也。词中之下乘也。（卷八）

《白雨斋词话》

47. 朱祖谋：

〔望江南〕《杂题我朝诸名家词集后》

消魂极，绝代阮亭诗。见说绿杨莲城郭畔，游人争唱治春词，把笔尽凄迷。

《彊村语业》卷三

48. 况周颐：

词格纤靡，实始于康熙中。《倚声》一集，有以启之。集中所录小慧侧艳之词，十居八九。王阮亭、邹程村同操选政，程村实主之，引阮亭为重云尔。而为当代巨公，遂足转移风气。世知阮亭论诗以神韵为宗，明清之间，诗格为之一变。而词格之变，亦自托阮亭之名始，则罕知之。而执明人为之任咎，讵不诬乎？（卷五）

渔洋冶春红桥，风流文采，照映湖山。《倚声初集》渔洋、程村同辑录《红桥怀古》，〔浣溪纱〕十阕，末注云：“红桥词即席赓唱，兴到成篇，各采其一，以志一时胜事。当使红桥与兰亭并传耳。”当时同游十人，渔洋游记未详。《倚声集》传本绝少，亟录以备甄扬故者述焉。“北郭青溪一带流。红桥风物眼中秋。绿扬城郭是扬州。西望雷塘何处是，香魂零落使人愁。澹烟芳草旧迷楼。”渔洋三阕存一……神韵绝佳，与诸名辈抗手。（卷五）

《蕙风词话》

49. 徐珂：

士禛字贻上，号阮亭，别号渔洋山人，尤工小令，逼近南唐二主。

《近词丛话》

50. 王国维：

《衍波词》之佳者，颇似贺方回。虽不及容若，要在浙中诸子之上。

《人间词话删稿》

51. 吴梅：

渔洋小令，能以风韵胜，仍是做七绝惯技耳。然自是大雅，但少沉郁顿挫之致。昔人谓渔洋词为诗掩，非笃论也。词固以含蓄为主，惟能含蓄，而不能深厚，亦是无益。若谓北宋皆如是，为文过之地，正清初诸子之失，不独渔洋也。长调殊不见佳。

《词学通论》

52. 顾宪融：

渔洋诗一振明季肤廓纤仄之弊，独标神韵，笼盖百家，屹然为有清一代大宗。而小词亦雍荣华贵，〔蝶恋花〕和漱玉词，不徒貌似，“桐花翠凤”之语，最得梁陈之遗。〔贺新郎〕用竹山韵，又居然胜欲，固知才人无所不可也。清初词家为诗名所掩者，尚有梅村、芝麓。梅村沉雄，出入辛、刘；芝麓高雅，微近二晏；渔洋则《花间》余韵，而含凄垂缩，又斟酌于南宋者也。

《填词百法》卷下

53. 赵尊岳：

有清自王阮亭以疏秀取胜，风度均近纤懦，重拙之妙，无复偶见。人人涉想于清空中作绮情语，摇曳为主，雍容为用，末流之弊，不可胜言。既而又有以辛、刘为宗者，遂出粗犷之语，自谓起八代之衰，盖视阮亭，矫枉过正，其失遂等。于是清词不归绮靡，便归雄犷。至张茗柯出，而寓疏秀于清雄，曲遂流畅之美，而不使之涉于纤佻，其道稍重。然常州词人，自兹以后，犯阮亭者几已绝无，而犯粗犷者犹复不免。

《珍重阁词话》

54. 赵尊岳：

王文简提犲骚雅，值词中兴。士夫景从，蔚为风会。独其诗主神韵，旁通于词，格调少伤，流于靡曼。《倚声》、《瑶华》诸集，于所谓重、拙、大者无当。

《蓉影词跋》(《蓉影词》)

55. 张伯驹：

王渔洋诗主神韵自然，于词为近。虽非词家，而出语即自名贵。

《丛碧词话》

56. 闻野鹤：

清词诸家……王阮亭如青春少妇，媌娙多致。

王阮亭《衍波词》，当时有盛名，今诵者绝鲜。然“郎似桐花”二语，犹在人口。仆意此二语太亵，法铁面见之，必且呵斥，以言工，亦未也。

《愢簃词话》

57. 《续修四库全书总目提要》：

士禛之词，令曲时有佳篇，同其诗之七绝，盖清雅有余，浑厚不足。五代之词，重、厚而大，故敢为艳语；士禛力不足而驱之，而喜学《花间》，往往入于淫邪。即其〔蝶恋花〕词“郎似桐花，妾似桐花风”，浅薄无俚，而当时竟以“王桐花”称之，可见其词风之不振矣。

《续修四库全书总目提要·阮亭诗余一卷》

58. 卢前：

〔望江南〕

扬州客，绝句自名家。把笔填词同法乳，凄迷还似雨中花。碧水映明沙。

《饮虹簃论清词百家》(《清名家词》)

59. 朱庸斋：

即以王阮亭论，其诗尚雅正，然其和《漱玉词》，真不知所云，不惟纤弱，抑且俗矣，盖亦以为词当别具一体。(卷一)

王士禛词亦重神韵，但才力薄弱，以写七绝之惯技而为小令，虽时有可人之语，然终乏大家风度。(卷三)

《分春馆词话》

孙鋐

孙鋐（生卒年不详）字思九，一字思远，号雪窗，江苏青浦（今属上海）人。诸生。曾游徐乾学、宋实颖之门，与王士禛、朱彝尊往来。家豪于赀，修孔宅，辑志书以志之。衍圣公孔某题授典籍，不赴。有《绘影词》、《镂冰词》各一卷。

1. 卢元昌：

思九词，其精丽圆妥处，不减梅溪、片玉。

徐珂《清代词学概论》引

2. 陈廷焯：

通篇字字精秀。卢文子谓思九词精丽圆妥处不减梅溪、片玉，信然。（评〔渔家傲〕“泼泼冲波鸂鶒舞”）

《云韶集》卷十六

陈祥裔

陈祥裔（生卒年不详）字耦渔，原姓乔氏，顺天人。清康熙中，曾官成都府督捕通判，搜罗蜀中故实，撰《蜀都碎事》一书。能词，有《凝香词》四卷行世。

1. 李式琏：

尝读晋陶元亮本传，见其冲和恬淡，不为世累，心窃慕之。读其诗乃益信其人，谓安得如若人者，与数晨夕，庶可无鄙吝矣。及读《闲情赋》，缠绵欵曲，昵昵儿女之情见于言语，不能无疑焉。将后之人，赝托其名耶？抑实有是事耶？岂昭明所谓白璧微瑕者耶？迨后读宋广平《梅花赋》及苏眉山、辛幼安等词，皆以刚毅强正之品为优柔香艳之句，率与其为人也不类。乃恍然信为才士之寓言，而非实有所溺也。闲情之作又何疑于五柳哉？金台耦渔好学尚义，未尝唯阿，以依人遇事则义形于色，利害不足以动其心其居室也。尤笃于孝友及遇名花当胜地，握管疾书作为词令，语极柔曼，以较渊明、广平辈颇与相类。孰谓古今人不相及哉？愚风波之人，不娴于词。今年夏，偕至西蜀，公余之暇，示以《凝香》一集，予虽未能窥其藩篱，吟咏之际，亦觉欣然有动于中。至于词之源流支派以及古人之工拙，前之人已有详道之者，予不能再袭其文。第由是以观，遂可无疑于古人也已。

《凝香集序》（《凝香词》）

杨大鹤

杨大鹤（？—1715）字九皋，号芝田，江苏武进人。清康熙十八年（1679）进士，改庶吉士，授翰林院编修，官至左谕德。康熙三十七年视学四川。今存《赐研斋诗钞》六卷，著有《稻香楼词》。

1．王士禛：

九皋年未及终童，而才情绮逸，偶作小词，亦不减晏小山“落花人独立，微雨燕双飞”之句也。

徐珂《清代词学概论》引

2．邹祗谟：

九皋为陶云难弟，年未及终童，而才情绮逸，偶作小词，亦不减晏小山酒溅罗扇也。

《倚声初集》卷十二

曹贞吉

曹贞吉(1634—1696)字升阶，又字升六，号实庵，山东安邱人。清康熙三年(1664)进士。考授内阁中书，出为徽州同知，内召礼部仪制司郎中，调湖广学政，以痍辞归。生平事迹见《清史稿》、《清史列传》、《安邱续志》等。嗜书笃友，尝从施闰章游。工诗，与宋琬、王又旦、颜光敏、田雯、丁炜、曹禾、汪懋麟等有“金台十子”之称，王士禛选其诗为《十子诗略》。亦工词，吴绮选名家词，以之为压卷，得词坛推崇。《四库全书》以《珂雪词》为清初唯一词别集著录。著有《珂雪集》、《朝天集》、《鸿爪集》、《黄山记游诗》，有《珂雪词》二卷，《咏物十词》一卷。

1. 高珩：

今日之以词曲名海内者，指不胜屈，而实庵之词，则镗镗先鸣，跗注之君子，往往壁上观矣。予每读实庵之词，惊魂荡魄，惝恍不定。初读吊古诸作，慷慨悲凉，羽声四起，如逢祖士稚、刘越石诸人。既而读咏物诸作，入微穷变，五色陆离，又若树珠幢于谷王之曲，而百宝麇赴也。已乃过实庵所，求诸作尽读之，无体不工，而田居世外之音，往往而遇，如闻鱼山之梵，两腋生风，五浊欲洗，又疑非金马直庐间人也。

《珂雪词序》(《珂雪词》)

2. 高珩：

吾读诸词，想见实庵搦管时，必连浮大白，蹋足起舞，高唱梁伯龙“问天涯何事，恰才归”曲数过，然后用叶法善摄魂碑法，令荆卿舞剑，渐离击筑，红线捧砚，隐娘濡笔，阮步兵太息之声，庾子山涕洟之赋，一时并集，乃克有此耳。转而思之，存亡崇替，此是人间常事，断不可免者。其不实则干闼婆城，不久则邯郸道枕耳。诸公泉下回首，或能莞尔发愿，一出头来必了因缘大事，另作生活，方是英灵男子。如尚悲思不已，生既狰狞，死复沉滞，再来依然故吾耳。万劫黑海尚有分在，可忧也。仆学空门而亦为之怦怦心动。方知俗心难尽，习气难空如此，大须忏悔祓除，庶几不复堕情想浊劫乎？

《珂雪词评》(《珂雪词》)

3. 吴绮：

《珂雪词》字字香艳，至议论风生处，有烘云托月之势。

《百名家词钞》引

4. 陈维崧：

霜凋魏帐，月中之剩瓦何多；水咽秦关，地上之残城不少。天若有情，天宁不老；石如无恨，石岂能言！铜驼觳觫，恒逢秋至以偏啼；银雁觜沙，惯遇天阴而必出。山当雨后，易结修眉；竹到江边，都斑细眼。溯夫皇始以来，代有不平之事。千年关塞，来往精灵；万古河山，凭陵鬼物。纵复人称恨甚，事悉奈何？江淹工楸怆之辞，鲍照擅苍凉之赋。正恐世阅世以成川，年复年而作谷。捧黎阳之土，堙此何穷；积函谷之泥，封来不尽。然而剑锋尽缺，总为旁观；壶口新残，只因细故。青史则几番刘、项，诚然与我何堪？黄河则满地袁、曹，遑曰干卿奚事。或虾蟆陵上，暮年红袖所闲谈；或鹳雀楼前，故老白头之夜话。或武担遇客，曾看石镜于成都；或盩厔居民，偶得铜盘于渭水。苟非目击，即属亲闻。事皆磊砢以魁奇，兴自颠狂而感激。槌床绝叫，蛟螭夭娇于胸中；踞案横书，蝌蚪盘旋于腕下。谁能郁郁，常束缚于七言四韵之间；对此茫茫，姑放浪于减字偷声之内。吟成十阕，事足千秋。赵明诚《金石》之录，逊此华文；郭弘农《山海》之编，惭斯丽制。……仆每怪夫时人，词则呵为小道。傥非杰作，畴雪斯言？以彼流连小物之怀，无非淘洗前朝之恨。人言燕市，实悲歌慷慨之场；我识曹君，是文采风流之裔。狂歌飒沓，聊凭风纸以填来；老兴淋漓，亟命鸾笙为谱去。

《珂雪词·咏物词序》(《珂雪词》)

5. 陈维崧：

〔贺新凉〕《题曹实庵《〈珂雪词〉》

满酌凉州酝。爱佳词，一编《珂雪》，雄深苍稳。万马齐喑蒲牢吼，百斛蛟螭困蠢。算蝶拍莺簧休混。多少词场谈文藻，向豪苏腻柳寻蓝本。吾大笑，比蛙黾。　爇残桦烛刚余寸。叹从来，虞卿坎坷，韩非孤愤。耳热杯阑无限感，目送塞鸿飞尽。又眼底，群公衮衮。作达放颠无不可，劝临淄，且传当筵纷。城柝沸，夜乌紧。

《迦陵词》

6. 王炜：

安邱曹实庵先生以咏物怀古诸编，为海内所推，予受《珂雪词》读之，真如仰昆仑、泛溟渤，莫测其所际，肮脏磊落，雄浑苍茫，是其本色。而语多奇气，倘倪傲睨，有不可一世之意。至其珠圆玉润，迷离哀怨，于缠绵款至中，自具潇洒出尘之致。绚烂极而平澹生，不事雕镂，俱成妙诣。其融篇则如万顷澄湖，千重岩嶂，长涛细漪，随风而成，瑰异秀冶，触目而得。琢句则如蹙金结绣，层剥蕉心，天成于初日芙蓉，不尽于抽丝独茧。炼字则险丽摇曳，而生香隽逸，蜿蜒而流奕。洵乎此宗之大家，不但于苏、辛、秦、李、姜、史分其一席而已也……就词想其胸次，甚有似于庄周……先生无境不超，有途必入，引之以孤绪，而运之以浩瀚流连。故观者如温峤之照牛渚，韩愈之登华山，伯牙之移情海岛，非斯世所常闻见。而留与斯人，赏其如庄屈，诚艺林之奇遘也。……海内之人，因词而见其心，以《珂雪》比于广平梅花之偶兴，则斯词也，其不朽之先声矣。

《珂雪词序》(《珂雪词》)

7. 朱彝尊：

词至南宋始工。斯言出，未有不大不怪者。惟实庵舍人意与予合。今就咏物诸词观之，心摹手追，乃在中仙、叔夏、公谨诸子，兼出入天游、仁近之间，北宋自方回、美成外，慢词有此幽细绵丽否？若读者仍谓不如北宋，则舍人亟藏之，俟后世子云论定可矣。

《珂雪词评》(《珂雪词评》)

8. 聂先：

实庵先生长调之妙，妙绝古今，若使花庵选手见之，亦不能局于令慢间矣。是刻初得之园次、山来二处，再得于槎客归舟所携，恐俱非全帙，拟借羽向黄山白岳间求之，必能一时纸贵，百家增色，恨余之抱痾不敢也。

《百名家词钞》引

9. 沈雄：

实庵词，久从南溪读其一二，恨未窥其全豹。珂雪新笺，欲想见其丰采而未可得。兹览陈检讨题词云："爱佳词，一编《珂雪》，雄深苍稳，笄蝶板莺簧不准。多少词场谈文藻，向豪苏腻柳寻蓝本。吾大笑，比蛙黾。"君词更出其望外。

《古今词话·词评》卷下

10. 王士禛：

《拾遗》、《洞冥》、《杜阳杂编》诸书所记，类无事实。实庵先生咏物皆取其闻见所及耳。而神光离合，望之如蜃气结成楼阁，每读一过，觉江风海雨摵摵生齿牙间也。

填词小道也，然鲁直谓晏叔原乐府为《高唐》、《洛神》之流，张文潜谓贺方回幽洁如屈、宋，悲壮如苏、李。夫屈、宋三百之苗裔，苏、李五言之鼻祖，而谓晏、贺之词似之，世亦无疑二公之论为过情者。然则填词非小道可知也。实庵舍人久以诗鸣海内，近为乐府辄至数百首，分其一艺足自名家。今所刻怀古四阕、咏史五阕特其凌云台之一榱一桷耳。然已可推倒一世，开拓万古，吾故不敢自似鲁直、文潜，而窃欲跻实庵于宋玉、陈思、属国、都尉之间，世不乏赏音，其或以吾为贡谀者，吾亦任之。

《珂雪词评》

11. 王士禛：

曹实庵不为闺襜靡曼之音，而气韵自胜，其淡处绝似宋人。

冯金伯《词苑萃编》卷八

12. 宋荦：

今人论词动称辛柳，不知稼轩词以“佛狸祠下，一片神鸦社鼓”为最，过此则颓然放矣。耆卿词以“关河冷落，残照当楼”与“杨柳岸晓风残月”为佳，非是则淫以亵矣。迨白石翁崛起，南宋玉田、草窗诸公互相倡和，戛戛乎陈言之务去，所谓如野云孤飞，去留无迹者。此竹垞论词必以南宋为宗也。今读实庵咏物十首，仿佛《乐府补题》诸作，而一种窅渺之思，瑰丽之辞，与夫沉郁顿挫之气直驾诸公而上之。拟诸白石〔暗香〕、〔疏影〕之篇何多让焉。义山曰：“愿书万本诵万遍，口角流沫右手胝。”余于此词亦云。

《珂雪词评》

13. 曹禾：

实庵兄为人端饬，不苟訾笑。至填词，乃婉丽纤媚，时或飞扬跋扈，諔诡不羁。此彭泽闲情，广平梅花，令人不能测识也。

蛟门自负诗歌不可一世，独以文章让予，填词推实庵。三人每酒酣争胜，气不能下。近予颇为长短调，实庵怒骂曰：汝不思压倒蛟门，乃闯吾藩篱耶？吾将为古文辞矣。予曰：诺，请属櫜鞬以从。时田子纶霙、颜修来光敏在座，为之捧腹绝倒。

柳生敬亭以评话闻公卿，入都时邀至致接踵。一日过石林，许曰薄技必得诸君子赠言以不朽，实庵首赠以二阕，合肥尚书见之扇头。沉吟叹赏，即援笔和韵珂雪之词，一时盛传京邑。学士顾庵叔自江南来，亦连和二章。敬亭名由此增重。

阮亭先生阅实庵怀古〔风流子〕数阕，拍案称善。题其稿曰：曹大乃尔奇绝。

词以神气为主，取韵者次也，镂金错彩其末耳。本朝士大夫词笔风流，几上追南唐北宋。彭、王、邹、董夙擅征声，近来同人中惟锡鬯、蛟门、云虎、实庵，超然并胜。实庵不为闺襜靡曼之音，我视之更觉妩媚，其神气胜也。

实庵陶处士瀓入都门，呼予与实庵为南曹北曹，友朋间遂以此为称号。今读《珂雪词》，予虽十年学不能并驱也。昔人称衙官屈、宋，实庵衙官我有余矣。

王元美论词云：宁为大雅罪人。予以为不然。文人之才何所不寓，大抵比物流连，寄托居多。《国风》、《离骚》同扶名教，即宋玉赋美人，亦犹主文谲谏之义，良以端言之不得，故长言咏叹，随所指以托兴焉。必欲为柳屯田之兰心蕙性、枕前言下等语，不几风雅扫地乎。实庵词无一语无寄托者，予之所以服膺也。

云间诸公论诗宗初盛唐，论词宗北宋，此其能合而不能离也。夫离而得合，乃为大家。若优孟衣冠，天壤间只生古人已足，何用有我。实庵也与予意合，其词宁为创不为述，宁失之粗豪不甘为描写。妍媸好丑，世必有能辨之者。

《珂雪词话》

14. 张贞：

昔人论词以七郎、清照为当家，以其缠绵旖旎，动人情思耳。余谓不如东坡、稼轩慷慨雄放为不失丈夫本色。今观实庵数阕，意兴淋漓，胸怀浩荡，至其上下千古，则一往情深，低徊欲绝，置之苏、辛集中，宁易差别邪。实庵诗才奔逸，横绝一世，词即不足以尽实庵。而兹刻又不足以尽实庵之词。读者亦窥其一斑两斑可矣。

《珂雪词评》

15. 张贞：

实庵诗文妙天下，间倚声作词，遂夺宋人之席，吴园次《名家词选》以为压卷，流传江左，一时推为绝唱。

《题珂雪堂词谱》（卢见曾《国朝山左诗钞》引）

16. 张潮：

《珂雪词》纵横变化，不可方物，非辛、非柳、非苏、非黄、非周、非秦，而辛、柳、苏、黄、周、秦之美毕备，由其才具闳博，学殖渊邃，举生平所诵习，子史百家，古文奇书，含咀酝酿而出之。浅陋之士焉能窥其堂奥，测其涯涘哉！

《珂雪词评》

17. 张潮：

先君视学山左，每谓词章之妙，无过宋莱阳、王新城昆季，而尤重曹安丘，每抄其《珂雪词》，把玩不释。以其才情渊博，寄调清新，能于咀商嚼羽处，凌轹苏、黄，揶揄秦、柳，真山左三大家也。

《百名家词钞》引

18. 汪俊：

家仲绳往极艳称《珂雪词》如娇莺欲醉，花晓初舒。一日令歌者按红牙度之，会心处几令心痒欲搔，惜不能向麻姑借爪耳。请付诸梓以公同好。

《百名家词钞》引

19. 蒋景祁：

曹解元升六清思密致，与新城王、莱阳宋别为一派。

《刻瑶华集述》（《瑶华集》）

20. 柯煜：

〔大江东去〕《读〈珂雪词〉奉怀曹实庵司马用东坡韵》

英雄好手，算峥嵘、铁槊蔗竿人物。幻出君才还八斗，胸有图书东壁。凤阁诗成，兰台赋罢，谈笑生冰雪。流传乐府，世间无此清杰。　　相见潇洒官情，山黄岳白，正商飏初發。三十六峰吟遍了，袖拂紫霞明灭。畴昔知音，何年载酒，真赏穷毫髮。不眠心事，共君千里明月。

《小丹丘词》

21. 孔传铎：

〔相思儿令〕《题曹实庵〈珂雪词〉》

磊落珠圆玉润，白石认前身。不带齐东风味，疑是过江人。可叹生不逢辰。似冯唐、郎署沉沦。至今娇女红窗，为君歌动檀唇。

《全清词·顺康卷补编》

22. 田同之：

本朝士夫，词笔风流，自彭、王、邹、董，以及迦陵、实庵、蛟门、方虎，并浙西六家等，无不追宗两宋，掉鞅后先矣。而其间惟实庵先生，不习闺襜靡曼之音，既细咏之，反觉妩媚之致，更有不减于诸家者，非其神气独胜乎。

《西圃词说》

23. 凌廷堪：

词者诗之余也，昉于唐，沿于五代，具于北宋，盛于南宋，衰于元，亡于明。……我朝斯道复兴，若严荪友、李秋锦、彭羡门、曹升六、李畊客、陈其年、宋牧仲、丁飞涛、沈南渟、徐电发诸公，率皆雅正，上宗南宋，然风气初开，音律不无小乖，词意微带豪艳，不脱《草堂》前明习染。

张其锦《梅边吹笛谱目录跋》引（《梅边吹笛谱》）

24. 孙尔准：

炊闻玉友二乡亭，山左才人未迳庭。

只有曹家珂雪句，白杨凉雨耐人听。

《论词绝句》二十二首（《泰云堂诗集》卷四）

25.《四库全书总目提要》：

其词大抵风华掩映，寄托遥深，古调之中，纬以新意，不必模周范柳，学步邯郸，而自不失为雅制。盖其天分于是事独近也。《陈维崧集》有《贞吉咏物词序》云："吟成十首，事足千秋。赵明诚《金石》之录，逊此华文；郭宏农《山海》之篇，惭斯丽制。"虽友朋推挹之词，不无溢量，要在近代词家，亦卓然一作手矣。

《珂雪词二卷提要》

26.《四库全书简明目录》：

贞吉诗集、词集皆以"珂雪"为名，而其词寄托遥深，风华掩映，实远过其诗，盖才性有所偏至也。

27. 谭莹：

千秋公论试评量，南渡词人特擅场。

十五家同收四库，定知谁许鲁灵光。我朝词集，四库所收者唯《珂雪词》十五家词，余俱存目耳。

《论词绝句四十首专论国朝人》（《乐志堂诗集》卷六）

28. 陈廷焯：

实庵词风韵之高，不减南宋诸贤，词至是一变旨道矣。

《云韶集》卷十四

29. 陈廷焯：

曹升六《珂雪词》，在国初诸老中，最为大雅，才力不逮朱、陈，而取径较正。国朝不乏词家，四库独收珂雪，良有以也。

升六词，余最爱其〔扫花游〕春雪一篇，如云："一夜梅花，暗落西窗似雨。飘摇去，试问逐风，归到何处？"又云："拥断关山，知有离人独苦。漫凝伫，听寒城数声谯鼓。"绵雅幽细，斟酌于美成、梅溪、碧山、公谨而出之者。

"万马齐喑蒲牢吼"，此迦陵题《珂雪词》语，然直似先生自品其词，吾恐升六尚谦让未遑也。（卷三）

词有表里俱佳，文质适中者……有文过于质者，李后主、牛松卿、晏元献、欧阳永叔、晏小山、柳耆卿、陈子高、高竹屋、周草窗、汪叔耕、李易安、张仲举、曹珂雪、陈其年、朱竹垞、厉太鸿、过湘云、史位存、赵璞函、蒋鹿潭是也。(卷八)

《白雨斋词话》

30. 文廷式：

自朱竹垞以玉田为宗，所选《词综》意旨枯寂，后人继之，尤为冗漫，以二窗为祖祢，视辛、刘若仇雠，家法若斯，庸非巨谬。二百年来，不为笼绊者盖亦仅矣。曹珂雪有俊爽之致，蒋鹿潭有沉深之思，成容若学阳春之作而笔意稍轻，张皋文具子瞻之心而才思未逮，然皆斐然有作者之意，非志不离于方罫者也。

《云起轩词自序》(《云起轩词》)

31. 朱祖谋：

〔望江南〕《杂题我朝诸名家词集后》

留客住，绝调鹧鸪篇。脱尽词流响泽习，相高秋气对南山，侵度衍波前。

《彊村语业》卷三)

32. 张德瀛：

愚谓本朝词有三变，国初朱、陈角立，有曹实庵、成容若、顾梁汾、梁棠村、李秋锦诸人以羽翼之，尽祛有明积弊，此一变也。樊榭崛起，约情敛体，世称大宗，此二变也。茗柯开山采铜，创常州一派，又得恽子居、李申耆诸人以衍其绪，此三变也。

《词徵》卷六

33. 张尔田：

其年、竹垞、梁汾、容若，皆以渊奥之才，辟径独行。西河、珂雪，幺弦自操，如律之应，夐思顽藻，此其独也。

《词莂序》

34. 王伯沆：

《珂雪词》结响甚高，赋物不滞，通幅无一怨语，自以咏古诸作为第一，其余他作，亦笔势森秀，真国初一作家也。

《清词四家录》

35. 吴梅：

清初诸老，惟珂雪最为大雅。才力虽不逮朱、陈，而取径则正大也。其词大抵风华掩映，寄托遥深，古调之中，纬以新意，盖其天分于此事独近耳。至咏物诸作，为陈迦陵推挹者，吾甚无取也。

《词学通论》

36. 蔡桢：

清词派别，可分三期。浙西派与阳羡派同时。浙西派倡自朱竹垞，曹升六、徐电发等继之，崇尚姜张，以雅正为归。阳羡派倡自陈迦陵，吴园次、万红友等继之，效法苏、辛，惟才气是尚，此第一期也。常州派倡自张皋文，董晋卿、周介存等继之，振北宋名家之绪，以立意为本，以叶律为末，此第二期也。第三期词派，创自王半塘，叶遐庵戏呼为桂派，予亦姑以桂派名之。和之者有郑叔问、况蕙风、朱彊村等，本张皋文意内言外之旨，参以凌次仲、戈顺卿审音持律之说，而益发挥光大之。此派最晚出，以立意为体，故词格颇高。以守律为用，故词法颇严。今世词学正宗，惟有此派。余皆少所树立，不能成派。其下者，野狐禅耳。故王、朱、郑、况诸家，词之家数虽不同，而词派则同。

《柯亭词论》

37.《清史列传》：

曹贞吉……间倚声作歌词，追踪宋人。吴绮名家词选，以为压卷，流传江左，一时推为绝唱。

《文苑传一》

38. 沈轶刘：

清代初期之词，在并时诸大家之外，能本其所处之特定环境，相与消长，陶冶出各自不同之作品，变成一代有影响之流派者，有不能忽略之三曹词。三曹者，首为曹溶，二为曹尔堪，三为曹贞吉。

贞吉词气雄浑，不为靡曼，虽间杂绵丽，仍不离本色。其经意之作，可方驾陈维崧，工力实胜同时曹尔堪。其放者如东坡而能纯，约者比迦陵而能敛，早在人口。

三曹消长，曹溶所处环境最难危，季世造良材，成就亦最大。曹贞吉笔仗与处境逐渐接近平世，发挥亦较利，笔墨纵横，瞻顾随意，才思颇近迦陵，足与诸大家分庭抗礼，平视曹溶。曹尔堪学有偏嗜，境亦适中，宜居第三。

《繁霜簃词札》

39.《续修四库全书提要》：

其词大抵风华掩映，寄托遥深。古调之中，纬以新意。不必模周范柳，学步邯郸，而自不失为雅制。盖其天分，于是事独近也。

《珂雪词提要》

40. 卢前：

〔望江南〕

标南宋，始自实庵词。心往手追张叔复，幽深绵丽已兼之。周、贺不同时。

《饮虹簃论清词百家》（《清名家词》）

41. 朱庸斋：

曹贞吉《珂雪词》好用重笔，雄奇磊落，气势甚劲，艺术风格略傍稼轩，然无刘改之辈奔肆叫嚣之习，雍容大雅，不作富艳纤弱之语。曹词往往吊古伤今，眷怀故国，然集中所附清初诸大老评语，则标榜过甚，读者宜慎之。

《分春馆词话》卷三

钱芳标

钱芳标(1635—1679)初名鼎瑞，字葆馚，一作宝汾，号莼渔，江南华亭(今上海松江)人。清康熙元年(1662)入太学，五年举顺天乡试，官中书舍人。十七年，荐举博学鸿词，值丁内艰，不赴，旋卒。生平事迹见《国朝耆献类征》。芳标诗才绮丽，与董俞齐名，称“钱董”。尤工倚声，王晫《今世说》称其“总角即好倚声”。著有《金门稿》、《湘瑟词》。今传《湘瑟词》四卷五百余首。另有《莼渔词话》，并辑有《词瞑》，以调为次，多达千调数千首，未刊。

1. 金是瀛：

雍门之曲，愁思生援琴之先；长康之画，传神在阿堵之内。裘成烦质，一毫万金；四驾超光，单形十影。构凌云之楼观，不负锱铢；跃方响于蕤宾，相求律吕。始信好辞之绝妙，宁非天下之至情。我友葆馚，灼然玉举，其为曲子，纤恨无遗。拔初日之芙蓉，濯新月之杨柳。若其早游郭隗之台，久索东方之米。直庐夜静，太液波澄。至于烟柳逢迎，板舆升降。乌鸟之私得请，蓴鲈之兴非赊。又如胜友招寻，求仲而兼羊仲；佳辰临眺，传杯而不放杯。及夫睹壁间之遗挂，杨厷潘存；感竹迳之流连，芝焚蕙叹。又有骖疲，款段短策。残阳花赠，将离长亭。细雨以至，重重帘隙，时见远灯；寂寂坞中，忽闻哀笛。莫不形神俱往，徙倚何倚。江醴陵本是恨人，卫洗马谁能遣此？展砚琉璃之匣，按笔绿腰；抽毫翡翠之床，付诸红袖。诸香杂袭，闻之者清魂；十色陆离，见之者刺眼。于是绮阴庭院，叫檀板而抗音；朱乌窗棂，展牙签而披览。销愁蠲疾，可代金萱；易髓变容，同于玉醴矣。

《湘瑟词序》(《湘瑟词》)

2. 吴绮：

岁在马逢……灯前侧帽，既多顾影之怜；酒畔鸣筝，遂有缘情之制。风流宛在，比思曼以垂杨；姿态横陈，拟子京之仙杏。凄清欲绝，我见之始欲言愁；哀乐无端，人听焉浑难自主。舞《山香》之一曲，技至此耶；闻《水调》之数声，观其止矣。盖词原靡丽体，虽本于房中，而语必遥深，义偏通于世说。彼汉宫之衣袂，固自伤淫；若宋殿之屏风，尤为失隽。而葆酚秾纤合度，摇曳成姿。拗益加妍，在疑雨疑云之际；淡还生艳，是非花非雾之间。譬姑射之冰肌，何妨金粉；若太真之玉质，更胜铅华。故使淮海惭声，屯田辍响。美人南国，叹红豆之丛生；词客西昆，谓青莲之再出。昔天下历三百载，此道几属荆榛。殆云间有一二公，斯世重知花草。信乎五茸之兴废，关于三李之重轻。今葆酚阁映湘真，楼邻仿佛，彼徒形其倚树，此益美乎积薪。君将奉敕以填七宝，施诸上苑。我且选声而听六幺，付与歌鬟。倘或问陆贾之装，黄金几两，则请诵姜张所谱白石一编耳。

《湘瑟词序》(《湘瑟词》)

3. 陈维崧：

五陵烟月，最说长安；三辅笙箫，尤推鄠杜。县名盩厔，楼前多织锦之妻；殿是驳娑，阙下有横鞭之客。于是貂蝉季少，金粉仙郎。卫叔宝之体，不胜绮罗；王夷甫之手，讵离珠玉？则柳衣染绿，荔带垂青。鸣筝而过公主之园，挟瑟而上将军之第。台前放仗，见南苑之参差；阁下传餐，望西山之葱郁。李峤为《秋雁》之篇，王维有《红豆》之作。写之玳瑁，知才子之多情；谱以箜篌，验佳人之巧笑。然而蛾眉善怨，时怀故里之莺花；蝉鬓工啼，每念微时之娣姒。云中射雁，偏怆晨风；苑后钓鱼，恒悲流水。绝忆嵇康之锻，惯思张翰之鲈。是则柳郎中之小令，丽句虽多；牛给事之新声，愁端不少。仆类楚狂，偶来燕市。一声河满，怜司马之青衫；三叠阳关，羡尚书之红杏。不揣提词之赠，矧当分袂之辰。逐秋风而竟去，余是愁人；眄明月以相思，君真健者。

《湘瑟词序》（《湘瑟词》）

4. 彭孙遹：

董苍水、钱宝汾，善为婉丽之词，亦往往风美动人。

《金粟词话》

5. 彭孙遹：

所著诗词已裒然成集，仆受而卒读，而不觉有概于中焉。昔龙门撰虞卿传，谓非穷愁不能著书，欧公论梅圣俞诗，亦以为穷者后工。向固心疑其说，以今观之而知其不尽然也。以仆十余年来行吟山泽，远迹羊豕，至隐约矣，而才尽意消，欲求只字之工而不可得。莼渔居清切之地，入有视草之荣，出有采兰之乐，雍容车配，所至都雅。而诗笔清华，名满海内，即《湘瑟》一编，抑何引商刻羽，嚼徵含宫，沨沨而可诵也。假使当今立乐府，祠竹宫，则莼渔之词必采习弦诵，被之律吕，如司马长卿故事。又使供奉内庭，流传歌苑，则金瓯玉斧之句，必邀九重之知；黄河白云之篇，且发双鬟之响矣。然则昔贤之论，殆有为言之，以自写其磊砢不平之意，信平工者之不必穷，而穷者之未必工也。抑仆更有说焉，词以湘瑟名，意若以仲文自况。夫曲终江上句非不工，然寥寥十韵何至，遂乞灵于神助，以视莼渔惊才绝艳，杼轴予怀，大历才人殆不免有惭色矣。

《湘瑟词序》（《湘瑟词》）

6. 董俞：

吾友钱郎，当今作者。一双何阮，逊此风流；八米卢生，惭兹演雅。香留绣缛，羡荀令之重来；曲度红牙，讶周郎之数顾。不数玉凫妙曲，翻为珠柱新声，烂如云锦，疑拙园客之丝；灿若珠玑，骇吐文成之石。昔思光以《玉海》名篇，飞卿以《金荃》命集。辞章之丽，今古同之。嗟乎，雅乐失传，知音罕遘。伶工选调，每乏风华；才子摛词，难调弦管。欲求乐府之遗，试咏湘灵之制。庶几秦淮海之婉娈清新，柳屯田之柔靡艳冶。睹兹新著，焕复旧观。仆与钱郎夙同雅好，妖姬北里，共踏春阳，骰酒宜城，偕邀夜月于焉。吟成艳体，奏以名倡。凤箫低擪，暖偎杏子之衫；雁柱轻移，羞掩桃花之扇。或悲歌琪树，调类秦声；或缓度铜鞮，音同郢曲。方当考玉尺之制，有禅瞽宗；岂徒订彤管之讹，漫夸神解。

《湘瑟词序》（《湘瑟词》）

7. 沈雄：

钱葆芬年方总角，即好倚声。酒肆粉墙，倡家团扇，每因兴会，辄有斜行。

《柳塘词话》（《古今词话·词话》下卷引）

8. 蒋景祁：

钱舍人宝汾继陈大樽、李舒章诸公之绪，而又较《幽兰》、《湘真》出一头地。

《刻瑶华集述》（《瑶华集》）

9. 王初桐：

钱葆馚《湘瑟词》彭羡门以为惊才绝艳，亦未免有窒塞处。所辑《词陾》三十卷，计一千余调，辨晰精密，远胜《词鹄》。

钱舍人是天童老头陀后身，词华丽藻，有名东南。

《小嫏嬛词话》卷三

10. 孙尔准：

钱郎一曲托湘灵，锦瑟声声也爱听。

二十五弦清怨极，楚天如水数峰青。

《论词绝句》二十二首（《泰云堂诗集》卷四）

11. 谭献：

诵本朝人词，悄然于钱葆馚、沈遹声，以为犹有黍离之伤也。（《复堂日记》壬申）

阮亭、葆馚一流，为才人之词。(《箧中词》)

《复堂词话》

12. 陈廷焯：

葆馚词风流秀艳，不落凡近，得骚雅之遗。

《云韶集》卷十五

13. 陈廷焯：

钱湘瑟工为艳词，造语尤妙。如〔忆少年〕云："小屏残烛，小窗残雨，小楼残梦。铢衣已烟散，只蘅芜香重。"丽语能入幽境，意味便永。然亦仅在皮毛上求深厚，非吾所谓深厚也。(卷三)

词……有有文无质者，刘改之、施浪仙、杨升庵、彭羡门、尤西堂、王渔洋、丁飞涛、毛会侯、吴园次、徐电发、严藕渔、毛西河、董苍水、钱保馚、汪晋贤、董文友、王小山、王香雪、吴竹屿、吴榖人诸人是也。词中之下乘也。(卷八)

《白雨斋词话》

14. 徐珂：

芳标字葆馚，原出义山，神味绝似淮海。

《近词丛话》

15.《续修四库全书提要》：

芳标词多艳绮，措语婉妙，可独步于当时。惟喜和宋明词人及同时友朋之韵，往往凑合韵脚，徒自损其词境也。

《湘瑟词提要》

陆次云

陆次云（1635?—1690后）字云士，号北墅，浙江钱塘(今杭州)人。监生，考授州判。清康熙十八年(1679)应博学鸿词试，报罢。次年选郏县知县，有政声，以丁父忧去职。服满，于二十四年起补江苏江阴令。事迹见《清史列传》、《杭州府志》、《两浙輶轩录》。诗文并工，著述颇富。著有《澄江集》、《湖壖杂志》、《北墅绪言》、《八纮绎史》等，词有《玉山词》三卷。康熙十三年为“杜明词之衰，彰当世之盛”，与章炳、韩铨同辑《见山亭词选》。

1. 宋实颖：

云士以雕云镂月之才，写凝血化虹之句，若所题三异人祠堂诸作，可谓缠绵恻怛，一往情深，当不令秦舜友“当时溅血空无用，化作山头宝石红”之句独擅美于前也。至其倚声选字，炼句融篇之妙，则请以三先生之诗还赠我云士，如忠愍之“野树含烟迷寺迥，寒山被雪倚云明”，节闇之“暗香真入蛟龙窟，绝胜飘零点翠苔”，正学之“能探风雅无穷意，始是乾坤绝妙词”，以形玉山之风标格调，其谁曰不可？

《百名家词钞》引

2. 徐陈发：

世之言词者皆以花间酒底，红牙翠袖，作曼声而歌者，则谓婉娈之致尽之矣。窃读《玉山词》，深叹先生之风情蕴义，所重者节烈，所恤者民隐，抑何剀切而笃挚耶？回视世之所尚，可谓远矣。然则没溺于句奇字僻之习者，能无愧让于先生哉？

《百名家词钞》引

3. 沈雄：

陆令君风雅专家，蕴藉处正是其生动处。

《古今词话·词评》下卷

4. 王初桐：

云士自处甚高，而其词乃多似元曲。

《小嫏嬛词话》卷三

5.《四库全书总目提要》：

高士奇称其自处甚高。今观所作，乃往往多似元曲，不能如书中所称周、秦、苏、辛体也。

《玉山词提要》

余兰硕

余兰硕(生卒年不详)字香祖，自称邳(今江苏邳县)人。父余怀，祖籍福建莆田，流寓金陵，遂以为籍。世传家学，以能词称。有《团扇词》一卷，聂先、曾王孙辑入《百名家词钞》。

1. 尤侗：

宋人父子能词者，无如晏同叔之有叔原也。坡老之有叔党，少游之有处度，虽时有佳句，余音寥寥矣。吾友余曼翁词坛老将，其幼子香祖《团扇词》，才藻翩翩，致足乐也。曼翁长君鸿客，向有《涧西词》，余为之作序。后生可畏，复有香祖，不但撞破烟楼，即阿奴火攻，亦当贺战胜矣。

《百名家词钞》引

2. 何五云：

香祖年未弱冠，才名藉甚。即诗余一种，身有仙骨，走纨粲花，皆若不经意而出之，飘飘乎有手挥五弦，目送飞鸿之致。读者不能捉住，辄欲随风扬去，所谓天授非人力也。岂易得哉？

《百名家词钞》引

3. 曾王孙：

《团扇词》婉丽沉著处，另有一种香艳惊人，能与《秋雪》、《涧西》而相犄角，一门之盛，亦何减孝仪、孝绰风耶？

《百名家词钞》引

何鼎

何鼎(生卒年不详)字夏九，又作宪四，号晴山，浙江山阴(今绍兴)人，寄籍靖州(今湖南靖县)。清康熙五年(1666)举人。授河南长葛知县，调户部主事，迁员外郎，继迁兵部武选司郎中，擢安徽安庆知府，调浙江嘉兴知府。康熙二十六年充河南乡试。先后居官二十余年，卒于嘉兴。著有《香草诗词集》。

1. 吴绮：

晴山具宏丽博瞻之才，出宰长葛，有廉吏名。退食之暇，游心声律，瑰辞渺思，蕴藉悠扬，真果媲美姜、史，超轶南宋。

《百名家词钞》引

2. 丁澎：

香草词读之回环数过，不能释手，如遇藐姑仙子雅奏霓裳，行云为之不流，白鹤闻而自舞，所谓“今日得闻天上曲”也。

《百名家词钞》引

3. 聂先：

先辈论词多不及长调，而季宋诸家莫不以长调取胜。晴山《香草》一编，尽态能极妍深，得力于梅溪、白石、竹山、梦窗之间，故其长调瑰琢处，一气流贯，确有蛇灰蚓线之妙。

《百名家词钞》引

4. 吴棠正：

词之一道，宋元以下，代有传人。然秦、陆之余，或多错谱，余重加考定，以订知音。与晴山相为唱酬，尝同晨夕。其《香草》一词，则字谐金石，竟绝虎帝之讹。……而看花有待，填谱自怡。轻盈宛转，极尽流连；绮丽铅华，不伤纤巧。固知广平铁石，乃赋梅花；元礼岑寂，亦吟芍药。则《香草》一词，夫亦劳人怨女，忧思之意，而谓不足以征晴山之大雅，以为异日尧舜，君民之见端乎哉？

《香草词序》(《香草词》)

5. 胡师鸿：

赋为古诗之流，能赋者必能诗。而词亦古乐府之余，善诗者多不善词。专之难，兼之尤难。晴山先生纵横百家，游心艺囿，著有《香草诗词》数卷。古劳臣功成民社，感物兴怀，每每如此。……甫得先生之善本而快读之，始叹先生之寄意遥深，而诗与词之兼臻其胜也。

《香草词序》(《香草词》)

6. 吕履恒：

自乐府失传，歌行继作，虽曰词曰曲，犹存律吕之名，而为偶为排，渐失宫商之意。于是词人蔚起，才调云兴。虹影空阶，唐主歌翻乎玉树；高楼暝色，李侯调变于金闺。绮丽缘情，缀幽思于晓风残月；悲凉怀古，发高唱于乱石惊涛。清华不必同途，今昔共称绝调。递沿南宋，优而柔之；惭及前元，淫以丽矣。梅溪缘波而登岸，竹山循径以陟巅。靡不放厥惊才，骋其逸思。绘声则东山丝竹，竟同山水之音；镂色则北里丹铅，远逊嫱施之态。盖变风之作，不等反骚。岂小道可观，有殊大雅哉？晴山先生南国名彦，东越世家。三高士之芳踪，水濯缨而无滓；两尚书之旧绩，殿曳履以有声。早岁能文，养由基发杨命中；壮年制锦，陈孺子为宰维均。家本兰亭，续山阴之治谱；宦游葛邑，绍颍郡之循声。探禹穴而问梅梁，著书发愤；瞻楚宫而怀兰畹，作赋登高。顾于研年练纪之余，尤擅顾曲辨弦之技。八斗才子，漫成《薄命》新词；五柳高人，亦著《闲情》一赋。佳词爰出，香草命篇。初日芙蓉，秀撷梦花之笔；秋江蘅杜，馨传纫佩之辞。留绮梦于青奴，歌楼寄意；抒豪情于红友，酒市藏名。吴苑金风，白纻吹残鸠舞；隋堤璧月，紫檀拨尽鹍弦。允称风月翰林，雅骚鼓吹矣。

至若登山临水，歌甫出而遏云；览胜探奇，兴一酣而凌岳。岸花樯燕，尽入奚囊；塞柳城鸦，咸收毫素。江郎石畔，高攀海日仙霞；严子台边，遥企耕云钓月。怀苏武于雁塞，雪满铁衣；景崔颢于鹤楼，花飞玉笛。九宫雅调，一卷妙辞。虽青莲之忆秦娥，肠断汉家陵阙；赤壁之吊公瑾，心伤楚国江山。犹未足以拟厥深沉，方其绵渺者也。仆心怀掇拾，质本童蒙。思公子兮未言，深知宋玉；望美人兮恐暮，窃慕灵均。佳句似阴何，知无烦于扬榷；素交附嵇吕，宁有当于错攻。顾以公箧笥多珍，散轶少见。近得聂晋人、曾道扶两先生选楼高敞，识不愧夫昭明；《百名家词钞》，序久成于元晏。复为手较，更锓目篇。丛桂一枝，倍馥小山轮盖；旃檀片屑，已馨弱水寰区。置之清尘，当其丽瞩，达旨知忠爱之发端，审音见情词之有托。岂仅绕令君之座，三日犹芬；采庶子之华，百和争烈云尔乎？

《香草词序》(《冶古堂文集》卷二)

7. 何晫：

先大人五园府君旧有《花钿词》六卷行世。维时同堂群从相继以词名者，有晴山宪四兄《香草词》，双山宪五兄《玉艳词》，均脍炙人口。《玉艳词》翻诵数次，《香草词》未经一读，时悬心臆不置。癸酉春，余客桐川，无墨侄寄休新镌尊甫晴山兄词诗各一册。诗为晴山兄晚年诸什，近少宗伯沈君德潜，学士陈君兆崘与无墨次嗣谦之交弁于首而刊之。词即所称《香草词》也。余挑灯庄诵，其音节激昂顿挫，雄放奔轶以助其豪爽之气。间或蕴之以温柔，出之以奇丽，有一语之艳令人魂绝而色飞者。彭征君爰琴先生序云："妍思曼态，不减柳、秦；激管哀弦，奚殊辛、陆。"诚知言哉！昔师旷曰："岁欲丰，甘草先生荠也；岁欲苦，苦草先生，葶苈也；岁欲恶，恶草先生，水藻也；岁欲旱，旱草先生，蒺梨也；岁欲雨，雨草先生，藕也；岁欲病，病草先生，病草艾也；岁欲流，流草先生，蓬也。"草名不一，而独以"香草"名词者何居？考《说文》曰："兰，香草也。"《楚辞》曰："沅有芷而澧有兰。"《诗序》曰："南陔，美孝也。循彼南陔，言采其兰以为佩也。"晴山兄为伯父颖嘉公嗣，伯父中湖广康熙甲午举人，兄亦登楚榜贤书，瓣香一脉，奋翮荆湘。名曰"香草"，不忘亲也。兄屡上计车不第，然并无怨尤之心。敦品读书，无懈初志。《家语》云："芝兰生于深山，不以无人而不芳。"兄诚有深得乎此意者矣。若曰同乎屈子，托之江蓠芷薜杜若揭车焉。其磊落牢骚，不平之怀恐大有不然者。且晴山兄宦游三十余载，任皖、禾二郡刺史，得君泽民，与屈子行吟泽畔，郁无聊者所遇不同。兰当为王者香，早于"香草"二字券之矣。惟是先人著作，全赖贤子孙阐扬流播。今晴山兄《香草词》重为伊嗣无墨、伊孙谦之校阅付梓，而家大人《花钿词》销沉已久。余一生潦倒，不免缚布，抱愧兹深。至双山兄子亡孙幼，凋敝殊甚，其《玉艳词》更不可问矣。嗟嗟，数十年来，即余门内存亡消长，得失穷通，相去大相径庭。此余所以读《香草词》而慨然至叹也。

《香草词书后》(《香草词》)

8. 王昶：

何晴山鼎《香草词》酷学梦窗，句雕字琢，如七宝楼台。

《西崦山人词话》卷一

罗煜

罗煜(生卒年不详)字然倩，号霞汀，祖籍安徽黄山，流寓江苏江都(今扬州)。隐居北湖，与徐石麒、范荃居址相接。赋诗衡文，啸傲溪山。著有《霞汀诗余》一卷。清嘉庆五年(1800)吴康辑刻徐石麒、范荃、罗煜词为《北湖三家词》。

1. 刘师培：

罗煜……尤精于词，著《霞汀诗余》一卷，大抵祖述屯田，然寓意深远。〔浣溪纱〕云："一弯新月女儿心，谁知搔首怨黄昏。"悲故国之末路也。〔临江仙〕云："昨夜海棠开遍矣，今朝几片飞英。"寓延平郑成功、苍水张煌言之曲胜而败也……其悱恻之忱，足与《离骚》擅美。

《邗故拾遗》(《扬州文化研究论丛》第2辑)

陈维岳

陈维岳(1635—1712)字纬云，晚号苦庵，江苏宜兴人。陈贞慧子，陈维崧三弟。自其父去世后，长期飘流在外为幕客。后以太学生考选州判，未赴任，闭门著述，终老于家。工诗善文，在维崧诸弟中最有词名，清康熙初留滞“京华八载”，尝参与“秋水轩唱和”活动。著有《蜡凤集》、《吹箫集》，词有《红盐词》，今仅见于各选本留存四十余首。

1. 朱彝尊：

宜兴陈其年诗余绝妙天下，今之作者虽多，莫有过焉者也。其弟纬云继之，撰《红盐词》三卷，含宫咀商，骎骎乎小弦大弦迭奏，而不失其伦。……纬云之词，原本《花间》，一洗《草堂》之习。其于京师风土人物之盛，咸载集中。

《红盐词序》(《曝书亭集》)

2. 朱彝尊：

〔百字令〕《酬陈纬云》

过江人物，数君家伯氏，辞华无敌。比岁才名惊小谢，听说尤工诗律。二陆三张，双丁两到，声动长安陌。新词赠我，居然黄九秦七。　　可叹歧路西东，浮云零雨，别思同萧瑟。此日高阳逢旧侣，一半酒人非昔。碣石离鸿，香山落叶，风雪重游历。池塘梦里，试寻髯也消息。

《江湖载酒集》

3. 丁绍仪：

本朝王阮亭尚书与兄丁樵，陈其年太史与弟纬云，均以词名，然《炊闻》、《红盐》二集，远不如《衍波》、《乌丝》。今给谏昆仲，埙吹篪应，殆将上掩古人。

《听秋声馆词话》卷三

4. 谢章铤：

陈氏门材最盛，《乌丝》一篇，既推老手。而半雪维嵋有《亦山草堂词》，纬云维岳有《红盐词》，鲁望维岱有《石闾词》，皆迦陵兄弟行，莫不含宫咀商，埙篪迭奏。

《赌棋山庄词话》卷四

李良年

李良年(1635—1694)字武曾，一作符曾，号秋锦，初名法远，小字阿京，人呼李十九，年三十始改今名。浙江秀水(今嘉兴)人。父李寅，明国子监博士，后客死广东韶州，家道败落。良年与兄李绳远、弟李符，并有文名，人称“三李”。后至京师，诗文得龚鼎孳、汪琬称赏，并与朱彝尊结忘年交。清康熙十年(1671)入黔，客巡抚曹申吉幕，“三藩”乱将作，辞归。康熙十八年应荐，赴博学鸿词试，未遇。入凤阳府幕，久归，筑“秋锦山房”著书授徒，弟子颇众。后两至福州督府，参划军事。寻应徐乾学之请，助修《一统志》。三十年，归，遂不再出。事迹见《清史稿》、《清史列传》及朱彝尊撰《征士李君行状》。良年工诗文词，著有《秋锦山房集》，有《秋锦山房词》二卷，刻入《浙西六家词》中，多为早期作品，后期所作散见于各选本。

1. 朱彝尊：

于词不喜北宋，爱姜尧章、吴君特诸家，故所作特颖异。

《征士李君良年行状》(《曝书亭集》)

2. 曹贞吉：

秋锦论词，必尽扫蹊径，独露本色。尝谓南宋词人如梦窗之密，玉田之疏，必兼之乃工。今读是集，洵非虚语。……其意致洒然，不近于荣利如此，著述不足以近秋锦，而况乎其为词也。

《秋锦山房词序》(《秋锦山房词》)

3. 查礼：

南风之诗，五子之歌，此长短句之所自始也。由汉魏晋宋齐梁迄初唐，多以诗被乐，如《铙歌》、《鞞舞》诸章，《白纻》、《关山》诸调，皆名之曰古乐府，迨乐府不作而后有词，故曰词者诗之余也。词昉于唐之开元天宝间，逮五代十国作者渐多，盛于宋，流演于金元，词又变而为曲，曲兴而词微，然人工声律未绝元音，明初青邱、文成诸家遗韵犹在，后历世久远，音节之缓急，均奏之高下，渐隔渐离，作者每增自度之腔，易羽移宫，换平更仄，舛错既多，难就绳墨矣。至我朝文运丕隆，海内词人争出，如宜兴陈其年维崧、秀水朱锡鬯彝尊、嘉兴李武曾良年、无锡严荪友绳孙、嘉善魏禹平坤、慈溪姜西溟宸英、秀水曹洁躬溶、华亭钱葆馚芳标、平湖沈覃九登岸、会稽姜开先启、海宁家韬荒伯容、家悔余伯慎行，各家妍辞丽句，擅美东南，惟时谱去拗为顺，稽考议论，率多误略，流失莫底。于是阳羡万红友树亟为救弊，寻绎旧章，纠谬驳讹，正体厘调，分阴阳辨上去，推本追源，一准古人之成作，著《词律》一书，音谐律协，洵词学之津梁，为功后世不浅也。

李武曾良年诗最清峭，词尤秀洁，久客黄竹，竹垞作〔贺新郎〕寄之，李依韵答之云："尚忆青门醉，正秋千、翠裙入望，帝城桃李。君向扬州吾湘汉，身与沙鸥无际。感此日、琼枝先寄。别后眠餐应似昔。奈浮云聚散伤同辈。缄未坼、杂悲喜。　频年泪滴芳兰悴，况天涯岁华易改，锦鞯俱敝。退谷僧坊留题处，旧事凄凉何已。若天意、定怜才子。潘耒查容无恙在，伴竹垞、老去同烟水。楚江柳、又青矣。"情词婉丽，可谓去尘眼中者矣。

《榕巢词话》(《查恂叔集》)

4. 汪孟鋗：

百家宜较六家该，二李清新总别裁。

拟向庐陵花萼集，忖量犹欠长君才。

《题本朝词十首》(《厚石斋诗集》卷一)

5. 王初桐：

李武曾、沈覃九、李分虎三家之词，择其完善者观之，亦自清丽可诵，惜集中不多见。

《小嫏嬛词话》卷三

6. 凌廷堪：

词者诗之余也，昉于唐，沿于五代，具于北宋，盛于南宋，衰于元，亡于明。……我朝斯道复兴，若严荪友、李秋锦、彭羡门、曹升六、李耕客、陈其年、宋牧仲、丁飞涛、沈南渟、徐电发诸公，率皆雅正，上宗南宋，然风气初开，音律不无小乖，词意微带豪艳，不脱《草堂》前明习染。

张其锦《梅边吹笛谱目录跋》引（《梅边吹笛谱》）

7. 孙尔准：

新来艳说六家词，秋锦差能步钓师。

云月西昆挦扯遍，防他笑齿冷伶儿。

《论词绝句》二十二首（《泰云堂诗集》卷四）

8. 吴衡照：

李秋锦〔催雪〕咏珍珠兰，〔惜秋华〕咏牵牛花，李耕客〔珍珠令〕咏珥，〔解连环〕咏钏，〔瑶花〕咏玉绣球等作，细意熨贴，虽《茶烟阁体物》亦无以过也。

《莲子居词话》卷二

9.《四库全书总目提要》：

良年少有隽才，其游踪几遍天下，所未至者秦蜀、岭峤耳。其诗清峭洒落，亦颇得江山之助。惟自少至老，风调不变，其蹊径之狭，殆才分所偏欤？文则长于议论，而短于叙述，不逮其诗。词则已刻入六家词中，殆三分之二，品在其诗文之间云。

《秋锦山房集提要》

10. 谭莹：

诗名不贱见《秋锦山房集》序竟何如，二李名齐足起予。

人似武曾须学步，梦窗绵密玉田疏。

《论词绝句四十首专论国朝人》（《乐志堂诗集》卷六）

11. 谢章铤：

咏物词虽不作可也，别有寄托如东坡之咏雁，独写哀怨如白石之咏蟋蟀，斯最善矣。至如史邦卿之咏燕，刘龙洲之咏指足，纵工摹绘，已落言诠。今日则虽欲为刘、史奴隶，恐二公亦不屑也。彼演肤辞，此征僻典，夸富矜多，味同嚼蜡。夫咏物之诗，古来汗牛充栋，然佳者亦甚寥寥，况词之体又微与诗异乎。作之不已，多者百篇，少亦不下廿卅篇，此如咏梅花者，累代不能得数语。而逐臭之夫，或百咏，或五十咏，是徒使开府汗颜，逋仙冷齿矣。且竹垞咏猫，武曾咏笋，辄胪故实，亦载鄙谚，偶一为之，亦才人忍俊不禁之故态。究之，《静志居》、《秋锦山房》之联踪二宋，弁冕六家者，区区在此，谅不其然，顾奈何以侔色揣称为能事乎。

《赌棋山庄词话》卷二

12. 谢章铤：

余谓竹垞超伦绝群，以匹迦陵，洵无愧色，余子皆当敛袵。然而李氏武曾、分虎符，《耒边词》，沈氏融谷皞日，《柘西精舍集》，覃九岸登，《黑蝶斋词》，机云竞爽，咸籍并称。竹垞先登，蘅圃龚翔麟《红藕庄词》后劲，浙西风雅，允冠一时。就中而分虎尤胜。

《赌棋山庄词话》卷十一

13. 陈廷焯：

符曾词奄有三唐两宋之长，独辟机杼，其才力亚于竹垞，其识力当于竹垞并驱。

先生自谓兼梦窗、玉田之长，今读此曲益信。先生之词视蘅圃、分虎有过之无不及也。（评〔月下笛〕“白下迢迢”）

感慨无限。情韵之妙不减白石。情词凄切，别乎其年、竹垞外自成高手。（评〔高阳台〕“屋背空青”）

《云韶集》卷十六

14. 陈廷焯：

雅丽而清劲，不失南宋名贤矩矱。

《词则·别调集》卷四

15. 陈廷焯：

国初多宗北宋，竹垞独取南宋，分虎、符曾佐之，而风气一变。

二李词绝相类，大约皆规模南宋，羽翼竹垞者。符曾较雅正，而才气则分虎为胜。符曾词，如〔好事近〕秦淮灯船云："五十五船旧事，听白头人语。"〔高阳台〕过拂水山庄感事云："一笛东风，斜阳淡压荒烟。"〔踏莎行〕金陵云："游人休吊六朝春，百年中有伤心处。"胜国之感，妙于淡处描写，情味最永。

《白雨斋词话》卷三

16. 朱祖谋：

〔望江南〕《杂题我朝诸名家词集后》

长水畔，二隐比龟溪。不分诗名叨一馔，居然词派有连枝。人道好埙篪。

《彊村语业》卷三

17. 张德瀛：

愚谓本朝词有三变，国初朱、陈角立，有曹实庵、成容若、顾梁汾、梁棠村、李秋锦诸人以羽翼之，尽祛有明积弊，此一变也。樊榭崛起，约情敛体，世称大宗，此二变也。茗柯开山采铜，创常州一派，又得恽子居、李申耆诸人以衍其绪，此三变也。

《词徵》卷六

18. 吴梅：

秋锦论词，必尽扫蹊径。尝谓南宋词人，梦窗之密，玉田之疏，必兼之乃工。斯言最碻。然秋锦自作诸词，不能践次言也。

《词学通论》

19. 沈轶刘：

朱彝尊……其嫡系凡两人：前者为李良年，后者则为厉鹗，其余皆不过羽翼鼓吹而已。

《繁霜簃词札》

20.《清史列传》：

李良年……词不喜北宋，爱姜尧章、吴君特，所作颇似之。

《文苑传二》

21.《续修四库全书提要》：

良年之词，其佳者能以淡语达深情，时见胜国之感，如〔好事近〕《秦淮灯船》云："五十五船旧事，听白头人语。"〔高阳台〕《过拂水山庄感事》云："一笛东风，斜阳淡压荒烟。"等，直逼玉田，淡而有味。然其间油腔滑调，亦复不少。良年论词，必尽扫蹊径，独露本色，尝谓南宋词人如梦窗之密、玉田之疏，必兼之乃工。其说甚精，然观其所为，不相合也。盖玉田之词，学之不善，即流为滑易。良年正中此弊，徒贻攻伐浙派者以口实也。

《秋锦山房词提要》

22. 卢前：

〔望江南〕

兼疏密，秋锦有名言。还见埙篪同轼、辙，君王一饭大名前。想见太平年。

《饮虹簃论清词百家》(《清名家词》)

李天馥

李天馥(1635—1699)字湘北，号容斋，安徽合肥人。李孚青父。清顺治十五年(1658)进士，改庶吉士。十八年，授检讨。后历任少詹事、内阁学士、户部左侍郎、工部尚书。康熙三十一年(1692)拜武英殿大学士。卒谥文定。事迹见《清史列传》、《清史稿》等。容斋七岁能诗，有神童之目。及长，究心经世之学。工诗词。著有《容斋千首诗》，词有《容斋诗余》一卷，存词一百三十余首。

1. 曹溶：

容斋早著盛名，诗文无所不妙。其为填词，则清姿朗调，原本秦、黄，于冰心铁骨中，饶玉艳珠鲜之致。高念东每吟其〔青玉案〕一阕，谓非食烟火人所能道。天然之句，冲口而出，虽老师宿禅，多所缩舌也。又曰：昔杨用修评务观小词纤艳似淮海，沉雄似东坡，予谓容斋能兼擅所长。

《百名家词钞》引

2. 刘体仁：

湘北早岁蜚腾，余波绮丽，得宫词之别体，移旧谱于新声。丁卯桥边《乌丝》自写，庚寅集里《水调》争工，洵足鼓吹词苑，左右风人者夫。

《百名家词钞》引

3. 聂先：

余往在药园斋头，读先生岁邮诗，春容大雅，确为诗学正宗。今钞其填词，如秋宵闻笛，缥缈之声，沁人心腑；又如春晓舒兰，芳芬袭人，最宜襟裾，其得诗余之三昧者乎。

《百名家词钞》引

4. 沈雄：

容斋词深于意态，如“香阶小立不知还。徘徊久，端为出来难”，〔小重山〕之艳情也，岂逊南唐。“极目香尘旧板桥。路迢迢。不见归鞍见柳条”，〔忆王孙〕之春望也，逼真北宋。乃若“倩魂不隔枕函边，化作彩云飞去远”，更有余情矣。

《古今词话·词评》下卷

5. 张星耀：

昭代词人之盛，不特凌轹元明，直可并肩唐宋。如《香岩》之雄瞻，《棠村》之韶令，《容斋》之新秀，《衍波》之大雅，《延露》之俊逸，《丽农》之宏富，《东江》之绵渺，《弹指》之幽艳，《乌丝》之悲壮，《艺香》之浓鲜，《玉凫》之清润，《兰思》之真致，《玉蕤》之周密，余如秋岳、锡鬯、容若、云士、舒凫、夏珠、昉思诸公，未窥全豹，微露一斑，而《二乡》、《远山》、《云涌》、《扶荔》、《鸾情》、《南溪》、《炊闻》、《百末》、《含影》、《支机》、《蓉渡》、《锦瑟》、《柳村》、《遏云》、《当楼》、《青城》、《蝶庵》、《秋水》、《峡流》、《吹香》、《椒峰》、《萝村》、《菊庄》、《移春》、《山晓》、《梨庄》、《红蕉》、《柯亭》诸集，可谓家操和璧，人握隋珠，一时群聚。噫，盛矣！

《词论》(《东白堂词选初集》)

6. 陈廷焯：

曹秋岳云：杨用修评陆务观词纤艳如淮海，沉雄似东坡。余谓容斋能兼擅所长。容斋词秀绝矣，而笔力警炼。

《云韶集》卷十四

江皋

江皋(1635—1715)字在湄，号磊斋，安徽桐城人。清顺治十八年(1661)进士，观政刑部。历官江西瑞昌知县、九江同知、柳州知府，至兴泉道参政，罢归。事迹见《清史稿》、《清史列传》及蓝千秋《江公皋传》。磊斋为官有政声，闲暇耽吟咏，凡君国之忧、民生之戚，皆发于诗文词。著有《江在湄文集》、《诗集》，未见流传。其《染香词》一卷，收入聂先、曾王孙《百名家词钞》。

1. 吴绮：

余客吴门，夏日初长，养痾无事，日与晋人、丹崖把读《染香词》本，不啻听广陵涛、比屋联吟时同一旅况也。方之世情，凉凉踽踽，有江河日趋之势。则元声飘举，惟《染香》慢令组织之力，功莫大焉。

《百名家词钞》引

2. 丁澎：

先生衡文蜀道，得士最盛，吕半隐先辈亟称之。及见其诗余，气骨高华，有横截蛾眉，矗立天梯之致。

《百名家词钞》引

3. 江接芹：

海内称词家，东南以才华胜，西北以气力雄。惟《染香词》则兼擅其长，所谓吉光片羽，无愧风雅宗工。鼓吹休明，端有赖乎？

《百名家词钞》引

4. 沈雄：

词如菊英兰畹，生色堪把，匪直如古人构唱，抒写厥里已也，要与矜虫斗鹤者异耳。

《古今词话·词评》下卷

5. 吴榷：

旨取温柔，词归蕴藉，所谓昵而闺帏，勿浸而巷曲；细而幽折，勿堕而庸套者是也。

沈雄《古今词话·词评》下卷

沈丰垣

沈丰垣(生卒年不详)字遹声，一作骏声，号柳亭，浙江钱塘(今杭州)人，诸生。雅好填词，与同里徐士俊、陆次云、毛先舒、丁澎、王晫、洪升等均有唱和。著有《兰思词》二卷。其妻俞璥、妾杨琇亦能词，均有作品传世。

1. 吴仪一：

钱塘沈遹声丰垣《兰思词》，如“独怜春草不成花，看尽晚云都做水。怪底窥人莺不语，绿杨枝上微微雨。”妙语天然，直臻神境。

冯金伯《词苑萃编》卷八

2. 王晫：

词固以含蓄蕴藉为工，然爽直至真，亦是一派。如遹声“对镜自憎憔悴，如何尚要瞒他”，如“若是郎心长似昔，便不得成双”，如“是我误他他误我，毕竟当初儿戏”，如“索性梦清灵，也算一场佳会”，皆深情苦语，不得以径露少之。

柳亭善作昵语，以质见佳。〔中品令〕、〔忆帝京〕诸阕，直是柳七、黄九神诣。

词家之妙，在平处著警语，淡处著浓语，方是神境。如柳亭〔满路花〕前七句皆平叙，忽云：“弄舌流莺，一声惊起无那。”又〔东风第一枝〕前七句皆淡语，忽云：“想去年烂醉，来时谁折，小梅轻打。”新奇警策，爽目动魂，真得汴宋人遗法者。

《兰思词话》

3. 洪升：

遹声有天然情语，不假雕镂者，如“相逢足一声”，如“枕儿相伴人儿去”，如“人是异乡人，月是伤心月”，如“一片有情芳草地，都属思量”等句，由其笔墨才情，自有天授，故语浅而意深，词淡而味永，若劣手效之，未有不流于率易者矣。

沈郎爱柳，煞是钟情，一涉是题，便多警策。如“看遍武陵花，不似杨枝好”，老境绝伦；“到底吹完柳絮，偏生留著梨花”，双关凄绝。语绵婉，则“看看垂杨忆鬓丝”；论新奇，则“销魂桥畔销魂树”。以至究竟徒成虚愿，几成谶词。灞桥欲折，何曾竟成实录。章台情事，隐跃行间。正不得与元亮之菊、和靖之梅，徒作僻嗜观也。

词家有极无理语，最是绝妙者。如柳亭“无情镜子不怜人，暗把红颜都唤却”，创语新奇，出人意表。温岐卿“衰桃一树近前池，似昔红颜镜中老”，非不巧思，然意太明显反复，似少味矣。

柳亭〔十二时〕旅夜词时以“秋声无数”句作骨，故前鸿狖鸡虫、壁风溪水，竟将夜声杂叙。中用“没个更筹异”一语，反势横截。又起云“羁旅中宵无寐”，末云“依然身在客邸”，奇变缜密，一阕兼有。章法至此，全以神行，在长调中不多得也。

昔东江沈先生与余札云：“《兰思词》精思殊采，不愧淮海、屯田，惜不令程村见之。”今沈先生宿草矣，而遹声词益进，使东江读是编，其击节又当如何？钟期已逝，流水空弹，言念赏者，为之太息。

《兰思词》多天然妙语，如：“独怜春草不成花，看尽晚云都做水”，为徐君野拈出。“怪底窥人莺不语，绿杨枝上微微雨”，为沈去矜拈出。余尤赏其“画屏飞去潇湘月”、“一床夜月吹羌笛”，直臻神境，正在不可解、不必解之间。

尝举沈遹声词“一床夜月吹羌笛”、“草白烟青何处，画楼吹笛”、“闭著窗儿灯自剔，不怕高楼吹笛”，谓可称“沈三笛”。

《兰思词评》

4. 厉鹗：

沈丰垣，字遹声，号柳亭，仁和人，少为诸生，学于临平沈去矜，最工为词，缠绵处似柳屯田，清稳处似赵仙源。至“不肯上秋千，为怕墙东近”之句，虽古人无以过之也。尝爱东城之幽旷，因卜居焉。

《东城杂记》

5. 张星耀：

昭代词人之盛，不特凌铄元明，直可并肩唐宋。如《香岩》之雄瞻，《棠村》之韶令，《容斋》之新秀，《衍波》之大雅，《延露》之俊逸，《丽农》之宏富，《东江》之绵渺，《弹指》之幽艳，《乌丝》之悲壮，《艺香》之浓鲜，《玉凫》之清润，《兰思》之真致，《玉蕤》之周密，余如秋岳、锡鬯、容若、云士、舒凫、夏珠、昉思诸公，未窥全豹，微露一斑，而《二乡》、《远山》、《云涌》、《扶荔》、《鸾情》、《南溪》、《炊闻》、《百末》、《含影》、《支机》、《蓉渡》、《锦瑟》、《柳村》、《遏云》、《当楼》、《青城》、《蝶庵》、《秋水》、《峡流》、《吹香》、《椒峰》、《萝村》、《菊庄》、《移春》、《山晓》、《梨庄》、《红蕉》、《柯亭》诸集，可谓家操和璧，人握隋珠，一时群聚。噫，盛矣！

《词论》(《东白堂词选初集》)

6. 谭献：

诵本朝人词，悄然于钱葆馚、沈遹声，以为犹有黍离之伤也。(《复堂日记》壬申)

沈遹声倚声柔丽，探源淮海、方回，所谓层台缓步，高谢风尘，有竟体芳兰之妙。(《箧中词》)

《复堂词话》

7. 陈廷焯：

兰思词甚幽秀，格不过高，而意味却不乏。(评〔点绛唇〕“花雾冥蒙”)

《云韶集》卷十六

8. 徐珂：

丰垣字遹声，其词柔丽，源出于秦淮海、贺方回。

《近词丛话》

9. 王蕴章：

遹声字丰垣，号柳亭，仁和人，学于临平沈去矜，最工词。缠绵处似柳屯田，清稳处似赵仙源。厉樊榭尝称其“不肯上秋千，为怕东墙近”之句，谓古人无以过也。

《然脂余韵》卷三

丁炜

丁炜(1635—1696)字澹汝，号雁水，福建晋江人，清顺治八年(1651)未弱冠补县学生。十二年，清将济度统师取漳州，诏便宜置郡县吏，选炜为第一，授漳州教谕，后迁知直隶献县(今属河北)，内擢户部主事。由郎中出为赣南分巡道，迁湖北按察使。寻坐事谪官，居武昌。武昌兵变，胁使署巡抚，炜以死拒，弃家走安庆。事平，降补知府云南，寻复按察职。康熙二十八年(1689)以目疾辞归，后七年卒。事具《清史稿》、《清史列传》。炜刻意为诗，交结诗坛名流如朱彝尊、汪琬、宋琬等，众皆推许其诗。亦善词，为清初闽派重要词人，与朱彝尊、吴绮、陈维岳、龚翔麟等名家均有唱和。著有《问山诗集》、《问山文集》，词有《紫云词》一卷行世。

1. 曹溶：

园次粤游归，艳称雁水新词，开八闽风气，恨不得赚全璧捧咏之。一叶湖上，飞涛出示手抄一帙。时方盛暑，科踞梧阴，壁月未沉，银湾乍泻，不觉心怡神旷。园次之叹赏，洵然。

《百名家词钞》引

2. 丁澎：

吴门聂晋人诸子有《百名家词钞》之选，娄东、合肥而外，下逮芜词，自愧金貂之续，亦聊复尔尔。夫诗词言性情也，而词则专于言情。枝上柳绵，蓦下朝云之泪；帘前花瓣，乍停子夜之歌。非专于言情耶，何感人之深也？宋元词调，咸以昉于唐末，然实陈隋始之。盖齐梁月露之体，矜华角丽固已兆端。至陈隋并富才情，俱缅声色，所为长歌短行，率宋人词中句也。春江玉树等篇，〔望江南〕诸阕，唐宋元人皆沿袭之，而云昉于唐，误以太白《草堂》二词，详其句调，绝类温方城辈，晚唐之人嫁名太白。而云《草堂诗余》者，宋末编青莲诗，称《草堂集》，故因之以伪耳。若宋推大苏，余观公仲子叔党《斜川集》，实青出于蓝。公从弟伯固，吴兴六客之一也。语致隽永，岂人所不及见者欤？然溯之于古昔，则词调未有富于今日者也。棠村帘阁之句，价重南金；衍波听雨之章，名高北阙。枫香载酒，夺帜旗亭；金粟玉凫，争传曲部。至于容斋二乡之艳，艺香邀笛之奇，难更仆数。当不让周黄擅誉于前，辛柳漱芳于齿颊矣。家仲雁水综核群书，载籍极博，久负海内风雅之望。分臬江右，自公之暇，著《紫云词》一帙，不远千里邮寄，属余一言。余篝灯展卷，如置我黄海间，观止矣。适晋人一叶诣余湖上，授以冠诸词钞，盖以雁水之词众美悉臻，诸韵咸备，不出一格，直可睥睨宋元。如写华丽则金阙琼楼，写悲凉则醋沟盐泽，写闺阁则海棠含雨，写独夜则永巷闻砧，写豪饮则涧底虹垂，写文燕则井边星聚，写慷慨则易水风生，写胜游则方壶晓渡。岂可与片檀尺锦同日语哉？是不止于言情而深于情者也。且命之曰“紫云词”，风流蕴藉，自比牧之，抑想当然耶？抑喻指之非指耶？非也。余兄弟皆白头老子，扬州梦觉，讵有绿树成阴之羡，不过狂言惊四座而已。此盖雁水命名“紫云”之深意也。雁水当辗然一笑曰“实获我心”。

《紫云词序》(《紫云词》)

3. 朱彝尊：

词者，诗之余，然其流分而不可复合，有以乐章语入诗者，人交讪之矣。虽然良医之主药，藏金石草木，烁湿寒热之宜，采营各别而后处方。合散不乱其部，要其术圆一而已。自唐以后，工诗者每兼工于词。宋之元老若韩范司马，理学若朱仲晦、真希元，亦皆为之。由是乐章卷帙几与诗争富。昌黎子曰“欢愉之言难工，愁苦之言易好”，斯亦善言诗矣。至于词或不然，大都欢愉之词工者十九，而言愁苦者十一焉尔。故诗际兵戈俶扰，流离琐尾，而作者愈工。词则宜于宴嬉逸乐，以歌咏太平。此学士大夫并存焉，而不废也。晋江丁先生雁水以按察司佥事分巡赣南道，构甓园于宫廨，且于层波之阁，八境之台，携宾客而倚声酬和所成《紫云词》，流播南北，盖兼宋元人之长，将与诗并传无疑已。赣州控百粤三楚七闽之隘，曩时兵戈未息，士之栖于山泽者，见之吟卷每多幽忧凄戾之音，海内言诗者称焉。今则兵戈尽偃，又得先生抚循而煦育之。诵其乐章有歌咏太平之乐，孰谓词之可偏废与？于是其友朱彝尊审定焉，而书其言以为序。

《紫云词序》（《紫云词》）

4. 朱彝尊：

〔祝英台近〕《题丁雁水韬汝词稿》

史梅溪、姜石帚，涩体梦窗叟。不事形摹，秦七与黄九。试论北宋南唐，偷声比调，谁得似玉昆金友。

《江湖载酒集》（《曝书亭集》卷二十六）

5. 丁炜：

余之词以“紫云”名也，客有问之曰：昔明皇梦游月宫，闻上清之乐，按以玉笛，尽得其妙，曲度《紫云回》，是子之意与？余曰：非敢然也。客又曰：昔者鲁敢遇仙女曰尝见紫云娘诵君佳句，其取诸此乎？余曰：未能也。客又曰：分司御史杜牧饮于洛阳李镇，女伎数百侑酒。牧瞪目曰闻有紫云者，孰是？当以与我子其有牧之心耶？余曰：是则所谓狂言也。自念家处滨海温陵，宫羽倚声鲜有讲肄。余早岁习为诗，间从游览下，曾效填词数曲，然弗深知其旨。稿既不留，亦未有以名吾词。迨岁戊午，于燕亭交陈子其年，其年曰：吾见子之诗矣，迩者将梓海内佳词为一集。子之词未有闻，宁可无以益吾集？余乃退而肆力谱图，上下唐宋元明所作，于辛、苏、秦、柳、姜、史、高、吴诸名家，尤致专心，虑莫有合复。得朱子锡鬯相为磨劘，辨缘讹证离似，始存一二矣。至出而西，道途所经，驴背舟中，登临览眺，又称是焉。

嗣入虔南，方谓自公余闲，可益求精此道，以报其年、锡鬯，而比岁过经师旅络绎，动走数百里，累数阅月，往来调拨。其会时事于洪都，岁率数至，遂不暇工。辛亥吴子园次、陈子纬云遥来，晨夕尚有花下筵前、良辰美景唱酬诸章。外此则皆军旅山谷、风尘霜雪、舆马舟楫之间，劳者之歌。合成此数，正自无几。北南两宋规仿未尽，敢云付诸雪儿，其于歌喉檀板无所于戾也耶？至其名以“紫云”，则乐操土音云耳。吾乡城北有山紫帽，紫云尝帽其上，即唐真人郑文叔遇羽衣授金粟处也。余少遨游，尝有终焉之志。弱冠仕宦，屈指离乡，忽忽二十余载，尘鞅未脱，荆棘在心，其于乡里栖，真胜地。时重致思，思而望之，望之而不可几及，情弗自已，词之所以志耳。然则上清难拟，仙女纵不易逢，而抱此有待区区。或者庶几悬车税驾之日，聊奉以卒业乎。若夫小杜文章，固足称豪一代，而脱略不羁，红粉场中，寻春适兴，以自写其风流。余又岂暇效之哉？

《紫云词自序》(《紫云词》)

6. 陈维岳：

原夫二雅三颂之亡，沿为乐府五字七言之后，流为倚声。词者，乐府之遗，而诗歌之变也。滥觞于三唐，绮靡于五季，绚烂于赵末，荡佚于金元。有明以来，非无继响。皇清之始，亦有摛辞。自古已然，椎轮者不昧；于今为盛，踵武者滋多。锦瑟瑶琴，曲描花月；红牙檀板，并扇风飙。耆旧老成，袅袅中钩按节；后生孺子，翩翩染翰掣毫。几于四海同尘，将使九州为隘。然而人怀赵璧，不尽连城；家握隋珠，讵背照乘。踌躇换羽之妙，未易许人；商榷漱玉之精，无烦更仆。雁水先生闽地发源，温陵振迹，三叶则上卿延誉，双丁则才子名家，各体俱工，填词兼擅。珊瑚架笔，色丝黄绢之题；玳瑁为簪，流水高山之韵。语其奇丽，散天半之朱霞；譬此清真，舞云间之独鹤。阳春白雪，郢中之逸唱齐停；皓齿朱颜，一代之佳人并老。洵足使温、韦咋舌，姜、史灰心者矣。维岳依人江右，匿影章濆。谁道此间有袁临汝郎，久知天下有刘豫州备。时先生方拥旄虎郡，驻传鸥城。陶士行之临姑孰，僚佐简严；庾元规之在武昌，宾朋磊落。承枉顾于高轩，下车动色；获游从于华府，倒屣惊魂。自尔周旋，常陪密坐；迄兹缱绻，大异众人。二水逶迤，分劈桃花之纸；三台突兀，对擎鹦鹉之杯。朗吟赤壁江头，剧怀坡老；遥和郁孤垒下，略比稼轩。艳曲横陈，后堂丝竹之会；清言互赏，小园香茗之晨。三秋续织女之篇，九日有参军之赋。托流连于光景，辛惋缠绵；发顿挫于胸膺，激扬慷慨。岁聿云暮，逝者如斯。有客将归，使君惜别。昔亡兄丽竖摊笔之年，当先生玉马留京之日。披襟燕市，不废啸歌；把袂春明，共论风雅。属有今词之选，戏求名作之投。谓尚书虽未传红杏之吟，可郎中或竟乏花影之句。况乎荔浦夙号秀区，安得笋江不存绝调。先生笑而颔之，亦可尔耳。于是笔墨有灵，音徽便远。积有所作，不下几百首。今日紫帽山边，竞推乐句；他年昭明楼上，更有词人。交深北海，屡以为言；第畜灌夫，命之制序。嗟乎！一曲乌丝，已作广陵之散《乌丝》，先兄其年词名；三声玉笛，重深向秀之悲。恨不起识曲中郎，听新声于帐底；犹欲令渭城好事，见雅奏于尊前。

《紫云词序》（《紫云词》）

7. 徐釚：

三十年来海内诗人多寓声为词，如《香严》、《棠村》、《金粟》、《扶荔》诸集，乐部争传，彬彬成盛，由是解操觚者，艳慕纷填，几乎家辛、柳而户秦、黄。然于南北清浊之辨，审音或有未当，按以大晟律吕，不能无憾焉。今廉访晋江雁水丁先生，在郎署时诗名已大震，近出绪余为长短句，肆力图谱，虚怀讨论，一字未安，必穷究古人体制，别其高下清浊，期于不失分寸乃已。故其所作直能上掩和凝，下追温尉。举凡芊绵韶令、雄奇排奡，无不各臻其胜，洵乎合辛、柳、秦、黄、姜、史诸家而集大成者也。

夫善言词者必假闺闱儿女之言，通《离骚》、变雅之义，故《读曲》、《子夜》之歌即为填词之祖。今天子首重乐章，凡于郊庙燕享诸大典，其奏乐有声之可倚者，必命词臣豫为厘定。今先生《紫云词》既已流传南北，异日或有如周美成之为大晟乐正者，间采《紫云》一曲播诸管弦，含宫咀商陈于清庙明堂之上，使天下知润色太平之有助也，不亦休哉？

《紫云词序》（《南州草堂集》卷十九）

8. 谢章铤：

二丁竞爽，澹汝炜、韬汝焯。时有词兄词弟之称。澹汝尤以小调见长，所著《紫云词》中，如〔钗头风〕云……与北宋人真堪把臂入林也。澹汝由漳平教授，官湖北廉访，治甓园，延宾客。竹垞、园次、纬云、蘅圃诸公，朝夕唱和其中。酒酣以往，艳歌一曲，引商刻羽，宠柳眠花，其风流真难数覯也。（卷一）

国初渔洋、羡门、迦陵、竹垞诸老，南北提唱，一时飙发泉涌，电掣云屯，倚声一途，称为极盛。吾闽卒无特起与之角立者，即二丁勉强继响，顾附庸风疋，不足擅场。（卷四）

《赌棋山庄词话》

9. 陈廷焯：

紫云词艳而不佻，自是正声。

《云韶集》卷十四

10. 《续修四库全书总目提要》：

朱彝尊《曝书亭集》称其“成《紫云词》，流播南北，盖兼宋元人之长”，即是集也。其自序谓“比岁师旅络绎，动走数百里，累数阅月，往来调拨。期会辛亥，吴子园次、陈子纬云遥来，晨夕尚有花下筵前、良辰美景唱酬诸章。外则皆军旅山谷、风尘雪霜、舆马舟楫之间，劳者之歌，合成此数”，可以见其词格之所由来矣。

《续修四库全书总目提要·紫云词一卷》

11. 陈声聪：

丁雁水《紫云词》〔鬟云松〕一阕中两结拍“帘外远山，一抹烟鬟乱”、“满院绿阴人不见。风飐，柔红隐约桃花面”，即景即人，所谓情景交融者，此为极致。莆田有三丁，雁水白眉最良。

《读词枝语》(《填词要略及词评四篇》)

丁焯

丁焯（生卒年不详）字韬汝，福建晋江人，丁炜从弟。副贡生。官理藩院知事。能诗词，有《沧霞词》。

1. 朱彝尊：

〔祝英台近〕《题丁雁水韬汝词稿》

史梅溪、姜石帚，涩体梦窗叟。不事形摹，秦七与黄九。试论北宋南唐，偷声比调，谁得似玉昆金友。

《江湖载酒集》(《曝书亭集》卷二十六)

2. 谢章铤：

二丁竞爽，澹汝炜、韬汝焯。时有词兄词弟之称。

《赌棋山庄词话》卷一

3. 谢章铤：

国初渔洋、羡门、迦陵、竹垞诸老，南北提唱，一时飙发泉涌，电掣云屯，倚声一途，称为极盛。吾闽卒无特起与之角立者，即二丁勉强继响，顾附庸风疋，不足擅场。

《赌棋山庄词话》卷四

4. 郭则沄：

雁水弟韬汝，亦雅擅倚声，足继双丁。雁水回旋豸节，韬汝乃厄于一第，为老明经。然其词豪气不减。尝与雁水共宴秦淮，观竞渡，韬汝词先成，一座惊服。

《清词玉屑》卷一

5.《续修四库全书总目提要》：

取与《紫云词》并观，兄弟二人师友渊源之迹，可以见焉。

《续修四库全书总目提要·沧霞词一卷》

钱理

钱理（生卒年不详）字紫曜，生平不详。著有《白雪斋词》，今不传。

1. 邹祗谟：

余向序阮亭词云：同里诸子，好工小词，如文友之儇艳，其年之娇丽，云孙之雅逸，初子之清扬，无不尽东南之瑰宝。今则陈、董愈加绵渺，二黄益属深妍。更加庸庵之醇洁，风山之超爽，卓人之精腴，介眉之隽练，公阮之幽峭，紫曜之鲜圆，陶云之雅润，赓明之秀濯，含英咀华，彬彬可诵。词虽小道，读之亦觉风气日上。

《远志斋词衷》

2. 邹祗谟：

梅村先生序紫曜词，称其鲜妍秀脱，如琼枝玉树，不可梯接，殆与白石、邦卿颉颃。诚为定论。若此词高谅爽激，又逼真坡公矣。（评《满江红》“断圻平沙”）

《倚声初集》卷十五

陈鲁得

陈鲁得（生卒年不详）字曾起，江苏武进人。有《栩园词》。

1. 陈玉璂：

杨诚斋云：自古作词能依句者少，依谱用字百无一二。夫歌韵不协奚取哉？而或又谓有才人之词，有词人之词，似乎才人不妨稍稍出入，如吾家其年词多不免是也。观夫昔人之词，莫不被之管弦，苟按谱不合，便多凌犯，凌犯非复本宫矣。故词虽小道宜慎也。小阮曾起年始弱冠，天资秀逸，制义之暇，涉笔词章，能于古人图谱真有针芥之合，至用字用句皆能推陈出新，迥若冰水青蓝，是又才而合谱者也。喜而志之。

《百名家词钞》引

2. 杨通佺：

余家有小圃，与曾起相连咫尺，每花欹月邃，香尽灯阑，偕二三知己，分题限韵，以词之迟速优劣为胜，负博饮巨觥。而曾起慧颖过人，深情独往，时时超伦拔类，正如昔人旗亭燕会，不得不推王郎凉州一绝，许十二娘檀板歌之。若余辈视达夫、少伯又远不逮矣。

《百名家词钞》引

3. 孔传铎：

〔陌上花〕《题陈曾起〈栩园词〉》

从来同调相怜，何必旧曾相识。片纸瑶华，便抵金声遥掷。周情柳思今何在，梦想江南词客。恁多情、料与沈腰共瘦，潘鬓同白。　　似闻薄宦天涯，惟听足、一派湘灵鼓瑟。绮语闲愁，定写凤笺盈尺。焉知桂影芸窗下，咳唾有人珍惜。把君词、只算当年遇了，竹山白石。

（《全清词·顺康卷补编》）

陶鍹

陶鍹（生卒年不详）字云池，广东番禺（今属广州市）人。有《四桐园存稿》。

1. 谭莹：

芙蓉月下丽人来，翦翦西风对菊开见《四桐园存稿》〔眼儿媚〕、〔一斛珠〕两词。

有四桐园工小令，不教苦子名璜，鍹之兄擅诗才。

《三十六首专论岭南人》（《乐志堂诗集》卷六）

于启璋

于启璋（生卒年不详）字静媛，浙江嘉兴人，沈名蕃室，著有《针余草》。

1. 吴潇湘：

《针余》绝似《漱玉》，揉红捻白，不减宠柳娇花。

《林下词选》卷一二

释大汕

释大汕（1633—1705）字石濂，俗姓徐，江苏吴县（今属苏州市）人。工诗画，清康熙初主广州长寿庵。著有《潮行近草》、《离六堂诗集》、《石濂和尚集》，词有《离六堂词》、《绘空词》。

1. 查礼：

释石濂大汕为王阮亭、潘稼堂所深恶，有《离六堂词》一卷，亦绝无佳者。惟过芜城〔阮郎归〕一阕云：“月明凉夜共吹箫。罗衣绣带飘。牧童犹艳说隋朝。平芜廿四桥。　寒露下，苇萧萧。风声急暮潮。绮罗平作野花消。邗江漫放桡。”颇得怀古之意。

《榕巢词话》（《查恂叔集》）

陈玉璂

陈玉璂(1636—1699)字赓明，号椒峰，又号夫椒山人，江苏武进人。清康熙六年(1667)进士，授内阁中书，以事罢职家居。康熙十八年荐举博学鸿词，未用，后里居三十八年。事迹见光绪《武进阳湖县志》。玉璂博学多才，凡天文地志、兵刑礼乐、河渠赋役诸大事，莫不讲求烂熟，而诗词古文，以至弹琴投壶嬉欢之乐，靡所不能。与同邑董以宁、邹祗谟、龚百药合称“毗陵四家”，刻有《毗陵四子文》。著有《学文堂集》、《学文堂诗集》，辑有《三吴总志》，词有《耕烟词》(一名《映山堂词》)三卷，收入常州先哲遗书时名为《学文堂诗余》。

1. 徐喈凤：

椒峰兹集，寄托遥深，体裁闳丽。不独句香字艳，传绝唱于旗亭；行将玉戛金鉴，黼太平于圣世。

《百名家词钞》引

2. 沈泌：

夫椒峰以宏博绝丽之才，发秀艳清新之句。或当佳辰彦会，胜地冶游，登峻岭而送目，临清流以寄怀。值秋雁之横空，对春芳之吐媚。时而乍开绮户，曼睩腾光。半挂琼钩，金波泛艳。访西园之才子，寻南国之佳人。藻采遄飞，逸情秀上。托远慕于吟管，驱柔翰于蛮笺。故浏览则烟霞草木，任其驱使；言情则风雨山川，供其挥洒。极心胸之窅眇，撷天地之精英，宜其可歌可咏，而无对无双者矣。

《学文堂诗余序》(《学文堂诗余》)

3. 任绳隗：

其《学文堂集》数十万言，中有填词若干卷。搴英撷实，殆逼《花间》、《草堂》而上之。在椒峰视之，固其余也。在人视之，亦椒峰之余也。

《学文堂诗余序》（《学文堂诗余》）

4. 邹祇谟：

余向序阮亭词云：同里诸子，好工小词，如文友之儇艳，其年之矫丽，云孙之雅逸，初子之清扬，无不尽东南之瑰宝。今则陈、董愈加绵渺，二黄益属深妍。更加庸庵之醇洁，风山之超爽，卓人之精腴，介眉之隽练，公阮之幽峭，紫曜之鲜圆，陶云之雅润，赓明之秀濯，含英咀华，彬彬可诵。词虽小道，读之亦觉风气日上。

《远志斋词衷》

5. 聂先：

邵青溪、刘改之用〔沁园春〕调咏美人四阕，妙绝今古。读先生《耕烟词》，有〔沁园春〕咏美人三十余调，恨不得并入此集，当另为小册以行之。

《百名家词钞》引

6. 沈雄：

《映山堂词》不喜浮艳，自有沉挚之力。"梦里和愁，愁时如梦，情似越梅酸"，此咏闺情也。"纵舞遍天涯，休教忘了，绣阁斜阳里"，此咏落花也。一如湘真之深于意态者。

《古今词话·词评》下卷

7. 陈廷焯：

赓明小令，不减毛文锡。

《云韶集》卷十五

李继燕

李继燕（生卒年不详），清初人，广东东莞人。著有《揭花亭词》。

1. 陈阿平：

诗有赋比兴。赋则叙述其事，比则连类属词，兴则触物感发。然皆温厚和平、含蓄蕴藉，有留余不尽之致，使人自得于意象之表。若夫填词则其体制铺陈鳞切，句梳字栉，以新颖组绣透发为工。大抵兴之意少，而赋比之意多。故诗之往复流连，一唱三叹，遗音未竟，悉于词发之。故词为诗之余，然非俯仰古今，自抒情性，实大声宏，浩然有得者不能。吾友李君骏诒，博学高才，有体有用，其所著《白云》、《罗浮》、《珠池》、《风车》诸赋，飙发泉涌，下笔辄数千言，皆原本风骚，根柢两汉，取材六朝，可与《上林》、《羽猎》、《二京》、《三都》、《闲居》、《江南》相抗衡者也。出其绪余为填词，尽妍极态，能于格律偪侧中掉臂游行。五丁之凿蚕丛，巨灵之劈华岳，非由其神力包举者哉？以长公、稼轩之才而兼柳七、少游之巧，此文人之词，非仅词人之词也。而余更有感者，夫言以达志，志以集事，故观其言可以知其志，观其志可以定其人。

《揭花词稿序》（《揭花词稿》）

2. 林贻熊：

学者以词为诗余，非也。古者诗与乐合，故二南奏之房中，雅颂歌于郊庙，未有不叶之金石、被之管弦而可以为诗者也。逮风降而骚雅，颂降而五古，沿及唐人，准辞切律，回忌声病，大都不过为有韵之文已耳。……然则诗之去古似近而远，词之去古似远而近，第作者以为余事而尝试为之，只求文藻之工，不复精研声律。虽以苏玉局之才，不免铁绰板之诮而余可无讥矣。余友李子骏诒深沉好古，于书无所不窥。所作诗古文卓有家法。今夏以雷阳归手之编示余，则其所填词也，咀徵含宫，酝酿风雅。余惊叹以为白石、玉田复出，而李子不自以为能，龂龂然慎审四声比音协律间。尝过余，纵论词曲，时有神悟心解出于诸谱之外。既又以古调不尽可歌，方龂龂然博综群书，以求乎古人不传之秘，慨然有志于诗乐相通之故，而以是为津梁焉者。其用力之专如此，夫岂以为余事而尝试其间哉？夫声音之废久矣。雅颂之音不传于汉末，汉之乐府不传于魏晋，而唐人绝句迄今亦无能歌之者。诚使有好古之士，专其力而讲求之，诗与乐不至风马牛若此也。今吾友以其神悟心解之余，龂龂然慎审而比协之。微吟俯唱，既丽以则，不懈而逮于古。则其所作匪直尊俎于旗亭绮席之间，将必有铿鲸鱼之钟，伐灵鼍之鼓以俟者。今此一编亦可以为嚆矢矣。

《撷花词稿序》(《撷花词稿》)

3.《续修四库全书总目提要》：

其令曲似少游，慢词似宋末诸贤。〔调笑〕云："小桥尽处青山隔，惊起鹧鸪千百。"则明效少游者也。〔解连环〕秋燕云……柔情深意，随笔宛转，一唱三叹，居然王碧山矣。

《续修四库全书总目提要·撷花词稿二卷》

孙琮

孙琮(1636—?)字执升，一字质声，号寒巢，原籍安徽黄山，寓居浙江嘉善。家有“山晓阁”，藏书数千卷，手自钞阅，笔耕赡老亲。善评点，每评选一书出，人争购之。晚岁放迹山水间，与一二高僧逸士谈禅赋诗。方志称其为“国初江南隐君子”。著有《山晓阁诗》十二卷，《山晓阁词》一卷附。其早期词作，与胡殿陈、顾璟芳、李葵生、顾琦坊、郑允达等六人之作合编为《兰皋诗余近选》二卷，附《兰皋明词汇选》以行。

1. 徐士俊：

《山晓阁词》标芬领异，语妙天下，砥持靡曼之波，特立清新之格。有庄严似箴颂者，有翛散似记序者，有幽优似闺阁者，有静深似隐逸者，体备而情至，景尽而态妍。东坡、稼轩间当置一席矣。

《百名家词钞》引

2. 姜宸英：

酉戌之间，客游武塘，得交孙子执升，读其诗辞，未尝不叹其才之绝丽。而是时善为长短句者，其同邑则有钱尔斐孝廉、曹顾庵学士。二公皆词场耆宿，狎交于余，而余已决知其为后来之秀者，非他人必孙子矣。今年秋闰，与孙子相见吴门，须鬓亦苍然。回思昔游，殆是二十年前事。钱、曹二公，皆不可复作。循览斯集，恍然如见前辈风规，而慨想者久之。然比见孙子，亦论次经史子集，成刻者几十余种。方期与海内兴起于古学，区区倚声余艺，周、柳之胜场耳。余固不敢以尽夫人也。

《百名家词钞》引

徐釚

徐釚(1636—1708)字电发，号虹亭，又号拙存，晚号枫江渔父。江苏吴江人。监生。清康熙十八年(1679)召试博学鸿词，授翰林院检讨。二十五年，罢官归里。后以原官起用，辞不受。乃筑“丰草亭”自居，著述终身。《清史稿》、《清史列传》有传。徐釚早年受知于宋既庭之门，工诗，尤擅倚声，所刻《菊庄词》已名动海内外。著有《南州草堂集》、《词苑丛谈》、《菊庄词》、《南州草堂词话》、《本事诗》、《啸虹笔记》等。其词“绵丽幽深”，名噪南北，为其《枫江渔父图》题咏者数以十计，盛极一时。今传《菊庄词》初、二两集，一百五十余首。

1. 徐士俊：

自吾家《玉台》一序后，几令琉璃研匣，翡翠笔休，为千古词人挥泪不尽。兹披《菊庄词》一卷，更赏翰墨流香，乃知《草堂》之草岁岁吹青，《花间》之花年年逞艳，后来者居上，奚必沾沾南唐、北宋耶？

《菊庄词话》

2. 纪映钟：

壬子季夏，仆与合肥宗伯暨山阳陈阶六黄门同饮龙爪槐树下，合肥举手中纨素新词，亟言电发才思敏妙，神韵天然。今览菊庄诸阕，回忆斯语，能无酒垆之感？

《菊庄词话》

3. 李渔：

仆方纂《名诗类》、《隽名词选胜》二书，皆以平淡为宗，虽极雕绘，终不如天然之有机趣也。菊庄与余志合，昔尝许我于香山、眉山顶上行，余亦当以后村、山谷相待。

《菊庄词话》

4. 尤侗：

词之佳者正以本色渐近自然，不在镂金错采为工也，读电发诸作，故得此意。至“一片残阳在客衣”，直是神到语到，虽秦七复生亦当绝倒。

《香岩词》新艳旎旎，得言情之三昧，电发故为合肥所赏。今观其〔罗敷媚〕和韵四首，真有水乳之合，所谓春蚕作茧，见物便成。

稼轩长调正以感慨率落发其壮怀，电发负才不遇，故多悲凉之音。读至“欹帽站西风”数语，几欲击碎唾壶，何异“把吴钩看了，栏杆拍遍”也。

“百顷黄芦，千条浊浪，人在柁楼吹笛”，神似坡仙。或问何以？曰“解衣欹枕，绿杨桥，杜宇数声春晓”。

《菊庄词话》

5. 梁清标：

诗尚沉雄，忌纤靡；词贵轻婉，戒浮腻，较然分途，若枘凿然。此诗之不可类乎词，犹词之不可似乎诗也。世鲜有能辨之者。南唐北宋以还几数百年，振兴之功，于今为烈。若荔裳独步于莱阳，悔庵扬芬于吴苑，西樵、阮亭，兄弟竞爽；绎堂、子山，同邑联镳；其年、椒峰，启兰陵之秀；顾庵、羡门，蔚浙水之宗。一时才子，各自名家，亦既彬彬矣，继起之英，指不胜屈，求其声调谐合而不戾于古者，菊庄徐子其弁冕乎？

丁澎《菊庄词序》引（《菊庄词》卷首）

6. 王嗣槐：

一日，得徐子电发诗余一卷，颜其集曰《菊庄》，即徐子所以自别其号也。陆子荩思因绘图为手卷，傍山临流，石墙竹屋，黄华紫茎，缤纷篱下，同人为诗歌以美之。余曰：诸子之以菊美其人，可谓得之矣，亦有知其词之似菊而美之者乎？词之为体，描情写景，不嫌纤靡。而登临凭吊，则淋漓激壮，有所不免，列而论之，如王、李、钟、谭，互有讥评，总览诸家，求其艳而不流于靡曼，淡而不入于枯寂，亦几难之矣。徐子之词，去二家之偏，而兼擅其所长，可以前逾古人，后空来者。读之悠然，若与余嗜菊有同趣。朝华蔓草，竞与争芳，有目者自能别之。

《菊庄词序》(《菊庄词》)

7. 毛先舒：

吴门徐子菊庄客杭久，余羡之亦久，然卧病不能成一晤，此意常若不释然者。今年春，荩思将一帙寄余，启观之，则菊庄所为词也。风格清高，艳而不腻，情致绵邈，其引人遥思处，更令我寻味十日不骤得。时适剧病小苏，腊酿渐熟，庭砌桃一株，开十余朵，好鸟二三翾集相语。余忽引满曰："菊庄酹此一杯酒。"家人怪问余，余笑曰:"读其文如见其人，此时政与填词人对饮耳。"家人皆笑，谓余醉。戏书此与荩思，转讯菊庄，此当是醉语耶？

《菊庄词话》

8. 丁澎：

今来游武林，出其《菊庄词》若干阕，读之，便娟芊丽，已轶《花间》、《草堂》而上，称"贵轻婉而戒浮腻"，其在兹乎！

《菊庄词序》(《菊庄词》)

9. 姜宸英：

制科妙句留宸赏，乐府新词过海传。高丽皆诵君《菊庄词》。

《送徐电发检讨归里二首》

10. 聂先：

菊庄词秾艳中有高华，清丽处见本色，直追南唐北宋，不可以草窗、玉田同日语也。

《百名家词钞》引

11. 傅燮詷：

忆昔丙午、丁未间，有客自江南来者，贻余电发先生所著《菊庄词》。余读之竟，钦其用意幽细，造语雅当，窃以为必元以前人物，非近人所能为，辄兴生不同时之感……先生出《菊庄词》二卷见示，展卷捧读，觉情怀顿爽，齿颊为芬。闻高丽使臣在宁古，曾以金一饼，易《菊庄词》一帙，且题绝句以咏叹之。是诚先生之才之名，薄海内外无有不知者矣。而先生方且日事铅椠，肆力于古文词，填词一种亦不屑为，此岂与彼啧啧公卿间者同日而语哉？虽然，难言之矣。词虽小道，句逗平仄，一有未当，即乖律吕。先生偶一涉笔，便可媲美古人。今名已满海内，其传之百世无疑。盖先生出于真定相公之门，公《棠村词》，足为当世词家之冠，余固知其渊源有自矣。天下后世览斯集者，应不河汉予言。

《菊庄词序》(《菊庄词》)

12. 吴霭：

菊庄弘博绝丽之才，落魄不羁，偶为小词，故多惊艳语，非仅追声逐韵于歌头犯尾之下，与柳屯田争“晓风残月”之句也。其自题绝句云：“萧条庾信不胜哀，双泪从教铁板催。纵使红盐裁一曲，也应肠断贺方回。”览者亦可以悲其志矣。

《菊庄词跋》(《菊庄词》)

13. 宋荦：

读菊庄〔忆秦娥〕、〔菩萨蛮〕诸阕，犹有谪仙遗韵。

《百名家词钞》引

14. 李天馥：

《菊庄词》，藻则远取诸古，而情思则近得乎真，故无捃摭粉饰之迹。

沈雄《古今词话·词评》卷下

15. 董含：

菊庄《南州草堂集》春容大雅，余曾品其为诗家正宗。词复韵茜绵邈，非擅赋心骚骨者不能。

《菊庄词话》

16. 汪懋麟：

菊庄才调横溢，词能蕴藉风流，堪与柳七、黄九争胜。大司农梁公称其才锋犀锐，蕴藉宏深，允推江东独秀，此言不虚也。

《菊庄词话》

17. 梁云麓：

菊庄高处在秾艳中时见本色，应不使秦、柳独步。

《菊庄词话》

18. 程康庄：

菊庄绝不作闺幨欢燕语，而壮采激发，自觉惊魂动魄。

《菊庄词话》

19. 梁允植：

仆柳村在瀛海、滹沱间，而菊庄居五湖七十二峰之侧，南北风景虽殊，其志高蹈则一也。第仆既憔悴折腰，而电发亦栖栖鼓铗，均未能徜徉丘壑。吾两人仅各为图以见志，且以名其词，可慨以然。电发则为仆题〔满江红〕一阕，又为绝句。柳村藉是以传，仆竟未遑出片语为菊庄记胜。斯其才之工拙，又可见矣。至菊庄词品高妙，则家司农公、绎堂、阮亭诸先生素以花庵玉林目之，固无俟仆烦言也。

《菊庄词话》

20. 董俞：

菊庄词于婉丽中时露激昂，排宕之气当由寄兴所成，可想见破琴击筑时。

《菊庄词话》

21. 宗元鼎：

电发才情艳逸，《征选本事诗引》仿佛《玉台》一序。仆寄怀诗有“清新邓尉梅花句，典丽唐人本事诗”之语，盖实录也。其填词复尔芊绵韶令，真可驾轶温尉。

《菊庄词话》

22. 曹鉴平：

词贵离合，不粘本题，方得神情绵邈。菊庄〔踏莎行〕赋愁云“脉脉红楼，萋萋绿草，一江春水茫茫泻。”不言愁而愁自至，非离合之妙乎？

《菊庄词话》

23. 叶舒颖：

同里诸子工作小词，大率酬唱。于菰芦烟水中，多慷慨之音。独菊庄频年南北，登临赠答，兴酣落笔，虽抱文章憎命之感，而旷情逸致，流播人间。今读其词，真所谓一语之艳，一字之工，令人色飞魂绝。至于沉雄豪宕，正复不让长公、稼轩一流。

《菊庄词话》

24. 宋思玉：

弇州谓美成能作情语，不能作景语。菊庄“春衫泪，明月楼前，碧桃花下”等句，真能言情于景中者，可谓得词理三昧。

《菊庄词话》

25. 吴敏之：

吾乡工于词者，惟尤悔翁。然其较论精刻，少所许可，独倾倒于菊庄者甚至，即菊庄可知矣。

《菊庄词话》

26. 吴超士：

菊庄雄深雅健，似南宋一派。

《菊庄词话》

27. 叶元礼：

往余与菊庄客燕台，一时同人若方虎、人远、雪客、古直、楚鸿、鹰垂、掌公、季友、永瞻辈，文酒流连，殆无虚日，前烛分题，必拈小词纪胜。每推菊庄独步。盖《菊庄词》绵丽幽深、耐人寻味，而又能落笔敏妙，宜其为诸同人叹服也。近复同游武林，手一编示余。对西子湖光，诵《花间》佳句，淡妆浓抹仿佛相宜，恨不与诸故人同为击节耳。

《菊庄词话》

28. 吴仪一：

菊庄风骨甚高，间作儿女子语，仍不失轩昂本色，较古人元本乐府专长比兴者又进一格。

《菊庄词话》

29. 王晫：

读《菊庄词》如秋宵闻笛，飘邈之音沁人心骨，又如庭兰始葩，芳气直袭衣裾。淮海、清真失其艳，屯田待制逊其婉。

《菊庄词话》

30. 仇元吉：

中朝寄得菊庄词，读罢烟霞照海湄。

北宋风流何处是，一声铁笛起相思。

《题菊庄词》(《词苑丛谈》卷五《品藻三》引)

31. 沈德潜：

虹亭先生……生平填词极工，晚岁成《本事诗》，远地购求，比于洛阳纸贵。

《国朝诗别裁集》

32. 郑方坤：

词人事迹最萧骚，博雅徐卿荟萃劳。

日暮一编下浊酒，强如左手剥双螯。徐菊庄太史撰《词苑丛谭》，极为赅博。

《论词绝句》三十六首(《蔗尾诗集》卷五)

33. 凌廷堪：

词者诗之余也，昉于唐，沿于五代，具于北宋，盛于南宋，衰于元，亡于明。……

我朝斯道复兴，若严荪友、李秋锦、彭羡门、曹升六、李畊客、陈其年、宋牧仲、丁飞涛、沈南渟、徐电发诸公，率皆雅正，上宗南宋，然风气初开，音律不无小乖，词意微带豪艳，不脱《草堂》前明习染。

张其锦《梅边吹笛谱目录跋》引（《梅边吹笛谱》）

34. 孙尔准：

问讯枫江旧钓矶，当时未解盛名归。

从谭他日传词苑，一片残阳在客衣。

《论词绝句》二十二首（《泰云堂诗集》卷四）

35. 吴衡照：

虹亭少刻《菊庄乐府》，朝鲜贡使诗云："中朝携得菊庄词。读罢烟霞照海湄。北宋风流何处是，一声铁笛起相思。"此贡使亦海东贤人之亚已。

徐釚《词苑丛谈》，其引书不注所出，殊嫌攘揄。脱漏错谬，全未经雠勘。如卷三《漫叟词话》禯襶一条，卷六《耆旧续闻》榴花一条，卷七陆放翁梦莲花博士一条，仲殊〔踏莎行〕一条，尤其甚者。

《莲子居词话》卷二

36. 《四库全书总目提要》：

是书（《词苑丛谈》）专辑词家故实，分"体制"、"音韵"、"品藻"、"纪事"、"辨证"、"谐谑"、"外编"七门。采摭繁富，援据详明，足为论词者总汇。《江南通志》称："釚少刻《菊庄乐府》，朝鲜贡使仇元吉见之，以金饼购去。贻诗曰：'中朝寄得菊庄词，读罢烟霞照海湄。北宋风流何处是，一声铁笛起相思。'"则釚于倚声一道，自早岁即已擅长。故于论词，亦具有鉴裁，非苟作也。惟其间征引旧文，未尽注其所出，同时朱彝尊、陈维崧等尝议之，釚亦自欲补缀而未尽也。至"纪事"一门，半取近事，其间点缀以成佳话，标榜以借虚声者，盖所不免。

《词苑丛谈提要》

37. 谭莹：

偶然声价重鸡林，《词苑丛谈》说赏音。

此事何尝关阅历，秋笳集名穷塞入孤吟。徐釚

《论词绝句四十首专论国朝人》(《乐志堂诗集》卷六)

38. 谢章铤：

徐电发釚菊庄，词名重一时，卷首题赠诸家，重叹增歔，不能竟其誉。然辗转应拍，绵丽宜人，求其回味余香，辄觉不足。集中如〔卜算子〕春恨云："满院碧桃花，半为东风瘦。恼煞梁问燕子飞，有个人来否。　簪柳过清明，斜插凭纤手。烟锁楼头翠锁眉，薄恨浓于酒。"〔惜分钗〕别恨云："心情别。柔肠结。几回立尽梅梢月。惜东流。付东流。郎做杨花，侬逐萍浮。悠悠。　眉儿皱。人儿瘦。魂销最是黄昏候。泪难收。倚银钩。拌著东风，断送离愁。休休。"〔点绛唇〕云："飒飒乾坤，帘前暮雨西风透。秋潮如溜。铁骑声还骤。　腹转车轮，绿鬓原依旧。君知否。一分重九。消得人儿瘦。"〔满江红〕吴越故宫吊钱武肃王用岳忠武韵云："电马霜戈，驰江上、怒涛始歇。夸保障、并吞割据，韩彭比烈。寂寞几堆羊虎石，凄凉一片铜驼月。忆白盐、担里是何人，关情切。　故宫内，余残雪。荒庙里，灵旗灭。笑宋家南渡，金瓯也缺。五国未曾生马角，五王莫漫啼鹃血。算原来、天道好循环，悲双阙。"则与悔庵所赏之"一片残阳在客衣"(〔减字木兰花〕咏客途)、掌公所赏之"脉脉红楼，萋萋绿野。一江春水茫茫泻"(〔踏莎行〕咏愁)同为神到。会宁饼金，宜仇元吉、徐良琦之破行囊哉。

电发所纂《词苑丛谈》，采摭宏富，为倚声家所必读之书，惜其条下不标出处，几有掠美之嫌。当时竹垞已深病之，电发便欲再注，迄不能也。且其中谬误时有，吴子律曾正数则，见《莲子居词话》，然亦未尽。

《赌棋山庄词话》卷二

39. 陈廷焯：

电发早岁有“残月无情入小楼”之句，以此得名。所著《菊庄词》，流传海外，词名之盛，无出其右者。北宋风流之目，亦非虚誉。

《云韶集》卷十五

40. 陈廷焯：

情词凄艳，北宋风流之目，信非虚誉。电发当时盛负词名，至为海外所宝贵，可谓荣矣。

《词则·闲情集》卷三

41. 陈廷焯：

徐电发词，当时盛负重名，至于流传海外，可谓荣矣。其规模北宋，却有似处，惟气格不高，只堪作晏、欧流亚。至周、秦深处，尚未梦见。（卷三）

词有表里俱佳，文质适中者……有有文无质者，刘改之、施浪仙、杨升庵、彭羡门、尤西堂、王渔洋、丁飞涛、毛会侯、吴园次、徐电发、严藕渔……诸人是也。词中之下乘也。（卷八）

《白雨斋词话》

42. 蔡桢：

浙西派倡自朱竹垞，曹升六、徐电发等继之，崇尚姜张，以雅正为归。

清词派别，可分三期。浙西派与阳羡派同时。浙西派倡自朱竹垞，曹升六、徐电发等继之，崇尚姜张，以雅正为归。阳羡派倡自陈迦陵，吴园次、万红友等继之，效法苏、辛，惟才气是尚，此第一期也。常州派倡自张皋文，董晋卿、周介存等继之，振北宋名家之绪，以立意为本，以叶律为末，此第二期也。第三期词派，创自王半塘，叶遐庵戏呼为桂派，予亦姑以桂派名之。和之者有郑叔问、况蕙风、朱彊村等，本张皋文意内言外之旨，参以凌次仲、戈顺卿审音持律之说，而益发挥光大之。此派最晚出，以立意为体，故词格颇高。以守律为用，故词法颇严。今世词学正宗，惟有此派。余皆少所树立，不能成派。其下者，野狐禅耳。故王、朱、郑、况诸家，词之家数虽不同，而词派则同。

《柯亭词论》

43.《清史列传》：

徐釚……又尝刻《菊庄乐府》，昆山叶芳蔼称其锦丽幽深，耐人寻味。朝鲜贡使仇元吉见之，以金饼购去。釚既工倚声，因辑《词苑丛谈》十二卷，援据详明，具有鉴裁。

《文苑传二》

44. 卢前：

〔望江南〕

思渔父，早岁诵遗篇。本色清于朱《载酒》，有时议论拟吴盐。《白雪》未能先。

《饮虹簃论清词百家》（《清名家词》）

王晫

王晫(1636—1698后)原名棐，字丹麓，一字木庵，号松溪子，自称松溪主人，浙江仁和(今杭州)人。诸生。晫少壮之年，即弃去帖括，肆力古人。以诗文鸣海内者四十年，垂老无所遇，屏居武林门外，著书自得。时丹麓妻兄陆进兄弟居夹城巷，王仲昭居羊角埂，王晫居护塘巷，四人皆能诗，时人称“北门四子”。毕生好藏书、读书、著书，其读书处曰“霞举堂”，又名“墙东草堂”。事迹见《清史列传》、《杭州府志》。王晫性喜结交海内名流，家贫好客，至于典衣招待。清康熙十八年(1679)，尝自制《听松图》，征得知名人士为题诗、赋、词、曲等多至一百一十六则；康熙二十四年，五十生辰，又填《千秋岁》词自寿，和者二百三十余人，上至封疆大吏，下至名士隐逸。康熙三十七年，将上述和作手编为《听松图题辞》、《千秋雅调》两集刊行于世。两集共收词二百五十余首，其中同调《千秋岁》二百三十三首，不乏佳制，若干作者不见有词集刊行或著录于其他词选，姓名赖以流传。晫著有《霞举堂集》、《今世说》、《遂生集》、《杂著十种》等，词有《峡流词》(一名《墙东草堂词》)三卷。

1. 曹尔堪：

东南胜地，最称佳丽者，莫若西子湖。其间柳明花茜，步步芳妍；佛阁歌楼，层层变现，芊绵华缛之观，足与笔精墨采相映发者，似独近于词，而诗次之。盖词之为体如美人，而诗则壮士也；如春华，而诗则秋实也；如夭桃繁杏，而诗则劲松贞桧也。故或陟嵩、衡，瞻泰、华，非诗不足以颂之扬之；而西湖勺水，正宜二八女郎唱“杨柳外、晓风残月”之句耳。我友王子丹麓，生长于斯，去西湖止数武，万千烟云之殊态，早已纳之古锦囊中矣。其诗、文皆荟萃古今，驰骋汉魏，而独以“峡流”名其词，若为西子开生面者。然其意不止于此也。古人云“词源倒流三峡水”，极天下洞心骇目之境，皆于词焉寓之，则两峰之桂、六桥之荷皆盆盎中物，而丹麓之为词也，深矣，大矣。秋来里居卧病，客有以丹麓词见示者，予起而叹曰：向丹麓寄我《遂生》一集，为鹫苑杠梁；《文津》一选，为艺林饫脯。今读其词，自小令以至长调，皆称合作，欲并辛、苏、周、柳为一家。予所谓西湖独与词近者，丹麓已先得之，则玳装珊架，不当与西子之镜奁并艳乎？往者予与荔裳、西樵同过湖上，时有倡和词问世，独不得丹麓一为酬答。然吾辈之词，不过“铁绰板、唱大江东去”耳，丹麓集中诸篇亦复工绝。

《峡流词序》

2. 施闰章：

词贵清空，不尚质实，盖清空则灵，质实则滞。所以梦窗、白石，未免有偏胜之弊耳。词名《峡流》，则全以气胜，能使清空、质实相为表里，此丹麓之词在所必传也夫。

《百名家词钞》引

3. 毛先舒：

旖旎风流，又兼远韵，清豪顿挫，不堕嘈杂，此南唐、北宋人之所难有也。吾读丹麓词，便谓山谷、少游、清真、子野诸公间，当虚一座以待。

《百名家词钞》引

4. 毛奇龄：

经解曰：“温柔敦厚，诗教也。”夫诗尚温柔，而况其余乎？《文赋》曰：“诗缘情而绮靡。”夫诗尚绮靡，而况其余乎？然则诗余者，温柔绮靡之余焉者也。其言卮匜，其音曼俞，驰情于华滋朦饰，而寄旨于闺帏窈窕之间，似组纲纂缋，壮夫不为。而自昔才人如龙标、辋川、青莲、香山辈，犹且争倡新声，互为标的，则以诗余者，其流为曲，而其源直本于《国风》、《离骚》。故《离骚》名辞，诗余亦名辞，自非沿波讨源，涤流却会，道天渊而濯下泉，孰能使涓涓细流，一归浩荡？故蓄水高唐，渐观百里，流使然也。王子丹麓，擅掞天之才，华文四发，自著记撰述外，多为诗歌雅骚，凡比声切律、调商按徵，无不启其扃镝而开其幼眇，乃复以余者溢而为词。予受读之，一何情之厚而辞之绮如是也。夫温柔绮靡固始于诗，而以准其余，如岷流然。齐梁乐府，羊膊之源也，缘崖数百，犹未滥觞；王维、李白，则已湔堋而下矣，瀺岩漷石，淫淫溶滴，历峡已尽也，相其势可以到海；逮大晟以后，逡巡元、明间，汩焉而已。丹麓其峡流之际乎？唐词肇李白，而白诗有云："词源倒流三峡水。"以为倒流，但言其滂洋莫御焉尔，然其源可睹也。予读盛弘之《荆州记》云："自峡七百里中，春冬之时，素湍渌潭，回清倒影。"备极旖旎，而宋玉赋《高唐》更有姣姬扬袂之喻，以较之词，其温柔绮丽具在也。读《峡流词》，吾将徘徊于黄牛朝暮之间矣。

《峡流词序》(《西河集》卷二十九)

5. 毛奇龄：

《峡流》长调每于换头处生情生景，自有翠叠千峰，蓝拖百顷之致。至其胸怀磊落，傲睨天地，非仅词人所能及之者。

《百名家词钞》引

6. 顾戬宜：

〔少年游〕《读王丹麓〈峡流词〉柬寄》

松溪宛在，风流江左，逸少兴偏多。碧浪千层，翠涛百尺，清听落庭柯。　　词源三峡供倾倒，尽付雪儿歌。拍按红牙，玉投玄圃，披读几回过。

《全清词·顺康卷补编》

7. 吴启思：

〔浣溪沙〕《读〈峡流词〉题赠》

小折花枝藉锦茵。轻敲檀板佐金尊。丽词脱手动梁尘。　慧业文人天上客，苎萝西子圣湖春。佳辰胜事几回新。

剪取吴绫六幅裙。自书小令与蘋云。柳郎高唱许谁闻？　采得珊瑚新笔架，琢残玉屑旧论文。词源倒峡势无群。

《全清词·顺康卷补编》

8. 陈廷焯：

丹麓小令亚于飞涛。何等情态。（评〔忆少年〕《春山淡淹》）

《云韶集》卷十四

黄仪

黄仪（1636—？）字子鸿，又字吉羽，江苏常熟人。隐居博学，精熟舆地，清康熙二十九年与顾祖禹、阎若璩等助徐乾学修《一统志》。《清史稿》、《清史列传》记其事迹。能诗词，精书法。著有《订晋书地理志》、《纫兰集》二卷。

1. 钮琇：

三吴词家，称朱、陈两检讨。陈以苍雄擅奇，朱以生新标隽，俱已誉高黄绢，价重乌丝。若黄子鸿所著《纫兰别集》，风流俊迈，非不可追响东堂，齐踪西麓也。

《纫兰词》（《觚剩》卷一《吴觚》）

2. 孙兆溎：

黄子鸿仪，常熟人也。工词，有《纫兰别集》，风流逸迈，真可追响东堂，齐踪西麓。

《片玉山房词话》

3. 吴衡照：

常熟黄仪，有词名，著《纫兰别集》。钮玉樵言三吴词家，称朱、陈两检讨。陈以苍雄擅奇，朱以生新标隽。俱已誉高黄绢，价重乌丝。若黄子鸿《纫兰别集》，非不可追响东堂，齐踪西麓也。

《莲子居词话》卷三

查容

查容（1636—1685）字韬荒，号渐江，又号汫翁，浙江海宁人。生平境遇坎坷，客居荼陵而死。著作今存《渐翁文集》、《渐江诗钞》，词有《浣花词》、《渐江诗余》。

1. 查礼：

我朝文运丕隆，海内词人争出，如宜兴陈其年维崧、秀水朱锡鬯彝尊、嘉兴李武曾良年、无锡严荪友绳孙、嘉善魏禹平坤、慈溪姜西溟宸英、秀水曹洁躬溶、华亭钱葆酚芳标、平湖沈覃九登岸、会稽姜开先启、海宁家韬荒伯容、家悔余伯慎行，各家妍辞丽句，擅美东南，惟时谱去拗为顺，稽考议论，率多误略，流失莫底。

海宁家韬荒伯容诗才卓荦，填词雅有清裁，句多天然凑泊，所著有《寒香斋词钞》一卷，集中黄鹤楼〔高阳台〕一调极佳，词云："汉广黏天，江回拔地，千年黄鹄矶头。对此茫茫，翛然道上层楼。凭栏不见仙人鹤，恨白云、几片悠悠。更无情，红日西驰，绿水东流。　楚王宫殿成邱。但凤凰旧路，鹦鹉空洲。草色烟光凄迷，满目闲愁。当时争战浑如梦，宇宙间、诗句长留。笑而今、八九思吞，一醉都休。"又小令、中调亦多蕴藉之篇，送融谷之皖〔采桑子〕云："秣陵城外伤心处，送客劳劳。击吠嘈嘈。沙岸平添水一篙。　峭帆风引春寒重，听雨潇潇，数驿迢迢。百子山前早晚潮。"又与徐孝绩话旧〔小重山〕云："诗酒清狂二十年。两心同一意，转相怜。吴头楚尾路三千。东西望，消息几茫然。　红雨送归船。依依情话久，又樽前。楝花风起夕阳，夕春如水，流恨到谁边。"又同王左车璞庵望莫愁湖〔浪淘沙〕云："风景最依然。孙楚楼前。红潮小涨落花天。旧是卢家摇艇处，湖雨湖烟。　取醉不论钱。垂柳桥边。丁丁水调响吴弦。白袷王郎多少恨，闲话年年。”

《榕巢词话》（《查恂叔集》）

2. 丁绍仪：

选佛诗传言，海宁查韬荒容，曾馆吴三桂家，察有异志，佯醉而遁。吴遣人追之，提其人掷地上，变服疾驰，始得脱。与唐六如寅不肯为宸濠客事绝相类。韬荒素有力，工剑槊，诗文敏赡，足迹几遍天下。有怀旧寄粤东诸子〔春云怨〕云：“红梅小驿。记五羊城外，穿花双屐。把手才通名姓，一咏一觞如旧识。翠袖藏钩，平头摇扇，共指银蟾蛎墙侧。残拍逡巡，归鞍酩酊，蜡泪满离席。　三姝座上真奇绝。纵年深路远，珠江历历。对酒犹疑照颜色。横浦楼船，折尽南枝，断无消息。旧雨淋浪，晓星零落，不唤奈何不得。”其风流佚宕，亦不减六如。

《听秋声馆词话》卷四

3.《续修四库全书总目提要》：

词中所述，并其游踪，喜为艳语，颇嫌轻侧。

《续修四库全书总目提要·浣花词一卷》

周纶

周纶(生卒年不详)字鹰垂，江苏华亭(今上海松江)人。周茂源子，周稚廉父，清康熙初以岁贡生授国子监学正，诗为王士禛所知，称门下高足。卒以不遇终其生。事迹见邑志及本集。鹰垂能词，参与康熙十年秋水轩倡和活动，为当时词坛名流之一。著有《不碍云山楼词稿》，词有《柯斋诗余》，聂先、曾王孙《百名家词钞》收其词一百三十首。

1. 宋琬：

釜山有子鹰垂，方在羁贯之年，间尝诳客。以其诗杂釜山集中，读者竟无以辨。今其词益工。幽燕老将之雄奇，三河少年之俊迈，吾未能为之轩轾也。

《百名家词钞》引

2. 王鸿绪：

周子与余为内兄弟，忆其童丱时，出言即惊其长老。既长，淹贯经史百家，诗文词浩浩落落不一格，当与燕、许大家先后方驾。

《百名家词钞》引

3. 张彦之：

一日过鹰垂山中，出尊人釜山先生及周子等身著述，逮令子冰持诸稿见示。焚香捧读，非齐梁纤调，捃拾既博，师匠复高。祖父子孙世世以诗古文辞名天下，余家宁不退避三舍耶？

《百名家词钞》引

4. 陈廷焯：

鹰垂词风流雅秀，直逼叔原。

《云韶集》卷十四

周斯盛

周斯盛（1637—1708）字屺公，号铁珊，浙江鄞县（今属宁波市）人，清顺治十八年（1661）进士，曾官即墨知县，著有《证山堂集》。有《证山堂诗余》、《铁珊词》。

1. 吴绮：

忆同范叔论四海之词人，辄谓周侯为一时之才子……新声罕亚于屯田，藻句独高于淮海。而漳河马渡，恒多吊古之文；楚泽鸿飞，半属思归之曲。芙蓉江上，日日斜阳；萍荔灯前，时时夜雨。莫不凄其欲绝，慷慨堪怜。艳思纷来，柔情婉转。花间徙倚，心伤燕燕之篇；酒后悲凉，耳热乌乌之唱。则孤臣去国，洒别泪于琵琶；壮士投闲，动雄心于筚篥。可或歌而或泣，且鼓之以舞之矣。夫屺公以迈世之才，负兼人之气，使其得志，固为公瑾一流；即或知名，岂让美成独步？而牵丝不达，制锦无成。家本四明，偏忘可狂之客；宦游即墨，复当多毁之乡。托美人香草之词，抒其幽愤；用残月晓风之句，寄彼壮怀。曲以顾而多情，调以高而善怨。固其宜耳，复何叹乎？

《周屺公〈澄山堂词〉序》（《林蕙堂全集》卷五）

王允持

王允持（1637—1693）字简在，号陶邨，一号鹿柴。江苏无锡人。清康熙二十四年进士。有《陶邨词》一卷。

1. 丁澎：

陶邨令慢能于蕴藉沉凝中吐其柔淡芊绵之致，故于写景琢句处，字字工巧，读之神情洒然。

《百名家词钞》引

2. 曾王孙：

陶邨词调声按格，辨体程村，别派分支，穷流尽变，真杰作也。

《百名家词钞》引

3. 聂先：

简在以名进士起家，博极群籍，出其余技选调谱声，绝无近人雕琢尖新之习。阳羡迦陵谓其有清真之秀丽，运白石之典雅；用梅溪之琢炼，运君特之工致。能不亵与当代诸公争雄长者，舍简在其谁哉？

《百名家词钞》引

林人中

林人中（生卒年不详）字中子，福建莆田人。据徐釚所记其有《隔帘集》，曾参与徐釚《枫江渔父图》题词。

1. 徐釚：

或以词为流荡旖旎，近于郑卫之音。余窃以为不然。盖美人香草，自古骚人迁客，皆有所托而逃焉。今词曰诗余，则词固《诗》之余，而《诗》则未有不本于忠孝者也。故蓼莪本乎孝，繁霜本乎忠，下而至于白华、由庚以及寺人、巷伯之类，皆有忠孝之心，油然生焉。吾友林君中子，从其父小眉先生化碧流虹之后，茹荼集蓼垂三十年，羁孤郁结，每深衔恤之感。久而才气横轶，掉鞅词坛，一洗骄惰淫靡之习，可谓善承其家学者矣。一日出《隔帘集》见示，则固《金荃》、《兰畹》之遗也。人或疑中子以贵公子孙，遭逢坎壈，犹当砥砺名节，讲学著书，似不宜溺志于红牙檀板间。噫，孰知其委屈倚声，托兴比物，假闺房儿女子之言，而通于变风变雅者哉？余故推原其志之所存，益信词为诗之余，而未有不本于忠孝者焉。

《隔帘词序》（《南州草堂集》卷二十一）

秦松龄

秦松龄(1637—1714)字汉石，又字次淑，号对岩，又号留仙，江苏无锡人，清顺治十二年(1655)进士。改翰林院庶吉士，授国史馆检讨。“奏销案”发，削职归里。康熙十八年（1679)应荐赴博学鸿词试，举一等，复授检讨。二十年，充日讲起居注，历左春坊左谕德。二十三年，主顺天多试，又困磨勘落职入狱。经徐乾学为之力解，得释放归。告归后，家居专治《毛诗》，有暇则招遗老故人，饮酒唱和园中。与王士禛同年，相交友善。亦能词。著有《苍岘山人文集》、《苍岘山人诗集》、《毛诗日笺》，词有《微云词》一卷，聂先、曾王孙辑入《百名家词钞》。此集共收词二十八首，合散见于清初诸选本之集外词，计三十七首。

1. 顾有孝：

余有寄赠对岩先生诗曰：“南园无双士，东山第一流。”以偶意拈之。今先生风高林下，所制诗词脍炙骚坛，直可步武莺花，苏黄并驾，将见棋墅风流，再征秘阁，信余诗之左验也。

《百名家词钞》引

2. 邹祗谟：

近对岩以荪友、乐天、景行、华峰、青莲及家黎眉词见示……乃对岩以古文作手自命，诸子亦诗歌竞爽，而词悉当家。

《远志斋词衷》

3. 聂先：

少游“山抹微云”一阕，为古今绝唱。当日有少年剧饮勾栏，偶拈一调，举座惊异，曰：山抹微云婿也。莺花亭畔，韵致琳琅，几百年来难乎继响。先生以旷世之才，渊源家乘，陶情山水，衡泌栖迟，名士风流，徜徉养望，制有新词，本乎心印，掩映前徽，吾无间矣。

《百名家词钞》引

4. 沈雄：

对岩以庾、鲍隽才，燕、许大手，得心古学，海内推之。八越联吟，已窥半豹，而《微云》一帙，绝无俗恶字句，犹可想见“花影乱，莺声碎”于当年。

《古今词话·词评》下卷

5. 查礼：

秦留仙松龄，从军荆州，两泊仙桃镇中，夜闻琴声甚清，迹之一老书生也。破屋数椽，风貌朴野，秦赋〔忆秦娥〕词赠之云：“西风切雁声凄断，重伤别。重伤别，水村孤棹，雨丝残叶。　天池雅调删繁节，乱离时候，谁人说。谁人说，朱弦暗响，茆堂清绝。”

《榕巢词话》(《查恂叔集》)

6. 丁绍仪：

吾乡秦对岩宫谕……所著《微云词》不亚《秋水》。

《听秋声馆词话》卷十五

曹亮武

曹亮武(1637—?)原名磺，字南耕，号渭公，江苏宜兴人。早岁丧父，从舅父陈贞慧学，受业于侯朝宗，与陈维崧同学。初薄词不肯为，三十岁后始专尚，才思泉涌，积郁倾泻，成为与陈维崧齐名的词家。鉴于阳羡词人音律多不协，作《词韵》一书以规范之。又经陈维崧倡议，由曹氏联络蒋景祁、潘眉，同选《荆溪词初集》七卷，使荆溪词学腾声国中。著有《南耕草堂诗稿》一、二、三集,《南耕词》六卷,《岁寒词》一卷，近三百首。

1. 尤侗：

予之序词不一，亦既详哉其言之矣。顾世之别词于诗者，以其长短句耳。然则古乐府非长短句乎？《铙歌》、《朱鹭》以下皆词矣。太白之“秦楼月”、乐天知“花非花”、梦得之“斑竹枝”、元真之“青箬笠”,亦诗耳,以其长短句也。而词之词果昉于唐乎？今自〔竹枝〕十四字起至〔莺啼序〕二百四十字，止加以双调、犯调、慢近调、减字、偷声、摊破、促拍之类，跳而为自度曲，则凡有韵之言，属五言、七言属之诗，其余莫非词矣。又且〔生查子〕、〔醉公子〕、〔抛球乐〕、〔踏歌辞〕五言古之词也,〔怨回纥〕五言律之词也,〔玉楼春〕七言古之词也,〔瑞鹧鸪〕七言律之词也,〔纥那曲〕、〔啰唝曲〕五言绝之词也,〔杨柳枝〕、〔小秦王〕、〔八拍蛮〕、〔鸡叫子〕七言绝之词也。词之与诗，何以别乎？或问其所以异，予应之曰：词之异于诗者，非以其句之有长短也。盖因调之高下，音之清浊，风格之浅深浓淡，而分之其来渐矣。诗自垂拱、开元、大历、长庆更新递出，迄于光启、景福之间，日趋于纤靡柔曼，繁声促节，其不得不变为词者，势使然也。故温、韦、和、欧诸人乘其气会，兴为《花间》之体，而宋人由之踵增。

诗之变为词，犹雅颂之变为风，非雅颂盛而风衰也。《苕华》、《板荡》岂不衰，《关雎》、《鹊巢》岂不盛乎？必欲引诗而入于词，进词而合于诗，皆论者之固也。然则论词云何，曰惟协律而已。夫词者，古乐府之遗也。无论大晟乐章并奏教坊，即今曲出引子率用词名，登场一唱，筝琶应之。虽宫谱失传，若使老教师分刌节度，无不可按红牙对铁板者。故填词家务令阴阳开阖，字字合拍，方无蹩拗之病。然律协而语不工，打油钉铰，俚俗满纸，此伶人之词，非文人之词也。文人之词未有不情景交集，声色兼妙者。吾向于荆溪推故友陈其年为第一，今所传《迦陵词》是也。其与其年颉颃者，有史子云臣、曹子南耕。云臣《蝶庵词》，予既序之矣。今读南耕词，法至而才副之，深得迦陵三昧，流连讽味，不胜虎贲中郎将之感焉。故不复赞一辞，而予论词曲畅其说，亦惟可为知者道也。荆溪又有万子红友著《词律》一书，曹子邮以示予，其考据辨驳，大有造于倚声者，并以吾言参之。

《南耕词序》（《南耕词》）

2. 尤侗：

古人悼亡未有甚于荀奉倩者，貌不瘁而神伤，身亦殉之，独怪其无片辞只语，抒写悲怨。惟潘安仁三诗至今传焉，语曰：文生于情，情生于文焉，有情至而文不至者乎？然则亡者不可复存，赖悼亡者存之也。……忽接曹子南耕悼亡词十阕，反复沉吟，缠绵悱恻，细雨画帘，岂止阿灰一句？所谓他人尚不堪闻，何况仆哉？

《南耕词小序》（《南耕词》）

3. 陈维崧：

南耕与余少同学，长以诗文相切劘。余好为长短句，数以咻南耕，南耕顾薄之，不肯为焉。既乃独抱其志，溯楚江，越彭蠡，遂登匡庐，遍历香炉、双剑、上霄、铁船诸峰，爱其崭峭，葺废阁读书其中，阅两年始归。出编诗示余，余业已诧其横绝一世矣。

久之，探其篋中，复得纪游及他词数十篇，益奇绝，有宋人所不及者。余骇出意外，问曹子素所不为者，而何以能至是，而曹子亦不自知也。因思太史公年二十南游江淮，东探禹穴，西浮于沅湘，北涉邹峄，讲学齐鲁之郊，归而论次百家杂语，成一家言。故倜傥瑰伟，可以藏之名山，传之其人。今曹子既读书以广其学，而又厌饫于山水以高其才与藏，其无所为而不赡者，盖以此欤？

《南耕词卷一跋》(《南耕词》)

4. 吴天石：

岁云暮矣，残雪在山，我何为哉？冻云满屋，有弟来从建业，传何白下之新声。无人敢和阳春，比潘黄门之追悼，一时健举，共俛南耕。观其缱绻新知，缠绵旧好，冷雨酸风之俯仰，伎堂禅榻之踯躅。时而登高望远，目极衡湘；时而折柳送人，神游蓬阆。寄赠北山学士已五，平子之《四愁》；流连摩诘病夫亦八，枚生之《七发》。但骇其流星激电，莫穷其巨派共涛，此先延陵之所云观止，即昔建安亦未能独步者也。

《南耕词卷三跋》(《南耕词》)

5. 陈鲁望：

南耕之为叠韵，在辛酉、壬戌之交。迦陵兄时以史职留京师，读之不胜击节，而为之序，有云“飞扬跋扈，沉郁淋漓。旁行侧出，韵数见以弥鲜。凿孔探幽，押虽重而讵复。宜僚累十二而丸不堕，实寓于虚；庖丁更十九而刃若新，技归于道。寸人豆马，不足称奇；楮叶棘猴，何能斗巧？可谓形容雅称矣。”今南耕梓其全词，仍足为一卷，属余为跋。余不复赘，即以迦陵之序之者跋之。南耕得无诮余之袭乎？

《南耕词卷三跋》(《南耕词》)

6. 徐喈凤：

曹子南耕投新词一卷，倚枕卒读，如对名花倾国，香艳天然。又如岁寒松柏，矫矫于万卉凋残之后，劲挺特出。不觉霍然跃起，绕床叫绝，狂奴故态复萌也。

《南耕词卷四跋》(《南耕词》)

7. 储欣：

此卷皆南耕近作，又兄弟朋辈谴爱思慕之音居多，而悼亡词属焉。太史公六艺曰“诗以道情”，南耕能自以哀乐之情，啸歌嚎啕而达诸其词，古诗为不亡矣。人之学诗而嫚长短句者有之，予谓诗家重赋特甚，扬子云犹诋其技，以为雕虫，奚独词如曰六艺之遗则？词之工虽小，其哀乐感人，亦足以不废而劝于教矣。微南耕词，天下视兄弟、朋友、夫妇泊乎汜乎。若云之浮，而萍之适相值者，其亦恬而不知，怪也哉？

《南耕词卷六跋》(《南耕词》)

8. 汤思孝：

南耕词如龙跃天门，虎跳凤观，虽极冷淡凄清，俱有矫矫不群之概。所谓李青莲诗文，生来富贵，唾欬皆香，较之陶、杜穷愁，正可破颜一笑也。

《南耕词卷四跋》(《南耕词》)

9. 万树：

今之负才者，多假借声律，以工眇其语言，而人尤尚之，转相仿效，初若蚁漏，终于溃堤，而词不可问矣。惟吾友南耕，既负天下之才，工妙于语言，而又毫不苟简于声律。呜呼，可谓难也已。余将辑《词律》一书以告天下后世，南耕其先获我心者欤？

《南耕词卷四跋》(《南耕词》)

10. 陈枋：

伯父检讨迦陵以倚声树帜里邑，而中表伯，则有南耕曹君亦独张一军，搴旗冲垒而出。犹忆梅垆月舫，水槛山楼，相与一觞一咏，销沉岁时。阿咸不肖，尝得窃附竹林之末。嗟乎！检讨长埋，广陵已绝，此生已矣，安能复事笔墨？枋自济上归，南耕伯顾肯惠然，兼示新词一卷。《诗》云：“既见君子，德音孔胶。”词虽小道，尚有典型，曹君不遐弃我，枋其执鞭弭以从。

《南耕词卷四跋》(《岁寒词小序》与此跋同，《南耕词》)

11. 陈纬云：

南耕及仆，中表兄弟行也。……仆评其第五卷，溽暑后，楼下竹中读之，顿觉清风爽气，拂拂生两腋。

《南耕词卷五跋》(《南耕词》)

12. 史惟圆：

南耕词秾丽之中自有雅健雄深之致，二八女郎耶？铜将军耶？使紫衣伶人歌之，当作何评？

《百名家词钞》引

13. 蒋景祁：

南耕睥睨一切，闭户著书，自署神仙中人，人亦往往以神仙目之。昔尝裹粮匡庐，累岁不出。即蹴居里舍，春则探梅邓尉，秋则访桂南山，盖岁以为常也。其赋性洒落，有大过人者，宜其为词灵敏超逸，俱在笔墨思议之外。予每过从梅庐杲亭之间，辄手其一编，至于忘倦。南耕殆移我情也。不知南耕者，读南耕词可以知其所讬矣。

《南耕词卷五跋》(《南耕词》)

14. 蒋景祁：

予校刻《瑶华集》，于《南耕词》辄爱弗忍割，然弗能尽登。每遇杲亭，手其一编，至于移日，因更为订定，邮付词钞。南耕词赋性洒落，尝读书匡山，累岁不返，近蹴里舍。梅花放时，往往携襆被，随一奚奴，为洞庭邓尉之游，盖岁以为常也。以此知南耕有大过人者也。读是编也，可以观其所托矣。

《百名家词钞》引

15. 吴白涵：

昔太史公计留侯之为人必魁梧奇伟，而其图如妇人好女，怪其人与貌不类。今南耕为人好义，重然诺，刚爽有气，遇事无回护，必得直乃已。尝读其香奁诸作，缠绵婉丽，若不胜情者，然亦似其言与人不类。或曰词体宜尔，或曰皆寓言也。及读至悼亡十阕，其哀怨悱恻，几不欲生，使读者亦流连反复不能已。乃知惟至性人乃能言情，亦惟词能曲畅其情耳。古称《离骚》与日月争光，岂以其言美人香草而病之哉？即谓南耕词可拟骚也亦宜。

又曰：唐宋词皆可歌者也，至元曲行，而词之声遂亡。近者吾甥万子红友《词律》一书出，矩度森然，若国法之不可犯。盖声虽亡，而所以可歌者赖红友存之也。《南耕词》无一调不与之吻合，若是者，非尽按其书为之也，而丝发无爽，异哉！顾《词律》所载诸阕，但核其声之协律而词不必皆甚工。《南耕词》甚工而又无不协于律，读者合而参观之，可知其组修之严密矣。

《南耕词卷六跋》（《南耕词》）

16. 王初桐：

曹亮武以倚声擅名，与陈维崧为中表兄弟，当时名几相埒。其缠绵婉转处亦不减于维崧，而才气稍逊，故纵横跌宕究不能与之匹敌也。

《小嫏嬛词话》卷三

17.《四库全书总目提要》：

亮武以倚声擅名，与陈维崧为中表兄弟，当时名几相埒。其缠绵婉约处，亦不减于维崧。而才气稍逊，故纵横跌宕，究不能与之匹敌也。

《南耕词·岁寒词提要》

18. 陈廷焯：

渭公词不大而情胜。

《云韶集》卷十七

顾贞观

顾贞观(1637—1714) 初名华文，字华封，改华峰，号梁汾，江苏无锡人。明末东林党领袖顾宪成曾孙。清顺治十一年(1654)，与同里秦保寅、严绳孙、安浚及兄顾景文等结“云门社”。年二十余游京师，以诗受知于大学士魏裔介，名噪京城，超擢秘书监典籍。康熙六年(1667),扈驾出巡，填〔六州歌头〕，以纪其盛。康熙十年，魏裔介被劾去位，贞观受牵累，落职南归。十一年中举人，官内阁中书。十五年，馆太傅纳兰明珠家，结识明珠长子性德，为忘年交。贞观友吴江吴兆骞，坐科场狱遣戍宁古塔，赋〔金缕曲〕两篇寄，力请性德援手，为兆骞谋还。后兆骞得释还，此事遂成士林佳话。性德卒后，还里构“积书岩”于惠山祖祠之侧，坐拥万卷，读书著述三十年，与同里秦松龄、严绳孙并称为“三老”。《清史稿》、《清史列传》记其事迹。贞观文备众体，能诗，尤工词，为清初重要词人。著有《纻塘集》、《积书岩集》等，词有《弹指词》二卷，编辑《唐五代词删》、《宋词删》，并与纳兰性德合选《今词初集》二卷。

1. 曹溶：

《弹指》早负盛名，而神姿清澈，俨如琼林琪树，故其填词，缠绵凄惋，恍听坡公《柳绵》句，那得不使朝云声咽？

读《弹指词》，有凌云驾虹之势，无镂冰剪彩之痕，具此手笔，方可言香艳之妙。

《百名家词钞》引

2. 顾有孝：

梁汾舍人，吾家之司马、散骑也。翩翩风采，久不作等夷观矣。其词亦为世所竟赏。

沈雄《古今词话·词评》卷下

3．邹祗谟：

梁溪、云门诸子，才华斐然。近对岩以荪友、乐天、景行、华峰、青莲及家黎眉词见示，合之山来、沛玄诸子旧作，笔古蕴藉，清艳兼长。惜全集欲成，采撷绝少，不无蛤帐将旦之恨。乃对岩以古文作手自命，诸子亦诗歌竞爽，而词悉当家。故知揽芳撷蕤，正不以倚声为卑格耳。

《远志斋词衷》

4．聂先：

先生理学传家，早置身于薇香禁苑，海内巨儒，争相订交。吾友吴汉槎，极称其诗文妙天下。今读其《弹指词》，则其考声选调，吐华振响，浸浸乎薄辛、苏而驾周、秦矣。但未知以何因缘，游华岩性海，于弹指顷，直登楼阁，其中梵音清雅，令人悦闻，又当何如耶。

《百名家词钞》引

5．沈雄：

余同吴季子北游，与梁汾谛交于芙蓉江上，此三十年事也。伯劳飞燕，已成白首。兹读《弹指词》，妙丽胜人，及寄季子〔金缕曲〕，叹其多情，于词亦无欲尽之病。

《古今词话·词评》卷下

6．诸洛：

余弱冠与徐子石渔定交于一一堂，见其手录梁汾先生《弹指词》一卷。每风清月夜，相与歌“季子平安否”二阕，激昂慷慨，如李少卿更衣循发时，以见情词入人深也。先生幼禀异姿，多读书诗古文，皆有心得。而词更奄有众长，自成机轴。先生尝曰：“吾词独不落宋人圈禬，可信必传。”尝见谢康乐春草池塘梦中句，曰：“吾于词曾至此境。”昔弥勒弹指，楼阁门开，善才即见百千万亿弥勒化身。先生以斯名集，殆亦示其苦心孤诣，超神入化处。……同时有携先生新词至朝鲜者，馆人窃诵焉。翼日儒服者八人来谒，同声乞词。尽以畀之。后日必一至，备致款曲礼仪，坚恳将来片语单辞，必为邮寄。阳羡陈卫玉记其事。是知先生之词，固已传布海外。

《弹指词序》(《弹指词》)

7. 张星耀：

昭代词人之盛，不特凌轹元明，直可并肩唐宋。如《香岩》之雄赡，《棠村》之韶令，《容斋》之新秀，《衍波》之大雅，《延露》之俊逸，《丽农》之宏富，《东江》之绵渺，《弹指》之幽艳，《乌丝》之悲壮，《艺香》之浓鲜，《玉凫》之清润，《兰思》之真致，《玉蕤》之周密。余如秋岳、锡鬯、容若、云士、舒凫、夏珠、昉思诸公，未窥全豹，微露一斑。而《二乡》、《远山》、《云涌》、《扶荔》、《鸾情》、《南溪》、《炊闻》、《百末》、《含影》、《支机》、《蓉渡》、《锦瑟》、《柳村》、《遏云》、《当楼》、《青城》、《蝶庵》、《秋水》、《峡流》、《吹香》、《椒峰》、《萝村》、《菊庄》、《移春》、《山晓》、《梨庄》、《红蕉》、《柯亭》诸集，可谓家操和璧，人握隋珠，一时群聚。噫，盛矣！

《词论》(《东白堂词选初集》)

8. 杜诏：

夫弹指与竹垞、迦陵埒名。迦陵之词，横放杰出，大都出自辛、苏，卒非词家本色。竹垞神明乎姜、史，刻削隽永，本朝作者虽多，莫有过焉者。虽然缘情绮靡，诗体尚然，何况乎词。彼学姜、史者，辄屏弃秦、柳诸家，一扫绮靡之习，品则超矣，或者不足于情。若《弹指》则极情之至，出入南北两宋，而奄有众长，词之集大成者也。

《弹指词序》(《弹指词》)

9. 姚廷谦：

比予游锡山，得交杜云川太史，论次当代词家，则又屈指先生为第一，因以《弹指集》若干卷示予，其品超，其情至，其取裁非一体，其造就非一诣，洵能出入于南北两宋而集词之大成者也。

《弹指词序》

10. 黄之隽：

顾梁汾寄吴汉槎宁古塔以词代书〔金缕曲〕二阕，激昂悲壮。即置之稼轩集中，亦称高唱。

冯金伯《词苑萃编》卷八

11. 汪孟鋗：

多情结托后生缘，已已今生倍惘然。

怪道鸡林等声价，人间重见柳屯田。

《题本朝词十首》(《厚石斋诗集》卷一)

12. 徐良畸：

使东昨夜海东边，携得新词二妙传。

谁料晓风残月后，而今重见柳屯田。

《题弹指、侧帽词》(一首)(冯金伯《词苑草编》卷十八引)

13. 杜文澜：

国朝词人最工律法者，群推纳兰容若、顾梁汾、周稚圭三家。

《憩园词话》卷二

14. 郭麐：

竹垞才既绝人，又能搜剔唐、宋人诗中字冷隽艳异者，取以入词。至于熔铸自然，令人不觉，直是胸臆间语，尤为难也。同时诸公，皆非其偶。梁汾时有俗笔。耒边锦瑟，苦无动人。惟《饮水》一编，专学南唐五代，减字偷声，骎骎乎入《花间》之室。

《灵芬馆词话》卷一

15. 孙尔准：

笛家南渡慢词工，静志题评语最公。

不分梁汾夸小令，一生周柳擅家风。

吊雨花台万口传，平安季子语缠绵。

东风野火鸳鸯瓦，才是平生第一篇。

《论词绝句》二十二首（《泰云堂诗集》卷四）

16. 谭莹：

无情谁许作词人，情挚恶能语逼真。

远寄汉槎《金缕曲》，山阳《思旧》恐难伦。顾贞观

《论词绝句四十首专论国朝人》（《乐志堂诗集》卷六）

17. 丁绍仪：

余谓《弹指词》中，美不胜举。如宿南馆陶〔减字木兰花〕云：“西风又起。水驿更长人倦矣。绣被香空。一夕浓熏是梦中。乡心久断。欲寄乡信天样远。为向汀芦。有个南飞宿雁无。”汴梁怀古〔满江红〕云……梳妆台怀古〔齐天乐〕云……不仅小令擅场而已。

《听秋声馆河话》卷一六

18. 谢章铤：

顾梁汾短调隽永，长调委宛尽致，得周、柳精处。

梁汾咏寒柳〔临江仙〕云：“西风著意做繁华。飘残三月絮，冻合一江花。”又云：“永丰西畔即天涯。白头金缕曲，翠黛玉钩斜。”咏梅〔浣溪纱〕云：“冻云深护最高枝。”又云；“一片冷香惟有梦，十分清瘦更无诗。待他移影说相思。”剔透玲珑，风神独绝。诚咏物雅令也。比之排比嫩辞，襞积冷典，相去岂不万万哉。余尝怪今之学金风亭长者，置《静志居琴趣》、《江湖载酒集》于不讲，而心摹手追，独在《茶烟阁体物》卷中，则何也？夫咏物南宋最盛，亦南宋最工。然倘无白石高致，梅溪绮思，第取《乐府补题》而尽和之，是《方物略》耳，是《群芳谱》耳，便谓超凡入圣，雄长词坛，其不然欤！咏梅词亦见赏于容若，容若有〔忆江南〕一阕，即因此物而作。首曰：“新来好、唱得虎头词。”末曰：“标格早梅知。”中间即述此二句。可见好文章知音自同也。

恐观者未省，聊复举之。

迹其生平，与吴汉槎兆骞最称莫逆，《秋笳》之诗，《弹指》之词，固是骚坛二妙。其寄汉槎宁古塔〔贺新凉〕云云，浓挚交情，艰难身世，苍茫离思，愈转愈深，一字一泪。吾想汉槎当日，得此词于冰天雪窖间，不知何以为情。后来效此体者极多，然平铺直叙，率觉嚼蜡，由无深情真气为之干，而漫云以词代书也。

《赌棋山庄词话》卷七

19. 秦赓彤：

忆予弱冠时，见先大父司寇小岘公有合钞《侧帽》、《弹指》词二本。《侧帽词》者，即纳兰容若著，先司寇题语有云："有才如此，而不永年，惜哉！"《弹指词》则曰："本朝词家，以弹指为最。"窃展卷诵之，惊为自古词家所未有。盖唐宋以来，词格凡几变矣，先生之词穷其变，而会其通，而极其至，神明变化，开前人未开之境，洵乎为一代之词宗，而叹先司寇公评骘之当也。

《弹指词序》

20. 邹弢：

余不喜《弹指词》，惟集中寄吴汉槎〔金缕曲〕二解，知己情深，读之令人泪下。友人谓余曰："梁汾之词，古淡高超，非学到其境，不知其妙。"余曰："词尚侧艳，即学到其境，亦不必作。"后晤秦肤雨，谈及词派，亦不喜顾词，谓理趣太深而丰韵少也。余颇以为知言。

《三借庐笔谈》卷六

21. 继昌（李佳）：

无锡顾梁汾《弹指词》，多清微淡远之作。

《左庵词话》卷下

22. 陈廷焯：

词贵以情胜，情到至处，其词无有不工，如华峰词是也。一起魂消。华峰词一片哀感。自是本色。情词凄咽。（评〔百字令〕“冷清清地便欢场”)

《云韶集》卷一五

23. 陈廷焯:

顾华峰词全以情胜，是高人一著处。至其用笔，亦甚圆朗。然不司沉郁之妙，终非上乘。

华峰〔贺新郎〕寄吴汉槎宁古塔以词代书两阕，只如家常说话，而痛快淋漓，宛转反复。两人心迹，一一如见。虽非正声，亦千秋绝调也。……二词纯以性情结撰而成，悲之深，慰之至，丁宁告戒，无一字不从肺腑流出，可以泣鬼神矣。

《白雨斋词话》卷三

24. 朱祖谋:

〔望江南〕《杂题我朝诸名家词集后》

云海约，明镜已秋霜。但愿生还吴季子，何曾形秽汉田郎？归老有纻塘。

《彊村语业》卷三

25. 况周颐:

容若与顾梁汾交谊甚深，词亦齐名，而梁汾稍不逮容若，论者曰：失之脆。

《蕙风词话》卷五

26. 况周颐:

〔穆护砂〕《薇垣夜直书顾梁汾先生〈弹指词〉后》

七百余年矣。溯词源、北宋谁嗣？尽槐阴绿换，薇花红遍，清才断推弹指。忆俊约、名亭荒渌水。便也莫、吟魂憔悴。指绝塞、笺传金缕，算第一、文章情至。挂说珠帘，唤凭娇鸟“行处偏遭娇鸟唤，看时谁让珠帘挂”，陈其年赠梁汾词句，风流还占凤凰池。问艳如延露，清如珂雪，簪笔几名辈。　　觅句惯欹绫被。咽寒虫、我惭香吏。想红深宫烛，年时清暇，孤吟也应无寐。梦不到、蓬山还万里。只一例、绛筹声里。倘月下，归来鸾鹤，应念我、倦写桐丝。兰畹香微，草堂春寂，燠凉风雅莫轻嗤先生答陈栩园论词书意。感前尘、青鬓频搔，霓裳天上事。

《锦钱词》

27. 张尔田：

其年、竹垞、梁汾、容若，皆以渊奥之才，辟径独行。

《词莂序》

28. 张德瀛：

梁汾词，脱然畦封，如陈梦良之秀绰，李通判之雅洁，其盛传者莫如寄吴汉槎宁古塔二章。其赋六桥词集中仅存其四，割〔踏莎行〕半阕，〔虞美人〕半阕，为〔踏莎美人〕，此等实不足为后贤矩矱。

《词徵》卷六

29. 徐珂：

贞观字华峰，号梁汾，考声选调，吐华振响，浸浸乎薄苏、辛而驾周、秦。

《近词丛话》

30. 王蕴章：

近余辑录邑人词为《梁溪词徵》三十卷。宋、元间作者绝少，明亦无多，至清初顾梁汾贞观出而此道大章。《弹指》一编，调高响逸，况夔笙以“清刚”二字评之，可为确论。嗣后至顾简塘翰而弹指宗风因此不坠。简塘词清新俊逸，杭州迈孙尝执礼为词弟子。当浙派风靡一时之际，而自具兰芳竟体之概，虽于律稍疏，要自餐冰嚼雪人语。自简塘殁而吾邑作者少矣。有清一代，词若以此二顾先生为起讫，亦可异也。

《然脂余韵》卷六

31. 顾宪融：

顾梁汾名贞观，字华峰，江苏无锡人。……先生一生好学，至老手不停批……当世以先生词与竹垞、迦陵并称，而先生实更有超迈之处。常谓吾词独不落宋人圈禶，自信必传。惜容若死无可与读者。晚年取所行世《弹指词》，手自删定，付杜子云川刻之。今家有其书，学词者奉为拱璧。……《无锡县志·文苑传》：贞观美丰仪，才调清丽，文兼众体，填词语业，不讳清狂，为人隽爽，笃古友谊。

《填词百法》

32.《清史列传》：

才调清丽，文兼众体。能诗，尤工乐府。……所作《弹指词》，声传海外，与陈维崧、朱彝尊称词家三绝云。

《文苑传一》

33.《清史稿》：

贞观……工诗，自定集仅五言三十余篇，清微婉笃，上睎韦、柳；而世特传其词，与维崧及朱彝尊称词家三绝。

《文苑传一》（《清史稿》卷四八四）

34.《续修四库全书提要》：

贞观之词，不事修饰，然工力未深，时见草率。……但知发挥情性，不顾斟酌于声律字句间。

寄吴汉槎〔金缕曲〕二阕，虽非词之正派，然金石肝胆，长歌当哭，亦古今少见之作。词名闻于朝鲜，有来由也。

《弹指词提要》

35. 卢前：

〔望江南〕

怀吴季，词句万人传。身后空名椹自慰，纻塘风月足流连。弹指失天年。

《饮虹簃论清词百家》（《清名家词》）

沈皞日

沈皞日(1637—1703)字融谷，号柘西，又号茶星，浙江平湖人。拔贡。早年游粤，复游京师，后以贡生授广西来宾知县，调大河，升辰州同知，卒于任。融谷游粤时与澹归(金堡)交往甚密。清康熙二十四年尝为金堡《遍行堂续集》作序。康熙十七年(1678)赴京过秦淮，结识龚翔麟，唱酬累月，后至京城与朱彝尊等雅集。与淮安金人望亦有交往，并于康熙三十五年为金氏《瓜庐词》作序。龚翔麟将其《柘西精舍词》刻入《浙西六家词》，仅八十三首。又清初各选本存三首。为戊午、己未(1678～1679)间所作，其早年与晚岁词作皆不传。

1. 沈皞日：

近代词家林立，指不胜屈。阳羡宗北宋，秀水宗南宋，北宋以爽快为主，南宋以幽秀为主，好尚或有不同。而秀水《词综》一书，二者并收，未尝有所独去而独存也。爽快之弊或近于粗，或入于滑，而泛滥极于鄙且俚，幽秀则无弊，秀水之意盖如是乎？虽然，一代有一代之风气，一人有一人之性情，既不可强之使合，亦不可强之使分。得乎心，应乎手，各自吐其所怀，自成其一家所言，以待后来之论定而已矣。余少从秀水游，学为倚声之学，好读玉田、白石诸作，偶有所作，按拍而讴，有《江楼合选》一刻，有《浙西六家词》一刻，有《岁寒词》一刻，皆词坛诸公不我见弃，谬为播扬。然余怀罔罔，夜蛩诉雨，败叶吟风，有感于中不能自已，若别之为南，别之为北，则茫茫无以答也。……嗟乎，吾生日逆之境也，仅于字句间求此一刻之快意，犹畏缩不敢出诸口，何其愚也。勉强求南，勉强求北，余则未之敢信，而何以信于人？

《瓜庐词序》

2. 龚翔麟：

吾友沈子融谷，工于词久矣。戊午春，来游集庆，与予相遇秦淮之上。索其稿，则自逊为少作之未尽善，隐而不出。逮倡和累月，得数十调，予录而藏诸椟。未几别去，复游京师。越一载，更邮近制，愈多而愈工。因取前所存者，合为一卷。况之古人，殆类王中仙、张叔夏。……今融谷情之所至，发为声音，莫不缠绵谐婉，诵之可以忘倦。虽其博综乐府、兼括众长，固不尽出于二家。然体格各有所近，不位置融谷于二家之间，不可也！融谷足迹半天下，从前篇帙最富，若尽出以传，吾知有井水饮处，咸歌《柘西》之词矣！惜乎其不得见也！

《柘西精舍词序》(《柘西精舍词》)

3. 厉鹗：

柘上二沈，同姓著称，南淳以秀澹胜，融谷以婉缛胜。

《张今涪红螺词序》(《樊榭山房集》文集卷四)

4. 王初桐：

蘅圃、融谷皆学玉田而未至者也。或失之直，或失之涩。直则粗，涩则晦，均无当于真风雅。

《小嫏嬛词话》卷三

5. 谭莹：

同居咸籍见陈其年《浙西六家词序》也名齐，饮水独能歌柘西。

自许玉田差近者集中再题《蕃锦集》语，低徊蕃锦集重题。

《论词绝句四十首专论国朝人》(《乐志堂诗集》卷六)

6. 谢章铤：

余谓竹垞超伦绝群，以匹迦陵，洵无愧色，余子皆当敛袵。然而李氏武曾、分虎符，《耒边词》，沈氏融谷皞日，《柘西精舍集》，覃九岸登，《黑蝶斋词》，机云竞爽，咸籍并称。

《赌棋山庄词话》卷十一

7. 陈廷焯：

融谷词风流疏雅，深得南宋之妙。

词不可无情，融谷词情最深婉。感慨自不可少。（评〔百字令〕“水西门外”）

《云韶集》卷十七

8.《续修四库全书提要》：

内多追和南宋诸贤之作，是其词学之界限，龙涎香、白莲、莼、蟹诸词，亦效《乐府补题》也。与朱彝尊、李良年、李符、龚翔麟及其侄岸登相唱和，可以想见浙派当日之盛也。其词纯雅谐婉，措词圆融，时有清空之趣。

《柘西精舍集提要》

9. 卢前：

〔望江南〕

王张亚，兼括众人长。蘅圃评题疑不类，柘西身世岂悲凉。浙派费平章。

《饮虹簃论清词百家》（《清名家词》）

李符

李符(1639—1689)字分虎，号耕客，一号桃乡，初名符远，浙江秀水(今嘉兴)人。弱冠善属文，与胞兄李绳远、李良年齐名，号“浙西三李”。尝与朱彝尊、周篔结诗社，相互倡和。曹溶里居时，闻其名，称其才，出藏书资之，遂称弟子。客游四方，清康熙二十八年(1689)暴卒于福州，年仅五十一。事具高层云撰《布衣李君墓表》。工诗，才力不逮李绳远。擅词。著有《香草居集》，词集名《耒边词》，刻入《浙西六家词》。

1. 汪琬：

往在都门与武曾论词，必以少游、美成为当行家，然窃谓闺阁脂粉气太胜。如东坡、稼轩所作，虽非词人本色，然犹不失英雄面目也。四家词原未可优劣。今读分虎近制，超然自得，不涉时俗，其原殆出坡老。桐丝�管不同器同于悦耳，山珍海错不同味同于饫口。武曾、分虎之词，虽其派各异，然不谓之竞爽不可也。

《耒边词原序》(《耒边词》)

2. 朱彝尊：

二十年来，诗人多寓声为词。吾里若右吉、庾清、青士、山子、武曾，皆先余为之者也。逮余客大同，与曹使君秋岳相倡和，其后所作日多，谬为四方所许。然自诸子外，乡党之论或不尔也。使君既归倦圃，李子分虎时时过从，相与论词。其后分虎游屐所向，南朔万里，词帙之富，不减于曩日，殆善学北宋者。顷复示余近稿，益精研于南宋诸名家，而分虎之词，愈变而极工，方之武曾，无异埙篪之叠和也。

《耒边词序》(《耒边词》)

3. 半完圃老人：

填词虽小技，实应风雅。其雄深而朴直者，汉魏之余乎？骈丽而尖新者，六朝之余乎？春容绵邈，矜奇而刻削者，三唐两宋之余乎？自后主以下至秦、柳、苏、黄诸大家，而尽态极妍之体始备。今分虎以组织之良才，为柔曼之声调，宜其与六朝近，而与汉魏三唐稍远。乃遍阅诸调，中忽忽各有所遇，又何该洽而弘长也。说者谓言短意长则小令难，铺张扬厉而绝无补缀则长调难。帙中如〔浣溪纱〕、〔怨王孙〕、〔武陵春〕等制作非小令之当行乎？〔小诸皋〕、〔多丽〕、〔解连环〕诸什，非长调之工妙乎？至〔莺啼序〕一阕，则又三峡哀猿，闻者酸鼻，老怀作恶，痛当何如甚矣。声音之道，能感顽艳，不独山阳之笛，雍门之琴，使人霪泪难收也。阅之次日，心魂稍定，爰题数语，以述其梗概也。

《耒边词原序》（《耒边词》）

4. 高层云：

《耒边词》，能扫尽臼科，独露本色，在宋人中绝似竹山。

冯金伯《词苑萃编》卷八

5. 曹贞吉：

余家濒海之乡，椎鲁少文，比学为填词，发音辄伧鄙不可耐，正如扣缶击髀，其声呜呜，断不能拥鼻作一情语。方自厌之，每思曰此岂才有所限邪？抑求之而未得其道也？丙辰冬，分虎自南来，见示耒边新制。其温丽者，真可分周、柳之席而入《花间》之室，即间作辛、陆体，而和平大雅亦不至于铁将军铜绰板。余曰："道在是矣。持此以往，虽上掩昔人可也。"因题数语归之，且以志余愧云。

《耒边词原序》（《耒边词》）

6. 薛廷文：

香草词当时与秋锦齐名，以愚意论之，譬如落霞与孤鹜齐飞，苍茫中望之却似齐飞，而凝神细审之，孤鹜比落霞尚低一层，盖孤鹜不能再高，霞则有时可高也。如经阮司马故宅、咏玉绣球、帆影等作，可踞乃兄之席。

《梅里词绪》

7. 汪孟鋗：

百家宜较六家该，二李清新总别裁。

拟向庐陵花萼集，忖量犹欠长君才。

《题本朝词十首》（《厚石斋诗集》卷一）

8. 王初桐：

李武曾、沈覃九、李分虎三家之词，择其完善者观之，亦自清丽可诵，惜集中不多见。

《小嫏嬛词话》卷三

9. 凌廷堪：

词者诗之余也，昉于唐，沿于五代，具于北宋，盛于南宋，衰于元，亡于明。……我朝斯道复兴，若严荪友、李秋锦、彭羡门、曹升六、李畊客、陈其年、宋牧仲、丁飞涛、沈南渟、徐电发诸公，率皆雅正，上宗南宋，然风气初开，音律不无小乖，词意微带豪艳，不脱《草堂》前明习染。

张其锦《梅边吹笛谱目录跋》引（《梅边吹笛谱》）

10. 郭麐：

竹垞才既绝人，又能搜剔唐宋人诗中字冷隽艳异者，取以入词。至于熔铸自然，令人不觉，直是胸臆间语，尤为难也。同时诸公，皆非其偶。梁汾时有俗笔。《耒边》、《锦瑟》，苦无动人。惟《饮水》一编，专学南唐五代，减字偷声，骎骎乎入《花间》之室。

《灵芬馆词话》卷一

11. 吴衡照：

李耕客〔珍珠令〕咏珥、〔解连环〕咏钏、〔瑶花〕咏玉绣球等作，细意熨贴，虽《茶烟阁体物》，亦无以过也。

《莲子居词话》卷二

12. 沈涛：

吾禾三李，秋锦而外，惟分虎足称二难。诗固抗行，词则有过之无不及。

《匏庐诗话》

13. 谭莹：

倦圃秋岳人归有耒边集名，朔南万里倚声先。

反从北宋追南宋，朱十言夸殆未然。

《论词绝句四十首专论国朝人》(《乐志堂诗集》卷六)

14. 谢章铤：

余谓竹垞超伦绝群，以匹迦陵，洵无愧色，余子皆当敛衽。然而李氏武曾、分虎符，《耒边词》，沈氏融谷皞日，《柘西精舍集》，覃九岸登，《黑蝶斋词》，机云竞爽，咸籍并称。竹垞先登，蘅圃龚翔麟《红藕庄词》后劲，浙西风雅，允冠一时。就中而分虎尤胜。〔祝英台近〕之十首《烧香词》，不亚于《载酒集》十二首〔洞仙歌〕。

词从南宋入手，时多浮漫，分虎先学北宋，故无此病。

分虎又效朱希真渔父词填〔钓船笛〕十一首。如云："少日是渔郎，老去便成渔叟。烟箬有时不戴，采江花簪首。"又云："不去筑鱼梁，也不鱼叉携个。风里一丝转飙，便无鱼也可"又云："生长在吴根，不与吴侬相识。只有粉丝飞到，听沙头吹笛。"言近旨远，非徒赋〔渔家傲〕者。

《赌棋山庄词话》卷十一

15. 陈廷焯：

分虎词疏快处似竹山，而一种精深雅秀之致，是又竹屋化境，其年、竹垞不可及矣，岂在武曾下乎！

《云韶集》卷十六

16. 陈廷焯：

二李词绝相类，大约皆规模南宋，羽翼竹垞者。符曾较雅正，而才气则分虎为胜。

国初宗北宋，竹垞独取南宋，分虎、符曾佐之，而风气一变。

分虎〔钓船笛〕……别有感喟，于朱希真五篇外自树一帜。

《白雨斋词话》卷三

17. 朱祖谋：

〔望江南〕《杂题我朝诸名家词集后》

长水畔，二隐比龟溪。不分诗名叨一馔，居然词派有连枝，人道好埙篪。

《彊村语业》卷三

18. 吴梅：

集中佳句颇多，赋物体亦有弦外意，较秋锦诚不愧弟兄耳。

《词学通论》

19. 《续修四库全书提要》：

符词言近指远，风骨遒上，似不得以南宋止其境者。以较良年，不独无愧而已。盖符早受知于曹溶，又与朱彝尊相切磋，故工力甚深。或谓符词于律颇疏，须知清初之词，往往不守规律，何必专以此责符也。

《耒边词提要》

20. 卢前：

〔望江南〕

天南北，游屐铸词新。尽扫臼科存本色，龟溪二隐想斯人。应比竹山真。

《饮虹簃沦清词百家》（《清名家词》）

沈岸登

沈岸登(1639—1702)字覃九，号南淳，浙江平湖人。沈皞日侄。工诗词，善书画，人目为“三绝”。然性好泉石，不求闻达。著有《黑蝶斋诗词钞》、《古今体词韵》、《春秋纪异》等。其词刻入《浙西六家词》，今传《黑蝶斋词》亦仅七十余首，加附载于高士奇《清吟堂词》八首，并《瑶华集》等所选，总共八十五首。

1. 朱彝尊：

词莫善于姜夔，宗之者：张辑、卢祖皋、史达祖、吴文英、蒋捷、王沂孙、张炎、周密、陈允平、张翥、杨基，皆具夔之一体。基之后，得其门者寡矣，其惟吾友沈覃九乎？覃九鲜交游，故无先达之誉。又所作词不多，人或见其一二，辄忽之。然其《黑蝶斋词》一卷，可谓学姜氏而得其神明者矣。今覃九年方壮，为之日久，其篇章必数倍于姜氏。

《黑蝶斋词序》(《曝书亭集》)

2. 厉鹗：

柘上二沈，同姓著称，南淳以秀澹胜，融谷以婉缛胜。

《张今涪红螺词序》(《樊榭山房集》文集卷四)

3. 查礼：

《南风》之诗，《五子》之歌，此长短句之所自始也。由汉魏晋宋齐梁迄初唐，多以诗被乐，如《铙歌》、《鞞舞》诸章，《白纻》、《关山》诸调，皆名之曰古乐府。迨乐府不作而后有词，故曰词者诗之余也。词昉于唐之开元、天宝间，逮五代十国作者渐多，盛于宋，流演于金元，词又变而为曲。曲兴而词微，然人工声律未绝元音。明初青邱、文成诸家遗韵犹在，后历世久远，音节之缓急，均奏之高下，渐隔渐离，作者每增自度之腔，易羽移宫，换平更仄，舛错既多，难就绳墨矣。至我朝文运丕隆，海内词人争出，如宜兴陈其年维崧、秀水朱锡鬯彝尊、嘉兴李武曾良年、无锡严荪友绳孙、嘉善魏禹平坤、慈溪姜西溟宸英、秀水曹洁躬溶、华亭钱葆馚芳标、平湖沈覃九登岸、会稽姜开先启、海宁家韬荒伯容、家悔余伯慎行，各家妍辞丽句，擅美东南，惟时谱去拗为顺，稽考议论，率多误略，流失莫底。于是阳羡万红友树亟为救弊，寻绎旧章，纠谬驳讹，正体厘调，分阴阳辨上去，推本追源，一准古人之成作，著《词律》一书，音谐律协，洵词学之津梁，为功后世不浅也。

《榕巢词话》卷一（《查恂叔集》）

4. 沈初：

清溪梅里知名士，二沈名于二李偕。

高韵一时推黑蝶，就论诗笔也清佳。

《编旧词存稿，作论词绝句十八首》（《兰韵堂诗集》卷一《南窗集》上）

5. 王初桐：

李武曾、沈覃九、李分虎三家之词，择其完善者观之，亦自清丽可诵，惜集中不多见。

《小嫏嬛词话》卷三

6. 凌廷堪：

词者诗之余也，昉于唐，沿于五代，具于北宋，盛于南宋，衰于元，亡于明。……我朝斯道复兴，若严荪友、李秋锦、彭羡门、曹升六、李畊客、陈其年、宋牧仲、丁飞涛、沈南淳、徐电发诸公，率皆雅正，上宗南宋，然风气初开，音律不无小乖，词意微带豪艳，不脱《草堂》前明习染。

张其锦《梅边吹笛谱目录跋》引（《梅边吹笛谱》）

7. 谭莹：

词家人竞说尧章，端恐前明仿盛唐。

买菜岂须求益者，无多著撰实姜张。

《论词绝句四十首专论国朝人》（《乐志堂诗集》卷六）

8. 谢章铤：

余谓竹垞超伦绝群，以匹迦陵，洵无愧色，余子皆当敛衽。然而李氏武曾、分虎符，《耒边词》，沈氏融谷皞日，《柘西精舍集》，覃九岸登，《黑蝶斋词》，机云竞爽，咸籍并称。竹垞先登，蘅圃龚翔麟《红藕庄词》后劲，浙西风雅，允冠一时。

覃九词胜于其叔。

《赌棋山庄词话》卷十一

9. 陈廷焯：

覃九长调固佳，小令尤神明乎白石。

《云韶集》卷十七

10. 《续修四库全书提要》：

岸登诗词与书画，有三绝之目，其词最为妍雅，以视柘西精舍，不独无愧而已，边幅窄狭则一也。自根本言之，浙流之词，仅得和雅二字，盖以南宋为止境，终不能见其大，彝尊之词，即犯此病，况其余乎？然在当时，改变风气，二沈二李，并可羽翼秀水者也。

《黑蝶斋词提要》

11. 卢前：

〔望江南〕

神明得，覃九足称奇。张史原来分一体，碧山未可与肩齐。此语久然疑。

《饮虹簃论清词百家》（《清名家词》）

宋思玉

宋思玉（1639—？）字楚鸿，宋存标长子，宋征璧、宋征舆侄。诸生。少有才名，善古文，长诗词，为文人学士所称，陈维崧撰《宋楚鸿古文诗歌序》称其“年十五，浩博瑰丽，古文诗歌下笔数千言”。与宋征舆长子宋泰渊唱和结成《棣萼轩唱和词》三卷及《棣萼轩香词》一卷。

1. 邹祗谟：

楚鸿词多绘缛，编珠积玉，如石家火浣，翻不见珍。此首警语层出，便觉宋人未远。

《倚声初集》卷二

江闿

江闿（生卒年不详）字辰六，别号牂牁生，新贵县（今贵州贵阳）籍，安徽歙县人。家贫好学，清康熙二年（1663）举人，十八年（1679）召试博学鸿词，选授益阳知县，后擢均州（湖北襄阳）知州，改调解州（山西解州）知州，颇有政绩，擢升员外郎。工诗文，为吴绮之婿，师事王士禛，与龚鼎孳、吴伟业、朱彝尊、曹溶等名家以诗交。著有《辰六文集》，词有《春芜集》一卷。

1. 袁于令：

词尚艳冶，亦忌秽恶，此集独得三昧。

《春芜词题词》（《春芜词》）

2. 徐士俊：

园次巧于言情，辰六工于写景，洵是冰清玉润。

《春芜词题词》（《春芜词》）

3. 吴伟业：

秦、柳、苏、辛，最难兼长，辰六两得之，所以为佳。评闺思词又曰“小窗斜日到芭蕉”，“半窗斜月疏钟后”，同此悲凉。

《春芜词题词》（《春芜词》）

4. 纪映钟：

玉艳珠鲜，难为仿佛。

《春芜词题词》（《春芜词》）

5. 曹溶：

阮亭云不纤不诡，一往熨帖。《春芜词》之谓也与？

《春芜词题词》（《春芜词》）

6. 曹尔堪：

昔人谓淡而艳，浅而深，近而远，方是擅场，此为兼尽。

《春芜词题词》(《春芜词》)

7. 尤侗：

吾友吴园次才华敏妙，以词论之，亦《草堂》中秦九也。雅闻有婿江辰六，风流吐纳，不减乃翁，恨未识其人。今秋寓桃叶渡，孙子无言自广陵邮书至，发之得《春芜词》。篝灯快读，江山眉老，花月精神，江子在焉，呼之或出矣。予尤喜其庐山诸作，探奇抉奥，引入胜地，如坐香炉之峰，饮珠廉之谷，不止嘲风弄月，作儿女子语，此《草堂》诸公得未曾有者，恐吴兴太守亦让一头矣。昔少游〔满庭芳〕“山抹微云”一阕，传播人口，其婿某为细小所侮，因大言曰：“我乃山抹微云之女婿也。”闻者笑之。若辰六笔下，自有雨打梨花，岂乞灵于泰山哉？

《春芜词序》(《春芜词》)

8. 尤侗：

风趣在冷朝阳、郑德邻之间。

《春芜词题词》(《春芜词》)

9. 吴绮：

江子辰六少负隽才，长多雅望。花生梦里，乃当代之文通；璧在车中，是吾家之叔宝。篇章妙丽，揽香草于中洲；诗思清华，照芙蕖以初日。然而著述之暇，长拟陶情；击赞之余，偏能顾曲。窗前按律，每协大晟；灯下匀笺，时裁小令。……固可使周、柳让其妍思，辛、黄惭其丽唱矣。尔乃半生骥坂，数历燕吴；万里龙标，频游梁楚。一双蜡屐，登览既多；数曲哀筝，悲歌时有。闲写清晖于逸藻，或传瑰思以新腔。尝于斤竹岭头，白纻染明霞之色；时而莲花社里，红弦写瀑布之声。侍女倚箫，姜尧章之烟波十里；将军铁板，苏玉局之雪浪千堆。以此豪吟，还将济胜，斯又极词人之雅韵，备乐部之幽情者矣。

《春芜词序》(《春芜词》)

10. 孙枝蔚：

能从无景处著景，的是妙才。

《春芜词题词》(《春芜词》)

11. 魏禧：

文之与诗，可恃学而成，天资朴鲁者积其攻苦之力，恒足入古人之室，惟诗余则视夫人之才与情。才与情弗善者，虽学之而不工。越子辰六，予向见其中式文，典雅湛深，为明堂、辟雍之器。及读《漱芳词》庐山诸作，峭然高岸邃壑、漭漾激湍之水接于目。所拟宫词，婉恋多艳，如闻幽芳曲室季女愁叹之声，何其工也……然辰六固不以诗余为工也。今天下诗余大兴而歌法无传，唐时小妓，以能歌白乐天诗遂得名。广陵佳丽地，其有能歌辰六诗余者，吾知必名于江淮之间矣。

《漱芳词序》(《魏叔子文集・外篇》卷九)

12. 朱彝尊：

叔子谓广陵佳丽地，有能歌辰六诗余者，必知名于江淮之间，洵然。

《春芜词题词》(《春芜词》)

13. 张芳：

辰六情词妙在艳而不腻，故自迥出流辈。

《春芜词题词》(《春芜词》)

汪懋麟

汪懋麟(1640—1688)字季角，后更字蛟门，晚号觉堂，江苏江都(今扬州)人。清康熙六年(1667)进士。授内阁中书，丁忧归。十六年，举博学鸿词，以未终制辞。服除，以徐乾学荐，以刑部主事入史馆与修《明史》。《清史稿》、《清史列传》有传。懋麟从王士禛学诗，才思横逸，视王士禛为别格。与汪楫并有诗名，人称“二汪”。与田雯、宋荦、曹禾、曹贞吉、叶封等唱和，时称“辇下十子”。归田后，精研经学。亦擅词，懋麟为秋水轩倡和的主要参与者。著有《百尺梧桐阁集》，词有《锦瑟词》一卷，为时所重。

1. 杜浚：

君集文章第一，诗二，词三。二与三对文章言之，若孤行仍不妨第一也。

《百尺梧桐阁文集序》

2. 曹尔堪：

汪子蛟门以《锦瑟词》见示，予笑谓之曰：是可以传矣。……词犹龙之片甲，凤之一羽耳。徐而读之，淙淙乎春涧之泻壑也，蔼蔼乎秋云散空而变态万千也，谡谡乎松籁之咽也，锵锵乎追风蹑影雹散而冰裂也。余所期于蛟门者，文章事业如欧、苏两公而足矣，则蛟门之词不可与两公之词并传也哉？

《锦瑟词序》(《锦瑟词》)

3. 曹尔堪：

每于温润缠绵处见姿态。

豪迈壮往，读之兴会飙举，逼真稼轩。

《锦瑟词话》

4. 施闰章：

济南二王，好为香奁体。西樵自序至谓“情致之语，风雅扫地，然不过使我于宣尼庑下俎豆无分耳。”今读汪舍人《锦瑟词》，至淫艳处，益叹才人都未可量。

《锦瑟词话》

5. 顾有孝：

嵚崎历落，徜徉恣肆，应从坡公海外得来。

《锦瑟词话》

6. 吴绮：

词家旧推云间，次数兰陵，今则广陵亦称极盛……近如锦瑟、溉堂，亦足旗鼓中原也。

沈雄《古今词话·词话》卷下

7. 宗元鼎：

同里汪子蛟门，制科文章之外，名久著于古学诗歌。予每吟咏其好句，艳于郑之鹧鸪，谢之蝴蝶。至其情词缱绻，唾月羞花，尤于诗余一道，沉眠周、柳。今读其“十咏”、“十索”诸调，不令人不销魂不可得。且其词若干首，尽得之酒边、花下、马上、舟中，才捷腕敏，以建安之七步，使玉溪之三眠。人方疑其惨淡拈须，孰知蛟门昵语温柔，从十指冰弦中，不异“轻调锦瑟消长昼”乎？集成而命以“锦瑟”，以汪子科甲得之早岁，将来勋业名位，正未易量也。他日或以此词嫁名于河阳书记，亦无妨也。

《锦瑟词序》(《锦瑟词》)

8. 宗元鼎：

人夸“丽竖然掾烛，远山磨隃糜”，以为文人佳话。昨见梁尚书为蛟门纳姬词云：“才子广陵年尚少，下直墨华犹泣。”故知名士悦倾城，方能从容笺黛笔中，挥此艳句。

《锦瑟词话》

9. 孙枝蔚：

放笔任意之妙，公孙氏舞剑器，浑脱浏漓，差足相拟。

《锦瑟词话》

10. 邹祗谟：

词不难于秾艳，要须雅洁。蛟门故以淡语入妙。

《锦瑟词话》

11. 董以宁：

仆尝谓湘真首尾温丽，然不善学者有镂冰剪彩之迹。《锦瑟词》惟雕组而不失天然，故佳。

《锦瑟词话》

12. 严我斯：

《锦瑟词》芊绵感激，悉为合作。

《锦瑟词话》

13. 朱彝尊：

词贵当行，方回肠断句，原不在字句纤艳。此集何减大晟乐正，急须合檀板银筝歌之。

《锦瑟词话》

14. 朱彝尊：

〔一剪梅〕

锦瑟新词凤阁成。赢得才名，不减诗名。风流异代许谁并？是柳耆卿，是史邦卿。　　闲闷闲愁读罢，生吾亦多情。那得无情问。何人解，按银筝。说与君听，歌与君听。

《锦瑟词》卷首附《锦瑟酬赠词》

15. 梁允植：

蛟门为家司徒叔父丁未南宫所拔，获官禁近，时时往来，予故得从后堂丝竹间，披襟挹袂，叙述孔李通家之好。每读长短句，未尝不叹其匠心措意，轶秦排柳，以为当代词人也……今岁花朝，蛟门忽以《锦瑟词》见寄，嘱予与徐子电发互相厘定。遂从簿书之暇，按谱微吟，转觉藻采飙流，艳逸竞爽，仿佛花影郎中清狂从事，令人益想竹西烟月，红桥画舫中，歌出柳绵佳句，低按银筝，醉弹锦瑟。窃愿携此词以献家叔司徒公，亦应击节唤奈何也。

《锦瑟词序》(《锦瑟词》)

16. 梁允植：

蛟门早负盛名，而神姿清澈，俨如琼林琪树。故填词小技，俱是大罗天上人语。

神到处直逼李、王。

《锦瑟词话》

17. 丁澎：

叔定、季角人称二难。诗歌古文，俨如机、云，轼、辙。今为小词，埙篪迭奏，亦觉颉颃秦、柳。

《锦瑟词话》

18. 孙默：

瑰姿逸颖，却喜其神韵可赏。

《锦瑟词话》

19. 沈胤范：

集中缠绵凄惋，恍听坡公“柳绵”句，那得不使朝云声咽？又云：情致骀荡，拟唤雪儿拥髻按曲。

《锦瑟词话》

20. 沈荃：

锦瑟新声，柔肠婉转，其兴致在柳郎中、秦淮海之上，应亟令十七八女郎按红牙檀板歌之。

《锦瑟词话》

21. 徐倬：

每读王介甫“桂阑时，酒醒后，思量著”，便觉茫茫交集，座中有唱《锦瑟词》者，亦为徜恍从之。

《锦瑟词话》

22. 计东：

蛟门刻意为古文，每以欧、苏作者自命，今小词亦竟摩坡仙之垒。

《锦瑟词话》

23. 王士禄：

词固以艳丽为工，尤须蕴藉，始号当行。才如季角，方可谓秾纤合度。

《锦瑟词话》

24. 彭孙遹：

旖旎香茜处，觉秦七、黄九犹惭怆父。又云：柔情如水。

《锦瑟词话》

25. 徐乾学：

汪词如秋桐滴露，清丽欲绝。

《锦瑟词话》

26. 王士禛：

欧、晏正派，妙处俱在神韵，不在字句。

《锦瑟词话》

27. 曹贞吉：

长调最忌芜蔓。蛟门〔莺啼序〕诸什，严整简劲，直以龙门笔意作《草堂》致语，大奇。

《锦瑟词话》

28. 李良年：

义山诗多艳体，乃自谓无他，可使国人尽保展禽，酒肆无疑阮籍。读《锦瑟词》，亦将移赠斯语。

香脆欲绝，惟姜白石有此。柳、秦两七远不敌也。

《锦瑟词话》

29. 陈玉璂：

被酒疾书似青莲，笔无纤尘似坡老。而尖新轻倩处，几于绘花有香，真得南宋三昧。具此妙笔，方可说“香艳”两字。

《锦瑟词话》

30. 曹禾：

蛟门惊才绝艳，世以开府、参军目之。歌传《锦瑟》，益令人想竹西烟月，琼观风流。

《锦瑟词话》

31. 徐釚：

或曰：锦瑟，古乐器也。宋人诗余皆被弦管，故设大晟乐正，所以协宫徵而宣音律。自金元院本继兴，搊筝劈阮，遂不能弦旧词。今蛟门以“锦瑟”名集，亦欲按红牙檀板，与柳郎中争胜于歌头犯尾之下欤？或曰，锦瑟，令狐丞相家青衣也。当时义山少受知于令狐楚，复为王茂元、郑亚所辟，令狐绹心恨之，不相款洽，李故托为《锦瑟》及《无题》诸诗，冀其感动，岂蛟门亦有所托欤？皆不必深求。要之温柔昵语，正宜弹拨于鹍鸡雁柱中，至其豪迈宕往，淋漓感激，直欲上掩和凝，下凌温尉，非仅花间酒边，夸为丽句已也。

《锦瑟词跋》(《南州草堂集》卷二十八)

32. 徐釚：

广陵诸子如善百、园次、梅岑、鹤问，各自名家。今又得蛟门，吐华振藻，浸浸乎轶苏、黄而驾周、秦矣。

《锦瑟词》排荡奡兀中，有一种葱茜之色。当今不得不以此事推袁。

《锦瑟词话》

33. 徐釚：

〔念奴娇〕

金门游戏，向人间、咳唾皆成珠玉。司马愁消方朔倦，傅粉熏香鹿鹿。才子吟红，佳人拾翠，辛柳真臣仆。新词好寄，与君齐被丝竹。 怜予如此飘零，劈笺飞檄，夜夜燃官烛。肠断西陵衰草暮。何况荆高哀筑。驱驾花间，颉颃兰畹，两者先生足。先生不弃，贻余黄绢千幅。

《锦瑟词》卷首附《锦瑟酬赠词》

34. 周在浚：

每多天然之句，冲口而出。非食烟火人能道。又云：直与稼轩、后村并驾，非柳七辈所能望也。

《锦瑟词话》

35. 叶舒崇：

豪情逸致，一往骀宕，想见泼墨淋漓时，臣心最欢也。又云：每读集中凉壮语，如闻“富贵荣华有几时”，安得不亟称曰真才子。

《锦瑟词话》

36. 乔莱：

蛟门高踞百尺梧桐阁，隐囊尘尾，颂酒弹棋，兴致萧远。宜其词之飘飘欲仙也。

《锦瑟词话》

37. 陆进：

蛟门以惊艳之才浮沉金马门。傥有以《锦瑟词》传入禁中者，应使“春城无处不飞花”不能独擅千古。

《锦瑟词话》

38. 汪荃：

蛟门公才气清越，少年早发，本聪明豪达，又勤于读书，声酒追寻绝无虚暇，而披览一过即善通解融，以故诗词发扬俊伟，为海内称最。公亦自负，未肯轻出人下。

《百尺梧桐阁文集序》

39. 郭麐：

《耒边》、《锦瑟》，苦无动人。

《灵芬馆词话》卷一

40. 卢前：

〔望江南〕

华年怨，弹指入鹍弦。杨柳弄丝笼雾白，黄鹂对语走珠圆。秋水傍前川。

《饮虹簃论清词百家》(《清名家词》)

周在浚

周在浚（1640—？）字雪客，号梨庄，河南祥符（今开封）人，周亮工子，少承家学，有誉当世，清康熙十年（1671）之秋水轩倡和即由其幕后组织。曾助卓回编辑《古今词汇》。有《花之词》、《梨庄词》。

1. 钱肃润：

梨庄词俊爽豪迈，全以气胜。

《梨庄词序》评语（《文瀫初编》卷七）

2. 张芳：

往年读梨庄秋水轩词，一时词客藻制如云，而梨庄为唱，新情振起，屡变不穷，尤多商羽之声焉，其气可谓盛矣。气盛则物之大小毕浮，通于昌黎之言文。岂惟昌黎之言文而已乎？海涵地负，坐而言，起而行，经营天下，皆是物也，文词之声音为肇端矣。昔司农公《赖古堂文选指归》，大要不外是，而兴寄又微见诸赤牍。赤牍之体，以散行摅写情味，能使千万里皆见，亦所谓无声之词乎？梨庄更托其指于啴缓曲折，寻变入节，盖赤牍稍尽而倚声能为无尽。无尽之指，古今诗人、文人之乐不淫，哀不伤，怨诽而不乱，悉在其中矣。梨庄其知之矣。

《梨庄词序》（《文瀫初编》卷七）

王度

王度(生卒年不详)字式如，号香山，江苏高邮人。清康熙八年(1669)举人。官颖州(今安徽阜阳)学正。举卓异，授江西弋阳令，晋员外郎，又迁兵部车驾司郎中。卒年七十五。有《书连屋词》四卷。

1. 谢章铤：

《书连屋词》三卷，高邮王香山度撰。词分小令、中调、长调各一卷。短拍近剽，长拍近粗。中如〔竹枝〕三十首，〔鹧鸪天〕十八阕，音节难言，诗词莫辨，以多为贵，何为也。且其题目并有老伯、太尊等字样，更乖于风雅矣。

《赌棋山庄词话续编》三

闵荣

闵荣（生卒年不详）字湘衡，号渔村，德清人，侨居嘉兴梅里，为朱彝尊弟子。有《缶笑集诗余》。

1. 薛廷文：

渔村为竹垞太史弟子，诗词咸得其旨趣，绮丽中独饶情至。尝拟香奁体诗一百韵，人称堪与太史《风怀诗》后先相映，其词亦多消魂之句。

《梅里词绪》

金烺

金烺（1641—1702）字子闇，号雪岫。浙江山阴人。与吴棠祯等以词名浙中，著有《绮霞词》二卷。

1. 徐瑶：

《绮霞词》意绪缠绵，词章婉丽，用含宫咀商之细心，舒镂月裁云之巧腕，故其所制，声调不亢，有神龙探珠之妙。

《百名家词钞》引

2. 吴兴祚：

金生子闇，余石交吕清卿之爱婿也，固名家子。少年磊落不羁，读书笔下千言。岁在庚申，访余于晋安署中，出其所著《绮霞词》，就正于余。值军兴旁午，未遑批视，后入武闱，校阅之暇，因取而览焉。见其小令、长篇无不幽芳香艳，俱臻北宋南唐之胜，子闇真才士也。今春，过严滩，涉彭蠡，越章江，度庾岭，重谒余于端州。复出其一路登临凭吊之作，并向者归度仙霞之词，合成一帙，而问序于余，因得重阅其词，又觉较向之所著更进一竿头矣。昔龙门子长历览山川而才益富，眉山苏轼遍游海外而文益奇。今子闇涉九鲤之水，入五羊之城，凡纵笔所出，无不以感慨历落之气，抒其苍凉浩瀚之词。使读者赏心悦目，畅然有得苏、辛、秦、柳，直欲鞭挞衙官矣。则洵乎子闇真才士也，为语清卿曰：冰清玉润，汝翁婿何多让焉？是为序。

《绮霞词序》(《绮霞词》)

3. 吴棠祯：

客诮书颠，自呼词癖。七闽一载，非无托兴之唫；百粤三年，颇有纪行之句。然而郭鸾已失，扬凤难来。拟玉田清绮之章，翻多艰涩；摹石帚香柔之格，偏入粗浮。遂欲挥毫，终当焚砚。吾友金子，络水夙慧，梦石雄才。道衡七日之诗，人非嗤于北地；太冲十年之赋，纸早贵夫中州。而且小令盈囊，长篇满箧。刺桐巷里，红牙按蛱蝶之歌；榆荚桥边，白发唱鹧鸪之曲。茶社酒帘之内，三叠魂消；香寮花艇之中，一声泪落。或谓闲居点染，易矜文士风流；兀坐雕锼，未及才人华藻。孰知雪岫乍入无诸之国，即度新声；甫登赵魏之台，便饶绮语。绿榕半桁，光侵鱼网之笺；红荔千街，影滴狸毫之管。甚至鳝溪风水，唫于马蹄驴背之中；龙母鱼爷，咏自雾桨风帆之畔。裒然成集，卓尔名家。向诵瑶函，久为咋舌。今颁艳什，更复惊心。开卷晨牕，恐被风车窃去；篝灯夜榻，还呼鲛女擎来。近者枫叶飞丹，苹花蘸白。将返山阴之棹，待悬峡口之帆。喜著得东坡海外之文，应不羡陆贾粤中之橐。遥知兰亭旧友，梅市新交。争造高门，求观尊制。定言君作，能同扬氏以传经；如问鄙词，乞代魏公以藏拙。

《绮霞词序》（《绮霞词》）

孙致弥

孙致弥(1642—1709)字恺似，号松坪，江苏嘉定(今属上海)人。清康熙二十七年(1688)进士。改庶吉士，授编修，历官山西乡试副考官、编修，官至侍读学士。后因罹祸去官，狱稍解，仍讼系经年始得释。旋复官，卒于京。事迹见《练川名人画像》、《清史列传》等。致弥幼时家贫，然勤奋苦学，工书法，以诗词名家，与赵俞、王度、侯大年、张云章等有“练川八子”之称。未登第前先破荐召试，以布衣赐二品服充朝鲜采访使，名著海内外。著有《杕左堂诗集》，有《杕左堂词》，含《别花余事》二卷、《梅沜词》四卷、《衲琴词》一卷。又辑有《词鹄初编》十五卷。

1. 赵维烈：

余有《赋钞》之役，晋人有《词钞》之选，各运金斧，利钝不侔，不觉瞠乎其后。梅沜太史寄有新词，不敢自私，质之晋人，晋人击节叹赏，云：“隽永清芬，真不啻鸡酥佛、橄榄仙矣。”

《百名家词钞》引

2. 聂先：

填词之妙如伯牙入海，对天风海涛曰：“先生怡我情。”是怡情在山水，而印之于徽轸，所以为古今绝伦。梅沜太史精研谱调，字字从千锤百炼而出，可以衙官姜、史，奴隶辛、苏。最妙在先于用意，后于运笔，如对天风海涛，不禁狂叫曰：“先生怡我情。”

《百名家词钞》引

3. 楼俨：

往余在都下，谒松坪先生于古藤数屋，首问作词之法。先生教以当学乐笑翁，因举“只有空山，近来无杜宇”，叹为文外独绝。并述乐笑翁警句奇对与陆辅之《词旨》，互相发明。余退而读乐笑词，其源似出于淮海、清真，而旁及于玉局、青兕，后则变化于白石、梅溪、竹屋。迨与同时之梦窗、花翁、草窗、碧山、日胡、二隐、山村、学盘熏习最久，清空骚雅直可与白石并驱，不独得音律之学于杨守斋、徐南溪也。及取先生之词读之，其《别花余事》则绝似东山、东堂、小山、淮海。其《梅沜词》则又旁及于青兕，而变化于乐笑。其清空骚雅骎骎乎可追乐笑矣。余三十年前从先生案头钞得《梅沜词》，藏之箧衍。今先生外孙程说严谋与余付之剞劂，命予序之。予学词五十年，毫无进步。读《梅沜词》，深有愧于师门之绪言也。

《杕左堂词序》（《杕左堂词》）

4. 吴秋：

读文章而有情，知其忠孝人也。自左徒美人香草而后，后之忠孝之士若杜工部、李供奉、苏端明、黄涪州、辛制置之属，或托于诗歌，或见于诗余小令，体裁不同，此物此志尔。故文章之道最尊，上自谟训疏奏笺表之类，降而至于诗余小令，何异公侯五等之尊，下视舆台皂隶之贱也哉？若夫宣其忠孝悃悃不得已而安之，若命之心，则疏奏笺表犹之冠冕黼黻之尊且华，而诗余小令犹之中裙单绞之贱且亵也。夫其服愈媟，去体愈亲，其服愈贱，其被愈广。此诗余小令之作虽亵且贱，而其制有不可废耳。孙子恺似所称忠孝家儿也，其祖中丞公自请缨开阃，终身不忘为国丧元之志，而其下褊裨厮养皆能以其材伎勇健树勋名而建大业，宜乎？恺似之心益悲以深，益壮以婉，凄以切，折而出于诗余小令之作。如羌之笛，闺之砧，令闻者读之，为之黯然而销魂，悲哉而夺气也。士生菰芦中，读书养志有所怀抱，不得托之贾疏董策，以稍申其痛哭流涕之情。其所遇又多旧国旧都，澒洞风尘之感，宜其颠倒烂漫，自托于淫哀曼怨而不辞，其要归于摇人之心，动人之骨，而彼亦不暇自知之。而不知者方以谓近于妇人女子之音，而伤学士大夫之概，何异不痛者视痛者之呻而怪之也哉？箕子曰欲哭不可，欲泣谓其近于妇人。夫天下微言要道，高而及之圣人，则每每至于严冷无言而止。而夏之日，冬之夜，桃花之灼灼，柳之依依，以及死生契阔，异室同穴之情，必至于妇人，而后能极其学士大夫之所不暇言，不能言者。虽圣人以为不及，而亦不可弃也。恺似尝为余言柳永、周邦彦非词之至者，予深然之。夫周、柳乌知圣贤忠孝之大者邪？知之则不奉填词之敕，不入师师之床下矣。

《杕左堂词原序》（《杕左堂词》）

5. 王初桐：

我曌孙松坪《别花余事词》、《梅浒词》、《衲琴词》，品格在汪介人之上。楼敬思云：《别花余事》绝似东山、东堂，《梅浒词》则旁及于青兕而变化于乐笑翁。

《小嫏嬛词话》卷三

6. 陈廷焯：

松坪词婉丽处妙有风神，深得方回之妙，雄快处不涉浮躁，是又沐浴遗山而得之也。

《云韶集》卷十七

徐怀仁

徐怀仁（生卒年不详）字元仲，一字柘南，浙江嘉兴人，有《柘南词草》三卷。

1．薛廷文：

柘南所作诗与词，不肯倚人墙壁，自成一家言，琢句炼字皆取法古人，不袭时派，是矫矫拔俗处。

诗贵沉著，词尚翩翻，柘南作词如作诗，须是草草读他不得。《梅里词绪》

戴锜

戴锜（生卒年不详）字坤釜，号碧川，浙江嘉兴人，原籍安徽。太学生。朱彝尊弟子，曾主金华丽正书院，从游者众。有《鱼计庄词》一卷。

1. 朱彝尊：

曩予与同里李十九武曾论词于京师之南泉僧舍，谓小令宜师北宋，慢词宜师南宋，武曾深然予言。是时僧舍所作颇多，钱唐龚蘅圃遂以吾两人所著，刻入《浙西六家词》。夫浙之词岂得以六家限哉？十年以来，其年、容若、叒园相继奄逝，同调日寡，偶一间作，亦不能如向者之专且勤矣。休宁戴生锜，侨居长水，从予游。其为词务去陈言，谢朝华而启夕秀，盖兼夫南北宋而擅场者也。在昔鄱阳姜石帚、张东泽、弁阳周草窗、西秦张玉田，咸非浙产，然言浙词者必称焉。是则浙词之盛，亦由侨居者为之助，犹夫豫章诗派不必皆江西人，亦取其同调焉尔矣。

《鱼计庄词序》（《曝书亭集》卷四十）

2. 薛廷文：

读《鱼计庄词》，似学《草堂》者也，而爱其词有余情，题无剩义，最为明白爽朗，如与北人谈话也。

《梅里词绪》

朱经

朱经（约 1692 年前后在世）字恭亭，江苏宝应人。生卒年不详，约清圣祖康熙中前后在世。岁贡生。工诗。著有《燕堂诗钞》八卷，词有《小红词集》。

1. 黄云：

呜呼！声音之道微矣哉。夫盈穹壤间性情而已矣。性易于邪，情易于流。防邪在于节性，遏流在于和情，然则合节与和，非声音不能通矣。是故虞廷以典乐育人材，和上下，格神人圣门以成乐，为成材终身之序。降而宋元词调渐兴，虽诗之余，实乐之遗也。孰谓雕篆虫鱼，其细已甚，不足观乎？昔人云词之体二，曰婉约，曰雄豪。然东坡称少游为今之词手，以秦多婉约也。后山评东坡词虽极天下之工，要非本色，以苏多雄豪也。故体虽有二，大抵以婉约为正。忆余与驰黄、伯紫、饮光争逐词场，互为击节。自愧老丑，深用戁恧，倒指计之，几如隔世。今读恭亭《小红词集》，不觉悲从中来，心与泪落，可叹也。恭亭少年负异才，承家学，攻制艺外，所著诗赋古文辞甚夥，藉藉艺苑中间。以其暇，谱新词若干首。小令独精秦柳，长调间出苏辛，真所谓低徊转。艳夺《花间》，香如《兰畹》，又时涉东坡“琼楼玉宇”之高寒，稼轩“醉舞浩歌”之风物。沨沨乎协性情之正，入声音之奥矣。其为秦耶？苏耶？婉约耶？雄豪耶？是一是二，几不能辨之。

《小红词集序》（《小红词集》）

2. 高铣：

戊寅秋，买棹过安宜，客刘子蝬堂。读恭亭《小红词集》，艳不入靡，丽不伤巧，一种清茜之色，耐人把玩，的是秦、黄正派。若以词付翠袖双鬟，按红牙曼声歌之，当令一时黄叶白云尽作嫣红媚紫，移人之情一何至此，可称化工在手。

《小红词集跋》（《小红词集》）

汪鹤孙

汪鹤孙(1643 一?)字雯远，号梅坡，浙江钱塘（今杭州)人。汪汝谦孙。清康熙十二年(1673)进士，改翰林院庶吉士。才入词馆，即告假南归。好游历，善诗词，年臻七十，病殁于江苏扬州。其事见《杭州府志》、《两浙輶轩录》。著有《廷芬堂集》，词有《汇香词》一卷。

1. 钱谦益：

梅坡吾忘年友也。吾友然明先生之后，又得一然明，亡友为不死矣，乐奚加焉。梅坡出诗余若干阕，更击节叹其必传。盖词家婉媚、豪纵二体，每不能兼。梅坡刻意婉媚，则追神大晟；溢为豪纵，亦吸髓稼轩。丽不伤于纤淫，放不失之俚鄙，填词之蕴，可谓探索无余矣。异日者，出其宏辞，以宣扬朝廷之雅化，歌功德而被之朱弦清瑟之间。其以振末俗之隃靡，维元音于弗坠，且其天地为昭焉，又奚必沾沾与清真诸子，争祖祢之位哉？

《百名家词钞》引

2. 聂先：

太史之词，芊绵婉丽，大得草窗、玉田遗绪。昔然明先生一代伟人，缟纻满天下，有太史能世其家学如此，安得濡纸吮笔之徒，不心折俯首乎？

《百名家词钞》引

王隼

王隼（1644—1700）字蒲衣，广东番禺（今属广州市）人。明遗民邦畿子。尝结庐于西山之麓达二十年。诗与陈恭尹、梁佩兰并称大家。嗜音声，取古今词曲谱入琵琶，成《琵琶楔子》一卷。著有《太樗堂初集》、《岭南诗纪》。

1. 谭莹：

琵琶楔子传奇寄闲情，合大樗堂外集评。

解赋无题诗百首见《番禺志》，固当秦七是前生。

《三十六首专论岭南人》（《乐志堂诗集》卷六）

吴棠祯

吴棠祯（1644—1692）字伯憩，号雪舫，由邑庠补太学生，终身不遇，以幕宾书记终。毛奇龄《西河集》云：“越中以词禅世者三人：一吕君弦绩，一吴君伯憩，一金君雪岫。三人皆为两广都府吴君上客”,吴伯憩即是吴棠祯。清初江苏宜兴人蒋景祁的《瑶华集》中收录其词作20首，有《吹香词》、《凤东词》。

1. 周稚廉：

字字镂金错采，笔笔羞花闭月，想其前身，必从玉皇香案谪来者。昔人言掷地作金石声，以其能贵重不凡也，吹香令慢能似之。

《百名家词钞》引

2. 毛奇龄：

唐时温、韦称才子，而韩、柳、李、杜反不与焉，以其独能艳也。伯憩掞华披藻，艳才绝世，或以喁喁少之。予谓伯憩所歉者，非是也。伯憩世嬗勋爵，志在有为，平原以不嗣逊、抗为憾，康乐以宗、衮未述致慨，其生平纡郁，应自有在。若夫弃柔情而效庄语，非谢、陆所难也。

《百名家词钞》引

3. 聂先：

吹香擅学唐词，故能一语之艳，令人魂绝；一字之工，令人色飞。试一唱咏而得其情，则知不独以写丽揉香，题花赋月，见其皮毛，庶乎能读吹香词也。

《百名家词钞》引

4. 陈廷焯：

伯憩词风流秀曼，不减南唐二主，其一二沉雄之作，尤不可及。

《云韶集》卷十六

叶舒崇

叶舒崇（1644—1679）字符礼，号谢斋，别号宗山，江苏吴江人。清康熙十五年（1676）进士，官中书舍人。康熙十八年荐举博学鸿词，至京病卒。早岁飘零，客游京洛，曾与王士禛相交，又与叶燮并善文章，有“大小阮”之目。元礼美风姿，擅文辞。著有《宗山集》、《哀江南赋注》，词有《谢斋词》。

1. 王昶：

吴江叶元礼美风姿，少日随其兄学山过流虹桥，有女子在楼上见而慕之，问其母曰：“有与叶九秀才偕行者，何人也？”母漫应之曰：“三郎也。”女积思成疾，将终，语母曰：“得三郎一见，死无恨矣。”女卒，元礼适过其门，母以女临终之言告之，元礼入哭乃瞑。竹垞作〔高阳台〕纪之，一时传为嘉话。

《西崦山人词话》卷三

2. 陈廷焯：

叶元礼词，直是女儿声口。如“生小画眉分细茧，近来绾髻学灵蛇。妆成不耐合欢花”，又“蝶粉蜂黄拚付与，浅颦深笑总难知。教人何处忏情痴”，又“罗裙消息落花知”，又“清波一样泪痕深”，又“此生有分是相思”等句，纤小柔媚，皆无一毫丈夫气，宜其夭亡也。

《白雨斋词话》卷三

高士奇

高士奇(1645—1704)字澹人，号瓶庐，又号江村，赐号竹窗，先世隶浙江余姚，又迁平湖，幼居杭城，遂为钱塘(今杭州)人。年十九以国学生就顺天乡试，不售，以卖文自给。新岁为人作春帖，书法为康熙帝所赏识，帝召令对句，三试皆第一，命供奉内庭，入值南书房，授詹事府录事，迁中书。清康熙十九年(1680)授额外翰林院侍讲，旋补侍读，充日讲起居注官，转侍读学士，充《大清一统志》副总裁。二十六年，迁詹事府少詹事。次年遭劾解职。二十八年，帝南巡至杭州，驾幸士奇西溪山庄，赐御书“竹窗”匾额。三十三年，再召入京，仍值南书房。三十六年以养母乞归，特授詹事府詹事。四十一年就家授礼部侍郎。卒后谥“文恪”。事见《清史列传》。士奇深得康熙帝宠遇，声名藉甚。澹人自幼好学能文，才华赡敏，诗文自具体格。著有《清吟堂全集》，含《蔬香词》、《竹窗词》各一卷，共九十六首。聂先、曾王孙辑《百名家词钞》录其《蔬香词》一卷。

1. 丁澎：

月是何色，水是何味？芝兰之香何香，水烟山雾之气何气？其间皆有自然化境，本之于天，印之于心，出而成声，沉雄浩瀚，有非人力所能臆造者。如学士所制《蔬香词》，比之菊英兰露，香沁心脾，读之信然。

《百名家词钞》引

2. 赵端：

学士天才英博，夙居词坛。学问品谊之高，足称盛世羽仪。再读其词调，则倏然尘外之风，固已度越寻常者远矣。

《百名家词钞》引

3. 聂先：

葵能拱日，不如绛云；墨可腾蛟，不如白凤。此正言天工之妙，莫可拟议。仰之即之，自臻化境。如喑哑啖香柑，能禁其手舞足蹈，然得之于心，格格不能道只字。吾于《蔬香词》，七襄组织，华采天成，迦陵一序，恐不足以尽之。

《百名家词钞》引

4. 汪枚：

学士朝朝染翰者，皆黼黻太平景象，有谓欢愉之词难工者谬也。邗上夏之禹邮寄《蔬香词》，得捧读之，如“惟恐琼楼玉宇，高处不胜寒”，无异坡公之爱君也。

沈雄《古今词话·词评》卷下

5. 高士奇：

昔浪游都市，与藕汀、竹垞、梁汾为长短句。迨入值禁中，夙兴夜寐，此兴渐阑。……所存《蔬香词》，散失十之三四，不意梁汾刻于江南。顷归江南邨，田居多暇，咏物写情，诗所不能尽者，时一讬之诗余，经年成帙。自怜年齿将迈，不能澄怀观道，乃作绮语，得无为士君子所讥议。

《清吟堂词自序》(《清吟堂词》)

6. 卢前：

〔望江南〕

呻吟共，正变已难言。只以中锋抒写好，不归常浙自然妍。情致本缠绵。

《饮虹簃论清词百家》(《清名家词》)

洪昇

洪昇（1645—1704）字昉思，号稗畦，浙江钱塘（今杭州市）人，清代著名戏曲家。年十五即能诗，先后从学于毛先舒、王士禛、施闰章等人，曾为国子监生，清康熙二十八年（1689）以佟皇后丧期中招伶人演出所作《长生殿》传奇被革，康熙四十三年（1704）江宁织造曹寅大集宾客演出全部《长生殿》，邀洪昇前往，归途酒醉堕水卒。著有《稗畦集》、《稗畦续集》、《啸月楼集》、传奇《长生殿》及杂剧《四婵娟》等。亦能词。

1. 叶恭绰：

昉思曲子卓绝一时，词亦深美，不同凡响。

《广箧中词》卷一

汪观

汪观（生卒年不详）字瞻侯，安徽休宁人，著有《静远堂诗集》七卷、《梦香词》一卷。《梦香词》收词六十八首，附《静远堂诗集》行。

1. 汪鹤孙：

抵家犹客，门前无载酒之人；倒箧携文，户外少问奇之辙。幸有阿咸，频邀痴叔；还凭俗子，咤我狂生。始而投春草之篇，顿使逋翁失色（用顾况、白居易事）；继且讽微云之唱，俄惊淮海复生。萃南唐、北宋之长，兼妩媚、豪俊二体。或销魂香阁，未免儿女情深；或倾耳旗亭，能使文人气吐。岂仅吾家目以小宋，海阳怯为大巫矣哉。

《梦香词序》（《梦香词》）

2. 姜实节：

往者黄山孙无言选诸名家词，一时如顾庵、西樵、程村、其年、阮亭、荔裳诸君子皆竞起为词，于是《南溪》、《炊闻》、《丽农》、《乌丝》、《衍波》、《二乡亭》诸刻，不下数十种，名满人间。亦既家传户诵，提辛扳李，含柳吐秦矣。四十余年盛事不常，风流易散，人更相习为诗，词学于焉弗讲，诸君子亦且先后谢世，今惟一二老成存耳。回思昔日湖山宾主之乐，舞衫歌扇之娱，旧游如梦，能无听银筝而泪下，揽白发而心伤也哉？吴宫花月，隋堤杨柳。香车宝马，致足移情。则有邺下名流，海阳才子，偶经邗水，潜赋新声；还过平江，重题妙句。景随时而易变，情一往以何深。遂使铁板承前，红牙侍后，即起顾庵、其年诸君子，亦当为之避舍，而况山东伧父，下里巴人，执笔题辞，能无气尽？为语汪子，兹集既行，丛桂香生，山塘雨涨，试与泛凉夜之舟，买垆头之酒，当必有旗亭小伎，双鬟发声，唱汪子新词，如昔人“黄河远上”之句者。

《梦香词序》(《梦香词》)

3. 汪灏：

瞻侯大侄才驾曹、刘，性耽温、李。千秋情种，剪不断之荷丝；一派香思，牵无穷之柳线。船逢虾叶，处处魂消；路触莺花，年年肠断。因而短句长句，谱出朝吟暮吟。燕尾蜂须，赏遍东园西陌；锦心绣口，描成北宋南唐。美不胜收，爱而难舍。摘兹妙制，聊窥今日一班；遇彼知音，定比昔人三影。

《梦香词序》(《梦香词》)

4. 汪灉：

瞻侯叔翁才惊吐凤，技妙探骊。顾月影以生怜，坐花溪而写恨。吊贞娘之墓，有时气短英雄；泛西子之湖，倍觉情深儿女。温柔乡里，时时梦得粉香；浔阳船边，往往只愁衫湿。是以乌丝百帙，久丽金荃；于焉红豆三生，新翻玉笛。铜琶铁板，髯公之激烈偏多；残月晓风，耆卿之柔声不少。有惭小阮梦劳，顾曲于清华；信是大巫伫待，看花于紫陌。

《梦香词序》(《梦香词》)

5. 汪绎：

词家以南宋为嫡派，梅溪、白石、梦窗、竹山滴粉搓酥，铿金琢玉，莫不寄情绵缈，寓意遥深，未尝以柔声媚骨作艳冶态也。瞻侯贤侄一洗《草堂》之习，于南宋诸家心摹手追，直窥奥窔。吾欲寄声黄山、白岳间，为问红牙按拍，时有彩云飞驻否？

《梦香词序》(《梦香词》)

路传经

路传经(生卒年不详)字岁星，江苏宜兴人。路迈子，徐喈凤婿。事迹见《荆溪词初集》，参见徐瑶《爱古堂俪体文》等。著有《旷观楼词》一卷，存词三十五首，聂先、曾王孙辑入《百名家词钞》。

1. 尤侗：

于徐子天璧笥中得读《旷观楼词》，知为路子岁星所作也。岁星以名家子，少孤力学，雅好吟咏，与天璧昆季日相唱和。其词风情淡沲，辞致清新，《咏物》、《秋兴》诸作，极得南宋写生笔法。姜、史之堂，自当高致一座。

《百名家词钞》引

2. 徐发：

元祐才子黄、秦、晁、张，各擅毫墨，然皆从古诗乐府中发其遗音，遂得调高千古。近时倚声一席，独推阳羡，风流遗蕴，恍焉再睹。路子岁星出奇吐颖，越黄、秦而上，岂非与天璧天玉，远揖前代风流，而知其所出，乃得如是耶？

《百名家词钞》引

魏坤

魏坤(1646—1705)字禹平，号水村，浙江嘉善人。魏大中从孙。清康熙三十八年(1699)举人。少即有才名，工今古文，游京师，入太学，与嘉定陆元辅、海宁陆嘉淑订忘年交。事迹见朱彝尊《乡贡进士魏君墓志铭》、《两浙輶轩录》。工词曲，与朱彝尊唱和。著有《倚晴阁诗钞》、《秦淮杂咏》、《粤游纪程诗》，词有《水村琴趣》(一名《樗庵词》)四卷。

1. 朱彝尊：

予尝持论谓小令当法汴京以前，慢词则取诸南渡。锡山顾典籍不以为然也。魏塘魏孝廉独信予说，频与予唱和，词成，掩其名示人，见者或疑予所作。……夫词自宋元以后，明三百年无擅场者。排之以硬语，每与调乖；窜之以新腔，难与谱合。至于崇祯之末，始具其体，今则家有其集，盖时至而风会使然。特工如孝廉者，不可多得。然则孝廉之词，力追南渡作者，虽由其才，亦遇其时，夫然而后工也。孝廉将为岭表之游，豆蔻之花，桄榔之树，蕉耶扶荔之果，清鸡、白鹇、孔翠之鸟，蝴蝶之茧，凡以资琴趣材者，一惟孝廉驱使之。予耄矣，君归，尚思歌以侑酒。

《水村琴趣序》(《曝书亭集》)

2. 王崇炳：

〔减字木兰花〕

《于残帖中见魏水村水村名坤，孝廉，字禹平，有诗名，嘉禾人，曾再至东阳词二首》

浙西词伯。水村向与留村金留村名人望，淮阴人，工词，与水村友善敌。检得零章，花谢犹余未了香。　　湘灵鼓瑟，雅调独弹人不识。剩锦成文，叆叆春空一片云。

《全清词·顺康卷》

3. 查礼：

我朝文运丕隆，海内词人争出，如宜兴陈其年维崧、秀水朱锡鬯彝尊、嘉兴李武曾良年、无锡严荪友绳孙、嘉善魏禹平坤、慈溪姜西溟宸英、秀水曹洁躬溶、华亭钱葆馚芳标、平湖沈覃九登岸、会稽姜开先启、海宁家韬荒伯容、家悔余伯慎行，各家妍辞丽句，擅美东南，惟时谱去拗为顺，稽考议论，率多误略，流失莫底。

阮亭尝以琴鱼饷座客，因命座客作琴鱼诗，姜西溟宸英、吴仁趾麐皆有作，独魏禹平坤作〔蓦山溪〕一阕，词云："桃花潭近，千尺揉蓝早。一曲是琴溪，过清明、腥风吹到。仙人去后，水族也留名，鳞影细、浪痕圆，翠网都收了。　骑鲸无分，客里衔杯好。玉椀忽擎来，最堪怜、小鱼白小。脆能下酒，不用鲙银丝，除非并箭头鱼，风味输多少。"阮亭评之云，昔梅圣俞、欧阳文忠公、王禹玉皆有和梅公仪琴高鱼诗，公仪原倡未见，禹玉人不足道，诗句亦平平，欧、梅大手，二绝句乃伧父面目，以今视昔，孰谓古今人不相及耶。（按：琴鱼出泾县琴溪，溪在琴高台侧）

《榕巢词话》(《查恂叔集》)

4. 王初桐：

魏禹平《水村琴趣》，力追南渡作者。

《小嫏嬛词话》卷三

5. 陈廷焯：

禹平词能得味外味，自是知音。

《云韶集》卷十七

龚胜玉

龚胜玉（生卒年不详）一名眉望，字节孙。江苏武进人，流寓嘉兴。官奉天锦州通判。有《仿橘词》。

1. 陈维崧：

节孙少随其尊人芹溪君乔寓吾邑，其著述甚富，名其诗文曰《种橘亭集》，而颜其词曰《仿橘》。昔王通叟为词，世目为词流佳公子，集名《冠柳》，不虚也。节孙之词殆其近之，而其风流豪迈，感动壮激又得力于子瞻居多，则于仿橘之名，洵不诬云。

《百名家词钞》引

2. 许孙荃：

有客节孙，夙称才子，人如洗马，气似元龙。杨果孔禽，髫年早慧；潘江陆海，弱冠能文。试观《仿橘》一词，无异珠光千斛。慨当以慷，固多抑塞斫地之声；穷乃益工，愈增豪迈凌云之致。粗论梗概，当居稼轩、坡老之间。细挹风华，实在淮海、屯田之上。

《百名家词钞》引

3. 李孚青：

余与节孙同砚有年，舟中倡和，马首聆吟，每一语出辄惊叹称绝。其诗赋文章俱堪卓绝千古，而《仿橘词》之浩气磅礴，峭拔惊人。此诚旷世逸才，岂徒矜雕绘者之可与为伦哉？

《百名家词钞》引

何五云

何五云(生卒年不详)字鹅亭，号蜀山，安徽合肥人。清康熙十一年(1672)贡生。官山东泗水知县。著有《对未斋巢》,《合肥县志》著录。另有《红桥词》若干卷刊于扬州，今未见。聂先、曾王孙《百名家词钞》选一卷，今存。清初词选集《古今诗余醉》《古今词汇三编》、《词觏》等存佚词若干首。

1. 王士禛：

每读何仲言诗，饶有词味，即如《扬州咏梅花》一章，香袅幽情，尤令魂绝。至大复先生，雄浑大家，颉颃崆峒，而其一种蕴藉之致，政尔迥别。然则何氏之宜有词人者久矣，今得鹅亭妙好之音，对酒高歌，能不使我梦逐红桥耶？

《百名家词钞》引

2. 李天馥：

历观诸阕，有隐秀似秦少游者，有芳茜似张子野者，有疏爽似辛稼轩者，有阔壮似苏同文者。鹅亭一出，而兼诸词家之胜，虽欲不称为才子，不可得也。

《百名家词钞》引

3. 许嗣隆：

昔昭明著述广陵，遂以“文选”名楼。鹅亭刻其词于邗江，而以“红桥”名。三月烟花，六朝金粉，皆收拾奚囊中去矣。红桥其籍鹅亭以不朽哉。

《百名家词钞》引

蒋景祁

蒋景祁(1646—1695)初字次京，改字京少，一作荆少，号罨画溪生，江苏宜兴人。贡生。清康熙十八年举博学鸿词，未遇。官至府同知。无聊不平，专意诗词。父蒋永修，早年与陈维崧同为“秋水社”盟友，故景祁以同里后辈与陈氏过从尤密。由陈氏而结识朱彝尊，亦得朱氏垂青。周旋陈、朱间，亲炙既久，沉潜日深，才富学赡，遂以词学名家。景祁著有《梧月词》二卷，晚年结集《罨画溪词》。聂先、曾王孙选其词七十九首入《百名家词钞》。词风近陈维崧，可谓阳羡家法，乃阳羡词派殿军。康熙十七年(1678)曾辅佐曹亮武编选《荆溪词初集》，二十五年独力编成《瑶华集》，不拘门户之见，萃当代之美而兼有前人，足备顺、康二代之典型，乃研究清初词学之重要文献。此外，陈维崧殁后，景祁用心点检整理维崧著作手稿，选编了天藜阁本《陈检讨词钞》以及众多诗文，保存了一代词学巨匠的大量作品。

1. 王岱：

〔鹊桥仙〕《读蒋京少〈桐月词〉口占》

清言洗马，词场南伯，合并风流文采。一编读罢叹奇才。桐月霜华散彩。　　上林倚马，长杨待诏，屈指鹳棹云海。君家玉笋旧仙班，香染凤池烟霭。

《了庵诗集》卷二十《了庵诗余》

2. 陈维崧：

铜官崎丽，将军射虎之乡；玉女峥泓，才子雕龙之薮。城边水榭，迹擅樊川；郭外钓台，名标任昉。虽沟塍芜没，难询坡老之田；而陇树苍茫，尚志方回之墓。一城菱舫，吹来〔水调歌头〕；十里茶山，行去〔祝英台近〕。鹅笙象板，户习倚声；苔网花笺，家精协律。居斯地也，大有人焉。仆也十年作赋，愧逊陈琳；三径论交，欣逢蒋诩。其人也，九侯第宅，四姓衣冠。家风通显，东京萧育之家；门第清华，北魏崔悛之宅。夫其幼敏才情，早耽经史。行间芍药，盈箱潘岳之花；字里葡萄，满箧丘迟之锦。王恭逸态，濯杨柳于月中；谢朓清文，烂芙蓉于日下。文兼各体，傅鹑觚博奥之宗；诗备诸家，刘越石清刚之选。而乃名同小宋，妙解音声；系出竹山，尤工乐府。于是温家助教，红蜡填词；薛氏侍郎，银筝制曲。阿灰善怨，不乏画帘微雨之吟；花蕊工愁，相传马上鹃声之作。樱桃隔叶，时遇顺郎；箫鼓逢场，还迎车子。年年丽制，涴北里之罗裙；夜夜香词，洒东邻之粉壁。盖摸鱼恋蝶，即是皇华赤雁之遗音；而六丑三台，依然白苎红盐之换调。审其格律，直追屈宋风骚；揆厥源流，讵杂金元爨舞。且也黄香纯孝，屡岁从亲；庾信多才，频年去国。大江西上，长空之楼橹何多；乌鹊南飞，独夜之关山不少。琵琶亭下，三更逢商妇之船；章贡门前，千里断降王之信。霜缠绣戟，依稀陶侃之空营；雨洗珠钿，仿佛灌婴之剩瓦。遥攀九叠，羡匡续之成仙；极眺双孤，笑彭郎之未嫁。踌躇已甚，懭恨何言？无何而盆浦回帆，仍过澧浦；浔阳捩柁，复上衡阳。银泷珠沫，庾元规开府之乡；白日青天，甘兴霸横戈之地。樯飞湖口，一片神鸦；席挂湘中，数声山鹧。楚天染黛，只想成烟；巫岭衔丹，还思行雨。细腰宫内，问罗绮以何年；堕泪碑前，怅繁华之不见。黄芦苦竹，偏伤羁客之心；碧杜红兰，例入骚人之咏。时则竹枝乍唱，已付船娘；啰唝才歌，便填瑟部。援毫以赋，题名赤帝之宫；拥楫而吟，托兴黄陵之庙。况复飘飘短铗，再涉金台；落落单衫，重窥石鼓。野鹰台迥，恒邀朔客以呼卢；堕马妆妍，聊过燕姬而贳酒。嗟乎！霜零碣石，树何叶以非黄；日匿渔阳，山无峰而不紫。霓裳拍散，人间无擫笛之宾；穆护歌残，天上少吹笙之侣。乃李謩江上，尚剩遗宫；而贺老筵前，还留旧本。遂移商而刻羽，约有千篇；爰滴粉以搓酥，厘为一卷。绵驹善唱，要为自诉其生平；阿鹊成歌，只以代陈其辛苦。如传紫塞，龙城绣李益之词；倘播红楼，凤纸写韩翃之句。

《蒋京少〈梧月词〉序》（《陈迦陵俪体文集》卷七）

3. 朱彝尊：

京少所刻《梧月词》凡二百四十余阕，秾而不靡，直而不俚，婉曲而不晦，庶几可嗣古人之逸响。

《蒋京少梧月词序》（《曝书亭集》卷四十）

4. 彭孙遹：

京少诸词，抉新骋奇，无一字拾人牙后，昌黎所云“雕镵造化”之作也。

《百名家词钞》引

5. 聂先：

京少擅“潘江陆海”之奇，而工“晓风残月”之句，便有才大于人自不羁之势，故曼词不让其年。

沈雄《古今词话·词评》下卷

6. 宋荦：

《罨画溪词》清苍似片玉，流丽似草窗，并不作意标新，而一种矜贵之气，自浮动楮墨间。京少于词不特技通三昧，抑且品居第一，逐影循声之流，正未足以语此也。

《百名家词钞》引

7. 宋荦：

蒋子京少，笃学嗜书，不屑为章句之业，尤肆力风雅，于《花间》、《草堂》，盖兼综而条贯之。

《瑶华集序》（《瑶华集》）

8. 陈维岳：

京少梦“红杏尚书”而生，而又宋蒋捷竹山之枝远苗裔也。负瑰奇淹丽之才，于诗文无不工，而尤工于词。词可援笔立就，而往往不敢轻下。余尝戏谓京少曰:“君家竹山奇崛，而君之前生所传者寥寥，惟红杏篇耳，无乃非君比。”《梧月》一编，久矣脍炙人口。

《百名家词钞》引

杨通佺

杨通佺(1647 —?)字圣期，山东济宁人。贡生。官江南合肥县教谕。生平事迹不详。著有《竹西词》一卷，聂先、曾王孙收入《百名家词钞》。

1. 梁清标：

《竹西词》婉丽则蝉薄蛾修，凄清则鹃啼雁唳，雄壮则剑拔弩张，突屹则峦飞涛立，吾未能测其所以。

《百名家词钞》引

2. 陈维崧：

伯起门风，竞说通明第一；盈川才地，群推华妙无双。杨梅对客，代产文人；黄雀投环，世传阴德。则有罽袍公子，斑管王孙，雕龙髫鬌之年，绣虎绮纨之岁。乃者生偏遭乱，幼便依人。南池驿畔，旧邻太白之楼；兰陵县前，新筑渭阳之馆。云横鲁甸，瞻望兄兮谁来；月冷吴关，思悲翁而不见。他乡畴恤，几成王粲离家；故国难归，略比杨朱失路。备词人之辛苦，极才士之牢愁。然而性本清狂，人尤放诞。楼头扇底，颇多托兴之篇；花下尊前，大有言情之制。于是北里胭脂，人人缮写；南朝金粉，字字流传。菖蒲艳曲，争谱自银筝檀板之间；芍药新声，偏织于舞帕歌裙之上。讵云小道，亦曰多能。昔者余乡，猗欤我友。书装玳瑁，邹阳则集号《丽农》；笔架珊瑚，董相则词名《蓉渡》。谁家花月，不歌李峤之章；何处池台，不唱元微之曲？自二子之云亡，遂百端之交集。何意荒州，重借惊才于异地；遂令贱子，复聆妙响于余生。喜不自胜，起而相和。今夜月明蓟北，不逢台上之黄金；他时花落江南，幸唱筵前之红豆。

《杨圣期〈竹西词〉序》(《陈迦陵俪体文集》卷七)

3. 周清源：

杨子圣期出示所作，开卷快读，即我故人迦陵所评《竹西词》也。织锦绣于行间，烂芙蓉于句里。长篇小令，靡不裁云镂月，含宫咀商，可谓撷风雅之英，极才人之致矣。请以此集付之钞选，自足鼓吹周、柳，羽翼辛、苏。予言不信，自有故人迦陵之月旦在。

《百名家词钞》引

4. 周在浚：

仆识圣期于大司农梁公座上，时群贤毕集，而梁公独与圣期论长短句，亹亹不倦，心窃异之。及归寓，明晨以宿酲未解，犹卧报国僧房，扣门报我一帙者，则《竹西词》也。读至〔罗敷媚〕、〔沁园春〕诸阕，不觉叫绝。惜未携于夜来酒间，倩司农家妓檀板歌之，令周郎一顾耳。

《百名家词钞》引

吴仪一

吴仪一(1647—?)字瑹符，又字舒凫，号吴山，浙江钱塘(今杭州)人。监生。髫年游大学，名满京师。工诗词，王士禛有诗赞云："稗畦乐府紫珊诗，更有吴山绝妙词。此是西泠三子者，老夫无日不想思。"可见其词与洪昇之曲、徐逢吉之诗并称于世。著有《吴山草堂词》十七卷。原本今未见。清初诸词选集中存录十九首。

1. 王士禛：

吴仪一有《吴山草堂词》十七卷，王新城寄怀西泠三子诗曰："稗山乐府紫山诗，更有吴山绝妙词，此是西泠三子者，老夫无日不相思。"

《小嫏嬛词话》引

2. 王晫：

填词家浅者既伤径尽，深者又苦暗涩。读吴山词，如泛溪窈窕，陟岭萦纡，于莽苍杳折间，时露云霞异采，迥非凡境。

吴山〔祝英台近〕换头云："暗潮去，为我唤起春申，呜咽吊荆楚。"此暗用"陇头流水，鸣声呜咽"字，最为稳叶。友人钞本有讹作"悲歌"者，既平仄失宜；而坊刻又改为"悲哽"，亦与暗潮无关。及睹元本，始知名手用字，自有出处。

舒凫尝同史华青舍姜京兆两水亭。一夕酒阑，春雨骤作，苍厓学博，刻烛半分，限填〔金人捧露盘〕一阕。舒凫词先成，有云："万条春树，一时都、变作秋声。"又云："醉来起舞，剑光里、北斗初晴。"一坐惊叹，华青竟匿其稿。今诵此词，犹觉意气飞动。

陈检讨迦陵，剧爱吴山词，称为"天下第一手"。舒凫尝集数十阕，伪题李小山词，令他客邮示迦陵，迦陵评云："感激沉雄，飞扬跋扈，非宗周亡国之大夫，则秦川无家之公子也。我心知捉刀人矣。天壤间岂真有所谓李氏子者某耶？舒凫诳我。”遂往寻舒凫，值长安市上，径入酒家，命吴满斟大白，陈自取洞箫吹之，教小奚奴歌“渭水无声流月去，照见汉家陵树”之词。其相欢狎如此。

顾舍人梁汾、阎征君百诗同客成公子。梁汾以成《饮水词》致舒凫，索和悼亡〔金缕曲〕韵，舒凫揽笔立就。次日百诗谓吴曰：“昨薄暮归，闻有人讽‘眉际三分心，一寸是、长房缩就相思地’，真销魂欲绝也。”因道公子愿见意，期以七夕，斗酒高会。舒凫卒不往。或问之，曰：“本以词交，岂在一面？”

舒凫自言，填词凡四变。少作《记豆词》三卷，多狎邪阿那之句。《采苓词》二卷、《欸波词》一卷，则美人香草，各有思存矣。《岵思》、《屺思》、《冈思》词各四卷，缠绵悱恻，杂以游侠少年凭今吊古之概，或讥其不可告人。后期有涉笔，惟作蒲团学道语，计二卷，曰《神听词》。又《梦园别录》二百一十卷内，词凡十七卷。别以类聚，共三十七卷，统名《吴山草堂词》云。

《吴山草堂词话》

3. 厉鹗：

吴吴山仪一，髫年游太学，名满都下，尤工于词。王新城晚年有寄怀西泠三子诗曰：“穆村乐府紫山诗，更有吴山绝妙词。此是西泠三子者，老夫无日不相思。”其为前辈推重如此。

冯金伯《词苑萃编》卷八

4. 吴衡照：

王阮亭诗：“稗畦乐府紫珊诗，更有吴山绝妙词。此是西泠三子者，老夫无日不相思。”吴舒凫名仪，一字瑹符，钱塘人。著《吴山草堂词》。

《莲子居词话》卷三

徐来

徐来(生卒年不详)字子复，安徽人。著有《一曲滩词》一卷，聂先、曾王孙辑入《百名家词钞》中。

1. 沈绎堂：

子复之诗，既兼长于诸体，而填词亦归雅正，其浑圆蕴藉之音，可称体包众妙矣。

《百名家词钞》引

2. 杨凤毛：

词至宋而体制大备，至元尽脱《花间》、《草堂》之习。至我朝倚声之学复极其盛。子复长短句隽永中行以骀宕，所谓言有尽而意不尽，故是大家。读其全集，知其久登姜、史之堂矣。

《百名家词钞》引

3. 陈见鑨：

历阳山水，嵚崎荡谲，诗人张文昌、词人张于湖皆产于此。偶从刘方伯署中得晤子复先生，因快谈八公、天门诸胜，兼读其《一曲滩词》，才情卓荦，直逼欧、秦、黄、柳，叹其得江山之助者多也。文昌诗曰："淳意发高文。"于湖词曰："清响入高云。"请以移赠。

《百名家词钞》引

孙朝庆

孙朝庆（生卒年不详）字子英，号云门，江苏宜兴人。清康熙二十一年（1682）进士。著有《望岳楼词》。

1. 丁绍仪：

宜兴孙云门进士朝庆词学辛、刘，粗豪自喜。渡黄河作〔满江红〕……。时康熙中，黄河屡决，故有“石填大海”语，深致感喟。

《听秋声馆词话》卷四

沈朝初

沈朝初（1649—1702）字洪生，号东田，江苏吴县人。清康熙十八年（1679）进士，改庶吉士，授翰林院编修，官至侍读学士。丁忧归，以哀毁卒。工诗文词，著有《不遮山阁诗钞》，词有《洪崖词》一卷。

1. 朱彝尊：

予少日不喜作词，中年始为之，为之不已且好之。因而浏览宋元词集几二百家。窃谓南唐北宋惟小令为工，若慢词至南宋始极其变。以是语人，人辄非笑。独宜兴陈其年谓为笃论，信夫同调之难也。其年殁后，予词亦不复多作。及读东田小令、慢词，克兼南北宋之长，与予意合。予尝衍土风为《鸳鸯湖棹歌》百首，东田亦以吴苑风景作〔望江南〕六十阕。予诗修地志者见之，概寘不录。而东田乐章，有井水处无不歌之者。惜其年早逝，不获同赏击也。

《书东田词卷后》（《曝书亭集》）

2. 朱彝尊：

江东白苎已销亡，乐府东田近擅场。
传与旗亭作佳话，七呼秦柳九欧黄。

中吴节物尽堪矜，底事前贤谱未曾。
家宴尊前谁按拍，春风除是小红能。

《题洪崖词》（《不遮山阁诗钞》卷十一《洪崖词》附录）

郑景会

郑景会(1649?—?)字慕韩，浙江慈溪人，客居钱塘(今杭州)。康熙间诸生，工诗词，有《柳烟词》四卷传世，计二百零四首，集后附刊《词评》一卷。其妻俞浚，字安平，仁和临平(今浙江余杭)人，亦工为小词，夫妻唱和甚得。

1. 徐士俊：

昔之所为词，咸有音节可被管弦，是以旗亭绮席竞奏新声，传为佳话。自歌曲兴而诗余亡，即欲口口相传，杳不可得。然而音节虽泯，文章自繁。偶得郑子丹书《柳烟词》读之，妙丽之音盈于纸上，真不减当时郑若庸诸乐府也哉。

《柳烟词评》引

2. 毛先舒：

宋词人并称周、柳，其实柳不逮周甚远。盖清真词虽描摹闺襜而不及亵，为能不失大雅之遗。屯田方之则堕矣。今读丹书之作，妍丽多风，清立不泛，余尤喜其仿佛风流而窅然独远，盖谓其得清真之典型焉。

《柳烟词评》引

3. 毛奇龄：

少年读人词，如闻清歌，如卫洗马渡江，如从王伯与登茅山，心思靡烦，觉白日莽莽，而不知此身之何归。逮老而幽岩凉潦，不接朝旭，坏衣无暴色，散痹肢而沃之汤泉之间，痾痒不复关，寒暖不得相知，虽日读新词何益？而郑君丹书以词示予，且请予言序其词。予思魏公文靖年八十余尚示门人何穆之曰:“晚来读《离骚》，殊动人思。”夫宋词者，唐诗之余也；齐梁清商曲词、吴声歌词者，汉魏诗之余也；楚词者，三百之余也。文靖读诗余而思生矣。不观柳烟乎？春云羃䍥，结初黄而曼布之，长条细缕，芊绵而可爱；而至于秋潦，至于冬烈，武昌官渡，樠梢都尽，而朝暮黤黮，犹尚有霏霏之色舒卷其际。诗之余不犹是乎？然则读诗余而以为可思，老少无二时，宋人与楚人无二词矣。丹书以“柳烟”名词，而意有在也。

《柳烟词序》(《西河集》卷四十九)

4. 沈用济：

读《柳烟词》，如听啭树流莺，使人流连不忍去。其新意层出，又俨然山阴道上，步步引人入胜境。婉缛鲜华，觉秦七、黄九不得擅美于前矣。

《柳烟词评》引

5. 王晫：

六桥杨柳，晓风残月之精魂在焉，今虽摇落无存，而一种柔情犹寄托于文人之笔墨。若郑子丹书《柳烟词》，早已踵接耆卿，乃百接流苏，益复抽丝不断，真堪日与西湖作绿，欲不以词苑为菟裘不可得者。予其敢以三峡余波较其如司马相如也哉。

《柳烟词评》引

5. 徐逢吉：

余读《柳烟词》不求甚解，而一种香艳之致自是难得。

《柳烟词评》引

张学雅

张学雅（生卒年不详）字古什，山西太原人，流寓苏州。张佚长女，金坛于沚聘室。幼聪慧，家贫，嗜读诗书，年二十二未嫁而卒。工诗词。《全清词钞》选收其词，著有《绣余遗草》。

1. 陈廷焯：

古什词情词凄艳，无限伤心，叶小鸾之匹也。

《云韶集》卷二三

张学象

张学象（1649—1731）字古图，号凌仙，山西太原人，流寓苏州。张佚第五女，著有《砚隐集》。

1. 周铭：

因所配非偶，其诗词多哀怨之音，《断肠集》不是过也。

《林下词选》卷一三

蒋进

蒋进（1649—1693）字度臣，号退庵，江苏金坛人。与梅文鼎、万斯同、王源、姜宸英等友善。著有《退庵稿》四卷，其中《退庵选稿》二卷、《诗稿》一卷、《词稿》一卷。

1. 姜宸英：

壬戌灯夕，与阳羡陈其年、梁溪严荪友、顾华峰、嘉禾朱锡鬯、松陵吴汉槎数君同饮花间草堂。中席，主人指纱灯图绘古迹，请各赋〔临江仙〕一阕。余与汉槎赋裁半，主人摘某字于声未谐，某句调未合。余谓汉槎曰："此事终非吾胜场，盍姑听客之所为乎？"汉槎亦笑，起而阁笔。然数君之于词，亦有不同。梁溪圆美清淡，以北宋为宗，陈则滥觞于稼轩，朱则煎洗于白石，譬之韶夏异奏，同归悦耳。一时词学之盛，度越前古矣。七八年来，数君者存殁殊路，南北方散处久矣，夫余之不托于音也。顷得蒋君度臣此卷，按拍而歌之，酒酣以往，慷当以慨。盖蒋君才豪而气雄，抒写胸臆，时时快所欲吐。至其含宫咀商，所冷然会心，以自适于数君之外者，亦复与作者之意何异？宜余之既老且衰，而复为之阁笔于此也。家季孝俞为余言，度臣多读书，诗歌古文辞累数百篇，每落纸，云涌川恣，诡变百出，行为余尽发其藏，则余之惊怖，思阁笔于蒋君者，何时已耶？

《题蒋君长短句记》(《湛园集》卷七)

徐元端

徐元端(1650 —?)字延香，江苏江都(今扬州)人。徐石麒女，幼即通音律，工诗词，擅长治印，自署“染花妆阁”。著有《绣闲集》。其《绣闲集诗余》一卷，由其族兄徐元美刻入《徐氏一家词》。清嘉庆五年(1800)，吴康辑《北湖三家词》，附刻《绣闲集诗余》一卷于石麒《坦庵词》后。徐乃昌《小檀栾室汇刻闺秀词》第七集亦收之。

1. 王士禄：

胎骨北宋，形神双肖。闲缓妍丽，全篇可诵者甚多。

《宫闺氏籍艺文考略》(《然脂集》手稿本引《神释堂脞语》)

2. 查礼：

广陵徐氏女子元端，工填词，极为阮亭所赏，称其早入易安之室，如〔清平乐〕云：“珠帘轻揭，憔悴怜黄叶。忽忆小亭人乍别，正是重阳时节。”“当初一段清秋，平分两地离愁。”“试向西风寄问，知他还似侬不。”又〔虞美人〕云：“起来慵向妆台倚，乱绾凌云髻。归期曾说柳青时，镇日恹恹只是恼春迟。”“小园昨夜西风劣。吹落漫天雪。”“侍儿佯笑卷帘纱，却道玉梅已放、满枝花。”又〔南乡子〕云：“独坐数归期。花影重重日影低。无计徘徊思好句，支颐。除却春愁没个题。 闲倚画楼西。芳草青青失旧堤。犹记当时人去处，依依。红杏花边卓酒旗。”皆佳句也。著意寻思，令人味之不倦。

《榕巢词话》(《查恂叔集》)

查慎行

查慎行(1650—1727)初名嗣琏，字夏重，号他山，后改名慎行，字悔余，号查田，又号初白。浙江海宁人。清康熙四十二年(1703)进士；特授翰林院编修，入直内廷。五十二年，乞休归里，家居十余年。雍正五年，因二弟查嗣庭讪谤案，以家长失教获罪，被逮入京，次年放归田里，不久去世。事迹见《清史列传》及方苞《翰林院编修查君墓志铭》等。查为朱彝尊中表兄弟，少学文于黄宗羲，能诗文。为诸生时，遍历名山大川，得江山之助。诗篇奇富，为王士禛后诗坛主将，为当世推尊，是清初效法宋诗最有成就的作者，对诗坛影响极大。著有《补注东坡编年诗》、《敬业堂集》、《续集》、《初白庵诗评》、《周易玩辞集解》、《黔中风土记》等。词有《余波词》二卷。

1. 查慎行：

余少不喜填词，丁巳秋，朱竹垞表兄寄示《江湖载酒集》，偶效颦焉。已而偕从兄韬荒楚游，舟中多暇，遍阅唐宋诸家集，始知词出于诗，要归于雅，遂稍稍究心，自己未迄癸亥五年中，得长短句凡百四十余阕。

《余波词自序》(《余波词》)

2. 查礼：

海宁家悔余伯慎行……著有《余波词》二卷，中多雅奏，其最脍炙人口者如秋柳、秋声二调，〔瑞鹤仙〕赋秋柳云：“风情牵暂住。乍惊老，秋丝一年好处。依稀想前度。为怜伊，腰瘦不成遥妒。河桥古渡。冷萧萧、马嘶人去。傍离亭，挽尽长条，梦绕江南旧路。　　无数。凉蝉抱叶，雨燕辞梢，昏雅匝树。时光流转，但暗里，惊衰暮。被西风吹得，江潭摇落，不道树犹如许。

记浓阴，隔浦移舟，蒙蒙暖絮。”〔齐天乐〕赋秋声云：“商飏瑟瑟凉生候，孤灯影摇窗户。堤柳行疎，井梧叶尽，添洒芭蕉片雨。才听又住。正澹月朦胧，微云来去。簌簌空廊，有人还傍绣帘语。多因枕上无寐，搀二十五更，残点频误。响玉池边，穿针楼畔，一派难分竹树。零砧断杵。更空处飞来，搅成凄楚。别样关心，天涯惊倦旅。”集中名作如林，不可胜数，余尤喜老人登临凭吊悲凉慷慨之作，如〔水龙吟〕登北固山云：“岷峨雪水消来，洪涛万里从东注。蒜山拥髻，瓜州曳带，遥遥江步。满眼兴亡，季奴草长，人来古渡。看南帆出口，城头芦管，尽飘向扬州去。　泥马当年半壁，更谁暇仓皇北顾。锦袍绣甲英雄，事业却输儿女。夹岸黄尘满瓶，名酒中流画鼓。到而今，赢得登临怅望，渺平沙树。”〔贺新凉〕秋晚独上荆州城楼云：“飞过蛮天雨。背孤城，夕阳西下，大江东去。虎渡龙州依然在，长是马嘶日暮。有独客、登楼怀古。豚犬英雄都不问，问成名孺子今何处。秋太晚，散砧杵。　山川洵美非吾土。向江陵、夹衣催换，一番寒暑。翠冷红酣微霜后，变了荆门烟树，且目送、边鸿南度。隔岸残云流欲尽，指空蒙、下是衡阳路。浩浩共谁语。”〔齐天乐〕武陵换船自龙阳至长沙云：“山穷水远苍茫外，楚天顿开心目。紫草湾回，白沙洲溆，都入郭熙横幅。家家农牧已闲，缺人牛莳田早熟。渔户风烟，插竿晒网出茅屋。　程程鹭眠鸥宿，长年能一一，指似遗俗。岸阔三秋，湖平八月，又转清湘几曲。浮青剪绿，趁细雨蘋香，沽将醽醁。好卸轻帆，古碑寻岳麓。”〔念奴娇〕晓发湘潭由青草湖出洞庭看月云：“江潭一棹，趁宵来，三十六湾秋涨。二百里程高枕过，席底平如掌上。菰叶翻翻，芦花漠漠，日落鱼吹浪。天开地坼，人间此境何所旷。　屈指况近中秋，敂舷歌罢，晚景尤清亮。我本南游无一事，爱答榜歌渔唱。湘渚移帆，洞庭赊月，俯仰应同赏。玻璃忽动，水轮涌起千丈。”老人号初白，以所居有初白庵也。

《榕巢词话》(《查恂叔集》)

3. 陈廷焯：

初白词，沙明水净，神味无穷。

《云韶集》卷十七

4.《续修四库全书总目提要》：

慎行自序：始为诗，后为词，均受表兄朱竹垞之诱掖。故所作大体以清雅为宗，惜未能纯净深湛耳。慎行诗效宋体，虽不浑厚，然情趣甚佳，名句络绎，而词则异是。是知能为诗者，不尽善于词也。较之《秋锦》、《耒边》，自不能及。然清初之词自野而正、自艳而雅，转变之间，非一人之力，非一日之功。慎行所作，亦未可尽非也。

《续修四库全书总目提要·余波词一卷》

5. 卢前：

〔望江南〕

余波集，言志五言多。别出心裁长短句，诗家俊语让星河。好处不能磨。

《饮虹簃论清词百家》(《清名家词》)

郑熙绩

郑熙绩(生卒年不详)字懋嘉，江苏扬州人。清康熙十七年(1678)举人。其祖郑侠如，明崇祯贡生，官工部司务，入清赠庶吉士。父郑为光，清顺治进士，官监察御史，一门两代官宦，斐声望族。熙绩自幼随祖读书“休园”，举业外留心诗词，得业师方象瑛教，并与前辈吴绮、杜浚、徐旭旦，同学宗元鼎等人以诗词唱酬。工于填词，有《蕊栖词》初集、二集并《探春》、《消夏》、《迎秋》、《御冬》诸集。

1. 吴绮：

宋词宗尚秦柳，以其缠绵旖旎，不求藻绘自有余妍也。苏辛之词，调极高迈，语极流畅，当时犹有訾议，谓如诗之有变风变雅。后之填词家，动辄“持铁绰板，唱大江东去”，直如使酒骂坐，与此道奚啻河汉哉？懋嘉上舍，隽才天授，逸兴遄飞，其《蕊栖词》婉丽清芬，不减《花间》飘渺，真足奴七郎而婢清照，才人无所不敢，于斯益信。

《百名家词钞》引

2. 吴绮：

名山毓秀，代有奇人；世德钟祥，恒生伟器。挺毅夫之头角，家本触邪；似康成之手文，里传通德。论交三世而并著文章，作赋十年而早推名彦。则懋嘉郑子，此其人欤？郑子学本趋庭，才推入室。方成童而射策，不让兰成；常好客以知名，偏如李固。群空冀北，词葩采绚七襄；纸贵洛阳，学海富倾三峡。每下帷之少豫，辄染翰以微吟。五字方成，即具元和之体；千言工就，如闻正始之音。而偶赋小词，咸归大雅。华而有典，五色为组绣之文；巧而不淫，六律是琴声之响。冷金笺纸，堪题丽字于南唐；

漱玉篇章，欲奏清音于北宋。盖诗词异体，而咸本于性情；正变殊声，而总归于风雅。若美人可喻君子，则周、柳近于导淫；使将军能代歌姬，即辛、苏无嫌作达。是以调称兰畹，既鲜定评；即使选似《花庵》，犹非确论。而郑子雅有妙才，实多丽制。况夫东西南北，见山水而移情；兼之寒暑阴阳，历烟霜而换态。百端纷错，意以时新；四序迁流，情因境改。莫不写之，青楼谱以红牙，既与月以同清，亦将花而比笑。当尊前而点笔，如君绝似小山；在船上以吹箫，似我犹惭老石矣。

《蕊栖词序》(《扬州休园志》卷三)

3. 彭孙遹：

己亥秋，礼闱榜放，余偕郑晦中侍御同年释褐，握手论诗，相得甚欢。侍御廷对，以二甲第二人膺馆选读中秘书。声韵之学，心好之未暇专及也。余时需次南旋，得以余暇，拈弄小词，遂成《延露》一编。过维扬，持以谒郑年伯水部，公一见击节，命文孙什袭藏之。因出所著诗余见示，余谓《休园词》清坚苍老，古雅沉雄，直可自成一家，年伯亦以余为知言。后十年，复过邗沟，而水部、侍御两公俱已玉楼召赋，宿草兴悲矣。己未春，余膺博学鸿词选，懋嘉年侄适上公车，持所撰《花屿草》、《蕊栖词》来谒余。余顾而乐之，曰："子非向之藏《延露词》者乎？何其年齿少而诗词工也？"郑子谦让，谢不敏。余益嘉水部之有孙，侍御之有子，而多懋嘉之能，世其家学也。由是懋嘉年渐壮，学益进，而遇愈艰。懋嘉复殚心力于诗词，若忘其进取者，然以视夫驰情华膴，游心外好者，其贤不肖，相去为何如耶？甲戌春复，以诗余二集乞余一言为序。余谓词虽百家，派惟三种，有以情胜者，如李、周、秦、柳是也；有以气胜者，如苏、辛、陆、刘是也；有以雕镂胜者，如温、韦、姜、史是也。子能兼此三长，融成一片，真堪陶镕两宋，媲美三唐，岂惟超轶近代词家而上之耶？子之遇虽艰，而业愈工，盘根错节，未必非天欲老其才以大用，从兹冠南宫，对大廷，即以绍君家忠孝之声，夫亦复何忝？郑子勉乎哉！振前贤未竟之绪，继先人未成之志，余虽衰老，犹将于鸾坡凤阁中拭目望之，遂书以弁其端。

《晚香词序》（《扬州休园志》卷三）

4. 宗元鼎：

懋嘉之词，香艳温和，则颉颃周秦而化其亵；清新流畅，则规摹辛、苏而去其豪。《花间》、《草堂》，兼擅其胜，真大雅之遗音，词家之哲匠，岂得与描写闺闱，靡声曼调者同日语耶？

《百名家词钞》引

5. 宗元鼎：

词为乐府铙歌之余，原以被之箢弦，歌金缕，唱柳枝，音取宛转流丽，欧、秦、晏、柳辈一韵出而舌香，一调成而骨腻，良有以也。虽然，词备诸体，有似文者，有似论者，有似序记者，以参差不齐之句，写郁勃难状之情。美人思君，佳人喻友，皆属情文相生，岂止镌脂镂粉，故词学至于今日，作者林立，皆能另开生面，自成一家。余恐其音调失真，有乖古体，特为《花钿集》之选。今读吾友郑子懋嘉《蕊栖词》，标新领异，贯玉联珠，酌古凖今，衔华佩实，信乎学有渊源，名非浪得。假令唱晓风残月女郎，倚绿窗，按红牙，曼歌一阕，宁不令人魂醉色飞耶？如必云词体纤弱，壮夫不为，此种伧父，真可罚向浣花溪上看守杜工部祠堂耳。

《蕊栖词跋》（《扬州休园志》卷三）

6. 顾永年：

春风朴樕，谁能制有女之怀；秋水蒹葭，几使溯伊人之美。解芙蓉之并蕊，镇日香沉；散瑞木之奇花，连天寒映。则有广陵甲族，艺苑专家。于忠定投簪之第，高拥槐阴；欧阳棐弱冠之年，蚤工辞赋。声更清于老凤，桂先折夫一枝。于焉下�帘之十二，色静潇湘；拥缥帙之三千，籤分甲乙。风生清腋，解酲有七椀之尝；日近崇轩，罢读且五车之富。燕子未归，谱就秦三之句；缃

桃如绣，填来柳七之词。在崔生之幡底，好护花魂；于罗氏之宅中，殊饶春事。淇园青拂，玉齐冒水之枝；紫泽香飘，锦簇摇风之干。王昌龄不乏水殿之吟，杜子美乃有药栏之语。南山即菊墅之前，西阁出梧庭之侧。长从暖候，标题造物之奇；旋入凉天，补缀残年之色。此固云佳士之言情，名流之本色也矣。仆驰驱北走，休言得意之马蹄；瞻睇南依，每属高轩之鸿翮。故园竹林之下，嵇子神留；长堤杨柳之间，江生意夺。嗟乎，地入名都，人来客邸。蜀冈萦带，千门帝子之居；琼馆岧峣，一树名花之候。剪苑中之彩瓣，景已成空；扬江上之锦帆，事还可述。方觏江城，出绮丽之余，宁无墨客动苍凉之感。然而情摧西气，调落商音，在我固然，于人多矣。得来是集，果宜珍在怀中；读向今晨，不觉喜生颜上。翰光彩溢，本从才子拈来；字体珠圆，好付雪儿歌去。

《蕊栖词序》（《扬州休园志》卷三）

柯崇朴

柯崇朴（生卒年不详）字敬一，号寓匏，浙江嘉善人。词人曹尔堪婿。清康熙十一年（1672）副贡，候补内阁中书。康熙十七年（1678）举博学鸿词，以丁忧未与试。朱彝尊编纂《词综》，崇朴为之考订世次，又与周篔编著《乐章考索》一书，著有《振雅堂文稿》、《诗稿》。有《振雅堂词》二卷。

1. 朱彝尊：

宋元诗人，无不兼工乐章者，明之初亦然。自李献吉论诗，谓唐以后书可勿读，唐以后事可勿使，学者笃信其说，见宋人诗集辄屏置不观。诗既屏置，词亦在所勿道。焦氏编《经籍志》，其于二氏百家搜采勿遗，独乐章不见录，宜作者之日寥寥矣。崇祯之际，江左渐有工之者，吾乡魏塘诸子和之，前辈曹学士子顾雄视其间，守其派者，无异豫章诗人之宗涪翁也。柯子寓匏，学士馆甥，其于词，盖幼而习焉，既而助予编次宋元人之词，又同周布衣青士博采词人体制，探其源流，为《乐章考索》一书，其用心也勤，其倚声也敏，其于诗也兼工而日进于作者，殆习伏众神而臻于巧者与？……今之工于词者，大都昔曾与学士游。读寓匏词，当有以“山抹微云女婿”见目者，然而寓匏之词之派之工，不必尽合乎学士，盖由取材于宋元之人者多也。

《柯寓匏振雅堂词序》（《曝书亭集》卷四十）

张纯修

张纯修(生卒年不详)字子敏，号见阳，一号敬斋，河北丰润人。隶汉军正白旗。由贡生官庐州知府。擅山水印篆，尤工倚声。与当时著名词人顾贞观、朱彝尊等均有往还，尤近纳兰性德，并为性德身后刻《饮水词》。著有《语石轩词》一卷，康熙间，聂先、曾王孙辑入《百名家词钞》。

1. 丁澎：

刘幼功论乐府以噭径扬厉为工，诗余以婉丽流畅为美。故作词者，率取柔音曼声，尊张、柳之清俊为当行，抑苏、辛之豪放非本色。如宋伶人所论〔雨淋铃〕、〔酹江月〕之优劣，遂为填词科律。今晋人选一代名词，以老眼次第阅之，当首推张襄平独得其法，后人可以奉为科律。何辽海之多才也。

《百名家词钞》引

2. 聂先：

梁汾先生寄示《语石轩词》，开缄读之，逼似唐宋之音，字字珠玉，不啻陈琰琬于明堂，望蒹葭于秋水也。因亟付之梓，与海内词坛共欣赏焉。

《百名家词钞》引

冯瑞

冯瑞(生卒年不详)字繁文，号霄燕，江苏娄县(今上海松江)人。清康熙二十年(1681)举人，二十四年进士。改庶吉士，官至监察御史。有《棣华堂诗余》一卷，辑入聂先、曾王孙编《百名家词钞》。

1. 计南阳：

冯霄燕少工南词，昔与余有《负灯草》问世。弱冠以还，绮语是戒。《江枫》一集，同人深以不得征入为撼。近于友人处获其旧刻，披咏之下，色飞神动，约存一二，重以授梓。婉宕多风，艳冶有则，真大雅之遗音，词家之正体也。

《百名家词钞》引

2. 鲁安世：

近日云间之词，几至数十家，可谓极盛。独先生与舒章、直芳、宝酚诸先辈，寔可谓后倡导之功。其屡战场屋，晚入清华。当未第时，先有〔玉蝴蝶〕漫兴一阕，换头云：“蹉跎。风流玉树，文章金马，意气冰壶。何日管领，春风蹀躞满皇都。把从来、琴樽打叠，看此去，竹帛巍峨。”知其自命有素；心声已先为之兆矣。文章事业可易量哉？

《百名家词钞》引

3. 陈廷焯：

霄燕词情似子野，而才更过之。

《云韶集》卷十七

周清源

周清源（生卒年不详）字浣初，一字雅楫，号旦朴，又号蝶园，更号蓉湖，江苏武进（今常州）人。早年即有诗名，兼擅书法，奔走四方，卖字自给。清康熙十八年(1679)以监生荐举博学鸿词，授翰林院检讨，与修《明史》。官至工部侍郎。奉旨续修《历代纪事年表》，未竟而卒。后以其子周嘉桢佐王士枢重修始竣事。事迹见《国朝耆献类征》等。著有《司空遗集》、《雁荡山游记》，词有《浣初词》一卷。

1. 丁澎：

诗余一艺，须在未立意时选调，未成句时协声。声调之情，酿于未然，左旋右折，如不忍遽出手口，则下笔自然有一唱三叹之妙。若徒以香艳尖新，尚论词人于皮毛咳吐间，则失之千里矣。予最服膺《浣初词》，声调之妙，为本朝第一作手。因同西河太史，抄示晋人，刊作名家之冠，共当代词人一唱三叹之，以杜刻意尖新之失。词学其庶几乎？

《百名家词钞》引

2. 聂先：

《浣初词》零星成束，周文宗珍惜，不轻示人，所以世无传本。己巳夏日，纳凉湖舫，西河、药园两先生极言文宗之词，当为拙选之冠。遂下武林，方舟南湖，文宗手授抄录，略成一帙，冠于甲集之首，譬诸龙之一鳞，豹之一斑也。尚拟征刊全稿，以图纸贵。

《百名家词钞》引

陈见鑨

陈见鑨(生卒年不详)字在田，号淮士，虞山(今江苏常熟)人。诸生。工词，与沈荃、尤侗、徐乾学等均有倡酬。著有《藕花词》一卷，聂先、曾王孙辑辑入《百名家词钞》，共二十六首。

1. 彭孙遹：

在田诗歌逼真盛唐，骚赋追踪汉魏，帖括在正希、卧子间。吾乡曹侍郎秋岳、王方伯迈人咸器重之。读其《藕花词》，意新调稳，词润机圆，即起姜史诸公于今日，当不是过，固当推为风雅正宗。

《百名家词钞》引

2. 王士禛：

古来文人学士，其才情横溢，无不有所寄托，往往出其绪余，作为长短句。如宋欧阳永叔、辛稼轩诸名家词，至今脍炙人口。在田才情卓荦，意气遒上，其所为诗余，时而豪迈奔放，如苏文忠、陈龙川；时而绮丽香艳，如柳七、黄九。即偶然握管而寄托遥深。今《藕花》一编，不过吉光片语耳。尝鼋一脔者，将更窥全豹焉。

《百名家词钞》引

3. 陈廷焯：

在田词不减五代人。

《云韶集》卷十七

张星耀

张星耀(生卒年不详)字砥中，原名台柱，更名星耀，浙江钱塘(今杭州)人。诸生，官内阁中书。工于词，清康熙初即以其《洗铅词》三卷有声于词坛。康熙十七年(1678)，与其词友陆进助佟世南辑《东白堂词选》十五卷行世，录明、清两代三百七十七人词，计三百五十八调、一千七百余首。集前刊张氏撰《词论》十三则，并用《阳春白雪》、《绝妙好词》之例，将己作一百多首散列于各调之末。其《洗铅词》原本未见，仅于《东白堂词选》、《西陵词选》等清初请选集中辑得佚词一百三十八首。

1. 徐逢吉：

张砥中……尤工填词，著有《洗铅词》数百首，语多香艳，而亦有沉著老练之处。师事沈东江谦，与洪稗畦齐名。

《清波小志》卷下

2. 孙麟趾：

张星耀所选《东白堂集》非不广博，但专取缠绵一路，喁喁唧唧，如小儿女语。一时学者以此为佳，迄今沿此派者，守一腻字，以为金针。

《绝妙近词凡例》

3. 丁绍仪：

钱塘张砥中星耀，本名台柱，徐紫山《清波小志》言其人品甚不足道，而词甚尖新。著有《洗铅词》。……风格颇近玉田生。

《听秋声馆词话》卷五

陆进

陆进（生卒年不详）字荩思，余杭(今属浙江)人。著有《巢青阁集》、《巢青阁词》。

1. 陆进：

古人于父母殁后，或远行役思之不得见，反复悲痛，言之不足又长言之，此蓼莪、陟岵之所由作也。下此伉俪之间，钟情自厚，然或中道云亡神伤腹，悲何能已已。我命不犹，两值鼓盆之泣。……悲悼之余，歌以当哭，爰有燕台之作。嗣弟云士令郏邑，余送之官署，萧闲追思往事，爰有梁苑之作。将归枉道，访牛潜子司马于武昌，登临凭吊，慨当以慨，爰有楚江之作。归路凄凉，抵家寂寞，遗挂在室，空闺满尘，时序迁流，鸟鸣花谢，触处心伤，复有归家之作。计得词六十首，虽不比于潘怀县之悼李氏，元左相之忆蕙丛，而太上忘情，终非我辈之语。

《巢青阁集诗余自序》(《巢青阁集诗余》)

2. 方孝标：

文生于情，定论也。情何生于文，盖情生文为作者言，文生情为观者言也。故古人忾慕悲叹，率情略语，千百世观者辄为可泣可歌。既生一时之文，又生千载之文，情至故也。吾友陆荩思先生以诗文为骚坛秉哲者数十年，与余交最深，别亦甚久。辛酉季春，相晤于西陵，握手道故，可为欢矣。而荩思常若有不豫者久之，袖出一帙，乃为其继配邵夫人悼亡之词也。意谊缠绵，音调宏赡，殆兼苏、辛、周、柳之长，而观者辄流涕不忍终卷，未尝不叹其情之至也。至词中述夫人之妇德母仪，至详至悉。异日彤管之书，輶轩之采，可以视荩思闲家之有，则夫人中馈之攸宜，则又不独词章传诵已也。

《巢青阁集诗余题词》(《巢青阁集诗余》)

3. 毛先舒:

物有穷极工巧，而卒不能过于昔人任自然出之，乃反胜者，其故深也。荩思再娶，俱极伉俪之乐，而再悼亡，亦极缠绵之思。今词为后夫人邵作，得六十首，几三千余言。骚屑怨乱，思愈入而情愈不穷。即转折层复处，喁喁然不厌，要之极其凄惋而止，乃笔墨之际若无意焉，此其故。盖含于中者深尔，孙子荆时迈不停之句，止三十二字，王武子便叹其文生于情。噫！以此言情，情亦短哉？

《巢青阁集诗余题词》(《巢青阁集诗余》)

4. 王晫:

予幼读安仁沉忧之作，奉倩神伤之语，辄为过情。迨予丧妇，悲感物来，涕应情陨，回思所历，抑郁无聊，始知倩之所钟正在我辈，非身历者不知也。第恨无彩笔抒愁写怨，传亡妇于不朽耳。每诵荩思悼妹诗至“兄占归妹成虚象，嫂迓诸姑少一人”之句，感念若在初没悒悒。二十余年复睹荩思悼亡诸词，思致缠绵，音辞悱恻，皆予当年意中所欲言，而不能吐者。荩思悉以秦、黄、周、柳之笔一一道之，俾邵夫人之妇德母仪，历历纸上，又何必向海北求潜英之石刻像以置幕中，乃能仿佛如平生也。亡妇有知，当咎予才之不淑矣。

《巢青阁集诗余题词》(《巢青阁集诗余》)

5. 陆阶:

庚申，余弟荩思试吏部，其后妇邵以计。闻荩思伉俪之重作悼亡词一帙，属余序词。凡六十首，各系以地为燕台、梁苑、楚江、归家诸作也。……我荩思弄其柔翰，偏欲抒其郁结，争胜于其中。乃知握灵珠、抱荆璞岂必古人哉？……读荩思悼亡词，或疑燕台、梁苑、楚江、归家诸作不可同年语者，皆浅之乎？窥荩思也，故曰荩思深于情。

《巢青阁集诗余题词》(《巢青阁集诗余》)

6. 邹祗谟：

徐野君叙荩思词云："诗如康庄九达，车驱马骤，易为假步。词如深岩曲径，丛竹幽花。泉几折而始流，桥独木而方度，非具骚情赋骨者，未易染指。"虽为词林长价，实是定论。

《倚声初集》卷五

佟世南

佟世南(生卒年不详)字梅岑，汉军正蓝旗人，居江宁(今江苏南京)。活跃于清康熙初文坛。著有《东白堂词》一卷，存词六十二阕。另与张星耀、陆进合编《东白堂词选》十五卷，录存明代与清初词人三百七十七、词一千七百多首。

1. 曹溶：

缠绵婉约，当与柳屯田、秦淮海争长。

冯金伯《词苑萃编》卷八引曹溶语

2. 曹溶：

东白新词，缠绵温丽，无美不臻，其声调在柳郎中、秦淮海之间。

《百名家词钞》引

3. 吴绮：

长调之妙，梅岑独为擅长。盖其语气醇雅不冗，不复徘徊，婉转自然成文，非学力与识见并到者不能也。又闻梅岑多闺房唱和之什，惜未见授梓。使文江、海昌专美于世，岂非阙事耶？

《百名家词钞》引

4. 聂先：

梅岑之词，极尽南唐北宋之妙，余昔访之白下，不晤。又投祢刺于西湖，而梅岑已先一日行矣。因于东白堂选本略存数首，俟征全稿补之。

《百名家词钞》引

5. 陈廷焯：

梅岑词善写闺中情事，凄艳入神，不乖风雅。

《云韶集》卷十四

6. 陈廷焯：

凄凉哀怨，晏小山、秦淮海之流亚也。

《词则·闲情集》卷三

7. 杨钟羲：

佟世南，字梅岑，尝与陆进、张星耀同编《东白堂词选》十五卷，《四库》著录。所作长短句，羲录入《白山词介》。……梅岑词笔丽则，闺中复得佳偶。

《雪桥诗话》

8. 王蕴章：

辽阳杨芷运太守谓佟世南，字梅岑，尝与陆进、张星耀同编《东白堂词卷》十五卷，《四库》著录。所作长短句，太守录入《白山词介》。其〔山花子〕云："芳信无由觅彩鸾。人间天上见应难。瑶瑟暗萦珠泪满，不堪弹。　枕上彩云巫岫隔，楼头微雨杏花寒。谁在暮烟残照里，倚阑干。"谭复堂谓其不无天际轻阴之感。梅岑词笔丽则，闺中复得佳偶。栋鄂、伍尧两先生编《熙朝雅颂集》乃未登其夫妇一字。微兔床山人此记，世竟无知有佟陈氏者，亦可慨也。

《然脂余韵》卷四

9. 吴梅：

清初小令之工，无有过于容若者矣。同时佟世南有《东白堂词》，较容若略逊，而意境之深厚，措词之显豁，亦可与容若相勒。

《词学通论》

邵锡荣

邵锡荣(生卒年不详)字景桓，号二峰，浙江仁和(今杭州)人。清康熙间贡生，曾官江西安义知县。工诗，自具机杼。著有《就山堂集》、《二峰集》、《西江游词》，词有《二峰诗余》(一名《探酉词》)一卷，存词六十一首。

1. 徐倬：

“斜阳外寒鸦数点，流水绕孤村”，微茫寂寞之景也。“燕子衔将春色去，纱窗几阵黄梅雨”，艳丽绮靡之思也。“马滑霜浓，不如休去”，其情淫以挚。“杏花疏影里，吹笛到天明”，其语爽而豪。邵子以弱冠之年，含毫构思，备诸家之美。南唐北宋之间，且将高置一座。予独喋喋焉分周、柳而别苏、辛，予且瞠乎后矣。

《百名家词钞》引

2. 韩菼：

二峰世兄，梓其填词小令，冰心玉骨，腻致柔情，字里珠玑，行间香艳，真能得词中三昧者乎。

《百名家词钞》引

鲁超

鲁超（生卒年不详）字文园，一字文远，号谦庵，浙江会稽（今绍兴）人。顺天大兴（今属北京市）籍。诸生。历官河南按察使，清康熙二十七年（1688）罢。起广东布政使，康熙四十年罢。撰有《群雅集》四卷，词有《谦庵词》。

1. 丁澎：

银台公诗文之誉于越宿，推盖其诗气骨高华，于沉郁顿挫中宛有少陵风调。今读其词，则又冷艳处幽香逼人，字字惊心动魄，骚坛硕望，岂特分辛、刘一席者乎？

《百名家词钞》引

2. 曾永和：

尼山论道，恒引托于声诗。谢傅陶情，亦流连乎丝竹。古人往矣，今岂罕俦。请唱新词，宛同前哲，轻敲牙板，如逢红杏尚书。漫咏竹枝，再见青骢，御史大言可赋千秋彩笔焕云章，小月舒香，万丈云霞，标镂锦字，但晋人未窥全豹，望先生顿付锦囊。

《百名家词钞》引

丁介

丁介（生卒年不详）字于石，号欧治，诸生。清初塘栖人（今浙江杭州），丁澎侄，著有《螺亭集》、《问鹂词》。

1. 尤侗：

西湖固词人胜地也，而吾友丁药园，能以宫商雅调鼓吹两峰间，洵为邺下独步矣。乃小阮欧冶复起而叶和之，《玉笙》一卷药园比之王子晋虬軿鹤氅于缑山顶，作楚妃数弄。今来吴门，携《问鹂》新制示予。予读之，宛然如见空蒙潋滟西子淡妆于湖上也，嫣然如睹夭斜婀娜苏小之油壁西陵也。其超腾浩淼，踔然如伍相素车白马乘潮汐于钱塘也；其萧闲高旷，翩然如林处士放鹤于孤山也。自柳屯田填〔望海潮〕一阕，而“三秋桂子，十里荷花”艳称千古。仆谓“图将好景，归去凤池夸”，直张打油语耳。若以“杨柳外，晓风残月”移赠六桥，差强人意。然不如白公“吴山点点愁”一句道尽。西湖传词乎？词传西湖乎？曰两美其必合。予于欧冶遇之矣。抑有喻焉：昔欧冶子之铸剑也，薛烛相之，拂其华如芙蓉始生，观其文如列星之芒，观其光如水之溢于塘，观其色涣然如冰释见日之光，所谓纯钩者也。剑既有之，词亦宜然。故以《玉台》为锋，《香奁》为锷，《金荃》为舂，《兰畹》为镡，绕以《花间》，带以《草堂》，此欧冶子之词也。予善相词，亦为薛烛矣。

《问鹂词序》（《西堂杂组》三集卷三）

王廷璋

王廷璋（生卒年不详）字德威，号茀庵。清康熙年间塘栖人（今浙江杭州），与里人吕律、丁介相友，性孝友，善属文，工诗词，名重一时。有《玉笙词》、《璧月词》、《茀庵词》。

1. 尤侗：

西里丁子欧治有《问鹂词》，予既为之序矣。无何复寓其友王子德威书来，以《璧月词》索序于予，予谓丁子曰："昔西里卓珂月、徐野君两先生有《词统》一书，予童时即喜读之。今卓君逝矣，徐君岿然独存，风雅嗣音，鼓吹不绝，何西里之多才也？河西善讴，河右善歌，盖有之矣。"吾友邹程村尝称《词统》搜奇葺僻，可谓词苑功臣，而《蕊渊》、《雁楼》二集，亦复风致淋漓，艳诡竞响，但过于尖透处未免浸淫元曲耳。此亦他山之论。今王子从徐先生游，而笔妙若此，青出于蓝未可量也。或者谓诗余一道，刻画闺襜，恐伤绮语。不知贻彤管、赠芍药，《三百篇》已开香奁体矣。《离骚》满堂美人又何艳也？少陵野老犹有翠袖修竹之思，岂独呵十五王昌近于无礼乎？故评词者尊铁板而绌红牙，非定论也。若《璧月》之名，本于《玉树后庭花曲》，小说载陈后主为张丽华造桂宫圆门，如月障，以水晶后庭设素粉罘罳庭中，空洞无他物，惟植一桂树，驯一白鹿。丽华被素袿裳，梳凌云髻，孕子鞁玉华飞头，履独步于中，呼为"张嫦娥"，此"璧月"所由名也。王子岂有慕而为之欤？嗟乎！美如丽华，吾恨不得与此人同时耳！奈何訾叔宝全无心肝乎？

《璧月词序》（《西堂杂组》三集卷三）

先著

先著（1651—？）字渭求，又字染庵，号蠲斋，四川泸州人。清顺治二年，其先流寓金陵，故生于上元。自号迂夫，善书工画。著有《之溪老生集》八卷，有《劝影堂词》三卷。

1. 先著：

词虽小技，有乖有合，其浅深高下之故，殆不减于诗。诗所不能尽者，以长短句出之，名以诗余，固与诗同源而别体也。风、骚、五七字之外，乃另有此一境。当其缠绵宛转，激壮悲凉，尤觉易于感人。然有染不掩姿，雕不病骨，浓不损灵，美不伤薄者，仅以为艳情所讬，则末矣。顾昔之为词者，皆规摹屯田、淮海，体制未超，后颇知从事于白石、梅溪，改趋清绮，而造微诣极，终逊古人，何也？宋人之于词，犹唐人之于诗也，以其人各一面目，故为一代独绝之作。今人好尚即不免雷同，是以去之尚远耳。余弱岁颇好此，有词数十阕。虽不足存，曾为一二知己所寓目，不忍弃之。中年以来，兴之所触，或未尝废，然所有亦无几。昔人有云我虽不工书，然知书莫如我。夫能者固未有不知，而知者或未必能。谓余稍能别知词之高下可耳，若谓能作词，则未必然。

《劝影堂词自记》（《之溪老生集》）

余光耿

余光耿(1651—1705)字介遵，一字觐文，江南婺源(今属江西)人。祖余懋衡为东林党人。父余维枢，入清官兵部主事。家道中落，少孤贫无援，久困于场屋。清康熙四十四年(1705)乡举傍发即卒。有《一溉堂诗集》一卷，附《蓼花词》一卷，百八十余首。

1. 董云舫：

介遵先生公车北上，初以文投桐城望溪方公，一见倾倒。后有文酒之会，适颁时宪书，先生即席赋玉女迎春慢一词，座上名流尽皆辍笔，一时名噪都下。然先生竟艰一第，郁郁以孝廉卒。当时评者，谓先生词跻于昔贤，不在白石、梅溪之下，方诸时杰，应侪乌丝、竹垞之间。

冯金伯《词苑萃编》卷八

2. 方玫士：

无何数值多奇，时丁不偶。清白吏后，虚留四海之囊；秀彩毫生，徒画半空之字。辞家壮岁，兴悲烈士；依人作客，常年每叹。文人失路，历严滩十八而速下，从晴江几折以迟流。过钱陵伍庙之前，低徊不去；瞻岳柏千松之侧，惆怅何来。冷谷泉飞，犹带箕踞，叫绝之响，鼍山涛涌，恍闻抑郁不平之鸣。……闻月西子湖头，月殊有恨；寻花苏公堤上，花为含愁。未免有情，聊托兴于银筝檀板；谁能遣此，姑自适于酒肆旗亭。是以咏物怀人，尽属风雨；无聊之想，感时因为。反复卒读，累昼夜不厌。虽然余之服膺介遵，岂第以是词云尔哉？予交介遵久，知介遵悉以彼其才轹谢凌颜，假令早骧首云路，鼓吹大雅，应久已媲美燕许，以修五凤楼，手推下水船，而何独以减字偷声，徒令人称辛、柳复出耶？嗟乎！介遵与余俱已年逾四十矣，家有白发郁郁，终年不能博一第为门闾欢。琵琶呜咽，同病相怜，正不知此一往，吾两人相见何时。尚如今日否？不落寞否？人生转瞬，不能逆料，临歧把卷，不又将叹盛会之不易得也。

《蓼花词序》（《蓼花词》）

3. 方致士：

介遵咏物诸词，研摹刻画，托寄高远，巧不伤雅，浓不病华。按：光耿，婺源人。有《蓼花词》一卷，版已漶漫，同里王顾亭使君重梓以问世。

冯金伯《词苑萃编》卷八

4.《四库全书总目提要》：

光耿有《一溉堂诗集》，已著录。其父懋衡，于明末遭党祸，光耿少而孤苦，中多感慨，往往托填词以自遣。〔满江红〕诸作，思亲忆弟，寄托颇深。其以“蓼花”名者，殆亦取多难集蓼之意欤？

《蓼花词提要》

佟世思

佟世思(1651—1692)字俨若，一字葭沚，号退庵，满洲镶蓝旗人。荫生。清康熙二十六年(1687)任广西思恩(今环江)县知县，卒于官。事迹见张维屏《国朝诗人征略》。世思少负隽才，多结名流，诗词兼工。著有《与梅堂集》、《耳书》，词有《与梅堂词》一卷，收词六十一首。

1. 丁绍仪：

辽阳佟氏，为从龙望族，世多显宦，而文采无闻。独思恩令世思，以壬子得官，年已四十余，未几卒。所著《与梅堂诗文集》，附词一卷，虽不克追踪饮水，亦颇有隽语。〔眼儿媚〕云……含凄欲绝，颇不类贵公子口吻。

《听秋声馆词话》卷一

陈世昶

陈世昶（生卒年不详）字仙庚，号所轩，江苏南通州人。清康熙二十七年（1688）拔贡，五十二年在安东任儒学教谕。撰有《所轩集》一卷，有《露香词》一卷。

1. 周曾锦：

散木弟世昶，字仙庚，拔贡生。工诗词，出散木指授。著《露香词》一卷，温柔香艳，其吊古诸作，直逼髯翁。

《卧庐词话》

范缵

范缵（1651—1710）字武功，号笏溪，江苏娄县人。太学生，好与僧释来往。长于书画，尤精堪舆家言。著有《四香楼诗钞》三卷。

1.《四库全书总目提要》：

大抵宗法周、柳，犹得词家正声。而天然超妙不及前人，未免有雕镌之迹。至如〔南歌子〕第二首之类，虽粉脂绮罗，诗余本色，要亦稍近于亵也。

《四香楼词钞提要》

堵霞

堵霞(生卒年不详)字岩如，号绮斋，又号蓉湖女士，梁溪(今江苏无锡)人。清诗人、书画家。进士堵廷芳女，庠生吴元音室。少嗜读书，博经史，喜吟咏，善绘事，兼工小楷。其诗有晚唐风韵，画法宋人。著有《三到堂稿》,《含烟阁诗》，词有《含烟阁词》行世。

1. 高舆：

古来闺中之彦擅风雅而工掞藻者，概难数见……锡山元音吴君侨居武陵有年矣。一日扁舟过访，杯酒流连，出其夫人《含烟阁》一编见示，余始悔前言之失，而喜今世之竟有其人，信今团扇弢光、锦机匿采矣。其诗温雅稳惬，情景兼尽，不以纤巧骋长。长短句清新婉丽，若出水芙蓉，非同雕绘。合而论之，诗已登大历才子之堂，词亦不让晓风残月。但全卷半属言愁，大有开府乡关之感，所谓未免有情，谁能遣此者。

《含烟阁词序》(《含烟阁词》)

2. 退蜚老人：

堵霞，字绮斋，号蓉湖女史，梁溪进士尹令堵公之女，同邑庠生吴元音室。博通经史，游情绘事……此本所录为含烟阁诗词，特其一斑云耳。时己亥花朝，盐官玉溪生跋。阳羡堵氏为前朝巨姓，中丞胤锡为最著。绮斋想其族中之苗裔欤？词颇隽秀，由其天分高也，比诗胜十倍，才女，才女！

《含烟阁词跋》(《含烟阁词》)

3. 王蕴章：

堵霞，字绮斋，吾邑堵庭棻女，吴元音室，自号蓉湖女士。庭棻官山东历城县，绮斋幼时随侍署中，故其〔满江红〕忆昔词云："历署风光，惜少小、未知领略。还记得、堂名三到，含烟颜阁。早起教调鹦鹉粒，夜阑戏挽秋千索。想依稀，曾也学哦吟，浑忘却。　　消昼永，闲庭鹤。惊晓梦，山城柝。遥望著、插天岱岭，露浓烟薄。仙迹晴崖窥彩凤，幻形片石藏城郭。忆明湖、十里芰荷香，今何若。"绮斋词即以含烟阁名，诗亦清隽韶秀，高出晚唐。

《然脂余韵》卷四

汪森

汪森(1653—1726)字晋贤，号碧巢，浙江桐乡人，祖籍安徽休宁。清康熙十一年(1672)入贡，官广西桂林通判，迁太平，擢知郑州，未赴，丁母忧归。服阕，补刑部山西司员外郎，擢户部江西司郎中。六十一，告归。生平事迹见《清史列传》等。森工诗词，早年曾迎嘉兴周筼至家，从之学诗，与兄汪文桂、弟汪文柏均擅诗词。后又与黄宗羲、朱彝尊等学术名家商榷，学业益进。家富藏书，筑裘杼楼庋之，海内名士接踵而至，森诗名更甚。著有《小方壶存稿》、《月河词》、《桐扣词》、《碧巢词》。聂先、曾王孙辑《碧巢词》入《百名家词钞》。今存汪森词一百五十六首。汪森有名于词坛，乃因其助朱彝尊编纂《词综》成，并继之从宋元一百七十家词集，并传记、小说、地志等增补四卷，刻本行世。后又与柯崇朴等辑补词六卷，总成为三十六卷本。森撰《词综序》一文，推尊词体，为浙西词派前期词学理论作出重要贡献。

1. 曹溶：

诗余起于唐人而盛于北宋，诸名家皆以春容大雅出之，故方幅不入于诗，轻俗不流于曲，此填词之祖也。南渡以后，渐事雕绘，元明以来竞工俚鄙，故虽以高、杨诸名手为之，而亦间坠时趋。至今日而海内诸君子，阐秦、柳之宗风，发晏、欧之光艳，词学号称绝盛矣。晋贤宿擅时名，学殖富而才思宏，其《月河》、《桐扣》诸词，皆步武北朝，不坠南渡以后习气。而《词综》一选，脍炙人口，允足鼓吹骚坛，笙簧艺苑。

《百名家词钞》引

2. 吴绮：

夫词之为道，始于李唐，而其体浸淫于五代；盛于赵宋，而其情原本于六朝。故体以靡丽而多风，情以芊绵而善入，虽有《花间》、《兰畹》之目，实则美人香草之遗也。余友汪子晋贤，甸外飞才，区中架学。论文独妙，已结契于青松；顾曲偏精，更留心于红豆。以故鸿冥高士，目以瑶林；鹊起才人，称为玉海。而汪子乃以《桐扣词》一册问序于余。受而读之，浣手濯蔷薇之露；函而藏之，熏衣吹兰茝之烟。譬见杨环，凭栏独笑；如逢郑旦，却扇自怜。秀本出于骨中，娇复生于肌外。是有托而鸣者，何其言之丽哉。嗟乎！古调寖微，新声竞起。效周、柳则折腰龋齿以呈姿，宗苏、辛则努目张眉而称快。安得以此颁诸乐府，悬以国门？花底沉香，爰酌玻璃之碗；灯前锦字，试调玳瑁之筝。

《汪晋贤〈桐扣词〉序》（《林蕙堂全集》卷五）

3. 朱彝尊：

汪晋贤家藏宋元人词集最多，取而研究之，故其词能标举新异。

王初桐《小嫏嬛词话》卷三引

4. 聂先：

艳而有骨，劲而有韵，以铙歌鼓吹清商舞调之节奏，而为填词，其格趣意理在待制、屯田间，令人兴观止之叹。

《百名家词钞》引

5. 沈雄：

晋贤与竹垞搜辑宋元未见词章，刻为《词综》三十卷以广见闻，俾倚声者之有所宗，大有功于词者。《月河》一刻不下百篇，而整洁自好，亦自成家，故其人亦如之。余访之于梧桐乡，赠答〔百字令〕，信知名下无虚也。

《古今词话·词评》卷下

6. 汪孟鋗：

宋元甄综有余师，潜采方壶共主持。

漫浪人间寻野鹤，扣桐自味一家词。

《题本朝词十首》（《厚石斋诗集》卷一）

7. 谭莹：

积书多亦如书簏，况仅词家备宋元。

读到小方壶一集，居然作者莫同论。

《论词绝句四十首专论国朝人》（《乐志堂诗集》卷六）

8. 谢章铤：

王述庵曰：汪氏晋贤叙竹垞太史《词综》，谓词长短句本于三百篇并汉之乐府。其见卓矣，而犹未尽也。盖词实继古诗而作，而诗本于乐，乐本于音，音有清浊高下、轻重抑扬之别，乃以五音十二律以著之。非句有长短，无以宣其气而达其音。故孔颖达诗正义谓风雅颂有一二字为句及至八九字为句者，所以和以人声而无不协也。《国朝词综》序此于句法之所以长短，果能深知其故。惟以晋贤之言为未尽，是又好为议论。

《赌棋山庄词话》卷十二

9. 陈廷焯：

晋贤词，气骨最高，遣词亦精警，高者亚于竹垞。

《云韶集》卷十六

10. 陈廷焯：

词有表里俱佳，文质适中者……有有文无质者，刘改之、施浪仙、杨升庵、彭羡门、尤西堂、王渔洋、丁飞涛、毛会侯、吴园次、徐电发、严藕渔、毛西河、董苍水、钱保朌、汪晋贤、董文友、王小山、王香雪、吴竹屿、吴穀人诸人是也。词中之下乘也。

《白雨斋词话》卷八

许田

许田（1653—？）字莘野，一名畾，字畾父，一字改郁，别号清滕，浙江钱塘（今杭州）人。清康熙四十二年（1703）进士，官四川高县知县。有《春梦词》二卷、《水痕词》二卷、《屏山词话》一卷。

1. 刘廷玑：

词家三昧，全以不著迹象为佳。余最爱莘野〔解语花〕结句，“漾花梢一朵行云，化水痕难觅”，其妙处在离即之间。

徐珂《清代词学概论》引

2. 许尚质：

红藕庄边，荷香十里；黄皮塔下，树老千寻。□欲浮舟，愧乏玄真之侣；谁能结宇，重开雷就之居。则有吾家阿讷，避人城北，铲迹山南，编日及以为篱，激风泉而作沼。闲呼鱼婢，随行略彴之间；学舸鸡儿，自扫昔耶之径。茶枪醴盏，杂沓东头；棐几绳床，横陈西舍。尔乃一赋闲情，再成曼调。歌来缓缓，还寻陌上之钿；唱出红红，尽入尊前之谱。柳边残月，三变弥上；楼上高寒，一时寄旨。固已流传于宫禁，实堪鼓吹乎词场。嗟乎！仆本恨人，君真才子。春深对处，徒增倚玉之羞；年少填词，只传簸钱之谤。花间宛转，合逊微吟；竹屋徘徊，漫嫌痴语。看乌丝之擘尽，愿分不借以同游；倘皂帽之归休，应伴结邻而共住。

《屏山词序》（《酿川集》卷一）

3. 吴衡照：

许莘野“漾花梢一朵行云，化水痕难觅”二语，状偶见之神，殆入化境。莘野名田，钱塘人，康熙癸未进士。有《春梦词》二卷，《水痕词》二卷，《屏山词话》一卷。

《莲子居词话》卷三

4. 陈廷焯：

国初如梅村、棠村、南溪、渔洋、珂雪、艺香、华峰、饮水、羡门、西堂、秋水、符曾、分虎、晋贤、覃九、蘅圃、松坪、莘野、紫纶、奕山诸家，各具旗鼓，互有短长。（卷十四）

莘野词音调凄清，风流名俊，虽不逮其年、竹垞，要自不在分虎、符曾诸公下也。（卷十七）

《云韶集》

5. 陈廷焯：

国初诸老之词，论不胜论。而最著者，除吴（按：吴伟业）、王（按：王士禛）、朱（按：朱彝尊）、陈（按：陈维崧）外，莫如棠村、秋岳、南溪、珂雪、艺香、华峰、饮水、羡门、秋水、符曾、分虎、晋贤、覃九、蘅圃、松坪、西堂、莘野、紫纶、奕山诸家，分道扬镳，各树一帜。

《词坛丛话》

吴之驎

吴之驎（生卒年不详）字鸣夏，号逸园，安徽歙县人，附贡生，著有《坐花阁诗余》一卷。

1.《续修四库全书总目提要》：

词颇清婉，惟平浅而不沉郁，故淡而不腴，时杂粗硬之句。如〔行香子〕云："叹年方青，倏壮矣，老终焉。"〔满江红〕云："任狂奴故态，不文而野。"并非词中语也。时见艳体，亦清初纤薄之派。喜和《艺香》，又逊于《艺香》矣。

《续修四库全书总目提要·坐花阁诗余一卷》

查嗣瑮

查嗣瑮（1653—1734）字德尹，号查浦，浙江海宁人。查慎行之弟。清康熙三十九年（1700）进士，选翰林院庶吉士，授编修，升至侍讲。幼警敏，数岁即解切韵谐音，生平游迹遍天下，其诗精妙，与兄查慎行齐名，时人比作宋代“二苏”。后因弟查嗣庭文字狱案受株连，谪遣陕西蓝田，卒于戍所。著有《查浦诗钞》十二卷，词有《查浦诗余》一卷。

1. 查礼：

元遗山雁邱词，古今脍炙，家查浦伯嗣瑮平生作词甚少，尝作蝶冢一阕，调寄〔玉蝴蝶〕，词云：“须信多情多种，雁邱燕垤，几处凄凉。何况身轻，命薄似汝飘扬。旧恩灰、舞裙歌扇，新梦冷、密院重墙。意难忘。传真绣谱，伴影雕梁。　花房。曾依花活，花归尘土，甘瘗花傍。鹃泣莺啼，也如哀笛怨山阳。葬谁殉、招魂蜂虿，墓谁誓、宿草鸳鸯。算轻狂。来生认取，爱粉何郎。”情味缠绵，百读不厌。

《榕巢词话》(《查恂叔集》)

徐逢吉

徐逢吉(1655—1740)字紫山，一作紫珊，又字子宁，号青蓑老渔。原名昌薇，字紫凝，一作子凝，浙江钱塘(今杭州)人。居杭城清波门外学士巷，人呼闇门先生。《两浙輶轩录》引朱彭传曰：“紫山少能诗，毛稚黄称其诗高逸可希古作者。”“晚年归隐西湖学士巷……名所居曰‘黄雪山房’”。著有《黄雪山房诗》，位在“西陵后十子”之列。尤工词，与厉鹗年齿不相及而唱酬甚得。词作由各选本著录者有《柳洲清响》、《摇鞭微笑》、《春晖词》等，均未见，仅于清初《瑶华集》、《西陵词选》、《东白堂词选》、《六十名家词》并《杭郡词辑》等，录得佚词二十四首。

1. 厉鹗：

徐丈紫山黄雪山房，在学士港口湖山幽胜处也。其词清微婉妙，绝似宋人。

冯金伯《词苑萃编》卷八

2. 吴衡照：

徐紫珊逢吉在西陵后十子之列，居清波门外学士港，为黄雪山房。……工词，有《摇鞭微笑》、《柳洲清响》、《峰楼写生》等集。〔长相思〕云：“过饶州。盼韶州。白首重为岭外游。梅花在岭头。水西流。水东流。两个离人一叶舟。并来多少愁。”

《莲子居词话》卷三

邵瑸

邵瑸(1655?—1709)字殿先，号柯亭，原名宏魁，顺天大兴(今属北京)人。龚佳育婿。清康熙十四年(1675)举人，官山东昌邑县知县。自幼与龚翔麟同砚席习诗文，康熙十六年起又同在南京瞻园龚氏署中填词，今存词二百五十五首，多系白门唱酬之篇。“浙西六子”得邵瑸而为七家，其词风绝类“六家”韵致，多咏物、题面之作，咏物词又衍为联章“赋得体”形态，如咏“篷窗”、“僧窗”、“雨窗”、”红窗”、“竹窗”、“雪窗”之类，已开“浙派”中期镂虚凿空风气。著有《情田词》。

1. 邵瑸：

畴曩客白门，朱竹垞、龚蘅圃雅爱填词，一唱迭和者为沈融谷覃九、李武曾耕客，余慕之而未作也。未几，耕客过瞻园，余始与之日赋，次为二卷，题曰《情田》。按其岁为庚申，从此浮沉垂三十年。畿南奔走，词不复作。即向所制已化为烟云，不知销归何所。每览诸君子倚声，不禁神往焉。昨蘅圃游东莱，始出余旧本，然只一卷，又大半涂抹，不复完好矣。昼帘无事，补缀成之，仍其卷为二。嗟呼！余冉冉老矣。强饭安眠是其分，乃为移宫换羽之学，而舒啸春风，不几看花雾中乎？是可哂也。

《情田词序》(《情田词》)

2. 龚翔麟：

暇则以填词自遣，后得桃乡农共晨夕，酒边花外，倚声日益多。柯亭见之，时妬余两人吟兴之豪也。乃手披宋元人词一卷，键户苦吟，不数月间，裒然成集。取而读之，缠绵温丽，多言闺阁裙裾之情。梦窗之密，玉田之疏，殆兼之而工者欤？桃乡农以“情田”题其集，而属徐子虎侯篆石以遗之，是余又将妬柯亭矣。

夫余于文章之外，又先柯亭为词，而其词又出余上，抑何柯亭之多才也？

《情田词叙》（《情田词》）

3. 邵履嘉：

先君兹集，为前辈朱竹垞、李耕客诸公所赏，田居舅氏（按：龚翔麟）尤三致意焉。

《情田词序》（《情田词》

4. 邵大业：

先伯父居家有令闻，历官有善政，文章其余也，《情田词》则又文章之余也，然而冲虚容与之致于是乎见。读伯父之词，亦可以想见伯父之为人与为政矣。

《情田词跋》（《情田词》）

5.《四库全书总目提要》：

瑸初名宏魁，字柯亭，大兴人。康熙己卯举人，官新河县教谕，迁昌邑知县。其填词之学出于朱彝尊。

《情田词提要》

纳兰性德

纳兰性德(1655—1685)原名成德，避东宫讳，改性德，字容若，号楞伽山人。父明珠，官大学士、太子太傅，母爱新觉罗氏。先世为蒙古人，十六世纪末，归附后金。性德曾祖姑为努尔哈赤妃，生清太宗皇太极，家族由此显贵，隶正黄旗。明珠深得康熙帝恩宠，名振朝野。其家“货贿山积”，“日进斗金”。性德聪敏好学，年十七补诸生，入太学，受业于徐元文及其弟徐乾学。十八岁举顺天乡试，二十岁成进士。授侍卫。自清康熙十五年至二十三年(1676～1684)，出入扈从，深得皇帝隆遇。康熙十八年，各地文士应博学鸿词试至京，性德与朱彝尊、陈维崧、姜宸英、严绳孙、秦松龄、梁佩兰等结识，相互唱和。与顾贞观友谊最笃，曾应贞观恳清，援救其挚友吴兆骞自戍地宁古塔放还，为人所称道。容若于功名利禄甚为轻视，而钟情书史诗文。性德妻卢氏十八岁于归，伉丽情笃，三载而逝。性德悼亡词血泪交溢，语痴入骨。生平事迹见《清史稿》、《清史列传》等。性德好观北宋之作，不喜南渡诸家，主张“舒写性灵”，故与顾贞观同编《今词初集》。性德著有《通志堂经解》、《通志堂诗集》、《渌水亭杂识》，词初集名《侧帽词》，后经顾贞观增补为《饮水词》，后人又汇辑成《纳兰词》，存词三百四十八首。

1. 吴绮：

一编《侧帽》，旗亭竞拜双鬟；千里交襟，乐部惟推只手。吟哦送日，已教刻遍琅玕；把玩忘年，行且装之玳瑁矣。迩因梁汾顾子，高怀远询停云；再得容若成君，新制仍名《饮水》。披函昼读，吐异气于龙宾；和墨晨书，缀灵葩于虎仆。香非兰茝，经三日而难名；色似蒲桃，杂五纹而奚辨。汉宫金粉，不增飞燕之妍；

洛水烟波，难写惊鸿之丽。盖进而益密，冷暖只在自知；而闻者咸嘘，哀乐浑忘所主。谁能为是，辄唤奈何。则以成子姿本神仙，虽无妨于富贵；而身游廊庙，恒自托于江湖。故语必超超，言皆奕奕。水非可画，得字成澜；花本无言，闻声若笑。时时夜月，镜照眼而益以照心；处处斜阳，帘隔形而不能隔影。才由骨俊，疑前身或是青莲；思自胎深，想竟体俱成红豆也。嗟乎！非慧男子，不能善愁；惟古诗人，乃云可怨。公言性吾独言情，多读书必先读曲。江南肠断之句，解唱者惟贺方回；堂东弹泪之诗，能言者必李商隐耳。

《通志堂词序》(《通志堂词》)

2. 丁澎：

容若填词，有《饮水》、《侧帽》二本，大约于尊前马上得之。读之如名葩美锦，郁然而新；又如太液波澄，明星皎洁。宋初周待制领大晟乐府，比切声调十二律，柳屯田增至二百余阙，然亦有昧于音节，如苏长公尤不免"铁绰板"之讥。今饮水以侍卫能文，少年科第，间为诗余，其工于律吕如此，惜乎不能永年，悲夫。

《百名家词钞》引

3. 严绳孙：

比喜小词，每好为之，当其合作，宋诸名家不能过也。或感触风景，扈从山川，时复有作。及以相质，欣赏其长而剔抉其所短，莫不厘然各当于心焉。初容若年甚少，于世无所措意；既而论文之暇，间语天下事，无所隐讳。……容若夙奉庭训，顷且益被主知，兹其殁也，天子所以哀而恤之者皆出于异数，足知上之任用之意未有量，乃竟不得一展其才，而徒以乐府小道自托于《金荃》、《兰畹》之遗，使后世缀文之士抚卷而三叹也。呜呼，岂非家国之均痛哉！

《进士纳兰君哀词》(《通志堂集·附录》)

4. 严绳孙：

始余与成子容若定交，成子年未二十。见其才思敏异，世未有过之者也。使成子得中寿，且迟为天子贵近臣，而举其所得之岁月，肆力于六经诸史百家之言，久之，浩瀚磅礴，以发为诗歌、古文词，吾不知所诣极矣。……至于乐府小词，以为近骚人之遗，尤尝好为之。故当其合作，飘忽要眇，虽列之《花间》、《草堂》，左清真而右屯田，亦足以自名其家矣。嗟呼！天之生才，而或夺之年，如贾傅之奇气卓识，度越今古无论。其次文章之士，若唐王勃之流，藻艳飙驰，一往辄尽，故裴行俭之论，有以卜其所止。今成子之作，非无长才，而蕴藉流逸，根乎情性。所谓人所应有，已不必有；人所应无，已不必无。虽使益充其所至，犹疑非世之所共识赏，而造物厄之何耶！虽然，修短天也。夫士亦欲其言之传耳。

《成容若遗稿序》

5. 严绳孙、秦松龄：

兄善倚声，世称绝唱，周柳香柔，辛苏激亢。每言诗词，同古所尚，古诗长短，即词之创，南唐北宋，波澜特壮，亦犹诗律，至唐而畅。屈为诗余，斯论未当。

《祭纳兰容若文》（《通志堂集·附录》）

6. 徐倬：

高怀天授，逸韵生成。产金张许史之家，偏亲韦布；擅卢骆王杨之制，还喜香奁。绝妙好辞，双鬟按拍；流传乐府，孺子知名。

《进士纳兰君哀词》（《通志堂集·附录》）

7. 陈维崧：

《饮水词》哀感顽艳，得南唐二主之遗。

《纳兰词评》引

8. 姜宸英：

其不亡者，乐府百篇。诗词蕴藉，书体精研。

《祭纳兰容若文》(《通志堂集·附录》)

9. 姜宸英：

诗萧闲冲澹，得唐人之旨，然喜为长短句特甚。尝言："诗家自汉魏以来，作者代起，姓氏多澌灭。填词滥觞于唐人，极盛于宋，其名家者，不能以十数，吾为之易工，工而传之易久。而自南渡以后勿论也。"其于词，小令取唐五代，宗晏氏父子；长调则推周、秦及稼轩诸家，以为其章法转换、顿挫离合之妙，正与文家散行体何异？而世故薄之，何耶？故即第左葺茅为庐，常居之，自题曰"花间草堂"。视其凝思惨淡，终合天巧，真若有自得之趣者。

《通议大夫一等侍卫进士纳兰君墓表》(光绪勿自欺斋刊《姜先生全集》卷十八)

10. 姜宸英：

侍从张安世，名家晏小山。承恩惟宿卫，适意在《花间》。客至同开卷，朝回只闭关。心期如有托，寂莫去尘寰。

《挽诗》(《通志堂集·附录》)

11. 梁佩兰：

所为诗词，绪幽以远。落叶哀蝉，动人凄怨。

《祭纳兰容若文》

12. 梁佩兰：

《饮水》题诗卷，行边展画图。一为云雨散，几处友朋孤。泪作天河落，心将塞草枯。平生无此哭，不是为穷途。

《挽诗》(《通志堂集·附录》)

13. 朱彝尊：

曩岁癸丑，我客潞河。君年最少，登进士科……改岁月正，积雪初霁。绷履布衣，访君于第。居时欢剧，款以酒剂。命我题扇，炙砚而睇。是时多暇，暇辄填词。我按乐章，缀以歌诗。剪绡补衲，他人则嗤。君为绝倒，百过诵之。

《祭纳兰容若文》(《通志堂集·附录》)

14. 聂先：

容若为相国才子，少工填词，香艳中更觉清新，婉丽处又极俊逸，真所谓笔花四照，一字不移不得者也。惜乎早赴修文，人皆惋惜，所谓天雨粟鬼夜哭，果有之耶？

《百名家词钞》引

15. 鲁超：

吾友梁汾常云：诗之体至唐而始备，然不得以五七言律绝为古诗之余也。乐府之变，得宋词而始尽，然不得以长短句之小令、中调、长调为乐府之余也。词且不附庸于乐府，而谓肯寄闰于诗耶？容若旷世逸才，与梁汾持论极合，采集近时名流篇什，为《兰畹》、《金荃》树帜，期与诗家坛坫并峙古今。

《今词初集题辞》(《清词珍本丛刊》)

16. 徐嘉炎：

《兰畹》、《金荃》早擅场，曾开银榜舞霓裳。
篇章好续《尊前集》，丹药难逢肘后方。
可有甜波来白海，空传鲛泪泣黄肠。
堪嗟北斗阑干候，结束飞尘入建章。

乐府花间著作林，南朝宫体识余音。
玉笙吹彻含愁句，锦瑟传将惜别心。
三变遗声销柳七，九原同调得陈琳谓迦陵。
填词妙手今岑寂，中散当年痛抚琴。

《挽诗》(《通志堂集·附录》)

17. 徐乾学：

精工乐府，时谓远轶秦柳。所刻《饮水》、《侧帽》词，传写遍于村校邮壁，海内文士，竞所摹仿，然君不以为意。

《通议大夫一等侍卫进士纳剌君神道碑文》(《憺园文集》卷三十一)

18. 徐乾学：

尤喜为词，自唐五代以来诸名家词皆有选本。……好观北宋之作，不喜南渡诸家，而清新秀隽，自然超逸，海内名人为词者皆归之。

《通议大夫一等侍卫进士纳兰君墓志铭》(《通志堂集·附录》)

19. 毛际可：

近世词学之盛，颉颃古人，然其卑者，掇拾《花间》、《草堂》数卷之书，便以骚坛自命，每叹江河日下。今梁汾、容若两君权衡是选，主于铲削浮艳，舒写性灵，采四方名作，积成卷轴，遂为本朝三十年填词之准的。

《今词初集跋》

20. 董讷：

字追米、蔡，词抗苏、黄，诗则拾遗王、孟之间，罔不各臻其妙。

《进士纳兰君诔词》(《通志堂集·附录》)

21. 杜臻：

……诗词清丽，专门所不及……

《进士纳兰君哀词》(《通志堂集·附录》)

22. 顾贞观：

容若词一种凄惋处令人不能卒读，人言愁我始欲愁。

《纳兰词话》引

23. 顾贞观：

非文人不能多情，非才子不善愁怨。骚雅之作，怨而能善，惟其情之所钟为独多也。容若天资超逸，翛然尘外，所为乐府小令，婉丽清凄，使读者哀乐不知所主，如听中宵梵呗，先凄惋而后喜悦，定其前身，此岂寻常文人所能到者？昔汾水秋雁之篇，三郎击节，谓巨山为才子，红豆相思，岂必生南国哉？

《通志堂词序》（《通志堂词》）

24. 韩菼：

颇好为词，爱作长短句，跌宕流连，以写其所难言。

《通议大夫一等侍卫进士纳兰君神道碑铭》（《通志堂集·附录》）

25. 韩菼：

容若读书机速过人，辄能举其要。诗有开元风格。作长短句，跌宕流连，以写其所难言。有集名《侧帽》、《饮水》者，皆词也。

冯金伯《词苑萃编》卷八

26. 〔朝鲜〕徐良崎：

使车昨渡海东边，携得新词二妙《侧帽词》、《弹指词》传。

谁料晓风残月后，而今重见柳屯田。

冯金伯《词苑萃编》卷十八

27. 徐釚：

余旧有《菊庄词》，为吴孝廉汉槎在宁古塔寄至朝鲜……同时有以成容若《侧帽词》、顾梁汾《弹指词》寄朝鲜者，朝鲜人有“谁料晓风残月后，而今重见柳屯田”句，惜全首不传。

《词苑丛谈》卷五

28. 乔莱：

文采风流剧梦思，寂寥吟院冷书池。

时无晕碧裁红手，一曲犹传乐府词。

《挽诗》（《通志堂集·附录》）

29. 张玉书：

而君傺直稍暇，留精问学，缥缃插架，丹黄满家，其入翘材之馆而分文宴之席者，辄有人尽江萧，座皆庾鲍之目。惟君对客抽毫，停觞掷句，即新词小令亦直追渭南、稼轩之遗，宾从过而咨嗟，词宿为之叹绝，岂非天授逸才，身兼数器十乘，蔚称国宝，而千里羡为家驹者乎！

《进士纳兰君哀词》（《通志堂集·附录》）

30. 张星耀：

昭代词人之盛，不特凌轹元明，直可并肩唐宋。如《香岩》之雄瞻，《棠村》之韶令，《容斋》之新秀，《衍波》之大雅，《延露》之俊逸，《丽农》之宏富，《东江》之绵渺，《弹指》之幽艳，《乌丝》之悲壮，《艺香》之浓鲜，《玉凫》之清润，《兰思》之真致，《玉蕤》之周密，余如秋岳、锡鬯、容若、云士、舒凫、夏珠、昉思诸公，未窥全豹，微露一斑，而《二乡》、《远山》、《云涌》、《扶荔》、《鸾情》、《南溪》、《炊闻》、《百末》、《含影》、《支机》、《蓉渡》、《锦瑟》、《柳村》、《遏云》、《当楼》、《青城》、《蝶庵》、《秋水》、《峡流》、《吹香》、《椒峰》、《萝村》、《菊庄》、《移春》、《山晓》、《梨庄》、《红蕉》、《柯亭》诸集，可谓家操和璧，人握隋珠，一时群聚。噫，盛矣！

《词论》（《东白堂词选初集》）

31. 董闇：

曲径风悲竹，高门云过山。
修文入天上，慧业出人间。
尘满书连幌，琴虚月映关。
惟余乐府意，潇洒寄区寰。

《挽诗》（《通志堂集·附录》）

32. 沈朝初：

〔满江红〕

搔首青天，问底事、偏嫌才子？休比似，彩云易散，琉璃多脆。璞玉浑金人卓荦，裁云缝月词清丽。想岁星、不耐住黄尘，人间世。　斑虬管，文鸾翳；蓉城主，璚楼记。逐群仙上下，大荒游戏。哀笛斜阳愁客听，孤琴流水为君碎。忍埋将、瑶树向青山，情何已？

《通志堂集·附录》

33. 蔡升元：

〔满江红〕

珠履三千，浑不数、雕龙绣虎。曾几日，分题刻烛，移商换羽。一片玉河桥畔水，数声金井梧桐雨。最凄清、闻笛向山阳，人何处？　　座上士，松枝麈；尊中酒，花间度。剩荒烟蔓草，销魂难赋。渌水亭边宾从散，乌衣巷口衰杨舞。纵蛮笺、十样写新词，何情绪？

跃马弯弓，偏彩笔、能工绮语。都付与，雪儿檀拍，异才天赋。坐上朱弦清悄韵，曲中红豆相思句。正柔肠、谱到断肠词，春无主。　　山月暗，乌啼曙；银烛灺，风吹露。叹晨曦易夕，人琴已去。燕子楼头红粉泪，杜鹃声里黄昏雨。只兔葵、一片对刘郎，悲前度。

《通志堂集·附录》

34. 徐树谷：

花满春江曲，凌云遇最先。
清词繁玉露，彩笔丽金茎。
磨盾才原敏，临池法更妍。
斯人今不起，大雅复谁传？

《挽诗》（《通志堂集·附录》）

35. 刘雷恒：

唾珠咳玉积千函，《侧帽》新词姿美谈。
若鉴幽思悬冀北，夜台须唱望江南。

《挽诗》（《通志堂集·附录》）

36. 张纯修：

余既裒容若诗词付之梓人，刻既成，谨泚笔而为之序曰：嗟乎！谓造物者而有意于容若也，不应夺之如此其速；谓造物者而无意于容若也，不应畀之如此其厚。岂一人之身，故有可解不可解者耶。……忆容若素矜慎，不轻为文章，极留意经学，而所为经解、诸序，从未出以相示。此卷得之梁汾手授，其诗之超逸，词之隽婉，世共知之。而其所以为诗词者，依然容若自言：如鱼饮水，冷暖自知而已。

《饮水诗词集序》

37. 宋大业：

英贤分岳秀，才子禀星精。尺五家声远，奎三气象横。文章推小许，经术重元成。射策登先甲，摛华擅两京。银钩书劲美，铜钵句铿锵。好学心逾切，㧑谦志不盈。八叉新咏就，三影丽词清。下士常延誉，怜才有鉴衡。解衣欣赠苎，置腹感推诚。公望谐时论，畴咨系圣情。方看朝旭曜，俄叹夕阳倾。玉树埋何痛，金徽黯不鸣。人间逝水急，天上赋楼迎。雨冷书销蠹，魂迷梦泣琼。孤寒摧广厦，寰宇失连城。世讲关情重，衔哀荐一觥。

《挽诗》

38. 孔传铎：

〔沁园春〕《题成容若〈饮水词〉》

渺渺三韩。秀色钟灵，长白之山。是真人丰沛，发祥名地，攀龙附凤，想萃其间。姑射仙卿，金闺通籍，胸有隋珠气若兰。承平世、但轻拈彩笔，款缀鸳班。　　真成玉骨珊珊。叹烟火无由犯笔端。甚襟期偏爱，枕流漱石，年华不俟，跨鹤骖鸾。展诵琳琅，倾翻周柳，后代词人学步难。吾追慕、愿铸为范蠡，绣作平原。

（《全清词·顺康卷补编》）

39. 汪孟鋗：

多情结托后生缘，已已今生倍惘然。

怪道鸡林等声价，人间重见柳屯田。

《题本朝词十首》(《厚石斋诗集》卷一)

40. 王初桐：

成容若《饮水词》，陈其年以为哀感顽艳，得南唐二主之遗。《小嫏嬛词话》卷三

41. 杨芳灿：

倚声之学，惟国朝为盛。文人才子，磊落间起。词坛月旦，咸推朱陈二家为最。同时能与之角立者，其惟成容若先生乎？陈词天才艳发，辞锋横溢，盖出入北宋欧苏诸大家。朱词高秀超诣，绮密精严，则又与南宋白石诸家为近。而先生之词，则真《花间》也。今所传《湖海楼词》多至千八百阕，《曝书亭词》亦不下六百余阕。先生所著《饮水词》，仅百余阕耳。然《花间》逸格，原以少许胜人多许。《握兰》一卷，《阳春》数章，散翠零玑，均可宝也。先生貂珥朱轮，生长华膴。其词则哀怨骚屑，类憔悴失职者之所为。盖其三生慧业，不耐浮生。寄思无端，抑郁不释。韵澹疑仙，思幽近鬼。年之不永，即兆于斯。尝谓桃叶、团扇，艳而不悲；防露、桑间，悲而不雅。词殆兼之，洵极诣矣。或者谓高门贵胄，未必真嗜风雅，或当时贡谀者代为操觚耳。今其词具在，骚情古调，侠肠俊骨，隐隐奕奕，流露于毫楮间。斯岂他人所能摹拟乎？且先生所与交游，皆词场名宿，刻羽调商，人人有集，亦正少此一种笔墨也。嗟乎！蛾眉谣诼，没世犹然。真赏难逢，为可累息。余向欲以朱陈二家词合先生所著为三家词选，顾力有未暇，先手钞此本藏之箧笥。凄风暗雨，凉月三星，曼声长吟，辄复魂销心死。声音感人，一至此乎！先生有知，其以余为隔世之知己否也。

《饮水词钞序》(《芙蓉山馆文钞》卷四)

42. 郭麐：

竹垞才既绝人，又能搜剔唐宋人诗中字冷隽艳异者，取以入词。至于熔铸自然，令人不觉，直是胸臆间语，尤为难也。同时

诸公，皆非其偶。梁汾时有俗笔。《耒边》、《锦瑟》，苦无动人。惟《饮水》一编，专学南唐五代，减字偷声，骎骎乎入《花间》之室。(卷一)

顾梁汾与成容若友善，容若专工小令，慢词间一为之。惟题梁汾杵香小影“德也狂生耳”一首，最为跌宕。

《灵芬馆词话》卷二

43. 孙尔准：

德也清才却执殳，棠村未许便齐驱。

风流侧帽天然好，莫向铜街拟独孤。

《论词绝句》(《泰云堂诗集》卷四)

44. 赵函：

诗之为道，非具湛深通博之学，雄骏绝特之才，不足以神明其事。词则不然，发乎性情，合乎骚雅，刻画乎律吕分寸，一毫矜才使气不得。故有诗才凌轹一代，而词则瞠乎莫陟藩篱者。山谷、放翁且贻口实，况其下此者乎。国朝诗人而兼擅倚声者，首推竹垞、迦陵，后此则樊榭而已。然读三家之词，终觉才情横溢，般演太多，与黄叔旸质实清空之论，往往不洽。盖其胸中积轴，未尽陶熔，借词发挥，惟恐不极其致，可以为词家大观，其实非词家正轨也。纳兰容若以承平贵胄，与国初诸老角逐词场。所传《通志堂集》二十卷，其板久毁，不可得见。而词则卓然冠乎诸公之上，非其学胜也，其天趣胜也。

《纳兰词序》(《纳兰词》)

45. 项鸿祚：

〔玉漏迟〕《题〈饮水词〉后》

寄愁何处，好金奁怕展，紫箫声杳。十幅乌丝，寂寞怨琴凄调。犹忆笼香倚醉，是旧日、承平年少。蕉萃早，词笺赋笔，半销衰草。　　最怜渌水亭荒，曾几度留连，几番昏晓。玉笥薶云，付与后人凭吊。君自孤吟山鬼，谁念我、啼鹃怀抱。消瘦了。恨血又添多少。

《忆云词·甲稿》

46. 周之琦：

曩在京师，与友人论词，或言纳兰容若南唐李重光后身也。余谓重光天籁也，恐非人力所及。然填词家自南宋以来，专工慢词，不复措意令曲。其作令曲仍与慢词音节无异，盖《花间》遗响久成广陵散矣。容若长调多不协律，小调则格高韵远，极缠绵婉约之致，能使南唐坠绪绝而复续。第其品格，殆叔原、方回之亚乎。原集刻板久失，余购诸厂肆，凡诗二卷，词三卷，藏箧中三十余年。张诗舲方伯见而好之，为重刊以广其传。余惟容若诗不如词，慢不如令，因复精择百余阕，乞陈桂舫孝廉写而锓诸木。其音律舛误，词近浅率者，概弗登庶。《饮水》一编，无瑕可摘，且俾后之学者不惑于歧趋，寄正诗舲，或当即可。

《饮水词识》

47. 张祥河：

余在桂林，则闻大中丞稚圭先生绪论及词学，推容若为南唐后主真派，令曲胜于漫序。……窃思容若为大学士明公之子，天姿慧悟，清澈灵府，年少通籍，不永其年。所作善言情，又好言愁，其缠绵悱恻之概，时动简外，谓非得风人之旨，而为骚雅之遗哉。

《饮水词序》

48. 边浴礼：

饮水新词制最工，乌丝格调宛相同。

笛床琴荐清歌夕，犹有平原结客风。

《什汉海诗》五绝句之一（《健修堂集》卷十一）

49. 谭莹：

家世文章第一流，如猿啼夕雁吟秋。

纵王内史生平似见《茶余客话》，何必言愁也欲愁。

《论词绝句四十首专论国朝人》(《乐志堂诗集》卷六)

50. 汪元浩：

余自束发，稍解四声，即好倚声之学。小令好南唐主，慢词好玉田生。以能移我情，不知其一往而深也。国初才人辈出，秀水以高逸胜，阳羡以豪宕胜，均出入南北两宋词。同时纳兰容若先生则独为南唐主、玉田生嗣响。

《纳兰词跋》(《纳兰词》)

51. 莫友芝：

容若较昌谷多四岁耳。其《侧帽》、《饮水》之篇，在当时已有“井水吃处，无不争唱”。今又百六七十年，倚声家直耸为李煜后一人，虽《阳春》、小山不能到。其书昌谷殆若自道，岂非谶哉！

《跋成容若书昌谷集后》

52. 杜文澜：

国朝人最工律法者，群推纳兰容若、顾梁汾、周稚圭三家。纳兰侍卫《饮水词》、顾典籍《弹指词》，均已采入《词综》。

《憩园词话》卷二

53. 丁绍仪：

国朝词人辈出，然工为南唐五季语者，无若纳兰相国明珠子容若侍卫。所著《饮水词》，于迦陵、小长芦二家外，别立一帜。

《听秋声馆词话》卷十七

54. 谢章铤：

纳兰容若成德深于情者也。固不必刻划《花间》，俎豆《兰畹》，而一声《河满》，辄令人怅惘欲涕。情致与《弹指》最近，故两人遂成莫逆。读两家短调，觉阮亭脱胎温、李，犹费拟议。其中赠寄梁汾〔贺新凉〕、〔大酺〕诸阕，念念以来生相订交，情至此，非金石所能比坚。

容若尝曰：“《花间》之词如古玉器，贵重而不适用。宋词适用而少贵重。李后主兼有其美，更饶烟水迷离之致。”又曰：“词

虽苏辛并称，而辛实胜苏，苏诗伤学，词伤才。”《渌水亭杂识》此真不随人道黑白者。集中警句，美不胜收。（卷七）

余尝论国初诸词家以诗譬之，竹垞严整，其高、岑乎？迦陵矫变，其李、杜乎？容若绵至，其温、李乎？（卷九）

长短调并工者，难矣哉。国朝其惟竹垞、迦陵、容若乎。竹垞以学胜，迦陵以才胜，容若以情胜。（卷十二）

《赌棋山庄词话》

55. 杨希闵：

邹訏士病北宋诸家长篇不足，正如嘉州、右丞不能为工部之五七排体。此梦呓也。……彼邹訏士第知买菜求益耳，词中微妙，概乎未闻也。国初诸老，才学非不富，大半为此等瞽说所锢。竹垞、迦陵，犹是坐破蒲团，未证圆觉。……惟《衍波》、《河右》、《饮水》远溯《握兰》，近挹《湘真》，元箸超超，斯为宗乘龙象也。

《词轨·总论》

56. 江顺诒：

本朝朱、厉步武姜、张，各有真气，非明七子之貌袭。其能自树一帜者，其惟《饮水》一编乎？

《词学集成》卷一

57. 沈世良：

老辈朱陈树鼓旗，家家传写遍乌丝。

谁知天授非人力，别有聪明饮水词。竹垞、迦陵、容若

《案头杂置诸词集戏题四绝句》（《小祗陀庵诗钞》卷一）

58. 李慈铭：

容若词长调不如中令，中令不如小令，右三卷已足尽其长矣。讽咏之次，使人意消。是夜月色大佳，化影交舞。矮窗红苣，殊增春事之艳，正侧帽生所谓“那能闲过好时光”者也。（卷三）

庚申之冬，毗陵吕庭芷太史以纳兰词属点定一过。太史深于词，所作上者逼清真、玉田，次亦不失为梦窗、草窗。顾殷殷问

道于聋瞽，亦昔人夷光之妍，鉴景盐嫫者。容若词天赋灵秀，神仙中之子晋。生长绮胄，性情又足以相副。□视得十斛麦，抱床头人者，自判境诣。（卷五）

《纳兰词手跋》

59. 李慈铭：

容若为纳兰太傅明珠之子，少年侍卫禁廷，好学能文，与国初诸名士相角逐，著有《通志堂集》二十卷。多说经之书，而词特传，华峰顾贞观首刻之，其后杨蓉裳又为续刊，所谓《饮水》、《侧帽》恒不得见，所见者《昭代词选》及《词综》所载数阕耳，幽情侧艳，心焉系之。（按：日记中摘要录六十阕）余尝论作词之道，固另有一种婉丽软媚之致，必性情近者始足语此，然亦须书卷富才力厚，《草堂》骩骳，元明浅陋，岂彼之人皆性情拙欤？国朝谭词推朱、陈两家，伽陵病在熟，竹垞病在陈，顾伽陵胜于竹垞者，笔意灵也。余子不足数。求于伽陵鼎峙者，其容若及金风亭长乎！

余于词非当家，所作者真诗余耳，然于此中颇有微悟，盖必若近若远，忽去忽来，如蛱蝶穿花，深深款款。又须于无情无绪中，令人十步九回，如佛言食蜜中边皆甜。（按：此处眉批有后记：予尔时实能辨他人之工拙，而未能辨己所作之工拙，盖所悟者在下笔之先，而思力俱未至也。自记）古来得此旨者，南唐二主、六一、安陆、淮海、小山及李易安《漱玉词》耳。屯田近俗，稼轩近霸，而两家佳处，均契渊微。本朝董文友小令最佳，惜不见其集。次则厉樊榭，真宋人滴髓，而太近白石、草窗，兰荃遗韵，敻乎邈矣！纳兰词在当日为迦陵、徐菊庄、吴园次辈皆推许之，今则鲜有举其姓氏者。其词弦弦掩抑，令人不欢，洵有如顾梁汾所谓非文人不能多情，非才子不能善怨者，然根柢太浅，每露底蕴，长调犹时若不醇，此不读书之故。徐健庵、韩慕庐作容若墓志，言其所作多于扈跸侍猎时得之，容或然也。余尝见其所著《渌水亭杂识》，固不见佳，而词独哀怨骚屑。以承平贵公子，而憔悴忧伤，常若不可终日，虽性情有独至，亦年命不永之征也。

大约词与诗之别，诗必意余于言，词则言余于意，往往申衍以盛气包举之，词则不得游移一字，故异曲同工。词之小令，犹诗中五绝七绝，须天机凑泊，不著一字，以字句新隽见奇者，次也。或以小令为易工，是犹作七绝者，但观摹晚唐、南宋诸家，而不知有龙标、太白也。长调须流宕而不剽，雄厚而不竞。清真未免剽，稼轩未免竞，东坡则或上类于诗，或下流于曲，故足以鼓吹骚雅者鲜已。迦陵词如丝竹迭奏广场，繁响中时作渊渊金石声。纳兰词如寡妇夜哭，缠绵幽咽，不能终听。近来汴人周誉芬《东沤词》则如儿女子花前月下，喁喁私语，温丽芗泽，故虽未能尽两家之长，而实为两家所未有也。余词非叔子所服，照尝自谓如松竹间语，清婉无响，不肯一语同《东沤》，而心实喜之。或有讥其不醇者，虽未必知言，然能再加洗伐，则五代、两宋无人矣。因论容若词及之。

终日无事，去年定子太史以成容若《纳兰词》属评点，久庋不还，今日既暇，因为加墨一过。容若词，天分殊胜而学力甚歉。予于乙卯秋曾选其佳者录之，时于此事犹未深入，故别择尚疏。其词长调殊鲜合作，小令、中令多得钟隐、淮海之悟。如“寄语酿花风日好，绿窗来与上琴弦”……皆清灵婉约，诵之使人意也消。故所作不及迦陵、竹垞之半，才力亦相去远甚，而讫今谈艺家与朱、陈并称，繇其独契性灵，冥臻上乘，亦非二家所能及也。

《越缦堂读书记·集部·词曲类》

60. 谭献：

阅蒋鹿潭《水云楼词》，婉约深至，时造虚浑，要为第一流矣。阅项莲生《忆云词》，篇旨清峻，托体甚高，一扫浙中喘腻破碎之习。莲生仰窥北宋，而天赋殊近南唐。丁稿一卷，遍和五代词，合者果无愧色。有明以来，词家断推湘真第一，饮水次之。其年、竹垞、樊榭、频伽，尚非上乘。近拟撰《箧中词》，上自饮水，下至水云。中间陈、朱、厉、郭、皋文、翰风、枚庵、稚圭、莲生诸家，千金一冶，殊呻共吟，以表填词正变，无取刻画二窗，皮傅姜、张也。(《复堂日记》戊辰)

以成容若之贵，项莲生之富，而填词皆幽艳哀断，异曲同工，所谓别有怀抱者也。(《箧中词》)

《复堂词话》

61. 王闿运：

数百年来，浙人词为正宗，天下莫胜也。至本朝二百余年，共推成容若、吴縠人，则北人几夺浙鹿矣。

《张雨珊词序》(《湘绮楼诗文集·文》卷九)

62. 康有为：

明人于词不足道，国朝最盛，然朱、厉以来，皆组越甲以为工，夸晋郊以炫富。夫词以纾情，非与波斯胡竞贾也，奚取于斯？纳兰性德之《饮水》、《侧帽》，其庶几乎清水出芙蓉矣，然杂于宋元焉。

《江山万里楼词钞序》

63. 张预：

庚辰之夏，还自京师，将客武昌，许丈迈孙方有《纳兰词》之刻，授简命序。预时弭棹在门，办严星旦，盖卒卒未有以应也。既而揽衣黄鹄之渚，鼓枻鹦鹉之洲，山高川悠，岩壑波逝，忾焉思古，愀焉兴怀，缘感缀文，请弁简首。夫详金沈照，腾英于赤土；古瑟希御，缅响于朱弦。幽赏代绵，灵契攸赖。容若先生以银榜金章之裔，抱烟高风逸之姿，绮芬缛情，缨绕尘视。故其颉颃文囿，驰驱武校。入卫侠陛，然桦宣室之对；出扈霄甸，负羽帷宫之趋。顾问则谊、舒之俦，禁中则颇、牧之选。而独颇颔轸臆，缠绵抒情，沉幽骚屑之思，婉丽凄清之体，工愁善怨，均感顽艳。盖夫洒蜕尘滓，别存怀抱；菌华虽淹，兰响自缀。此自词之所由传也。若乃汉槎塞外，携《侧帽》之编；梁汾吴中，创《饮水》之刻。梁溪后起，乃瘁手钞；娄东私淑，益殚采葺。良以先生通侻好友，嵚崎嗜才。故能谟觞斟酌，走胜流于并时；皃简廋疏，役名隽于隔世。微特旗亭壁画，解唱黄河；蛮徼弓衣，都织春雪而已。今许丈刻《频伽词》既成，乃仍娄东《纳兰词》旧本，踵其斯刻。笙磬迭奏，绝倮池之音；玑翠并罗，粲雕镂之色。灵因古欢，缔会匪偶，傥亦先生赠梁汾词中所云后身之缘、他生重结者欤？嗟夫！世有孤羁憔悴之士，趑趄宙合之内，无纳兰之凭藉，有频伽之沉晦，弹豪仰屋，覆瓿什九。盛意如吾丈者，又安得绨锦齐饰，珉瑜并镌，俾夫椒兰之芳，委灰而不灭；牛斗之气，埋剑而终明。此则预所为溯江流之滔滔，悲心日夜；吊作者之落落，枨感烟霜者也。

《纳兰词序》（《纳兰词》）

64. 冯煦：

回肠荡魄成容若，小令重翻邈不群。

自折哀弦吟楚些，争奈空谷蕙兰焚。

《论词绝句》（《蒿庵类稿》卷七）

65. 王鹏运：

少游晓风之词，小山苹云之唱，我朝惟纳兰公子，深入北宋堂奥。

况周颐《蕙风词话续编》卷一引王氏寄冯永年手札旧稿

66. 文廷式：

自朱竹垞以玉田为宗，所选《词综》意旨枯寂，后人继之，尤为冗漫，以二窗为祖祢，视辛、刘若仇雠，家法若斯，庸非巨谬。二百年来，不为笼绊者盖亦仅矣。曹珂雪有俊爽之致，蒋鹿潭有沉深之思，成容若学阳春之作而笔意稍轻，张皋文具子瞻之心而才思未逮，然皆斐然有作者之意，非志不离于方罫者也。

《云起轩词自序》（《云起轩词》）

67. 胡薇元：

倚声之学，国朝为盛，竹垞、其年、容若鼎足词坛。陈天才艳发，辞锋横溢。朱严密精审，超诣高秀。容若《饮水》一卷，侧帽数章，为词家正声。散璧零玑，字字可宝。杨蓉裳称其“骚情古调，侠肠俊骨，隐隐奕奕，流露于毫楮间”。玉津少年所为《铁笛词》一卷，刻羽调商，每逢凄风暗雨、凉月三星，曼声长吟，时恨不与容若同时耳。

《岁寒居词话》

68. 继昌（李佳）：

八旗词家，向推纳兰容若《饮水》、《侧帽》二词，清微淡远。嗣嘉、道间，子久方伯承龄著有《冰蚕词》，一时许为作家。然音调雅谐，犹嫌意少。咸、同间有姚秋士比部斌桐，亦工填词，遗有《还初堂集》，清丽芊绵，似出子久方伯之右。近则郑叔问中翰文焯，刻有《瘦碧词》，才名著闻江南，此外罕闻有专集。

《左庵词话》卷上

69. 陈廷焯：

《饮水词》含情绵邈，言有尽而意无穷。

《云韶集》卷十五

70. 陈廷焯：

容若词不减飞涛，然一则精丽中有飞舞之致，一则芊绵中得凄婉之神，笔路又各别。（评〔浪淘沙〕“红影湿幽窗”）

《云韶集补词》卷二四

71. 陈廷焯：

容若《饮水词》，在国初亦推作手，较《东白堂词》(佟世南撰)似更闲雅。然意境不深厚，措词亦浅显。余所赏者，惟〔临江仙〕寒柳第一阕及〔天仙子〕渌水亭秋夜、〔酒泉子〕谢却荼蘼一篇三篇耳，余俱平衍。又〔菩萨蛮〕云：“杨柳乍如丝，故园春尽时。”亦凄惋，亦闲丽，颇似飞卿语，惜通篇不称。又〔太常引〕云：“梦也

不分明，又何必催教梦醒。”亦颇凄警，然意境已落第二乘。（卷三）

容若《饮水词》，才力不足。合者得五代人凄婉之意。余最爱其〔临江仙〕寒柳云：“疏疏一树五更寒。爱他明月好，憔悴也相关。”言中有物，几令人感激涕零。容若词亦以此篇为压卷。（卷六）

《白雨斋词话》

72. 朱祖谋：

〔望江南〕《杂题我朝诸名家词集后》

兰锜贵，肯作称家儿？解道红罗亭上语，人间宁独小山词？冷暖自家知。

《彊村语业》卷三

73. 陈锐：

词有天籁，小令是已。本朝词人，盛称纳兰成德。余读之，但觉千篇一律，无所取裁。鹿虔扆、冯正中之流，不如是也。余学词，不敢作小令，学诗不敢作五言截句，心知其意。

《袌碧斋词话》

74. 况周颐：

寒酸语不可作，即愁苦之音亦以华贵出之，饮水词人所以为重光后身也。

填词至于成就，良非易言……凡成就者，非必较优于未成就者。若纳兰容若，未成就者也，年龄限之矣。若厉太鸿，何止成就而已，且浙派之先河矣。（卷一）

纳兰容若为国初第一词手。其《饮水诗》《填词古体》云：“诗亡词乃盛，比兴此焉托。往往欢娱工，不如忧患作。冬郎一生极颠顸。判与三闾共醒醉。美人香草可怜春，凤蜡红巾无限泪。芒鞋心事杜陵知。只今惟赏杜陵诗。古人且失风人旨，何怪俗眼轻填词。词源远过诗律近。拟古乐府特加润。不见句读参差《三百篇》，已自换头兼转韵。”容若承平少年，乌衣公子，天分绝高，适承元明词敝甚，欲推尊斯道，一洗雕虫篆刻之讥。独惜享年不永，力量未充，未能胜起衰之任。其所为词，纯任性灵，纤尘不染，甘受和，白受采，进于沉著浑至何难矣。慨自容若而后，数十年间，词格愈趋愈下。东南操觚之士，往往高语清空，而所得者薄。力求新艳，而其病也尖。微特距两宋若天壤，甚且为元明之罪人。筝琶竞其繁响，兰荃为之不芳，岂容若所及料者哉。

《饮水词》有云：“吹花嚼蕊弄冰弦。”又云：“乌丝阑纸娇红篆。”容若短调，轻清婉丽，诚如其自道所云。“如鱼饮水，冷暖自知。”道明禅师答卢行者语，见《五灯会元》。纳兰容若诗词命名本此。其慢词如〔风流子〕秋郊即事……意境虽不甚深，风骨渐能骞举，视短调为有进。更进，庶几沉著矣。

《蕙风词话》卷五

75. 张德瀛：

性容若填词诗云：“诗亡词乃盛，比兴此焉托。往往欢娱工，不如忧患作。冬郎一生极憔悴。判与三闾共醒醉。美人香草可怜春，凤蜡红巾无限泪。芒鞋心事杜陵知，只今惟赏杜陵诗。古人且失风人旨，何怪俗眼轻填词。词源远过诗律近，拟古乐府特加润。不见句读参差三百篇，已自换头兼转韵。”愚案：容若词与顾梁汾唱和最多，“往往欢娱工，不如忧患作”两语，则容若自道甘苦之言。然容若词幽怨凄黯，其年词高阔雄健。犹之晋侯不能乘郑马，赵将不能用楚兵，两家诣力，固判然各别也。

本朝词有三变，国初朱、陈角立，有曹实庵、成容若、顾梁汾、梁棠村、李秋锦诸人以羽翼之，尽祛有明积弊，此一变也。樊榭崛起，约情敛体，世称大宗，此二变也。茗柯开山采铜，创常州一派，又得恽子居、李申耆诸人以衍其绪，此三变也。

《词徵》卷六

76. 徐珂：

性德原名成德，字容若，其品格在晏叔原、贺方回间。

《近词丛话》

77. 徐珂：

（纳兰容若）门地才华，直越北宋之晏小山而上之。其词缠绵婉约，能极其致，南唐坠绪，绝而复续，所惜享年不永，未竟其学耳。

《清代词学概论》

78. 梁启超：

容若小词，直追李主。

《渌水亭杂识跋》（《饮冰室文集》卷七十七）

79. 张尔田：

其年、竹垞、梁汾、容若，皆以渊奥之才，辟径独行。

《词莂序》

80. 夏敬观：

寒酸语，不可作，即愁苦之音，亦以华贵出之，饮水词人，所以为重光后身也。

《蕙风词话附录·蕙风词话诠评》

81. 王国维：

纳兰容若以自然之眼观物，以自然之舌言情。此由初入中原，未染汉人风气，故能真切如此。北宋以来，一人而已。

"明月照积雪"，"大江流日夜"，"中天悬明月"，"黄（长）河落日圆"，此种境界，可谓千古壮观。求之于词，惟纳兰容若塞上之作，如〔长相思〕之"夜深千帐灯"、〔如梦令〕之"万帐穹庐人醉，星影摇摇欲坠"，差近之。

《人间词话》

82. 王国维：

谭复堂《箧中词选》，谓"蒋鹿潭《水云搂词》与成容若、项莲生，二百年间，分鼎三足。”然《水云楼词》小令颇有境界，长调惟存气格。《忆云词》精实有余，超逸不足，皆不足与容若比。

《人间词话删稿》

83. 王国维：

至于国朝，而纳兰侍卫以天赋之才，崛起于方兴之族。其所为词，悲凉顽艳，独有得于意境之深，可谓豪杰之士，奋乎百世之下者矣。同时朱、陈，既非劲敌；后世项、蒋，尤难鼎足。

《人间词乙稿序》

84. 张素：

〔鹧鸪天〕《读纳兰容若词》

一半风怀一半痴。美人着意写相思。除非天上消魂种，许读人间侧帽词。　花障影，柳搓丝。密情深意许谁知？灯前故故抛红豆，想见东风定谱时。

《南社张素诗文集·瘦眉词卷》

85. 吴梅：

容若小令，凄惋不可卒读。顾梁汾、陈其年皆低首交称之。究其所诣，洵足追美南唐二主。清初小令之工，无有过于容若者矣。同时佟世南有《东白堂词》，较容若略逊。而意境之深厚，措词之显豁，亦可与容若相勒。

或谓容若是李煜转生，殆专论其词也。

复堂论水云曰：“文字无大小，必有正变，必有家数。水云词固清商变徵之声，而流别甚正，家数颇大，与成容若、项莲生分鼎三足。咸丰兵事，天挺此才，为倚声家老杜。而晚唐两宋一唱三叹之意则已微矣。”(《箧中词》五）余谓复堂以鹿潭得流别之正，此言极是。惟以成、项二君并论，则鄙意殊不谓然。成、项皆以聪明胜人，乌能与水云比拟？且复堂既以杜老比水云，试问成、项可当青莲、东川欤？此盖偏宕之论也。

《词学通论》

86. 王蕴章：

清初词人工为南唐五季语者，当以纳兰容若为最。《饮水词》一编，既已如柳七之晓风残月，有井水处传唱殆遍矣。余最爱其集中悼亡诸作，逸响凄音，含思宛转，想见其闺中声调，亦复不凡。宜乎熏香荀令，有神伤之戚也。

《然脂余韵》卷二

87. 陈匪石：

成容若《渌水亭杂识》曰："《花间》如古玉器，贵重而不适用；宋词则实用而不贵重；李后主兼有其美，而更饶烟水迷离之致。"容若瓣香后主，其所著《饮水》、《侧帽》词，神味隽永，亦颇似之。故其语云然也。

《旧时月色斋词谈》

88. 李宣倜：

有清康、乾之际，能品如林，竹垞才多，樊榭意薄，厥惟饮水，允推正宗，深入于晓风残月之余，显出夫滴粉搓酥而外，言情入圣，尤有定评。

《今词林弁言》（《同声月刊》第一卷创刊号）

89. 蔡桢：

纳兰小令，丰神迥绝，学后主未能至，清丽芊绵似易安而已。悼亡诸作，脍炙人口。尤工写塞外荒寒之景，殆扈从时所身历，故言之亲切如此。其慢词则凡近拖沓，远不如其小令，岂词才所限欤？

《柯亭词论》

90. 顾宪融：

容若貂珥朱轮，生长华膴，而其词哀怨骚屑，类憔悴失职者之所为。韵淡疑仙，思幽近鬼，年之不永，殆兆于斯。至其小令清凄婉丽，尤得南唐二主之遗，故人多以重光后身称之。

《填词百法》卷下

91．姚鹓雏：

湖海流传饮水词，情深笔眇自多奇。

千年骨髓秦淮海，除却斯人那得知。

《示了公论词绝句十二首》(《姚鹓雏文集（诗词卷）·红豆簃诗·春尘集二》)

92．赵尊岳：

词与文章，历代各有其风格。……若再断代言之，同时竞爽，自各极其胜场。十国蕃艳之中，南唐二主独以至情见著。北宋柳缛贺疏，周雅秦秀。南宋吴密姜苍，张俊周丽。元则遗山天颖，惟以雄胜。明仅二陆沉著可诵。清初饮水华贵，清末彊村、蕙风并师半塘，而一尚学力，一兼天分，此则不可以断代持分野之论矣。

《填词丛话》(《词学》第三辑)

93．林庚白：

容若所著《饮水词》，在清代词苑中，无愧大家之地位。以余观之，似又胜竹垞、樊榭，其才力、工力，皆远轶朱、厉耳。

《孑楼诗词话》

94．张伯驹：

王渔洋诗主神韵自然，于词为近。虽非词家，而出语即自名贵。纳兰容若，清词中之南唐；朱竹垞，清词中之北宋；蒋鹿潭、项莲生，为有清词人之词，然以家数论，余以为蒋为大。

《丛碧词话》

95．王煜：

《饮水词》三卷，凄婉娴丽，于小令最工。或谓李煜转身，殆以词品相类也。

《饮水词钞》(《清十一家词钞》)

96．舍我：

诗至唐而变为词，词至元而变为曲。元以后之词家，颇不多觏，虽有二三作者，然其去宋远矣。有清一代，惟竹垞、樊榭、仲修三人可以追踪前贤，而功力不足以副之，故不能恢廓堂皇，与姜、张媲美。他若容若之《饮水词》，哀感顽艳，说者谓容若乃后主前身，语虽无稽，然容若实后主同调也。

《天问庐词话》(《民国日报》)

97. 闻野鹤：

清词诸家……成容若如孤山哀曲，遗响酸鼻，又如骏马走古坂，时虞伤足。

尝谓李后主词不可无一，不可有二。以其气爽而不粗，语俊而不纤，皆无意为词而词自胜也。后人效之者众，然皆邯郸学步，匍匐而归，以逼肖称者，仅一成容若。虽盲从之子，比附传说，争为后主后身，然细按其词，则仅能清楚而已，外强中干，貌腴神索，其与后主终不能得万一也。

《怬簃词话》

98.《清史稿》：

性德，纳喇氏，初名成德……清世工词者，往往以诗文兼擅，独性德为专长，仁和谭献尝谓为词人之词。性德后，又得项鸿祚、蒋春霖三家鼎立。

《文苑一》

99.《清史列传》：

性德……善诗，其诗飘忽要眇，绝句近韩偓，尤工于词。所作《饮水》、《侧帽词》，当时传写，遍于村校邮壁。

《文苑传二》

100. 宣雨苍：

尝有人评有清词家，谓如竹垞、迦陵为才人之词；衍波诸家，为诗人之词；惟《饮水》、《忆云》、《水云楼》三家，乃真词人之词。其论尚属允当。然《饮水》小令，可称神化，而慢曲啴缓不协，什之八九。其令可传，其慢不可传也。《忆云》工整，稍近梦窗，亦似肉多于骨。予所瓣香无闲言者，《水云楼》而已。

《词谰》(《国闻周报》)

101.《续修四库全书总目提要》：

所为小词清新俊秀，置唐五代词中往往不能辨。

《续修四库全书总目提要·渌水亭杂识不分卷》

102.《续修四库全书提要》：

此集令曲较多，慢词较少，慢词粗不协律，令曲则格高韵远，婉约绸缪。其论词推崇南唐后主，故或谓性德即后主化身，或谓词似《花间》，皆未免言过其实。后主气质浑厚，得自天成；《花间》高丽精英，情深比兴，性德并未能至其境也。若以古人拟之，其词出入东山、小山、淮海之间矣。当时迦陵、秀水之伦，或倡苏辛，或主姜张，而性德独追踪五代，最得词家之正者已。

《纳兰词提要》

103. 张任政：

人谓其出于《花间》及小山、稼轩，乃仅以词学之渊源与功力言之，至其不朽处，固不在此也。梁佩兰祭先生文曰："黄金如土，惟义是赴。见才必怜，见贤必慕。生平至性，固结于君亲。举以待人，无事不真。"夫梁氏可谓知先生者矣。先生之待人也以真，其所为词，亦正得一"真"字，此其所以冠一代、排余子也。同时之以词名家者，如朱彝尊、陈维崧辈非皆不工，只是欠一真切耳。

《清纳兰容若先生性德年谱自序》(《清纳兰容若先生性德年谱》)

104. 严既澄：

昔人有言：韩退之以文为诗，苏子瞻以诗为词，虽极天下之工，要非本色。余亦向持此论，以为一切文体，胥各自有其特征，岂可比而齐之，乱其畛域？词之气骨，略逊于诗，至其缠绵幽咽，疏状入微，若姚姬传所谓得阴柔之美者，求诸古近体诗中，惟七言绝句庶得其一二。斯吾所谓词之特质，论词者所当依为圭臬者也。胜清三百年间，词人辈出，可谓洋洋乎大观矣，然执此以绳，纳兰才高，时或失之纵恣；竹垞则华妆盛饰，真美反掩而不彰。

《驻梦词自序》（《驻梦词》）

105. 卢前：

〔望江南〕

销魂句，应拟小山词。冷暖如人饮水喻，词中甘苦自家知。姑射是仙姿。

《饮虹簃论清词百家》（《清名家词》）

106. 徐兴业：

纳兰词小令凄惋处，于南唐二主非惟貌近，抑亦神似。至〔蝶恋花〕数首，则势纵语咽，凄澹悱恻，得正中、六一之遗。清初词人大抵承明季之极弊，小令学《花间》，长调拟苏、辛。陆次云、汪懋麟以下，专事纤小，格卑语狎。湘瑟（钱芳标）、延露（彭孙遹）稍称醇正，亦瑕瑜互见。迦陵号名家，不脱叫嚣奔放之习，锡鬯入于南宋而不能出，以视汴京尚远，遑论五季。故欲于清初求词有真气者，其惟纳兰乎？

《凝寒室词话》（《国专月刊》第一卷第二号）

107. 林丁：

词至元明，已成强弩之末，及清又转盛。但最高的两把交椅，却又让人家满人坐了：一位是纳兰容若，一位是文叔问。纳兰容若词缠绵凄回，含蓄蕴藉，抒发个人忧乐，极似易安；文叔问词粗犷豪迈，多涉时事，则极似幼安。前者以小令胜，后者之词格高。

清照之《漱玉词》与纳兰容若之《饮水词》，为中国词坛双璧。

《蕉窗词话》（一九三七年七月十二日《北平晨报·艺圃》）

108. 朱庸斋：

晏几道后，以小令擅名者惟纳兰性德一人而已。小令本以抒情含蓄为妙，而纳兰有挚情，善用白描，不过求婉曲，而情致感人。其学南唐二主，学欧、晏，均得其神理，清新隽逸，不斤斤于字面摹拟也。

深情须以浅语出之，不然情为语掩。纳兰性德悼亡之作，无论长调小令，均真挚深婉，缠绵悱恻，而善用白描之法，以家常语道来，极情深语切，哀感顽艳之致。使矫情作伪者为之，势必苍白无力，或佻薄不文。

纳兰以小令之法为长调，故其长调气格薄弱，即如其〔台城路〕《塞外七夕》词，谭献评为“逼真北宋慢词。”其实距周、秦之作何止以道里计。近人每惜其“享年不永，力量未充”，未能臻于“沉著浑至”之境，其实纳兰长处，正以凄婉清丽动人，何必定以“沉著”律之也。

小令需天分、情致，长调需功力、气势。《饮水词》纯以天分胜，但苟无其个人遭遇与家世，无一往之深情，则虽有天分，亦无非侧艳小慧之作而已。似此等词，乍读之颇觉清茜纤婉，再三读之，终不耐人寻味。《饮水词》以其情之真且深，为他人所少有也。论者每谓《饮水词》中多悼亡之作，细读之，觉其哀感顽艳，凄惋疮痛，然实非皆为悼其亡妻者，盖其词不少相思阻隔、恋情怆伤，甚至经历风波曲折之意。

《分春馆词话》卷三

陈枋

陈枋（1656—1692）字次山，江苏宜兴人。陈维崧从侄，又为邹祗谟之甥，有《香草亭词》。

1. 吴绮：

汪甥上若京洛回辕，方千里而言归，出一编以相示，则次山陈子所作《香亭词》也。夫系出三君，长多伟士。建安草檄，骧骋于七子之坛；颍水将军，凤翥于二难之席。才高良史，以椽笔而著声；文蔚儒宗，碎胡琴而振誉。或荐于元祐，而诗文自是一家；或文动绍兴，而翰墨独高群辈。然皆间代而出，或异地而生。乃我次山，实皆荆水。心伤广武，叹往者之难逢；踵接毗陵，觉后来而居上。文推梦鸟，撷八代之英华；声满求莺，统九州之气数。焚君苗之砚，不俟篇成；染文通之毫，每闻花放。常赓八韵，何殊江上峰青；偶试七题，宁待阶前日转。固已声传洛下，名重江东。元礼开门，竞接停车之客；当时置驿，争迎惊座之人。乃复兴极情来，酣余神王。楼头击筑，还为《兰畹》之音；市上哀歌，时发《草堂》之唱。在酒边而怀友，向逼乌乌；过花底以言愁，性同素素。千里有还家之梦，四时多子夜之吟。行见酒酌玻璃，天子命龟年而度曲；岂但弦明翡翠，雪儿按鸾板以征歌也哉。夫词出骚坛，实原乐府。非诗非曲，其妙在深浅之间；可乐可悲，其调以安和为主。自说乖三易，都忘邦彦之章；而独笑七分，但斗刘几之句。寝非古调，岂为高言？而次山独能出其清思，振兹丽藻，以秦、柳之柔情，发辛、苏之逸气。或芊绵而不绝，如啭晓之啼莺；或奔放而难羁，如嘶秋之骏驷。左提仲举，与太白而高吟；右挈尧章，听小红之低唱。吾不知其所际，又安量其所成乎？方诸其年，宁并驱而驾也？乃呼上若，相倚声而歌之。

《陈次山〈香亭词〉序》（《林蕙堂全集》卷五）

张梁

张梁(1657—1739)字大木，一字奕山，号幻花居士，江南娄县(今上海青浦)人。清康熙五十二年(1713)进士，官行人司行人。会裁缺别补，遂归里，不复出。居处有保闲堂、淡吟楼、学圃居、丛桂读书堂、鹤径风漪草堂、花阴馆、藕香亭、一松斋、书巢诸胜，又杭州西溪有其兄别业，在梅竹最深处，于是往来徜徉，拟柴桑之处士，晚岁学佛。梁为康熙、雍正间知名词家，与杜诏、楼俨、陈聂恒、缪谟等往还。初刻有《淡吟楼诗词钞》，已罕见。今传《幻花庵词钞》八卷，清雍正六年(1728)刊。王昶又选辑其词一卷入《琴画楼词钞》。

1. 张梁：

余年近壮，偶一按谱，见赏于征君焦夫子，曰："知子才试为此，已入晚宋四家之室，此事固关天分。"又仿元曲四字评语曰："子词可谓如'竹风梧雨'。"

《幻花庵词钞自序》(《词苑萃编》卷八引)

2. 沈大成：

世之论词者每曰词与诗不两能，岂以词之笔贵柔、词之调易弱、词之语侧艳而近淫，凡此皆足为诗病耶？是大不然。太白，唐大家也，〔菩萨蛮〕、〔忆秦娥〕为填词之祖，他若韦左司、戴幼公、王仲初、白香山、刘梦得，词与诗并传，而温飞卿尤称流丽，为《花间》之冠，词果何害于诗邪？下逮赵宋，而晏同叔、欧阳永叔、秦七、黄九之徒先以诗鸣，南渡后，白石生词苑老仙，老学庵诗林名宿，其诗、其词，未尝偏废，词果何害于诗邪？盖词者，古乐府之遗，原本于诗而别自为体，夫惟思通于苍茫之中，而句得于钩索之后，如孤云澹月，如倩女离魂，如春花将堕，余香袭人，斯词之正法眼藏耳。彼为目睫之论者，不知词并不知诗者也。故夫竹屋、梅溪、蘋洲、碧山、玉田、蜕岩及近时之竹垞、耕客，实传鄱阳之法乳者，今观诸家之作，神清骨峻，翛然出尘，皆有当于风雅，词果何害于诗邪？乡先生幻花老人工诗而兼擅倚声，自编所为词若干卷曰《幻花庵词》，盖仿黄叔旸《散花庵词》而名也……夫幻花老人之诗，其旨趣在王、孟之间，及为长短句，又能宗尚石帚、玉田，刊落凡艳，求之色、香、味之外，而独领其妙。平生专修净土，去来如意，凡有所作，皆从静境中流出，故不假思惟，自然各臻于极也。

《幻花庵词序》（《学福斋集》卷六）

3. 金兆燕：

盖闻灵花四照，自多婀娜之枝；仙露三危，必无醽醁之味。山宝玉而土润，川濯锦而波明。华鲸铿无射之钟，众音皆贯；巨堰跃蕤宾之铁，群籁胥调。岂徒绣鞶帨以为工，拾香草而自佩已哉？《幻花庵词钞》者，华亭张大木先生之遗稿也。先生撷芳诗囿，濬派词源，都荔郁窅窊之香，孔鸾振熠燿之羽。偶分余技，足了十人；更爱倚声，遂成数帙。郎中花影，艳生鸘鼊之笺；女婿微云，色映蛸蛉之管。柳三变应为敛手，张王孙乃有替人。

《华亭张大木先生幻（花）庵词钞序》（《棕亭骈体文钞》卷三）

4. 谭莹：

绿阴如幄又江南，琴鹤翛然理共参见《蒲褐山房诗话》。

似学道人工绮语，幻花庵亦散花庵。

《论词绝句四十首专论国朝人》（《乐志堂诗集》卷六）

5. 陈廷焯：

国初诸老之词，论不胜论。而最著者，除吴（按：吴伟业）、王（按：王士禛）、朱（按：朱彝尊）、陈（按：陈维崧）外，莫如棠村、秋岳、南溪、珂雪、艺香、华峰、饮水、羡门、秋水、符曾、分虎、晋贤、覃九、蘅圃、松坪、西堂、莘野、紫纶、奕山诸家，分道扬镳，各树一帜。

《词坛丛话》

6. 陈廷焯：

国初如梅村、棠村、南溪、渔洋、珂雪、艺香、华峰、饮水、羡门、西堂、秋水、符曾、分虎、晋贤、覃九、蘅圃、松坪、莘野、紫纶、奕山诸家，各具旗鼓，互有短长。（卷十四）

奕山词格清俊，兼宋元人之长。

奕山词最凄切，妙能疏密相间，兼草窗、梦窗、玉田、遗山之长。一往情深。（评〔玉京秋〕“凉露滴他乡”）（卷十八）

《云韶集》

7.《续修四库全书提要》：

其慢词虽规抚南宋，然往往有流滑或生硬之句也，曰《幻花庵词》者，盖仿黄叔旸《散花庵词》而名也。

《幻花庵词提要》

曹寅

曹寅(1658—1712)字子清，一字楝亭，号荔轩，又号雪樵，其先为辽阳(今沈阳)人，隶正白旗包衣。清康熙十年(1671)挑御前侍卫，外差苏州、江宁织造，兼巡视两淮盐务，官至通政使。寅喜聚书，多得泰兴季振宜、昆山徐乾学所藏。好结士流，南方知名士，咸与往来，结识尤侗、叶燮、姜宸英等人，笼络大批江南文人。拥资刻书，于扬州书局开雕《全唐诗》、《佩文韵府》，为朱彝尊刻印《曝书亭集》。事迹见《清史列传》及《康熙江宁府志》。曹寅能诗善文，填词度曲皆工。所为诗词，皆有逸笔，为时人所称道。自言其创作曲第一，词次之，诗又次之。著有《楝亭诗钞》、《楝亭诗钞别集》，曲作有《北红拂记》、《续琵琶》、《太平乐事》等。有《楝亭词钞》二卷附《楝亭集》中，一名《西农词》。

1. 王朝瓛：

今代填词，惟《迦陵集》、《江湖载酒集》，后生服膺无异辞。虽位置南宋名流中，犹当擅场，非有明三百年词人所及也。……公之词，以姜、史之雅丽，兼辛、苏之俊爽，逸情高格，妥帖排奡。其视迦陵、竹垞，殆犹白石之于清真也。……公尝自言，吾曲第一，词次之，诗又次之。此谦语，实不尽然。

《楝亭词钞序》(《楝亭集》)

2. 曾王孙：

先生之词聪明运学力，声调吐襟怀，香艳中有雄浑，苍凉处有高华，不肯落古人窠臼，而古人实不能囿，诚词学之良工，倚声之宗匠也。

《百名家词钞》引

3. 聂先：

论词既不贵《草堂》靡曼之章，尤最忌刻意翻案，过为尖纤之习。荔轩词选声辨韵，自有新裁，嚼字调音，自多妙咏。髯公所谓“井花汲处，都吟柳永之章；纨帕贻来，半织元稹之曲”，请以移增荔轩。

《百名家词钞》引

4. 杨钟羲：

子清官侍从时，与辇下诸公为长短句，兴会飙举，如飞仙之俯尘世，不以循声琢句为下。所刻《楝亭词钞》，仅存百一。

《雪桥诗话》三集卷四

吴贯勉

吴贯勉（生卒年不详）字尊五，号秋屏，安徽歙县人。流寓金陵。诸生。曹寅于扬州设局刻书，贯勉任雠校事。有《绿意词》、《江花唱晚》(一作《秋屏词钞》)、《秋屏词续编》。

1. 杜浚：

不知何故，群然尚四六，而古文之道微。然古人亦作四六，而古文自若有在四六之先者也。时人无之，故并其所为四六可呕也。又群然尚小词，而风诗之道微。然古人亦作小词，而风诗自若有在小词之先者也。时人无之，故并其所为小词可嗤也。吴子秋屏示余以所作小词如干首，短者有窈窕之思，长者有历落之致。莫不按之不浮，察之有故，此非有在小词之先者欤？秋屏欲不以余为同调，岂可得乎？丁卯花生日村翁杜浚题。

《秋屏词钞题辞》(《秋屏词钞》)

2. 黄庭：

〔永遇乐〕《题秋屏词》

昔与髯翁其年，讨论声调，中夜忘寐。自失钟期，谁为公瑾，不食春蚕字。寒蝉枯木，纵留细响，拚作酱瓿边纸。今番秋原见猎，为君辗然心喜。　一编示我，梦窗粉本，濯濯柳丝烟际。玉局才情，屯田风韵，并入霜毫里。沉吟还问，软红尘影，怎著畹兰江芷。素娥妬，金波满泻，浸他卷尾。

《秋屏词钞》

3. 朱彝尊：

《花间》、《尊前》而后，言词者多主曾端伯所录《乐府雅词》。今江淮以北称倚声者辄曰“雅词”。甚矣，词之当合乎雅矣。自《草堂》选本行，不善学者流而俗不可医。读《秋屏词》，尽洗铅华，独存本色，居然高竹屋、范石湖遗音，此有井水饮处所必歌也。

《秋屏词钞题辞》(《秋屏词钞》)

4. 何嘉延：

词家狃于本色当行之说，多以柔情曼语，标新竞异。然宜于小令而不宜于长调，宜于闺情春思而不宜于登临感遇，咏物怀人诸作。故自香奁之外，求其合作者难矣。兹集不屑作柔曼之音，纯以长调取胜，艳而不靡，丽而不纤，清而不肤，爽而不率。思沉力厚，法备神全，极词家之能事。近时以长调擅场者，香严、迦陵而外，指不多屈，先生殆驾而上之矣。癸酉花朝，山阴弟何嘉延。

《秋屏词钞题辞》(《秋屏词钞》)

5. 姚潜：

向客京邸，与其年、蕺山、次山诸子即景填词，殆无虚日。垂老南归时，又与秋屏按商切羽。秋屏词情恂雅，既不流于柔靡，复不蹈于豪放。淡妆浓抹，俱所不事，直得白石、玉田神髓。秋屏居各一方，不获与其年赏奇析义后，犹得与蕺山把臂京师，朝夕论定。称其精微奏节，俱臻三昧，非漫作者意者之言，言外之意。又当求之声调之表，非秋屏不足以当此。噫，难言之矣。八十一叟同里姚潜拜识。

《秋屏词钞题辞》(《秋屏词钞》)

6. 申玮：

词者，乐府之遗音也。倚声按拍，致有缠绵长言咏叹，或近之与？余友吴秋屏长于诗，原本风骚，得古人规法。间以新意填词，气韵冲澹，迥绝俗调。秀水竹垞朱先生雅为推许，以高竹屋、范石湖仿之先生。当今之学海艺林也，品题必当，余又何能益一语。惟举先生所称以述于世之嗜学者，将见秋屏之词不特一时纸贵矣。吴门同学弟申玮书。

《秋屏词钞题辞》(《秋屏词钞》)

7. 申玮：

〔菩萨蛮慢〕

鱼笺小字，向红筵缓唱，逞他才能。博得个调笑，多狂傍纨扇罗巾。粉浓香腻，高韵天成。冷笑里，自生风味。对清泉白石，拍出宫商，另般娱戏。　有时帽檐侧倚。正秋空，极目烟霭无际。恁笔端，传尽脆玉哀音。又云外招来，怨鹤孤唳。珠串歌喉，都脱却女儿家气。爱苍髯笙簧，别奏也成灰。

《秋屏词钞》

8. 周而衍：

长短句滥觞于李唐，至赵宋而极盛。近时诸家又各标新领异，然江河日下，狼籍沓拖，贻累词坛不小。秋屏独以闲雅出之，无不各尽其妙。狂澜一柱，其在斯乎？庚辰十月金坛弟周而衍。

《秋屏词钞题辞》(《秋屏词钞》)

9. 陈鹏年：

客来何处，黄山白岳之区；我歌且谣，红豆乌丝之调。祢正平惟躭挝鼓，旷达不羁；王子晋雅善吹笙，凄清欲绝。千篇绣虎，挥残河北花笺；五夜雕龙，擘尽胶东粉纸。则有登山临水，抹月批风。六朝之岚影千层，书愁不少；万古之江流一副，制恨偏多。词客无还，恐悲故巷；醉翁大去，只见新亭。过野渡而哭沧溟，上荒台而叫阊阖。玉玲珑小阁，何非惜乌啼花；金麗䍦名园，尽是伤罗怨绮。此酒旗歌扇，牛给事惯倚新声；剑匣诗瓢，柳郎中亦调小令也。而况频年叹老，逐景嗟贫。芰荷为衣，久乏绨袍于故友；梠萧果腹，敢期进食于王孙。悲客馆之秋风，十年寥落；听僧床之夜雨，千里飘零。李太白思乡，心莫伤于见月；王仲宣作赋，头半白于登楼。又随处诙谐，俗子嗤其落魄。而逢人谑浪，我辈欲为善鸣者矣。嗟乎，仆本楚狂，身留吴市。楚天似墨，魂销画里。家山湘草如罗，肠断梦中归路。不得扫愁之竹，赖此银筝；倘无蠲忿之犀，端惟玉管。把君词而期过日，缀余序以订忘年。快绝一时，共成千古。然而朱君竹垞月旦，业已进于雅音；杜老茶村揄扬，急欲引为同调。观其止矣，复何言乎。独步于《花间》、《兰畹》之中，桓子野大为抚掌；竞爽于蝶扑莺歌之下，周公瑾极其赏心。则惟夸井华汲处，咸披李峤之章；且遥姤池馆开时，争唱元稹之曲云尔。

《秋屏词钞序》(《秋屏词钞》)

10.《续修四库全书总目提要》：

小长芦题云："《秋屏词》，尽洗铅华，独存本色，居然高竹屋、范石湖遗音。此有井水饮处所必歌也。"以为尽洗铅华，则近似之；以为有竹屋、石湖遗音，有井水处皆能歌之，则誉过其实矣。贯勉之词，雅正则有余，宛曲则不足。雅而直率，则徒争字面矣；雅而宛转，则气机跌宕矣，此学南宋词者所当知也。故贯勉之词，较以明末浮夸之习，则为雅矣，若较以浙西六家，则未纯也。

《续修四库全书总目提要·秋屏词钞一卷》

宋俊

宋俊（生卒年不详）字长白，浙江山阴人。清初诸生。清康熙末参修《江山县志》。著有《岸舫诗》九卷，《岸舫词》三卷，另有《柳亭诗话》等。

1. 徐士俊：

《卫风·硕人》篇之次章若手若、肤若、领若、齿若、首若、眉若，拟诸柔荑、凝脂、蝤蛴、瓠犀、螓蛾之属，可云美矣备矣。而不得巧笑倩、美目盼二语，则亦不过琢玉堆金，略无生动之趣，乃知“巧笑倩兮，美目盼兮”，忽然咏叹摇曳，固诗人传神处也。传神之妙，不贵其多，一字刺心，遂成活现。惟词亦然。吾得山阴宋子长白《岸舫诗余》而读之，或缭绕如春云，或皎洁若秋月，其神采焕发，不徒以艳冶为工。夫江山花鸟，原足供人采择而有余况。宋子生千岩万壑间，所谓山阴道上行，已是应接不暇，兼之南北舟车游览无尽。燃脂弄墨，古锦生香。宜其所为词置之《花间》、《草堂》、《兰畹》中，不啻花花自相对，叶叶自相当者矣。嗟乎！龙点睛则飞，棘刺心则痛，神之所感，往往有之。以宋子之才留意于词，吾见神光不定，乍阴乍阳，其为倩盼也弥甚。直接风人之旨，岂曰诗之余也哉？如是而与寓内词坛互相雄长，即谓楚之玉，唐之璟，宋之祁复生当世可耳。余友汤子古田与长白为中表兄弟，其爱长白之词意，与余同。谓亟宜公诸天下，洛阳纸贵，不问可知。乃欲以余为元晏先生，则恧之甚者也。

《岸舫词序》（《岸舫词》）

2. 赵宁：

诗词同源而异派，分轨而齐镳者也。说诗者每以沉郁顿挫。一往独出为奇，而啴缓靡曼之音，务欲离而去之。岂道无取乎？

兼谋而艺则归于独擅也哉。亦其气机之嘿运，有不得不然者存耳。吾友宋子长白，性本孤骞，寡谐于俗。然壮游自喜，二十年来足迹几遍天下，往往兴会所乘，于四始六义之外，类多傍及乎词。初刻于国门，再镌于岭海，而吴吴兴复取而入三十六家之选，倚声协律者流固无不知。长白之工于词者，而不知长白之竟以词掩也。夫《兰畹》、《花间》，实三唐之降格；屯田、淮海，为两宋之繁声。彼其人幽忧愤激，欲呼诉而莫可谁何，故托之襜帏儿女子之间，以寓其抑郁无聊之旨。而长白凌厉踔发，视一世事无足以当其意者。顾何以不为黄钟大吕之音，以期奏诸清庙明堂之上，而为是噜呟细响也耶？甲子秋余，承乏长沙，长白度大庾、浮湘水，顾余于道林岳麓。酒酣耳热，辄出其词之全帙以示，益阳江君诵而悦之，请归而寿诸梓，以求序于余。余谓长白之所不足者，非词也。使长白而仅以词传，则亦无乐乎？其为词矣，若夫咏榛苓而动美人之思，歌兰杜而起佚女之慕。曼声长调，长白或有所托而逃焉者。而江君若有以得之，则非余之所及也已。

《岸舫词序》(《岸舫词》)

3. 江闿：

三百十一篇而后，一再变而为乐府歌行、五七言，最后变为词，要不离夫乐府之遗者。近是而乃始于唐，盛于宋。迨我国家骚人辈出，以词鸣者指不胜屈，亦极盛矣。虽然学稼轩、放翁之家，往往厌薄三李，谓伤于巧。学耆卿、淮海者则又病眉山伤于气。余得《岸舫词》一卷，展读间时觉其排宕激昂，时觉其香艳缠绵。刻画而能不伤于巧，叫号而能不伤于气，得不与古乐府同传乎？余也困顿，山城所共朝昏者，胥徒仆夫案牍而已矣。豕亥鲁鱼且莫能辨，又何从得审声调之妍媸得失耶？读是词却不禁击节。盖阳春白雪，虽倚和为难，其悲凉婉丽之概，苟非充耳莫不欣羡。顿使胥徒仆夫、案牍中人神游风雅之窟，固不异哉？无怪乎管亭先生称道之不去口也。因质于先生，先取其十之三付之枣梨，庶几宇内骚人得共赏之。填是词者，为山阴宋子长白，以字行，余叙其词得并识。

《岸舫词序》(《岸舫词》)

龚翔麟

龚翔麟(1658—1733)字天石，号蘅圃，浙江仁和(今杭州)人。清康熙二十年(1681)副贡，补兵部主事，官至监察御史，历掌浙江、山西、陕西、京畿诸道事，为言官而有直声。翔麟生而颖异，弱冠即工诗古文辞，与曹溶、朱彝尊为忘年交，二人咸重之。亦好储书，家藏书甲于浙右，楼名曰“玉玲珑阁”，校刻有《玉玲珑阁丛书》。晚年移家张驼园，自号田居，又号稼村。康熙十八年(1679)，翔麟集朱彝尊《江湖载酒集》、李良年《秋锦山房词》、沈皞日《柘西精舍词》、李符《耒边词》、沈岸登《黑蝶斋词》，并其己作《红藕庄词》，刊为《浙西六家词》，每家前冠以一序，保留不少词坛史料，六人也因之而被称为“浙西六家”。著有《田居诗稿》、《田居诗续》，词有《玉玲珑阁词》(又名《红藕庄词》)三卷。

1. 曹溶：

词家之拈僻调固难，而拈僻调者求为尖新妙丽则更难。读《红藕庄词》，备美角胜，脱洒尘习，驾姜、史而上之，不独使竹垞、融谷独擅所长也。

《百名家词钞》引

2. 聂先：

秋岳先生极称蘅圃工长短句，大约以姜、史为宗，而兼玉田、西麓诸家之胜。然闻其倚声最早，无纤豪俗尚，得以混其笔端。今展读《红藕庄词》，故有瑶天笙鹤之致。

《百名家词钞》引

3. 曾安世：

蘅圃家钱塘，少长京师，其盛年力学，一目十行，手不停披于简编，口不辍吟于诗赋，与诸同人觞咏，足以想见丰华，艳其工敏。嘉兴李分虎，谓其所制大率以石帚为宗，而旁及梅溪、碧山、玉田、西麓之间，信然。

《百名家词钞》引

4. 李符：

词至晚宋，极变而工，一时名流，往往托迹西泠，篇章传播为最盛。数百年来，残谱零落，未有起而裒集之者。竹垞工长短句，始留意搜访，十得八九。当其客通潞时，蘅圃与之朝夕，悉取诸编而精研之，故为倚声最早，无纤毫俗尚，得以入其笔端。予曩游都门，与蘅圃甫定交，即俶装归，惜未多见其词。近复合并白下，尽观所制，大率以石帚为宗，而旁及于梅溪、碧山、玉田、蒉州、蜕岩、西麓各家之体格。吟牖相对，与予续有倡和。予既叹服蘅圃之敏且工，而又自幸同调之得朋也。蘅圃家钱塘，少长京师，今方在盛年，需次郎署。然一丘一壑之想，与林薮逸民，且有同好。间返里门，吊南渡以来诸词人。觞咏陈迹，感湖山之寂寞，辄低徊不能去。今所雕《红藕庄词》二卷，大半削稿羁旅，而乡国之思居多焉。读蘅圃之词者，亦可以见其意志之所存矣。

《红藕庄词序》（《红藕庄词》）

5. 厉鹗：

本朝沈处士去矜号能词，未洗鹤窗（按：马浩澜）余习，出其门者，波靡不返，赖龚侍御蘅圃起而矫之。

《吴尺凫玲珑帘词序》（《樊榭山房集》文集卷四）

6. 谭莹：

粉署仙郎爱读书，湖山归梦也终虚。

江南江北相思惯，红藕庄词比藕渔。

《论词绝句四十首专论国朝人》（《乐志堂诗集》卷六）

7. 谢章铤：

余谓竹垞超伦绝群，以匹迦陵，洵无愧色，余子皆当敛衽。然而李氏武曾、分虎符，《耒边词》，沈氏融谷暤日，《柘西精舍集》，覃九岸登，《黑蝶斋词》，机云竞爽，咸籍并称。竹垞先登，蘅圃龚翔麟《红藕庄词》后劲，浙西风雅，允冠一时。

《赌棋山庄词话》卷十一

8. 陈廷焯：

蘅圃词冷艳入骨，可亚于梦窗。

艳笔亦与他人不同。蘅圃词清警多，秾艳少。即一二艳作仍是清警，深得姜史之妙。（评〔醉公子〕“马首山无数”）

《云韶集》卷十七

9. 《清史列传》：

龚翔麟……词以石帚为宗，旁及梅溪、玉田、蜕岩诸家之体，与朱彝尊、李良年、李符、沈暤日、沈岸登，时称浙西六家。

《文苑传二》

10. 《续修四库全书提要》：

翔麟早与词流，切劘获益，自朱彝尊倡率南宋之词，一时文士，靡然从风。翔麟尝刊《山中白云词集》，又刻《浙西六家词》，为之张目，故浙派之兴，翔麟亦颇有功焉。李符论其词大率以石帚为宗，而旁及于梅溪、碧山、玉田、蘋州、蜕岩、西麓各家之体格云云，其言似扬之失实，然大体未为不合，惟模拟刻画，时嫌太过，为可议耳。

《红藕庄词提要》

11. 卢前：

〔望江南〕

朱门士，灯火见薪传。早岁填词通潞客，故无俗尚绕毫端。绰约与人看。

《饮虹簃论清词百家》（《清名家词》）

王一元

王一元（1658—？）字畹仙，一作宛先，又逸其，江苏无锡(一作武进)人。寄籍铁岭(今属辽宁)，榜姓吴。清康熙四十二年(1703)进士。曾官灵台(今属甘肃)知县、内阁中书。好诗工词，著有《辽左见闻录》、《健松亭诗集》等。生平作词逾万首，大半散失。晚年曾自订其存词一千六百余首，编《芙蓉舫集》二十卷，未刊，后稿本为其姻亲赵吉士家所藏，未见传世。今仅存《岁寒咏物词》一卷行世，有词五十余首。

1. 汪灏：

林深烟密，魂消叔夏秋莺；花暝柳昏，神动邦卿春燕。刘后村之芍药，遍地吹香；章质夫之杨花，漫天飞雪。枝头红杏，闹春意于尚书；雨里黄梅，留芳名于别驾。以暨蛩吟白石，丝竹三更；蛙赋青田，鼓吹两部。从来填词匪易，兼之咏物尤难。锦烂七襄，须是天孙机杼；石成五色，除非娲后丹灶。绣崔尉之鸳鸯，金针孰度；搨滕王之蛱蝶，银管谁抽。此幼妇色丝，每难逢于偷声减字；而美人香草，不多见于换羽移宫也。王子畹仙，技擅棘猴，家传蜡凤。踞风骚之座，早爱弹筝；泛孝廉之船，幼曾梦笔。迹其抒十分之艳想，制万首之香词。固已！曲比少游，歌姬闻而愿嫁；调追邦彦，乐府因以加官者矣。乃者时值消寒，遂而词耽肖物。另成一册，汇有多篇。触绪牵情，信属文人慧业；逢场作戏，何残名士风流。既离迹以取神，复借端而托兴。曹子桓弦飞霹雳，大都手柔弓燥之余；郭公明舌吐烟云，多半耳热酒酣之后。赋小言于宋子，谱入宫商；隐谜语于臧孙，声敲金石。描成柳絮，教谢女而都迷；绘就荔枝，惹杨妃而欲笑。霓裳月底，引出长谣；罗袜花阴，排来小令。把金尊而吟芳草，情深紫陌王孙；按檀板以唱垂杨，愁杀红楼少妇。嗟乎，其工若此，分半阕亦足惊人；我劳何如，问一生谁能多作？而乃呕肝镂骨，处处玲珑；洗髓伐毛，翩翩旖旎。聚东壁西园之图书翰墨，无端幻出千般；合南唐、北宋之绣口锦心，忽然竞成一体。倘比赋中之鹦鹉，应夸众美于祢衡；若较诗里之鹧鸪，翻笑专名于郑谷矣。

《岁寒咏物词序》(《岁寒咏物词》)

2. 王一元：

十年射策，仍下春官；廿载浪游，恐悲夏屋。寻酒人于燕市，老矣渐离；思仙客于汉廷，饥来曼倩。连天风雪，低迷十丈尘中；极目乡山，迢递三千里外。衾寒似铁，羁梦凄凉。楼小于拳，藏愁逼侧，何以卒岁。托逸兴于新词，偶尔消寒；寄闲情于咏物，时则双扉。长键一卷，自娱玳管。拈来呵砚，冰而欲滴苔笺。劈处分墨，沉之余香。借棘猴楮叶以写生，大都耳热酒酣之后；托镂雪雕冰为活计，半在漏残灯灺之时。茶灶笔床，俱成胜具；银筝檀板，尽属寓言。小令长谣，快深情于一往；偷声减字，置工拙于两忘。时计三旬，词成二百。嗟乎，臣之壮也，尚为摇落之人；岁方暮兮，徒唱思归之引。玉河杨柳，凝朔气以犹枯；暖室梅花，孕暗香而欲绽笑。惊乌于树底，飘泊谁依；指冻雀于山头，端居不乐。长贫至此，无聊已是十分；失意如斯，不律犹工三寸。蚕应有恨，抽来独茧之丝；蜂亦怜香，酿就百花之蜜。得句而添毫欲活，逊他郑氏鹧鸪；肖形而触腕皆灵，羡煞谢家蝴蝶。晏同叔桃花擅誉，非所望焉；贺方回梅子得名，予滋愧矣。

《岁寒咏物词自序》(《岁寒咏物词》)

3. 王赉：

此吾畹仙二兄《岁寒咏物词》也。二兄负不羁之才，幼孤食贫。予兄弟同研席时，尚未弱冠，其才情意气已卓然不群。稍长好为诗歌俪体，惊才绝艳，下笔有神，而嗜词尤甚。游历阅二十年，一切临水登山、吊古言情之作，多半托之于词。顾旋作旋弃，不甚爱惜，散佚居多。年来始加珍重，手录成帙，尚存数千首。其绮丽香艳，豪放沉雄，直兼周、秦、辛、苏而成一家言。至其卷帙之多，又未知词人中谁堪比数者。庚辰下第，留滞都门，客勰岁暮，作咏物词自娱，未匝月已得二百余阕。兴方勃勃未已，适余从济上来，以他事凌杂，遂懊恨辍笔，比之催租人客。冬，汪子紫沧入都读之，击节曰此片片旃檀香也，当与吾辈共赏之，那得私置匧中，因相与评次而先梓其半。二兄胸襟拓落，不可一世，岂欲以词名家，顾久困公车，意亦少倦，姑借长谣小令，以发泄其抑郁无聊之思。咏物一编，又其游戏及之者也。

《岁寒咏物词跋》（《岁寒咏物词》）

4. 孙尔准：

作者谁能按谱填，乐章琴趣调三千。

谁知万首连成璧，眼底无人识畹仙？

《论词绝句》（《泰云堂诗集》卷四）

5. 丁绍仪：

畹仙寄籍奉天，冒吴姓举京兆，康熙癸未捷南宫，工骈体文，善倚声，所作几万首。顾自来选家，咸未录及，里中人鲜有知其姓氏者，余亦仅见咏物词一卷。……言外均有意在，非漫然咏物而已。

《听秋声馆词话》卷一二

6.《续修四库全书总目提要》：

两宋词人，未有专以咏物名其词者，偶有所述，则别具情款，寄托遥深。北宋之中，如东坡之杨花、清真之梅花，一唱而三叹，睹物而知情矣。南宋以来，风流弥著，然如梅溪之春雨、双燕，不即不离，情怀悱恻，至于白石咏梅、碧山之新月、雪意、蝉、萤诸作，则又家国之哀、发其幽愤者也。若一元所撰，则专事写生，为物所役，尚安足重哉。以其文辞精巧，存以备检阅耳。

《续修四库全书总目提要·岁寒咏物词一卷》

叶寻源

叶寻源（生卒年不详）原名永年，字砚孙，号丹霈，江苏华亭（今上海松江）人，叶映榴从子。诸生。官赣榆训导。曾与彭椒岩、钱金甫、王未央等为七子之会。有《玉壶词》。

1. 金是瀛：

余尝从事于长短句，及揽《玉壶》，始悔其少作，而废然返也。虽然，砚孙岂欲以词见哉？兴之所寄，便足千古。使其仪箫韶之间，挟风雨之势，天下之士，又安敢正明目而视之与？

《百名家词钞》引

2. 聂先：

作小令须于虚神得手，方有一唱三叹之妙。作长调，须于实处生情，乃见倾湫倒峡之势。《玉壶》虚处如峨眉秋月，清光一轮；实处如浪击蛟门，顷刻千里。偶与冰持快读一过，不觉心旷神舒，能令万山俱响。苟非付柔情于不怨，写丽致于无痕者，乌足以语此。

《百名家词钞》引

汪灏

汪灏（1658—？）字紫沧，安徽休宁人。清康熙四十二年进士，官翰林院编修。曾奉旨编《广群芳谱》，有《披云阁词》。

1. 毛际可：

丁卯春，汪子紫沧惠然以书见贻，往复千百言辞旨。浩瀚如秋涛下峡，一往而不可御。知其为古文词沉酣于大家者也，而谦抑过当，谓自今以后，海内有未亲门墙而得以一函执北面礼者，何妨自休宁汪某始。予阅之，不禁面热汗下矣。更集其诗余一帙，属余点定而弁言其端，夫诗余与古文词判然而不能一者也。自太白创为〔忆秦娥〕、〔菩萨蛮〕诸调，而大家如韩、柳诸子，曾不过而问焉。至宋，王半山稍一染指，惟永叔、苏子瞻始擅长于其间。说者谓永叔词婉秀曲折，一唱三叹。而子瞻则豪放激宕，辟易千人。较之平日所为文，又未尝不合若符契。则谓判然不能一者，又岂定论哉？读紫沧所作，或如深闺之言情，或如青楼之写怨，或如壮夫鸣笳之曲，或如羁臣逐客催弦断柱之音。使人心旷神怡，色飞魄动，已兼欧、苏之长而有之，则其文之沉酣大家也固宜。予谬不自揆，早学为古文词，后避寇穷山，偶得《草堂诗余》，按节寻声，勉为《映竹轩词》，非其所好，而不谓紫沧嗜爱之若是也。虽然《草堂》所编，如仲殊咏桂失之俚下，近日朱君锡鬯与君家晋贤有《词综》之选，悉加澄汰，可谓词学干城。紫沧神明于其间焉，足以自命千古，何必问道于盲也哉？

《披云阁词序》（《披云阁词》）

2. 曹贞吉：

谓赋格为古诗之流，殊未推其极致。概词家以乐府之目，要亦举其大凡。原夫词之为道也，填来体制无过一阕三终，谱出声情，不啻千端万族。譬犹杂陈采色，绚烂虽同；徵辨宫商，铿锵各异。能明斯义，庶可与言。自曲度秦娥，流丽启兰荃之秀；歌残金缕，阳春传筝篴之哀。逮北宋诩为专门，尤推南渡；金元存其逸响，不绝中原。胜国相仍，本朝独盛，家推绣虎，人握灵蛇。莫非踵事增华，直欲后来居上。则有海阳望姓汪氏明贤，擅雕龙吐凤之才，具吞虎食牛之气。妙手则裁云剪浪，奇声则戛石敲金。玉树冰桃，结邻洺水；霜痕烟色，步武秋屋。在月下潮生，已旧有浮溪歌调；岂霞笺玉滴，可浑无乳燕喹情尔。乃徜徉于鹤林甘露之间，啸傲于三竺六桥之侧。桃花潭岸，送客汪伦；甘蔗山房，留宾任昉。梗萍莫定，磊快虽消。雅好新声，爰成一卷。豪如玉局，艳仿屯田。周、秦竞绰约于毫端，辛、陆亦缤纷于研笔。杜鹃啼处，花瓣成斑；梅子黄时，雨丝如雾。姜白石探春而后，张玉田久客之年。遂使镌蕉尾于韩郎，著栟榈于邓伯。竹山、竹屋，篁韵凄清；梦窗、草窗，鸡谈骚屑。若其发玄旨于律中，运巧思于景外。按碧山而追剡曲，方驾沂孙；抚绛萼以唱梅溪，平观达祖。晓风残月，时遇诸扁舟匹马之吟；腻粉搓酥，不多于镜里屏间之什。意者东湖成集，可废芦川；西麓名编，足该红叶也已。仆昔流连绮语，协律良难；君今恣猎倚声，放歌自喜。装书问序，讵云风雅之外篇；泼墨赠言，敢曰虫鱼之小技。

《披云阁词序》(《披云阁词》)

施世纶

施世纶（1658—1722）字文贤，一字南堂，号浔江，又号静斋，福建晋江人，后入汉军镶黄旗籍。以父施琅之功，袭靖海侯。清康熙二十四年（1685年），以荫生初授泰州知州，后历官扬州、江宁、苏州三府知府、安徽布政使、太仆寺正卿、顺天府尹、漕运总督等。居官政绩显著，清名远播，曾被康熙皇帝表彰为“天下第一清官”，后成为清代公案小说《施公案》的主人公。善诗能文，著有《浔阳诗草》、《南堂诗钞》、《南堂集》等，《倚红词》一卷。

1. 宗元鼎：

古之文人而为贤太守者，莫重于欧、苏两公。以爱民为事，故古今重之。……欧、苏文章之外，又善诗余，词调至今歌之。况为政不仅于滁、杭曾守，郡德播于平山也。康熙己巳、庚午间，晋水施公以清廉爱民，特擢维扬太守。百姓感其泽，比于昔之欧、苏，而公使民安户口，士乐弦歌，惠德不胜缕指。遂以政事立办之顷，萧然吟咏，从诗赋之余，著《倚红词》。读其词，似海燕双归，画帘花影。又若绿水人家，天涯芳草。真所谓挥毫万字，无一语人间烟火。他日如玉林所编，采公绝妙佳词。其在廿四桥边，红牙紫箫音律间乎？

《南堂词赋原序》（《清词珍本丛刊》）

2. 查礼：

施文贤世纶扬历中外，以位业显，所作《倚红词》亦极婉丽。尝于斜桥阻风〔菩萨蛮〕云：“今朝晴却前宵雨，无端又被风相误。缛水起繁波，其如归梦何。　滞人三五树，却在垂杨处。闷对碧溪东，蓼花抱暮红。”又尝过真州〔临江仙〕云：“几树斜阳堤上柳，柳阴下泊孤舟。江云带雨过沙头。暮山点里，不是六朝秋。　五马渡边风又急，殢人犹在真州。花枝烂漫酒家楼。疏帘倚偏，听彻采菱讴。”清新调畅，自成一家。

《榕巢词话》（《查恂叔集》）

张荣

张荣（1659—？）字景桓，号空明子，江苏上海（今上海市）人，张梁从兄，著有《空明子诗集》、《空明子文集》。有《空明子诗余》二卷。

1. 李如泌：

〔贺新凉〕《步严香词韵奉题空明老先生词集并求教正》

五色毫端發。羡诗篇、辉煌金碧，凤城双阙。犹有柔情工绮语，扫涤胸襟如雪。全不是、风云露月。底事娉婷迟未嫁，卷珠帘、犹掠飞蓬髮。雕虫技，特其末。　偷声减字真倾折。写不尽、愁丝恨缕，都成何物。除却梅溪兼白石，惟有玉田称杰。算鹤背、天风难灭。欲倩纤葱弹雅调，约海棠、快染猩红血。当此际，殊多益。

快笔随思發。拟明珠、晶盘疾走，更何疑阙。惊起笼中红鹦鹉，舒散一腔冰雪。谁禁我、评花嘲月。试按伊凉调锦瑟，想东墙、妙绪同丝髮。搜微疵，倾毫末。　如君怀抱安能折。纵闲却、经纶巨手，眼中无物。组织班香兼宋艳，独步词坛之杰。庶秦柳、相为明灭。大猎平原霜翮健，看纷拏、风雨皆毛血。相遇晚，已添益。

《空明子诗余》

许尚质

许尚质（1659—？）字又文，一字小讷，晚号酿川翁，浙江山阴（今属绍兴市）人。诸生，少时从蒋平阶学诗，著有《酿川集》，其中有《填词》五卷。

1. 毛奇龄：

词成于宋，舍宋无所为词也，然而人好宋诗，不以宋之为词者为词，而以宋之为诗者为词。而于是宋无诗，亦并无词。夫词虽宋体，然自唐后，乐府减四十八调为二十四调，而后诗余曲子由大晟以迄金元，其所为九宫十三调者，皆二十四调之遗则。上自齐梁，下逮金元，无不以是为宫悬戛击之端，原非北宋一代所得而限也。故予乡曩时有创为西蜀、南唐之音者，华亭蒋大鸿也，其法宗《花间》，而人之为《草堂》者却而不进。有创为德祐、景炎之音者，禾中朱竹垞也。竹垞客予郡，觅予郡之景炎处士所称菊山唐珏、蘋洲周密、后村仇远辈而效其倡和，相率为惄急逼剥之词，而人卒局步而不敢前，迄于今又三十年矣。杜陵梅中以风雅之宗，领袖篇什，乃出予乡《倚玉词》属予一言。夫《倚玉词》，许君又文之所为作也。乡人为词者夙称雪舫，而又文接踵而兴，标新领隽，萃《草堂》之精而一轨于正，有近晚唐者，亦有类德祐、景炎者，要之，皆大晟之声也。越中乏词宗，而前有华亭，后有禾中，今得梅中而三之，宋人之词于是有真面目矣。予老去不能为词，居钱湖之滨，而目眄西陵，所谓青骢油壁者，皆惘惘若隔世矣。观又文之词，细犊车回，小蛮人去，虽逮老犹想见之。

《倚玉词序》（《西河集》卷四十七）

2. 许尚质：

盖闻倚歌覆□，乃肇南音；噍喋指天，遂开越语。飞土逐肉，已传断竹之辞；集渚啄虾，亦发据舷之咏。山中木客，时寄离忧；薪上贤王，频闻清啸。终朝治葛，苦斲药以染丝；暇日采莲，惯乘流而击汰。斯固秦筝赵瑟，各操土风；楚些吴歈，皆缘俗谚。而况忆赁舂于吴会，曾唱五噫；思泛羽于亭边，犹堪一咏。湖清霜镜，宛委群峰；涛白雪山，掀翻小海。户习水仙之操，家弹河女之章。岁岁弄潮，类蹋摇以写恨；年年狎浪，仿按节以摅哀。飒矣具陈，繁然莫纪。至若庄临鉴曲，新回贺监之船；路入钱江，偏近方干之宅。舍人去国，村号吴融；长史还乡，书称徐浩。洵聚风人之窟，允称作者之坛。盖自东晋以还，迨乎南宋之季，渡江王谢，多在偏隅；入洛机云，半留浙土。倚声渐盛，协律弥工。莫不原本花间，调均长短；溯洄兰畹，思入缠绵。绿遍蘼芜，最伤心于么凤；黄余橘柚，尚饮泣于寒蝉。擫笛梅山，萧疏夜雨；提壶禹庙，骀荡春天。时则待制震踔于前，辰州继躅于后。玉笥、天柱，授简言情；瑶翠、篔房，援词致意。散羁愁于地上，留逸响于人间。堪称晋楚之二军，足当旗鼓；讵曰江黄之与国，敬奉槃匜。风气日遒，山川愈邈。则有高阳遗族，下里闲居，莞葭围墙，蓬蒿作室。编蒲成帙，时错落于丹黄；支木为床，日从残乎笔砚。每三旬而带索，值五月以披裘。天乎何尤，信长饥以受命；贫也非病，请结驷以言旋。然且籍系诸生，授经自给；文详众说，问字恒过。屈尺蠖于平舆，运丁不偶；验飞鸿于渐木，数处尤奇。一丧梁妻，再萎莱妇。安仁作赋之余，泪枯伤逝；子荆除服之后，诗示悼亡。文生于情，歌以言志。爰是白头王粲，孤眺楼头；皂帽管宁，独处辽海。窜身岭表，凭吊无诸；访旧南阳，高吟梁甫。两鼓黄河之柁，三登白板之舟。类极酸辛，备尝坎壈。旗亭旅壁，醉墨纷涂；襆被奚囊，画痕长满。水遇石以湍激，总为不平；泸因击而缺残，心殊未已。所由歌常据地，舞则当筵。燕燕莺莺，聊藉浇其块垒；悠悠忽忽，将自放其形骸。哀至何常，悲来则哭。偶然发口，几同謷出之音；率尔书空，大似咄嗟之语云尔。

《倚玉词序》（《酿川集》卷一）

3. 苏轮：

夫其绮语烘霞，藻思镂采。东海参军之腹笥，锦在行间；南阳开府之心津，珠涵字里。长歌激烈，雄翻丈八琵琶；短咏清微，宛拨尺三指爪。以至木笪金簑之体，尚陆陆可补新编；黄衫红袖之旁，安十十重弹古调。顾予荒落，直输杨柳旗亭；似尔沉酣，岂让秋风汾水？呜呼！坛坫何人，鼓吹不作，世重时钱主簿，谁怜五柳先生？滴粉搓酥，未许他人置喙；引商刻羽，只容我辈掀髯。览片语以徘徊，恍心醉于徘徊里畔；读全编而宛转，应魂销于宛转桥头。

《酿川集填词序》（《酿川集·填词》）

4. 唐芳第：

慨自音飘雪坞，曲存燕子春风；粉印妆楼，弹尽杨花夜雨。珍珠寡和，谁谱笙簧；宝瑟无声，久胶雁柱。歌残白苎，十三调弦索飘零；人去青藤，二百年云山冷落。我思玄度，天启又文，抽香草以为心，调青琴而作韵。黄衣旧曲，夙将云母为屏；白藕清讴，早以珊瑚架笔。固当文酬台玉，赋易宫金，夭桃香学士之篇，红杏艳尚书之句。乃犹四声写恨，万里辞家。杜山人孔雀难归，望断青天碧海；罗江东樱桃不熟，空悲病叶寒蝉。况复频烧玳瑁之簪，屡碎鸳鸯之瓦。哭花帐底，错填悼妇之词；索酒垆头，误寄怀人之什。于是山城吟叶，霜鬓关愁；驿路题梅，酒痕渍□。寄凄凉于岁暮，书憔悴于江潭。然而雪调尤工，云衣增丽，画帘长卷，孰传南部新声；书舫时移，遂摭西江遗事。吴歈越唱，手语檀绡；赵女燕姬，目招黛笔。坐旗亭而画壁，定指云鬟；临绮席而窥灯，都回粉面。公真奇士，解镂冰纹；仆亦恨人，惭迷乐句。

《酿川集填词序》（《酿川集·填词》）

5.《四库全书总目提要》:

其文颇有法度，词亦修整。

《四库全书总目提要》卷一百八十四

焦袁熹

焦袁熹（1660—1735）字南浦，号广期，江苏金山（今属上海）人。清康熙三十五年（1696）登乡荐，两赴礼部试。以奉事祖母，不求仕进，复以实学通经荐，亦以亲老固辞，追铨山阳县教谕，仍乞终养不赴。有《此木轩直寄词》二卷。

1. 焦袁熹：

〔鹊桥仙〕《自题〈直寄词〉二首》

阳春白雪，哀弦清脆，敢望南唐北宋。莺儿燕子语惺忪，也只是舌头学弄。　　亡来朱十，不知年月，觅了瓣香惶恐。寻常言语总难工，又那得许多骨董。

愁城不破，睡乡难住，默默昏昏谁共？江花老去未全枯，把一寸心灰重种。　　诸余无分，空中传恨，风月无端嘲弄。泥犁万一不相饶，不是吾侬作俑。

《此木轩直寄词》

2. 李枝桂：

倚声填词，在先生文字中抑其小小不足言者。然而出自竗明，心地自然。高丽精巧，音节间超然入胜。白石之称梅溪，所谓融情景于一家，会句意于两得。先生《直寄词》有焉。凡二卷，先生尝自云皆一年中笔残膏剩，沉沾溉后人，实有余矣。不可以非先生所自宝贵而勿存。抑愚又尝窃窥南北宋贤遗集，自欧、苏名德擅场此体，不具论外，屏山、紫阳长短句并臻工竗。元之鲁斋尤不以文艺为事，而集中偶缀一二，圆美犹过于凤洲、升庵远甚。是盖当年崇尚，即大儒亦未尝屏弃勿为，岂必尽废铿洋金石之声，而一出于腐木石鼓，然后得为学道人吐属也哉？先生性命之学，上印程、朱，而洽闻鸿览，曹仓、杜库，又复奄而有之。平考数十年来，以方秀水，诚未之何如？至于诗、文、经义，种种造极，前乎后乎先生者，殆难多得云伦矣。诗余亦先生之邓林一枝、吉光片羽也。固宜为当之，争相爱燕。而云以直寄命名，则又可想见为情远致，因寄所托。词笔之外，别有事在。

《此木轩直寄词序》（《此木轩直寄词》）

3. 陈廷焯：

广期词非一格，奄有众长，小令尤工。

广期小令语似劲直，意则芊婉，最有神致。（评〔采桑子〕“薜阶苔砌无人迹”）

《云韶集》卷十七

狄亿

狄亿（生卒年不详）字立人，号向涛，别号洮湖渔子，江苏溧阳人。狄敬子。清康熙三十年（1691）进士，改庶吉士，散馆告病归，坐卧读书四十年。有《秀野堂诗》一卷，

1. 曾王孙：

立人之词以聪明运学力，以声调见高华，词场少年当推第一。

《百名家词钞》引

2. 聂先：

立人以翩翩公子，少登贤书，制义鸣海内。所至，贤豪倒屣缟纻，愿交其才，诚有大过人者。今读其新词，抑何丽以则，婉而多风也。英妙之年，造诣如此，吾未能测其所至。

《百名家词钞》引

3. 陈廷焯：

立人词秀而能炼，几欲夺竹坡之席。

《云韶集》卷十七

卓允基

卓允基（生卒年不详）又名元基，字次厚，号履斋。浙江塘栖（今杭州）人。卓人月孙。清康熙戊午副贡，官衢州教授。著有《江上草》、《吾家吟》、《芳杜词》、《桥西草堂词》。

1. 徐釚：

余为童子时，则知水西有入斋、莲旬、珂月三先生者，能世其家学，相继为诗古文词，号召天下扶掖后进。后进之游于三先生之门者，无不淹贯经史，为世通儒，以故于武林称文献必以卓氏为最。余于壬子年得交于次厚之亡兄永瞻。……乃今于长安邸中，与次厚握手，追思永瞻，不禁泫然出涕。因话余囊昔之出都门也，永瞻与诸子共赋〔水调歌头〕一阕相送，而今已风流云散矣。次厚遂出近日所为《桥西草堂词》示予，其激昂悲壮犹似吾永瞻之词，而婉丽过之。嗟乎，以卓氏三先生之传六经孔孟，训迪无穷，次厚于此益光大之，必有文武忠孝者出而为家国之用，以慰难兄永瞻于地下者矣。若区区以晓风残月竞短长于屯田、待制间，不几与流辈较眉睫耶？

《桥西草堂词序》（《南州草堂集》卷十九）

赵执信

赵执信（1662—1744）字伸符，号秋谷，别署无想道人、饴山呆叟，益都（今山东淄博）人。清康熙十八年刚十八岁即登进士第，选庶吉士，又晋编修。二十三岁即主山西乡试，二十五岁升右春坊右赞善兼翰林院检讨，名噪京都。康熙二十八年，因在“国恤日”观演《长生殿》传奇被革职。放废江湖，时年尚未三十，后终身困顿。数次漫游江南、岭南各地，郁郁而终。《清史稿》、《清史列传》等有其事迹。秋谷少极颖悟，搦笔为文，得名士朱彝尊、陈维崧、毛奇龄、王渔洋等赏识。嗜酒谐谑，因恃才得狂名。放废后将抑郁之情一发之于诗，成为清初著名诗人。著有《饴山堂诗文集》、《谈龙录》、《声调谱》等。于词曲亦为当行，有《饴山诗余》、《海鸥小谱》。

1. 赵执信：

竹垞先生雄据词坛，自吾乡曹礼部实庵逝后，无与抗者。……若余但能作绮语，不免为实庵所笑耳。

《侣蛩遗音跋》（《侣蛩遗音》）

2. 杨复吉：

《海鸥小谱》，秋谷先生于康熙甲申岁寓津门所作。风流放旷，尽态极妍。所系诗词，旖旎缠绵。出入《香奁》、《疑雨》二集，洵艺林艳品也。先生杂著，如《谈龙录》、《声调谱》，德州卢氏皆已梓行，独此帙尚少流传。

《海鸥小谱跋》（《海鸥小谱》）

3. 丁绍仪：

益都赵秋谷赞善执信，初与阮亭尚书不相能，后因国忌日演《长生殿》剧，一蹶不振。每借歌筵红粉，寄其抑郁。所著《饴山词》，

历代词人词话之三

清人詞話

孫仲權題

孙克强 杨传庆 裴喆 编著

南開大學出版社

（中）

不让衎波王氏。

《听秋声馆词话》卷五

4. 郭则沄：

赵秋谷以与洪昉思爨演《长生殿》传奇，时值国恤，为人抨劾，夺职，昉思亦被逐出都。其南归渡瓜州〔更漏子〕……语特凄惋。空江孤棹中，回忆日下朋簪，檀板金樽之乐，殆如一梦。秋谷初未尝为词，自谓罢官后废诗，而浪游南北，多与文宴，或座有佳丽，强索题裙，始学为小词应之，盖侘傺之暂娱也。

《清词玉屑》卷一

5. 邓之诚：

词多赠妓之作，颓老放废，故寄情于醇酒妇人。然皆清约可诵。自云尝助洪升成《长生殿》，知于词曲是当行也。

《清诗纪事初编》卷六

6. 《续修四库全书总目提要》：

是编……小令为多，语殊清丽，虽非浓艳而终伤浮浅。……执信论诗与王士禛不合，其实执信诗词并不如士禛也。

《续修四库全书总目提要·饴山诗余一卷》

7. 卢前：

〔望江南〕

排声谱，词句许谈龙。未必《衎波》皆上选，《饴山》境亦不相同。鹿死问谁雄？

《饮虹簃论清词百家》(《清名家词》)

叶舒璐

叶舒璐（1663—1735）字景鸿，一字镜泓，号分干。叶燮侄。江苏吴江人。岁贡生。著有《分干诗钞》四卷。

1. 徐釚：

二十年前客京师，偕汾湖叶元礼同寓声为长短句，相倡和者大梁周雪客、武林卓永瞻及余凡四人，流传旗亭，风雪间缪为当世所推，颇与阳羡陈髯、长水朱十方驾一时。亡何永瞻、元礼化为异物，余与雪客游宦各天，惟陈髯、朱十同在史馆，得时时过从，然方奉敕纂修，无暇为词矣。今忽忽又十余年，余已衰老放归田间，追思往事不胜存殁升沉之感。乃元礼弟景鸿复执经于余，以余一日之长，出所填《月佩词》，属余鉴定……然景鸿之词，则固可与元礼并传也。盖艳而不淫，质而不俚，旖旎而不流荡，真足远追秦、黄逸响，使元礼而在，应叹阿奴火攻矣。康熙甲戌上巳日书。

《月佩词序》（《南州草堂集》卷二一）

曹霂

曹霂（生卒年不详）字掌霖，山东安丘人。曹贞吉次子。著有《枣花田舍诗》一卷。

1．查礼：

曹掌霂霂寔庵贞吉子也，随寔庵游黄山，作词甚多，亦极清丽，予尤爱其山浍岭初见云门峰〔虞美人〕云：“红毡里背穿林去，练水红桥路。遥峰如剪恰平分，好趁一丝丝雨看云门。　粘天湿翠漫山谷，千顷潇潇竹。青苔小径步蹒跚，便是温风六月也生寒。”又枕上闻雨〔好事近〕云：“山雨打蕉窗，清梦乍回听得。一夜何曾声断，到天明还滴。　秋溪几曲涨平桥，烟水绕城北。把湿吹尽，恨西风无力。”

《榕巢词话》（《查恂叔集》）

周稚廉

周稚廉(?—1689)字冰持，号可笑人，江苏华亭(今上海松江)人。稚廉才高性傲，时人目为狂生，际遇偃蹇，屡试不第，以诸生终。事迹见《江南通志》。冰持祖茂源、父纶俱善诗，其少承家学，加以聪慧，早岁才名即著。冰持以戏曲著名于世，与洪升、孔尚任辈均有交往。其词为“云间派”余响，好为绮丽语。著有《容居堂词钞》三卷、《珊瑚玦传奇》、《双钟庙传奇》等，尚有未刊诗、四六及传奇多种。

1. 蒋平阶：

词章之学，六朝最盛，余与阳羡陈其年、萧山毛大可、山阴吴伯憩力持复古。今得冰持而海内有五矣。昔贤谓等身著作，今冰持所著，亦复尔尔。谁谓今人不及古人也？

《百名家词钞》引

2. 徐乾学：

冰持曾作百韵诗两首，赠余兄弟，援笔立就，松陵吴汉槎一见叹服。其词曲特余伎耳。海内才子如冰持者，岂有二哉？

《百名家词钞》引

3. 钱芳标：

冰持之词，艳而不纤，丽而不滑，刻入而无雕琢之痕，奇警而无斧凿之迹。可与仿佛者，惟溧阳彭爰琴、武水朱竹垞耳。

《百名家词钞》引

4. 张李定：

近者冰持携长短言相示，并索绪言。其琢句在李、冯之间，恒驾秦、柳而上，足令骚坛逊席。闻唐词有《金荃》、《兰畹》、《花间》诸种，今但有《花间》，《荃》、《畹》逸而不传，人多扼腕，想其辞体未必与《花间》有异。冰持乃广微之补亡耶？观冰持已堕绮语障。余又不能尽无言语，文字曷由证入不二法门。昔支公造即色论，论成以示坦之中郎，都不应，故朗鉴斯远。余既不能工词，恣为言，能无虑色吗哉？

《容居堂词钞序》(《容居堂词钞》)

5. 陈廷焯：

冰持好为艳词，合者不减李后主。

《云韶集》卷十七

6. 陈廷焯：

周冰持亦好作绮语，不过花影之流亚耳，尚不足为妖也。(卷三)

词有表里俱佳，文质适中者……有质亡而并无文者，则马浩澜、周冰持、蒋心余、杨荔裳、郭频伽、袁兰邨辈是也。并不得谓之词也。论词者本此类推，高下自见。(卷八)

《白雨斋词话》

叶宏缃

叶宏缃（生卒年不详）字晓庵，号书城，江苏昆山人。嘉定阚敷室。宏缃敏慧端淑，博览群书，工诗词。有《绣余词草》二卷。

1. 王素言：

石林居士，世仰高风，菉竹名儒，代传清德。书城叶太君，颂椒语菊，抹月批风，间寄意于填词，积等身之杰作。吹箫嬴馆，即试新声；挟瑟杨家，偏摹旧谱。近宗两宋，可登秦、柳之堂；上溯三唐，几夺温、韦之席。

《云韶集》卷二二引

2. 陈廷焯：

书城词清丽芊绵，宛而多风。

书城词最凄清，读之觉冷气逼人。

《云韶集》卷二二

柯煜

柯煜(1666—1736)字南陔，号丹丘生，浙江嘉善人。师事朱彝尊。清康熙六十年(1721)进士，以磨勘黜名。雍正元年(1723)复成进士，官宜都(今属湖北)知县，改衢州(今属浙江)府学教授。雍正十三年荐举博学鸿词，未及试，卒。煜出身诗词名家，叔父柯崇朴、柯维桢皆以词名，且助朱彝尊编辑《词综》。煜亦好词学，尝刻《绝妙好词》。自作词有《石庵樵唱》、《月中箫谱》、《小丹丘词》。《月中箫谱》一名《房露词》，《小丹丘词》一名《撷影词》。

1. 叶燮：

其风雅、其寄托，真能上追三闾而伯仲元亮、义山者也，区区南北宋词家，不足言矣。

《小丹丘词序》(《已畦文集》卷八)

2. 徐釚：

往在长安，偕柯子翰周、朱子竹垞为文酒之会，间倚声作短长言，竹肉竞奏，每付雪儿按红牙歌之，不减旗亭画壁时。然正未知甓川之有南陔、纬昭诸群从也。弹指六年，余以休沐还山，日荷长镵，向深岩绝壑中劚茯苓，采芝草。偶一呻吟，皆病夫潦倒之句，即有时棹过虹桥，亦不复重唤“小红低唱我吹箫”矣。今夏闭关城西之松风书屋，有客携《月中箫谱》见示，觉风管秋声，回环凄楚，淮海、屯田犹当退避三舍，寄语翰周，君家之有南陔，其亦叔原之小山乎。恐《珠玉》不得专美于前，奈何！

《月中箫谱跋》(《南州草堂集》卷二十八)

3. 王初桐：

柯南陔词，有唐人之艳冶，而充拓其门垣；有南宋之缜密，而剪裁其繁赜。

《小嫏嬛词话》卷三

许遂

许遂（生卒年不详）字扬云，号随庵，广东番禺（今属广州市）人。清康熙三十五（1696）年举人，官直隶清河知县，后以事去职，杜门著述。后荐试博学鸿词，格于部议，不得于试。生平事迹见《清史稿》、《清史列传》。能诗，与沈德潜相交最善。著有《真吾阁前集》、《后集》。

1. 谭莹：

门掩梨花雨打声，至今肠断摘红英。

真吾阁在伊人宛，谁谱孤舟棹月明。《真吾阁集》词唯《摘红英》、《明月棹孤舟》两阕物工。

《三十六首专论岭南人》（《乐志堂诗集》卷六）

杜诏

杜诏(1666—1736)字紫纶，号云川，自号蓉湖词隐，别号浣花词客、蓉湖词隐，学者称丰楼先生，江苏无锡人。屡踬场屋，苦不得售。清康熙四十四年(1705)进《迎銮》，命入内廷。四十六年辑《御选历代诗余》，五十四年辑《钦定词谱》，诏皆与其事。五十一年会试不第，奉旨披阅遗卷，特赐一体殿试，改庶吉士，士林荣之。以养亲归，不复出。《清史列传》有传。晚年与天钧和尚、洞泉道人结九龙三逸社，号“九峰三逸”。再续碧山吟社，为坛坫中一盛谈。并与杜庭珠同辑中晚唐诗，由武英殿监造缮写进览。自幼得严绳孙、顾贞观指授，以能诗词闻。工倚声，早年瓣香严、顾，晚年追随朱彝尊。著有《云川阁诗》、《云川阁文》，词有《凤髓词》三卷、《浣花词》一卷、《蓉湖渔笛谱》一卷，合称《云川阁词》，附于《云川阁集》。

1. 宋荦：

紫纶词，脱去凡艳，品格在草窗、玉田之间。

徐珂《清代词学概论》引

2. 顾贞观：

杜紫纶风流蕴藉，词如其人，丽而则，清而峭，晏周之流亚也。

王初桐《小嫏嬛词话》卷三引

3. 杜诏：

予少好填词，每为吾师（按：顾贞观）所矜许，后遇竹垞先生，复窃闻其绪论，乃摩挲白石、梅溪之间，词体为之稍变。而平生瓣香，实在《弹指》。

《弹指词序》（《弹指词》卷首）

4. 沈树本：

吾友杜五云川，诗则香山，文则欧阳子，而词则晏小山也。十年来，诗近杜，文近韩，词亦直逼清真，当与白石、梅溪抗行。虽竹垞复生，莫或过之矣。

《云川词评》(《云川阁集》)

5. 徐葆光：

竹垞先生原本姜、史，骨劲神清，殆词品之最高者，特稍乏情致耳。云川则善于言情，曲尽缠绵之致，而要归于风雅。有白石之清劲，梅溪之清逸。方之竹垞，实有过之无不及也。

《云川词评》(《云川阁集》)

6. 张梁：

向读云川词，风流蕴藉在小山、淮海之间。比过余学圃居，出示甲午假归以后二十余年诸作，诗古文并足名家，而词尤臻妙境。盖由沉浸浓郁，务去陈言，正如仇仁近评玉田词所云意度超玄，律吕协合，当与白石老仙相鼓吹，其必传于后无疑也。

《云川词评》(《云川阁集》)

7. 王时翔：

一

昔年如玉号檀奴，一段浓春写作图。

今日牵舟照江水，蓼花烟雨脍秋鲈。

二

彩云归有月明知，小杜风流小晏词。

好揭珠帘重绘影，寻春不到绿阴时。

三

几载亲探上苑春，江南花雨卷中新。

携来第二泉头坐，谁道离天尺五人。

《次韵题杜云川太史花雨词图三首》

8. 谭莹：

帘波诗事见《东皋杂钞》特风流，历代诗余命纂修。

南宋瓣香谁较近，蓉湖渔笛谱蒉洲。

《论词绝句四十首专论国朝人》（《乐志堂诗集》卷六）

9. 史承谦：

〔沁园春〕《寄杜云川太史》

太息骚坛，几经消歇，凭谁主持。算杵香人去，吟情未老；浣花集在，秀句堪师。衣惹炉香，才夸宫体，归梦莼鲈肯后时。因风便，为江东耆旧，频系相思。　　曾闻花雨填词。定不愧、当年杜牧之。问阻风中酒，心情何似；薰香摘艳，怀抱谁知？莫讶年来，玉颜非昔，禅榻茶烟漾鬓丝。知何日，共半楼烟雨，相对论诗半楼，先生所居。

《小眠斋词》卷二

10. 丁绍仪：

吾邑杜云川太史诏，先以监生膺荐，食七品俸。预辑历代诗余，蒙恩赐进士。复与诸词臣纂修《词谱》，逮授庶吉士，即乞养归。生平恬退寡营，少时从顾梁汾、严藕渔两先生游，故其词如水碧金膏，纤尘不染。

《听秋声馆词话》卷一

11. 陈廷焯：

国初诸老之词，论不胜论。而最著者，除吴（按：吴伟业）、王（按：王士禛）、朱（按：朱彝尊）、陈（按：陈维崧）外，莫如棠村、秋岳、南溪、珂雪、艺香、华峰、饮水、羡门、秋水、符曾、分虎、晋贤、覃九、蘅圃、松坪、西堂、莘野、紫纶、奕山诸家，分道扬镳，各树一帜。

《词坛丛话》

12. 陈廷焯：

国初如梅村、棠村、南溪、渔洋、珂雪、艺香、华峰、饮水、

羡门、西堂、秋水、符曾、分虎、晋贤、覃九、蘅圃、松坪、莘野、紫纶、奕山诸家，各具旗鼓，互有短长。（卷十四）

云川词清新俊逸兼而有之。

紫纶词大有怨情，然怨而不怒，风雅之遗也。说到自己凄风苦雨中，仍自雅正，真郑板桥一流人之师也。（评〔宴清都〕“晕碧裁红遍”）（卷十八）

《云韶集》

胡荣

胡荣（生卒年不详）字致仁，号容安，浙江钱塘（今属杭州市）人，著有《容安诗草》，词附。

1. 王绍曾：

词虽贵乎南唐、北宋，而姜白石、吴梦窗甚有驾于古人上矣。今读容安新词，流畅似姜，华藻似吴，无苏荀（按：疑为“辛”之误）雄犷难遏之势，真当代词笔也。

《容安诗草·诗余·诗余总评》

2. 口殿英：

把卷行吟，如坐我、芝兰满室。正南窗昼倦、困人春日。歌罢风来修竹里，梦回雨过芭蕉滴。泻心脾、避暑与秋思，称双璧。寻芳处，山溪僻。留题处，西湖陌。待临风掷地，俨然金石。醇璞何须夸汉魏，淋漓直许追元白。问于今、纸价为谁高，容安集。

《容安诗草·诗余·诗余总评》

李宗仁

李宗仁（生卒年不详）字麐客，一字乾三，号养恬、情田，浙江嘉兴人，著有《情田诗歌》。

1. 薛廷文：

养恬为人多豪情逸趣，潇洒不羁，所为诗词不屑作寒瘦语，亦可想见其襟抱也。

《梅里词绪》

黄之隽

黄之隽（1668—1748）字石牧，号唐堂，江苏华亭（今上海松江）人。清康熙六十年进士，改翰林院庶吉士。雍正元年，授编修，充日讲起居注官，奉命提督福建学政，乾隆元年，荐举博学鸿词，不就，罢归。自幼聪颖，撰述丰富，诗文之外，能作杂剧。著有《唐堂集》、《续集》，词有《唐堂词》二卷。

1. 陈廷焯：

石牧词风流凄艳，能移我情。

唐堂《香屑集》脍炙人口久矣，人第赏此貌而已，不知是先生早年未遇时笔墨，寄情美人香草一抒其愤也。所谓丽而有则者，此词亦去古不远。（评〔一枝春〕“絮扑东邻”）

《云韶集》卷十八

2. 陈廷焯：

黄石牧……《唐堂词》二卷，亦多幽怨之音。

《白雨斋词话》卷七

姚之骃

姚之骃（生卒年不详）字鲁斯，浙江钱塘（今杭州）人；清康熙六十年（1721）进士，官至御史，事详《清史列传·文苑传》。著有《类林新咏》等，词有《镂空词》四卷。

1.《续修四库全书总目提要》：

词……专事艳语，题词云：“昔黄涪翁少时，喜作纤淫小调，法秀师呵之，涪翁曰：空中语耳。” 引此以自解也。又自谓所作以宛转绵丽为趋。须知词不忌艳，而艳有方也。唐末艳词，分为二类：高者托体房帏，用意深邃，不当作艳词读也；次者叙述绮怀，笔力沉重，使读之者不厌其艳也。即宋人如小山、东山之辈，精微细腻，不同凡响，词虽艳而思无邪也。若之骃所作，竭力为艳体耳，尚安足重哉？〔菩萨蛮〕云：“桃花巧学佳人面。佳人故惹桃花片。红晕玉香腮。桃花靧面来。　　花输人解语。人面花应妒。我见却怜花。莫教揉碎他。”注云：“唐人词‘一面发娇嗔。碎挼花打人’，描写闺情可称绝妙，然得毋太悍妒耶？仓庚肉不可多得，此词当足疗病。”文词、注语，并不雅驯。然清初艳词，卑劣者多，遂成风气，又不必专责之骃一人也。

《续修四库全书总目提要·镂空词四卷》

楼俨

楼俨(1669—?)字敬思，号西浦，浙江浦江人。康熙南巡，俨献〔清平乐〕织女词，称旨，征入词馆，诏修《词谱》。与杜诏等同馆纂修，曾驳正万树《词律》百有余条。议叙广西荔浦知县，官至江西按察使，后告归。事迹见《清史列传》、王昶《湖海诗传》。嫌张綖《诗余图谱》、程明善《啸余谱》、毛先舒《词学全书》谬妄错杂，自订《群雅集》一书，以四声二十八调为经，以词之有宫调者为纬，无宫调者依时代先后附于其下。其所论辩有《宋词四声二十八调考略》、《白云词韵考略》、《词韵入声考略》等，于词律、词韵研究颇深。晚年寓居上海，与缪谟、张梁唱和。有《蓑笠轩仅存稿》十卷。词有《朝天初集词》一卷，《载月吟词》一卷，《北帆集词》一卷，《零雨集词》一卷，《叩拙集词》一卷，另有《洗砚斋集》论词一卷，计词作二百七十首。

1. 汪孟鋗：

稀闻月下倚声客，词馆当时剔蹶休。

寂寞犹存老参政，旧于官调得源流。

《题本朝词十首》（《厚石斋诗集》卷一）

2.《清史列传》：

楼俨……其学于词最深，自宋以下词家原委派别，求其指归，与杜诏同馆，辨析体制，考订源流，曾驳正万氏《词律》百余条，最中窾要。又以张綖之《诗余图谱》、程明善之《啸余谱》及毛先舒《词学全书》，率皆谬妄错杂，因自订《群雅集》一书，以四声二十八调为经，而以词之有宫调者为纬，并以词之无宫调者，依世次为先后，附于其下。朱彝尊尝为之序。所论辩有《宋词四声二十八调考略》、《白云词韵考略》、《词韵入声考略》、《书吴江沈氏九宫谱后》，皆可为后学津梁。

《文苑传二》

杨谦

杨谦（生卒年不详）字子让，一字未孩，嘉兴人。曾注朱彝尊《曝书亭诗集》，另著有《梅里志》、《木山阁诗钞》等。有《木山阁诗余》。

1. 薛廷文：

古人云：诗以道性情，非谓作诗要依我性情，要道得自己性情出也。词不然乎？未孩词前学《花间》，后法两宋，如秋花著露，艳丽中独饶清气，不藉雕饰，不染淫冶，一归自然，如〔一剪梅〕云："红绡绿萼一身并，不是天成，那得双成。"归人力于化工，可谓能道性情之正者矣。

《梅里词绪》

陆震

陆震（1671—约1723）字仲远，行二，又字仲子，号种园，又号榕村、蓼村、北郭生。江苏兴化人。其父陆廷抡与宗元豫、吴嘉纪等交好。震幼侍父侧，耳闻目见先朝遗逸风范。不屑名利，绝意仕进。工词，有迦陵风格，郑板桥从之学词。

1. 谢章铤：

板桥学词于陆种园震，集中特刊二阕，以见渊源……〔金缕曲〕吊史阁部墓云云。

《赌棋山庄词话》卷九

2.《板桥词钞·附录》：

陆震……少负才气，傲睨狂放，不为龌龊小谨。诗工截句，诗余妙绝等伦，郑燮从之学词。

3. 陈廷焯：

种园此词附《板桥集》中，板桥幼从种园学词，故两人词笔墨一色。把世态炎凉，形容尽致。结三字尤妙。

《云韶集》卷十九

4. 陈廷焯：

陆种园〔满江红〕《赠王正子》云："同是客，君尤苦。两人恨，凭谁诉。看囊中罄矣，酒钱何处。吾辈无端寒至此，富儿何物肥如许。脱敝裘、付与酒家娘，摇头去。"暴言竭辞，何无含蓄至此。板桥幼从种园学词，故笔墨亦与之化。

《白雨斋词活》卷六

孔传铎

孔传铎(1673—1735)字牖民，号振路，山东曲阜人。孔子六十八代孙。雍正元年(1723)袭封衍圣公。事迹见《清史稿》。工诗，著有《申椒》、《盟鸥》二集。又嗜词，于阙里孔氏影响甚远。著有《红萼轩词》三百余首，后辑入《阙里孔氏词钞》，又有《炊香词》。传铎又辑有《红萼轩词牌》一卷,《名家词钞》六十卷，辑清初余怀、张台柱等六十名家词，人各一卷，其规模与内容虽不及聂先、曾王孙辑《百名家词钞》，亦可补其未及者。

1. 宋荦：

诗余至两宋尚矣。而世之学者顾各有所偏，学北宋则易入粗豪，学南宋则渐流于靡曼，是皆知其一不知其二者也。夫词，以温柔为原本，以雅澹为工夫。才大如东坡翁而有词家诗之目，常不若秦、柳为当行。至奇狮白石，异曲同工，而辛之颓唐亦多出。姜之秀洁下古人得力处自有浅深，岂真划南北宋而鸿沟之欤？昔吾友朱十竹垞、陈大其年，俱以词名海内。竹垞词主南宋，而《江湖载酒集》大雅不群，能脱去闺房脂粉语。其年词主北宋，而《乌丝集》一唱三叹，绝不蹈伧父骂主之习。余每读而爱之，以为后来者无其匹敌。今观《红萼轩词》，芊绵俊迈，别具胜情，信孔君之善于词也。倚声虽小道，而辨其源流，详其利病，非数十年揣摩淘洗，不足与诣精微之感。孔君甫为词超绝如是，三千锦瑟与丈八铜琶多生，定具宿根。倘长芦、阳羡而可作，谓当吾世已有替人，其谁曰不然？

《红萼轩词序》(《红萼轩词》)

2. 顾彩：

天下之至文，未可以“欢愉难工”、“愁苦易好”二语一概而论也。文之有韵者莫如词，昔有宋一代词薮也。词之名家以百数，而晏同叔、欧阳永叔实为一代名家之首。夫晏、欧二公，考其时则遇圣明，言其位则居宰相。计其生平得志，快愉之日多，而迁谪困阨之时寡，然读其词一何缠绵，而深永激楚而动人也。盖起身虽处富贵福泽中，而赋情独厚，其旷览遐寄，必有远于人境而入于幽细者。非是，则何以词名至今为烈也。其后苏、刘、辛、陆才气过人，词名亦与二公类，而所遇迥殊，故其悲壮激楚或遇之，求其幽细深远之致则反不若焉。岂非工于词者，不必尽在贫苦逆境中乎？予何以为此论也？盖予读《红萼轩词》而有感于此也。红萼不专以词名，其诗古律各体，久为东鲁之所推重。然计其端居所作词，亦丰之。夫先生，富贵人也，顺境人也。所谓藉丰履盛，高居而安处人也。广厦金闺，燕绗而笑语人也。若予则贫贱耳，逆境耳。忧愁流离，迁播羁旅者耳。山林草茅，风雨飘摇者耳。今且引予为同志，与予数晨夕。予诗，先生亦诗。予词，先生亦词。而意趣同，音调同，幽思同，欢愉亦同。若其幽细深远轶乎欧、晏，则予自视大有所不如者。盖先生赋于情者既厚，而又养之以静。气洒之以学问，故其发为有韵之文无不佳耳，独词也乎哉？予既喜读红萼之词，又愿出而公诸同好也。姑为言其所以然者。先生为谁？鲁国孔君振路也。

《红萼轩词序》(《红萼轩词》)

3. 孔传铎：

诗当工后，移我性情；文入妙来，沁人肝腑。顾此上乘之事，岂伊浅识所能。惟是《花间》、《草堂》，差觉每窥涯涘；不揣巴人下里，居然学步邯郸。红豆拈来，未会移宫换羽；乌丝界就，聊供刻烛传觞。小语詹詹，要避诘屈聱牙之调；王臣蹇蹇，敢作桑间濮上之音。况予属在壮龄，未曰悲哉。秋风方当，雅化何言。仆本恨人，无如洋望苏、辛，窃愿寝兴周、柳。身非羁客，常驰晓风柳岸之怀；情不香奁，爱诵少妇绮窗之句。凡系迷香解佩，悉同子虚乌有之辞。其余捉月拈花，亦在笔径墨畦之外。在作者非以辞害志，愿观者无以文害辞可也。

《红萼轩词小引》(《红萼轩词》)

4. 孔传铎：

〔东风齐著力〕《自题词卷》

只字千金，管城无价。颠倒词华。卷题红萼，度句是生涯。遥望屯田白石，成一调郢雪争夸。吟牕里，移宫换羽，学绣心牙。挥洒尽龙蛇，得意处、清风两腋交加。补闲韵事，君莫笑涂鸦。凭仗周郎顾，误红炉雪，一点无暇。相期到，磨穿铁砚，笔吐新花。

《红萼轩词》

5. 陈于王：

己巳秋，予游广陵，访吴园次先生别业，名归鸿，柴烧笋煮珍珠菜，留余晚饭，饮于桐阴下，与之论词。先生云词须上脱香奁，下不落元曲，乃称作手。《草堂》、《花间》，词之正法也。兰陵邹訏士、董文友常论词谓小调不学《花间》，则当学欧、晏、秦、黄。《花间》绮琢处于诗为靡，而于词则如古锦，纹理自有，黯然异色。欧、晏蕴藉，秦、黄生动，一唱三叹，总以不尽为佳。近日娄东吴梅村，秀水朱竹垞，阳羡陈迦陵，梁溪严荪友、顾梁汾、天石，武进邹訏士、董文友，山左王贻上、西樵，倚声填词，可歌可咏，皆得《花间》、《草堂》三昧者。予闻斯言有年矣。昔缘游遨海山，豪尚于诗，未暇及此。于今春，储公孔振路先生来都，出《红萼轩词》，问序于余。年来衰病枯槁，心血消耗，凡前人诗词古文不能丙夜挑灯，深究区奥，将何以序先生之词耶？或者向因序先生《申椒诗集》，少有当意，故再命谆谆，授而读之。夫缠绵凄艳，得秦、柳之柔情；磊落激扬，仿苏、辛之豪举。可以调商按徵，可以芦笙鹅管，可以铁板银筝，可以旗亭歌席，当日若遇吴下诸公与之斗艳争妍，画壁时定让振路先生居首也。余虽老矣，不能无情，见猎心动，欲学步秦、黄。金柔玉软，清娥闲补其声情；斗转参横，白发暗传其点拍。不审先生可许我否？

《红萼轩词序》（《红萼轩词》）

6. 黄郑琚：

读振路之词，如登山之高焉；如泛海之深焉；如万乘之游，宏且丽焉；如将军之耀兵，雄且壮焉；如公卿大夫之宴会，富而华焉；如闭关而静观，清而妙焉；如孤舟之夜泊，凄凉而慷慨者有之焉；如读诸异书，离奇变化而不可测焉。吾今而后，乃不必旷观夫天下也。吾读振路词，固已旷观夫天下也。然不旷观夫天下，不足以形容振路之词之妙也。

《红萼轩词序》（《红萼轩词》）

7. 谢章铤：

《红萼词》二卷，《国朝词综》误作一卷。曲阜孔牖民传铎撰。词颇清疏，但游戏之笔过多。

《赌棋山庄词话续编》卷三

8. 张宗祥：

《炊香词》一卷，清孔传铎撰。词虽不能与朱竹垞等比并，然仍有清初风范。

《炊香词题记》（《炊香词》）

佘瓆

佘瓆（生卒年不详）字文宾，江苏如皋人，著有《亦园诗稿》。有《蓉镜词》。

1. 吴绮：

佘子登楼舒啸，雅负豪情，击筑哀吟，恒多丽节。遂使杨郎耳热，得酒还歌；屈子神伤，闻弦起叹……因探古锦所藏，遂得新词一帙。灯前展读，若有人来；槛外披寻，如闻花笑。点僧繇之画，疑将破壁而飞；持赵后之裾，竟欲随风而去。香生字里，不烦燕尾留芬；艳出行间，未论鲛文比织。此则微云半抹，直登淮海之堂；残月一痕，已夺屯田之席矣。尔乃髯真似戟，气欲如虹，曾事侠游，不惜千金买剑；长多豪举，独数百尺横床。则宋广平可赋梅花，张留侯宛同好女，人固不可测，才又何能量耶？嗟乎！四百年来，古词几归天上；三十载内，新声空满人间。周郎之顾曲难逢，娘子之记歌谁在？则词家九字，不推仙李帘前；而酒肆双鬟，应拜芙蓉镜下也。

《佘文宾〈蓉镜词〉序》（《林蕙堂全集》卷五）

邹天嘉

邹天嘉（1674—1735）字驾牧，号西村，浙江秀水人。著有《耦渔词》。

1. 高柼：

《耦渔词》，清音逸韵，刊落浮艳，亦未始不可以流播，因并附五十余阕于后。呜呼！身虽怛化，披览遗编，风徽未沬矣，差免人琴之感矣。

《耦渔词序》（《耦渔词》）

2. 盛远：

兹以近稿若干篇见示，清新之气洋溢乎行间字里。譬若吉光片羽旃檀径，无非珍异。又何必陈陈相因乃为贵哉？昔人谓万里之程，始于脚下。西村春秋方富，由此渐渍沉酣，孕蓄万有，而撷其菁英，以勒成一家之言，定知重于鸡林也。

《耦渔词序》（《耦渔词》）

闵华

闵华（生卒年不详）字玉井，号廉风，一号莲峰，江苏江都人。晚年将生平所作编为《澄秋阁集》，集中多论金石、文物及题画之作，有《楮叶词》。

1. 厉鹗：

词为诗余，而词倍难工于诗。调叶宫商，有小令慢曲之不同，旨远辞文，一唱三叹，非别具骚姿雅骨，诚不能窥姜、史诸公堂奥也。玉井填词在中年以后，与松泉、葑田竞爽邗上。松泉清俊，葑田绵丽，玉井始欲兼二者之长，而予亦时以击辕之音，相与往复。

《楮叶词序》（《楮叶词》）

2. 蒋德：

余素不娴词学。频年客邗上，同人工为词者，多劝余为之，然终弗近也。……缘情绮靡，要亦文之一体，而其律之精也，其阴阳清浊高下，至于铢发之不爽。其或有幽忧不得志，则往往托之房帏儿女子，以致其绸缪惆怅之思。其触于物也，虽禽鱼之细，一花一叶之无知，诗之所不能尽者，于词不难曲折道之。而感人于宫商字句之外，致使怆然、黯然，不自知其情之何以至，而弗能自禁也。噫！词虽小技，乃至此哉？江都闵廉风，诗人也，以其余力为词，同人工为词者多称之。余独念廉风少蕴奇负异，既老不得见于世。……然其意殊豪宕自喜，不减少壮人。……所作一二长短调，深婉凄丽，听之不可为怀，岂其中亦有幽忧不自得者耶？昔胡致堂谓乐府者诗之旁行，词曲者乐府之末造。然则诗与词其异曲而同工乎？

《楮叶词序》（《楮叶词》）

释元宏

释元宏（生卒年不详）浙江会稽人，天童寺主持，人称杜鹃和尚，又号红姜老人。曾北游津、京。光绪《天津府志》载其著有《杜鹃集》。据查礼所记著有《高云庵集》，有《高云庵词》。

1. 查礼：

杜鹃和尚元宏《高云庵词》，《送友人归吴》〔临江仙〕云："莺老暮春时候，相逢奈别忽忽，半航载得落花风。人归疏雨外，帆挂断云中。　久识天亲无著，同声相应超宗。鸳鸯湖口望何穷。数峰青历历，一水碧蒙蒙。"《寒食过桃花庵》〔踏莎行〕云："烟冷吴宫，草迷茂苑，人家插柳闾门满。嫩晴寒食子规天，轻阴淡日桃花院。　兴味萧然，闲愁不断，黄鹂巷口重游衍。风流我也未归人。消魂多在红桥畔。"《送吴雪舫游广陵》〔忆江南〕云："津鼓急，催散暮江头。帆影西风柳外渡，橹声小雨驿边楼。潮送广陵舟。""多少恨，一半在扬州。旧苑闲花红月冷，平山芳草白云秋。梦入大江流。"《别意》〔浣溪纱〕云："帘额微风枕簟凉。水窗明灭闪孤光。藕花深处浴鸳鸯。　高阁云来千嶂雨，小楼人去一炉香，寒蝉柳外咽残阳。"《重过柳潭感怀》〔人月圆〕云："团圞犹见当初月，人事总相忘。柳桥重过乌啼，衰柳露泣秋香。　此身虽在风流，不是旧日姚郎。青衫无泪，白云有梦，钟度寒塘。"《宿雪舫斋中》〔菩萨蛮〕云："铜壶漏滴声声续，风飘篆影摇银烛。青石讲初休，和云卧小楼。　鸡声生晓月，梦破梨花雪。无法问维摩，落红春雨多。"《柳潭寒食》〔小秦王〕云："玉箫声断咽朝烟。寒食谁家最可怜。小雨半桥深柳屋，落花红碎杜鹃天。"《咏虞美人花》〔虞美人〕云："妖娇不似西施醉，谁剪吴绫碎。江东残泪几曾干，锦绣英雄，娘子倍堪怜。　重瞳去后无消息，留得倾城色。东风长忆奈何人，一段伤心遗恨汉宫春。”《新秋生蕉花山舍》〔西江月〕云：“凉气初分黄竹，秋声新上红蕉。谁家楼阁夜吹箫。江山芙蓉开了。　月白禅心似酒，灯青愁影如潮。暗思往事欲魂消。依旧山香云老。”《花影庵送春》〔踏莎行〕云：“暖暖寒寒，风风雨雨，离离合合愁如许。荼蘼开了送将行，杜鹃来也留难住。　既要还来，何须又去，乱红结阵空拦路。没踪没影没商量，无声无臭无寻处。”《鉴湖漫兴》〔忆江南〕云：“山阴道，疏雨带春潮。白石阶墀红杏馆，画船歌舞绿杨桥。云外暗香飘。”“游卷处，归路不曾遥。微月高楼邀擫笛，春风小院坐吹箫。拾翠待明朝。”诸调幽疏峭立，各得其妙。老僧貌若古梅瘦鹤，词同幼妇鲜花，讽咏之，令人神意内生静致，耳目间无匿音。和尚会稽人，住持天童，博学工诗文，善书法，自成一家，遒劲处不可攀仰。兼精绘事，画写意观音大士、文殊、普贤、达摩诸家，极高雅夺神，别有逸致。大率不离元人笔意，其余兰竹、梅花、水仙均得管夫人、赵子固遗法。北游京师，与先子交最深。余年七龄曾受业于师一载，惜彼时一无知小子，不过读四子书、授句读而已，何能领略其衣钵耶？曾命余法名“成珠”二字，并赐一偈云：“尘缘未了，致身及老。文藻声华，境艺入妙。命尔以珠，岂止名世，照国之宝。”师又号红姜老人，年八十余圆寂于都下，有《高云庵集》行世。

《榕巢词话》(《查恂叔集》)

陈聂恒

陈聂恒(1673—1723后)原名鲁得，字秋田，一字曾起，江苏武进人。康熙三十九年(1700)进士。历官长宁知县、刑部主事。事迹散见《雪桥诗话》、本集及邑志。著有《朴斋文集》六卷，词四卷名《栩园词弃稿》，存词二百九十七首，顾贞观作《论词书》以为序。其词以清健爽俊胜，咏物之作甚多。有《论词绝句》六首，早于厉鹗所作，虽影响不如厉氏，当系以诗论词之滥觞。

1. 孙尔准：

流传遮莫笑吴儿，蓉渡真凭谰语为。

若向兰陵论风雅，解嘲赖有栩园词。

《论词绝句》二十二首（《泰云堂诗集》卷四）

2. 谢章铤：

《栩园词弃稿》四卷，武进陈秋田聂恒撰。顾梁汾曰：“国初辇毂诸公，尊前酒边，借长短句以吐其胸中。始而微有寄托，久则务为谐畅。香岭倦圃，领袖一时。唯时戴笠故交，担簦才子，并与燕游之席，各传酬和之篇。而吴越操觚家闻风竞起，选者作者，妍媸杂陈。渔洋之数载广陵，实为斯道总持，二三同学，功亦难泯。最后吾友容若，其门地才华，直越晏小山而上之。欲尽招海内词人，毕出其奇，远方骎骎，渐有应者。而天夺之年，未几辄风流云散。渔洋复位高望重，绝口不谈。于是向之言词者，悉去而言诗古文辞，回视《花间》、《草堂》，顿如雕虫之见耻于壮夫矣。虽云盛极必衰，风会使然，然亦颇怪习俗移人，凉燠之态，浸淫而入于风雅，为可太息。”《答秋田求词序书》此一则于康熙初词场风气，言之最晰。虽然，是岂独词与诗文哉。即词派中之盛衰，亦如是矣。昔陈大樽以温、李为宗，自吴梅村以逮王阮亭，翕然从之，当其时无人不晚唐。至朱竹垞以姜、史为的，自李武曾以逮厉樊榭，群然和之，当其时亦无人不南宋。迨其后，樊榭之说盛行，又得大力者负之以趋，宗风大畅，诸派尽微，而东坡词诗、稼轩词论，肮脏激扬之调，尤为世所诟病。即秋田论词绝句亦云："敢言豪气全无与，诗论天然非所宜。千古风流归蕴藉，此中安用莽男儿。"而秋田之词，则正病恹恹无气耳。意既凡近，笔复平实，复不能鼓荡以真气，而自谓似密而疏，似近而远，其信然乎。……求其清宕若此者，不数觏也。

《赌棋山庄词话续编》卷三

3. 况周颐：

《艺文志·词曲类》，陈聂恒《栩园词弃稿》四卷，佚。按《栩园词弃稿》，曩余得于海王村，镂版精绝，前有顾梁汾先生书，于词学盛衰之故，慨乎言之。略云……栩园词格在《饮水》、《弹指》之间。蚤岁抱安仁之戚，有〔金缕曲〕十阕。梁汾题云："人因慧极难兼福，天与情多却费才。"余亦美不胜收。随意录数阕如左，可以概全编矣。陈聂疑系复姓。恒字曾起，一字秋田。

《蕙风词话续编》卷二

田同之

田同之(1677—?)字砚思，号西圃，山东德州人。康熙五十九年(1720)举人，官国子监学正。事迹见《国朝耆献类征》。平生笃信王士禛之学，几以命维护。工词。著有《晚香词》三卷，并《西圃词说》一卷。

1. 田同之：

余自少日即嗜长短音，每遇乐府专家，则罄折请益，忽忽数十年，沉困于制举艺……词则偶一指染，不多为。今老矣，卧病岩间，无所事事，复流连于宋之六十家中，勉强效颦，以寄情兴。而又虑斯道渐微，难云小技，自邹、彭、王、宋、曹、陈、丁、徐，以及浙西六家后，为者寥寥，论者亦寡。行见倚声一道，伪谬相沿，渐紊而熄矣。

《晚香词自序》(《晚香词》)

王时翔

王时翔(1675—1744)字抱翼，一字皋谟，号小山，江苏太仓人。少与同邑顾陈垿齐名。雍正初，始以太学生论荐，官福建晋江、政和、瓯宁知县，升漳州府同知，起补蒲州同知，擢四川成都知府，屡雪疑狱，时称神明。事见《清史稿》、《清史列传》及顾陈垿《成都太守王公行状》。诗词俱工，以词得名，其时词坛皆祖朱彝尊南宋之说，时翔于里中组词社，师顾贞观，独宗北宋。乾隆中，刻有《小山诗稿》，内有词四卷，分别为《香涛词》一卷、《绀寒集》一卷、《青绡乐府》附《初禅绮语》一卷、《旗亭梦呓》一卷，总称《小山诗余》。

1. 顾贞观：

君所为词与其论词并据当今作者之上。仆老矣，然即未老，亦须让君出一头地。

王时翔〔一萼红〕《寄顾梁汾》自注引（《小山乐府》）

2. 王时翔：

词莫盛于宋，而宋分南北二种，向来填词家多以北宋为宗，迨朱检讨竹垞先生独谓南宋始称极盛，诚属创见。然笃而论之，细丽密切，无如南宋，而格高韵远，以少胜多，北宋诸公往往高拔南宋之上。予年十五，爱欧文忠、晏小山、秦淮海之作，摹其艳制，得二百余阕，比冠学诗，恐笔弱，遂止不为。年来里中举诗社，与毛博士鹤汀、顾孝廉玉停倡言以词参之，二君皆仿南宋，予亦强效之，弗能至也。合前后共凡四卷，姑付开雕，以质世声者。

《小山词自跋》（《王抱翼小山诗文稿》，《小山文稿》卷三）

3. 王时翔：

初禅之者倦游归老，逃于轮珠贝叶间。丁未客枫江，与河南氏骏功、定之，安定氏自山同砚席。三子皆极攻苦，宵昼弗辍。两家长者患其过勤也，讽止夜坐，而三子意殊不惬，欲以日之余稍事吟咏，遂请学词于初禅。初禅生平多犯绮语戒，方思静忏，弗之许。三子固请，初禅为诵苏长公“新诗绮语亦安用？相与变灭随春风”之句。三子设难曰：“既随变灭，又安事忏？”初禅无以答也。乃于清和浴佛日，始共填小令一阕，是后每夕然灯时，正课毕，辄选调拈韵，任其韵之所触而画空焉。既成，或复互用所分韵。积二十余日，至月杪，凡得词一百一十有九阕，题曰《日余游艺集》。三子于词虽初学，多有名句出初禅上。大抵骏功词如暄风拂柳，丽日明花，对之殊令人叹。又如玉光温润，足供摩挲。自山词如天半飞鸿，意致缥缈。又如琵琶诉怨，凄心伤骨。定之词如高荷滴露，疏朗清圆，又如仙子步虚，不可窥其踪影。而初禅以缠绵婉约之音，寄其抑塞磊落之意，亦复自有微长。虽然，凡手淫声，大雅弗尚。三子终当与初禅共忏也。

《日余游艺初集题解》(《小山文稿》卷三)

4. 顾陈垿：

娄东诗地，而王氏多诗人，州之未建东南诗社萃于玉山。……国朝梅村祭酒高树标帜，海内争趋，承其流而播其风者，有娄东十子，而王氏居其六，自是娄东之诗冠四郡。……小山以弱冠之年，与其列夫。娄东既诗地也，而王氏复多诗人，又况有得于天之独异者耶？小山长余三岁，来从田间，十四始就私塾。余初定交其去结发识字亦三岁耳。每会文少年十余辈，余二人剧谈古今，恒至日下。……小山……谓余曰：时艺不足工也，盍事诗古文词乎？余用是始习吟讽，师小山，而小山故无师。小山以诗名四十年，晚乃膺荐起家，由县令讫典名郡，不收功于文学侍从，顾以循卓显，天固欲以见其所受之全而参互征也。当小山之时，吾曹数数燕集，计亦不下十人，或以后十子目之，而未有定。小山间谓人：玉停肆力于古文，吾当避其锋。吾诗精邃不如愚千，词雄隽不如汉舒。然小山于其三者，实兼有而深诣之矣。……诗则长留，词则香雪，皆太原眉目。

《跋小山集》（《抱桐轩文集》卷二）

5. 王恪：

梁故词赋地也。家小山先生少以诗文名，间倚声填词，清绮婉约，原本温、韦，而推波助澜，入南宋名家之室。向有《香涛词》数卷，久脍炙人口。今佐中州文幕，迹遍两河，得词若干首，题曰《青绡乐府》，盖取白香山诗中语也。予偶客梁，出此编以见示，讽咏之余，缥缈葱茜，洵如嵩云之半卷矣。标举拟似，雅善自评，觉半山之凭吊金陵，东坡之寄怀赤壁，犹未免一往豪上。兹编也，寓激昂于蕴藉，发沉郁于遥深，可以挹白石之袂，拍梦窗之眉，虽曰诗余，殆与枚、马诸贤，后先辉映转瑰。予亦游梁，而不能出片语以嗣响也。

《青绡乐府序》（《王抱翼小山诗文稿》，《小山乐府》卷三）

6. 吴衡照：

太仓自梅村祭酒以后，风雅之道不绝。王小山时翔与同里毛鹤汀健、顾玉停陈垿倡词社。又有王汉舒策、素威辂、颖山嵩、存素愫、徐冏怀庾辈起而应之，几于人人有集。小山自跋云："余年十五，爱欧阳文忠、晏叔原、秦少游之作，摹其艳制，得二百余首。"盖意主北宋，而以格韵自赏者。其词如〔一斛珠〕云云，〔行香子〕咏帘云云，〔雨淋铃〕题汉舒香雪词云云，〔三姝媚〕桐花云云，〔曲游春〕新柳云云，〔花犯〕云云，洵乎与浙西六家异曲同工矣。

《莲子居词话》卷四

7. 谭莹：

论诗能废盛唐无，北宋何尝不可摹。

颇爱太仓王抱翼，耻偕同社逐时趋。

《论词绝句四十首专论国朝人》(《乐志堂诗集》卷六)

8. 谢章铤：

雍正、乾隆间，词学奉樊榭为赤帜，家白石而户梅溪矣。惟王小山太守时翔及其侄汉舒秀才策独倡温、李、晏、秦之学，其时和之者，顾玉停行人陈垿、毛鹤汀博士健、徐冏怀秀才庾，又有素威辂、颖山嵩、存素愫三秀才，皆王门一姓之俊。笙磬同音，埙篪迭奏，欲语羞雷同，诚所谓豪杰之士矣。太仓自吴祭酒而后，风雅于兹再盛。小山有《香涛》、《绀寒》、《青绡》、《初禅》等集。其自跋云：词至南宋始称极工，诚属创见。然笃而论之，细丽密切，无如南宋。而格高韵远，以少胜多，北宋诸君，往往高拔南宋之上。余年十五，爱欧阳、晏、秦之作，摹其艳制，得二百余首。年来与里中举词社，强效南宋不能工也。

汉舒著《香雪词》，比之小山，更觉胜场。小山短调较工，汉舒长篇亦美，即小山亦盛推之，谓逸尘而奔，几欲驾两宋诸名家而出其上也。

小山词社诸君，亦多揣摩南宋，然得髓者殊未见也。

《赌棋山庄词话》卷十一

9. 陈廷焯：

王小山词，艳而清，微而远，语不深而情至。时诸家皆效法南宋，小山独宗北宋，而亦兼有南宋之长。

《词坛丛话》

10. 陈廷焯：

国初诸老，才力宏厚，直逼两宋，而圣于词者，莫如其年、竹垞。嗣后太鸿、板桥、小山、香雪、琢春、梅鹤、位存、心余、湘云、竹屿、璞函、榖人诸君先后继起，分道扬镳，各树一帜，一吟诵间，未尝不令人神移意远也。(《云韶集序》)

小山词，依微婉约，诚如自跋所云。其盖化与北宋，而亦不略南宋者欤！小山词，风流蕴藉，初读似平淡，读之既久，乃觉意味深长。

小山词，句句婉约，乃至字字无不婉约，躁心人不许读也。(评〔浣溪纱〕“消减惟应鹊镜知”)

北宋而后，古风日远，南宋虽极称盛，然风格终逊北宋。今读小山诸篇，欧、晏、周、贺之风又可概见，宁非词坛一快？(评〔一斛珠〕“夜来闻雨”)(卷十八)

小山词取法北宋处，不减晏小山也。(评〔虞美人〕“柳阴阴下丝丝雨”)(卷二四)

《云韶集》

11. 陈廷焯：

太仓诸王皆工词，汉舒最为杰出，次则小山。小山工为绮语，才不高而情胜，措语亦自婉雅，无绮罗恶态。小山自云规模北宋，此亦未必尽然。大约得晏、欧之貌，不能升周、秦之堂也。

《词则·闲情集》卷六

12. 陈廷焯：

太仓诸王皆工词，汉舒尤为杰出。次则小山。小山工为绮语，才不高而情胜，措词亦自婉雅，无绮罗恶态。

《小山词》，如“病容扶起淡黄时”。……皆情词凄婉，晏、欧之流亚也。(卷四)

词有表里俱佳，文质适中者……有有文无质者，刘改之、施浪仙、杨升庵、彭羡门、尤西堂、王渔洋、丁飞涛、毛会侯、吴园次、徐电发、严藕渔、毛西河、董苍水、钱保酚、汪晋贤、董文友、王小山、王香雪、吴竹屿、吴穀人诸人是也。词中之下乘也。(卷八)

《白雨斋词话》

13. 徐珂：

太仓王时翔、王策诸人，独轶出朱、陈两家之外，以晏、欧为宗。时翔字抱翼，其词凄惋动人；策字汉舒，意味深长，亦自名家。

《近词丛话》

14. 冒广生：

小山之词曰："空言犹是玉人恩。"广生曰：为此言者，庶几怨诽而不怒者欤？以之事君，则为纯臣；以之事父，则为孝子；以之事兄，则为弟弟；以之施于夫妇朋友，则白头之吟，绝交之书，可以无作也。古诗皆入乐，其流极则为填词。自长短句兴，而歌诗之法亡；自南北曲兴，而歌词之法又亡。《白石道人歌曲旁谱》，虽使善歌者歌之，不能得其音节也。丁文俯《歌词自得谱》，谢元淮《碎金词谱》，声则美矣，然而今之乐非古之乐也。宋人歌词之法，非起宋人于地下，其为一字一音，或一字不止一音，不可得而穷诘也。近时作者，务为高论，其所作未必工，乃假梦窗集中难调涩句，依声和之，如盲者之扪钥。然则何若探原忠孝，接体骚辩。使孤臣孽子，劳人思妇，千载而下，读其词者，恍若有所思。又惘然不自知其情之所由生，与情之所由竟，则犹为此物此志也。娄东为天下诗国，而词家较鲜，广生尝得《娄东诗派》一书，以赠吾同年汪仲虎。其后读仲虎所撰《外家纪闻》，于太仓王氏门材之盛，科第之富，文章技艺之美，熟能详矣。今乃得读太守父子叔侄之词，洋洋乎若与晏小山、欧阳永叔、秦少游相接也。异时有为娄东词派之书者乎？太守此编，其嚆矢也。

《重刻小山诗余序》(《词学季刊》第一卷第四号)

15. 吴梅：

太仓诸王，皆工词翰，汉舒王策尤为杰出……汉舒外惟小山为佳。小山工为绮语，才不高而情胜，措语亦自婉雅，无绮罗恶态。

《词学通论》

16.《续修四库全书提要》：

时翔宗六一、小山、淮海三家，故情词婉丽。其论词曰：向来填词家，多以北宋为宗。迨朱检讨竹垞独谓南宋始称极盛，诚属创见。然笃而论之，细丽密切，无如南宋，而格高韵远，以少胜多，北宋诸公往往高拔南宋之上。此可谓见其大矣。时翔主北宋，其后张惠言倡温、韦，盖皆不惬于浙派之词也。集中〔一萼红〕《寄顾梁汾》词末自注云："先生赠言曾有：君所为词与其论词并据当今作者之上。仆老矣，然即未老，亦须让君出一头地。"洵非虚誉。

《小山诗余提要》

王策

王策(生卒年不详)字汉舒，号香雪，江苏太仓人。诸生。太仓诸王皆工词，汉舒尤为杰出，为社中主将，词多“鬼气”，享年不永，未尽所长。有《香雪词钞》二卷。民国间，扫叶山房本合王时翔《小山诗余》、王策《香雪词钞》、王辂《滓虚词》为一册。

1. 王时翔：

半是柔情半慷慨，一编触手烂生光。

如行画戟雕戈里，忽入珠歌翠舞场。

欲驾辛苏拟诗史，更抛周柳接骚香。

忆曾取笑邯郸步，拜贾虚言愧寄将。汉舒序余《香涛词》有“搴其香草，真同拜贾之诚”语。

《书汉舒侄香雪词后》

2. 王时翔：

康熙壬寅夏，吾犹子颖山出所制诗余一帙，曰《别花人语》。……思吾娄自前朝泰陵时建治，艺苑所推，张沧州以下，至于今弗绝。顾皆以诗古文鸣，独诗余则虽弇州兄弟及吴祭酒偶一为之，而恒以才大为掩，未为擅场。近家汉舒《香雪词》，逸尘而奔，几欲驾两宋诸名家而出其上，珠光剑气，虽未耀于世，二三同学咸宝爱而藏弆之。而吾家之工于诗余者，叠迹而起。颖山之作，其工乃遂至是，得不以香雪为河源乎？然则就诗余而言，吾娄建治三百年，始得一香雪。学之久而弗能至者，如余是也。

《别花人语序》(《小山文稿》卷二)

3. 王时翔：

〔雨霖铃〕《点阅汉舒香雪词意，感题卷末》

一编香雪，剔寒灯坐，滴泪翻阅。风流词客安在，却愁闲杀世间花月。剩有酒炉痴叔，对丽制凄咽。赏心处，团扇标题，已矣郴江句应绝。　　前尘影事分明说，是夕阳小院生周折。紫兰香径孤冢，费尽了梦花鹃血。零落青衫，更没人知，便泠吟骨，算只赖红袖怜才，地下相携挈。汉舒所遇平原君有“落花小院夕阳黄”之句，汉舒时对人吟之，亡后，汉舒填词哀挽数十阕。

《小山诗余》

4. 顾陈垿：

初，太原王秀才汉舒工填词，词曰《香雪》，无敌手。王泾东、顾洗桐继以填词相颉颃。王词曰《香涛》，顾词曰《片香》，三香若鼎足。

《毛司训传》(《抱桐轩文集》卷二)

5. 谢章铤：

雍正、乾隆间，词学奉樊榭为赤帜，家白石而户梅溪矣。惟王小山太守时翔及其侄汉舒秀才策独倡温、李、晏、秦之学，其时和之者，顾玉停行人陈垿、毛鹤汀博士健、徐冏怀秀才庾，又有素威辂、颖山嵩、存素愫三秀才，皆王门一姓之俊。笙磬同音，埙篪迭奏，欲语羞雷同，诚所谓豪杰之士矣。太仓自吴祭酒而后，风雅于兹再盛。小山有《香涛》、《绀寒》、《青绡》、《初禅》等集。其自跋云：词至南宋始称极工，诚属创见。然笃而论之，细丽密切，无如南宋。而格高韵远，以少胜多，北宋诸君，往往高拔南宋之上。余年十五，爱欧阳、晏、秦之作，摹其艳制，得二百余首。年来与里中举词社，强效南宋不能工也。

汉舒著《香雪词》，比之小山，更觉胜场。小山短调较工，汉舒长篇亦美，即小山亦盛推之，谓逸尘而奔，几欲驾两宋诸名家而出其上也。

小山词社诸君，亦多揣摩南宋，然得髓者殊未见也。

《赌棋山庄词话》卷十一

6. 陈廷焯：

香雪词，出小山之右，风流婉雅，永叔、叔原之流亚也。

《词坛丛话》

7. 陈廷焯：

香雪词，情到神到，尽掩古人，太仓王氏多才，香雪其尤者也。香雪小令之妙，直与晏、欧把臂入林；长调则兼有南宋作者之长，神乎技矣！北宋词每以少胜多，香雪亦然；小山自谓："学之久而弗能至"，亦非虚语。香雪词，精微婉妙，纯乎骚雅，无纡冶之失，亦无亡国之音，于其年、竹垞、樊榭外别有天地。

断句易滑，读香雪诸篇可以药平庸之病。（评〔玉连环影〕《丝雨》）

写景正如画图，摩诘诗中有画，小山其词中之摩诘乎？（评〔天仙子〕"远树惊乌飞不定"）（卷十九）

香雪词亦是取法北宋，然得其神髓，非貌似者，且兼有众长，亦不拘于北宋，其笔致之妙几于前无古人，后无来者。（评〔兰陵王〕"小楼角"）（卷二四）

《云韶集》

8. 陈廷焯：

太仓诸王皆工词，汉舒尤为杰出，然皆偏工艳体。（《词则·大雅集》卷五）

小令以婉约为宗，香雪得之矣。（《词则·别调集》卷五）

《词则》

9. 陈廷焯：

闲情之作，竹垞几于仙矣，文友则妖也。香雪居二者之间。读香雪词，去取不可不慎。如〔踏莎行〕云……此类皆丽而有则，正不必让小长芦。

太仓诸王皆工词，汉舒尤为杰出。次则小山。

汉舒自是作手，惜其享年不永，未尽所长。其天分甚高，如

〔琵琶仙〕……感慨苍茫，结四语尤妙。他手每每倒说，意味转薄。

作词贵于悲郁中见忠厚。悲怨而激烈，其人非穷则夭。汉舒词如“生皆梦，可怜此梦偏恶。”又云：“看取西去斜阳，也如客意，不肯多耽搁。”沉痛迫烈，便成词谶，香雪所以不永年也。（卷四）

词……有有文无质者，刘改之、施浪仙、杨升庵、彭羡门、尤西堂、王渔洋、丁飞涛、毛会侯、吴园次、徐电发、严藕渔、毛西河、董苍水、钱保馚、汪晋贤、董文友、王小山、王香雪、吴竹屿、吴縠人诸人是也。词中之下乘也。（卷八）

《白雨斋词话》

10. 徐珂：

太仓王时翔、王策诸人，独轶出朱、陈两家之外，以晏、欧为宗。时翔字抱翼，其词凄惋动人；策字汉舒，意味深长，亦自名家。

《近词丛话》

11. 吴梅：

太仓诸王，皆工词翰，汉舒尤为杰出。惜其享年不永，未尽所长，其笔分固甚高也。作词贵在悲郁中见忠厚，若悲怨而激烈，则其人非穷则夭……皆情词凄惋，晏、欧之流亚也。

《词学通论》

12.《续修四库全书提要》：

其词备有众体，不主一家，然享年不永，未能冶于一炉也。

《香雪词钞提要》

吴焯

吴焯(1676—1733)字尺凫，号绣谷，自署绣谷道人，别号蝉花居士，浙江钱塘(今杭州)人，祖籍安徽歙县。年十六补弟子员，即耽意群籍，入太学，文名益起。康熙四十四年(1705)、五十六年两次献诗、献书，均称旨。家富藏书，博览群籍，精考据、音韵之学。雍正七年(1729)以贡生叙正八品用，九年聘修《浙江通志》及《西湖志》。十一年开制科取士，浙江有司与杭世骏等举荐，然已患疾，是年九月卒。事迹见张增撰《吴绣谷先生行状》并《杭州府志》。著作刊行者有《药园诗稿》、《渚陆鸿飞集》、《南宋杂事诗》，词有《玲珑帘词》一卷。吴焯为浙派中期主要词人之一，与厉鹗频相唱酬。

1. 吴焯：

〔酒泉子〕《自题词集》

家在钱唐湖上住。梦到东华题梦赋。几曾阑入粉花丛。神女雨云空。　美人香草多团搦。才子风心虚寄托。看成珠玉假和真。点点滴鲛人。

《玲珑帘词》

2. 厉鹗：

两宋词派，推吾乡周清真，婉约隐秀，律吕谐协，为倚声家圭臬。自是里中之贤，若俞青松、张约斋、翁五峰、张寄闲、胡苇航、范药庄、曹梅南、张玉田、仇山村诸人，皆分镳竞爽，为时所称。元时嗣响，则张贞居、凌柘轩。明瞿存斋稍为近雅，马鹤窗阑入俗调，一如市伶语，而清真之派微矣。我朝沈处士去矜，号能词，未洗鹤窗余习，出其门者波靡不返，赖龚侍御蘅圃起而矫之，绣谷《玲珑帘词》盖继侍御，而畅其旨者也。绣谷之为词也，在中年以后，故寓托既深，揽撷亦富，纡徐幽邃，惝恍绵丽，使人有清真再生之想。予素有是好，与绣谷唱和，见其掐谱寻声，不失刌度。且兢兢于去上二字之分，若宋人鬲指正平诸调，遗论犹未坠者，亦可见其使才之工矣。

《玲珑帘词序》(《玲珑帘词》)

3. 陈廷焯：

绣谷词流丽婉转，清而不枯。

《云韶集》卷十九

沈友琴

沈友琴（生卒年不详）字参荇，江苏吴江人，沈时栋姊，周钰室，著有《静闲居词》。

1. 周铭：

雅工文墨，与其妹纤阿称一时联璧。歌词往往有传诵于人者。《林下词选》卷一三

毛健

毛健（生卒年不详）字今培，江苏太仓人。贡生。为王时翔“小山词社”唱和者之一，词有《卧茨乐府》一卷。

1. 王时翔：

吾乡毛先生鹤汀以诗名世三十年矣。商丘宋公读其集而慕之，几疑以为非今之人。盖先生所作诗雄浑精密，直与少陵、昌黎争衡故也。庚寅、辛卯间，偶降格为词，辄擅南宋诸家之胜，余尝赠诗云“鹤汀古歌追杜韩”，又云“忽收波澜入词卷，新艳俨如王碧山”，谓此也。时余与顾孝廉玉停追随先生，倚声分调。先生作出，玉停犹或以奇兵自固，而余曳戈遁矣。后余与玉停皆远游，而先生杜门家居，购唐宋以来诸名家乐府，遍览而精收之，荟萃蕴酿，久而后发，故所制弥工，篇篇清绮，字字婉约。挹其神致，大都在蘋州、花外、玉田之间，而音调谐畅，出之自然。又能得屯田、清真之精，而遗其蓾魄，必传于后无疑也。己亥秋，予倦游归里，先生手定一编曰《卧茨乐府》，将付开雕，属余一言以弁其端。今玉停方以乐律受知，橐笔禁近，取青媲白，既有所不暇为，余牢愁抑塞，韵情衰减，不复能唱渭城，独让先生于诗集流布之后，继以词名于世，用是三复先生之词，而益不禁慨慕也。

《跋鹤汀词》（《王抱翼小山诗文稿》，《小山文稿》卷三）

2. 王时翔：

吾乡人人爱诗篇，周秦乐府独不传。抽花俪草红配白，香雪擅能三十年家汉舒诗余极工，集名《香雪》。东街近有洗桐子玉停自号也，欲继香雪精覃研。予也钝拙不识字，双手但解耕山田。遮邀入社谱宫徵，窘束颇类啼穷猿。鹤汀古歌追杜韩，今体亦在钱刘间。忽收波澜入词卷，新艳俨如王碧山。雄辞丽质俱占却，殆使来者不复言。六月盛暑红日悬，溪亭风凉歌采莲。银笺小草得快读，却似清冷浇琼泉。莫厘峰脚消夏湾，玻璃万顷花连天。相携好约洗桐子，扁舟一叶香中穿。重拈水调相唱和，吴儿拆断琵琶弦。人生作达古所贤，浮沤电火真可怜。君不见，香雪词人穷到死，十五娇儿种木棉。

《夏日毛鹤汀寄示咏莲乐府题长句报之兼简玉停》(《小山诗初稿》卷一)

3. 顾陈垿：

毛先生名健，字今培，号鹤汀，江南太仓人。幼通敏，弱冠补诸生……先生性恬澹，于科名得失，如云行水流，殊不措意。读书外，无他好，与友朋交，谈燕唱酬外，无他事。书贯经史，旁及百家，而归于诗。诗不禁风云月露，嘻笑怒骂，而归于正。余则为填词，散而为明言。时出入于儿女琐屑，街巷谐谑，而归于风雅。一切利欲攻取，尘袢世态，曾无几微犯其灵府……娄东诗社甲于江左，本朝自梅村以下，诗人辈出，肩比踵接……而先生已缀其列，执其牛耳。其晚年则有蕙带、泾东、洗桐、裴山、敬亭之属，亦十余辈张一军，而先生犹俨然临其坛而建其旗鼓。先生一身俛仰联络，盖前者以为劲而后者以为导。初，太原王秀才汉舒工填词，词曰《香雪》，无敌手。王泾东、顾洗桐继以填词相颉颃。王词曰《香涛》，顾词曰《片香》，三香若鼎足。诗家皆谓余事，因推攘焉。二子颇自负，独下汉舒。王蕙带效作，辄病语硬舍去。先生笑曰：吾老于诗，不律秃矣。请尝试之。遂取王洗马所辑《历代诗余》攻之。踰两月，不出户，一日燕集，出所填词数阕示二子，二子色然骇曰：何工之速也？敛手服膺，相顾叹异。先生诗名三十年，一旦兴会所至，忽降格为词，又能上抚晚唐绝调，下掩南宋名家如此。

《毛司训传》(《抱桐轩文集》卷二)

4. 谢章铤：

雍正、乾隆间，词学举樊榭为赤帜，家白石而户梅溪矣。谓王小山太守时翔及其侄汉舒秀才策独倡温、李、晏、秦之学，其时和之者，顾玉停行人陈垿、毛鹤汀博士健、徐冏怀秀才庾，又有素威辂、颖山嵩、存素愫三秀才，皆王门一姓之俊。笙磬同音，埙篪迭奏，欲语羞雷同，诚所谓豪杰之士矣。太仓自吴祭酒而后，风雅于兹再盛。

《赌棋山庄词话》卷十一

5. 陈廷焯：

鹤汀词法南宋，几与小山分道扬镳。

此词颇似飞卿，盖鹤汀虽取法南宋，而其源流仍自唐人、五代、北宋来也。（评〔菩萨蛮〕“流苏百结参差影”）

《云韶集》卷十八

沈钟

沈钟（1676—？）字大声，号鹿坪，江苏武进人。康熙四十七年（1708）举人，选福建屏南知县，以忤上官罢职。中年游历燕、赵、齐、鲁、江、楚，足迹半华夏。著有《毗陵沈氏杂著》、《霞光集》，词有《柳外词》二卷（存一卷）。

1. 丁绍仪：

词至南宋而极工，然如白石、梦窗、草窗、玉田，皆胥疏江湖，故语多婉焉，去北宋疏越之音远矣。我朝竹垞太史尝言小令当法五代，故所作尚不拘一格。逮樊榭老人专以南宋为宗，一时靡然从之，奉为正鹄。独吾乡诸老，不随俗转。余家有《柳外词》一卷，为阳湖沈鹿坪大令作。……杂诸《乐章集》，几不能辨。

《听秋声馆词话》卷六

徐庾

徐庾（生卒年不详）字冏怀，江苏太仓人，诸生。为王时翔“小山词社”唱和者之一，词有《昙华词》二卷。

1. 王时翔：

昔宋玉作《高唐》、《神女》及《登徒》三赋，梁昭明叙次《文选》，退之末卷，概命之曰情。李氏注云：情者，外染也。于是最末，故居于癸。嘻，此正所谓强作解事者也。余尝读三赋而知玉之善于讽谕矣。其赋《高唐》云：“思万方，忧国害，开贤圣，辅不逮。”其赋《神女》云：“怀贞亮之洁清兮，卒与我乎相难。”又云：“頩薄怒以自持兮，曾不可乎犯干。”至《登徒赋》则云：“目欲其言，心顾其义，扬诗守礼，终不过差。”以此讽王，与《国风》之发乎情、止乎礼义何异？而萧、李抑之，是犹讥靖节《闲情》为白璧微瑕之故智耳，宁足与扬风推雅，而不悖乎孔氏言诗之教与？吾门徐子冏怀年少隽才，不随时尚而慕乎古，尤爱填词。余览其《秋影》全编，半皆风情之作，征辞婉约，托兴遥深，矜严自持，标格清贵，少陵云：“摇落深知宋玉悲，风流儒雅是吾师。”徐子能以宋玉为师，则其于风流儒雅也不愧矣。

《秋影轩词序》（《王抱翼小山诗文稿》，《小山文稿》卷二）

2. 谢章铤：

雍正、乾隆间，词学举樊榭为赤帜，家白石而户梅溪矣。惟王小山太守时翔及其侄汉舒秀才策独倡温、李、晏、秦之学，其时和之者，顾玉停行人陈垿、毛鹤汀博士健、徐冏怀秀才庾，又有素威辂、颖山嵩、存素愫三秀才，皆王门一姓之俊。笙磬同音，埙篪迭奏，欲语羞雷同，诚所谓豪杰之士矣。太仓自吴祭酒而后，风雅于兹再盛。

《赌棋山庄词话》卷十一

3. 陈廷焯：

《昙花词》骚情逸致，竹屋之遗也。

《云韶集》卷十九

纪迈宜

纪迈宜（1678—？）字偲亭，别号蓬山老人，又称蓬山逸叟，直隶文安（今河北）人。康熙五十三年（1714）举人，官山东泰安州知州，用署赤城、高邑诸县。善诗文。从子纪昀辑其所作为《俭重堂集》，有《赤城集》、《餐霞阁集》、《蓬山集》、《昆阳集》等诸目，有《诗余》附集以行。

1. 纪迈宜：

余少时与四兄可亭读书于集园之易简堂，同学为诗，取有唐诸家之诗编次而甲乙之，选录成帙以便讽诵。因亦取《花间》、《草堂》以及《草堂》之续集、后集精选为一卷，朝夕披阅，用以自娱。夫诗之道贵乎温厚、和平、空灵、澹远、雄浑、悲壮，而词则取乎纤巧、绮靡，其体制不同，故人谓作词有碍于诗。予虽略一涉笔，旋即置之，不多缔构也。后岁辛未，有太华之游，于所经古迹颇多吟咏，归途恐辞意近重沓，遂变体为长短句，得数十首。又数载，随任昆阳，遇周君次峰，好填词，与之唱和，复得数十首，合之少时所作，共成一卷。时于署旁构茅斋数楹，斋前蕉一株，极茂盛，夏雨作萧萧之响，与棋声琴韵相间，听之悠然而神往，名之曰“蕉雨轩”。而友人代录吾词适完，遂以名轩者名吾词，曰《蕉雨集》。盖词与诗虽异体乎，以余观东坡、幼安以及本朝陈检讨其年所作，曷尝不雄浑悲壮，令人读之而起舞。古乐府《子夜吴歌》诸篇以及唐人义山、飞卿、致光诸公之诗，曷尝不工巧绮丽，令人读之枨触于怀，不能自释。玉溪尤为卓绝，虽无题诸什，皆一唱三叹，有弦外之音。要之无论诗与词，莫不有章法焉、句法焉、字法焉。锤炼之至，臻乎自然，圆美谐畅，如花之有根、有蒂、有须、有瓣，炫烂而成文，眈思旁询，泉涌飙发，如蕉之层层剥出，扶疏而直上。若其神韵盎然，揽之而不穷，味之而弥旨，妙不离字句之中，而实超乎字句之外。则如花之映月，清辉荡漾，益增其妍。蕉之带雨，浓绿欲滴，凄声戛玉，琮琤错落，益增其幽。然则操觚者，第患垆锤之功未至而神韵未远耳。词何异于诗？诗何异于文？即制艺亦何异于诗、古文、词？奚必嗤“云破月来”、“枝头春闹”为竞一字一句之奇，近于儇佻，而愧小词之不足录也哉。爰裒而授之梓，以附于诗卷之末。

《俭重堂诗余序》(《俭重堂诗余》)

2. 纪迈宜：

余少习为诗，即并读《花间》、《草堂》诸集，以体近轻靡弗学也。及获读陈其年先生集，不胜激赏，以为词至此笔端变化不可端倪可作。太史公伯夷、游侠等传，读即间作闺房旖旎之语，亦莫不有一段英雄抑塞、拔剑砍地之意流露行间，诚风雅之变调，骚人之极则也。吟讽之余亦偶一涉笔。后检讨集读本失去，遂弃不复作者几四十年矣。今秋客潼将归，架头捡得吴梅村先生集，取阅中有词一卷，枨触曩怀，适咏瓶菊，戏拈一阕，因念长途寂寞，非觅句无以消遣旅怀，而途中所经古迹来时业见之吟咏，难于复赘，乃变为长短句以补前所遗之意，或互相发明，共得三十首附之卷末。此不过如候虫吟秋，聊以自适其性而已，于词中三昧无当也，今专家之见，其将伧父我乎？虽然，余老矣，不能为红牙象板女郎赋“晓风残月”也。

《俭重堂诗余跋》(《俭重堂诗余》)

3. 徐传星：

敬读《俭重堂诗余》，藻耀华深，气清骨健。衙官红杏，奴隶黄花。既缘情而绮靡，亦体物而浏亮。重以怀人感遇，触绪纷来，短讽长谣，伫兴而就。下巴峡三声之泪，动江南万斛之愁。悲壮激昂，宜和铜琶铁板，悠扬韶宛，听翠管红牙。若其婉而多讽，穆如作诵，芳兰竟体，云气满身。依稀月斧修来，碧海夜凉飞玉屑，髣髴霞津归去，奈花风静动珠尘。诚哉！乐府新声允矣。清平绝调从此嚼红吐绿，尽洗铅华，漱玉含芳，别开生面。上而眉山、淮海，近之竹垞、迦陵，直堪先辈拍肩，不特后生稽首已也。

《俭重堂诗余跋》（《俭重堂诗余》）

4. 张学浩：

一

文阵逞雄埒玉蟾，科名政绩美能兼。
苍螭掣电幽并夜，紫鸾横云泰岱尖。
华国名山留彩笔，传家镂管洒霜缣。
王筠自诧官为集，争似对君宦稿添。

二

心香一瓣为渔洋，酝酿膏腴撷众芳。
碍别不离风雅颂，薪传妙悟杜韩黄。
官阶每落神仙窟，笔阵时飞障塞霜。
天遣豪情享眉寿，还抒丽藻达龙章。

三

蔷薇露球启新镌，惊喜微名欲附传。
朱老阮生垂杜集，王诜李委载坡编。
千秋彝鼎人争宝，万里云霞色共鲜。
今日皈衣翻恨晚，通家贱子已华颠。

《俭重堂诗余跋》（《俭重堂诗余》）

孔传鋕

孔传鋕（1678—？）字振文，号西铭，又号蜨庵。山东曲阜人。剧作家，词有《清涛词》二卷，《蜨庵词》一卷。

1. 顾彩：

词者，诗之余。曲者，词之变体。日益近声日益靡。以词曲而上溯风雅流派远矣，然其为有韵同也。古者三百篇皆可弦歌之；汉魏乐府亦皆奏之郊庙以叶宫商；唐之盛也，旗亭诸伶人以能歌名人诗句者为高下；宋人则歌词；元人则歌曲。然则凡有韵者皆可以歌。余独怪夫今之人，不独歌诗者绝响，并词亦不复登之于歌。而红毹按拍，惟让曲子擅场。将无所谓词者，亦作成功之既退乎？然而昭代之兴，才华辈出，不特诗律之工，上逼三唐，近且词学益精，有置其一二于宋人集中，而青蓝莫辨者。晏、辛、苏、柳之俦，又安得擅美于前哉？夫词之为体也，风华悲壮，吞吐含蓄，警策缠绵，各极其致。然而诗中之句语不可以入词，入词则太文。曲中之句语不可以入词，入词则太俗。求其无美不备者，必曰宋人继之者，今人也。余今又得孔君西铭而与之快论词矣。西铭研精诗学有年，选词琢句不工不止，赋物言情不妙不休。既已衙官汉魏，寝食三唐。迩年傍及词学，以新颖之笔锋写香艳之字句。而当抚今吊古，尤极慷慨沉郁之致，非积学数十年者未易臻焉。而西铭以绮岁得之，讵非应运而起之文豪也哉？然余窃思之，千古词人类皆穷愁羁旅，牢落关河，感物色之苍凉，寄遐情于凭吊，故能含吐幽奇，发挥壮采。西铭为翩翩佳公子，席丰履盛。足未涉江河之险，目未击关塞之悲，而何以写幽人怨女，曲尽其情。仙隐渔樵，悉合其意，甚至名山大川，疾风骤雨，花香鸟语，战阀鬼神，无一不能形诸笔端。岂非所谓夙世词客，前身画师者哉？

《清涛词序》(《清涛词》)

2. 孔传鋕：

余束发学吟，穷思求工，苦于望洋，初未知诗律之外有所谓词也。及长，见叔父、长兄皆作词成帙。窃窥之，风流蕴藉，犁然有当于人心情。跃跃动试，操管效颦，与诗各相径庭，而入门较易。盖吾之情，诗所不能尽写者，词皆足以伸之。诗所一写无余者，词又足以留之。单之而不觉其简，复之而不病其烦，累而续之不病其长，剪而断之不虞其短。盖古人先以其小调当泓下之一吟，以其中调当峡中之三泪，而长调则众窍怒号，无所不可。惟余所拈，不若诗笔之严也。于是亦自谱成帙，而名之曰“清涛”。或问词何以“清涛”名也？余曰：风行水上，蹙而成涛，实天下之至文也。枚叟《七发》云涛何气哉，夫涛以气言则又文而不弱者矣。顾余技短，未能浑灏流转，无所不纳。独生平狷洁自喜，不欲泥滓之犯我笔端，系之曰清，亦聊以鉴我心耳。至于集中绮语曼词，虽或不免，要同庄叟之寓言，观者视为尘埃野马可也。

《清涛词自序》(《清涛词》)

3. 黄郑琚：

当楼残照，留将千古相思；向壁孤灯，占尽一时香冷。玉笙寒彻，犹得丽句于红牙；金犊车轻，尚见雅歌于锦轴。至若波心冷月，柳外斜阳。举凡断简遗编，尽是零珠碎玉；洎乎元兴宋末，遂尔曲作词亡。虽玉田、青田之继述，代不乏人。而宣和、政和之遗风，谁能刻鹄。用修雕琢为美，凤洲出入自如。以致宫商淆杂，草满词林。篇什凋零，径荒乐府，此文章之末运而志士所悲辛者也。爰来东国，乃觌西铭。家声威凤祥麟，六十八代素王苗裔。才思红蛟白雪，一十五国太史遗音。笔彩生花，剑光射斗。安仁坐处，花满亭园；荀令来时，香生几席。秋云舒卷，姜白石之清新；奇锦辉煌，吴梦窗之藻丽。逸想生于天外，言立千秋；

深思托乎微词，情深一往。红牙不按，只因坐有周郎；翠袖轻歌，争说句传柳七。生同斯世，实卒相逢。求之古人，亦为仅见。

《清涛词跋》（《清涛词》）

姚栖霞

姚栖霞（生卒年不详），姚岱女，江苏吴江人。年十七卒。有《剪愁吟》一卷。

1. 袁景辂：

女士姚栖霞，吴江人，幼慧工诗，时出新意，年十七卒……袁朴村景辂《松陵诗征》言其填词亦秀雅可诵。

丁绍仪《听秋声馆词话》卷五引

2. 郭麐：

〔凤凰台上忆吹箫〕《题姚栖霞女史翦愁吟同朱铁门作》

银烛筵前，铁箫庵里，酒阑客正繁忧。出一编相示，丝格银钩。真是闲愁万斛，问恁地、翦得卿愁。分明是芳心灰尽，红泪还流。　　仙游一声鹤唳，恐玉宇高寒，露冷风秋。怅不逢箫史，空怨秦楼。便是残香剩粉，人间世，不合长留。宵深也吹寒角，声又满城头。栖霞游仙诗“却笑楼头秦弄玉，肯携箫史共乘鸾”，临终诗“冷梦未成镫自灭，疏钟画角一声声”。

《蘅梦词》卷一（《灵芬馆词四种》）

3. 严达：

〔凤凰台上忆吹箫〕《题姚栖霞女史翦愁吟》

线压愁丝，花怜病骨，蛮笺细写麋丸。正翦刀声里，瘦句吟安。试觅柔情芳韵，分明是、空谷幽兰。谁知道牵萝屋小，倚竹天寒。　　从残留传一卷，幸不共彩云，吹散人闲。怅白头制序，字字辛酸。转恨天公多事，生无谓，死又无端。愁重读两行泪，流烛也阑干。

《国朝词综补》卷三十五

4. 郑璜：

〔凤凰台上忆吹箫〕《题姚栖霞女史翦愁吟》

紫玉无年，兰香未嫁，吟笺读罢无聊。想一灯偎影，和泪轻挑。自分新愁难翦，借柔毫、细把愁描。伤心处慵拈梅子，怕听芭蕉。　　难招芳魂缥缈，但埋玉深深，草没裙腰。叹优昙命短，不待花朝。剩有零星断句，蚕眠字，雪琢冰雕。谁同调，疏香阁中一样垂髫。

《国朝词综补》卷二十六

侯承恩

侯承恩（生卒年不详）字思谷，一字孝仪，号松筠，嘉定（今属上海）人。侯旭女，江东益室。所适非偶，屏居盆山阁中，修真习静。幼即敏慧，工诗词，善弈。著有《松筠小草》、《盆山阁词钞》、《盆山诗》。

1. 陈廷焯：

孝仪词凄切悲凉，泠泠然作秋声。

小令亦颇不易易，孝仪诸阕庶几犹有古风。

小令以婉约为宗，当言尽而意不尽。孝仪有焉。

《云韶集》卷二三

2. 徐世昌：

思谷工诗词，善琴弈，年未及笄积稿成帙。有“愁生明月夜，人瘦落花天”之句，为时传诵。

《晚晴簃诗汇》卷一八三

程梦星

程梦星（1679—1755）字伍乔，后字午桥，号洴江，又号茗柯、杏溪、香溪，安徽歙县人。迁居江苏江都。康熙五十一年(1712)进士，改庶吉士，授翰林院编修。生平事迹见《国朝耆献类征》、《国朝诗别裁集》等。先世经营盐业，故家资甚富。置别业，读书其中，交结维扬名士，主盟诗坛。工书画，善弹琴，长诗词。撰有《今有堂集》凡十集、《李义山诗集笺注》、《两淮盐法志》等，词有《茗柯词》，另著有《词调备考》。

1. 江炳炎：

香溪瓣香姜、史，故其词极缠绵婉约之致。

徐珂《清代词学概论》引

2. 江炳炎：

香溪先生以韩潮苏海之才，为抹月批风之作。春晴二月，莺鸣杨柳梢头；秋夜三更，雨滴梧桐阁外。时抽别绪，姜、史有其缠绵；淡写孤怀，辛、吴逊其俊爽。而且遵循乎尺寸之微，矜慎夫上去之别。直可睥睨古人，讵止纵横侪辈？噫嘻！按红牙而听低唱，达人偶拈笔以抒情；脱紫绶而谱长谣，识者定望风而下拜。

《茗柯词序》(《茗柯词》)

3.《四库全书总目提要》：

梦星字午桥，号香溪，江都人……诗略近剑南一派，而间出入于玉溪生。词亦具南宋之体，但其格力差减耳。

《今有堂诗集·附茗柯词提要》

王愫

王愫（生卒年不详）字存素，号林屋，江苏太仓人。诸生。雍正十年（1732）应试受挫后绝意仕进。工词，与王时翔等唱和，兼擅绘事。著有《朴庵诗稿》二卷、《林屋诗余》一卷。

1. 王时翔：

七子清才各一家，竞将绮语赛繁华。

就中须识波心月，无色天边称意花。

《题画堂词词系余草堂学人钱温、徐庾暨犹子嵩、辂、愫、侄孙安国、宬所作》（《小山诗后稿》卷一）

2. 谢章铤：

雍正、乾隆间，词学举樊榭为赤帜，家白石而户梅溪矣。惟王小山太守时翔及其侄汉舒秀才策独倡温、李、晏、秦之学，其时和之者，顾玉停行人陈垿、毛鹤汀博士健、徐冏怀秀才庾，又有素威辂、颖山嵩、存素愫三秀才，皆王门一姓之俊。笙磬同音，埙篪迭奏，欲语羞雷同，诚所谓豪杰之士矣。太仓自吴祭酒而后，风雅于兹再盛。

《赌棋山庄词话》卷十一

3. 陈廷焯：

存素词风流凄婉，亚于小山。

《云韶集》卷十八

4. 杨钟羲：

存素名愫，太仓诸生，烟客玺卿曾孙，麓台侍郎从子，画笔苍秀，兼善填词，其〔清平乐〕二首云："海棠铺径。人向雕阑凭。映月酒容红玉润，笑看春风吹鬓。"

《雪桥诗话》卷六

陆凤池

陆凤池（1680—1711）字元宵，号秀林山人。江苏青浦（今属上海）人。好读书，善诗古文辞，操持家务之暇，不废吟咏。早卒。生平事迹见恽珠《国朝闺秀正始集》。著有《梯仙阁余课》。

1. 陈廷焯：

凤池词字字凄感，笔力亦苍古。

《云韶集》卷二三

陆培

陆培(1686—1752)字巽风，号南香，一作南芗，又号白蕉，浙江平湖人。雍正二年(1724)进士。授安徽东流知县，转署贵池。乾隆初年，“以不合上官意，拂袖归里”。晚年以授徒为业，尝主讲东台、当湖、九峰书院。事见《平湖县志》。南香为诸生时，善填词，罢归后，致力于诗。其词为厉鹗所称，为“浙西词派”中期重要作家。著有《白蕉词》四卷。

1. 厉鹗：

癸丑秋，有客传《白蕉词》至鹅水，陆君南香作也。清丽闲婉，使人意消，询知南香以南宫上第，书宰东流，叹诧以为此酒边花外风调，腰章手版间，无是人也。既而南香竟以不合上官意，拂衣归里，为汗漫游。今春暮，得晤于芜城僧舍，相与纵论词家流别，因及近时名胜，大都新绮有余，而深窈空凉之旨，终逊宋贤一筹。盖南香辱引予为同调，亦已久矣。南香复出续稿二卷，则燕山后游及客梁园之作，其中访邯郸之瑟，觅铜台之瓦，年长多愁，声情每变而愈上。昔东坡赏毛泽民〔惜分飞〕一阕，谓“郡有词人，而不知此，既不可望之。”今人即欲如梅溪、梦窗诸公遨嬉于山绿湖光，歌云舞绣，以寄其沦落无聊之思，亦不易得。可胜叹哉，可胜叹哉。

《陆南香白蕉词序》(《樊榭山房文集》卷四)

2. 汪仲鈖：

一

词派相沿异实同，传心两字是清空。

擅场如此今安有，一瓣香呈乐笑翁。

二

凭将好景祓清愁，岸柳汀芦占断秋。

九派寒潮一九月，倚声人在弄珠楼。

三

履綦来印绿苔纹，棐几筠帘对夕曛。

最爱名谭车炙锞，桂花如霰欲留君。

四

甄综卷分三十六，缥厨手泽故依然。

搜遗群玉群珠外，梨枣端须续续镌。君有词选名《丽则集》，多补余家所刻《词综》未备。

《题陆南香白蕉词后四首》(《桐石草堂诗集》卷五)

3. 陈廷焯：

南芗词，凄凉哀怨，合者是楚离变相。

《云韶集》卷十八

4. 陈廷焯：

陆南芗《白蕉词》四卷，全祖南宋，自是雅音。但无宋人之深厚，不耐久讽也。

江研南词，取法南宋，颇有一二神解处。南芗所得在貌，研南所得在神。吾终不以貌易神也。

研南学南宋，合者得其神理。宾谷学南宋，合者得其意趣。皆出陆南芗之右，而皆未能深厚。(卷四)

雍、乾以还，词人林立。如南芗、橙里辈，非无磨琢之工，而卒不能超然独绝者，皆若不知本原所在。故下不至如杨、郭之卑靡，上亦难窥姜、史之门户。后之为词者，不根柢于风骚，仅于词中求生活，又无陈、朱才力，纵极工巧，亦不过南芗、橙里之匹。则亦车载斗量，不可胜数矣。尚安足为贵乎？(卷六)

《白雨斋词话》

王嵩

王嵩（生卒年不详）字颖山，江苏太仓人。诸生。工词，为小山词社之成员。著有《别花人语》一卷。

1. 王时翔：

康熙壬寅夏，吾犹子颖山出所制诗余一帙，曰《别花人语》，是正于余，既为点定。谓之曰：南宋词人号极盛，然以吴梦窗之奇丽而不免于晦，以周草窗之澹逸而或近于平，此则兼二窗之美而无其病，何乃超诣若是已。又自观其所作则弗如远甚。因思吾娄自前朝泰陵时建治艺苑，所推张沧洲，以下至于今弗绝，顾皆以诗、古文鸣，独诗余则虽弇州兄弟及吴祭酒偶一为之，而恒以才大而掩，未为擅场。近家汉舒《香雪词》逸尘而奔，几欲驾两宋诸名家而出其上，珠光剑气虽未耀于世，二三同学咸知宝爱而藏弆之。而吾家之工于诗余者，叠迹而起。颖山之作其工乃遂至是，得不以香雪为河源乎？然则就诗余而言，吾娄建治三百年，始得一香雪。学之久而弗能至者，如余是也。及颖山始克嗣响，以几于二窗之间，盖兹编之难得如此。今时耳食之夫，轩古轻今，当有河汉。余言者，而目治之士，诚平心审观之，知非苟为阿好也。颖山年未壮，治诗古文亦以成家，而好学弗倦，所以追趋古人者，于二窗尤末矣，其可量也哉！泾东叔时翔题。

《别花人语序》（《小山诗文全稿·文稿》卷二）

2. 谢章铤：

雍正、乾隆间，词学举樊榭为赤帜，家白石而户梅溪矣。惟王小山太守时翔及其侄汉舒秀才策独倡温、李、晏、秦之学，其时和之者，顾玉停行人陈垿、毛鹤汀博士健、徐冏怀秀才庾，又有素威辂、颖山嵩、存素懥三秀才，皆王门一姓之俊。笙磬同音，埙篪迭奏，欲语羞雷同，诚所谓豪杰之士矣。太仓自吴祭酒而后，风雅于兹再盛。

《赌棋山庄词话》卷十一

3. 陈廷焯：

颖山词字字斟酌，亦不减滓虚。

《云韶集》卷十九

马曰琯、马曰璐

马曰琯(1688—1755)字秋玉，号嶰谷，祖籍安徽祁门，流寓江苏江都(今扬州)。诸生。候选知州。乾隆元年(1736)荐举博学鸿词，不就。嗜学，好结客。家有藏书搂，藏书甲大江南北。有小玲珑山馆，与四方名士结邗江吟社。著有《沙河逸老小稿》，卷六为《嶰谷词》。有乾隆刻本。其词后收入《安徽清代名家词》第一集。

马曰璐(1695 —？)字佩兮，号南斋，别号半槎，祖籍安徽祁门，流寓江苏江都(今扬州)。马曰琯弟。国子生，候选知州。乾隆元年(1736)荐举博学鸿词，不赴。家富藏书，并擅清才，与兄曰琯时称“扬州二马”。编有《丛书楼目录》，为时所重。著有《南斋词》三卷，乾隆刻本。后收入《安徽清代名家词》第一集。

1. 陈章：

马曰琯、马曰璐，性好交游，四方名士过邗上者，必造庐相访。近结邗江吟社，以倚声与宾朋酬倡，与昔时圭塘、玉山相埒。其词清新刻削，能自成一家。

冯金伯《词苑萃编》卷八引

2. 张德瀛：

马半槎《南斋词》，马秋玉《嶰谷词》，平易近人，非精粹之诣。二子与樊榭交谊最笃，酬唱亦最盛，故其词有类于樊榭者。

《词徵》卷六

3. 郭则沄：

邗上小玲珑山馆，马秋玉、佩兮兄弟主之。并举大科，好延挹名士，以倚声结社酬唱，拟于圭塘、玉山。尝效圭塘体同赋〔柳梢青〕词。……才调机云，适相伯仲。一时吴越才彦过淮扬者，必馆其家。厉樊榭屡过留榻。其邗上纳姬事，亦秋玉兄弟成之。

《清词玉屑》卷二

陈皋

陈皋（生卒年不详）字江皋，号对鸥，浙江钱塘（今杭州）人，与兄陈章俱以诗名，世人目为“陈氏二难”，著有《吾尽吾意斋集》、《对鸥漫语》等。词有《吾尽吾意斋乐府》二卷。

1.《续修四库全书总目提要》：

词以南宋为宗，其间颇有可言。效南宋者，当知二事：梦窗词似凝质而实飞动，玉田词似流滑而实精深；学梦窗不成则近于滞，学玉田不成则近于浮。识此二者，可与言南宋之词矣。皋所作或浮或滞，自不可免，然结体精整，措语雅饬，亦未可尽非也。

《吾尽吾意斋乐府二卷提要》

程嗣立

程嗣立(1688—1744)一名城，字风衣，号水南，世称水南先生，又号篁村。安徽歙县人，迁居安东(今江苏涟水)。贡生。乾隆初举博学鸿词科，不就试。先世贾盐，家甚富，构筑别业，日与名流觞咏流连。著有《程水南先生遗集》。卷三录词四十三首。

1. 郭麐：

程水南先生，风雅总持，诗文皆洁净可传，词非当家。然其早起〔洞仙歌〕一阕，风致绝妙。

《灵芬馆词话》卷二

陈荣杰

陈荣杰（1689—1755）字无波，一字慕陵，又字遂南，浙江会稽人。与毛奇龄、仇兆鳌晨夕讲学，又与胡天游、商盘、杭世骏等往来。乾隆元年应博学鸿词。有《慕陵诗稿》二卷、《梦香词》二卷。

1. 柯煜：

《无波词》，能扫除靡曼之音，特标清新之意。

徐珂《清代词学概论》引

2. 黄之隽：

陈荣杰《无波词》，风流自赏，不轻出以示世，独以余为知音。其一种清虚婉约之致，全以情胜。

冯金伯《词苑萃编》卷八引

张四科

张四科(生卒年不详)，其名一作士科，字喆士，号渔川，祖籍陕西临潼，先世业盐，移家江苏扬州已数代。雍、乾间官候补员外郎。与卢见曾友善，又与陆钟辉同时筑“让圃”，开“邗江雅集”，风雅之盛，同于马曰琯小玲珑山馆。事迹参见《扬州画舫录》等。著有诗集《宝闲堂集》四卷，《响山词》四卷。《琴画楼词钞》选其词六十六首为一卷。

1. 厉鹗：

张渔川词，删削靡曼，归于骚雅。其研词炼意，以乐笑翁为法。读《响山》一编，觉《白云》未远也。

冯金伯《词苑萃编》卷八引

2. 陈廷焯：

渔川词取法南宋，疏而不浮，深而不晦，盖兼玉田、梦窗之长者。

《云韶集》卷二十

3. 陈廷焯：

张喆士当时颇以诗词名，然其于诗太浅太薄，直似门外汉。词则规模乐笑翁，间有合处。板桥诗胜于词，四科则词胜于诗，各取其长可也。

《白雨斋词话》卷四

4. 杨钟羲：

张喆士员外四科，临潼贡生，侨寓维扬，有《宝闲集》及《响山词》。与楼于湘、马佩兮、秋玉、闵莲峰、陈竹町、厉太鸿、余研南、吴章五，多所唱和。秦川公子击缶歌呼，端居多暇，时有乡关之思。

《雪桥诗话》

5.《续修四库全书提要》：

其词清空婉雅，能于深郁之中，态度安闲，如〔柳梢青〕云……皆气体超妙，深入尧章之室矣。

《响山词提要》

田实发

田实发(生卒年不详)字梅屿，号玉禾山人，安徽合肥人。诸生，至雍正八年(1730)方中进士，年已近六旬。官江苏徐州府学教授，生活贫困，潦倒以终。生平见《庐州府志》、《合肥县志》。曾师事李天馥，与王概兄弟游。著有《玉禾山人集》，附《绿杨亭词》一卷，有乾隆间精刻本。

1. 谢章铤：

《绿杨亭词》一卷，合肥田梅屿实发撰。梅屿应召试得列一等，见卷首长沙陈勤恪序。当时颇有才名，词附其《玉禾山人集》中。调多小令，题多闺情，然陈滑不足以名家。

《赌棋山庄词话续编》卷三

厉鹗

厉鹗(1692—1752)字太鸿，又字雄飞，号樊榭，又自号南湖花隐，又号西溪渔者。浙江钱塘(今杭州)人，原籍慈溪。少孤，家贫，发愤读书。康熙五十九年(1720)中举人。其后十年，两赴京闱不第。乾隆元年(1736)被荐博学鸿词试，又报罢。设馆授徒以养母。客居扬州马曰琯、马曰璐兄弟之小玲珑山馆近三十年，与马氏并同乡陈章、陈撰等结社酬唱，主盟坛坫，影响遍及大江南北。《清史稿》、《清史列传》、《杭州府志》均有传。樊榭精治宋诗，与查慎行齐名。词成就最高。著有《宋诗纪事》、《南宋院画录》、《辽史拾遗》、《东城杂记》、《湖船录》、《南宋杂事诗》、《玉台书史》，与查为仁同撰《绝妙好词笺》等，《四库全书》著录者七种。厉鹗为浙派词中坚巨匠，其词学主张见《论词绝句》十二首以及《群雅词集序》、《陆培白蕉词序》、《张今涪红螺词序》等篇章。《樊榭山房全集》有词《秋林琴雅》、《樊榭山房词》、《续词》、《集外词》，共八卷。

1. 徐逢吉：

去夏，于友人华秋岳所读樊榭〔高阳台〕一阕，生香异色，无半点烟火气，心向往之。……回环读之，如入空山，如闻流泉，真沐浴于白石、梅溪而出之者。噫，舍紫山而外，知此者亦鲜矣。独余沉酣斯道几五十年，未能洗净，繁芜尚存，故我以视樊榭，壮年一往奔诣，宁不有愧。

《秋林琴雅序》(《秋林琴雅》)

2. 吴焯：

余友太鸿《秋林琴雅》之词，质也灵虚，学也膏腴，才也佽飞，如玉光之陆离，剑花之参差。如是而命之为词，苟舍是其将焉如。虽然，犹有说。夫词南唐为最艳，至宋而华实易趣。大抵皆格于倚声，有叠有拍有换，不失铢黍。非不咀宫嚼商，而才气终为法缚。临安以降，词不必尽歌，明庭静几，陶咏性灵。其或指称时事，博征典故，不竭其才不止。且其间名辈斐出，敛其精神，镂心雕肝，切切讲求于字句之间。其思泠然，其色荧然，其音铮然，其态亭亭然，至是而极其工亦极其变，苟舍是无或取焉。今太鸿之词不必栀其貌，蜡其言，抽其关键，拔其辕辗，上下五百年居然独树一标坛矣。余弱年从羡门侍郎、竹垞翰林论词，尝取宋末诸家为矩矱，久竟弃去，近与太鸿还往，回理前绪，不禁輾然一笑，思效邯郸之步也。

《秋林琴雅序》(《秋林琴雅》)

3. 陈撰：

词于诗同源而殊体，风骚五七字之外，另有此境而精微诣极。惟南渡德祐、景炎间，斯为特绝。吾杭若姜白石、张玉田、周草窗、史梅溪、仇山村诸君所作皆是也。自是以还，正不乏人，而审音之善，二百余年来几成辍响。近称西泠词派，或踪迹《花间》，或问津《草堂》，星繁绮合，可谓极盛。乃缘情体物，终惜其体制之未工。独吾友樊榭先生起而遥应之，清真雅正，超然神解，如金石之有声而玉之声清越，如草木之有花而兰之味芬芳。登培塿以揽崇山，涉潢圩以观大泽，致使白石诸君，如透水月华，波摇不散。吴越间多词宗，吾以为叔田之后无饮酒矣。樊榭天才轶举，靡不洽习，而志尚高远，泊于荣禄。其与予同寓广陵时，当日斜花外必相约为倚声，往往予未及脱稿而樊榭点笔已就，予辄为之罢去。

《秋林琴雅序》(《秋林琴雅》)

4. 符曾：

余与樊榭交垂十五年，见其偃蹇侘傺，不废文史，而感时览物，托寓微至。诗所不尽，必形之于词。上者海山缥缈之音，次亦不减游春绿水之奏，闻者意消神往。直与乡先辈清真、玉田、山村、句曲诸公相后先矣。

《秋林琴雅序》

5. 丁敬：

卅年情抱与君同，眉宇何堪瞬转空。

一代词人姜白石，两湖诗客鲍清风。

搜穷万象应生妒，静倚高天转欠公。张贞居诗："只有天公终可倚。"

俯仰春光看飘荡，泉台可有杏花红。君每春乞余园中繁杏作供。

《挽厉樊榭》二首其二（《砚林集拾遗》）

6. 陈章：

乐府新声被管弦，铅华扫尽最清妍。

红桥犹唱当时曲，人与黄花共一船。

《挽厉樊榭先生》十二首其七（《樊榭山房集》附录二《挽辞》）

7. 陆钟辉：

海内论文字，清才似子稀。

乐章姜白石，诗句谢玄晖。

十载琴尊合，西门燕雁飞。

南洲人去后，苔冷旧渔矶。

《挽厉樊榭先生》二首其二（《樊榭山房集》附录二《挽辞》）

8. 汪沆：

尤工长短句，瓣香乎玉田、白石，习倚声者供奉先生为圭臬焉。忆前此十余年，大江南北，所至多争设坛坫，皆以先生为主盟，一时往来，通缟纻而联车笠。韩江之雅集，沽上之题襟，虽合群雅之长，而总持风雅，实先生为之倡率也。

《樊榭山房文集序》（《樊榭山房全集》）

9. 全祖望：

余自束发出交天下之士，凡所谓工于语言者，盖未尝不识之，而有韵之文莫如樊榭。……深于言情，故其擅长尤在词。深入南宋诸家之胜。

《厉樊榭墓碣铭》(《樊榭山房全集》)

10. 吴允嘉：

厉君太鸿于诗古文之外，刻意为长短句，拈题选调，与紫山相倡和，大约怀古咏物之作为多。数月之间，动成卷帙。声谐律叶，骨秀神闲，当于豪苏腻柳之间，别置一席。至于琢句之隽，选字之新，直与梅溪、草窗争雄长矣。余学诗垂四十年，尚不能工。太鸿工诗，工古文，而《琴雅》一刻各极其妙，人之智愚何相去之敻绝也。

《樊榭山房集外词题辞》(《樊榭山房全集》)

11. 王昶：

其词直接碧山、玉田。

《蒲褐山房诗话》

12. 闵华：

风流绝似海棠颠，洒落真如白石仙。

《和樊榭移居四首即次原韵》(之二)

13. 赵信：

淡而弥永，清而不肤，渲染而多姿，雕刻而不病格，节奏精微，辄多弦外之响，是谓以无累之神，合有道之器者。讵止有井水饮处必歌柳七词，令市伶按拍称好乎？

《秋林琴雅序》

14. 瓮熺：

樊榭先生幽居道古，翛然清远，诗文之外，锐意于词。尝病倚声家冶荡者失之靡，豪健者失之肆，因约情敛体，深秀绵邈，兴至思集，辄自比之孙氏一弦，柳家双琐，要以自写胸抱，非求悦众耳也。

《秋林琴雅跋》

15. 王初桐：

钱塘厉鹗，先世居慈溪，故以四明山樊榭为号。其词生香异色，无半点烟火气，清真雅正，超然神解。所少者大家动荡之气耳。

《小嫏嬛词话》卷三

16. 吴锡麒：

吾杭言词者，莫不以樊榭为大宗。盖其幽深窈眇之思，洁静精微之旨，远绪相引，虚籁相生，秀水以来，厥风斯畅。然其游历所在，邗上为多。踵六一之风流，助竹西之歌吹。此倡彼和，前喁后于。馆借秋声，谱传琴雅。于是乎倚声一道，特盛于维扬。

《詹石琴词序》（《有正味斋骈体文》卷八）

17. 张云璈：

吾乡倚声之宗，允推清真周氏，嗣其响者沿波讨源，各树一帜。近时厉太鸿先生兼诸家而有之，上接清真。

《沈秋卿梦绿山庄词序》（《简松草堂文集》卷五）

18. 朱依真：

樊榭仙音未易参，追踪姜史复谁堪？

一时甘下先生拜，合与词家作指南。

《论词绝句二十二首》之十七（《九芝草堂诗存》卷一）

19. 朱依真：

琴趣言情尚汴音，独将骚雅写秋林。

当年姜史皆回席，辛苦无从觅绣针。《秋林琴雅》，樊榭词。

《仆少有〈论词绝句〉，迄今二十年，灯下读诸家词，有老此数家之意，复缀六章，于前论无所出入也》其六（《九芝草堂诗存》卷六）

20. 凌廷堪：

词者诗之余也，昉于唐，沿于五代，具于北宋，盛于南宋，衰于元，亡于明。……我朝斯道复兴，若严荪友、李秋锦、彭羡门、曹升六、李畊客、陈其年、宋牧仲、丁飞涛、沈南渟、徐电发诸公，率皆雅正，上宗南宋，然风气初开，音律不无小乖，词意微带豪艳，不脱《草堂》前明习染。唯朱竹垞氏，专以玉田为模楷，品在众人上。至厉太鸿出，而琢句炼字，含宫咀商，净洗铅华，力除俳鄙，清空绝俗，直欲上摩高、史之垒矣。又必以律调为先，词藻次之。昔屯田、清真、白石、梦窗诸君，皆深于律吕，能自制新声者。其用前人旧谱，皆恪守不敢失，况其下乎。

张其锦《梅边吹笛谱目录跋》引（《梅边吹笛谱》）

21. 阮元：

厉征君樊榭词，清空婉约，得白石、叔夏正传。建炎湖山之妙，尚可于移宫换羽间得之。

冯金伯《词苑萃编》卷八辑录

22. 郭麐：

樊榭论词绝句云："偶然燕语人无语，心折小长芦钓师。"愚谓竹垞小令固佳，即长调纡余宕往中，有藻华艳耀之奇，斯为极至。即小令中佳者，亦未必惟此语为可心折也。大抵樊榭之词，专学姜、张，竹垞则兼收众体也。

《灵芬馆词话》卷一

23. 孙尔准：

定瓯练果试新茶，樊榭清吟漱齿牙。

付与小红歌一阕，鬟云颤落玉簪花。

《论词绝句》二十二首（《泰云堂诗集》卷四）

24. 吴衡照：

吾浙词派三家，羡门有才子气，于北宋中最近小山、少游、耆卿诸公，格韵独绝。竹垞有名士气，渊雅深稳，字句密致。自明季左道言词，先生标举准绳，起衰振声，厥功良伟。樊榭有幽人气，惟冷故峭，由生得新。当其沉思独往，逸兴遄飞，自成情理之高，无预搜讨之末。全谢山为樊榭作墓碣，谓深于言情，故其擅场尤在词。谢山初不攻倚声之业，然斯言独得樊榭之概。

《莲子居词话》卷三

25. 沈道宽：

琴瑟筝琶调不同，扫除氛祲见王功。

温寻大雅追姜史，何似西湖厉太鸿。

《论词绝句》四十二首（《话山草堂诗钞》卷一）

26. 赵函：

国朝诗人而兼擅倚声者，首推竹垞、迦陵，后此则樊榭而已。然读三家之词，终觉才情横溢，般演太多，与黄叔旸质实清空之论，往往不洽。盖其胸中积轴未尽陶镕，借词发挥，唯恐不极其致，可以为词家大观，其实非词家正轨也。

《纳兰词序》

27. 朱绶：

国初朱竹垞氏，稍后厉樊榭氏，始标南宋为准的，一洗叫啜之习。而厉氏尤尚雅令，不为脂粉秾丽语，一时倚声家多宗之。

《历代词腴序》

28. 谭莹：

大宗谁并曝书亭，盖代才同浙水灵。

竟是我朝张叔夏，至今风法未凋零。

《论词绝句四十首专论国朝人》（《乐志堂诗集》卷六）

29. 袁学澜：

国朝词家，朱、厉并称。竹垞词清丽芊眠，时露豪爽之气，自是当代名家。樊榭词一味幽淡，毫无情味，不称其名。

《适园论词》

30. 蒋敦复：

浙派词，竹垞开其端，樊榭振其绪，频伽畅其风。皆奉石帚、玉田为圭臬，不肯进入北宋一步，况唐人乎？

《芬陀利室词话》卷一

31．钱裴仲：

本朝词家，我推樊榭。佳什虽不多，而清高精炼，自是能手。

《雨华盦词话》

32．杜文澜：

我朝振兴词学，国初诸老辈，能矫明词委靡之失，铸为伟词。如朱竹垞、陈迦陵、厉樊榭诸先生，均卓然大雅，自成一家。

《憩园词话》序言

33．丁绍仪：

词至南宋而极工，然如白石、梦窗、草窗、玉田，皆胥疏江湖，故语多婉笃，去北宋疏越之音远矣。我朝竹垞太史尝言，小令当法五代，故所作尚不拘一格。逮樊榭老人专以南宋为宗，一时靡然从之，奉为正鹄。（卷六）

综古今诗词而论列之，贵有特识，尤贵持平。若于古人寓微词，而于近人多溢美，适形其陋而已。樊榭论词，古多今少，最为醇正。

《听秋声馆词话》卷十二

34．谢章铤：

至今日袭浙西之遗制，鼓秀水之余波，既鲜深情，又乏高格，盖自樊榭而外，率多自郐无讥。

宋词三派，曰婉丽，曰豪宕，曰醇雅，今则又益一派曰饾饤。宋人咏物，高者摹神，次者赋形，而题中有寄托，题外有感慨，虽词实无愧于六义焉。至国朝小长芦出，始创为征典之作，继之者樊榭山房。长芦腹笥浩博，樊榭又熟于说部，无处展布，借此以抒其丛杂。然实一时游戏，不足为标准也。（卷九）

雍正、乾隆间，词学奉樊榭为赤帜，家白石而户梅溪矣。（卷十一）

《赌棋山庄词话》

35. 谢章铤：

至朱竹垞以姜、史为的，自李武曾以逮厉樊榭，群然和之，当其时亦无人不南宋。迨其后，樊榭之说盛行，又得大力者负之以趋，宗风大畅，诸派尽微，而东坡词诗、稼轩词论，肮脏激荡之调，尤为世所诟病。

《赌棋山庄词话续编》卷三

36. 谢章铤：

国朝词学浙最盛，竹垞倡于前，樊榭骋于后，羽翼佐佑，俊才辈出，而派别成焉。祖宋窥唐，意内言外，竹垞以情，樊榭以格，作者莫之或先，又揭其涉猎之绪余，搜奇征僻，以相夸耀。昔昌黎之诗时多险涩，皆其文之所吐弃者，积之于诗而已矣。朱、厉体物数典，其游戏殆亦若是哉？或尊效之，浙词之盛反衰。

《抱山楼词叙》（《赌棋山庄集·文集》卷五）

37. 江顺诒：

朱、厉二公，清真雅洁，似犹不足为正声。

本朝朱、厉，步武姜、张，各有真气，非明七子之貌袭。

《词学集成》卷一

38. 叶衍兰：

〔高阳台〕《题厉樊榭先生遗象》

馆冷秋声，楼空花隐，骚魂已赋游仙。唱出孤坟，探芳犹记湖船。风流合继蘋洲笛，写幽怀、妙注词笺。竞吟坛，鸳水渔歌，同谱缠绵。　　蓬池漫系闲鸥住，只邗江裙屐，情话频联。梦返西泠，六桥春锁晴烟。红栏月堕凄凉影，剩交芦、夜伴枯禅。展轻绡，一抹寒林，海思琴边。

《秋梦盦词续》

39. 沈世良：

角巾西第思投老，白发征车耐退闲。

花外集兼樊榭集，一双词笔四明山。

《案头杂置诸词集戏题四绝句》(《小祗陀庵诗钞》卷一)

40. 吴颢:

其诗婉约秀洁,尚气力者莫能胜之。词则直接碧山、玉田。

《国朝杭郡诗钞》卷九

41. 李慈铭:

国朝董文友小令最佳,惜不见其集。次则厉樊榭,真宋人滴髓,而太近白石、草窗,兰荃遗韵,夐乎邈矣。

《越缦堂读书记》

42. 谭献:

太鸿思力可到清真,苦为玉田所累。填词至太鸿,真可分中仙、梦窗之席。世人争赏其饾饤窳弱之作,所谓微之识碔砆也。《乐府补题》,别有怀抱。后来巧构形似之言,渐忘古意,竹垞、樊榭不得辞其过。浙派为人诟病,由其以姜、张为止境,而又不能如白石之涩、玉田之润。(《箧中词》)

《复堂词话》

43. 冯煦:

金风亭长诗无敌,更有词名压浙西。

一蹑遗綦樊榭叟,马塍西畔子规啼。朱竹垞、厉太鸿

《论词绝句》(《蒿庵类稿》卷三)

44. 《清史稿》:

鹗……诗余亦擅南宋诸家之长。

《清史稿》卷四八五《文苑二》

45. 沈曾植:

词莫盛于宋,而宋人以词为小道,名之曰诗余。及我朝而其道大昌,秀水朱氏、钱塘厉氏,先后以博奥澹雅之才,舒窈之思,倚于声以恢其坛宇,浙派流风泱泱大矣。

《彊村校词图序》(《彊村丛书》)

46. 陈廷焯：

厉樊榭词，异色生香，正如万花谷中，杂以幽兰。别乎其年、竹垞外，自成大家。

樊榭词之妙，窈曲幽深，脱尽凡艳，如空山流泉，清夜钟声，沁人醉梦。词中有此妙品，真乃空绝古今。

读诸家词后，读竹垞词令人神观飞越。读竹垞词后，读其年词，令人拔剑悲歌。读其年词后，读樊榭词，令人神闲意远，时作濠濮上想。国朝有词三绝，所以度越前代欤！

《词坛丛话》

47. 陈廷焯：

樊榭词窈然而深，悠然而远，能令动者静，躁者安，桀骜者驯。词之可以化人气质，其惟樊榭乎？词贵有弦外之音，便令人探索不尽，樊榭词每读一篇，试问读者探索得尽否？樊榭词泠泠有泉石之响而不流于禅，国朝除其年、竹垞外，断推先生为巨擘。

樊榭词自是樊榭笔墨，随举一篇，知非白石，非玉田，非草窗、梦窗，非梅溪、竹屋，非其年、竹垞也。

先生之词，先生之品不必绝俗，要非俗人所能望其项背。情韵并胜。

太鸿先生词与诸家独别，亦正如万花谷中杂以幽兰也。

太鸿词别有韵味，随举一篇，非唐宋词，非元明词，非国初诸老词。太鸿词如姑射神人，风流自赏，未许俗人问津，吾如何不服？吾如何不拜？

《云韶集》卷二四

48. 陈廷焯：

樊榭词幽香冷艳，如万花谷中杂以芳兰。在国朝词人中别树一帜，可谓超然独绝者矣。徐紫珊谓其沐浴于白石、梅溪，此亦皮相之见。大抵迦陵、竹垞、樊榭三人，负其才力，皆欲于宋贤外别开天地，而不知宋贤范围，必不可越。陈、朱固非正声，樊榭亦属别调。

《词则·大雅集》卷五

49. 陈廷焯：

厉樊榭词，幽香冷艳，如万花谷中杂以芳兰。在国朝词人中，可谓超然独绝者矣。论者谓其沐浴于白石、梅溪，徐紫珊语此亦皮相之见。大抵其年、锡鬯、太鸿三人，负其才力，皆欲于宋贤外别开天地。而不知宋贤范围，必不可越。陈、朱固非正声，樊榭亦属别调。

樊榭词拔帜于陈、朱之外，窈曲幽深，自是高境。然其幽深处，在貌而不在骨，绝非从楚骚来。故色泽甚饶，而沉厚之味终不足也。

樊榭措词最雅，学者循是以求深厚，则去姜、史不远矣。

樊榭亦精于造句，如〔齐天乐〕云："将花插帽，向第一峰头，倚空长啸。"〔高阳台〕云："秘翠分峰，凝花出土。"……似此之类，自其外着者观之，居然一乐笑翁矣。（卷四）

词有貌不深而意深者，韦端己〔菩萨蛮〕、冯正中〔蝶恋花〕是也。若厉樊榭诸词，造语虽极幽深，而命意未厚，不耐久讽，所以去古人终远。

樊榭词笔幽艳，盖亦知陈、朱之悖乎古，而别出旗鼓以争胜。浅见者遂谓其从风骚来。其实不过袭梅溪、梦窗、玉田面目，而运以幽冷之笔耳。然不可谓非作手。

朱、陈、厉三家，可谓极词之变态。以云骚雅，概未之闻。

樊榭造句多幽深，榖人措词则全在洗炼，又不逮樊榭远甚。（卷六）

词有表里俱佳、文质适中者……曹珂雪、陈其年、朱竹垞、厉太鸿、过湘云、史位存、赵璞函、蒋鹿潭是也。词中之次乘也。（卷八）

《白雨斋词话》

50. 郑文焯：

词中举典至难，其妙处欲理隐而文贵，志微而辞显。若朱、厉雕缋满纸，便是撮囊。

龙榆生《忍寒庐零拾》（二）引（《词学季刊》第一卷第二期）

51. 朱祖谋：

〔望江南〕《杂题我朝诸名家词集后》

南湖隐，心折小长芦。拈出空中传恨语，不知探得颔珠无？神悟亦区区！

《彊村语业》卷三

52. 康有为：

明人于词不足道，国朝最盛，然朱、厉以来，皆组越甲以为工，夸晋郊以炫富。夫词以纾情，非与波斯胡竞贾也，奚取于斯？

《江山万里楼词钞序》（《江山万里楼诗词钞》）

53. 况周颐：

填词至于成就，良非易言……凡成就者，非必较优于未成就者。若纳兰容若，未成就者也，年龄限之矣。若厉太鸿，何止成就而已，且浙派之先河矣。

《蕙风词话》卷一

54. 张德瀛：

愚谓本朝词有三变，国初朱、陈角立，有曹实庵、成容若、顾梁汾、梁棠村、李秋锦诸人以羽翼之，尽祛有明积弊，此一变也。樊榭崛起，约情敛体，世称大宗，此二变也。茗柯开山采铜，创常州一派，又得恽子居、李申耆诸人以衍其绪，此三变也。

《词徵》卷六

55. 徐珂：

康、乾之际，言词者几莫不以朱、陈为范围，惟朱才多，不免于碎，陈气盛，不免于率。故其末派，有俳巧奋末之病。钱塘厉鹗、吴县过春山，近朱者也。兴化郑燮、铅山蒋士铨，近陈者也。

乾、嘉之际，作词者约分浙西、常州二派。浙西派始于厉鹗，常州派始于武进张惠言。鹗词宗彝尊，而数用新事，世多未见，故重其富。后生效之，每以捃摭为工，后遂浸淫，而及于大江南北，然钞撮堆砌，音节顿挫之妙，未免荡然。

《近词丛话》

56. 陈洵：

自元以来，若仇仁近、张仲举，皆宗姜、张者。以至于清，竹垞、樊榭极力推演，而周、吴之绪几绝矣。

《海绡说词·通论》

57. 张尔田：

樊榭起于浙，皋文倡于常，抑流竞之靡而归诸六义，虽挈瓶庸受，逐宕失返，若夫越世扶衰，有足征焉。

《词莂序》

58. 叶恭绰：

词学滥觞于唐，滋衍于五代，极于宋而剥于明，至清乃复兴。朱、陈导其流，沈、厉振其波，二张、周、谭尊其体，王、文、郑、朱续其绪，二百八十年中，高才辈出，异曲同工，并轨扬芬，标新领异。

《清名家词序》(《清名家词》卷首)

59. 吴梅：

清朝词人，樊榭可谓超然独绝者矣。论者谓其沐浴白石、梅溪，洵是至言。大抵其年、锡鬯、太鸿三人，负其才力，皆欲于宋贤外，别树一帜。而窈曲幽深，当以樊榭为最。学者循是以求深厚，则去姜、史不远矣。集中佳处，指不胜缕。

清词中其年雄丽，竹垞清丽，樊榭幽丽，位存则雅丽，皆一代艳才，位存稍得其正而已。

《词学通论》

60. 姚鹓雏：

细秀枯清厉太鸿，行吟侧帽自从容。

浙中独服摩奢馆，天马飞行明月中。

《示了公论词绝句十二首》(《姚鹓雏文集（诗词卷）·红豆簃诗·春尘集二》)

61.《续修四库全书提要》：

鹗学力甚深，天才轶举。词似同于朱彝尊一派，故有朱、厉二家之称。其实鹗词不为朱派所限，盖彝尊以南宋为最高，鹗并不以姜、周、张、王为止境也。其骚情雅意，曲折幽深，声调高清，丰神摇曳，此境不易到也。……鹗词雕琢字句，不见其迹，弥觉其笔力精拔。……细绎鹗词，确以南宋为基，然逞其才力，颇欲沿流以溯源也。

《秋林琴雅提要》

62. 沈轶刘：

厉鹗以诗心为词心，风清月白，山虚水深，如琅璈天半，自具仙音。

朱彝尊起元、明积弊，衍为浙宗，其针对手段两端：以醇美化诡薄，以渊雅救俚鄙。其嫡系凡两人：前者为李良年，后者则为厉鹗，其余皆不过羽翼鼓吹而已。或惜鹗以旷世隽才，误入于朱，不能自立门户。此不但不知鹗，又不知朱，并不知清词。浙宗无鹗，格局不全，不能完成体系。鹗自用其特长，为浙宗中期以后砥柱。或说初无据也。

杭州词人厉鹗为浙派中坚，力能集南渡各家之大成而平揖之。其所为词高迥清绝，凉月一龛，秋雪盈肘，词境在《花外》、马塍间。短笛飞泷，玉壶冰鉴，神骨俱静，表里通明，除改琦外无人平视。其〔百字令〕严陵濑等，峭不伤雅，奇不流薄。浙派无厉，决不能绵祀中期，而厉固无待于浙宗也。或惜其为浙宗所误，顾即其所作，显未入元、明人语，自不能以啼鹃测朱鹭也。

《繁霜簃词札》

63. 舍我：

诗至唐而变为词，词至元而变为曲。元以后之词家，颇不多觏，虽有二三作者，然其去宋远矣。有清一代，惟竹垞、樊榭、仲修三人可以追踪前贤，而功力不足以副之，故不能恢廓堂皇，与姜、张媲美。他若容若之《饮水词》，哀感顽艳，说者谓容若乃后主前身，语虽无稽，然容若实后主同调也。

《天问庐词话》(《民国日报》)

64. 王煜：

《樊榭山房词》正续各一卷，幽隽清绮，分席姜、王，继竹垞而兴，奠浙词之宇，俯仰一代，可谓有超然独绝之致者矣！

《樊榭山房词钞》(《清十一家词钞》)

65. 闻野鹤：

清词诸家……厉樊榭如孤山鸣琴，都非凡响；又如幽泉漱石，泠泠高韵。

《惯簃词话》

66. 顾宪融：

浙派词，竹垞导其端，樊榭畅其绪，以姜、张为圭臬，而不能入北宋一步。然樊榭思致绵邃，娟然妍雅，如空谷佳人，茜妆独立，惟有时征引僻典，隶事过多，不免失之饾饤。

《填词百法》

67. 卢前：

〔望江南〕

空中语，身世隐南湖。月上可怜劳寄托，好将静志比长芦。探骊得明珠。

《饮虹簃论清词百家》(《清名家词》)

68. 朱庸斋：

浙西派倡自朱彝尊，然朱氏仅提出“家白石而户玉田”，其手

法面目至厉鹗始告于成。（卷一）

浙西派至樊榭始为健全，其词幽深隽拔，有时或过于竹垞。

厉鹗为浙派中坚，其词清逸灵秀，仍以白石之风骨，写幽峭之意境，法度精密，格调典雅，确是一时无两。然其生长于清代盛世，生活平庸单调，故其词未臻沉郁深厚，所谓水清无鱼。（卷三）

《分春馆词话》

毛茂清

毛茂清（生卒年不详）字林逸，江苏太仓人，顾清振室，著有《篘雪轩集》，词有《篘雪轩草》。

1. 陈廷焯：

林逸词凄凉哀怨，居然似南宋人手笔。

《云韶集》卷二三

郑燮

郑燮(1693—1765)字克柔，一字近人，号板桥道人，别署郑大、风子、樗散人(或“樗散”)、爽鸠氏、所南翁、老画师、潍夷长、徐青藤门下牛马走、乾隆东村书画史等。江苏兴化人。母早丧，育于乳母费氏。乾隆元年(1736)进士。六年，为山东范县令。十一年，改潍县令。十八年，以请赈忤大吏而落职南还，往来于兴化、扬州间，与人诗酒唱和，鬻书画为生。生平事迹见《清史稿》、《清史列传》等。板桥少颖悟，不喜经，爱读史书及诗文词集、说部之类。个性不羁，慕徐文长之为人，啸傲慷慨，臧否人物，因得狂名。诗词、书、画无不精绝，融三者于一炉，画尤卓特，以兰、竹、石最为精绝，与金农、汪士慎、罗聘等合称“扬州八怪”。板桥文学成就颇高，诗词文皆自有特色，词与蒋士铨齐名。著有《板桥诗钞》、《板桥词钞》、《板桥道情》、《板桥题画》等，诗文汇刻为《板桥全集》，含词一卷。其词自删极严，今仅存七十七首。

1. 郑燮：

燮词不足存录。兰亭楼夫子谓燮词好于诗，且付梓人，后来进益，不妨再更定。嗟乎！燮何进也？燮年三十至四十，气盛而学勤，阅前作辄欲焚去。至四十五六，便觉得前作好。至五十外，读一过便大得意。可知其心力日浅，学殖日退，忘己丑而信前是，其无成断断矣。楼夫子是燮乡试房师，得毋爱忘其丑乎！

陆种园先生讳震，邑中前辈。燮幼从之学词，故刊刻二首，以见一斑。……燮作词四十年，屡改屡蹶者，不可胜数。今兹刻本，颇多仍旧，而此中之酸甜苦辣备尝而有获者亦多矣。世间为父师者，见其子弟之文疏松爽豁便喜，见其拗涩晦拙便忧。吾愿少宽岁月以待之，必有屈曲达心、沉着痛快之妙。天下岂有速成而能好者乎？

少年游冶学秦、柳，中年感慨学辛、苏，老年淡忘学刘、蒋，皆与时推移而不自知者。

《板桥词钞自序》(《郑板桥集》)

2. 郑燮：

拙集诗词二种，都人士皆曰“诗不如词”；扬州人亦曰“词好于诗”。即我亦不敢辩也。

《刘柳村册子》(《郑板桥集·补遗》)

3. 郑燮：

词学始于李唐人，惟青莲诸子略见数首，余未有闻也。太白〔菩萨蛮〕二首，诚千古绝调矣。作词一道，过方则近于诗，过圆则流于曲，甚矣词学之难也。承示新词数阕，俱不减苏、辛也。燮虽酷好填词，其如珠玉在前，翻多形秽耳。

《与金农书》(《郑板桥集·补遗》)

4. 查礼：

郑燮字克柔，号板桥，扬州兴化人。乾隆丙辰进士，除山左潍县令，才识放浪，磊落不羁。能诗古文，长短句别有意趣。未遇时，曾谱〔沁园春〕《书怀》一阕云：“花亦无知，月亦无聊，酒亦无灵。把夭桃斫断，煞他风景，鹦哥煮熟，佐我杯羹。焚砚烧书，椎琴裂画，毁尽文章抹尽名。荥阳郑，有教歌家世，乞食风情。　　单寒骨相难更。笑席帽青衫太瘦生。看蓬门秋草，年年破巷，疏窗细雨，夜夜孤灯。难道天公，还钳恨口，不许长吁一两声。颠狂甚，取乌丝百幅，细写凄清。”其风神豪迈，气势空灵，直逼古人。

《铜鼓书堂词话》(又见《榕巢词话》，《查恂叔集》)

5. 《松轩随笔》：

板桥先生疏旷洒脱，然见地极高，天性极厚。其生平词胜于诗，吊古摅怀，激昂慷慨，与集中家书数篇，皆世间不可磨灭文字。余尝谓，蒋心余、郑板桥之词，皆词中之大文，不得以小技目之。

张维屏《国朝诗人征略》卷二八引

6. 谭莹：

苍茫放笔转欷歔，诗画著名却未如。

文到入情端不朽，直将词集当家书。

《论词绝句四十首专论国朝人》（《乐志堂诗集》卷六）

7. 丁绍仪：

江左郑板桥大令燮兀奡自喜，书法如其人，尤善书兰，至今片纸只字争相什袭。所著诗词皆自选自刻，世人亦多称之。……语虽俊迈，终非词苑正宗。

《听秋声馆词话》卷二十

8. 谢章铤：

扬州郑板桥燮大令，书画步武青藤山人，自称其书为六分半。又有“徐文长门下走狗郑燮”私印。诗文琐亵不入格，词独胜。……又云：“少年游冶学秦、柳，中年感慨学苏、辛，老年淡忘学刘、蒋，皆与时推移，而不自知者，人亦何能逃气数也。”此皆身历艰苦之言，不止长短句一道为然也。

《赌棋山庄词话》卷九

9. 陈廷焯：

板桥词，远祖稼轩，近师其年，别创一格，不与稼轩、其年沿袭，真有独往独来之概。

板桥论诗，以沉着痛快为第一，而以温厚和平为小家气。其言虽偏，可以药肤庸，自是一时快论。今观其词，亦极沉着痛快之至。

板桥词，淋漓酣畅，色舞眉飞，每一字下，为生铁铸成，不可移易，真一代奇才。

板桥词，无一字不直接痛快，佳处在此，可议处亦在此，以其少含蓄之神也。

读梅村诗而不下泪者，其人必是忍人；读板桥词而不起舞者，其人必非壮士。

板桥词，自删极严，所存不过五六十阕。集中选其八九，可以尽板桥之妙矣。

读板桥词使人龌龊消尽。读心余词使人气骨顿高。皆能动人之性情者。

板桥词不着力，而精神团聚，已力透纸背矣。

《板桥道情》之妙，前无古人，后无来者。虽令其年、竹垞为之，亦不能及。盖物各有体，道情与词，笔路迥别，非可强而致也。极录入杂体一卷中，借以消余之烦恼，并借以平天下之争心。

稼轩词，直似一座铁瓮城，坚而锐，锐而厚，凭你千军万马，也冲突不入；板桥相去远矣。

《词坛丛话》

10. 陈廷焯：

板桥词摆去羁缚，独树一帜，其源亦出苏、辛、刘、蒋，而更加以一百二十分恣肆，真词坛霹雳手也。板桥词读至快处，不觉起舞。余每读板桥词，案头必置酒瓶二、巨觥一、锤一、剑一，击卓高唱，为之浮白，为之起舞，必至觥飞瓶碎而后已。板桥词，讥之者多谓不合雅正之旨，此论亦是。然与其晦，毋宁显；与其低唱浅斟，不如击碎唾壶。余多录板桥词者，一以药平庸之病，一以正纤冶之失，非有私于板桥也。不然，琢春、梅鹤，其词出板桥之右，何以所收无几耶？板桥词是马浩澜、施浪仙辈一剂虎狼药。板桥词，粗粗莽莽，有旋转乾坤、飞沙走石手段，在倚声中当得一快字。板桥词看似粗鲁，其实字字铁铸，无可移易。板桥《自序》云："此中甘苦备尝，有获者亦不少。"真阅历过来语。

板桥〔贺新郎〕、〔念奴娇〕诸长调，独往独来，目无古今。

结三句淋漓痛快。

板桥〔念奴娇〕《金陵怀古》十二首，圣哲、英雄、美人、名士都于笔端现出，前无古人后无来者，今择其尤佳者八首。笔力雄大，虎视一切。（卷一九）

板桥词细味之，都有一片咏叹。君其仙乎？（评〔浪淘沙〕“谁买洞庭秋”）（卷二四）

《云韶集》

11．陈廷焯：

板桥词最为直捷痛快，魄力自不可及，若再加以浩瀚之气，便可亚于迦陵。

板桥《金陵怀古》十二首，圣哲、英豪、美人、名士，苍茫感喟，毕现毫端，惟不免稍涉叫嚣。（《放歌集》卷六）

意芊婉而语俊爽，是板桥本色。（《闲情集》卷六）

《词则》

12．陈廷焯：

词之衰，刘、蒋为之也。板桥论词云：“少年学秦、柳，中年学苏、辛，老年学刘，蒋。”真是盲人道黑白，令我捧腹不禁。

大抵刘、蒋之词，未尝无笔力，而理法气度，全不讲究。是板桥、心余辈所祖，乃词中左道。有志复古者，当别有会心也。（卷一）

其年诸短调波澜壮阔，气象万千……平叙中峰峦忽起，力量最雄。板桥、心余辈，极力腾踔，终不能望其项背。

迦陵《汴京怀古》十首，措语极健，可作史传读。板桥金陵十二阕，高者可称后劲。心余则去此远矣。（卷三）

板桥词，颇多握拳透爪之处，然却有魄力，惜乎其未纯也。若再加以浩瀚之气，便可亚于迦陵。

其年词沉雄悲壮，是本来力量如此。又如以身世之感，故涉笔便作惊雷怒涛，所少者，深厚之致耳。板桥、心余未落笔时，先有意为刘、蒋，金刚努目，正是力量歉处。

板桥诗境颇高，间有与杜陵暗合处，词则已落下乘矣。然毕竟尚有气魄，尚可支持。心余则力弱气粗，竟有支撑不住之势。后人为词，学板桥不已，复学心余，愈趋愈下，弊将何极耶？（卷四）

激昂慷慨，原非正声。然果能精神团聚，辟易万夫，亦非强有力者未易臻此。国朝为此调者，迦陵尚矣。后来之隽，必不得已，仍推板桥。若蒋心余、黄仲则辈，丑态百出矣。（卷五）

板桥论诗，以沉着痛快为第一。论词取刘、蒋，亦是此意。然彼所谓沉着痛快者，以奇警为沉着，以豁露为痛快耳。吾所谓沉着痛快者，必先能沉郁顿挫，而后可以沉着痛快。若以奇警豁露为沉着痛快，则病在浅显，何有于沉？病在轻浮，何有于着？病在卤莽灭裂，何有于痛与快也？

板桥词，如“把夭桃斫断，煞他风景，鹦哥煮熟，佐我杯羹。焚砚烧书，椎琴裂画，毁尽文章抹尽名。荥阳郑，有慕歌家世，乞食风情。”似此恶劣不堪语，想彼亦自以为沉着痛快也。蒋竹山词如“春晴也好，春阴也好，着些儿春雨越好”，同此恶劣。（卷六）

板桥、心余辈，不过赤眉、黄巾之流耳。后之学词者，不究本原，好作壮语，复向板桥、心余词求生活，则是鼠窜狗盗，亦卑卑不足道矣。（卷八）

《白雨斋词话》

13. 徐珂：

康、乾之际，言词者几莫不以朱、陈为范围，惟朱才多，不免于碎，陈气盛，不免于率。故其末派，有俳巧奋末之病。钱塘厉鹗、吴县过春山，近朱者也。兴化郑燮、铅山蒋士铨，近陈者也。

《近词丛话》

14. 郭则沄：

板桥于词家独辟畦畛。自谓“少年游冶学秦、柳，中年感慨学苏、辛，老年淡忘学刘、蒋”，皆与时推移，初无成心。然其学苏、辛者，终病率直，如《呈慎郡王》〔玉女摇仙佩〕词，只是颂朱邸之风雅，述黑绶之尘烦，二意尽之。其《寄噶将军归化城》〔水龙吟〕，意特深厚……集中有〔踏莎行〕……是板桥所谓“学秦、柳”者，亦自风华旖旎。

《清词玉屑》卷一

15. 《续修四库全书总目提要》：

“少年游冶学秦、柳，中年感慨学辛、苏，老年淡忘学刘、蒋”，此其词学经历与变迁也。目秦、柳之词为游冶已属不合，以刘、蒋工力高于辛、苏则尤见其浅薄。……廷焯谓：“板桥词颇多握拳透爪之处，然却有魄力，惜乎其未纯也。若再加以浩瀚之气，便可亚于迦陵。”“其年词沉雄悲壮，是本来力量如此。又加以身世之感，故涉笔便作惊雷怒涛，所少者，深厚之致耳。板桥未落笔时，先有意为刘、蒋，金刚努目，正是力量歉处。”论板桥词最为确切者也。

《板桥词钞一卷提要》

16. 顾宪融：

乾、嘉后各家词选皆不列板桥词，以其非正格也。顾文字工拙不徒在形式，板桥襟怀冲淡，故其词纯写天趣，疏松淡远，别有一种不衫不履之态，叙景多于言情，然偶为致语，弥觉隽永。

《填词百法》

17. 陈声聪：

词小道，佳者亦只在寻常语默之间。倘出以偏师，取其偏胜，虽称快一时，亦难持久。譬如饮食，粗茶淡饭，春韭冬菘，终身服之不厌，山海异味，不能多食。郑板桥词，非不隽妙，终涉险怪，各家词选皆不及之。龚定庵词非不瑰玮，谭复堂比之昔人评山谷诗"如食蝤蛑，恐发风动气"。

《读词枝语》(《填词要略及词评四篇》)

18.《清史列传》:

郑燮……词吊古抒怀，尤擅胜场，或比之蒋士铨。

《文苑传二》

19.《兴化县志》:

文宏博雄丽，诗宗范、陆，词尤工妙。

《兴化县志》卷八(《郑板桥集·补遗》)

20. 朱庸斋:

陈其年《湖海楼词》，人多谓其力学苏、辛，而学褚得薛，转似刘克庄。雄奇奔放，未免叫嚣，然笔力饱满，足以掩其弊也。驯至蒋士铨、郑燮辈，学之而徒得其皮毛，粗犷滑易，令人难以卒读，其年固不受其咎也。

《分春馆词话》卷三

查为仁

查为仁(1693—1749)字心谷，号莲坡，浙江海宁人。侨居顺天宛平(今属北京)。康熙五十年(1711)举顺天乡试第一，旋以主试与执金吾相水火，钩致入狱，越八年，得释。出狱后移居天津水西庄，发愤读书，与往来名流如陈章、陈皋、万光泰等唱和。为仁以诗名当世，与厉鹗善，时相研讨。著有《蔗塘未定稿》、《莲坡诗话》，词有《押帘词》一卷，另与厉鹗合校《绝妙好词笺》七卷行世，影响颇大。

1. 陈皋：

国初以来，江左言词者，无不以迦陵为宗，家娴户习，一时称盛，然犹有《草堂》之余。自浙西六家词出，瓣香南宋，另开生面。于是四方承学之士，从风附响，知所指归。予己未夏北游，假馆于莲坡澹宜书屋，每风晨雨夕，酒边烛外，时同掐韵。而莲坡于声律之微，必抉根溯源，究其旨奥。至于抽思掞藻，总在汰去侈蔓，一归清真。故其所制激响空明，华而不靡，刻而不露，如幽湍之鸣，如虚林之籁，一本天然也。

冯金伯《词苑萃编》卷八引

2. 吴陈琰：

词有四声、五音、均拍、轻重、清浊之别，其为之也较难于诗。予友莲坡，才思超俊，履险能夷。其新制抽妍骋秘，宫协律谐，且尽洗《草堂》、《花间》之余习，而出之以雅正，洵乎能为其难矣。

冯金伯《词苑萃编》卷八引

3. 吴陈琰：

莲坡，才思超俊，履险能夷。时时招余坐花影庵，风帘雪槛，刻烛赋诗外，尤好倚声，抽妍骋秘，宫协律谐，且尽洗《草堂》、《花间》之余习，而出之以雅正，《押帘》一卷，允当把臂玉田，排肩白石。

徐珂《清代词学概论》引

4. 谭莹：

押帘集名风致亦嫣然，把臂知从石帚先。

荠菜孟尝君莫笑，人推绝妙好词笺。

《论词绝句四十首专论国朝人》（《乐志堂诗集》卷六）

何梦瑶

何梦瑶（1693—1764）字赞调，一字报之，号西池，又号研农，广东南海人。与同里劳孝舆、顺德罗天尺等结南香诗社。康熙六十年（1721），惠奇为广东学政，补生员。雍正八年（1730）进士，授广西岑溪知县，后擢奉天辽阳知州。晚归任粤秀书院山长。学问博雅，撰述甚丰。撰有《匊芳园诗钞》、《文钞》、《庄子故》、《肇庆府志》等。

1. 谭莹：

耆旧凋零得报之，匊芳园集有填词。

移橙闲话人收取，说紫绵楼乐府谁。《匊芳园诗文集》、《移橙闲话》、《紫棉楼乐府》并梦瑶撰。

《三十六首专论岭南人》（《乐志堂诗集》卷六）

郑方坤

郑方坤(1693—?)字则厚，号荔乡，福建晋安(今福州)人。雍正元年(1723)进士。知直隶邯郸县。屡擢至兖州、登州、武定知府，有政声。《清史稿》、《清史列传》有传。方坤天分甚高，博涉经史，诗才凌厉，与兄郑方城齐名。勤于著述，主要著作有《经稗》、《五代诗话》、《全闽诗话》、《国朝诗人小传》、《岭海丛编》等。自著有《蔗尾诗集》，卷十为《青衫词》。

1. 蒋士铨：

〔金缕曲〕《春夜曲阜使院读郑荔乡太守〈青衫词〉书卷尾》

一夜清明雨。剪灯煤、蹔而坐者，萧然愁旅。唱遍《青衫词》一卷，太守清豪如许。想少日、淹留情绪。百感孤踪都似仆，对江山、肯作寻常语？拔长剑，向天舞……

《铜弦词》

2. 谢章铤：

荔乡与兄石幢方城，犹子有邻天锦，以时文雄长闽中，称三郑。而荔乡诗古文辞颇不愧方家，其词则见赏于蒋铅山，大抵佳处却有后村别调风味。

《赌棋山庄词话》卷六

任瑗

任瑗(1693—1774)字恕庵，号东涧，别号栟榈山人。江苏山阳(今淮安市)人。乾隆元年（1736）举博学鸿词。后以教授生徒为业，著有《论语困知录》、《中庸困知录》、《易学象数传心录》、《困学恐闻》、《传习录辨》、《六溪山房文稿》等，多散失，今有《六有轩集》。

1. 查礼：

任东涧瑗山阳征士也，所著《六有轩诗文》一卷，后附词数阕，颇多佳句，如〔传言玉女〕云："几幅蒲帆，呕轧半江风雪。猿溪渔驿，淡疏梅罩月。山川似画，何处六朝宫阙。凄迷烟草，兴亡谁说。"〔珍珠帘〕云："最好韶华是，上巳清明节。借柳枝春晖系住，最怕听、花时鹍鸠。"又云："且喜儒冠抛掷，着渔蓑早钓，满江风月。收万古兴亡，笑指芦花白。悲昔人烟沉响断，使竖子、声名烜赫。休说。载满船春酒，好消华发。"〔念奴娇〕云："芙蓉楼上半阴晴，镇日凭栏袖手。人比梅花还瘦，欲问啼莺知否。咄咄心情，不因春老，又那曾伤酒。"又云："且住为佳，永和节序，莫把春光负。画楼十二，空劳山外回首。"一往骏雄之概。读之令人生慕，惜词不多见。

《榕巢词话》(《查恂叔集》)

伊福讷

伊福讷（生卒年不详）字兼五，又字肩吾，号柳堂，满洲旗人。雍正癸丑年（1733）进士，由主事历官至御史。能诗词，编纂有《白山诗钞》，作《白山诗钞诗人小传》。

1. 查礼：

伊福讷字肩吾，满洲晖垡人，雍正癸丑进士，由农部郎改官御史。倚声多疏放闲雅之调，其《送春》〔贺新郎〕云："底是春归路。君试看、平芜不断，乱山无数。飞絮落花谁料理，只有斜风细雨。都不管、蝶愁蜂苦。拟上高楼穷一望，叹白头筋力衰如许。　空惆怅，碧云暮。颇闻春水生南浦。渺苍波烟横芳岸，渌侵别渚。安得片帆随意往，偏访残春去处。便留与天涯同驻，却鼓琵琶歌一曲。想花魂、柳梦皆回顾。更满引，为君舞。"又《咏秋柳答城西故人》〔水调歌头〕云："君道城西柳，仍似旧时秋。不知旧时还旧，秋色似今不。几度年光似锦，多少佳人如玉，一去不曾留。剩有萧疏态，零落曳寒流。　平桥外，人散后，鸟啁啾。此景那须此日，当日已凝眸。试看寒空断雁，更有亭皋去马，一例暮云愁。谁近危栏倚，斜日满汀洲。"二词有张于湖之豪迈、张玉田之雅洁。

《榕巢词话》（《查恂叔集》）

金肇銮

金肇銮（1698—1757）字羽阶，号存斋，浙江钱塘人。贡生。曾从厉鹗游，学为诗。有《存斋遗稿》一卷，附《诗余》一卷。

1. 杭世骏：

存斋为厉樊榭先生高第，其词幽秀淡逸，颇似《秋林琴雅》之遗。

王昶《国朝词综》卷二十七引

周大枢

周大枢（1699—1770）字园牧，一字元木，号存吾，浙江山阴（今属绍兴市）人，乾隆十七年（1752）举人，官平湖教谕。著有《存吾春轩集》。有《调香词》。

1. 周大枢：

夫诗之有余，异苔同岑，而技不两美，兼之者代可枚而数也。自稼轩以词豪一世，前后遂无勍手，顾诗即不胜，识者已自其少时决之。国朝先辈阮亭先生词工于诗，陈检讨诗工于词，而世所称或反。盖词家两派，秦、柳，苏、辛而已，秦、柳婉媚，而苏、辛以宕激慷慨变之，近于诗矣。诗以风骨为主，苏分其诗才之余者也，辛则并其诗之才、之力而专治其余。故尝谓闲澹历落之才，其人于诗宜，词则间为之可矣。其年诗最风秀有骨力，而词非雅声，无他，劲激之调不易摹耳。当时若陈同甫、刘后村、改之诸公，其去辛已不知几里，况才并不及者乎？予年十三四即喜为词，于古作者特癖陆务观、姜白石二公，秦、柳派也，而少变其音节。旧著《调香词》数卷，共二百首，丁酉岁病中悉取焚之，意不更作，偶朋友燕聚，辄复技痒，亦随手弃去。予友秀水万子循初最工词，见而称之，顾谓其胜于诗，予不信也。聊掇拾烬余，什不得一，附以近日所作，仍其旧名，序而存之。论风雅之异镳，较矛盾之各胜，质之万子，庶不越其言。

《调香词自序》（《湖海文传》卷三十二）

许佩璜

许佩璜（生卒年不详）字渭符，号双渠，江苏江都人。乾隆丙辰年（1736）举博学鸿词，官河南卫辉府管河通判，与查为仁为挚友。著有《抱山吟》。

1. 查礼：

许渭符佩璜征士也，与余交有水乳之投。长于诗，一味古淡，卓不可及。太夫人徐德音，亦工诗，兼善填词，有〔浣溪纱〕《题西湖图卷子》云："小别湖山不记年。春光百五倍堪怜。垂帘读画一凄然。　细雨沾衣红杏馆，晴丝搅梦绿杨天。几时重买戗金船。"一种幽闲雅静之气，结处有味外之味，此摹唐人小令者。

《榕巢词话》（《查恂叔集》）

王湘

王湘（生卒年不详）字元夫，一字珠渊，浙江嘉兴人。贡生。有《采荔居词稿》。

1. 薛廷文：

珠渊诗学西昆，词仿北宋。

《梅里词绪》

任曾贻

任曾贻（生卒年不详）字淡存，荆溪（今江苏宜兴）人。诸生。年齿与史承谦并。著有《矜秋阁词》。

1. 史承谦：

〔凤凰台上忆吹箫〕《题淡存白下词卷》

莺唤清游，蝶萦新梦，秦淮春事堪怜。恰江东才子，初驻吟鞯。剩有南朝芳草，斜阳外、依旧芊芊。伤心处，临春结绮，都付荒烟。　嫣然。搓酥滴粉，把双声叠犯，谱向尊前。算休推兰畹，那让屯田。只我年来憔悴，新词句、不上银笺。应输与、风流任昉，孤韵幺弦。

《小眠斋词》卷三

2. 储国钧：

任淡岑曾贻词，删削靡曼，独抒性灵，于宋人不沾沾袭其面貌，而能吸其神髓。一语之工，令人寻味无穷。

冯金伯《词苑萃编》卷八引

3. 陈廷焯：

任淡存词凄艳风流，得味外味，真渔川、橙里之亚也。

情词之妙仿佛梦窗。淡存词不沾沾袭宋人之貌，然就淡存词合宋诸家观之，不置之梦窗不可也。（评〔台城路〕“溪光只在阑干角”）

先写景后拍题。入题。下半阕写情至，结笔仍写景。起数语因景入题，故末句还说到景上，首尾相映，方有意味。今人作词多不讲究格法，曷不熟读淡存词也？婉约而紧密，自是梦窗一派。（评〔三姝媚〕“蟾痕生树杪”）

《云韶集》卷二十

4. 陈廷焯：

任淡存词措词婉妙，味亦隽永，可为位存之严、遂佺之匹。朱云翔，字遂佺，元和人，有《蝶梦词》。同时张龙威，亦以词名，然有枝而不物之弊，不及任、朱也。

《白雨斋词话》卷四

5. 徐珂：

至宜兴史承谦、荆溪任曾贻，自出杼轴，独抒性灵，于宋人吸其神髓，不沾沾袭其面貌。一语之工，令人寻味无穷，而又不失体裁之正则，亦词家之作手也。

《近词丛话》

6. 吴梅：

淡存与位存、遂佺朱云翔，字遂佺，元和人，有《蝶梦词》，工力相等。《矜秋》一集，卓有声誉，而律以沉着二字，尚未能到，一览便知清人之词，然其用力亦勤矣。宜兴多彦，二史储任，皆负清才。

《词学通论》

汪沆

汪沆（1704—1784）字师李，一字西颢，号槐堂，又号艮园，浙江仁和（今杭州）人。少从厉鹗学诗，诗与杭世骏齐名。乾隆十二年（1747）试博学鸿词。曾客居天津查氏水西庄。著有《津门纪事诗》、《盘西纪游集》、《槐堂诗稿》、《槐堂文稿》等。

1. 查礼：

菱、芡盛于江南，北地海池亦有之，然芡瘦而老，菱青而小，向无水红菱。履方仲兄宦淮扬时，远携菱种北来，种水西庄池上，翠叶翘茎，广可数亩，七八月间，泛小艇采摘池内，秋风苇影，宛有湖塘景象，菱亦肥美可爱，自此，北地近水人家多种之，今已蔓衍其种矣。市人皆呼查菱。钱塘汪西颢征君沆有《晚秋咏水西庄红菱》〔满庭芳〕一词，甚佳，词云："莲菂都枯，芡房已老，水乡风味将残。试寻西浦，葭苇影迷漫。剩有殷红两角，秋陂外，袅袅丝寒。应留伴，橙兄橘弟，小艇采来看。　　记五湖放棹，乌篷摘取，柁底交餐。恨阳阿歌杳，谁罄清欢。今日绛襦重解，霜华冷，疑借枫丹。无端感，故园豆筴，难得共登盘。"又《题心谷伯兄上谷杂诗卷后》〔摸鱼儿〕云："忆萧萧、满天风雨，停桡知在何处。料乘流、淀波凉浸，荇叶荷花无数。摇艇去，有不断香来，消尽人间暑。溟蒙蓼溆。望督亢荒陂，芊干古砦，漠漠柳烟护。　　归帆卸，瞥见吴笺丽句。愁多萦结千绪。人生何事难抛却，蓦地重游前度。君莫语。似怜笛、吹残一曲淋铃诉。冲泥觅路。怅冽井疏槐，依然旧径，雏燕作团舞。"又《陆氏染香斋头听刘兰厓弹琴》〔风入松〕云："夕阳红到小窗棂。人语静愔愔。屏山低掩茶烟袅，忽共惊。泉咽瓶笙。莫恨秋风落叶，愁怀已自难醒。　　移床试傍画栏听。冷逼十三星。分明雨泊江南岸，似清霄，雁叫芦汀。一洗筝琶俗耳，应知贺若前身。”西颢于词不多作，然风调绝伦，字句雅丽，工诗，得宋人神髓，所学甚博，勤于记载，著有读书日札若干卷，厉太鸿征君高弟也。

《榕巢词话》(《查恂叔集》)

张云锦

张云锦（1704—？）字龙威，号铁珊，又号艺舫，浙江平湖人。国子监生。少学于舅氏陆奎勋，工诗和长短句。后洛如诗社领袖，与厉鹗、杭世骏、罗聘等唱和。撰有《兰玉堂集》、《艺舫咏物诗》、《国朝诗话》、《国朝词话》等，词有《红阑阁词》。

1. 厉鹗：

近日言词者，推浙西六家，独柘水沈岸登善学白石老仙，为朱检讨所称。张君龙威于岸登为后辈，其词清婉深绣，摈去凡近，如咏宋故宫芙蓉石云："指一抹墙角残阳，不照蓬莱旧城阙。"咏秋柳云："莫再问灵和，剩秃发毵毵如此。"咏芦花云："有谁能画出，楚天秋夜"等句，直与白石争胜于毫厘。求词与柘水，前有《黑蝶》，后有《红阑》，质之乡曲诸公，当无不予言为然也。

《红阑阁词序》（《樊榭山房文集》卷四）

2. 谭莹：

不付兜娘欲与谁，当年樊榭窃相推。

红牙久寂红阑（阁名）折，可有人传薛镜词。

《论词绝句四十首专论国朝人》（《乐志堂诗集》卷六）

3. 吴衡照：

厉樊榭序当湖张龙威云锦《红阑阁词》，称其咏宋故宫芙蓉石云："指一抹墙角残阳，不照蓬莱旧城阙。"咏秋柳云："莫再问灵和，剩秃发毵毵如此。"咏芦花云："有谁能画出，梦天秋晚"等句，直与白石争胜于毫厘。当湖故词薮，吾友胡瘦山金题言，沈氏、陆氏称极盛。

《莲子居词话》卷四

4. 陈廷焯：

位存、龙威两雄相峙。一俱能出入两宋，变化三唐。

《词坛丛话》

5. 陈廷焯：

龙威词，凄香秀色，与淡存相伯仲也。

龙威词，于宋人中雅近中仙。

《云韶集》卷二十

6. 陈廷焯：

任淡存词措词婉妙，味亦隽永，可为位存之严、遂佺之匹。朱云翔，字遂佺，元和人，有《蝶梦词》。同时张龙威，亦以词名，然有枝而不物之弊，不及任、朱也。

《白雨斋词话》卷四

张宗橚

张宗橚（1705—1775）字永川，一字咏川，号思岩、藕村，浙江海盐人。监生。著有《藕村词存》二卷、《词林纪事》二十二卷。

1. 陆光宗：

词旨清丽，无纤佻靡曼之习，得力于南宋诸家，于本朝竹垞、羡门、樊榭诸先辈无多让焉。

《藕村词存序》

2. 王崇本：

少日才名比谪仙，萧闲池馆最清妍。

花间低按红儿拍，赢得新声继玉田。

《古山内兄以所校尊外祖张思岩先生藕村词稿寄示，展读数过，谨题四截句以志仰慕之忱》其一（《藕村词存》）

张奕枢

张奕枢(生卒年不详)字掖西，号今涪，一号芳庄，晚号渔村老畝，浙江平湖人。雍正诸生。尝客游四方，乾隆二十年(1757)倦游归养，病殁于里。今涪总角时，即好倚声，长而弥笃，以刻姜白石词有名于时。其已作词尤多，初集成于雍正十三年(1737)，名《红螺词》，厉鹗为之序。稿本一再佚失，今存《芳庄词》二卷，为其弟张景阳于旧麓中得遗稿，于乾隆三十二年(1767)附刊其《纪游诗》后，仅五十五首，亦系早年之作。

1. 厉鹗：

檇李，今词乡也。自朱竹垞太史尊其源，李秋锦、魏水村诸公和之；而柘上二沈，同姓著称，南淳以秀澹胜，融谷以婉缛胜，于时一篇始出，四方传唱，敏若风雨，随茶樯酒帜，井眉椒壁间，伟男髫女，皆能道其名字。二十年来，遂无继声者。词虽小道，非善学者不能为，为之亦不能工也。乃今得与二沈同里，而工于词者，曰张君今涪。仆未至柘上，亦未识今涪之为人。去年王君介眉手一编来，则今涪之词也。且致今涪书，索序于仆。仆少时索居湖山，抱侘傺之悲，每当初莺新雁，望远怀人，罗绮如云，芳菲似雪，辄不自已，伫兴为之，有三数阕。而徐丈紫山，陈君楞山，吴君尺凫转相倡酬，纸墨遂多，今则尺凫物故，楞山远游，紫山亦老，且病仆块然独处，襟情索寞，结习都忘，其何敢序今涪之词哉？尝以词譬之画，画家以南宗胜北宗。稼轩、后村诸人，词之北宗也；清真、白石诸人，词之南宗也。今涪词淡沲平远，有重湖小树之思焉；芊绵绮靡，有晕碧渲红之趣焉；屈曲连璪，有鱼湾蟹堁之观焉。仆读其词，如与今涪泛东泖以望九山，相争吟啸而不知返。其为词家之南宗，二沈之替人，不虚矣。夫张氏之工于词者，前有子野，后有叔夏，今涪为之不已，将掩二张之长而有之，岂独齐名二沈已乎？

《红螺词序》(《樊榭山房文集》卷四)

2. 王初桐：

张奕枢《红螺词》，樊榭以为绮丽芊绵，淡沲平远，端可分镳秋锦，接武南渟。

《小嫏嬛词话》卷三

江昱

江昱（1706—1775）字宾谷，一字松泉，原名旭，字子才，安徽歙县人。寓居扬州。乾隆间廪生。《清史列传》有传。家富藏书，考订金石，尤称精审，通音韵、训诂之学。游历湘鄂，与厉鹗、吴敬梓等为友唱和。精于诗，工咏物，好为词，推尊南宋。著有《山中白云词疏证》、《蘋洲渔笛谱疏证》，另有《松泉诗集》六卷、《潇湘听雨录》、《唐律颔珠集》、《韵岐》、《精粹词钞》，词有《梅鹤词》四卷、《集外词》一卷。

1. 赵执信：

宾谷《梅边琴泛》一卷，追清石帚，继响玉田。昔《南史》称柳公双锁为琴品第一，若《梅边琴泛》者，其亦第一词品乎？

冯金伯《词苑萃编》卷八引

2. 赵虹：

自南宋诸贤播为乐章以鸣中兴之盛，于时作者如林，独推白石老仙号称绝调。其次则平原省吏，人地虽卑，而其刻羽引商，故与白石抗手也。他如草窗、竹屋、蒲江、碧山、梦窗、伯雨、山村诸君，要皆异曲同工，各臻精诣。至西秦公子以承平旧习寓禾黍之悲，其言足以感人，其声皆能协律，此尤杰出者也。近时词人，亦惟浙西六家为最，而余友复有徐紫山、吴绣谷、厉樊榭诸君子，各张一军，主持风雅，遂使倚声之士靡不奉浙西为指归，何其盛与！广陵故六朝名胜，虽不乏词人，而选声按谱，犹多琼花、杨柳、凫舫、鸡台萦其笔下。我友江君宾谷一洗铅华，起而振之，所著《梅边琴泛》一卷，追清姜、史，继响玉田，所谓五百年来无此作，宾谷实足以当之。《南史》称柳公双锁为琴品第一，若《梅边琴泛》者，其亦第一词品乎？

《梅边琴泛词序》(《湖海文传》卷三十二)

3. 王昶:

乾隆丁卯，余始识宾谷江君于秦淮水榭，遂为文字交。君博学能文，尤以工词擅名大江南北。其后或一二年，或三四年，每见必索所著新词读之，至穷日夜而不倦。今君没八年，其弟蔗畦自亳州寄示《梅鹤词》四卷，则曩日所读与倡和者皆在焉，又为欷歔烦醒，不忍卒读也。自乾隆甲子、乙丑间，厉孝廉鹗为邗江寓公，以倚声倡，从而和者数家，然气韵标格，未有如君之工。盖君耿介峭冷，熏心炙手之地，往往去之。每逢荒溪幽町，孤游独谣，归而掩关却扫，日以图史、金石、笔墨、香茗为伴侣，俗客罕窗其户，用是见訾于时。而君诗与词之工，实在于是。余尝谓论词必论其人，与诗同。如晁端礼、万俟雅言、康顺之，其人在俳优戏弄之间，词亦庸俗不可耐，周邦彦亦未免于此。至姜氏夔、周氏密诸人，始以博雅擅名，往来江湖，不为富贵所熏灼，是以其词冠于南宋，非北宋之所能及。暨于张氏炎、王氏沂孙，故国遗民，哀时感事，缘情赋物以写闵周哀郢之思，而词之能事毕矣。世人不察，猥以姜、史同日而语，且举以律君。夫梅溪乃平原省吏，平原之败梅溪因以受黥，是岂可与白石比量工拙哉?譬犹名倡妙伎，姿首或有可观，以视瑶台之仙、姑射之处子，臭味区别不可倍蓰算矣。由此推之，则君词之标格气韵可知也已。君先辑《梅边琴泛》一卷，亡友赵氏虹及刁氏序之，言其工而未知其所以工，故举而出之，见吾两人之深相知如此。寄示蔗畦，当以予为知言也夫。

《江宾谷梅鹤词序》(《春融堂集》卷四一)

4. 王昶:

扬州江宾谷有《梅鹤词》，赵饮谷虹序之云:“广陵故六朝名胜，虽不乏词人，而选声按谱，犹多琼花、杨柳、凫舫、鸡台萦其笔下。吾友一洗铅华而振之，所著《梅边琴泛》，直可追清姜、史，继响玉田，所谓五百年来无此作也。”按：宾谷自题词集云：“非白石也，非花外也，非乐笑。”然其瓣香，实以乐笑为宗者。

《西崦山人词话》卷三

5. 刁去瑕：

江宾谷雅好南宋人词，尤爱其中一二家最平淡者。平日论词，及所自为，并能追其所见。

冯金伯《词苑萃编》卷八引

6. 谭莹：

词品群推第一宜，潇湘听雨未还时。著有《潇湘听雨录》

由来绚烂归平淡，苦学花间一辈知。

《论词绝句四十首专论国朝人》（《乐志堂诗集》卷六）

7. 陈廷焯：

琢春、梅鹤两家，词骨最高。集中所录不多，而已可见一斑。

《词坛丛话》

8. 陈廷焯：

《梅边琴泛词》是其初名，后改名《梅鹤》。梅鹤词骚情古致，逼近姜、史，与琢春并峙为两雄。

《云韶集》卷十九

9. 陈廷焯：

松泉词，深得南宋人遗意，虽未臻深厚，却与浅俗者迥别。

《词则·别调集》卷五

10. 陈廷焯：

江宾谷词，亦得南宋人遗意。虽未臻深厚，却与浅俗者迥别。

研南学南宋，合者得其神理。宾谷学南宋，合者得其意趣。皆出陆南芗之右，而皆未能深厚。

《白雨斋词话》卷四

11. 《清史列传》：

江昱……好南宋人词，作《论词诗》十八章，厉鹗等争相叹服。

《文苑传二》

12. 吴梅：

研南在清代不甚显，然学南宋处颇有一二神似，与宾谷意趣相同。宾谷得南宋之意趣，研南得南宋之神理。若橙里则句琢字炼，归于纯雅，惟不能深厚。此三江词之工力皆不能到沉郁地步也。

《词学通论》

史承谦

史承谦(1707—1756)字位存，号兰浦，江苏荆溪(今宜兴)人。系史孟麟后裔，曾祖叔父为史惟圆，外曾祖父为徐喈凤，深受其家世影响。诸生，身世落魄，游幕谋食。事迹见于阳羡词人诸集及本集。史承谦高才不遇，坎坷终生，诗歌飘洒不群，尤工于词，乃阳羡词群的第四代领军人物，但其风格已异于其邑前辈，又不同于当时盛行之“浙派”。史承谦为雍正、乾隆二朝之际词坛名家，足可与厉鹗抗衡。著有《小眠斋词》四卷，前二卷编成于乾隆元年(1736)，后二卷由其弟史承豫编于其卒后。又王昶《琴画楼词钞》、《国朝词综》均入选其词。

1. 张梁：

原夫裁红晕碧，艳发香奁；滴粉搓酥，愁生蓠白。吴姝越艳，多供才子之缠绵；楚云巫雨，半属骚人之寄托。协新声于《兰畹》，红豆争拈；谱丽句于《金荃》，青衫欲湿。何必待东墙之宋玉，士露微词；遇西洛之宓妃，方传恨事哉？乃有居邻茶坞，族系梅溪。簻谱频翻，秋月皱红桥之水縠；筝人徐按，春风拂紫燕之帘旌。咏到罗裙，既有句而皆刻骨；愿为明镜，即无言而已消魂。谓自温助教以来，玉步摇罕工对偶；溯厥柳屯田以下，铁绰板兼尚粗豪。恐引商刻羽之音，寖亡大雅；致减字偷声之调，迭出新腔。于是试十样之蛮笺，写满襟之风月。或据梧遐想，忽送啼莺；或倚枕微吟，暂飘栩蝶。咽箫声而感太白，一篇成汉阙秦楼；传笛韵以付小红，两阕制〔暗香〕、〔疏影〕。才唱向芙蓉帐底，佳人之翠黛先低；试歌于杨柳亭边，征客之紫骝不跃。谓世少知音之钟子，以予为顾曲之周郎。婀娜行间，寄蚕眠之细字；淋漓读罢，收鲛泣之真珠。原其晓句添云，寒篇命雪。大抵无聊之作，抑或有感而云。寝史馈经，此为余事；寤歌寐叹，何得小眠。绮语债年少都填，郊祀歌太平须奏。辄比拟君，同里迦陵之集何如？因之悼我，古人花雨之图安在？

《小眠斋词序》(《小眠斋词》)

2. 储国钧：

余少喜填词，窃谓诗词歌曲，各有体制。风流婉约，情致缠绵，此词之体制也，则小山、少游、美成诸君子其人矣。降自南宋，虽不乏名家，要以梅溪为最。既得交史子位存，相与上下其议论，意见悉与余合。夫自《花间》、《草堂》之集盛行，而词之弊已极，明三百年直谓之无词可也。我朝诸前辈起而振兴之，真面目始出。顾或者恐后生复蹈故辙，于是标白石为第一，以刻削峭洁为贵，不善学之，竞为涩体，务安难字。卒之抄撮堆砌，其音节顿挫之妙荡然。欲洗《花间》陋习，反堕浙西成派，谓非矫枉之过欤？因思与位存殚精毕虑，究极源流，定其指归，使天下咸正其趋。忽忽十数年，贫贱潦倒，既有所不暇为，中间复稍肆力于诗，旧业荒落，徒胜浩叹。而位存以熏香摘艳之才，为滴粉搓酥之用，优游渐渍，久而益专。迄今词学大成，尊前酒边，每歌一阕，未尝不为之心醉，虽欲不让君独步，岂可得哉？声音之道，断不能废，物极必反，理有故然。彼浙西之词，不过一人唱之，三四人和之，浸淫遍及大江南北，人守其说，固结于中而不可解。位存当稍知厌弃之时，大畅厥旨。吾知才隽之士，且将群起应之，真斯道之厚幸矣。今年秋，位存自定其稿，存如干首，分为二卷以示众。反复卒读，大约于古人不屑句摩篇仿，而一种幽情逸韵，流于笔墨之外，盖能自出杼轴而又得体裁之正者。张功甫所云“满襟分月，凤哕鸾吟”，仿佛近之。起衰有人，固可以无恨。至余两人之始而同，既而不得不异，若亦有数存乎其间，是不能无感云。

《小眠斋词序》(《小眠斋词》)

3. 史承豫：

先兄位存，酷嗜读书，姿禀超异，生平所为诗古文词在在具神解，而尤精于倚声之学。自南唐、两宋以迄昭代诸名家，靡不搜采研诵，吸其精英而淘洗出之，高者直轧白石、梅溪，次不失为竹垞、华峰诸前辈语。珠艳玉鲜，卓然名家。粱溪杜丈云川、云间张丈奕山一见折服，桐城刘君耕南推之为近代第一作手，非虚誉也。吾邑溪山明秀，夙称人文渊薮，而自唐迄今，核其著作真堪不朽者，惟南宋之竹山蒋氏、本朝之迦陵陈氏两家词集而已。今得吾兄，如鼎三足，遗编具在，公论难诬。虽夙昔之忌吾兄、毁吾兄，能龁之于生前，其能沮抑于千古哉！呜呼！吾兄已矣，骨裹青衫，衔恨何极，而神理绵绵，所不与草木同朽者，其在此数十番长短句乎？编校之次，曷禁泫然。

《小眠斋词序》(《小眠斋词》)

4. 万之蘅：

减字偷声，肇自唐贤；移宫换羽，传诸宋代。元、明以降，国朝聿兴。金粟舒生花之妙管，江湖扬白石之新声。弹指清芬，纳兰婉利。王司李之衍波，靡惭倦圃；陈秋田之弃稿，远过香严。而吾乡迦陵先生，以天吴紫凤之才，作镂月裁云之调。豪俊则苏、辛并驾，谐媚则秦、李争妍。短什长谣，协宫商之变；穿杨彻札，空南北之军，固已一时无两、千载少双者矣。嗣其响者，其惟兰浦先生乎？盖先生以名家喆嗣，弱冠称诗，怀郭景纯隽上之才，具张思曼风流之度。偶托兴于倚声，遂擅场于乐部。红烛青楼，绘秋千之影；晓风残月，谱杨柳之歌。漾清波而潋滟，绝去淫哇；触意蕊以缠绵，都违雅令。且也燕市酒垆，解裘赠醉；吴山花寺，蹑屐常游。卫叔宝之言愁，江波淼淼；向常侍之感旧，笛思绵绵。蟂矶祠侧，伴墙乌帆马以偕来；黄鹤楼头，对烟雨斜阳而不去。吊周郎以故垒，莓苔之折戟俱消；问兴霸于当年，咳唾而灵旗欲下。书之斑管，谱在罗裙。况乎碧天似梦，名士则岁岁离忧；青草如袍，王孙乃年年失意。对夏口之山川，攀武昌之烟柳。拥绣被于舟中，望美人兮天末。叠笺宵永，绪枨触以纷来；挥翰晨寒，致流连而不已。梅溪浣其风月，句里生香；片玉撷彼精华，字中流艳。蘅也生年较晚，未奉研削，以周旋识曲无多，但盥蔷薇而洛诵。慕贾岛之元微，范金铸像；想谪仙之颜色，落月空梁。用缀芜辞，实惭后序。古欢缥缈，漫披瘦竹之图；逸思芊绵，载翻秋琴之集。

《小眠斋词序》(《小眠斋词》)

5. 储秘书：

兰浦长于词，瓣香片玉、梅溪，其品格在本朝弹指、栩园之间。

《秋琴集序》(《史位存著述六种》)

7. 孙尔准：

浪将左柳说淫哇，学步姜张便道佳。

雪竹冰丝谁解赏，改虫斋与小眠斋。高层云

《论词绝句》二十二首(《泰云堂诗集》卷四)

8. 吴衡照：

宜兴史位存承谦与弟衎存承豫并有才名。位存尤工词，滴粉搓酥，多言情之作。所著《小眠斋集》，警句如〔虞美人〕云："留得一丝，情在总成愁。"〔鹊踏枝〕云："夜合花时芳信阻。有情明月无情雨。"〔点绛唇〕云："笑拈茉莉。一枕新秋意。"〔玉烛新〕云："半生欢分翻输却，梦里缠绵多少。"〔南楼令〕云："只隔珠帘同听雨，孤负煞、夜凉多。"〔拜星月慢〕云："抱月飘烟，想纤腰一尺。"〔台城路〕云："层楼凝伫。捱不到黄昏，便添凄楚。暮霭沉沉，远天都是雨。"〔百字令〕云："回忆妆阁香温，横斜瘦影，花与人无别"等语，皆生新独造，不拾陈郎牙后慧者。

《莲子居词话》卷三

9. 谢章铤：

《小眠斋词选》四卷，宜兴史位存承谦撰。储长源国钧曰：“自《花间》、《草堂》之集盛行，而词之弊已极，明三百年直谓之无词可也。我朝诸前辈起而振兴之，真面目始出。顾或者恐后生复蹈故辙，于是标白石为第一，以刻削峭洁为贵。不善学之，竟为涩体，务安难字，卒之钞撮堆砌，其音节顿挫之妙，荡然欲洗。草草陋习，反堕浙西成派。彼浙西之词，不过一人唱之，三四人和之，以浸淫遍及大江南北。人守其说，固结于中而不可解，谓非矫枉之过欤？位存自定其稿存如干首，起衰有人，固可以无恨。”又位存之弟衎存承豫曰：“吾邑溪山明秀，夙称人文渊薮，而自唐迄今，核其著作，真堪不朽者，惟南宋之竹山蒋氏，本朝之迦陵陈氏两家词集而已。今得吾兄，如鼎三足。”按长源之说，与余素论最合。其时厉派方张，一唱百和，位存以穷老诸生，独能于时风众势之所趋，卓然不惑而不枉其才，卒之百年论定，虽异己者不能没其所长，则长源之所推许宁为过欤？

《赌棋山庄词话续编》三

10. 陈廷焯：

竹香以词名武陵，渔川以词名临潼，橙里以词名安徽，位存、龙威，两雄对峙，俱能出入南宋，变化三唐。余每病诸公，家数太小，只可称名家，不足称大家也。得史位存起而囊括之，而国初诸老之风，又见于乾隆初也。

位存词，兼有众美，纯粹以精。其才力不逮其年、竹垞、太鸿三家，而情词之妙，是亦我朝之张子野也。

位存词，实乃风气一大转移，嗣后作者虽多，而气魄终小。其一二才气发皇之士，大率蹈扬湖海，又生雅正之旨，实自位存始也。然不得为位存咎。位存固凝神炼句，归于纯雅，后人非无此才，无此气度耳。

其年、竹垞，千古仅见，会于一时。十余年而生一太鸿。又十余年而生一位存。又数十年而生一璞函。一代词手，先后而生，天若有意于其间也。

朱、陈之后有太鸿，太鸿之后有位存，位存之后有璞函，璞函之后有榖人……

《词坛丛话》

11. 陈廷焯：

词创于六朝，成于三唐，广于五代，盛于两宋，衰于元，亡于明，而复盛于我国朝也。国朝之诗可称中兴，词则轶三唐两宋而上之。国初如梅村、棠村……诸家，各具旗鼓，互有短长，而圣于词者，莫如其年、竹垞两家，譬之于诗，一时李、杜，分道扬镳，各有千古，词至是蔑以加矣。朱、陈外，首推樊榭……此词之再盛也，嗣是而后，板桥名重江南，竹香名重武陵，渔川名重临潼，橙里名重安徽，而琢春、梅鹤尤为杰出，名不逮板桥诸家，而词骨实过之。益以淡存、龙威，并峙两雄；遂佺、梦影，亦不多让。位存起而囊括之，信为当时第一作手，此词之又盛也。（卷十四）

位存词，独标新异，卓然成家，在乾隆初年时，无出其右者。位存词，无一句不耐人玩索。

国朝词，其年、竹垞尚矣。朱、陈外首推太鸿，十余年而得一位存，又数十年而得璞函。位存者其接武樊榭，而为璞函导其先路者欤！

位存词无一句不耐人玩索，亦无一字不耐人玩索，如此篇是也。（评〔小重山〕“闲倚风前数落红”）

位存小令，工致纤婉，字字有味，不减飞卿。（评〔阮郎归〕“香残翠浅正无憀”）

《云韶集》卷二十

12. 陈廷焯：

史位存词，寓纤秾于闲雅之中，流逸韵于楮墨之外。才力不逮陈、朱，而雅丽纡徐，亦陈、朱所不及，真陈、朱劲敌也。其年词最雄丽，竹垞则清丽，樊榭则幽丽，璞函则秾丽，位存则雅丽，皆一代艳才。位存稍得其正，而才气微减。位存词，如“团扇先秋生薄怨。小池风不断”神似温、韦语。然非其中真有怨情，不能如此沉至。故知沉郁二字，此不可强求也。

位存词极凄婉，又极雅洁。短调如“千蝶帐深萦梦苦，倦拈红豆调鹦鹉。”又，“十二金堂小阑干，偏没个留侬处。”“说与今年小楼中，第一夜，听春雨。”又，“萧萧瑟瑟到天明，蟋蟀声中灯一点。”又，“人去月痕消。”皆极精妙。长调如“晴色渐苏梅柳，风和雪，忽又阑珊。春情远、千回万转，才肯到人间。”又，“二十四桥边，醉年时明月，又沾暮雨。只有杨花、系归心，不关芳草。”曲折哀婉，不必板学南宋，而意境亦胜。

其年、竹垞，才力雄矣，而意境未厚。位存、湘云，韵味长矣，而气魄不大。词之为道，正未易言精也。（卷四）

位存词规模较隘，而全篇精粹，亦能拔帜于陈、朱之外。璞函则轻圆俊美，跌宕纵横，鼓吹陈、朱，正不多让，皆国朝之哲也。（卷六）

词有表里俱佳、文质适中者……有文过于质者，李后主、牛松卿、晏元献、欧阳永叔、晏小山、柳耆卿、陈子高、高竹屋、周草窗、汪叔耕、李易安、张仲举、曹珂雪、陈其年、朱竹垞、厉太鸿、过湘云、史位存、赵璞函、蒋鹿潭是也。词中之次乘也。（卷八）

《白雨斋词话》

13. 徐珂：

至宜兴史承谦、荆溪任曾贻，自出杼轴，独抒性灵，于宋人吸其神髓，不沾沾袭其面貌。一语之工，令人寻味无穷，而又不失体裁之正则，亦词家之作手也。

《近词丛话》

14. 吴梅：

清词中其年雄丽，竹垞清丽，樊榭幽丽，位存则雅丽。皆一代艳才，位存稍得其正而已。

《词学通论》

钱载

钱载(1708—1793)字坤一，一字根苑，号萚石，又号匏尊、抱尊，晚号万松居士、百福老人，浙江秀水(今嘉兴)人。雍正十年（1732）乡试副榜。乾隆元年（1736）举博学鸿词，与试不第。十七年（1752）中进士，改庶吉士，散馆授编修。历官《续文献通考》纂修、詹事府少詹事，后授内阁学士兼礼部侍郎、上书房行走，任《四库全书》总纂、山东学政，后辞官回乡。《清史稿》、《清史列传》载其事迹。坤一早年肆力诗学，精于杜、韩、苏、黄。与同乡汪孟鋗、王又曾等结诗社酬唱，取径西江，拗折峭硬，有“秀水派”之目。又工书，善画。著作有《萚石斋诗文集》，有《万松居士词》一卷。

1. 金兆蕃：

萚石宗伯诗自双井入，独辟町畦，卓然一大家。顾其词组织精密，持律甚严。其时词家尊梦窗者绝少，宗伯雅近之，与其诗取径迥别。

《雨华庵词话后记》

2. 郭则沄：

萚石诗文皆有集，词殊罕作，亦复绵情丽思。

《清词玉屑》卷二

万光泰

万光泰(1712—1750)字循初，号柘坡。浙江秀水(今嘉兴)人。年少有高才，清乾隆元年(1736)被荐试博学鸿词，未取，同年乡试中举人。乾隆十五年卒于京师。万光泰博学工诗文，与钱载、王又曾、汪孟鋗等交好，为秀水诗派中坚，杭世骏以“诗才秀朗”赞之。又工算学，善画山水，精音韵之学。著有《柘坡居士集》十二卷、《算学新说》、《转注绪言》二卷、《汉音存正》二卷、《遂初堂类音辨》一卷、《元秘史略》等。

1. 查礼：

秀水万循初征君光泰，才大学深，年二十余应乾隆丙辰鸿博不第。丁巳馆于余家，长和两侄及儿淳均从其学，貌陋且不修衣履，目近视，更拙于言语，坐卧书斋中如处子，竟日不闻其声息。善属文，长于诗，著有《柘坡集》，对客挥毫，千言顷刻。犹究心韵学、算法，工长短句，直入宋人之室。乙丑早秋雨后，余招循初过苔花馆，烹天泉试顾渚茶，循初以〔茶瓶儿〕一词见示，词云：“小庭幽花初霁雨。碧瓯净、天泉新贮。帘影炉烟午。石床铜鼎，自向蕉阴煮。　　阳羡春芽来顾渚。招密友、良朋三五。尝罢还题句。斗茶图古。添个填词谱。”循初长调，都人击节者不可胜数，即此小令亦雅洁可歌。余亦倚声和之云：“高接天泉新过雨。修廊下，磁缾深贮。烟霁花光午。古铛苔砌，拾取松毛煮。　　招我吟俦烹顾渚。罗几案、瓯三杯五。欹枕哦佳句。趁凉秋早，好作煎茶谱。”余词之劣固不当与循初较，然一时之清兴未可不记。再按：〔茶瓶儿〕一调，宋人李元膺前段起句作“去年”，后段起句作“今岁”，是此四字平仄原可不拘，万红友谓“年”字必系“岁”字之讹，通甚。前段第四句不用韵，后段第四句亦不应用韵。李之“乱英飞絮”句用韵者偶合耳，非叶也。红友亦有此论。循初词前段起句作“小庭”，后段第四句“古”字亦叶韵，未免遵古过严。

《榕巢词话》(《查恂叔集》)

查学

查学（1712—1785）字七伦，号砚北，浙江海宁人。嗣璪子，监生。有《砚北诗草》。后有《半缘词》一卷，附其父《查浦诗钞》后。

1. 厉鹗：

长短句权舆于唐，盛于北宋，至南渡而极工。当日江湖诸人自刘后村“梅花公案”后，改业为之，盖并五七言之精力专攻于此，宜其空前绝后，为不可及也。向来作者以秦、黄为法，自竹垞翁标举南渡为此中别开户牖，或剽拟太过，尚雕缋而乏自然，遂成涩体。东海查君七伦《半缘词》，以淡雅为宗，可谓善学南渡者。使竹垞翁复起，必曰浙西六家一派，近又在横泖桥边矣。

《半缘词跋》（按：此文未收入《樊榭山房集》，转引自严迪昌《海宁查家词话——兼说“浙派”中期词研究》，载《古典文学知识》1995 年第 4 期。）

贺双卿

贺双卿(1715—?)字秋碧，江苏金坛人。农家女。因其舅父设馆于邻室，得以潜听默诵而通词翰。秉绝世姿容、负旷代奇才而自晦才情。十八岁嫁农家周氏子。夫恶姑暴，不久，以羸弱之躯受虐待劳瘁而死。能诗词，多自伤生活遭遇之不幸，哀婉动人。因无纸墨，所为诗词，悉以芦叶写之，故散佚颇多。同里史震林《西青散记》录其诗二十四首、词十四首。董潮《东皋杂钞》于其身世与创作亦有所及。黄燮清《国朝词综续编》收其词，冠以《雪压轩集》之名。徐乃昌《小檀栾室汇刻闺秀十集》仍之。近人沈宗畸姬拜鸳女士自《西青散记》辑录其身世及作品为一书，因其词〔玉京秋〕《自题种瓜小影》有“旧愁还欠”句，故名之曰《欠愁集》。

1. 郭麐：

汪讱庵《撷芳集》载闺秀诗甚备，附绡山女子双卿词几首，哀艳动人。

《灵芬馆词话》卷一

2. 黄燮清：

双卿词如小儿女，啾啾絮絮，诉说家常，见见闻闻，思思想想，曲曲写来，头头是道，作者不自以为词，阅者亦忘其为词，而情深语挚，直接三百篇之旨。岂非天籁？岂非奇才？乃其所遇之穷，为古才媛所未有，每诵一过，不知涕之何从也。

《国朝词综续编》卷二二

3. 缪荃孙：

其词清绝幽绝，如橄榄，如槟榔，细味之而佳愈出，不特闺秀罕见其偶，即《散记》(按：《西青散记》)中所载诗词，亦不能不让其独树一帜。

《双卿词序》(《艺风堂文续集》卷五)

4. 陈廷焯：

双卿负绝世才，秉绝代姿，为农家妇。姑恶夫暴，劳瘁以死。生平所为诗词，不愿留墨迹，每以粉笔书芦叶上，以粉易脱，叶易败也。其旨幽深窈曲，怨而不怒，古今逸品也。余录其词十二阕，并附录《西青散记》数则，令阅者同声一哭焉。按：史梧冈《西青散记》载双卿事甚详，或疑其寓言，亦刻舟之见。

《词则·别调集》卷六

5. 陈廷焯：

《西青散记》载绡山女子双卿词十二阕。双卿负绝世才，秉绝代姿，为农家妇。姑恶夫暴，劳瘁以死。生平所为诗词，不愿留墨迹，每以粉笔书芦叶上，以粉易脱，叶易败也。其旨幽深窈曲，怨而不怒，古今逸品也。十二阕余录入《别调集》。如〔望江南〕云……此类皆忠厚缠绵，幽冷欲绝。而措语则既非温、韦，亦不类周、秦、姜、史，是仙是鬼，莫能名其境矣。(卷五)

双卿词怨而不怒，可感可泣。吴蘋香则怨而怒矣，词不逮双卿。其情之可悯则一也。(卷七)

《白雨斋词话》

6. 陈锐：

史震林《西清散记》载贺双清颇详，余幼时酷爱其词，曾作文吊之。黄韵珊词选亦取以为本朝闺秀之冠，如孤雁残镫，尤其擅名者也。

《褒碧斋词话》

7. 雷瑨：

贺双卿字秋碧，丹阳人，负绝世才，秉绝代姿。为农家妇，姑恶夫暴，劳悴以死。生平所为诗词不欲留墨迹，每以粉笔书芦叶上，以粉易脱，叶易碎也，其旨幽深窈曲，怨而不怒，古今逸品。史梧冈《西青散记》记载双卿事甚详。其词稿名《雪压轩》，刊入《小檀栾室闺秀词》第十集中，仅一十六阕，知不过片鳞一爪耳。兹录其〔凤凰台上忆吹箫〕云……读此数词亦可见双卿身世之苦矣。

《闺秀词话》卷四

8. 王蕴章：

双卿爱菊，植野菊于破盂，舂爨皆对之。为菊花词调寄〔二郎神〕词曰："丝丝翠柳，袅破淡烟依旧。向落日秋山影里，还喜花枝未瘦。苦雨重阳挨过了，亏耐到、小春时候。知今夜蘸微霜，蝶去自垂首。　生受新寒浸骨，病来还又。可是我双卿薄幸，撇你黄昏后。月冷阑干人不寐，镇几夜未松金扣。枉辜却，开向贫家愁处，欲浇无酒。"一日饷黍迟，夫怒，挥锄拟之，双卿归，为词一首，调寄〔孤鸾〕，词曰："午寒偏准。早疟意初来，碧衫添衬。宿髻慵梳，乱里帕罗齐鬓。忙中素裙未浣，折恨边断丝双损。玉腕近看如茧，可香腮还嫩。　算一生、凄楚也拼忍。便化粉成灰，嫁时先忖。锦思花情，敢被爨烟熏尽。东菑欲嫌饷缓，冷潮回、热潮谁问。去将棉晒取，又晚炊相近。"暮时左携帚，右挟畚，自场归，见孤雁哀鸣，投墟中宿焉。乃西向伫立而望，其姑自后叱之，堕畚于地。双卿素胆小易惊，久疾益瘦损，闻暗响即怔忡不宁，姑以此特苦之，乃为孤雁词调寄〔惜黄花慢〕，词曰："碧尽遥天，但暮霞、散绮碎剪红鲜。听时愁近，望时怕远，孤鸿一个，去向谁边。素霜已冷芦花渚，更休倩、鸥鹭相怜。暗自眠。凤凰纵好，宁是姻缘。　凄凉劝你无言。趁一沙半水，且度流年。稻粱初尽，网罗正苦，梦魂正警，几处寒烟。断肠可是婵娟意，寸心里、多少缠绵。夜未闲。倦飞误宿平田。"

双卿写诗词以叶不以纸，以粉不以墨。叶易败，粉无胶易脱，不欲存手迹也。尝以芍药粉书〔浣溪纱〕词云："暖雨无晴漏几丝。牧童斜插嫩花枝。小田新麦上登时。　汲水种瓜偏怒早，忍烟炊黍又嗔迟。日长酸透软腰肢。”又以玉簪叶粉书〔望江南〕云：“春不见，寻过野桥西。染梦淡红欺粉蝶，锁愁浓绿骗黄鹂。幽恨莫重提。”“人不见，相见是还非。拜月有香空惹袖，惜花无泪可沾衣。山远夕阳低。”又尝剪芦叶三寸，粉书与其舅曰：“人皆以儿为薄命，儿命原非薄也。红楼淑女，绿窗丽人，沦没深闺者，世间不少。忆夜无欢，向春难哭，桃红遽夭，竹翠长贫，岂不期人歌哭哉。多逢忌讳，鲜遘揄扬，耿彼明珠，闷于黑水。夫怨鸟遗音，衰蓬振色，犹得漱骚人之隽齿，镂仙客之灵函。况贵本淑兰，顾贱同粪壤乎？诵菊花、歌雁词者，无不谓双卿怨。双卿无德，诚不能无怨，怨而不厌其夫，双卿可自信也。”病疟久不愈，乃为《咏疟词》云：“依依孤影。浑似梦、凭谁唤醒？受多少、蝶嗔蜂怒，有药难医花证。最忙时、那得工夫，凄凉自整红炉等。总诉尽浓愁，滴干清泪，冤皱蛾眉不省。　去过酉、来先午，偏放却、更深宵永。近千回万转，欲眠仍起，断鸿叫破残阳冷。晚山如镜。小柴扉烟锁，佳人翠袖恹恹病。春归恁早，只恐东风未肯。”调寄〔薄幸郎〕，亦以芦叶书之，叹曰：“诚不如化作彩云飞也。”

《然脂余韵》卷四

朱若炳

朱若炳（1716—1755）字桐庄，广西临桂人，朱依真父。乾隆二年（1737）进士，改庶吉士，散馆授检讨，累官至江苏粮储道，卒于任。有《补闲词》。

1. 朱依真：

十载无能读父书，摩挲遗编每唏嘘。

词人竞美遗山好，蕴籍风流那不如。先大夫有《补闲词》二卷。

《论词绝句二十二首》（《九芝草堂诗存》卷一）

陶元藻

陶元藻（1717—？）字龙溪，号篁村、凫亭，浙江会稽（今绍兴市）人，诸生，以诗名，为袁枚等所赏，著有《泊鸥山房集》、《全浙诗话》等。亦能词，有《香影词》四卷。

1．谢章铤：

篁村词，投赠、题画、应酬之作颇多，单微之思，遥寄之情，固未暇及也。

《赌棋山庄词话续编》卷四

储秘书

储秘书（1718—1780）字玉函，号花屿，江苏宜兴人。乾隆二十六年（1761）进士，改庶吉士，授户部主事，官湖北郧阳知府，改黄州知府。博涉经史，工诗词。撰有《缄石斋诗稿》八卷，有《花屿词》。

1. 谢章铤：

《花屿词》一卷，宜兴储玉函秘书撰。玉函与史位存兄弟，投分甚深，故词格亦颇相似，沉着则不及耳。

《赌棋山庄词话续编》卷三

金兆燕

金兆燕(1718—1789后)字钟越，号棕亭，安徽全椒人。乾隆三十一年(1766)进士，官扬州府学教授，迁国子监博士，分校《四库全书》。《清史列传》有传。幼极聪慧，爱度曲，卢见曾为刻《旗亭画壁记》。工诗，夙爱朱彝尊、王士禛。所作骈、散文亦有法度。生平不耐静坐，爱跳跃，多言笑，时人目为“喜鹊”。著有《棕亭古文钞》、《骈体文钞》、《棕亭诗钞》等，词有《棕亭词钞》七卷。

1. 王初桐：

金棕亭、吴縠人、毛海客、黄仲则、余少云与予结社于都中，每宴集酒阑阄调，惟棕亭有八叉之捷。

《小嫏嬛词话》卷三

吴烺

吴烺（1719—？）字荀叔，号杉亭。安徽全椒人，清代杰出小说家吴敬梓之子。烺为清代著名算学家，有《周髀算经图注》、《勾股图说》等算学著作。烺又兼工诗词，有《杉亭集》、《春华小草》、《靓妆词钞》，曾与程名世合辑《学宋斋词韵》。

1. 陈廷焯：

荀叔悲凉凄怨，与春桥并驾齐驱。

《云韶集》卷二十

汪棣

汪棣(1720—1801)字韡怀，号对琴，一号碧溪，江苏仪征人。贡生。官刑部员外郎。以诗名东南，与钱大昕、王昶、史承谦等相友善。好文史，工诗词，大抵取法周邦彦、张炎、吴文英与姜夔等人。著有《对琴初稿》、《持雅堂集》，辑有《唐宋分体诗选》，词有《春华阁词》二卷。

1. 黄之隽：

汪对琴词，如入武夷啖荔枝，鲜美独绝。又如馔设江瑶柱，与群殽错迥别。

冯金伯《词苑萃编》卷八引

2. 黄之隽：

不袭浙派，独擅吴音，每有拈弄，如入武夷啖荔枝，鲜美独艳。

《春华阁词序》

3. 陈撰：

对琴以余事为长短句，清音亮节，具体乐笑翁，而生峭之致，奥折之趣，别自煎洗于梦窗、白石。

徐珂《清代词学概论》引

4. 张四科：

对琴每于酒边花下，闲作倚声，如闻空山琴语，松下幽泉，使人不复作尘想。

冯金伯《词苑萃编》卷八引

5. 谭莹：

江瑶柱更荔枝添，日日停琴对不嫌。尝以韦左司有对琴无一事语，作对琴图，复以对琴自号。

自是唐堂工奖借，松溪渔唱殆难兼。

《论词绝句四十首专论国朝人》（《乐志堂诗集》卷六）

6. 陈廷焯：

对琴词亦是取法于南宋，远追乐笑翁，近亦比肩湘云。

《云韶集》卷二一

7.《续修四库全书总目提要》：

棣尝自评其词曰："词之一道，清超者不可到，浑成者尤不可到。少曾耽此，幸得玉田、梦窗者十之五六，得白石者十之二三，得清真者十之一二，其余梅溪、竹屋诸家皆各有所取，而小令则并摘南唐、北宋之尤雅者，集益多师，要皆领其神而不欲袭其貌。而窃愧不能名一家者亦在此。"此可谓有自知之明者矣。棣词有沉著处，有曲拗处，有清越处，惜不能脱去蹊径以至于浑，较以倡和诸家，稍逊于史承谦、江昱，而高于陈皋、张四科矣。

《春华阁词二卷提要》

王庆澜

王庆澜（1720—？）字安之，河南祥符人。屡试不第，游幕为生。撰有《菱江集》，有《枕霞词》、《镜虚词》、《巢睫词》。

1. 孙兆溎：

王菱江词，亦得南宋正宗。

《片玉山房词话》

吴镇

吴镇(1721—1797)初名昌，字信辰，一字士安，号松崖，别号松花道人，又署龙门外史。甘肃临洮人。乾隆十五年(1750)举人。历任陕西耀州(今耀县)学正、韩城教谕、山东陵县知县、湖北兴国(今阳新)知州、湖南沅州(今芷江)知府。镇幼有神童之目，从牛运震学诗。博览群书，兼通禅理。晚年主讲兰山书院，授徒为业。著有《松花庵全集》，附《松花庵诗余》一卷。

1. 杨芳灿：

裁云缝月，妙合自然。刻楮镂冰，意惟独造。有稼轩之豪迈，兼白石之清疏，此词家最上乘也。尝论小词秦、柳固为正宗，姜、辛亦非别脉。与其摹写闺襜，千手一律，何如行吾胸臆，独开生面之为得乎？先生诗高古雄迈，诗余亦然。凡应酬之作及稍涉绮艳者，均可不存。叶脱而孤花明，云净而峭峰出。别为一卷，附之诗后。

《松花庵诗余跋》(《松花庵诗余》)

2. 张世法：

松崖先生名重骚坛，所作诗古文，学者奉为圭臬。近复出其新词四十首以示余，登临感遇，性情、气骨盎然流露于数千余字间，而珠联锦簇，色色鲜新。所谓万斛泉源，不择地而涌出者，天与神合，而不争孚技之大小也。观其词中戏作，戒言曰茧丝自缚，眠蚕又蠕，蠕再三。先生殆有不能自已者乎？

《松花庵诗余序》(《松花庵诗余》)

3. 况周颐：

甘肃人词流传绝少，狄道吴信辰先生镇《松厓诗录》附词一卷。先生由举人官至湖南沅州知府，主讲兰山书院。蚤岁诗学为牛空山入室弟子。其集多名人序跋，如袁简斋、王西庄诸先生，并推许甚至。杨蓉裳跋其词云：“叶脱而孤花明，云净而峭峰出。”余评之曰：“铿丽沉至，是能融五代入南宋者。”

《蕙风词话》卷五

朱芳蔼

朱芳蔼(1721—1786)字吉人，号春桥，浙江桐乡人，移家长水(浙江嘉兴)。朱彝尊族孙，汪森外孙。秉承家学，自少即喜为长短句，得词界先辈见赏。又工丹青，乾隆二十七年(1762),献画行在，称旨。而仕途不畅，尝两至京师，均无所遇，以监生终老。著有《红桥载酒集》、《春桥诗选》，有词集《小长芦渔唱》四卷。

1. 王初桐：

朱春桥，竹垞族孙，其词具有家法。

《小嫏嬛词话》卷三

2. 吴蔚光：

鸳湖遗响妙犹闻，清似寒泉丽似云。

老向梧桐乡里住，当时樽酒共论文。桐乡朱方霭春桥刊有《小长芦渔唱》。

《词人绝句》九首（《素修堂诗集》卷十二）

3. 高骞：

桐乡朱子春桥，竹垞太史族孙，碧巢农部之外孙也。其词句琢事炼，调合律谐，具有小长芦家法。

冯金伯《词苑萃编》卷八引

4. 陈廷焯：

春桥词，风流疏快深得玉田之妙。

春桥词襟怀淡逸，想见其人，余尝谓读春桥词便可以乱竹垞，盖其渊源有自也。（评〔好事近〕“澹荡占波鸥”）

《云韶集》卷二十

5. 陈廷焯：

朱春桥，竹垞太史族孙也。其词亦颇近秀水，而才力不逮。

《白雨斋词话》卷四

江声

江声（1721—1799）本字鲸涛，改字叔沄，号艮庭，江苏元和（今苏州）人。少不事帖括。嘉庆元年，诏开孝廉方正科，江苏巡抚费淳举江声，赐六品顶戴。《清史稿》、《清史列传》及孙星衍《江声传》俱记其事迹。江声为惠栋弟子，专攻《尚书》，于古文字、音韵学尤精。毕沅延聘其至家校刘熙《释名》。能诗文，著有《尚书集注音疏》、《六书说》、《艮庭文集》，词有《艮庭词》三卷。

1. 惠栋：

鲸涛少与过葆中、吴企晋以词唱和，逮专心经术，辍不复为，而所存秀句名篇，并堪讽咏。

徐珂《清代词学概论》引

朱泽生

朱泽生（生卒年不详）字时霖，号芝田，安徽休宁人。有《鸥边渔唱》一卷。王昶《琴画楼词钞》选录其词。

1. 吴泰来：

芝田天才幽隽，于词不学而能，其《西湖送春感旧》及《梨花剪秋罗》诸阕，品格在碧山、玉田之间。

《国朝词综续编》引

2. 陈廷焯：

芝田词，信笔抒写而情韵自胜。

芝田小令之妙，几欲与藕渔后先辉映。

《云韶集》卷二一

汪孟鋗

汪孟鋗（1721—1770）字康古，号厚石，浙江桐乡人，寓居秀水。乾隆三十一年（1766）进士，官至吏部主事。与修《御批通鉴辑略》，充方志馆、一统志馆纂修，参与考订《续藏经》。孟鋗能诗，与王又曾、钱载等切磋，以诗名江浙。著有《厚石斋诗集》十二卷。

1. 冯浩：

一

纵横文阵逞雄师，余事犹矜绮丽为。
倚得新声成绝调，好拈斑管写乌丝。

二

遗书万卷细披寻，裘杼楼中有嗣音。
自执红牙轻按拍，酒阑灯灺一微吟。

三

曲江犹未啖红绫，名士风流野态增。
标格诗才都耐冷，头衔合署一条冰。

四

摊书觅句足相伴，人海中间只影藏。
忧尔情同冰氏子，不烦得热乞良方。

《题汪孟鋗〈理冰词〉四首》（《孟亭居士诗稿》卷一）

张九钺

张九钺（1721—1803）字度西，号紫岘山人，又号陶园、梅花梦叟，湖南湘潭人，乾隆二十七年（1762）举人，历江西南丰、南昌，广东始兴、保昌、海阳等知县，著有《紫岘山人全集》，其中《紫岘山人诗余》收《秋篷词》二卷，另有《拾翠词》、《雪鸿绮语》各一卷载《紫岘山人外集》中。

1.《续修四库全书总目提要》：

是编……纤艳流荡，而又时杂粗俗字句，敷衍门面，尚属不能，而欲求其内旨，不可寻矣。〔临江仙〕《题秦淮酒楼壁》云：“不到石城桥上路，惊人四度年华。春风吹过妥娘家。波喧才睡鸭，柳嫩未藏鸦。　自是江南狂杜牧，诗筒词板生涯。六朝小住且须佳。淡烟朱雀草，看月冶城花。”此首殊无精诣，然在集中已较为可取，其他更无论矣。积至二百余首，虽多奚益。是编为杨芳灿、刘嗣绾所校订，《芙蓉》、《筝船》，词品亦不高超，乾、嘉之际，此数人者，皆虚有词名，实不足重也。

《陶园诗余二卷提要》

蒋良平

蒋良平(1721—?)字瑞木，号东樗，江苏仪征人。蒋氏一生坎坷，以设馆授徒谋衣食，老而无嗣。嘉庆五年(1800)年八十，犹善饭豪饮。其受业门人詹肇堂采辑其诗词，编为《东樗诗稿》、《东樗词稿》各一卷。词稿录词五十首，后附《仿宋人五乐府稿》。

1. 詹肇堂：

以陶写性灵为主，其宗法在宋南渡诸公，虽不名一家，而能用诸家之长。

故其孤情独往，秀色似映，近时名家，罕有能丽焉者。

《东樗诗词稿序》

王鸣盛

王鸣盛(1722—1797)字凤喈，号礼堂，又号西庄，晚号西沚，江苏嘉定(今属上海)人。乾隆十九年(1754)进士，授翰林院编修，二十三年（1758）擢侍读学士，明年充福建乡试正考官，擢内阁学士兼礼部侍郎。后左迁光禄寺卿。丁内艰，不复出。事具《清史稿》、《清史列传》及江藩《国朝汉学师承记》。幼从沈德潜受诗，后从惠栋问经义，遂通汉学。鸣盛精研《尚书》，于经术、史学均有成就，于诗词亦甚用力，为乾嘉朴学之重要学者。撰有《十七史商榷》、《尚书后案》、《蛾术编》、《西庄始存稿》、《耕养斋诗文集》等，有《谢桥词》一卷。

1. 王昶：

凤喈作诗务为高格，于词不屑留意。所撰《谢桥词》一卷，盖取晏叔原“梦魂惯得无拘管，又逐东风过谢桥”之意也。《自序》云：“余年十七始作诗，即兼作长短句，小技固无足贵，兴到偶一倚声而已。然数年以来，身世之际，悲感无端，亦藉以发之。”余尝读〔天仙子〕云：“镜掩屏山香结雾。晓风无力吹残絮。玳梁旧燕又衔泥，相对语。人无语。帘外轻寒细细雨。”真有韦端己、冯正中风韵。

《西崦山人词话》卷三

2. 王初桐：

家光禄《谢桥词》，与家司寇《红叶江村词》伯仲之间。

《小嫏嬛词话》卷三

3.《续修四库全书总目提要》：

鸣盛经术湛深，词仅四十一首，虽无宗派，然甚为细密。考鸣盛尝题《巏嵍山人词集》云：“词之为道最深，大约只一‘细’

字尽之。北宋词人，原只有艳冶、豪荡两派，自姜夔、张炎、王沂孙方开清空一派。五百年来，以此为正宗。然艳体、豪体，亦自无妨，总之以细为归耳。”云云。此可以见其主旨之所在矣。

《谢桥词一卷提要》

过春山

过春山(1722?—1775)字葆中，号湘云，江苏吴县人。乾隆六年(1741)补诸生。事迹见于《苏州府三邑诸生谱》、《国朝耆献类征》等。工词，为其时东南之著名词家。著有《湘云遗稿》四卷。

1. 王初桐：

过春山词如雪藕冰桃，沁人醉梦。

《小嫏嬛词话》卷三

2. 吴泰来：

过湘云徜徉山水，啸咏风月，所作诗词如雪藕冰桃，沁人醉梦。

冯金伯《词苑萃编》卷八引

3. 陈廷焯：

湘云词，徜徉山水，绵缈无际，其笔致之妙，别于位存，亚于竹垞，百余年来，此调不复见也。

湘云词，每读一过，余音袅袅，不绝如缕，读之既久，其味弥长。同时春桥、荀叔、秋潭、圣言、对琴诸家，皆以词名东南，然无出湘云右者。

《词坛丛话》

4. 陈廷焯：

湘云词寄情绵邈，每取一篇于风前月下歌之，觉澧兰沅芷之音，至今犹在人耳。

《云韶集》卷二一

5. 陈廷焯：

湘云词，徜徉山水，绵渺无际。其笔致之妙，别于位存，近于樊榭。同时春桥、荀叔、秋潭、圣言、对琴诸君，皆以词名东南，然无出湘云右者。

《词则·大雅集》卷六

6. 陈廷焯：

过春山《湘云遗稿》二卷，徜徉山水，绵邈无际。其笔意之骚雅，别于位存，近于樊榭。吴竹屿称其词如“雪藕冰桃，沁人醉梦”。百余年来，此调不复见矣。

湘云词，每读一过，余音袅袅，不绝如缕。读之既久，其味弥长。同时朱春桥、吴荀叔、朱秋潭、江圣言、汪对琴诸君，皆以词名东南，然无出湘云右者。

湘云词，如“几点萍香鸥梦稳，柳棉吹尽春波冷”。又，“回首桃源仙路迥，一声欸乃川光冥。”又，“数尽落花无语，黄昏双燕还来。”又，“香乍爇，簟微寒，魂销似去年。”又，“秋声吹不尽，长笛月明中。”又，“指点江山，斜阳一片下平楚。”又，“双桨趁潮平，载取江云归去。”皆令人寻味不尽。

湘云词，如“小雨啼花，深烟怨柳。”又，“金碗生苔，漆灯无焰。”“但山鬼吟秋，杜鹃啼雨。回首宫斜，白杨深夜语。”类皆凄警特绝。

其年、竹垞，才力雄矣，而意境未厚。位存、湘云，韵味长矣，而气魄不大。词之为道，正未易言精也。（卷四）

词有表里俱佳、文质适中者……有文过于质者，李后主、牛松卿、晏元献、欧阳永叔、晏小山、柳耆卿、陈子高、高竹屋、周草窗、汪叔耕、李易安、张仲举、曹珂雪、陈其年、朱竹垞、厉太鸿、过湘云、史位存、赵璞函、蒋鹿潭是也。词中之次乘也。（卷八）

《白雨斋词话》

7. 徐珂：

康乾之际，言词者几莫不以朱、陈为范围，惟朱才多，不免于碎；陈气盛，不免于率。故其末派，有俳巧奋末之病。钱塘厉鹗、吴县过春山，近朱者也。兴化郑燮、铅山蒋士铨，近陈者也。

《近词丛话》

8. 吴梅：

湘云笔意骚雅，为吾乡词家之秀。论其品格，雅近樊榭。吴竹屿称其词如“雪藕冰桃，沁人醉梦”。此言是也。余谓湘云词，聪秀在骨，咀嚼无厌。其人独立不惧，当时坛坫，皆未尝附和，所谓不随风气者是也。吾乡词人至多，论不附声气，独行其是者，仅葆中一人而已。他如潘氏诸子、问梅七子，贵胄标榜，皆不如湘云矣。

《词学通论》

王昶

王昶(1724—1806)字德甫，一字琴德，号述庵，又号兰泉、述庵叟、兰泉先生。江苏青浦(今属上海)人。乾隆十九年(1754)进士。二十二年高宗南巡召试一等，授内阁中书，充军机章京。因两淮盐运使卢见曾案“漏言”被革职。后入阿桂、温福幕府，以功授吏部主事，迁郎中，擢鸿胪寺卿，三迁为左副都御史，外授江西、直隶(今河北)、陕西等地按察使、布政使，以刑部侍郎致仕。事见《清史稿》、《清史列传》等。王昶与钱大昕、王鸣盛、吴泰来、赵文哲等人齐名，号为“吴中七子”。位高名重，诗宗杜、韩、苏、陆，词宗尚南宋，推许姜、张，古文宗韩愈、苏轼，时人称其为通儒。王昶从嘉庆七年(1802)起陆续编成《明词综》十二卷、《国朝词综》四十八卷、二集八卷、《词综补》二卷，于词学贡献甚巨。另编著有《琴画楼词钞》、《碧云楼诗选》、《湖海文传》、《湖海诗传》、《青浦县志》、《青浦诗传》、《春融堂集》、《春融堂杂记》等，有《琴画楼词》、《红叶江村词》。词话有《西崦山人词话》。

1. 王昶：

文章之变日出不穷，诗四言变而之五言，又变而之七言，古诗继又变为五七言律体，及于绝句，唐之末造诗人间以其余音绮语，变为填词。北宋之季，演为长调，变愈甚遂，不能复合于诗，故词至白石、碧山、玉田，与诗分茅设蕝，各极其工，非嗜古爱博、性情萧旷之士，孰能几于此？然自元明来三四百年，往往以诗为词，粗厉媟亵之气乘之，不复能如南宋之旧。而宋末诗人于社稷沧桑之故、江湖萍梗之意隐然见于言外，岂非变而复于正，与骚雅无殊者欤？国初竹垞、秋锦诸公出，刊《浙西六家》，世称雅正，而如钱葆馚、魏禹平诸家，散佚颇众，识者犹以为恨焉。余少好倚声，壬申、癸酉间，寓朱氏苹华水阁，益研练于四声二十八调，海内知交以词投赠者甚夥。历今二十余年，积置箧衍，新凉官事稍暇，汰其粗厉媟亵者，存二十五家，曰《琴画楼词钞》。此其人皆嗜古好奇，性情萧旷，与余称江湖旧侣者。其守律也严，取材也雅，盖白石、玉田、碧山之继别，由是可以考文章之变。而五十年间，词家略备于此，后之论者藉以见词学之盛，而不复散佚为恨也，岂不善哉？

《琴画楼词钞自序》（《春融堂集》卷四一）

2. 王昶：

余少时好为倚声，尝作〔解连环〕《咏秋海棠》，张策时见而兴赏之，寄余诗云："曾记远贻新乐府，一时传唱解连环。"又有论词诗云："中仙继绝响，风流推绝伦。示我云璈词，字字皆可珍。"又题余词集后云："阮亭诗句雄千古，只有倚声逊后贤。"

《西崦山人词话》卷三

3. 钱大昕：

吾友王君述庵，以诗词名闻吴会间。酒酣刻烛，拈韵赋诗，缅缅成数千百言，间复倚声乐府，偷声减字……无徒以词人目之可矣。

《春融堂集序·词序》

4. 王初桐：

家光禄《谢桥词》，与家司寇《红叶江村词》，伯仲之间。

《小嫏嬛词话》卷三

5. 吴蔚光：

琴画楼钞廿五家，金针绣线论无加。

湖田欸乃都阑入，恐是先生老眼花。王述庵先生辑纂《琴画楼词》，首列樊榭，收及鄙制。先生词宗玉田，尝谓诗如已嫁之妇，针黹虽工，不免粗略。词则十五六女子学绣既成，细意熨贴时也。

《词人绝句》九首（《素修堂诗集》卷十二）

6. 黄燮清：

先生论词，深得南宋宗旨。

《国朝词综续编》

7. 丁绍仪：

余所见裒辑本朝人词者，前有宜兴蒋京少《瑶华集》，后有华亭姚茝汀《词雅》。吴江沈时栋、吴门蒋重光二家词选，均不免雅俗糅杂。惟青浦王兰泉司寇《国朝词综》，选择最为美备。然其书成于嘉庆初元，迄今已六十余年，即乾嘉以前，亦多遗漏。（卷六）

司寇通籍后，从军西陲，洊擢至刑部侍郎，引年归，复掌教江浙。生平爱才若渴，尤以风雅为己任。自著诗文外，辑有《国朝词综》、《湖海诗传》、《文传》等书，间作小词，不废绮语……窃怪近人刊集，凡涉丽制，每多删弃，以自托于立言之列，得弗为司寇哂耶？（卷十七）

《听秋声馆词话》

8. 谢章铤：

王述庵昶云："南宋词多黍离麦秀之悲，北宋词多北风雨雪之感。世以填词为小道者，此扣盘扪龠之说。"诚哉是言也。词虽与诗异体，其源则一，漫无寄托，夸多斗靡，无当也。

述庵一生专师竹垞，其所著之书，皆若曹参之于萧何。然竹垞选《词综》，当时苏、辛派未盛，故所登寥寥。至国朝，则"铁板铜琶"与"晓风残月"齐驱并驾，亦复异曲同工，划而一之，无怪有遗珠之叹。若蒋藏园，若黄仲则，集中佳作，皆未入录。

《赌棋山庄词话》卷一

9. 李慈铭：

为人书便面，偶检王兰泉滇南中秋追忆旧事所作〔望江南〕词十二首写之。兰泉词虽未超妙，然音节谐婉，自是南宋当家，此数首尤清艳可思。追昔游之作最宜以小令写之，而〔忆江南〕

尤天然腔调，然必习于富贵欢娱，或久历湖海者，方能言之生色。（卷上）

阅王述庵春融堂诗词，述庵学诗于归愚，词则以竹垞、樊榭为宗。……《琴画楼词》四卷亦多清雅可诵。（卷下之下）

《越缦堂诗话》

10. 谭献：

阅王氏《词综》四十八卷，二集八卷，王侍郎去取之旨，本之朱锡鬯，而鲜妍修饰，徒拾南渡之沛，以石帚、玉田为极轨。不独珠玉、六一、淮海、清真皆成绝响，即中仙、梦窗深处，全未窥见。予欲撰《箧中词》，以衍张茗柯、周介存之学，今始事王赞所掇者，百一而已。

《复堂日记》丙子（《复堂词话》）

11. 郭则沄：

引年之典，昭代特隆。康、乾时，数举千叟宴，与宴者锡赉优渥。而以词人获与盛典者，独推王述庵。……述庵尝从征金川，同时僚佐，零落殆尽，独得功成归隐。杨蓉裳词所谓"收拾功名三十载，检点笔床茶灶"者，清才殊福，实两兼之。《莲子居词话》谓述庵晚续竹垞《词综》之刻，俾枯槁憔悴之士，垂声艺苑，洵为不朽盛事。一代词人中，不多觏也。

《清词玉屑》卷二

12. 卢前：

〔望江南〕

标南宋，吴下不同科。红叶江村渲染艳，后来琴画亦想和。风气一时多。

《饮虹簃论清词百家》（《清名家词》）

蒋士铨

蒋士铨(1725—1784)字心余，一字定甫，号苕生，一号藏园，又号清容居士，江西铅山人。家贫，母钟氏授书。后随父幕游，遍历燕、赵、齐、鲁。乾隆十九年(1754)，由举人官内阁中书。二十二年(1757)举进士，改庶吉士，授翰林院编修。二十七年，任顺天乡试同考官、《续文献通考》纂修官。在官八年，归主蕺山、崇文、安定三书院。生平事迹见《清史稿》、《清史列传》及《国朝先正事略》。心余风神散朗，激扬风义，甄拔寒酸，有古烈士风。文名藉甚，为清中叶著名文学家，诗文、词曲均擅场，与袁枚、赵翼合称“乾隆三大家”，与彭元瑞并称“江西两名士”。著有《忠雅堂集》、《藏园九种曲》等。有《铜弦词》二卷，附见集中，词格近迦陵，与板桥齐名当时。

1. 石韫玉：

诗到西江气象新，元卿才调轶群伦。

铜琶铁板粗豪甚，要与苏辛作替人。

《读蒋心余、彭湘涵、郭频伽词草各系一诗》(《独学庐稿》卷二十二)

2. 张维屏：

先生古文亦雅正有法. 其《铜弦词》尤为独绝。或行以劲气，则磊落崎嵌；或出以深情，则缠绵婉曲。直是世间一种不可磨灭文字，不得以小词目之。

《听松庐诗话》(《国朝诗人征略》引)

3. 谭莹：

盖代诗名山斗重，崎嵚磊落更淋漓。

便将诗笔为词笔，热血填胸一洒之。

《论词绝句四十首专论国朝人》(《乐志堂诗集》卷六)

4. 丁绍仪：

昔有友人论及乾隆中诗人，推袁、蒋、赵为三大家，顾毁誉各半，迄无定评……心余太史颇以工词称，惜所著《铜弦词》，时杂以诗句、曲句，王氏《词综》选三阕而已。

《听秋声馆词话》卷十八

5. 谢章铤：

学稼轩，要于豪迈中见精致。近人学稼轩，只学得莽字、粗字，无怪阑入打油恶道。试取辛词读之，岂一味叫嚣者所能望其项踵？蒋藏园为善于学稼轩者。稼轩是极有性情人，学稼轩者，胸中须先具一段真气、奇气，否则虽纸上奔腾，其中俄空焉，亦萧萧索索如牖下风耳。(卷一)

心余《铜弦词》〔贺新凉〕与〔金缕曲〕杂书，又若调本先传，而题开新号，如纳兰词之改〔忆王孙〕为〔秋千索〕，虽曰信笔，颇近炫奇。(卷二)

《赌棋山庄词话》

6. 陈廷焯：

心余太史，才名盖代，其传奇各种，脍炙人口久矣。词不逮曲。然倔强盘屈，自是奇才。

心余词，取法其年，虽未入室，然亦骎骎乎升其年之堂矣。

心余词，桀骜不驯，然其奇气自不可掩。彼好为艳词丽句者，对之汗颜无地矣。

读板桥词，使人龌龊消尽；读心余词，使人气骨顿高。皆能动人之性情者。

心余词，秋气满纸。灯下读之，其光如豆。与板桥同一笔墨恣肆。其不及板桥者，以心余词太着力，而气仍不聚。板桥词不着力，而精神团聚，已力透纸背矣。

心余以魄力争雄，竹屿以风流制胜，皆同时之铮铮者，然皆在湘云下。

《词坛丛话》

7. 陈廷焯：

心余太史九种曲脍炙人口久矣，词不逮曲，然一种壮往之气，自是无敌。《稼轩词》运用典实而不嫌其累，如淮阴将兵，多多益善。《铜弦词》拉杂使事而不病其粗，如仲景用药，投之所向，无不如意，真古今两雄也。《铜弦词》初看似板桥，继看半似半不似，再看则全不似。盖读书成名，二公皆可无憾，而一人有一人之心胸，故发为词章，卒不能强之使同也。板桥词看似粗莽，其实天人兼到，熟极而流，不可移易一字。《铜弦词》则粗粗莽莽，任意疾书；但不免有生硬处，视板桥稍逊一着。

《云韶集》卷二一

8. 陈廷焯：

心余词仿佛其年、板桥一派而意致又别。情节皆妙。（评〔念奴娇〕“中年丝竹”）

《云韶集》卷二四

9. 陈廷焯：

心余亦好作壮语，但面目可袭，力量不可强，去迦陵何可道里计也？（《放歌集》卷四）

心余词，气粗力弱，每有支撑不来处，匪独不及迦陵，亦去板桥甚远。（《放歌集》卷六）

《词则》

10. 陈廷焯：

其年词沉雄悲壮，是本来力量如此。又如以身世之感，故涉笔便作惊雷怒涛，所少者，深厚之致耳。板桥、心余未落笔时，先有意为刘、蒋，金刚努目，正是力量歉处。

板桥诗境颇高，间有与杜陵暗合处，词则已落下乘矣。然毕竟尚有气魄，尚可支持。心余则力弱气粗，竟有支撑不住之势。

后人为词，学板桥不已，复学心余，愈趋愈下，弊将何极耶？

蒋心余词，气粗力弱，每有支撑不来处。匪独不及迦陵，亦去板桥甚远。

《铜弦词》，惟《浮香舍小饮》四章，《廿八岁初度》两章，为全集完善之作。虽不免于叫嚣，精神却团聚，意境又极沉痛，可以步武板桥。如云："越霰吴霜篷背饱，奈年来、王事都靡盬。藉竿木，尚能舞。""十载中钩吞不下，趁波涛、忍住喉间鲠。呕不出、渐成瘿。"激昂呜咽，天地为之变色。（卷四）

激昂慷慨，原非正声。然果能精神团聚，辟易万夫，亦非强有力者未易臻此。国朝为此调者，迦陵尚矣。后来之隽，必不得已，仍推板桥。若蒋心余、黄仲则辈，丑态百出矣。（卷五）

词有表里俱佳、文质适中者……有质亡而并无文者，则马浩澜、周冰持、蒋心余、杨荔裳、郭频伽、袁兰村辈是也。并不得谓之词也。论词者本此类推，高下自见。（卷八）

《白雨斋词话》

11. 徐珂：

康、乾之际，言词者几莫不以朱、陈为范围，惟朱才多，不免于碎，陈气盛，不免于率。故其末派，有俳巧奋末之病。钱塘厉鹗、吴县过春山，近朱者也。兴化郑燮、铅山蒋士铨，近陈者也。

《近词丛话》

12.《清史列传》：

蒋士铨……其诗古体胜近体，七言尤胜。高丽使臣尝饷墨四笏求其乐府以归。古文亦雅正有法，词尤独绝。

《文苑传二》

13.《续修四库全书提要》：

集中慢词最多，恣意放纵，似效陈其年者，或又比于郑燮。其实士铨所作，固不敢望陈其年。即以板桥词较之，燮时有沉着之处，士铨则叫嚣矣。

《铜弦词提要》

14.《续修四库全书总目提要》：

士铨词流荡自恣，不成体格。

《藤香馆词一卷提要》

15. 卢前：

〔望江南〕

铜弦词，鞺鞳想精魂。亦是杀机剑侠气，并同曲名记藏园。此外不须论。

《饮虹簃论清词百家》(《清名家词》)

16. 朱庸斋：

陈其年《湖海楼词》，人多谓其力学苏、辛，而学褚得薛，转似刘克庄。雄奇奔放，未免叫嚣，然笔力饱满，足以掩其弊也。驯至蒋士铨、郑燮辈，学之而徒得其皮毛，粗犷滑易，令人难以卒读，其年固不受其咎也。

《分春馆词话》卷三

吴泰来

吴泰来（？—1788）字企晋，号竹屿，江苏长洲（今苏州）人。少由副贡生选校官，爱松滋山水，勾留竟岁，以病免归。襟期清旷，家有遂初园，藏书数万卷，寝馈其中，凡十余年。乾隆二十五年（1760）第进士。车驾南巡，召试赐内阁中书，不赴。毕沅延主讲关中书院。后主河南大梁书院，与洪亮吉、钱泳等饮酒赋诗无虚日。事见《清史稿》、《清史列传》。诗学王士禛，亦工词。著有《砚山堂集》、《净名轩集》，词有《昙香阁琴趣》（一名《古香堂词》）二卷。

1. 蒋西余：

吴企晋，水月方清，云岚比润，偶作诗余，亦是苏门长啸。

冯金伯《词苑萃编》卷八引

2. 吴衡照：

江左七子，吴舍人泰来、赵农部文哲尤工词。而王少司寇昶，晚续竹垞《词综》之刻，俾枯槁憔悴之士，垂声艺苑，洵不朽盛事也。吴中擅词学者，如朱上舍昂、施明府源、沈进士清瑞、吴茂才翊凤，各自名家，瓣香南渡，俱卓然可传者也。

《莲子居词话》卷四

3. 陈廷焯：

吴竹屿词，风流闲雅，逼真南宋诸君。同时作者虽多，然璞函之外，无出湘云、心余、竹屿之右者。

心余以魄力争雄，竹屿以风流制胜，皆同时之铮铮者；然皆在湘云下。

《词坛丛话》

4. 陈廷焯：

竹屿词情词凄婉，宋元人之长。

情词凄艳。竹屿词每至收笔，正如余音绕梁三日不绝。（评〔凤栖梧〕“江梅吹尽江楼闭”）

《云韶集》卷二一

5. 陈廷焯：

每读竹屿词，如挹清风，如观淡月，又如登山临水，使人龌龊消尽，真词坛有数家也。（评〔祝英台近〕“石玲珑”）

《云韶集》卷二四

6. 陈廷焯：

吴竹屿《昙香阁词》，如水木之清华，云岚之秀润，高者亦湘云流亚。

竹屿词，如“一点相思谁与寄，罗襟留得东风泪。”逼近小山。又〔卖花声〕云：“杨柳小湾头。烟水悠悠。归心空望白苹洲。只有春江知我意，依旧东流。”情词宛转，不求高而自合于古。

风流婉雅，是竹屿本色。吴中七子，璞函而外，固当首屈一指。（卷四）

词有表里俱佳、文质适中者……有有文无质者，刘改之、施浪仙、杨升庵、彭羡门、尤西堂、王渔洋、丁飞涛、毛会侯、吴园次、徐电发、严藕渔、毛西河、董苍水、钱保酚、汪晋贤、董文友、王小山、王香雪、吴竹屿、吴榖人诸人是也。词中之下乘也。（卷八）

《白雨斋词话》

朱昂

朱昂（生卒年不详）字适庭，又号秋潭，别号香严庵主，安徽休宁人。监生，侨居江苏长洲。著有《养云亭吟稿》，词有《绿阴槐夏阁词》四卷。

1. 王昶：

吾友朱子适庭，夙以诗名吴会，吟什流播东南，士争推挹之。既乃为倚声之学，浏然以清，孑然以峭，宗法在白石、碧山、玉田、草窗诸家，而于律尤细。适庭性故澹诞，所居绿阴槐夏阁，掩关却轨，石衣生阶，研墨沌笔，日考索七音二十八调。复与予辈寥萧简散者流相酬和，或把盏而思，或抚弦而谣，其词与诗皆工也宜。岁初秋，槐影逾碧，凉蝉间鸣，夕霏暮雨，几砚如水，循览兹卷，可缅想其标格也已。

《朱适庭绿阴槐夏阁词序》（《春融堂集》卷四十一）

2. 吴衡照：

江左七子，吴舍人泰来、赵农部文哲尤工词。而王少司寇昶，晚续竹垞《词综》之刻，俾枯槁憔悴之士，垂声艺苑，洵不朽盛事也。吴中擅词学者，如朱上舍昂、施明府源、沈进士清瑞、吴茂才翊凤，各自名家，瓣香南渡，俱卓然可传者也。

《莲子居词话》卷四

3. 陈廷焯：

秋潭词最凄切，骨似周、张，语似晏、欧。

《云韶集》卷二一

赵文哲

赵文哲（1725—1773）字损之、升之，号璞函、璞庵，江苏上海（今上海）人。乾隆二十七年（1762）高宗南巡，召试钦赐举人，授内阁中书，充方略馆纂修、军机处行走，后擢户部主事。会征缅甸，云南总督奏请文哲随军，三十八年，死于果木果之难，恤赠光禄寺少卿，入祀昭忠祠。事迹见《清史稿》、《清史列传》。文哲少聪悟，博雅能文章，尤以词赋名。“吴中七子”之一，在七子中词学成就最高。著有《媕雅诗集》，有《媕雅堂词》四卷。

1. 王昶：

余方羁贯，即好为倚声，常作曼词十余阕，上海赵子升之见而谘赏焉，因填词以寄意，余之与升之定交自此始。自后余刻厉为歌诗，继复有志于古文经术，于词既不暇以作，作亦不能及曩日之专。而升之学诗之余，填词如故，其《昙华阁词》且多至数百首，清虚骚雅，皆足与南宋人相上下。夫词小技尔，然非覃生平之才与力，则不克以工，故其道鲜有与诗兼擅焉者。南宋词人最著者凡数家，若吴君特、王圣与之属，诗弗著见于世。惟姜尧章《白石道人集》、陈君衡《西麓诗稿》流传差广。至余交当代英俊之士，则工词者自秦川张喆士四科、江都江宾谷昱、橙里昉、圣言炎之外，不获多见，而四君之诗之工亦较其词稍杀焉。今君所撰歌诗既已流播海内，又出其余技以与前贤敌，洵才力之富且雄，能兼人所不能兼者也。嗟乎！自余与升之定交以来，忽忽十余年矣。词久辍不复为，古文经术之学，亦惘然莫逮其涯涘。偶欲重理故业，而所谓曼词十余阕，已付诸蟫穿蠹蚀，不能记忆矣。岂其道之果难以兼与，抑才力之窭陋果不可强与，升之其何以进余耶？姑书之以志余之愧焉已尔。

《赵升之昙华阁词序》(《春融堂集》卷四十一)

2. 王昶：

上海赵文哲璞庵精于填词，常与吴企晋读书沉香禅院，各赋送春词。赵作〔倦寻芳〕一阕最工，企晋作诗寄之云：“一棹春江怆别魂，春风禅榻思重论。花前倘忆寻芳伴，留得罗襟旧泪痕。”

上海赵璞庵工于词，尝与余书云：“窃谓慢词必宗南宋，此不易之论。然若不能酝酿载藉，以新意自见，徒向碧山、白石稿中篇摹而句仿之，倚门傍户，终不成家，况如《乐府指迷》所云：取字句于飞卿、长吉者，犹是第二等议论。昔王梨洲论古文：宁为古人子孙，毋为奴仆。词何独不然！”其识见超迈如此。璞庵又题余《乐府补题》后云：“幽居圆泖，莼菜鲈鱼随处好。把酒江关，唱出新词俪碧山。横云如许，何日从君归隐去。结屋三间，蟹椴渔罾共往还。”盖〔减字木兰花〕也。

《西崦山人词话》卷三

3. 吴蔚光：

蕴藉风流妍雅才，郎君邀我共登台。

月斜烟瘦留家法，压倒高三十五来。《媕雅堂词》，赵璞函丈作也。令子少钝亦善倚声。辛卯九日，偕余及高东井登黑窑厂，填〔摸鱼儿〕一调，高甚倾折。今高已下世，其词稿虽多，全散失矣。

《词人绝句》九首(《素修堂诗集》卷十二)

4. 吴泰来：

赵璞函词，瓣香于碧山、蜕岩，故轻圆俊美，调协律谐。以近词家论之，尤堪接武竹垞，分镳樊榭。

冯金伯《词苑萃编》卷八辑录

5. 吴衡照：

江左七子，吴舍人泰来、赵农部文哲尤工词。而王少司寇昶，晚续竹垞《词综》之刻，俾枯槁憔悴之士，垂声艺苑，洵不朽盛事也。吴中擅词学者，如朱上舍昂、施明府源、沈进士清瑞、吴茂才翊凤，各自名家，瓣香南渡，俱卓然可传者也。

《莲子居词话》卷四

6. 谭莹：

纤秾谁信作忠魂，媕雅堂词一代论。

莫向丽华祠畔唱，苌宏血碧事难言。

《论词绝句四十首专论国朝人》(《乐志堂诗集》卷六)

7. 陈廷焯：

璞函词，直逼朱、陈，分镳樊榭，芝田、晴波、蠡差、荑渔，起而羽翼之，而词又一变。

其年、竹垞，千古仅见，会于一时。十余年而生一太鸿，又十余年而生一位存，又数十年而生一璞函。一代词手，先后而生，天若有意于其间也。

璞函词，芊绵温雅，貌似南宋，骨似北宋，学博才大，冠绝一时，与竹垞代兴可也。

璞函著词最富，然不矜才，不使气。温厚和平，婉而多讽。词贵细婉，而忌粗疏，璞函当无此讥。

《词坛丛话》

8. 陈廷焯：

国初词家，朱、陈尚矣，数十年而得一太鸿，数十年而得一位存，又十余年而得一璞函；其它名手虽多，无出此五家之右者。璞函词，亦是南宋规模。而才大心细，圆美流传，盖斟酌古名家而出之者，尽美矣，又尽善也。闺词易流淫亵，璞函〔祝英台近〕及〔孤鸾〕、〔双头莲〕、〔摸鱼子〕诸篇，词极婉雅，意味愈嚼愈出，情胜故也，不必用粉白黛绿之词，自令读者低徊不已。璞函词无一字不温婉。

璞函词多不食人间烟火语，真可与竹垞分道扬镳。

璞函词〔祝英台近〕诸篇，遣词轻婉，脱尽凡艳，前无古，后无今。

《云韶集》卷二一

9. 陈廷焯：

璞函艳词，情最深，味最浓，笔力却绝遒，与竹垞分道扬镳，各有千古。艳词至竹垞，仙骨珊珊，正如姑射神人，无一点人间烟火气。璞函则如丽娟、玉环一流人物，偶堕人间，亦非凡艳，此两家艳词之别也。

璞函词以秾丽胜，而气甚清，笔甚遒，所以不可及。

《词则·闲情集》卷六

10. 陈廷焯：

赵璞函词，措语秾至，用笔清虚，规模亦甚宏远，可与竹垞、樊榭并驱争先。

璞函词，秾艳是其本色。然能规模古人，不离分寸。故雅而不晦，丽而有则。视国初名家，正不多让。

璞函艳词，情最深，味最浓，笔力却绝遒。与竹垞分道扬镳，各有千古。

艳词至竹垞，仙骨珊珊，正如姑射神人，无一点人间烟火气。璞函则如丽娟、玉环一流人物，偶堕人间，亦非凡艳。此两家艳词之别也。

赠妓之词，亦以雅为贵。余最爱璞函〔绮罗香〕云……淋漓曲折，一往情深。较古人赠妓之作，高出数倍。

〔祝英台近〕八章，意态极浓，笔力极健，层折又极入妙，亦艳词极轨也。

璞函〔祝英台近〕八章，遣词闲雅，用笔沉至。艳词中运以绝大笔力，真千年绝调也。竹垞〔洞仙歌〕后，又辟一境矣。（卷四）

《咏芦花》〔凄凉犯〕云；“西风乍卷，便鸥鹭、飞来不见。”又云：“几度思持赠，回首天涯，白云空翦。”又《秋柳》〔台城路〕云：“长亭古道，莫更问当时，燕昏莺晓。”又云《秋草》前调云：

“不见王孙，夕阳空记旧行迹。”又云：“塞北秋深，江南日暮，一带伤心寒碧。凭高望极，又断雨零烟，几重遮隔。独立苍茫，旧袍青泪湿。”均于凄感中见笔力。规模南宋，似又胜于张仲举。（卷五）

位存词规模较隘，而全篇精粹，亦能拔帜于陈、朱之外。璞函则轻圆俊美，跌宕纵横，鼓吹陈、朱，正不多让，皆国朝之哲也。（卷六）

词有表里俱佳、文质适中者……有文过于质者，李后主、牛松卿、晏元献、欧阳永叔、晏小山、柳耆卿、陈子高、高竹屋、周草窗、汪叔耕、李易安、张仲举、曹珂雪、陈其年、朱竹垞、厉太鸿、过湘云、史位存、赵璞函、蒋鹿潭是也。词中之次乘也。（卷八）

《白雨斋词话》

11. 张德瀛：

赵有〔祝英台近〕诸词，由荛得丽，以赡而华，正如宋广平作《梅花赋》，殊不类其为人。

《词徵》卷六

12. 郭则沄：

木果木之役，幕府罹难者甚众，而赵璞函独以能词著。其《媕雅堂词》雅俊，于碧山为近。然而《芦花》〔凄凉犯〕云：“独立苍茫，问何事、频吹塞管。正凄凉、冷月宿处起断雁。”《秋草》〔台城路〕云：“凭高望极。又断雨零烟，几重遮隔。悄立苍茫，旧袍清泪湿。”结拍皆极衰飒，若预兆其结局者，盖不期而然也。

《清词玉屑》卷二

张熙纯

张熙纯(1725—1767)字策时，一字少华，号敬亭，江苏上海（今上海）人。乾隆二十七年(1762)举人。三十年召试，授内阁中书。曾与钱大昕、吴省钦等从王峻受学。事迹见王昶所撰墓志铭。工词。著有《华海堂集》，其词曰《华海堂词》(一名《昙华阁词》)，王昶《琴画楼词钞》录其词四十二阕。

1. 朱芳蔼：

张少华襟情爽飒，而填词又极缠绵，故以韵胜也。有《香奁》一卷，惜为人假手，不能传播艺林。

冯金伯《词苑萃编》卷八

2. 王昶：

吴外翰企晋怀人诗云："滴粉搓酥句早传，银钩虿尾斗蛮笺。梦窗憔悴中仙别，剩尔风流续玉田。"盖怀张文学策时也。策时工词，余常与倡和，故有中仙之目。

《西崦山人词话》卷三

3. 谭莹：

无端绮语债谁偿，现到昙华集名总擅场。朱吉人谓君有香奁词一卷，惜为人假手，不能传播艺林。

词客千秋同此恨，为他人作嫁衣裳。

《论词绝句四十首专论国朝人》(《乐志堂诗集》卷六)

江昉

江昉(1727—1793)字旭东，号橙里，又号砚农。安徽歙县人，寓居扬州。候选知府。性伉爽，喜交游，嗜书画，善诗词，一时名士均与酬唱。著有《晴绮轩集》。昉少嗜倚声，慕姜白石、张玉田之风，苦心孤诣，句琢字炼，清空醇雅。有《练溪渔唱》二卷、《集山中白云词》一卷、《随月读书楼词钞》，《安徽清代名家词》丛书第一集辑入。又曾与吴烺、程名世等合辑《学宋斋词韵》。

1. 沈大成：

词乃诗之余，而与诗异。论诗者曰“曲而有直体”，又曰“廉而不刿”，词则无取乎“直”与“廉”也。其为体也闲静，其为境也幽远，其为辞也清婉，其为思也杳眇，篇无滞句，句无累字，乍阴乍阳，不背不触，若弱线之贯珠，若幽花之独笑，若倩女之离魂，若秋坟之鬼哭，取之于有无恍忽之中，辨之于微芒疑似之际，如是而后为得也，此异之不可见者也。是故即事留题，触景写物，凡欢愉愁苦、哀伤惨悼，与夫闺房儿女、邂逅别离、驰驱行役，有动于中而发乎言，味之而愈深，即之而若近，彼夫南渡以后之为词者，有一不出于此者乎？其不出于此者，亢厉噍杀，郑卫下里之音耳，吾恶乎取之？逮明此道中晦，即玉茗《四梦》妙天下而词则绝鲜。国朝作者踵出，直追赵宋，小长芦、阳羡二家，譬犹西方之伽陵频伽、丹穴之鸾凤，所当则而效之者，然世效之而似之者谁乎？而况于白石、玉田乎？吾友江君橙里，少嗜倚声，饶有清致，中年伤于哀乐，每有所作，动规先民。其所钞《练溪渔唱》若干卷，盖深知词与诗异之故，笔不苟下，槀则数易，刿钵肝肾，磨濯神志，盖几几乎窥南渡之门庭，而与近之作者并，虽自汰甚严，所存不啻半珠一粟，而其苦心孤诣，善学古人，审音者望而可知也。练溪在歙之东乡，江氏世居于此，故以自名其词云。

《江橙里〈练溪渔唱〉序》(《学福斋集》卷六)

2. 金兆燕：

鲭合五侯之美，葱渫皆调；酒含百味之英，兰馨斯发。珠穿乙乙，遂成璎珞之奇观；锦织层层，全藉组纵之妙手。然挦撦诗句，不过五言七言；若排比词家，或易同音同调。未有抉百弓之畎浍，另起波澜；卸七宝之楼台，自为榱桷。如橙里词人之集玉田词句者也，盖其好之既专，故而契之最密，本杼侔而机合，自轴运而轮随。意必标新，语仍旧贯。牵橘柚槐榆而为兄弟；杂金银铅汞而配丁壬。信手拈来，无非妙谛；操觚立就，不似陈言。裁月缝云，别具神工之巧；回黄转绿，全凭趵匠之心。前无古人，后难继者。割白云之片片，知惟君能向山中；记红豆之声声，可许我同听花下？

《江橙里〈集玉田词〉序》(《棕亭骈体文钞》卷三)

3. 阮元：

橙里意境清远，慕姜白石、张叔夏之风，其词清空蕴藉，无繁丽昵亵之情，除激昂嚣号之习，可谓卓然名家。

冯金伯《词苑萃编》卷八

4. 谭莹：

苦心孤诣得清空，橙里居然乐笑翁。

句集一家成一卷《集山中白云词》一卷，竹垞蕃锦说天工。

《论词绝句四十首专论国朝人》(《乐志堂诗集》卷六)

5. 陈廷焯：

竹香以词名武陵，渔川以词名临潼，橙里以词名安徽，位存、龙威，两雄相峙，俱能出入两宋，变化三唐。余每病诸公家数近小，只可称名家，不足称大家也。

《词坛丛话》

6. 陈廷焯：

橙里词比肩南宋诸家，清远浏亮，与渔川并峙两雄。

《云韶集》卷二十

7. 陈廷焯：

江橙里词，清远而蕴藉。沈沃田称其“刿钵肝肾，磨濯心志，苦心孤诣以为词。”可谓难矣。然余观《练溪渔唱》，句琢字炼，归于纯雅，只是不能深厚。盖深知南宋，而不得其本原。本原何在，沉郁之谓也，不本诸风骚，焉得沉郁。国朝词家，多犯此病。故骤览之，居然姜、史复生。深求之，皆姜、史之糟粕。惟陈迦陵兕吼熊啼，悍然不顾，虽非正声，不得谓非豪杰士。（卷四）

雍、乾以还，词人林立。如南芗、橙里辈，非无磨琢之工，而卒不能超然独绝者，皆若不知本原所在。故下不至如杨、郭之卑靡，上亦难窥姜、史之门户。后之为词者，不根柢于风骚，仅于词中求生活，又无陈、朱才力，纵极工巧，亦不过南芗、橙里之匹。则亦车载斗量，不可胜数矣，尚安足为贵乎？（卷六）

《白雨斋词话》

8. 吴梅：

宾谷（江昱）得南宋之意趣，研南（江炳炎）得南宋之神理。若橙里则句琢字炼，归于纯雅，惟不能深厚。此三江词之工力皆不能到沉郁地步也。

《词学通论》

董潮

董潮(1729—1764)字晓沧，号东亭，一号曜仙，江苏阳湖(今常州)人，流寓浙江海盐。乾隆二十八年(1763)进士。改庶吉士，入内阁行走，充《通鉴辑览》纂修官。事迹见《阳湖县志》。长于骈文，善画。工诗词，诗歌瓣香王士禛，曾作《芙蓉庄红豆树歌》，传诵都下，人称“红豆诗人”。词犹奇丽。著有《东皋杂钞》、《红豆诗人集》，有词一卷，附于诗集后，名《漱花集诗余》。

1．黄燮清：

晓沧词，如冷蝶秋花，自饶凄艳。

《国朝词综续编》

2．丁绍仪：

阳湖董晓沧庶常潮，家故贫，赘于海盐，遂由海盐籍登南宫，入词垣。乞假归，修志常州，年未四十卒。少受业于赵瓯北观察，而诗体独宗温、李，以赋红豆诗得名，人以“红豆诗人”目之。所著《漱花词》，虽止数十阕，然如〔谒金门〕云……凄清遒逸，迥殊凡响。

《听秋声馆词话》卷四

方成培

方成培(生卒年不详)字仰松，号后岩，又号岫云词逸，安徽歙县人。布衣。贫居山村，精研诗古文辞，工词曲。著有传奇《双泉记》、《雷峰塔》，词有《芳影词》二卷，《横枝词》一卷，《后岩箫雅》一卷，《寒山乐府》正续各一卷，总称《味经堂词稿》，另有《词榘》、《听弈轩小稿》、《香研居词麈》，后者尤享誉词林。

1. 谢章铤：

推究音律，倚声家之最上乘也。红友一书，世称精审，然譬之涉水，揭而未厉。宋王晦叔灼之《碧鸡漫志》、国朝方仰松之《香研居词麈》，有意为耆卿、白石者，谅可作先路之导也夫。仰松，名成培，歙西人。大抵谓工尺即律吕，乐器无古今。程教谕瑶田，其友也，素精按拍，亦心折其言。书凡五卷，中有云："凡一词用某韵，则句中勿多杂入本韵字，而每句首一字尤宜慎之。如押'鱼'、'虞'韵，而句中多用'语'、'麌'、'无'、'吾'等字，则五音紊矣。"虽非深谈，持论甚确。节录于此，余则全书具在，嗜学者自探索之可也。

《赌棋山庄词话》卷三

2. 吴梅：

仰松有《香研居词麈》，论音吕颇精。所作小词，间亦有致。而曲则不甚当行也。

《雷峰塔跋》

郑沄

郑沄(?—1795)字晴波，号枫人，江苏仪征人。乾隆三十年(1765)召试，授内阁中书。四十八年，官浙江督粮道。与姚鼐、汪中等相友善。曾以“玉勾草堂”名校刊《杜工部集》二十卷，据邵晋涵稿续修成《杭州府志》。工词，其《妆台十咏序》云：“屈灵均之美人香草，偶一为之；苏学士之铁板铜弦，非其好也。”可见郑氏词主婉约。著有《玉勾草堂诗集》、《玉勾草堂词》、《妆台十咏》等。

1. 吴衡照：

广陵吟事作于马氏两征君。嗣是才士麇集，竹西弦管之盛，真不负兹佳山水、闲风月也。郑太守枫人先生沄稍后起，倚声之学，终推为擅场。

《莲子居词话》卷四

2. 陈廷焯：

枫人词气骨苍凉，在草窗、玉田之间。

《云韶集》卷二一

陈谋道

陈谋道（生卒年不详）字心微，浙江嘉善人。诸生。工诗，尤善词曲，得南宋风致。王士禛选其词入《倚声集》，著有《百尺楼稿》。

1. 王初桐：

陈谋道工小令，有“数枝红杏斜阳”句，王尚书以为胜于宋子京也，人称“红杏秀才”。

《小嫏嬛词话》卷三

2.《嘉善县志》：

陈谋道，字心微。工小令，得南宋风致。王尚书士禛选入《倚声集》，称其“数枝红杏斜阳”句，胜于宋子京。人称为“红杏秀才”。

冯金伯《词苑萃编》卷八

魏之琇

魏之琇（生卒年不详）字玉璜，号柳州，浙江钱塘（今杭州）人。布衣，少孤贫，长于医药，又以画扇自给，余力为诗词。撰有《岭云诗钞》一卷、《柳州遗稿》二卷，及《柳州乐府》、《续名医类案》等。

1. 王初桐：

魏之琇《柳州乐府》，江玉屏以为平正似陈西麓。

《小嫏嬛词话》卷三

2. 江立：

柳州词笔平正，不失为雅音，宋人中绝似陈西麓。

徐珂《清代词学概论》引

王初桐

王初桐(1730—1821)原名丕烈，字于阳，又字赓仲、无言，号竹所，江苏嘉定(今属上海市)人。诸生。先后任山东齐河县丞及新城、淄川知县。著有《海右集》，为著名诗人阮元、王昶所推重。有《巏务山人词集》，编撰有《小嫏嬛词话》三卷。

1. 阮元：

词人之作小令，以五代十国为宗，守其派者有晏氏父子、欧阳公、张先、秦观、贺铸、毛滂诸人；慢曲以清真、白石为宗，沿其流者有吴文英、张炎、卢祖皋、高观国、王沂孙、周密、蒋捷、陈允衡诸人。自宋元以来，传染《草堂》结习，而《花间集》、《乐府雅词》、《绝妙好词》诸书之遗意莫或窥寻，无怪乎词学之不振也。王子竹所深于词，三十年前即以之名大江南北。兹复手自删订，扫去骫骳从俗之作，其所存者，小令则寓秾纤于简厚，慢曲乃如溪流逆风，波纹自行，而冷光翠色，一望演漾不可尽，盖于四声二十八调中独得唐宋人精髓，深于此者，乃知其为必传也。

《王竹所词序》(《揅经室集·三集》卷五)

2. 王初桐：

填词三十年，有词五百余阕，虽世所推许，多近甜熟，不存也。三十年来，仅得三百余阕，而应酬之作，亦不存之。排为四卷，计词二百余阕，所存十之三，所去十之七。

《赌棋山庄词话续编》四引王氏自序

3. 张龙辅：

余最好竹所之词，甲戌将游括苍江，入山羁愁大发，奴聋佣蠢，不可告语。孤舟村店，惟竹所词是亲，朝吟夕诵，酒后耳热，辄击节呜呜。浙东之人无知音律者，阐余歌声，无不群聚倾听，争相赞叹。

《赌棋山庄词话续编》四引

4. 谢章铤：

《罐务山人词集》(《杯湖欸乃》三卷、《杏花村琴趣》一卷)，嘉定王于阳初桐撰。于阳一字竹所，自序云……然则竹所之于词，可谓勤矣。其词于南北宋诸家莫不津逮，述庵虽选入《词综二集》，要非浙西宗派所能牢笼也。《静志居琴趣》有〔洞仙歌〕十七阕，竹所继之亦有十六阕，词皆稳帖，是何绮思之深也。

《赌棋山庄词话续编》四

5.《续修四库全书总目提要》：

初桐别著《海右集》卷三《怀许穆堂侍御》一首自注云："穆堂称余词为一时无两。"虽友朋之谀辞，然观其令曲，风流婉约，熨帖悦人，可谓当时之作手。惜慢词多庸音，不相称耳。中间有发、臀、舌、颈、胸、腰、心、泪、唾、汗、气、香、声、影诸题，殊不雅正。

《罐务山人词集四卷提要》

陈朗

陈朗（生卒年不详）字太晖，号梦欧，又号青柯，浙江平湖人。乾隆三十四年（1769）进士，官江西抚州府知府。性沉默，嗜酒，不善与人相处。著有《青柯馆诗集》、《集汉魏六朝句六铢词》二卷、《青柯馆词》三卷、《补遗》一卷。

1. 毛大瀛：

集句词至竹垞《蕃锦集》，工巧极矣。平湖陈太晖朗，著《六铢词》，集古诗为之，较竹垞集唐，尤为因难见巧。陆梅谷题〔尾犯〕云：“哀怨六朝余，残雨断云，谁解收拾。有客多情，珊瑚网盈铁。氤氲鼎、众香不辨，红白花、一枝相接。九秋风露，片段柴窑，拆碎皆奇绝。　纵教如意舞，误损佳人琼颊。妙补增妍，了无痕如獭。娲皇石、精灵炼就，天女衣、裁缝迹灭。清琴百纳，冰弦弹出怨千叠。”

《戏鸥居词话》

2. 谢章铤：

《六铢词》二卷，平湖陈太晖朗撰。集句为词，始于小长芦，然所集乃诗句，近且有集词句者，且有专集本人之句者。若太晖则集唐以前句。余谓六朝歌曲，语多古艳，若能运用入词，吐属自异，苟强联成篇，反觉生硬。虽自谓仙衣无缝，而天吴紫凤，已不胜其颠倒矣，姑留以备一体可也。

《赌棋山庄词话续编》四

吴元润

吴元润(1730?—?)字泽均，一字泽周，号兰汀，一号谢堂，长洲(今江苏苏州)人。吴泰来弟，官河南卫辉知县、直隶正定府(今属河北)经历。著有《谢堂词》三卷，其词集分卷立名，曰《香溪瑶翠词》、《广陵集》、《梧月清陶集》。

1. 丁绍仪：

王兰泉司寇初集同时师友词为《琴画楼词钞》，后辑《国朝词综》，无不录入，独遗吴兰汀大令元润《香溪瑶翠词》，岂因其中岁阋墙，薄而屏之耶？大令长洲人，官卫辉知县，为竹屿中翰弟，词体柔媚，颇似秦、柳。

《听秋声馆词话》卷十八

沈星炜

沈星炜（生卒年不详）字吉晖，号秋卿，浙江仁和人。监生。著有《梦绿山庄集》八卷，有《梦绿山庄词》四卷。

1. 张云璈：

诗以道性情，而词又性情之易为道者也。举凡羁人秋士、忧深思远，诗所不能达者，则藉词之曲折以达之，愈曲愈达，愈达愈曲，故见性情之真者，词较诗为尤甚。词名诗余，实有以补诗所不足，岂云余而已哉？然而性情虽同，思致或异，容有工于诗而不能词者，即为之而不如诗之工者，非词与诗歧途，格律不同而才力有所限也。沈君秋卿，善于言情者也，今年秋，介予戚好投示《梦绿山庄词》二百余阕，且索弁言。予受而读之，以清便妙丽之辞写深窅空凉之思，恬吟密咏，使人意消。夫词家之弊，柔曼不已必至波靡，波靡不已必至甜俗，虽柳屯田不免此，何况其他？秋卿知其故而力矫之，含风吐雅，出入周、秦、姜、史之间，不失刌度，于此道三折肱矣。吾乡倚声之宗，允推清真周氏，嗣其响者沿波讨源，各树一帜。近时厉太鸿先生兼诸家而有之，上接清真。今秋卿专门名家，时而溪树萦回，时而江山平远，时而花红玉白，时而繁笛哀筝，其词境如是，自可步武樊榭，而不致瞠乎后焉。

《沈秋卿梦绿山庄词序》（《简松草堂文集》卷五）

2. 郭麐：

近日浙中词客以李四斋为眉目，次则沈秋卿星炜。

《灵芬馆词话》卷一

3. 姚椿：

〔摸鱼子〕《酬沈秋卿少尹即题其梦绿山庄词卷》

问西湖、贮愁多少，绿波渺渺千里。与君同是江南客，不信萍踪迤逦。风渐起，数廿四番中，开到花枝几。潇湘兰芷。算万古骚心，一天幽恨，谱入七弦底。　家乡梦，曾忆总宜船舣。淡妆浓抹都丽。吴山一角凄迷影，飞入诗人屐齿。千尺水，是旧日汪伦、情绪深如此。闲愁无际。指天外孤帆，月痕摇漾，灯火半星细。

《洒雪词》

4. 丁绍仪：

沈君秋卿星炜，少从王兰泉司寇游，工诗词，善隶书，兼擅绘事。仿其乡人奚铁生作，几莫能辨。顾久困场屋，屈为九品官，需次楚中。读余秋蝉〔声声慢〕，至“金盘露华渐冷，更萧条、病叶难温。谁怜取，是当年、齐女艳魂”，几下唐衢之泪。时拂长官意，年逾半百，抑塞无所见，盖有不能自释者。今距秋卿之殁二十年矣。其词录入王氏词综二集。自谓少作未工，后刊《梦绿山庄词》，多所削改。然修饰过甚，转不若前之轻倓。

《听秋声馆词话》卷四

5. 陈廷焯：

秋卿词风流凄楚，奄有众长，与祥伯并驱中原。

《云韶集》卷二三

6. 陈廷焯：

朱、陈之后有太鸿，太鸿之后有位存，位存之后有璞函，璞函之后有榖人。榖人之后，数十年来，如蓉裳、伊促、次促、频伽、米楼、荔裳、秋舲、吉晖、竹所诸君，后先继起，非不精妙，然无有越榖人之范围者。

《词坛丛话》

7. 张德瀛：

沈吉晖星炜词，如桃花岩石，触手生温。仁和人，有《梦绿庵词》。

《词徵》卷六

姚鼐

姚鼐(1731—1815)字姬传，号梦谷，别号惜抱，人称惜抱先生。安徽桐城人。乾隆二十八年(1763)进士。历官礼部主事、刑部郎中、四库馆纂修，后因意见不合告归。先后主扬州梅花书院、安庆敬敷书院、歙县紫阳书院、江宁钟山书院等，卒于江宁教席。生平事迹见《清史稿》、《清史列传》及郑福照编《姚惜抱先生年谱》等。鼐早年慕乡先辈方苞，后受学于刘大魁，广大师说，倡义理、词章、考据并重，辑《古文辞类纂》，为时所重，成为桐城派创始人之一，著有《惜抱轩全集》。鼐以古文名家，词固为余事。有《惜抱轩词》一卷，存词八首，附诗集后。

1. 姚鼐：

词学以浙中为盛，余少时尝效焉。一日嘉定王凤喈语休宁戴东原曰："吾昔畏姬传，今不畏之矣。"东原曰："何耶？"凤喈曰："彼好多能，见人一长，辄思并之。夫专力则精，杂学则粗，故不足畏也。"东原以见告。余悚其言，多所舍弃，词其一也。

《惜抱轩词自识》(《惜抱轩诗集》)

2. 丁绍仪：

桐城姚姬传先生鼐，因王西庄光禄"专力则精，杂学则粗"二语，辍词不作，今《惜抱轩集》中所附数阕而已。……虽专门家无以过，微嫌隶事稍多耳。

《听秋声馆词话》卷十五

3. 谭献：

夫惟大雅，卓尔不群，倚声得此文儒，乃为游艺。

《箧中词·今集续》卷三

张埙

张埙（1731—1789）字商言，号吟芗，又号瘦铜，江苏吴县（今属苏州市）人，乾隆三十年（1765）举人，后考授内阁中书，著有《竹叶庵文集》三十三卷。词集有《碧箫词》、《春水词》、《荣宝词》、《瓷青馆悼亡词》、《红椆书屋拟乐府》，后删订前四种为《林屋词》七卷，与《红椆书屋拟乐府》二卷收入《竹叶庵文集》中。

1. 沈德潜：

词学备于宋，而浙东西尤甚，钱塘则张炎、仇远，秀州则吕渭老，永嘉则卢祖皋，四明则吴文英。国朝曹侍郎倦圃、朱检讨竹垞相与倚声于长水，一时名流从而和之，两越之词闻于天下。张子商言移家于吴，其先越人也，工为词。夫词之为道，其辞微，其旨远，诗所难于达者，假闺房儿女子之言，长短其句，而以委曲通之，准诸《离骚》二十五之义，往往相合。前人之体制不可逾也，一定之律吕不可混也。宋代以来，并推周、柳。苏端明、辛稼轩以浩气行之，姜白石以清才矫之，别开面目，风格故高，然终非词之本旨矣。商言之词，秾而不腻，鲜而不靡，巧而不佻，曲而不晦，其长调亦间入苏、辛诸公，而裴回容与，温丽芊绵，终归周、柳，其天才使然与？抑亦土风所遗也？吾吴以词鸣者，尤检讨西堂后寥寥无闻。商言以多情多才之人发而为词，擅声吴中，吴之多情多才者复同声而和，他日吴地名家亦继两浙而兴起也，商言其先声也夫！

《碧箫词序》（《竹叶庵文集》卷首）

2. 陆燿：

文章体裁，至词而极卑，然其声吻乃与《三百篇》、汉魏乐府相近。闻者莫不以予言为诞，予既不好词，亦未暇与辨也。同郡张子吟芗于诗、古文外，兼爱填词，久之得其神理，以谓体裁虽卑，而其道甚尊，爰即今调以上括古诗，凡两汉六朝郊庙乐章、铙歌、鼓吹诸作，苟可以就我声律，无不移形换步，妙合天然。予读之终卷，服其识之卓、辞之工而又与予之所论符契，喜曰："是可为填词家一洗旧说之谬矣。"当词之未兴，惟诗专行于世，而其用在歌，歌有抗坠抑扬，故文有长短申缩。《三百篇》多四字为句，而其中自两字至八字间出不拘；汉五言诗已为文人所作，不尽可歌；乐府篇章则无不参差其句字。自近体兴而诗家以五言、七言为正格，长短之句仅施于歌行，而古诗遗音乃独留于词之一派，作之者又以体别于诗，竞奉柳屯田为正宗，斥苏玉局为旁门，于是诗与词不可复合。至若声以韵谐，使第平与平叶，仄与仄叶，则是语无轻重，声无高下，何以播之咏歌而沨沨入耳？昔顾亭林谓诗皆四声通用，予尝考诸两汉，亦无不然，然则今诗之用韵又与古音相戾，而词则平、上、去三声并叶，入声或独用或分配三声，与前古俱无以异，第歌学不传。又诗则文成而声应，词乃调设而文从，以此弥分疆域。使律以宗子之法，词犹为古诗之弱嫡，近体乃古诗之彊支耳。世人尊诗而卑词，以其树骨也贵柔，遣言也尚妍，秾丽淫妖，大雅不贵，是故卑之弗论。今张子以典则之笔，写庄正之音，非徒为旧事翻新，炫人耳目已也。其尊词之故，盖慨然有复古之思矣。

《红榈书屋拟乐府序》(《竹叶庵文集》卷首)

3. 张埙：

予十二岁咏初寒词，先君便赏之，嗣是习为词二十年，文坛诸君谬推予为能词。后又习为诗、习为古文，于是绝不作词。然积二十年之久，撰《碧箫词》五卷，沈文悫公序而刻之；又撰《春水词》二卷、《荣宝词》十卷、《瓷青馆悼亡词》二卷、《红榈书屋拟乐府》二卷。大概《碧箫》少作，最不足存；《瓷青》履境惨毒，词旨哀伤，当非正声；《荣宝》其庶几精华昭灼，有暾然难掩者矣。

今年在关中，眼痛经旬，志局虽忙，不能纂书，乃裒乡作，汰省十之六七，排为七卷，总题曰《林屋词》，以《红裀》单行已著，并是拟古之作，不削入焉……忆予始初唱和徒侣，里中有盛云思（晓心），铅山有蒋心余（士铨），曲阜有孔谲孟（继涵），皆童年蚤慧，诧无难事，盛之《拗莲词》、蒋之《听秋词》（今曰《铜琶词》）、孔之《斲冰词》皆未成集，既皆有名于世。寒暑易迈，云思先归道山，心余、谲孟齐脱朝籍，浮湛乡里，而予亦垂垂其老矣，岂不可感也夫！

《林屋词自序》（《竹叶庵文集》卷首）

戴延介

戴延介（生卒年不详）字受兹，号竹友，安徽休宁人，侨居苏州，词人郑沄婿。著有《银藤花馆词》四卷。

1. 吴锡麒：

吴郡词人，如陶凫香、董琴南诸君，金铿各奇，玉照同致，缪矜下里，督为元晏，荒言前马，蒙窃愿焉。既而群雅之奏，井水并传；乐府之遗，吴趋益熟。芬芳袭乎怀抱，丹黄凑乎杼轴。罔勿咀宫嚼徵，寻幽究元。则有戴君竹友者，踵石帚之声，闯玉田之室，既湛神智，尤粹音律。所著《银藤花馆词》，玉树琼枝，映发乎江管；天吴紫凤，颠倒其海图。谐琴雅于秋林，和笛家于春水。穷极幼眇，刻露斐尾，洵足以洗乌栖之怨，散白纻之愁也已。大抵倚声之道，雅正为难，质实者连蹇而滞音，浮华者苛缛而丧志，甚或猛起奋末，徒规乎虎贲，阴淫案衍，渐流为爨弄。翩其反矣，又何称乎？若竹友者，瑶情自深，慧业夙授，托微波而通语，窥意匠而运斤，故能高下在心，分寸合度。然其所以进乎微者，则又有独照焉，有辅成焉。擅万卷之名，不溺于章句；席中人之产，无累乎衣食。绝意科举，用资弦歌。烟华荡春，稽诣以申其趣；风叶交响，逋峭恒喻于怀，其嗜好之专有如此者。淮海微云，去婿乡而近；东泽绮语，得诗法而精。冰玉交辉，青蓝相代。杨玠扪腹，竟饱博陵之书；侯芭问奇，乃受元亭之学。其津梁之逮有如此者（君妇翁郑枫人观察有《玉勾草堂词》，师徐缦云明经有《延秋馆词》，俱已刊行）。而况单舟叠舸之乡，东歌南音之会，花草亦古，禽鱼可亲，皆足控引胜情，莹发灵瞩。而竹友无铅脂之腻口，有金粉之关怀。当夫暝雨初生，斜阳欲下。败荷十顷，写入云荒；柔橹一枝，摇来梦瘦。但觉细萦水縠，清逼山棱，泠泠乎令人如濯魄于冰壶，而聆璈于蓬岛也。仆少耽痴语，近习枯禅，虽已换乎石肠，尚能调乎木舌。他日同论管色，共按歌头，明缓急过度之殊，审阴阳清浊之辨，重与吟花虎阜，唱月石湖。幽篁忽开，答之山鬼；群鸥乱下，矫若水仙。当必有悄然而悲、深然而恐者，亦惟余两人相视而笑，莫逆于心也乎。

《戴竹友〈银藤花馆词〉序》（《有正味斋骈体文续集》卷二）

屈为章

屈为章（生卒年不详）字合漪，号弢园，别号紫华生，浙江平湖人。著有《紫华舫诗初集》、《紫华舫诗集》等，词有《竹沪渔唱》一卷。

1. 吴锡麒：

屈子弢园，离骚苗裔，烟波钓徒。美人香草之思，绸缪无已；细雨斜风之会，谣咏相闻。遂出所著《竹沪渔唱》授余而读之，泠泠乎荐其新响，历历乎证之昔游。知其生长渔乡，啸歌琴趣，模范有得，分寸无舛。虽复影吟子野，秋谱东堂，寓公间作，大雅未坠。然浸淫山水之深，咀饫莼鲈之美，惟歌小海者，善操土风矣。大抵词之道，情欲其幽，而韵欲其雅。摹其履舄，则病在淫哇；杂以筝琶，则流为伧楚。甚或颂如致语，谐等爨弄，真宰不存，小道见弃。宜哉弢园绝俗之累，居水一方，家世有其清华，友朋均其兰臭。每当露初星旦，叶润花鲜，凌清飙而奏弦，炼飞霞而成字，和而不涓，艳而不佻。浙西诸老以来，能不为之位置一席哉？

《屈弢园〈竹沪渔唱〉序》（《有正味斋骈体文续集》卷二）

许宝善

许宝善（1731—1803）字斅虞，号穆堂，江苏青浦人。乾隆二十五年（1760）进士，授户部主事，迁员外郎、郎中，擢福建道监察御史。乾隆三十四年（1769）、四十二年（1777）充顺天乡试同考官。晚年主讲鲲池、玉峰、敬业书院。著有《自怡轩诗》十二卷。另有《自怡轩词选》八卷。

1. 诸联：

许穆堂侍御宝善，季年好音，家居后，常寻旧制，自度新腔。滴粉搓酥，缘情协律，爰取前贤词句，谱以工尺，订成六卷，四声二十八调，清浊高下，南调北调，厘然炳然。咀徵含商之士，咸奉为香草。

《明斋小识》卷五

2. 尤维熊：

黄门豪迈似髯苏，却与铜琶铁板殊。

旧谱红牙今白发，风情还似昔年无。

《续评词四首》（《二娱小庐诗钞词钞》卷三）

3. 蒋敦复：

国初盛称云间陈李三宋词，一以《花间》为宗。至王述庵司寇续辑《词综》，瓣香竹垞，沿于浙派矣。许穆堂侍御著《自怡轩词》五卷，独能得小山父子风格，则其宗尚，雅在北宋。……有和珠玉、六一词一卷，数十首，与司寇同时，而不染时贤习气，所以可传。

尝谓词之感人甚于诗，王梦楼太守序穆堂词云：访余于京口快雨堂，录所作词数首见示，余适有所感，读之忽至泣下。余皈空门十余年，神情寂寞，而穆堂之词，能动余若此，其所诣可知已。然词能动人若此，彼诗之不能动人者，其所诣不愈可知耶。

“陌上草萋萋，春山莺乱啼。无事皱双眉，不知心恨谁”，“闲拨冷灰珠阁晚，添香。细语花间咒玉郎”，“最是夜深眠未稳，凄凉。月映疏枝上短墙”，皆穆堂句，微嫌面目太似古人，亦是一病。

《芬陀利室词话》卷一

4. 郭则沄：

许穆堂宝善《自怡轩词》，清婉似玉田。

《清词玉屑》卷七

江立

江立(1732—1780)初名炎，字圣言，号玉屏，又号云溪，原籍安徽歙县，流寓江苏扬州。监生。擅画山水，兼善兰、竹，尤工诗词。与江昉齐名，称“二江”。有《夜船吹笛词》二卷。

1. 杭世骏：

白岳江玉屏氏，栖迟邗水，亲炙樊榭几席，偷声减字，得其弦外之响，故竹垞无肖子，而樊榭有替人。玉屏贫无立锥，颇有金屋之倩盼，吹箫度曲，分寸节度。姬人慧而安贫，以浊酒浇其块垒，轻帆柔橹，跌宕于红桥白塔之间，其词则蘋洲之笛谱，其人则白石之老仙也……序玉屏之词，而感樊榭之不作。诗不云乎：“虽无老成人，尚有典型。”此集行而老成典型犹在乎？吾以为樊榭有替人者也，此也。

《江玉屏词序》

2. 陈廷焯：

圣言词逼真南宋诸家，而于中仙为尤近。

《云韶集》卷二一

朱云翔

朱云翔（生卒年不详）字遂佺，江苏元和（今苏州）人。诸生。有《蝶梦词》。

1. 许名仑：

《蝶梦词》融情炼景，刻羽引商，溯权舆于李唐，备体裁于赵宋，拟之竹垞，可与代兴。

王昶《国朝词综》卷三十三引

2. 陈廷焯：

《蝶梦词》，情词宛转，可升竹垞之堂。

《云韶集》卷二十

张玉珍

张玉珍（生卒年不详）字蓝生，一字清河，江苏华亭（今上海松江）人。太仓金瑚室。玉珍幼即工诗，有闺秀之目，得王昶、钱大昕等名宿称许。二十九岁即寡。《全清词钞》选收其词，著有《晚香居词》。

1. 席佩兰：

晚妆人淡似秋英，帘卷西风瘦倚声。
三影莫夸张子野，闺中自有玉田生。

劈破温家玉镜台，十年清泪泻琼瑰。
洞箫吹彻商声苦，恐有华亭鹤唳来。

簪花一卷制乌丝，露滴蔷薇盥诵时。
想见九峰三泖上，双鬟拍遍晚香词。

朱女词工赋断肠，李家漱玉应宫商。
千秋一著输君处，少却黄花晚节香。

《题华亭张蓝生女史玉珍晚香居词卷》（《长真阁集》卷五）

2. 陈廷焯：

清河词骨铮铮，悠然泠然，远追易安，近比湘蘋。

《云韶集》卷二三

3. 雷瑨：

华亭张清河女史玉珍，随园女弟子也，诗赋之外，兼擅倚声，有〔沁园春〕一阕咏“七”字……用典处觉多多益善。

《闺秀词话》卷三

李调元

李调元(1734—1803)小字鹤，字羹堂，号雨村、童山、墨庄、鹤洲、赞庵、卍斋、蠢翁、卧雪山人等，四川罗江(今绵阳)人。乾隆二十八年(1763)进士，选庶吉士，散馆改吏部主事。历官广东学政、直隶通永兵备道。乾隆四十七年（1782）因与永平知府互讦落职。后归家赡母，不复出。事迹见《清史列传》及杨懋修编《李雨村先生年谱》。调元为乾隆时著名藏书家，辑刻书甚多，以丛书《函海》流传较广。调元涉猎既多，著述亦勤，故而著作极为宏富，遍及四部。余力旁及诗词戏曲掌故，著有《童山诗集》，附《蠢翁词》二卷。另有《雨村词话》四卷，载《函海》第二十五函，今辑入《词话丛编》。

1. 丁绍仪：

绵州李雨村观察调元所刊《函海》一书，搜采升庵著述最多，惜校对未甚精确。其自著《童山诗文集》亦不甚警策，词则更非所长。

《听秋声馆词话》卷十二

2. 谢章铤：

罗江李雨村调元著《词话》四卷，其于词用功颇浅，所论率非探源，沾沾以校雠自喜，且时有剿说，更多错缪。如谓宋人未有著词话者，惟《后山集》中所载吴越王来朝等七条。不知玉田《词源》，辅之《词旨》，业有专书。而吴曾《能改斋漫录》十六、十七两卷曰乐府，皆词话也。如周公谨《浩然斋雅谈》末卷，亦论词。其余散见于各家诗话杂记，如《渔隐丛话》、《老学丛谈》等类，更指不胜偻引。毛稚黄〔清平乐〕讹作〔忆秦娥〕，又谓稚黄《填词名解》，能发人所未发。顾此书多拾升庵、元瑞余唾，牵强殊甚，雨村误矣。惟以黄九不及秦七，痛辟其俚鄙诸作，则诚非随声附和者比。

《赌棋山庄词话》卷三

叶慧儿

叶慧儿(生卒年不详)字妙明,江苏上海人。父叶凤毛(1709—1781),字超宗,号恒斋,曾官中书,工诗词书法。慧儿工词,著有《疏兰词稿》。

1. 雷瑨:

女史叶妙明,工长短句,著有《疏兰词稿》。录其〔珍珠帘〕《咏孤雁》云:“冥冥万里分俦匹。叹浮生、也复漂流南北。一点落平沙,认往时泥迹。展转惊魂犹未定,正雪满、寒滩芦荻。凄恻。待写怨留情,不成行墨。　　清影独占天涯。傍潇湘苦竹,泪痕凝碧。天半动哀声,似断弦瑶瑟。十二楼中明月夜,怅旧侣,那堪思忆。哽塞。只孤鹤横江,如曾相识。”凄楚之音,令人酸鼻。后嫁未数年而寡。言为心声,固不宜耳。

《闺秀词话》卷三

蒋元龙

蒋元龙（1735—1799）字干九，一字云卿，号春雨。浙江秀水（今嘉兴）人。乾隆三十六年（1771）乡试副榜。后屡试不第，以授徒为业，笃学嗜古，工诗文，精赏鉴，究心金石、书画，工写意花卉。著《春雨楼诗》、《桃花亭词》、《西斋过眼录》。

1. 郭麐：

秀水蒋春雨集后，附词数十首，皆和雅可诵。

《灵芬馆词话》卷二

金蓉

金蓉（生卒年不详）字恒一，又字采江，浙江嘉兴人，乾隆三十四年（1769）进士。

1. 薛廷文：

采江诗词皆所谓清新而俊逸，读之如对玉壶仙峤，使人自憎其凡骨也。自丁母艰后，遂绝意仕进，矮屋颓垣，种梅调鹤，名利淡然，襟怀亦风雅而高旷者矣。词学竹垞，神貌都似，差不足者薄与小耳。

《梅里词绪》

冷昭

冷昭（生卒年不详）字春山，广西临桂人。乾隆三十五（1770）年举人。有《春山词》一卷。

1. 朱依真：

岭西宗派颇纷拏，谁倚新声仿竹垞。

独有春山冷居士，闭门窗下咏枇杷。吾友冷春山昭有词一卷，《咏枇杷》词最工。

《论词绝句二十二首》之二十（《九芝草堂诗存》卷一）

李旦华

李旦华（1738—1766）字宪吉，号厚斋，浙江嘉兴人，贡生。年未三十而卒。著有《青莲馆集》。

1. 薛廷文：

厚斋词丰貌而气骨不足，其小令亦多谐洽，慢词尚少锻炼，若天假之以年，亦一英俊也。

《梅里词绪》

高宗元

高宗元（1739—1811）字伯阳，号愚亭。原籍浙江山阴（今绍兴），其父始迁居浙江仁和（今杭州），急公好义，尤工词曲，著有《愚亭词》三卷。

1. 吴锡麒：

往余弱冠时，与胡兄竹城交，得读其友高君伯阳所著《灵石樵歌》，见其音律谐和，情味清洒，已知山水之性，通之寤寐之间，禽鸟之情，喻诸见闻之表，故能不假雕琢，独露幽微，如闻天籁于空中，似奏琴声于海上，所谓求之无厌，得之自然者欤？继而与伯阳相遇于西湖之滨，解带松风，垫巾竹雨。一蕉之饮，乐附乎酒人；半面之谈，间及乎文字。每谓词虽小道，源实四诗，后之敲铁拨而赋大江，按红牙而歌残月者，流派各异，沿溯本同。因与坐石论音，画苔订谱，斜阳既落，短屐犹停，娓娓乎其言之深，硁硁然其好之笃也。出处云分，光阴电谢，今又三十余年矣。君常羁迹姑苏，佳冶之区，水陆所奏，玩风花于茵溷，饱世味之酸咸，阅历愈深，研磨尤力，折残杨柳，忆亭长亭短之谣；看过海棠，寻燕去燕来之语。

《高伯阳愚亭词序》（《有正味斋骈体文》卷八）

刘锡嘏

刘锡嘏（生卒年不详）字纯斋，一字淳斋，号拙存，晚号茶仙，顺天府通州（今北京通州）人。乾隆三十四年（1769）进士，官江苏淮徐道。著有《十砚斋集》，有《快晴小筑词》二卷，其婿孙尔准为刊于嘉庆间。

1. 杨芳灿：

一尊江月，苏长公盖代之才；百战河梁，辛幼安凌云之气。如秦青转喉，响振林木；渐离击筑，精感风云。诚壮思之雄宗，亦雅才之变例。正无事裙裾溺志，和周、柳之曼声；山水移情，貌姜、张之逸格也。茶仙先生风裁通倪，才性都长，早饮香名，即登清秩。传洞箫之谥，宫人尽识子渊；记乐句之名，座客咸推僧孺。既而锋车按部，簜节宣猷。岳渎助其襟灵，川原供其睇盼。治河三策，哀湘九章。挹吕梁悬水之洪，驱烟染墨；过洞庭张乐之野，咀徵含商。速藻葩流，胜情飙举。游楚之琵琶，筝笛并载后车；羊侃之银烛，金花常留上客。落唾则珍珠百琲，摛毫则宝薤千行。绛树调笙，黄华按拍。觉稼轩之龙香凤尾，逊此新声；东坡之玉宇琼楼，谢斯高唱矣。然而美人迟暮，兰杜惊秋；旅客羁栖，鹧鸪啼雨。铜弦铁拨，浪淘千古之悲；芳草斜阳，春去人间之感。散浮尘于短梦，销绮绪于牢愁。被冷香销，琴孤徽急。莺花小劫，楚雨三春；丝竹中年，吴霜两鬓。近弹棋之局，心自难平；击唾壶而歌，口真欲缺。沙惊蓬振，阴山朔客之吟；鼍愤龙愁，小海吴儿之唱。讶豪情之未减，知绝伦之必传也。兹者阳羡田荒，未遂归耕之愿；偃湖人去，偏悭结袜之缘。招白鹤而空忆沧江，吊青兕而难寻元冢。一编循讽，百感纵横。皱水风高，返潮笛脆。聆音识曲，我惭花影郎中；缀玉编珠，公有微云佳婿。

览南徐怀古之作，寻北固感旧之篇。风骨高奇，音情顿挫。始信赋才相远，如秦淮海之倾心；敢云使事太多，效岳倦翁之指摘也。

《刘茶仙快晴小筑词序》(《芙蓉山馆文钞》卷五)

沈起凤

沈起凤（1741—？）字桐威，一字桐刿，号蒉渔，又号蓉洲，别号红心词客，江苏吴县人。乾隆三十三年举人，官安徽全椒、祁门县教谕。长于戏曲，著述颇丰。著有《报恩怨》、《千金笑》、《黄金屋》等传奇，另有《蒉渔杂著》、《蒉渔诗稿》、小说集《谐铎》等，词有《吹雪词》一卷。

1. 褚廷璋：

桐威以度曲知名，吴中曲部，求得新声，奉为珙璧。而词亦清新，不堕王实甫、关汉卿蹊径。

徐珂《清代词学概论》引

2. 陈廷焯：

桐威自绝世才，喜诙谐，所著多诮世人语，自是才人之笔，但不免口孽耳。词则风流婉娩而清瘦在骨，要是本色。

桐威词长调兼有众长，小令则专取法于五代也。（评〔谒金门〕“风乍定”）

《云韶集》卷二一

3. 陈廷焯：

婉丽得南唐二主之遗。

《词则·大雅集》卷六

4. 陈廷焯：

璞函而后，作者日盛，而愈趋愈下。芝田、晴波、蠡槎、荑渔间有可观，余则竞尚新声，务穷纤巧，几忘却此中甘苦。惟毗陵二张，溯厥本源，独求风骚门径，不必学南宋，而意境自合。词之不灭者，二张力也。

《白雨斋词话》卷四

李若虚

李若虚（生卒年不详）字实夫，浙江钱塘人，乾隆四十五（1780）年官铜仁府正大营巡检，代理松桃同知。著有《实夫诗存》六卷。词有《海棠巢词稿》一卷。

1. 吴振棫：

《海棠巢词》，腻柳豪苏，兼有其胜。

徐珂《清代词学概论》引

2.《续修四库全书总目提要》：

若虚久在塞上，番边景物，往往入词……塞外名集，颇著于时。若论其词法，则未可语于大方之家也。其间无调之词三首，题曰“自度曲”，即可知其妄矣。

《海棠巢词稿一卷提要》

江炳炎

江炳炎(生卒年不详)字研南，号冷红词客,浙江钱塘(今杭州)人，祖籍安徽。诗、书、画并工，称“三绝”。康熙四十八年(1709)至乾隆七年(1742)间，客寓扬州，与厉鹗、吴焯、陈章及四明陈撰等作诗酒之会，酬唱不绝。乾隆七年迁居真州，因无资赁屋，次年返归故里。著有《琢春词》、《冷红词》二种。《琢春词》二卷，刊于乾隆间，有词一百二十余首。《冷红词》未见刊本。研南于康熙末至乾隆初活跃于词坛，为浙西词派中期重要词家。

1. 陈撰：

江研南《琢春词》，艳艳如月，亭亭若云，萧然遇之，清风入林。程物赋形，而无遗声焉。至于审音之妙，钥合尺围，靡间丝发，昔人所称神解者，非耶？

冯金伯《词苑萃编》卷八

2. 厉鹗：

词源于乐府，乐府源于《诗》，四诗，大小雅之材合，百有五材之《雅》者，《风》之所由美，《颂》之所由成。由《诗》而乐府而词，必企夫“雅”之一言而可以卓然自命为作者。故曾端伯选词名《乐府雅词》，周公谨善为词，题其堂曰“志雅”。词之为体，委曲啴缓，非纬之以雅，鲜有不与波俱靡而失其正者矣。邗上江君研农，清修嗜古，翛然尘壒之表，酷喜词，学小阮。冷红词客久寓斯土，与之游处，而词益工。研农勤于取友，又得同里徐君桐立、程君孟飞、汪君中也、钱唐黄君梦珠、族子慎言与之唱酬，而工益进。昔晏小山《自序》云：“往者浮沉酒中，试习南部诸贤余绪，作五七字语，期以自娱，时沈十二廉叔、陈十二君宠有莲、鸿、苹、云，能清讴娱客，每得一词，即以草授诸儿，昔之狂篇醉句，遂与两家歌儿酒使，俱流传于人间。”予爱小山词，惜沈、陈二子不能词，而不得与小山俱传也。又惜小山必待寄情声律，流连惑溺，而致涪翁有鼓舞不厌之嘲讥也。今诸君词之工不减小山，而所托兴乃在感时赋物、登高送远之间。远而文，澹而秀，缠绵而不失其正。骋雅人之能事，方将凌轹周、秦，颉颃姜、史，日进焉而未有所止。研农编次都为一集，将镂版以问世，冷红词客标以“群雅”，岂非倚声家砭俗之针石哉？

《群雅词集序》(《樊榭山房文集》卷四)

3. 陈廷焯：

《琢春》、《梅鹤》两家，词骨最高。

《词坛丛话》

4. 陈廷焯：

《琢春词》扫除靡曼，屏斥浮夸，独归雅正，合者不减竹垞也。《琢春词》疾徐进退，兼有南宋诸家之长。

读《琢春词》，萧然如清风之入怀，当焚香静坐读之。精秀在骨。结凄然。(评〔南浦〕“隔树漏空明”)

《云韶集》卷十九

5. 陈廷焯：

宛雅幽怨，逼近宋贤。

情韵固胜，笔力亦高；无留滞之迹，可与竹垞把臂入林。

《词则·别调集》卷五

6. 陈廷焯：

江研南词，取法南宋，颇有一二神解处。南芗所得在貌，研南所得在神。吾终不以貌易神也。

研南词，如“只有东风，依依分绿上杨柳。”又《柳影》云：“误了闺人，也曾描出春前怨。”婉雅幽怨，视少游、碧山几于化矣。《琢春词》在国朝不甚显，然识者当相赏于风尘外也。

研南学南宋，合者得其神理。宾谷学南宋，合者得其意趣。

皆出陆南芗之右，而皆未能深厚。

《白雨斋词话》卷四

7. 吴梅：

研南在清代不甚显，然学南宋处，颇有一二神解。与宾谷音趣相同。宾谷得南宋之意趣，研南得南宋之神理。若橙里则句琢字炼，归于纯雅，惟不能深厚。此三江词之工力，皆不能到沉郁地步也。

《词学通论》

8.《续修四库全书总目提要》：

炳炎所撰，虽间有浅滑，而其气清思婉，结体雅正，非泛学南宋者所可拟也。

《琢春词二卷提要》

吴翌凤

吴翌凤(1742—1819)又名翼凤，字伊仲，号枚庵，或作眉庵、梅庵，一号梅村、凤鸣。江苏长洲(今苏州)人。诸生。博雅，工诗文。诗宗杜甫、陆游，中岁游历楚南。至匡庐、岳麓等地，曾掌浏阳书院。著述宏富，撰有《与稽斋丛稿》、《吴梅村诗集笺注》、《雨窗怀旧录》、《灯窗丛录》、《逊志堂杂钞》、《东斋脞语》；编有《宋金元诗选》、《吾与汇编》、《国朝文徵》、《印须集》、《国朝诗》。词有《曼香词》两卷，存词一百四十余首。

1. 吴翌凤：

谢家团扇，惯画秋云；白氏青衫，曾黏铅泪。望柴桑之故里，路绝三千；类鸱夷之浮家，岁经二十。吟骚郢国，难招屈、宋之魂；赋雪梁园，莫问邹、枚之斋。滕阁则粉图尽矣，鹤楼则玉笛阒如。以此萧寥，助余感慨。追忆绮年之结习，曾从白社以联吟。跌宕多情，婆娑善舞。陆放翁之庵内，积稿恒多；玉田生之山中，倚声尤数。或模山而范水，亦感物以怀人。花下曼词，灯前小令。杯行折柳，新歌悉是离愁；烛跋留髡，乐府讵能庄语。无何酒人一去，鬼哭秋坟；矧乃羁客重来，心伤旅雁。短笛休歌红豆，萧斋只种白杨。生也非狂，天乎易老。展屏风之六曲，仍写吴山；渺湘渚之一湾，新添楚水。伊人天远，欲凭鸥鹭招来；绮绪丝抽，都在阑干横处。休催铜钵，才情无此飞扬；但拍红牙，英雄笑其儿女。再续梦窗之旧谱，一洗《草堂》之陋音。岁月既长，卷帙遂衍。叠笺细写，准谱横吹。大氐文生于情，不觉哀多于乐矣。呜呼，旧时明月，曾照梅花；今日春风，空留燕子。锦筝席上，难酬顾曲之人；梅雨江南，谁和断肠之句？

《曼香词序》(《曼香词》)

2. 吴衡照：

江左七子，吴舍人泰来、赵农部文哲尤工词。而王少司寇昶，晚续竹垞《词综》之刻，俾枯槁憔悴之士，垂声艺苑，洵不朽盛事也。吴中擅词学者，如朱上舍昂、施明府源、沈进士清瑞、吴茂才翊凤，各自名家，瓣香南渡，俱卓然可传者也。

《莲子居词话》卷四

3. 谭献：

南宋词敝，琐屑饾饤。朱、厉二家，学之者流为寒乞。枚庵高朗，频伽清疏，浙派为之一变。（《箧中词》）

《复堂词话》

4. 陈廷焯：

乾、嘉以还，穀人一时独步，而蓉裳、伊仲、次仲、频伽、米楼、荔裳、吉晖诸君，古风虽远，亦不在元人下。（卷十四）

伊仲词既轻婉又沉着，直与白石、梅溪化矣。（卷二二）

《云韶集》

5. 徐珂：

吴枚庵、郭频伽皆浙派中人，而枚庵高朗，频伽清疏，浙派为之一变。疏俊少年每以频伽之名隽，笃嗜之，然词宜深涩，频伽滑矣，词宜柔婉，频伽薄矣。

《清代词学概论》

6.《续修四库全书总目提要》：

其小令大体精美……其慢词如〔天香〕咏龙涎香、〔水龙吟〕咏白莲、〔摸鱼子〕咏莼、〔齐天乐〕咏蝉等类，乃清人效南宋词者之俗套，然其渊源甚正，未可尽非。翌凤《自序》云：“再续梦窗之旧谱，一洗《草堂》之陋音。”可以知其志趣矣。

《曼香词一卷提要》

7. 沈轶刘：

乾、嘉词人之杰出者，吴翌凤不愧名手。其〔临江仙〕结云：

“茜衫氈笠子，已有听泉人。”咳唾自成馨逸，词境在微云疏雨之外。

词至清代中叶，随朝局之日趋昌盛而蓬勃发展，词人辈出，肇开初期未有之趋势，达到盛世元音格局。其间才力富健、博闻强识、力足以驱遣群籍，与当世贤达相先后者，则惟吴翌凤可当中流砥柱。翌凤……有《曼香词》两卷，早岁得故家秘藏，遍读而详识之，发为异藻，露花烟磬，瑶思郁勃，下笔超人意表。为词绵密清丽，范落霞秋水于高山流水间，纡回曲折，触目意消。

《繁霜榭词札》

8. 卢前：

〔望江南〕

除酸涩，原出六朝文。色泽有余情韵婉，亦能拔帜独张军。吐气自芳芬。

《饮虹簃论清词百家》(《清名家词》)

熊宝泰

熊宝泰（1742—1816）字善惟，一字芸眉，又字筠湄，号藕颐，安徽潜山人。诸生。撰有《藕颐类稿》二十卷，其中卷九、卷十为词。

1. 丁绍仪：

潜山熊藕颐明经宝泰，生七月乏乳，哺以藕粉得活，因字藕生，后易今字。工诗古文，所著《藕颐类稿》，附词二卷，类多俳体。不诡于雅者，〔步蟾宫〕一阕耳。

《听秋声馆词话》卷十

吴蔚光

吴蔚光(1743—1803)字执虚，一字悊甫，号竹桥、湖田外史，原籍安徽休宁，迁居江苏昭文(今常熟)。乾隆三十八年(1773)入四库全书馆任编校。四十五年（1780）中进士，改庶吉士，授翰林院修撰，官至礼部主事。生平事迹见《苏州府志》。工诗，与黄景仁、杨芳灿等齐名。著述甚丰，著有《素修堂诗集》、《诗余辨讹》、《姜张词得》、《杜诗义法》、《唐律六长》、《苏陆诗评》、《方言考据》、《古金石斋前后集》、《闲居诗话》等。吴氏童稚时即解吟咏，壮年解组归里，流连山水，酬答宾朋，一于词中发之，词有《小湖田乐府》。

1. 王昶：

昔圣祖仁皇帝表章六艺，兼综百家，合全唐诗而编辑之。益之以词，又取唐、宋、元、明之词，汇为一百二十卷。又定《词谱》四十卷，而后词学始全，用以示海宇而光艺苑。其汲汲于此，盖以词者乐之条理，诗之苗裔，举一端而六艺居其二焉，故论次之不遗余力也。浅夫俗士辄以小道薄技目之，何足以仰窥圣言之大哉？盖天地之元音播于乐，著于诗，隋唐以后诗多不可以入乐，而后长短句以兴。宋大晟乐书四声八十四调，所载甚详，然则词者，诗学之遗，其不可以易视明矣。吾友吴君竹桥素工诗，已而转精词学。少登进士，入词馆转仪曹，年甫及壮，解组而归，流连山水，宾朋酬答，一于词发之。余曩在西安已录其《执虚词》入《琴画楼词钞》矣。近复以《小湖田乐府》若干卷见示，情深文明，微婉顿挫，于四朝词之精粹，无不掇其芳华，比其格律，纵横变化，一以清虚骚雅为归，卓然为当代名家无疑也。湖田在乌目山麓，沿郭而南，清波渺弥，凡数百顷。春秋佳日，篮舆画舫，往往倾城而出。君以读书之暇，游衍其间，引商刻羽，长篇小令杂出于酒旗歌扇之余，情来兴往，将富有而日新也。君同里孙孝廉原湘，娴雅多才，亦得词法于君。试以余言告之，必为所然一笑。知本朝崇尚词学，而尚湖多俊民逸士，繇此雕华抽秘为小湖田之继声者，正未可量也。故喜而序之。

《吴竹桥小湖田乐府序》（《春融堂集》卷四一）

2. 王初桐：

〔沁园春〕美人杂咏始于刘过、邵亨贞，至竹垞、葆酚、樊榭描摹尽致。亡友吴竹桥《神》、《光》、《气》、《姿》四阕避实击虚，足与樊榭《影》、《声》、《心》三阕并寿。

《小嫏嬛词话》卷三

3. 吴蔚光：

天地之运日趋于文，人之心亦日趋于巧，以其巧尽用于文，文之敝也。故圣人戒巧言而曰修辞立其诚，曰辞尚体要，曰辞达而已矣。降及扬雄且云雕虫小技，壮夫不为。杜甫且云文章一小技。小技之言其殆有感于巧而发乎然。而凡人之心不用则槁木死灰耳，用则其巧渐出而不穷，巧出必有所归，归于文而文敝，归于诗而诗亦敝。文者，经国之大业，诗者所以厚人伦、美风俗也，未可以巧施也。词为诗之余，托物写情，聊自抒其郁结，以巧归之，既不至委弃闭塞，吾心同于冥顽而不灵，而文与诗亦可以不敝。且夫巧者，非必舍正即邪而后为巧也。同一意也。所以用之者不同，直者婉之，显者含之，连者间之，毕者申之，断续开合，抑扬吞吐，使人几不知意之所在，斯巧之至矣。古来至巧者莫如《离骚》，其言托于香草美人，而一篇之中三反复焉，是故为风之终，为赋之始。词虽小技，亦风骚之遗也。香奁即美人也，比也。咏物即香草也，兴也。非幽闲静细之士弗善为也。太白、飞卿小调首基，及南唐而有中调，及宋而有长调，即此可以征乎巧之渐出而不穷为之者。小调宜法唐，中调宜法南唐、北宋，长调宜法南宋。小调言短意长，其巧愈巧，其不巧之巧愈巧。长调则必排句炼字以密间疏，而巧遂因之稍杀。惟白石、玉田能断续开合、抑扬吞吐如小调，所以为工。即而论之，玉田犹未达白石一间矣。先有太白后有白石，妙哉技止矣。蔚光幼读太白词而爱之，后稍稍学为小中调，至长调，亦始爱秦、柳，久而乃知姜、张，岁积月累，成词十卷共五百余阕，见者或颇有巧之目。巧非蔚光志也，特有所托而逃以私，冀夫文与诗之不至甚敝，抑谓夫词之断续开合、抑扬吞吐，神而明之，则未尝不通于文与诗，存乎其人耳。

《小湖田乐府自序》(《小湖田乐府》)

4. 孙原湘：

〔摸鱼儿〕《题竹桥吴丈〈小湖田乐府〉》

爱西湖、一围寒碧，此中殊有佳语。鸳班辛苦簪毫立，何似伴他鸥鹭。移棹去。歌缓缓东风，引入桃源路。吹箫自度。把水上诸峰，墨云题遍，化作瘦蛟舞。　　銮坡客，几个能知此趣。烟波随处容与。清声唳彻瑶台鹤，柳外晓莺都住。从听取。有井处都知，手拍花间句。山光四顾。且荡桨中流，小红低唱，静按玉琴谱。

《天真阁集》卷三十三《看花载酒录》

5. 孙原湘：

〔摸鱼子〕《〈小湖田乐府〉题辞》

且休论、功名著述，偷闲聊作词客。已经十七年林下，独对西湖澄碧。还蜡屐。把入画家山，题遍春湿。飘然自适。笑琐闼曹郎，銮坡学士，多少易头白。　　其中最。石帚老仙遗格。翰林如此风月。一声鹤唳长松顶，蛩语莺啼都默。求以寂。似碧海青天，冷露秋空滴。呼来蟾魄。欲问取常娥，琼楼玉宇，此曲可闻得。

《小湖田乐府》附

6. 鲍份：

《小湖田乐府》十卷，礼部夫子箸谱也。夫子以彨缨缀祖之岁，赋归来荒径之辞，以歌云画日之才，为副在名山之业。苍生深望，丹铅不疲。寒暑之知因乎祠。风月之富，推乎翰林。侍帐而屏，弱颜载酒，而学奇字，久已人晞，象渡之踪，市贮鸡林之贾矣。而夜光结绿，蕰椟者若虚；孤竹云和，合简者非易。洗筝槛之耳先，烦淫弗慆于心，猒杯勺之胸俾，离洒勿谓步湖田矣。小不数槼洲乐府已多足传，赟版犹然，薄篆刻非壮夫，谦多能为，鄙事以兹编帙。命份缮成，纪年自初元以前，讴歌在重华之始。碎金为屑，识绝泽之囊多；测水知澜，即浮天之波及。加以珠堪记事，针尽度人，将有井水处而皆歌，亦无铜尺谐而靡爽。调刁并息，纂习兼施。诚不知斯犹斯咏，情生文生，已其有矜蜩翳之旁鸣，灼萤林之末耀。吹如剑吷，鼓此簧言。谓铜琵铁绰，髯亦仙才；檀板红牙，郎谁协律？极宠恃骄华之致，聊舒酾曳之情，尽模山范水之能，何当酒阑之顾。不知夫刻楮者必侣叶为工，截竹者以应气成响。执管便韵，与箎同音，良天籁之自然，非下里之寡和。假使减字偷声之弗察，移宫换羽而无稽。匹哑钟于太常，等滥竽于南郭。调弦厌槛，思截掌而指齐；滴粉搓酥，或安现于目下。则岂特四声来鸩舌之诮，两部杂蛙鸣之音。又谓陶匏异器，俱为入耳之娱；辛柳殊涂，均属选辞之美。雕鞍狭路，语可袭于玉溪；画角斜阳，韵遂改于淮海。柔颜曼视，无妨进以幺弦；豪竹哀丝，奚事诋其杂弄。抑知淄渑必辨，而后毋殽于五味之盉也。挥沃必深，而后毋瞶于五彣之刺也。李青莲之平调，继者韩冬；姜白石之乐章，后惟叔夏。公等碌碌，吾欲云云。凡裁云缝月之词，鲜调雨催冰之刁。称郢中之绝唱，是谓曲高；戒市上之邪声，始征本领。或更谓太音得诸疏越，溯原归乎滥觞。和清音之一集，乃足平睨方回；赓供奉之三诗，安用倚声南渡？斯又扪象以谈禅思，鹖于见歹者矣。彼腐木湿鼓之陈，岂关雅奏；戛玉敲金之妙，自见顾欢。画叶公之龙，则宛宛弗肖；学泠伦之凤，则足足相谐。调雨听歌，回风挝鼓。银筝按遍，可该唐宋之新声；铜头敲残，直接齐梁之宫体。从可知旗亭非矜于画壁，霓裳难肖于隔墙也。已份于鸣言口之余，窃矢喁于之慕。譬瓠巴之拊瑟，而耸鳞者淫鱼；若齐景之值钟，而屦雏者介雉。莫穷此技，谁为饯郊外之薛谭；使继其声，我是到后堂之彭佩。

《小湖田乐府跋》(《小湖田乐府》)

7. 席佩兰：

诗坛久已领群雄，争捧珠盘拜下风。
铁板铜琶歌水调，又传绝唱大江东。

兢呼玉笛按银筝，谁似吴家乐府清。
夜半月明天籁起，半兼飞瀑半松声。

借花寄草托微波，风调原如白石多。
三十六陂秋色里，冷香飞出小红歌。

不师柳七兼秦七，肯学草窗和梦窗。
一片野云飞不定，并无清影落秋江。

画中书屋万千椽，空结鸥盟与鹭缘。
钓叟渔娃农子弟，春风唱遍小湖田。

小字簪花写未成，蔷薇香露几回倾。
秋灯愿劈红蚕茧，亲绣曹娥八字评。

《小湖田乐府题辞》(《小湖田乐府》附)

8. 赵同钰：

蓬山仙吏旧词臣，归作骚坛领袖人。

彩笔一枝闲不得，小中长调更翻新。

姜张风格本超然，写遍蛮方十样笺。
一洗人间筝笛耳，玉箫吹彻彩云边。

几拍红牙调绝殊，小湖田水碧萦行。
拥书万卷花三面，合写双鬟入画图。
《小湖田乐府题辞》(《小湖田乐府》附)

9. 屈秉筠：

乌丝传写遍词坛，多少名流抗手难。
七尺瑶琴千尺雪，仙人端坐碧云弹。

六家绮丽一齐删，瑶草琼沙秀莫攀。
肯向旗亭夸画壁，清音只落水云间。

纷纷红豆记当筵，新谱湖田近玉田。
作个人间老词客，自家忘却玉堂仙。
《小湖田乐府题辞》(《小湖田乐府》附)

10. 戴延介：

〔摸鱼子〕《题吴竹桥仪部〈小湖田乐府〉》

问词坛、湖南樊榭垞北竹垞，风流偻指堪数。霓裳梦断无人听，惆怅雅音非故。惊逸句。又千顷湖田，渔唱传新谱。移宫换羽，似白凤梳翎，青鸾掉尾，幽艳共谁语。　　兰台侣。自脱朝衫归去。寻盟早主鸥鹭。闲云更忆西泠隐，心折吴家乐府榖人先生。吟玩处。爱香细、帘疏玉轸调琴趣。最牵愁绪。正梅子黄娇，海榴红绽，烛剪夜窗雨。

《银藤花馆词》卷二

李荃

李荃（1743—1801）字陛玉，一字佩玉，号竹轩。江苏宜兴人。乾隆戊寅举人，官广平同知。有《竹轩词》二卷。

1. 丁绍仪：

词至南宋而极工，然如白石、梦窗、草窗、玉田，皆胥疏江湖，故语多婉焉，去北宋疏越之音远矣。我朝竹垞太史尝言，小令当法五代，故所作尚不拘一格。逮樊榭老人专以南宋为宗，一时靡然从之，奉为正鹄。独吾乡诸老，不随俗转。余家有《柳外词》一卷，为阳湖沈鹿坪大令作。……杂诸《乐章集》，几不能辨。又《竹轩词》二卷，为李玉陛司马作。……司马名荃，乾隆戊寅举人，官广平同知，家居宜兴，词亦不失乌丝风格。均未百年，名氏翳如，可慨已。

《听秋声馆词话》卷六

林蕃钟

林蕃钟(1746—1784)字毓奇，一作煜奇，号蠡槎，江苏元和(今苏州)人。少孤，嗜学。乾隆二十八年(1763)为诸生，乾隆三十三年(1768)举人。谒选得华亭教谕职。林氏为清中叶吴门宗浙派词群中佼佼者，著有《兰叶词》一卷。

1. 沈起凤：

蠡槎有《精选南宋四家词》，以石帚姜夔、玉田张炎为宗，而旁及于草窗、梅溪，故炼句研词，自能超越凡近。

《国朝词综》引

2. 陈廷焯：

蠡槎词神明乎南宋，骨韵都高。

蠡槎词语似南宋，而骨则仍似晚唐、五代、北宋来者，盖先学北宋，后学南宋也。(评〔鬲溪梅令〕“苏桡载酒下吴淞”)

笔致疏雅。蠡槎词惯多精秀之句，当以锦囊贴之。(评〔浣溪纱〕“漠漠寒汀起暮愁”)

《云韶集》卷二一

李澧

李澧(1746—1813后)字兰友，号篁园，浙江秀水(今嘉兴)人。乾隆诸生。少随其父居淮上，年十三归里，年三十游闽中。所撰《意香阁词》上下二卷，存词多达四百五十余首。

1. 李富孙：

昔龚蘅圃侍御选《浙西六家词》，吾里独居其半，如朱竹垞太史《江湖载酒集》暨先征士秋锦公《山房词》、耕客公《耒边词》三家。噫，盛矣。族祖篁园先生为鹾院峄山公冢孙，少从尊先公养恬先生游淮上，酒筒歌版，每侍席闲，胚胎濡染，固已有素。年十三始随侍，归即工诗律，尤酷爱倚声。后复之淮抚先人之棠荫怀，昔日之绮筵吟宴，缠绵悱恻悉寓于词。三十后游闽中，览屏山、螺江之胜，擘荔枝啖瑶柱，曾谱〔竹枝〕若干首，其为词亦极工。比年下榻梧溪桐华馆，与金比部鄂岩、方处士懒儒诸君晨夕酬倡，帙愈富制愈工，因合前后所作授诸梓氏。先生词以石帚为宗，旁及屯田、清真、梦窗、玉田诸家，洵能兼南北宋之长。倘有继龚氏而为词选者，吾知先生之词足与前辈三家并传。

《意香阁词序》(《校经庼文稿》)

2.《续修四库全书总目提要》：

澧与李良年、李符为同族，自是浙西词派。集中如〔天香〕咏龙涎香、〔水龙吟〕咏白莲诸作，皆为效南宋者之常套也，故其族孙富孙序谓词以石帚、玉田为宗，旁及稼轩、梅溪、梦窗、草窗诸家云云。其所守者固如是也。然观其所作，转入浅滑，杂乱无章，不如《秋锦》、《耒边》远矣。其间合风派之作如〔踏莎行〕《落梅》云："第一番风，偏留不住。落花如雪中庭舞。美人未肯断春心，余香几点犹沾树。　索笑无从，招魂难据。佩环此后归何处。小楼梦破角声残，微云淡月相思路。”前段虽入于浅薄，而歇拍精深骚雅，最得其正。惜全集未能称是。而所作太多，榛芜不剪，偶有雅饬之句，亦不足以掩其失也。

《意香阁词二卷提要》

吴锡麒

吴锡麒(1746—1818)字圣徵，号穀人，自署东皋生，浙江钱塘(今杭州)人。乾隆四十年(1775)进士，改庶吉士，授编修。四十九年、五十五年两充会试同考。嘉庆元年(1796)入值上书房，为皇曾孙师傅。嘉庆六年授国子监祭酒。乞养归，主讲安定、爱山、云间诸书院。再至都，补原官。旋南还，再为扬州安定书院讲席，校刊《全唐文》，称善本。事具《清史稿》、《清史列传》、《杭州府志》、《甘泉县志》等。穀人工骈体，全椒吴鼒辑录邵齐焘、洪亮吉、吴锡麒及刘星炜、袁枚、孙星衍、孔广森、曾燠文为《八家四六》，故锡麒又称清中叶骈文“八家”之一。诗词俱工，是朱彝尊、查慎行、厉鹗之后的浙派大家。著有《有正味斋集》七十三卷。有《有正味斋词》。

1. 吴蔚光：

浙西词格胜于诗，歌吹琴言自得师。

谏果甘回余味好，薄寒肠断落花时。家穀人《有正味斋集》中《伫月楼琴言》一卷、《竹西歌吹》一卷、《燕市词》一卷，颇多妍雅，今但记“况近落花时节有些寒”九字。

《词人绝句》九首（《素修堂诗集》卷十二）

2. 吴锡麒：

夫雕瓠饰笙，而后云和之乐备；选金合冶，而后鹿卢之剑成。故器聚者音宣，质良者光耀。矧别裁隽，语文以情深；递变新声，词因调遣。倘使葩华荓布，而律谢雌雄；鼍咬蔓流，而意乖风雅。或则类太常之哑钟，或则比梨园之爨本，词坛不振，仆有感焉。古今体物之工，词为之最。才子言情之作，词入乎微。《河满》一声，清平三调，温、李衍其密绪，周、柳畅其风流。南宋以还，厥声斯竞，客有滑心叶语、飞耳尘谈，卑雅调于么弦，抑丽辞为篮弄。徒见滥觞未季，语出优徘不知。嚆矢先声，理归正则。请登酒坐，听我琴言。今夫穹仪不以旭卉而示尊，坤灵不以圹埌而表静。是以文章假我，咸八陶钧，山水相逢，自然鼓舞。寄宠柳骄花之想，写留云借雨之章。期有三百六旬，把金杯而不落；月得四十五日，烧蜡泪以成堆。雉奏朝飞，娘呼夜度，人生行乐，我辈能狂。问早燕新莺，干卿何事？唱晓风残月，忍俊不禁。脱口而明霞欲流，按拍则繁英乱下。以云雅奏，谁曰不然。则有彩毫公子，貌似莲花；粉碓佳人，名喧桃叶。活楚云于神枕，泻海水作情波。量珠于双角山边，贩锦在九张机上。将使鹿车五百，载来欢喜之九；鸳牒三千，散给氤氲之使。酥花落腕，密叶裁笺。聚策策之鱼，绣成比目；听同同之鸟，啼出双声。月是圆舒，天无离恨，一唱三叹，乐何如之。然而离终遇昃，坎不常平，心苦怜侬，情单恕汝。西北之浮云不见，东南之孔雀徒飞。五角六张，帘押则阻同千里；初七上九，刀环则望篑三生。惨绿再来，小红已嫁，落落谁语，茫茫此愁。听鼓回帆，停灯待梦。吴歌何处，竹枝之哀怨偏多；商妇重逢，水调之凄凉欲绝。又或秦宫草满，魏殿烟埋。金盌见之人间，琼花归于天上。西施石冷，但长青苔；潘妃市空，谁沽绿酒。金迷纸醉一场，春梦之婆；粉怨珠啼半夜，秋坟之鬼。往往摩挲铜狄，踯躅斜阳。检蝴蝶于罗裙，认鸳鸯于坠瓦。补焚余之乐府，咽泪何人；弹劫外之枯棋，伤心此曲。其怀古而雷叹也若此；其感今而颓息也若彼。此则《离骚》之别子，抑亦《小雅》之外乘也已。嗟乎，楼上吹笙，年年鸡塞；山中听水，色色龟兹。借玉杵而捣作元霜，醮金壶而洒为锦雨。横陈难视，同嚼蜡闺房，有甚于画眉。或绮语之蝉联，或闲情之枨触。例以温柔比兴，《国风》好色而不淫；揆之节奏短长，律吕相生而不乱。今子耳未倾齐、梁之听，足未涉姜、史之藩，而欲拈法秀之槌，弄君卿之舌。必使筝调院落，齐鸣狮子之弦；曲奏房中，尽击麟皮之鼓。其说得毋慎乎？客乃慥然革容，超若自失，离席而谢曰：“某诚弇陋，未尝聆铿锵，而习其传，而遂疑阴淫之谄其耳也。今闻傥言，愿从卒业。”仆身居西浙，谣咏蘋洲；家近南湖，履綦玉照。慕竹垞之标韵，缅樊榭之音尘。窃谓字脆则滞音，气浮则滑响，词俚则伤雅，意亵则病淫。故倾昆之才，穷幽微而取璞；斵鼻之匠，通神明而运斤。业有专门，择其尤雅，臆分品目，各以类从，登百二家为十六卷。铜琵铁拨，俟诸弦外之赏音；减字偷声，来顾花闲之误曲。会龙华之胜侣，发齑臼之大凡。箫鼓登场，付曲部头而先唱；旗亭画壁，有井水处而能歌。

《伫月楼分类词选自序》（《有正味斋骈体文》卷八）

3. 施朝干：

其诗余尤佳，论者谓可与梅村、樊榭抗衡。

《武林人物新志》

4. 吴衡照：

榖人先生词，有高妙语，有幽秀语。〔台城路〕云：“空明一片。想深谷高眠，白云都懒。钓火何人，隔滩流数点。”（富春道中）。……幽秀语也。先生属对俱精，可入陆辅之《词旨》。

《莲子居词话》卷四

5. 陈文述：

词家之轨，南宋为宗。……国朝以来，樊榭清真，独标宗旨；南湖花隐，远过长芦。近日则谢庵吏部，托兴深微；榖人祭酒，独涵正味。三家并立，未之或先。

《葛蓬山蕉梦词叙》（《颐道堂文钞》卷八）

6. 包世臣：

祭酒于词尚傅色，其气浊，其格靡，以腻、浮为能事。

《为朱震伯序月底修箫谱》（《艺舟双楫》）

7. 梁绍壬：

祭酒词华盖代，然偶以雕琢掩其才气。……余谓祭酒著作，以倚声为最。余酷爱其〔望湘人〕春阴词一阕……细腻熨帖，玉田、白石，不得专美于前。

《两般秋雨庵随笔》卷一

8. 谭莹：

巧独天工不可阶，镂冰翦雪费安排。

我朝亦有吴君特，七宝楼台拆尽佳。

《论词绝句四十首专论国朝人》（《乐志堂诗集》卷六）

9. 谢章铤：

钱塘吴穀人锡麒祭酒应制诗赋，一时纸贵，而《有正味斋集》，颇伤雕琢。洪稚存所谓青绿溪山，尚未苍古也。惟长短句，则洵为作手。自叙《伫月楼分类词选》有云："慕竹垞之标韵，缅樊榭之音尘。窃谓字脆则滞音，气浮则滑响，词俚则伤雅，意亵则病淫。"循究斯言，可以知其意旨与造诣矣。集中体物诸作，佳处真不让朱、厉独步。若祭酒者，亦善学浙派。而为其铮铮者欤。

《赌棋山庄词话》卷九

10. 谭献：

祭酒名德清才，矜式后起。诗规渔洋，词学樊榭，可云正宗。而骨脆才弱，成就甚小。（《箧中词》）

《复堂词话》

11. 王闿运：

数百年来，浙人词为正宗，天下莫胜也。至本朝二百余年，共推成容若、吴穀人，则北人几夺浙鹿矣。

《张雨珊词序》（《湘绮楼诗文集·文》卷九）

12. 黄维申：

〔霓裳中序第一〕《读吴穀人〈有正味斋词集〉》

清词妙组织。句里青衫泪痕湿。满纸尚余呜咽。唱罢声声，色丝堪惜。清真妙笔。更赢得梅溪清逸。料此老，聪明冰雪，早入梦窗室。　　无敌。骚场第一。论格调金科玉律。西堂逊此精密。书上旗亭，小鬟应识。千军真辟易。还能亚青莲、白石。余生晚，瓣香遥奉，当作夜光璧。

《报晖堂集》卷二十三《客窗消意录》

13. 胡薇元：

清初词人，如吴骏公、梁玉立、龚孝升、曹洁躬、陈其年、朱竹垞、严荪友诸家，词采精善，美不胜收。中间先征君稚威、吴縠人、洪北江、钱晓征，均称后劲。嘉道以来，则以龚定庵、恽子居、张皋文辈为足继雅音也。

《岁寒居词话》

14. 陈廷焯：

乾、嘉之际，吴縠人一时独步。纯雅中而有眉飞色舞之致，当与竹垞把臂入林。

朱、陈之后有太鸿，太鸿之后有位存，位存之后有璞函，璞函之后有縠人，縠人之后，数十年来，为蓉裳、伊仲、次仲、频伽、米楼、荔裳、秋舲、吉晖、竹所诸君，后先继起，非不精妙，然无有越縠人之范围者。縠人真词中绝调也。

縠人著作，一以雅正为宗。论者讥其有过炼之弊，转伤真气。独倚声炼字炼句，归于纯雅，亦间有疏朗处，以畅其机，尽美矣，又尽善也。

《词坛丛话》

15. 陈廷焯：

祭酒词，风流蕴藉，神明乎姜、史。陈元山题祭酒词有〔满江红〕一阕，后半阕云："门闭也，倾薇露。香烬也，添兰炷。把梅溪唤起，问谁千古。短鬓不禁寒食夜，断魂又逐风流句。怕双鬟赚我，趁梨花，旗亭去。"盖深知祭酒词者。祭酒文章诗赋洋溢海内，原不以词名，然其天才俊逸，出其绪余，以为倚声，已足迈等绝伦。祭酒诗赋，一以雅正为宗，词亦然也。祭酒诗词，最善道凄凉景况；然怨而不怒，《风》、《雅》嗣音也。

縠人词赋最工于写景，便令读者身入画图之中，不独词胜韵胜，实能以情胜也。婉丽。（评〔台城路〕“绿杨城郭春如画”）

《云韶集》卷二二

16. 陈廷焯：

縠人词中之仙也，乾隆以后无出其右者。精雅是其本色，而运笔极流动充满之致。（评〔东风第一枝〕“驿馆春深”）

《云韶集补词》卷二四

17. 陈廷焯：

縠人古诗骈文，皆未臻高境，转不若律赋试帖之工。惟词则清和雅正，秀色有余，出古诗骈文之右。词欲雅而正。国初自竹垞后，大半尚南宋，惟所得者，仅在形似，以云神理隐乎？其未之闻也。縠人亦犹是耳，合者可亚于樊榭，微嫌格调稍平。（《大雅集》卷六）

祭酒词，深得南宋之雅正。（《别调集》卷五）

《词则》

18. 陈廷焯：

吴縠人古诗骈文，皆未臻高境，转不若试帖律赋之工。惟词则清和雅正，秀色有余，出古诗骈文之右。

词欲雅而正，故国初自秀水后，大半效法南宋，而得其形似。縠人先生天生一枝大雅之笔，益以才藻，合者可亚于樊榭，微嫌才气稍逊。

縠人词，如〔月华清〕后半云：“不怨美人迟暮。怨水远山遥，梦来都阻。翠被香消，莫话青鸳前度。剩醉魂、一片迷离，绕不了、天涯红树。谁语。正高楼横笛，数声清苦。”此类亦居然草窗矣。（卷四）

樊榭造句多幽深，縠人措词则全在洗炼，又不逮樊榭远甚。

縠人所长者，律赋诗帖耳。古文固非所能，骈文亦不免平庸。词较胜于骈文，然亦未见高妙。至古今体诗，则下驷之乘矣。大抵穀人先生只可为近时高手，论古则未也。

穀人辈工于炼字耳。迦陵则精于炼句。（卷六）

词……有有文无质者，刘改之、施浪仙、杨升庵、彭羡门、尤西堂、王渔洋、丁飞涛、毛会侯、吴园次、徐电发、严藕渔、毛西河、董苍水、钱保酚、汪晋贤、董文友、王小山、王香雪、吴竹屿、吴穀人诸人是也。词中之下乘也。（卷八）

《白雨斋词话》

19. 闻野鹤：

清词诸家……吴穀人如大家闺秀，步履端庄。

《怬簃词话》

20.《续修四库全书提要》：

以其余技，度曲倚声，精深华妙，细腻熨帖，亦复接迹玉田，嗣音白石，胜于其诗。大抵锡麒文比词胜，词比诗胜，故当时其诗词称道之者少，论者谓为文所掩，殆其然欤？

《有正味斋诗集十六卷外集五卷提要》

21.《续修四库全书总目提要》：

锡麒骈文、诗词，有声当代。词仍浙派，而大体清纤柔嫩，偶有激壮之作，非其本也。所撰内质空虚，敷衍门面。喜咏杂物，殊乏深情。甚至鼻、耳、齿、肩、臂、掌、乳、胆诸部亦多入咏，好弄笔端，虽多奚益？甚矣虚名之为害也。较可取者，则有写景之作。如〔唐多令〕云："野绿自成春。阴浓画不真。几家茅屋结比邻。竹树二分嫌未足，须远水，补三分。　酒旆屡招人。渔榔转一村。夕阳破网晒当门。土步鱼肥新笋白，斟老瓦，聚儿孙。"写道中村景，颇有野趣，若以精深远大求之，则是编不足观矣。

《有正味斋词一卷提要》

22. 沈轶刘：

〔忆桃源慢〕《读吴锡麒词》

呼酒光阴，惜春情绪，一例懵腾惯。江山如画，触处断魂无限。感旧伤心千古事，都付禅床茶盏。几生修与，红灯醉语（全集两韵最多），天涯老去犹闻雁。强登楼，碧云日暮，凄绝绿芜满眼。　　短篷长忆西湖，蟹初把、故园归晚。风帘敲韵，奇兴揭来俱幻。吮尽蠹鱼花外髓，花外精神流盼。虞衡谁绘，寒烟万点，前身饱咽苏辛饭。待扬刀，屠龙妙手，珂雪瓣香许赞。

《繁霜榭诗词集·叶流词》

23. 卢前：

〔望江南〕

师樊榭，亦自许清才。终觉力难支柱起，未能风骨予张开，浙派有舆台。

《饮虹簃论清词百家》（《清名家词》）

洪亮吉

洪亮吉(1746—1809)初名莲，字华峰，更名礼吉，字君直。乾隆四十六年(1781)试礼闱改今名，字稚存，号北江、梦殊、对岩。江苏阳湖(今常州)人。少孤贫力学，孝事寡母。初为朱筠校文，继入毕沅幕校古书。乾隆五十五年（1790）榜眼。授编修，督学贵州。入值上书房，与修《高宗实录》。上书言事，抨击时政。遣戍伊犁，次年放归，自号更生居士。主本邑洋川书院及扬州梅花书院。事具《清史稿》、《清史列传》及门人吕培等编《洪北江先生年谱》。亮吉当考据学鼎盛时期，涉猎广博。举凡经学、史学、舆地学，皆卓然成家。长于骈文。为诗有奇气，服膺黎简、黄景仁。词亦清疏，时人誉为胜于诗。著述颇富，著有《毛诗天文考》、《春秋左传诂》、《十六国疆域志》、《更生斋集》、《北江诗话》等。词有《更生斋诗余》二卷，分卷称《冰天雪窖词》、《机声灯影词》。

1. 洪亮吉：

主人少喜填词，壮岁后，恐妨学，辍不复作。即偶一为之，终岁不过一二首。岁戊午，自京邸乞假回，车箱无事，辄填至数十阕。及自塞外回里，亦时时作之。遂满一卷，名曰《冰天雪窖》，从其后言之也。少日所作，亦不忍弃，并裁作一卷附焉，《机声灯影词》是矣。

《更生斋诗余题辞》(《更生斋诗余》)

2. 洪亮吉：

〔满江红〕《陈其年先生填词图为伯恭学士赋二首》之一

卅载填词，香一瓣、敬酬阳羡。

《更生斋诗余·冰天雪窖词》

3. 谢章铤：

洪稚存亮吉与黄仲则景仁并名，其词亦不相上下。第稚存早年多沿《啸余图谱》，时有错拍。如《机声灯影词》〔忆秦娥〕、〔十六字令〕诸阕可见。特其气最清疏，读之可药繁琐之病。

《赌棋山庄词话》卷三

4. 陈廷焯：

稚存太史名溢海内，诗有奇气，词亦清虚骚雅，时见化机，才人手笔也。

《云韶集》卷二二

5. 陈廷焯：

洪稚存经术湛深，而诗多魔道。词稍胜于诗，然亦不成气候。

《白雨斋词话》卷五

6. 胡薇元：

清初词人，如吴骏公、梁玉立、龚孝升、曹洁躬、陈其年、朱竹垞、严荪友诸家，词采精善，美不胜收。中间先征君稚威、吴穀人、洪北江、钱晓征，均称后劲。嘉道以来，则以龚定庵、恽子居、张皋文辈为足继雅音也。

《岁寒居词话》

7. 张德瀛：

洪稚存于金、元人词，独取元裕之、虞伯生二家。其所撰《更生斋诗余》，盖亦于二家诗消息者。稚存风骨峭厉，而词独清隽，文人固未可以一辙限也。

稚存喜用险韵，〔西江月〕云："相对烛花呵欠。"〔蝶恋花〕云："闲日偶从妆阁侦。"〔苏幕遮〕云："乞篆题缣，总仗孤僧介。"〔如梦令〕云："几片断霞如斩。"〔凤栖梧〕云："对人言语尤奇窘。"〔买陂塘〕云："一一泪珠缴。"〔蝶恋花〕云："五更吟断梅花诔。"〔法驾导引〕云："海云为佩月为兜。"〔霜天晓角〕云："天子更思康砮。"〔临江仙〕云："脂粉泻成洼。"若斯之类，恐非词家本色。

《词徵》卷六

8.《续修四库全书提要》：

其词小令尚有平允之作，慢词粗俗者多。盖亮吉文学，骈文第一，词虽稍胜于诗，终不成一格也。

《更生斋诗余提要》

9. 卢前：

〔望江南〕

伊犁客，一代学人雄。不必新声传后世，即论余事亦从容。常派失孙、洪。

《饮虹簃论清词百家》（《清名家词》）

程瑜

程瑜（生卒年不详）字去瑕，号少海，浙江仁和（今杭州）人。乾隆四十五（1780）年举人，官义乌县教谕。有《小红楼词》。

1. 郭麐：

《小红楼词》，仁和程君去瑕作也。其言情如〔鹧鸪天〕：“风消絮雪春无影，雨碎梨云梦有声。”〔踏莎行〕：“酒阑烛灺又今宵，不愁有梦无寻处。”〔祝英台近〕：“瘦了黄花，人在可怜里。”〔浣溪纱〕：“尊酒旗亭意黯然。厌人絮语劝加餐。最无滋味是离筵。”〔一剪梅〕：“轻暖轻寒上巳天。柳醒春眠。蚕困春眠。”其体物如《玉环出浴图》云：“蜀江滴恨碧。是太液恩波换得。”《帆影》云：“轻阴棹入江村里，看暝色高楼初赴。怕有人、误识归舟，带了梦魂归去。”《梅影》云：“冰奁脂粉都成幻，写小幅春风空际。”君生平酷好倚声。

《灵芬馆词话》卷二

2. 吴衡照：

近日仁和程瑜《小红楼词》四卷，鲜耀绵整，雅近周草窗。草窗于宋景炎间宰湖州，瑜亦官湖州，学博与弁阳啸翁若有夙契。小红楼警句〔台城路〕云：“朋簪胜引。似落日疏林，几鸦飞趁。一笑开尊，蜡灯红晕翠帘暝。”

《莲子居词话》卷四

3. 黄燮清：

《小红楼词》，笔意超隽，脱口如生。

《国朝词综续编》卷二

黎简

黎简（1747—1799）字简民，号二樵，广东顺德人。乾隆五十四年（1789）拔贡。《清史稿》、《清史列传》有传。喜吟咏，长于戏曲，工书画。撰有《五百四峰草堂诗钞》、《诗钞续集》、《文钞》，词有《药烟阁词钞》、《芙蓉亭乐府》。

1. 谭莹：

樵夫情韵特缠绵，小阁何因署药烟。

少作芙蓉亭乐府，中年哀乐总厘然。《药烟阁词钞》，二樵著。阁缘妇病得名，二樵少客邕州，著《芙蓉亭乐府》。

《三十六首专论岭南人》（《乐志堂诗集》卷六）

2. 潘飞声：

何人亭下采芙蓉，烟冷湘娥梦不逢。

惆怅海天秋一曲，花枯月黑认樵踪。二樵《芙蓉亭乐府》、《药烟阁词钞》皆不传于世。前人刻粤东词钞亦无可搜采。余近从李氏藏二樵画山水卷录其自题海天秋一阕补入词钞二编。又许周生《鉴止水斋集》诗注有引二樵“别后花枯月黑”一句耳。

《论岭南词绝句》二十首（《古今文艺丛书》）

张云璈

张云璈（1747—1829）字仲雅，号复丁老人，浙江钱塘（今杭州）人，乾隆三十五年（1770）举人，官江西安福、湖南湘潭等县知县，著有《简松草堂诗集》、《文集》、《选学胶言》等，汇刊为《三影阁丛书》。词有《三影阁筝语》三卷。

1.《续修四库全书总目提要》：

词颇清雅圆融，惟嫌其稍浅薄耳。〔沁园春〕分咏闺装十二首，〔霜天晓角〕亦有犬声、鼠声诸题，此类偶一为之，未为不可，若以此为事，则有强己就物之弊。又集中广注典实，不知词之佳处，不必尽以书卷见长，搬运类书，最无益于词境也。

《三影阁筝语三卷提要》

张锦芳

张锦芳（1747—1792）字粲夫，一字玉洲，号花田，广东顺德人。乾隆三十年（1765）举人，五十四年（1789）进士，改翰林院庶吉士，散馆授编修。生平事迹见《清史稿》、《清史列传》。锦芳博涉经籍，通晓《说文》之学，喜金石文字。诗歌亦精，与冯敏昌、胡亦常称“岭南三子”；与黎简、黄丹书、吕坚号称“岭南四家”。著有《逃虚阁诗钞》、《南雪轩文钞》，有《逃虚阁词》。

1. 谭莹：

对此茫茫谱曲宜，无多心血好男儿。

词人北宋推黄九并《逃虚阁》〔买陂塘〕词语，未解逃虚阁所师。

《三十六首专论岭南人》（《乐志堂诗集》卷六）

2. 潘飞声：

尊前亲付雪儿歌，博得微嗔唤奈何。

偏是销魂憔悴日，春衫花气酒痕多。《逃虚阁词》最爱其“博得微嗔，也都情分挽断”，“春衫半是酒痕花气”，“假如真有销魂日，拌暂为伊憔悴”等句。

《论岭南词绝句》二十首（《古今文艺丛书》）

赵怀玉

赵怀玉（1747—1823）字亿孙，一字味辛，号映川。江苏武进人。乾隆四十五年（1780）召试举人，授内阁中书，官青州府海防同知，署登州、兖州知府，丁父忧归。生平事迹见《清史稿》、《清史列传》。怀玉性情坦易无城府。工诗古文辞，与孙星衍、洪亮吉、黄景仁齐名。著有《亦有生斋诗文集》，词有《亦有生斋词》。

1. 周仪暐：

《亦有生斋词钞》四卷，颉颃晏、范，出入秦、苏。销稼轩激楚之音，摈梦窗浮懵之色，促拍短吟，长言永叹，莫不风雨和于节，丝竹赴于心，又何必持言意之畦町，分内外之畛域哉？

《秋籁吟序》（《秋籁吟》）

2. 沈轶刘：

清中叶词人辈出，常州尤多，如洪亮吉、黄景仁、孙星衍、赵怀玉等，皆杰出冠时，各擅胜场，或恢诡奇谲，或宾筵夺帜，赋手诗心，各领一军，平分秋色，为常州派全盛时代。其中以赵怀玉为超俊兼中正。其〔卖花声〕云："茶熟酒温暾。消尽黄昏。看灯情异去年人。只有半床残月到，许客平分。　寂寞杜司勋。伤别伤春。自来好梦不曾真。依约画帘风细处，昨夜星辰。"奇花独放，孤云自流，有诸子之长而去其短，矫然一鹤，卓出云表。

《繁霜簃词札》

3. 卢前：

〔望江南〕

黄冠语，曲体有专长。白日悠然拈小令，静宁淡泊不寻常。羽扇自登场。

《饮虹簃论清词百家》（《清名家词》）

汪端光

汪端光（1748—1826）字剑潭，江苏仪征人。乾隆三十六年（1771）顺天举人，南巡召试国子监学正，选授广西百色同知，历署柳州、平乐、庆远知府，补授镇江府知府。后主安定乐仪书院讲席。著有《剑潭诗钞》。

1. 吴蔚光：

滴粉搓酥句最工，瓣香绝妙弁阳翁。

红衾如水莲花寺，传唱新声一萼红。汪剑潭平时喜讽《绝妙好词》，所著新艳凄惋。庚子正月寓京师莲花寺，填〔一萼红〕调索和。

《词人绝句》九首（《素修堂诗集》卷十二）

2. 尤维熊：

老伴斋郎二十年，此心如玉费雕镌。

新词近播长安市，写出春阴似墨天。仪征汪剑潭端光

《评词八首》（《二娱小庐诗钞词钞》卷三）

何文敏

何文敏（生卒年不详），字功甫，江苏荆溪（今属宜兴市）人。著有《秋蓼亭词》一卷。

1.《续修四库全书总目提要》：

是编凡四十阕，前有赵怀玉序一篇、吴锡麒题诗二首。怀玉序云："读悼亡诸阕，使人增伉俪之重；读〔壶中天〕，使人深蓼莪之悲；读〔霜叶飞〕，使人触羊、左、范、张之感。"今观集中〔霜叶飞〕《哀周达邦》、〔壶中天〕《清明感旧》、《散步和兴间》，又〔壶中天〕、〔惜余春慢〕、〔浪淘沙〕、〔瑶花〕诸阕，皆悼亡之作，哀叹绸缪，读之兴感，全以情胜，不必束以词格。赵序云云，不可尽谓为虚誉也。

《秋蓼亭词一卷提要》

张诚

张诚（1749—1814）字希和，号熙河，晚号婴上散人，浙江平湖人。乾隆四十二年（1777）举人，候选知县。游历五岳，足迹几半天下。洞悉群籍。与袁枚、洪亮吉、孙星衍等交往。著有《婴山小园集》，有《鹤厂词》一卷。

1. 黄燮清：

高迈苍艳，能撷苏、辛之精。

《国朝词综续编》

王开沃

王开沃（生卒年不详）字文山，一字子良，号半庵。江苏镇洋人。诸生。记闻博洽，善诗词。尝游关中，主醴泉书院。又主讲盩厔书院。与王昶、洪亮吉友善。著有《永寿县新志》、《重修盩厔县志》、《蓝田县志》、《文山诗集》等，有《文山词稿》。

1. 陈廷焯：

子良词，风流雄秀，杰出一时。

《云韶集》卷二二

黄景仁

黄景仁(1749—1783)字汉镛，一字仲则，自号鹿菲子，江苏武进人。家贫，以母老客游四方，觅升斗为养。入朱筠幕，赋太白楼诗，名大噪。与洪亮吉、孙星衍、赵怀玉、杨伦、吕星垣、徐书受号为“毗陵七子”。高宗东巡，召试二等，充武英殿书签，后援例得县丞。以贫病交迫而早卒。生平事迹见《清史稿》、《清史列传》及毛庆善、季锡畴编《黄仲则先生年谱》。仲则长于诗，为当时著名诗人，在京师时与翁方纲、洪亮吉、蒋士铨等组织“都门诗社”，与王昶、戴震、纪昀等相交。亦工骈文、倚声。著有《悔存诗钞》、《两当轩诗钞》、《两当轩集》、《诗评》等。词有《竹眠词》二卷，张惠言曾选录其词附入《词选》。嘉庆四年(1799)赵希璜刊其集，附《悔存词钞》二卷，又名《两当轩诗余》。

1. 朱珪：

〔念奴娇〕《题黄仲则词后》

感慨凄凉，尽平生、呕出一腔心血。剩有遗编，才展卷、便教痛深愁绝。终古茫茫，苍天梦梦，从此长离别。残灯暮雨，几敲来唾壶缺。　为甚逢乐生悲，言欢长叹，对景情呜咽。侩父伧才都不解，更有阿谁堪说？送客江南，怀人塞北，世态多凉热。好春难驻，伤心三月时节。

《两当轩集》附录

2. 王昶：

至其为诗，上自汉魏，下逮唐宋，无弗效者，疏瀹灵腑，出精入能，刻琢沉挚，不以剽窃为能。词出入辛、柳间，新警略如其诗。有诗词凡若干卷，世推以为工。

《黄仲则墓志铭》(《两当轩集》)

3. 吴蔚光：

乌丝陈其年检讨词弹指顾梁汾舍人词剧苍凉，豪隽今推江夏黄。

却有南唐风韵在，晚霞一抹影池塘。黄仲则词也韵绝。

《词人绝句》九首（《素修堂诗集》卷十二）

4. 左辅：

诗天才超逸似太白，而灵气幽光，窈渺无极；词精心结撰，其至处古大家殆罕其匹也。

《黄县丞状》（《两当轩集》）

5. 杨芳灿：

〔金缕曲〕《题黄仲则先生〈悔存斋词稿〉即用集中赠汪剑潭原韵》

击节悲歌放。吊词人、九原风雨，北邙相望。百斛龙文扛入地，空说此才难量。只博得、半生惆怅。一领青衫枯似叶，裹崚嶒、瘦骨和愁葬。仙蜕化，吟魂荡。　果然慧业生天上。怕琳宫、也难消受，高寒清况。尘世莺花经小劫，烟月原来无恙。可还忆、踏歌门巷。铁拨铜弦弹绝调，早秋星、迸落青瑶帐。商声急，万山响。

《微波词》附

6. 吴兰修：

其词激楚，如猿啼鹤唳，秋气一何深也！

《黄仲则小传》（《两当轩集》）

7. 钱枚：

〔金缕曲〕《题黄仲则先生〈悔存斋词稿〉即用集中赠汪剑潭原韵》

太白才奔放。记扁舟、洞庭吹笛，高楼秋望。读罢金荃新乐府，又见苏、辛身量。细领略、一生惆怅。今日先生埋骨矣，只春愁、难付秋坟葬。一缕缕，夜飘荡。　才名合在孙（渊如）洪（稚存）上。尽销磨、闲中滋味，客中情况。书剑飘零朋旧散，剩得灵光无恙。肯掷向、蓬蒿穷巷。高卧玉楼仙梦稳，有明霞、作枕云为帐。天风送，佩声响。

《微波词》

8. 陶梁：

〔满江红〕《田家镇阻风题黄仲则〈竹眠词〉后》

把卷闲吟，经几日、孤篷坐守。看窗外，乘风破浪，千帆西走。叠嶂忽嵌高阁耸，巉矶怒拍江声吼。镇破愁、一卷竹眠词，消长昼。　　名不在，孙星衍、洪亮吉后。誉早满，朱珪王昶口。论观潮杰作，古今稀有。长句故应矜李杜，曼辞还要夸秦柳。算士衡毕竟患才多，君知否。

《红豆树馆词》

9. 袁通：

〔金缕曲〕《追吊黄仲则先生即题其〈悔存斋词〉，用集中赠汪剑潭韵。先生至白门秋试，每主余家，故词中及之》

天不容疏放。召才人、玉楼归去，白云遥望。毕竟笑他尘海窄，难著修罗身量。空付与、穷途惆怅。留得传钞诗万首，有光芒、不逐愁魂葬。声激烈，气排荡。　　新词更压苏、辛上。想当年、悲歌击筑，凄清情况。宿草茫茫何处觅，只剩才名无恙。可记否、长干东巷。一榻空山曾小住，逞豪吟、题徧梅花帐。输猿鹤，闻清响。

《捧月楼词》卷二

10. 钱廷烺：

〔金缕曲〕《题黄仲则先生〈悔存斋词稿〉即用集中赠汪剑潭原韵》

醉胆凭君放。算奇才、通眉长爪，古今遥望。几寸柔肠回不断，似海深愁难量。最无奈、天涯惆怅。命似狂花身似叶，怆西风、和雨和烟葬。魂寂寞，任游荡。　　姓名不挂名经上。禁频年、酒人涕泪，无聊客况。性懒情多兼骨傲，天付半生清恙。还不许、埋愁穷巷。空剩残编容我读，逗一丸、秋月寒生帐。商声起，裂云响。

《微波词》附

11. 郑善长：

《词选》刻既成，余谓张子：词学衰且数百年，今世作者宁有其人耶？张子为言其友七人者，曰恽子居、丁若士、钱黄山、左仲甫、李申耆、陆祁生、黄仲则，各诵其词数章，曰：此几于古矣。

《词选附录叙》

12. 谭莹：

头衔未署柳屯田，袁蒋诗工合让先。

却被浅斟低唱误，如何情韵不芊绵。

《论词绝句四十首专论国朝人》（《乐志堂诗集》卷六）

13. 丁嘉葆：

〔金缕曲〕《甲申秋杪吴门归舟读〈两当轩词〉即用集中〔金缕曲〕原韵》

画舸吴趋放。指回帆、青山重叠，倚舷凝望。重把先生词细读，一语难加评量。情百转、总成惆怅。古锦囊中心呕尽，算才名、不共愁魂葬。沉雄处，愈排荡。　瓣香直压苏、辛上。再休将、《迦陵》《弹指》，等闲相况。我亦小窗耽写韵，差喜遗编无恙。更何幸、生同里巷。记得鲤庭丝竹里，剪春灯、曾侍扶风帐。成连去，触残响。

《两当轩集》

14. 李佩金：

〔金缕曲〕《题黄仲则〈竹眠词〉后即用赠汪剑潭韵》

展卷灵光放。罨银屏、玉蕤烟烬，冷吟闲望。读到夜窗虚似水，百斛泪珠难量。可只为、落煤凄怅。真向百花头上死，倩二分、明月和愁葬。疏影澹，暗香荡。　奇才合住青冥上。想当时、裁红晕碧，清狂情况。难息词人零落尽，只有青山无恙。对衰草、斜阳行巷。小雨滴残秋梦瘦，怪金飙、凉透朱樱帐。正绕砌，乱蛩响。

《两当轩集》

15. 谢章铤：

洪稚存亮吉与黄仲则景仁并名，其词亦不相上下。

《赌棋山庄词话》卷三

16. 谢章铤：

仲则诗名最盛，其《竹眠词》为王兰泉司寇所刊定。仲则曾及司寇之门，以词论，殊觉青胜于蓝，冰寒于水。乃司寇序之，若有微词，何也？

《赌棋山庄词话续编》一

17. 王之春：

黄仲则词近髯苏，颇有“铁板铜琶，唱大江东去”气概。集中惟〔步蟾宫〕一阕，忽变体为柔曼之音，才人真无所不可也。

《椒生随笔》卷三

18. 陈廷焯：

仲则一代诗人，词亦清奇桀傲，不落恒径。

《云韶集》卷二三

19. 陈廷焯：

黄仲则《竹眠词》，鄙俚浅俗不类其诗。词选附录一首，尚见作意。余无足观矣。（卷四）

激昂慷慨，原非正声。然果能精神团聚，辟易万夫，亦非强有力者未易臻此。国朝为此调者，迦陵尚矣。后来之隽，必不得已，仍推板桥。若蒋心余、黄仲则辈，丑态百出矣。（卷五）

《词选》后附录诸家词，大旨皆不悖于风骚。惟冠以仲则一首，殊可不必。仲则于词，本属左道。此一词不过偶有所合耳，亦非超绝之作。（卷六）

《白雨斋词话》

20. 易顺鼎：

〔金缕曲〕《题〈两当轩词〉后即用其赠汪剑潭韵》

似此难安放。算才华、九天九地，世间休望。毕竟彼苍相忌甚，少个容人之量。说破了、漫教惆怅。十二万年仙鬼劫，到碧桃、花落身同葬。君不见，海波荡。　　梦君昨夜高楼上。问吾侪、鸾飘凤泊，有何情况。莫话茫茫才子事，自古多愁多恙。总不出、这条门巷。烦向玉皇通一讯，甚牵缠、未了伤心帐。归去也，踏云响。

掷笔千花放。觉差强、杜陵野老，白头吟望。毕竟文人无上寿，几个修罗身量。累吾辈、替他悲怅。三十年华尘与土，算难将、两字才名葬。风月夜，古魂荡。　　还君位业琼楼上。劝从今、鬓丝珍重，莫添愁况。一种悲秋兼病雨，怕是神仙通恙。天尽处、白杨如巷。卖履分香都气尽，便英雄、也到西陵帐。秋坟句，听来响。

无处容疏放。问迢迢、玉楼十二，几人相望。水样才名花样命，那更情深难量。论才子、理应惆怅。字字风花和泪染，料心头、早有春来葬。非仅为，诉漂荡。　　别君数日衙城上。未隄防、歌离吊梦，与君同况。禅榻光阴休问我，总是维摩旧恙。谁耐听、卖花深巷。径拟海天高唱去，抱青琴、闯入鲛宫帐，掷此卷，定奇响。

《丁戊之间行卷·词》

21. 张德瀛：

黄仲则小令，情辞兼胜。慢声颇多楚调，岂以有诗无幽、并豪士气，而于词一泄之邪。

《词徵》卷六

22. 郭则沄：

古人论词，以不尽其意为贵，仲则清才逸气，而患在奔放无余。此事自关福泽。

《清词玉屑》卷三

23. 宣雨苍：

黄仲则《竹眠词》，亦尝数用梵典，工否不一。

黄仲则《竹眠词》，真气横逸，开古今词家未有之面目。然乱头粗服，不自修饰，往往一首中金鍮互见，完璧甚鲜，而荒秽不能成章者，尤时有之，甚可惜也。

《词谰》(《国闻周报》)

24. 徐珂：

惠言……友人恽敬、钱季重、丁履恒、陆继辂、左辅、李兆洛、黄景仁、郑善长辈，亦皆不愧一时作家。

《近词丛话》

25. 《续修四库全书总目提要》：

景仁与王昶、洪亮吉、左辅诸人相往还，而天分高绝，词中颇有奇语，善用经传。……惟景仁资质聪明，颇有不经意之处。此亦豪迈不羁者所难免也。

《竹眠词一卷提要》

26. 卢前：

〔望江南〕

霞塘句，传诵比衣裁。病鹤舞风诗品合，秋虫咽露见词才。何必派中来。

《饮虹簃论清词百家》(《清名家词》)

熊琏

熊琏(生卒年不详)字商珍，号淡仙，一号茹雪山人，江苏如皋人。江干女弟子，陈遵妻。夫殁，以家业中落，翁姑谢世，乃归依其母。侍亲课弟之暇，以吟咏自娱。淡仙少即能文章，既长，学益进。性旷达，近佛老，诗词中多了悟语。著有《淡仙诗钞》、《文钞》、《赋钞》、《淡仙诗话》、《词钞》行世。《词钞》凡四卷，存词一百六十余首。其词收入《小檀栾室闺秀词》。另有感悼词数十首，集为《长恨编》，今未见。

1. 况周颐：

熊淡仙秉冰蘖之贞操，振金荃之遗响，一洗春波绮纨，近于朴素浑坚……清疏之笔，雅正之音，自是专家格调。视小慧为词者，何止上下楼之别。

《玉栖述雅》

2. 雷瑨：

如皋熊澹仙夫人琏，苦节一生，老而弥学，尝作感悼词数十首，集曰《长恨编》，类皆为闺中薄命者作也。

《闺秀词话》卷二

金德辉

金德辉（生卒年不详）字子石，江苏兴化人。工画山水，能仿大家，自出新意。又善词，与郑子砚、黄子晋号“兴化三子”。

1. 杜文澜：

于时又有金子石布衣德辉，籍隶兴化。以画名，亦好为词，字斟句酌，别有风味。

《憩园词话》卷四

詹肇堂

詹肇堂（？—1810）字南有，号石琴，江苏仪征人，乾隆五十七年（1792）举人，著有《心安隐室诗集》九卷、《词集》四卷。

1. 吴锡麒：

吾杭言词者，莫不以樊榭为大宗。盖其幽深窈眇之思，洁静精微之旨，远绪相引，虚籁自生，秀水以来，厥风斯畅。然其游历所在，邗上为多，踵六一之风流，助竹西之歌吹，此倡彼和，前喁后于，馆借秋声，谱传琴雅，于是乎倚声一道，特盛于维扬。真州去维扬不百里而近，宾客所聚，风雅相闻，作上国之菟裘，通两家之骑驿，残月晓风之地，白沙翠竹之居，妍唱迭承，履綦未沫。辛亥余以鹾使全公之聘，主讲来兹。詹子石琴乃书院肄业士也，希真之《樵歌》，东泽之《绮语》，超轶尘外，传播人间。余校艺余闲，倾怀相接，始知其师蒋君东樗固得词法于樊榭者，石琴受其传钵，闯乎祖庭。尝以全稿示余，见其含怀夐远，造语幽腴，郁烟山以表姿，荡霞水而辅态，香弦欲语，万花竞飞，野笛忽秋，一鸥成梦，愁端枨触，别调锵流，白苎歌长，翠楼吟缓，绵绵渺渺，不知情之何以深也。……余生于山水之乡，少习渔樵之唱，颇耽斯业，藉以自娱，所惜古老有睽，迷方莫指，而石琴挺后来之秀，扇已往之芬，南北题襟，江湖载酒。寒天澒洞，招老鹤而下之；空波渺弥，搴遗佩而宛在。记曰："善歌者使人继其声，善教者使人继其志。"愧余之不足为益友，而深幸樊榭之有替人也。

《詹石琴词序》（《有正味斋骈体文》卷八）

洪梧

洪梧（1750—1817）字桐生，号东弧，安徽歙县人。榜第。乾隆四十八年（1783）由内阁中书充军机章京。五十五年(1790)中进士，为翰林院庶吉士，授编修。六十年（1795）充浙江乡试副考官，嘉庆元年（1796）任会试同考官。官至山东沂州知府。与张问陶交游。洪梧与金榜为歙县同乡，洪朴、洪榜为其胞兄，治学之风同属徽派朴学，曾任扬州梅花书院山长，教授弟子宗仰汉学。梧博古通今，兼工词翰，曾参与编纂《全唐诗》，精校《册府元龟》。著有《辛壬韩江唱酬集》四卷。

1. 郭麐：

洪桐生太守梧……始学词，工于慢调，词成，口授侍史书之，都为一册，皆用〔一萼红〕调，数叠其韵。云山阁藏书次山尊学士韵一首，最为凄婉。

《灵芬馆词话》卷二

陆天锡

陆天锡（生卒年不详）字畏苍，浙江平湖人。乾隆举人。有《古香阁诗稿》二卷，词附于后。

1. 张明信：

其词体具葩骚，旨趣丽则，旖旎豪宕处，无不与古作者意旨吻合。

徐珂《清代词学概论》引

孙锡

孙锡(1750?—1810 后)字备衷，号雪帷，浙江仁和(今杭州)人。乾隆四十五年(1780)举人，五十八年（1793）进士。初官光化令，以功擢补绵州，被议落职。后起为云南宁州知州，以老乞休。早年读书顾光古春园，后与吴锡麒、姚恩勤等同结吟社。著有《雪惟韵竹词》。

1. 谢章铤：

《雪帷韵竹词》，仁和孙雪帷锡撰。《词综续编》载《韵竹词》四卷，余所得一册，共三十阕，不列卷数，而《词综》所选〔金缕曲〕、〔玉烛新〕两阕，亦正在此中。其词盖瓣香樊榭者。

《赌棋山庄词话续编》卷四

何承燕

何承燕（生卒年不详）字以嘉，号春巢，浙江仁和（今杭州）人。乾隆三十九年（1774）顺天副贡，官东阳教谕。承燕长于词曲，服膺袁枚，亦得袁氏赞赏。撰有《春巢诗钞》十二卷，其中《春巢诗钞》七卷、《春巢诗余》四卷、《春巢乐府》一卷。

1. 蒋宗海：

我朝词学之盛无过于浙西，六家其最著者也。后如厉太鸿、万柘坡及吾友汪厚石昆季，皆精兹事。杭州一郡，尤指不胜屈。顾取法专在白石、屯田、淮海、玉田诸家，东坡、稼轩辈则薄而不为。余于倚声之学未尝讲，而心窃疑之。最后读吾春巢词，巧不涉佻，壮不入粗，有姜、柳、秦、张之隽雅，更兼苏、辛之豪放。浙西前辈无出其右者，余向之所疑乃涣然如冰释也。春巢本名家子，诗文笔札无所不工，出其余技犹卓然成家如此。惜余急理归装，不获亲承指授，用为耿耿云。

《春巢诗余序》（《春巢诗余》）

2. 仲鹤庆：

窃以元音天籁，肇自皇娥。减字偷声，□□乐府。家家香径，□人开调协之门；叠叠云笺，宋代别短长之体。春花秋月，至性常流；急管繁弦，深情能写。此倚声之梗概，而审律之源流也。何子春巢，家本浙西，寓居江左，画堂□□，长承大母欢娱；翠管秋云，自遣中年哀乐。加以得失名场，驰驱客路。灯前孤馆，谁无离别之情？马上吟鞭，别有风流之趣。时逢乐境，便一花半叶，皆堪滴粉搓酥；或遇忧来，觉累牍连篇，总以长歌当哭。单双调、大小调，本无分于周、柳、辛、苏；英雄情、儿女情，半借托于风云月露。所以填胸珠玉，卓尔成家；掷地琳琅，斐然成集矣。於乎，君诚善怨，仆岂无愁？少壮虽殊，悲歌则一。万里蛮烟瘴雨，凭谁铁板铜弦？三年老屋荒江，何处梯云扪月。人逢雉水，偏触余怀。价长鸡林，可为君许。几日春风官阁，重歌红杏宋尚书；最忆夜月林泉，曾访暗香姜白石。

《春巢诗余序》(《春巢诗余》)

3. 史鸣皋：

余于诗宗杜而弗善词。长夏杜门，偶读东坡、淮海、稼轩、白石、梦窗、草窗、玉田、易安、遗山诸集，心识其妙，而不能言其所以妙。乃今读春巢之词而豁然也。曰甚矣哉！杜之无所不包，善学杜者，不必以诗学之，直以词学之可耳。诗之肖杜一体者，玉溪、山谷、崆峒，而词则稼轩、东坡得其壮；淮海、草窗、易安、遗山得其秀；白石、梦窗、玉田得其遒郁。体制不同，神理则一矣。试取春巢词观之，呈别祖母，小山慈竹之遗也；忆内赠内，云鬟香雾之遗也；题水竹居，风础云门之遗也；涿州乐城，宋玉宅、明妃村之遗也；别友怀人，江东云、屋梁月之遗也。世有头童齿豁，终其身学杜，而不能通一解者。读春巢之词，可以愧矣。异日将取杜集悉笺之，为见庐一编问世，而先质于以词学杜之何子，何子其何以畀哉？

《春巢诗余序》(《春巢诗余》)

4. 吴廷燮：

西子奁开，湖光十里；南屏翠耸，风影千层。自骚赋以追诗余，由宋元而迄昭代，雅多词客，不少才人。朱竹垞裒千首以成编，声同金石；陈迦陵汇六家而作叙，笔架珊瑚。何子春巢，越水瀹其心灵，吴山挺其骨秀。来从西浙，家寓东皋。卫洗马自小工愁，不止搓酥滴粉；沈家令生平耽病，宁惟抹月批风。本至性以缠绵，亦缘情而绮靡。奉板舆于江上，春开雉水之花；望铃阁于天边，云拥昫山之树。凤毛殊有，慰省侍于白璧山前；骏骨犹存，放悲歌于黄金台下。弓开五石，自宜中必双连；丹是九还，岂意功差一转。于是蹇驴策晓，鞭寒蓟北之霜；小艇吟秋，袖笼江南之月。黄花山馆，笑对孟光；春草池塘，梦萦小谢矣。其或登山临水，吊古伤今。何许关情，蔓草龙图之里；为谁凝恨，西风淮海之台。眺北固之江山，遥连虎踞；忆南朝之金粉，长听乌啼。琪树花残，春荒莺苑；苎萝人远，秋冷梧宫。未免有情，那能无涕？又或送客桥头，怀人天末。白苹画舫，魂销柳恽之洲；碧草斑骓，肠断陆郎之路。缅王孙而不见，思公子以无言。故人落日之情，旧友停云之感。折得江边杨柳，柳屯田残月晓风；寄来陇上梅花，姜白石暗香疏影。他如东风宝马，松柏西陵；斜日轻车，菖蒲北里。琵琶一曲，谁怜白傅情多；香雾两行，不数司空见惯。秦楼楚馆，大有闲情。纨扇练裙，间题丽句。三更弦索，彩毫偕红豆齐挥；八尺氍毹，珠泪与金仙同泻。非必娇花宠柳，大都嚼徵含商。仆本恨人，不工绮语；公真健者，爱倚新声。本孔李之通门，属山王之末契。西园飞盖，恰逢大火西流；东阁开尊，谁赋大江东去。欣承諈诿，敢说弁言。惟看井水饮时，争歌李峤；还羡弓衣织处，传唱蛮娘。

《春巢诗余序》(《春巢诗余》)

5. 吴衡照：

《随园诗话》留须〔踏莎行〕词，颇涉语趣，可入《坚瓠集》。云："马齿频加，鹏程屡蹶。还容尔面添何物。丈夫欲表必留须，试问那个些儿没。　窥镜多惭，染羹谁拂。鬑鬑博得罗敷悦。从今但拟学诗人，闲吟便好将他捋。"词为何春巢承燕作。

《莲子居词话》卷四

龙光斗

龙光斗（生卒年不详）字剑庵，直隶宛平（今北京）人。龙铎之子。

1. 郭麐：

龙剑庵光斗，雨樵先生令嗣也。……倜傥挥霍，视鄙儒小拘，蔑如也。然工为小词，多动心回肠之音。花天酒地，唱和不下数十首，惜皆不省记。

《灵芬馆词话》卷一

左辅

左辅(1751—1833)字仲甫，一字蘅友，号杏庄，江苏阳湖(今常州)人。乾隆五十八年(1793)进士。补安徽南陵知县，历官广东雷琼兵备道，浙江按察使，湖南布政使、巡抚。事具《清史稿》、李兆洛撰《湖南巡抚左公墓志铭》。辅为常州词派重要作家，张惠言、张琦《词选》曾在附录中选收其词。著有《念宛斋诗》、《古文》、《书牍》等，词有《念宛斋词》。

1. 郑善长：

《词选》刻既成，余谓张子：词学衰且数百年，今世作者宁有其人耶？张子为言其友七人者，曰恽子居、丁若士、钱黄山、左仲甫、李申耆、陆祁生、黄仲则，各诵其词数章，曰：此几于古矣。

《词选附录叙》(《词选》)

2. 陈廷焯：

左仲甫词，逸情云上，愈唱愈高。如……精警奇肆，言外有无穷幽怨。

《白雨斋词话》卷四

3. 徐珂：

乾、嘉之际，作词者约分浙西、常州二派。浙西派始于厉鹗，常州派始于武进张惠言。鹗词宗彝尊，而数用新事，世多未见，故重其富。后生效之，每以捃摭为工，后遂浸淫，而及于大江南北。然钞撮堆砌，音节顿挫之妙，未免荡然。惠言乃起而振之，与其弟琦选唐、宋词四十四家，百六十首，为《词选》一书，阐意内言外之旨，推文微事著之原，比傅景物，张皇幽渺，约千编为一简，蹙万里于径寸，诚为乐府之揭橥，词林之津逮。故所撰作，亦触类修畅，悉臻正轨。其友人恽敬、钱季重、丁履恒、陆继辂、左辅、李兆洛、黄景仁、郑善长辈，亦皆不愧一时作家。其学于惠言而有得者，则歙县金应瑊、金式玉也。其以惠言之甥而传其学者，则武进董士锡也。

《近词丛话》

张锦

张锦（生卒年不详）字云织，号菊知，山西阳城人。乾隆辛丑年（1781）进中士。能诗词，长于戏曲，著有《菊知著述》三卷，含《办差日记》、《清河诗草》、《归田偶兴》各一卷，戏曲有《新西厢》、《新琵琶》，词有《塞外词》三卷。

1. 张锦：

余当弱冠，即喜为词。迄今三十年来，统计所作，几及千首，焚其不欲存者十之七八。业订为《餐英》、《悔绮》两小集矣。而戍塞无聊，兴之所至，故态复萌，偶得如干首，录而藏之，命曰《塞外词》。将于生入玉门关时，代羌笛之吹，以博雅人之笑耳。

《塞外词引》(《塞外词》)

2. 范建杲：

庚戌夏，余蠖伏芦沟荒屯中，败屋一椽，数十里无人迹。我菊知公怜余独，济余粟；念余之愁思，寄余《塞外词》。词计小令、中吕、长调凡六十有八阕。余受而读焉，其咏物幻也工而刻，其赋埜斋也隽而逸。〔河传〕十二体，拟香闺情事而如揭。不图酣畅清音，复流露于耕牧渔樵，风花雪月，变而为疏，为表，为牍，为制，为檄，为露布、记传，为序、跋、铭、说，恍然如游十地香云，听钧天，瞻贝阕，振于耳，眩于睫，火齐珊林，更不觉舌桥为之撑，而心旌为之折。吁，观止矣！夫诗余一道，韵律最严。名士才人，往往借绮窗媚笔，作搓酥滴粉吟。跬步循循，丽而不健。自老髯“大江东去”，少保“剩水残山”，两调一出，而元宋名家，齐声束手。又谁料，数百年后，有才大如天，胆粗于斗者，如我菊知公之〔沁园春〕诸阕耶？快读数过，思以浣胃镂心语评之，殊不惬意，姑置去。日来山村苦熟，布帐芦帘，懊恼不成寐。

晨起开北窗，见晓风散雾，山色有无，凉月坠林，泉声断续，颇具画景。少焉，野花乍醒，小鸟争鸣，香草圆珠宿露，收来盈盏。而峦光平远，树影婆娑，手一编于其下，顿忘朝饔，移时西北。遥岑奇峰突兀，风虎云龙，骙骙矫矫。刹那大雨如注，电掣雷轰，骇然下关，嗒焉枯坐者久之。忽矍然曰：得之矣。公之物幻埜斋诸咏，绘声绘影也。〔河传〕乐词，鸟啼花笑也。渔樵耕牧，雪月风花诸调，细柳风流，平山蕴藉也。若颂，若疏，若表，若牍，若制檄，若露布，若记、传、序、跋，若铭、文、题辞。虎啸龙吟，金蛇鬬而玉鼓鸣也。昔赵州和尚问大智禅师："佛在哪里？"师久不答。和尚乃大声呼曰："佛在这里。"余读此词，识此语当作如是观。雨过风清，掀窗取早间花露，研墨而书于后。

《塞外词书后》(《塞外词》)

施源

施源（生卒年不详）字实君，号蒙泉，江苏吴县人。乾隆三十九（1774）年举人，官安徽舒城县知县。有《爱静词》一卷。

1. 吴衡照：

江左七子，吴舍人泰来、赵农部文哲尤工词。而王少司寇昶，晚续竹垞《词综》之刻，俾枯槁憔悴之士，垂声艺苑，洵不朽盛事也。吴中擅词学者，如朱上舍昂、施明府源、沈进士清瑞、吴茂才翊凤，各自名家，瓣香南渡，俱卓然可传者也。

《莲子居词话》卷四

2. 陈廷焯：

蒙泉词凄凉哀怨，逼真南宋。

《云韶集》卷二二

孙宗朴

孙宗朴（生卒年不详）字湘云，江苏吴县人。诸生。

1. 尤维熊：

玉田最善倚新声，渔笛蘋洲两擅名。

争似花桥词客好，冰蚕小字按银筝。

《评词八首》（《二娱小庐诗钞词钞》卷三）

2. 孙兆溎：

东省填词家，如家湘云、家月坡、严秋槎、戴已山、王晴皋，皆卓著一时。

家湘云宗朴，苏郡人。少负大志，久客山左。能骑射，有拳勇，精申、韩之学。历佐大幕，所至争迎。性好音律篆刻，尤工长短句。

《片玉山房词话》

杨芳灿

杨芳灿(1753—1815)字才叔，一字香叔，号蓉裳，江苏金匮(今无锡)人。乾隆四十二年(1777)拔贡，应廷试，补甘肃伏羌(今甘谷)知县。乾隆四十九年(1784)，回民田五谋反，芳灿防御有功，擢知灵州(今宁夏灵武)。因不愿任外吏，乃入赀为户部员外郎，与修《会典》。后丁母忧归，贫甚，鬻书以归。曾主讲衢杭、关中、锦江书院。事迹见《清史稿》、《清史列传》等。蓉裳工诗文，诗学李商隐、李贺；工骈文，世谓盈川(杨炯)复生。词尤为擅长。著有《直率斋稿》、《芙蓉山馆诗稿》、《骈体文》等。词有《直率斋词》二卷、《芙蓉山馆词》四卷。

1. 王昶：

(杨蓉裳)诗则取法于工部、玉溪。间填词，亦兼有梦窗、竹山之妙。

《湖海诗传》(《国朝诗人征略》卷三九引)

2. 吴蔚光：

舍人明府竞雕章，玉季金昆数二杨。

记得重阳怀弟句，故乡对酒也凄凉。杨蓉裳《九日寄弟荔裳》有“故乡对酒也凄凉，何况他乡”二语，读之令人凄黯。《蓉裳词》已梓于甘肃任所，荔裳官中书。

《词人绝句》九首(《素修堂诗集》卷十二)

3. 杨揆：

余与伯兄弱岁饥驱，早年薄宦，西羁陇坂，北滞燕台。梦永嘉之西堂，忆怀远之故驿。离索之感，殆不可任。既而兄驰上计之车，余守校书之馆。第五颉灵台之下，或十日不炊；董威辇白社之中，无一廛可庇。衡门风雪，相对萧然。遂乃寻避债之台，移乞病之牍，同车入洛，联辔过秦。陟三嵕之崄巇，览二华之奇秀。苍茫吊古，惆怅怀乡。剔藓看碑，磨厓洒墨。樊川句里，老树遗台；长吉囊中，神林鬼冢。卷中所作，大率羁旅行役居多焉。

《荆圃倡和集序》(《荆圃倡和集》)

4. 谭莹：

二陆才多擅倚声，文章碧海掣长鲸。

颇嫌乐府香奁语，孤负冰天雪窖行。

《论词绝句四十首专论国朝人》(《乐志堂诗集》卷六)

5. 谢章铤：

金匮杨蓉裳芳灿、荔裳揆兄弟并名，而蓉裳尤见擅场。其长调颇近阳羡生。

《赌棋山庄词话》卷四

6. 陈廷焯：

乾、嘉以还，縠人一时独步，而蓉裳、伊仲、次仲、频伽、米楼、荔裳、吉晖诸君，古风虽远，亦不在元人下。(卷十四)

蓉裳词低回深婉，情词兼工。(卷二二)

《云韶集》

7. 陈廷焯：

金匮二杨蓉裳、荔裳工为绮语，高者亦不过吴园次、徐电发之严，不足语于大雅。

《白雨斋词话》卷四

8.《续修四库全书提要》：

(蓉裳)词清妍婉丽，兼有梦窗、竹山之妙，则王昶所评，为允当矣。大抵挹其精采，如啖鲜荔枝，香、色、味三者俱佳，真足令才人学人一齐拜倒。

《芙蓉山馆诗钞提要》

9.《续修四库全书总目提要》：

慢词未尽纯雅，令曲喜为艳体，然天分甚高，时有可取。……

盖芳灿之词，锦布杂施，故瑕瑜互见。若剪其榛芜，亦可略显其菁英矣。

《芙蓉山馆词一卷提要》

10.《续修四库全书总目提要》：

《芙蓉》、《筝船》，词品亦不高超。乾嘉之际，此数人者，皆虚有词名，不足重也。

《陶园诗余二卷提要》

11. 卢前：

〔望江南〕

花间外，尚可采芙蓉。赋笔用多于兴比，微言都在《国风》中。文采半天工。

《饮虹簃论清词百家》(《清名家词》)

唐仲冕

唐仲冕（1753—1827）字六枳，号陶山，湖南善化（今属长沙市）人，乾隆五十八年（1793）进士，官至陕西布政使，著有《陶山诗录》、《陶山文录》。有《露蝉吟词钞》一卷。

1. 吴锡麒：

陶山先生强台独登，古瑟自奏。振衣灵岳，则层云荡胸；掉臂文场，亦老吏断狱。故当刲经抉史，润古雕今。方将穷宙合以求源，轧霄峥而耸论。而谓敛心绮语，降志笛家，匪特不为，抑亦未暇。乃自黄河远上，燕市重来。数杨柳之年华，问鲤鱼之消息。卖浆之家已换，贳酒之垆尚存。往往井水传今，旗亭溯往。遂有倚声之作，不无劳者之歌。加以屺岵伤心，松楸入望。白云千里，青山一抔。弥复怆恻唏嘘，徘徊瞻顾。猿未晨而啼先发，乌当夜而曲尤哀。此则欧公表阡，右军誓墓，殆有同焉。其深情之托则如此，其至性之发则如彼。宜其尽芟凡艳，特擅清空，足以嗣小雅之正音，而不失大晟之乐府也。独异其偷声减字，未肄乎管弦，柳往雪来，又局于期日。而巧思合绮，健笔摩空，竟从倚马之余，得成载酒之集，见者遂惊犹鬼神焉。不知召云者龙，命吕者律。先生万流广纳，八风棣通。大而掌华蹈襄，小而镂尘吹影。则分其全量，衍此余波，不过小试其别肠，遂已若开乎生面。

《唐陶山刺史〈露蝉吟词〉序》（《有正味斋骈体文续集》卷二）

2.《续修四库全书总目提要》：

其词气力厚重，而语不经意，句多累字，为可惜耳。

《露蝉吟词钞一卷提要》

汪梅鼎

汪梅鼎（1754—？）字浣云，一作映琴，号畹云，别号瀚云，又号蓼塘，安徽休宁人。乾隆五十八年（1793）进士，由吏部郎中考选浙江道御史。工书画，善鼓琴。著有《瀚云诗钞》，《安徽通志》载其有《小湖田乐府》十四卷，今未见。

1. 尤维熊：

桃花庵壁句如仙，记读新词又一年。

残月晓风何处也，风流忆杀柳屯田。

《续评词四首》（《二娱小庐诗钞词钞》卷三）

吴鼒

吴鼒（1755—1821）字及之，一字山尊，号抑庵，安徽全椒人。嘉庆四年（1799）进士，官至翰林院侍讲学士，告归后主讲扬州书院。著有《吴学士诗集》五卷、《文集》四卷。有《百萼红词》二卷。

1. 薛时雨：

〔一萼红〕《题吴山尊学士〈百萼红词〉遗稿，刊本久失，原稿于故纸中得之》

墨香浓。是吾乡坛坫，片羽吉光同。日下名高，扬州老住，奇险搜到蚕丛。出余技、十人足了，斗词场、一萼惯裁红。艳夺罗虬，芳搴白石，豪比放翁。　犹记经谈鹿洞，喜隽如甘露，绛帐春融。学士与先大夫讲论经术最相得，延课子弟，赠句云："味经得隽如甘露，谈艺无欺见古风。"又云："五代史才传旧学，一门经术负时名。"老辈凋零，乡园破碎，蠹简狼藉狂烽。幸遗草、东床收拾（先仲兄为学士之婿，搜辑学士遗稿，手抄成帙，尚未付梓），又文章、无命哭秋风。留得广陵绝调，珍作纱笼。

《藤香馆词·江舟欸乃》

2.《续修四库全书总目提要》：

词于伊郁之中而摇曳动荡，不尽似其师吴锡麒之轻倩也。

《百萼红词二卷提要》

蒋知节

蒋知节（1755—1813）字冬生，号秋竹，江西铅山人。乾隆四十四年（1779）举人，官教谕。知节为蒋士铨子，与兄弟知廉、知让俱有文名。

1. 丁绍仪：

心余太史颇以工词称，惜所著《铜弦词》，时杂以诗句、曲句，王氏《词综》选三阕而已。其嗣君秋竹广文知节词独清妙，吴兰雪《香苏山馆集》中附其体牛坳吹笛图〔洞仙歌〕云……可谓别具妙心，自饶雅韵。

《听秋声馆词话》卷十八

王芑孙

王芑孙（1755—1818）字念丰，号铁夫，又号惕甫，江苏长洲（今苏州）人。乾隆五十三年（1788）召试举人。官华亭教谕。工诗古文，为南北时望所推。著有《碑版广例》、《渊雅堂集》。

1. 王芑孙：

〔浣溪沙〕《属吾友沈芷生点定词稿而自题其上四首》之二

不守辛苏杜撰禅。不从周柳觅蹄筌。自为铁体者些般。　笔力渐看成老硬，诗肠无奈自缠绵。花间一集费丹铅。

《瑶想词》

2.《续修四库全书总目提要》：

观其所作，殊不成格，艳体亦复纤浮。盖不以词重，偶为之耳。

《瑶想词一卷提要》

3. 卢前：

〔望江南〕

琼瑶想，图写苦吟身。双锁公然琴第一，泉声幽咽尽成春。蕴藉胜他人。

《饮虹簃论清词百家》（《清名家词》）

凌廷堪

凌廷堪(1755—1809)字次仲，一字仲子，安徽歙县人。乾隆五十五年(1790)进士。铨授宁国(今安徽宣城)府学教授。事具《清史稿》、《清史列传》。少时孤寒，自力于学，书籍皆手自抄录。青年之时即仰慕乡贤江永、戴震，后交结翁方纲、阮元等。为学以宏博见称，贯通群经，而尤深于《礼》学。复擅词章，解音律，由燕乐以通古乐，故所为词，无不合律。著有《校礼堂文集》、《诗集》、《燕乐考源》，词有《梅边吹笛谱》二卷。

1. 凌廷堪：

少时失学，居海上，往往以填词自娱，相唱和者惟同里张君酌亭。后出游，渐知治经，得交仪征阮君伯元，谈说之余，时或及此，盖亦深于词者，其它朋辈多以小道薄之，不敢与论也。年二十计，虽屏去。一意向学，不复多填词。旧稿久束之箧中，及官宛陵，暇日检出阅之，颇有敝帚千金之想，乃编为二卷。酌亭已前卒，不得见矣。旧取白石〔暗香〕句意，名之曰《梅边吹笛谱》，盖词人习气，亦不复追改也。又少作但依旧词填之，不知宫调为何物，近因学乐律，少少有所悟。

《梅边吹笛谱自序》(《梅边吹笛谱》)

2. 江藩：

不主一家，而严于律。今人之词，有一字不合者，必指摘之。

《国朝汉学师承记》卷七

3. 张其锦：

吾师之词，不专主一家而尤严于律。尝自谓幼年精力误弊于此。壬申冬，江郑堂先生亦语锦曰：“令师学问精博，悉臻绝诣。礼经乐律，固其千秋大业，即骈体文章、诗余小技，亦不落第二流也。”

张其锦《梅边吹笛谱目录跋》引（《梅边吹笛谱》）

4. 陈廷焯：

乾、嘉以还，觳人一时独步，而蓉裳、伊仲、次仲、频伽、米楼、荔裳、吉晖诸君，古风虽远，亦不在元人下。（卷十四）

次仲词精深雅秀，无一字不跳跃。（卷二二）

《云韶集》

5.《续修四库全书总目提要》：

廷堪明于乐律，尝撰《燕乐考原》，以为燕乐原于琵琶，其说至为精确。故其为词，亦守律不苟。自序谓：稿中所用四声，非于唐宋人有所本者，不敢辄为假借；所用韵，凡闭口不敢阑入抵腭鼻音，至于抵腭与鼻音亦然，云云。其言非河汉也。又如集中每调之下，仿屯田、清真、白石之例，注明宫调，而〔国香慢〕、〔月下笛〕、〔梦芙蓉〕、〔法曲献仙音〕、〔湘月〕、〔霓裳中序第一〕、〔花犯〕……诸词，调下、词末，或论宫商，或注平仄，皆可依据，即其所撰之词，亦直入南宋之室矣。江藩谓“礼经乐律，固其千秋大业，即骈体文章、诗余小技，亦不落第二流。”非虚誉也。

《梅边吹笛谱二卷提要》

6.《续修四库全书提要》：

清代经师之词，竹垞、茗柯，造成风气，并享高名，有所自来，余若严元照、凌廷堪、江藩、刘逢禄、冯登府、宋翔凤诸人，初非专心为词，而语意婉妙，工力湛深，殊不可及，惜并为经术所掩也。

《柯家山馆词提要》

7. 卢前：

〔望江南〕

成专业，燕乐考隋唐。吹笛梅边伤质实，却从声律订宫商。令曲继乔张。

《饮虹簃论清词百家》(《清名家词》)

8. 朱庸斋：

清人凌廷堪最守四声，然其《梅边吹笛谱》所载各词，多为积襞之作，殊少意境，此非吃力不讨好乎？

《分春馆词话》卷二

李懿曾

李懿曾（1756—1807）字拾珊，号渔衫，江苏通州（今南通）人。乾隆四十八年（1783）副贡。平生三中副贡，考授州判，改教职。嘉庆十二年（1797），授铜陵教谕。赴官，道经苏州，马践而死。渔衫少负异才，诗文皆称名家。著作有《紫琅山馆诗钞》、《天海楼集》、《扶海楼文续集》、《扶海楼诗词集》等。

1. 周曾锦：

吾邑李渔衫先生懿曾，博学能文，著作极富，其《扶海楼诗集》，典赡风华，卓然名家。至于倚声，非所措意，然《藕叶词》二卷，不乏鸿篇丽制，亦可谓出其余技，足了十人者矣。

《卧庐词话》

恽敬

恽敬（1757—1817）字子居，号简堂，江苏武进人。乾隆四十八年（1783）举人。以教习官京师。历知富阳、江山二县，以振兴文教为务，颇有政声。以卓异擢南昌府同知，改署吴城，后以人诬告，被劾。《清史稿》、《清史列传》有传。恽敬少即精研经史，与庄述祖、庄献可、张惠言等友善，切磋学问。恽敬长于文章，与张惠言均为“阳湖派”代表人物。著有《大云山房全集》。另据记载恽敬有《蒹塘词》一卷，但《全集》未收。

1. 郑善长：

《词选》刻既成，余谓张子：词学衰且数百年，今世作者宁有其人耶？张子为言其友七人者，曰恽子居、丁若士、钱黄山、左仲甫、李申耆、陆祁生、黄仲则，各诵其词数章，曰：此几于古矣。

《词选附录叙》（《词选》）

2. 胡薇元：

清初词人，如吴骏公、梁玉立、龚孝升、曹洁躬、陈其年、朱竹垞、严荪友诸家，词采精善，美不胜收。中间先征君稚威、吴穀人、洪北江、钱晓征，均称后劲。嘉、道以来，则以龚定庵、恽子居、张皋文辈为足继雅音也。

《岁寒居词话》

3. 张德瀛：

愚谓本朝词有三变，国初朱、陈角立，有曹实庵、成容若、顾梁汾、梁棠村、李秋锦诸人以羽翼之，尽祛有明积弊，此一变也。樊榭崛起，约情敛体，世称大宗，此二变也。茗柯开山采铜，创常州一派，又得恽子居、李申耆诸人以衍其绪，此三变也。

恽子居敬词，如瑶台月明，凤笙独奏。武进人，有《蒹塘词》。

《词徵》卷六

4. 徐珂：

乾、嘉之际，作词者约分浙西、常州二派。浙西派始于厉鹗，常州派始于武进张惠言。鹗词宗彝尊，而数用新事，世多未见，故重其富。后生效之，每以捃摭为工，后遂浸淫，而及于大江南北。然钞撮堆砌，音节顿挫之妙，未免荡然。惠言乃起而振之，与其弟琦选唐、宋词四十四家，百十六首，为《词选》一书，阐意内言外之旨，推文微事著之原，比傅景物，张皇幽渺，约千编为一简，蹙万里于径寸，诚为乐府之揭橥，词林之津逮。故所撰作，亦触类修畅，悉臻正轨。其友人恽敬、钱季重、丁履恒、陆继辂、左辅、李兆洛、黄景仁、郑善长辈，亦皆不愧一时作家。其学于惠言而有得者，则歙县金应瑊、金式玉也。其以惠言之甥而传其学者，则武进董士锡也。

《近词丛话》

汪度

汪度（生卒年不详）字邺楼，号白也。江苏上元人。诸生。志行修洁，为乡里所重。善倚声。与洪亮吉、袁兰村有诗酒之交，晚居古佛庵。有《玉山堂词》。

1. 张德瀛：

汪白也度词，如黑净登坛，直露本色。上元人，有《玉山堂词》。

《词徵》卷六

2.《续修四库全书总目提要》：

其词效法叔夏，偶有肖似之作。〔齐天乐〕《读〈山中白云词〉有怀玉田生》下半阕云："而今芳草罨碧，问斜阳故国，鹃泪啼瘦。秋雁云孤，春鸥水阔，两字才名依旧。吟魂在否。恁心曲香烧，指尖丝绣。长啸山空，白云窗外走。"确为玉田之矩矱也，惟全体殊不能称。盖玉田所作，不独清空流走，而且潜气内转，度未明此旨，故其词不入于俗，即流于滑，然其令曲亦有清而新、婉而雅者。

《玉山堂词一卷提要》

沈清瑞

沈清瑞(1758—1791)初名南沅，字吉人，号芷生，一号群峰。江苏长洲(今苏州)人。乾隆五十二年(1787)进士。幼聪慧，博闻强记。与兄起凤俱以诗文名。其诗宗齐、梁，出入初唐四杰。尤擅词，与吴泰来、赵文哲、朱昂、施源、吴翌凤及王昶合称“江左七子”。著有《韩诗故》、《樱桃花下银箫谱》(散曲集)、《沈氏群峰集》，有词一卷附《沈氏群峰集》，名《绿春词》，存词八十六首。

1. 石韫玉：

太上忘情，其下皆有情者也。虽然入情尘中而不返，则《夭桃》、《覃葛》之篇几何不侪于《扶苏》、《蔓草》乎。故六根清净之后，晓风残月吟之可以入道。而不然者香风萎花且增绮语罪，案不堕泥犁狱不止也。吾友芷生三吴少年，美人香草未免有情，故其词多艳声，然不过于酒阑烛灺之场现身设法，岂真围燕钗、蝉鬓者乎？今年拾其未散之稿，录成集而丐序于余。夫人情事过而悔生。山有行雨之神，天有散花之女，而孽障既消，则玉体横陈，味如嚼蜡。昔者吾家休文悔其少岁言情之作，作为情忏词，今即以其名名芷生之词可乎。

《情忏词序》(《独学庐初稿》)

2. 郭麐：

沈芷生清瘦如不胜衣，出语吐气，风雅流发。时有一二语不甚了了，然非口吃舌结，可以意会。

能为南唐五季之词者，自成容若后，断推芷生为第一。〔菩萨蛮〕云……诸作入之《花间》集中，谁复能辨？

《灵芬馆词话》卷一

3. 吴衡照：

江左七子，吴舍人泰来、赵农部文哲尤工词。而王少司寇昶，晚续竹垞《词综》之刻，俾枯槁憔悴之士，垂声艺苑，洵不朽盛事也。吴中擅词学者，如朱上舍昂、施明府源、沈进士清瑞、吴茂才翊凤，各自名家，瓣香南渡，俱卓然可传者也。

《莲子居词话》卷四

钱季重

钱季重（1758—1821）原名梦兰，字季重，后以字行，号黄山，江苏阳湖人，诸生。多才情，早夭。有《黄山词》。

1. 包世臣：

（词）其引声也细，其取义也切，细故么而善感，切故近而善入。五季两宋之能者，并臻兹妙。自兹以降，靡者沿流扬波而不知其本，俳谐谑浪以为能事，蔽锢且四五百年，及近人钱黄山始凿其窔。

《金筤伯竹所词序》（《艺舟双楫》）

2. 洪亮吉：

同里钱秀才季重，工小词，然饮酒使气，有不可一世之概。

《北江诗话》卷一

3. 郑善长：

《词选》刻既成，余谓张子：词学衰且数百年，今世作者宁有其人耶？张子为言其友七人者，曰恽子居、丁若士、钱黄山、左仲甫、李申耆、陆祁生、黄仲则，各诵其词数章，曰：此几于古矣。

《词选附录叙》（《词选》）

4. 谢章铤：

张皋文《词选》，凡词四十四家，一百十六首。由唐逮宋，所选止此，可谓严矣。末附其友黄仲则景仁《竹眠斋词》，左仲甫辅念《宛斋词》，恽子居敬《蒹塘词》，钱黄山季重《黄山词》，李申耆兆洛《蜩翼词》，丁若士履恒《宛芳楼词》，陆祁生继辂《清邻词》凡七家。郑善长抡元又益以皋文《茗柯词》与其弟翰风琦《立山词》，其徒金子彦应瑊《兰簃词》，朗甫式玉《竹邻词》，而善长之作《字桥词》亦自列焉。二张及七家，皆常州人。二金及郑，则歙产也。合十家，或一二阕，或十数阕，其题多咏物，其言率有寄托。相其微意，殆为朱厉末派饾饤涂泽者别开真面，将欲为词中之铮铮佼佼者乎？

《赌棋山庄词话续编》一

5. 张德瀛：

钱季重季重词，如舜华在林，昼炕宵聂。阳湖人，有《黄山词》。

《词徵》卷六

6. 徐珂：

惠言……其友人恽敬、钱季重、丁履恒、陆继辂、左辅、李兆洛、黄景仁、郑善长辈，亦皆不愧一时作家。

《近词丛话》

杨揆

杨揆（1760—1804)字同叔，号荔裳，又号石匬。祖籍陕西华阴，迁常州，再迁无锡。乾隆四十五年(1780)召试一等，赐举人，授内阁中书，入四库全书馆任编校。五十五年，充文渊阁检阅。历官川北道按察使、甘肃布政使等，卒赠大常寺卿。生平事迹见《清史稿》、《清史列传》及赵怀玉为作《行状》，同里秦瀛为撰《墓志铭》。揆少与兄芳灿有“二难”之目。长于骈文。诗歌初宗长庆，迨出塞游历陕、甘、川、青(海)，且曾随福康安入西藏后，诗境别开。工词，与兄杨芳灿并为乾隆、嘉庆间著名词人。著有《藤花吟馆诗文集》、《卫藏纪闻》等，词有《璎珞香龛词》一卷。

1. 杨芳灿：

乾隆丙午冬，余以伏羌令上计入都，荔裳时官中书舍人。正腊回甘，荔裳乞假偕出。春明途次，间有倡和之作。嗣余奉檄之任，荔裳两至官舍，虽相聚不久，而聚辄有诗。灵武射堂前有隙地，植紫荆数本，枝叶繁茂，荔裳为题楹额曰荆圃。公余歌啸，颇绕真趣。戊申之冬，荔裳以补官北上，至辛亥腊月，从嘉勇公出师廓尔喀，道经西宁，始复一晤。荔裳从此驰驱军旅，迄未少休，而余一官灵武，十年不调。幸边城事简，不废吟咏。既得武威郭进士楷主书院讲席，复有侯生士骧、周生为汉、陆生芝田先后从游，分题选韵，月凡三集，所得诗词，辄录而藏弆之。时儿子程宪亦能把笔矣。迨己未夏五，荔裳来任甘藩，余援例改官部郎，尚未谒选。夜阑翦烛，每谭往事，忽忽如梦。时老友黄君药领亦同在官署，以二十年之别，欢然道故。相与赓唱，复得诗词如干首，结习所存，不忍弃置，爰综前后所作，付之剞劂，共诗十卷，词六卷，仍题曰《荆圃倡和集》，识其始也。

《荆圃倡和集序》(《荆圃倡和集》)

2. 杨揆：

余与伯兄弱岁饥驱，早年薄宦，西羁陇坂，北滞燕台。梦永嘉之西堂，忆怀远之故驿。离索之感，殆不可任。既而兄驰上计之车，余守校书之馆。第五颉灵台之下，或十日不炊；董威辇白社之中，无一廛可庇。衡门风雪，相对萧然。遂乃寻避债之台，移乞病之牍，同车入洛，联辔过秦。陟三峻之崄巇，览二华之奇秀。苍茫吊古，怊怅怀乡。剔藓看碑，磨厓酒墨。樊川句里，老树遗台；长吉囊中，神林鬼冢。卷中所作，大率羁旅行役居多焉。

《荆圃倡和集序》(《荆圃倡和集》)

3. 谭莹：

二陆才多擅倚声，文章碧海掣长鲸。

颇嫌乐府香奁语，孤负冰天雪窖行。

《论词绝句四十首专论国朝人》(《乐志堂诗集》卷六)

4. 陈廷焯：

乾、嘉以还，縠人一时独步，而蓉裳、伊仲、次仲、频伽、米楼、荔裳、吉晖诸君，古风虽远，亦不在元人下。(卷十四)

荔裳词，笔力雄健，骨韵都高；小令姿态有余，长调尤觉流动充满，真作家也。

荔裳小令以南宋为法。(卷二二)

《云韶集》

5. 陈廷焯：

金匮二杨蓉裳、荔裳工为绮语，高者亦不过吴园次、徐电发之严，不足语于大雅。(卷四)

词有表里俱佳、文质适中者……有质亡而并无文者，则马浩澜、周冰持、蒋心余、杨荔裳、郭频伽、袁兰村辈是也。并不得谓之词也。论词者本此类推，高下自见。(卷八)

《白雨斋词话》

萧抡

萧抡（？—1818）字冠英，号子山，又号樊村，江苏太仓人。廪生。与兄揆齐名，客钱塘陈文述家。著述甚富。有《樊村草堂诗选》三卷。

1. 陈廷焯：

子山心折中仙，所作亦能入中仙之室。

《云韶集》卷二三

2. 张德瀛：

萧子山抡词，如绿珠吹笛，惯作哀音。太仓人，有《判花阁词》。

《词徵》卷六

钱湘

钱湘（生卒年不详）字季蘋，江苏武进人，钱孟钿侄女，赵仁基继室。著有《绿梦轩词》一卷。

1. 赵仁基：

独喜填词，为之一年，所诣远出诗上，今所存者是也。季蘋好为忧伤蕉萃之语。

《清代词女征略》引

2. 雷瑨：

《绿梦轩遗词》，毗陵钱季蘋女士所著。女士姑母即诗名卓著之孟钿夫人也。闺门风雅，本有渊源。女士幼好读汉魏六朝唐宋诸诗，口诵心解，无所留滞，多至二千余首，间自为之，思致清逸。及归赵君仁基，即喜填词。未一年，所诣远出诗上。然好为忧伤憔悴之语。

《闺秀词话》卷四

袁棠

袁棠(1760—1810)字尚木，一字甘林、无咎，号湘湄，吴江(今江苏苏州)人。嘉庆元年(1796)举孝廉，与郭麐、宋翔凤、陈基等人交往密。袁氏因藏有宋帝赐大臣之砚“洮琼”，故以名馆。著有《洮琼馆词》(亦名《浓睡楼词》)，不分卷，录词九十八首。

1. 郭麐：

余未识湘湄时，闻铁门诵其小词云：“人远。人远。风飏落花庭院。”心窃好之。后尽见其所著词，盖不多作也。……而湘湄以《浓睡楼词》见示，不两月中已得百余首，上者高唐、洛神，小者亦闯《花间》之室。

《灵芬馆词话》卷一

2. 郭麐：

（其词）上之《高唐》、《洛神》，下亦《子夜》、《读曲》之遗者也。

《洮琼馆词序》

3. 谭献：

严修能《柯家山馆词》，婉约可歌。袁湘湄《洮琼馆词》，秀润如秋露中牵牛花也。(《复堂日记》丁亥)

《复堂词话》

周青

周青（生卒年不详）字木君，江苏荆溪（今宜兴）人。工词。有《柳下词》一卷。

1. 周济：

木君蹇于遇，居恒愁苦怨宜，恤然不可以日终。故其词多酸涩之味，思力沉挚，求之古人，往往而合也。余既常出游，木君益困瘁竟以死。遗词散失，为录其完善者刻之。吾郡多词人，木君足不出里门，概未之识，惟与余相切劘。余不能专精，而木君生死以之，宜其刻琢泰甚，竟夭天年也。曩见木君才三十而叹老，心窃忧之，今信矣，其自谶也。情溢乎词，然则世之富贵寿考而修词者，亦独何哉？

《柳下词序》（《柳下词》）

2. 蒋敦复：

保绪先生有族叔名青，字木君，所著有《柳下词》，保绪序而刻之。以为居恒愁苦怨抑，词多酸涩之味，思力沉挚，求之古人，往往而合。

《芬陀利室词话》卷一

3.《续修四库全书提要》：

青思力沉挚，琢字炼句，骤视之，似学梦窗，察其蹊径，亦不尽从四稿来也……青与（周）济词状不同，而其有寄托之旨则一也。

《柳下词提要》

孙原湘

孙原湘(1760—1829)字子潇，又字菊仙，自号心青居士，号子济、长真、蠖叟、姑射仙人侍者等。祖籍休宁(今属安徽)，徙昭文(今江苏常熟)。乾隆六十年(1795)举人，嘉庆十年(1805)进士，改翰林院庶吉士，充武英殿协修，假归，得怔忡症，遂不出。《清史稿》有传。历主毓文、紫琅、游文诸书院讲席。善书精画，尤以诗古文辞名。与周僖、吴震等人共结词社唱和，结集为《消寒词》。著有《天真阁集》六十卷，其中词作五卷，收词三百二十首。

1. 孙原湘：

吾邑自竹桥仪曹主长湖田，喁于乐府，而后家修箫谱，户拨秦弦。先生之族子瘦青尤能力抗前尘，别标新旨，往往循蹊独走，穷求窈渺之琴；蹋叶孤寻，刻写荒寒之画。会予考盘多暇，得生吟屐相从，寄情樵谷之歌，托兴渔家之笛。时值残冬景仄，穰岁风情，小市鱼肥，深缸酒熟。瘦青招寒鸥之侣，开暖室之筵，新声竞流，高燕迭主，猛烛忘夜，缓炉自春。敲水而玉筯双盘，洒雪则梨花一砚。相与裹浑脱之帽，拥蒙茸之裘。避席捻髭，泥囊呵冻。天鸡号而犹唱，月兔落而忘疲。一字初安，窗外之孤梅欲笑；九宫既叶，篱头之悲篥皆和。良会易终，古欢未已。昔人云相和若琴，聊以寄心者，其斯之谓与？或以晓风残月，技陋雕虫；宠柳骄花，音乖大雅。有惭真率，何当文章？不知兰抽弱干，自足殊芬；桐挺孤枝，便饶仙韵。与其摹天绘日，徒务好龙之名；何如缝月裁云，独擅射雕之手？且大晟宜究，匪徒按谱填腔；抑小道可观，尤贵知人论世。宫商徐疾，半黍难移；子母阴阳，四声必合。白石之借梅寄恨，环佩魂归；碧山之托月伤情，山河影老。苟非律求精审，旨寄遥深，其能井水皆歌，人沾膏馥，野云无际，世奉瓣香者也哉？而况凫鹭闲盟，鸡豚近局，遣心灯畔，送日花间。大白浮来，小红唱起，檀板敲而纸醉，铜琵按而玉颓。谣自比于辕童，歌适侪夫嚷叟。不求人解，聊乐我员而已。时历三月，会惟九人，凡一十七调，计六十八阕，其中工拙不具论云。

《消寒雅集词序》(《消寒词》)

2. 陈廷焯：

孙子潇、袁兰村辈为词，全不讲究气格，只求敷衍门面而已，并有门面亦敷衍不来处。

《白雨斋词话》卷五

秦恩复

秦恩复(1760—1848)字近光，一字敦夫，号澹生。江都(今江苏扬州)人。乾隆五十二年(1787)进士，改翰林院庶吉士，散馆授编修，官至太史。清代藏书家、文学家、校勘家。读书好古，精于鉴藏。其玉笥仙馆、石研斋藏书数万卷。精校勘，与学者顾千里共相商榷于馆中。阮元抚浙时，聘请他主持“诂经精舍”，校勘书籍颇多。撰有《石研斋书目》、《石研斋集》，词有《享帚词》。

1. 顾广圻：

旧谱新词写碧罗，年年传遍雪儿歌。
阿谁取入丛谈续，山抹微云本事多。

阳春属和数心知，黄九偏难得并时。
苦索赏音到狂客，文通善恨(按：江藩)长康痴。

《题秦澹生太史〈栖碧词〉二首》(《思适斋集》卷三)

2. 谢章铤：

《享帚词》四卷，江都秦敦夫恩复撰。自序云：“仆家有藏书二万卷，辟屋三楹，坐卧其中，暇则吟讽以资笑傲。随意所感，寓之于词，或矢口而讴吟，或曼声而长啸，等诸击壤之尧民，有类悲秋之宋玉。凡人世之忧愉欣戚，荣辱得失，胥不入于寤寐。”其言颇萧散可喜，然其词则叹老伤穷，不一而足。

《赌棋山庄词话续编》卷三

严冠

严冠（1760?—1812后）字四香，浙江仁和（今杭州）人。诸生。喜吟咏，能诗，工刻印，善画墨笔梅花。著《茶寿龛诗》。

1. 郭麐：

严四香冠词多艳语，殆近黄九。其〔钗头凤〕云……绝似琴趣中语。

《灵芬馆词话》卷一

王倩

王倩（生卒年不详）字雅三，号梅卿，浙江山阴（今绍兴）人，吴县陈基继室。倩幼明敏，喜读书，工诗善画，归陈基后执贽袁枚为女弟子，著有《问花楼诗钞》、《寄梅馆诗钞》，词有《洞箫楼词》一卷。

1.《续修四库全书总目提要》：

王倩之词，导源北宋，不事淫靡冶荡之音，不求工于一字一句之间，而风格娟秀，颇具慧思。惟词本声音之妙，故声调格律皆与诗不同，而王倩之词，虽亦能守律，然勉成之体，终嫌其格格不入，不是当行家语，其佳者亦所谓著腔子唱好诗而已。惟王倩之诗则声名颇著，诸名家选集皆有著录，诗话之中有及王倩者亦盛道其诗，可知王倩之词不过余事，本不以此见长。

《洞箫楼词一卷提要》

江藩

江藩(1761—1830)字子屏，号郑堂，自号竹西词人，晚号节甫老人。江苏甘泉(今扬州)人。监生。曾师事余萧客、江声，为吴派大师惠栋再传弟子，与同里黄承吉、焦循、李钟泗友善，时称“黄江焦李”，为当时知名学者。深通训诂，尤长考据学。乾隆五十一年(1786)，曾为弘历诗集作注并携京进献。阮元督漕淮安时，聘为丽正书院山长。生平事迹见《清史列传》、《国朝耆献类征》等。一生著述颇多，有《周易述补》、《汉学师承记》、《尔雅小笺》等。亦工词，有《扁舟载酒词》一卷。

1. 顾广圻：

盖闻填词之有宫律，譬则规矩也；其辞句之美，譬则巧也；所谓能事者，尽规矩之道以施夫巧者。词家之盛，由两宋以溯唐、五季而涉金、元，罔有不知此旨者。更明三百年，陵夷衰微。迨至国朝，复起其废。善言宫律者，椎轮万氏，囊括《词麈》是已。善用宫律而辞句兼美者，吾友江子屏方今之一也。子屏于词，乃余事中之余事，而《扁舟载酒词》一卷，清真典雅，流丽谐婉，追《花间》之魂，吸《绝妙》之髓，专门名家，未能或之先也。特是读者知其辞句之美易，知其字字入宫律难。

《扁舟载酒词序》(《扁舟载酒词》)

2. 张丙炎：

先生研究声律，穷极窈渺，寄之倚声，是集当与《梦窗甲乙稿》、《白石道人歌曲》相颉颃，不仅辞句流美而已。

为人倜傥权奇，襟怀磊落，走马夺槊，有逾健儿，遍游齐、鲁、燕、赵、江、浙、闽、粤诸胜，其豪迈雄俊之气，一发之于诗词。

《扁舟载酒词跋》(《扁舟载酒词》)

3.《续修四库全书提要》:

藩经学湛深，以其余暇而为词，亦置体雅正，中间如〔暗香〕、〔疏影〕、〔声声慢〕、〔凄凉犯〕、〔杏花天影〕、〔八声甘州〕、〔满江红〕、〔霓裳中序第一〕、〔采绿吟〕诸调，附论音律，并足以补正万氏《词律》、方氏《词麈》，尤为本书之精彩。故顾广圻序谓读者知其辞句之美易，知其字字入宫律难也。

《扁舟载酒词一卷提要》

4.《续修四库全书提要》:

清代经师之词，竹垞、茗柯，造成风气，并享高名，有所自来。余若严元照、凌廷堪、江藩、刘逢禄、冯登府、宋翔凤诸人，初非专心为词，而语意婉妙，工力湛深，殊不可及，惜并为经术所掩也。

《柯家山馆词三卷提要》

沈纕

沈纕（生卒年不详）字蕙孙，号玉香，又号散花女史，又号玉香仙子。江苏吴县人。戊子举人、祁门训导沈起凤女，进士沈清瑞侄女，诸生林衍潮室。乾隆五十三年（1788）从任兆麟学诗。工吹洞箫。著有《绣余集》、《翡翠楼诗文集》、《浣纱词》。

1. 任兆麟：

余读填词，每以灵均、太白一流人自处，便觉寄托遥深，有一段缠绵悱恻，不可语人光景。……盖情至之作，自能感人，春女秋士，情一而已。

《浣纱词跋》

2. 沈纕：

余初不喜填词，相馈之余，停针之暇，惟斤斤于五言七字中，蓉舫夫人辄笑之。后与清溪张姊交，观其作词，能移我情。岁戊申，始研心音律，自唐迄宋，诸名家词，靡不手自抄录。兴之所之，恒彻夜忘寝。细雨篝灯，冷光如豆，弗知倦也。既清溪归江城，音信与余往来稍疏，然夜阑灯灺，每寄新词相商榷，未尝不以风雅为宗。夫向之见弃如彼，今之所好如此。愁花怨草，果何所见而云耶？密意深情，亦想当日而已矣。至于存正声，移宫羽，愿清溪尚有以进我也。

《浣纱词自叙》（任兆麟辑《吴中女士诗钞》）

3. 张滋兰：

披丽句于金茎，数章宫体；托美人于香草，一片骚心。

《浣纱词题辞》

4. 沈善宝：

沈蕙孙，号散花女史，教授起凤女，诸生林衍朝室，有《绣余集》、《翡翠楼诗文集》。蕙孙善洞箫，制有箫谱。……著《浣纱词》，秀逸无比。《送春》云：“梨花春雪，杏花春雨，毕竟春归何处？问春春不语。”

《名媛诗话》卷四

陆瑛

陆瑛（生卒年不详）字素窗，江苏吴县人，诸生陆昶之姊，贡生罗康济之妻。工诗词，参与清溪诗社，与张清溪、沈纕、尤澹仙等被称为“吴中十子”，其《赏奇楼蠹余稿》被刻入《吴中十子诗钞》。著有《赏奇楼诗词》、《蠹余稿》。

1. 沈善宝：

陆素窗，贡生罗康济室，有《赏奇楼草蠹余稿》。《十愁吟》云：“残照西风碧树秋，行云望断楚江楼。不知何处吹横竹，唤起新愁与旧愁。”及《五噫歌》、《断牛衣》，泣今古才人一样愁。素窗工填词，得元宋人神韵，余曾录尤者数阕，今稿失去，殊觉怅然。

《名媛诗话》卷四

邵葆祺

邵葆祺（1761？—？)字寿民，号屿春，又号情禅，顺天府大兴(今属北京)人，先世出浙江余姚。嘉庆元年(1796)进士。官吏部员外郎。著有《桥东诗草》、《情禅词》。词集原刊未见，仅于戴敦元《沤尘诗余》后选刊十一首。丁绍仪《听秋声馆词话》卷五著录。

1. 尤维熊：

琴趣三千调不同，清真第一老词宗。

梅溪风调尧章笔，略见情禅谩语中。

《评词八首》(《二娱小庐诗钞词钞》卷三)

张惠言

张惠言(1761—1802)字皋文，号茗柯，初名一鸣，江苏武进人。嘉庆四年(1799)进士，改庶吉士，授翰林院编修。《清史稿》、《清史列传》及阮元《张惠言传》具其事迹。少为词赋，拟司马相如、扬雄之文，有名篇《黄山赋》。及壮，学韩愈、欧阳修，开创阳湖文派。皋文早岁即研经，尤深《易》、《礼》，其一生精力专注于经学与古文，于虞翻《易说》用力最勤，为“今经文派”大师之一。惠言又工词，为“常州词派”开山宗师。嘉庆二年与弟张琦同编《词选》，时为安徽歙县金榜家西席，本意乃供金家子弟作读本。惠言以学者眼光言词，在《词选序》中申述词旨有三：一、以“意内而言外”说为据，强调词“非苟为雕琢曼辞而已”；二、“低徊要眇以喻其致”，力主比兴；三、推举“温庭筠最高”，以为“其言深美闳约”。清词至皋文出而体格一变，道光十年(1830)张琦重刻《词选》后，其词旨遂成常州一派词学观之基石，影响词坛，余波所及直至清末。皋文著述宏富，著有《茗柯文》、《周易虞氏义》、《虞氏易言》、《仪礼图》等，另辑有《七十家赋钞》。有《茗柯词》一卷。

1. 陈石麟：

低晴浅雨送年华，燕子魂归梦里家。
无限天涯芳草思，断肠遗唱到杨花。

愁绝东风小病侵，乌阑黄绢误沉吟。
游丝一缕江南影，写出三春寸草心。
《书张皋文填词后》(《小信天巢诗钞》卷七)

2. 包世臣：

（词）其引声也细，其取义也切，细故么而善感，切故近而善入。五季两宋之能者，并臻兹妙，自兹以降，靡者沿流扬波而不知其本，俳谐谑浪以为能事，蔽锢且四五百年。及近人钱黄山始凿其窔，而皋文、翰风二张先生继之，高才辈出，复两宋旧观。

《金筤伯竹所词序》（《艺舟双楫》）

3. 宋翔凤：

先生于学，皆有源流，至于填词，自得宗旨。其于古人之词，必缒幽凿险，求文理之所安，若讨河源于积石之上，若推经度于辰极之表。其自为词也，必穷比兴之体类，宅章句于性情，盖圣于词者也。

《香草词自序》（《香草词》）

4. 周济：

吾乡自皋文、子居两先生开辟榛莽，以《国风》、《离骚》之旨趣，铸温、韦、周、辛之面目，一时作者竞出。

《味隽斋词自序》（《味隽斋词》卷首）

5. 周济：

皋文不取梦窗，是为碧山门迳所限耳。梦窗立意高，取迳远，皆非余子所及。惟过嗜饾饤，以此被议。若其虚实并到之作，虽清真不过也。

《宋四家词选目录序论》

6. 潘德舆：

张氏《词选》，抗志希古，标高揭己，宏音雅调，多被排摈，五代、北宋，有自昔传诵，非徒只句之警者，张氏亦多恝然置之。

《与叶生书》（《箧中词》三引）

7. 杨希闵：

自康熙至乾隆，为词学者，多为竹垞《词综》所锢。嘉、道间，常州张皋文乃上溯《金荃》，参以南渡，溯心思于幽邃窈窕之

路，情寄骚雅，词兼比兴，遂又别开境界。（《词轨·总论》）

张皋文论词极严，语意必有寄托，而思力镵峭，相逐于幽邃窈折之路，此境亦前人所无。（卷八）

《词轨》

8. 莫友芝：

词自皋文选论出，其品第乃跻诗而上，逌然《国风》、乐府之遗，海内学人始不以歌筵小技相疵亵。

《陈息凡香草词序》（《郘亭丛书》）

9. 丁绍仪：

嘉庆间填词家咸推吾郡张皋文太史惠言，专主比兴，所选词自五季迄同时朋从，仅四百余阕，矜严已甚。顾学之者往往非平即晦，盖词固不尚尖艳，亦不宜过求纯正，如弹古瑟，谁复耐听？太史自著《茗柯词》，亦寥寥无几。

《听秋声馆词话》卷十九

10. 汪根兰：

茗柯《词选》，张皋文先生意在尊美成，而薄姜、张。至苏、辛仅为小家，朱、厉又其次者。其词贵能有气，以气承接，通首如歌行然。又要有转无竭，全用缩笔包举时事，诚是难臻之诣。诒案：常州派近为词家正宗，然专尊美成。今取美成词读之，未能造斯境也。

江顺诒《词学集成》卷五引

11. 潘曾玮：

张氏《词选》，喜其于源流正变之故，多深造自得之言。……尝观其去取次第之所在，大要惩昌狂雕琢之流弊，而思导之于《风》、《雅》之归。

《词辨序》

12. 谢章铤：

张皋文《词选》，凡词四十四家，一百十六首。由唐逮宋，所选止此，可谓严矣。末附其友黄仲则景仁《竹眠斋词》，左仲甫辅念《宛斋词》，恽子居敬《蒹塘词》，钱黄山季重《黄山词》，李申耆兆洛《蜩翼词》，丁若士履恒《宛芳楼词》，陆祁生继辂《清邻词》凡七家。郑善长抡元又益以皋文《茗柯词》与其弟翰风琦《立山词》，其徒金子彦应珹《兰簃词》，朗甫式玉《竹邻词》，而善长之作《字桥词》亦自列焉。二张及七家，皆常州人。二金及郑，则歙产也。合十家，或一二阕，或十数阕，其题多咏物，其言率有寄托。相其微意，殆为朱厉末派饾饤涂泽者别开真面，将欲为词中之铮铮佼佼者乎？

《赌棋山庄词话续编》卷一

13. 谢章铤：

金应珪曰："近世为词，厥有三蔽。义非宋玉，而独赋蓬发，谏谢淳于，而唯陈履舄，揣摩床笫，污秽中冓，是谓淫词，其蔽一也。猛起奋末，分言析字，诙嘲则俳优之末流，叫啸则市侩之盛气，此犹巴人振喉以和阳春，黾蜮怒嗌以调疏越，是谓鄙词，其蔽二也。规模物类，依托歌舞，哀乐不衷其性，虑叹无与乎情，连章累篇，义不出乎花鸟，感物指事，理不外乎应酬，虽既雅而不艳，斯有句而无章，是谓游词，其蔽三也。"《词选跋》按：一蔽是学周、柳之末派也。二蔽是学苏、辛之末派也。三蔽是学姜、史之末派也。皋文《词选》，诚足救此三蔽。其大旨在于有寄托，能蕴藉，是固倚声家之金针也。虽然，词本于诗，当知比兴，固已。究之《尊前》、《花外》，岂无即境之篇？必欲深求，殆将穿凿。夫杜少陵非不忠爱，今抱其全诗，无字不附会以时事，将《漫兴》、《遣兴》诸作，而皆谓其有深文，是温柔敦厚之教，而以刻薄讥讽行之，彼乌台诗案，又何怪其锻炼周纳哉。即如东坡之〔乳燕飞〕，稼轩之〔祝英台近〕，皆有本事，见于宋人之纪载。今竟一概抹杀之，而谓我能以意逆志，是为刺时，是为叹世，是何异读诗者尽去小序，独创新说，而自谓能得古人之心，恐古人可起，未必任受也。前人之纪载不可信，而我之悬揣，遂足信乎？故皋文之说不可弃，亦不可泥也。此意予所著《稗贩杂录》已略及之，兹复论之如此，为能寻词源者进一解焉。

《赌棋山庄词话续编》卷一

14. 谢章铤：

礼堂自京师归，出皋文《词选》示余，余读之曰：此词家正法眼之作也。国朝词家最盛，王兰泉《词综》，姚茝阶《词雅》，蒋子宣《词选》撰录不下数十百人。然自浙派盛行，大抵挹流忘原，弃实佩华。强者嚣呶，弱者涂泽，高者单薄，下者淫猥。不攻意，不治气，不立格，而咏物一途，搜索芜杂，漫无寄托，点鬼之簿，令人生厌。呜乎，其盛也，斯其衰也。岂知竹垞、樊榭之所以挺持百辈，掉鞅词坛，在寄意遥深，不在用事生涩。舍其闲情逸韵，而师其襞积，学者何取焉求？如皋文之卓见，盖希已，难已。昔竹垞撰《词综》，以雅为宗，读《词综》，则词不入于俚。读皋文此选，则词不入于浅，且使天下不敢轻易言词，而用心精求于六义。皋文之有功于词，岂不伟哉！然而杜少陵虽不忘君国，韩冬郎虽乃心唐室，而必谓其诗字字有隐衷，语语有微辞，辨议纷然，亦未免强作解事。若必以此法求之于词，则夫酒场歌板，流连景光，保无即事之篇，漫与之作，而不必与之庄论者乎？皋文将引词家而进之于古，其立言自不得不尔，学者当观其通焉。礼堂殆不以余言为妄也。

《张惠言词选跋》（《赌棋山庄全集》文集卷二）

15. 江顺诒：

常州张皋文先生校录唐宋词凡四十四家，仅一百十六首，可谓严矣。其序论云……此论高出流辈，发前人所未发。

《词学集成》

16. 谭献：

阅黄燮清韵珊选《词综续编》。填词至嘉庆，俳谐之病已净。即蔓衍啴缓，貌似南宋之习，明者亦渐知其非。常州派兴，虽不无皮傅，而比兴渐盛。故以浙派洗明代淫曼之陋，而流为江湖。以常派挽朱、厉、吴、郭频伽流寓佻染饾饤之失，而流为学究。近时颇有人讲南唐、北宋，清真、梦窗、中仙之绪既昌，玉田、石帚渐为已陈之刍狗。周介存有“从有寄托入，以无寄托出”之论，然后体益尊，学益大。近世经师惠定宇、江艮庭、段懋堂、焦里堂、宋于庭、张皋文、龚定庵多工小词，其理可悟。（《复堂日记》丙子）

翰风与哲兄同撰《宛邻词选》。虽町畦未辟，而奥窔始开；其所自为，大雅遒逸，振北宋名家之绪。其子仲远序《同声集》有云：“嘉庆以来，名家均从此出。”信非虚语。周止斋益穷正变，潘四农又持异论。要之倚声之学，由二张而始尊耳。（《箧中词》）

文字无大小，必有正变，必有家数。《水云楼词》固清商变徵之声，而流别甚正，家数颇大，与成容若、项莲生二百年中，分鼎三足。咸丰兵事，天挺此才，为倚声家杜老。而晚唐两宋一唱三叹之意，则已微矣。或曰：“何以与项并论？”应之曰：“阮亭、葆酚一流，为才人之词。宛邻、止庵一派，为学人之词。惟三家是词人之词，与朱、厉同工异曲，其它则旁流羽翼而已。”（《箧中词》）

《复堂词话》

17. 缪荃孙：

国朝词家，推吾州为极盛。在昔先路之导，邹、董并称，以及玉虬、舜民、青门、椒峰，狎主敦盘，同音笙磬。顾矜语性灵，颇流率易，溺情闺闼，亦落猥琐，沿明季之余习，犹大雅所弗尚。其年郁青霞之奇气，谱乌丝之新制，实大声宏，激昂善变。梁汾抱范、张之友谊，蹈秦、柳之茂矩，兴往情来，庶几并骛。他若纬云、半雪，皆迦陵之连枝，藕渔、汉石，亦《弹指》之同调，麟彬风雅，辉映一时。红友《词律》取法唐宋，考调名之新旧，证传写之舛讹，辨元人词典之分，斥明人自度腔之谬。词析句读，不立三等之名；谱填平仄，谨辨四声之异。句敲字炼，宫鸣商应，倚声之士，奉为圭臬。雍、乾以降，词学少衰。拾阳羡之余沉，储、史同盟，续梁溪之逸响，邹、华竞秀，当浙派横流之时，而有振衣独立之概。皋文晚出，探源李唐，止庵和之，遂臻正规。极意内言外之旨，推文微事著之原。比傅景物，张皇幽渺，约千篇为一简，蹙万里于径寸。上之则小雅之怨诽，离骚之俶诡；次之亦触类修斲，感物流连。予怀信芳，结想斯远，真乐府之揭橥，词林之津逮也。子居、季重同学，识其苦心，晋卿、申受及门，演其坠绪。读江都之续选，具有典型；聆山阳之异议，何损毫末。海内正宗，于斯为盛，渊源授受，师承可表。刘子芙初微自矜异，清词丽句，雅近竹屋。蒹塘、兰臣，别有宗尚，锡山诸子，生面独开。寇氛洊棘，《水云》特起，旨深而词婉，神清而色艳。词人之词，成、项鼎足，《箧中》伟论，讵同瞽言。《芬陀》、《秋雅》，工力相称，享年不永，搥骨未坚，但论意味，一时瑜、亮。大抵国初宜兴、无锡，最擅胜场，嘉、道迄今，武阳尤萃，江阴作者寥寥，靖江只徐时俊一阕而已。

《国朝常州词录序》

18. 继昌（李佳）：

张茗柯论词，谓取意内言外之旨。谢枚如内翰论之甚详。予仍一言以蔽之曰："词达而已矣。"

武进张皋文《茗柯词》中，〔水调歌头〕一阕，清空宛委，最堪讽咏。

《左庵词话》卷上

19. 胡薇元：

清初词人，如吴骏公、梁玉立、龚孝升、曹洁躬、陈其年、朱竹垞、严荪友诸家，词采精善，美不胜收。中间先征君稚威、吴縠人、洪北江、钱晓征，均称后劲。嘉、道以来，则以龚定庵、恽子居、张皋文辈为足继雅音也。

《岁寒居词话》

20. 沈曾植：

皋文疏节阔调，犹有曲子律缚不住者。

《菌阁琐谈》

21. 沈曾植：

张皋文氏、董晋卿氏，易学大师；周止庵治《晋书》，为《春秋》学者。各以所学，益推其义，张皇而润色之，由乐府以上溯诗、骚，约旨而闳思，微言而婉寄。盖至于是而词家之业乃与诗家方轨并驰，而诗之所不能达者，或转藉词以达之。

《彊村校词图序》（《彊村丛书》）

22. 陈廷焯：

皋文《词选》一编，可称精当，识见之超，有过于竹垞十倍者，古今选本，以此为最。其中小疵虽不能尽免（详见余《白雨斋词话》中），于词中大段，却有体会。温、韦宗风，一灯不灭，赖有此耳。

《词则·大雅集》卷六

23. 陈廷焯：

皋文〔水调歌头〕五章，既沉郁，又疏快，最是高境。陈、朱虽工词，究曾到此地步否，不得以其非专门名家少之。如首章云……热肠郁思，若断仍连，全自《风》、《骚》变出。（卷四）

自温、韦以迄玉田，词之正也，亦词之古也。元、明而后，词之变也。茗柯、蒿庵，其复古者也。斯编若传，轮扶大雅，未必无补。

词至元、明，犹诗至陈、隋。茗柯、蒿庵犹陈射洪、张曲江也。嗣后谁为太白，收前古之终。谁为杜陵，别出旗鼓，以开来学哉？朱、陈不能与古化，虽敢于变古，终无少陵手段，不足范围后学也。（卷七）

词有表里俱佳、文质适中者，温飞脚、秦少游、周美成、黄公度、姜白石、史梅溪、吴梦窗、陈西麓、王碧山、张玉田、庄中白是也。词中之上乘也。有质过于文者，韦端己、冯正中、张子野、苏东坡、贺方回、辛稼轩、张皋文是也。亦词中之上乘也。（卷八）

《白雨斋词话》

24. 蒋兆兰：

填词之学，既始于读词，则所读之选本宜审矣。约而言之，茗柯《词选》导源风雅，屏去杂流，途轨最正。世所称阳湖派者，实本于兹。第墨守者，往往含有苏、辛气味，不知词贵清遒，不尚豪迈，可以不必。周止庵《宋四家词选》，议论透辟，步骤井然，洵乎暗室之明灯，迷津之宝筏也。其后戈顺卿氏又选《宋七家词》汇为一编，学者随取一家，皆可奉为师法，就此成名。

清初诸公，犹不免守《花间》、《草堂》之陋，小令竞趋侧艳，慢词多效苏、辛。竹垞大雅闳达，辞而辟之，词体为之一正。嘉庆初，茗柯、宛邻，溯流穷源，跻之风雅，独辟门径，而词学以尊。周止庵穷正变，分家数，为学人导先路，而词学始有系统，有归宿。吴门七子，守词律，订词韵，于是偭规错矩者，不敢自肆于法度之外。故以清代词学而论，诚有如外人所谓逐渐改良者。以故清季词人，如前所论列诸家，色色皆精，蔚然称盛，殆亦时会使然。

《词说》

25. 文廷式：

张皋文具子瞻之心，而才思未逮。

《云起轩词钞序》

26. 郑文焯：

自宋迄今将千年，正声绝，古节陵，变风小雅之遗，骚人比兴之旨，无复起其衰而提倡之者；宜夫朱、厉雕琢为工，后进驰逐，几欲奴仆命骚矣。独皋文能张词之幽隐，所谓“不敢以诗赋之流，同类而讽诵之”；其道日昌，其体日尊。

《郑大鹤先生论词手简》

27. 郑文焯：

词道衰息，自南宋以来三百余年，至嘉庆间始得一皋文先生，穷讨达学，而词体一尊。

《致朱祖谋书》(《〈词林翰藻〉残璧遗珠》)

28. 朱祖谋：

〔望江南〕《杂题我朝诸名家词集后》

回澜力，标举选家能。自是词源疏凿手，横流一别见淄渑。异议四农生。

《彊村语业》卷三

29. 张德瀛：

愚谓本朝词亦有三变，国初朱、陈角立，有曹实庵、成容若、顾梁汾、梁棠村、李秋锦诸人以羽翼之，尽祛有明积弊，此一变也。樊榭崛起，约情敛体，世称大宗，此二变也。茗柯开山采铜，创常州一派，又得恽子居、李申耆诸人以衍其绪，此三变也。

张茗柯谓为人非表里纯白，不足为第一流。其所撰词，实称此语，盖所谓蝉蜕秽浊，皭然涅而不缁者乎？（卷六）

愚观嘉、道以还，词人辈出，张皋文惠言词，如邓尉探梅，冷香满袖。武进人，有《茗柯词》。（卷六）

《词徵》

30. 徐珂：

乾、嘉之际，作词者约分浙西、常州二派。浙西派始于厉鹗，常州派始于武进张惠言。鹗词宗彝尊，而数用新事，世多未见，故重其富。后生效之，每以捃摭为工，后遂浸淫，而及于大江南北。然钞撮堆砌，音节顿挫之妙，未免荡然。惠言乃起而振之，与其弟琦选唐、宋词四十四家，百六十首，为《词选》一书，阐意内言外之旨，推文微事著之原，比傅景物，张皇幽渺，约千编为一简，蹙万里于径寸，诚为乐府之揭橥，词林之津逮。故所撰作，亦触类修畅，悉臻正轨。其友人恽敬、钱季重、丁履恒、陆继辂、左辅、李兆洛、黄景仁、郑善长辈，亦皆不愧一时作家。其学于惠言而有得者，则歙县金应珹、金式玉也。其以惠言之甥而传其学者，则武进董士锡也。

《近词丛话》

31. 徐珂：

皋文、翰风所辑《宛邻词选》，虽町畦未辟，而奥窔已开。盖以深美闳约为旨，而倚声之学至是始日趋正鹄，其意在尊清真而薄姜、张，视苏、辛犹为小家，贵能以气承接，通首如歌行，然又须有转无竭，全用缩笔包举时事，嘉庆以来名家大抵自此而出。

诗余一道，清初以来之浙派，至乾嘉而渐蔽，张氏起而改革之，振北宋名家之绪，阐意内言外之旨，而常州派始著于时。所辑《词选》，皆属倚声正鹄。其自著词，亦沉着醇厚。

《清代词学概论》

32. 张尔田：

樊榭起于浙，皋文倡于常，抑流竞之靡而归诸六义，虽挈瓶庸受，逐宕失返，若夫越世扶衰，有足征焉。

《词莂序》

33. 张尔田：

张皋文氏起，原诗人忠爱悱恻、不淫不伤之旨，《国风》十五导其源，《离骚》廿五表其絜，翦擿孔翠，澡瀹性灵，崇比兴，区正变，而后倚声者人知尊体。

《彊村遗书序》

34. 夏敬观：

张皋文、周止庵辈尊体之说出，词体乃大。其所自作，仍不能如其所说者，则先从南宋词入手之故也。

《蕙风词话诠评》（《蕙风词话》附录）

35. 蔡桢：

清词派别，可分三期。浙西派与阳羡派同时。浙西派倡自朱竹垞，曹升六、徐电发等继之，崇尚姜、张，以雅正为归。阳羡派倡自陈迦陵，吴园次、万红友等继之，效法苏、辛，惟才气是尚，此第一期也。常州派倡自张皋文，董晋卿、周介存等继之，振北宋名家之绪，以立意为本，以叶律为末，此第二期也。第三期词派，创自王半塘，叶遐庵戏呼为桂派，予亦姑以桂派名之。和之者有郑叔问、况蕙风、朱彊村等，本张皋文意内言外之旨，参以凌次仲、戈顺卿审音持律之说，而益发挥光大之。此派最晚出，以立意为体，故词格颇高。以守律为用，故词法颇严。今世词学正宗，惟有此派。余皆少所树立，不能成派。其下者，野狐禅耳。故王、朱、郑、况诸家，词之家数虽不同，而词派则同。

看人词极难，看作家之词尤难。非有真赏之眼光，不易发见其真意。有原意本浅，而视之过深者。如飞卿〔菩萨蛮〕，本无甚深意，张皋文以为感士不遇，为后人所讥是也。

《柯亭词论》

36. 王国维：

固哉，皋文之为词也！飞卿〔菩萨蛮〕、永叔〔蝶恋花〕、子瞻〔卜算子〕，皆兴到之作，有何命意？皆被皋文深文罗织。

《人间词话删稿》

37. 吴梅：

自樊榭承竹垞之后，以南宋为师，于是词家有浙西派；皋文托体骚雅，词格始尊，保绪复扩大之，于是词家有毗陵派。实则两家之争即姜、张、苏、辛之异而已。近百年中鹿潭、莲生、复堂、顺卿诸子，不沾沾于南宋，幼霞、大鹤、彊村、蕙风辈，亦奄有众长。

《井眉轩长短句外编跋》

38. 吴梅：

皋文《词选》一编，扫靡曼之浮音，接风骚之真脉，直具冠古之识力者也。词亡于明。至清初诸老，具复古之才，惜未能穷究源流。乾、嘉以还，日就衰颓。皋文与翰风出，而溯源竟委，辨别真伪，于是常州词派成，与浙词分镳争先矣。皋文〔水调歌〕五章，既沉郁，又疏快，最是高境。

皋文与止庵，虽所造之诣不同，而大要在有寄托，尚蕴藉，然而不能无蔽。

嘉庆以前，词家大抵为其年、竹垞所牢笼。皋文、保绪标寄托为帜，不仅仅摹南宋之垒，隐隐与樊榭相敌，此清朝词派之大概也。至鹿潭而尽扫葛藤，不傍门户，独以风雅为宗，盖托体更较皋文、保绪高雅矣。

《词学通论》

39. 陈匪石：

张惠言论词曰："缘情造端，兴于微言，以相感动。"又曰："恻隐盱愉，感物而发；触类条鬯，各有所归。"盖托体《风》、《骚》，一扫纤艳靡曼之习，而词体始尊。清季词风上追天水，实启于此。

《声执》卷上

40. 陈匪石：

有清一代词学，驾有明之上，且骎骎而入于宋。然究其指归，则宋末二字足以尽之。何则？清代之词派，浙西、常州而已。浙西唱自竹垞，实衍玉田之绪；常州起于茗柯，实宗碧山之作。迭相流衍，垂三百年。世之学者，非朱即张，实则玉田、碧山两家而已。湖海楼崛起清初，导源幼安，极纵横跌宕之妙，至无语不可入词，而自然浑脱。然自关天分，非后人勉强可学，故后无传人，不能与浙西、常州分镳并进也。至同、光以降，半塘、沤尹出，始倡导周、吴而趋其途径。沤尹则直入梦窗之室，吴派遂为清末之新声矣。若学美成而至者，则尚未有之也。

张皋文之《词选》，不取梦窗，是为碧山门径所限。

《旧时月色斋词谈》

41. 赵尊岳：

有清自王阮亭以疏秀取胜，风度均近纤懦，重拙之妙，无复偶见。人人涉想于清空中作绮情语，摇曳为主，雍容为用，末流之弊，不可胜言。既而又有以辛、刘为宗者，遂出粗犷之语，自谓起八代之衰，盖视阮亭，矫枉过正，其失遂等。于是清词不归绮靡，便归雄犷。至张茗柯出，而寓疏秀于清雄，曲遂流畅之美，而不使之涉于纤佻，其道稍重。然常州词人，自兹以后，犯阮亭者几已绝无，而犯粗犷者犹复不免。

词于文字，一代有一代之成规。唐主蕃艳，南唐因之。北宋尚骨干清遒，南宋尚丽密雕饰。元承南宋，又少少间以疏朗。明最靡陋。清初主绮靡，既尚雄犷。茗柯出则推北宋，发事外言内之旨。其后至于半塘，冲澹沉着，力规于古，差复两宋之旧观。此可以论列者也。至于并世歧途，各极其胜。二主真率，韵味深长。耆卿缛绣，东山秀逸，白石苍劲，天籁、遗山各以雄胜。明季二陆，沉着可诵。饮水、弹指，几于北宋。彊村、夔笙，并师半塘，一以精金美玉，方规梦窗，一以天才逸思，自矜北宋。此则在一时风会之中，别寓独标奇帜之志，不可例以朝代而推定者矣。

《珍重阁词话》

42. 陈声聪：

张皋文、周止庵喜言寄托。若皋文之〔相见欢〕："年年负却花期，过春时。只合安排愁绪送春归。　梅花雪，梨花月，总相思。自是春来不觉去偏知。"止庵〔蝶恋花〕："络纬啼秋啼不已。一种秋声，万种秋心里。残月似烟人未起，斜光直透罗帏底。　唤起闲庭看露洗。薄翠疏红，毕竟能余几。记得春来真似绮，谁将片片随流水。"一片清空，略无滞相，乃佳。即皋文咏杨花之〔木兰花慢〕中“寻他一春伴侣，只断魂相识夕阳间。未忍无声委地，将低重又飞还。”皆为其佳制，谓之有寄托可，谓之无寄托亦可。佳句偶得，意之所致，何必皆有寄托。

《读词枝语》(《填词要略及词评四篇》)

43. 王煜：

皋文崛起，力起颓坠，高标寄托，截断众流，于是拔帜骚坛，常州派立。而名家后起，举出于兹焉。

《清十一家词钞自序》(《清十一家词钞》)

44. 王煜：

《茗柯词》四十六首，可谓约之至矣。然而疏快沉郁，纯出《风》、《骚》，不为其经术文章所掩。与弟翰风同择《宛陵词选》，辟彼奥窔，词体始尊，比烈碧山，殆亦犹古文之有韩愈也。

《茗柯词钞》(《清十一家词钞》)

45. 舍我：

张惠言以经师而为词宗，殊足骇异。盖有词以来，人皆目为导淫之具，治经者恒诋毁之不遗余力，惠言独能矫此种俗鄙之习惯，已足见其非凡矣。

皋文先生之论词也，实为词之正宗。惟先生所录《词选》，自唐迄宋，仅止于一百一十六首，未免过严，且遗耆卿弗录，此亦矫枉过正之弊也。《续词选》为先生外孙董子远所录，虽足补先生之失，然偏重南宋，未免与先生论词之旨稍有抵牾。甚矣，其难也。

皋文选词之旨，不外“庄雅醇丽”四字，其遗耆卿者，以耆卿之词过于轻佻耳。然予以为柳词虽多淫冶之处，而〔雨霖铃〕及〔八声甘州〕二阕，旖旎缠绵，要自不可没也。

《天问庐词话》(《民国日报》)

46. 黄孝纾：

清代学术昌盛，度越前朝，康、乾之交，两开制科，才儁辈出。国初词人大半为鸿博学士，故能恢畅元音，黼黻盛治，风尚所趋，浸成流别。迦陵振采于三吴，竹垞明禋于两浙，并衔华佩宝，质有其文焉。迨阳湖张皋文辈崛起乾、嘉，标举意内言外之旨，一洗侧艳饾饤故习，世益知词学讬体之尊。咸、同以来，兵事俶扰，外患日亟，才智之士蕴其忧闵忠爱、悱恻芬芳之怀，一寄于词，越世孤往，其绪益昌，远若蒋鹿潭，近若王半塘、郑大鹤、朱彊村诸人，虽各肸蚃阳湖，至其广己造哀，寄心家国，以蕲合重拙大之旨，虽起茗柯诸老于九泉，要不能无前贤后生之畏，庸非遭际之迥殊，而造诣有独至邪？

《清名家词序》

47. 顾宪融：

张皋文……著有《茗柯词》一卷，又与乃弟翰风同撰《宛邻词选》，虽町畦未尽，而奥窔始开，是为常州一派之滥觞。二张所作，胸襟喷薄，大雅遒逸，振北宋之绪，嘉庆以来诸名家均从之出。同时如董、陆、方、钱诸家，及亲炙绪余如歙之金、郑诸子，皆能与之把臂入林，其造就远矣。

《填词百法》卷下

48. 顾宪融：

茗柯兄弟以文章之法为词，胸襟喷薄，大雅遒逸，振北宋之绪，嘉庆以来诸名家均从之出。同时如董、陆、方、钱诸家，及亲炙绪余如歙之金、郑诸子，皆能与之把臂入林，其造就远矣。

《填词门径》

49.《续修四库全书总目提要》：

惠言经学湛深，而《词选》一编，改易风气，厥功甚伟。撰词不多，而原本《风》、《骚》，收放有法。惟温、韦之词，托于房帷，寄慨无端，惠言虽寄旨遥深，而往往参以文章义法，故深美闳约逊于二家。然比之浙派，则高远矣。且惠言为开派之人，自不得以寻常词家论之矣。

《茗柯词一卷提要》

50.《续修四库全书提要》：

明代词风，曼淫浮诞。清初浙派，起而矫之，一以南宋为宗。及其弊也，流为江湖；其效《乌丝》者，又近于叫嚣。诚有如惠言《自序》所谓："后进弥以驰逐，不务原其指意，破析乖刺，坏乱而不可纪也。"因矫正之。以寄托遥深温柔忠厚为主，惟有温、韦，可接《风》、《骚》。遂秉此旨，选录唐、宋之词。浙派初兴，朱彝尊编选《词综》，时逞其博。常州派兴，选录是编，惟求其精也。求精太过，则近于苛，亦间有以浅为深者。……编中间下己意，虽未尽合，然诗无达诂，词亦宜然。见仁见知，各有会心，未可是彼而非此也。

《词选提要》

51. 卢前：

〔望江南〕

疏凿手，直欲继《风》、《骚》。虽有四农持异议，《宛陵》二选挽狂潮。尊体已崇高。

《饮虹簃论清词百家》（《清名家词》）

52. 祝南：

宋以后学坡词者大率走稼轩一路，稼轩固不能与东坡例视也。武进张皋文不以学苏自命，所作〔水调歌头〕乃真神似东坡，因知此事自有解悟，非可点滴以求也。

《无庵说词》

53. 朱庸斋：

常州派，张惠言首创其端，以尊体为论，陈义甚高，然《词选》但以温、韦为极则，而途径、系统未甚分明，使后之学者，不知从何入手。

选家须具已见，张氏此选，以"尊体"、"立派"为旨，以正当时之淫词、鄙词、游词之失；以纠浙西派末流但知"家白石而

户玉田”之蔽，特补偏救弊，难免于矫枉过正矣！（卷一）

张惠言撰《词选》，首倡“尊体”，谓词当继承风雅传统，要得比兴之真义，道贤人君子之情，张氏遂为常州词派之开山祖。

张惠言《茗柯词》存词仅四十六首，取舍可谓精矣。然其中除选本常选录者外，其余尚欠浑厚，工力亦浅，用韵尤劣拙，读来绝不和谐。虽然其尊体之说，诚足以补偏救弊，一扭游词、鄙词、淫词之坏习，但细观其师友徒侣之作，既无生气，更乏性灵，侈言寄托，而每无感而发，惟强作类乎比兴之语，似此又何尝异乎游词？（卷三）

《分春馆词话》

钱枚

钱枚(1761—1803)字枚叔，又字实庵，号谢庵，浙江仁和(今杭州)人。嘉庆四年(1799)进士，官吏部文选司主事。少好读书，手抄《汉书》一过。工诗词。著有《斋心草堂诗钞》四卷，词有《微波词》一卷。

1. 杨芳灿：

湘江泪竹，滴滴圆红；洛浦情澜，鳞鳞皱碧。回肠荡气，吊梦歌离。为词辞者，其古之伤心人欤？卒之急景凋颜，沉忧损寿，梅信明湖，空怀故国，鹃声孤馆，易近斜阳。《醉归》一词，竟成绝调，少游已矣，百身何赎哉？呜呼谢庵，燕市逢君，元亭访我，共耽慧业，遂托心盟。长宵把酒，嚼蕊吹华，小阁围炉，引商刻羽，唱乌盐之古调，和黄澹之新声，笳啭遏云，歌唇衔雨。自谓极题襟之乐，擅倚曲之场，何图瑶札尚新，而玉棺遽掩。知音长逝，才子无年。锻赤水之珠，碎紫山之璧，天高难问，谁能不愤悒者哉？《微波》一卷，片羽仅存，品贵《阳春》，齐名《兰畹》。峡云旧梦，江月前身，繁华乍零，凄凉远目。疏树早落，怅触离襟。调逸千秋，情深一往。世有解人，斯足传矣。

《微波词序》(《微波词》)

2. 钱枚：

未到中年，已多哀乐之感，承闲箧乏，援笔即书。每览词曲诸家，声调迭起，辄谓情之所钟，言各有当。服姑蓝之草，自然生媚；约九拜之珥，亦足写哀。是以《西昆》一集，妙擅无题。南唐诸作，偏工小令。盖有用意尚巧，以少为贵者焉。每一闲写，即效其格，抑扬其调，浩唐其心，侘傺所托，盖可知矣。嗟呼，一身之内，剩有回肠；频年以来，居然落魄。酒人已去，空留旧日衫痕；春梦能来，未到黄昏时候。思夫君兮不见，托《微波》以通辞，好涩噩之音者，将毋以诡赴为讥；嗜蛤蜊之肉者，或不以味少见弃乎？

《微波词自序》（《微波词》）

3. 郭麐：

钱谢庵词，余从兰村集中见其“杨花开瘦鲤鱼肥”，为之击节。近得其《微波亭词》一卷，步武南唐，神韵超绝。……杨蓉裳丈序其词云：“繁花乍零，凄凉远目。疏树早落，枨触离襟。调逸千秋，情深一往。世有解人，斯足传矣。”其自序云：“《西昆》一集，雅善无题。南唐诸作，偏工小令。盖有用意尚巧，以少为贵者焉。”此即其词品矣。

《灵芬馆词话》卷二

4. 陈文述：

词家之轨，南宋为宗。……国朝以来，樊榭清真，独标宗旨；南湖花隐，远过长芦。近日则谢庵吏部，托兴深微；穀人祭酒，独涵正味。三家并立，未之或先。

《葛蓬山蕉梦词叙》（《颐道堂文钞》卷八）

5. 吴振棫：

工倚声，所著《微波亭词》，姿致极清丽。

《国朝杭郡诗续辑》

6. 龚自珍：

小乐府一卷，幽窅而情深，言古今所难言，疑涩于口而声音欲飞，殆不可状。前哲有言，古今情之至者，乐器不能传，文士不能状，意者然乎。

《钱吏部诗集序后》

7. 谭献：

钱谢庵《微波亭词》，一往情深，似谢眺、柳恽诗篇也。（《复堂日记》丁亥）

《复堂词话》

8. 谭献：

浙西词家，云属霞举，揭橥六家，以为职志。先声同调，接武旁流，莫能尽也。乃有杳眇湘君之佩，苍凉成连之琴，屈刀为镜，唾地生珠，如杭州钱吏部谢庵先生《微波词》，非朱、厉以来所能盖也。先生高言令德，旷代逸才，遐举人海之中，托兴国风之体，玄微其思，锵洋其音，如谢眺、柳恽五诗，所谓芳兰竟体者已。同时龚定庵仪曹，横绝一世，目空千古，填词超超有飞仙剑客之概，而倾倒先生，若同工而异曲，其言曰：疑涩于口而声音欲飞，殆不可状。则夫六家之流，或有前贤之畏。五十年来，传本颇希，许迈孙氏重刻于榆园，此非乡曲之见，是为骚雅之余。卷中有句云："人为伤心才学佛。"予举似迈孙，以为倚声家触类之微言在是矣。

《重刻微波词叙》（《微波词》）

9.《续修四库全书总目提要》：

是编……大都轻倩浅薄，虽时有俊语，终非本色，偶见丽辞，远违《花》、《草》。……枚与杨芳灿、袁通、杨夔生诸人相往还，毋怪其词学之不深也。

《微波词一卷提要》

10. 沈轶刘：

常州派词风中，人才辈出，各有千秋，在张惠言、刘嗣绾等一批中期词人中，有一位名手足可与张惠言、恽敬等较一日之长，而超拔不亚于赵怀玉者，厥推钱枚。钱枚……有《微波词》一卷，中如〔风蝶令〕云："好梦难重作，春愁又一年。东风吹起夜窗眠。依旧初三月子不曾圆。　　晓雾凝香湿，游丝惹恨牵。桃花开近翠帘前。花外一重凉雨一重烟。"其词特长在于逐层推进，渐入益深，剥蕉抽茧，层累不穷。至归结处却又别开蹊径，藏锋不露，殢人深思，往往令人掩卷摸索，遐想琼思不能自制，真绝技也。

《繁霜簃词札》

11. 卢前：

〔望江南〕

推神韵，竟体被兰芳。人为伤心才学佛，微波步武出南唐。知己郭和谭。

《饮虹簃论清词百家》(《清名家词》)

陆烜

陆烜(1761—?)字子章，一字秋阳，号梅谷，又号蝶厂、巢云子，浙江平湖人。乾隆庠生。弃举子业，隐居胥山，读书著述。家富藏书，为浙江著名藏书家之一，精于校勘。其著作行世者有《梅谷丛书十种》，包括《梦影词》三卷，集外有《二蚕词》一卷。

1. 陈朗：

《梦影词》以白石之清劲，兼玉田之深婉，生香真色，在离即之间。

《国朝词综》卷三三引

2. 陈廷焯：

梦影词瓣香白石，意味深长。玉田词疏快，非深婉者，太晖此论未允。

《云韶集》卷二十

刘嗣绾

刘嗣绾(1762—1820)字醇甫，一字柬之、简之，号芙初，又号扶初，江苏阳湖(今常州)人。嘉庆十三年(1808)进士，改庶吉士，授翰林院编修。生平事迹见《清史列传》。少颖慧，早游京师，得名当时。擅诗词，工骈文。著有《尚絅堂诗集》。嘉庆二十四年(1819)，其友六合汪世泰汇刻刘嗣绾、袁通、顾翰、汪度、汪全德、杨夔生并己作为《七家词钞》。刘氏词曰《筝船词》(一名《尚絅堂词》)，二卷，存词六十六首。

1. 钱林：

昏昏沉麴放春眠，冷落车斜二十篇。

泪尽一声金捍拨，蘋宾散水听年年。武进刘编修嗣绾，有《筝船词》行世。

《嘉庆十三年叨忝入翰林，暨散馆，授职者二十九人，一纪未逾，八人即世，触事感怀，呜咽无已，成绝句八首分挽之，亦古人长歌当哭之意也》(《玉山草堂续集》卷四)

2. 黄燮清：

太史以相门子续学能文，词亦幽隽绝尘，不涉凡艳。

《国朝词综续编》

3. 丁绍仪：

汪紫珊太守所刊《七家词》，以刘芙初太史嗣绾《筝船词》为阳，清而不佻，旨趣遥深。

《听秋声馆词话》卷十五

4. 杨希闵：

编修文笔秀茜，虽未绝特，故是雅音，词之以天姿胜者。

《词轨》卷八

5. 方廷瑚：

梁溪多词人。国朝以来，严秋水宫允、顾梁汾舍人所著词稿，至今脍炙人口。刘芙初太史晚出，受业于杨蓉裳先生之门，得其传衣，名噪艺苑。

《真松阁词序》(《真松阁词》卷首)

6.《续修四库全书总目提要》：

其词虽清丽，而不能深厚。

《筝船词一卷提要》

7.《续修四库全书总目提要》：

《芙蓉》、《筝船》，词品亦不高超。乾、嘉之际，此数人者，皆虚有词名，不足重也。

《陶园诗余二卷提要》

8. 卢前：

〔望江南〕

随园选，此本早流传。幽隽超尘凡艳绝，定评韵甫已当前。清贵在中年。

《饮虹簃论清词百家》(《清名家词》)

姜安

姜安(生卒年不详)原名宁，字淳甫，号怡亭。浙江钱塘(今杭州)人。乾隆岁贡，官训导。年十五即嗜诗，十七岁从朱彭学，与陈鈜、陈传经、黄孙沄、朱人凤诸同学吟咏唱和。乾隆五十二年至五十九年(1787—1794)间作诗九百余首，后手删为《怡园诗集》十四卷行世。嘉庆初，助王昶编纂《湖海诗传》、《金石粹编》。尝游吴、越、鲁、豫、闽、粤，先后达二十余年，晚年侨寓广州。姜安为姜夔后裔，词学姜、张(炎)，继响厉鹗，有《怡亭词》四卷、《冬碧楼乐府》一卷，共一百六十首。

1. 朱彭：

白石之清癯，玉田之超秀，尽取而兼之。

《怡亭词序》(《怡亭词》)

2. 郭麐：

《怡亭词》四卷，钱塘姜淳甫安所作。淳甫与白楼、米楼，同以词名浙中，为兰泉先生所赏。淳甫词委折自道，不作嗫嚅耳语。〔疏影〕咏柳影云：“长亭短驿。正一片春光，满地狼藉。飞絮飞花，荡漾参差，几度临风难折。丝丝遮断河桥路，悄不碍、踏青游屐。渐鱼云敛了斜阳，寻偏亚阑无迹。　　曾伴红窗簸弄，那人愁瘦损，描上香额。细雨吹丝，倒映涟漪，莫辨层层深碧。秋怀剩付鸳鸯渡，算只有、断魂相接。怕乱鸦、飞入寒林，未省旧巢端的。”其运思措词，真其家石帚宗派也。

《灵芬馆词话》卷二

尤维熊

尤维熊（1762—1809）字祖望，号二娱，江苏长洲人。乾隆五十四年（1790）拔贡生，官云南蒙自知县。有《二娱小庐诗钞》五卷，附《词钞》二卷。

1. 丁绍仪：

综古今诗词而论列之，贵有特识，尤贵持平。若于古人寓微词，而于近人多溢表，适形其陋而已。樊榭论词，古多今少，最为醇正。朱小岑论词，古今各半，其谓美成铺张可厌，已属非是，且取乃父词论之，尤觉悖理。吾乡孙文靖论词，虽古少今，然皆堪以论定之人。至尤二娱论词，多同时朋旧，乃怀人诗耳。……二娱名维熊，长洲人。由拔贡生官训导，荐擢蒙自知县，逾年乞病归，甫及中寿，遽殁。所著《小庐词》，颇能脱去尘块。……似较西堂《百末词》为胜。

《听秋声馆词话》卷十二

张兴镛

张兴镛（1762—1837）字金冶，号远春，又号延庵，江苏华亭人。嘉庆辛酉举人。撰有《红椒山馆诗钞》、《红椒山馆诗词选》，有《远春词》。

1. 丁绍仪：

前岁次儿承祜回自都门，得近人词数帙，遥情远韵，妙杂仙心，慢词不及录，录小令数阕于此。华亭张金冶孝廉兴镛《远春词》〔南歌子〕云云。

《听秋声馆词话》卷十二

2. 谢章铤：

《远春词》二卷，华亭张金冶兴镛撰。金冶在王述庵门下，又及闻赵味辛、吴縠人诸老绪论，故其词无猥琐之病。

《赌棋山庄词话续编》三

3.《续修四库全书总目提要》：

兴镛为王昶弟子，又聆吴锡麒、赵怀玉之绪论，并与陶梁、姚椿相往来，其词学似有根柢者，然格律不高，时露肤浅，其〔满江红〕《题赵春漪锁院咏物诗后》一首，轻松粗陋，〔沁园春〕赋二字三字尤为纤巧，而谢章铤竟录三阕于词话中，可谓不知词矣。

《红椒山馆词选二卷提要》

焦循

焦循（1763—1820）字里堂，亦作理堂，江苏甘泉（今扬州）人，嘉庆六年（1801）举人。焦循为清代经学大师，“扬州学派”代表人物之一，著述宏富。词有《理堂词集》二卷，《红薇翠竹词》、《仲轩词》各一卷，另有《雕菰楼词话》一卷。

1.《续修四库全书总目提要》：

其词多滞而不活，质而不空，而《红薇翠竹词》每首之后往往详细注释，其述友朋事迹，尚可参考，至于字面典故一一注之，殊不雅正。词本以措意运笔为难，不以用典与否而定其美恶也。循以为详言出处，可以显其无一字无来源，而不知其于词有损而无益也。据其所撰《里堂家训》卷下云：“古文之有四六，犹诗之有词也。词与四六之于诗、古文，譬如婢妾之于夫人。有夫人不妨有婢妾，而竟以婢妾作夫人，不可也。”须知文体不同，各有本质，厚彼薄此，则昧于文学之变迁。观其所言，实未能深知词旨。循经学湛深，自有其传世之业，不必以词论也。

《红薇翠竹词一卷、仲轩词一卷提要》

孙云凤

孙云凤（1764—1814）字碧梧，浙江仁和人。按察使孙嘉乐女，程懋庭室，袁枚女弟子。少习诗词，酷爱吟咏，诗词绘画皆能。著有《湘筠馆诗》、《湘筠馆乐府》二卷。

1. 王昶：

孙云凤及妹云鹤，孙令宜女，有《春草闲房》、《侣松轩》两词集，取法南宋，风韵萧然。

〔三姝媚〕词序（《琴画楼词》）

2. 郭麐：

浙西闺秀，首推二孙。碧梧早擅才华，而赋命蹇薄，故多幽忧蕉萃之音。苕玉归高君颖楼，夫妇唱随，颇称佳耦。惜结缡十载，又歌寡鹄。有才无命，振古如兹。两女士诗篇之外，兼工倚声。余曾为碧梧作《湘筠馆乐府》序，其〔相见欢〕……皆可入《金荃集》中。

《灵芬馆词话》卷二

3. 郭麐：

〔卖花声〕《题孙碧梧女士〈湘筠馆乐府〉》

小院碧云停，花又深深。旧时珍伴共闲庭。谁记迷藏花下事，蛱蝶蜻蜓。　斑管费沉吟，哀怨湘灵。一弦一柱最愔愔。弹尽明光三十段，知有谁听。

《灵芬馆词》

4. 郭麐：

近时闺人之工倚声者，吴中推李生香佩金、杨蕊渊芸，浙中推二孙，一为苕玉女士秀芬，一则碧梧女士云凤也。碧梧《湘筠馆乐府》，清丽芊眠，而寄意杳微，含情幽眇，置之《花间集》中亦当在飞卿、延巳之间，余子不论也。……余谓碧梧，闺中之伯奇、灵均也。其穷而工也，固宜。

《灵芬馆诗话》卷四

5. 郭麐：

所作词，清新婉美，在梦窗、竹山之间。

二十年中，裴回身世，于家门之荣落，骨肉之聚散，人事之变异，轸纡结轖，一寓于词。

《湘筠馆词序》(《清代女词人征略》卷十引)

6. 孙颗元：

碧梧词愈于诗，而音多凄婉，其所遇然也。

《湘筠馆遗稿跋》

7. 吴衡照：

仁和女史孙碧梧云凤能诗文，工画，擅南北诸曲，女中名士也。《湘筠馆词》，小令尤佳致，有南唐、北宋意理。

《莲子居词话》卷四

8. 黄燮清：

湘筠词婉约凄远，短调尤韵，愁脂楚楚，如海棠之在秋也。

《国朝词综续编》

9. 符葆森：

碧梧倚声之学，著称于世，佳者绝似北宋人语。

《国朝正雅集》(《词女五录》之《五录》卷四引)

10. 陈廷焯：

碧梧词有风韵，有骨力，北宋之风格于之再见。

《云韶集》卷二三

11. 雷瑨：

《花间》词脍炙人口，后人学之辄叹未似。近读仁和孙碧梧女史所著《香筠词》，置之《花间集》中，直可乱楮叶矣。……碧梧为随园老人女弟子，郭频伽评其词谓寄意杳微，含情远渺，仿佛飞卿、延巳之间，殊非过誉。

女史小令单词固绝似《花间》，长调亦殊有宋人意境。其〔水龙吟〕咏游丝一阕，摇曳缠绵，极宛转委宛之致，曼声长吟，殊令人有意软心销之概。

《闺秀词话》卷三

那彦成

那彦成（1764—1833）字韶九，号东甫，又号绎堂，章佳氏，满洲正白旗人。大学士阿桂孙。乾隆五十四年(1789)进士，授翰林院编修，迁内阁学士。历官工部、吏部、刑部尚书，陕甘、两广、直隶总督，加太子太保，绘像紫光阁。卒谥文毅。事具《清史稿》、《清史列传》。彦成工文翰，好学善书法。有《瑶华词》一卷。

1. 继昌（李佳）：

那文毅相国彦成，性风雅，喜临池，《兰亭序》、《多宝塔》曾各抚百本。有〔瑶花〕词《紫藤花下作》云："璎穿珞缬。高架暮霞，浸一壶寒碧。满身清影，玲珑甚、筛透衣香几迭。轻寒约住，才留得、而今春色。讶石家、步障张空，翻起流云疑活。　凄凉转忆前游，是那曲阑干，春最佳绝。十年花梦，应不识、禁得等闲蜂蝶。心情正苦，更何处、悠扬孤笛。怕者番、吹彻阳关，惊舞翠虬香雪。"洵所谓经济文章，足以彪炳一代。

《左庵词话》卷上

2. 陈廷焯：

绎堂词于古人中最近吴文英、张仲举。

《云韶集》卷二二

张琦

张琦(1764—1833)初名翊，字翰风，号宛邻，又号默成居士，江苏武进（今常州）人。张惠言弟。嘉庆十八年(1813)举人。历任山东邹平、章丘、馆陶知县，均有政绩。事迹见《清史稿》、《清史列传》。因长子眼药失误而死，遂精研医学，通医道，曾设惠民局为平民治病。又精于舆地学。诗、词、古文均擅长。著有《战国策释地》、《素问释义》、《宛邻文集》等。与兄张惠言合编《宛邻词选》(通称《词选》)，影响深远。有《立山词》一卷，与朋辈唱和词有《蓉影词》。

1. 包世臣：

（词）其引声也细，其取义也切，细故幺而善感，切故近而善入。五季两宋之能者，并臻兹妙，自兹以降，靡者沿流扬波而不知其本，俳谐谑浪以为能事，蔽锢且四五百年。及近人钱黄山始凿其窔，而皋文、翰风二张先生继之，高才辈出，复两宋旧观。

《金筤伯竹所词序》(《艺舟双楫》)

2. 董基诚：

短日馀景，长年乍阑。遍招同人，迭主良燕。因张宛邻、魏曾容识徐初清蓉，冲华内苞，英采周曜。明明如月，喻其古怀；森森长松，肖彼直致。然乃幽渺自悼，牢愁无端，苕未秋而泣凋，槿才朝而告谢。渔阳之鼓，当筵而即挝；武陵之琴，望门而辄碎。所遘多迕，所恉亦独迥焉。夫人能脱世网，轶尘氛，蹑赤松而游，抱白云而逸。飞鸿何篡，冥升乎九元；翙凤不来，凌绝乎千仞。是其上也。否则侪钝比俗，朝恬夕嬉，扬末流之纤波，溉积淖之余沥。觚破瓦合，一世沦于转圜；铺糟醊醨，万禩涓于长夜。亦遂已矣。灭顶百渊之中，而奋起重峤之上；堕趾绝谷之下，而振响累岑之颠。生则覩为疢疾，幽思穷年；殁则谥为大愚，□厉同进。谓之何哉？嗟乎！旷世似海，入之即濡，孱驱如毛，持之不定。矧寿非金石，应时终流；异质松柏，望秋先落。凉燠几阅，已无此人。居诸不留，遑逆来日。昭昭者将为梦梦也，皓皓者将为汶汶也。仆本恨人，夙多遐慨；聊因授简，辄敢罄怀。若乃丽情托制，仿庄生之寓言；新咏成编，倩徐陵而作序。谓蒙则然，抑慎甚矣。诸子赠词凡若干首，他有所作，亦诠录于左。

《蓉影词序》

3. 谭献：

翰风与哲兄同撰《宛邻词选》。虽町畦未辟，而奥窔始开；其所自为，大雅遒逸，振北宋名家之绪。其子仲远序《同声集》有云："嘉庆以来，名家均从此出。"信非虚语。周止斋益穷正变，潘四农又持异论。要之倚声之学，由二张而始尊耳。(《箧中词》)

《复堂词话》

4. 陈廷焯：

张翰风词，飞行绝迹，不逮皋文，而宛转缠绵处，时复过之，真皋文伯仲也。余最爱其〔菩萨蛮〕云："横塘日日风吹雨，隔帘却望江南路。蝴蝶惯轻盈，风前魂屡惊。　阑干人似玉，黛影分窗绿。斜日照屏山，相思罗袖寒。"真不减飞卿语。又"碧藕折莲丝，梦轻君未知"，亦极凄丽。

词盛于宋，亡于明。国初诸老，具复古之才，惜于本原所在，未能穷究。乾、嘉以还，日就衰靡，安所底止？二张出而溯其源流，辨别真伪，至蒿庵而规模大定，而词赖以存矣。

《白雨斋词话》卷四

5. 蒋兆兰：

清初诸公，犹不免守《花间》、《草堂》之陋，小令竞趋侧艳，慢词多效苏、辛。竹垞大雅闳达，辞而辟之，词体为之一正。嘉庆初，茗柯、宛邻，溯流穷源，跻之风雅，独辟门径，而词学以尊。周止庵穷正变，分家数，为学人导先路，而词学始有系统，有归宿。吴门七子，守词律，订词韵，于是偭规错矩者，不敢自肆于法度之外。故以清代词学而论，诚有如外人所谓逐渐改良者。以故清季词人，如前所论列诸家，色色皆精，蔚然称盛，殆亦时会使然。

《词说》

6. 张德瀛：

张翰风琦词，如雏莺调舌，宛转关情。武进人，有《立山词》。

《词徵》卷六

7. 徐珂：

浙派至乾、嘉间而益弊，张皋文起而改革之，其弟翰风和之，振北宋名家之绪，阐意内言外之旨，而常州派成。别裁为体，上接《风》、《骚》，赋手文心，开倚声家未有之境。襟抱学问，喷薄而出。以沉着醇厚为宗旨，而斯道始昌。

《清代词学概论》

8. 赵尊岳：

右《容景词》一卷，吾乡翰风先生与朋辈唱酬之作……倚声之学，托始于唐，浸盛于五季。其君若臣，歌舞宴酣；风流相尚，琱琼镂玉，方巧化工。《尊前》、《花间》，奄有众美。爰及天水晏氏父子，引温、韦之绪。欧、苏、秦、柳，风雅所宗。子野、方回，并世郢匠。清真崛起，为两宋关键，闲以质拙胜，非深于此道不易知。南渡已还，麦秀黍离，家国之感，发为咏歌。白石老仙，风格遒上，宜与稼轩分镳平辔。梦窗专家，斯诣造极，蕃艳之笔，运吕沉思，致密之中，饶有清气。七宝楼台之喻，甚非知人之言。竹山高节，艳而有骨。公瑾、圣与，丽而有则。玉田王孙，后来之秀，清辞丽句，叹观止焉。金源乐府，以眡南宋，则方秾至，区别体殊。姜、史罕俦，辛刘为近。遗山荟蕞，具有典型。有元作者，亦复卓荦；前如静修，后如复孺。晚宋诸子，难于抗颜。凤林何让前之《草堂》。格靡近曲，十之一二。词衰于元，未为定论。明词差逊，瑜不掩瑕。兰泉一选，甄采略备，窃比宋人，花堪吕次，瞠乎后矣。《草堂》余患，庸中佼佼。书出遽佚，声家娄欷。王文简提朔骚雅，值词中兴。士夫景从，蔚为风会。独其诗主神韵，旁通于词，格调少伤，流于靡曼。《倚声》、《瑶华》诸集，于所谓重、拙、大者无当。……吾乡皋文、翰风两先生，闳诣复雅，斯道始尊。尝采定宋贤名作可为圭臬者如干阕，为《词选》二卷。是书出，而宇内言词者率宗法常州。若邵、董、杨、赵诸君子，莫不造车合辙，悉轨于正。斯篇所载，尝鼎一脔，可概其余。

《蓉影词跋》

9.《续修四库全书提要》：

琦与其兄惠言合撰《词选》，原本《风》、《骚》，情高寄托，深美闳约，宗主温、韦。当词学靡蔽之际，振起衰微，遂使后世不敢曰词为小道，实二张之功也。琦集中〔菩萨蛮〕诸阕，真可继武方城。其余诸作，虽不如茗柯之精深，而措词委婉，情致缱绻，自是作家。故谭献称其大雅遒逸，陈廷焯称其宛转缠绵也。

《立山词提要》

10. 卢前：

〔望江南〕

难兄弟，唱和更同声。深美欲兼闳约旨，沉醇况复寄深情。常派立山成。

《饮虹簃论清词百家》(《清名家词》)

冯云鹏

冯云鹏（1765—1839）字九扶，号晏海，又号红雪词人，江苏南通州人。耽古诗，能词，喜篆隶、金石、昆曲，长于考据，刻《金石索》十二卷。有《扫红亭吟稿》十四卷、《红雪词》三卷。

1. 吴煊：

昭代词人竹垞名，锦蕃集子倚新声。

君囊更有丝缣在，别费工夫织得成。（好用花、鸟、药名连缀成词。）

《题冯晏海诗词》（《菜香书屋诗草》卷五）

2. 张德瀛：

冯晏海云鹏词，如鹿爪挡弦，别成清响。玉山人，有《红雪词》。

《词徵》卷六

范锴

范锴（1765—1844）原名音，字声山，号白舫、苕溪渔隐，浙江吴兴（今属湖州市）人，贡生，著有《范声山杂著》、《苕溪渔隐诗稿》等，词有《苕溪渔隐词稿》二卷。

1.《续修四库全书总目提要》：

令曲、慢词，雅正深隽。其运意布局、造句遣辞，皆有法度，尤得南宋词眼之法。锴尝校刊宋词三种，盖其工力甚深也。

《苕溪渔隐词二卷提要》

孙云鹤

孙云鹤（？—1816）字兰友，一字仙品，浙江仁和(今杭州)人。春岩女，县丞金玮妻。善画，工填词，兼长骈体文，与姊孙云凤齐名。同为袁枚随园女弟子。有《听雨楼词》。

1. 孙云鹤：

此词上卷，半属儿时所为，藏之箧中十余年矣。次卷庚申后作多伤离忆远、抚今追昔之言，录为自遣之计。

《听雨楼词自序》(《清代词女征略》引)

2. 恽珠：

兰友工填词，兼长骈体文，与姊碧梧齐名。

《国朝闺秀正始集》(《清代词女征略》引)

3. 王昶：

孙云凤及妹云鹤，孙令宜女，有《春草闲房》、《侣松轩》两词集，取法南宋，风韵萧然。

〔三姝媚〕词序（《琴画楼词》）

4. 况周颐：

（云鹤《听雨楼词》）风格在《秋水》、《梦影》之间。

《蕙风簃二笔》(《清代词女征略》引)

5. 雷瑨：

宋刘改之以〔沁园春〕咏美人指甲及美人足，体验精微，一时传诵。词体本卑，虽纤巧，无伤也。后人纷纷效之，俱无足道，惟元邵复孺美人眉目二首，差堪媲美耳。近读钱塘女史孙兰友《听雨楼词》，亦依其调咏指甲云……又咏后鬟云……此则现身说法，宜其工妙矣。

兰友小词，时有萧洒出尘之概，其〔浣溪纱〕云："细雨和风洒竹扉。凭阑心逐湿云归。故山回首梦依依。　　罥树花疏蛛网密，翻书人瘦蠹鱼肥。病深愁重易霑衣。”摘句如“月上珠帘和影卷”，又“半夜秋声千里梦，三年心事数行书”，皆可诵也。

《闺秀词话》卷一

邵丰城

邵丰城（生卒年不详）字龙光，号懒渔，又号惕园，浙江嘉善人。诸生。有《蕉隐词》，一名《芦帘阁词稿》。

1. 丁绍仪：

嘉善诸生邵懒渔丰城著有《蕉隐词》，郭频伽谓为颇有作意，因录其《秋草》〔台城路〕于诗话中。余喜其小词尤隽永。

《听秋声馆词话》卷十二

郑抡元

郑抡元（生卒年不详）字善长，安徽歙县人。诸生。有《字桥词》。

1. 谢章铤：

张皋文《词选》，凡词四十四家，一百十六首。由唐逮宋，所选止此，可谓严矣。末附其友黄仲则景仁《竹眠斋词》，左仲甫辅念《宛斋词》，恽子居敬《蒹塘词》，钱黄山季重《黄山词》，李申耆兆洛《蜩翼词》，丁若士履恒《宛芳楼词》，陆祁生继辂《清邻词》凡七家。郑善长抡元又益以皋文《茗柯词》与其弟翰风琦《立山词》，其徒金子彦应瑊《兰簃词》，朗甫式玉《竹邻词》，而善长之作《字桥词》亦自列焉。二张及七家，皆常州人。二金及郑，则歙产也。合十家，或一二阕，或十数阕，其题多咏物，其言率有寄托。相其微意，殆为朱、厉末派饾饤涂泽者别开真面，将欲为词中之铮铮佼佼者乎。

《赌棋山庄词话续编》一

2. 陈廷焯：

郑抡元《字桥词》，思深意苦，深得中仙之妙。如〔绿意〕残荷云……直是碧山化境。得之于词学衰微之候，益令我嗟叹不已。

抡元〔高阳台〕……哀怨缠绵，碧山之深厚，玉田之清雅，两得之矣。

《白雨斋词话》卷四

3. 徐珂：

乾、嘉之际，作词者约分浙西、常州二派。浙西派始于厉鹗，常州派始于武进张惠言。鹗词宗彝尊，而数用新事，世多未见，故重其富。后生效之，每以捃摭为工，后遂浸淫，而及于大江南北，然钞撮堆砌，音节顿挫之妙，未免荡然。惠言乃起而振之，与其弟琦选唐、宋词四十四家，百六十首，为《词选》一书，阐意内言外之旨，推文微事著之原，比傅景物，张皇幽渺，约千编为一简，蹙万里于径寸，诚为乐府之揭橥，词林之津逮。故所撰作，亦触类修畅，悉臻正轨。其友人恽敬、钱季重、丁履恒、陆继辂、左辅、李兆洛、黄景仁、郑善长辈，亦皆不愧一时作家。

《近词丛话》

吴嵩梁

吴嵩梁(1766—1834)字子山，一字兰雪，号石溪渔老，江西东乡人。嘉庆五年(1800)举人，以内阁中书官贵州黔西知州。事具《清史稿》、《清史列传》等。嵩梁工诗词，善书画，受师法于蒋士铨，学杜甫宗派。交海内名士，得王昶、翁方纲、法式善等推重，声播外邦。朝鲜吏曹判书金鲁敬以梅花一龛供奉之，称为“诗佛”；日本贾人斥四金购其诗扇，其名重如此。著有《香苏山馆诗集》、《文集》、《石溪舫诗话》、《东乡风土记》，有《香苏山馆词》一卷。

1. 郭麐：

吾友吴兰雪嵩梁，诗笔清华，一时罕俪。闻甚工为词，然未之见。乐莲裳《耳食录》中，见其“帘外桃花红奈何。春风吹又多”之句，《金荃》之亚也。

《灵芬馆词话》卷一

2. 丁绍仪：

东乡吴兰雪刺史嵩梁诗词清绮，嘉庆庚申举于乡，官中翰十余年，始出为黔西知州，著有《香苏山馆词》。

《听秋声馆词话》卷十二

席佩兰

席佩兰（1766—？）字月襟，一字道华，号韵芬，江苏昭文（今常熟）人。诗人孙原湘室，二人互为师友，文采风流，时为佳话。尝从袁枚学诗，沾溉性灵之说，袁枚称之为一朝闺阁诗人之冠。著有《长真阁集》七卷，附《诗余》一卷。

1. 况周颐：

《长真阁诗余》，虽仅十七阕，就其佳构言之，在闺秀词中，却近于上乘。评闺秀词，固属别用一种眼光。大略自《长真词》以上，未可置格调于勿论矣。

《玉栖述雅》

顾广圻

顾广圻（1766—1835）又名顾千里，字千里，号涧薲，别号思适居士，江苏元和（今苏州）人。诸生，不事科举，年三十补博士弟子员。事具《清史稿》、《清史列传》及《汉学师承记》等。受业于同邑江声，又受惠栋之学。长于校勘目录之学，淹通经史、天文、历算、舆地。能诗文词。撰有《说文辨疑》、《战国策札记》、《淮南子校勘记》、《思适斋集》等，有《思适斋词》。

1. 丁绍仪：

涧薲学问渊博，精校勘，与乌程严铁桥可均相埒。诗词非所长，而笔意殊清颖。《题浙江吴氏所藏谢遗琴》〔虞美人〕云："桥亭当日佯狂泪。迸入危弦碎。先生耿耿意孤行。那管建阳市上，少人听。　　而今试向高堂奏。心手都非旧。依然慷慨有余哀。肯逐悯忠寺畔，土花埋。"其集以"思适斋"名，中有〔摸鱼儿〕调，标为"咏春光"，谓出凤林书院元调，未免嗜奇太过。

《听秋声馆词话》卷五

2. 张德瀛：

顾涧宾广圻词，如春水初涨，更染岚翠。元和人，有《思适斋词》。

《词徵》卷六

乐钧

乐钧(1766—1814)初名宫谱，字符淑，号莲裳居士，江西临川(今抚州)人。嘉庆六年(1801)举人，后屡试不第。与吴嵩梁同为翁方纲弟子，才名藉藉，遨游公卿间。《清史稿》、《清史列传》有传。工诗文词，著有《青芝山馆集》。乐钧为乾隆、嘉庆间知名词人。宗周邦彦、柳永，颇工摹写。有《断水词》三卷，与《青芝山馆诗集》合刊。

1. 乐钧：

少拾香草，颇昵幺弦。长而悔之，每思焚弃。意蕊未剪，情尘间飞，同调纵臾，谓非乖雅。兴怡回向，增制日夥，如刀断水，斯之谓矣。钞撮成帙，取以为名，泛涉浅尝，要非所解。

《断水词自识》

2. 黄燮清：

孝廉喜为奇丽之文，兼工韵语，词境朗秀幽峭，别具会心。

《国朝词综续编》

3. 谢章铤：

《断水词》三卷，临川乐元淑钧撰。元淑一字莲裳，诗文温丽，才名甚著。又作《耳食录》小说，体与《聊斋志异》、《夜谈随录》相似，书贾屡刻，风行于时。词以周、柳为宗。

《赌棋山庄词话续编》卷四

4. 郭则沄：

临川乐莲裳钧，词工侧艳，眷吴中女子雪如。其《送雪如还吴门》〔金缕曲〕，世盛传之。

《清词玉屑》卷八

5.《续修四库全书总目提要》：

钧词学肤浅，妄事效颦，疏薄之处，见而即知。钧共吴锡麒、刘嗣绾、郭麐等相往还，诸人皆徒负虚名，而实未精于词，然能敷衍门面，入目尚佳，钧并此而无之。

《断水词一卷提要》

6. 卢前：

〔望江南〕

莲裳子，奇丽发文章。别其会心评浙水，倚晴此语细商量。朗秀自登坛。

《饮虹簃论清词百家》(《清名家词》)

曹言纯

曹言纯(1767—1837)字丝赞，号古香，又号种水，浙江嘉兴人。岁贡生。尝客游江苏、安徽、湖北、湖南。好填词，与郭麐同庚，均热心于词学，时相唱酬，为嘉兴当时一重要作手，有《种水词》四卷行世。

1. 黄燮清：

《种水词》慢调朴老坚洁，自饶妩媚，非时下轻拢漫捻者所能学步。小令触绪生情，琐琐如道家常，深得古乐府神理，禾中朱、李以来，断推作手。

《国朝词综续编》

2. 蒋敦复：

嘉兴曹种水名言纯，词与郭频伽相倡和。……《种水词》以清丽居宗，微嫌饾饤，浙派故也。

《芬陀利室词话》卷一

郭麐

郭麐(1767—1831)字祥伯，号频伽，晚号复翁，因其一眉莹白如雪，故又自称“白眉生”。江苏吴江人，后迁居浙江嘉善魏塘。监生。屡试不遇，久困科场，长期客游江淮间，遂绝意仕进，以坐馆授徒为业。生平事迹见《清史稿》、《清史列传》及《杭州府志》。曾从姚鼐学古文，得姚氏称赏。又专力诗词，成就卓著，为当世名家。著有《灵芬馆集》。词有《蘅梦词》二卷、《浮眉楼词》二卷、《忏余绮语》二卷、《爨余词》一卷，总名《灵芬馆词》。其词推崇朱彝尊，为浙西词派后期主要词家，有“浙派殿军”之称。但不固执门户之见，对浙派末流之浮薄乏情之弊病深有认识，力图创新。其所撰《词品》十二则、《词话》二卷，以及诸多词序、书信等，阐述词学主张，均自有建树。其创作实践力主表现性情，尝称“一代有一代之作者，一人有一人之独至”(《灵芬馆杂著续补》卷四)。

1. 石韫玉：

新声宛转谱红牙，姜史传薪又一家。

但有井华堪汲处，无人不解唱频伽。

《读蒋心余、彭湘涵、郭频伽词草各系一诗》(《独学庐稿》卷二十二)

2. 江藩：

〔暗香〕《题郭十三频伽画箑》

朱栏翠箔。算俗尘不到，华严楼阁。尺八低吹，住字偷声费斟酌。搓粉揉酥好手，还怕那、吴姬奚落。自度曲、鬲指和啰，湘月谱新格。　　飘泊。叹落拓。但载酒江湖，几番离索。绿杨城郭。今日扬州梦初觉。辜负莼乡好景，隔水听、箫声脆弱。想夜夜、风露冷，玉人寂寞。

《扁舟载酒词》

3. 尤维熊：

蛮鼓春场迎小社，玉笙清夜忆江南。

伤心蘅梦楼头梦，天遣飘零郭十三。

《评词八首》(《二娱小庐诗钞词钞》卷三)

4. 阮元：

《蘅梦词》、《浮眉楼词》清婉颖异，具宋人正音，卓然名家，久为王兰泉、吴榖人诸先生所推重，殆亦乞灵于骚而扬其清芬者欤？

《灵芬馆二集诗序》(《揅经室集·三集》卷五)

5. 阮元：

频伽，缠绵悱恻人也，诗文皆极幽秀生峭之致，词尤隽永。

《定香亭笔谈》卷二

6. 郭麐：

余少喜为侧艳之辞，以《花间》为宗，然未暇工也。中年以往，忧患鲜欢，则益讨沿词家之源流，藉以陶写阨塞，寄托清微，遂有会于南宋诸家之旨，为之稍多。其于此事，不可谓不涉其樊篱者也。春鸟之啁啾，秋虫之流唱，自人世观之，似无足以悦耳目者，而虫鸟之怀，亦自其胸臆间出，未易轻弃也。

《灵芬馆词自序》(《灵芬馆词》)

7. 郭麐：

余少耽倚声，为之未暇工也。中年忧患交迫，廓落鲜欢，间复以此陶写，入之稍深。遂习玩百家，博涉众趣，虽曰小道，居然非粗鄙可了。

《词品序》

8. 郭麐：

余自存《蘅萝》、《浮眉》二集，意不复更作，而数年以来，学道未深，幻情妄想，投间纷然。加以友朋牵率，多体物补题之作，共得如干首，不忍弃去，过而存之。铁秀之呵，固所不免；休文之忏，窃或庶几。亦自恨结习之难除，悔过之不勇也。

《忏余绮语自序》（《忏余绮语》）

9. 赵钺：

〔金缕曲〕《寒夜读〈浮眉楼词〉却寄》

风格知何似。只当年、玉田兰畹，差还可拟。一卷乌丝肠断句，欲把金尊淘洗。奈纸上、泪痕隐起。……

《听秋声馆词话》卷五引

10. 张鉴：

昔枫江渔父为《词苑丛谈》一书，余览之而惑焉。夫流品别则文教衰，摘句图而诗学蔽。《花间》淫缛，争价一字之奇；《草堂》噍杀，矜惜片言之巧。乖道缪典，鲜能通圆。是以耆卿骞翮于津门，邦彦厉响于照碧，词至北宋而一变。石帚、玉田，理定而摛藻；梅溪、竹山，情密而引辞，词至南宋而又一变。若夫吹律风骚，调钟韶濩，写缠绵于香草，寄哀艳于红牙，则又遥源濬波，酌而不竭，娄斤般墨，高下在心。吴江郭子频伽，少习倚声，长娴诗教，走马磡碻塞上，沽酒乌丸城边。回肠荡气，摇曳情灵。既而端忧多暇，杂于变徵，盖蓄隐而意愉，实怀愁而慕思也。频伽本吴产，年来侨寓魏塘。魏塘为昔贤所歌觞之地，醋坊桥畔，肠断东山；水磨头前，情缘白石。近乃取所为《浮眉》、《蘅梦》两集词刊而行之。余读之既，作而靳之曰："东泽《绮语》，家世番阳；草窗《渔笛》，渊源历下。鸩以蒻而语慧，杏必嫁而实繁，岂薄虹亭而心折小长芦钓师耶？"频伽笑而不答，遂书之以弁其首。

《灵芬馆词序》（《冬青馆乙集》卷五）

11. 吴衡照：

郭频伽麐《灵芬馆诗话》十卷，末附词话二卷，仿周草窗《浩然斋雅谈》例也。频伽词专摹小长芦，清折灵转，几于具体而又过之。所录名篇隽句，生香活色，绝少俗韵。其称梅溪警句及克斋〔太常引〕一阕，真能补竹垞《词综》所未备。

频伽词话云：词有拗调拗句，须浑然脱口，若不可不用此平仄声字者，方为作手。如未能极工，无难取成语之合者以副之，斯不觉其聱牙耳。兹言最得拗体之诀。（卷三）

小令之难，难于中长。郭频伽麐〔好事近〕云："深院断无人，拆遍秋千红索。一桁画帘开处，在晓凉池阁。　潜行行过曲栏干，往事正思着。犹认堕钗声响，却梧桐叶落。"〔卖花声〕云："秋水澹盈盈。秋雨初晴。月华洗出太分明。照见旧时人立处，曲曲围屏。　风露浩无声。衣薄凉生。与谁人说此时情。帘幕几重窗几扇，说也零星。"循环讽诵，殆无复加。

词愈淡愈妙。频伽〔翠楼吟〕云："似侬曾到。只三两人家，看来都好。柴门小。芙蓉无数，一时红了。"惟其不着色，所以为高。（卷四）

《莲子居词话》

12. 丁绍仪：

沈君秋卿尝语余云：昔人言诗话作而诗亡，盖为宋人诗话穿凿辨论而发，藉以攀援标榜者无有也。今也不然。非诩其己作，即广搜显者之诗，曲意贡谀，冀通声气。甚或不问佳恶，但助刊资，即为采录，且以为利矣。故诗话日夥，诗道日衰。间有采及词句，则又随意掇拾，论词则是，论调则非，未免强作解事。独吴江郭频伽麐《灵芬馆诗话》不蹈前弊，议论亦佳。时余未见其书，觅之十年，始见浣云师手钞本，近复得其续话丛话读之。如谓近日倚声家莫不宗法雅词，厌弃浮艳，然多为可解不可解语，令人求其意旨而不可得，此何为哉。足为专事堆垛者他山之错。惜多录题图之什，时亦附以己作，尚未能免俗。其所采朋辈中词，佳作颇多。（卷十五）

吴江郭频伽茂才麐流寓随园，将回嘉善。……频伽眉有白毫，自号白眉生，所著《浮眉楼词》、《蘅梦词》各二卷，语最轻隽。独凫芗宗伯与余论及乾嘉间词人颇不取。顾盛推仁和倪米楼稻孙，谓倪词如枫亭荔支，甫向枝头摘下。郭词亦具荔支之形，然已在一日变色，二日变味时矣。（卷十七）

《听秋声馆词话》

13. 蒋敦复：

浙派词，竹垞开其端，樊榭振其绪，频伽畅其风，皆奉石帚、玉田为圭臬，不肯进入北宋人一步，况唐人乎？

《芬陀利室词话》卷一

14. 沈世良：

跌宕风怀老未删，狂名鹊起大江南。

若将书品参词品，瘦硬通神郭十三。

《案头杂置诸词集戏题四绝句》（《小祇陀庵诗钞》卷一）

15. 谢章铤：

祥伯……其论词虽未能独出手眼，而词则实近今一眉目也，短调尤佳。

《稗贩杂录》卷三《词话纪余》（《赌棋山庄集》）

16. 谭献：

阅蒋鹿潭《水云楼词》，婉约深至，时造虚浑，要为第一流矣。阅项莲生《忆云词》，篇旨清峻，托体甚高，一扫浙中喘腻破碎之习。莲生仰窥北宋，而天赋殊近南唐。丁稿一卷，遍和五代词，合者果无愧色。有明以来，词家断推湘真第一，饮水次之。其年、竹垞、樊榭、频伽，尚非上乘。近拟撰《箧中词》，上自饮水，下至水云。中间陈、朱、厉、郭、皋文、翰风、枚庵、稚圭、莲生诸家，千金一冶，殊呻共吟，以表填词正变，无取刻画二窗，皮傅姜、张也。（《复堂日记》戊辰）

南宋词敝，琐屑饾饤。朱、厉二家，学之者流为寒乞。枚庵高朗，频伽清疏，浙派为之一变。而郭词则疏俊少年尤喜之。予初事倚声，颇以频伽名隽，乐于风咏。继而微窥柔厚之旨，乃觉频伽之薄。又以词尚深涩，而频伽滑矣，后来辨之。(《箧中词》)

《复堂词话》

17. 杨希闵：

频伽《蘅梦词》亦秀致，然门庭小，可取在无尘埃气。

《词轨》卷八

18. 陈廷焯：

频伽词，曲折深婉，古今罕有此笔致；尤工于小令，别有天地。

频伽词纯以情胜，情之至者，词无不工，故落笔便令人神往。

遣词择字无不雅湛，嘉庆以还，断推有数作家。

《云韶集》卷二三

19. 陈廷焯：

频伽词，骨不高而情胜。

《词则・闲情集》

20. 陈廷焯：

杨伯夔当时盛负词名，与吴江郭祥伯仿表圣《诗品》例，撰《词品》二十四则，传播艺林。然两君于词，皆属最下乘。匪独不及陈、朱，亦去董文友、王小山远甚。而世顾津津称之，何也？

频伽词尤多恶劣语，如“小桃如绮。命短东风里”，又“昔日结如心，今日心如结。心里重重叠叠愁，愁里山重叠”，又“那家那家在天涯。雨又斜。云又遮。听也听也，听不到一曲琵琶”，又“丁字帘前，有个丁娘凄断”之类，似又出二杨之下。

频伽艳体，惟〔忆少年〕结句云：“当时已依约，况梦中寻路。”颇似竹垞手笔，集中不可多得。又〔好事近〕云：“犹认堕钗声响，却梧桐叶落。”措词甚雅，亦频伽词中罕见者。（卷四）

一篇之工，脍炙人口，如“山抹微云”，“梅子黄时雨”，“暗香”、“疏影”、“春水”等篇，名实相副，则亦当之无愧色。然白雪阳春，知音必少。有志之士，自宜取法乎上，压久愈新。若急于求知，如郭频伽、杨荔裳辈，每作一篇，群焉附和，庸夫俗子，皆言其佳。呜呼，诚属高超深厚之作，庸夫俗子，可足以知其佳。庸夫俗子皆言其佳，其不佳也可知矣。（卷五）

雍、乾以还，词人林立。如南芗、橙里辈，非无磨琢之工，而卒不能超然独绝者，皆若不知本原所在。故下不至如杨、郭之卑靡，上亦难窥姜、史之门户。（卷六）

词……有质亡而并无文者，则马浩澜、周冰持、蒋心余、杨荔裳、郭频伽、袁兰村辈是也。并不得谓之词也。论词者本此类推，高下自见。（卷八）

《白雨斋词话》

21. 徐珂：

吴枚庵、郭频伽皆浙派中人，而枚庵高朗，频伽清疏，浙派为之一变。疏俊少年每以频伽之名隽，笃嗜之，然词宜深涩，频伽滑矣，词宜柔婉，频伽薄矣。

《清代词学概论》

22.《清史列传》：

郭麐……青浦王昶题其行卷云：“揽其词旨，哀怨为宗，玩厥风华，清新是上，如见卫叔宝、许元度一流人物。”词又清婉颖异，具宋人正音。尝仿表圣《诗品》，撰《词品》十二则，深得三昧。

《文苑传二》

23. 陈声聪：

郭频伽词，空明疏隽，如其自题浮眉图〔阑干千里心〕：“蒙蒙丝柳不藏秋。隐隐疏帘不上钩。见说年年爱远游。一重楼，两点眉山相对愁。”神味极似竹垞〔桂殿秋〕。又〔卖花声〕云：“秋水淡盈盈。秋雨初晴。月华洗出太分明。相见旧时人立处，曲曲围屏。　风露浩无声。衣薄凉生。与谁人说此时情。帘幕几重窗几扇，说也零星。”冰雪聪明，为嘉、道间一手。学其词有流于滑易者，其本身固无此病。

《读词枝语》(《填词要略及词评四篇》)

24. 闻野鹤：

清词诸家……郭频伽如倚马速稿，时伤草率。

《惯簃词话》

25. 《续修四库全书提要》：

麐词绮语则品格不高，述事亦但撑门面，虽多亦奚贵焉。

《忏余绮语提要》

26. 《续修四库全书提要》：

麐词初亦从浙派而出者，此节所论，可以觇其变矣。盖当时浙派，已至末路，恍染饾饤，为人厌弃，故麐词易为清疏，然其词最易引人入彀，而不能耐人寻绎。是知其当变，而不知其所以变也。又论董文友词云：文友嫚言媟语，不免秀铁所呵。而麐之艳词，亦犯此病。

《灵芬馆词话提要》

27. 卢前：

〔望江南〕

雷池步，厮守傍姜、张。薄滑遂为浙派病，少年学语渐颓唐。功过两相妨。

《饮虹簃论清词百家》

许宗彦

许宗彦(1768—1818)原名庆宗，字积卿，号周生，浙江德清人。乾隆五十一年(1786)举人，嘉庆四年(1799)进士。授兵部车驾司主事，到任两月即告假归，侨寓杭州。事迹见《清史稿》、《清史列传》等。杜门读书著述，精研坟典、经史、文字、训诂。有《鉴止水斋集》行世，有《鉴止水斋词》二卷，计八十九首。

1. 吴衡照：

德清许周生先生宗彦，以经学著名，尤精历算。《华藏室词》清籁泠泠，造楞伽顶上。〔台城路〕舟中听雨云云，与金匮孙平叔先生尔准〔瑶华〕夜雨云云，赋雨景入妙。平叔先生有〔霜叶飞〕过冯氏竹素园云云，感慨欷歔，神味高绝。

《莲子居词话》卷四

2. 张德瀛：

许积卿宗彦词，如荷珠走盘，清光不定。德清人，有《鉴止水斋词》。

《词徵》卷六

钱裕

钱裕（生卒年不详）字友梅，江苏吴江人，著有《有真意斋词集》四卷。另著有《词谱》三卷、《词韵》一卷。

1.《续修四库全书总目提要》：

词多粗陋，似近于曲，如〔百字令〕云："未开知识，梦中先解云雨。"又云："脚跟未定，向人切莫夸口。"〔南歌子〕云："月儿已到枕函边。笑倩檀郎今夜早些眠。"〔渡江云〕云："还记着天南，有个侬否。"〔如梦令〕云："误着玉郎衣。笑似那家公子。公子。公子。权把鸦鬟调戏。"〔重叠金〕云："命薄算桃花。侬颜偏学他。"〔醉公子〕云："外没书儿至。内也无书寄。"凡此之类，浅俗淫滥，不成体格。须知词不忌俗，然笔端不凝重者不可轻试。裕尝撰《词谱》、《词韵》，亦疏浅不足观也。

《有真意斋词集四卷提要》

蔡偁

蔡偁（生卒年不详）字季举，号黄楼，湖北监利人。生活于嘉、道间。有《黄楼词》三卷，道光十五年贵阳唐树义刻《楚四家词》本。

1. 丁绍仪：

楚中人士鲜工倚声，道光初天门刘孝长淳、张玮公其英，始相与为词。监利蔡黄楼偁，起而应之，惜皆宗法苏、辛，不甚纯粹。

《听秋声馆词话》卷四

2. 王葆心：

乐府之兴，昉自协律，爰及有宋，大被管弦。上荐灵祇，谐悦神人，下达里巷，导宣伊郁。与雅歌而同用，匪培塿之独卑。而往往瑰奇之流，抑雄才于节奏；雅懿之士，窘高步于宫商。其靡者为之，则愈趋阐缓；其荡者为之，则弥涉淫哇。众制杂陈，鸿裁莫觏，思宏厥诣，必俟其人。季举夙工掞藻，尤妙倚声。挫万态于毫芒，腾孤情于宙合。纳九牧之金于橐龠，汇万流之水于沧溟。笙磬同音，而娱百神者唯广乐；旌旄合舞，而骇群目者独桑林。夫其远涉湘波，行吟梦泽。袭山馨于椒桂，搴渚艳于芙蓉。袅袅荪荃，雪灵修之古泪；萧萧萝薜，续山鬼之离忧，则悱恻之绪也。栖迟不遇，坎壈未平。赵元叔匿其奇光，冯敬通铩其劲羽。么弦暗激，雷霆忽斗于九天；促柱高张，风雨俄驱于万壑，则侘傺之怀也。叶落蝉哀，钗残燕去。镌青天而寄恨，倾碧海以量愁。粉怨珠啼，帐里之魂不再；香销翠灭，月中之魄难归，则仳离之吟也。菖蒲讯子，芍药酬欢。情剪烛而娇多，笑解襦而香动。陈其婉娈，能令柳季荡心；述其妍华，足使长卿消渴，则绸缪之作也。况乃蛮花笑日，犵鸟啼烟。秋绿凄今，春红怨古。感友朋之离析，惜亲懿之分携。有触情怀，辄形声律。瑰玮连犿而抗坠中伦，俶诡权奇而疾徐合度。摩辛、刘之壁垒，拓姜、史之垣墉，泱泱之风，兹为大矣。仆赏慚子野，识愧中郎。聆蒲牢者难为音，睹騄駬者难为御。适膺弁简，谬出卮言。固知赤壁惊涛，比苏学士之歌铁板；旗亭绝唱，等汉宫人之诵洞箫。

《季举词序》(《百柱堂全集》卷四十九)

朱渌

朱渌（生卒年不详）字清如，号意园，浙江山阴人。嘉庆四年(1799)进士，改庶吉士，散馆授户部主事，升员外郎，曾任顺天乡试同考官，官至江西临江府知府。著有《滋山堂诗文集》，今存《剡游草》一卷，又名《兰雪斋诗集》。

1. 孙兆溎：

山阴朱意园先生，词笔旖旎。不意制艺名家，亦能绮语如此。《片玉山房词话》

陈本直

陈本直（？—1838）字畏三，号古愚，江苏元和人。贡生。有《覆瓿集》八卷，其中《覆瓿诗草》六卷、《词草》一卷、《杂著》一卷，附《粤游吟》一卷、《湖州百咏》一卷。

1. 尤维熊：

古愚拔帜伽陵后，心识伽陵气格粗。
幼眇心声谁可继，金风亭长小长庐。

《评词八首》（《二娱小庐诗钞词钞》卷三）

杨英灿

杨英灿（1768—1827）字文叔，号萝裳，江苏金匮人。官松潘同知。著有《听雨小楼词稿》。

1. 杨英灿：

余伯仲两兄皆工诗词，惟余驰心外务，未尝学问，窃自愧焉。而两兄则循循然。使学为小令，偶尔得句，必深许可。且云余笔与词最近，好为之，毋自弃。余总未能专力相从。两兄于笔砚之间二十余年，所有倡和之作，悉皆散失。迨两兄殁后，决意阁笔，此调不弹久矣。伤两兄之无禄，嗟一雁之孤飞。田氏荆枯，江郎笔去。埙篪声断，难调绿绮之琴；枕被寒生，愁听红牙之拍。一自之官松卫，益复无聊。展读两兄诗词，尚有附余旧作，因忆前言余笔与词最近之语，遂复为之词补于今题，思其旧意之所到，语不求工，聊以自娱，用消岑寂。固无心于传世，并不可以示人。所恨者不及就正于两兄，未知此六七百阕中还有一二可取者否？嗟乎，莺鸣春后，声便凄凉；虫到秋深，语还呜咽。情在于是，安能无言。

《听雨小楼词稿自序》（《荆圃倡和集》）

2. 王蕴章：

吾邑杨蓉裳、荔裳两先生，著作俱有盛名。其季萝裳先生，才名稍逊，而所著《听雨小楼词》亦具神解。

《然脂余韵》卷六

彭兆荪

彭兆荪(1768—1821)字湘涵，一字甘亭，江苏镇洋(今太仓)人。年十五，应顺天乡试，声名满场，后十余年不遇。道光元年(1821)举孝廉方正。《清史稿》、《清史列传》有传。家贫，靠入幕营生。曾与顾广圻同校元本《通鉴》及《文选》，极精当。尤长于诗，深得古人意。亦工词，名重一时。著有《小谟觞馆诗集》、《文集》、《潘澜笔记》等，有《小谟觞馆词》二卷。

1. 石韫玉：

龙堆马邑数经过，曾和天山敕勒歌。

万卷纷纶奔腕下，从来名士患才多。

《读蒋心余、彭湘涵、郭频伽词草各系一诗》(《独学庐稿》卷二十二)

2. 尤维熊：

娄东一隽工长调，神力追还北宋能。

未必前身是青兕，天生瑮骨瘦凌竞。镇洋彭甘亭兆荪。

《评词八首》(《二娱小庐诗钞词钞》卷三)

3. 郭麐：

甘亭词，慢调兼学南北宋，小令亦不屑作温、韦语，而情韵自胜。

《灵芬馆词话》卷一

4. 彭兆荪：

填词至近日，几于家祝姜、张，户尸朱、厉。予方心沓舌，无志与诸子争长，而浏览所及，颇不欲囿于时论，少作壮悔，久付炲蟫，掇拾之余，仅得十一，强颜存之，所谓遂非文过也。

《小谟觞馆词自识》(《小谟觞馆词》)

5. 姚椿：

〔台城路〕《题甘亭词稿，时去其卒已三年矣》

故人仙去今犹在，吟来白云飘渺。彩笔干霄，长笺拂汉，屡幅玉楼残稿。天孙一笑。笑典册飞书，许多才调。竹裂松摧，诸侯门下此才少。　　少年薄游边徼。可怜沉郁气，凄激埋照。河朔风沙，江南烟月，都付先生吟啸。萤凄鹤吊。叹旧雨重来，几年宿草。当日青衫，鬓丝催亦老。

《洒雪词》

6. 谭莹：

文工选体笔峻嶒，余事填词得未曾。

时论固知君不囿见《小谟觞馆词集》自序，一空依傍转无凭。

《论词绝句四十首专论国朝人》（《乐志堂诗集》卷六）

7. 丁绍仪：

“问何物金钱，恁无情、尽天上人间，坐他离别。”此镇洋彭甘亭上舍兆荪《七夕》〔洞仙歌〕后结也，意为人所同具，语则人所未有，一“坐”字意尤沉痛。所著《小谟觞馆词》，视之如古锦斑斓，仍运以疏宕之气。

《听秋声馆词话》卷十五

8. 蒋敦复：

吾州彭甘亭征君擅长骈体，《小谟觞馆文集》几与石笥山房、卷葹阁争胜。诗亦古藻纷披。词不多作，〔台城路〕《题汪紫珊碧梧山馆》云：“十年梦想汪伦久，相逢秣陵羁旅。璧月词人，微云女婿，家住石帆深处。药阑花溆。有翠凤栖檐，冷蛩当户。一片吟情，秋声都在最高树。　　才闻踏歌岸上，又东劳西燕，相背飞去。江草黏天，杨花滚雪，愁听离亭津鼓。银床小坞。问甚日闲踪，再圆鸥侣。写我西窗，剪灯同话雨。”宗旨似在梦窗、草窗间。

《芬陀利室词话》卷一

9. 缪荃孙：

至于诗余，亦臻高格，当时同辈，罕有其俦。

《重刊小谟觞馆诗文集注序》（《艺风堂文续集》卷五）

10. 张德瀛：

彭甘亭兆荪词，如碧眼胡儿，贩采奇宝。镇洋人，有《小谟觞馆词》。

《词徵》卷六

11. 卢前：

〔望江南〕

谟觞馆，亦是学人词。广博尚能承乐教，西洲曲子作新辞。鼓吹太平时。

《饮虹簃论清词百家》（《清名家词》）

李兆洛

李兆洛（1769—1841）字申耆，号绅琦，晚号养一老人，江苏阳湖人。嘉庆十年（1805）进士，改庶吉士，授安徽凤台县知县，兼理寿州。后主讲江阴暨阳书院，长达二十年。著有《养一斋集》三十四卷，有《诗余》一卷。

1. 郑善长：

《词选》刻既成，余谓张子：词学衰且数百年，今世作者宁有其人耶？张子为言其友七人者，曰恽子居、丁若士、钱黄山、左仲甫、李申耆、陆祁生、黄仲则，各诵其词数章，曰：此几于古矣。

《词选附录叙》（《词选》）

2. 张德瀛：

愚谓本朝词有三变，国初朱、陈角立，有曹实庵、成容若、顾梁汾、梁棠村、李秋锦诸人以羽翼之，尽祛有明积弊，此一变也。樊榭崛起，约情敛体，世称大宗，此二变也。茗柯开山采铜，创常州一派，又得恽子居、李申耆诸人以衍其绪，此三变也。

李申耆兆洛词，如承恩虢国，淡扫蛾眉。阳湖人，有《蜩翼词》。

《词徵》卷六

3. 徐珂：

惠言……其友人恽敬、钱季重、丁履恒、陆继辂、左辅、李兆洛、黄景仁、郑善长辈，亦皆不愧一时作家。

《近词丛话》

孙尔准

孙尔准(1770—1832)字平叔，号戒庵，一号莱甫，江苏金匮(今无锡)人。嘉庆十年(1805)进士，选庶吉士，授编修。历官汀州(福建长汀)知府，江西按察使，福建布政使，安徽、福建巡抚，闽浙总督，加太子少保，卒赠太子太师，谥文靖。《清史稿》、《清史列传》有传。尔准勤奋博学，兵事之余，不废吟咏。工诗，尤长于词。著有《泰云堂诗集》、《文集》、《骈文》等，又曾协纂《全唐文》，纂《永定县志》，辑有《明诗钞》。尔准词集总名为《泰云堂词》，分卷题名是《雕云词》、《海棠巢乐府拈题》、《荔香乐府》。

1. 凌廷堪：

无锡孙平叔孝廉，驰情绮丽，托兴缠绵，猥通砑粉之笺，远示《雕云》之集。未遑谋面，或捧琼瑶。敢诩同心，谬膺缟纻。慢则织绡泉底，得传石帚之神；令则弄影云边，不拾《草堂》余唾。可谓金风亭长顿遇替人；樊榭山民忽来同调者矣。

《校礼堂文集》

2. 尤维熊：

才人余事孙平叔，词可雕云调遏云。

香草灵源寻一脉，风流落落顾梁汾。金匮孙平叔尔准。

《评词八首》(《二娱小庐诗钞词钞》卷三)

3. 丁绍仪：

综古今诗词而论列之，贵有特识，尤贵持平。若于古人寓微词，而于近人多溢表，适形其陋而已。樊榭论词，古多今少，最为醇正。朱小岑论词，古今各半，其谓美成铺张可厌，已属非是，且取乃父词论之，尤觉悖理。吾乡孙文靖论词，虽古少今，然皆堪以论定之人。

《听秋声馆词话》卷十二

4. 张德瀛：

孙平叔尔准词，如落叶哀蝉，增人愁绪。金匮人，有《雕云词》。

《词徵》卷六

5. 闻野鹤：

孙平叔《泰云堂词集》，深秀可喜。

《惯簃词话》

丁履恒

丁履恒(1770—1831)字若士，一字道久，号冬心(一作东心)，江苏武进人。嘉庆六年(1801)选拔贡，十三年召试二等，充文颖馆誊录官，授赣榆县学教谕。道光七年(1827)官山东肥城知县，颇著政绩。十年，以病足自免。生平事迹见吴育撰《家传》，包世臣撰《山东肥城县知县丁君墓碑》。履恒少从长兄丁履泰学，后师事卢文弨、段玉裁、张惠言、恽敬等，精研声韵训诂之学。兼擅词曲书画，词名早著，为常州词派重要作家。著有《思贤阁文稿》、《诗稿》、《毛诗名物志》、《左氏通义》等，词有《宛芳楼词》，郑善长选《词选》，即以其词“几于古矣”仅入录三首，附张惠言《词选》后。后人汇其词为《思贤阁词草》二卷。

1. 郑善长：

《词选》刻既成，余谓张子：词学衰且数百年，今世作者宁有其人耶？张子为言其友七人者，曰恽子居、丁若士、钱黄山、左仲甫、李申耆、陆祁生、黄仲则，各诵其词数章，曰：此几于古矣。

《词选附录叙》(《词选》)

2. 丁绍仪：

乾、嘉以来，玉田生词风行海内，独家若士大令履恒能窥其奥。

《听秋声馆词话》卷二十

3. 徐珂：

惠言……其友人恽敬、钱季重、丁履恒、陆继辂、左辅、李兆洛、黄景仁、郑善长辈，亦皆不愧一时作家。

《近词丛话》

4.《续修四库全书提要》：

其词不宗一家，深邃纯正。

《思贤阁词草提要》

黄位清

黄位清（1771—1850）字瀛波，号春帆，广东番禺（今属广州市）人。嘉庆九年（1804）副贡生，道光元年（1821）举人，以授徒为业，后官国子监学正。有《松风阁词钞》。

1. 张德瀛：

黄春帆位清词，如蕲王奋战，箭瘢满身。番禺人，有《松风阁词钞》。《词徵》卷六

吴衡照

吴衡照（1771—？）字夏治，号子律，原籍浙江仁和，海宁人。嘉庆十六年（1811）进士，任金华府学教授。工诗文，尤善填词。著有《辛卯生诗》，词有《辛卯生诗余》一卷，词学著作有《莲子居词话》。

1. 吴骞：

昌黎韩子尝言欢愉之言难工，危苦之词易好。谈艺者谓此特为诗人而发，若倚声之调，胥出于燕怡欣适而无取乎愁苦。予窃以为未然，凡著作之道，其初也未始不由苦思力索，逮思之既得，则欢愉愁苦随其所发，而集吾笔端。故诗亦有欢愉而工者，愁苦而不工者。词亦有欢愉而不工者，愁苦而工者。大抵诗与词初无二致，顾视其用心之何如耳。昔人谓良工心苦，要非虚语。兄子衡照于乐章夙有深嗜，凡古今名家之作曰《莲子居词钞》，予循览各调并观厥命而知用意之所在，殆欲先致其愁苦之功而后即夫欢愉之境也欤。且夫莲之为物也，生于淤泥而底出于清泉之上。风凄露沐，月明花开，抱洁净之性，纤尘不能滓，是以含贞葆素与夫仙真佛子之流，莫不爱尚。而三闾大夫且欲制以为衣，集而为裳，其品何如哉？从来数填词家咸推姜尧章，清新俊逸，几与秦七、黄九相颉颃，宗之者若张辑、卢祖皋、史达祖诸人，皆能自拔于流俗，一洗《花庵》、《草堂》之陈言，得非用心有独苦乎？衡照方富于年，苟能孜孜不懈而日进于古作者之盛业，宁惟区区偷声减字、四声二十八调之工而已。东坡曰：“莲子擘开方见薏，楸枰著尽更无棋。破衫却有重缝处，一饭何曾忘却匙。”此虽廋词，即以为劝学之箴可矣。

《莲子居词钞序》（《愚谷文存》）

2. 许宗彦：

文章体制，惟词溯至李唐而止，似为不古。然自周乐亡，一易而为汉之乐章，再易而为魏晋之歌行，三易而为唐之长短句。要皆随音律递变，而作者本旨，无不滥觞楚骚，导源风雅，其趣一也。故览一篇之词，而品之纯驳，学之浅深，如或贡之。命意幽远，用情温厚，上也。辞旨儇薄，冶荡而忘反，酿其性命之理，则大雅君子弗为也。王少寇述庵先生尝言：北宋多北风雨雪之感，南宋多黍离麦秀之悲，所以为高。亡友阳湖张编修皋文为《词选》，亦深明此意。海昌吴君子律以名进士里居著述，辑《莲子居词话》四卷，于前哲及近人论次略备，持论尤雅。间有考订古韵，辨证轶事，无不精审详当。学者之津梁，谭者之园囿也。少寇昔撰《续词综》，于海内词家，收采靡遗。吾郡陈君鍪本事词，道古宏富。子律此书，则兼而有之矣。

《莲子居词话序》（《词话丛编》）

3. 屠倬：

诗莫盛于唐，唐人不作诗话。词莫盛于宋，宋人不作词话。其有论词者，类皆附见诗话中，不别自为书，惟周草窗《浩然斋雅谈》末有《词话》一卷。国朝毛西河、徐虹亭外，传者亦复寥寥。自李唐迄今，以词名世，不下数百家，而词话独少，非艺林之缺事欤？吾友吴君子律深于词，撰《词话》四卷，其中有校正词律伪缺之处，有考订词韵分并之处，有评定词家优劣之处，有折衷古今论词异同之处。至于博征明辨，搜罗散佚，信足为词苑有功之书。间有遗闻轶事，偶记一二，不必尽有关乎词，要其所列皆词人也。此亦温公诗话载梅尧臣一条之例。读既竟，知子律于此事用力勤矣。吾浙之妙解音律者，向推君家西林先生。闻其手制数十埙吹之，皆不得声，末取吴山顶上土为之，乃始合律。其专且精如是。今子律分刌节度，咀嚼宫商，知其渊源不为无所自也。

《莲子居词话序》(《词话丛编》)

4. 胡凤丹:

词学萌芽于唐,根柢于宋。逮国朝而家家香径,处处红楼。靡不翦叶争妍,裁花竞巧,浅斟低唱,上揜古贤,猗欤盛矣。虽然,拂弦偶差,匪周郎弗知其误。吹律不竞,微晋旷莫审厥音。吾浙吴子律进士,名高艺苑,才擅《花间》。爰续草窗之雅谈,特编莲子之词话。狐腋集众,鸡跖食千,春风夜月,妙其品题,檀板金樽,如相晤语。且也溯源竟委,沿波讨澜,淄渑之味能分,妃豨之伪必辨,尤足资夫镜考,匪独善于琴言。余粗解倚声,无与正谱,辄手此卷,藉作导师。嗣因兰友之转钞,乃命梓人而重锲,用诒同好,庶广流传云尔。

《莲子居词话序》(《词话丛编》)

5. 谭献:

阅吴子律《莲子居词话》,颇见深微,有功倚声不小。(《复堂日记》己巳)

《复堂词话》

曹玉雨

曹玉雨（生卒年不详），江西新建人。有《撷芳馆词》。

1. 吴衡照：

《撷芳馆词》，西江曹玉雨著也。谢家门第，左家才调，合而有之。

《莲子居词话》卷四

陶梁

陶梁(1772—1857)，字凫芗，或作凫乡、凫香，江苏长洲(今苏州)人。嘉庆七年（1802）至十年（1805）助王昶编纂《国朝词综》、《湖海诗传》、《金石粹编》。十三年（1808）中进士，入翰林院，历官大名(今属河北)知府、甘肃按察使、太常寺卿，官至礼部侍郎。《清史稿》有传。梁早有文名，亦善诗词，编有《国朝畿辅诗传》、《国朝词综补遗》，著有《红豆树馆诗稿》，词有《红豆树馆词》八卷。

1. 王昶：

红豆一名相思子，出南海，载《南州异物记》、《益部方物略》诸书，有藤种，有树种，初见王摩诘诗。其实圆而红，然不能移植他处，故江浙间绝少。虞山以后，近惟惠学士半农家有之，以名其斋，而他处无闻焉。陶子凫乡，居吴门娄齐之间，家亦树此，结实累累下垂，殊可爱。玩憩其荫者，每流连往复若不能去。凫乡娴雅歌，通诗文，性情风格似魏晋人，而尤以词擅名于时。所作以石帚、玉田、碧山、蜕岩诸公为师，近则以竹垞、樊榭为规范，其幽洁妍靓，如昔人所云“水仙数萼，冰梅半树”，可想见其娟妙。予老病深矣，久废倚声。而凫香将往京师，读其词，怏怏然不能自已。所谓此物最相思，其系人之切，婉转果如是耶？

《红豆树馆词序》(《春融堂集》卷四十一)

2. 吴锡麒：

驻枫烟而听雁，舣葭水而寻渔。短彴遥通，高楼近接。琴横春荐，杂花乱飞，酒在秋山，缺月相候，此其境与？词宜金迷纸醉之娱，管语丝哇之奏。浦遗余佩，钗挂臣冠。满地蘼芜，夕阳如画，隔堤杨柳，红窗有人，此其情与词宜。若陶子凫香者，家住中吴，烟波绕户，船来虎阜，罗绮生风。狎浪而订鸥盟，拆花而招燕梦。东风白苎，最怜寒食之天；细雨黄梅，重认横塘之路。肩真容孅，语不嫌痴，芊绵而绿意生，宛转而红腔应。论其技，则肱经三折；绎其思，则肠转九回。胜之引人，兴不能已，固如斯也。况复湖寻高士，庙访水仙，踵花鸟之前缘，蹑烟霞之古径。南渡之江山宛在，西泠之松柏依然。于是击钵于青豆之房，调弦于黄篾之舫。浅斟未已，逸调先铿。响落凉苔，声催落叶。流水均其采采，白雪振其霏霏。唱如小海而尤豪，人比中仙而更胜。又孰不思同旅语，并写灵襟，盖其居也如此，其游也如彼。以佳丽之地作其谚台，以灵秀之区为之骑驿。单衫小扇，则街子无猜；短笠大瓢，则芦人亦熟。和〔徵招〕而去，歌〔哨遍〕而来。为石门文字禅，为东泽绮语债。此《红豆树馆词》一编，所以清而能婉，丽而不佻，得大雅之遗音，传南宋之正轨也乎？仆久违衡泌，屡溷风尘。乞食叩门，马如蛙钝；息交闭户，车类鸡栖。即欲裁寄，小笺量填短拍，而故山有阻，旧雨不来，远趣莫招，孤吟易辍。兹幸遂循陔之愿，申伐木之欢，课桂隐于南湖，伫渔歌于西塞。余情有触，结习未忘，则蚕抽未尽之丝，蝉曳将残之响，得是编而振发之，不啻迷津而逢宝筏。失路而得导师，其助予为不少也。

《红豆树馆词序》（《有正味斋骈体文》卷八）

3. 王柏心：

昔者司马子长、扬子云、班孟坚皆有自叙，杜子美《北征》、《昔游》等篇亦檃栝出处，览者资为援据，独填词家无之，世遂以为束于体格，无能恢廓，至有目诗余为“小道”者。今读《红豆树馆词》，包含宏大，直举胸情，然后知此境正自无穷，人特未能穷其所至耳。

《红豆树馆词跋》（《红豆树馆词》）

4. 刘炜华：

〔玉漏迟〕《题太常陶凫芗先生〈红豆词〉》

词人今已老。寻声约谱，年年歌啸。一串珠圆，唾向吟笺纷绕。想见红牙低拍，倚箫管、含杯微笑。风格好。中仙集里，蓦窥堂奥。　　建节久驻吾乡，叹雅意，怜才如公真少。夜月齐安，犹盼髯坡重到。窈窕容台深处，画几许、宫县音调。宫漏悄。朝回定添新稿。

《鸿雪长短句》(《苍梧山馆集》卷八)

5. 丁绍仪：

长洲陶凫芗宗伯（梁）则举生平境遇，自系以词。寓编年纪事于协律中，实为词家创格。今《红豆树馆词》五、六两卷是也。

《听秋声馆词话》卷十二

6. 张德瀛：

陶凫乡梁词，如修桐初乳，清响四流。长洲人，有《红豆树馆词》。

《词徵》卷六

7.《续修四库全书总目提要》：

梁之词学，受于王昶，复与吴榖人、郭频伽、杨蓉裳、杨伯夔、刘芙初、顾南雅、倪米楼、乐莲裳、孙蔚堂、史赤厓、张远春、李子仙、高继泉、陆春帆、孔元敬、董琴南诸人相倡和，故其词学深邃。初以白石、玉田为法，后专以竹垞、樊榭为规范，虽未臻幽远之境，然春容大雅，自有南宋之风度。

《红豆树馆词八卷、补遗一卷提要》

严骏生

严骏生（1772—？）字小秋，江苏上元（今属南京）人，有《餐花吟馆词钞》七卷。

1. 吴锡麒：

夫师旷调律，曲无不悲；狄牙和膳，味无勿旨。欲成希世之赏，必擅独臻之技。然琴取其清，而弦外之声斯远；水成于澹，而江心之品乃殊。是由天至，非关人力。知音之选，盖其难也。严子小秋，一鹤天外，万花齿边，即其比竹之精，特著倚声之妙。以绮丽之伤骨，而力洗秾纤；以奋厉之滞音，而务惩偏宕。采湘纨以栖骨，接飙谒以流韵。腾其余绚，足焕色于云蓝；习其恒姿，亦夺秀于山绿。盖其具体于周、柳，禀态于姜、张，以是首途，得成超诣；间流急管，亦发哀弹。红豆怀人，白蘋忆远。相思有时而入骨，春水亦恼其干卿。于是寄此牢愁，纷其羁屑。转辘轳之韵，欲与肠回；弄参差之吹，因之气荡。泪将琼坠，秋共叶飞，惆怅致多，低回欲绝。

《严小秋词序》（《有正味斋骈体文续集》卷二）

2. 梅曾亮：

夫诗陈小己，必兼家国之流；词有别裁，惟以性情为主。俯仰身世，斯最优乎？上元严君小秋示某词集若干卷，观其探源白石，别谱黄河，题非香篆之盘，句扫琼壶之酒。吟成红杏，便觉春多；赋就黄花，不嫌春瘦。皆非得已，略可粗言：若夫一丝旧族，八米清才。早遇伯喈，遍矜座客；偶过皇甫，辄屈乡人。固已数安石之碎金，沙披短李；握昆山之片玉，瓦注常杨。岂知相者举肥，生平太瘦，凤翎稀而哄雨，鹊尾秃于填河。短衣杜甫，未入南山；长铗冯谖，时过东国。声价岂羊皮可定，风霜与马骨俱高。往往照蝎安床，听鸡就道。况乎匏瓜独处，蒲苇难移。乌夜啼于前溪，雉朝飞于大道。青牛帐里，蛱蝶三更；朱鸟窗前，蜘蛛四屋。宜乎百端交集，三叠缠绵，以长短句之篇，写畔牢愁之作者焉。然而魏三之集，或讶古人；第五之名，若无骠骑。凤毛推谢，牛耳尊齐。大江南北，联白社之群贤；老屋东西，占青溪之旧曲。每至经台纳夏，笛步买春。笋觅梁碑，榛披陈井。游童执席，胜友提壶。就树哦松，逃林就竹。此又酒龙诗虎，葛长庚之妙语可寻；抚鹤听莺，张功甫之新声未歇者矣。嗟余下走，窃附三同，示我高言，能无一字。至于声音之道，文字之工，铁绰板之高歌，羽声慷慨；金缕衣之低唱，眉语分明。暗香疏影，残月晓风，古有人焉，今无对矣。

《严小秋词序》(《柏枧山房诗文集·柏枧山房骈体文》卷上)

3. 梅曾亮：

小秋以词集示余，且曰："是小言之破道，乃壮夫所不为。陆务观之志，尚觉飞扬；秦少游之词，半多儿女。吁其靡矣，谁则怜之？"余应之曰："今使土室歌风之士，空庐抱影之徒，收要景于奇怀，夸文章于末俗。即上窥周故，旁顾秦余，吏部之作一经，士师之书三策，亦玉卮无当，瓦注同轻。然而为钟为铃者，各成其器也；有故有物者，不尚虚车也。苟其流连物类，谀导风尘。同周勃之扫门，似宋人之刻楮。虽苍头特起，赤手捕生，凡性灵所不居，皆风雅之外道。若夫慷慨立身之事，含怀正始之音。秋气多悲，冬心易卷，采杜若而思公子，攀桂枝而怨王孙。虽砚北余情，江南短弄。固已一声何满，胜赋芜城；三叠阳关，如临出塞。抚乐毅之书，自然流涕；读臧洪之传，欢若平生。后有达观，必当同慨，何俟陈琳墓上，自诩霸才；广武原中，妄讥竖子。仿长安少年之作，拟临江节士之歌。始见赵景真之恢奇、冯敬通之跌宕乎？且夫汉曲流声，已歌枣下；宋贤撰集，每附花间。盖徵以变而弥高，弦以偏而易烈，当七情之间发，有四始所难兼。"小秋誉擅凤毛，行成麟角。诵文史如方朔，备武库于征南，仲景见而题舆，君苗闻之焚砚。然而医经三折，巫隔九关，歌相逢狭路之篇，何人左顾？写纨绝阴天之颂，有美东行。当其白堕酣红，乌丝界碧，别谱清平之调，自成懊恼之歌。乌能已乎？人之情也。

《严小秋词序》（《柏枧山房诗文集·柏枧山房文集补遗》）

沈道宽

沈道宽（1772—1853）字栗仲，顺天府大兴（今属北京市）人，祖籍浙江鄞县（今属宁波市），嘉庆二十五年（1820）进士，历官湖南酃县、桃源知县，著有《话山草堂遗集》，其中有《词钞》一卷。其《诗钞》中有《论词绝句》四十二首，纵论历代词，为重要词论资料。

1.《续修四库全书总目提要》：

慢词居三之二，多用屯田、清真、白石之调，盖亦不主一家者也。

《话山草堂词钞一卷提要》

陆继辂

陆继辂（1772—1834）字祁孙，又作祁生，一字季木，号霍庄，别号修平居士，江苏阳湖人。嘉庆五年（1800）举人，授合肥县学训导，官江西贵溪知县。精音韵，喜金石，长于戏曲。撰有《崇百药斋集》三十六卷，有《清邻词》，又著《词律评》、《词综评》若干卷。另有传奇《碧桃记》等。

1. 郑善长：

《词选》刻既成，余谓张子：词学衰且数百年，今世作者宁有其人耶？张子为言其友七人者，曰恽子居、丁若士、钱黄山、左仲甫、李申耆、陆祁生、黄仲则，各诵其词数章，曰：此几于古矣。

《词选附录叙》（《词选》）

2. 张德瀛：

陆祁生继辂词，如谢家子弟，玉立森森。阳湖人，有《清邻词》。

《词徵》卷六

3. 徐珂：

惠言……其友人恽敬、钱季重、丁履恒、陆继辂、左辅、李兆洛、黄景仁、郑善长辈，亦皆不愧一时作家。

《近词丛话》

谭敬昭

谭敬昭（1773—1830）字子晋，一字康侯，号选楼，广东阳春人。嘉庆二十二年（1817）进士，授户部主事。与张维屏、黄培芳称粤东三子。撰有《听云楼诗钞》十卷，附《补遗》一卷，有《听云楼词》。

1. 谭莹：

秘书郎自镌“上清秘书郎”小印许鲁灵光，便署阳春录阳春人不妨。

三叠柳枝谁为唱，著有《柳枝词》九十首，三叠平韵。听云楼集名圯月如霜。

《三十六首专论岭南人》（《乐志堂诗集》卷六）

2. 潘飞声：

郎君会读玉清书，绝代仙才岭南无。

买断人间天不晓，金钱那惜万缗输。康侯自镌“上清秘书郎”小印，其艳词有云：那惜金钱，买断人间不晓天。

《论岭南词绝句》二十首（《古今文艺丛书》）

3. 张德瀛：

谭康侯敬昭词，如野桃含笑，风趣独绝。阳春人，有《听云楼词》。

《词徵》卷六

吴荣光

吴荣光(1773—1843)字殿垣，一字伯荣，号荷屋，晚号石云山人，广东南海(今广州)人。嘉庆四年(1799)进士，历任编修、监察御史、工科给事中、刑部郎中、军机处章京、陕西按察使、湖广总督等。事具自编《吴荷屋自订年谱》。精鉴金石，工书画。有《石云山人集》，附《筠青馆诗余》一卷。

1. 张德瀛：

吴荷屋荣光词，如穹谷谽谺，飞泉溅响。南海人，有《筠青馆词》。《词徵》卷六

胡金题

胡金题（生卒年不详）字品佳，号瘦山，浙江平湖人。廪生。今存《桐华馆诗钞》三卷，有《金屑词》、《酒边词》各一卷。

1. 徐雪庐：

《金屑词》，出入唐宋，为怀宁余伯扶所倾倒。

徐珂《清代词学概论》引

2. 吴衡照：

厉樊榭序当湖张龙威云锦《红兰阁词》，称其咏宋故宫芙蓉石云……等句，直与白石争胜于毫厘。当湖故词薮，吾友胡瘦山金题言，沈氏、陆氏极称盛。张氏今涪奕枢《红螺词》，亦樊榭序而行之。瘦山有《金屑词》，与屈韬园为章《紫华舫词》，皆不坠其乡先生之传者。

《莲子居词话》卷四

董国华

董国华（1773—1850）字荣若，号琴南，江苏吴县人。嘉庆十三年（1808）进士，官至广东雷琼兵备道。有《香影庵词》一卷。

1. 杜成之：

琅然清圆，一唱三叹。如冷风过林，自协流徵。凉月晖席，都成秋痕。摅芬芳悱恻之怀，极哀艳骚屑之致。雪涤凡响，棣通太音。万尘息吹，一真孤露。度以横竹，当飞奇声。和之弦桐，居然流水。诒案：二评，皆当入词之清逸品。

《二白词序》（江顺诒《词学集成》卷七引）

2. 吴锡麒：

词之派有二：一则幽微要眇之音，宛转缠绵之致，戛虚响于弦外，标隽旨于味先，姜、史其渊源也。本朝竹垞继之，至吾杭樊榭，而其道盛。一则慷慨激昂之气，纵横跌宕之才，抗秋风以奏怀，代古人而贡愤，苏、辛其圭臬也。本朝迦陵振之，至吾友瘦铜，而其格尊。然而，过涉冥搜，则缥缈而无附；全矜豪上，则流荡而忘归。性情不居，翩其反矣，是惟约精心而密运，耸健骨以高骞，而又谐以中声，调之穆羽，乃能穷笛家之胜，发琴旨之微。飘飘乎如遗世独立之仙，浩浩乎有御风而行之乐。一陶并铸，双峡分流。情貌无遗，正变斯备。董子琴南，生长烟波之地，雕镌冰雪之肠。阁上闻渔，习歌欸乃；楼心读月，惯唱弯环。故当愁绪孤生，古怀横集。寒蝉落叶，敲破寺之门；白骨青苔，吊斜阳之冢。茫茫谁遣，怅怅难忘，未尝不铁拍敲残，唾壶击碎。及夫提袂徐进，改弦更张，摅眳藐之情，赴鉴锵之节，则又缓斟低唱，荡气回肠。体物则宛转关生，赋景则苍茫欲接。能使花添画色，云作水声。神超文字之禅，味入江湖之酒。吾盖读其《楚香山馆词》，而叹其造怀指事，剖毫晰厘，可谓高下在心，洪纤合度者已。夫九成迭奏，必兼金石之音；二人同心，有藉弦韦之赀。事固有因时酌宜，应物制巧者，岂得谓姜、史之清新为是，苏、辛之横逸为非，而必欲尽东其亩哉？吾与子葭，水非遥烟山可望，则且理旧谱，扬新讴，叩么弦以写。春喷霜竹而啸夕，或游鱼潜听，或群鸟哀鸣，度必有相感于微者，亦可知声音之道矣。

《楚香山馆词钞序》(《有正味斋骈体文》卷八)

3. 张德瀛：

董琴南国华词，如山斋清供，不厌清癯。吴县人，有《香影庵词》。

《词徵》卷六

严元照

严元照(1773—1817)字修能，一作九能，号悔庵，又号蕙榜，浙江归安(今湖州)人。十岁能为四体书，有奇童之目，补诸生。阮元、朱珪深赏其才。嘉庆四年，阮元巡抚浙江，招之入诂经精舍。《清史稿》、《清史列传》有传。不求仕进，致力于经传，于声韵训诂之学多所阐发。熟于《尔雅》，作《匡名》八卷，旁罗异文佚训，钩稽而疏证之。工诗词。著有《悔庵文钞》、《诗钞》、《娱亲雅言》，有《柯家山馆词》三卷。

1. 徐球：

吾乡当南宋时，词人有李氏商隐、周隐昜弟，与公谨、圣与相伯仲。元明以后，嗣响者寥寥。近日吾邑许兵部有《鉴止水斋词》刻，居士与兵部为中表兄弟，经神学海，并擅品目，虽诗人之余事，天亦不生是使独也，以视二隐之竞爽，夫何让焉？

《柯家山馆词序》(《柯家山馆词》)

2. 严元照：

予向者亦尝学为词，甲乙间，曾为《画扇斋秋怨词》，处拂郁之境，发酸楚之音，读者为之减欢。

《笙巢词序》

3. 杨夔生：

〔木兰花慢〕《书严修能元照画扇斋词后》

湾头曾载月，移画舸，小平泉。更团扇歌残，江梅蝶影，尘黯筝弦。凭君十行佳传，写翠篸、屏角落花烟。密字笑熏兰篆，轻螺细擘吟笺。　　尊前。重遡当年。愁万里，怕闻鹃。记断笔筹花，新欢借梦，山远湖天。溪风又凋鬓影，向盈盈、苕水别载莲。昨夜飞英镜底，明蟾镇向人圆。

《真松阁词》

4. 丁绍仪：

严修能明经元照居吴兴而赘于吴，流寓吾乡最久，中年病归，僦居柯家山，遂以名词。〔卜算子〕……。思路最为深婉，余亦轻倩可讽。

《听秋声馆词话》卷二十

5. 谭献：

严修能《柯家山馆词》，婉约可歌。袁湘湄《洮琼馆词》，秀润如秋露中牵牛花也。（《复堂日记》丁亥）

《复堂词话》

6. 朱祖谋：

〔望江南〕《杂题我朝诸名家词集后》

娱亲暇，余事作词人。廿载柯家山下客，空斋画扇亦前因，成就苦吟身。

《彊村语业》卷三

7. 郭则沄：

严修能元照《柯家山馆词》，深入北宋。

《清词玉屑》卷八

8. 《续修四库全书提要》：

顾翰和其〔蝶恋花〕词附评云：小令似南唐，长调出南宋，设色处皆不猎凡艳，不挟枯声，此非太真之珠履，乃宓妃之罗袜云云。虽友朋谀辞，不尽可据，然其词不宗一家，确有清空婉约之度。平允论之，令曲近于六一、小山、淮海、东山诸家，慢词时有玉田妙境，而其深曲之处，似亦肆力于清真者。清代经师之词，竹垞、茗柯，造成风气，并享高名，有所自来，余若严元照、凌廷堪、江藩、刘逢禄、冯登府、宋翔凤诸人，初非专心为词，而语意婉妙，工力湛深，殊不可及，惜并为经术所掩也。

《柯家山馆词提要》

9. 卢前：

〔望江南〕

名言在，婉约复堂称。结想缈绵许雅奏，疏香细艳示修能。乐苑置心灯。

《饮虹簃论清词百家》(《清名家词》)

改琦

改琦(1773—1828)字伯蕴，号香白，或作香伯，又号七芗，别号玉壶外史。先世为西域人，祖为松江参将，遂占籍为华亭(今上海松江)人。通敏多能，善书画，人物画出入李公麟、赵孟頫、唐寅及陈洪绶，花草兰竹小品迥出尘表，又善画佛像，人以新罗山人相比，为清代中叶画坛名家。工诗词，曾与钦善、姜皋等结课诗词，辑《泖东诗课》。著有《茶梦庵随笔》，有《玉壶山房词》，词集中纪游吴越湖山之作，有文人画意境，独具特色。

1. 曹言纯：

七芗词，清空处如冰壶映雪，飞动处如野鹤依云，读之神爽。

徐珂《清代词学概论》引

2. 丁绍仪：

乾、嘉之际，江浙画家以奚、方、钱、改四布衣为最，均能书，工诗词。奚名冈，字铁生，新安人，寓居杭州……方名熏，字兰坻，石门人，与铁生咸善山水……钱名榆，后改名杜，字叔美，自号松壶小隐，仁和人，兼擅花卉……改名琦，字七芗，其先西域人……四君画理，俱以闲逸疏秀擅场，词亦如之。

《听秋声馆词话》卷十一

3. 郭则沄：

改七芗以绘事名，尤工仕女，而词名几掩。所作词如〔菩萨蛮〕……〔喝火令〕……亦宛然工笔仕女也。尤西堂谓芝麓词如花间美人，吾于玉壶亦云。

《清词玉屑》卷二

4.《续修四库全书总目提要》：

琦初嗜诗，后专力于词……所作清丽雅正，有伦有脊。……

其令曲尤为清宛熨贴，高处直逼小山。琦善书画，而词亦称之，胜于汤贻汾矣。

《玉壶山房词一卷提要》

5. 沈轶刘：

松江改琦，沆瀣中期，无与抗手。其〔摸鱼儿〕、〔百字令〕等绝似厉鹗，〔生查子〕《湖上寻诗》云“何处觅鞋痕，九里松花雨”，且超鹗而上。然词为画掩，不为人注目。幸与不幸间，正难索解。

《繁霜簃词札》

6. 卢前：

〔望江南〕

飞动处，野鹤尚依云。映雪冰壶还玉洁，曹郎评跋久相闻。画笔亦清芬。

《饮虹簃论清词百家》(《清名家词》)

金式玉

金式玉(1774—1802)字朗甫，安徽歙县人。嘉庆七年(1802)进士，改庶吉士。有《竹邻遗稿》。式玉英年早逝，张惠言《词选》附录式玉《竹邻词》七首。《安徽清代名家词》第一集辑其词一卷。

1. 郑善长：

金子彦、朗甫者，学于张子（按：指张惠言、张琦），为词有师法。

《词选附录叙》(《词选》)

2. 陈廷焯：

金朗甫学于皋文，《词选》附录七首，意远态浓，婉而多讽。〔相见欢〕三章，尤为绝唱。

《白雨斋词话》卷四

3. 张德瀛：

金朗甫式玉词，如黄筌作画，婉约传神。歙县人，有《竹邻词》。

《词徵》卷六

4. 徐珂：

学于惠言而有得者，则歙县金应瑊、金式玉也。

《近词丛话》

5. 《续修四库全书提要》：

所作虽少，首首可读。式玉受学于张惠言，又与董士锡同学磋磨，故其词工力甚深，善于寄托，婉而多讽。

《竹邻词提要》

倪稻孙

倪稻孙(1774—1818)，本姓凌，字谷民，号米楼，又号梦隐子、西湖梦隐、鹤林外史，浙江仁和(今杭州)人。倪一擎孙，倪印元子，学有渊源。十岁即以《河伯观海赋》受知于学使朱珪，补诸生。工隶书，擅倚声。后应顺天试屡不第，跋涉江湖，思谋微官以养亲，终无所遇。乃戴道士冠，托迹北山，年才三十余。事迹见《杭州府志·倪一擎传》。其词宗姜夔，与郭麐齐名。著有《剪云楼词》、《芦中秋瑟谱》、《梦隐词》、《酒边花外词》、《海沤剩词》，总名《云林堂词集》，计二百六十余首。

1. 吴锡麒：

夫使感绸缪之楚，遽触闲情；搴窈窕之萝，多生绮障。则湘皋悦其解佩，阿谷效其抽觞。划袜情深，唾绒笑浅。桃穰擘处，莲子抛余眼底。屏山拓金鹅而八梦心头。井水架玉虎而牵丝湛染。有加忏除，不易终累樊川之行，恐来法秀之诃。又使飙阵豪驱，沧波吻纵，西经易水，便学悲歌，东望大江，尤工感慨，则拊狮弦而发唱，敲铁拨而助吟。古人郁奇气于青霞，近者溷繁声于白雪，未免辞摹乐府，莫辨妃豨。调窃霓裳，翻成爨弄，虽小言之奚惜，究大雅之已乖。米楼清丽为邻，温柔有教。才逢绮岁，如日方升。能夺天工，将云入翦。受祖庭之法钵，谓令祖嘉树先生。扬浙水之吟旌，每当严濑嬉晨。菰城泛夕，闻榔古渡，拽签前溪。穿万竹而雪深，绕一波而烟足。灵响独结，孤怀远生。长讴发而凉鹭如听，逸韵飞而老鱼亦舞。泊焉无朕，窈然自清，可谓春水前身，白云今日矣。余昨羁扬子，权作寄公，乃承负笈来从，载书远访。懒跨仙人之鹤，快联同队之鱼。一榻毡寒，三间屋小。柅柅新叶，茸茸旧苔。或酒次阄题，而笺裁寸碧；或宵分觅句，而烛刻半红。唱和樵歌，留连痴语。荷花招手，有时狎月而游。海水移情，任我刺船而去。嗟嗟，年年载酒，易老江湖。落落怀人，谁盟风雨。不意天涯暂别，人海重逢。话琴趣而弥长，数笛家而无恙。借紫藤之僧舍，小坐枯禅；呼红豆之词人，同敲破砚。春草未碧，霜花正腴。穿明珠于一络索中，织文锦于九张机上。弹皆古调，可清俗耳。筝琶唱以双鬟，不让后堂丝竹。

《剪云楼词序》（《有正味斋骈体文》卷八）

2. 吴锡麒：

十折五折之溪，前湾后湾之路。微阴未歇，薄冥俄连。玩叶叶之纷披，听梢梢之答飒。其旁系艇，送者方归。此中有人呼之，欲出斯芦也，殆秋心所易感者乎？尔乃生偏狎水，性好从渔。制芰为衣，裁荷作笠。似浮家之客，三板常横；同行脚之僧，一枝竟渡。经过短彴，往复危碕。苦竹引而凄生，疏枫交而寒人。潮平酒醒，有时沿月而还；榜弭灯孤，且往寻烟而语。盖其闲情远领，逸绪旁抽，忆蒲江于钓雪亭边，缅白石于垂虹桥畔。霓裳未谱，风水传声，舭船屡催，江湖入味。洗凉边之句，鸥到同吟；响空外之音，雁来如答。吾杭故事，合署秦亭山民；广陵旧游，待继秋声馆主。亦或今年塞北，前渡湘南。莲子花残，茨茹叶烂。白纷然而变露，碧悄若而藏烟。工摹觱篥之声，寄来紫逻；惯替琵琶之泪，洒上青衫。短拍长谣，一唱三叹。此则画半江之风色，均此离离；和双鬓之雪痕，添成瑟瑟者已。夫《蘋洲渔笛》之谱，《圭塘欸乃》之集，类皆栖踪幽夐，结趣萧闲，故能绝去凡襟，标兹胜旨。有助蒹葭之慕，如接纬萧之间。若夫仆本恨人，子为穷士，孤蓬雨滴，灭烛难眠，破被霜侵，蒙头易冷。醒枕之推敲未已，荒邮之铿戛谁闻。蛩语幽微，托孤心于卷叶；蟹行瑟缩，觅古怨于爬沙。高山莫弹，苍波无极。览是词者，当思其一往芊绵之致，半生怆恻之情。毋徒羡吹火根边，捕鱼花外，而谓伊人之可怀也。

《芦中秋瑟谱序》(《有正味斋骈体文》卷八)

3. 杨芳灿：

〔湘月〕《为倪米楼题〈芦中秋瑟谱〉》

云荒古汉，写愁漪、黯淡一奁秋镜。棹入芦花明似雪，人坐萧萧寒影。残叶敲灯，凉枝过笛，霜意添疏鬓。蘋洲按谱，玉丝风外凄紧。　　当日。画阁征歌，旗亭贳酒，冶习消除尽。小艇招鸥烟水曲，古调而今谁听。蒲绿裁帆，荷青制笠，结屋成渔隐。新知最好，浮家有约同订。

《芙蓉山馆词钞》卷二

4. 杨芳灿：

〔高阳台〕《又题〈梦隐词〉》

散帙消愁，支琴送日，一番惆怅谁怜。殢酒怀人，思量往事如烟。吟魂合伴梨云住，醒春愁、莫近啼鹃。向翩翩。蝴蝶前身，悟到诗禅。　　繁华弹指春明梦，把三分尘土，轻换流年。绿遍西泠，楼前春水浮天。镜塘香冷蘋花瘦，掩乌篷、雨外闲眠。任飘零，一枕瞢腾，都付游仙。

《芙蓉山馆词钞》卷二

5. 杨芳灿：

〔忆旧游〕《又题〈酒边花外词〉》

记回阑斗酒，小阁吞花，同款青尊。倚遍红红曲，认春衣零落，犹带香痕。回首六桥烟柳，浓绿已巢莺。消受年华，几番吟醉，惆怅前尘。　　家邻湖畔路，忆筵上横箫，歌罢囊笙。水榭潇潇雨，只画帘香暗，怕近黄昏。重省三生旧事，幽句惯题裙。尽刻意伤春，小桃树底深闭门。

《芙蓉山馆词钞》卷二

6. 吴衡照：

姜怡亭之词逸，倪米楼之词俊。

《莲子居词话》卷四

7. 严元照：

翼日，出其稿三种畀予。长调多者曰《芦中秋瑟谱》，曰《梦隐词》。清真婉约，掩绝流辈，番阳一瓣香，舍米楼其谁与归？又裒其小令，别为一卷，合取向芗林、王碧山之词名，命之曰《酒边花外词》。丽而不淫，雅而多姿，意不竭于句中，情弥永于言外。草窗效颦十解，视之殆有愧色。近世词家，长调多而小令少，犹作诗者之无五言四句也。若米楼，殆能出入南唐、北宋者矣。

《酒边花外词序》

8. 沈钦韩：

清风过箫，宫羽自应；灵云叩石，暗滥爰敷。族籁所乘，情文拟焉。米楼剪冰在壶，欧丝为锦。垂帘微雨，句识阿灰；流水横枝，书传觉范。蜡泪画堂，堪图秋思；橙香锦幄，最忆冬闺。盖握兰绮岁，即冠柳名篇。晓风残月，汲井皆歌；疏影暗香，吹箫重谱。章擅杨花，贺名梅子。岂特曲屏翠幌，怨彻晓行；绣鸭香鲈，感生秋泊哉。《酒边花外》集者，裒所作小令，同《花间》、《尊前》之例也。自《子夜》声还，《江南》弄作，袅袅斜风，山前白鹭，潇潇暮雨，林外黄鸡，歌板爰新，旗亭斯树。则有楼上山遥，伤心烟碧；钗头风袅，惹梦香红。春水已皱，玉笙犹寒，华采欲飞，哀艳独绝。今观此集，略具二端。若夫堂名万柳，歌有大梅，银屏妆竟，婢忆珠抛，晶枕睡回，客嘲钗失，凤皇衫裁，鸳鸯楼起。指三星于户外，唱五牛于座中。碧字双弯，共题眉史，红心百缬，要为琴笺。愿作弹筝，研罗裙傍，何妨执板，金缕衣围。于是五光十色，纸醉金迷。续妆楼之记，粹花草之编。思随曼渌同扬，调与哀弦共窈。既而弓衣空播，斗食难邀。落花一尺，逝水绵绵；明月二分，对人寂寂。珠帔梨云，麻鞵絮土。烛蕊楼边，依然氍毹；缯花鬓上，谩与殷勤。晁次膺新词谁进，于国宝残酒仍携。海棠开后，楚尾吴头；鸂鶒起时，一船两桨。芳草醉眠，古藤阴倚，枨触蝉联，又何能已？嗟乎！玉貌三千，结眉表色；春光九十，碾梦为烟。名士倾城，纤尘依草。当夫情浓于酒，才艳于花，滴粉搓酥，蹙金结绣，自谓千秋万岁，宁知五角六张？至柳绵吹老，掩抑红牙；苔钱看圆，低回钿阁。楚云成忆，罗帨重书，绮语未忘，欢悰日少。稿新红叶（和凝有《红叶稿》），人瘦黄花。蟋蟀灯昏，菰蒲雨壮。大都搔首，皆足伤心。岂必降王故国，传洗泪之言；怨妇空闺，号断肠之集？

《倪米楼〈酒边花外词〉序》（《幼学堂文稿》卷二）

9. 丁绍仪：

皃芗宗伯与余论及乾、嘉间词人……盛推仁和倪米楼（稻孙），谓倪词如枫亭荔支，甫向枝头摘下。

《听秋声馆词话》卷十七

10. 陈廷焯：

乾、嘉以还，縠人一时独步，而蓉裳、伊仲、次仲、频伽、米楼、荔裳、吉晖诸君，古风虽远，亦不在元人下。（卷十四）

米楼词，抑扬婉转中而字字沉静，深得南宋之妙。（卷二三）

《云韶集》

杨芸

杨芸（1774—1830）字蕊渊，江苏金匮（今无锡）人。杨芳灿长女，秦承霈室。幼承家教，博学工诗，善填词。曾辑古今闺阁诗话为《金箱荟说》，著有《琴清阁集》，词有《琴清阁词》一卷。

1. 郭麐：

蕊渊女士，中郎爱女，幼受四声，慧辨琴丝，妙修箫谱。《琴清阁词》，风美流发，在《片玉》、《冠柳》之间。生香女士，秀骨天成，隽思云构，冰雪比清，兰蕙其穆。《生香》一集与《琴清》相伯仲，而幽抑缠绵，似复过之，漱玉未能专美于前也。时俱从官京师，结社分题，裁红刻翠，青鸟传笺，乌丝界纸，都中士女，传为美谈。古云尝合钞两家之词，都为一帙，因得寓目。

《灵芬馆词话》卷二

2. 恽珠：

蕊渊幼承庭训，博学工诗，兼善填词，得元人旨趣。

《国朝闺秀正始集》卷十九

3. 杨夔生：

〔声声慢〕《题蕊渊伯姊琴清阁填词图》

阑空过蝶，镜暝遮香，新词写入瑶琴。袖引天风，楼高飞上秋声。无多几株梧竹，绿阴阴、都是凉云。吟正好、便题残花叶，古字愁生。　　那更窗深夜静，鬲余音、何处响玉泠泠。重谱苔笺，一笑冰雪襟清。慧心总如圆月，满湘帘、化作空明。弹更彻，趁露凉鹤梦未醒。

《过云精舍词》卷二

4. 杨惠承：

〔声声慢〕《前题用伯兄韵》

竹如人瘦，径与尘疏，猗兰弹彻青琴。冷绿吹香，风前树带泉声。玲珑画楼东畔，问高凭、第几层云。清昼永、展冰绡尺幅，衣袂凉生。　　静里闲情堪赋，更七条、弦外虚籁泠泠。字织红丝，凄然天远秋清。帘空不遮花影，放残阳、渐近窗明。歌未阕，莫惊他双蝶梦醒。

《过云精舍词》卷二附

5. 丁绍仪：

杨蕊渊表姑芸为蓉裳外祖女，著有《琴清阁词》，与李纫兰女史佩金《生香馆词》盛传一时，海内推为闺词之冠。

《听秋声馆词话》卷十一

6. 彭俪鸿：

《琴清阁、生香馆词集》者，梁溪女士杨蕊渊、长洲女士李纫兰之所作也。廊有响屧，本为雅丽之区；径可采香，旧是风流之地。以故红豆度曲，白纻按歌。斗草藏钩之俦，调脂傅粉之侣，莫不依蕙作质，将兰为心。落烟云于顷时，挽月露于尺素。裁剪花叶，咳唾珠玉，大江之南，闺阁多秀，由来久矣。若乃中朝世系，名族令媛，翩如织锦之才，婉若飞鸾之貌。生小侍侧，妙解琴声二弦；长成问名，能赋玉台一体。灵珠抱其径寸，慧业具于三生者，尤可得而言焉。盖蕊渊、纫兰者，杨蓉裳、李虎观二先生之淑女也。名人之子，雅爱吟诗，不栉之士，更工按拍。世有姻旧，时相过从。每至金阊月明，荻塘秋晓，三五之月流耀，第二之泉泻声。结伴瀹瓯，听雨剪烛，振佩鸣钏，刻羽引商。此如秦弄玉之箫，彼则擫湘妃之篴。此如陈女娲之瑟，彼则奏双成之璈。交唱叠和，设色选声，譬入广寒之宫，聆羽衣之曲，洋洋焉，盈盈焉，靡可得而轩轾也。顾蕊渊家似鲍姑，阀比班氏，老亲幼弟，蔚为哲匠，诸姑伯姊亦称宗工。柳絮之吟，无辍于佳日；花萼之集，有辉于闺中。沧海一洲，尽见麟角；丹山万里，俱为凤声。胜事惬心，高风悦志。故其为词也，若春云之在空，似蕙风之拂树。晴丝微飏，鸟韵乍和；群卉弄香，众葩扬馥，悠然怡人情也。而纫兰则自为新妇，遽赋远征。从公子而待亲，指长天而写怨。卫女思国，常感念于淇泉；班姬悲秋，益唏嘘于纨扇。永夜还家之梦，何处望乡之台。银缸在手而鲜欢，金缕发音而长叹。故其为词也，若木叶微敓，哀蝉始鸣；孤雁叫云，寒虫咽砌。收众响之瑟栗，并万态之萧索，不无愁叹之言，惟以苍凉为主。此则所谓调无伯仲，遇有差池者也。或者遂以为欢娱难工，穷愁易好，准此而论，不无绌忧。余谓不然，莺燕之遇阳春，草木之逢素节，飞语自得，摇落讵知。佛土之国极乐，人间之天长恨。要以异曲同工，殊途共轨。谱之笙簧而可咏，被之金石而足歌，斯堪尚耳。夫赤壁大江，晓风残月，作者异境，赏者异好。然罗帏女伴，绣幕风光，止以抒遣性情，挥洒兴会，必使操铁绰板，除玉莲环。有击筑拊缶之风，无拂草依花之致。兹又乖其面目，无当体制者矣。予昔居京师，曾识纫兰之母倪夫人，尚未知蕊渊与纫兰为同心友也。适夫子自锦城归，蓉裳先生以此二集属夫子，命予为序。予雅非知音，岂当顾误。念昔少日曾听红杏之词，迨今晚年空坐清绫之障。算能究其委原，聊为弁言，道厥崖略。庶览者知娘子之军，可独当一队；美人之赋，真堪并寿千秋云尔。

《琴清阁生香馆词集序》(《小檀栾室汇刻闺秀词》第一集)

7. 徐乃昌：

杨芸，字蕊渊，金匮人，户部员外郎杨芳灿女。同邑景州知州秦承霈室。幼受四声，慧辨琴丝，妙修箫谱。词风美流发，在《片玉》、《冠柳》之间。著有《金箱荟说》，皆古今闺阁诗话。

《小檀栾室汇刻闺秀词》

8. 吴克岐：

南陵汇刻《闺秀词》，每得十家，即刻一集，而此十家中，略以优劣次其先后。《然脂余韵》谓南陵取《蕊渊词》冠百家之首，非笃论也。

《词女五录·五录》卷六

9. 雷瑨：

杨芸字蕊渊，金匮人。蓉裳先生之淑女，适同邑秦承霈。幼受四声，慧辨金丝，妙修琴谱，词风流美发，在《片玉》、《冠柳》之间，著《琴清阁词》，又辑《金箱荟说》，皆古今闺阁词话。

《闺秀词话》卷一

10. 林庚白：

梁溪杨蕊渊，为逊清词人杨蓉裳之女公子，嘉、道间颇蜚声词苑，所著《琴清阁词》多才语……虽未可以方驾《漱玉》，要较《芙蓉山馆集》似已跨灶矣。

《孑楼诗词话》

邵广铨

邵广铨（1774—1821）字甄士，一字兰风，江苏常熟人。诸生。

1. 丁绍仪：

浙词多法姜、张，吴下则不然，然究厥指归，不外竹山、竹屋数家。昭文邵兰风茂才广铨所为词，于蒋尤近。

《听秋声馆词话》卷二十

张诩

张诩(1775—?)字勿诩，号渌卿，元和(今江苏苏州)人。师从吴锡麒，与郭麐交往甚密，与阮元、王昶亦有交往，长期依人作幕客，际遇困顿。有《露华榭词》一卷，收词八十余首。

1. 吴锡麒：

曩在扬州，渌卿以词来质余，余为题《摸鱼子》一阕，所谓付香弦，一声一咽，寻常歌吹全洗者，至今竹西人能诵之也。自后踪迹相左，遇合无期。伫星堠而涂长，眷烟波而道阻。相思千里，于今三年。迨辛酉秋，余于京师以请养将还，适渌卿书来，兼以词寄，自谓羁栖山左，依托幕中。乞食之箫，虽歇于市；歌鱼之铗，难免于弹。瑟缩衣单，缠绵妇病。小山桂冷，相府莲疏。惟此镂心钵肺之言少抒，感旧怀人之意缄题，有违凄惋何深。余时理榜欲行，停笺未答，及来鹢次，重检鱼封。值霜落空波，月沉远树，一灯孤袅，万虑毕澄。乃展所寄词而读之，叹其情结于幽微，韵深于幼眇。清同落叶吹入秋声，高若白云荡为水气。况复酒醒鸟啼之候，巢荒燕老之余，悴甚蕉心，染无柳汁，古调方戛，新愁已生。沁红烛而如啼，掩青衫而欲泪，而渌卿之词工矣，而渌卿之境苦矣。昔欧阳公序圣俞诗谓“穷而后工”，而吾谓惟词尤甚。盖其萧寥孤寄之旨，幽敻独造之音，必与尘事空交，冷趣相洽，而后托么弦而徐引，激寒吹以自鸣，天籁一通，奇弄乃发。若夫大酒肥鱼之社，眼花耳热之娱，又岂能习其铿锵，谐诸节奏？然而归昌之律莫采，娵娃之髢谁珍？吾且甚惜渌卿之词之工也。仆半生宦冷，一片毡粘。管城受封，相非食肉。《离骚》惯读，腹可忍饥，亦复寡茧丝抽，残蝉响结，颇耽琢句，未辍倚声。幸蒙美锦之投，敢少疏麻之寄。归将录其藁而悉献之，匪见猎而犹喜，只同病之相怜。倘座有法秀在乎，则曰："吾不惧师之所诃，而但恐鬼之所笑也。"

《露华词序》（《有正味斋骈体文》卷八）

2. 尤维熊：

每听旗亭唱渭城，却将古意度新声。

平生未识才人面，只记江南张渌卿。

《续评词四首》（《二娱小庐诗钞词钞》卷三）

3. 郭麐：

张渌卿诩，与余定交浙江学使云台先生署中。渌卿好为词，亦兼作香奁诸诗。余以辛稼轩事告之，劝其专致力于倚声，渌卿颇韪余言。其词好为秾纤侧艳之体，而清气自不可掩。（卷一）

渌卿与余别几十载，庚午八月相晤于吴门寓馆，以新刻《露华词》见示，其中大半皆与余倡和寄怀之作，所谓故人心尚尔也。（卷二）

《灵芬馆词话》

4. 吴衡照：

张渌卿诩尤能作苦语。真词中独辟之境。

《莲子居词话》卷四

陆姮

陆姮（生卒年不详）字鄂华，江苏长洲（今苏州）人。张诩室。

1. 郭麐：

鄂华工词，寄渌卿〔菩萨蛮〕词，含思凄婉，哀感顽艳，真伤心人语也。

徐珂《清代词学概论》引

2. 王蕴章：

陆姮字鄂华，长洲人，吴郡张诩勿诩之妻。少丁家难，绵视喘息。归张后，静好甚得，平居雅尚翰墨，尤工小词。寄勿诩云："人自不思归，布帆空解飞。多事是黄昏，替人催泪痕。"郭白眉志其墓，所谓含思凄宛，哀感顽艳者也。尝绣佛一躯，缀小字如珠，见者以为不类人所为。白眉以曹娥碑馈勿诩。陆之殁也，勿诩以碑为殉。

《然脂余韵》卷一

归懋仪

归懋仪（生卒年不详）字佩珊，江苏常熟人。巡道朝煦女，上海李学璜室。晚年结庐沪上。著有《绣余小草》、《绣余续草》、《听雪词》等。

1. 沈善宝：

佩珊词情致缠绵，〔南歌子〕《题渔笛图》云："水国清凉早，幽人逸思深。渔灯隐隐夜沉沉。瞥见横江一鹤度遥岑。　长笛飘来远，扁舟何处寻。四山风急老龙吟。吹得一丸凉月堕江心。"〔柳梢青〕《题倦妆图》云："仙貌如花。柔情似水，以月为家。长爪支颐，香罗覆额，云鬓欹斜。　盈盈二九年华。小颦蹙、愁耶病耶。倦绣心情，暮春天气，珍重些些。"〔金缕曲〕《和淑斋夫人月夜闻笛韵》云："韵绕楼高处。是谁家、夜凉人静，调宫按羽。天上瑶姬仙梦破，唤起新愁无数。更似水，月华当户。记向露桃花下立，和鸾笙、有各飞琼侣。听金箭，焚兰炷。　罗衣太薄愁风露。最凄凉、寒蝉金井，伴人羁旅。此味年年尝已遍，话到同心倍苦。况妙咏、冰壶玉箸。窗外雨声铃索响，更销魂、愁绝难成句。歌郢曲，遣谁谱。"〔踏莎行〕《春暮次语花女史韵》云："选韵寻诗，背等无语。黄昏几阵催花雨。陌头芳草绿成茵，断肠回首流光暮。　短梦成烟，乱愁如絮。罗衣暗淡销金缕。烧残宝鸦掩红窗，三月好景匆匆度。"〔凤凰台上忆吹箫〕《次玉芬夫人韵》云："别恨如潮，行踪似絮，客中生怕逢秋。正西风吹鬓，垂老多忧。多少鸿泥雪印，思放下、却又难休。更阑后，对将影雨，背着灯愁。　悠悠。别来消息，看鱼笺密字，红晕双眸。怅旧游，似梦云散风流。无限悲欢离合，难唱也，蓦上心头。浮云命，怜君自怜，着甚来由。"〔清平乐〕《十六夜听雨次圭斋春月韵》云：

“夕阳西下。月檐前挂。香霭空蒙花。梦惹此景，宜诗宜画。　轻寒一缕穿寮夜，深沉水添烧。桦烛清樽昨夕，昏灯冷雨今宵。”

《名媛诗话续集上》

2. 雷瑨：

常熟归佩珊夫人工诗词，有女青莲之目，龚定庵题其集云：“一代词清，十年心折，闺阁无前古。”又云：“红妆白也，逢人夸说亲睹。”所著《听雪词》，传世者凡二十首。

《闺秀词话》卷一

邓廷桢

邓廷桢(1775—1846)字维周，号嶰筠，晚号妙吉祥室老人，又号刚木老人，江苏江宁(今南京)人。嘉庆六年(1801)进士，选庶吉士，授编修。历官宁波知府，陕西西安、延安、榆林知府，湖北按察使，江西布政使，陕西、安徽、浙江巡抚，两广、两江、云贵、闽浙总督等。初以善析狱称，号能吏。后与林则徐同禁鸦片而名噪中外。道光二十一年(1841)，琦善撤沿海兵备，虎门失守，复追论廷桢，与林则徐同戍伊犁。释还后，授甘肃布政使、陕甘总督。卒于官。生平好士，任用名流，论学不辍，尤精于音韵之学。著《诗双声叠韵谱》、《说文解字双声叠韵谱》等书。事具《清史稿》列传卷一五六。廷桢诗、词、笔记均有名于时。与林则徐同气相应，诗词酬倡，后人编有《林邓倡和词》。自撰有《双砚斋词钞》二卷，《双砚斋笔记》中附《词话》一卷，今称《双砚斋词话》。

1. 宋翔凤：

先生持节数省，洁清自守，居处饮食，一如寒素，胸次坦白，耆欲尤鲜。惟于音律，殆由夙授，分刊节度，有顾曲风，而于古人之词，靡不博综。其自制词则雍容和谐，写其一往。纤犁之音，逖滥之响，与尘坌而共洗，偕风露而俱清。虽所存无多，而所托甚远。凡当大任者，必中有定识，斯外无疑。难举而措之，莫不如志。往昔明贤，雅歌不废，中夜起舞，由乎无所系参，遂能处之裕如。若小丈夫者，瞻前顾后，得此失彼，绝无操持，空有疑虑，窃处高位，以宽仁为迂，以吟诵为讳，掩饰弥逢，终至堕裂，此贤否之。所以殊涂难易之不容并论也。先生……言之和平，出以蕴藉。合生平之文笔，罔不归乎正。

《双砚斋词钞序》(《双砚斋词钞》)

2. 孙兆溎：

先生有顾曲之好，尤善填词。

《片玉山房词话》

3. 谭献：

甘剑侯主讲六安书院，寄邓嶰筠督部《双砚斋词》写本，其才气韵度与周稚圭伯仲。然而三事大夫，忧生念乱，竟似新亭之泪，可以觇世变也。(《复堂日记》乙酉)

邓嶰筠督部《双砚斋词》，宋于廷序之，忠诚悱恻，咄喈乎骚人，徘徊乎变雅。将军白发之章，门掩黄昏之句，后有论世知人者，当以为欧、范之亚也。(《复堂日记》戊子)

《复堂词话》

4. 郭则沄：

嶰筠乐府，寓希文穷塞之嗟。

《词综补遗序》

陆鎣

陆鎣（1775—1850）字胜修，又字募伯，号艺香，江苏吴江人。道光三年（1823）举人。在里中结吟香社。撰有《问花楼诗钞》三卷，另有《问花楼诗话》三卷、《问花楼词话》一卷。

1. 陈去病：

余刊《词徵》垂竟，友人陆仲英元鼎以其曾祖艺香先生《问花楼词话》见贻。余观其叙述源流，辨晰雅近，卓然自具特识，不觉称善者再。艺香词既散佚，不可复得，则是书也，宁可听其湮没耶？因重锓之，以广其传。

《问花楼词话》陈氏记语

江临泰

江临泰（生卒年不详）字云樵，安徽全椒人。嘉庆间庠生。幼精音韵学，后钻研数学、天文学，善造仪器。著有《弧三角举隅》、《中星图表》、《浑盖通诠》等，词有《煮石山房词钞》。

1. 金珉：

余客游几及三十年，而先生作客之日尤多。归里每不相值，故踪迹甚疏。暇日过访，欣然授读，惜遇知音者之晚。余读其词，知先生之造诣甚深。敷清丽之语而饶澹远之神，于律尤竞竞不失尺寸，洵推作者。

《煮石山房词钞序》（《煮石山房词钞》）

2. 汪甲：

词，诗之苗裔也。词之异于诗，人知之矣，而人不尽知也。诗本天籁以出之，以意为程，而辞之多寡赴焉。《记》曰言之不足，则长言之。长言之不足，则嗟叹之。乐之谓诗之谓也。至于词则有律、有调、有谱，如穴斯在，投之而实，以臆见增损焉不能。而又必命意远，用字便，造语新，炼句响，清气溢乎其中，余味包乎其外，此词之所以难也。吾乡江云樵先生……综其生平所为手钞一本示余，余读之而叹曰：是真词人也。是真能深达奥旨者也。是合周之典丽、姜之骚雅、史之句法、吴之字面而自成一家者也。余因而请曰先先生为词者有衫亭、棕亭两先生，今皆散佚。王述庵少司寇虽载入《国朝词综》，然终不及十之一，又何怪生斯里，为斯学者致疑先民之不爱也。先生著作多，而此诣尤为心得，盍刻以寿世，云樵辞以贫。噫，迩日能诗者有能词者鲜，能词者有知词之不异乎诗而卒异乎诗者，尤鲜。若云樵者旬锻日炼，竭历年心血，又从而汰其芜秽，删其质实，其全集竟不能流传海内，良可慨矣。

《煮石山房词钞叙》(《煮石山房词钞》)

3. 汪甲：

轻裁花骨，当描仙女之魂；巧制香奁，每讽才人之口。然而蓝田沧海，转乖锦瑟之题。何如长笛短箫，细缕金荃之谱。云樵先生所撰《妆台杂咏》廿首，远延龙洲之绪，近补竹垞之遗。剪水裁云，钩心斗角。金慵万仞，偏潜王母之台；银汉千寻，竟匿天孙之馆。自古修成七宝，妙写三中，岂少才情，无兹佳丽。仆也心伤塞北，肠断江南。华发未星，纵列金钗十二；画梁无月，谁贻牙管一双？触我柔情，早觅蔷薇之露；告君此日，不吟杨柳之风。

《煮石山房词钞跋》(《煮石山房词钞》)

孔昭虔

孔昭虔（1775—？）字符敬，号荃溪，山东曲阜人。嘉庆六年（1801）进士，授翰林院编修，官至浙江布政使。有《绘声琴雅词》二卷，一名《镜虹吟室词集》。

1. 黄燮清：

方伯词幽秀婉约，尘障一空。每诵一过，如在绿阴芳草间也。《国朝词综续编》

李佩金

李佩金（1775?—?）字纫兰，江苏长洲（今苏州）人，知州李邦燮女，山阴何仙帆妻。随宦成都时，结交女诗人许庭珠，随宦京都时结交女词人杨芸，后回江南，卒于杭州。著有《生香馆集》，诗词各二卷。

1. 郭麐：

蕊渊女士，中郎爱女，幼受四声，慧辨琴丝，妙修箫谱。《琴清阁词》，风美流发，在《片玉》、《冠柳》之间。生香女士，秀骨天成，隽思云构，冰雪比清，兰蕙其穆。《生香》一集与《琴清》相伯仲，而幽抑缠绵，似复过之，漱玉未能专美于前也。时俱从官京师，结社分题，裁红刻翠，青鸟传笺，乌丝界纸，都中士女，传为美谈。古云尝合钞两家之词，都为一帙，因得寓目。

《灵芬馆词话》卷二

2. 李佩金：

〔金缕曲〕《自题〈生香馆词集〉后，并寄林风畹兰》

往事思量遍。镜台前、双眉青斗，几时曾展？费尽心魂词百首，蚕老尚余残茧。认满纸、泪痕犹泫。珍重寄君红豆句，镇相思、何日还相见？知两地，共肠断。　　三生悔煞耽文翰。到而今、残笺剩墨，依然焚砚。骨肉远离知己别，对景不胜凄怨。料词恨、古今难免。烟水家山无恙在，到江南、重寻当时伴。算此外，无他愿。

《生香馆集》

3. 陈文述：

紫箫亲自按宫商，细腻填词更擅场。

石帚暗香追北宋，罗衾夜雨怨南唐。

吟成澹月疏帘下，写向春风玉镜旁。

百幅乌丝应倍惜，簪花亲仿十三行。

《题长洲女士李纫兰佩金生香馆集》(《颐道堂诗选》外集卷六)

4. 吴衡照：

近来林下之秀，无过于长洲纫兰李氏《生香馆词》，如鸟中子规，自是天地间愁种。

《莲子居词话》卷四

5. 梁绍壬：

李纫兰女史佩金，江苏长洲人，山阴何公子仙帆之配也。工词，著《生香馆集》，逼真漱玉。

《两般秋雨庵随笔》卷四

6. 梁德绳：

〔百字令〕《题〈生香馆词稿〉》

秋空琴响，是清商清徵，一般凄恻。虽乏钟期山水赏，略辨弦桐燥湿。兰秀空山，珠明午夜，露湿凉蝉翼。眉山未接，满襟芳意先袭。　为想结习薰修，浮幢香海，一寸灵心纳。我亦绛河曾梦去，欲访锦机消息。思比云忙，才如花艳，怕被天孙识。新词吟罢，几回惆怅胸臆。

《国朝词综续编》卷二十三

7. 顾春：

〔木兰花慢〕《题长洲女士李佩金生香馆遗词》

生香孤馆在，只燕子，旧巢安。怅左华右竹，东张西角，噩梦难圆。红豆词歌金缕，剩五更、残月照啼鹃。满目秾花野草，伤心落叶哀蝉。　妒花风雨护花幡，憔悴损芳颜。有秋雁新诗，簪花法帖，种种销魂。平生多情多病，更多愁、多怨苦缠绵。一旦悬崖撒手，茫茫流水空山。

《东海渔歌》

8. 彭俪鸿：

《琴清阁、生香馆词集》者，梁溪女士杨蕊渊、长洲女士李纫兰之所作也。廊有响屧，本为雅丽之区；径可采香，旧是风流之地。以故红豆度曲，白纻按歌。斗草藏钩之俦，调脂傅粉之侣，莫不依蕙作质，将兰为心。落烟云于顷时，挽月露于尺素。裁剪花叶，咳唾珠玉，大江之南，闺阁多秀，由来久矣。若乃中朝世系，名族令媛，翩如织锦之才，婉若飞鸾之貌。生小侍侧，妙解琴声二弦；长成问名，能赋玉台一体。灵珠抱其径寸，慧业具于三生者，尤可得而言焉。盖蕊渊、纫兰者，杨蓉裳、李虎观二先生之淑女也。名人之子，雅爱吟诗，不栉之士，更工按拍。世有姻旧，时相过从。每至金阊月明，荻塘秋晓，三五之月流耀，第二之泉泻声。结伴瀹瓯，听雨剪烛，振佩鸣钏，刻羽引商。此如秦弄玉之箫，彼则撅湘妃之篴。此如陈女娲之瑟，彼则奏双成之璈。交唱叠和，设色选声，譬入广寒之宫，聆羽衣之曲，洋洋焉，盈盈焉，靡可得而轩轾也。顾蕊渊家似鲍姑，阀比班氏，老亲幼弟，蔚为哲匠，诸姑伯姊亦称宗工。柳絮之吟，无辍于佳日；花萼之集，有辉于闺中。沧海一洲，尽见麟角；丹山万里，俱为凤声。胜事惬心，高风悦志。故其为词也，若春云之在空，似蕙风之拂树。晴丝微飏，鸟韵乍和；群卉弄香，众葩扬馥，悠然怡人情也。而纫兰则自为新妇，遽赋远征。从公子而待亲，指长天而写怨。卫女思国，常感念于淇泉；班姬悲秋，益唏嘘于纨扇。永夜还家之梦，何处望乡之台。银缸在手而鲜欢，金缕发音而长叹。故其为词也，若木叶微脱，哀蝉始鸣；孤雁叫云，寒虫咽砌。收众响之瑟栗，并万态之萧索，不无愁叹之言，惟以苍凉为主。此则所谓调无伯仲，遇有差池者也。或者遂以为欢娱难工，穷愁易好，准此而论，不无绌忧。余谓不然，莺燕之遇阳春，草木之逢素节，飞语自得，摇落讵知。佛土之国极乐，人间之天长恨。要以异曲同工，殊途共轨。谱之笙簧而可咏，被之金石而足歌，斯堪尚耳。夫赤壁大江，晓风残月，作者异境，赏者异好。然罗帏女伴，绣幕风光，止以抒遣性情，挥洒兴会，必使操铁绰板，除玉莲环。有击筑拊缶之风，无拂草依花之致。兹又乖其面目，无当体制者矣。予昔居京师，曾识纫兰之母倪夫人，尚未知蕊渊与纫兰为同心友也。适夫子自锦城归，蓉裳先生以此二集属夫子，命予为序。予雅非知音，岂当顾误。念昔少日曾听红杏之词，迨今晚年空坐清绫之障。算能究其委原，聊为弁言，道厥崖略。庶览者知娘子之军，可独当一队；美人之赋，真堪并寿千秋云尔。

《琴清阁生香馆词集序》（《小檀栾室汇刻闺秀词》第一集）

9. 沈善宝：

长洲李纫兰佩金，沧云府丞女孙，诸生何仙帆室。纫兰有《生香馆诗词》，《咏秋雁》有“千里归心随月远，一年愁思入秋多。入世岂容矰缴避，就人终觉羽毛轻”，为人传诵，称“秋雁诗人”。《生香馆词》律最细，深情雅韵，足可与漱玉抗手。

《名媛诗话》卷四

10. 况梅：

闺秀工词者，当推长洲纫兰李氏《生香集》为最。近从他书中，得其小令数阕，为郭频伽《灵芬馆词话》中所未识者，笙清簧脆，如鸟中子规，自是天地间愁种，真可娣视易安，《断肠》一集不足道也。

《词女五录·五录》卷六引

11. 丁采芝：

〔浪淘沙〕《题〈生香馆词〉后》

开卷便生怜，好句如仙。玉钗敲断梦难圆。如此韵华如此过，那得延年。　底事不成欢，月夕花天。怀人题遍衍波笺，个里伤心人不晓。说也凄然。

《词女五录·五录》卷十一引

12. 季兰韵：

天与清才继易安，珠玑吟待世人看。
拈毫细腻心如发，开卷芬芳气似兰。
十载意倾私淑久，三生缘浅识颜难。
今朝始把遗编读，何处仙山觅彩鸾。
兰闺韵事想当年，镂雪团香斗笔妍。
昭宪才华原伯仲谓杨蕊渊，崔卢眷属尽神仙谓查群玉诸人。
书摹东晋簪花格，词逼南唐乐府篇。
累我殷勤吟不倦，寒宵月落竟忘眠。

《读长洲李纫兰女史生香馆遗稿》（《楚畹阁集》卷五）

宋翔凤

宋翔凤(1776—1860)字于庭，江苏长洲(今苏州)人。嘉庆五年(1800)举人。官湖南宝庆府同知。《清史稿》、《清史列传》有传。翔凤弱冠后始游京师，从张惠言受古今文法，为其经学弟子之一，是著名学者、古文家，著有《浮溪精舍丛书》，学识才情均属当时一流。兼工诗词，以填词之道，补诗境之穷。在其师张惠言逝世后，尝问词于江都汪全德。著作有《论语说义》、《孟子赵注补正》、《尚书说》、《五经通义》、《忆山堂诗录》，词有《浮溪精舍词》，内含《香草词》、《洞箫词》、《碧云庵词》各一卷。又有词话《乐府余论》一卷行世。

1. 宋翔凤：

余弱冠后，始游京师，就故编修张先生受古今文法。先生于学皆有源流，至于填词，自得宗旨。其于古人之词，必缒幽凿险，求义理之所安，若讨河源于积石之上，若推经度于辰极之表。其自为词也，必穷比兴之体类，宅章句于性情，盖圣于词者也。还而自念，方粗疏其心，眩瞀其境，不敢以鄙倍之未化，轻涉藩篱也。后间为歌诗，以示工部汪君小竹。汪君亦工词，因为余言：凡情与事委折抑塞，于五七字诗不能尽见者，词能长短以陈之，抑扬以究之。盖穷居则气郁，气郁则志衰，志衰则虑乱，虑乱则词碎。而能归之节奏之微，道以声音之变，各使就理，靡不开畅。又能包含蕴藉，不尽其声，俾皆平其气以和其疾。是以填词之道补诗境之穷，亦风会之所必至也。又于白下遇教谕丁君若士，以为余诗时与词近。跃跃欲为，犹未敢也。数年以来，困于小官，事多不偶，既不能骫骳以合流俗，又不能枯槁以就山林。不平之鸣，托之笑傲，一往之致，消以沉湎。略曲谨而思弃，视龃龉而谁与？于是行事之间，动遭蹇难，议论所及，娄丛谗讥，故人旧游，或相告绝，幸为太平之人，不撄罗网之累。然身心若桎梏，名字若黥劓。古之穷士，抚榛莽以兴叹，送回波而欲泣。考吾所遇，一皆备焉，非假涂于填词，莫遂陈其变究。因本师友相益之仪，求诸唐宋诸贤之作，称义选辞，审音问律，万未得一，下笔不休。春无关于飞鸟，秋无关于候虫。有感于气而不自知，有动于中而不自觉也。念以顽硁，动多感慨，然承旧德之余，而闻达人之论。轻薄之行，素鄙于中怀，妙喻所触，每寄于即事。使以溱洧之简芍，媲沅湘之兰芷；取屠沽之面目，合伶籍之形迹。其事若出于一条，其趣自睽乎千里。识沉沦之可悲，谅疏狂之有托。是在存其篇章，辨其意指矣。乃编定旧作，为《香草词》二卷，期敛散越之意，约以宛转之言，出之靡尽而留其有余。庶几掉臂忧患之中，游鞅尘埃之外。苟得之于微妙，非小慧之及知。则愿与同志之士由其声律，精乎神理，离合之际，更有万端也。

《香草词自序》(《香草词》)

2. 谭献：

近世经师惠定宇、江艮庭、段懋堂、焦里堂、宋于庭、张皋文、龚定庵，多工小词。

《复堂词话》

3.《续修四库全书提要》：

清代经师之词，竹垞、茗柯，造成风气，并享高名，有所自来。余若严元照、凌廷堪、江藩、刘逢禄、冯登府、宋翔凤诸人，初非专心为词，而语意婉妙，工力湛深，殊不可及，惜并为经术所掩也。

《柯家山馆词提要》

4.《续修四库全书提要》：

翔凤词学，虽源于常州，然最尊白石。其《乐府余论》，谓词家之有白石，犹诗家之有杜少陵，可以知其旨趣。故其词，略近南宋，其间佳制固有，而可删者亦正不少，此则贪多之累矣。

《香草词、洞箫词、碧云庵词提要》

5. 卢前：

〔望江南〕

书余论，词话启于庭。应与月坡称合璧，后来七子更专精。吴下有新声。

《饮虹簃论清词百家》（《清名家词》）

刘逢禄

刘逢禄(1776—1829)字申受，号申甫，又号思误居士，江苏武进人。嘉庆十九年（1814）进士，改翰林院庶吉士，散馆，授礼部主事。道光四年（1824），补仪制司主事。卒于官。生平事迹见《清史稿》、《清史列传》。逢禄传承家学，是清代著名经学家，经学著作甚夥，著有《尚书今古文集解》、《左氏春秋考证》、《公羊春秋何氏解诂笺》等。曾辑选《绝妙好辞》二十卷、《词雅》四卷。

1. 谭献：

礼部经学渊源皋文、方耕两大师。《易》、《书》、《公羊》，可云卓尔。而凌云辞赋，揖让马扬。倚声之学，犹复洞究源流。尝撰《词雅》五卷，八十家、三百首，自叙以为“唐、五代、宋所传，才士名卿，闳意眇指，正变声律具矣”云云。集中词只七首，亦所谓善易者不言易也。《词雅》一编，不知传写尚有其人否。(《箧中词》)

《复堂词话》

2.《续修四库全书提要》：

清代经师之词，竹垞、茗柯，造成风气，并享高名，有所自来。余若严元照、凌廷堪、江藩、刘逢禄、冯登府、宋翔凤诸人，初非专心为词，而语意婉妙，工力湛深，殊不可及，惜并为经术所掩也。

《柯家山馆词提要》

王衍梅

王衍梅(1776—1830)字律芳，号笠舫，浙江会稽(今绍兴)人。嘉庆十六年(1811)进士。以得罪要人失官。及选广西武宣令，又因招同人集戏园观乐而遭言官弹劾，改广文，病殁于广西桂林。笠舫早年受知于阮元，擅古文辞，而骈体文尤精邃，名噪江浙。其诗词天才横逸，沉博绝丽。洪亮吉尝以国士目之，作《王先生行》诗相赠。著有《绿雪堂遗集》，有《绿雪堂词》一卷。

1. 丁绍仪：

会稽王笠舫明府衍梅，以嘉庆辛未进士出宰武宣，未几罢官，卒于粤。著有《绿雪堂诗词》，绵丽不让冯柳东大令，而笔势尤矫健。

《听秋声馆词话》卷十七

乔载繇

乔载繇（1776—1836）字孚先，号止巢、信斋，江苏宝应人。诸生，性恬淡，年三十即弃举业，家有吾园，富藏书，肆力于诗词。著有《妙华仙馆诗》、《学读书斋诗》，词有《裁云馆词》二卷。

1.《续修四库全书总目提要》：

载繇尝谓两宋以后词体割裂，有明三百年来唯诚意伯不骫于正，我朝自小长芦芰纤刈仄，集长短句之大成，词学昌明，罕有伦比。此可知其为词之旨趣矣。载繇最善草窗《绝妙好辞》，故全集清新雅饬，王敬之谓其词于古在竹山、蜕岩间，王晓谓可以追踪白石、玉田，皆友朋阿好之辞，不可为典要。其崇尚浙西，广以南宋，则合于事情矣。是编为敬之勘定，然观其所作，以视敬之，不独无愧而已。

《裁云馆词二卷提要》

黄本骐

黄本骐（1776—？）字伯良，号花耘，湖南宁乡人。嘉庆十三年（1808）举人，官城步县学训导。著有《三十六湾草庐稿》十卷。

1. 张德瀛：

黄花耘本骐词，如舒锦临风，烂然入目。宁乡人，有《红雪词钞》。

《词徵》卷六

李堂

李堂（？—1831）字允升，号西斋，浙江仁和人。少学诗于朱彭。深于词学，著有《梅边笛谱》、《蓬窗剪烛集》各二卷。有《冬荣草堂集》三卷。

1. 吴衡照：

吾杭近日工词者，琴坞、华海而外，李西斋堂之学为最深。《梅边笛谱》，精整圆洁。〔天香〕《岁暮将归城西，赋别斋前梅》云云；〔高阳台〕《春晚养痾杜门，偶至湖上花事已阑》云云，又《城北沈氏园古桂》云云，〔琵琶仙〕《访严修能不值》云云，〔解语花〕云云，非浅涉其藩篱者所能到。

《莲子居词话》卷四

戴鉴

戴鉴（?—1837后）字赋轩，一字石坪，号石屏，山东济宁人。生活于道光间。有《泼墨轩词》三卷，与同名诗集合刊。

1. 许夔臣：

词为诗之余，即乐府之遗意也。诗亡而后有乐府，乐府阙而后有诗余。或以为文人小技者，殆未溯其源流耳。杨用修以青莲〔忆秦娥〕、〔菩萨蛮〕二首为开山词祖，不知陶弘景有《寒夜怨》、梁武帝有《江南弄》、陆琼有《饮酒乐》、隋炀帝有《望江南》，六朝时已多佳制。厥后自唐至宋，其风益盛，随分艳冶、豪荡两派，而姜白石、张玉田、史梅溪、蒋竹山诸人又洗尽鬖秾，归于冷艳。五百年来，此为正宗也。吾友戴子石坪，才思艳发，风流蕴藉。其为词，不拘体裁，蹈扬湖海，则笔阵纵横；烘写闺襜，则情思旖旎。而格调清新，尤入白石、玉田之室。兹以其《泼墨轩词》属余一言弁其端，盥手细吟，觉冷光翠色，参差行间。自愧频年来虽潜心音律，未能尽平其技。今读石坪词，含咀寻味，有会心于字句之外者。吾当拍檀板、拨铜琶与石坪倚声于花台月榭，绛猎绿樽间也。

《泼墨轩词序》(《泼墨轩词》)

2. 王度珊：

〔望海潮〕《奉题石坪先生大人大稿》

菡萏添香，蔷薇盥手，芸窗静读新篇。戛玉敲金，移宫换羽，琤琮铁板铜弦。笔大果如椽。爱词填春柳，尚在髫年。如此才华飘然，那让李青莲。　而今白发盈颠，犹佳章璧合，好句珠联。横放名家，青妍成韵，苏辛周柳齐肩。书画妙天然，更笔飞墨舞，轶后超前。愿学王猷，时时相访话真诠。

《泼墨轩词》

3. 谢章铤：

《泼墨轩词》三卷，济宁戴石坪鉴撰。与其诗合刻，虽少深思，亦无累句。

《赌棋山庄词话续编》四

沈莲生

沈莲生（生卒年不详）字清爱，号远亭，浙江平湖人。官安徽阜阳县知县。有《香草溪乐府》二卷。

1. 屈为章：

远亭词屏绝秾纤，独抒清隽。

徐珂《清代词学概论》引

2. 黄燮清：

远亭词旨幽微，宜于秋灯疏雨时诵之。

《国朝词综续编》

3. 杨夔生：

沈远亭莲生明府出示所著《香草溪乐府》，格调谐婉，琢语峭艳，吟诵竟夜，为之心折。

〔一萼红〕词序（《真松阁词》）

汪潮生

汪潮生(1777—1832)字汝信，一字饮泉、余泉，号冬巢居士，江苏仪征人。乾隆六十年(1795)副贡。潮生生平无他好，唯以词画自娱。为词好学清真、玉田。与同里王僧保为词友，两人集中多有唱和。著有《冬巢诗集》，有《冬巢词》四卷，存词二百六十一首。

1. 江藩：

〔声声慢〕《题汪饮泉秋隐庵填词图》

霜凋老树，叶落茅庵，四围山色如屏。冷淡生涯，商量减字偷声。一瓣香熏白石，谱新词、笛怨琴清。笑伧父、歌楼酒社，浪得虚名。　　休唱大江东去，有玉奴无赖，惯按银筝。度曲尊前，将红豆、记分明。幽人惯多悲怨，解闲愁还倩卿卿。抛象管，驻歌喉，秋思满庭。

《扁舟载酒词》

2. 乐钧：

〔念奴娇〕《题汪饮泉秋隐庵填词图》

客窗秋老，但井梧篱菊，冷闲相媚。一管生花兰蕊笔，蘸取小红眉翠。雁夜摹声，鱼天绘色，写入宫商里。酒边低唱，有人时醒时醉。　　怜我滴粉名虚，裁云计拙，短笛凭谁倚。几度垂杨堤上望，好片六朝山水。冷月虹桥，丛祠社鼓，自古填词地。江南江北，费人多少才思。

《断水词》卷一

3. 包世臣：

扬州专力词学，自冬巢汪君。冬巢受法于吴祭酒，祭酒于词尚傅色，其气浊，其格靡，以腻、浮为能事。冬巢力能摆脱本师，求诸两宋以自立。

《为朱震伯序〈月底修箫谱〉》（《艺舟双楫》）

4. 谭献：

《冬巢词》粹美无疵，深入宋贤之室。（《箧中词》）

《复堂词话》

5.《续修四库全书提要》：

其词不宗一家，精深华美，声调高朗，而笔势飞舞，直入宋贤之室，当时一作手也。

《冬巢词集提要》

姚椿

姚椿（1777—1853）字子寿，又字梦榖，号春木，一号鲁亭，江苏娄县（今上海松江）人。四川布政使姚令仪之子。少精声律，以国子监监生应顺天乡试，屡试不售。与洪亮吉、杨芳灿、张问陶等交游，道光元年（1821）与彭兆荪同举孝廉方正，固辞。一生历主河南夷山、湖北荆南、松江景贤等书院。工诗文，有《通艺阁诗录》、《晚学斋文录》，并编选《国朝文录》八十二卷。有《洒雪词》三卷。

1. 姚椿：

予幼时自诗外复喜为词，多赋本意，以为有合古人无题之旨。中年后刻意诗古文辞，聊藉此为人事酬应。然每遇情事曲折，诗不能尽者，辄以倚声歌之，而怀贤思古、游览寄兴之作亦多见焉。友人或规之、或誉之，皆笑谢而已。惜翁少亦尝涉此，后以王凤喈光禄言，乃辍弗焉。夫专力则精，杂学则疏，此盖天下之至言，而吾乃取翁所弃置者为之不已，岂为能改过者哉？虽然，文艺者，大道之末，词又文艺之末。吾既从事文艺矣，其为词苟不至放僻邪荡，大有害于名教，是亦道中之一端，而又奚择焉？予于词家多所好，略如诗。然于前人，尤好辛稼轩、张叔夏，近人则陈其年检讨、吴榖人祭酒为私嗜焉。昔述庵侍郎究心词学，每以姜、张为极轨，本朝则推朱检讨锡鬯、厉征君樊榭；惜翁亦言词学盛于浙中。予称词不尽同于两先生，然亦不至甚背。

《词录自序》

2. 丁绍仪：

春木……所著《洒雪词》，如食哀梨，清脆无比。

《听秋声馆词话》卷六

汪初

汪初(1777—1808)字绛人，一字问樵，浙江钱塘(今杭州)人。幼从许宗彦学，年十七补诸生。屡赴乡试不售，以坐馆自养。后入都捐资为库大使，试仕于蜀，以军功补县丞，未仕而卒。事具许宗彦撰《本传》及《杭州府志》。工诗词，为青浦王昶称赏。有《沧江虹月词》三卷行世。

1. 张德瀛：

汪绛人初词，如筑石邀云，自含清致。钱塘人，有《沧江虹月词》。《词徵》卷六

2. 《续修四库全书总目提要》：

初天资颖发，通敏精锐，词殊清丽婉雅，颇似张郎中、晏小山。最后〔浣溪沙〕十阕集玉溪生句亦颇自然，见赏于王昶，有由来也。惟慢词气力时虞竭蹶，盖诗词皆缘自性情，发于人者，可验其气；著于竹帛，即谓之音。气机短促，岂天年不永之征耶？

《沧江虹月词三卷提要》

董国琛

董国琛（1777—？）字珍南，一字子珍，号琢卿，江苏吴县人。嘉庆十二年（1807）举人，官鄜州州同。著有《香叶山馆词》一卷。

1. 戈载：

琢卿名国琛，吴县人。戊辰孝廉。与予相识久，复申之以昏姻，朋情戚谊，欢洽无间。其家有十二碧琅玕仙馆，酒场吟社，皆集于此。诗词隽逸，无尘俗气。饮兴最豪，予尝与之角量，愧弗如也。屡上春官试不第，乃就职州同。单骑赴陕西鄜州之任，落莫无聊，适遇裁缺，更深郁结。遘疾遂卒。其棺至今犹在白公祠怀杜阁下。

〔忆旧游〕《感旧词五首》（其二董琢卿）小序

黄安涛

黄安涛（1777—1848）字凝舆，号霁青，浙江嘉善人。嘉庆十四年（1809年）举二甲一名进士，历官江西广信、广东高州、潮州等地知府，晚年主讲鸳湖书院、安澜书院。著有《诗娱室诗集》、《息耕草堂诗集》、《真有益斋文编》等。有《绿笺词钞》。

1. 黄燮清：

〔湘月〕《题宗叔霁青太守安涛〈绿笺词钞〉》

晚窗展卷，认裁金轧玉，周柳情思。携向旗亭待付与，扇底小鬟偷记。引笛寻腔，挑灯读艳，几串珍珠字。两三蝴蝶，隔花残梦惊起。　　自叹十载填词，香愁翠语，耐孤吟滋味。白眼红尘定笑我，年少清狂如此。石订新缘，箫联旧谱，幸结闲鸥契叔自号“闲鸥盟主”。相思飞度，魏塘一片烟水。

《倚晴楼诗余》

2. 姚燮：

慨自雅管风沦，大镛蠡废，六同差黍，三调逸匏。浮腾累跪之容不通于龠，飙厉轩磕之趣不傅于弦，麟楥者其辞，蛩唧者其响。于是有俳步《兰畹》，滥觞《金荃》。席冶以穷淫，投媟以匿秽。泥犁咫尺，诩为瑶想，巴延攕俗，饮若兰醪。否或刻棘肖人，镂冰似鄂，椎凿泡影，驰立脆焦。涂膏揜瘢，许西子艳翕之醜；补绣成衲，惊天吴翠粲之衣。更有睥睨空虚，唾弃烦絮，阴池不砥，砏汃失流，高秋有风，骇猎无涘，以衍溢为豪迈，以鄙近为清真，元律其沉，用吾喟焉。霁青太守丈兀岸河朔，仪光斗山。菡萏九葩，内濯仙腑；虹緺四字，外瑑朗神。石渠承明之才，绮岁抗李；隼旟尚书之曲，英尘撷韦。间为长短之言，力洗筝琶之俗。青蚕思缛，出入九章；碧鸡辨雄，笙簧六代。当其夕绮抉芬，春小系梦，笛尾涕下，烟心醉慵。延睩水以荡怀，引眉丝以结语。背花凭镜，纤鬌窣波；兜燕坐衣，素肩横雪。离合者影，婵媛其姿。至曼难镌，极娴可抚。为之犀梳栉玉，毚管题纨。罗帐灯昏，三更画楼之雨；横塘月落，一笏遥天之峰。盖绮而不靡，情之止乎义也。风骚斯擅，体缋亦工。扬造化为波澜，植理庽为根柢。搓云接线，游丝袅来；捣麝和尘，鞠香浮去。涂鹈削剑而真宰愁权，引蚁穿珠而鬼工妒巧。都尉之鸳鸯比翼，魏收之蛱蝶五铢。张郎花影之弄，柳婿微云之抹。罔不洁逾水瀹，灿拟觚雕。阳和蓄于寸心，优昙喷薄；萌甲孕于寸楮，勺药蝉嫣。盖典而不滞，韵之余于文也。而况宦游三十年，足迹半天下。落日帆影，群峦翠横；明霜羸铃，千里沙远。凡夫上谷、渔阳之郡，金陵、武昌之都，六诏、三巴之乡，百越、五陵之地，耳目牂牁，梦寐滟滪，清节所驻，古怀与迎，狎潮侣鸥，摩栈听虎。更或眦决汉唐，掌收淮楚。黄河远上，春杨不青；乌鹊南飞，大江皆白。露莼天末，亦有季鹰之思；风絮城头，讵无方回之感。纡回闲郁，伉爽聿抒。则又壮而不浮，气能摄乎神也。要其汰语去滓，敛声入微，西夏、番阳，陶为一范；《侧帽》、《延露》，向其同馨。春水缠绵，红杏华贵。茹商吐角，无愆乎大晟；量孔斠丝，不弛乎正旨。用是式斐桦，砭緾冤，衮先声，裾后起，吾知犹响之于谷，若影之在随云尔。

《黄霁青太守绿笺词序》（《复庄骈俪文榷》卷四）

袁通

袁通（1778—?)字达夫，号兰村，浙江钱塘(今杭州)人。袁枚子。诸生。曾官河南汝阳知县。以词闻于世，又喜丹青。事迹见《杭州府志·袁枚传》。其词出入浙派而济以性灵情趣，与郭麐等人唱酬甚多，为浙派后期著名作家之一，有《捧月楼词》二卷传世。其与杨伯夔、杨蓉裳、陈文述诸名流唱和所成《燕市联吟集》，与汪海门、金雨芗相唱酬所成《讨春合唱》两集，今未见。

1. 杨芳灿：

兰村之诗清工遒上，不坠宗风。而尤肆力于词，标举性灵，激扬钟律，葩华萍布，金丝引知。盖风雅一家，夙承庭训；江山六代，仍作寓公。闻歌石子之冈，最怜昙首；邀笛冶城之步，每忆桓伊。吊结绮之废墟，访华林之旧址。斜阳小巷，寂寞莺花；流水长桥，飘零金粉。渡荒桃叶，湖冷莫愁。独梦无悰，薄游易感。爰寄情于锦瑟，时托意于金荃。渺渺焉，逸逸焉，宜其情之一往而深也。嗟乎！白门昔别，郎君才缀凤之年；紫陌重逢，才子擅雕龙之目。西州涕泪，方怆羊昙；南国声华，复推袁虎。话水天之旧事，续香火之前缘。怅望吴关，歌呼燕市，发箧而窥丽制，击钵而斗清吟。新秋过酒，徙倚凉云；寒夜停镫，流连艳雪。江花秃尽，愧我衰迟；邱锦裁成，输君佚丽。寻古迹于遗台老树，按新声于直笛横箫。玉靴翠袖，记妍唱于旗亭；斑管蛮笺，写幽思于乐府。一篇跳出，四座传观，自谓穷幼眇之致，极酣嬉之乐焉。兹者春流浼浼，客路迢迢，劳人遂捧檄之欢，良友有分襟之恨。习彦威初为从事，鲍明远自署参军。君营薄禄以无嫌，众为高才而称屈。所喜一带春江，家邻建业；二分明月，官爱扬州。竹西之歌吹依然，板渚之烟波如昨。当日借秋声之馆，谱琴雅之词，固樊榭先生旧游地也。水村山郭，合住名流；画舫红桥，又招词客。他日过放萤之苑，登斗鸡之台。玉钩香冢，点点飞花；禅智山光，泠泠仙梵。于以极远目、荡遥情，抚幺弦、吹急管。《花间》、《兰畹》，无以逾其丽；蘋洲、竹屋，不足比其清。当与樊榭异曲同工，各臻妙境。

《袁兰村捧月楼词序》(《芙蓉山馆文钞》卷四)

2. 杨芳灿：

嗟乎，湘灵鼓瑟，曲终人去之悲；子野闻歌，叹逝伤离之感。黄华一阕，春树鹃呼；碧血千年，秋坟鬼唱。平池废苑，愁听雍门之琴；斜日寒水，怆赋山阳之笛。锦字销磨于白蠹，钿筝露落于寒灰。不遇知音，谁传绝调？此袁子兰村所以有《三家词选》之辑也。

《三家词序》(《芙蓉山馆全集》卷五)

3. 钱枚：

(兰村袁子)出《春影词》示余，且索序焉。受而读之，闲舒都雅之韵，靡曼艳佚之篇，精妙无双，致态横出。原夫南唐乐府，最工小令；北宋诸体，并擅清辞。花光本取其温柔，蝶意无妨于轻薄。兰村美士为彦，川气浮光，住六朝金粉之场，手一柙文犀之笔。行行醉墨，引红粉以惊看；寸寸回肠，比青溪而更曲。斯诚用意贵巧，竞体生芳矣乎！若乃雌雄金谶，左右风裹，春偶留痕，秋原无影。鸠醉伤性，或深致其于嗟；蟹行索妃，亦旁通乎比兴。寓言连犿，缘情绮靡。闲居无俚，辄唤奈何。大都酒醒灯灺之时，属成荡魄消魂之句。樊南所云“虽涉篇什，不接风流”者欤！

《捧月楼词序》

4. 郭麐：

兰村袁子，其先人随园先生以诗古文雄一代，独生平未尝为词，兰村颇甚好之。盎然而春和，凄然而秋思。丰情绵态，曼视远指，工于朋友赠留别、离往复之言，未知与古谁比，要非今世之士涂肥腻以为之者也。

《捧月楼绮语序》

5. 郭麐：

袁兰村少时喜为侧艳之词，余尝为之序，未敢许也。后见所刻《捧月楼词》，居然大雅。前所见者十不存一二，因叹其竿头之日进也。余尤爱其“落花和酒咽，心里葬春多”十字。（卷一）

世之论词者，多以秾丽隽永为工，灯红酒绿，脆管幺弦，往往令人倾倒，然非词之极工也。吾友兰村，少善倚声，体多侧艳，及刻《捧月楼词》，则一归于雅。余前既已言之矣，要其尤工者，则在于友朋离合、死生契阔之间，非近人所能仿佛。其集《绿伽楠精舍追感谢庵与邵兰风联句》〔摸鱼儿〕一阕，可谓惊心动魄，一字千金者矣。（卷二）

《灵芬馆词话》

6. 陈文述：

夫霓裳十队仙璈，无独用之音；龙镊千丝云锦，有相彰之采。故长庆以两家标体，汉上则三子同编。荆潭赠答，序乞昌黎；松陵唱酬，句赓皮陆。联吟之作，由来尚矣。诗既有之，词亦宜然。袁子兰村……昔尊甫简斋先生绨椠万轴，著述百家，独倚声一体缺焉。兰村以绣虎雕龙之笔，写初莺早雁之思；以搓酥滴粉之情，试摘艳熏香之手。《捧月楼》一编，非巧占余地，正善承家学也。朅以需次都门，薄游辇下，东音西舞，酒人挟瑟之场；北烛南油，娇女观灯之所。……亦有宫荒碣石，处处斜阳；台没黄金，年年芳草。……流连胜迹，凭吊前朝；睇远销魂，临风写怨。则有青衫羁客，斑管才人，解唱菖蒲，工吟芍药。微云残月，咸登秦、柳之堂；铁板铜弦，各据苏、辛之席。每当隔城钟动，小阁灯来，星卷疏帘，风停画烛。既命俦而啸侣，复对酒以当歌。窥屏则影瘦唐花，隔座而香销燕玉。怨红盐兮雨碎，催白纻以凉新。同赓长短之吟，各倚浅深之醉。莫不引商刻羽，荡气回肠。搜往迹于断粉零香，寄逸思于酒旗歌扇。仙云欲起，艳雪争飞。可谓极镂玉之胜场，尽雕璃之能事矣。某清惭白石，艳逊金荃。嚼蕊吹花，快与分笺之会；剪红刻翠，尤耽侧帽之吟。何图旧雨方殷，而停云又散。扬州月好，长江水深。兰村听子夜之箫，续丁帘之梦，或亦托乌丝而寄远，拈红豆以怀人乎？萧寺花飞，芦沟柳短，春阴似□，别绪如丝。催一曲之骊歌，怅三生之鸿迹。玉人天际，能不惘然？隍引凄迷，离心郑重。城南贳醉，尚留我辈之词场；江左题襟，好续君家之诗话。

《燕市联吟集序》（《燕市联吟集》）

7. 陈文述：

海内仰随园，尊之若山斗。

伊人有家学，不绝悬河口。

一卷捧月词，微吟继秦柳。袁兰村参军通

《滦河行馆秋夜怀都门友人》（《颐道堂诗选》外集卷三）

8. 孙兆溎：

袁兰村通善填词，随园一脉，风流尚未堕也。有《捧月楼稿》行世。

《片玉山房词话》

9. 龚自珍：

袁丈兰村手《讨春合唱》一册，命缀里言。拜命甚宠异，不敢以不文辞。金荃旧裔，铁拨新唱，选玉多丽，听春得声。其辞之工、藻之逸，则既读而善之矣。原夫金陵固绮曼之郡，随园又才俊之薮，海内之士，感稔慕之。自太岁在己，哲人云萎，十六年来，风气未歇。园亭无恙，宾从弥贤。兰村先生袭好客之家风，试填词之绝乎？则有马子棣原、金子雨香诸君相与搜剔幽微，浩唐今古。桃花潭侧，不乏连臂之人；剪刀池畔，尽有独吟之客。蘋洲笛谱，既闻嗣音。梅溪绮语，复绍新响。坐好花而商字，酌大酒以醺愁。征芝则柏悦，叩宫则商应。盖惟一堂之上，天遣聚于传人；所以百首之中，人难疵其只字。友生之乐，文字之选，二者交美，吁可羡也。无何尘境催人，粗宫恋我。布帆十幅，日日送行之舟；大糈三升，岁岁催名之檄。征人北去，孔雀南飞，坠欢云鲜，艳约不再。飘飘乎风之流，浩浩乎叶之散矣。莫愁堤下，大有零香；燕子矶边，宁天坠粉。江花瑟瑟，湖水泠泠。烟云黯淡，怀人古渡之天；草树凄迷，制别断桥之浦。回头不见，极目都非。而乃牢落新愁，飘零去梦，今雨来而旧雨愈杳，故花谢而新花不妍。写怀则亲懿莫从，遣绪则潦倒而醉。能无触思萦心，感慨系之也乎？际此发春令序，选胜佳日，酒影空碧，灯痕不红。遂乃博搜陈迹，杂录绮制。颜曰合唱，都为一帙。亦所以志乐事、助俊谭也。

《讨春合唱序》(《讨春合唱》)

10. 汪端：

己未之秋，吾友邵寿民舍人持《春影词》一卷示余曰："此袁子兰村词也。词得正宗，清艳如雪，绮而深，柔而不东，是能遂于情者。"余乃豁然起曰："兰村，固余饥渴怀之愿一见其词而未得者，经年而始见，数之奇也。"……兰村笃于情，怀人赋物诸阕，有遗妍而无停韵。

《捧月楼词序》

11. 李渠：

晓风残月，昔年恨别江南；镂玉雕琼，此际词传日下。溯大宗于樊榭，余杭本绮缛之乡；征小令于南唐，白下亦词章之薮。兰村武林彦士，仓山寓公，学富青缃，歌传白苎。选胜过秋声之馆，修辞谱春影之篇。此固寿世才华，自刊梨枣者也。若乃爱六朝胜地，骚坛再建于搜邱；绍一席名山，韵事重联于复社。群贤毕集，古调同拈。妍唱分填，新词共简。想其援翰泉流，擘笺云起，托兴在春江夜月，放怀于故国留都。寻紫陌之莺花，扶来残醉；对青林之虬树，写遍斜阳。鹫岭探春，梅前分韵，莲池修禊，竹里闻箫。一曲骊歌，南浦下征人之泪；数言蒿诔，西川惊葬玉之铭。体物则密而不纤，造情则丽而不溺。此倡彼和，前喁后于。思乙乙而各抽，语申申而并茂。斯盖东南英聚，金箭材多。或传仙令之才，或负词垣之望。或岳牧知名，腾骧云路；或烟波寄迹，陶浴性灵。宜其领异标新，裁花翦叶，蔷薇盥手，芍药为心。香草美人，色夺金荃之艳；天风海雨，情驰玉局之豪矣。忆昔我赋闲居，君歌招隐，尊开东阁，文会南皮。坐四围罨画之溪，棠阴犹昔；守十年树木之地，梓干参天。鳣堂旦开，凫趋接踵，龙门晓辟，雀盖成阴。击钵而岚情欲飞，镂句而花光斗媚。方将简车徒于艺圃，陈盘口于词坛。岂期吟袂才交，别筵已设。蒲帆八幅，鲰生泛江上之舟；彩笔一枝，公子续《花间》之集。搓来酥粉，便争唱于旗亭；谱就香弦，早喧传于乐府。今者燕南赵北，共作停云；楚尾吴头，同怀旧雨。望江乡而不见，联嘉会以何年？每忆鸥盟，寄遐心于天末；幸披鸳什，慰离绪于风前。敢缀芜言，僭书芸帙。嗟乎，春花消息，又届将离；秋士心情，空伤匏系。蒋阜之烟霞如昨，曷听杜宇归来；秦淮之金粉依然，忍把浮名换了。他日买春有约，定增兰畹之篇；此时胜会不常，且志药园之序。

《讨春合唱序》(《讨春合唱》)

12. 丁绍仪：

袁子才太史以诗文雄一时，而不解填词。嗣君兰村大令通，独工倚声。在白下则有汪郧楼、马棣原、金雨香，入都则与钱谢庵、邵兰风诸君唱和无虚日。所著《捧月楼词》，虽宗法不出南宋诸家，亦不为浙派所拘。

《听秋声馆词话》卷十

13. 陈廷焯：

兰村词，轻薄尖小，又下于频伽。

《词则·闲情集》卷六

14. 陈廷焯：

孙子潇、袁兰村辈为词，全不讲究气格，只求敷衍门面而已。并有门面亦敷衍不来处。（卷五）

词有表里俱佳，文质适中者……有质亡而并无文者，则马浩澜、周冰持、蒋心余、杨荔裳、郭频伽、袁兰村辈是也。并不得谓之词也。论词者本此类推，高下自见。（卷八）

《白雨斋词话》

15. 夏恺：

兰村先生聪颖特达，世其家声，所著《捧月楼词》，予尝诵之，其绮丽绵邈，较之南宋诸家，有过之无不及。

《簪芸阁诗词集序》（《瑶华阁诗词钞》）

16. 《续修四库全书总目提要》：

其词浮艳肤浅，全无气格，慢词尤不合体。制艳词者，运意宜深沉，而笔力宜重大，而通词则浮浅轻薄。效《花》、《尊》者，重神理而不在形骸，通词但求字面而已。明、清两代之艳词合者甚少，即坐此故。制慢词者，雅正为上，豪健次之，若贺铸之浓丽，不易为也，而通则混而不辨，牵合补衲，蠹词已甚。陈廷焯谓其所为词“全不讲究气格，只求敷衍门面而已。并有门面亦敷衍不来处”，非苛论也。

《捧月楼词二卷提要》

17. 闻野鹤：

清词诸家，龚芝麓如初日芙蓉，姱谷秀发。王阮亭如青春少妇，媌姪多致。朱秀水如乐师奏曲，声声入叩。彭羡门如北里新姝，时嫌浮艳。成容若如孤山哀曲，遗响酸鼻，又如骏马走古坂，时虞伤足。尤西堂如天半明星，流动自如。厉樊榭如孤山鸣琴，都非凡响，又如幽泉漱石，泠泠高韵。郭频伽如倚马速稿，时伤草率。吴穀人如大家闺秀，步履端庄。袁兰村如何郎傅粉，太嫌娇艳，却非本色。

《愢簃词话》

黄培芳

黄培芳（1778—1859）字子实，号香石，自号粤岳山人，广东香山人。嘉庆八年（1803）副贡生，授孔源、陵水教谕，晋内阁中书。与张维屏、谭敬昭称三子。工书画。著有《岭海楼诗钞》八卷。

1. 张德瀛：

黄香石培芳词，如净几明窗，尽堪容膝。香山人，有《水龙吟稿》。《词徵》卷六

沈廷炤

沈廷炤（1778—？）字芷桥，一字镜卿，号语烟词客，江苏长洲（今苏州）人。诸生。工诗、精书、善画，长于小楷，擅花卉，尤能倚声。著有《蘅梦楼词》。

1. 朱绶：

本朝词学以浙西为盛，吾郡仅有闻者。近数年来，吾党诸君稍稍有作，而沈君芷桥为最先。……穆然以洁，窅然以深，曼衍幽秀，缭然莫不知其所际。上者《离骚》香草之遗，次亦不失诗家温李。而余尤爱其小令之工，谓自醞舫侧帽而还，未之或有。以视并世言词诸家，芜词媟语，流而无归，匹如夏姬虽美，不足齐色于贞姜也矣。窃尝谓文章之家，词为末技，而要眇恍曶，实为风雅之变声。非有孤结之性，独往之情，文外不尽之旨，流连反复，一唱三叹，而徒矜鞶帨之工，无当也。贫士失职，佳人迟莫，蹇修路遥，神君夕降，其义愈隐，其志愈悲。本是以读芷桥之词，合古人者十九矣。以视当日之浙西何如也？

《沈芷桥词序》（《知止堂文集》卷二）

陈山寿

陈山寿（生卒年不详）字子玉，江苏吴江人。袁棠甥。工诗词，善写生，传色艳逸 。有《众香庵词》一卷。

1. 郭麐：

秋史令嗣子玉山寿以所作《众香庵词》一卷相质，芊眠宛转，大有无忌似舅之意。

《灵芬馆词话》卷一

2. 丁绍仪：

长洲陈子玉山寿，诗人秋史子。《苔缝》〔扫地游〕云云，《帘波》〔琐窗寒〕云云，瓣香频伽，可称逼肖。

《听秋声馆词话》卷二

王敬之

王敬之（1778—1856）字仲恪，一字宽甫，室名爱日堂、虚室、小书巢、所宜轩等，江苏高邮人。工诗词。著有《小言集》、《三十六陂渔唱》(一作《三十六湖渔唱》) 等，又辑有《高邮耆旧诗》等。

1. 陈乃乾：

王敬之，子宽甫……词宗南宋姜夔，故题曰《三十六陂渔唱》，盖取白石句以名也。白石自订词集最精审，敬之不多存词亦如之。

《清名家词》

2.《续修四库全书总目提要》：

词颇疏浅，而又不芟薙，可取者殊少也。

《三十六湖渔唱三册、渔唱乙稿一册提要》

3. 卢前：

〔望江南〕

传渔唱，此地有词仙。三十六陂人到否，白云白石世争传。俊赏出茶烟。

《饮虹簃论清词百家》(《清名家词》)

汤贻汾

汤贻汾(1778—1853)字若仪，号雨生，又号粥翁，江苏武进人。袭云骑尉世职，官至浙江乐清协副将。因扼于上司，乞病归，寄居金陵(今南京)二十年。诗词书画并擅。兼工琴，故又自号琴隐。咸丰三年(1853)太平军攻江宁，贻汾集“义勇”守城，城破，作绝命词投水死，年七十六。谥贞愍。著有《琴隐园集》诗三十六卷。有《琴隐园词》四卷，一名《画梅楼词》，又编有《江东词社词选》一卷。

1. 蒋敦复：

秀水孙次公瀜刻公遗稿，曰《琴隐园词钞》。公词佳者固不止此，吉光片羽，人传词耶？词传人耶？读一过，辄欷歔欲绝。

《芬陀利室词话》卷二

2. 杜文澜：

汤雨生都督贻汾，江苏武进人……《画梅楼倚声》四卷，皆能抒情合度，绝无叫嚣靡曼之音，得词之正轨。……于〔明月生南浦〕调，知其淡于荣利，为政风流；于〔虞美人〕、〔好事近〕二调，见其天性多情，聪明绝世；而〔金缕曲〕并序言，尤觉飘飘欲仙矣。

《憩园词话》卷三

3.《续修四库全书总目提要》：

贻汾善画，而词不足以称之。所作虽多，只觉其盬滥而已。偶有清新之句，亦不足以掩其疵也。〔贺新凉〕云：“奈如何鸡声四起。”文理未安。〔满江红〕云：“生怜杀藕丝肠细。”颇似词余。足证其词学之不深矣。

《画梅楼倚声一卷提要》

4. 卢前：

〔望江南〕

诗书画，三绝重当时。大节凛然千古在，虚名犹恐世人知。见道不语词。

《饮虹簃论清词百家》(《清名家词》)

邓祥麟

邓祥麟(生卒年不详)字樵香，号幼鸣，又号桃生、大翮山人、二槎过客，河北栾城人。嘉庆举人。嘉庆十五年(1810)入国史馆充录事。二十五年（1820）任广西横州知府。道光三年(1823)以直忤上司被削职。祥麟自髫龄即喜倚声，与同学许乔林兄弟唱酬。道光三年，手订其词作，编为《喜桃斋灯影词》、《长短亭柳影词》、《香云寓梦影词》、《丛翠轩笠影词》、《十丈尘驹影词》、《第二槎波影词》各一卷．总名《六影词》。

1. 余应松：

自被议后，兴益豪，抑塞磊落之气，时于韵语发之。

《六影词跋》(《六影词》)

吴会

吴会（生卒年不详）字晓岚，号竹所，江苏泰州人。嘉庆九年（1804）举人。著有《竹所诗钞》四卷，后附诗余。

1. 刘锡嘏：

刘纯斋云：竹所词名，海内一时无两。

王初桐《小琅嬛词话》引

2. 陈廷焯：

晓岚诗平，词则风雅凄清，独臻妙境。

《云韶集》卷二五

顾翎

顾翎(1779—1850)字羽素，江苏无锡人。顾敏恒女，顾翰姊，杨敏勋妻。幼习为诗，兼工词。性爱梅，题所居曰“绿梅影楼”，尝作《绿梅影楼填词图》征题咏，一时名公才媛，如林则徐、王嘉禄、刘嗣绾、吴藻等皆应。著有《茝香词》一卷，《绿梅影楼词存》一卷，收词八十三首。

1. 杨夔生：

〔寿楼春〕《题羽素夫人〈绿梅影楼填词图〉》

看帘波显横。正高褰寒曙，缟月霄亭。最好钿筝数弄，翠禽无声。楼宛转，烟珑玲。似洛神、风鬟伶俜。纵浅笑妆成，怨蛾自绿，粉字咽凄馨。　　麋丸细，罗帱轻。倩拈花纤手，写出盈盈。可奈水西云北，袖回飞英。闻楚角，哀湘灵。怕泪绡、啼痕分明。问后夜昏黄，纱幮有谁移碧檠。

《真松阁词》

2. 杨夔生：

〔鹊桥仙〕《书羽素姊词后》

冰丝溯梦，玉笺分恨，唱断南朝金缕。曲阑深夜拜秋星，证花蕊、前生遗谱。　　新凉抛瑟，旧愁弹泪，□□□□□□。春罗书字识题红。怕瘦尽、江干花雨。

《过云精舍词》卷二

3. 顾翰：

〔高阳台〕《题羽素女兄〈绿梅影楼填词图〉》

折竹敲风，幽泉浣雪，词仙合住高楼。暝坐围炉，疏香飞过银钩。冻云一片寒无鹤，只苔阴、古石痕留。傍檐牙、瘦影交横，似到罗浮。　　图中依约寻诗路。记左芬才调，妙句频搜。花底闲吟，花边艾蒳忘收。新词谱上银光纸，问何如、缀向钗头。愿年年、绿萼开时，常侍清游。

《拜石山房词钞》卷一

4. 杨福璋：

今读太安人集，如《吊卞玉京》诸歌行，于唐私淑香山，于国朝逼肖梅村，今体则工熨而旷怡，规模晚唐。诗余则幽艳而疏越，颉颃北宋。古香异彩，纷陈寸册，而要皆原情以抒情，一衷和平中正之旨，发为清丽芊绵之词，故无景非情，而亦无景无情之弗达。夫岂寻常调脂弄粉、沾沾于诗词中求工拙者所可同日语乎？

《绿梅影楼诗词跋》（《词女五录・五录》卷六引）

5. 何仲琴：

幼习诗，兼工长短句，性爱梅，颜所居曰绿梅影楼。著有《茝香词》，其《望江楼》四阕，软语清词，令人心碎。

《剩粉零脂》（《词女五录・五录》卷六引）

6. 冯煦：

《绿梅影楼诗词》一册，同岁生杨小荔志濂曾祖王母顾太安人所作也。其植性醰粹，秉心塞渊，证灯盏于四声，辨琴弦于一折。玉台新咏，上抗徐陵；金荃曼词，下掩温尉……丽而有则，质而有斐。神识所会，囊括六艺之旨；声病所谐，斧藻五代之奥。昔蕊渊蜚英声于前，蘋香骋妍辞于后，以斯方之，犹骖之靳。

《绿梅影楼诗词序》（《蒿庵类稿》卷十六）

7. 王蕴章：

蕊渊之表妹顾翎，字羽素，亦工吟咏，著有《茝香词》，简塘先生之女弟也……《茝香词》得拜石山房之传，殊少俗韵。

《然脂余韵》卷六

叶申芗

叶申芗(1780—?)字维彧，一作维郁，号小庚，又号萁园，别号词颠、瀛壖词叟，福建闽县(今福州)人。嘉庆十四年(1809)进士，官至河南河陕汝道。申芗热心乡邦文献，辑《闽词钞》四卷。又究心韵律之学，撰《天籁轩词谱》、《补遗》、《词韵》。又有《天籁轩词选》、《本事词》。著有《小庚词存》四卷。

1. 叶申芗：

〔满庭芳〕《自题词存》

铁板高唱，红牙低按，佳话分擅词场。笑余迂拙，浑不辨丝簧。却爱倚声深妙，暗偷掏、窃效颦妆。怡情处，花天酒好，随意谱宫商。　清狂留几许，零笺剩墨，结习难忘。向偷声减字，子细评量。纵未尽谙音律，半生也、曾费吟肠。凭谁付、双鬟试唱，红豆记新腔。

《小庚词》

2. 叶申芗：

〔浪淘沙〕《再题词存》

迂拙百无成。莫问浮名。晓风杨柳柳耆卿。陶写奚须丝与竹，减字偷声。　宫调易分明。深在言情。夜窗细校复微吟。且喜拈来无绮语，差慰平生。

《小庚词》

3. 冯登府：

小庚太守虑绝学之莫继，既辑宋元六十家为《闽词钞》，使车所逮，多白石、碧山词隐之乡。酒阑灯灺，每乐道其古欢逸事。顷者，赋四明之窗，寻六街之梦，舞绣歌云，极鼓吹太平之盛，为愈多而愈工，将见枫亭荔浦之间，有井水饮处，咸能唱晓风残月，岂第续甓园之佳话云尔哉？

《小庚词序》（《小庚词》）

4. 林则徐：

治谱词章已等身，游宜蹑屐钓垂纶。

名花种种关农事，乔木森森感世臣。

小令敲成声律细，醇醪酿出色香陈。

他时落月思颜色，关塞枫林梦是真。

《连日对饮怡园读〈天籁轩词〉复次“身”字韵》（《云左山房诗钞》卷六）

5. 丁绍仪：

闽县叶小庚太守申芗，由己巳翰林出宰滇南，洊升河南知府。生平喜为词，辑有《闽词钞》、《天籁轩词选》、《词谱》、《词韵》、《本事词》等书，用力甚挚。其自着意在瓣香北宋，故所诣颇近龙川、龙洲二家。

《听秋声馆词话》卷十八

6. 谢章铤：

国初渔洋、羡门、迦陵、竹垞诸老，南北提唱，一时飙发泉涌，电掣云屯，倚声一途，称为极盛，吾闽卒无特起与之角立者……近时叶小庚太守，著书数十卷，先型略具，宗风未畅。（卷四）

艳情当家，虽未比芳彭十、庾公南楼，亦兴复不浅矣。小庚辑《本事词》自序云：“凡兹丽制，问何事以干卿。偶辑艳闻，正钟情之在我。”又云：“仆也颠比栢枝，痴同竹屋，癖既耽乎绮语，赋更慕乎闲情。”吴县石敦夫同福谓小庚学苏、辛，多豪语。小庚示以手炉脚炉调〔蓦溪山〕二阕，谓苏、辛亦有艳体，非不能也。然则小庚何尝不步韩偓之尘而作广平之赋乎？其自题词集云：“且喜拈来无绮语，差慰平生。”亦譬言已。……小庚于洛中官舍治寄园，杂莳花木，有《寄园百咏》。其按拍处曰天籁轩，风流真不减甓园，而词则前贤又当畏后生也。（卷四）

《赌棋山庄词话》

7. 郭则沄：

吾闽叶毅庵少詹、小庚兵备父子，皆能词。小庚由进士官至河陕汝道。其〔临江仙〕……盖赠妓之作。别有本事词多阕，俱凄艳动人。

《清词玉屑》卷八

8.《续修四库全书总目提要》：

其词浅薄，殊不足称。

《小庚词存四卷提要》

9. 卢前：

〔望江南〕

行诗法，门径亦深深。高格尚容思量细，过庭书谱耐追寻。枝叶不堪吟。

《饮虹簃论清词百家》）（《清名家词》）

潘谘

潘谘（1780?—1853）字少伯，一字少白，号诲叔，浙江会稽（今绍兴）人。著有《潘少白先生集》，有《林阜间集词草》一卷。

1. 丁绍仪：

世有名重一时，而究其实颇不相酬者。岂立德、立言，亦如立功者流，系命运不系才学耶？会稽潘少白谘，以布衣游公卿间，足迹几遍天下。江宁朱干臣中丞桂桢尊之如师。顾所著《常语》及诗文集，多袭前人牙慧。至诗中“岁事春复秋，人事朝复暮”、“诗成天上白玉阙，酒醒人间黄鹤楼”等句，几堕恶道。惟小词数阕，如〔醉太平〕……颇清脆可诵。

《听秋声馆词话》卷三

许庭珠

许庭珠（生卒年不详）字林风，江苏娄县（今上海松江）人，姚椿室。父官杭州，故多咏湖上诸山。庭珠工词，《全清词钞》选收其作。

1. 郭麐：

许林风女士庭珠，姚君春木之配也。《生香馆》附载其寄怀之词调〔采桑子〕云："红樱斗帐愁难寝，明日花朝。准备无聊。春过江南第几桥。　碧天如水横珠斗，豆蔻香烧。韵字纱挑。月写花枝上绮寮。"婉约之情，一往而深。

《灵芬馆词话》卷二

章黼

章黼（1780—1858）字次白，号息翁，浙江仁和人。嘉庆十五年（1810）优贡，官松阳县教谕。有《梅竹山房词钞》二卷，与同名诗钞合刊。

1. 杜文澜：

仁和章次白明经黼，以优行贡成均，就养于喆嗣子辛大令姚江学署，文名著浙江西。词不多作，则矜慎再三，无率意句，考律亦细，刻有《梅竹山房词钞》。

《憩园词话》卷三

赵函

赵函（1780—1845）初名晋函，字符止，号艮甫，又号菊潭、菊潜，江苏震泽人。诸生。有《飞鸿阁琴意》（又名《乐潜堂词》）二卷，与《乐潜堂诗二集》等合刊。

1. 丁绍仪：

吴江词家，国初为盛，人工掐谱，尤推叶、沈二家，百余年来，渐形衰歇。自郭频伽后，继起者咸推赵丈艮甫函，籍吴江而居吾邑，少即以诗文名于时，屡困棘闱，以诸生终。余见时已须鬓皓然。自言生不能与今人争一第，殁不能与古人争千秋，乃欲以藻绘浮词，眩人耳目，其谁欺耶？故自订《乐潜堂诗》止数卷。词名《飞鸿阁琴意》，亦不满百阕，然清冷萧瑟，读之如聆琴筑。

《听秋声馆词话》卷十五

顾成顺

顾成顺（1780？—1847 后）字澹园，江苏南汇（今属上海市）人。有《曙彩楼词钞》二卷、补钞二卷，与同名诗钞合刊。

1. 蒋敦复：

澹园喜填词，余举“意内言外”及“有厚入无间”之说告之，四篁按：王润复举仇山村“言顺律舛、律协言缪俱非词家本色”语，澹园恍然悟曰：“填词三十年，今始得正法眼藏也。”所著有《曙采楼词》，余序之，选订镂板，凡三卷，俱为雅音……澹园雅意学清真，余语以清真词搏挠如狮子搏兔用全力，非南宋诸家徒以谐婉见长。

《芬陀利室词话》卷一

张维屏

张维屏(1780—1859)字子村，一字子曙，号南山，又号松心子，别号珠海老渔，广东番禺（今属广州市）人。道光二年(1822)进士，历官湖北黄梅、广济知县，江西南康知府。以诗闻，翁方纲赏异之。与黄培芳、谭敬昭称“粤东三子”。精书法，传入朝鲜、小吕宋(今菲律宾)。著有《松心草堂集》、《国朝诗人征略》等。《清史稿》有传。维屏为鸦片战争时期著名诗人，写有《三元里行》等爱国诗篇。其词亦悲愤激烈，有《海天霞唱》三卷，《玉香亭词》一卷，总称《听松庐词钞》。

1. 汤贻汾：

〔百字令〕《题张南山孝廉〈海天霞唱图〉兼书其词集》

唱霞渔者南山自号，恁襟怀直似、海天空阔。万里潮平烟尽处，遥指中原一发。蜃市忙闲，鲸波喧静，过眼都休说。一声高唱，六螭扶起红日。　　忆昨海上携琴，知音遍访，见汝心偏折。鱼姊珠娘偷绝调，共把珊瑚击节。海雨晴时，天风断后，醉脸丹霞热。鱼龙夜定，更休横竹吹裂。

《画梅楼倚声》

2. 吴兰修

〔浪淘沙〕《题张南山〈海天霞唱词稿〉》

万里碧磨铜。一个渔翁。扣舷高唱大江东。唱到夕阳西去也，海角霞红。　　烟水泝空濛。五色云烘。浮槎我欲趁长风。共汝蓬山吹铁笛，唤醒鱼龙。

《桐花阁词钞》

3. 金菁茅：

尝谓词家苏、辛、秦、柳各有攸宜，轨范虽疏，不容偏废。

又谓以情胜者恐流于弱，以气胜者惧夫于粗，殆甘苦深历之言也。

《海天霞唱序》(《听松庐词钞》)

4. 黄燮清：

先生词秀隽不凡。

《国朝词综续编》

5. 谢章铤：

《听松庐词钞》,《海天霞唱》二卷附《玉香亭词》一卷，番禺张子树维屏撰……南山曰："词家苏、辛、秦、柳，各有攸宜，轨范虽殊，不容偏废。"又曰："以情胜者恐流于弱，以气胜者恐失于粗。"然南山词豪宕自喜，盖有意苏、辛而不至者，尚不能自践其言。

《赌棋山庄词话续编》卷三

6. 张德瀛：

张南山维屏词，如中郎瓶史，遍陈诸制。番禺人，有《玉香亭词》、《海天霞唱》。

《词徵》卷六

屠倬

屠倬（1781—1828）字孟昭，号琴坞，又号潜园，浙江钱塘人。嘉庆十三年（1808）进士，改庶吉士，授江苏仪征知县。官至江西袁州知府。善画。著有《是程堂集》二十四卷，有《耶溪渔隐词》二卷。

1. 吴衡照：

“此心只有白鸥知，缠绵荡作湖波皱”，屠琴坞倬〔踏莎行〕句，有六一丰神。琴坞以诗画鸣，自谓于词不甚措意。然其豪爽疏隽处，不愧名家。

《莲子居词话》卷四

周济

周济(1781—1839) 字保绪，号未斋，又号止庵，别号介存居士。江苏荆溪(今宜兴)人。嘉庆十年(1805)进士，官淮安府教授。《清史稿》、《清史列传》等具其事迹。周济早年怀经世之志，与包世臣、李兆洛共相磨砺。好读史书，通兵家言，骑射击刺绝精，曾屡败乱徒。后退隐南京，潜心著作。工画，善诗词。著作有《晋略》、《介存斋集》。词学承张惠言之余绪，又从董士锡共商，辑《词辨》十卷。遗佚后复成二卷，后附《介存斋论词杂著》；又纂编《宋四家词选》(一名《宋四家词筏》)。周济专意于词学，为常州词派重要理论家，其词学主张最有影响者为“非寄托不入，专寄托不出”，“以无厚入有间”之说，力求情与境、物与我相契合。然其自作词颇难副其理论。今存词有《味隽斋词》、《存审轩词》，大抵系中年以前所作，后期词已难尽考见。

1. 周济：

词之为技小矣，然考之于昔，南北分宗；征之于今，江浙别派。是亦有故焉。吾郡自皋文、子居两先生开辟榛莽，以《国风》、《离骚》之旨趣，铸温、韦、周、辛之面目，一时作者竞出，晋卿集其成。余与晋卿议论或合或否，要其指归，各有正鹄，倘亦知人论世者所取资也？

《味隽斋词自序》(《味隽斋词》)

2. 蒋敦复：

《存审轩词》一卷……是真得意内言外之旨……先生少年时，与张皋文、翰风兄弟同里相切劘，又与董晋卿各致力于词，启古人不传之秘。近来浙、吴二派俱宗南宋，独常州诸公，能瓣香周、秦，以上窥唐人微旨，先生其眉目也。

《芬陀利室词话》卷一

3. 丁绍仪：

《止庵词》……言外俱有意在。

《听秋声馆词话》卷十一

4. 谭献：

周氏撰定《词辨》、《宋四家词筏》，推明张氏之旨，而广大之，此道遂与于著作之林，与诗赋文笔同其正变。止庵自为词，精密纯正，与茗柯把臂入林。

文字无大小，必有正变，必有家数。《水云楼词》珂谨按：即蒋春霖著固清商变徵之声，而流别甚正，家数颇大，与成容若、项莲生二百年中，分鼎三足。咸丰兵事，天挺此才，为倚声家老杜。而晚唐两宋一唱三叹之意，则已微矣。或曰："何以与项并论？"应之曰："阮亭、葆酚一流，为才人之词。宛邻、止庵一派，为学人之词。惟三家是词人之词。与朱、厉同工异曲，其它则旁流羽翼而已。"（《箧中词》）

《复堂词话》

5. 潘曾玮：

介存自序以为曾受法于董晋卿，晋卿亦学于张者。介存之词，贰于晋卿，而其辨说多主张氏之言。久欲刻而未果，其所选与张氏略有出入，要其大旨，固深恶夫猖狂雕琢之习而不返，而亟思有以厘定之，是固张氏之意也，因乐为叙而刊之，以副子久之属。介存之论词云："见事多，识理透，可为后人论世之贤。诗有史，词亦有史。"世之谭者，多以词为小技而鄙夷之，若介存者可谓知言也夫。

《周氏词辨序》

6. 潘祖荫：

止庵《词辨》，亦惩时俗猖狂雕琢之习。与董晋卿辈同期复古，意仍张氏，言不苟同。季玉叔父尝序而刊之。此卷晚出，抉择益精。止庵负经济伟略，复寄情于艺事，进退古人，妙具心得，忠爱之作，尤深流连。

《刊周济宋四家词选序》

7. 沈曾植：

张皋文氏、董晋卿氏，易学大师；周止庵治《晋书》，为《春秋》学者，各以所学，益推其义，张皇而润色之，由乐府以上溯《诗》、《骚》，约旨而闳思，微言而婉寄，盖至于是而词家之业乃与诗家方轨并驰，而诗之所不能达者，或转藉词以达之。

《彊村校词图序》（《彊村丛书》）

8. 蒋兆兰：

清初诸公，犹不免守《花间》、《草堂》之陋，小令竞趋侧艳，慢词多效苏、辛。竹垞大雅闳达，辞而辟之，词体为之一正。嘉庆初，茗柯、宛邻，溯流穷源，跻之风雅，独辟门径，而词学以尊。周止庵穷正变，分家数，为学人导先路，而词学始有系统，有归宿。吴门七子，守词律，订词韵，于是偭规错矩者，不敢自肆于法度之外。故以清代词学而论，诚有如外人所谓逐渐改良者。以故清季词人，如前所论列诸家，色色皆精，蔚然称盛，殆亦时会使然。

词虽小道，然极其至，何尝不是立言。盖其温厚和平，长于讽谕，一本兴观群怨之旨，虽圣人起不易其言也。周止庵曰：诗有史，词亦有史。一语道破也。

《词说》

9. 朱祖谋：

〔望江南〕《杂题我朝诸名家词集后》

金针度，词辨止庵精。截断众流穷正变，一灯乐苑此长明，推演四家评。

10. 徐珂：

乾、嘉之际，作词者约分浙西、常州二派。浙西派始于厉鹗，常州派始于武进张惠言。……荆溪周济，友于士锡，尝谓词非寄托不入，专寄托不出，其所立论，实足推明张氏之说而广大之。所著《味隽斋词》及《止斋词》，堪与惠言之《茗柯词》把臂入林。盖自济而后，常州词派之基础，益以巩固。

《近词丛话》

11. 夏敬观：

张皋文、周止庵辈尊体之说出，词体乃大。其所自作，仍不能如其所说者，则先从南宋词入手之故也。

《蕙风词话诠评》(《蕙风词话》附录)

12. 王国维：

虽止庵词颇浅薄，潘、刘尤甚。然其推尊北宋，则与明季云间诸公同一卓识也。

《人间词话·删稿》

13. 吴梅：

至其所撰《词辨》，及《宋四家词筏》，推明张氏之旨，而广大之。此道遂与于著作之林，与诗赋文笔同其正变也。止庵自作诸词，亦有寄旨，惟能入而不能出耳。

皋文与止庵，虽所造之诣不同，而大要在有寄托，尚蕴藉，然而不能无蔽。

嘉庆以前，词家大抵为其年、竹垞所牢笼。皋文、保绪标寄托为帜，不仅仅摹南宋之垒，隐隐与樊榭相敌，此清朝词派之大概也。至鹿潭而尽扫葛藤，不傍门户，独以风雅为宗，盖托体更较皋文、保绪高雅矣。

《词学通论》

14. 蔡桢：

常州派倡自张皋文，董晋卿、周介存等继之，振北宋名家之绪，以立意为本，以叶律为末。

《柯亭词论》

15.《续修四库全书总目提要》：

以予所见，周氏撰定《词辨》、《宋四家词筏》，推明张氏之旨，而广大之，此道遂与于作者之林，与诗赋文笔同其正变云云，其论甚晰。今观其词，如〔虞美人〕影云……幽艳深纯，别有怀抱，他若〔洞仙歌〕之落梅，〔疏影〕之风竹，〔高阳台〕之雨竹，〔六丑〕之杨花，〔雨霖铃〕之刺菰，〔祝英台近〕之瓶中腊梅，〔风流子〕之金凤，〔霓裳中序第一〕之芙蓉，亦皆引申触类，各有意旨，然时有专寄托不出之病，其清显之作，又往往近于肤浅。盖论词甚精，缘于见识之高，若心手相应，则关于才学，非可强也。

《存审轩词一卷提要》

16.《续修四库全书总目提要》：

济论词最精，所作亦深密纯正。

《储素楼词一卷提要》

17. 沈轶刘：

周济于词，主张由南宋上窥北宋；庄棫则先从北宋、五代以下求南宋。周之溯源，义从归纳；庄之竟委，迹近演绎，取径虽殊，厥旨唯一。常州实至此而完成体系。

周济论词有独到处，也多偏驳处。其自为词，以小令为特长，如〔菩萨蛮〕《秋蝉》云："一溪夜雨痕如线，枯形病翼羞归燕。莫更诉西风，断霞零碎红。　　有人怜鬓影。真为清宵冷。难忘是斜桥，绿杨千万条。"又〔霜天晓角〕《和晋卿》云："别路人间，记曾扶杖看。消得疏林遮住，怕特地、望长安。　　绮霞飞又残。暮云浮乱山。添取一分黄叶，浑不是、见时难。"观两词作……妙在以平处出奇，细处落墨，既不是大江东去，亦不是玉帛朝天，而是在江河南北、泰岱东西夹缝中觅取题材而猎得者，是为词心，倚声家所当牢牢掌握者也。

《繁霜榭词札》

18. 卢前：

〔望江南〕

长明盏，推阐四家评。信有传灯词辨在，姜张妙处亦天成。对垒始周生。

《饮虹簃论清词百家》(《清名家词》)

19. 朱庸斋：

周济《宋四家词选》，以苏、姜等为大家，附于四家。其序云……世人但骤读其序，而不深究其意，遂多所非议，以为周氏倒置先后，毫无识力。其实周氏之意，学此四家者，须参考附录诸家，而非如世所疵议，苏、姜附于辛，史、张附于王也。

《分春馆词话》卷一

苏穆

苏穆（生卒年不详）字佩蘘，淮阴人。周济妾，有《储素楼词》。

1.《续修四库全书总目提要》:

（周）济论词最精，所作亦深密纯正。穆之词学，自有本源。集中多清婉之作，不似济词之深美。

《储素楼词一卷提要》

杨夔生

杨夔生（1781—1841）初名承宪，字维政，改字伯夔，号浣芗，江苏金匮（今无锡）人，杨芳灿长子。监生，官至顺天蓟州知州。著有《过云精舍词》二卷，后又编成《真松阁词》六卷，另撰有《续词品》一卷。

1. 洪亮吉：

杨伯夔词，如绮窗花片，绰约可人。

张德瀛《词徵》卷六引

2. 郭麐：

余少作《词品》十二则，以仿佛司空《诗品》之意，颇为识曲者所赏。后见杨伯夔续作十二首，语皆名隽。……(词)皆清和谐婉，不愧雅词。

《灵芬馆词话》卷二

3. 方廷湖：

伯夔刺史为先生冢嗣，早岁敦敏嗜学。青缃劬好，含咀道腴。平生富著述，尤工倚声，守其家钵，更陶冶于唐宋诸名家，而撷其精华，摅以妙笔，江南北一时称宗匠焉。……余窃谓北宋词人不袭南唐之貌而失之过刚，南宋则力矫刚健险率之弊而常流于纤腻，过犹不及，君子疑之。《真松阁词》六卷，譬之于文，殆合江、鲍、徐、庾为一炉之冶，古艳以树骨，悱恻以寓情，酞郁以铸词，抑扬感慨以寄意，揆群雅而成专家。传世行远，又奚疑哉？

《真松阁词序》(《真松阁词》)

4. 丁绍仪：

杨伯夔丈夔生，蓉裳农部子。初名承宪，《词综二集》登〔木兰花慢〕一词者是也。后易今名，宰固安。庚子春谒于保阳，时已罢官，承以《山中白云词》赠余，谓由之入手，可免靡曼之病。丈所致力固在石帚、玉田二家。汪紫珊太守为刊《过云词》，似非上乘。

《听秋声馆词话》卷六

5. 谢章铤：

金匮杨伯夔夔生名父之子，家世能词，涉历诸派，不专一格。……笔力瘦健，标奇领异。

《赌棋山庄词话续编》五

6. 陈廷焯：

杨伯夔当时盛负词名，与吴江郭祥伯仿表圣《诗品》例，撰《词品》二十四则，传播艺林。然两君于词，皆属最下乘。匪独不及陈、朱，亦去董文友、王小山远甚。而世顾津津称之，何也？

《白雨斋词话》卷四

7. 张德瀛：

杨伯夔夔生词，如绮窗花片，绰约可人。金匮人，有《过云精舍词》。

《词徵》卷六

8. 郭则沄：

杨伯夔为蓉裳冢嗣，词得家传，早岁从宦西征，多纪程之作，录其一二。如：观音碥，奇石插天，下瞰无地，大书“云栈首险”，贾中丞胶侯断辟道，自此以通宝鸡，咸置栏楯。赋〔解蹀躞〕……。又：七盘关在褒城北，每盘陡折而上，渐入云际，下临嘉陵江，杳然不测。赋〔归朝欢令〕……。状其奇险，前人词境所未到也，洵得江山之助。

夔学词于陶凫香。凫香有《纪恩述事画册》，曰《白门柳色》、《金台负笈》、《龙泉控胜》、《潞水归舟》、《槜李抡才》、《河壖话雨》、《杨村访菊》、《孤篷雪影》，略如麟见亭之《鸿雪因缘》。伯夔一一系之以词。

《清词玉屑》卷二

9. 陈乃乾：

(杨夔生)与钱塘袁通、袁棠交厚，尝数主白下之随园。时郭麐盛有词名，夔生复从游，故作风与之相近，奉姜、张为圭臬，亦可见当时风气也。卷中有〔恋芳衾〕效张小山体，盖误以令曲为词矣。

《清名家词》

10.《续修四库全书提要》：

风期未上，词质不纯，夔生《词品》，又皆玄妙之谈。故集中之作，徒以精丽为能，气凝辞实，全无闲婉之致也。

《真松阁词□卷提要》

11. 卢前：

〔望江南〕

回翔地，常浙雅难分。一阁真松辛苦语，轻涂笺抹似微云。波面起澜纹。

《饮虹簃论清词百家》(《清名家词》)

顾翰

顾翰(1782—1860)字蒹塘，一作简塘，江苏无锡人。顾奎光孙，顾敏恒长子。嘉庆十五年(1810)举人，官安徽泾县知县，后归主东林书院讲席。无锡顾氏世代能词，顾翰姊顾翎、从兄弟顾翃等均以词名世。翰与杨夔生并驾，为清代中晚交替之际的一位重要词人。著有《拜石山房诗文集》十六卷，辑成《泾川诗钞》二十卷。有《拜石山房词》、《绿秋草堂词》，尤以山水纪游之作为出色。

1. 顾翰：

〔百字令〕《小石太史既叙余词，复赋此调于后，奖借逾分，愧不克当，因用原韵答谢》

漫空飞絮。将韶华草草，暗中吹度。浅笑深颦都不是，别有伤心无数。湘水招魂，楚云赠梦，冷落题红句。口衔石阙，幽怀脉脉谁诉。　　镇拟射虎蓝田，鞭鲸碧海，披发翩然去。不信人间穷贾岛，也有黄金能铸。月貌婵娟，风鬟婀娜，肯学邯郸步。直因曲误，反邀青眼相顾。

《拜石山房词》

2. 蔡宗茂：

辛巳岁，汪丈白也见示《七家词选》，获读蒹塘先生所为《绿秋草堂词》，穆羽均调，奇弄迸发，深幸竹垞、迦陵而后，克有嗣音。乃驹光匆匆，星纪一周，良觌未申，瑶想时结。客冬省视来皖，始通謦咳。见其造怀敻远，著语幽微，花魂自清，鹤影能瘦。半面之接，得慰乎輖饥；一夕之谭，若醉乎醇酎。坐次出《拜石山房词稿》，索序于予，予以蟹掌空腹，萤爝微明，兰言鲜通，藻辞奚饰。然而芳草被阪，人知其香；鸣禽在天，众闻其响。流连今昔，乌能无言。夫意以曲而善托，调以杳而弥深。始读之，则万萼春深，百色妖露，积雪缟地，余霞绮天，一境也。再读之，则烟涛澒洞，霜飙飞摇；骏马下坡，泳鳞出水，又一境也。卒读之，而皎皎明月，仙仙白云，鸿雁高翔，坠叶如雨，不知其何以冲然而澹，翛然而远也。至其兴往无际，思来不穷，夜雨红楼，秋风白纻。鬓丝禅榻之傍，凄迷诗梦；歌扇舞衫之地，怅触酒怀。春影镜中，泪痕衫上，一声一咽，亦怨亦愁，即其变徵之音多，益觉幺弦之和寡。又况古情横集，远绪孤牵，东溯曲江，西经陇水，南浮吴楚，北陟幽燕。怀铅握椠，采九土之异言；接席抚尘，交四方之奇士。敲残铜斗，击碎唾壶，何止赋景苍茫，体物浏亮，为足拓眼底之屏山，酌心头之井水乎？冷趣相洽，清词载搜，洗其淫哇，濯以藻丽，既貽藐而荡气，亦芬芳而悦魂。凡姜、张清隽，苏、辛豪宕，秦、柳妍丽，固已提袂而合唱，无俟改弦而更张已。仆与先生忝附忘年之交，侧闻声音之道，画苔选谱，擫笛吹秋，顾曲花间，赏心弦外。与之味东泽之绮语，参石门之香禅。虽略解虫雕，颇知狸别，当不以牛铎之音，诧非同调也。

《拜石山房词钞叙》(《拜石山房词钞》)

3. 丁绍仪：

嘉庆庚午，蒹塘丈举于乡。……其《拜石山房词》，能兼竹垞、迦陵二家之长。

《听秋声馆词话》卷六

4. 谭献：

蒹塘先生倚声名家，自成馨逸。朋辈中频迦、伯夔莫能相掩。(《箧中词》)

《复堂词话》

5. 谭献：

先生早饮香名，诗篇深美而闳约，五言善者，妙绝时人，虽登选楼，亦亡愧色。刻意填词，思旨高迴，声哀厉而弥长，又未尝不折衷柔厚，使人识安雅之君子。与杨伯夔唱和而清转华妙，反复胜邪。

《重刻拜石山房词叙》（《拜石山房词钞》）

6. 张德瀛：

顾简塘翰词，如金丹九转，未化婴儿。梁溪人，有《绿秋草堂词》。

《词徵》卷六

7. 王蕴章：

近余辑录邑人词为《梁溪词徵》三十卷。宋元间作者绝少，明亦无多，至清初顾梁汾（贞观）出而此道大章。《弹指》一编，调高响逸，况夔笙以“清刚”二字评之，可为确论。嗣后至顾简塘（翰），而《弹指》宗风，因以不坠。简塘词清新俊逸，杭州许迈孙尝执礼为词弟子。当浙派风靡一时之际，而自具兰芳竟体之概，虽于律稍疏，要自餐冰嚼雪人语。自简塘殁而吾邑作者少矣。有清一代词，若以二顾先生为起讫，亦可异也。

《然脂余韵》卷六

8. 卢前：

〔望江南〕

才情敛，拜石肯孤行。家法何须传枕秘，一时宗派已难名。始自写平生。

《饮虹簃论清词百家》（《清名家词》）

董士锡

董士锡（1782—1831）字晋卿，一字损甫，江苏武进人。嘉庆十八年（1813）副贡生，候选直隶州州判。董士锡为张惠言外甥，后又成张氏女婿，从其舅张惠言学。家贫，多次客游。曾主讲紫琅书院、广陵书院、泰州书院，士皆慕其名而至。《清史列传》载其事迹。工古文、诗、赋，兼善填词，精虞氏《易》。著《齐物论斋集》，附有《齐物论斋词》一卷。

1. 焦循：

词之有《花间》、《尊前》，犹诗之有汉魏六朝也；其北宋则初、盛也；其南宋则中、晚也。盖乐府之义，至唐季而绝，遂遁而归于词。南宋之词渐远于词矣，又遁而归于曲，故元、明有曲而无词。盖诗亡而词作，词亡而曲作，诗无性情，既亡之诗也；词无性情，既亡之词也；曲无性情，既亡之曲也。拾枯骨而被以文绣，张朽革而绩以丹青，且刺刺曰：吾恶夫人之有性情。但为此枯骨朽革，不亦灾怪矣乎？《三百篇》无非性情，所以可兴、可怨、可观、可群，至宋人始疑其淫奔也而删之。论词而欲舍《花间》、《尊前》，不犹王柏之徒欲举《桑中》、《鹑奔》之篇一举而去之乎？有学究者，痛诋词不可作，余骇而问以故，曰："专言情则道不足也。"余曰："然则有道之士必不为词已乎？"曰："然。"余因朗诵"碧云天、黄叶地"一首，而学究乃愀然背唾矣。余徐问曰："范仲淹何人也？"曰："有道之士也。"余乃告之曰："此词正仲淹所作。"以刻本示之。呜呼，口不言钱者，其蕴利必深；口不言情者，其好色必甚。惟其能赋梅花，所以成广平之相业耳。晋卿董先生之论词，以情为主，适合乎鄙人之见，因罊论之以跋其集。

《董晋卿絉雅词跋》（《雕菰集》卷十八）

2. 包世臣：

并世工词者，莫如董晋卿。董君，二张传业之爱甥也。余尝语之曰："吾子赋亚文通、子山，词兼清真、白石，然吾子词材伐之两宋，是犹未免时世妆也。导源滥觞，以楚骚尊其体，不亦可乎？"董君然其说，卒未能迁业。

《金筤伯竹所词序》(《艺舟双楫》)

3. 周济：

晋卿年少于余，而其词缠绵往复，穷极高深，异乎平时所仿效，心向慕不能已。晋卿为词，师其舅张皋文、翰风兄弟。二张辑《词选》而序之，以为词者意内而言外，变风、骚人之遗，其叙文旨深词约，渊乎登古作者之堂，而进退之矣。晋卿虽师二张，所作实出其上，予遂受法晋卿。已而造诣日以异，论说亦互相短长。晋卿初好玉田，余曰："玉田意尽于言，不足好。"余不喜清真，而晋卿推其沉着拗怒，比之少陵。抵牾者一年，晋卿益厌玉田，而余遂笃好清真。既予以少游多庸格，为浅钝者所易托，白石疏放，酝酿不深；而晋卿深诋竹山粗鄙。抵牾又一年，予始薄竹山，然终不能好少游也。

《词辨序》

4. 周济：

吾郡自皋文、子居两先生开辟榛莽，以《国风》、《离骚》之旨趣，铸温、韦、周、辛之面目，一时作者竞出，晋卿集其成。

《味隽斋词自序》

5. 谭献：

茗柯《词选》出，倚声之学日趋正鹄。张氏甥董晋卿造微踵美。

《箧中词·今集》卷三

6. 沈曾植：

《齐物论斋词》为皋文正嫡，皋文疏节阔调，犹有曲子律缚不住者。在晋卿则应徽按柱，敛气循声，兴象风神，悉举骚雅。古怀纳诸令慢，标碧山为词家四宗之一。此宗超诣，晋卿为无上上乘矣。玉田所谓清空骚雅者，亦至晋卿而后尽其能事。其与白石不同者，白石有名句可标，晋卿无名句可标。其孤峭在此，不便摹拟亦在此。仲修备识渊源，对之一词莫赞。毗陵词人，亦更无能嗣响者。可谓门庭峻绝。

《菌阁琐谈》

7. 沈曾植：

张皋文氏、董晋卿氏，易学大师。周止庵治《晋书》，为《春秋》学者。各以所学，益推其义，张皇而润色之，由乐府以上溯《诗》、《骚》，约旨而闳思，微言而婉寄，盖至于是而词家之业乃与诗家方轨并驰，而诗之所不能达者，或转藉词以达之。

《彊村校词图序》(《彊村丛书》)

8. 徐珂：

董晋卿，皋文、翰风之甥也，学于舅氏，造微踵美，为其后劲，以为词者意内而言外，变风骚人之遗。

《清代词学概论》

9. 蔡桢：

清词派别，可分三期。浙西派与阳羡派同时。浙西派倡自朱竹垞，曹升六、徐电发等继之，崇尚姜、张，以雅正为归。阳羡派倡自陈迦陵，吴园次、万红友等继之，效法苏、辛，惟才气是尚，此第一期也。常州派倡自张皋文，董晋卿、周介存等继之，振北宋名家之绪，以立意为本，以叶律为末，此第二期也。第三期词派，创自王半塘，叶遐庵戏呼为桂派，予亦姑以桂派名之。和之者有郑叔问、况蕙风、朱彊村等，本张皋文意内言外之旨，参以凌次仲、戈顺卿审音持律之说，而益发挥光大之。此派最晚出，以立意为体，故词格颇高。以守律为用，故词法颇严。今世词学正宗，惟有此派。余皆少所树立，不能成派。其下者，野狐禅耳。故王、朱、郑、况诸家，词之家数虽不同，而词派则同。

《柯亭词论》

10.《续修四库全书提要》：

士锡为张惠言之甥，又与金式玉交谊最笃，故其词学邃密，寄托遥深。沈曾植《菌阁琐谈》云：《齐物论斋词》为皋文正嫡，皋文疏节阔调，犹有曲子律缚不住者。在晋卿则应徽按柱，敛气循声，兴象风神，悉系骚雅。古怀纳诸令慢，标碧山为词家四宗之一。此宗超诣，晋卿为无上之上乘矣。玉田所谓清空骚雅者，亦至晋卿而后尽其能事，云云。可谓推崇备至矣。

《齐物论斋词提要》

11. 卢前：

〔望江南〕

贤宅相，衣钵渭阳来。不独宗周成定论，外言内意出心裁。为释止庵猜。

《饮虹簃论清词百家》(《清名家词》)

周之琦

周之琦(1782—1862)字稚圭，号耕樵，又号退庵，河南祥符(今开封)人。嘉庆十三年(1808)进士。改庶吉士，授翰林院编修，历官右中允、侍讲、四川成绵道、按察使、浙江布政使、太仆寺卿、刑部右侍郎，江西、湖北、广西等省巡抚。事见周汝筠、周汝策编《稚圭府君年谱》。之琦一生嗜词，大抵以周邦彦、姜夔为依归，撰有《金梁梦月词》、《怀梦词》、《鸿雪词》各二卷，《退庵词》一卷，总称《心日斋词集》。又辑有《心日斋词选》十六卷，录唐温庭筠至元张翥等十六家词，人各一卷，末各缀一绝句赞之，自言为平生得力所在。尚有《晚香室词录》八卷。

1. 钱林：

日作官人夜词客，蜡烟红舞海棠梢。

可怜蜀纸今腾价，金谷遗音已遍钞。周同年之琦观察蜀中，所作小词甚工。

《岁暮偶为绝句贻诸游好》(《玉山草堂续集》卷四)

2. 程恩泽：

一

绿酒初尝元献醉，月华如练范公吟。

由来将相兼才调，不是吴儿木石心。

二

高才延巳追端己，小令中唐溢晚唐。

更用骚心为乐府，漫天哀艳李重光。

三

涩体清真掩抑弦，飞腾石帚五通仙。

君能并作洪炉铸，更把余金范玉田。

四

镂云缝月具心裁，不是庄严七宝台。

竹屋梅溪都抹倒，故应平睨贺方回。

五

平园大集冠中州，岂止蘋渔玉笛秋。

十里珠帘千步柳，即论谈笑亦风流。

六

仙山瑶草已辞根，尘梦稠桑欲返魂。

云锦凤罗都湿遍，万行情泪哭天孙。

七

难赓春月夫人调，怕读微云女婿书。

忆向红牙双顾误，当年公瑾定何如。

八

月娇一砚费捋撦，我亦偷声学里哇。

近就清空求妙里，不邀青兕鼓铜琶。

《题周稚圭前辈〈金梁梦月词〉八首》(《程侍郎遗集》卷六)

3. 黄燮清：

《梦月词》浑融深厚，语语藏锋，北宋瓣香，于斯未坠。

《国朝词综续编》

4. 蒋敦复：

词之合于意内言外，与鄙人有厚入无间之旨相符者，近来诸名家指不多屈。周保绪先生外，有周稚圭者，名之琦，祥符人，官通显，顾其词蕉萃婉笃，恤乎若有隐忧。〔阮郎归〕云："哀筝弹损远山眉。此情金雁知。"〔青玉案〕云："莺如人懒，花如人醉，春也如人瘦。"〔思佳客〕云："后来怕见初弦月，才学蛾眉便学颦。"〔菩萨蛮〕云："烟穗堕空烟，梦回秋可怜。人倚小红楼，阑干天际愁。"〔浣溪纱〕云："无语可怜秋易瘦，有情那得月常圆。"〔诉衷情〕云："人去后，杨柳又如丝。无语对花枝。莺语隔帘栊。匆匆。画楼今夜风。”凡此皆有《花间》风格，下亦不失为小山父子。至长调〔瑞鹤仙〕云：“怕幽禽，忘了花魂清瘦，却遭栖香正稳。”〔念奴娇〕云：“潮落秋生，水凉梦远，休唤眠鸥起。”〔天香〕咏水仙花云：“银钮旧愁自写。倚冰奁、薄寒吹麝。一掬清窗清泪，粉妆慵卸。”凡此又得清真家法，下亦不失为草窗。“炉香冷了金猊，镜台携，不信生来长见翠眉低。姮娥依旧弄清辉，我自不曾真见月圆时。”皆《金梁梦月词》中句也。一见一不见，俱极有见地，读之令人销魂。

《芬陀利室词话》卷一

5. 孙麟趾：

词学始于隋唐，盛于宋，废于明，至我朝朱竹垞太史，挽回而振兴之，同时成容若、顾梁汾、陈其年、王阮亭、龚孝升、吴梅村，能词者不下数十家，然琢磨未精，时有粗率浮泛之失。乾隆年间，厉樊榭征君审律精严，用意深妙，几并南宋。及周中丞《金梁梦月词》出，较南宋有过之而无不及矣。近读陈心泉司马词，韵致秀逸，意随笔转，与中丞分道扬镳。是集出，吾知天地精华，于此发泄无遗，譬如观乐得韵，叹其无以加矣。

《绝妙近词凡例》

6. 王拯：

金梁词殆张伯羽后一人而已。

〔水龙吟〕词序（《龙壁山房词》）

7. 杜文澜：

国朝词人最工律法者，群推纳兰容若、顾梁汾、周稚圭三家。纳兰侍卫《饮水词》，顾典籍《弹指词》，均已采入词综。惟稚圭中丞《金梁梦月词》，流传未广，亦无选录。中丞名之琦，河南祥符人。嘉庆戊辰进士，累官至湖北、广西巡抚。余生虽晚，犹得于楚幕中望见颜色。所选《心日斋十六家词》，专取唐、宋，而以元之张蜕岩殿焉。其论曰：“词之有令，唐五代尚矣。宋惟晏叔原最擅胜场，贺方回差堪接武。其余间有一二名作流传，然皆专门之学。自兹以降，专工慢词，不复措意令曲，其作令曲，仍与慢词声响无异。大抵宋词闲雅有余，跌宕不足。长调则有清新绵邈之音，小令则少抑扬抗坠之致。盖时代升降使然。虽片玉、石帚，不能自开生面，况其下者乎。”其论如此，取迳可知。余求其词集不可得。今从各友抄存者摘录十二阕，浑融深厚，洵为盛世元音，足资后学津梁，坛坫弁冕也……以上十二词皆谐音协律，真意独存，耐人寻味。

《憩园词话》卷二

8. 丁绍仪：

周稚圭……词绮丽缜密，直逼草窗。纸鸢一词，寄兴尤婉。

《听秋声馆词话》卷一五

9. 谢章铤：

祥符周稚圭之琦著《金梁梦月词》，短调学温、李，长调学姜、史……稚圭妇沈氏卒后，稚圭悼之甚，有《怀梦词》一卷，皆悲香哀粉之作也……伤心苦语，真不数潘安仁、元微之也。

《赌棋山庄词话》卷二

10. 李慈铭：

阅祥符周稚圭中丞之琦《金梁梦月词》两卷，又《怀梦词》一卷，缠绵谐婉，深入南宋大家之室。《金梁梦月词》自题自嘉庆壬申至道光辛巳十年中所作，皆其官京师时与屠琴坞倬、钱衎石仪吉、刘芙初嗣绾及吾乡布衣陈小云致瑛等相唱和，共五百十四首。《怀梦词》皆其为浙臬时悼亡之作，共四十五首，时为道光乙丑，其词凄丽妍约，情不自胜，令人诵之回肠结气，几欲掩过纳兰容若。昔人谓《饮水词》过于哀抑，决其不寿，若中丞者富贵寿考，又将何说耶？

《越缦堂读书记·集部·词曲类》

11. 谭献：

稚圭中丞撰《心日斋十六家词选》，截断众流，金针度与。虽未及皋文、保绪之陈义甚高，要亦倚声家疏凿手也。（《箧中词》）

《复堂词话》

12. 朱祖谋：

〔望江南〕《杂题我朝诸名家词集后》

舟如叶，着岸是君恩。一梦金梁余旧月，千年玉笥有归云，片席蜕严分。

《彊村语业》卷三

13. 况周颐：

周稚圭著《金梁梦月词》、《怀梦词》，合刻为《心日斋词》，自命得南宋人嫡传。

《餐樱庑随笔》

14. 陈洵：

〔减字木兰花〕《七月七日六禾约祀周稚圭，未能也，夜阑对烛，感念生才，率拈短韵》

南唐丽句。无限江山随北去。汴水千年。消得词流一辈贤。　针楼彩月。诞降官家那复说。仙籁分他。天上今传陌上花。

《海绡词》卷一

15. 张尔田：

稚圭、莲生，因物骋辞，力追雅始，就其独至，亦称迥秀。

《词莂序》

16. 胡玉缙：

其词以清切婉丽为宗，乃晚唐、五代以来之正派，前者音节和谐，令人想友朋之乐，后者情怀悱恻，令人增伉俪之思。李慈铭《受礼庐日记》称其“深入南宋大家之室”，虽似溢美，而尚为近之。又云：“几欲掩过纳兰容若，昔人谓《饮水词》过于哀抑，决其不寿，若中丞者富贵寿考，又将何说”，则殊未尽然。《饮水词》取法南唐，通体幽怨萧逸，是集惟悼亡多悽怅语，此犹元稹《悼亡》诗，何等悲楚，而无害后此之三月宰相也。

《金梁梦月词、怀梦词书后》(《四库未收书目提要续编》)

17. 吴梅：

梦月词浑融深厚，语语藏锋。北宋瓣香，于斯未坠黄韵甫语。余谓稚圭词，托体至高，诚有如韵甫之言者。近时论者与鹿潭并称，似尚非确当。鹿潭集中，无酬应之作，梦月则社课特多。即此而论，已不如水云矣。且悼亡诸作，专录一卷。虽元相才多，未免士衡辞费。至《心日斋十六家词选》，截断众流，金针暗度，纵不如皋文、保绪之高，要亦倚声家疏凿手也。

《词学通论》

18.《续修四库全书总目提要》：

程恩泽评其词“声律精严，为词家第一”，又谓之琦之词“纯是起承转合，竟可作词中八股”。黄燮清谓其词“浑融深厚，语语藏锋，北宋瓣香，于斯未坠”，皆备极推崇。盖之琦之词，托体甚高，曲折顿宕，意致深纯，浙西、常州之外，居然一大家也。世人与蒋春霖并称，其实周、蒋二家，不拘派别，是其相同，其余不相似也。春霖天资特异，之琦工力甚深；蒋词可谓大，周词可谓精矣。

《心日斋词集六卷提要》

19. 顾宪融：

周稚圭名之琦，祥符人，著有《金梁梦月词》二卷，《怀梦词》一卷。层台高步，竟体芳兰，其〔陌上花〕词题称与南唐李重光同以七夕生，故其乐府小令当瓣香李氏。虽天籁人工，未能并驾，要于珠玉、六一之后善自得师。

《填词百法》卷下

20. 卢前：

〔望江南〕

金梁梦，语语善藏锋。北宋瓣香斯未坠，浑融雅正具宗风。并世几家同。

《饮虹簃论清词百家》(《清名家词》)

21. 朱庸斋：

乾、嘉年间，浙西派与常州派迭兴，角持一代词坛，独周之琦一人，能截断众流，巍然自立，斯亦难能可贵矣。……《心日斋词》短调学北宋，长调则近张翥，用笔翻腾变化，不必如常州诸子高陈其义，而情韵自足动人。尤得南宋名家勾勒之法，由浅入深，于平顺中见险峭，表现独特之意境。

周之琦实乾、嘉词坛中之关键人物。其小令纯是北宋情调。

《分春馆词话》卷三

石同福

石同福（生卒年不详）字叔民，号敦夫，江苏吴县人。石韫玉子。由浙江知县历官广西梧州府知府。著有《瘦竹幽花之馆诗存》十卷，有《瘦竹幽花馆词》三卷。

1. 吴翌凤：

大旨瓣香竹垞，而小令婉丽，慢词蕴藉，兼有南北宋之长。

徐珂《清代词学概论》引

2. 戈载：

运格于高，取味于隽。

徐珂《清代词学概论》引

冯登府

冯登府（1783—1841）字云伯，号勺园，又号柳东，浙江嘉兴人。嘉庆二十五年（1820）进士，改庶吉士，散馆授福建长乐知县，以浙江宁波府学教授告归。事具《清史列传》、《嘉兴府志》等。登府生平嗜学，勤于著述。古文宗桐城，诗宗朱彝尊，兼工词。学术著作有《三家诗异文疏证》、《十三经诂答问》等，词有《种芸仙馆词》五卷，内含《花墩琴雅》、《月湖秋瑟》、《钓船笛谱》三种。另辑《槜李词辑》二卷。

1. 郭麐：

余尝谓词在难易之间，苟性所不近，虽殚心力为之而不工，亦有偶然学之而即合者。顷见冯云伯登府《种芸词》一卷，体物语有极工者。〔疏影〕《咏帆影》云："船窗似画，看山好，蓦却被夕阴遮断。又最怜、十幅高悬处，全不怕、西风吹转。"〔惜余春慢〕《咏绿阴》云："采兰渡口，买杏楼前，忘却来时花露。但见山边水边，几阵温风，几丝谷雨。"皆能离貌传神。〔摸鱼子〕《咏莼，时甫悼亡》一首云："罥江南、几痕烟嫩，凫根百顷千顷。春风勾起秋风怨，碎叶不成圆镜。呼小艇，早雉尾香褰，种比西湖胜。引来愁影。只钗股敲残，钿波划破，丝雨鬓边映。　山厨供，配取葵羹滑凝。吴娘素手嫌冷。同心锦带谁牵断，旧梦白鸥难省。多少恨。叹流水年华，身世萍飘梗。相思犹剩。且采入蘋洲，渔歌唱罢，凉月满身浸。"可谓会句意于一时，融情颢于两得，将来所就，未易量也。

《灵芬馆词话》卷二

2. 蒋敦复：

浙派词，竹垞开其端，樊榭振其绪，频伽畅其风，皆奉石帚、玉田为圭臬，不肯进入北宋人一步，况唐人乎。冯柳东太史登府，亦其眉目也。所著有《月湖秋瑟》、《花墩琴雅》诸词，亦以姜、张为宗，而旁涉中仙、草窗。〔霜天晓角〕云："昨夜新霜一抹，看一路桔林黄。"〔浪淘沙〕云："说与西风留一叶，尚有蝉栖。"可谓词中有画。

诗至咏古，酒杯块垒，慷慨激昂，词亦有之……《月湖秋瑟》词中有〔买陂塘〕咏南宋宫人送汪水云南归事，《金梁梦月词》中有〔高阳台〕仙露庵宋宫人饯汪水云处，同此一事，制题略异，一咏故事，一怀古迹……二词工力悉敌，却又移易不得，如以冯作咏仙露庵，则浮泛不切，所谓相题行文，此等是也。

柳东词大约工于写景状物，得南宋人遗意。惟言情之作，不及频伽，正与种水词相伯仲耳。

《芬陀利室词话》卷一

3. 杜文澜：

太史名登府，字云伯，嘉兴人。居朱竹垞先生故里。一入承明，旋改闽中知县，弃而忽就。精擘经学，以余事为词。有《月湖秋瑟》、《花墩琴雅》各二卷，《钓船笛谱》一卷，总名曰《种芸仙馆词》。刘金门宫保赠言，谓有白石之清空，无梦窗之质实，洵非虚誉。太史精于宫调，能纠前人之误。于万氏红友尤多微辞，惟不以辨白去上为然，未免千虑之失。

《憩园词话》卷三

4. 丁绍仪：

冯柳东大令……所著《月湖秋瑟》、《种芸仙馆词》，各二卷，独不失金风亭长矩矱。

《听秋声馆词话》卷十

5. 谢章铤：

彭金粟云："词以自然为宗，但自然不从追琢中来，便率易无味。"此三语尤为词中中肯之论。又云："用古人之事，则取其新僻而去其陈因。用古人之语，则取其清隽而去其平实。用古人之字，则取其轻丽而去其浅俗。然用事亦不宜太新僻，恐有狐穴诗人之诮。熟事能生，旧事能新，更为妙手。盖辞有限，意无穷，以意运辞，何熟非生，何旧非新。”近秀水冯柳东登府好用僻典，然观其词，意为辞掩，颇觉晦涩，乃叹范贽之记云仙，陶谷之录清异，稍资谈柄，不是仙才。（卷一）

冯柳东生于词人荟萃之乡，承朱、李诸老之后，意欲独立一帜，故其词辄戛戛生造，可谓有志之士矣。然以云善变，则未也。繁缛弗删，遂嫌质实。

柳东于词虽非上乘，而较谱雠律，颇为精审。（卷二）

《赌棋山庄词话》

6. 陈廷焯：

柳东词笔清雅，哀感中无张眉怒目气象。

《云韶集》卷二五

7. 王蕴章：

柳东名登府，填词为浙派眉目，所著有《月湖秋瑟》、《花墩琴雅》诸词。其妇李梅卿亦工吟咏，有《寒月楼残稿》。

《然脂余韵》卷五

8.《续修四库全书总目提要》：

登府经学名家，以其余事而为词，居于嘉兴，自承竹垞词派，幽妍精洁，丰度雍容，又深于音律。

《种芸仙馆词五卷提要》

9.《续修四库全书总目提要》：

清代经师之词，竹垞、茗柯，造成风气，并享高名，有所自来。余若严元照、凌廷堪、江藩、刘逢禄、冯登府、宋翔凤诸人，初非专心为词，而语意婉至，工力湛深，殊不可及，惜并为经术所掩也。

《柯家山馆词三卷提要》

10. 卢前：

〔望江南〕

花墩下，琴雅发深心。笛谱钓船秋瑟响，浙中一例是南音。今日几人听？

《饮虹簃论清词百家》(《清名家词》)

张其英

张其英（生卒年不详）字玮公，湖北天门人。生活于嘉、道间，优贡生。有《甪山词》一卷，收入《楚四家词》。

1. 丁绍仪：

楚中人士鲜工倚声，道光初天门刘孝长淳、张玮公其英，始相与为词。监利蔡黄楼偁，起而应之，惜皆宗法苏、辛，不甚纯粹。

《听秋声馆词话》卷四

马洵

马洵（生卒年不详）字伯泉，号小眉，浙江海宁人。由监生捐授道衔。与嘉兴冯登府交往密切，工诗词，善鉴赏。撰有《五千卷室诗集》，附《瓶隐词》。

1. 黄燮清：

伯泉词清微，有绘影绘声之妙。

《国朝词综续编》

汪全德

汪全德（1783—1829）字竹素，号修甫，江苏仪征人。其兄为汪全泰，号竹海，故人称其兄弟为大竹、小竹。嘉庆九年（1804）与兄同举顺天乡试，次年中进士，授庶吉士，改工部督水司主事，升员外郎，充江西吉南赣宁道。道光元年署江西布政使。著有《竹素诗钞》。有《崇睦山房词》。

1. 张德瀛：

汪小竹全德词，如深闺少妇，畏见姑嫜。江都人，有《崇睦山房词》。

《词徵》卷六

2.《续修四库全书总目提要》：

其词疏脱潇洒，气机环流，惜其多致力于外表，而不能沉思于内里也。然其工力不可非。

《崇睦山房词一卷提要》

赵植庭

赵植庭（1783—1831）字官槐，一字树三，号公槐。嘉庆十三年（1808）进士，官刑部郎中，有《倚楼词》。

1. 金武祥：

（三家）其才思诸力，本所自得，各骋一涂，以极其致。而境地则又出处不同。然感物抒情，莫不蕴酿深厚，不求工而自工，足以惩猖狂浮靡之流弊，而衷于雅正。则三家与宛邻张氏固殊途而同归也。

《三家词录序》（《三家词录》）

李贻德

李贻德(1783—1832)字天彝，号次白，又号杏村，自号净缘居士，浙江嘉兴人。嘉庆二十三年(1818)举人。未仕，馆江苏阳湖孙星衍家，与孙氏相处甚洽，星衍晚岁著述多赖以卒业。贻德博览群籍，著作等身，亦以经学名世。著有《春秋左氏解贾服注辑述》、《诗考异》、《诗经名物考》、《周礼剩义》、《十七史考异》、《揽青阁诗钞》等。词其余事，存《梦春庐词》一卷。

1. 谢章铤：

《梦春庐词》一卷，嘉兴李次白贻德撰。自序谓弱冠时作香艳词近二百首，或以秀道人语相规，遂弃去。今检其纤佻不甚者，并新作通得四十余首，然则次白固揣摩《花间》者，故短令胜于慢词。

《赌棋山庄词话续编》四

2.《续修四库全书提要》：

词四十八首，意境不深，其间有〔鹊桥仙〕自题词稿一阕："冬郎憔悴似秋娘，我惯替美人弹泪。合欢也假，相思也假，楮墨仅教游戏。"云云。夫情之所触，发为文词，以此为事，固有强己就文之弊，若以为游戏，则失其性情，此贻德词之所以不足重也。

《梦春庐词提要》

孙荪意

孙荪意（1783—？）字秀芬，一字苕玉，浙江仁和人。孙震元女，萧山儒学训导高第继妻。工诗，兼善倚声，有《衎波词》二卷。

1．郭麐：

浙西闺秀，首推二孙。碧梧早擅才华，而赋命蹇薄，故多幽忧蕉萃之音。苕玉归高君颖楼，夫妇唱随，颇称佳耦。惜结缡十载，又歌寡鹄。有才无命，振古如兹。两女士诗篇之外，兼工倚声。余曾为碧梧作《湘筠馆乐府》序，其〔相见欢〕……皆可入《金荃集》中。

《灵芬馆词话》卷二

2．许宗彦：

《金荃》、《兰畹》，大都闲丽之篇；芳草夕阳，不少销凝之句。乐府之制，缘情以生；溯源骚楚，语不尚夫倔奇。选律宫商，韵独取其清越。虽一千余调，才俊之作为多，而五百年来，闺阁之音尤雅。断肠漱玉，既响振于曩朝；海虞吴江，复誉闻于当代。是则诗人之余事，实为女士所专门。屈指近时，盱衡秀淑，若尊古发藻；虞山佩珊，扬华歇浦。季湘朗润，琴瑟之律一均；碧梧清新，巽兑之爻兢爽。其它四姓五陵之媛，不少六幺三叠之传。任长短而皆工，会句意于两得，则《衎波词》又其最焉。天边问姓，盈盈水畔之人；花里征名，灼灼莲中之的。胎瑶情于生小，地占湖山；驰凤想于古今，家多载籍。朝霞作佩，锦绣随其卷舒；明月为胸，珠玑成于咳唾。芳辰待月，早传铭菊之词；始卯有行，弥播颂椒之咏。红丝一缕，倩冷月为良媒；白玉交卮，羡洞仙之艳福。唱和之怀交畅，声律之讲逾精。或袅炉沉香，恋秀衾之残梦；或妆间斑管，搏鸾镜之新妆。小别添吟，长笺写意。樱桃花谢，系窗外之春风；杨柳丝寒，瘦梅边只秋影。芳情宛其缱绻，丽制申似缠绵。近嗣红藕之音，远接玉田之想。缝云啸雪，方此为难；艳树衡栖，视此蔑矣。仆粗闻鬲指，未闻过宫；交获中郎，因知道韫；才渐东海，敢序玉台。用诧示夬闺人，亦传观于同调；瑶华坐对聊私，谱其芳香。妆阁昼闲，倘重烦于诃润。

《衍波词序》（《衍波词》）

3. 吴衡照：

周生先生序《苕玉词》云："天边问姓，盈盈水畔之人。花里征名，灼灼莲中之的。胎瑶情于生小，地占湖山；驰凤想于古今，家多载籍。"又云："红丝一缕，倩冷月为良媒；白玉交卮，羡洞仙之艳福。"皆用苕玉本事。苕玉为萧山高颖楼明经第继配。颖楼好事，擅才名，风雅倡随，仿佛寒山赵氏。其〔高阳台〕《题李香君小影》、〔柳梢青〕《青梅》、〔翠楼吟〕《秋柳》、〔满庭芳〕《美人春睡图》等阕，均足誉高白蜡，名重红盐。

《莲子居词话》卷四

4. 雷瑨：

婚姻嘉礼，以合两姓之欢，而女子适人者，必流涕登车，则人将笑之，非其情也。偶见仁和孙秀芬〔洞仙歌〕自述婚事云："画堂银烛，照氤氲瑞气。吉日良时是谁筮。看门阑、喜聚冰上人来，人争羡，两座辎轩太史。　　晓妆云鬓掠，玉镜台前，试点青螺晕梅翠。偷检彩罗箱，条脱双金，循环意、袖中私系。怪无语、人前镇含羞，算只有、菱花知侬心喜。"末语可谓曲尽隐微。又定情后作〔菩萨蛮〕云："沉沉漏箭催清晓，鸭炉犹剩余袅。吹灭小银灯，半窗斜月明。　　绣衾金压凤，好梦同郎共。含笑语檀郎，何须更断肠。"风流缱绻，令人意消。秀芬原名琦，后名荪意，一字苕玉。孙震元女，训导萧山高第室，举人丙曦湖南盐道枚之母。工诗，著《贻砚斋诗集》，洪亮吉为之序。性爱猫，著《衔蝉小谱》。所著诗余为《衍波词》一卷，中多佳作。

《闺秀词话》卷一

5. 王蕴章：

《衍波词》一卷，仁和孙秀芬荪意女士著。清圆流转，出入于频伽、忆云二家，附庸浙派，当之无愧。〔蝶恋花〕云：“深掩重门春院静。又是年时，一段销魂景。未过花朝春尚嫩，柳梢渐觉黄金褪。　　睡起髻鬟斜不整。注罢沉檀，火灭香篝冷。帘外樱桃花落尽。晚来几阵东风紧。”前调《七夕》云：“又见佳期逢七夕。乌鹊桥成，欲渡还娇怯。一岁离情应更切，银河执手低低说。莫怪天孙断肠绝。修到神仙，尚有生离别。风露悄凉人寂寂。夜深独向瑶阶立。”吹气如兰，绝似《花帘集》中佳著，非寻常揉指弄粉者比也。

《然脂余韵》卷四

谢堃

谢堃（1784—1844）字佩禾，一作佩和，号春草词人，江苏甘泉人。国子监生，游幕四方，以客居山东最久。有《春草堂词》二卷。

1. 谢章铤：

甘泉谢佩禾堃游幕四方，喜结纳，著《春草堂集》十数种，集中惟词差胜，词亦短调较长。

《赌棋山庄词话》卷二

2.《续修四库全书总目提要》：

堃论词曰：词之于诗，犹齿发之于身也。何则？词为诗之余，即齿为骨之余，发乃血之余也。况词与诗同发源于汉魏，诗变于六朝，成于李唐；词则创于五代，备于赵宋云云。所言虚而不实，浮而不切，故其所制，殊无可取，慢词尤为疏浅，律亦不细。然其天资甚高，善于摹拟，〔菩萨蛮〕拟温助教、〔杨柳枝〕拟牛给事、〔浣溪沙〕拟薛侍郎、〔小重山〕拟和学士、〔河渎神〕拟张舍人、〔虞美人〕拟顾太尉、〔女冠子〕拟毛秘书、〔谒金门〕拟冯学士诸作，形貌肖似。

《春草堂词集二卷提要》

汪世泰

汪世泰（生卒年不详）江苏六合人。监生。袁枚之婿，官河南知府。有《碧梧山馆词》二卷。

1. 吴鼒：

余尝评吾友汪紫珊太守之词曰：思态逸妍，音律中雅，语出于性情，旨归于忠厚。船山以为知言。兹于所刊七家词中，又获观其与妇弟袁兰村赠答倡酬之作。盖兰村以名父之子，旷代之才，评量风月，睥睨坛坫。弟视灌夫，儿呼德祖，杰作之悬，一字不易。久要之践，千金屡散。虽复辇下名震，叨国士之知；户外车满，尽长者之辙。而萝屋倚卖珠之补，葛帔鲜赐袍之恋。崚嶒傲骨，乃甘鹤癯，跌宕仙心，但夸蝉化，其不凡可贵已。既而不卑小官，肯习吏事，未及中年，胜气已敝，即涉歧路，初服不渝。听鼓应官，无妨于清才；入幕司笔，那掩其豪态。是以二十年中，翟公之宾，或有盛衰；孝标之论，遂分寒暑。遭时白眼，知我贵希；结契青云，有人可久。盖惟兰村之吟情未减于初，亦惟紫珊之友谊不漓夫古也。且夫桐鱼石鼓，千里相求；镆铘干将，两美必合。况乎君子之交，申以姻娅；文章之道，贯于金石者乎？紫珊之于袁氏，冰玉之映，列在甥馆；骚雅之授，兼以师门。感晏殊之知人，幸东坡之有子。羊昙扣扉，未忘谢安；阮瞻鼓琴，专对潘岳。如橘合柚，俨柏悦松。于是本风人之旨，为诤友之言。名节砥砺，誓以岁寒；功业期许，忧其时迈。故能芊绵妙绪，横生于敛袂之余；慷慨遥情，叠发于推襟之暇。史家所称扶存以忠诲，劝慕以前良者，宁逾此哉？吾前所以许紫珊之词者正在此。今海内工诗余者縠人师、杨蓉裳、汪剑潭、郭频伽四君，与袁氏皆敦群纪之交，并具成牙之赏，请以质诸，或谓余之不失听也。

《碧梧山馆词序》(《碧梧山馆词》)

2. 钱林：

度曲箫声宛转迟，长安才到有人知。

麦光新纸宣毫笔，钞遍周郎片玉词。

绿阴如水漾帘波，闲写窗间墨一螺。

眯眼红尘如海处，让君清思十分多。

《紫珊见示所著碧梧山馆词卷，读竟题二绝句于后》(《碧梧山馆词》)

3. 陈嵩庆：

〔金缕曲〕《奉读〈碧梧山馆词〉辄尔继声》

花底修箫谱。记绸缪、珍珠小字，蚕眠无数。镜约钗盟都莫问(用集中句)，潭水深情谁诉。知吟遍、江南春雨。炙软玉笙吹倚拍，早有人、罗帕相传语。添多少，断肠句。　东风又种双红豆。算年来、秋弦春舫，阑干何处。天与词家兼绮福，彩笔合匀薇露。又残月晓风重赋。近喜井泉新乐府，把乌丝、图画频收取，旗亭酒，尚堪赌。

《碧梧山馆词》

4. 杨文荪：

〔金缕曲〕《奉题〈碧梧山馆词〉即以代柬》

一夜江南雨。快传来、蚕眠细字，蝉联新句。真个情深潭水似，赋到销魂如许。差不负、微云女婿君为随园先生馆甥。艳绝天教兼福慧，尽红盟绿誓从头数。牵宛转，相思绪。　相逢忒煞匆匆去客冬别君于随园。问经年，春风无恙，燕莺俦侣。翠袖银簧争唱遍，想在碧梧深处。且莫向、阑干凝伫。亟写明挑灯读好，么弦离指翻新谱。井华水，为君取。

《碧梧山馆词》

5. 杨文荪：

太守抱兰茝之怀，深烟霞之契，幽敻独诣，芬芳自标，夙于歌词，尤所笃嗜。作东泽绮语，悦魄动魂；畅南宋宗风，超心结绪。固已肸视琴雅，耀艳词坛矣。

《七家词钞序》（《饮水词钞》卷首）

6. 顾翰：

〔满庭芳〕《题汪紫珊太守碧梧山馆填词图》

帘额栖云，窗眉昼暝，碧梧未老疏烟。新蝉乍蜕，嘶断已凉天。吹过一番小雨，桐花影、罥上琴弦。移竹榻，片时支枕，随梦到秋边。　　俗尘都洗却，愔愔绿晕，飞补苔钱。看飘来几叶，好替蛮笺。怪底都霑吟翠，溟濛处、为有词仙。闲凝伫，西南楼角，瞥见月初弦。

《拜石山房词钞》卷一

7. 张德瀛：

汪紫珊词，如春蚕丝尽，奄奄无力六合人，有《碧梧山馆词》。

《词徵》卷六

蔡鸿燮

蔡鸿燮(生卒年不详)字芗延，浙江桐乡人。嘉庆九年(1804)副贡，考充教习，改任山东盐大使。著有《养灵根堂遗集》，有诗五卷、诗补遗一卷、词钞一卷、杂文一卷。

1. 孙兆溎：

桐乡蔡芗延鸿燮，甲子副车，以馆书叙劳，分山东司典策。盘盘大才，历佐百菊溪、陈笠帆、琦静斋诸大府幕。壬午，与余同事兖沂，最为莫逆。题对镜簪花美人词云："奁影晓妆成。人面花迎。鬓雪堆腻试簪轻。比向镜中能似否，侬悟前生。窥影已多情。双照倾城。暖香红玉两分明。相并不知谁更好，花愧今生。"词笔轻圆温润，颇似其人。惜补官后骤亡。

《片玉山房词话》

2. 莫友芝：

微官春梦短，奇句鬼才多。……倚声吾独契，谁付雪儿歌固人多称芗延诗似长吉，余尤爱其诗余能传玉田家法，有国初乡献遗响。

《养灵根堂遗集题词》

3. 蔡鸿勋：

兄才思警敏，幼有神童目，十三补博士弟子员。……往来京洛间，应京兆试，中嘉庆甲子副车，留都考充教习。日与杨蓉裳、姚春木诸先辈相往还，益肆力于诗古文词，都人士群相推许。

《养灵根堂遗集跋》

林则徐

林则徐(1785—1850)字符抚，号石麟，又号少穆，晚号俟村老人、俟村退叟，福建侯官(今福州)人。嘉庆十六年(1811)进士。道光二十年(1840)官两广总督，力主禁烟抗英，寻被遣戍新疆伊犁；放回后复官至云贵总督，卒谥文忠。著有《云左山房诗钞》，附《词钞》。林则徐系近代名臣，得民族英雄之称，不以词著名于世。然其与邓廷桢唱和于广州及伊犁之作，类皆关系时事，且词艺甚高。

1. 谢章铤：

侯官林文忠公勋业文章彪炳海内。……《榕园集》诗文颇富，而未见长短句，公则词附于诗存之后。公固不必以词见，而其词则与嘉、道间诸大老，可以并驾齐驱。

《赌棋山庄词话续编》二

2. 郭则沄：

海氛肇自焚烟一举，林文忠以江督奉使莅粤督其事，与粤督邓嶰筠有笙磬之契。……二公忠诚体国，而其词皆雍容闲雅，世以韩、范拟之。

《清词玉屑》卷四

3. 陈声聪：

同时林少穆则徐，正人魁士，勋业文章，彪炳宇内，亦能作宛转芊绵之语。谢枚如谓其词“与嘉、道间诸大老，可以并驾齐驱”。其与邓嶰筠廷桢唱和数篇，言禁烟事，万丈光芒，至今读之，犹凛凛有生气。

《闽词谈屑》(《填词要略及词评四篇》)

潘德舆

潘德舆（1785—1839）字彦甫，号四农，一号天儒，别号艮亭居士、念石道人，江苏山阳（今淮安）人。道光八年（1828）举人，六应会试不售，十五年（1835）以大挑分发安徽，铨知县。旋入扬州盐署姚莹馆幕，晚任阜宁观海书院、安东清涟书院讲席。为嘉、道间名诗人。著有《养一斋集》，另著《养一斋诗话》、《李杜诗话》，有《养一斋词》三卷。

1. 潘德舆：

余年二十七，始学为词，爱韦端己、冯正中风调，一岁得一卷，流转友人，索之不可得。平心思之，情取跌宕，不无佻冶，无足恨也。兹帙起癸酉至今，得三卷，又自删其十之二。盖此事虽小技，未易矜许。近人诗爱佻靡，于词益纵恣淫荡之章，十可八九，研琢为工，纤悄丛叠，气不转输，遑言神理。高者标唐为宗，坛宇《金荃》，笼盖有宋，不知其佻荡纤屑，未尽融释也。窃论词莫备于宋，莫高于北宋，词尊北宋，犹诗崇盛唐，皆直接《三百篇》、汉魏乐府者也。自竹垞以白石、玉田导人，已殊中声，迦陵师稼轩，凌厉有余，未臻虚浑。一代作手，悉数不审谁属。余中年颇泛滥于稼轩、玉田两家。数岁来，欲参北宋一唱三叹之旨，恨才思庸下，万万不足以追蹑也。姑存所制，俟良友之规绳云尔。

《养一斋词自序》

2. 谭献：

《箧中词》五卷，前年录成，复补数家。潘四农《养一斋词》，清疏老成而少生气。其持论颇訾议宛陵《词选》，以北宋之词当盛唐之时，不为无见。而理路言诠，终非直凑单微之手。何青耜《心庵词存》，骀宕丽逸，如见六朝人物，与许海秋齐名，不虚也。(《复

堂日记》乙卯）

四农大令《与叶生书》略曰："张氏《词选》，抗志希古，标高揭己。宏音雅调，多被排摈。五代、北宋有自昔传诵，非徒只句之警者，张氏亦多恝然置之。窃谓词滥觞于唐，畅于五代，而意格之闳深曲挚，则莫盛于北宋。词之有北宋，犹诗之有盛唐，至南宋则稍衰矣"云云。张氏之后，首发难端，亦可谓言之有故。然不求立言宗旨，而以迹论，则亦何异明中叶诗人之侈口盛唐耶。宜《养一斋词》平钝浅狭，不足登大雅之堂也。然其针砭张氏，亦是诤友。(《箧中词》)

《复堂词话》

3. 王国维：

虽止庵词颇浅薄，潘、刘尤甚。然其推尊北宋，则与明季云间诸公同一卓识也。

《人间词话》

4.《续修四库全书提要》：

据德舆自述，谓初学韦庄、冯延巳二家，其后专研北宋，诋詈当时为艳词者，朱师姜、张，陈法稼轩，德舆亦排斥之。又谓高者标唐为宗，坛宇《金荃》，笼盖有宋，不知其佻荡纤屑，未尽融释云云，则暗斥张惠言也。其与叶生书，亦极力诋其《词选》之非，不知浙派之旨，沿流以溯源，常州派之旨，则因源以及流，皆不可非。北宋虽大，殊不易言，德舆徒为夸大之语，究未明词之源流。今观其词，浅俗粗鄙，不成气格，而欲摈斥朱、张，只见其不自量也。

《养一斋词提要》

吴兰修

吴兰修（1785—?)字石华，号荔村，一号古输。室名桐花阁、守经堂，广东嘉应州(今梅县)人。嘉庆十三年(1808)举人。官信宜县教谕。道光初，与曾钊、张维屏、黄培芳等结希古堂，课治古文辞。阮元督两广，以兰修为学海堂堂长。尝构书巢于粤秀书院，自榜其门曰“经学博士”。兼擅算学，尤工倚声，刻印曰“岭外词人”。有《桐花阁词》，颇享盛名，大都属姜夔、张炎遗响，为清空绵邈一派。

1. 吴嵩梁：

岭南故多诗人而少词人，然石华孝廉则今之玉田生也。……《桐花阁词》……婉约清空，缠绵深至，往复不穷。

《桐花阁词序》(《桐花阁词》)

2. 郭麐：

《桐花阁词》……跌荡而婉，绮丽而不缛，有少游之神韵，而运以梅溪、竹山之清真。

《桐花阁词序》(《桐花阁词》)

3. 张维屏：

张南山《听松庐诗话》曰：石华专工填词，吾粤词家，屈翁山多苏、辛格调，石华则南唐、南宋，出以天然，词笔天生，一时无两。

《荔村吟草跋》引（吴兰修《荔村吟草》）

4. 周尚文：

〔南歌子〕

《嘉应吴石华学博兰修，诗文皆工，而倚声尤妙，借得〈桐花阁词〉读竟，奉题以志心佩》

慧种前生业，才留近代名。柔红软碧句裁成。最是恰当好处，见聪明。　　羚角寻无迹，蚕丝听有声。心香一瓣尽高擎，合向桐花阁底，拜先生。

《小游仙馆词》

5. 梁绍壬：

岭南多诗人，而词家绝少。嘉应吴石华广文兰修，著《桐花阁词》，郭频伽先生以为跌宕而婉，绮丽而不缛，有少游之神韵，而运以梅溪、竹山之清真者也。

《两般秋雨庵随笔》卷五

6. 丁绍仪：

粤东词家甚少，近日嘉应吴石华、番禺仪墨农始以词名。（卷十八）

余所见粤词，近推吴石华、仪墨农为最。（卷二十）

《听秋声馆词话》

7. 陈璞：

吴兰修字石华，嘉应州人，嘉庆戊辰举人……工倚声，直接北宋人之脉，南渡后诸子当与雁行，其岭外之白石翁、玉田生乎？

，茶村诗话

《拟广东文苑传》（《桐花阁词钞》）

8. 陈良玉：

粤称诗国，唯词寥寥。嘉应吴石华学博史学擅长之外，独工倚声。

《桐花阁词钞序》（《桐花阁词钞》）

9. 谢章铤：

石华短调绝佳，梁应来绍壬曾采〔黄金缕〕、〔缔蓖字〕、〔木兰花〕等阕入《两般秋雨庵随笔》，更有〔临江仙〕……〔菩萨蛮〕……〔黄金缕〕《春夜听仪墨农琐语》……。一杯在手，孤灯相对，循环雒诵，诚不知作几许销魂。

《赌棋山庄词话》卷二

10. 继昌（李佳）：

吴兰修，岭南词人，新著《桐花阁稿》，多清新可爱。

王渔洋词有云："郎似桐花，妾似桐花凤。"人因呼之为王桐花。吴石华云："瘦尽桐花，苦忆桐花凤。"不让渔洋山人专美于前也。

《左庵词话》卷上

11. 陈廷焯：

岭南词家绝少，如石华者，真有数作家也。

《云韶集》卷二二

12. 陈廷焯：

石华词，气格不高，措语却凄警。

语极松秀。岭南绝少词家，如石华者，即杰出也。

《词则·闲情集》卷六

13. 徐世昌：

石华清新俊逸，尤长倚声。词宗白石、玉田，婉约轻灵，天然雅韵。

《晚晴簃诗汇》

14. 潘飞声：

乐府渊源三百篇，淫洼艳曲枉雕镌。

采桑一曲罗敷媚，敢向桐花笑拍肩。石华题采桑图语意浑厚，真得风诗之遗。

《论岭南词绝句》二十首（《古今文艺丛书》）

15. 张德瀛：

吴石华兰修词，如雪和新柳，三眠三起嘉应人，有《桐花阁词》。

《词徵》卷六

16. 汪兆镛：

粤中词家，桐花阁最著。陈朗山先生曾刊其词入《学海堂丛刻》中。

《桐花阁词序》(《桐花阁词》)

17. 冒广生:

粤中词人，三家之先，推嘉应吴石华学博兰修、番禺陈兰甫京卿沣。学博之词词人之词，京卿之词则学人之词也。京卿邃于说经，品诣高雅，所著东塾丛书，风行于世。录其《雨中过严泷》〔百字令〕云……此词仙乐飘飘，筝琶洗俗，尝鼎一脔，可以知味矣。

《小三吾亭词话》卷二

18.《续修四库全书总目提要》:

寄内数篇，情致悱恻，不必以字句论工拙也。〔减字木兰花〕《过秦淮作》，颇潇洒有风致。其〔大江东去〕《渡江至京口》一阕，亦激壮可喜。兰修词不宗一家，故未能纯净，然在经生词中，自可备数矣。

《桐华阁词一卷提要》

19. 朱庸斋:

吾粤词学兴盛较晚，粤东三家词风格如一，多破碎浮滑之作，本已不足称。吴兰修学浙派而趋于末流，每多绮靡纤弱之处，且其意境有如闺阁女子，风格不高。兰甫雅正而略欠空灵。述叔当为大家，开岭南风气，自海绡出，粤词始得正声。

《分春馆词话》卷三

吴赞

吴赞（1785—1849）初名亮畴，后改廷鈴，晚年改今名，字彦怀，又字惠钦，号伟卿，江苏常熟人，道光六年（1826）进士，改庶吉士，官刑部主事、员外郎，总办秋审。著有《塔影楼诗赋》二卷，有《塔影楼词》。

1. 张默成：

彦怀词，托兴遥深，用笔曲折，选言明净，得词家三昧。

徐珂《清代词学概论》引

曹楙坚

曹楙坚（生卒年不详）字树蕃，号艮甫，江苏吴县人。幼随父任云南，嘉庆十三年（1808）归补诸生。道光八年（1828）举人，十二年（1832）进士，改庶吉士，授刑部主事，擢员外郎，官至湖北按察使。后罢职出为湖北盐法道，太平军攻破武昌后，不知所踪。有《昙云阁词钞》一卷，与《昙云阁诗集》合刊，同治十二年（1873）增修《昙云阁诗词集》。

1. 陶梁：

艮甫词在草窗、竹屋之间，至清虚超隽处，尤与玉田为近。

《国朝词综续编》引

2. 曹楙坚：

予年十八九时，读《山中白云词》而好之，花辰月午，辄复倚声。积三百余阕，类多粗疏猗靡之音，近取万氏《词律》，与吾友戈氏顺卿所著《词韵》，稍事审定，存者十之二三而已。

《昙云阁词钞序》(《昙云阁集》)

3. 黄燮清：

《昙云阁词》，苍艳处雅近白石，集中诸调，〔琵琶仙〕尤擅胜场，当以“曹琵琶”呼之。

徐珂《清代词学概论》引

4. 杜文澜：

曹艮甫廉访楙坚，江苏吴县人……所著《昙云阁诗》五卷，词一卷，皆手自定稿，刊版无存……其词悉宗南宋诸人，于玉田尤肖。字字稳惬，文生于情。

《憩园词话》卷三

金望欣

金望欣(生卒年不详)字禺谷，号秋士，安徽全椒人。嘉庆二十一年(1816)举人。授馆扬州。后至甘肃，官知县。有《淮海扁舟集》二卷，道光十五年(1835)刊。又有《清惠堂词》二卷。

1. 谢章铤：

《淮海扁舟集》一卷，全椒金秋士望欣撰。秋士词，清顺颇不耐人思。

《赌棋山庄词话续编》三

许乃赓

许乃赓（生卒年不详）字念飏，号藕舲，浙江杭县（今余杭）人。嘉庆二十二年（1817）进士，改庶吉士，授翰林院编修，官至左中允。平生致力于性理之学，诗词存稿甚少。

1. 吴衡照：

吾友许藕舲乃赓，词致清宛，绝似山中白云。……藕舲弟颂年乃嘉尤工词，早世著有《琴语轩诗余》。

《莲子居词话》卷四

戈载

戈载(1786—1856)字弢甫，一字孟博，号顺卿，又号宝士，又号弢翁，江苏吴县(今苏州)人。诸生。曾任国子监典籍。居姑苏枫桥，家有园亭，常与吴下文人结社雅集，与朱绶、沈传桂、王嘉禄、沈彦曾、吴嘉洤、陈彬华合称“吴中七子”。著有《翠薇花馆诗》、《翠薇花馆词》、《词林正韵》。编有《词律订》、《词律补》、《乐府正声》、《续绝妙好词》、《宋七家词选》等。戈载一生精研词律，堪称词学声律专家，当时影响甚巨。

1. 顾广圻：

而近日吾吴七家，亦其选也。七家者，为戈子顺卿、沈子兰如、朱子酉生、陈子小松、吴子清如、沈子闰生、王子井叔。……其论词之旨，则首严于律，次辨于韵，然后选字练句，遣意命言从之。闻诸子尝尽取凡有词以来专集若干，类选若干，旁见乎散见小说笔记者又若干，博考精究，以求夫律之出入，韵之分合，以暨其字、其句、其意、其言，如是者得之，如是者失之，权衡矩矱，于斯大备；轻重方圆，未之或差。是故诸子之词，平奇浓淡，各擅所长，而无一字无来历，则七家未有不同也。

《吴中七家词序》(《思适斋集》卷十三)

2. 顾广圻：

顺卿之词，于两宋诸家皆有得力，而敛才就法，选韵最严，审调最确，乍观如平易，三复之，精密逾见。

《戈顺卿填词图序》(《思适斋集》卷十三)

3. 董国华：

其词有隽逸之致，有韶倩之色，有宕往之韵，有感会之旨。惟隽逸而冶靡涤矣，惟韶倩而繁缛薙矣，惟宕往而尘豪尽矣，惟感会而谐荡节矣。

《翠薇花馆词跋》(《翠薇花馆词》)

4. 董国琛:

余友戈子顺卿工填词，考韵辨律，尤极精当，每于吟宴时，辄取同人词为之正误，如某作某字是，某字非，某句韵是律非，某句律是韵非，不少假借，一时填词家翕然服之。

《词林正韵序》(《词林正韵》)

5. 吴慈鹤:

牢笼诸有，不名一家，盖于美成得其芊绵，于公谨得其妍丽，于竹屋、梅溪得其隽巧，于玉田、石帚得其清新矣。

《翠薇花馆词跋》(《翠薇花馆词》)

6. 王敬之:

江关词赋换准潸，律稳思清句有神。

《翠薇花馆词跋》(《翠薇花馆词》)

7. 吴嘉洤:

至若杨柳三春，芙蓉十月，约流觞于无已，招暖酒于萧辰。云容卵色之天，玉鞭试马；歌扇酒旗之地，画舫飘灯。主唱新声，客催换板。按红牙而竞拍，微白纻以无惭。凡此斟情酌性之偏宜，大有纸醉金迷之可妒。加以案横青玉，卷富黄绫。荟名集于北宋南唐，按旧律于酒边花外。用能缀腋为裘，聚蜂酿蜜。争洗二分尘土，能偕流水为缘；飞破一点烟霞，知是野云无迹。仆也目眩神贻，十读三叹。

《翠薇花馆词序》(《翠薇花馆词》)

8. 吴嘉洤:

自吾友戈顺卿以词学为东南倡，而后进之士，率能按谱倚声，人著一集，彬彬乎盛。

《晓梦春红词序》(潘介繁《晓梦春红词》卷首)

9. 吴嘉洤：

戈载，字孟博，号顺卿，吴县人。……以填词著名海内。喜读书，不善治生，家遂中落。而性好客，终身不衰。方其盛时，屦恒满户。外居枫江，有图书花石之胜。春秋佳日，辄招四方名士饮燕其中。尤豪于酒，引满数斗不醉。虽晚境贫薄，兴不衰也。后乃就馆袁浦，依亲戚为治生计，而词益繁富，尝刻《翠薇花馆词》六十余卷。吴中乐部甲天下，君于诸伶之有名者无弗习也。……君与予同入邑庠，故相习久。后予自京师归，见君老矣，犹时时道盛年时，欷歔不置云。卒年七十有一。

《亡友列传》（《仪宋堂文二集》卷七）

10. 戈载：

拙词前刻十卷，己卯岁止。十余年来，积稿不下数百首，迁徙多，故闭置破簏中久矣。近又作客淮扬间，蓬漂萍泊，旅抱郁伊，孤酌不欢，么弦谁和。更有何心，题红歌翠耶？乃以谬窃虚声，諈诿相属，闲来幽付，偿以朗吟。既为授简之马卿，复类登楼之王粲。凡在中心藏写，悉归小手篇章，西抹东涂，晨钞夜讽，随身卷轴，弗忍弃捐。因并书箬遴选，其十之五六，确守乐笑翁之论，旬锻月炼，改之又改，冀成无暇之玉，然终未敢谓厌心惬志也。“零落雪文字，分明镜精神”，东野所言借以自证，还以自哂云尔。

《翠薇花馆词自序》（《翠薇花馆词》）

11. 戈载：

《翠薇花馆词》续刻二卷成，其序其首曰：予自总发即喜倚声。赋物酒边，覃思花底。或南浦绿波，琴尊别绪；或西园白社，风月闲情。芍药之怀，不能自已，觅句投囊，积年盈箧。自庚申至丁丑，阅十有八载，得七百余篇，同好诸君为删定，成八卷，已付梓。入戊、己两岁，身世之感，益复无聊。秋士易悲，冬心孤抱。独夜命笔，凄晨奏怀，劳者自歌，安望赏音。惟是律求七始，颇具苦心，韵究四声，间有新得。靳至古人，趣归大雅，窃拟修箫，敢辞覆瓿。

《翠薇花馆词续刻二卷自序》(《翠薇花馆词》)

12. 曹楙坚：

拍遍宫商付主讴，短箫长笛各清愁。

枫江有个词人住，便是当年水磨头。戈宝士外兄载。

《冬夜怀人诗二十首》(《昙云阁集》诗集卷四)

13. 曹楙坚：

乐府编成手自抄，引商刻羽费推敲。著有《词林正韵》。

红牙只按吴娘曲，花月秦淮一例抛。戈宝士载。

《秦淮喜晤诸君各系一绝句》(《昙云阁集·诗集》卷四)

14. 沈传桂：

更若中年兴减，去日愁多，绿酒罢斟，青毡将破。孤灯叶落，伴荒蛩而细吟；高台草平，招独鹤而共语。击筑易水之旁，无兹激越；鼓瑟湘江之上，同此凄迷。然而张嬉春之社，或以欢媟为宗；赋悲秋之篇，惟以哀伤为主。用情各偏，结响互异，未足擅名物之最胜，集乐府之大成也。

《翠薇花馆词序》(《翠薇花馆词》)

15. 沈传桂：

〔庆春宫〕《戈顺卿翠薇花馆填词图》

酒社扶香，诗盟围艳，冶愁款约金樽。莺外偷声，蝶边翻拍，玉弦弹响湖云。有情花月，也难抵、湘皋泪痕。欢场儿女，未解悲秋，何问伤春。　乌丝小字回文。梵谱宫棡，法曲重闻。英气销烟，绮怀漂絮，一帘风雨黄昏。俊游能几，已沦落、何戡旧人。红腔低度，谁伴吹箫，渔火江村。

《清梦庵二白词·兰骚剩谱》

16. 王嘉禄：

声律之学失传久矣，今所谓词，短长其句而已，抑仍诗也。

吾友戈君宝士，以词名吴中，独能力振坠绪。

〔摸鱼子〕词序（《桐月修箫谱》）

17. 沈彦曾：

〔百字令〕

古梅花下，记年时俊侣、探春香国。依旧东风吹短鬓，瘦了一枝词笔。鹤梦苔空，莺啼柳暗，可惜愁如织。何当尊酒，玉壶同醉吟魂。　　谱出瑶想琼思，衍波笺样，翠墨痕犹湿。莫是斜阳空恨晚，锦瑟华年难得。铁板豪情，金钗艳语，并向旗亭画。知君风调，暮云长定相忆。

《翠薇花馆词题辞》（《翠薇花馆词》）

18. 程步瀛：

倚遍琼箫泪欲流，挑灯展卷便生愁。

枫江水丽吴山秀，尽何生花笔底收。

自有诗人多纵酒，断无名士不填词。

痴心欲借素女瑟，一字一声细和之。

《翠薇花馆词题辞》（《翠薇花馆词》）

19. 曹凤：

怀中授我一卷词，运意清空无质实。

戈侯好诗更好词，少年藉藉才名驰。……

玉田一生瓣香在，四百五载谁其传？

眼中吴下妙音律，君与沈朱称入室谓闰生酉生。

苏黄辛晏力未工，岂但张三与柳七？

《翠薇花馆词题辞》（《翠薇花馆词》）

20. 王三畏：

斯人扶大雅，生面让君开。

律吕追前辈，江湖老此才。

能歌天上曲，解识爨余才。

多少词场客，倾心奉别裁君于词学深明宫调，精辨四声，凡海内为长短句者，莫不奉为圭臬。

《翠薇花馆词跋》（《翠薇花馆词》）

21. 尤坚：

〔木兰花慢〕《题〈翠薇花馆词集〉》

春风吟袖拥，翠薇下、乐琴书。看曲写蓝天，弦挥紫月，清兴萧疏。闲居。骤惊鬓改，又银箫吹怨向江湖。红豆花开几度，茂陵老却相如。　　荣枯。怕问歧途。弹古调醉双壶。剩麟毫凤律、金针暗度。大雅轮扶。频呼。碧霄俊侣。望乡关一片白云孤。多少新愁旧恨，半销茗碗香炉。

《全清词钞》卷二十一

22. 王寿庭：

〔摸鱼子〕《翠薇花馆吊戈顺卿先生》

最风流，隐囊纱帽，填词人坐花底。前身白石聪明在，无字不谐宫徵。箫语脆。怎六百年来，凄怨仍如此。晴窗半启，想读画添香，论文煮酒，翠雪点幽袂。　　韶光黯，门掩山塘七里君家山塘桥。维摩愁病难起。朋笺风雨消寒社辛亥冬偕张筱峰、盛艮山诸君结消寒社，旧日鹭鸥余几。邻笛里，剩一片，斜阳红徧伤心地。秋魂逝矣，只孤馆凉蛩，画桥残柳，替我写颤额。

《吟碧山馆词》

23. 蒋敦复：

吴中七子……酉生宗梦窗，闰生宗梅溪，井叔宗碧山，余草窗、竹屋，各有专尚。顺翁词集最富，不名一家，惟用心于律，订万氏之讹，他人或苦之，弥津津乐道也。

顺翁少年以四春词得名。春影云："缕缕柔魂，荡入迷濛，不辨是红是翠。"春香云："熏得花魂尽返，漾晴天，百和依稀。"春声云："种种幽情难诉，正别梦娇啼，画屏人寂。"春意云："钗影腻，酒香浓，惯暗里惺忪。"此皆钩魂摄魄咏物上乘。……《翠薇花馆词》持律谨严，特少跳脱变化之笔。此首却流丽尽致，集中仅见之作，晚年更颓唐矣。

顺翁持律虽严，集中亦不能自遵约束。夹钟羽之〔玉京秋〕，宜用入声叶韵，不可叶上去，见所著《词林正韵》凡例中。及自作“杨柳岸”一首，用院字上去韵。〔忆旧游〕调结七字，当作“平平去入平去平”，第四字必宜用入，历引各家词证之。及自作问东风一首结云：“山花已尽红杜鹃。”尽字非入，何恕于责己耶？若作“山花泪湿红杜鹃”则协矣。他首失律处亦多。

《芬陀利室词话》卷二

24. 杜文澜：

戈顺卿典簿载，江苏吴县人，由诸生官国子监典簿，以词学提倡江南北者三十年。所著《词林正韵》三卷，取李唐以来韵书，以校两宋词人所用，博考互证，辨晰入微，足补绿斐轩之遗，永为词家取法。又选《宋七家词》，采取精当，核律亦严。惟宋词用韵太宽，往往不分四呼七音，而以乡音意为通转。选中有佳词韵误者，辄改其韵。未免自信过深，招人訾议……典簿所撰《翠薇花馆词》多至三十九卷，专主审音协律，致真意转漓。

《憩园词话》卷二

25. 丁绍仪：

宝士一字顺卿，居苏之枫桥，家饶于赀，兼有园亭之胜，故得专力于词。与元和朱酉生绶、长洲沈闰生传桂诸君，为吴门七子。所著《翠薇花馆词》，多至十卷。

《听秋声馆词话》

26. 杨敬傅：

近代吴中词手，竞推七子，而精研律韵，尤以《翠薇》为宗。

《香隐庵词序》

27. 谢章铤：

词学国朝为盛，而词集最易消磨。以予所见，前则陈其年《迦

陵词》三十卷此初刻本后乃编入《湖海楼集》。近则戈宝士载《翠微花馆词》二十七卷，最为繁富。（续编三）

戈宝士《翠薇花馆词》最多，余所得者二十七卷，《词综续编》以为三十九卷，《万竹楼词》注以为三十卷，《听秋声馆词话》以为十卷。殆其词随作随刻，故积久愈多耳。然平庸少味，阅至十篇，便令人昏昏欲睡。因其室有余资，喜结纳，才名易起。谓之好事则可，谓之名家则不能也。而其所自负者，以为吾词能辨四声，能分宫调。然而张玉田有言，音律固当参究，词章先宜精思。词源诚以声音丽于虚，文字征于实，实者既难惬心，虚者何由动听？且吾亦未见其词之出，果能使四方传唱也，则律之叶否，终不可知。而人转因其守律之严，反恕其临文之劣，则律者真藏拙分谤之具也。近日浙派盛行，立说莫不如此，盖不独宝士然也。而宝士之可议者，尚不止是。卷首序与题词数十篇，借光之多，已属可笑。开卷即有龙涎香、白莲、莼、蝉等题，此近来学南宋者几成例作，习气愈觉可厌。且宝士一贡生耳，而自十三卷以后，交游渐广，攀援渐高，中丞方伯、观察太守、司马明府，历碌满纸，所作无非应酬。虚声愈大，心灵愈短，岂芝麓之于迦陵乎，岂愚山之于河右乎，抑何其不惮烦也。至为麟见亭河帅题《鸿雪因缘图》，前后合一百六十阕，多至四卷，观其自述，知配合雕镂，费尽苦心。然以《花间》、《兰畹》之手笔，加以引商刻羽之工夫，乃为巨公谱荣华之录，摹德政之碑也。言之不足，又长言之，若以为有厚幸焉，此真极词场之变态矣。第未知周美成、姜白石见之，以为何如也？宝士词亦未必风行，于世原无庸论。余所以覼缕者，庶几学词之人，知所自省，不至芜蔓若此。夫人文合一，词虽小道，亦当知绩学敦品耳。（续编五）

《赌棋山庄词话续编》

28. 俞樾：

戈氏深于律而不工于词，读其词者惜焉。夫律之不知，固不足言词，而词之不工，又何以律为？

《樵风乐府序》(《樵风乐府》)

29. 刘观藻：

〔解连环〕

《吴中词学首推戈丈顺卿，惜未一面，去岁四月丈作古，韵楼、子绣均以此调哭之，因次其韵以追悼焉》

野云凝碧。怅柴关未叩，愿违畴昔。幸世间、著述常留，每凄诵遗编，见君才力。白石前身，想天与、生花仙笔。奈潇潇暮雨，拍到凄凉，泪点频滴。　相思谁共旦夕？只两三俊侣，同聚歌席。笑近来、搜尽枯肠，倘不遇知音，寸心空掷。转眼秋风，忍再听、高楼横笛。料斜阳、翠薇树底，有人暗忆。

《紫藤花馆诗余》

30. 李慈铭：

近日吴中填词名辈，若戈顺卿、沈闰生等，皆以白石词为金科玉律，斤斤于一字半字之辨，以为乐府正声，赖此不坠。夫大晟久亡，宫音不正，诸人生千百年后，徒墨守其去上之字，咀含其重墆之音，不计工拙清浊，以为概可被之管弦，亦可谓至愚极陋者矣。

卧阅戈顺卿《词林正韵》，前有《发凡》一卷。顺卿自以专力于词，能辨别宫商，较量分寸，其实不过奉白石、玉田之词为金科玉律，妄言律吕，不识乌焉，一村学究之见解耳。

《越缦堂读书记·集部·词曲类》

31. 谭献：

顺卿谨于持律，剖及豪芒。道光间吴越词人从其说者，或不免晦涩窳离，情文不副。然实为声律诤臣，不可就便安而偭越也。(《箧中词》)

《复堂词话》

32. 况周颐：

吴县戈顺卿载《翠薇花馆词》，裒然巨帙，以备调守律为主旨，似乎工拙所弗计也。惟所辑《词林正韵》，则最为善本。曩王氏四印斋依戈氏自刻本，刻附《所刻词》后。倚声家圭臬奉之。

《蕙风词话》卷一

33. 况周颐：

戈载字顺卿，嗜长短句，守律最严，著有《词林正韵》。其《翠薇花馆词稿》篇帙繁富，与《湖海楼》相若。独惜偏重声律，词华非所措意耳。

《眉庐丛话》

34. 张茂炯：

予惟吾吴词学之盛，莫嘉、道间。若自翠薇花馆宏开坛坫，同时名宿如吴清如、朱酉生、沈兰如、陈小松、沈闰生、王井叔诸先生，皆相与唱和，时有“吴中七子”之目。而戈顺卿实执牛耳，隐然为盟主。戈氏论词以清真、梅溪、白石、梦窗、草窗、碧山、玉田为宗，《七家词选》所由辑也。又撰《词林正韵》一书，自谓于古人之词博考互证，细加辨晰，了如指掌，一时词家翕然称之。

《井眉轩长短句序》(《井眉轩长短句》)

35. 吴梅：

至于论律诸家，亦以清代为胜。红友订词，实开橐钥；顺卿论韵，亦推输墨。而其所作，率皆颓唐，不称其才。

清代词集之富，莫如迦陵。顺卿《翠薇词》，乃更过之，而泥沙不除，亦与迦陵相等。……集中佳构……精心结撰，文字音律，两臻绝顶，宜其独步江东，一时无与抗衡也。顺卿论词律极精，于旋宫八十四调之旨，研讨至深，故其自称，在能辨阴阳，能分宫调。又白石旁谱，当时词家，不甚明了，顺卿能一一按管。数百年聚讼纷如，望而却步者，一旦大畅其理，此诚绝顶聪明也。

惟集中平庸芜浅诸作，触目皆是。

《词学通论》

36. 吴梅：

逊清一代，吾乡词学，西堂实推冠冕，至皃乡而词境始大，闰生、仲环则益精密矣。戈氏顺卿论律虽工，措辞独拙，未能与诸子竞短长也。

《味闲堂词钞序》

37. 陈匪石：

近二百年来，善言词者，多不工，如万红友、戈顺卿、徐级庵、陈亦峰皆是也。或谓律太谨严，则为所束缚，而摛词遂不能自然超妙。抑知两宋大家，如秦、周、姜、吴、张诸子，谁非精于律者，又谁不工于词耶？故谓红友诸人精于律而拙于词则可，谓其词之不工，由于律之太细，则断断不可也。

《旧时月色斋词谭》

38. 《续修四库全书总目提要》：

载精于声律，别撰《词韵》，效法两宋，工力深密，故其所撰〔山亭宴〕《秋晚游天平山》、〔霜叶飞〕《落叶和吴清如》诸首，文字、声律，两臻绝诣。一时交推，有由来也。惟载词最多为三十九卷，最少为八卷，今既未能一一详校，而谢章铤《赌棋山庄词话续编》卷五论之甚详……清代词集之富，莫如陈其年，而载又过之。不知能传之词，虽一二首可也，载词竟多至三十九卷，其榛芜未剪、泥沙不除，明白可晓。

《翠薇花馆词八卷提要》

朱和羲

朱和羲（生卒年不详）字子鹤，自号么凤词人，吴县(今江苏苏州)人。诸生。官国子监典簿。尝与戈载等往还唱和。著有《万竹楼词》(又名《洞庭渔唱》)三卷，《新声谱》一卷，《词律拾遗刊误》一卷。《万竹楼词》收词一百余首。

1. 戈载：

以澹远之笔，写隽永之思，取骀宕之神，归婉约之旨。情文相生，洒落自喜。

《万竹楼词序》(《万竹楼词》)

2. 朱和羲：

道光乙酉春，予游学云间，偶于书肆中得《草堂诗余》一册。吟咏一周，爱不忍释。但觉花柳怡情，风月遣兴，览物而动，感人甚深。于是始知有词学之道，依谱填腔，奉为圭臬。戊戌岁，谒姚春木丈于茸城，越六载谒戈顺卿丈于山塘，纵谈律吕，细论渊源。则知向之所奉为圭臬者，见其小而未见其大也，见其浅而未见其深也。浑厚者易流于板滞，妍丽者易入于冶靡，峭拔者易近于粗豪。欲祛流弊，宜探正宗。乃以向时所作，付诸一炬。遴取南北宋诸名家之词，朝夕研究之，复购专集以参考之。既获指迷，兼资就正。自是而词之源流升降，正变雅俗，稍稍得有领悟矣。

《万竹楼词自叙》(《万竹楼词》)

3. 姚燮：

〔摸鱼儿〕《书朱紫鹤〈万竹楼词卷〉后同家春木翁调》

碧亭亭、芙蓉七二，洞庭当牖还倩。佳人玉貌秋为骨，借得水烹云炼。琴一段。听捺指宫音，半杂潇湘怨。清商忽变。又素月中宵，明玕万叶，四幕泻凉靛。　　吾还念。长水钓师才擅。江湖载酒忘倦。风流后起如君者，等样浮家皂浒。茶梦转。更酒试青椰，香试红麸串。天空籁远。定和汝声声，藓根独蟀，芦背两三雁。

《续疏影楼词》卷八

4. 张文虎：

子鹤虽祖居莫釐，而常客我郡席故资。无他嗜好，独好为长短句，以为言情之作莫善乎此。又尝与其乡先辈戈顺卿游，多闻绪论，故其为词持律甚严，而用意深细。其师法在姜、张、二窗，凡世所尚以叫嚣为豪、涂饰为丽、尖刻为巧者，皆所不屑也。

《万竹楼词钞序》(《舒艺室杂著》乙编卷上)

5. 谢章铤：

《万竹楼词》二卷，吴县朱子鹤和羲撰。子鹤词庸弱未成体，姚春木椿序之。

《赌棋山庄词话续编》三

6.《续修四库全书总目提要》：

和羲与戈载游，又与姚燮、张文虎诸人相倡和，其篷室许德蘋亦以词名。北宋喜阅贺铸乐府，宋末之词，亦所欣诵，词学渊源，最为明显。然其所作，殊不称也。又喜自制新调，如〔返魂香〕、〔采茶春煮碧〕诸阕皆是，则近于妄矣。

《万竹楼词选一卷提要》

许德蘋

许德蘋（生卒年不详）字香滨，自号采白仙子，扬州人。朱和羲侧室，有《和漱玉词》、《涧南词》。

1.《续修四库全书总目提要》：

《和漱玉词》五十四阕，《涧南词》二十三阕，虽不若《漱玉》之精妙，殊无纤弱之态也。

《和漱玉词、涧南词一卷提要》

张泰初

张泰初(?—1843)字安甫，号松溪，浙江钱塘(今杭州)人。嘉庆贡生。好学深思，尤精金石律吕。其词学张炎，严守声律。有《横经堂诗余》二卷传世。

1. 戈载：

（松溪词）宜其于《山中白云》，入其门，升其堂，造其室，而非徒学声调，循皮毛之袭也。

《横经堂诗余序》(《横经堂诗余》)

2. 杜文澜：

张松溪茂才泰初，一字安甫，钱塘人，少年英俊，于学无所不窥。尤深于词，得山中白云神髓。守律亦严。幕游袁浦，于时戈顺卿主坛坫，首推服之。讵富于才而啬于遇，复不能永年。其友金眉生廉访，为之营葬抚，二十年如一日。所著《横经堂诗余》，一名《花影吹笙谱》，先刊于杭，兵燹失去，廉访为之重刻。空灵婉约，一往情深。所用四声，校宋词不差累黍，百余篇皆可传之作。所微不足者，长调似欠凝重，或为玉楼早赴之征耶？

《憩园词话》卷三

赵棻

赵棻（1788—1856）字仪姞，一字子逸，号婉卿，晚号善约老人，江苏上海人。赵秉冲女，乌程汪延泽室。有《滤月轩诗余》一卷，与同名诗集合刊。

1. 张德瀛：

赵仪姞棻词，如新燕营巢，自能护体上海人，有《滤月轩诗余》。

《词徵》卷六

2. 雷瑨：

赵棻，字仪姞，一字子逸，号次鸿，晚号善约老人。上海人。工诗词，所著《滤月楼诗余》，强半为酬赠题物之作，然风格清华，不为所掩。

《闺秀词话》卷二

杨敬傅

杨敬傅（1788?—1869?）字艮生，号师白，又号檗厂，江苏太仓人。有《春水船词钞》(又称《眉影词》)一卷，有《绿雪馆词二集》本、《太仓三家词》本、《沧江乐府》本。

1. 蒋敦复：

杨叔温先生与彭甘亭丈齐名。师白以名父子中年坎坷，词多凄厉。……风格在碧山、白云间。师白又有月痕、烟影、风色、雨意四词，刻划微至，吴门四春词不得专美于前矣。

《芬陀利室词话》卷三

朱骏声

朱骏声（1788—1858）字丰芑，号允倩，晚年又号石隐，江苏元和（今苏州）人。嘉庆二十三年（1818）举人，官黟县训导，后以进呈所著《说文通训定声》赏国子监博士衔，迁扬州府学教授，引疾去。骏声师事钱大昕，长于声韵训诂之学，为清代著名小学家，亦擅长诗赋词章。著作甚多，有《说文通训定声》、《夏小正补传》、《小尔雅约注》、《传经堂文集》等。词集有《拜石词》一卷，《临啸阁词选》四卷《拾遗》二卷。

1. 朱绶：

〔踏莎行〕《美人一阕题芍药词录尘》

林萼催寒，兰牙透暖，红心猜破花深浅。碧霞笺上墨初干。写得鸳鸯两字背人看。　　黯黯深愁，深深闲院。柔情合付莺歌管，怕他学语近秋千。几度词来，红豆不轻弹。

《临啸阁词》

2. 朱绶：

允倩小学专家，而词笔娴秀，出自天然。取径醽舫，以摩西秦之垒，意境冲淡，情理自足，惜词名为学所掩，世罕知者。

《临啸阁词题辞》（《临啸阁词》）

3. 朱师辙：

子存稿四卷，首卷《红叶词》，皆玉台吟咏，香阁缠绵之作，取芍药赠答之意。次卷《拜石词》，皆闲居游览，访旧之作，取寄情泉石之意。三卷《玉屑词》，皆咏物寄兴之作，取镂玉余屑之意。四卷《对影词》，皆题赠良朋之作，取“对影成三人”之意。总题曰《临啸阁词》。

《临啸阁词跋》（《临啸阁词》）

4.《续修四库全书总目提要》：

骏声以治经余闲而为之，非专力于是道也。其名“拜石”之意，殆尊崇尧章歌曲欤？其词间有聪颖之句。

《拜石词一卷提要》

朱绶

朱绶(1789—1840)字仲环，一字环之。晚年复更字仲洁。号酉生，江苏元和(今苏州)人。道光十一年(1831)举人。《清史列传》有传。工诗词，与戈载、王嘉禄、吴嘉洤、沈传桂、沈彦曾、陈彬华等人合称“吴中七子”。朱绶填词私淑梦窗、草窗，而其密丽之风，又特近梦窗。填词精于律，严于韵。著有《知止堂文集》、《知止堂诗录》，词有《绨锦词》、《湘弦别谱》、《黛湖渔唱》各一卷，总称《知止堂词录》。又有《清词选》三卷。

1. 戈载：

呜呼！予何忍读酉生之词哉！予与酉生交三十年，同志莫逆，白头如新，赏奇析疑，互相商榷，此真平生之益友也。……予又何忍不读酉生之词哉？酉生骚姿雅骨，弄拍摅情，其意缭曲，其味隽永。以缜密为尚，以绵丽为宗，要自有清灵之气，行乎其间，故组织而无襞积之痕，酝酿而无滤滞之病。梦窗以后，一人而已。夫词莫盛于宋，而粗疏者有之，冶靡者有之，浮滑者有之，梦窗力矫其弊，创为此格，犹唐诗中之有玉溪生也。……二百年来……望张之门者固多，登张之堂者已少，入张之室者更少，遑乎姜乎？……至梦窗则无人顾而问焉。若酉生者为于举世不为之日，且精于律，严于韵，亦如梦窗之一笔不苟，是非好学深思，岂易臻此？

《知止堂词录序》(《知止堂词录》)

2. 戈载：

〔齐天乐〕《题朱酉生萝碧词卷》

春愁飞满斜阳里，风怀到秋逾瘦。鸥思云凉，莺情花昵，抛尽锁窗红豆。琼箫谱就。羡玉比吟肩，细敲蓉漏。锦字翻来，紫霞仙曲绕歌袖。　　华年暗尘去骤。寂寥身世，感风雨消受。湘管吹香，蜀弦弹梦，泪裛蝉笺痕透。银醅满斗。费几度销魂，几回搔首。一缕新霜，镜中添鬓叉。

遍吟七宝楼台句，天机化成春绣。镂月雕肝，裁云刻骨，抛尽锁窗红豆。琼箫按久。羡玉比双肩，细敲蓉漏。锦字翻来，紫霞仙曲绕歌袖。　　华年暗尘去骤。寂寥身世，感风雨消受。凤烛啼愁，鸳弦诉梦，泪裛蝉笺痕透，旗亭醉酒。费几度销魂，几回搔首。珍重瑶编，只应天上有。

《翠薇花馆词》

3. 戈载：

〔忆旧游〕《感旧词五首》其五

酉生名绶，元和人。庚寅孝廉。予于癸酉岁订交至今，将及三十载矣。时予居枫江，酉生居墨池园，相隔十余里，不得朝夕相见，以为恨事。自予出门薄游，水分云隔，良觌更稀。今遽归道山，岂不痛哉？卒时年仅五十有一。素体亦颇强健，惟赋性沉潜，遇有事故，结轖不舒。兼之劳心过甚，寡欢戚饶，以致忧能伤人耳。诗古文词皆卓有可传，诗尤为正始之音，手录十二卷，高芾堂、董琴涵两观察为之付梓。词则善学梦窗，自编三卷，数年前属予为序，今始覆校一通偿其宿诺，亦已续刊于诗后矣。

忆深深梓里，远访葑溪，常惹离愁。旅食淮南，馆叹天涯，简面一日三秋。那堪更嗟长别，归梦见无由。算白雪知音，青山结契，到此都休。　　雕镂竭肝肾，只刮骨清吟，感遇多忧。尚未衰期，迫奈悴憔，黧黑心疾难瘳。手编幸传，铅椠鸿宝定长留。愧纰导樵歌，聊偿旧诺，和泪流。宋朱敦儒词集三卷名《樵歌》。

《翠薇花馆词》卷二十五

4. 朱绶：

绶填词之学于今十年，不欲多存者，虑萧艾盈目，徒则人意也。清真、白石、梅溪、碧山皆所笃嗜，而私淑之愿，尤在梦窗、草窗。蒋君澹怀曾言：殚精竭虑，为举世不好之物，叹息而已。先后交曹君艮甫、沈君闰生，互有所益。而审定声律，则戈君顺卿之力居多。绶自维年过三十，幽忧憔悴，而美人香草，自言所言，有韵之文，词尤善感，篝灯自诵，唏乎悲矣。

《绨锦词自序》（《知止堂词录》）

5. 朱绶：

壬午春日，戈君顺卿、王君井叔议刻吴中六家词，而征余所作。余词不足与诸君竞美也。顾念致力于此者既久，不忍听神智之自腐。录十之二三为一卷……憔悴幽忧，佹寄所托，美人香草，寻绪无端。有韵之文，词尤善感。准诸六义，亦比兴之遗也。

《湘弦别谱自序》（《知止堂词录》）

6. 朱绶：

是集之作在己卯秋日，小诗曼词，多不足录，而余所以自寄其区区之心者将于是乎？在世固有知余者乎？夫亦可感也。

《己卯延秋集自序》（《知止堂文集》卷一）

7. 史高箐：

意蓄语中，韵溢弦外，酉生之词也。盛年不聊，惨恻善感。泪花浥红，愁草瘗碧。乐府变曲，离骚外篇。体制非一，此为工已。……乃复怅惜惘惘乎，秋士之多悲也。原其宗旨，取裁二窗。猗靡之余，别有怀抱。宁辐毋易，情深于文。何能寻踪野云，翕响孤雁，拾童蒙之坠香乎？箐宛娈闺闼，时绎绪论，窃以言苦者思沉，辞隐者志郁，缅冰瑟高不乐恒耳，其以绨锦重袭之也。

《绨锦词序》（《知止堂词录》）

8. 潘曾沂：

诗尤警策，比物以意，得句象外。闲为乐府，寄好二窗，花竹幽闷，风弦自响。其朴雅处，类牺象大尊，不杂一二瓶罂。

《朱环之绨锦词序》（《知止堂词录》）

9. 黄燮清：

西生词有白石之苍，梦窗之丽，气格清浑，不事字句雕饰，当于全体中求之也。大江南北，洵推作手。

《国朝词综续编》卷十二

10. 蒋敦复：

吴中七子……西生宗梦窗，闰生宗梅溪，井叔宗碧山，余草窗、竹屋，各有专尚。顺翁词集最富，不名一家，惟用心于律，订万氏之讹，他人或苦之，弥津津乐道也。

《芬陀利室词话》卷二

11. 杜文澜：

吴中七子词以二生为巨擘，谓朱酉生、沈闰生也。

曩在吴门，与顾子山观察谈艺，常称同里朱酉生孝廉词。后校刊曹艮甫廉访词集，多与唱酬之作，意甚倾倒，余心慕之。今始得见《知止堂词》录残本，知酉生名绶，一字仲环，元和人。道光乙未举人。素工词，根底深厚，小令少而慢调多。

盖北宋为小令，重含蓄，继唐诗之后。南宋为慢词，工抒写，开元曲之先。凡专力于南宋人词，每于小令不甚经意。词中声律之细，固不待言，如〔法曲献仙音〕调尤为讲律之入微者。

《憩园词话》卷五

12. 继昌（李佳）：

朱环之绶，工词，刻有《知止堂词》三卷。记其中〔高阳台〕有云："叶叶花花，风风雨雨，年来春恨偏多。燕燕莺莺，看春无奈春何。"十二字参错用之，是由漱玉词中化出。

《左庵词话》卷上

夏昆林

夏昆林（1789—1867）字治卿，号瘦生，江苏高邮人，著有《槿花村吟存》四卷、《槿村樵唱》四卷。

1.《续修四库全书总目提要》：

词集……有豪快之作，有清雅之作，但豪快而不高健，清雅而不深浑，故或气荡而不收，语淡而浅薄，终不可与于作者之林也。

《槿村樵唱一卷提要》

孙家谷

孙家谷(1790—1828)原名家棪，字曙舟，号幼莲，浙江鄞县人。道光二年(1822)进士，官湖北襄阳知县。著有《襄陵词草》、《种玉词)各一卷，共六十六首。

1. 姚燮：

吾郡近世词学，推周小匡先生世绪暨先生，一时有双南金之目。先生之词情婉意约，的宗秦、柳，其浓丽俊雅处，又与梦窗、西麓为近。

《国朝词综续》引

2. 谢章铤：

《种玉词》一卷，仅十余阕，四明孙曙舟家谷大令撰，其友姚梅伯为之刊行。虽多涉软语，而清隽可咏。

《赌棋山庄词话》卷三

3. 张德瀛：

孙曙舟家谷词，如田间游气，上透碧霄钱塘人，有《种玉词》。

《词徵》卷六

夏宝晋

夏宝晋（1790—1867）字玉延，号慈仲，江苏高邮人。嘉庆十八年（1813）举人，官山西朔州知州。有《笛椽词》二卷，《琴隐词》一卷，《湖中明月词》一卷，三者合称《冬生草堂词》，与同名诗录、文录合刊。

1. 谭献：

夏玉延为郭频伽之甥，所谓“山抹微云女婿”也。高秀之致，欲度冰清。（《箧中词》）

《复堂词话》

陈彬华

陈彬华（1790—？）原名兆元，字符之，易字小松，江苏吴县人。贡生，官训导。有《瑶碧词》一卷，道光间《吴中七家词》刻本。

1. 董国琛：

回肠宕魂，凄然以迷。其神则孤月入抱，其气则异香悦魂。其音则空中仙乐，摇曳清圆；其旨则高山白云，绵渺无垠。凡诸众妙，直可上追南宋诸君，又不仅与竹垞、樊榭诸老争此词坛一席而已。

《瑶碧词序》（《吴中七家词》）

2. 蒋敦复：

〔念奴娇〕《题陈同叔〈瑶碧词〉后》

洞箫吹罢，记前身明月，今生才子。何物能销愁万古，大抵情之一字。花底闻声，尊前对影，商略浑无计。东风昨夜，画桥杨柳眠起。　　我自倦旅江湖，但少年飘荡，中年蕉萃。画壁双鬟词一卷，赢得狂名而已。海水天风，琼楼玉宇，绝调君能继。碧云日暮，山中同采兰芷。

《青瑟词》（《芬陀利室词》卷四）

乔重禧

乔重禧（生卒年不详）字鹭洲，江苏上海人。嘉庆间岁贡生。道光末卒。有《陔南池馆遗集》二卷，词有《宜园诗余》。

1. 黄安涛：

《宜园词》，才调富有，情致缠绵。

徐珂《清代词学概论》引

吴嘉洤

吴嘉洤(1790—1865)字清如，又字澄之，号退斋，江苏吴县(今属苏州)人。道光十八年(1838)进士，历官内阁中书、宗人府主事、户部河南司员外郎。解组归后掌教平江书院。嘉洤以诗古文词知名于世，早年为“吴中七子”之一，归田后筑退园，日与同道唱和园中。著有《仪宋堂诗文集》、《珠尘集》、《乘桴小草》等。其《仪宋堂词》二卷各名《秋绿词》、《蝉前蝶后词》，词作格律精严。

1. 吴嘉洤：

乃始精究阴阳清浊之分，九宫八十一调之变。又以暇日遍览南宋以来诸大家之集，互参博考，而知诸子所论撰殆无累黍异。后每得一解，必蕲合乎古人之绳尺而止。

《秋绿词自序》(《秋绿词》)

2. 蒋敦复：

吴郎中少时为吴中七子之一。今酉生、闰生、顺卿、井叔诸君，俱归道山。词坛领袖，岿然灵光。所著有《仪宋堂文集》，古文瓣香六一，与归熙甫、汪苕文相伯仲间。曾序余《啸古堂文集》，以眉山比拟，殊不敢当。词笔如春兰初花，幽芳袭人……长调风格，在山村、蜕岩间。

《芬陀利室词话》卷二

陆循应

陆循应（1790—1870）字子良，江苏武进人，官河南南阳县典史，有《鸥汀词草》一卷。

1. 汤成烈：

同治己巳，君自楚归里，卜居比邻……时君年七十有九矣……词多陶写性情，得天然之风趣，托讽远而入人深，有古之遗音焉。吾乡皋文、翰风两先生与同时左、钱、李、陆诸君咀徵含商，唱酬风雅，可以谐金石而协管弦，此其胜也。其后杨君劭起、魏君曾颂、方君彦闻、董君子诜、方立、赵君树珊宣南结社，觞咏流连，咸遵斯轨。时君方遨游京师，与之揽辔齐驰，争标树帜，别后尚多寄怀诸作，亦志一时之胜也。

《鸥汀词序》（《国朝常州词录》卷二十三）

2. 刘炳照：

资格困才人，簿尉以终老。

八十始归田，宣南词社杳。公曾与杨劭起、魏曾容、方彦闻、董子诜、方立、赵树三诸先生结宣南词社。

宗派溯茗柯，一卷《鸥汀草》。

《感知集》上（《无长物斋诗存》）

吴震

吴震（生卒年不详）字寿之，号瘦青，江苏常熟人。生活于嘉庆时期，少从孙原湘游，嘉庆十四年（1809）入县学。著有《铜似轩诗》五卷，另附《拜云阁乐府》二卷。另有与孙原湘等雅集唱和而成的《消寒词》。

1. 许诰：

吾友瘦青秀才于戊寅冬起九日，大举消寒词会，与者九人。长真先生拈题首唱，诸君子多倚声和之。九日为期，甚风雪不或阻。余时与时不与，与亦无所作。刘郎可是疏文墨，知不免见讥词坛矣。夫词虽小道乎，有为之而不知其难者，有为之久而后知其为大难者。忆岁在壬癸，间与邵四兰风、袁大兰村同寓宣武城南，二君喜填词，结联吟之社，从而和者数十人。独余病未能也，而心好之。因相与别流，沠比声律，效西家之矉，学邯郸之步。十余年来，触事感情，放笔恣写，积多成卷。近见山樵生《蓝藻堂乐府》，古香冷艳，仰逼鄱阳。瘦青秋水残月等篇，不减玉田。孤雁梅影诸作，心知不逮。因弃去不复为。……瘦青此举，始于中冬，成于上巳，信风数番，良燕迭展，长真先生序言之既详，以余未尝有作而终始于会者，先生与诸君子或未病余之不为，而欲余之复为其所为耶？

《书消寒词后》（《消寒词》）

2. 孙原湘：

吾邑自竹桥仪曹主长湖田，喁于乐府，而后家修箫谱，户拨秦弦。先生之族子瘦青尤能力抗前尘，别标新旨，往往循蹊独走，穷求窈渺之琴；踏叶孤寻，刻写荒寒之画。会予考盘多暇，得生吟屐相从，寄情樵谷之歌，托兴渔家之笛。时值残冬景仄，穰岁风情，小市鱼肥，深缸酒熟。瘦青招寒鸥之侣，开暖室之筵，新声竞流，高燕迭主，猛烛忘夜，缓炉自春。敲水而玉筋双盘，洒雪则梨花一砚。相与裹浑脱之帽，拥蒙茸之裘。避席捻髭，泥囊呵冻。天鸡号而犹唱，月兔落而忘疲。一字初安，窗外之孤梅欲笑；九宫既叶，篱头之悲橥皆和。良会易终，古欢未已。昔人云相和若琴，聊以寄心者，其斯之谓与？或以晓风残月，技陋雕虫，宠柳骄花，音乖大雅，有惭真率，何当文章。不知兰抽弱干，自足殊芬；桐挺孤枝，便饶仙韵。与其摹天绘日，徒务好龙之名；何如缝月裁云，独擅射雕之手。且大晟宜究，匪徒按谱填腔；抑小道可观，尤贵知人论世。宫商徐疾，半黍难移；子母阴阳，四声必合。白石之借梅寄恨，环佩魂归；碧山之托月伤情，山河影老。苟非律求精审，旨寄遥深，其能井水皆歌，人沾膏馥；野云无际，世奉瓣香者也哉？而况凫鹭闲盟，鸡豚近局，遣心灯畔，送日花间。大白浮来，小红唱起，檀板敲而纸醉，铜琵按而玉颓。谣自比于辕童，歌适侪夫嚷叟。不求人解，聊乐我员而已。时历三月，会惟九人，凡一十七调，计六十八阕，其中工拙不具论云。心青居士孙原湘。

《消寒雅集词序》（《消寒词》）

方履篯

方履篯（1790—1831）字彦闻，一字术民，顺天大兴（今属北京）人，原籍江苏阳湖。嘉庆二十三年（1818）举人，道光六年（1826）署永定知县，调署闽县，卒于官。精于经史，善骈文诗词，通六书、九章、金石、梵夹之文。著有《万善花室文集》六卷、《诗集》五卷、《词集》一卷，另有《伊阙石刻录》、《富衡斋碑目》、《河内县志》等。

1.《续修四库全书总目提要》:

词集共四十四阕，规模南宋，出入姜、史、周、吴、张、王之间，工力甚深，句法挺异，无玉田流滑之弊，然亦未得白石空灵缥缈之致也。

《万善花室词一卷提要》

2. 卢前:

〔望江南〕

从风尚，万善亦奇葩。岂必雕龙追琢出，漫持俊语尽成家。摊卷似平沙。

《饮虹簃论清词百家》(《清名家词》)

张应昌

张应昌(1790—1874)字仲甫，号寄庵，浙江归安(今湖州)人，入籍钱塘(今杭州)。嘉庆十五年(1810)举于乡，官内阁中书。道光初，以疾告归，杜门著述，辑《国朝诗铎》及《正气集》二编。应昌能诗，著有《彝寿轩诗钞》；尤工词，填有《烟波渔唱》三卷，补一卷，录词三百一十余首。是集为其中年以前之作，后三十余年词作不传。又助黄燮清选辑《国朝词综续编》。

1. 郭麐：

词家至今日，各种备矣。擅胜惟有典雅清隽，足追古人而并之耳。作者立意不与众同，绝去甜熟庸俗，自标清绮，君家玉田岂遂难继响耶！

《烟波渔唱序》

2. 黄燮清：

舍人词，清迥绝尘，使人自远。

《国朝词综续编》

3. 杜文澜：

才人福薄，今古同悲，如吾乡张仲甫舍人，垂老孤穷，抑郁以殁。……诗集名《彝寿轩》，附《烟波渔唱词》四卷。……其词绵缈幽折，而言顺律协，不蹈旧习。如〔四字令〕韵上一字应仄者，用去声。平调〔满江红〕前后结三字，用平去平。〔齐天乐〕三用去上声。〔八声甘州〕后结上一句，中二字相连。〔忆旧游〕结句第四字用入声，皆按律之细察者。

《憩园词话》卷二

王嘉福

王嘉福（生卒年不详）字穀之，号二波，江苏长洲（今苏州）人。王芑孙之子。诸生。以难荫世袭云骑尉，以武功擢江西文英营都司，终江苏仪征靖江营守备。工词。著有《二波诗稿》、《二波词选》四卷及《丽香馆词话》若干卷。

1. 黄燮清：

二波词，如落花恋树，飞燕依人，语不求深，使阅者自醉，情胜故也。

《国朝词综续编》

2. 张石樵：

二波词，哀感顽艳，悦魄荡心。

徐珂《清代词学概论》引

董佑诚

董佑诚（1791—1823）初名曾臣，字方立，号兰石，江苏阳湖（今常州）人。嘉庆二十三年（1818）举人。幼颖异，未及弱冠，与兄董基诚已斐声士林。善为汉魏六朝之文，作《西岳华山神庙赋》，名动西安。长于律历、数理、舆地、名物之学。撰有《董方立文甲集》二卷、《乙集》二卷、《三统术衍补》一卷、《割圆连比例术图解》三卷、《水经注图说残稿》四卷等，又与董基诚合著《梅花馆骈体文》四卷，词有《兰石词》一卷。

1. 董基诚：

《兰石词》一卷，方立遗书之九。方立既早弃辞赋之学，于词尤不常作，此亦于殁后友人所集录者，附存于遗书后，固知非方立意也。

《兰石词序》（《兰石词》）

2. 张德瀛：

董方立佑诚词，如秋花数丛，没人萧艾。阳湖人，有《兰石词》。

《词徵》卷六

3. 卢前：

〔望江南〕

小兰石，馨逸具天真。已足驾方齐物论，不须续选继宗人。风味自清新。

《饮虹簃论清词百家》（《清名家词》）

孙麟趾

孙麟趾（1791—1860）字清瑞，号月坡，江苏长洲（今苏州）人。道光元年（1821）诸生。怀才不遇，终生漂泊。有《采药词》一卷；《长啸轩诗余》一卷，与同名诗稿合订；《月坡词》二卷；《秋露词》一卷；《零珠词》一卷；《碎玉词》一卷。另有《清七家词选》七卷，《嘉庆以来绝妙近词》六卷及《词迳》一卷。此外或编或著尚有《一鱼庵词话》、《词的》、《雅词万选》、《词学正宗》等。孙为吴中词学老宿，其《绝妙近词》影响颇大。

1. 蒋敦复：

词博采诸家者近杂，专主一家者近隘。余老友二人，皆致力于词，皆成一家，必传无疑。要各有病，其一，于唐、五代、北南宋源流正变，俱涉猎探讨，每一下笔，不自矜持，如李家娘子，才入墨池，旋登雪岭，此病在贪多，华亭张筱峰（鸿卓）《绿雪馆词》是也。其一，酷嗜张叔夏《山中白云》，心摹手追，寸步不失，工力积久，具体而微，如桓宣武学刘越石，终有一不似处，此病在爱好，长洲孙月坡麟趾《秋露》、《绣鸳》等词是也。

《芬陀利室词话》卷三

2. 蒋敦复：

〔洞仙歌〕《题月坡〈秋露词〉》

江湖倦矣，剩琴边词赋。庾信愁多镇吟苦。似么花病蝶，碎叶零蝉，苔影碧，凉透一帘丝雨。　　凤箫声未歇，替诉飘流，翠袖盈盈泪如许。烟外秣陵秋，瘦了斜阳，更瘦到、旧时鸥鹭。待画壁、双鬟唱黄河，怕酒醒天涯，断肠金缕。

《碧田词》（《芬陀利室词》卷二）

3. 刘履芬：

秋露词人白发翁，倚窗能唱玉玲珑。

那知更抱诗情艳，赋出垂杨字字工。长洲孙月坡茂才，工词，历名场四十余年，晚年选其得意之作为《零珠词》、《碎玉词》刊版以行。《柳枝》四诗，其早年笔也。

《旅窗怀旧诗》

4. 刘履芬：

余之识月坡也，自咸丰丁巳岁，时值西江返棹，休止家弄，仆亦北游息辙，羁栖吴门。盍簪伊始，联艺相随。吴中故尚词学，翻白石之谱，辨黄钟之调，拍竞掐牙，箫争刻玉，分寸合度，旖旎传声，月坡以秃鬓翁作牛耳主。黯阶前之秋蟀，夜雨阑时；伫窗外之啼鸦，夕阳散后。坠欢绵邈，慨叹尤深。所居城东委巷，积潦盈庭，遗挂在壁；钗断梦痕，盎罄宿饱。吮豪井灶之旁，得句徽弦之外。义等卖文，心酸乞食。迨余再入京师，握手言别，贳酒尽欢。嗟敬礼之定文，伤巨卿之死友。未逾四期，遽罹大劫。追想七旬老翁，蹒跚道路，此种情状，泫然欲涕。月坡诗法长江，词宗叔夏，一时名宿，均深敛服。平生书板，都庋豫章，继嗣远没，印本亦稀。是编丛残，乃其剩稿，暇日检校，录为副墨。君尝耽禅悦，终陷重围。鸿爪之迹依然，虎口之生不再。露车一辆，驾王尼而路穷；宿草盈堆，对崔爽而泪渍。今者逆渠授首，井邑复完。行阛阓之城，都无旧识；闻山阳之笛，几欲悲来。酒可浇愁，文至仇命，君特兼之，深可悯痛。君名麟趾，先世本楚人，隶籍长洲，为学官弟子。词刻者一十七种，唯所选《绝妙近词》稍稍流布云。

《孙月坡遗稿序》

5. 陈庆溥：

自昔我乡代传词笔，主盟坛坫，载酒江湖，宋元以还，其风渐替，膏馥所被，吴越尤多。考倚声于浙水，则有渔唱之遗音；

谱别派于西江，则有凤林之院本。分门别户，各极所长，词学至今美矣备矣。月坡孙君生于楚，长于吴，客游齐鲁越豫间。舟车所至，掷笔成词；山水之游，裁笺得句。故其寄怀遥远，造语幽深，字字惬心，声声入律。

《零珠词序》(《零珠词》)

6. 钱筱南：

月坡词婉约清空，缠绵深至，无纷然杂出之语，有往复不已之思，是得力于碧山、玉田而不屑刻意求似者。

徐珂《清代词学概论》引

7. 严报庸：

月坡词芬芳悱恻，音艳神清。

徐珂《清代词学概论》引

8. 谭献：

孙月坡选《绝妙近词》三卷，多幽淡怨断之音，可以当中唐人诗矣。(《复堂日记》己丑)

嘉庆以来五六十年，南国才人，雅词日出。不仅常州流派，大都取材南宋，婉约清超，拍肩挹袖。王侍郎《词综》成，肤语未濯，而名手以隐秀相尚者，不为所掩。吴人孙麟趾月坡，掉鞅词坛，往往有汐社遗风。分题唱和，不欲为筝琶俗响。尝举樊榭、蠡槎、枚庵、榖人、频伽、小竹、稚圭为《七家词选》，五十五篇，以示揭橥。复辑《词综》以后作者，撰《绝妙近词》，去取矜慎，殆可继踵草窗，冲澹幽微，如读中唐七言诗。(《箧中词》)

《复堂词话》

9. 吴梅：

月坡、樵风，无所不赅，持较半塘，未云才弱，其精到之处雅近玉田。

《词学通论》

龚自珍

龚自珍(1792—1841)字尔玉，又字璱人；更名易简，字伯定；又更名巩祚，号定庵，又号羽琌山民。浙江仁和(今杭州)人。世代为官为学。自珍八岁起学习经史、小学。十二岁，从外祖父段玉裁学《说文》。十三岁，作《知觉辨》，“是文集之托始”。十五岁，诗集编年。十九岁，倚声填词。二十一岁，编词集《怀人馆词》三卷、《红禅词》二卷。嘉庆二十三年(1818)中举人。二十五年，为内阁中书。道光九年(1829)中进士。十五年擢宗人府主事。十七年，改礼部主客司主事、祠祭司行走。冷署闲曹，困厄下僚，颇不得志。道光十九年（1839），辞官南归，作《已亥杂诗》三百一十五首。二十一年（1841）秋，暴卒于丹阳云阳书院。其著作自道光二十二年(1842)魏源编《定庵文录》十二卷、《定庵外录》十二卷以来，刊本、抄本、选本，代有新出，后人辑为《龚自珍全集》。龚自珍词名为诗名、文名所掩。有《定庵词》，内含《无著词选》、《怀人馆词选》、《影事词选》、《小奢摩词选》、《庚子雅词》各一卷。

1. 段玉裁：

自珍见余吴中，年方弱冠。余索观其所业，诗文甚夥，间有治经史之作，风发云逝，有不可一世之慨。尤喜为长短句……造意造言，几如韩、李之于文章，银碗盛雪，明月藏鹭，中有异境。

《怀人馆词序》（《怀人馆词》）

2. 宋翔凤：

〔百字令〕《岁暮舟中读龚定庵词》

相逢能几，尽相思、频过花开时节。料理平生惟有恨，却羡词人能说。琼宇层层，琼楼曲曲，护尔成冰雪。言愁偏我，回肠今夜空热。　　谁计岁月都深，新来瘦损，那是前番别。拍遍新声疑梦里，看尽残釭明灭。风雨长宵，天涯多感，一片心魂结。不须频问，暮笳何事凄绝。

《浮溪精舍词·洞箫词》

3. 宋翔凤：

〔洞仙歌〕《再题定庵词》

香销酒冷，是年来情绪。触动凄凉得君语。为春蚕早夜，抛了缫车，如再转、不定安排何计。　　元知无倚着，堕向情天，剩有情丝理还吐。莫去问琵琶，搓作哀弦，已负尽、词人辛苦。为镇夕、长吟寄空江，道几尺潮添，未关寒雨。

《浮溪精舍词·洞箫词》

4. 沈鍌：

〔一斛珠〕《定庵礼部以近制〈庚子雅词〉见示索题其后》

珠尘玉屑。侧商调苦声呜咽。愁心江上山千叠。但有情人，才绝总愁绝。　　板桥杨柳金阊月。累侬也到愁时节。一枝瘦竹吹来折。恰又秋宵，风雨战梧叶。

《留沤吟馆词》

5. 谢章铤：

仁和龚定庵自珍恃才跅弛，狂名甚著，气倍人前，言语震四壁。官礼部主事，随班供职，与同僚有所辨论，其声远扬。宣庙亦微闻之，置而不问。诗文皆不落凡近，词凡五种，存者不多。有诗云："不能古雅不幽灵，气体难跻作者庭。悔煞流传遗下女，自障纨扇过旗亭。"意不以词人自居，然首句亦作者同病。

《赌棋山庄词话续编》五

6. 谭献：

诗佚宕旷邈而豪不就律，终非当家。词绵丽沉扬，意欲合周、辛而一之，奇作也。(《复堂日记》庚午)

填词至嘉庆，俳谐之病已净。即蔓衍啴缓，貌似南宋之习，明者亦渐知其非。常州派兴，虽不无皮傅，而比兴渐盛。故以浙派洗明代淫曼之陋，而流为江湖。以常派挽朱、厉、吴、郭频伽流寓佻染饾饤之失，而流为学究。近时颇有人讲南唐、北宋，清真、梦窗、中仙之绪既昌，玉田、石帚渐为已陈之刍狗。周介存有“从有寄托入，以无寄托出”之论，然后体益尊，学益大。近世经师惠定宇、江艮庭、段懋堂、焦里堂、宋于庭、张皋文、龚定庵多工小词，其理可思。(《复堂日记》丙子)

定公能为飞仙剑客之语，填词家长爪、梵志也。昔人评山谷诗，如食蝤蛑，恐发风动气，予于定公词亦云。

《复堂词话》

7. 胡薇元：

清初词人，如吴骏公、梁玉立、龚孝升、曹洁躬、陈其年、朱竹垞、严荪友诸家，词采精善，美不胜收。中间先征君稚威、吴穀人、洪北江、钱晓征，均称后劲。嘉、道以来，则以龚定庵、恽子居、张皋文辈为足继雅音也。

《岁寒居词话》

8. 张德瀛：

龚定庵（自珍）词，如琉璃砚匣，光采夺目。

《词徵》卷六

9. 黄人：

〔清平乐〕

羽琌奇士，善构虚空意。除却风花都不计，拼得迟成佛矣。昂头万丈青霞，缘何粘惹天花。生长夷光水上，西邻苏小邻家。

《黄人集》

10. 李宝嘉：

龚定庵《无著词》云：“花底鞋儿花外月，月如弓，入怀同不同。”纤巧极矣。及观定庵全集，又皆句奇语重，类商周人文字，而词之侧艳如此。可知退之《山石》，亦能作女郎诗也。

《南亭词话》

11. 高旭：

难写回肠荡气，美人香草馨馨。

定公是佛转世，几曾汩没心灵。

《十大家词题词》(《愿无尽庐诗话》下引，《高旭集》卷二十五)

12. 高旭：

〔虞美人〕《题龚定庵词》

东华献赋真无计，且老温柔里。一箫一剑絮平生，回首羽琌山下碧云深。　棱棱侠骨千年矣，谁慰伤谗意？长林丰草不胜秋，交尽燕邯屠狗欲何求？

《箫心剑胆词》(《高旭集》卷十二)

13. 柳亚子：

〔虞美人〕《题定庵词和慧云韵》

千年剑侠真长计，肯老空山里。才华如许竟虚生，荡气回肠禁得恨深深。　灵箫去后无人矣，谁识狂奴意。伤春怨女士悲秋，感慨名家如汝杳难求。

《磨剑室诗词集·词集》

14. 姚鹓雏：

细秀枯清厉太鸿，行吟侧帽自从容。

浙中独服摩奢馆，天马飞行明月中。

《示了公论词绝句十二首》(《姚鹓雏文集（诗词卷）·红豆簃诗·春尘集二》)

14. 陈声聪：

词小道，佳者亦只在寻常语默之间。倘出以偏师，取其偏胜，虽称快一时，亦难持久。譬如饮食，粗茶淡饭，春韭冬菘，终身服之不厌，山海异味，不能多食。郑板桥词，非不隽妙，终涉险怪，各家词选皆不及之。龚定庵词非不瑰玮，谭复堂比之昔人评山谷诗“如食蝤蛑，恐发风动气”。

《读词枝语》(《填词要略及词评四篇》)

15. 顾宪融：

龚定庵名巩祚，又名自珍，字璱人，浙江仁和人，道光中进士，官礼部主事。恃才跅驰，狂名甚著，诗文皆不落凡近。词五种:《无著词》、《怀人馆词》、《影事词》、《小奢摩词》、《庚子雅词》，所存皆不多。……按：定公笔力之重，为清代第一，何论诗文，词皆然。

《填词百法》卷下

16. 卢前：

〔望江南〕

食蝤蛑，动气发风疑。剑客飞仙真绝壁，红禅两字最相宜。梵志岂能齐?

《饮虹簃论清词百家》(《清名家词》)

吴振棫

吴振棫（1792—1871）字仲云，号宜甫，晚号再翁，浙江钱塘（今属杭州市）人。嘉庆十九年（1814）进士，官至云贵总督，著有《花宜馆诗钞》、《花宜馆文略》、《养吉斋丛录》等，词有《无腔村笛》二卷。

1.《续修四库全书总目提要》：

潘曾莹尝题其孙吴恩埰《听秋声馆词钞》曰："余与仲云制军为忘年友。制军官滇时，曾以所著《花宜馆集》见寄，中有《无腔村笛》二卷，深得南宋诸家奥窔。"云云。谓振棫学南宋则是，谓其得南宋奥窔则溢量之言也。振棫自述云："南唐北宋，匪我所知；牧童横笛，是我之师。"虽为谦辞，而实不知南唐、北宋者也。〔菩萨蛮〕云："柳翠丝雨湿，绿到春无力。刬地晚风颠，落花飞上天。"其词品似之。

《无腔村笛二卷提要》

沈涛

沈涛（1792—？）字西雍，一字季寿，号匏庐，浙江嘉兴人。嘉庆十五年（1810）举人，历官江苏如皋知县、直隶真定知府、福建兴泉永道。沈涛长于经学、小学，兼工诗词，著有《十经斋文集》、《柴辟亭诗集》、《交翠轩笔谈》、《铜熨斗斋随笔》、《匏庐诗话》等。有《九曲渔庄词》二卷，又名《匏庐词》，共九十九首。另有与边浴礼、金泰等唱和之《洺州唱和词》一卷。

1.《续修四库全书总目提要》：

涛词学源于陶梁，规模南宋，严守轨律而无流滑之弊。虽小令稍近轻柔，而慢词遒上，得白石、梦窗之神髓。清代词人宗南宋者十之六七，其间合者固多，而貌似神遗者亦复不少。涛以经术名家，词亦渊源甚正，不得以彼掩此，惜题咏之作太多耳。〔霜叶飞〕《题介甫霜林觅句图》序云：“周清真‘雾迷衰草’，《图谱》以为起韵，《词律》以为非韵，然梦窗之‘断烟离绪’、玉田之‘故园空杳’、‘绣屏闲了’二阕亦皆是韵，则此句自当以四字为句用韵，惟《图谱》以下句为九字亦非，盖三字、六字耳。”其说近是，亦明于声律者也。

《九曲渔庄词二卷提要》

陈其锟

陈其锟（1792—1891）字棠溪，号吾山，广东番禺（今属广州市）人。嘉庆二十三年（1818）举人，道光六年（1826）进士，官礼部主事，主掌羊城书院。有《月波楼琴言》三卷。

1. 张德瀛：

陈棠溪其锟词，如五色仙蝶，迎风善舞。番禺人，有《月波楼琴言》。

《词徵》卷六

2. 杨钟羲：

番禺陈棠溪客曹其锟精鉴古，阮文达进呈王象之《舆地纪胜》，其景宋抄本在其家。诗多咏古感事之作，兼工填词。自序谓：万红友言止一途，仄兼上去入，不宜遇仄以三声概填，必审音下字，斟酌尽善，然后抑扬抗坠得之微吟婉讽间。昔寄闲老人每制一词，必使歌者按拍，稍有不协，修改再三，其〔瑞鹤仙〕一阕云“粉蝶儿、扑定花心不去，闲了寻香双翅”，通体皆协，惟“扑”字稍戾，改“守”字始协；又〔惜花春起早〕云“琐窗深”，“深”字不协，改“幽”字，又不协，改“明”字，此三字皆平，而五音有唇、齿、喉、舌、鼻之分，轻重清浊，犁然各判，则信乎协音之难也。邓嶰筠谓其〔水龙吟〕之“揾铜仙泪”，“铜仙”二字相连；〔台城路〕之“隔红尘正远，断肠人易老”，末二字并用去上，皆恪守家法，不肯偭错。盖于格律节簇，刌度毫厘者久矣。

《雪桥诗话余集》卷七

潘曾沂

潘曾沂（1792—1853）初名遵沂，字念祖，号功甫，别号小浮山人、复生居士，江苏吴县人。嘉庆二十一年（1816）举人，官内阁中书。旋归里，不复应礼部试，后以灾赈议叙光禄寺署正衔。不交权贵，中年长斋礼佛，究心内典。著有《功甫文集》、《诗集》、《东津馆文集》等，有《小浮先生词》（又名《船庵词》）一卷，与《船庵集》合刊。

1. 杜文澜：

吴县潘太傅文恭公，以殿撰居首揆，勋业福德之隆，世无与匹。著述等身，而词无刊本。其诸子群从，竞为倚声，各有专集。长公功甫舍人曾沂……所著有《放猿》、《桐江》及《江山风月》三集，附《船庵词》一卷。船庵者，园南有精室如船，为修持处。其词多《湘月》之调，皆不食人间烟火语。

《憩园词话》卷二

朱有源

朱有源（生卒年不详）字月槎，海盐人。道光举人。

1. 黄燮清：

月槎词，神韵幽迴。

《国朝词综续编》

兴廉

兴廉（生卒年不详），原名兴义，字宜泉，汉军镶黄旗人。嘉庆二十四年（1819）举人，官鹿港同知，工画，善词。杨钟羲《白山词介》选录其词。杨氏认为其是《春柳堂诗稿》的作者。

1. 丁绍仪：

以天潢贵胄，而词意极澄淡，因亟录之。……宜泉工画，喜为词，精音律，弹丝擫竹，斤斤不失刌，今不复闻矣。

《听秋声馆词话》卷二

刘淳

刘淳（1792—1850），初名天民，字孝长，号莘农，湖北天门人。嘉庆二十一年（1816）举人，官湖北远安县教谕。有《云中词》一卷，附于《云中集》。

1．丁绍仪：

楚中人士鲜工倚声，道光初天门刘孝长淳、张玮公其英，始相与为词。监利蔡黄楼偁，起而应之，惜皆宗法苏、辛，不甚纯粹。

《听秋声馆词话》卷四

张缗英

张缗英（1792—1842）字孟缇，江苏阳湖人。张琦长女，刑部员外郎常熟吴廷鉁室。幼承家教，与妹纶英、纨英等皆能诗词。孟缇与当时著名女词人沈善宝为闺中文友，有《澹菊轩词》一卷，与《澹菊轩诗初稿》合刊，有《张氏四女集》本，辑入《小檀栾室汇刻闺秀词》。

1. 沈善宝：

孟缇词笔秀逸，真得碧山、白云之神。壬寅荷花生日，余过澹菊轩时，孟缇初病起。因论夷务未平，养痈成患，相对扼腕。出其近作〔念奴娇〕半阕云后半未成，属余足之。余即续就。孟缇笑云：“卿词雄壮不减坡仙，余前半章太弱，恐不相称。”余觉虽出两手气颇贯串，惟孟缇细腻之致，予卤莽之状，相形之下令人一望而知为合作也……孟缇弱不胜衣，而议论今古之事，持义凛然，颇有烈士之风，与余尤为肺腑之交.

《名媛诗话》卷八

2. 徐乃昌：

张缗英，字孟缇，阳湖人，知县张琦长女……词笔秀逸，得碧山、白云之神。

《小檀栾室汇刻闺秀词》第四集

3. 雷瑨：

张翰风《宛邻词选》为倚声家圭臬，其子仲远曾刊其女兄弟诗词为《毗陵四女集》。一门风雅，可想见其渊源有自矣。长孟缇名张缗英，适常熟吴氏，有《澹菊轩稿》。……澹菊轩词笔意秀逸，得碧山、白云之神。

孟缇女史，适常熟吴纬卿刑部名廷鉁。诗词于诸姊妹中，工力尤至。

《闺秀词话》卷二

4. 王蕴章：

张翰风《宛邻词选》为倚声家圭臬，其子仲远曾刊其女兄弟诗词，为《毗陵四女集》。一门风雅，可想见其渊源有自矣。长孟缇名缙英，适常熟吴廷鉁，有《澹菊轩稿》。尝因《撷芳集》收闺秀诗太滥，《正始集》选闺秀诗太简，故另选一帙，曰《国朝列女诗录》。次纬青，名珊英，适江阴章政平，有《纬青遗稿》。三婉紃，名纶英，适同邑孙劼，有《绿槐书屋诗》。季若绮，名纨英，适太仓王曦，有《餐风馆稿》。……孟缇词笔秀逸，得碧山、白云之遗。闺友沈善宝尝过其澹菊轩，时孟缇初病起，因论夷务未平，养痈成患，相对扼腕。出其近作〔念奴娇〕半阕云："良辰易误。尽风风雨雨，送将春去。兰蕙忍教摧折尽，剩有漫空飞絮。塞雁惊弦，蜀鹃啼血，总是伤心处。已悲衰谢，那堪更听鼙鼓。"善宝援笔续云："闻说照海妖氛，沿江毒雾。战舰横瓜步。铜炮铁轮虽猛捷，岂少水师强弩。壮士冲冠，书生投笔，谈笑平夷虏。妙高台畔，娥眉曾佐神武。"前半阕以幽秀胜，后半阕以雄壮胜。张作是无可奈何，沈作是姑妄言之。宗周嫠纬之思，未必便有此事，却不可不有此志。

《然脂余韵》卷一

沈传桂

沈传桂(1792—?)字隐之，一字闰生，号肝若，一号伽叔，江苏长洲(今苏州)人。庠生，嘉庆二十四年(1819)副榜，道光十二年(1832)举人，官松陵县(今江苏吴江)教谕。与朱绶、沈彦曾、吴嘉洤、戈载、王嘉禄及陈彬华合称“吴中七子”。工词，著有《海粟诗钞》，词有《莺天笛夜新声》、《今雪雅余》、《兰骚剩谱》、《小临邛琴弄》、《霏玉集》各一卷，总称《清梦庵二白词》。

1. 洪朴：

年年草色怨青袍，小拍红牙一曲高。

沅芷湘兰零落尽，不堪风雨读《离骚》。

《和自题词卷》(《清梦庵二白词》附刻)

2. 彭兆荪：

冷香题句写清愁，骚客心情易感秋。

洒遍青衫数行泪，天涯谁是白江州。

《清梦庵二白词题词》(《清梦庵二白词》)

3. 董国华：

嘉庆戊寅冬，予在里门，始识闰生于吴巢松斋中。襟抱萧远，渺如邃如，清言不多，元解能咏。檠谈之次，乃知君盖会心于琴趣笛谱，故能愔愔而静，绵绵而深也。久之，得尽读所制长短句，琅然清圆，一弹三叹，如泠风过林，自协流徵；凉月晖席，都成秋痕。抒芬芳悱恻之怀，极哀艳骚屑之致。雪涤凡响，棣通太音。万尘息吹，一真孤露。度以横竹，当飞奇声；和之弦桐，居然流水。盖兼有唐宋诸家之妙焉。

《清梦庵二白词序》(《清梦庵二白词》)

4. 董国琛：

旧谱吟寒秋士袍，白云白石两清高。

此声不入人间听，自拍香心续楚骚。

《和自题词卷》(《清梦庵二白词》附刻)

5. 沈廷炤：

〔摸鱼儿〕

遍旗亭，双鬟赌唱，新声无此遒峭。词场我亦檀痕掏，随意浅欢浓笑。情未了，怕听彻，山阳笛语凄怀抱。妍花换早，剩醉墨题香，深灯素梦，生受万花绕。　　飞仙吕，商略金荃格调。素弦空际声杳。东风洒尽芳菲泪，匪却几番吟啸。愁渺渺，问水样流年，持底绡凝好。秋光渐老，且冷渐鸥盟，闲遥鱼榜，来订倦游草。

《清梦庵二白词题词》(《清梦庵二白词》)

6. 吴慈鹤：

当筵休唱《郁轮袍》，骏马骄嘶瘦骨高。

注罢一篇《齐物论》，拟君更作《反离骚》。

《和自题词卷》(《清梦庵二白词》附刻)

7. 屠倬：

〔满江红〕

如此清才，尚无分玉堂金殿。任云情鸾鹤，风怀莺燕。春事那禁花柳瘦，秋心容易星霜变。剩冰纨词句，写斜阳，流传遍。　　红尘梦，何须羡。青衫泪，休轻溅。且徘徊烟景，醉深欢浅。天上并无愁，可寄人前，惟有痴堪献。向当筵，唤起雪儿歌，供消遣。

《清梦庵二白词题词》(《清梦庵二白词》)

8. 蒋宝龄：

拾将香草作词肠，符符琼笺写恨长。

弹彻秋丝听夜雨，楚云缥缈一灯凉。

《清梦庵二白词题词》(《清梦庵二白词》)

9. 戈载：

半窗凉月竹萧骚，吹彻西风玉笛高。

听到斜阳肠断句，不知清泪已沾袍。

《和自题词卷》(《清梦庵二白词》附刻)

10. 曹楙坚：

闲愁无那托庄骚，三月东风柳絮高。

燕子不归人寂寂，自裁云叶补春袍。

《和自题词卷》(《清梦庵二白词》附刻)

11. 朱绶：

十年着破旧青袍，调绝弦孤曲自高。

无限美人香草恨，一灯吟屋注《离骚》。

《和自题词卷》(《清梦庵二白词》附刻)

12. 朱绶：

沈闰生自编词集……制无弗工，而一归高雅，近时纤靡之习，不能染其豪末也。余与沈君夙以倚声相尚，里人有朱、陈之目。

〔西子妆〕《清梦庵二白词题词》小序(《清梦庵二白词》)

13. 王嘉福：

〔高阳台〕

载酒寻春，携箫谱月，笔花入梦生香。兰怨荃愁，尽他多少凄凉。飞鸿吹尽东风影，倚吟晴，只有斜阳。问伤心，草短烟浓，水远天长。　　江南我亦销魂客，甚丝哀竹脆，都变清商。双鬓飘零，尊前几断回肠。泪痕涴透青衫色。算频年，踪迹他乡。约题诗，红烛围屏，碧藓空墙。

《清梦庵二白词题词》(《清梦庵二白词》)

14. 陈彬华：

君素性恬淡……工填词，直与南宋诸老争席。词中爱用“夕阳”字，吴中名之曰“沈夕阳”。

《沈闰生小传》（《清梦庵二白词》附）

15. 吴嘉洤：

尤工于诗余，兼有晚唐及南宋诸家之胜，出语隽永，读之令人意远。

《仪宋堂文集》卷七

16. 吴嘉洤：

吹竹弹丝，新愁黯黯；筹花斗草，远恨绵绵。顾曲多情，偶成抛掷；寻芳较晚，总是飘零。立尽西风，恨迷南浦。趁娇尘软雾，当时宋玉应同；问对酒当歌，好是卢郎未老。还记元宵灯火，闲里清明。红杏开时，小桃初谢。绿杨朱户，紫陌青门。锦瑟横床，呵笔慵题诗句；钿车似水，吟香吹上吟鞭。几处雕阑，十年华屋。翠翘金凤，定教残梦依依；钿合瑶钗，难托春心脉脉。记取崔徽模样，弄玉轻盈。翡翠屏开，倦寻歌扇；琅玕簟冷，自检罗囊。梧桐玉露新秋，燕语莺啼日暮。共歌新阕，独上高楼。罗襦绣袂香红，最怜西子；冶叶倡条情绪，凭仗桃根。一笑难逢，后回相见。瑶台有路，万水千山。芳草无情，乱英飞絮。花憔玉悴，雨恨云愁。舞袖空悬，犹忆玉娇香软；彩笺不寄，岂期蝶散鳒分。人生能几相逢，风台月榭；后会不知何日，天上人间。尚忆去年崔护，前度刘郎。柳外停桡，花边载酒。写得鱼笺无限，曾携翠袖同来。红豆都销，此去何时见也。碧云欲暮，旧游可奈春何。为唤狂吟老监，消瘦休文。冷落新诗，自修花谱。空江岁晚，蕙待余香。茂苑人归，秋灯吟雨。离恨恰如春草，斜阳却照阑干。醉墨题香，冰弦写怨。吟笺赋笔，且共从容。刻羽流商，尽堪愁寂。可惜年华婉娩，春事阑珊。临颍美人，歌桡唤玉；江州司马，银字吹笙。酒恋歌述，朝吟夜怨。谁作桓伊三弄，有何人念我无聊；还似王粲登楼，想前欢总成陈迹。

《霏玉集序》

17. 沈传桂：

瑶琴弹泪满霜袍，阵阵天风鹤背高。

吟遍湘江兰杜句，并收山鬼入《离骚》。

《自题词卷》(《清梦庵二白词》附刻)

18. 沈传桂：

词之为道，意内言外，选音考律，务在精研。予幼即嗜此，朋侣翕集，互相唱酬。忽忽中年，身世多故，秋碧雁语，春红鹃啼，侧轸哀弦，恨深欢渺。其幽凄窅迥，则如明妃远嫁，楚客孤吟，塞草湘花，动增骚屑。至若美人迟暮，蝉鬓飞蓬，酒倦灯阑，不无枨触，缘情之什，半属伤心。长夏闭门，检理旧制，十存其四，授诸梓人。世事苍凉，交知零替。今无白司马，谁肯为商妇琵琶泣下者。此中甘苦，与岭上白云共之而已。

《清梦庵二白词自序》(《清梦庵二白词》)

19. 沈传桂：

玄发变素，流光电驰。裙屐欢妍，飘忽若梦。酒阑花早，曼声微吟，如闻峡猿，如汛湘瑟。支离憔悴，我怀如何？

《莺天笛夜新声识语》(《清梦庵二白词》)

20. 沈传桂：

〔青玉案〕《自题词集》

东风不管闲愁闷。任写遍、文箫韵。醉拍红牙吟未稳。影边香外，一丝华鬓，不似年时俊。　　飞仙旧谱谁重问。楚魄空招梦无准。夜雨鹃啼弹泪轸。稚花秾柳，艳金凄粉，说与江南恨。

《清梦庵二白词·莺天笛夜新声》

21. 沈传桂：

征衫乍披，山水异色。客程迂阻，旅怀贫辛。归旌摇摇，缁素已化。清筝如语，冶花不春。离忧万端，协以变徵。

《今雪雅余识语》(《清梦庵二白词》)

22. 沈传桂：

寥碧无际，烟霜满秋。玉轸一弹，人天俱寂。窈窕蘅薄，忽逢灵妃。罗衣飒然，睇笑相接，如有恨语，我为楚歌。

《兰骚剩谱识语》（《清梦庵二白词》）

23. 沈传桂：

璧月照夕，罗襦当风。秾歌易阑，苕玉春改。坠香零粉，无复曩情，幽兰自芳，微波谁讬。短箫凄引，言愁始愁。

《小临邛琴弄识语》（《清梦庵二白词》）

24. 沈传桂：

象笔鸾笺，花前觅句。莺期燕约，笑里移春。立马东风，联镳西陌。销磨艳冶，催促年光。冷篆余香，荀令如今顿老；微吟缓酌，庾郎从此愁多。犹记梦入瑶台，尘浸锦瑟，凤云百和，鸳枕双歌。绿杨影里秋千，绡衣半脱；燕子楼中歌吹，檀板轻敲。水国吹箫，露桥闻笛。临窗卜镜，浅晕修蛾。借柳维船，旋移轻鹢。黄金买笑，紫曲藏娇。乐事何穷，芳心慢语。何处红亭翠馆，有华灯碍月、飞盖妨花；去年紫陌青门，正香雪随波、浅灯迷岫。长恨离多会少，别久逢稀。此生未卜他生，明日远如今日。垂垂玉箸，短短霞杯。失意含羞，豆蔻梢头恨袅；伤心对景，芙蓉老去妆残。各自思量，多应瘦损。飘梭院宇，刻印阑干。衾风犹温，蝉鬓不整。吟窗易晓，匆匆芬涩红羞；小舫重来，漠漠水遥烟迥。锦书欲寄，金屋难成。山色谁题，野光如洗，一庭芳景。消几番花落花开；千里故乡，但暗忆江南江北。谁念文园病客，白石飞仙。草阁三间，阳关一阕。年来岁去，雨短烟长；带减衣宽，香留酒殢。闲情似线，晴晖称拂吟笺；清泪如铅，彩笔倦题绣户。芳钿翠箭，往事朦胧；彩绣乌丝，离肠宛转。兰成久旅，子野闻歌。九辨难招，四愁休赋。爱酒能诗之社，已觉萧疏；登高望远之辰，相看冷淡。试与细评新谱，暗想前欢。玉漏春迟，幽思屡随芳草；金莲影散，断肠难讬啼鹃。点点行行，艳怀清苦；声声字字，幽韵凄凉。翦雪裁冰，移宫换羽。回文未就，小句初成。旧曲重闻，凄音忍听。攀条弄蕊，可怜千点吴霜；颂菊骚兰，不值一杯秋露。拾翠处闲随流水，临分败笔题诗；断桥人空倚斜阳，对坐旗亭说梦。

《霏玉集自序》（《清梦庵二白词》）

25. 潘曾沂：

比归，居临顿里，识沈子隐之，知其工长短句。取读所制《二白词》，词境清且幽，如踏叶孤岭，落花空潭，口香莓苔，食冷烟火。其张王孙之匹欤，抑白石之亚也？

《清梦庵二白词序》（《清梦庵二白词》）

26. 潘曾沂：

可是当年刘晓行，山中去看白云生。

荻花枫叶俱凄怨，吹裂寒空笛一声。

《清梦庵二白词题词》（《清梦庵二白词》）

27. 潘曾沂：

今古才人误锦袍，回头只有鹤清高。

齐歈巴唱人间遍，那复知君仆命骚。

《和自题词卷》（《清梦庵二白词》附刻）

28. 沈沂曾：

白云飞影满吟袍，谱入瑶琴曲最高。

屈宋文章香一瓣，千秋哀怨并风骚。

《和自题词卷》（《清梦庵二白词》附刻）

29. 沈彦曾：

十年歌啸厌名场，破帽弹筝只自伤。

零落罗纨好词句，江南唱遍沈斜阳。

《清梦庵二白词题词》（《清梦庵二白词》）

30. 严鄂：

灵苗一叶种瑶田，锦字新书玉版笺。

唱到暗香疏影曲，石湖花底拜词仙。

《清梦庵二白词题词》(《清梦庵二白词》)

31. 王嘉禄：

功名羞借《郁轮袍》，秋满江楼一笛高。

收得女萝山鬼怨，青灯细雨续《离骚》。

《和自题词卷》(《清梦庵二白词》附刻)

32. 蒋志凝：

冰瑟抱月，铢衣睇烟。颖怨苕哀，土花蚀其古翠；琼思瑶想，金粉晕其春红。野云孤飞，泉绡瞑织，可谓穷极窈眇，自成馨逸者矣。曩者里社游盘，谭艺雅故，朋辈翕集，刻意倚声，几于家郢握人隋掌。而君与朱君仲环，戈君宝士、亡友王君绥之尤龂龂于别雅郑、辨淄渑，阴阳清浊，剖采芒忽，识者以为大晟雅乐，振响于今焉。尘绁易牵，文燕歇绝，胥疏湖海，一星遽终。会方与君同客竹西，问所手定，乃得是编，卒读之，影事历历，华年滔滔。瘦玉骨之一把，湿铅泪之千点。桂旗荫少，萝带寒多。只闻珍髭相夸，孰是蹇修；为理幽忧若此，凄讽奈何？异日者鱼城酒城，竹屋梅屋，雁外钟暮，鸥边笛秋，相与拾坠欢，付低唱，携手一豁，白云杳然。君真琴趣之尧章，蒙岂能为箫谱之元晏也。三复心折，识其区区。

《清梦庵二白词序》(《清梦庵二白词》)

33. 蒋志凝：

仙才早合锦宫袍，零落填词趣愈高。

万种古愁谁会得，但须题作《广离骚》。

《和自题词卷》(《清梦庵二白词》附刻)

34. 潘曾莹：

〔高阳台〕

蜨外香痕，鹃边泪影，那禁残梦凄凉。一种春愁，东风吹上垂杨。罗纨静写销魂字，有阑干总有斜阳。更匆匆，吹断琼箫，寂寞兰窗。　　旧游蓦地重回首，看海棠憔悴，不似春妆。烛影宫罗，听残夜雨淋浪。沈郎不为伤秋瘦，笑经年未减清狂。只些些，剩粉零金，付与红腔。

《清梦庵二白词题词》（《清梦庵二白词》）

35. 潘曾绶：

曾把新声付玉箫，夕阳秋冷小红桥。

可怜消瘦垂杨柳，也向风前学沈腰。

《清梦庵二白词题词》（《清梦庵二白词》）

36. 蒋承志：

〔高阳台〕

叶叶流丹，花花刻翠，好春都在吟边。雨懒风愁，笛声吹度华年。同心盒贮相思子，写柔情折遍涛笺。最凄然，碧馆诗灯，浅醉闲眠。　　乌丝小划瑠璃管，记琼宫夜约，催赋游仙。梦里欢浓，晓莺啼到窗前。悄无人倚阑干角，任香魂飞破蓝烟。早凉天，燕怯蛩凄，替诉缠绵。

《清梦庵二白词题词》（《清梦庵二白词》）

37. 顾震：

〔徵招〕

从头闲数青云客，当年阮琴嵇灶。吹彻玉箫寒，算闲愁难扫。春风无限好。莫荒却谢池芳草。浪说苏、辛，谩矜秦、柳，广陵今杳。　　孤调向谁弹，单衫冷，不满野鸥闲笑。忆昔也沿门，把琵琶斜抱。苦吟容易老，又凄对暗灯窗小。定何日跨鹤长松，倚白云清啸。

《清梦庵二白词题词》（《清梦庵二白词》）

38. 林奕构：

〔南歌子〕

细雨荒城角，凉烟古渡头。绿窗无事谱甘州。借得云边石帚，不扫闲愁。　　梦影花间露，欢盟水上鸥。夕阳红处怕登楼。别有深情难诉，说甚悲秋。

《清梦庵二白词题词》（《清梦庵二白词》）

39. 陈裴之：

〔壶中天〕

一痕秋影，被飞花，卷去空中摇飏。密约垂杨低绾住，无奈好春伤往。二等银釭，三分璧月，滃入芙蓉帐。瑶篇重展，瘦吟凄入虫响。　　为问碧树啼鹃，红楼语燕，甚处诗魂葬。生怕兰荪零落尽，泪满潇湘江上。恨逐烟销，欢随梦冷，回首供惆怅。小鬟何在，玉箫还谱新唱。

《清梦庵二白词题词》（《清梦庵二白词》）

40. 陈裴之：

劝君痛饮读《离骚》，莫把瑶琴付子高。

十二珠帘双画烛，有人新奏《郁轮袍》。

《和自题词卷》（《清梦庵二白词》附刻）

41. 齐彦槐：

〔醉蓬莱〕

望白云天外，鹤背风高，数声清远。写入琴丝，定几番凄断。梦里移春，香边觅醉，问冶怀谁管。一榻疏灯，一窗凉雨，一帘残篆。　　记我当时，选欢评艳。频拭啼衫，惯迎歌扇。谱得新声，付小红低按。病燕辞秋，瘦鹃催暮，怅鬓华潜换。片月昏黄，为君斟酌，自成愁伴。

《清梦庵二白词题词》（《清梦庵二白词》）

42. 石同福：

〔青玉案〕

移宫刻羽消闲闷。借笛谱，兼琴韵。何处皈依禅榻稳，但茶烟里，一丝丝鬓。争说才疏俊。　　英雄儿女应休问，往事思量总无准。偶抱琵琶调风轸。旧时芳草，个侬红粉，都是空中恨。

《清梦庵二白词题词》（《清梦庵二白词》）

43. 孙义钧：

彩笺题句写牢骚，和到阳春曲自高。

同有天涯沦落感，泪痕容易上青袍。

《和自题词卷》（《清梦庵二白词》附刻）

44. 史麟：

剪云为絮叶为袍，得上仙山不厌高。

偏有婵娟花月恨，绮情无赖谱兰骚。

《和自题词卷》（《清梦庵二白词》附刻）

45. 沈亮：

不许红尘染布袍，闭门耽寂转清高。

萝烟荔雨填词馆，抵得灵均一卷骚。

《和自题词卷》（《清梦庵二白词》附刻）

46. 辛瑟婵：

吟尽离忧屈子骚，楚天秋远碧华高。

都将笛谱兼琴趣，绣上团花五色袍。

《和自题词卷》（《清梦庵二白词》附刻）

47. 蒋敦复：

吴中七子……酉生宗梦窗，闰生宗梅溪，井叔宗碧山，余草窗、竹屋，各有专尚。顺翁词集最富，不名一家，惟用心于律，订万氏之讹，他人或苦之，弥津津乐道也。

《芬陀利室词话》卷二

48. 杜文澜：

吴中七子词以二生为巨擘，谓朱酉生、沈闰生也。酉生词已摘录，今从顾子山观察觅得闰生词刊本。小传云："名传桂，字隐之，一字闰生，苏府庠生。嘉庆己卯副榜，道光壬辰举人。两赴礼闱，荐而未售。遂绝意进取，闭户著书。兼工填词，直与南宋诸老争席。词中爱用夕阳字，又有沈夕阳之名。阅其词，无一字不凝炼，无一句不雕琢，却无一毫斧凿痕。张叔夏谓姜白石词如

"野云孤飞，去留无迹"，正堪移赠。所著曰《莺天笛夜新声》，曰《今雪雅余》，曰《兰骚剩谱》，曰《小临邛琴弄》。又集宋词仿朱竹垞《蕃锦集》之例，曰《霏玉集》，统名之曰《清梦庵二白词》，盖瓣香于太白、白石也。二白者，白石、白云，盖言姜、张也。非太白之谓。钟瑞注

《憩园词话》卷五

49. 李慈铭：

近日吴中填词名辈，若戈顺卿、沈闰生等，皆以白石词为金科玉律，斤斤于一字半字之辨，以为乐府正声，赖此不坠。夫大晟久亡，宫音不正，诸人生千百年后，徒墨守其去上之字，咀含其重堧之音，不计工拙清浊，以为概可被之管弦，亦可谓至愚极陋者矣。

阅《清梦庵二白词》，长洲沈传桂隐之著，隐之一字闰生，道光吴中七子之一。其词分五种，曰《莺天笛夜新声》，曰《今雪雅余》，曰《兰骚剩谱》，曰《小临邛琴弄》，曰《霏玉集》。每种皆有小引，其总目下有短序，皆骈语，极幽隽之致。所作长调为多，严于阴阳去长之辨，研求律吕。与曹耦戈顺卿称同志，而辞情妍雅，寄托清深，迥非顺卿俚率槎枒所堪并语。《小临邛琴弄》，皆闲情之作，盖仿朱竹垞之《静志居琴趣》；《霏玉集》皆集词中成句，亦仿竹垞之《蕃锦》。

《越缦堂读书记·集部·词曲类》)

50.《续修四库全书提要》：

传桂与戈载交游，故其词声律谨严，阴阳去上，辨析毫厘，而词情凄婉，寄托遥深，则非戈载所能及矣。

《清梦庵二白词提要》

沈彦曾

沈彦曾，约 1840 年前后在世。字士芙，号兰如，江苏长洲人。诸生。少负殊禀，性喜游历。彦曾工词，与沈传桂、王嘉禄等称“吴中七子”。著有《兰素词》。

1. 王嘉禄：

少负殊禀，以余力精研四声二十八调而求其离合。……循节揣声，动谐律吕，有空灵之气，有宕往之神，有凄缛之采，有绵邈之旨。

《兰素词序》（《兰素词》）

2. 黄燮清：

士芙于癸巳秋日与予遇于西泠，同人宴集湖上，歌女陈姗姗琵琶侑酒，忽忽如前日事。今士芙已归道山，而姗姗亦飘零失所矣。其《兰素词》遗稿由顺卿寄示，神清意远，字字合律，旧游长别，录之如见故人。

《国朝词综续编》卷十七

孙若霖

孙若霖（生卒年不详）字伯雨，江苏上元人。道光、咸丰间参加江东词社，与戈载、孙麟趾、秦耀曾等相唱和。著有《双红豆阁词》。

1. 黄燮清：

双红豆阁主人喜作南唐小令，疏香细艳，结想绵渺，自是雅音。

《国朝词综续编》

陈行

陈行（生卒年不详）字小鲁，浙江仁和（今杭州）人。布衣。为才士、狂士，家贫潦倒，卖字自给，与梁绍壬、赵庆熺等同时交好，早卒。著有《一窗秋影庵词》，为梁绍壬搜辑残存遗稿编成。

1. 张云璈：

辛巳新岁无俚，余戚梁晋竹茂才端然而过余，手残稿数叶，谓余曰："此陈君小鲁倚声也。小鲁惊才绝艳，不可一世，乃人厄而天又穷之，贫病交迫，年才及壮，赍志以没，所著多散，仅存此数十阕，思有以章之，敢质于先生。"余读之，觉其语华，其气爽，出入苏、辛间，纯乎性灵，虽文豹一斑，吉光片羽，已足想见其为人。余耳其名而未面，闻其嗜酒豪纵，时或骂坐于广众中，掷杯舞剑，人惊其莽卤，而未尝不爱其清狂。即此知抑塞磊落之气，遇事辄发，如王郎之斫地，诚可哀已。……晋竹或以词少为惜，余观世之梓诗文者裒然数寸，有读不终卷而意致索然，束之高阁久不复省记者，往往然矣，似不若惜其少者之更从而珍之也。使歌是词，则银筝瑶瑟之旁，不俨然一小鲁在乎？小鲁于是为不朽，而又何惜焉？

《陈小鲁词序》（《简松草堂文集》卷五）

2. 赵庆熺：

〔金缕曲〕《亡友陈小鲁〈一窗秋影庵词集〉》

一水中山觉。醉刘伶、荷锄埋我，请公无吊。名士眼前尘污面，且向夜台笑倒。原不算、聪明误了。呕出心肝拼死殉，是何人、手段伸长爪？归去矣，玉楼召。　　可怜笔阵千人扫。奈何他、古今常例，词场纱帽。传与不传原偶耳，传者岂无绝调？只达士、付之一笑。如此奇才偏抹煞，想天涯、埋没知多少？布衣耳，有谁晓？

咄咄青天怪。怪天公、聪明懵懂，一般看待。处仲唾壶成底事？如意铁都敲坏。此公死、诸君大快。落拓江湖年少侣，只君死、了结文魔债。作仙佛，永无碍。　　雨声灯影魂何在？还记他、偏衫醉帽，狂奴故态。满纸白描秋水影，落笔山林气概。在秦柳、苏辛之外。不少旗亭同赌酒，奈词坛、从此无君派。眼中泪，为谁洒。

《香消酒醒词》

3. 梁绍壬：

小鲁词出入苏、辛，小令酷肖板桥。

徐珂《清代词学概论》引

4. 陈廷焯：

笔致在宋人中近竹山，在国朝中近板桥。

《词则·别调集》卷六

5. 陈廷焯：

词有故作朴直语，而实形粗鲁者。如陈小鲁〔鬲溪梅令〕云……此类大抵皆拾黄山谷、蒋竹山唾余，可厌之极。

《白雨斋词话》卷五

沈芳

沈芳（生卒年不详）字梦湘，江苏吴县人。诸生。顾昌贤继室。好读书，耽吟咏，兼工绘事。著有《寂寥词》。

1. 黄燮清：

夫人好读书，耽吟咏，兼工绘事，笔墨所入，辄以周贫乏，曰："吾无饥寒忧，留此何用？"慷慨豪爽，有侠士风。词律谨严，神韵超妙，足以洗刷浮滥。

《国朝词综续编》

赵庆熺

赵庆熺(1792—1847)字秋舲，浙江仁和（今杭州）人。道光二年(1822)进士，以县令待铨，家居二十年后选陕西延川知县，因病未赴。改浙江金华府教授，亦未到任。以授徒养亲。工诗词散曲，与同里魏谦升等人以词章自娱。庆熺弱冠随叔父游楚北，著有《楚游草》，又有《蘅香馆词稿》，均因故未刊，所作大多散失，惟《香销酒醒词》二卷行世。

1. 项名达：

此《香消酒醒词》为秋舲少时作，其一往情深，谐姜、张之声，缉吴、蒋之色，深入南宋诸名家三昧，所不待言。顾具是美才，而中年来拳拳白业，与晋竹若一辙。岂香果消，酒果醒哉？香与酒，犹之声与色，苟融情于香、酒，自有不待消而消，不待醒而醒者，固知声即无声，得微妙声；色即无色，得善常色；情即无情，得普遍情。虽现生未能即证，而食少金刚，历劫不化，大光明藏中，且偕晋竹由文字入总持门，出生功德无量。则是词也，小乘戒之曰绮语；大乘宝之则曰道种也。

《香消酒醒词序》（《香消酒醒词》）

2. 梁绍壬：

仁和赵秋舲庆熺……性倜傥，工诗词，家贫读书，傲骨风棱，逸情云上……弱冠时，曾随其叔祖筱山大令铭宦游楚北，赋《楚游草》一卷……又出楚时，其所聘室卒，作《续离骚》、《招魂》哭之，词旨悲艳。

《两般秋雨庵随笔》卷二

3. 魏谦升：

时君与余，诗文外，复喜倚声，君则更为金元乐府，缠绵哀艳，一往有深情，即今附刊于词集后者是也。张仲雅先生评陈小鲁之词，以为其语华，其气爽，出入苏、辛间，纯乎性灵。君与小鲁习，故词亦如是，而律则较严矣。

《香消酒醒词序》(《香消酒醒词》)

4. 吴藻：

〔洞仙歌〕《题赵秋舲〈香销酒醒词集〉》

花窗细读，十年前名句。一瓣香曾为君炷。甚空空妙手，绣出鸳鸯，谁信道、肯把金针度与。　　才华似水，脱口轻圆，北宋南唐最佳处。酒醒又今宵，拍遍红牙，尽高唱、大江东去。笑一颗骊珠几人探，但白石梅溪，纷纷侬汝。

《花帘词》

5. 谭献：

秋舲先生词名甚著，窃尝议其剽滑，不能多录。(《箧中词》)

《复堂词话》

6. 张德瀛：

赵秋舲庆熹词，如魏征妩媚，我见犹怜。仁和人，有《蘅香馆词》。

《词徵》卷六

7. 程秉钊：

教授为杭郡名宿，所著《香销酒醒词》，清丽婉约，小令极似南唐。

《碧桃仙馆词序》(《碧桃仙馆词》)

8. 王蕴章：

浙派词滥觞于竹垞，极盛于樊榭，再传而为枚庵、频伽，南宋风流稍稍衰矣，而婉约清空，不失为词坛健者。秋舲先生务为剽滑谐美之辞，则去古愈远，悦今愈甚。昔山谷老人序晏叔原《小山词》云："妙年美士，近知酒色之娱；苦节臞儒，晚悟裙裾之乐。鼓之舞之，使晏安酖毒而不悔，是则叔原之罪也。"吾于《香消酒醒词》亦云。

《然脂余韵》卷三

9.《续修四库全书提要》：

庆熺之词，有声当世。盖清亮浮荡，易为所引，其实浅薄而不能深入，剽滑而不能沉着，纯粹无疵之作，不多见也。

《香消酒醒词提要》

10. 闻野鹤：

《香销酒醒词》为赵秋舲著。微时酷喜诵之，以其如白香山诗，老妪都解，语语精圆，琅琅上口也。直至今日，始觉为其所误，弃之不敢复诵矣。赵小具聪明，浅人宜喜道之。如“梦也全无，梦也全无谓”，“得酒偏难，得酒偏难醉”，非钝根人所能道也。

《惚簃词话》

11. 卢前：

〔望江南〕

香销后，散曲独擅场。词是末流环浙水，尖新细巧见微长。莺语弄笙簧。

《饮虹簃论清词百家》（《清名家词》）

梁绍壬

梁绍壬（1792—？）字晋竹，号应来，浙江钱塘人。道光辛巳举人。能承家学，工诗善文，学问渊博，嗜酒。与赵庆熺友善。官内阁中书。绍壬工诗，著有《两般秋雨庵诗》、笔记《两般秋雨庵随笔》八卷，影响较大，词有《圈儿词》。

1. 陈廷焯：

梁应来《两般秋雨庵随笔》，除当时人诗词外，大半掇拾唾余，并无独见。其中摘录诸词，率是浅薄纤丽之作，最为下品。彼所自撰，如〔金缕曲〕《春阴》云云，枝而不误，即金氏所谓游词也。

《白雨斋词话》卷六

张尔旦

张尔旦（1792—1845）字信甫，江苏常熟人。少学诗于孙原湘。著有《种玉堂集》，有《种玉堂词稿》。

1. 黄燮清：

《种玉词》缠绵凄远，言外恨长，弱柳啼烟，疏花韅雨。读之，低徊欲绝。

《国朝词综续编》卷九

唐树义

唐树义（1793—1854）字子方，号方山，贵州遵义人。嘉庆二十一年（1815）举人，历官陕西按察使，湖北布政使、按察使，卒谥威恪，著有《梦砚斋遗稿》，词附，后收入《黔南丛书》，名《梦砚斋词》。

1.《续修四库全书总目提要》：

是编为词凡十九阕，皆慷慨悲歌。郑珍撰传，谓常以开济忠义自许，日忧危孤，愤于巧挤阴扼中，故其词能激昂感叹也。

《梦砚斋词提要》

赵起

赵起(1794—1860)字于冈，江苏武进(今常州)人。赵翼孙。道光二十年(1840)乡试第二。为学不拘章句而通经义并诸子百家，旁及阴阳、医学；书宗米芾、董其昌而有劲逸之气，亦精绘画，诗则各体均工。词为丁绍仪、谢章铤、缪荃孙等人所称道。曾应聘治江南盐政，往来于淮、扬、徐、海间。家富饶，尝购同郡谢氏废园修葺成“约园”，内有十二峰、二十四景之胜。喜花卉，尤爱兰，曾有以名画换兰雅事。家口人丁多艰，妻及两子、两女均先起而亡，孙辈亦有夭折者。咸丰十年(1860)，佐团练对抗太平军，城陷全家七十余口投约园池中死。后光绪帝为此特旨褒奖并令专祠祭祀。著有《约园词》十卷。

1. 赵起：

呜呼，蚓唱蝉嘶，其声极微，阅时而尽，莫之与听。然蚓与蝉，方且鼓翮引吭，振响于林樾，流音于泉壤，卒未尝闷其音而寂寂也。余坎坷终身，块然偃息于约园，与食槁壤、吸冷露者正同调而异响也。因分类录出，以存泥爪，又曷计其时之易尽与否，人之或听与否也？

《约园词自序》(《约园词》)

2. 谢章铤：

《约园词稿》十卷，武进赵于冈起撰。于冈词一卷一名，末卷有所谓《逝水歌》者，皆哭其母兄子女之作。有所谓《唱晚词》者，多纪寇乱之篇。骨肉凋零，兵戈满眼，亦极人生之不堪矣。……嗟乎，当时衮衮诸公，所谓参之肉，其足食乎？予尝谓词与诗同体，粤乱以来，作诗者多，而词颇少见。是当以杜之《北征》、《诸将》、《陈陶斜》，白之《秦中吟》之法运入减偷，则诗史之外，蔚为词史，不亦词场之大观欤？惜填词家只知流速景光，剖析宫调，鸿题巨制，不敢措手，一若词之量止宜于靡靡者，是不独自诬自隘，而于派别亦未深讲矣。夫词之源为乐府，乐府正多纪事之篇。词之流为曲子，曲子亦有传奇之作。谁谓长短句之中，不足以抑扬时局哉？于冈《唱晚词》，颇得此意。地则金陵、维扬等处，人则向荣、张嘉祥、邓绍良、袁甲三诸大帅，皆见于篇，虽其词未必入胜，然亦乱离之时能词者应有之言。

《赌棋山庄词话续编》卷三

3. 郭则沄：

约园之名，见于浙江学使署。武进赵于刚起，亦以约园名词。末卷所谓《逝水歌》者，皆哭其母兄子女之作。所谓《唱晚词》多述寇乱，骨肉凋零，兵戈满眼，亦极人生不堪之境矣。其〔满江红〕十数阕，述金陵、淮扬兵事，于向荣、张嘉祥、邓绍良、袁甲三诸帅，多有阳秋，而其意具见于〔喝火令〕一词。

《清词玉屑》卷五

4.《续修四库全书总目提要》：

所作委宛幽雅，妩媚有态。《唱晚》一集，用〔满江红〕、〔水调歌头〕诸调，淋漓悲壮，盖循其境势，义气郁勃，肝胆照人，则又不必以词之形迹论矣。

《约园词稿十卷提要》

汪远孙

汪远孙（1794—1836）字久也，号小米，浙江钱塘（今杭州）人，嘉庆二十一年（1816）进士，官内阁中书，著有《借闲生诗》等。词有《借闲生词》一卷。

1.《续修四库全书总目提要》：

所撰之词共七十三首，长调居多，盖规摹南宋者也。

《借闲生词一卷提要》

陈裴之

陈裴之（1794—1826）字孟楷，又字朗玉、小云，浙江钱塘（今属杭州市）人，陈文述子，选云南府通判，不赴卒。著有《澄怀堂诗集》、《澄怀堂诗外》、《澄怀堂文钞》。有《梦玉词》一卷。

1.《续修四库全书总目提要》：

词名“梦玉”者，以梦窗、玉田为宗也。所作幽深精致，曲折动宕，盖其渊源纯正也。时有滞处，则梦窗之迹也；偶见滑句，则玉田之迹也。化迹而入神，可以名其家矣。善乎戈载之言曰：“梦窗之长在缜密，密者疏之，则以灵动之气化襞积之痕，自不至于晦矣；玉田之长在清空，清空者实之，则以宕往之神兼波折之妙，自不至于滑矣。”惜乎裴之未尽能也。

《梦玉词一卷提要》

蒋学沂

蒋学沂（生卒年不详）字小松，江苏阳湖（今武进）人。与周仪暐、董士锡、管绳莱等同郡同时，相交善。著有《菰米山房诗文集》、《紫兰宫》、《麒麟阁》传奇等，有《藕湖词》一卷。

1. 蒋学沂：

余尝受填词法于编修张先生。先生之言曰："词者诗之余也。词学始于唐季六朝，至南北宋为极盛。后人为之，或流于放，或伤于纤巧，故元明以下无词。国朝乾隆间始有人起而振之。"则先生自谓也。先生又曰："为苏、辛者易粗，学秦、柳者伤雅，今之词人皆石块酗酒，搽旦登场也。夫以清庙明堂之奏，而杂以俳优谐荡之音，间以灌夫叫嚣之气，其可乎哉？夫有句无章，其弊也鄙。甚或美人芳草、明月斜阳，识二三百字便成词家，宜才子之多也。古之人境遇之抑塞，忧思之郁纡，用笔命意，归之至约而出之幽恻。怨而不乱，哀而不伤，庶几诗人之忠厚之旨乎？"余服膺先生之驯，为之有年。

《藕湖词自序》（《藕湖词》）

2. 董覞庵：

小松先生受词学于张皋文编修，与吾家晋卿先生皆守常州词派一脉而真能得其师承者也。

《藕湖词跋》（《藕湖词》）

3. 庄炘：

词家白石是仙人，七宝楼台隔几尘？
谁解铸金称后起，似君肝胆最清新。

少日拈毫句便成，巧将红碧助春情。
而今痴钝从人说，手敛姜芽畏后生。

《题藕湖词》（《藕湖词》）

黄富民

黄富民（1795—1867）字小田，号萍轩，安徽当涂人。道光五年（1825）拔贡，官礼部郎中。咸丰三年（1853）迁居华亭。有《萍轩词草》一卷，与《萍轩小草》合刊。

1. 张德瀛：

黄小田富民词，如灌园野叟，闲话斜阳。当涂人，有《萍轩词草》。《词徵》卷六

严廷中

严廷中(1795—1864)字石卿，号秋槎居士、岩泉山人、红豆道人，云南宜良人。诸生。历官山东莱阳、姜山县丞，迁诸城、福山、蓬莱知县，调两淮盐运司经历。于扬州创春草诗社，大江南北属和者千余人，才名藉甚。后主云南雉山书院。所著甚多，有《红蕉吟馆集》等。廷中才华富赡，善制曲，诗余尤冠一时。有《红蕉吟馆诗存》、《药栏诗话》，另有杂剧《秋声谱三种》、《铅山梦》、《怀人小草》等。词有《红蕉吟馆词》(又名《岩泉山人词》)一卷，附集以行。同治十三年(1874)，丰润赵国华辑严廷中等四家词为《明湖四客词钞》，内收秋槎《麝尘词》一卷十五首。

1. 孙兆溎：

东省填词家，如家湘云、家月坡、严秋槎、戴已山、王晴皋，皆卓著一时。

《片玉山房词话》

2. 况周颐：

维扬本莺花薮泽。自昔新城司李，狎主词盟，红桥冶春，香艳如昨，浮湛宦辙，代有名流。如项莲生、蒋鹿潭，并倚声专家，希踪北宋。宜良严秋槎廷中，亦后来之秀。需次两淮，有《岩泉山人词》、《麝尘集》。其《扬州好》若干阕，尖艳浑雄，各极其妙。充其才力所至，庶几嗣响《水云》。端木子畴前辈评《麝尘集》曰：“天分甚高，下笔有镌镵造物之致。而瑕瑜互见。想见其傲岸自雄，不受切磋处。”然则秋槎固托于狂士以自晦者也。

《蕙风词话续编》卷二

3.《宜良县志》：

号秋槎，烺子。性嗜诗，入庠后即弃举子业，专精于吟咏。

十三岁，诗词便传诵于京华。嗣后，援例为丞，所过名山大川皆有题咏。在扬州开春草诗社，大江南北属和者千百人，诗余尤冠一时，《明湖四客词》选为第一家。……其所著之《红蕉吟馆》、《拈花一笑录》、《怀人小草》、《瘦红集》、《渔鼓词》、《试帖诗》、《药栏诗话》皆脍炙人口。

4.《云南通志》：

廷中才名藉甚，娴吟咏，尤工词曲，学使顾雅南谓其"清丽缠绵，情文相生，置之金元诸家中，可以无愧"。

袁绶

袁绶（1795—1866?）字紫卿，浙江钱塘人。袁枚孙女，南平知县袁通女，上元吴国俊室。禀性聪慧，少承家学，工诗词。著有《簪芸阁诗稿》，词有《瑶华阁词》一卷、补遗一卷，辑入《小檀栾室汇刻闺秀词》。

1. 夏恺：

安人赋性颖异，髫稚时读祖父诗，辄怡然意开，即能寄托韵事，研究倚声之学，盖得于过庭之教深矣。……今观其集中怀古感时诸作，沉着痛快，无闺阁气习。即赠答诗，亦不惮推敲而务期研炼，杜陵所谓“律细于老”，不其然欤？至其寻声按拍，造语清腴，比之白石、屯田，何多让焉。

《簪芸阁诗词集序》（《瑶华阁诗词钞》）

2. 丁绍仪：

伯锳配紫卿夫人绶，袁子才太史孙女也，亦工词。余只见其题严小秋词稿〔高阳台〕……。伯锳亦有题词，同倚是调，而风神转逊。

《听秋声馆词话》卷十一

3. 雷瑨：

钱塘袁紫卿女史，随园老人之女孙也。适江宁吴伯瑛大令。著有《簪芸阁诗稿》、《瑶华阁词钞》。最爱诵其〔菩萨蛮〕咏春不老……又〔清平乐〕咏女儿红……细腻风光，善于咏物。

《闺秀词话》卷三

倪济远

倪济远（1795—？）字孟杭，号秋查，一号秋槎，广东南海人。嘉庆二十二年（1817）进士，官广西恭城县知县。为人亢直，官十余年未迁。好读书，工诗词。著有《味辛堂诗存》，词有《茶嵁舍词》一卷。

1. 谭莹：

曲付玲珑旧酒徒，官场滋味困倪迂。并《茶嵁舍词稿》〔花犯〕观剧戏作语。

茆烟箐雨茶堪舍，便算罗浮与鼎湖。见《味辛堂诗钞》自序。

《三十六首专论岭南人》（《乐志堂诗集》卷六）

2. 张德瀛：

倪秋槎济远词，如女郎踏青，时闻娇喘。南海人，有《茶嵁舍词》。

《词徵》卷六

王效成

王效成（1795?—1846?）字约甫，号子颐，又号雪腴，盱眙人。道光十六年（1836）恩贡生。与吴山尊、李申耆等为友。有《轩霞词》一卷，《伊蒿室诗余》一卷，与其《伊蒿室诗文集》合刊。

1. 谢章铤：

《轩霞词》一卷，盱眙王子颐效成撰。子颐词虽无多，而饶有姜、史遗韵。

《赌棋山庄词话续编》四

朱紫贵

朱紫贵（1795—？）字立斋，号曼翁，浙江长兴人。廪贡生，官嘉兴府学教授。著有《枫江渔唱》、《清湘瑶瑟谱》、《续谱》各一卷，总名《枫江草堂词》。

1. 朱紫贵：

吾郡家藏烟浦，户具画船。匪直诗林，抑亦词窟。赵宋南迁，地当畿辅。子墨客卿，旅时庐偻，则有石帚领异于前，草窗标新于后。葩为世镜，蔚为太宗。有明以来，厥风不振，筝琶杂奏，嗣响綦难。往者，徐君咏梅，欲集同岑数人，为词社之举。有志未成，斯人早逝。幺弦寡和，弹不成声。顾念天才，未必增长神智，不欲自腐，爰取旧作，益以今篇，共五十余阕，为一卷。尝恨宫调失传，庸音自缀，茫乎宫楣之梵字，寂然太乐之哑钟，无由发唱歌喉，写声横竹。世有娴音律如杨守斋、徐南溪其人乎？固将北面而求之，窃比于玉田焉。

《枫江渔唱自序》（《长兴词话》录）

2. 陆以湉：

长兴朱立斋紫贵，司训杭州，诗名隆起。词亦清峻，录二首，〔买陂塘〕词云云，〔台城路〕词云云。

《冷庐杂识》卷六

3. 黄燮清：

广文词如秋水春云，清微淡远，是学玉田而得其神髓者。近人徒事修洁，言外无意，辄思附庸玉田，去之远甚。

《国朝词综续编》

4. 周庆云：

其词如秋水春云，清微淡远，是学玉田而得神韵者。近人徒事修洁，无言外意，辄思附庸玉田，去之远甚。

《历代两浙词人小传》卷十

黄德峻

黄德峻（1796—？）字景崧，号琴山。广东高要人。道光二年（1822）进士，官福建泉州府知府署福建粮道。其词选入《粤东词钞》，著有《三十六鸳鸯馆词》。

1. 张德瀛：

黄琴山景崧词，如天半晴虹，蜿蜒有态。高要人，有《三十六鸳鸯馆词》。

《词徵》卷六

符兆纶

符兆纶（1796—1865）字鸿诏，号雪樵、卓峰居士，江西宜黄人，道光十二年（1832）举人，历官福建福清、屏南、建阳知县，著有《卓峰草堂诗钞》、《文钞》及《梦梨云馆诗外编》等。词有《梦梨云馆词钞》。

1. 谢章铤：

词不多作，然亦豪宕可喜。

《稗贩杂录》卷二（《赌棋山庄集》

仪克中

仪克中（1796—1838）字协一，号墨农，别号姑射山樵、罗浮山樵，广东番禺（今属广州市）人。原籍山西太平。道光十二年（1832）举人，为巡抚祁贡记室。有《剑光楼词》一卷。

1. 江藩：

〔风入松〕《书仪君墨农〈剑光楼词钞〉后》

蘋洲擪笛谱新词。吹冷胭支。不裁柳七轻盈体，爱他非曲非诗。八宝楼台拆下，争如茅舍疏篱。　夜深明月上梅枝。帘影花移。断肠好句和香歇，最销魂两鬓添丝。滴粉揉酥小令，牵侬多少乡思。

《扁舟载酒词》

2. 谭莹：

倚声一道，体沿变雅，意昉《离骚》。咸知乐府之遗，独备教坊之用。实导源于青莲，前辈无待侈陈；能衍派于白石，老仙庶几嗣响。以苏、辛为别调，不乏替人；有朱、厉之遗音，无惭作者。乃多歧路，仍各擅场，而要之工拙不存乎此也。墨农孝廉早誉石麟，前生青兕。声名、官职，听造物之安排；经济、文章，合古人而位置。诗文特富，词曲兼工。瘦定比于黄花，祝艳传夫红豆。中年哀乐，久嗟玉树之埋；大著留贻，先刻《金荃》之集。莹忝附云龙，非犹风马。谱旧时之月色，与古为新；吹乍起之东风，干卿何事？北海之尊罍倘在，君苗之笔砚当焚。述梗概于生平，志心形之俱服。已夫！虎贲容貌，究异中郎；优孟衣冠，仍匪孙叔。杜拾遗之膏馥，沾丐原多；李记室之襕襦，挦扯不必。孝廉则热血一腔，寸心千古。人知剧孟，兄事袁丝。英雄之侠骨棱棱，儿女之封题叩叩。会都真率，事本寻恒。有客黄衫，隔江红袖。伯鸾穿冢，思近要离；光禄当筵，闲呼驺卒。焚张壮武之绮语，思郁风云；忏陶靖节之闲情，赋抑流宕。曲尽阳春白雪，意仍香草美人。此其宜工者一也。书破万卷，悬知下笔之神；字识一丁，仍等弯弓之辈。羌无故实，未易解嘲；尽得风流，仍劳劝学。孝廉则胸罗四部，手披万签。金版玉箱，刘略班艺。言矜倚马，心喻雕龙。旋掷米以为珠，总酿花而成蜜。胸臆第率，业为一国所推；才技略分，宁仅十人足了。以三余董遇，比三绝郑虔。原具三长，夙兼三好。力偏同于搏象，手乃俪乎射雕。此其宜工者又一也。枕边游览，便诩神仙；户限功名，终嫌迷闷。纵偶思乎螺蛤，端不负乎莺花。妙词亦谱学蘋洲，痴语恐嘲同竹屋。孝廉则越井骖鸾，云淙读史；燕台跃马，辇毂称诗。排云作泰华之游，对雨赴罗浮之约。太行山色，采石江声；北固疏钟，西湖画楫。渡迎桃叶，泾采莲花。奏神弦于玉女灵祠，拾折戟于周郎废垒。抚时谈剑，谒胜朝之坏殿枯陵；怀古访碑，吊前代之残山剩水。志舆图于岭海，琼岛洪波；梦里闬于晋秦，潼关斜月。过钓濑则垂纶遣兴，讵谢皋羽之余哀；登酒楼而泼墨留题，实董糟邱之所筑。此其宜工者又一也。异幼安而割席，非贾谊而杜园。论广绝交，辞反招隐。游皆鹿豕，侣亦鱼虾。真作野人之居，是谓愚公之谷。孝廉则东南名士，争拜下风；台省钜公，缅怀旧雨。陆机入洛，敢问葫芦；韩琦帅扬，与赏芍药。复有朝廷人物，风雅总持，庆历文章，文昌下降，亦共呼为才子，许以台司。挥玉麈以谈诗，掷金龟而命酒。沈隐侯之名笔，见独王筠；丁敬礼之小文，定于曹植。唱《郁轮袍》而谁屑，读《宝剑篇》而夙知。鉴即千秋，师惟一字。笑郝隆第作蛮语，恨张融不见吾狂耳。所以摩诘盛名，有裴秀才之和作；退之联句，与孟东野而齐称。击剑谁精，妙画宛然神助；刺船辄返，弹琴顿觉情移尔。此其宜工者又一也。哲嗣思山，羲琴昆仲，能读父书，委撰此序。深惭元晏之笔，宛报秣陵之书。非闻笛而泫然，聊举杯以相属。礼黄梅而参妙谛，讵闻法秀之诃（时余寓长寿寺书局，时丙申、丁酉，屡与孝廉宴集寺中）；赋红杏而擅才名，乃逊尚书之福。琼楼玉宇，素抱可知；铁板铜琶，雄姿如见。即屏风而图画，合比李君虞之诗；有井水而能歌，岂让柳屯田之作。

《仪墨农孝廉词集序》（《乐志堂文续集》卷一）

3. 丁绍仪：

粤东词家甚少，近日嘉应吴石华、番禺仪墨农，始以词名。（卷十八）

余所见粤词，近推吴石华、仪墨农为最。（卷二十）

《听秋声馆词话》

4. 张德瀛：

仪墨农克中词，如中郎八分，波磔取势。番禺人，有《剑光楼词》。

《词徵》卷六

庄盘珠

庄盘珠(1796—1820)字莲佩，江苏阳湖人。庄有钧女，同邑举人中表吴轼妻。庄氏体弱多病，卒时仅二十五岁。诗多幽凄楚之音，人比之李贺。著有《秋水轩集》，有《秋水轩词》一卷。

1. 黄燮清：

《秋水轩词》，灵心妙舌，动若天籁，深得三百篇、古乐府神理。

《国朝词综续编》

2. 沈善宝：

阳湖庄莲佩诗已见前卷。今见《秋水轩词》，甚佳。如柳絮〔苏幕遮〕云："早抽条，迟作絮。不见花开，知见花飞处。绕砌萦帘刚欲住，打个盘旋，又被风扶去。　野棠村，芳草渡。离却枝头，总是伤心路。待趁残春春不顾，点向空池，恨结萍无数。"海棠〔浪淘沙〕云："梦断小红楼。宿雨初收。斗晴蜂蝶上帘钩。一院海棠春不管，侬替花愁。　吟赏记前游。转眼都休。风前扶病强抬头。知道明年人在否，花替侬愁。"

《名媛诗话》卷五

3. 丁绍仪：

女史阳湖人，母梦珠而生，故名盘珠。姿性明慧，工倚声，著有《紫薇轩词》。……有萧山女史天水氏爱其词，为付剞劂。因词旨悱恻，疑抱天壤王郎之憾，序中深致惋惜。似不知为同邑孝廉吴轼室，门无尘杂，静好相庄。正如饮水词人，身处华朊，而词极凄戾。自是赋才所近，非关遇之丰啬。

《听秋声馆词话》卷五

4. 冒俊：

〔浪淘沙〕《题〈秋水词〉后》

多病复多愁，闺阁风流。篇篇锦绣倚声柔。福慧双兼真不易，影幻泡浮。　识面恨无由，圆月难修。瓣香心事愿千秋。重付枣梨传妙句，吟遍红楼。

《闺秀词话》卷三引

5. 关锁：

翠竹惊寒之地，浥莲坠粉之天。近短彴以寻渔，坐凉云而听雁。碧槛三尺，红灯半床，垂帘有人，张弦欲语。于是通辞命鲤，移性狎鸥。落花荡作水声，白云玨为秋气。则有菱洲烟唱，芦芽艑歌。黄叶堆门，绿波画影。树树捎晚，峰峰当愁。折苹花以相思，牵菱根而伤手。荷波黯中妇之镜，藁砧明大刀之山。芳草拾其坠欢，文琴畅以遥夜。麋月相待，螺峰渺然，梦雨亦离，问天欲瘦。爰乃赓言被笛，移宫上笙。寓琼思于轻苔，发荒寒于柔翰。纨帕染粉，鞋钩点廊。霜上帘而菊癯，影佐觞而梅妥。画灰书石叶之字，落纸闻羽钗之声。此盘珠夫人《秋水词》所以选炼妍华，甄综众嫭。西风蜩柳，附会其光阴；薄日鱼榔，迷离其音响。比之蘋洲遗谱，竹枝清歌，无是过也。嗟嗟。灵羽牢笼，总因文彩；爱河清浅，难免风潮。以夫人孕月为怀，刈花当舌。鹿庐自创一格，灯盏能辨四声。固宜匏爵芳缘，文箫善匹。效茧绵之一气，学磝碻之双声。而乃嫁杏于桑，种莲非藕。鸹鸽为同心之鸟，乌鹊成情尽之桥。宜其弱质娇罗，丰肌减玉，酒肠盛泪，怨翠凹眉。未免禅心，溅成泥絮；从无泪眼，晴到梨花。卒至香褪蜂腰，瘦飞龙骨。蝉弃秋前之蜕，蚕余死后之丝。为素为缣，则新人已故；营斋营奠，则分俸无闻。呜呼，悲已！锁于歌离吊梦之余，有同病相怜之感。兰缸听雨，背髻无眠；絮背兜寒，蒙头易醒。金井碧梧初坠，玉台之彤管如闻。翠羽啼霜，凄蛩絮晓。君真穷子，情天之况味应知；仆本恨人，文海之漂流奚极。此古人所谓既伤逝者，行复自念也夫。

《秋水词序》(《然脂余韵》卷五)

6. 金武祥：

常州才媛，首推庄莲佩，名盘珠，有《秋水轩词》，一时传诵，逼真《漱玉》之音。

《粟香随笔》

7. 金武祥：

阳湖庄莲佩女史《秋水轩词》，直可娣视淑贞，姒蓄清照。

蛱蝶穿花，蜻蜓点水，此虫类之最有情趣者。古今诗词咏蛱蝶多，咏蜻蜓少。《秋水词》咏蜻蜓倚〔金缕曲〕调，已极赋物之工矣。

《粟香二笔》

8. 继昌（李佳）：

庄盘珠莲佩女史《秋水词》，娣视易安，非寻常闺秀所能。〔踏莎行〕……语意颇雄壮。又有咏杨花……笔致颇新。

《左庵词话》卷上

9. 邹弢：

阳湖庄莲佩女史盘珠，生有神异，颖慧好读，所著《秋水轩诗词合稿》，笔致凄丽。尝病卧，梦见天后遣侍女来迎，醒语其夫吴孝廉轼，遂含笑而逝。异香满室，空中似有音乐。时年二十有五也。集中佳作甚多……其诗余一卷，尤极幽怨，的是《漱玉》之遗。

《三借庐笔谈》卷六

10. 雷瑨：

盘珠，阳湖人，庄有钧女，其母梦珠而生，故名，字莲佩。幼颖慧，好读书，女红精巧，然辄手一编不辍，卒时年二十有五。垂绝复苏，谓其家人曰："余顷见神女数辈，抗手来迎，云须住侍天后，无所苦也。"今观其词，故多凄苦之音。言为心声，宜其短

折也。（卷二）

武陵王梦湘于近代闺秀中独好庄盘珠《秋水词》，尝手录一过，推为清世第一；又谓其馨逸不减《断肠》，高迈处骎骎入《漱玉》之室。至谭复堂选《箧中词》，仅录四首。或谓王君所称或逾其量，而谭选则未有尽。集中如〔醉花阴〕《清明》云……凄惋幽咽，真伤心人别有怀抱矣。（卷二）

《闺秀词话》

11. 王蕴章：

《秋水集》，阳湖庄盘珠作。盘珠字莲佩，有钧女。有钧善说诗，盘珠听之不倦，每谓父曰：愿闻正风，不愿闻变风。……盘珠尤以词著。有清中叶以后，闺阁倚声不得不推苏之庄、浙之吴为眉目。《秋水》一编，艺林传播，尤以钱塘关秋芙选刊本为最精，兼金双玉，美不胜收。余最爱其〔探芳讯〕咏络纬云："冷消息。到晓露墙根，晚烟篱隙。正绣衾梦断，豆花又风急。残灯窗里明还暗，月在窗前白。忽惊猜、巷北街西，那家宵绩。　何日便成匹。怪响引丝长，缓怜丝涩。静夜寒闺，幽韵杂刀尺。乱愁谁漾千千缕，争把秋心织。便无愁也，也自听他不得。"末句如率更得意书，铁画银钩，力透纸背。又〔踏莎行〕《大兄寄示京口怀古词》云："白日西驰，大江东注。朝朝暮暮相逢处。其旁坐老有青山，不愁不笑看今古。　渡口帆墙，波心钟鼓。后人又逐前人去。莫将词句掷寒涛，多情恐惹蛟龙怒。"豪情壮采，遂可与左杏庄"掷与巴江流到水，且莫回头"一唱，把臂入林。若闺中传唱其"一院海棠春不管，侬替花愁。知道明年人在否，花替侬愁"，则格韵卑下，复堂所谓"东风红豆，最下最传"也。

《然脂余韵》卷二

12.《续修四库全书总目提要》：

是编凡八十八首，颇嫌柔嫩，而时有雅言。如〔浣溪沙〕云："晓枕暗占寒夜梦，残灯犹剩去年花。"〔菩萨蛮〕云："雪月与梅花。都来作一家。”皆为可诵之句。惟全书所言，工愁善病，时值盛年而喜作衰飒之语，为文之大忌也。

《秋水轩词一卷提要》

王嘉禄

王嘉禄（1797—1824）字绥之，一字井叔，江苏长洲人。诸生。工诗词，为“吴中七子”之一，与朱绶齐名，号为“朱、王”，著有《嗣雅堂集》。嘉禄之诗，才调宏富。亦善填词，词集名《桐月修箫谱》。

1. 郭麐：

顾生平最善朱氏竹垞“诗不能言者，委曲倚之于声”二语，以为词之道尽于是矣。绥之之词，立言必雅，抽思必深，喜往复，善自道，于朱氏之言无不合者。

《桐月修箫谱序》

2. 戈载：

笔意绝类《碧山乐府》，人皆以中仙后身称之。

《宋七家词选》卷六

3. 戈载：

〔忆旧游〕《感旧词五首》其三

井叔名嘉禄，长洲诸生，惕甫丈之季子。……幼时吟咏，已惊长老。继而琢磨风雅，鹤立鲸跳，司空表圣《诗品》中之典雅雄浑，盖兼而有之。……始不喜填词，见余所作，律严韵谨，甚以为然，乃亦肆力为之。笔致峭拔，酷似中仙，四声则附和鄙说，一字不苟。遂与同社更唱迭和，倡刻吴中七家词，其词名《桐月修箫谱》。后曾宾谷为鹾使，招至扬州，词又刻一卷，名《骑鹤移家集》。不料撄疾而归，竟以溘逝，年才二十七耳。

计十年酒社，七子诗坛。最少惟君，短小偏精悍。每雕谈妙辩。盛气凌人，论词素推强伴。同志张吾军，记桐下修箫，梅边擫笛，订谱情殷。　　前身碧山，是只赋笔吟笺。花外翻新，跨鹤移家，去奈烟霞沉痼，蕙叹芝焚。呕心嗣音，渊雅谁为辑，遗文剩两卷。红腔当年，幸得□翠眠。

《翠薇花馆词》

4. 朱绶：

壬午春日，王君井叔将刻其自为词，而命序于绶。夫绶无以益井叔也。无已，则举其填词之要序之曰：自九宫八十一调之谱不传，而世所为词，类皆长短歌谣耳。吾友戈顺卿氏始力寻古人之秘奥，即堆絮园旧律，厘正误谬，而阴阳清浊，辨疑似于芒忽之际，庶几其词矣。井叔言词，初不主律，于去年之冬，始极论之。积十日，得数十篇，绶与顺卿读之，均无以难也。且四声之细，无一不与古人之制调相合，是又本戈氏之说而愈加以严密者欤？近年来，填词之学，吾吴为盛，戈氏首发声律之论，绶与沈闰生氏坚持之，得井叔而知为学之未有尽也，于词且然。由此以精究九宫八十一调之变，虽谓大晟雅乐，至今而复兴可矣。而世之率尔操觚者，其亦知所返乎？

《桐月修箫谱序》(《桐月修箫谱》)

5. 黄燮清：

井叔词婉转幽媚，情景俱深，味之纡徊无极。

《国朝词综续编》卷十八

6. 蒋敦复：

吴中七子……酉生宗梦窗，闰生宗梅溪，井叔宗碧山，余草窗、竹屋，各有专尚。顺翁词集最富，不名一家，惟用心于律，订万氏之讹，他人或苦之，弥津津乐道也。

《芬陀利室词话》卷二

7. 徐珂：

王井叔客扬州数年，文采富艳，倾动时流。好填词，所著名《月底修箫谱》，倚声家传诵之。

《近词丛话》

徐汉苍

徐汉苍（1797—1868?）字荔庵，安徽合肥人。道光元年（1821）举孝廉方正，主讲奎文书院。有《碧琅玕馆诗余》一卷（一名《鸥香词》），与其《萧然自得斋集》合刊。

1. 杜文澜：

徐君荔庵，名汉苍，安徽合肥诗人也。亦爱词，有《碧琅玕馆诗余》……所作不拘声律，为诗人之词，而老健清空，尚多佳句，备存集中。

《憩园词话》卷四

徐德元

徐德元（？—1868），谱名嗣镛，字序东，号惇士，浙江乐清人。著有《小西山房文集》、《小西山房倚声》等。

1. 高谊：

《小西山房倚声》者，吾邑徐惇士拔贡之填词也。词凡二百首，卷上百首，曰《芦洲渔唱》，凡四十八调，间有一二调相同者。所倚不外评花赋月，春思秋悲，感旧怀人，联吟题画，要借题以自抒其愁恨而已。卷下百首，曰《云樵野啸》，凡四十调，间有与前百首同调者。所倚不外爱石怜梅，弹棋挥麈，悼亡祝嘏，送腊迎新，要托物以自写其雅怀而已。拔贡平生于古文词外，好为倚声。此稿乃其后人竹安君藏本取以录之，以觇作者之一斑云。

《小西山房倚声跋》（《小西山房倚声》）

鲍俊

鲍俊（1798—1843?）字宗垣，号逸卿，别号石溪生，广东香山人。道光三年进士，官刑部主事、候选员外郎，晚年主讲凤山丰湖书院。有《榕塘诗钞》、《倚霞阁词钞》。

1．张德瀛：

鲍逸卿俊词，如桓溪鹳鸽，龞鼻作音。香山人，有《倚霞阁词钞》。

《词徵》卷六

赵对澂

赵对澂（1798—1860）字念堂，号野航，别号浮槎山樵，安徽合肥人。道光廪贡生。历亳州、贺州、池州学官，补广德州学正。工诗词散曲。著有《小罗浮馆诗词杂著》、《野航杂著》、杂剧《酬红记》、传奇《鹃红记》。有《小罗浮馆词》八卷，与同名诗集合刊。

1. 丁绍仪：

合肥赵野航对澂，官广德学正，城陷，殉难。著有《小罗浮馆词》。陈叔安明府知余辑补《词综》，出以见示，嘱选数阕，以彰忠节。奈通首完善者，百无一二。中如夹沟驿吊烈女秀姐，金陵城陷悼崇夫人袁柔吉投池殉节，麻城朱氏妇年十九被掠至安庆题诗投江死，皆绝好题目，而词甚粗浅。

《听秋声馆词话》卷十九

2. 谭献：

赵对澂野航《小罗浮阁词》，功力颇深，心思婉密，亦尝染指苏、辛，不徒柔腻。惟以兼治散曲，声味不无阑入，韵杂律疏，未能多诵。录七首入《箧中词》，亦云识曲听真矣。（《复堂日记》甲申）

野航名隽之才，运思婉密而激楚，亦学苏、辛，倚声可当名家。惟以阑入散曲，微茫处未免染指。佳篇不止于此，往往韵杂律疏，未能多诵。（《箧中词》）

《复堂词话》

项廷纪

项廷纪(1798—1835)原名继章，乡举名鸿祚，字莲生，改名廷纪，浙江钱塘(今杭州)人。幼失怙，艰苦力学，弱岁已有声庠序间。沉默寡言，尝读书僧院。道光九年(1829)，家遇火灾，应亲戚之招，奉母北上京邸。途中遇水，母死舟中。廷纪归里后，幽忧益深。道光十二年(1832)中举人。再上春闱不第，归即病重。道光三年至十五年间(1823 — 1835)，手订词稿，删削颇多，存《忆云词甲乙丙丁稿》四卷行于世。

1. 吴振棫：

莲生喜填词，尤工小令，每自度一阕，即付姬人歌之，其风流自赏如此。尝语人曰：余词可与时贤角，诗不足存。

《杭郡诗续辑》

2. 项廷纪：

忆云生自束发学填词，少作存若干首。夫词者，意内而言外也。意生言，言成声，声分调，亦犹春庚秋蟀，气至则鸣，不自知其然也。生幼有愁癖，故其情艳而苦，其感于物也郁而深。连峰巉巉，中夜猿啸；复如清湘戛瑟，鱼沉雁起，孤月微明。其窅敻幽凄，则山鬼晨吟，琼妃暮泣，风鬟雨鬓，相对支离。不无累德之言，抑亦伤心之极致矣。

《忆云词甲稿自序》(《忆云词》)

3. 项廷纪：

近日江南诸子竞尚填词，辨韵辨律，翕然同声，几使姜、张俯首。及观其著述，往往不逮所言。而弁首之辞，以多为贵，心窃病之。余性疏慢，不能过自刻绳，但取文从字顺而止。削稿既竣，仍自识数语，雅不欲与诸子抗衡，又何以敢邀名公鉴赏耶？

《忆云词乙稿自序》(《忆云词》)

4. 项廷纪：

弊庐不戒于火，弱骨成灰，藏书略尽，遑问词哉……嗣是叠遭家难，索居鲜欢，追忆前尘，十遗八九……嗟乎！不为无益之事，何以遣有涯之生？时异境迁，结习不改，〔霜花腴〕之剩稿，〔念奴娇〕之过腔，茫茫谁复知者？俛仰生平，百端交集，正不独此事而已。

《忆云词丙稿自序》(《忆云词》)

5. 项廷纪：

患难以来，人事有不可言者。癸巳下第南归，已逼岁除。甲午春，葺烬余老屋数椽，偃卧其中，颜曰“睡隐”。读书之暇，惟仿《花间》小令自遣而已。今年正月，再上春官，此事遂废。留京师五十日而去，还我睡乡，始检旧稿，次为一卷。嗟乎！当沉顿无憀之极，仅托之绮罗香泽，以泄其思，盖辞婉而情伤矣。不知我者，即谓之醉眠梦呓也可。

《忆云词丁稿自序》(《忆云词》)

6. 项廷纪：

〔采桑子〕《吴子律索看近词赋此答之》

霜红一树斜阳冷，堕叶秋蝉。衰草如烟。倦枕支秋梦不全。浮名只为填词误，诗酒流连。花月因缘。写入乌丝尽可怜。

《忆云词·甲稿》

7. 项廷纪：

〔祝英台近〕《自题填词图》

展香笺，斟绿醑，相对两眉妩。笑问多情，甘作小红否？几曾奉旨填词，偷声减字，便消受、华年一度。　　自吟苦。任教采壁旗亭，争唱玉田句。金缕琵琶，呜咽怨秋雨。可怜青兕今生，封侯无分，尽修得、刘郎花谱。

《忆云词·甲稿》

8. 黄燮清：

《忆云词》古艳哀怨，如不胜情，猿啼断肠，鹃泪成血，不知其所以然也。

《国朝词综续编》

9. 谢章铤：

《忆云词》四卷，钱塘项莲生鸿祚撰。莲生深于情，小令尤佳。其词仿吴梦窗例，分为甲乙丙丁四稿。丁稿自温庭筠至冯延巳各体皆拟之，且皆工，可以观其所得力矣。甲稿自序云："忆云生幼有愁癖，故其情艳而苦，其感于物也郁而深。连峰巉巉，中夜猿啸；复如清湘戛瑟，鱼沉雁起，孤月微明。其窅敻幽凄，则山鬼晨吟，琼妃暮泣，风鬟雨鬓，相对支离。不无累德之言，抑亦伤心之极致矣。"实能自道其词境。文亦幽茜似唐人小品。乙稿自序云："近日江南诸子，竞尚填词，辨韵辨律，翕然同声，几使姜、张俯首。及观其著述，往往不逮所言，而弁首之辞，以多为贵，心窃病之。余性疏慢，不能过自刻绳，但取文从字顺而止。削稿既竣，仍自识数语，雅不欲与诸子抗衡，又何敢邀名公尝鉴耶？"此言尤为痛切，足为词家砥柱，但不堪为随声逐影者闻耳。

《赌棋山庄词话续编》三

10. 许增：

先生姓项氏，名廷纪，乡举名鸿祚，字莲生……喜填词，奉《花间》为宗旨，以为词之有晚唐五代，犹文之先秦诸子，诗之汉魏六朝也。故所著小令，抑扬抗坠之音，独擅胜场，盖浸淫于此久矣。《忆云词丁稿》一卷，皆拟韦庄、薛昭蕴诸人之作，循绳引墨，不失累黍。先生曾语人曰："予词可与时贤角一日之名。"其自负如此。

《重斠刻忆云词书后》

11. 谭献：

君文辞尔雅，诗不多作，善填词，幽异窈眇，浸淫五代两宋，而撷精弃滓。好拟温、韦以下小乐府，津逮草窗、梦窗，蹊径既化，自名其家，谈者比之江淹《杂体诗》云。

《项君小传》

12. 谭献：

杭州填词，为姜、张所缚。偶谈五代北宋，辄以空套抹杀。百年来，屈指惟项莲生有真气耳。（《复堂日记》乙丑）

阅项莲生《忆云词》，篇旨清峻，托体甚高，一扫浙中喘腻破碎之习。莲生仰窥北宋，而天赋殊近南唐。丁稿一卷，遍和五代词，合者果无愧色。（《复堂日记》戊辰）

莲生古之伤心人也。荡气回肠，一波三折。有白石之幽涩，而去其俗；有玉田之秀折，而无其率；有梦窗之深细，而化其滞。殆欲前无古人。其乙稿自序"近日江南诸子，竞尚填词，辨韵辨律，翕然同声，几使姜、张俯首。及观其著述，往往不逮所言"云云，婉而可思。又丁稿序云："不为无益之事，何以遣有涯之生？"亦可以哀其志矣。以成容若之贵，项莲生之富，而填词皆幽艳哀断，异曲同工，所谓别有怀抱者也。

《水云楼词》……与成容若、项莲生二百年中，分鼎三足……或曰："何以与成、项并论？"应之曰："阮亭、葆馚一流，为才人之词；宛邻、止庵一派，为学人之词；惟三家是词人之词，与朱、厉同工异曲。"（《箧中词》）

《复堂词话》

13. 继昌（李佳）：

钱塘项莲生廷纪，道光朝颇擅词名。所著《忆云词》四卷，能入宋人之室。与戈顺卿同时，声律之学，饶有讲解。但蒙不甚喜读，犹嫌其不甚醒豁耳。

《左庵词话》卷上

14. 邓濂：

杭州许迈孙先生重梓其乡人忆云生所为词四卷，而命予序之。

予观其字必色飞，语必魂绝。虽皆缘情绮靡之作，感遇怨悱之旨，而使人锵锵洋洋，凄然以思，黯然以悲。凡吾身之所直，目之所接，缠绵悱恻，烦冤郁积，低徊而不能自言者，皆若于是编具焉。楚之骚耶？庾之赋耶？抑漆室之啸，而韩娥之歌耶？虽然，予闻之迈孙，忆云生家世王谢，富埒陶卫，则夫吴箫乞食之辱、皋庑赁舂之劳，固知免矣，然而奇律莫采，逸步终蹶，茵溷漂泊，关河栖屑，洗马度江之叹，琅邪登山之恸，故以仰追往古，俯感来祀。况乎非介推之隐，而竟罹焚山之灾；异湘累之放，而几有怀沙之厄。积恨销骨，古愁塞胸，越吟自哀，湘血弥艳，其志其遇，盖可悲也。嗟乎，不为无益之事，何以遣有涯之生，此其词之所由传欤？

《忆云词序》（《忆云词》）

15. 朱祖谋：

〔望江南〕《杂题我朝诸名家词集后》

无益事，能遣有涯生。自是伤心成结习，不辞累德为闲情，兹意了生平。

《彊村语业》卷三

16. 况周颐：

维扬本莺花薮泽……浮湛宦辙，代有名流。如项莲生、蒋鹿潭，并倚声专家，希踪北宋。

《蕙风词话续编》卷一

17. 张德瀛：

项莲生延纪词，如元章冠服，酷肖唐贤。钱塘人，有《忆云词甲乙丙丁稿》。

《词徵》卷六

18. 徐珂：

后七家者，张惠言、周济、龚自珍、项鸿祚、许宗衡、蒋春霖、蒋敦复也。……七家中莲生、海秋、鹿潭之作，大都幽艳哀断，而鹿潭尤婉约深至，流别甚正，家数颇大，人推为倚声家老杜。合以张琦、姚燮、王拯三家，是为后十家，世多称之。

《近词丛话》

19. 徐珂：

项莲生篇旨清峻，托体甚高，一洗浙中啴腻破碎之习，盖仰窥北宋，而天赋殊近南唐也。

《清代词学概论》

20. 张尔田：

稚圭、莲生，因物骋辞，力追雅始，就其独至，亦称迥秀。

《词莂序》

21. 王国维：

谭复堂《箧中词选》谓："蒋鹿潭《水云楼词》与成容若、项莲生，二百年间，分鼎三足。"然《水云楼词》小令颇有境界，长调惟存气格。《忆云词》精实有余，超逸不足，皆不足与容若比。然视皋文、止庵辈，则倜乎远矣。

《人间词话》

22. 吴梅：

莲生词甲乙丙丁稿，意学梦窗。集中拟体至多，其才力固高人一等，持律亦细，惟其措辞终伤滑易。余始喜读之，与郭频伽等。继知频伽不可学，遂屏不复观，独爱忆云矣。又见同时词家推崇甚至……初不知一入其彀，必至儇薄也。盖莲生天资聪俊，故出语能沁人心脾。且律度谐合，涩体诸词，一经炉锤，无不谐妥。于是论频伽则严，论忆云则宽，实则词律之细，固郭不如项；而词品之差，则相去无几也。其丁稿自序云："不为无益之事，何以遣有涯之生？"亦可哀其志矣。以成容若之贵，项莲生之富，而词皆悲艳哀怨，所谓伤心人别有怀抱也。

复堂论水云曰："文字无大小，必有正变，必有家数。水云词固清商变徵之声，而流别甚正，家数颇大，与成容若、项莲生分鼎三足。咸丰兵事，天挺此才，为倚声家老杜。而晚唐两宋一唱三叹之意则已微矣。”(《箧中词》五)余谓复堂以鹿潭得流别之正，此言极是。惟以成、项二君并论，则鄙意殊不谓然。成、项皆以聪明胜人，乌能与水云比拟？且复堂既以杜老比水云，试问成、项可当青莲、东川欤？此盖偏宕之论也。

《词学通论》

23. 顾宪融：

项莲生家世业盐筴，至君渐落。性湛然嗜古，文辞尔雅，诗不多作。善填词，幽异窈眇，浸淫五代两宋，而撷精弃滓，好拟温、韦以下小乐府，浸逮梦窗、草窗。蹊径既化，自名其家，谈者比之江淹《杂体诗》云。

《填词百法》卷下

24. 张伯驹：

王渔洋诗主神韵自然，于词为近。虽非词家，而出语即自名贵。纳兰容若，清词中之南唐；朱竹垞，清词中之北宋。蒋鹿潭、项莲生，为有清词人之词，然以家数论，余以为蒋为大。

《丛碧词话》

25. 王煜：

有《忆云词甲乙丙丁稿》四卷，哀艳幽婉，竞武纳兰，品诸宋词，殆在小晏、梅溪之间者也。

《忆云词钞》(《清十一家词钞》)

26. 宣雨苍：

尝有人评有清词家，谓如竹垞、迦陵为才人之词；衍波诸家，为诗人之词；惟《饮水》、《忆云》、《水云楼》三家，乃真词人之词。其论尚属允当。然《饮水》小令，可称神化，而慢曲啴缓不协，什之八九。其令可传，其慢不可传也。《忆云》工整，稍近梦窗，亦似肉多于骨。予所瓣香无闲言者，《水云楼》而已。

《词谰》(《国闻周报》)

27.《续修四库全书总目提要》：

鸿祚才力甚高，持律亦细，性灵所及，沁人心脾，僻涩诸调，融化无迹，故爱之者不绝。惟逞其聪明，时伤滑易，学之者往往入其彀中，而不自知也。仁和谭献曰：鸿祚词幽异窈眇，浸淫五代两宋，而撷精去滓。好拟温、韦以下小乐府，津逮草窗、梦窗，蹊径既化，自名其家，谈者比之江淹《杂体诗》云。又曰：有白石之幽涩，而去其俗；有玉田之秀折，而无其率；有梦窗之深细，而化其滞。殆欲前无古人。皆唐大之言也。然鸿祚寿仅三十八岁，造诣如此，可谓良材。其家殷富，后渐衰落，变故叠起，下第无聊。甲稿序云："不无累德之言，抑亦伤心之极致。"丙稿序云："不为无益之事，何以遣有涯之生？"词语沉痛，可以哀其志矣。

《忆云词四卷提要》

28. 严既澄：

嚼雪裁花艳欲仙，蚕丝鹃血两天然。
词坛便有花间霸，不向低头但比肩。

生涯廿幻绮罗丛，赢得家家贮小红。
合与定庵诗抗席，有才如此信天工。定庵七绝、忆云小词，皆幼年所心爱。

《题忆云词》（《初日楼诗》）

29. 严既澄：

昔人有言："韩退之以文为诗，苏子瞻以诗为词，虽极天下之工，要非本色。" 余亦向持此论，以为一切文体，胥各自有其特征，岂可比而齐之，乱其畛域？词之气骨略逊于诗，至其缠绵幽咽，疏状入微，若姚姬传所谓得阴柔之美者，求诸古近体诗中，惟七言绝句庶几得其一二，斯吾所谓词之特质，论词者所当依为圭臬者也。胜清三百年间，词人辈出，可谓洋洋乎大观矣。然试执此以绳，纳兰才高，时或失之纵恣；竹垞则华妆盛饰，真美反掩而不彰；其能掇周、柳之流风，嗣南唐之逸响者，惟项忆云庶乎近之。

《驻梦词自序》(《驻梦词》)

30. 卢前：

〔望江南〕

有涯生，无益事偏为。浙水中兴凭一手，伤心随意入新词。模拟得神姿。

《饮虹簃论清词百家》(《清名家词》)

32. 朱庸斋：

《忆云》多俊秀语、真挚语。第一、二卷有一己性情。第三卷转学玉田为多，但失于未能浑厚耳。卷四悉为拟唐五代之作，则无甚可取。

纳兰性德、项鸿祚、蒋春霖三人之词，方可算词人之词。项氏才华太露，情胜于学，故为词有时不免破碎，然佳处固非浙西、常州诸人所及，以其有性情故也。

项莲生亦为一代名手，微嫌失之纤弱，气格萎靡。小令有情致，但多为聪慧语。长调少潜气内转，且未免率。

《分春馆词话》卷三

33. 黄侃：

〔浣溪沙〕《题忆云词》

宛转柔情绝妙词。华年销尽鬓如丝。凄凉惟有自家知。　欲遣劳生须有托，一为秋士便宜悲。怜君萧瑟不同时。

《黄季刚诗文钞·词钞》)

34.《清史稿》：

清世工词者，往往以诗文兼擅，独性德为专长，仁和谭献尝谓为词人之词。性德后，又得项鸿柞、蒋春霖，三家鼎立。

鸿祚……善词，上溯温、韦，下逮周密、吴文英，撷精弃滓，以自名其家。

《文苑传一》

熊裕棠

熊裕棠（生卒年不详）原名德庆，字兰坡，江苏山阳（今淮安）人。历官四川汶川、山东德平等县知县。著有《浣花阁诗草》、《续草》及《蜀游近草》、《鲁游续草》等。词有《浣花阁词钞》二卷、《续钞》一卷。

1.《续修四库全书总目提要》：

自题词集〔满江红〕二首，其次首云："笺襞乌丝，谱新曲、玉田相近。犹记忆晓风残月，绮筵红粉。窗外啼莺惊午梦，楼头晴日怜清影。只一般、离绪满关河，孤怀永。　长短句，声谐韵。丝竹感，情连景。是骚人风趣，苦吟低咏。蛱蝶成行春院静，琵琶一曲秋江冷。更芳堤杨柳袅千丝，萦方寸。"此可明其旨趣。盖淮扬词人往往染浙派之风气而宗法姜、张也。其小令则参以《花》、《尊》，归于南宋之骚雅，故终入宋格，而非唐末之风派也。

《浣花阁词钞二卷、续钞一卷提要》

王柏心

王柏心(1799—1873)字坚木,号子寿、筠方、螺洲,湖北监利人。道光二十四年(1844)进士。官刑部主事。晚主荆南书院。以能文称，又善画，著有《子寿诗钞》、《螺洲近稿》等，后汇为《百柱堂全集》，有词一卷，单行有道光刊《楚四家词》本。

1. 丁绍仪：

监利王君子寿，博学笃行，所著《枢言》，体用兼赅。顾南泛潇湘，西游秦陇，久无所遇。与余相识江夏官廨，犹诸生也。癸卯始举于乡，次年捷南宫，观政刑部。乞假归，遂不出。君名柏心，诗、文、词皆沉雄秀整，子方方伯为刻《秋词》一卷。

《听秋声馆词话》卷四

沈宗约

沈宗约(生卒年不详)字鹤坪，江苏镇洋(今太仓)人。嘉庆、道光间贡生，官训导。著有《潭影轩词》一卷，存词六十首左右，多与曲阜孔昭薰唱酬者，并附孔词于各题后。

1. 孙兆溎：

太仓沈鹤坪宗约……善音律，工填词，游踪所历，倚声益富。《片玉山房词话》

2.《续修四库全书提要》：

词约六十余首……所用题目，如百宵烛、百子炮、压岁钱……西瓜灯等类，颇为鄙陋，词亦浅薄无足观。

《潭影轩词提要》

吴藻

吴藻(1799—1862)字蘋香，自号玉岑子，浙江仁和(今杭州)人。自幼好学，嫁与一黄姓商人为妻，终身不乐。晚年移居南湖，筑“香南雪北庐”，绝意于人间事，皈依佛门以终。长于填词，为嘉庆、道光间一重要女词人。黄燮清编纂《国朝词综续编》，尝与藻研讨词学，洵为闺阁中之作手。有《花帘词》一卷，《香南雪北词》一卷，总称《香雪庐词》。

1. 钱泳：

吴藻著有《蘋香词》，长短调俱妙绝，实今之李易安也。

《履园丛话》卷二十四

2. 陈文述：

花帘笛谱写新声，漱玉生香共此情。

我亦西泠旧词客，月中闲按紫鸾笙。女弟子吴蘋香新刻《花帘词》告成，余为作序。

《颐道堂诗选》卷二十八

3. 陈文述：

绮罗玉茗，粉黛金荃。翠袖生寒，何异佳人在空谷；青衫写恨，始知名士即倾城。半帘澹月，吟君花影新词；一抹微云，谱我兰因小集。香名早饮，绣襦兼彩笔之才；艳福难消，绛帐有金钗之彦。词如珠玉，韵即宫商。此日流珠记曲，共寻点拍之工；他年比玉编诗，待序弦歌之集。

《与女弟子吴蘋香书》(《颐道堂文钞》卷十一)

4. 陈文述：

匝月武林，更番文燕。采鸾家世，绣襦邀写韵之仙；灵鹫楼台，绛帐问簪花之字。湖山坛坫，相望帘栊；桃李门墙，最思兰蕙。别后云停凤岭，雪眺鸳湖。听风水于霓裳，忆烟霞于翠袖。按流珠之旧曲，语好如珠；诵漱玉之新词，人娇似玉。怀人短梦，在暗香疏影之间；展我新词，增残月晓风之感。

《与蘋香第二书》(《颐道堂文钞》卷十一)

5. 陈文述：

顾其豪宕，尤近苏、辛。宝钗桃叶，写风雨之新声；铁板铜弦，发海天之高唱。不图弱质，足步芳徽。

《花帘词序》(《花帘词》)

6. 赵庆熺：

无岁而无落花也，无处而无芳草也，无日而无夕阳明月也。然而古今之能言落花芳草者几人，古今之能言夕阳明月者几人，则甚矣写物之难，写愁之难也。花帘主人工愁者也，词则善写愁者也。不处愁境，不能言愁；必处愁境，何暇言愁？栩栩然，荒荒然，幽然，悄然，无端而愁，即无端其词。落花也，芳草也，夕阳明月也，皆不必愁者也。不必愁而愁，斯视天下无非可愁之物。斯主人之所以能愁，主人之词所以能工。

《花帘词序》(江顺诒《词学集成》卷七引，江又按语曰：此专言愁，固作词者之妙境，而即读词者之佳话也。)

7. 梁绍壬：

吴蘋香女史，初好读词曲，或劝之曰："何不自作？"遂援笔赋〔浪淘沙〕一阕……。轻圆柔脆，脱口如生，一时湖上名流，传诵殆遍。自后遂肆力长短句，不二年，著《花帘词》一卷，逼真《漱玉》遗音。

《两般秋雨庵随笔》卷二

8. 魏谦升：

吾杭会城之东，往时厉樊榭征君、吴穀人祭酒先后居是地，词亦同出一源。自祭酒之亡也，或虑坛坫无人，词学中绝，不谓继起者乃在闺阁之间。

《花帘词序》（《花帘词》）

9. 顾春：

〔金缕曲〕《题〈花帘词〉寄吴蘋香女士用本集中韵》

何幸闻名早。爱春蚕、缠绵作茧，丝丝萦绕。织就七襄天孙锦，彩线金针都扫。隔千里、系人怀抱。欲见无由缘分浅，况卿乎、与我年将老。莫辜负，好才调。　　落花流水难猜料。正无妨、冰弦写怨，云笺起草。有美人兮倚修竹，何日轻舟来到。叹空谷、知音偏少。只有莺花堪适兴，对湖光山色舒长啸。愿寄我，近来稿。

《花帘词》

10. 黄燮清：

女士工诗，娴音律，尤嗜倚声。初刻《花帘词》，豪俊敏妙，兼而有之；续刻《香南雪北词》，以清微婉约为宗，亦久而愈醇也。尝与研订词学，辄多慧解创论，时下名流，往往不逮。其名噪大江南北，信不诬也。

《香南雪北词序》（《香南雪北词》）

11. 沈善宝：

〔满江红〕《题吴蘋香夫人〈花帘词稿〉》

续史才华，扫除尽、脂香粉腻。记当日、一编目睹，四年心事。残月晓风何足道？壁云红藕浑难比。问神仙、何事谪尘寰，聊游戏？　　写不尽，离骚意；销不尽，英雄气。尽绿笺恨托，红牙兴寄。浣露回环吟未了，瓣香私淑情难置。倘金针、许度碧纱前，当修贽。

《花帘词》

12. 沈善宝：

吴蘋香最工倚声，著有《花帘词稿》行世。

吴蘋香《花帘词稿》刊行已久，曾为余书横波披湖上春暮四阕，尚未付梓。近闻奉道甚虔，忏除绮语，亟录于此……清老无尘，造诣益进。

《名媛诗话》卷六

13. 沈善宝：

蘋香出续刻《香南雪北词》见示，《西湖咏古》〔满江红〕十阕，敲金戛玉，气韵沉酣，为之心折。

《名媛诗话续集》卷中

14. 陈廷焯：

蘋香词轻圆柔脆，其秀在骨，梁应来题其图有“南朝幕府黄崇嘏，北宋词宗李易安”之句，非虚誉也。

《云韶集》卷二五

15. 陈廷焯：

蘋香父夫俱业贾，两家无一读书者，而独呈翘秀，殆有夙慧也。词意不能无怨，然其情亦可哀矣。（《放歌集》卷六）

措语轻圆，亦不免习气。蘋香初好读词曲，或劝之曰：“何不自作？”遂援笔赋〔浪淘沙〕一阕云云，一时湖上名流传诵殆遍。（《闲情集》卷六）

《词则》

16. 陈廷焯：

蘋香词可取者，如〔河传〕云云，自写愁怨之作宛转合拍，意味甚长。（卷五）

国朝闺秀工词者，自以徐湘蘋为第一。李纫兰、吴蘋香等相去甚远。

双卿词怨而不怒，可感可泣。吴蘋香则怨而怒矣，词不逮双卿，其情之可悯则一也。（卷七）

《白雨斋词话》

17. 张德瀛：

闺秀吴蘋香藻词，如眉楼小影，曼睩腾波。

蘋香词，缉商缀羽，不失分寸。

《词徵》卷六

18. 俞陛云：

清代闺秀词有三大家：湘蘋特起于前，顾太清、吴蘋香扬芬于后，卓然为词坛名媛。

《清代闺秀诗话》卷二

19. 徐珂：

吴蘋香女史，初好读词曲，后乃自作，亦复骎骎入古。钱塘梁应来题其《速变男儿图》有句云：“南朝幕府黄崇嘏，北宋词宗李易安。”非虚誉也。著有《花帘词》一卷，逼真漱玉遗音。……女史父夫皆业贾，无一读书者，而独工倚声，真夙世书仙也。

《近词丛话》

20. 雷瑨：

吴藻，字蘋香，仁和人，著有《花帘词》。长短调俱绝妙，今之李易安也。

《闺秀词话》卷二

21. 王蕴章：

吴藻，字蘋香，仁和人。才名横溢，卓然大家。其词名《花帘词》、《香南雪北词》。余最爱其〔浣溪纱〕云：“一卷离骚一卷经。十年心事十年灯。芭蕉叶上几秋声。　欲哭不成还强笑，讳愁无奈学忘情。误人犹是说聪明。”钱谢庵《微波词》“人为伤心才学佛”，略可与此词印证。

《然脂余韵》卷四

22. 顾宪融：

女士吴蘋香名藻，浙江仁和人。有《花帘词》二卷、《香南雪北词》二卷。其父与其夫皆从贾，两家无一读书者，而独能以词名世，殆夙根也。蘋香词虽不脱浙派窠臼，而有草窗之秀，玉田之润。《香南》一集，首首可诵，清空一气，非若《浮眉楼》之芜杂，同时如赵秋舲之《香消酒醒词》名与吴并，面目亦近，实则流于剽滑，不如蘋香之犹不失规矩也。

《填词百法》卷下

23. 木石居士：

雅韵何妨混俗尘，吾家才子扫眉新。

花帘吹彻琼箫月，雪北香南有几人。

注：《花帘词》、《香南雪北词》，为蘋香女士所著，其词极工，一时未易抗手，闻其夫仅一庸人，此尤难能而可贵者。

《名媛词选题辞十首》（《五百家名媛词选》）

24.《续修四库全书提要》：

其于古人之词，盖不宗一家者。如〔菩萨蛮〕、〔江城梅花引〕、〔河传〕、〔祝英台近〕诸首，皆缠绵宛转，韵味悠长，持律亦不苟。其间亦有轻薄流滑之作，如〔浪淘沙〕、〔连理枝〕诸词，则浅俚无味。前者足证其才高，后者可知其工力尚浅。然清代女子为词者，藻亦可以成一家矣。……其歌离吊梦、遣病言愁之作，时时见之，殆伤心之事，有难言之隐欤？藻父夫并业贾，既非源于学，又无琢磨之功，其词如此，亦天赋之才也。

《花帘词提要》

25. 朱庸斋：

吴藻遭逢不偶，晚岁寡居，然其词多清新流丽之语。

《分春馆词话》卷三

庄缙度

庄缙度（1799—1852）字眉叔，一字裴斋，号伯邕，别号黄雁山人，江苏阳湖（今常州）人。道光十五年（1835）举人，十六年（1836）中进士，官户部主事、山东曹州府曹河同知。工诗词，善书法。著有《迦龄庵诗钞》，有《黄雁山人词录》(一名《迦龄词》）四卷。

1. 宋翔凤：

〔浣溪沙〕《题庄眉叔词稿》

织取云霞入慢词。谱将珠玉付红儿。此中寄托定谁知。　羁旅坐教人寂寂，不堪长对柳丝丝。江头携手暮春时。

《浮溪精舍词·碧云庵词》

2. 顾翰：

〔贺新凉〕《读眉叔〈迦龄词〉题赠》

试问春深浅。好年光、逝如流水，还如流电。蛱蝶飞来寻旧梦，惆怅绿阴一片。且莫论、肥环瘦燕。闻道明妃犹未嫁，绣罗衣、又压谁家线。宜早副，六宫选。　新词合付红牙点。那教他、药炉经卷，等闲消遣。拟托微波通密意，无奈深深庭院。要画向、生绡团扇。好令江城诸士女，向风前、争识佳人面。将韵事，盛传遍。

《拜石山房词钞》卷四

3. 金武祥：

眉叔尤工长短句，有《黄雁山人词稿》四卷。顾蒹塘赞曰："洞箫飘扬，碧笙幽咽。莺脰秋波，蛾眉古月。芳草入性，奇花初胎。玉人天际，灵光徘徊。"可以想其词境……是能以乐府作词者，古隽处一扫艳冶之气。

《粟香五笔》卷二

4. 继昌（李佳）：

庄眉叔缙度，有《黄雁山人词》四卷。顾蒹塘赞曰："洞箫飘扬，碧笙幽咽。莺脰秋波，蛾眉古月。芳草入性，奇花初胎。玉人天际，灵光徘徊。"可以想其词境。

《左庵词话》卷下

任玉卮

任玉卮（生卒年不详），江苏宜兴人，诸生任颂女，适监生吴炘。著有《拨香斋诗词》。

1. 任安：

妹诗明丽，词尤凄婉。

《上悔堂随笔》（《清代词女征略》引）

2. 吴衡照：

任玉卮，荆溪人，诸生任颂女，适监生吴炘。〔蝶恋花〕云："春雨催花知几许。尽日蒙蒙，洒遍江头树。才喜春来春又暮。一年好景成辜负。　满目飞花兼落絮。却趁东风，冉冉随春去。只有梁间双燕语，声声还在侬家住。"自是致语。词载史承豫笔记。

《莲子居词话》卷四

顾春

顾春(1799—1877)，一作西林春，字太清，一字子春，号云槎外史。满洲镶蓝旗人。鄂尔泰曾孙女，西林觉罗氏，幼遭变故，养于顾氏。乾隆曾孙奕绘侧室。工诗词，善书画，文采风流，以词成就最高。今存诗集《天游阁集》七卷。词有《东海渔歌》六卷。顾春为八旗女词人之冠冕。旧有满洲词人“男中成容若(纳兰性德)，女中顾太清”之语。

1. 文廷式：

满洲女史顾太清者，尚书顾八代之曾孙女，初适副贡生某，为鄂文端之后人。夫死后，复为贝勒奕绘之侧室。文笔清丽，自称太清主人，贝勒自称太素主人，与贝勒诗词唱和。贝勒卒时，年只四十，太清主人则卒于同治间，年七十矣。其词集中，与阮文达、龚定庵俱有唱和，锡尚书锡珍有摘抄本。伯希祭酒以为国朝词人，专学《花间集》而神似者，太清一人而已。

《琴风余谭》

2. 况周颐：

西林闺秀顾太清春词名《东海渔歌》。岁在癸丑，蕙风得其手稿，付聚珍版印行，为之序云：“太清词得力于周清真，旁参白石之清隽。深稳沉着，不琢不率，极合倚声消息。求其诣此之由，大概明以后词未尝寓目，纯乎宋人法乳，故能不烦洗伐，绝无一毫纤艳涉其笔端。”观于蕙风此论，凡操觚学词者当知所谨避矣。苟中其病，而求去之，而信能去之矣。以视太清之天然纯粹，相隔何止一尘？

《玉栖述雅》

3. 况周颐：

太清词得力于周清真，旁参白石之清隽。深稳沉着，不琢不率，极合倚声消息。求其诣此之由，大概明以后词未尝寓目，纯乎宋人法乳，故能不烦洗伐，绝无一毫纤艳涉其笔端。向阅某词话，谓铁岭词人顾太清与纳兰容若齐名。窃疑称美过之。今以两家词互较，欲求研秀韶令，自是容若擅长。若以格调论，似乎容若未逮太清。太清词，其佳处在气格，不在字句，当于全体大段求之，不能以一二阕为论定，一声一字为工拙，此等词无人不知，无人能爱，夫以绝代佳人，而能填无人能爱之词，是亦奇矣！夫词之为体，易涉纤佻，闺人以小慧为词，欲求其深稳沉着，殆百无一二焉。

《东海渔歌序》(《东海渔歌》)

4. 况周颐：

太清词亦未即卓然成家。

《东海渔歌后记》

5. 徐德培：

〔绮罗香〕

《〈东海渔歌〉向缺第二卷，寿君幼卿为之补印，属作一词代序》

《饮水》开场，《樵风》结局，占尽胜朝词史。一笛《渔歌》，宛似中峰突起。记当年、马上铜琶，挥葱玉，声凄雁水。甚稿砧，都属银潢，易安而后此居士。　遗编零落何处，差幸浦珠津剑，合成双美。妙笔镂冰，想象皓衣朱邸。只海棠，旧馆云迷。料万树，燕支香萎。最难忘，一握秋纨，匆匆失交臂。

《东海渔歌》

6. 伊既明：

〔两同心〕

阆苑仙葩，天潢贵族。渔樵唱和忒多情，琵琶马上风流独。

欢娱岁月几何时，秋风南谷。　　剩者卷沧桑录。清于片玉。宋贤心印印芳心，个中感慨宜留读。喜竹西雅振词坛，重扬芬馥。

《东海渔歌》

7. 张润普：

〔庆清朝〕

漱玉音稀，生香梦杳，空留纸上啼痕。徘徊百年词笔，独诩红裙。回首苍岩玉辔，明妃画里是前身。欣眉妩，鸥波比翼，盛世王孙。　　渔屋老，樵影歇，问神州沉陆，何处寻春？传来宗潢锦绣，都幻飞云。羡逸庵狂客，更重张珊网聚遗珍。藉梨枣，幽潜阐发，殆式朱门。

《东海渔歌》

8. 俞陛云：

清代闺秀词有三大家：湘蘋特起于前，顾太清、吴蘋香扬芬于后，卓然为词坛名媛。

《清代闺秀诗话》卷二

9. 吴克岐：

尤长于词，论者谓满洲词人，男中成容若，女中太清春，直窥北宋堂奥。又论当时词女，有南吴北顾之称，吴谓蘋香，顾即太清也。所著诗曰《天游阁集》凡五卷；词曰《东海渔歌》，凡四卷，则与《南谷樵唱》为配云。

《清代女词人征略》

10. 冒广生：

幼遐论词，尝以不得见渔、樵二歌为恨，谓朱希真《樵歌》及顾春《东海渔歌》也。顾春字太清，为贝勒奕绘侧室。论满洲人词者，有“男中成容若，女中太清春”之语。

《小三吾亭词话》卷一

11. 王蕴章：

顾春，字子春，贝勒奕绘之侧福晋，才色双绝。贝勒自号太素道人，春自号太清。又常自举其族望曰西林，自署名曰太清西林春。贝勒词曰《南谷樵唱》，太清词曰《东海渔歌》，皆取其相配也。昔王幼遐侍御毕生专力于词，论词至满洲人，常曰："满洲词人，男有成容若，女有太清春而已。"然太清所著词集不可多得，王氏又常以不得渔、樵二歌为恨事，盖谓朱希真《樵歌》及此也。后卒得《樵歌》付梓，而《渔歌》杳然。又阅数年，黄陂陈士可始得之于厂肆，冒鹤亭、况夔笙为之校刊而其传始广。其词极合宋人消息，不堕入庸俗一振。集中和宋人词甚多，不备录。录其小令数首以见一斑。《春夜》调寄〔早春怨〕云："杨柳风斜，黄昏人静，睡稳栖鸦。短烛烧残，长更坐尽，小篆添些。　红楼不闲窗纱，被一缕春痕暗遮。澹澹轻烟，溶溶院落，月在梨花。"《九日》〔鹧鸪天〕云："九日登高眼界宽。菊花才放小金团。縠纹细浪参差水，佛髻青螺大小山。　人易老，惜流年。茱萸插帽不成欢。西风那管离情苦，又送征鸿下远滩。"《拟古》〔定风波〕云："花里楼台看不真。绿杨隔断倚楼人。谁谓含愁独不见。一片。桃花人面可怜春。　芳草萋萋天远近。难问。马蹄到处总销魂。数尽归鸦三两阵。偏衬。萧萧暮雨又黄昏。"〔碧桃醉东风〕云："玉妃妆卸，天上琼枝亚。立尽东风明月下。露井初开，昨夜结伴。阆苑飞仙。　上清沦，谪臣寰。萼绿华来无定，羽衣不耐春寒。"《题墨栀子团扇寄云姜》〔醉桃源〕云："花肥叶大两三枝。香浮白玉卮。轻罗团扇写冰姿。何劳腻粉施。　新雨后，好风吹。闲阶月上时。碧天如水影迟迟。清芬晚更宜。"《冬夜听夫子论道，不觉漏三商矣，盆中残梅香发，有悟赋此》〔鹧鸪天〕云："夜半谈经玉漏迟。生机妙在半无奇。世人莫恋花香好，花到香浓是残时。　蜂酿蜜，茧抽丝，功成安得没人知。华鬘阅尽恒沙劫，雪北香南觅导师。"《听雨忆云林》〔阑干万里心〕云："窗前新种绿芭蕉。夜雨声声枕上敲。困不成眠转寂寥。耐清宵，有美人兮不可招。"《云林妹见赠雁足书灯以小令申谢》〔琴调相思引〕云：

“雁字分飞思不禁。听飞听雨梦难寻。露华庭院，灯影照清心。赠我不须长夜饮，感君聊赋短檠吟。荧荧一点，应惜寸光阴。”云林为德清许先生之长女，与太清极密，云林表姊汪允庄，为陈云伯妇，有《自然好学斋诗钞》。云伯尝因云林转丐太清诗未得，乃假名代作。太清因痛诋之，事见集中。其高致如此。晚近竟言龚定庵曾客太素邸中，与太清有瓜李之嫌，以定庵集中《忆宣武门内太平湖之丁香花》一诗为公案，方闻骚雅之士，不惜为笔墨之争。世言方朔奇，奇事尽归方朔，存而不论可也。

《然脂余韵》卷六

12. 木石居士：

初日芙蓉出水新，渔歌争觅太清春。

柳憨花懒阳台路，入梦休疑是楚臣。

注：《东海渔歌》时贤遍求未获，近始印行，某君谓太清词绝去雕饰，足见人品，此语洵然，然〔阳台路〕词亦见惝恍迷离，特不容借口以定簸钱公案耳。

《名媛词选题辞十首》(《五百家名媛词选》)

13. 龙榆生：

有清一代满族词人，男以纳兰性德、女以太清春最为杰出。清季词家临桂王半塘鹏运、况蕙风周颐皆极重之。

《跋天游阁集·东海渔歌卷二钞本》

14.《续修四库全书提要》：

春涉趋两宋之词，笔力高古，绝无女子纤弱之态，词虽不宗一家，然其步和诸作，置于宋贤集中，几难分辨，其才情之高，可以想见矣。或谓铁岭词人，春与纳兰性德齐名。周颐谓两词互校，欲求妍秀韶令，自是容若擅长，若以格调论，似乎容若不逮太清，其言最为公允。盖春之所作，不事雕琢，自然入古也。

《东海渔歌提要》

15. 朱庸斋：

西林春为满族女词人，其词刚健奇丽，无闺秀词常见之荏弱格调。

顾太清词，于满族妇女中当为第一无疑，即置于其它闺阁词人中，亦为第一流，蕙风甚赏之。惟遍观全集，终觉乏味。可胜人者，闺阁气尚少，不比其它女词人之纤薄靡弱，且笔势较生硬挺健耳。

《分春馆词话》卷三

许赓皞

许赓皞（1800?—1845）字秋史，一字克孳，号萝月，福建瓯宁人。于里门创举梅崖词社。有《萝月词》二卷。

1. 林昌彝：

建安许克孳茂才赓皞，少好倚声，激赏于吴淞沈梦塘学渊，至是而词格一变，易其柔曼纤靡，而为悲壮苍凉。有时出格高浑，非词家所能束缚……所著《萝月词》二卷，清思丽藻，镂月雕云，即景妍情，体物尽态，品高诣粹，瓣香在邦卿、白石间。

《海天琴思续录》卷四

2. 丁绍仪：

宋时闽中词人辈出，明以来几成绝响。近日始有人习之，省以外，仍寥寥也。独瓯宁许克孳明经赓皞，酷嗜倚声，所著《梦月山馆词》……于声华歇绝时，独寻坠绪，可谓有志之士。

《听秋声馆词话》卷十

3. 谢章铤：

瓯宁许秋史赓皞著《萝月词》，于里门举梅崖词社，同社十一人，大半出其指授。生平酷好白石、玉田二家。尝有“人在子规声里瘦，落花几点春寒骤”句，为陆莱庄我嵩、沈梦塘学渊、王友山𢊁所叹赏，呼为“许子规”。……若秋史者，天假以年岁，岂不攀辛揖柳哉？（卷一）

肖岩自台湾移书曰……余报书曰：“读大作，惊喜欲狂，以手加额者三四。闽中词学，宋代林立，元明稍衰，然明人此道本少专家，昧昧者盖不独一隅。特怪国初渔洋、羡门、迦陵、竹垞诸老，南北提唱，一时飙发泉涌，电掣云屯，倚声一途，称为极盛，吾闽卒无特起与之角立者。……许秋史秀才用笔清秀，颇有姜、

史遗风。其所刻《萝月词》，后半气体比前半加宏，使培充磨砻，未必不转而愈上。天不假年，无由臻于大成，惜乎。（卷四）

《赌棋山庄词话》

4. 郭则沄：

秋史好倚声，与里人结梅崖词社，尝有“人在子规声里瘦”之句，人呼为“许子规”。其〔点绛唇〕云“白板门前”……凄黯颇有鬼气。

《清词玉屑》卷二

5.《续修四库全书总目提要》：

秋史髫年即习倚声，尝有“人在子规声里瘦。落花几点春寒骤”之句，为陆莱庄、沈梦塘、王友山诸人所激赏，至是词格一变，易其柔曼纤靡而为悲壮苍凉，且时有出格高浑语，非复词家所能束缚。如“月出树苍然，水声高在天”、“风叶下纷纷，四山都是云”及“明河高不落，海空闻雁语”等语，即无论词中罕得，在五言诗句中，亦当入右丞之室也。张亨甫极推重之，良有以矣。

《萝月词二卷提要》

魏谦升

魏谦升(1800?—1861)字雨人，号滋伯，晚号无无居士，浙江仁和(今杭州)人。谦升为吴藻表弟，早慧，九岁能文，弱冠后雄长坛坫，尤工书法。以廪贡生选授浙江仙居训导，辞不就。以著述自娱，垂五十年。太平军再克杭州时，谦升与妻周氏同时遇难。著有《翠浮阁词》一卷、《续稿》二卷及《三味斋稿》。《翠浮阁词》为其少年之作。

1. 朱绶：

夫文章之家，词为小道，而言情委挚，合风雅者为难。必其辞约而志芳，乃不同于凡猥。求诸南宋名家，尧章、君特、公谨、叔夏并协斯旨，乃称作家。执是求之，合者什九。且今人之词，莫不家石帚而户玉田，废池乔木之篇，接叶平波之作，非黍离苌楚之悲乎？惜缀玉于苔枝，感绿房之迎晓，非幽兰申椒之怨乎？不求其旨，徒袭其辞与句，写西施之貌而遗其神，其足语于兹事者寡矣。今世盛平，士君子以文自娱，无忧谗刺讥之作。而身世交际之间，离合聚散，偶有感发，则寄诸虫鱼草木，以宣其不能自已之情。词之为言，尤纡徐而善入，盖有言在于此而义通于彼者。好色不淫，怨悱不乱，如斯之作，殆合古说矣。

《翠浮阁词序》(《知止堂文集》卷二)

2. 丁绍仪：

钱塘魏滋伯明经谦升博学工文，近推词坛祭酒。

《听秋声馆词话》卷十九

谭莹

谭莹(1800—1871)字兆仁，号玉生，广东南海(今广州)人。道光二十四年(1844)举于乡，官化州学正，迁琼州教授，转肇庆府教授。阮元开学海堂课士，以莹为学长达三十年，造就英才甚多。莹为岭南著名学者，与陈澧齐名。博考粤中文献，编《岭南丛书》、《粤雅堂丛书》、《粤十三家集》等。谭莹擅长骈文，诗词亦为人称道，著有《乐志堂诗集》，词有《辛夷花馆词》，附见集中。其诗集卷六中载有《论词绝句》一百首，专论两宋词人；又三十六首，专论岭南词人；又四十首，专论国朝(清)词人，计一百七十六首，可谓洋洋大观，为近世词论之一大关目。

1. 丁绍仪：

南海谭玉生广文莹《乐志堂集》中《论词绝句》，至一百七十六首，扢扬间有未当。如訾少游“为谁流下潇湘去”，谓是常语。并谓白石“旧时月色人何处，戛玉敲金拟恐非”，而推崇戴石屏与本朝之毛西河、屈翁山，谓屈词足以抗手竹垞。此与番禺张南山司马维屏服膺郑板桥、蒋藏园词，同似门外人语。

《听秋声馆词话》卷二十

孙宗礼

孙宗礼(生卒年不详)字定夫，江苏江都(今扬州)人。道光十四年(1834)举人，十六年（1836）恩科进士。官广东澄迈县知县，著有《二十四桥吹箫谱》二卷、《外卷》一卷，收词一百零九首。

1. 黄承勋：

余不足知定夫词，第即其清空绵邈之旨、沉郁离合之致咀含玩味之，迥非粗豪涂泽者可比，可谓一洗侧艳之习，独标雅正之体者矣。

《二十四桥吹箫谱序》（《二十四桥吹箫谱》）

2. 潘宗艺：

余交定夫二十年矣。忆总角时从汪剑潭先生游，即闻先生道君不去口。嘉庆己卯始相见于秦淮水榭，知君固抑塞磊落之奇士，而非屑屑于章句者，及览其所为诗古文辞，则又莫不力追古人，极乎绚烂，诗余其末技耳。乃屡试不售，始稍稍以声歌自娱，十余年来，共得词不下千首。道光甲午，君举于乡，将挟其全稿游都门，而苦于繁重，乃芟而存其什一，问序于余。噫，余乌足以序君词哉？惟君之不仅为词人，则余所知也。余知君不仅为词人，将所以能序君者，得毋在是与？至君之为词，出入于南唐、北宋诸大家，而运以性灵，变其门径，诵君词者，莫不知之，故略之云尔。道光乙未试灯前一夕真州愚弟潘宗艺拜识。

《二十四桥吹箫谱序》（《二十四桥吹箫谱》）

3. 谢章铤：

《二十四桥吹箫谱》二卷，江都孙定夫宗礼撰。定夫词亦流转，但言外无味，不耐寻绎，盖学南宋而未至者。

《赌棋山庄词话续编》四

吴葆晋

吴葆晋（？—1860）字红生，号佶人，河南固始人。道光九年（1829）进士，官江苏淮海道，署按察使。著有《半舫馆剩稿》，附词一卷。

1.《续修四库全书总目提要》：

集共二十九阕，虽平而不流于滑，浅而不失其正，惟题词太多，近于酬应，甚无谓也。

《半舫馆剩稿填词一卷提要》

杨传第

杨传第（？—1861）字听胪，号汀鹭，江苏阳湖（今常州）人，道光二十九年（1849）举人，包世臣孙婿，曾官河南知府、浙江候补道，著有《汀鹭诗钞》、《文钞》、《词钞》。

1.《续修四库全书总目提要》：

词仅十三阕，慢词居多，而含蓄幽远，缠绵悱恻。〔双双燕〕《咏蝶寄示仲仪》云：“粤亭瘦影，叹白骑重来，旧时庭院。珍丛试绕，愁绝翠阴零乱。犹记蛛丝宛转。曾抱着、花枝低颤。只今墙角孤飞，还怕相逢罗扇。　　悲咽。花枝不见。算舞向风前，斜曛相伴。怜侬痴小，如此凄凉怎遣。便有梦魂缱绻。奈香梦、醒来更怨。病翼能否经秋，已是粉痕销减。”凄凉哀怨，神似中仙。谭献评之曰：“宛邻词派，不绝如线。”盖以其寄托遥深也。

《汀鹭诗余一卷提要》

2.《续修四库全书总目提要》：

诗词雅具典则，而有清刚之气，卓然足以自立。

《汀鹭文钞三卷、诗钞二卷、词钞一卷提要》

徐灏

徐灏（1810—1879）字子远，号灵州山人，广东番禺（今属广州市）人。曾与谭莹、叶英华等共结越台词社。著有《灵州山人诗录》六卷、《通介堂文集》一卷，词有《攓云阁词》。

1. 汪瑔：

子远先生词不多作，而篇篇有意，盖以经术余事为古今体诗，又旁涉音律，穷极幼眇。尝正凌仲子《燕乐考原》之误，金元人院本，皆能按谱歌之，其于词之源之流溯沿搜讨者久矣。宜其词之工也。

《攓云阁词序》（《攓云阁词》）

钱恩棨

钱恩棨（生卒年不详），江苏太仓人。道光二十九年（1849）拔贡，官知府。著有《紫芳心馆词钞》（又称《茧云词》）一卷，有咸丰七年《太仓三家词》本。

1. 蒋敦复：

钱君芝门，为序伯高弟。序伯善画，芝门工书。序伯老去填词，芝门妙年度曲，在同社中以白描本色语见长，自然妍雅。《芬陀利室词话》卷三

陆茜

陆茜(?—1860)字芝仙，江苏武进人。谢俊士妻。曾随宦两浙，咸丰五年(1855)伉俪不谐，返武进故家，诵佛度时，死于战乱。著有《倩影楼遗稿》。

1. 金武祥：

词颇凄婉，沿《秋水》余风。

《粟香四笔》

2. 雷瑨：

陆茜字芝仙，阳湖人。归谢啸林大使，工诗词。从宦两浙，其始伉俪甚笃，相敬如宾，虽徐淑、秦嘉殆无以过。其后夫沉湎于酒，渐至狂惑，闺门之内，礼敬盖寡，女士怡然受之，不以为忤。卒为谗言所中，焚稿归毗陵。长斋奉母，口不言文。居三载，值咸丰、庚申寇至，骂贼不屈，饮刃以殉。金氏绳武为辑其稿刊行之，有《倩影楼遗词》一卷。

《闺秀词话》卷二

3.《续修四库全书提要》：

诗笔清新……至于其词，尤胜于诗。格近漱玉，以婉丽为宗。

《倩影楼遗稿诗一卷词一卷提要》

仲湘

仲湘（1802—约1853）字壬甫，一字子湘，号兰修，江苏吴江人。诸生。无意科名，专好诗词，著有《宜雅堂集》六卷，有《宜雅堂词》、《咒红豆词》、《绿意庵词》等。

1. 陈文述：

微云秦学士，残月柳耆卿。
翠袖低银烛，罗衣怨玉笙。
烟花销燕梦，云水澹鸥盟。
公等词坛在，江湖有盛名。

《题虹桥词社图》（《颐道堂诗外集》卷十）

2. 仲湘：

吾乡朋辈向无为词者，为之自杨君辛甫与余始。后虽同调间出，终寥寥也。忆戊寅、己卯间，两人尝晨夕过从，讨论倡酬。辛甫倩华亭改山人琦写品词图以纪之，而时作时止……中年以前，远游之日多，所得每在烟波一叶间，故名《芦中鼓枻》。中年重赋移居，返于故巷，家有旧时月色楼，故名《梅边吹笛》。

《宜雅堂词自序》（《宜雅堂词》）

3. 吴震：

明月二十四条桥，几度容与双画桡。
不是玉人谁解听？词仙石帚一枝箫。

《癸丑题仲湘辛亥虹桥秋禊图》（《铜似轩诗》卷五）

4. 黄燮清：

子湘词婉转幽媚，堂名宜雅，信乎其不愧也。

《国朝词综续编》

叶英华

叶英华（1802—1865）字莲裳，号梦禅居士，广东番禺（今属广州市）人。有《花影吹笙词钞》二卷，附《小游仙词钞》一卷。

1. 潘曾莹：

予少时喜为倚声之学，与同里朱酉生、吴清如、戈顺卿诸君互相商榷，略解声律。迨官京师，又与陶凫香前辈、张诗舲尚书、张海门同年时相过从，斗题分韵，唱和遂多。岁月不居，晨星寥落，孤吟易缀，知音盖稀。……《花影吹笙词集》……寓怀绵眇，造语幽腴，别具炉锤，自成馨逸。组织工矣，而无襞绩之痕；酝酿深矣，而无滞滞之习。具跌宕纵横之致，而不病于粗豪；极缠绵悱恻之情，而不涉于冶靡；洪纤合度，高下在心。洵大雅之遗音，南宋之正轨也。至其游仙诸阕……证前盟于白石，结遐想于丹梯……寻味再四，如听白石老仙吹笛，谱〔暗香〕、〔疏影〕词也。

《花影吹笙词钞序》（《花影吹笙词钞》）

2. 潘祖荫：

自世目文章为小道，而词益可轻，然为之者自有不得已之故。士不遇于当世，至以文章自娱……况变故百出，兵戈水火，来若无端，其祸更有惨于覆瓿投溷者。而握管时，方苦其心思以求继古人而传后世，此可叹也。

《花影吹笙词钞序》（《花影吹笙词钞》）

3. 谭献：

梦禅居士有《小游仙词》〔法驾导引〕一百首，托兴幽微，辞条丰蔚，谈者与樊榭老人绝句三百首并称，不愧也。（《箧中词》）

《复堂词话》

4. 张德瀛：

叶莲裳英华词，如王家蜡凤，慧心独造。番愚人，有《花影吹笙词》。

《词徵》卷六

5. 冒广生：

《花影吹笙词》，为兰台先生尊人莲裳英华所作。后附《小游仙词》一百首，读者如听钧天广乐也。词凡二卷，皆搜辑于兵火之余，馨逸自成，南宋遗则。……吴县潘文勤序之，谓当其哀乐所流，缠绵靡极，亦自有不得已之故在也。

《小三吾亭词话》卷一

6. 夏敬观：

南雪尊人莲裳先生英华，有《花影吹笙词》，尤长小令，殆《饮水》、《侧帽》之亚也。

《忍古楼词话》

费丹旭

费丹旭（1802—1850）一名旭，字子苕，号晓楼，别号环溪生，又号偶翁，浙江乌程人。工画人物，兼善山水，能诗词。词作存于《依旧草堂遗稿》。

1. 黄燮清：

晓楼词清敻不着纤尘。

《国朝词综续编》

2. 李慈铭：

钱塘江子用来，以新刻湖人费丹旭《依旧草堂遗稿》见赠。丹旭，字晓楼，以画名道光间，尤工于仕女。稿仅一卷，诗百余首，词十阕。丹旭未尝读书，而所作颇有婉逸可取者，如……〔菩萨蛮〕词云："画罗裙换秋纹衵，齐纨扇底秋痕浅。归梦卜秋期，钗头燕子飞。　　瘦鞋弓窄窄，立近阑干侧。惆怅晚来风，海棠花未红。"〔点绛唇〕词云："袖底凉生，翠荷雨过池塘晚。越纱新换，髻堕香云绾。　　金凤花枝，不妒钗头燕。分明见。水晶双钏。自把湘帘卷。"皆有风致。

《越缦堂诗话》卷上

蒋志凝

蒋志凝（1802—1863）字子于，号澹怀，又号老痴，江苏吴县人。诸生，著有《心向日斋诗钞词》、《心向日斋词》。

1. 吴嘉洤：

蒋志凝字子于，又字澹怀，吴县诸生……工诗词，温丽如温李……性兀傲，不喜脂韦之习，以贫故，常为人幕下客，然不可其意则谢去。

《蒋沈二茂才合传》（《仪宋堂文二集》卷七）

黄曾

黄曾（1802?—1850）字菊人，自号瓶隐生，浙江钱塘人。道光十二年（1832）举人，官直隶香河县知县。好吟咏，常游于西湖山水间。著有《瓶隐山房诗钞》，有《瓶隐山房词钞》八卷。

1．黄曾：

词宜艳冶，亦贵以雅音为宗。范文正、赵忠简之道学，犹有“酒入愁肠，化作相思泪”，“梦回鸳帐余香嫩”等句，艳冶极矣，而要无伤于雅。是编无题诸作写情而不着迹，惧以绮语为法秀所诃。

怀古宜雄浑，然须与题称。苏、辛词何等细腻缠绵，间有一二首作豪迈语，亦题所应尔。而人多以粗豪概之，许穆堂先生谓似此论词，正如矮人观场，随人悲笑。真实获我心之言，集中此体录存不少。

《瓶隐山房词钞·凡例》（《瓶隐山房词钞》）

2．黄燮清：

菊人词新警诡丽，独绝一时。其守律之严，尤一字不苟，非惟才大，亦复心细，盖词中之精品也。

《国朝词综续编》

3．杜文澜：

黄鞠人大令曾，钱塘人。道光壬辰举人，官直隶知县。性爱山水，遍游江浙名胜，复遍燕赵，西涉河汾，故为词多空灵奇峭之音。考律谨严，自命为第一手。

《憩园词话》卷三

4．车祖康：

瓶隐生，余中表兄也。性爱山水，尝独游天台、雁荡间，又遍历大江南北，过燕赵，两涉河汾，故其发为诗文多空灵奇峭之作。归而与里中章渠宾、钱耐青、海盐黄韵珊诸君讲求声律之学，凡九宫七调，考究靡遗，犹歉然以为未窥津逮。著《瓶隐山房词》八卷，初犹未审其律之细也，及取唐宋原词，按各调对勘之，不惟平仄相符，即四声亦无字不合。展诵数过，叹为独绝。

《瓶隐山房词钞序》(《瓶隐山房词钞》)

5. 谢章铤：

《瓶隐山房词》，钱塘黄菊人曾撰。此词选入《词综续编》，而未言卷数，余所得止两卷。黄韵甫谓“新警诡丽，独绝一时，其守律之严，尤一字不苟，非惟才大，亦复心细。”余以为未免过誉。词气疏畅则有之，然可议处尚多。菊人好咏古，集中如出塞、归国、当垆、堕楼、奔拂、盗绡、取盒、梦鞋等题，颇似传奇出目。又如潘妃蓬花、丽华玉树、中宗点筹、明皇洗儿、温太真行酒、谢安石围棋等题，更似杂剧名色。立题自有法，刻意求新，何关雅道乎？又词有以上代平之法，近人准以《中原音韵》，往往以入代平。然此曲韵，非词韵也，亦北曲法，非南曲法也。用之于词，岂为稳惬？且诗中如八十之十，尚书之尚，未尝不借仄为平。然相习已久，作者读者，皆知其有所本。今菊人于媪、枕、玉、缚、落、水、绿、喜、子、湿等字，向来仄读，莫不自注作平。其中喜字、子字或可援箕子作荄兹，妹喜作妹僖之例，然已非通行之音，余则更少依据。况转平为仄，词中亦有此例，傥准此而行之，则满纸平仄，任意颠倒，不亦偵乎？音之不审，律于何有？韵甫乃谓其一字不苟哉。

《赌棋山庄词话续编》四

6. 李慈铭：

阅钱塘黄菊人曾《瓶隐山房词》，菊人，道光时举人，官直隶知县，词共八卷。律细音谐，至严去、上、平、入之办，而吐属名隽，用字极新，远出同时黄韵珊、姚某伯、张海门之上，可与沈闰生、周穉圭相骖靳也，今略撮其数首云。〔瑶花〕绣球花：“琼蕤琢就，玉屑装成，衬绡窗清绝。朝天素面相望处，虢国才离宫阙。晶帘隔破，化多少玲珑明月。盼几番，约到团圆，费得芳心千迭。　　盈盈移上阑干，看粉翅飞停，谁辨胡蝶。攒空细瓣，依样有，一线春风穿结。横枝小系误白，打人来偷掣。只摘下，蹴向鞋尖，又散满身香雪。”〔一枝春〕素心兰：“媚雪娟春，写芬芳只合玉平壶冰里。红尘未滓，尚想故山风味。无言契赏，算惟此、素心知己。谁印取琴意诗情，受得瓣香鸟儿。　　相思佩环天际。对依依小影，佳人差儗。盟留寸许断了，寄书双鲤。潇湘路杳，任摇淡梦痕帘底。空剩有，娥月笼花，夜来唤起。”〔高阳台〕书碧桃谱旧事：“玉洞情悰，石坪消息，流莺不报王昌。迢递屏山，断云空锁巫阳。花前忽堕春风，笑剖合欢桃核仍双。惜年光，裙带而今荐了罗裳。　　回头重忆红泥阁，有香盟荔锦，小影兰釭。万缕情丝那堪，兜到兜娘。人间多少无题事，尽填词黄九描将。待商量，钿笛楼中，重谱余腔。”〔花心动〕秋海棠：“凉晕圆姿，倚娟娟燕支一丛匀浅。烟晚露初点点，星星薄命，画来妆面。玉屏烧烛春成梦，剩蛩砌，半篝灯颤。尽零落，墙阴细雨，冷魂谁唤。　　寂寂�帘乍卷。怎平一样看花，别成凄眷。道是泪痕，道是愁根，都作可怜红泫。小檀心已和风碎，那更有、离肠催断。几多恨，朱丝暗中替绾。”〔齐天乐〕万花筒：“略同翦彩成奇幻，春先个中窥取。凿空深深，旋机小小，尽把东风关住。红摇翠舞，甚锦样繁华，撤来如黍目。笑相看、蝶蜂知否者般趣。　　团栾轮向素手，象生偏烂漫，珠蕊纷吐。混沌香天，迷离色界，赚煞痴儿騃女。芳心寄与，任暗里句留，一睛偷注。细响玲珑，错疑花递语。”〔无闷〕小周后提鞋图：“花艳昭阳，鸳梦未谐，金缕同心私结。正刬袜来时，露苔愁湿，自听房中奏，好便天上人间无分别。宫弦换了，烧槽旧谱，可怜声阕。　　闲立凤钩窄，记帐护鹅梨，暗笼香屑。又几度、银屏点残，歌节清绝。梅边梦影，只合伴、红罗亭前雪。怕唱到、入破家山，剩照一弓凉月。”〔沁园春〕泪：“玉滴冰凝，一个莲依，银釭背弹。认芳痕旧渍，鸳绡带皱；啼妆新掩，蜨袖生寒。阁住星眸，界来雪靥，两点屏山雨后看。何时化、化红棠秋色，青竹香斑。　临歧话到阑干。当盈匊珍珠赠别难。更轻车远道，唾壶晕湿；长门永夜，梦簟催残。恨血怜鹃，同心抱蜡，一镜潮生晓不干。双抛处，向爱河流出，都作情澜。”前调魂：“曲院虚棂，悄悄冥冥，东风写将。岂从冰缕出，十分耐冷，借花团就，一样生香。缥缈甘痴，瞢腾苦醉，短梦凭骑蜨过墙。惊还定，是犀株小胆，独怯空房。　仙乎一任悠扬，惯袅向情丝作缕长。恰登山便化，神娥暮雨，离家偶伴，倩女斜阳。擫笛防飞，寄书欲断，残魄窥人月半廊。双栖好，有红衾真个，销得檀郎。”〔百宜娇〕凤皇山吊宋芙蓉阁故址：“鳌火飘晖，鸽铃收响，留得一抔芳土。阑竟沉香，池空洗粉，不见内人凭处。霜飞镜面，尽冷落芙蓉宫谱。有深宵鬼语，青萝月痕，来画凄楚。　铜辇梦秋衾几度。蓦地叫鸺鹠，满山吹雾。凤钿抛晨，鸾笙歇夕，忍说从征娇女。杨丝乱卷，更莫问，玉牌诗句。剩当年，红草多情，泣燕支雨。”〔霓裳中序第一〕绿珠堕楼：“重楼锦宴撤，百尺春风化秋雪，忼慨报郎时节。碎一颗神珠，酬他斛平十燕支尽，湿看麝泥吹绿芳血。人何在，艳魂中夜，缥缈堕明月。　飘瞥。云屏梦结。想笛里凉声未阕，无端雌凤诉别。叹步障分飞，珊瑚敲折，万花金谷泣，总一样、红摧紫裂。梧阴路，石阑凄雨，点点井波咽。”〔摸鱼儿〕潘妃莲花：“正丁东晓开铃殿，依稀人在仙境。屠沽天子钟情地，莲瓣一双红迎。罗韈称悄，不许秃平鸷啼断凌波影。宫妆自靓，望日暮，帘栊珊珊来，未知道玉儿肯。　凭消受，可惜西风易警。黄金空铸恩幸。长廊响屧埋荒绿，又蹑沼吴行径花共命。怕阅武堂前，杨柳同凄冷。繁华梦醒。叹麝壁香消，虎钗声断，鸾步杳然静。”〔桂枝香〕中宗点筹：“春风破隙，被黔而雏儿，翠帷衔入。刚是瑶宫弛禁，采骰争色，垂帘虚借君王箸。叹灵犀密输，鸾帘梦惊，双陆依然留印，老鹅余迹。　　李天下谁家管得，总付却蛾眉，掌中轻掷。有个微观局外，指头弹血一枭未，杀天戈动，怕金盘细雨吹湿。至今还剩桑韦，残唱可堪重拍。”〔高阳台〕楼梯：“花艳深藏，云斜暗度，步虚唱出声声。月到偏难，周围密牖疏棂。玉腰一搦承趺怯，惯扶人残醉伶仃。最魂销，响屧高低，隔着银屏。　　良宵记得携镫。别款吹兰小语，欲下还停。曲曲阑干，阳台旧路曾经。红楼天样迷离处，甚唐胡唤也无灵。把相思折迭，看来都在瑶扃。”〔夏日燕黉堂〕吊旧曲：“别离人，听蝉琴暗咽，流水凄魂。樱桃径里，记曾破歌唇。流云散雪都藟落，只银红旧谱犹存问。坠欢留得檀床，金缕几个朝昏。　　绮梦尚生温，有缃奁剩稿，网户残尊。兰屏怕倚，认一抹啼痕。小莺还恋墙西柳，甚匆匆换了芳春。枉醉游，重到凉烟飘阁，细草当门。”〔望海潮〕登六和塔：“兀撑吴岭，平分越界，浮图永镇山椒。孤柱驾鳌，神铃怖鸽，长云绝项相招。梯旋一螺，门借佛轮，上转直犯星杓。大好秋来，万枝灯火乱中宵。　　西风两度看潮。有塔平龙，唤起雪样惊涛。人语半空，江流亘古，胸怀壮得凭高。斜日送归桡，听笛声吹出，九姓渔舠。蹑月重游，寺门容我挂诗瓢。”皆足为玉田、碧山嗣响，其长调完美之作已略尽此矣。至小令之佳者，〔浣溪纱〕云：“道韫楼西绿柳长。不关情也想衣裳。天风况戛佩声凉。　　明月到窗闻放笔，瑑烟过树听烧香。恼人无奈是红墙。”“仙馆玲珑辟水西。碧云红袖两依依。几生修得到双栖。　　咳月阑边惊睡鹤，问花帘外误鹰鹂。迟眠起早总相宜。”“一翦风摇末丽枝。纱屏秋梦织丝丝。晚妆宜早卸妆迟。　　酒醒微闻抽镜屉，夜凉还见下帘衣。销魂最是未眠时。”自注镜屉见庾信镜赋“一阵风移菡萏香。小红楼在水云乡。今宵秋暑散银塘。　　笙舌巧吹花影暖，镜脐圆浸月波凉。卷帘人试藕丝裳。”自注镜脐见《佩楚轩客谈》。〔生查子〕云：“香消画被红，灯掩秋屏黑。不敢向人啼，泪点心头湿。　　菱寒一镜盟，苔锁重门迹。帘外雨潇潇，又近黄昏戌。”〔卜算子〕云：“单舸载侬来，一笛吹郎去。几簇榴花镜阁红，都是烘愁处。　闷掩枇入杷门，懒炙夫容灶。双泪何曾一日晴，恰似黄梅雨。”〔减兰〕云：“良期耽误，转眼红墙非旧路。瘦减凝脂，只有驱环照骨知。苍苔夜空，却借梅花寻好梦。黄月窥郎，认不分明病后妆。”〔虞美人〕云：“一屏烟影飘金藕，人与花俱瘦。分床好画戏婴图，遮莫萧郎今后怨生疏。　桐阑几日西风峭，紧护茸窗小。阿侯啼减帐绡多，昨夜神符一纸厌蓝婆。自注蓝婆见《法苑珠林》。〔南乡子〕月夜游惠山：“水阁响琵琶，几点疏灯隔绛纱。今夜平量湖镜面，宽些，柔橹枝枝带月划。　小岸落林花，玉磬声中妙想家。真个情天无界限，门挝许乞云房一盏茶。”〔浪淘沙〕镜宜山庄重游志感：“玉洞恁荒凉，何况刘郎。不堪轮指话星霜。旧日阑干同倚处，草似人长。　流水暗回肠，竹佩空锵。模糊记得去时妆。几点猩红阶下泪，还发秋棠。”又“折岭锁烟霾，门为谁开。一重坡径一重怀。黄蜨也知人意苦，飞傍吟鞋。　约略认妆台，瓦绣莓苔。山花红过缺墙来，犹有当时簪鬓色，不忍徘徊。”亦小山、淮海之亚也。卷首有自述凡例十二则，论声律颇详。其谓填词须试难调，故所作颇多。然终为调所窘，鲜有佳构。又谓怀古宜雄浑，然集中以金粉之作为工，若登临凭吊，则非其所长。盖根柢太浅，蕴蓄不厚，故于比兴之旨，寄托之思，亦均不逮焉。

《越缦堂诗话》卷中

7. 谭献：

大令审律甚严，胸襟凡近，词多死句。(《箧中词》)

《复堂词话》

8.《续修四库全书总目提要》：

曾书前有《凡例》，明句法，析阴阳，论借代，变上去，详对句，借极精密。尝谓：国朝词家，竞推朱、厉，而律均未协，设令穷年究声，专精一艺，未必不能，特恐无此等身著作，白驹过隙，亦当为二公原之。其自负如此。其词……艳而雅正，而又不废苏、辛之豪宕，盖其词旨如此也。惟刻画甚深，时露痕迹耳。

《瓶隐山房词钞八卷提要》

乔守敬

乔守敬（1803—1858）字靖卿，一字蔗生，号醉笙，又自号莪生，晚号笙巢，江苏宝应人。道光八年（1828）优贡，十七年（1837）举人，以授徒为业。有《红藤馆词》。

1. 严元照：

予于暮秋过之，笙巢出新词一帙示予。慢词小令，天然合拍，进而求之，继姜、周之遗响也。……笙巢之作，和雅清婉，可以悦人心意，予又于此卜笙巢之不终穷也。

《笙巢词序》

彭崧毓

彭崧毓（1803—？）字于蕃，一字渔叟，又字渔帆，号稺宣，湖北江夏人。道光十五年（1835）进士，改庶吉士，授编修。道光二十七年（1847）知腾越厅事，擢永昌知府，官至云南迤南道。有《求是斋诗词》。

1. 张炳堃：

渔叟词，秀逸奇宕，自成一家。

徐珂《清代词学概论》引

袁嘉

袁嘉（？—1853）字柔吉，浙江钱塘（今杭州）人。袁枚孙女，天长诸生崇颖室。咸丰三年，金陵遭乱，投池殉节。工诗词。有《湘痕阁词稿》一卷。

1．沈善宝：

同里袁柔吉嘉，天长诸生崇云埜室。早寡，子女亦殇，归依母家，假随园以终老焉。现已年逾五旬，著有《湘痕阁诗稿》一册，《词稿》一册，其族孙崇海秋家鳌进士欲付梓，以《词稿》问序于予，并嘱选定。词皆清丽缠绵，与《生香》、《花帘》可为伯仲。

《名媛诗话》卷九

2．沈善宝：

人比黄花，久播新声于《漱玉》；屏移粉月，近传雅制于《生香》。是知绿鬓词媛，每多哀怨；朱颜学士，不少牢愁。岂真造物忌才，慧难兼福；毕竟聪明有种，文足彰名。况乎鸾原凤族，荪发兰枝。毓灵珠于碧海，孕仙李于瑶根。居有随园，雅擅蓬壶之胜；学承捧水，快分椿荫之荣。斗草闲庭，朝翻翠帙；评花小榭，夕按鹅笙。疏雨微云，结社而频裁蕉叶；红情绿意，拈题而细咏莲花。滴粉研脂，姊吟妹和；引宫刻徵，埙奏篪随。斯真萃风雅于一门，抗逸情于千古。迨夫耦偕萧史，曲谱同心；书答秦嘉，情深连理。对江流之浩渺，帆落天长；吟竹影之檀栾，梦怜春短。一痕新月，写眉妩于妆台；十样衍波，耀钗光于砚匣。是以鲛囊多缀玉之篇，鸿案有联珠之什。及其宝镜分鸾，瑶琴别鹤，已悲孑影，更悼孤雏。听夜雨之啼鹃，青灯明灭；咏春风之贞燕，红缕依稀。缫到蚕丝，偏抽独茧；焚残猊鼎，虚袅□烟。宜其商声一片，都从纸上飞来；血泪千行，尽向毫端洒去。善宝才同画虎，酷爱诗歌；性似痴蝶，惟耽图史。红尘十丈，愧薄宦之羁栖；白雪一编，喜新词之潇洒。数言弁首，贻笑披榛；千里倾心，聊云投李。看此日集刊文梓，争传壶内金荃；待他年径踏烟萝，敬访闺中白石。

《湘痕阁词序》（《湘痕阁词稿》）

费开荣

费开荣（生卒年不详）字子萝，江苏武进人。官安徽知县。有《月波词》十二卷，一名《铜鼓馆词》。

1. 孙兆溎：

费子萝《铜鼓馆词集》十二卷，不下数千首。明珠琼贝，美不胜收。

《片玉山房词话》

赵彦俞

赵彦俞(1803—1872后)字次梅，号次翁，江苏丹徒人。官江宁教谕，同治元年(1862)，年六十，游海陵，结识江阴蒋鹿潭，始耽于填词。十年间，凡得词三百八十余首，删存一百零六首，自编《瘦鹤轩词》。又有《瘦鹤轩词续》一卷，录词六十首。颇多即事感怀之作。

1. 杜文澜：

同治甲戌秋，余权常镇道篆，丹徒赵次梅广文彦俞秉铎白门，以《瘦鹤轩词》刊本见投……其词讲律极精，笔亦秀挺。录〔愁倚阑令〕《晚泊茱萸湾》云……又〔高阳台〕《元夜寒甚独坐有感》云……皆能清机徐引，意旨缠绵，诗人之词，不愧老而好学。

《憩园词话》卷四

2. 谭献：

次梅六十学词，成就于鹿潭，殊有俊语。(《箧中词》)

《复堂词话》

3. 陈作霖：

丹徒赵次梅（彦俞）素工吟咏，因客泰州，与江阴蒋鹿潭、江都丁保庵为词友，著有《瘦鹤轩词》一册……清丽芊绵，按弦合拍，非老于律者不能。

《瘦鹤轩词跋》(《冶麓山房藏书跋尾》)

4.《续修四库全书提要》：

彦俞与蒋鹿潭善，年六十始为词，词颇清空，盖师玉田生者。惟中间广引前人词语，未免有伤体例也。

《瘦鹤轩词提要》

万立鋑

万立鋑（生卒年不详）字叔陶，江西南昌人。有《梅隐词》传世。

1. 钟显震：

文有韵曰诗，诗余曰词，似善诗者，词无弗工，犹能文。则必工诗也。然体制各别，古鲜兼长。求兼长于古人，吾得东坡焉，文、诗、词、书、画皆足名家，为李、杜、韩、柳、欧阳所不及。论者犹谓其词如教坊雷大使舞，虽极天下之工，要非本色，他人可知。魏勺庭曰人积攻苦之力，文与诗皆足窥古作者堂奥，词则才情弗善，虽学之而难工，故古今擅场者鲜。南昌万君叔陶优于诗者也，余既题辞简末，叹服其绝工。及读其《梅隐词》，缠绵幽艳，如绿窗季女，喁喁愁叹，情致一往而深，足与诗相为胜，何叔陶之有兼长欤？间尝论之诗备三体而婉，而善入独归之风。世尝称诗人为风人，叔陶诗温厚悱恻，深得风人之旨，诗余之工也固宜。余不能词，诗幼所笃嗜，荒弃久，旧作皆随手散佚。妄意学古文，而毫发未始有得。秋深毡冷，握笔叙《梅隐词》，不觉背汗之沾衣也。

《梅隐词序》（《梅隐词》）

2. 沈彦曾：

〔浣溪纱〕

盟主骚坛纪盛筵令祖廉山观察历任江南，主持风雅，从游者多名下士。袁江宾客散如烟。文孙重到三十年。　度曲审音尊玉茗，倚声征谱话金荃。故交欣聚竹林贤令叔少云亦一时隽才。

《梅隐词题词》（《梅隐词》）

3. 孙宗礼：

〔卜算子〕

慧是茧情丝，才是相思帚。有笔多君不放粗，细剥蕉心秀。幽艳玉田张，清逸屯田柳。绝胜湖山作寓公，更羡闺中偶君夫人亦能诗。

《梅隐词题词》（《梅隐词》）

4. 黄燮清：

读书时留心韵学，求工四声。近日言情诸作，已造词家幽艳之境，绮语不忏。师弟有同嗜也。韵珊过眼。

《梅隐词跋语》（《梅隐词》）

5. 张泰初：

西湖随宦，东浙观潮，幼秉渊源之学。三月莺花，六朝金粉；壮游名胜之区。佳偶多才，引人入胜；灵心一点，有妙必书。瓣香玉田，非苏、辛可拟也。花影吹笙馆主张泰初读过。

《梅隐词跋语》（《梅隐词》）

6. 金泰：

言情则幽深绵渺，写景则风雅清新。无飞尘一点，蒙其笔端，令人拜服。

《梅隐词跋语》（《梅隐词》）

7. 王三畏：

美人香草，珊珊其来，令我亦有风前玉佩，天际琼箫之慕。

《梅隐词跋语》（《梅隐词》）

8. 沈蓥：

诗国飞仙，词坛点将。曲韵花飞，逸情云上。殅庚僭题。

《梅隐词跋语》（《梅隐词》）

9. 宋翔凤：

细读一过，良深情往。翔凤过眼。

《梅隐词跋语》（《梅隐词》）

10. 孙第培：

爇水沉香，盥蔷薇露，斐几湘帘。静读此卷，如饮醇醪，如听古琴。阆青兄孙第培识。

《梅隐词跋语》(《梅隐词》)

11. 吴坤修：

不喜苏辛厌秦柳，与君商略到金荃。

《梅隐词跋语》(《梅隐词》)

12. 方重：

此稼轩、屯田、梅子所不及也，才大心细，吾何间然。

《梅隐词跋语》(《梅隐词》)

13. 张士宽：

薄阴酿雪，中酒鲜欢。因著屐过阆青寓谭，次出《梅隐词》见示。悲能荡魄，媚可怳魂。十读三复，不禁拍案大叫曰：此才情足为吾辈俗吏生色矣！

《梅隐词跋语》(《梅隐词》)

14. 张文江：

摩登女兜入情室，恐损戒体。奈何奈何。

《梅隐词跋语》(《梅隐词》)

15. 郑桂森：

琼楼玉宇，如闻水调之歌；霓裳羽衣，如听月宫之曲。如坐梅花树下，觉有一种清逸之气，沁人心脾。如入桃源洞里，鸡犬桑麻都非人世所有。三复斯篇，不胜倾倒之至。

《梅隐词跋语》(《梅隐词》)

16. 万立钱：

今除官汉宁之南，地处边僻，空山岑寂，对影长愁，回首旧游，已同昨梦。感慨枨触，多以长短句写之，积久得如干首。噫，词为小道，故不足重。余之词，无勋业之纪，无经史之考。蚓叹蛩吟，更不足重。然春蚓之幽幽，秋蛩之唧唧，就人世之观，自无足以悦耳者，而蛩蚓之怀，亦自其胸臆出，未可弃也。爰拉杂存之，于以知人之累于情者多，斯情之托于词者亦多。而余之读书无成，深负先人之期望者，其抱恨尤多矣。

《梅隐词自序》（《梅隐词》）

张鸿卓

张鸿卓（1803—1876）字伟甫，号筱峰，亦作小峰、啸峰，江苏娄县（今上海松江）人。增贡生。道光、咸丰之交，历署丹阳、元和、嘉定、宝山诸学，官训导。弱岁即工诗词，严于声律，与戈载引为同调，有《绿雪馆词钞》十二卷、《百和词》一卷、《绿雪馆词二集》二卷。

1. 戈载：

自念致力于词垂四十年，订律审韵，不少宽假，海内操觚之士，心悦者有之，面从者有之，口訾者有之。心悦者知其实合于古也，面从者疑其未洽于众也，口訾者恶其不便于己也。惟筱峰则好之专，信之笃，涉猎以探其根柢，搜采以撷其英华，守正轨而不入于歧途，持定论而不惑于邪说。是予之指引，而非阿所好也，是予之同志而可相得益彰也。

予受而读之，觉深情遥寄，逸韵高骞，有子野之格调焉；怀古苍凉，论今慷慨，有庐川之才气焉；寓声妍雅，按拍和平，有东泽之意度焉；炼骨清华，运思绵眇，有玉田之丰神焉。远绍宗风，旁寻坠绪，漱涤百态，斧藻群言。而且研求七始，谐协四声，律以严而愈细，韵以谨而弥工。

《绿雪馆词钞序》（《绿雪馆词钞》）

2. 顾夔：

〔水龙吟〕《题张啸峰〈绿雪馆词稿〉》

撒来十斛珠玑，谁将绾上红绒线。六朝金粉，六桥烟雨，秋心何限。岳顶看云，船唇弄月，天低一半。把金樽细倒，玉箫重掏，千秋意、何人见。　　老我登高望远。短长吟、邮亭题遍。泖峰无恙，归来依旧，东风庭院。如此才华，相逢恨晚，藕花仙馆。待吟笺赌擘，踏残红叶，在虞山畔（时有虞山之约）。

《城北草堂诗余》

3. 屠苏：

一曲乌丝绝妙词，藕花初放水平池。

谁能得似张三影，月晓风清写意时。

不惊鱼戏荡扁舟，唱遍新腔一笛秋。

笑说年年春意闹，尚书红杏未风流。

《藕花香里填词图》(《小草庵诗钞》)

4. 蒋敦复：

《绿雪馆词》多赋长调，《东泽绮语》、《山中白云》家风故是未坠。小令中调，亦有瓣香君家子野者。〔恋绣衾〕云云，〔醉太平〕云云。余爱筱峰词，多在此种。每一下笔，不自矜持，如李家娘子，才入墨池，旋登雪岭，此病在贪多。(卷三)

筱峰为武康徐雪庐高弟，早擅才名，倚声尤所专嗜。儒官薄宦，所至辄与邦人士觞咏流连。近日校官，流品颇杂，风雅如斯，吾见亦罕。所著《绿雪馆词》，卷帙之富，与吴门戈顺卿相埒。余尝劝其精选割爱，务存传作，古人词集，原不贵多也。(卷三)

词博采诸家者近杂，专主一家者近隘。余老友二人，皆致力于词，皆成一家，必传无疑。要各有病，其一，于唐、五代、北南宋源流正变，俱涉猎探讨，每一下笔，不自矜持，如李家娘子，才入墨池，旋登雪岭，此病在贪多，华亭张筱峰鸿卓《绿雪馆词》是也。其一，酷嗜张叔夏《山中白云》，心摹手追，寸步不失，工力积久，具体而微，如桓宣武学刘越石，终有一不似处，此病在爱好，长洲孙月坡麟趾《秋露》、《绣鸳》等词是也。(卷三)

《芬陀利室词话》

5. 张文虎：

筱峰弱岁即喜为长短句，初专效姜、张，后乃扩充于南北宋诸名家，有所仿拟，皆能得其神髓，而尤严于声律。盖元以后词家往往率意为之，近世诸老始兴言复古。然康熙间《钦定词谱》，民间既不能家有其书，而万氏《词律》疏漏缺误，不尽可据，非取古人所作，毕力研究，无以悉其分刌谐律之妙。筱峰寝溃于此，盖几四十年矣。吴门戈君顺卿精于倚声，独引君为同志，要其微至之处，戈亦以为弗如也……索予为序，且曰："某于词盖无以及诸君，若律则庶乎附骥。"此君自谦云尔。

《绿雪馆词钞序》（《绿雪馆词钞》）

6. 丁绍仪：

集句始自傅咸集十经诗，明以来遂有专集唐诗杜诗者。竹垞太史乃效东坡居士集古人语为词《蕃锦》一编，众皆敛手。至钱塘柴次山茂才（才）《百一草堂词》，咸集旧句成篇。近日华亭张啸峰广文（鸿卓）更专意集词，组织之工，几欲突过前哲。

《听秋声馆词话》卷二十

7. 杜文澜：

张筱峰广文鸿卓，江苏华亭人。弱岁工词，初效姜、张，后乃扩充于南北宋名家。有所仿拟，必神似，而尤严于声律。寝馈于此，几四十年。吴门戈顺卿精于倚声，引为同调。

《憩园词话》卷四

8. 亢树滋：

才华之士，恒喜按谱，而先生则戛戛独造，如诗家之有昌黎、山谷，其以词人自号也固宜。

《藕花香里填词图记》（《市隐书屋文稿》卷四）

9. 俞樾：

张啸峰、朱紫鹤两先生皆及交于戈顺卿先生者，故其为词谨守纪律，具有师法。啸峰所作曰《绿雪馆词钞》，紫鹤所作曰《万竹楼词选》，两家之词皆以律胜，而搜奇叩寂之思，曳绣裁霞之笔，则又自成馨逸，不为律囿者也。

《绿竹词序》(《绿竹词》)

10. 王韬：

华亭张啸峰广文，名鸿卓，工于词。所著有《绿雪馆词钞》，直闯《花间》之室。孙麟趾月坡明经广选时人所作，为入之于《绝妙近词》中，一时脍炙人口。

《瀛壖杂志》卷四

周尚文

周尚文（生卒年不详）字释香，广西象州人，附生，曾官广东巡检，有《小游仙馆词钞》一卷。

1. 倪鸿：

〔减字木兰花〕《题周释香〈小游仙馆词〉后》

小乔夫婿，花底填词音律细。秦柳苏辛，一手能兼有几人。　朗吟倾倒，天厚吾乡生此老。铁拨铜弦，此卷流传可百年。

《花阴写梦词》

2.《续修四库全书总目提要》：

是编……有坚明之处，有流滑之处，杂而不净，盖宗法南宋而未能融化于一也。其〔陌上花〕《纪别》……语虽不深，而情致缱绻，圆转如贯珠，自为赏心之作。其〔水龙吟〕《白莲》一阕似亦胎息中仙也。

《小游仙馆词钞一卷提要》

计光炘

计光炘（1803—1860）字曦伯，号二田，浙江嘉兴人。布衣。精晓画理，善鉴赏，心仪沈周（石田）、恽寿平（南田），故号二田。著有《守甓斋词》一卷。

1. 于源：

去射襄城二三里为雁湖，桥上有亭曰“冠鳌”，一名“野水”。又有僧舍曰“小沧浪”，曦伯消夏于此，风帆沙鸟，烟波渺然，此画境，亦词境。

《守甓斋词序》（《守甓斋词》）

黄婉琼

黄婉琼（1803—1830）字葆仪，湖南宁乡人。黄本骐长女，欧阳道济妻。著有《茶香阁遗草》。

1. 王蕴章：

宁乡黄婉琼，字葆仪，工词。《江楼晚眺》〔满庭芳〕云："拥遥青山拖浅碧，暝烟飞上层楼。柳丝摇梦，分绿挂帘钩。何处书传锦字，南来雁、声断蘋洲。萧疏甚，枫林斜照，红染半江秋。 凝眸。天渺渺，帆摇楚尾，川远吴头。算多少征魂，空载扁舟。怕听湘骚写怨，销不尽、香草风流。苍茫里，愁痕界破，飞起一汀鸥。"《寄怀表妹》〔行香子〕云："相别多时。相见无期。记从前、团聚深闺。藏钩砚北，刺绣楼西。正月初明，云初敛，雁初飞。 亚字阑回，丁字帘垂，夜将残、寒透罗衣。欲谱瑶琴，难寄离思。恨岳云遥，湘水隔，锦书稀。"葆仪为花耘广文女，浏阳欧阳雨舟室，虎痴侄女，生章华朊，涵濡风雅，故造诣特精。著有《茶香阁集》。

《然脂余韵》卷四

袁学澜

袁学澜（1803—1894）又名景澜，字文绮，号春巢居士，江苏元和(今吴县)人。年少苦学，补诸生，乡试屡不第，居家著书课子，曾任詹事府主簿。民国《吴县志》有传。袁学澜有著述多种，如《适园丛稿》四卷、《适园剩稿》不分卷、《适园诗》五十二卷、《吴郡岁华纪丽》十二卷、《吴俗箴言》一卷等。词集有《零锦集词稿》二卷。《零锦集词稿》集中载有词话《适园论词》。

1. 袁学澜：

余幼居吴淞袁村，其地左江右湖，烟波环绕，菰芦翳深，俗饶鱼米，欸乃闻歌，谱之渔笛，即元初余祖静春先生易隐居处也。时家湘濼征君棠居同川，距余家数里而近，见其与郭频迦明经麐唱和为词，濡毫锦灿，著纸飞花。长短句音韵宛转，妙于言情，因喜习为之，未深究也。迨辛卯岁招蒙泉陈君仁泉读书溪堂，肄业之暇，泛论及诗，杂取《花间》、《樽前》、《草堂诗余》、《绝妙好词》、竹垞《词综》诸书，披阅寻绎，始知词之源流滥觞极远，上而《高唐》、《洛神》，下迄《桃叶》、《团扇》，直可通汉魏乐章，备《离骚》外篇，古俗谣谚，靡不所赅，固非蠡测者可得浅尝也。遂取红友《词律》、顺卿《词韵》，按谱倚声，互相酬唱，复得月坡孙君麟趾以吴中七家词见示，其中酉生朱君（绶）专习梦窗，沈君闰生传桂取法玉田，两家最所心赏。乘兴辄有所作，积成卷帙。庚申遭变，旧稿散失。兹际衰迟，杜门养拙，零篇断句，时复记忆一二，强颜录存。譬犹珊树椎余，锦堆畚剩，拾彼遗簪，享同敝帚，因名曰《零锦集》而已。近来词客寖多，几于家习姜、张，户模朱、厉。其有托苏、辛之豪放，撷秦、柳之风情，抎扬骚雅，托诸比兴，自当井边传唱，绣满宫衣，固其宜矣。更有慕梦窗之错彩镂金，致流艰涩，喜用替字，如筱驂虬户，扎闼鸿麻，意为词掩，棘口难读，无足取也。甚有调笑侬郎，言多床笫，有腼须眉，弥伤大雅。风云气短，儿女情长。亦等诸自郐，无足讥焉。至于余之所作，亦求不悖乎古人之规矩，无伤大雅，清和宛转，不乖风人温柔忠厚之旨，屏绝艰涩，衷情谐畅，是所尚也。若夫侧艳纤巧，音靡桑濮，罔替风慾之失，沿袭淫哇之陋，所不敢耳。

《零锦集词自序》(《零锦词》)

2. 张鸿卓：

袁子春巢，学问淹博，著述繁富，探源风雅，托意讽劝。吟咏之余，复习为词。按律寻声，悉心研究，积成卷帙。庚申遭乱，词稿遗失，晚年收拾丛残，益以近作，署曰《零锦词》，出以示余。余惟词者，古乐府之末遗也，本属诗余，而为之较难于诗。今观春巢之词，古秀在骨，鲜葩生毫。深情绵邈而不流于荡，浩气流行而不失之粗。《金荃》、《兰畹》，具有宗风；《花间》、《草堂》，得其旨趣。应弦合节，不逾规矩，固非浅尝者所能冀也。自来深于诗者，悟彻词宗三昧，移诗笔为词，未有不工者。远则青邱、梅村，近则心余、仲则，各极其妙，足以并传天壤，春巢何独不然耶？抑余尤幸，近过苏轼台，词社寥落，又得春巢贾勇复张一军也。爰不辞而为之序。

《零锦集词稿序》(《零锦词》)

3. 张鸿卓：

〔买陂塘〕《题〈零锦集〉词卷》

响秋风、数铃双塔，修箫遥答烟雨。冲灵襟抱仙心杂，诗外雅音如许。情万缕。感旧梦今尘，瞥眼青天羽。回肠借抒。怪白傅堤边，丽娃乡里，歌遍井华处。　鲟溪上，我亦年时寄旅。词坛多少俦侣。前盟欧鹭今存几，同感槛移春屡。君记否。便泪上题襟，十度更寒暑。重逢旧雨。且野趣菰芦，欢场莺蝶，银字续新谱。

《零锦词》

4. 张鸿卓：

词为诗余，长于诗矣。余事为诗，自无不往。遍读全卷，清丽缠绵，步武姜、史；激昂慷慨，雅近辛、刘。按时运以抒情，短语长言，毕宣胸臆，盖词尤细于诗。今作者写情感景，能委婉而不直，含蓄而不尽，空灵幽渺，起势超忽，结留不尽之致。卷中两阕，尤见维世深心。

《书零锦词卷首》（《零锦词》）

汪适孙

汪适孙（1804—1843）字亚虞，号又村，又号甲子生，浙江钱塘人。汪远孙弟。道光间官候选州同。有《甲子生梦余词》一卷。

1. 谢章铤：

《甲子生梦余词》一卷，钱塘汪亚虞适孙撰。亚虞一字又村，词工短调，意在《金荃》、《兰畹》，《词综续编》录入七调，皆佳。

《赌棋山庄词话续编》四

吴承勋

吴承勋（生卒年不详）字子述，浙江钱塘人。诸生。有《影昙馆词》。

1. 黄燮清：

《影昙馆词》，幽腻冷艳，予尝比之翡翠凌波，珊瑚篆月。至其音律绵细，毫发不苟，尤为近人所难。

《国朝词综续编》

2. 杜文澜：

近又见钱塘吴子述茂才承勋，有〔鬓云松令〕，作堆絮体云："掩纹纱，开宝鼎。一树梧桐，一树梧桐影。络纬啼烟秋欲暝。翠玉楼前，翠玉楼前井。　　凤衾寒、鸳帐冷。好梦无端，好梦无端醒。离别团圞今夜并。愁倚阑干，愁倚阑干等。"词颇修洁。堆絮体可与福唐体同备一格。

《憩园词话》卷二

3. 王蕴章：

仁和吴子述（承勋）《景昙馆词》，清芬疏俊，余尝评为词中逸品，复堂《箧中词》亦有"竟体芳兰"之喻。

《然脂余韵》卷六

黎兆勋

黎兆勋（1804—1864）字伯庸，一字柏容，号檬村，晚号磵门居士。贵州遵义人。黎恂长子，少与郑珍共砚，并莫友芝称黔之三“通人”。十应乡试不售，以父荫报捐教职，任开泰县学教谕，升湖北鹤峰州州判。工诗词，著有《侍雪堂诗钞》、《葑烟亭词》（一名《无咎庵词》）。

1. 黎兆勋：

宦游武昌，久客无聊，每值事情感触，实有不能尽遏者。长笺短纸，时抒所怀，歌咏之作，由此复成。……若云新声漫赋，自当韵谐律吕，则仆病未能也。

《葑烟亭词自序》（《葑烟亭词》）

2. 黎兆勋：

〔蝶恋花〕《以词草就正郘亭》

一桁斜阳花外树。人倚雕阑，独自伤春暮。别恨闲愁来又去，几回没个安排处。　　漫道邯郸能学步。减字偷声，终是无聊语。涩涩吴音娇自度，侬家生小巴渝住。

《葑烟亭词》卷二

3. 莫友芝：

余少长遵义，交郑子尹。既冠言诗，乃因以交其内兄黎伯庸。岁率三四唱和往来，而填词亦旁及焉。顾子尹词旧兼工，七八年前，已自编集曰《经巢寱语》，曾为序之以存，伯庸与余皆未涉其藩，卤莽尝试云尔。既伯庸秋试累踬，余亦春官数困，牵迮人事，幽忧无聊，乃复相与。上下五季、两宋，逮本朝巨公之制，准玉田绪论，以相切劘。余虽稍窥门径，而才不副意，寥寥成篇。而伯庸所诣，骎骎轶南渡而上汴京，即兼工之子尹已瞠其后。窃论近日海内言词率有三病：质犷于藏园，气实于穀人，骨孱于频伽。其偶然不囿习气，泝源正宗者，又有三病：服淮海而廓，师清真而靡，袭梅溪而佻。故非尧章骚雅，划断众流，未有不摭粗遗精、逐波忘返者也。伯庸少近辛、刘，翻然自嫌，严芟痛改，低首秦、周诸老，而引出以白石空凉之音，所谓前后三病既无从阑入。顾犹不自信，见面必出所得相质证。余每持苛论，即一字清浊小戾于古，必疵乙之，而伯庸常以为不谬，日锻月炼，不尽善不已。近则每变愈上，虽子建好讥谈，人亦何所置其喙？昔吴尺凫为词在中年以后，故寓托深而揽撷富。宋牧仲虚怀讨论，其词可上拟北宋。伯庸兼之，宜其幽宕绵邈，使人意消。为之不已，于长水、乌丝、珂雪，间参一坐，岂不可哉？今年夏编其《葑烟亭词》三卷，将付雕，而属余序。余不文，又不深此，唯伯庸为之之甘苦不可不述，而又窃叹伯庸诗十倍词功，而顾遁以自见，与子尹邃于经而行将假诗以鸣，皆士不得志于时无可如何之变计。然而吾黔自君采、滋大破诗之荒，渔篁、鹿游、白云、端云诸老继之大昌，独未有为开先倚声者，今使伯庸挟其所为掉臂海内歌场酒队间，谅未肯遽作三舍避，则他日后进数南中乐章别子，必将曰伯庸先生，则虽长才短驭，或亦可无憾与？

《葑烟亭词序》（《葑烟亭词》）

4. 莫友芝：

乡里词人，自辰六《春芜》、鹿游《明日悔》两集后罕有闻者，近则黎伯庸、郑子尹、黄子寿、张子和、张半塘诸君子颇复讲求。伯庸尤自信，已有初集问世。然当以慢、近擅场，引、令一稿不自收拾，子弟抄存十之三四而已。而其盘盘之气、熊熊之光，浏漓顿挫，不主故常。以视近世日程月课，楦酿篇牍，自张风雅者，其贵贱何如也？

《陈息凡香草词序》（《香草词》）

5. 莫友芝：

〔蝶恋花〕《答柏容即书其〈无咎庵词草〉后》

裂石穿云收更纵。寂寞荒江，独倚铜琶弄。望断三山谁与共？寂寥只有天风送。 大块漫皮都没缝。苦矣词人，梦里还寻梦。腻柳豪苏何处用。英雄末路真堪恸。

《影山词》卷二

6. 莫友芝：

〔百字令〕《答柏容四首》其一、其三

万言杯水，怯枚皋才敏、自来无敌。海市蜃楼弹指现，百宝青红相射。一笑缁然，冥心独往，刊落都无迹。古人可恨，不能相对钩索。 正是落木千崖，澄江一道，孤月分明白。众籁不闻真宰露，恍见故人颜色。作者虽殊，寸心自了，得失谁能易？张军老矣，保疆惟有坚壁。

新编诧我，道秦周姜史，近添生活。嚼徵含宫南北宋，脱口一炉冰雪。酒畔三中，花边四远，老矣凭谁说。红牙闲按，笑来多少呜咽。 便做别子南荒，乐章琴趣，磊落三千阕。传与丽谋那解听，夜夜可怜风月。折柳成冠，歌樵信口，引我闲情热。将渠底用，三餐差免虚设。

《影山词》卷二

7. 龙榆生：

以予所见黎氏《葑烟亭词》及友芝《影山词》，虽未能卓然自树，而疏朴之气未漓，故亦类可观采。

《清词经眼录》（《同声月刊》第二卷第一号）

8. 陈德谦：

昔人评词人多以辛、刘为不可学，其实非不可学，特不易学耳，学之虑得其犷悍粗疏耳。能学其清雄沉挚之处，济以清真、淮海之婉约，斯为得之。郘亭眲叟序黎伯庸先生之词曰“伯庸少近辛、刘，翻然自嫌，严芟痛改，低首秦、周诸老，而引出以白石空凉之音”，盖亦以近辛、刘为嫌。今观伯庸先生词曰《葑烟亭》者，凡四卷，中如〔百字令〕《怀郘亭》、〔金缕曲〕《寄子尹》诸阕，〔霜叶飞〕《白水河观瀑》，以及《薄游昆明》诸作，诚如莫偲老所云于稼轩、龙洲为近。其浑灏而不沦于粗犷，非善学者不能到。固不仅虎贲之似中郎，洵永师之能临逸少者矣。至如〔水龙吟〕《月下闻渔歌》，寄兴深遥，碧山、玉田入林把臂。知其于南渡诸家，皆曾三致拳拳，又不徒善学辛、刘为能事者。大抵名家为词，初不妨专致力于一二古人，求其与性分之所近，环境之相同者，精研而耽思之，然后旁及别家。纵横探赜，镕于心而入于手，郁结喷薄而出之，初不能以一二古人之作横之也。昌黎所谓务去陈言，东坡所谓我书意造，《巢经巢诗》云言必是我言，字是古人字。其墨守一派，规矩一先生之说者，乌足语此？郘亭称伯庸先生不为习风所囿，斯可以卓然自树也乎！德谦曩从稼泉乐先生学词，尝论清代词家如竹垞、迦陵所为，各有精迈绝人之处。后学踵其履迹，往往自标，浙水、阳羡，分隶一帜。届其末流，诚符谭仲修伤碎厌率之论。夫创始者成其大，而沿波者遗其精。《静志居》、《湖海楼》之作，厥初何尝以一派自炫哉？迨皋文兄弟振声常州，病二派末流之失，思有以矫之，复倡比兴之说，重意内言外之旨。继之者如硕儒解经，羁絷门户，又不免涉于牵合，伤于情景。茗柯、立山初心当不若是也。黔人为词者本甚寥寥，亦无派别之可言。为之专且善，允推伯庸先生，当时与柴翁、郘叟以锄经之余绪致力于倚声。惜萍梗仕途，未能时时相聚，使昕夕劘砻，吾逆知黔中词史将异军突起，别立宗风，以与浙水、阳羡、常州相颉颃，抑先生将不屑辞为也。尤有进者，填词制谱原出于乐章，于管弦繁会，沤波鹢艇之乡为盛。有旗亭之可赌，近井水而能歌，盖宜尔也。黔地万峰峷矗，山林畏佳，无追欢竞伎之场，非若名都大邑，触耳而成声，侔色而称调。虽滋大、渔潢诸老流誉诗坛，海内同饮，顾以词名者阒尔弗闻，非必无人，鲜且难也，地势使然也。方今梯航便捷，凿五尺而成坦夷，声色之竞随交通以俱入，然则酒边花外，低唱浅斟，固其时乎？吾读先生《登贵阳城》〔百字令〕“西南锁钥，荒徼危程”之句，而重有慨焉！

《葑烟亭词跋》(《葑烟亭词》)

9. 杨恩元：

溯黔中自明设省，三百年间，诗人接踵，专集颇多，惟词则阒焉寡闻。清代词家，始有江辰六显于康熙之际，延至中叶，倚声渐盛，而附载各家集中者，要皆篇幅寥寥，略备一格。其有妙谐声律、专精此道，以黎伯庸之《葑烟亭》为最。

《弗堂词跋》(《弗堂词》)

杨尚观

杨尚观（生卒年不详）字改之，号谱香，浙江钱塘人。有《延秋伫月楼词》一卷，一名《曲池小圃词》。

1. 黄燮清：

谱香词哀激凄警。

《国朝词综续编》

吴敬羲

吴敬羲（1804—1853）字驾六，一字孟旸，号薇客，浙江钱塘（今杭州）人。官詹事府赞善。《国朝词综续编》选录其词。

1. 黄燮清：

宫赞词豪迈近苏、辛。

《国朝词综续编》

张金镛

张金镛（1805—1860）谱名敦瞿，字良甫，改字笙伯，号海门，一号忍龛，浙江平湖人。道光八年（1828）举人，二十一年（1841）恩科进士，改庶吉士，散馆授编修，咸丰五年（1855）典山西乡试，督湖南学政，七年转翰林院侍讲。有《绛跗山馆词录》（又名《躬厚堂词录》），附于《躬厚堂集》。

1. 黄燮清：

海门词清微窅眇，矜炼之极，归于自然。盖于此事积毕生之力为之，所解悟深也。王少鹤京卿比之清真、中仙，殆非虚语。

《国朝词综续编》

2. 杜文澜：

往与勒少仲丞论时人之词，最称许平湖张海门太史，谓曾读其《绛跗山馆全集》，间有失律处，为百中之一二。曾献刍荛，意谓绝艳仙姿，不容稍有铅粉之污耳。余志其语，遍询乡人，后知金眉生廉访旧与缔交，思刻其遗词，求稿未得。今始见于《词综续编》中。太史名金镛，道光辛丑进士，官编修，负才未展。黄韵甫大令云："其词清微窅眇，矜炼之极，归于自然。盖积毕生功力为之，所解悟深也。王少鹤京卿比之清真、中仙，殆非虚语。"

《憩园词话》卷四

王寿庭

王寿庭(1805—1860)字养初，江苏吴县人。充苏藩署吏，而性耽风雅，诗词俱工。咸丰十年(1860)苏州城破，被拘。后病殁。事迹见《感逝集》(一名《蜕翁所见诗录》)等。寿庭乃道、咸间吴中词群翘首，瓣香南宋王沂孙。著有《吟碧山馆词钞》。

1. 戈载：

情文相生，谐婉入妙。……持律谨严，选韵精审。集中诸作，多有与原谱四声悉合者，而妙无牵强，俱极自然。

《吟碧山馆词钞》评语（《吟碧山馆词钞》）

2. 孙麟趾：

笔气秀雅，直继碧山一二。

《吟碧山馆词钞》评语（《吟碧山馆词钞》）

3. 蒋敦复：

养初词静妙娟洁，屏弃浮艳，新月出林，万花醒露，微风瑟然，罗帏有人。不规规求似中仙，亦未知于井叔何如？……（余）病万氏《词律》仅严四声，不知五声二变十二宫八十四调之各有字谱，住声可覆案也。作宫调谱，养初见之，均以为善也。知其好学深思，有得于中者深矣。

《吟碧山馆词钞序》(《吟碧山馆词钞》)

4. 杜文澜：

吴门习尚风雅，不特文人学士好为诗歌，降而商贾吏胥，亦复互联吟社。前在楚中，曾闻郭秀虎茂才，盛称苏州府吏王养初之才，兼工词曲，异而识之。今潘麟生明经以社中名词见示，则有养初之作在，久熟诗名，似故人矣。养初名寿庭，吴县人。为府吏，著《吟碧山馆词》四卷。咸丰庚申，苏城陷，殉难，稿亦散佚。今录五阕。……此君词笔清健，颇多怀古之作，洵有心人也。

《蕙园词话》卷五

5. 储丽江：

音节之微妙，得力清真；笔情之俊拔，得力碧山；语气清婉，得力玉田；高者神韵意味，直到白石老仙境也。

《吟碧山馆词钞》评语（《吟碧山馆词钞》）

6. 潘钟瑞：

惟锻年炼月以为诗与词，每出一篇，于坚凝中见舒爽，其沿溯古大家源流，靡不通贯。论者谓养初诗以雄健胜，词以静婉胜，盖兼之也。自以宗风瓣香中仙，颜其室曰“吟碧山馆”。

《吟碧山馆词序》（《吟碧山馆词》）

7. 潘钟瑞：

运幽深窅妙之思，造浩静精微之旨。五音洽则累黍无差，百炼成而炉锤都化……知南宋宗风，于斯不坠。

《吟碧山馆词钞》评语（《吟碧山馆词钞》）

8. 潘遵璈：

哀艳骚屑，寄托深远。

《吟碧山馆词钞》评语（《吟碧山馆词钞》）

9. 刘观藻：

格调清苍，声韵谐婉，无纤靡之态，无高亢之音，草窗、玉田合为一乎？此中三昧，得之深矣。

《吟碧山馆词钞》评语（《吟碧山馆词钞》）

10. 刘钊：

词品当在草窗、竹屋之间，至其研律之细，用韵之稳，飘飘征情，节节弄拍，尤为近时鲜见。

《吟碧山馆词钞》评语（《吟碧山馆词钞》）

11. 宋志沂：

〔眉妩〕《题王养初〈吟碧山馆词〉》

奈眠花凉蝶，咽草孤蛩，偏到倚阑处。怕读销魂句。湘帘下，疏灯今夜风雨。翠箫按谱。料更无人在庭宇。剩墙角，几树垂杨柳，又飘尽香絮。　鼙鼓。江城秋暮。问可曾经惯，如此情绪。休恨相逢晚，早欢悰、容易销去。俊游旧侣。半梦沉、千里书阻。倘君果工愁，愁一点，愿分与。

《吟碧山馆词》

12.《吴县志》：

王寿庭……诗宗苏、陆，尤长于词，出入南北宋，于律甚严。

《吴县志》卷六九上

吕采芝

吕采芝（生卒年不详）字寿华，一字嘉华，江苏阳湖(今常州)人。吕子玉长女。庠生赵镛谟妻。十二岁夫亡，守寡。事迹考见《毗陵吕氏族谱》卷六。著有《幽竹斋诗》及《秋笳词》一卷，词列入《小檀栾室汇刻闺秀词》第五集。

1. 况周颐：

寿华名紫芝，有《秋笳词》，情文惋恻，词称其名。

《玉栖述雅》

2. 雷瑨：

阳湖赵鹤皋室吕采芝女史寿华，有《幽竹斋诗》及《秋笳词》一卷。《柏舟》早赋，率多凄楚之音。〔蝶恋花〕《春暮忆妹》云："寂寞重簾庭院悄，门掩梨花，燕子归来早。寒食清明都过了，池塘又见荷钱小。　极目荒烟迷故道，冀北江南，梦逐征鸿渺。盼得鱼书偏草草，近来肥瘦难知晓。"颇见风致。

《闺秀词话》卷四

陈庆溥

陈庆溥（生卒年未详）字子虔，号心泉，湖北江夏人。生活于道、咸间。官江苏吴县知县，捐升候补道。有《蔼鋆词》（又名《梦秋词》）二卷。

1. 丁绍仪：

江夏陈心泉司马庆溥，芝楣中丞鋆子，以县令需次吴中，捐升观察，被劾复起，改粤东。虽生长朱门，而词甚凄婉。

《听秋声馆词话》

于源

于源（1805?—1853后）字惺伯，号秋淦，浙江秀水人。受业于黄安涛，道光间贡生。与孙瀜、李善兰、吴廷燮等为友。有《题红阁词钞》一卷、《语儿村笛》一卷。

1. 蒋敦复：

惺伯诗坛领袖，著述甚多，词有《题红阁集》、《语儿村笛》，皆瓣香朱、厉，清婉可诵。

《芬陀利室词话》卷三

华长卿

华长卿（1805—1881）原名长懋，字枚宗，直隶天津人。幼有夙慧，工诗，与边浴礼、高继珩称“畿南三才子”。道光十一年（1831）举人，选开原训导。在任二十六年，以病告归。著有《梅庄诗钞》、《泉谱》、《韵籁》、《疑年录小传》、《畿辅人物表》、《姓薮》等，词有《黛香馆词钞》二卷。

1. 张云骧：

艳云泼黛围香风，仙人绛阙调均宫。
云门老竹凤凰叫，芙蓉泣露珍珠红。

水西歌响久沉绝，犹有翠微一枝铁。
饱啖寒梅十万花，胸次玲珑吐冰雪。

秦柳风怀姜李心，白虎鼓瑟苍龙吟。
词仙一去不可见，碧天浩渺沧溟深。

《题华梅庄先生黛香馆词遗集》（《南湖诗集》卷五）

2. 王凤瑞：

读词集，令人百遍不厌。其小令缠绵清艳如子时歌，又如李后主。其大令沉郁慷壮，高遏云霄，合获辛、苏一手。如《题十趣图》、《醉判听鬼唱曲图》，机趣横生，中而寄旨遥深，非精于词者，不能道其只字。至《感怀得高寄泉书》、《却寄题亡友缪星泽词稿》，一字一泪，血性流露。此为至词，非性天纯厚、学养淳深者，又不能道其只字。统观全集，其选声叶律，精严之至，炼字运意，新警绝伦。凤瑞非阿其所好，梅庄师深于词者，谅不以所言为谀也。集中有〔江城子〕、〔点绛唇〕、〔满庭芳〕三阕，似近于曲，则嫌溢词之界。如鹿虔扆辈之词亦有近于曲者，谓词宁侵曲不可侵诗。还求先生教我。

《黛香馆词钞题序》(《黛香馆词钞》)

3. 吴西庚：

先谊比荀陈，逢君意倍亲。琳琅初展读，令我瓣香频。绮语金华体，仙才玉局身。遨头春宴启，定有按歌人。

《题黛香馆词钞》(《黛香馆词钞》)

4. 祝曾云：

〔氐州第一〕《题〈黛香馆词钞〉》

墨澜剩馥，何止十人能了。余事词章，已饷艺林读饱。玉局雄豪，屯田香艳，此编压倒。　　心血呕干频削稿。直欲把、前人都扫。镂月裁云，剪红刻翠，树帜词坛早。愧邯郸、难学步，妒才惹得鲰生恼。此事推袁，问谁比斲轮手老。

《黛香馆词钞》

4. 郭恩第：

〔念奴娇〕《敬题〈黛香馆词钞〉》

闭门燕市，恰冷官滋味，短歌长啸。忽睹红云天外落，一卷金荃词稿。抵笑姜周，追凌祝厉，字字机巧。红牙按拍，玉箫声彻云表。　　我只株守丁古神，驰岭海，未睹词仙老。闻说骚坛，提唱日拍，遍月残风晓。磊落边韶，缠绵高永，谓边袖石、高寄泉两先生彩笔皆同调。流风犹在一编，珍作家宝。

《黛香馆词钞》

5. 孟继坤：

〔凤凰台上忆吹箫〕《题〈黛香馆词钞〉》

莲幕征歌，鞠亭选韵，大江南北句留。记冷宫递日，尘满貂裘。郁取生平著述，长短句、笈底全收。孙枝秀，重装锦轴，谱入箜篌。　　凝眸。黛香馆里，知柳腻辛豪，一样风流。况孝先联袵，仲武同母。唤作畿南三子，起泽宰青眼梱投。尤难得，河甥谕舅，白下吟秋。

《黛香馆词钞》

6. 孟继埙：

〔金缕曲〕《题〈黛香馆词钞〉》

天与生花笔。写幽怀、麝煤香喷，蛮笺彩溢。七十年华无定所，轮钱樯帆足迹。遍南北、东西游历。鸡肋功名头白后，尽冷官、坐久青毡地。辽水阔，北风急。　当年早拔骚坛帜。问畿辅、才人几辈，一时鼎立。宾馆春风红豆树，声价龙门十倍。抵多少、元龙意气。沽上归来词一卷，付孙枝、手泽宜珍惜。读未尽，唾壶击。

《黛香馆词钞》

7. 汪兆镛：

词虽小道，而义旨深微，音律幽眇，非可率尔操觚。近世为词者，非香奁脂盝，失之于靡；即粗头乱服，失之于尨。雅正之音戛戛其难。今读令祖大人词集，风神跌宕，音节抗爽，兼稼轩、龙洲、屯田之胜。

《题黛香馆词钞》(《黛香馆词钞》)

黄燮清

黄燮清(1805—1864)初名宪清，字韵甫，又作韵珊，自号吟香诗舫主人、茧情生、两园主人等，浙江海盐人。道光十五年(1835)举人。六应会试不第，以实录馆誊录授湖北知县候补，称病不赴，于故乡拙宜园筑倚晴楼著书自娱。咸丰十一年(1861)太平军攻占海盐，倚晴楼毁于战火，间关至湖北，就官宜都令，再迁松滋，旋卒。《清史列传》有传。韵甫少颖悟，博通书史，工词翰，审音律，于骈散文、诗、词、曲，无所不习，而尤以词曲为擅，为近代词曲名家。著有《帝女花》、《鸳鸯镜》等传奇多种，诗词有《倚晴楼诗》、《倚晴楼诗余》。并继朱彝尊《词综》、王昶《国朝词综》之后，“取乾嘉以来《词综》未及登者”共五百八十六家词，选辑为《国朝词综续编》二十四卷。其选词宗旨与规式“悉依竹垞、兰泉两先生选本”。其《倚晴楼词》入晚清名家词之列。

1. 边浴礼：

〔瑞鹤仙〕《题黄韵甫明府词后》

玉箫声慢倚。写阻风中酒，江湖滋味。天涯莽迢递。恁闲情都付，衍波笺纸。华年似水。禁几度、吹花嚼蕊。镇无梦、伤别伤春，误了浩歌沉醉。　　留殢。皖公山色，滕阁烟霞，助吟多丽。京尘染袂。樊川鬓、渐丝矣。尽檀痕细掐，流珠一串，谱入愁罗恨绮。看淡妆、舞上猩毹，绣帘隙底。

《空青馆词稿》卷三

2. 张炳堃：

宫商之声有五，文字之别累万。以累万之繁，配五声之约，高下低昂，思力靡举。矧乃参差变唱，曲折赴节，意内言外，滋润婉切，心巧手妍，锱铢精讨，乐章有府，比音成文，固《风》、

《雅》之余响，亦《骚》、《辨》之苗裔也。然而美人香草，托旨幽蔚，琼楼玉宇，寄情遥深。劳人缀曲，怜河上之同声；奇思凌云，换尊边之低唱，憧而有作，屑以为名哉？盐官黄君韵甫，少负异姿，长耽群籍，恣元览于中区，以文章为小技。龙门遐历，讵甘孤愤之书；杜陵抗怀，雅有经纶之愿。至于吐角含徵，析分寻刌，四候之感，秋气偏多；五弦之旨，高调寡合。语必惊座，忧能伤人……即论其词，无愧于古，联绵旷邈，哀感顽艳，截竹依永，累黍罔忒，固已挹周、柳之袖，入姜、张之室。

《倚晴楼诗余序》(《倚晴楼诗余》)

3. 潘钟瑞：

〔湘月〕《题海盐黄韵珊大令宪清〈拙宜园词〉即用集中题黄霁青绿笺词韵》

屯田仙去，问何人能结，湘楚情思？百琲珍珠，怕付与、红豆零星难记。蝶板移腔，蚕丝引绪，傻煞销魂字。风流无恙，浙西六子呼起。　　还谱扇上桃花，翻成新曲，把宫商咀味。唱遍旗亭，只赢得、消瘦樊川如此。湖泛鸳鸯，楼迷烟雨，恨隔苔岑契。挑灯低诵，翠炉爇烬沉水。

《香禅词》

4. 王韬：

韵珊工于小词，独饶神韵，曾见其〔浪淘沙〕一阕……。清脆如哀梨并剪，圆滑如燕舌莺簧，允称能手。

《瀛濡杂志》卷四

5. 李慈铭：

阅黄韵珊大令宪清《拙宜园集词》。大令以词名江浙近三十年。余顷在省垣，季贶周星贻达大令意，谓少留将见访，余以事匆匆归，卒未得大令词读之。今日莲士以一帙出视，谓尚不及周叔云誉芬之《东沤词》。余谓其词固多平易近素，然律切深秀，固所谓词人之词也，于词中为当家。《东沤词》从诗入，故云气拂拂然，是诗人之词，此中固不可优劣，亦不可不知。

《越缦堂读书记·集部·词曲类》）

6. 柳以蕃：

黄丈韵甫论词一以姜、史为宗，所著《拙宜园集》，亦曲亦细，亦清空亦幽邃，洵足矫粗浮绮靡之习而一归雅正者，固近时词人之灵光也。

《寒松阁词评跋》（《寒松阁词》）

7. 张德瀛：

黄韵珊宪清词，如齐烟九点，灭没空碧。海盐人，有《拙宜园词》。

《词徵》卷六

8.《清史列传》：

黄燮清……尤工倚声，所撰乐府诸词，流播人口，时比之尤侗。

《文苑传二》

9. 秋梦：

予家旧有《倚晴楼诗余》一卷，缠绵清丽，直与后主、易安相颉颃……著者为海盐黄韵甫，殆黄九之后身欤？

《绮霞轩诗话》

10.《续修四库全书总目提要》：

燮清词宗南宋，尝论词曰："词宜细不宜粗，宜曲不宜直，宜幽不宜浅，宜沉不宜浮，宜蓄不宜滑，宜艳不宜枯，宜韵不宜俗，宜远不宜近，宜言外有意，不宜意尽于言，宜寓情于景，不宜舍景言情。以上数条，合之则是，离之则非，合之则为雅音，通于风骚，离之则入于曲调，甚或流为插科打诨、村里歌唱矣。"诚为笃实之论。其所作虽未达玉田行云流水之境，而沉幽婉曲，措辞清雅，每词收处尤有言尽意不尽之妙。清代善效南宋词者，亦一家也。

《拙宜园词二卷提要》

11. 卢前：

〔望江南〕

词综续，辛苦倚晴楼。帝女花传称绝唱，亦如令语雅风流。品格属阴柔。

《饮虹簃论清词百家》(《清名家词》)

姚燮

姚燮(1805—1864)字梅伯，号复庄，又号野桥，别号大梅山民、二石生、东海生、疏影词史、复道人等，浙江镇海人。道光十四年(1834)举人。事迹见《清史列传》。姚燮学识广博，学艺俱精，著作宏富。除诗集《复庄诗问》外，其《今乐考证》、《读〈红楼梦〉纲领》尤称伟制，影响巨大。姚氏词宗浙派，前期多应酬、侧艳之什，后期历经战乱，格因情变，颇多记事，清苍老辣之味转多。词有《疏影楼词》，含《画边琴趣》、《吴泾蘋唱》、《剪灯夜雨》、《石云吟雅》四种词共五卷，为三十岁前所作，继有《续疏影楼词》八卷。此外尚有《苦海航》等作，《苦海航》系《沁园春》组词一百零八首，为咸丰三年(1853)沪渎狭邪冶游词。

1. 韦光黻：

镇海姚燮，号梅伯，甲午举人，诗文奇横，尤工于词。

《闻见阐幽录》卷二

2. 姚燮：

词，小道也。然韵不骚雅则俚，旨不微婉则直。过炼者气伤于辞，过疏者神浮于意。而叫嚣积习淫曼为工者，尤弗取。余幼辄耽此，搜宋元来诸家名集，沉浸讨索效之，似锢之益深。迨弱冠后，日与世涉，哀乐渐多，兼以友朋宴游，饥寒驱逐，每有感触，即寄之。数年以往，共得千阕余，并少作，删存六一，厘为五卷，各以类从，此中甘苦，余颇自信；其有合于古人之旨否？余未敢自断也。成连安在乎？吾抱琴以俟之。

《疏影楼词自序》(《疏影楼词》)

3. 姚燮：

〔疏影〕《自题词集》

天门海峤。倚绿梅擫笛，清响如啸。夕隼云盘，秋鹤风嘶，高寒或是同调。江淹宋玉凭千古，总一样、愁深欢眇。尽半生、锈铗蟫徽，托与美人香草。　侬自狂歌自负，当前任赢得，流俗评笑。两宋三唐，换羽移宫，落寞词仙多少。江篷荻雨花帘月，且畅写、随时怀抱。算拂笺、香北茶南，但欠红儿娇小。

《疏影楼词》

4. 姚儒侠：

《疏影楼词》凡四种，余友姚子野桥作。野桥为甬上名秀才，生禀异资，于学无所不窥。凡经史艺术著述，皆能凿肠掐肾，冥搜旷求，萃毕生之心思才力与之颠倒而出入之。诗古文其末也，词又其末也。词学自李唐以迄昭代，前贤已有成说，不必为作者牵合比拟，填赘一辞。乃其生平得力之处，追踪秦、柳，胎息贺、史，取法于梦窗、草窗、白云、白石之间，沉幽固闳，挥洒流落，体制不名一长，能兼众美。当夫模象形影，锤炼声色，神明而变化之，收摄豪横，覃精擢思，极毫厘分刌之辨。泊乎弄墨，则骕然砉然，挥毫落纸，若坠若逼，若猛狮搏球，若烈风送雨。而妃句俪辞，一造于工稳。

《疏影楼词序》（《疏影楼词》）

5. 黄燮清：

梅伯词，自命樊榭复生，跌荡新警，如山鸡舞镜，顾影自妍，能独树一帜，而不屑屑于模范者。

《国朝词综续编》

6. 蒋敦复：

蛟川姚梅伯孝廉，名场跌荡，豪迈风流。为学务博，下笔千言，诗古文骈体外，尤工于词，久已剞劂问世。余谓其少作微嫌纤碎，虽为人传诵，当自悔也。近造诣益深，自然名家。与余论词于海上，旨趣颇合。

《芬陀利室词话》卷二

7. 符葆森：

向读姚梅伯孝廉《疏影楼词》，以为樊榭复生。

《寄心庵诗话》（《国朝正雅集》卷七十九）

8. 徐时栋：

余尝评梅伯所著，骈体文第一，诗次之，填词又次之。

《姚梅伯传》

9. 杜文澜：

孝廉名燮，一号野樵，江苏镇海人。道光甲午举人，著有《疏影楼词稿》。梅伯《大梅山馆诗文词集》，词凡五卷，曰《画边琴趣》，曰《吴泾蘋唱》，曰《翦灯夜语》，曰《石云吟雅》，总名《疏影楼词》，刻于道光癸巳，今尚有印本。以后续集，不知几许。即五卷中，佳词甚多。钟瑞注《续编》中称其跌宕新警，如山鸡舞镜，顾影自妍，能独树一帜，而不屑屑于模范，洵非虚誉。然读其诸作，虽不模范，而格律仍无一字之讹，弥令叹服。

《憩园词话》卷四

10. 丁绍仪：

近日词家鲜工欧、晏艳者，独镇海姚梅伯孝廉燮《疏影楼词》，颇具神似。……或云梅伯词，实私淑浮眉楼，去欧、晏尚远。

《听秋声馆词话》卷十九

11. 谢章铤：

姚梅伯燮曰："词，小道也。然韵不骚雅则俚，旨不微婉则直。过炼者气伤于辞，过疏者神浮于意，而叫嚣积习，淫曼为工者，尤弗取。"此非探词中骊珠者不能道，宜其自度之工也。……梅伯，句东人，词名《疏影楼》。梅伯好撰句，如"汗充"，汗牛充栋也。如"凤么"，么凤也。如"狂牧"，狂杜牧也。如"天泛卵"，卵色天也。如"凸黄凹翠"，如"睇苦颦酸"，如"醺初梦杪"，如"眉楚鬓凄"，如"颤红晕绿"，如"种龙蠡虎"，文种、范蠡也。皆戛戛自造。又好用古文奇字，如种作穜，剔作鬄，韵作均，珍作竂，评作詥，孤负作姑负，怡晴作怡姓，满纸斑驳，指不胜屈，足见其好奇之癖。至如〔沁园春〕咏呵云：“相思字惯，嘘将几润，划与郎看。”又云：“郁恨含吁，挠肩引笑，约略微声隔幔传。”咏嚏云：“服角跳轻，耳轮热重，一例鸳鞋卜未妨。郎归后，问孤衾那夕，曾否思量。”咏晴云：“照水能清，依人惯倩，小凤翩翩总逊伊。”则巧而能雅，庶足继响龙洲，非直弄狡猾于字句间也。而咏嚏数语，运用毛诗人道我意，比辛、陆之掉书袋者，尤见擅场。始知浅斟低唱，亦资经术。

《赌棋山庄词话》卷三

12. 王韬：

蛟川姚梅伯孝廉……于学无所不通，著作等身，风行海内……诗词亦已登峰造极。近时所见词章家，当推为巨擘。

《瀛濡杂志》卷四

13. 张德瀛：

姚梅伯燮词，如密香骑凤，碧城容与。句东人，有《疏景楼词》。

《词徵》卷六

14. 陈声聪：

姚梅伯《疏影楼词》自序谓：“韵不骚雅则俚，旨不微婉则直。过炼者气伤于辞，过疏者神浮于意。而叫嚣积习，淫曼为工者，尤弗取。”词之意法尽得之矣。然其成就，亦只能与郭频伽争上下。……梅伯词，长调妃青丽白，雅丽工稳；小令淡而有致，要亦不出道、咸间浙派风气。

《读词枝语》(《填词要略及词评四篇》)

15. 沈轶刘：

镇海姚燮，与蒋春霖同时。其词务欲惊人，工力不在蒋下，而名不逮蒋。所作极变奇幻，虽平熟题亦饶新语。

《繁霜榭词札》

16.《清史列传》：

姚燮……尤工倚声，其《疏影楼词》，读之者以为厉鹗复生。《文苑传二》

17. 卢前：

〔望江南〕

鸡舞镜，顾影自生怜。跌荡每从宛妙出，野桥埋首不知年。考证著新篇。

《饮虹簃论清词百家》(《清名家词》)

吴廷燮

吴廷燮（生卒年不详）字彦宣，浙江海盐人，诸生。与黄燮清、孙谋、陈作敬辈驰骋骚坛，负盛名。著有《小梅花馆集》，诗集六卷，词集三卷。

1. 黄燮清：

彦宣词胎息玉田，而参以白石之清、梦窗之艳。静好娟洁。《国朝词综续编》

汤成烈

汤成烈（1805—1880）字果卿，晚号确园，江苏武进人。道光十一年（1831）举人，官浙江玉环同知。著有《古藤书屋集》。有《清淮词》二卷，另有《古今词话》四卷。

1. 张曜孙：

自先世父、先子《词选》出，常州词格为之一变，故嘉庆以后，与雍、乾间判若两途也。果卿表兄每一调必以全力运转，有约千篇于一阕、蹙万里为径寸之概。

《清淮词跋后》（《赌棋山庄词话续编》卷三引）

2. 丁绍仪：

前岁次儿承祜回自都门，得近人词数帙，遥情远韵，妙杂仙心，慢词不及录，录小令数阕于此。……武进汤果卿司马成烈《清淮词》，〔苏幕遮〕云云。

《听秋声馆词话》卷十二

3. 谢章铤：

《清淮词》二卷，常州汤果卿成烈撰……果卿为皋文戚属，故其词有家法。张曜孙曰："自先世父、先子《词选》出，常州词格为之一变，故嘉庆以后，与雍、乾间判若两途也。果卿表兄每一调必以全力运转，有约千篇于一阕、蹙万里为径寸之概。"《清淮词跋后》然词贵清空，意欲清，气欲空，太炼则伤气，太郁则伤意。果卿所作，前胜于后，后卷多伤结轖。即其附录唱和诸篇，如吕子奇承婍、子兑承娧、刘浚之遵夔辈，亦多坐此病，殆以矜尚太过耳。

《赌棋山庄词话续编》卷三

桂文耀

桂文耀（1807—1854）字子淳，号星垣，广东南海人。道光九年（1829）进士，选翰林院庶吉士，授编修。道光十九年（1839）为湖南乡试副考官，充国史馆撰修、总撰。历任湖广道监察御史，常州、苏州知府，淮海兵备道。著有《群经补正》、《清芬小草》、《席月山房词钞》等。

1. 陈澧：

《席月山房词》者，亡友桂星垣所作也。昔星垣见人刻诗文集，辄笑曰："我不须此。"星垣以功名自任，视文章之士若不屑然者，顾时时填词，尝谓余曰："我有好词至百首，当刻为一集。"此与前言相反，何哉？凡人不能无所好，虽古之豪杰于所好者辄不能自止。即以词人论之，辛幼安功名之士也，宜不屑于文章，故诗与文罕传焉，惟词则为之不已，传之至今，所好故也。星垣殁后，其子均出其诗词将刻之，余告以前之两言，使不刻诗而刻词，此星垣意也。数其词不及百首。呜呼！言人寿者辄曰百年，星垣年四十八而卒，于百年未及半也。犹曰：年之修短有命焉，顾欲为百首之词而亦不能如其愿，况欲立功名于天下哉？此余所以悁悁而悲也。

《席月山房词序》（《东塾集》）

黄锡庆

黄锡庆（1807?—1860）字子余，一字小园，号铁庵，江苏甘泉人。道光十三年（1833）钦赐举人，官广东候补道。有《铁庵词》二卷。

1. 谢章铤：

《铁庵词甲稿》一卷，甘泉黄子余锡庆撰。昔王弇州讥杨孟载七言可填入〔浣溪纱〕，竹垞推引十数联，谓此皆绝妙好词，诚以词中如〔生查子〕似五绝，〔鹧鸪天〕、〔玉楼春〕似七律，苟非恰好，无庸强填。初涉者以为易也，而不知其为最难。今观此卷若〔忆江南〕、〔捣练子〕、〔忆王孙〕、〔长相思〕等调，连篇累牍。题则蔷薇、丁香、凤仙、玉簪、秋海棠，排列如群芳之谱；虞姬、杨妃、卓文君、黄天荡、燕子矶、雨花台，悉数若人物、舆地之书，既无新意，并多伧句，是其于词也，殆口占漫兴、取充简册者欤？其卷首作序者，不书姓名，第称东山廓道人，亦非法也。

《赌棋山庄词话续编》卷三

2.《续修四库全书总目提要》：

小令时有可读者，〔长相思〕云："昼漫漫……"〔昭君怨〕云："怕上层楼高眺……"皆凄凉宛转，语淡情浓，惜全书未能称是也。

《铁庵词甲稿一卷提要》

蒋敦复

蒋敦复(1808—1867)字剑人，初名金和，字纯甫，改名尔谔，字子文，再易今名，江苏宝山(今属上海)人。早慧，有“神童”之称，屡应郡县试不利，遂出游南北。性傲慢，好臧否人事，江淮一带人士目之为“怪虫”。道光二十二年(1842)避仇为僧，法号铁岸，又名妙尘，别署“铁脊生”，作《祭发文》，惊世骇俗。后返俗，复应试为名诸生，世称“江南才子”。太平天国时期，与王韬谋响应，曾献策于杨秀清，不能用。太平军退，敦复再次为僧，法名昙隐大师，筑庵沪上。久之，以潦倒而卒。事迹散见《淞滨琐话》、《瀛濡杂志》以及《古红梅阁集·旅窗怀旧诗》等。剑人工诗词，于词尤善长调。著有《芬陀利室词》五种：《绿箫词》、《碧田词》、《红衲词》、《青琴词》、《白华词》各一卷，与《芬陀利室词话》三卷均合刊于其《啸古堂诗文集》后，《清名家词》收其词集。今存词系咸丰三年(1853)以前所作，太平天国时期词作已不可见。蒋敦复为近代以行迹怪异放诞名闻江南之词人，又妙解音律，有《宫调谱》三卷，于词调多所订正。另通英语，有译著多种，以《大英国志》最为有名。

1. 王润：

小令如《花间》，中调如北宋，慢声如南渡。哀感顽艳，凄入心脾，亦由其流离世故，自伤情多也。

《芬陀利室词序》(《芬陀利室词集》)

2. 侯云松：

梅瘦而清，石瘦而峭，合梅与石，为君写照。以梅之韵，兼石之奇，似君风骨，亦似君词。出入于佛，不背不触。文字因缘，莫非语录。审音正误，为词功臣。斯是传作，斯是传人。

《芬陀利室词序》(《芬陀利室词集》)

3. 侯云松：

心于碧落袅游丝，容易能成绝妙词。

道得人人意中语，千回百折费寻思。

词人能得似君无，妙手传神兴不孤。

三十年间饶眼福，陈迦陵后又斯图。

《题蒋剑人填词图》(《芬陀利室词话》卷二引)

4. 包世臣：

论石品有三，曰绉、瘦、透，词亦若是而已。乾、嘉以来，此道益昌，余不为之，而尝寻其源，究奚外于诗。彼自狭小，故靡读。剑人词可仅以词人目之乎？

《芬陀利室词序》(《芬陀利室词集》)

5. 汤贻汾：

剑人短小精悍，出语必警坐客。平生踪迹甚奇，天下方多事，此有用才也。诗古文外，尤精于词。推究宫调，融会意言，神明于矩矱之中，而才情艳逸，不为律缚。贻汾老矣，安得不倾倒其人哉？

《芬陀利室词序》(《芬陀利室词集》)

6. 孙麟趾：

〔百字令〕

旧游如梦，记星辰昨夜，水明帘底。落魄青衫词一卷，多少天涯情味。丝竹中年，莺花小劫，字字含凄泪。江湖漂泊，可怜销尽英气。　　便教传向人间，旗亭唱遍，那识凉凉意。旷世风流谁得似？不是寻常罗绮。醉纸迷金，愁香艳粉，绝调千秋继。啼蛬深巷，小门听雨闲闭。

《芬陀利室词题辞》(《芬陀利室词集》)

7. 孙麟趾：

沉博艳丽，悱恻芬芳，词坛飞将，安得不推老剑？

蒋敦复《芬陀利室词话》卷三引

8. 姚燮：

大词取径于白石、玉田，参变于稼轩、放翁，一洗绮靡浮艳之习，而又正律审音，为斯道力辟榛莽，必传无疑。时方以《三十六陂渔唱》就正，老女捧心，自忘其丑，亦恃惠子知我耳。高邮王敬之词以清真为上，绮丽次之，运清真于绮丽之中，前惟草窗，近则梅里，吾于是集亦云。

《芬陀利室词序》（《芬陀利室词集》）

9. 姚燮：

〔青玉案〕《蒋剑人填词图》

压栏一树栀华瘦。逼梦里、禅心漏。嚼得蛾眉山色秀。香狸能缚，野狐不打，天乐宣龙咒。　　灵根种得才名寿。珠想霏霏玉弦奏。不是千金珍敝帚。春灯芍药，晓风杨柳。魔境时时有。

《续疏影楼词》卷三

10. 蒋敦复：

一

石门文字认休差，一串流珠送琵琶。
往日春风红豆子，今生明月白梅花。
闲愁黯黯浓于酒，绮语绵绵艳似霞。
辛苦维摩耽结习，自拈宝露滴灵芽。

二

稽首楞严十种仙，无情眷属有情禅。
可怜芍药将离节，尚说桃花未嫁年。
春梦半床鹦鹉地，秋娘一曲鹧鸪天。
当时人面羞崔护，不为重来也惘然。

三

对影闻声惜未逢，满空云雨去无踪。

秋波四壁生瑶想，神女三年礼玉容。

绿酒献花诗献佛，青楼听雨寺听钟。

相思海样愁天样，一样魂销药店龙。

四

华鬘世界妙鬘云，孤负香灯已十分。

金粉未能空色相，人天原合住声闻。

遥岑眉样修蛾黛，芳草天涯化蝶裙。

直到灵山参一笑，平生笔砚总宜焚。

《自题〈忏华词〉后》(《啸古堂诗集》卷五)

11. 蒋敦复：

余少年填词，喜豪放，和迦陵《怅怅词》五首，跌荡淋漓。

《芬陀利室词话》卷二

12. 张文虎：

诗肠文胆冠同时，海国茫茫怅所之。

侠气柔情消不尽，一齐分付竹山词。

《秋日怀人诗·蒋敦复》(《舒艺室诗存》卷四)

13. 凌志珪：

读大词，如听钧天广乐，如见神仙化人，瑰异艳绝，刻露精微，唐耶？宋耶？不得而名之矣。

《芬陀利室词序》(《芬陀利室词集》)

14. 文机：

机读写墨楼内史序朱君酉生之词曰“意蓄语中，韵溢弦外”，又云“言苦者思沉，辞隐者志郁”，喟然曰：“何甚似吾剑人之词也？”剑人才气高迈，务为有用之学，不屑屑以诗名，而竟以诗名。其于词也亦然。每一申纸，哀艳欲绝，比兴所作，绵眇无极。顾君子山评之以为凄厉动魄，芬芳竟体，得力在白云、白石间，是已。

《芬陀利室词序》(《芬陀利室词》)

15. 王金洛：

剑人论词以意为主，尝薄樊榭、频伽有文章烟月之讥。其自为词，则寓情绵渺，取譬宏深，摹绘万状，不名一家。语金洛云："董晋卿谓词以无厚入有间，吾词以有厚入无间。"其旨趣如此。顾以剑人词为胜于樊榭、频伽，恐未必信也。文字有灵，亦听之千秋而已。

《芬陀利室词序》(《芬陀利室词集》)

16. 王庆勋：

〔声声慢〕

残月屯田，野云石帚，好随诗卷长留。赌到旗亭，古今几个名流。红牙者番拍出，更堪怜闲怨闲愁。评子细，待看花沽酒，一醉兰舟。　　漫说琼楼风月，甚青天碧海，渺渺悠悠。溪住罗敷，烟波试语眠鸥。一灯最怜双管，乌丝细画银钩。消艳福，偏玉台佳咏，同播千秋。

《芬陀利室词题辞》(《芬陀利室词集》)

17. 陈升：

〔齐天乐〕

芳荪采遍相思早，年时绮怀难诉。凤纸题香，鸳笺写梦，都似不情不绪。江湖倦旅，叹怨瑟空弹，骚心多苦。漫负才华，翠蛾颦损感迟暮。　　清音应洗俗耳，便零丝翠竹，何似鸥语。病蝶萧吟，哀蝉酸诔，都付十三钿柱。知音几许。只赋就湘花，些歌凄楚。谁赠瑶珰，佩环空际度。

《芬陀利室词题辞》(《芬陀利室词集》)

18. 王韬：

剑人著述，余最爱其词，诗次之，文尤其次也。剑人词谱，余向曾获见其手钞本，辨析宫商，剖别音调，订正于阳阴清浊之分，学者殊苦其难……作词欲上追南唐北宋，而举有厚入无间一语，以为独得无传之秘。

《芬陀利室词话序》

19. 王韬：

闻剑人名久矣，辛亥冬始见之于海上。买醉黄垆，踏雪联句，逸兴遄飞，豪气勃发，名下固无虚士也。翌日，即偕梅伯、壬叔、约轩访剑人于竹林禅院。出诗词相示，自谓于词之音律颇有心得，今世失传久矣。剑人固不甘以词人自居，即以词论，绮丽清淑、豪放缠绵兼而有之，出入南宋诸名家，殆可抗手。夫岂近人所可及哉？

《芬陀利室词序》（《芬陀利室词集》）

20. 徐珂：

蒋剑人稍后于止庵，词宗北宋，亦力主有厚入无间之说。谓有厚入无间者，南宋自稼轩、梦窗外，白石间能之，碧山时有此境，其它即无能为，彼此与止庵之持论相近。

《清代词学概论》

21. 丘炜萲：

蒋剑人避人为僧，实非初态，故不久即返初服。其为僧日，时出冶游，颇多绮迹。集中“缘酒献花”一联，盖纪实也。前此不闻能词，至是乃兼擅倚声，一唱三叹，怡颜动魄；洵足感均顽艳，识者谓不歉其诗。

《五百石洞天挥麈》卷六

22. 卢前：

〔望江南〕

芬陀利，才似水云清。身处乱离陆务观，词中风度玉田生。二蒋许齐名。

《饮虹簃论清词百家》（《清名家词》）

潘遵祁

潘遵祁（1808—1892）字觉夫，一字顺之，号西圃，又号简缘退士，江苏吴县人。道光二十五年（1845）进士，改庶吉士，二十年乞归，隐居太湖之畔邓尉山，淡泊仕进。光绪二年（1876）赏翰林院侍讲衔。晚归乡里，主讲紫阳书院二十年。有《西圃诗余》三卷，与《西圃文集》合刊。

1. 杜文澜：

顺之太史遵祁，太傅公三松老人之孙，理斋编修之子……所著《西圃集》十卷，附词六十余阕……诸作皆游行自在，天趣盎然。

《憩园词话》卷二

沈善宝

沈善宝（1808—1862）字湘佩，晚号西湖散人，浙江钱塘（今杭州）人，江西义宁州判沈雪琳之女，咸丰时吏部郎中武凌云继室。少颖悟，工吟咏，善画工诗，能词。有《鸿雪楼词》一卷。

1. 雷瑨：

沈善宝字湘佩，钱塘人。山西朔平知府来安武凌云继室。善画工诗。著有《名媛诗话》、《鸿雪楼诗词》，女弟子百余人。其词曾由吴蘋香女士精选，皆有裁云镂月之妙，湔香滴粉之奇……余尤爱其两渡扬子江所作〔满江红〕，悲壮苍凉，声情激越，读之令人兴起。

《闺秀词话》卷一

徐茝

徐茝（生卒年不详）字湘生，号古芗，号南林内史。浙江乌程人。能诗词，长于画山水、仕女。

1. 沈善宝：

南林内史亦善小词，〔如梦令〕初夏云："燕语呢喃清声，帘卷熏风初透。烦恼自年年，情绪那看回首。辜负。辜负。帘外蔷薇如秀。"〔菩萨蛮〕题落花人独立，微雨燕双飞图云："风中雨作斜丝织，落花犹剩胭脂色。有客懒凝眸，东君不管愁。　江南春事晚，吟兴因之远。何必怪乌衣，人前故故飞。"〔采桑子〕春日云："晴光一片春光里，才见梅花。又是桃花。开遍天涯无数花。出门随意行将去，闲伫溪边。小憩亭边。细听莺声到耳边。"〔浪淘沙〕题吹笛美人云："静院好风侵，行遍花阴。昼长绣倦久停针。记得新翻横玉笛，吹作龙吟。　幽韵豁烦襟，三弄何心。调高银字更流音。闲倚石阑人未起，柳影深深。"颇有南宋风调。

《名媛诗话续集上》

张文虎

张文虎（1808—1885）字孟彪，号啸山，别号天目山樵，江苏南汇（今属上海）人。道光六年（1826）贡生，同治间入曾国藩幕，主持金陵书局，校勘《史记》诸书，保以候选训导。光绪间归里，主讲南菁书院。《清史稿》有传。通天文、算学，尤长于考据。能诗词。词有《索笑词》二卷，与其《舒乙室诗存》合刊。

1. 张文虎：

二十年前言长短句者，家白石而户玉田，使苏、辛不得为词。今则俎豆二窗而祧姜、张矣。鄙人兴到涉笔，聊以自适，不欲与当世作家竞，有劝十年勿近乐器者，笑而谢之。

《索笑词甲·前记》（《索笑词》）

2. 张德瀛：

张孟彪文虎词，如风前障扇，不受尘污。南汇人，有《索笑词》。

《词徵》卷六

3. 冒广生：

同时与陈京卿负通儒之望，而又工词章者，则南汇张啸山学博文虎也……《索笑词》甲乙二卷，吐属尔雅，训词深厚，良由卷轴蕴蓄者富，故虽小道亦可观也。

《小三吾亭词话》卷二

4.《续修四库全书总目提要》：

文虎通小学，善校勘，明音律，以其余暇而为词，谓："二十年前言长短句者，家白石而户玉田，使苏辛不得为词。今则俎豆二窗而祧姜张矣。鄙人兴到涉笔，聊以自适。"云云。盖不主一家也。观其所作，颇为工整，用字妥帖。经生词中，亦上品也。

《续修四库全书总目提要·索笑词二卷》

吴尚熹

吴尚熹（1808—1850 后）字禄卿，一字小荷，别署南海女士，广东南海人。吴荣光之女，叶应祺室。有《写韵楼词》一卷，辑入《小檀栾室汇刻闺秀词》。

1. 潘飞声：

楚游烟雨吊湘君，肮脏襟期写韵人。

毕竟岭南钟间气，红闺词句似苏辛。小荷为吴中丞荣光女，有《写韵楼词》一卷。

《论岭南词绝句》二十首（《古今文艺丛书》）

2. 潘飞声：

余选《粤东词钞》二卷，吴小荷恭人词，几于全录。恭人为荷屋中丞女，名禄卿，画摹蒋恽，词学苏辛。

《在山泉诗话》

3. 况周颐：

南海吴小荷尚熹《写韵楼词》……皆以轻灵胜者。

《玉栖述雅》

4. 雷瑨：

南海吴尚熹，字小荷，巡抚吴荣光女，亦有《写韵楼词》，与佩湘同姓，而同以其楼名集，亦是佳话。然评者谓才力不逮佩湘，所作少竟体完善者。然如邳州道中寄怀〔南歌子〕……殊有味，秋夜闻歌《长生殿》传奇闻铃赋〔浪淘沙〕云……亦觉清远入神。

《闺秀词话》卷二

5. 碧痕：

《真相画报》刊有《写韵楼诗余》一卷，都数百阕，为南海吴荷屋先生女公子尚熹所著。尚熹字禄卿，工诗善画，其词尤纤丽。

集中多写景之作，予爱其《吟秋》四阕，亟录之。〔蝶恋花〕秋声曰："剪剪清风穿绣幕。倚槛闲听，满树惊萧索。几声寒蛩鸣四壁。巡檐铁马无休歇。　　鹤唳澄虚天一抹。沥沥霜沾，遥逗心如结。宝鸭香消灯欲灭，庭前送入梧桐月。"〔唐多令〕秋影云："寒雾空蒙，明霞在远峰。爱冰蟾、斜挂疏桐。瑟瑟两风催漏去，频移向，画帘中。　　小径百花丛，花开尔伴侬。对清淡、却又无踪。翠袖添寒灯欲暗，还疑是，隔纱笼。"〔临江仙〕秋色云："万里清辉新月皎，碧痕摇曳风斜。江涵雁字寄天涯。星汉云影静，何处著残霞。　　点缀飞鸿天际外，一行秋水蒹葭。夜寒花影上窗纱。侵寻霜有信，庭树正栖鸦。"〔行香子〕秋心云："清夜溶溶，花影重重。乍听来，四壁寒蛩。云屏倦倚，愁绪偏浓。问翠眉边，锦肠内，不言中。　　展转幽怀，料峭芳踪。尽平分，一半丝桐。年华迅速，去雁来鸿。任金炉冷，银钮淡，晚妆慵。"以上四阕，语语著眼，字字写情，真绘生手也。又〔渔歌子〕咏渔人云："占取烟波晓露清。一竿斜袅小舟横。收网坐，带蓑行，绿水青山欸乃声。"直与张志和争衡，诚易安后之一人矣。

《竹雨绿窗词话》(《民权素》)

潘曾莹

潘曾莹（1808—1878）字申甫，号辛斋，亦作星斋、惺斋，江苏吴县人。大学士潘世恩孙。道光十四年举人，二十一年(1841)进士，改庶吉士，官翰林院编修。历充云南乡试考官，擢侍读学士，官至光禄寺卿、吏部左侍郎、工部左侍郎。曾莹幼承家学，精于经史，兼善书画，与兄曾沂、弟曾绶并擅诗名。著有《红蕉馆诗钞》、《小鸥波馆文钞》、《画品》等，词有《小鸥波馆词钞》二卷，与同名诗钞等合刊，《花间笛谱》一卷，此外尚有《鹦鹉帘栊词钞》。

1. 斌良：

惺斋词雅丽婉约，得秦柳之神，有姜张之韵。

徐珂《清代词学概论》引

2. 黄燮清：

侍郎词，如晓霞媚树，春水浮花，极幽艳荡漾之致。

《国朝词综续编》

3. 姚燮：

绳尺之中，自有天籁。羽宫所在，能移我情。

《憩园词话》卷二引（又见《小鸥波馆词钞序》）

4. 蒋敦复：

少宰词清华朗润。

徐珂《清代词学概论》引

5. 潘曾莹：

予少时喜为倚声之学，与同里朱酉生、吴清如、戈顺卿诸君互相商榷，略解声律。

《花影吹笙词钞序》(《花影吹笙词钞》)

6. 杜文澜：

星斋侍郎曾莹，为太傅仲子……所著《小鸥波馆诗集》十卷，附诗余一卷，多清丽芊绵之作，不为律缚。与同里戈顺卿、朱酉生相唱酬，深得宋人三昧。姚梅伯孝廉序其词曰：“绳尺之中，自有天籁。羽宫所在，能移我情。”诚为笃论。

《憩园词话》卷二

7. 丁绍仪：

吴县潘氏以甲第文章冠吴中……子星斋司空曾莹、绂庭侍读曾绶，均生长华膴，而词甚清绮。

《听秋声馆词话》卷十九

8. 谢章铤：

星斋词生香活色，极似吴石华。

《赌棋山庄词话续编》一

许谨身

许谨身（1809—1836）字瑞征，号金桥，浙江仁和（今杭州）人。道光十三年（1833）进士，官兵部选司主事。有《师竹轩词钞》一卷。

1. 乐恬散人（许楗）：

吾宗金桥以蜚腾之才为倚声之学，高自标揭。在京师时颇负狂名，余季弟辛木独喜与偕。弟素朴讷，余深讶之。弟笑曰：爱其才耳，倚声实工，非狂也。

《师竹轩词钞序》（《师竹轩词钞》）

2. 黄燮清：

金桥词婉约聪俊，与《茶烟阁》为近。

《国朝词综续编》

钱斐仲

钱斐仲（1809—1860 后）字餐霞，浙江秀水人。钱昌龄女，德清戚仕元室。有《雨华庵诗余》一卷，辑入《小檀栾室汇刻闺秀词》，附《词话》一卷。

1. 张炳堃：

餐霞夫人为南楼老人族裔，书画能世其业，兼善属文，所为词幽抑怨断，恻恻动人，正如鸾音凤吹，缥缈天外，一扫闺襜绮艳之习。

徐珂《清代词学概论》引

2. 戚士元：

孺人素性澹泊，不习纷华，历数十年如一日。生平吟咏，每诵古人言情之什，辄歌哭以当之。故所作诗类多商音，其于词也亦然。

《雨华盦词话跋》(《雨华盦词话》)

3. 谭献：

秀水女士钱餐霞《雨花庵诗余》，予借观，洗炼婉约，得宋人流别。附词话亦殊朗诣。(《复堂日记》辛卯)

《复堂词话》

4. 况周颐：

秀水钱餐霞斐仲《雨花庵诗余》，轻清婉约，思致绝佳。

《玉栖述雅》

5. 雷瑨：

钱斐仲，字餐霞，山西布政使钱昌龄女。适德清戚仕元学博，最致力于倚声，著有《词话》一卷及《雨花庵诗余》，兼精绘事。最爱其〔虞美人〕云……盖当咸丰庚申秋，避寇村居，感怀而作，

故中怀枨触不自知，其言之凄惋若斯也。又〔菩萨蛮〕嬉春曲拟飞卿体三阕……清丽芊绵，读之不觉齿颊芬芳。（卷二）

餐霞女士姓钱氏，名斐仲，浙西戚曼亭明经室人也。工诗能画，长短句尤所擅长，著有《雨花庵词稿》。殁后，曼亭为刻以行世，录其佳者数首，……哀艳之音溢于纸上，读此亦可见一斑矣。（卷三）

《闺秀词话》

6. 王蕴章：

餐霞女史，姓钱氏，名裴仲，适澥西戚曼亭。工诗能画，长短句尤擅长，著有《花雨庵词稿》。《清明扫墓》〔高阳台〕云："衔肉鸦盘，飞灰蝶舞，累累多少荒坟。青草萋萋，染他几许啼痕。东风不管伤心地，放垂杨、冷眼窥人暗销凝。岸柳汀蒲，都返春魂。　　平桥曲水依然在，但欢情顿减，疏了清樽。摇雨孤篷重来，不是寻春。无端逗起闲情绪，恨桃花点缀柴门。再休题，贬里芳津，那日湔裙。"女史遭粤匪之乱，避寇南玉港，作词有云："凄凉时节凄凉雨，人在凄凉里。"旋卒，殡于沪上。尝作游仙诗有句云："行到楼台最深处，一双青鸟啄桃花。"故平湖张鹿仙炳堃题其遗集〔高阳台〕词云："蜡泪灰余，蚕丝吐尽，春风词笔都休。新声翻作凄凉引，咽寒潮江水停留。诉离忧。蔡女胡笳，春女箜篌。　　记否，西堂笑语，忆筠廊款夏，鞠榭延秋。桃花青鸟，当时爱说仙游。文章自昔悲黄土，最伤心、烽火山邱。恨悠悠。凤去台空，箫谱重修。"鹿仙与裴仲为中表戚，少时同学，故有款夏延秋之语也。

《然脂余韵》卷五

何兆瀛

何兆瀛(1809—1890)字通甫，号青耜，江苏江宁（今南京）人。道光二十六年(1846)举人，以名孝廉仕浙，洊升杭嘉湖道，后擢广东盐运使。兼擅诗古文词，著有《心庵诗存》、《泥雪录》等，词有《心庵词存》四卷，继有《老学后庵自订词》四卷。

1. 秦湘业：

诗则夷犹宕往，古无异乎乐天、东坡，词亦出入南北宋，不专浙派。

《心庵诗存序》

2. 杜文澜：

江宁何青耜都转兆瀛，以名孝廉仕吾浙，洊升杭嘉湖道最久。多惠政，尤著绩于海塘，今已都转粤东，颂声犹留民口。素擅诗古文辞，所著《心庵词存》四卷，不拘一格律，妙趣横生。

《憩园词话》卷六

3. 谭献：

何青耜《心庵词存》，骀宕丽逸，如见六朝入物，与许海秋齐名，不虚也。(《复堂日记》乙卯)

何先生词，抗手许海秋，齐名文苑，不虚也。但沉郁稍不逮许，而无海老枯率之失。(《箧中词》)

《复堂词话》

4. 张德瀛：

何青耜兆瀛词，如春暮柳丝，瘦无一把。江宁人，有《心庵词存》。

《词徵》卷六

5. 冒广生：

江宁何青耜丈兆瀛，与海秋同里齐名。由给谏官杭嘉湖道，转两广盐运使。其第五孙为家哲斋伯祖第三女婿。丈生平有戏癖、鼻烟癖，卒以被服儒雅罢官。其所著《心庵词》，未携行箧，仅就谭仲修箧中所选，悉登于此……论者谓何词沉郁稍不逮许，而许之粗率则亦所无也。

《小三吾亭词话》卷二

6. 秦际唐：

金陵倚声之学，滥觞于南唐二主。历宋讫明，代有作者，至国朝而极盛。顺康之际，瑶星以山林逸老，东白以丰沛古家，掉鞅艺林，声实并茂。下逮乾嘉，紫珊、餐花二先生，高格远韵，模楷具存。青嶰、心庵、玉井三君，先后踵起。以念乱忧生之感，为意内言外之辞。上则嗣响《风》、《骚》，次亦抗衡汴、浙。芳泽所被，缬芷纫兰，唱和喁于，辇下称最。南中自遭寇乱，荡析离居，琐尾余生，不废歌咏。小雅怨诽，音凄以悲。亦越随州，奄有众美。综厥遗翰，异曲同工。惟哀弦独弹，性耻标榜。吉光片羽，读者惜焉。

《国朝金陵词钞序》（龙榆生《清词经眼录》引，《同声月刊》第一卷第十二号）

李曾裕

李曾裕（1810—？）字玉之，号小瀛，江苏上海人。官浙江湖州同知。咸丰间侨寓嘉定。有《枝安山房词草》一卷，咸丰三年孙瀜辑入《同人词选》；另《舒啸楼词稿》一卷，与同名诗稿合刊。

1. 蒋敦复：

上海李小瀛曾裕司马……所著有《枝安山房词草》……摹绘情事，写生妙手，然中间却有无限感慨。人目为《金荃》艳体，吾谓是香草哀音。何时翦烛论词，一为印证斯语。

《芬陀利室词话》卷二

潘曾绶

潘曾绶（1810—1883）本名曾鉴，字若甫，一字绂庭，江苏吴县人。道光二十年（1840）举人，官内阁侍读。事见《清史列传》。工词。有《陔兰书屋词集》，含词六种：《睡香花室词》、《秋碧词》、《同心室词》、《忆佩居词》、《蝶园词》、《花好月圆室词》，共六卷，与同名诗集合刊。

1. 顾翰：

〔风入松〕《题潘绂庭公子睡香花室填词图》

忽风忽雨最无端。春事又阑珊。世间更有伤春客，比春蚕、自把丝缠。春水关卿何事，为伊掐遍阑干。　　镂冰琢月费雕刓。呕出好心肝。蠹鱼走上银藤纸，笑花边、胡蜨成团。灯影照谁无睡，香衾昨夜春寒。

《拜石山房词钞》卷四

2. 杜文澜：

绂庭侍读曾绶，太傅叔子，伯寅尚书尊人也……有《睡香花室词》、《秋碧词》、《同心室词》、《忆佩居词》、《蝶园词》、《花好月圆词》，凡六种。脆而能清，清而能涩，哀感顽艳，得楚骚之遗。自定稿极严，仅存九十余篇……集中无体不备，此长调皆录咏物，以其寄托无痕，自然名隽，尤足为近词取则云。

《憩园词话》卷二

3. 丁绍仪：

吴县潘氏以甲第文章冠吴中……子星斋司空曾莹、绂庭侍读曾绶，均生长华膴，而词甚清绮。

《听秋声馆词话》卷十九

4.《续修四库全书总目提要》：

曾绶少负文名，广交英俊，年未艾即致仕，著书自娱，故其根柢甚深。其词不宗一家，小令喜事艳体，慢词粗见疏朗，宗衡（按：许宗衡）以脆、清、涩三者评之，虽为过当，然其间偶有佳制，亦未可一概论也。……所作虽非正轨，然真挚动人，不事修饰，颇似顾华峰也。惟多少壮之作，殊嫌稚弱。

《续修四库全书总目提要·睡香花室词一卷秋碧词一卷同心室词一卷忆佩居词一卷蝶园词一卷花好月圆室词一卷》

刘禧延

刘禧延（1810—1863）字辰孙，一字翠峰，江苏元和人。廪贡生。精于音韵学。有《翠峰词》。

1. 杜文澜：

填词家固须讲求格律，而音韵之学，实为格律之原。吴县刘辰孙明经禧延，一字翠峰，廪贡生，精于韵学。……明经于词不多作，而出语则必名贵谐协，盖于抑扬轻浊之间辨之审耳。

《憩园词话》卷六

陈澧

陈澧（1810—1882）字兰甫，自号江南倦客，学者称东塾先生，广东番禺人。道光十二年（1832）举人，六应会试，不售，以大挑二等选授广东河源县训导。赴任两月即告归，后掌广东学海堂长数十年，晚为菊坡精舍山长，文廷式、沈曾植等均曾问学。陈澧为著名学者，泛览群籍，凡天文、地理、乐律、算术、古文、骈体文、填词、篆、籀、真、行书，无不精究。著书有《汉儒通义》、《东塾读书记》，力排汉宋门户之见。又有《声律通考》、《切韵考》等。有《忆江南馆词》一卷。

1. 陈澧：

余少日偶为小词，桂君星垣见之曰："此诗人之词也。"自是十余年不复作。或为之，岁得一二阕而已。去岁，黄君蓉石、许君青皋邀为填词社，凡五会，而余仅成二词，二君谓余真填词人也。此三君皆工词，而其言如此。盖词之体与诗异，诗尚雅健，词则靡矣。方余学为诗，故词少婉约。今十余年，不学诗久矣，或可以为词欤？然亦才分薄耳，昔之诗人工词者岂少耶？今年下第归，行箧书少，铅椠遂辍，江船雨夜，稍稍为词，以销旅愁。时方以广文待选取杜诗语，题之曰《灯前细雨词》，并旧作都为一卷。

《忆江南馆词自序》（《忆江南馆词》）

2. 梁梅：

本美人香草之思，为减字偷声之制……夫惟各擅胜场，遂分歧视。驾南辕者动违北辙，泛东舸者或背西帆，不知因时制宜，立言贵当。当其琴书跌宕，山水雕镂，引风月为交游，与渔樵相问答。或荷花香里，侣合鸳鸯；或末利林中，题分蟋蟀。固应韵谐笛谱，趣演琴言。奉玉田前辈以瓣香，与白石老仙相鼓吹。……若夫市上吹箫，客中弹铗，朝天路远，卖赋金空，搔白首以过扬州，寄清泪而回泗水……非极慷慨悲歌之致，曷抒登临凭吊之怀。故论其常，则以清逸为宗；语其变，亦以豪横见赏也。……要惟斥绝淫哇，翦除硬语，属词婉约，行气清空。萧寂以致其幽，隽永以深其味。毋过炼以入晦涩，毋太纤而乖雅醇。阴阳应律，辨尧章鬲指之声；上去审音，严君特煞尾之字。九张机丽，一串珠圆，斯不愧诗国之附庸，骚家之别子也。……念曲江诗派，不乏名家，惟岭南词坛，尚稀宗匠。粤东乡前辈词惟黄益之〔忆江南〕一阕，始著艺林，至南宋崔清献《菊坡词》，具体苏辛；李忠简文溪有词坛射雕手之目，其它如宋明国初人专集，类皆有词，然皆由诗及之，求其足与姜张抗行者，不多见也。

《论词绝句六首序》（吴兰修等编《学海堂集》三集卷二十四）

3. 谭献：

兰甫先生孙卿、仲舒之流，文而又儒。粹然大儒，不废藻咏。填词朗诣，洋洋乎会于风雅。乃使绮靡奋厉两宗废然知反。（《箧中词》）

岭南文学，流派最正，近代诗家，张、黎大宗，余韵相禅。填词有陈兰甫先生，文儒蔚起，导扬正声。叶南雪为春兰，沈伯眉为秋菊，婆娑二老，并秀一时。约梁君将合二集，益以寓贤汪玉泉，为《粤三家词》云。（《箧中词》）

《复堂词话》

4. 继昌（李佳）：

陈澧兰甫，以经学称，诗词亦超隽。〔水龙吟〕《追和石华陪春海师登越秀看月》具见通品，无不能之。视彼一孔半瓶，沾沾自命为儒士，转鄙词赋为雕虫而不屑观之，能勿汗颜。

《左庵词话》卷上

5. 朱祖谋：

〔望江南〕《杂题我朝诸名家词集后》

甄诗格，凌沉几家参。若举经儒长短句，岿然高馆忆江南。绰有雅音涵。

《彊村语业》卷三

6. 潘飞声：

经师偏解作词谈，朱厉齐驱笔岂惭。

记读真娘凭吊曲，一帘春雨一江南。《忆江南馆词》未刻，有真娘墓一阕甚工。《粤东词钞》未采入。

《论岭南词绝句》二十首（《古今文艺丛书》）

7. 冒广生：

粤中词人，三家之先，推嘉应吴石华学博兰修、番禺陈兰甫京卿澧。学博之词词人之词，京卿之词则学人之词也。京卿邃于说经，品诣高雅，所著东塾丛书，风行于世。录其《雨中过严泷》〔百字令〕云……此词仙乐飘飘，筝琶洗俗，尝鼎一脔，可以知味矣。

《小三吾亭词话》卷二

8. 张尔田：

故国三百年，不以词名而其词卓然可传者，只一陈兰甫。兰甫经学大师，而其词乃度越诸子，则以其词外有事在也。词之为道，无论体制，无论宗派，而有一必要之条件焉，则曰真。不真则伪（真与实又不同，不可以今之写实派为真也），伪则其道必不能久。

《与夏瞿禅书》（《天风阁学词日记》一九三四年引）

9.《续修四库全书提要》：

澧词虽多少年之作，而清新婉雅，持律亦不苟。澧明于声律，尝撰《声律通考》，颇有驳正《燕乐考原》之处。

《忆江南馆词提要》

10. 卢前：

〔望江南〕

经师作，高馆忆江南。蕙客论诗词亦可，即知绰有雅音涵。不必沈王参。

《饮虹簃论清词百家》(《清名家词》)

11. 钱仲联：

天寿星混江龙李俊　　陈澧

兰甫学人，《忆江南馆词》，谭献称其“洋洋乎合于风雅，乃使绮丽、奋发两宗废然知反。”朱祖谋亦推为“雅音”。张尔田《吴眉孙词集序》曰：“余亦尝论一代之词，于我清声家外，独右陈兰甫。”推崇可云备至。兰甫名辈较先，而高才曼寿，至光绪八年始辞世，遂取为水军头领之目，为近百年词坛张目。

《近百年词坛点将录》

12. 朱庸斋：

吾粤词学……兰甫雅正而略欠空灵。

《分春馆词话》卷三

莫友芝

莫友芝（1811—1871）字子偲，号郘亭，贵州独山人，道光十一年（1831）举人，先后入胡林翼、曾国藩、李鸿章等人幕，长于经学训诂、金石目录之学，尤工诗，与郑珍齐名，著有《郘亭遗诗》、《郘亭诗钞》、《影山草堂六种》等。有《影山词》二卷、《外集》一卷。

1.《续修四库全书总目提要》：

友芝以经师兼擅诗文，旁通杂家，惟倚声一事，似未经人道过。友芝自谓春官数摈，牵迕人事，幽忧无聊，始与黎伯容兆勋上下五季、两宋，当时诸巨公之制，准玉田绪论以相切劘，故于伯容之作持论甚苛，即一字清浊小戾于古，必奋笔乙之，锻炼切磋，不尽善不止云云。是友芝亦工于为词也……其词凡数十阕，雕肝琢肾，俱是锤炼而来。友芝尝序兆勋词云："海内言词，率有三病：质犷于藏园，气实于縠人，骨孱于频伽。其倜然不囿习气、泝源正宗者又有三病：服淮海而廓，师清真而靡，袭梅溪而佻。故非尧章骚雅，划断众流，未有不摭粗遗精、逐波忘返者。"证于友芝之词，三病俱无从阑入，可谓善言而能行者矣。

《续修四库全书总目提要·影山词二卷外集一卷》

2. 凌惕安：

吾黔故多诗人，而词家则正少。道咸以来，经师若郑子尹先生珍、莫郘亭先生友芝，皆尝寄兴于此。郘亭自言春官数摈，牵迕人事，幽忧无聊，始与黎柏容兆勋上下五季、两宋，逮当时诸巨公之制，准玉田绪论以相切劘，故于柏容之作持论甚苛，即一字清浊小戾于古，必疵乙之，锻炼切磋，不尽善不止。然则自作之必"雕琢肝肾"（柏容怀郘亭〔百字令〕语）以出之，可断言也。

《影山词序》（《同声月刊》第一卷第十期）

顾文彬

顾文彬（1811—1889）字蔚如，号子山，晚号艮斋，又号眉绿老人，江苏元和（今苏州）人。道光十五年（1835）举人，二十一年成进士，历官刑部主事、福建司郎中、湖北武昌盐法道、浙江宁绍台兵备道。以疾归。家居十五年，义行遍乡里。工词。词有《灵岩樵唱》、《今雨吟》、《小横吹剩谱》、《莺花醉吟》、《蜨板新声》、《蟭巢碎语》、《百衲琴言》、《跨鹤吹笙谱》、《续谱》共八卷，总称《眉绿楼词》。

1．蒋敦复：

〔金缕曲〕《题子山比部〈撷芳词〉后》

谁是多情者。为名花、香薰丝绣，深深拜下。一朵灵葩才子笔，十幅鸾笺挥洒。便不许、芳华凋谢。微雨愔愔帘底坐，替美人小影临风写。红烛冷，填词罢。　工愁我亦真无奈。怕人间、丁香未结，海棠先嫁。莫唱江南肠断句，只恐闻歌子野。更十万、金铃谁借。惆怅碧桃天上种，枉瑶台、小谪真无价。绛树外，花开也。

《碧田词》（《芬陀利室词》卷二）

2．潘遵祁：

艮庵主人作《怡园词》将刻之，以贻来游者，而问序于余。余何足以序怡园之词，顾读其词而想其怡焉。因言曰：怡园者，艮庵归田后所著也。词者，主人自怡其园中所有也。主人有园而能自怡，并以怡人，非若陶贞白所云只可自怡悦也。词凡一千二百余首，删存六百首，悉倚〔望江南〕一调，是创前人所未有也。……吾知《怡园词》一出世，皆以为创前人所未有，而争先快睹，岂特词中所云赤手辟荆榛而已哉？

《眉绿楼词序》(《眉绿楼词》)

3. 蒋德馨：

子山顾君，工为倚声,尤多佳制。一篇跳出，八风齐鸣,每先夺乎骊珠，屡狎盟乎牛耳。尝以所著《撷芳词》见示，裁花作骨，剪水为神,香照鞓红，秀争山绿。檀枕极雕锼之妙，玉珧含隽永之滋。忍俊不禁，买丝欲绣，谓当编为琴趣，镂以瑶华。而君逌尔不居，怃然意下。若以篷弄未臻极致，大晟乃冠群工，于是博综新声，别裁隽语，移宫换羽，怀柳囊辛。统大魁以为笙，范良金而合冶，骎骎乎寄怀闲适，比迹清真矣。方其画省含香，云楼高唱，四声珠贯，三影花移，固已名播旗亭，篇登乐府。既而扬舲鄂渚，建节甬江，山水方滋，球钟愈畅。宏农但闻坐啸，征虏不废雅歌。阳阿激楚之风，律调郢曲；采葛苎萝之咏，响答越溪。非陶丝竹于中年，自唱玲珑于白日。此又屯田之曲，有井水处而能讴；屠门之琴，在酒座中而同听者也。

《眉绿楼词序》(《眉绿楼词》)

4. 杜文澜：

丙子、丁丑间，吴中文燕，多在顾子山观察之怡园……又创作怡园词一千二百余阕，还存六百余阕，皆〔望江南〕调也，刊传于时。观察素喜收藏，骏叔亦好古如饥渴。先有过云楼，藏庋已夥，数年来苦心招集，遂冠吴中。其为词集名《眉绿楼》，厚寸许，长调短令，无不丰神潇洒，出笔欲仙，不拘一格，而自能入律。且才气丰溢，每一题一调，辄叠赋不已。如道光、咸丰间，于都中举秋词社，拈百二十题，各限一调，自作三十余阕。以碍于篇幅，只录大小调各数阕。秋词亦仅录《咏柳》一阕，以用韵尤幽峭也。近人作词，谓古人只忌三重四同，每多重字，余则不敢有复。今读此集，有同心焉。

子山观察长于集句，所藏书画卷册自题者，大半集宋人词。别有《百衲琴言》一卷，述情叙事，如无缝天衣，诚推绝技。有

〔南浦〕一调，咏春水多至三十六阕，内十阕杂集宋、元人词。此外二十六阕，则专集二十六家之句，如苏、黄、辛、柳诸家词多者，或尚易成。乃周少隐、侯彦周、仇山村、石次仲等，亦各就其词集成一调，其用心亦良苦矣。

《憩园词话》卷三

5. 俞樾：

艮庵主人，余尝题其小像，以为今之草窗、竹屋也。……其持律之细、琢句之工，同时作者，盖无以尚。……此集一出，传唱旗亭，草窗、竹屋真不得专美于前。

《顾子山眉绿楼词序》（《春在堂杂文三编》卷六）

6. 李鸿裔：

诗词之界甚严，张皋文、戈顺卿论之详矣。吾观南北宋名家之词，清丽典则，类可入诗。元人之诗，流艳浓郁，类可入词。盖词与诗本同源耳。此调与诗律相近，作者风格遒俊，直欲挟三唐之鼓吹，据两宋之词坛。倚一调而累至数百首，则两宋以来名家集中，未尝有也。……主人此作，生香不断，春气盎然，可以观其所养而知其所怡矣。其体物之微妙，句法之奇创，对偶之灵警，一再研味，如荷露烹茶，色香清绝；如展李赵诸家青绿溪山，时炫金碧，而仍不乏苍古也。胜地名园，亦如名人书画，经鉴家之评赏，而精采逾著。然非胸无尘事，心有天游。或对景而茫然，或呆写景物，而真趣索然，或葺前人之旧，而模山范水，不必自出心裁，则亦不能曲尽其所以然。惟怡园之成，化蒿莱为池阁，初无凭借。宜怡园之词，探丘壑于性情，别有化工也。

《眉绿楼词序》（《眉绿楼词》）

陈钟祥

陈钟祥（1811—？）字息凡，号趣园，晚号抑叟，别号亭山山人。贵州贵筑人,祖籍浙江山阴。道光十一年（1831）举人。官四川绵竹知县、直隶赵州知府。有《香草词》五卷，又有《鸿爪词》、《哀丝豪竹词》、《菊花词集》、《集牡丹亭词》、《香草词补遗》各一卷。

1. 陈钟祥：

唐时高达夫，五十始为诗。

抗手无古人，盛名难以齐。

我今四十余，学制乐府词。

宫商夙未谙，聊以寄情思。

《香草词自题》（《香草词》）

2. 莫友芝：

词自皋文选论出，其品第乃跻诗而上，逌然《国风》、乐府之遗，海内学人始不以歌筵小技相疵亵。嘉道以来，斯道大畅，几于人《金荃》而户《浣花》。然或意随言竭，则浅而寡蕴；音逐情靡，又荡而不归。其贮兴也风舒，其审味也水别，其引喻不出乎美人香草。而古今升降，事物变态，罔不可以掇诸意言之表，荡堙郁而理性情。

同岁息凡子，夙擅诗笔，年余四十，始涉为词，即洞其奥。亦既更历世故，牵制宦场，属时多事鞅掌，鲜有居息。溷术耳目，枨柱怀抱，默之不甘，研之不可，忧从中来，辄假闺闱颦笑，倚声而写之。如集中无题诸令、引，读之迷离惝恍，使人无端哀乐，一往而深。非真有妙会于风舒水别之微旨，决不能道其一字。其近、慢诸制，亦复揉才于律，翕然雅音。尝与息凡尊酒细论，当其超逸，每欲取古诗文，息凡未尝不首肯。平生得力，饮水自知，岂虚语哉？

《陈息凡香草词序》(《郘亭丛书》)

3. 施梦玉：

奇才横逸，直如哀梨并剪，非格律所能束缚。而音节精美，有突过宋人处。

《香草词评》(《香草词》)

4. 黄曾：

落笔松脆，含情渺绵，其恬淡近石田也，其婉丽则似蜕岩也。间有豪放之作，又兼得之辛柳之间。

《香草词评》(《香草词》)

5. 王拯：

有美必征，无奇不备，词之能事毕矣。尤妙浏漓骀宕，纯任自然，声文并至。浙中词家，当于竹垞、樊榭外，豫为另置一席。

性情慷慨中仍自一往而深。循吏文苑中人，故自别有怀抱。

卷中题《玉茗堂词》集句，妙如天衣无缝，而情韵俱绝，的是奇构。

《香草词评》(《香草词》)

6. 潘伟如：

词意缠绵，笔情幽秀，兼有宋元之长。每到兴酣时，有一种英姿奇气，令人钦挹不尽。

《香草词评》(《香草词》)

7. 蔡鹤君：

天风吹衣，轻云笼袖，步虚仙，未履尘境也，方斯词品。

星言霏玉，云岫光琼。融众妙而为言，运一心以成谱。或含宫辨羽，如水寻源；或高视浪吟，已超尘表，非匠心不能会也。

《香草词评》(《香草词》)

8. 汪士松：

风流而涵咏胜人，雄健而奔驰由己。是不为音囿，不为律缚，且其馨逸之气，如鲜花怒放，春潮徐生，各有景象，蔚为大观。词虽小道，而一代文章于是见焉。区区按徵含商，拍红牙，上旗亭，天涯比比，遂得为词人哉？

合律修洁高迈，全以神行，音越气迴，落落大方。集万有为大成，实一词所莫赞。

集中小令神似南唐，柔艳芳洁，《金荃》之遗。清丽缠绵，绝似韦端己。碧海青天，六张五角，国风婉转，子夜悲啼，孰喻于此。

《香草词评》(《香草词》)

9. 黄彭年：

诗亡而乐府兴，乐府衰而词作。其体小，其声慢，其义则变风、变雅之遗。自皋文张氏以意内言外之旨论词，而词之旨始显。予尝证成其说，曰：言以发志，文以足言。又曰：书不尽言，言不尽意，以是读词时有所会。自唐以来，作者代出，南宋之际，厥指繁深。幼安之〔祝英台近〕则贝锦青蝇也，尧章之〔疏影〕则扬水黍离也，圣与之〔高阳台〕则匪风下泉也，无名氏之〔绿意〕则鸡鸣风雨也。贤人君子，感时触物，吟咏性情，主文谲谏，诗人之意犹未远乎！元明以来，斯制益靡，国朝自阮亭、园次、竹垞、西河、稚黄、珂雪、迦陵扬声于前，大宗、仲则、樊榭、皋文诸人继之于后，近岁士夫竞崇词学，律以意内言外之义，盖綦难焉。庚申之春，羁栖清苑，陈丈息凡过予，论词及南宋诸家。因书所见相质，即以序所撰《香草》诸词集。因忆息凡初奉檄之官蜀中时，家君方官吏部，息凡来置酒取，别予时，为童子侍坐。息凡盛述兰雪、子方、梦湘诸老品题之重，倏忽二十年，诸老皆已萎谢。家君尚从事海滨，息凡亦方弃戎轩，司牧平棘，譬犹汪洋漂荡，疾风怒涛中而未知所底，回忆曩昔不能无慨云。

《香草词序》(《陶楼文钞》卷九)

10. 郭则沄：

息凡自号亭山山人，其词稍涉苏辛，乃于玉田、竹山为近。

《清词玉屑》卷一

11.《续修四库全书总目提要》：

钟祥词夙得吴嵩梁、唐树义诸老钦重，自谓得力《饮水》。良以奇才横逸，寄古有托，笔情幽秀，音节精美，遂能入作家之林。或谓其恬淡近石田，婉丽似蜕岩，豪放又兼得之辛、柳之间，盖出入宋人中，了无愧色。莫友芝更谓黎伯庸词在江阎、罗兆甡后所仅见，然引、令一道不能不为钟祥避舍，则可见其名藉藉称盛也

《续修四库全书总目提要·香草词五卷附鸿爪词哀思豪竹词菊花词集牡丹亭词》

张熙

张熙（1810?—1867）字子和，一字籽荷，浙江山阴人。历官江苏溧阳、宝山、兴化、丹徒等县知县。有《三影楼劫余草》，与储淳士《安素轩萍寄草》合为《平陵主客词》；另有《江南好词》一卷。

1. 杜文澜：

子和名熙，一字籽荷，山阴人。以父祖先后官江苏，侨寓白门，于城北筑园曰陶谷，为一时觞咏胜地。有六朝梅一树，词人争赋之。粤逆久跨，遂付劫灰。子和以纳粟官江苏，历署溧阳、宝山、兴化、丹徒各邑。幼即好为倚声之学，其友为刊《主客图》。后与丁萍绿诸君游，慕两宋风味，乃尽弃旧学，并素所得意句而摧烧之，别成精句为扁舟草数十阕。丁卯秋，余权江宁藩篆，子和自吴门至，穷愁抑塞，各无暇谈风月。旋以感时疾亡，伤哉。其词稿均散失，今以友人所留搜集之，仅得六阕。……子和颖悟，殊异常人，其〔浣溪纱〕一阕，神似草窗。〔鹧鸪天〕即追咏扬州军中事，“清时”一联，神来之笔，不可多得。〔法曲献仙音〕起二句，用入声处，考律极细，煞费苦心，气脉亦甚深厚。〔解连环〕、〔潇潇雨〕，一意清空，自有真意，得玉田之神。〔琵琶仙〕以老杜诗情写白石词旨，寻味无穷，皆卓然可传。乃所存止此，可为怅惘。

《憩园词话》卷四

2《兴化县志》：

张熙字志和，山阴监生，同治甲子权邑令，充恤嫠经费，捐廉置义冢地。性温雅，工诗词。

《兴化县志》卷十一

朱玙

朱玙（1811—1845）字葆瑛，号小莲，浙江海盐人。内阁学士朱方增女，内阁中书孔宪彝室。有《小莲花室词》（又名《金粟词》）一卷，附于《小莲花室遗稿》。

1. 况周颐：

海盐朱葆瑛玙《金粟词》，篇幅无多，笔端饶有清气。

《玉栖述雅》

吴平斋

吴平斋(1811—1883)字少甫，一作少青，号平斋，晚号退楼，别署愉庭、醉石、松叟。室名二百兰亭斋。安徽歙县人。举人，曾官居苏州知府。工书画篆刻，书学颜真卿，善画水山、花鸟。著有《两罍轩彝器图释》、《二百兰亭斋金石三种》。

1. 杜文澜：

吴平斋观察擅诗书画，亦长于词，独不轻作。同居十年，日共砚席。见余刻拙词，校刊《词律》，间一指点，辄中肯綮。却从未自作一篇，盖以柔旨媚音，恐贬诗格也。

《憩园词话》

丁至和

丁至和(1811—?)字保庵，一作葆庵，别号萍绿词人，江苏江都(今扬州)人。贡生。两淮盐运使方浚颐修《扬州府志》，聘为分纂，年已六十余。平生喜作词，为咸同之际淮扬、东台一带词人群之重要代表，与杜文澜、蒋春霖等为中坚词人。有《萍绿词》三卷、续一卷、再续一卷、补遗一卷，一名《十三楼吹笛谱》。

1. 丁至和：

余颇好为长短句，每拍一解，或十数日而后定，或十数月而后定，斤斤然蕲与古人相吻合。

《萍绿词自序》(《萍绿词)

2. 杜文澜：

丁保庵明经至和，一字萍绿，江苏江都人。幼即工词，老而益进，垂四十年，昕夕无间……所著《萍绿词》，一名《十三楼吹笛谱》，初刻于袁公路浦，后在余泰州佥判东台县幕，重为校刊。迨客兴化及回邗，又有再、续、补遗之刻，载入《扬州府新志》。其为词寝馈南宋，吸白石之神髓，而又得力于草窗，其佳处有玉田所不及者。协律极细，每拍一解，或十数日而后定，或十数月而后定，斤斤然蕲与古人相吻合，志亦专矣。

《憩园词话》卷四

3. 李肇增：

君于词托意深远而持律甚严，音节谐畅，又无宛转牵就之病。

《丁保庵词序》(《琴语堂杂体文续》)

4. 余焜：

〔江城梅花引〕

《十三楼吹笛谱》，保庵丈词集也，其词瓣香石帚，而南宋诸家无不深造堂奥，故能自成一家，近日词坛中巨擘也。余性好倚声，昕夕过从，得闻秘旨，觉从前所作皆可焚去，余所存者皆识保老后作也。保老今刊续集，属题此解。

无端多事是东风。太匆匆。感飘蓬。都把闲愁，吹入落梅中。倚遍雕阑芳草阔，碧云空。人何处，梦亦慵。　　垒巢燕子认前踪。渺湘波，帘数重。旧题彩笔，问几度、换羽移宫。十载旗亭，都唱玉玲珑。消瘦江南烟雨里，两三峰。伤春泪，比酒浓。

《玉藤仙馆词存》

5. 谭献：

萍绿著《萍绿词》，与《水云》齐名，胸襟未必尽同，填词甚有工力。

保庵颇以幽涩学石帚。（《箧中词》）

《复堂词话》

黄之驯

黄之驯（生卒年不详）字季刚，别号景碧山人，广东吴川人。有《宋人词说》四卷。

1. 杜文澜：

与丁萍绿至交，有黄季刚者，名之驯，广东吴川县人。幕游江南，无意求名，以词为性命。初学苏、辛，后改而致力于南宋。深慕王碧山，故自号景碧山人，志趣可想。著有《宋人词说》四卷，切磋三十余年，选存自作词六十五阕，均未刊。以其兄介存孝廉官山西介休县，复幕游山右，亡时年已六十有九矣。萍绿摘录其词寄示，余谓小令三阕，笔致轻倩。〔汉宫春〕、〔瑶华〕二阕，咏物无迹，舒卷自如。其择律之精，无俟称述，备录之，以质同赏。

《憩园词话》卷四

姚诗雅

姚诗雅（生卒年不详）字仲鱼，广东番禺人。官河南孟县知县，著有《景石斋词略》一卷、《醒花轩词稿》一卷。

1.《续修四库全书总目提要》：

陈澧谓其词似竹垞，今观集中，亦不尽同，其间时有奇警之语。〔减字木兰花〕《题黄山三十六峰长卷》末段云："青山如此，何日置身图画里。更约浮邱，一个峰头住一秋。"其〔菩萨蛮〕写珠江四时风景四首，亦五代〔南乡子〕之遗意，中间如"风来弦管急，水影灯光湿"、"花月共清凉，满天星斗香"、"两岸树婆娑，夕阳红处多"，皆精艳可诵。惟〔沁园春〕《恨》、《愁》、《情》、《梦》诸首，染南宋以来之恶习，令人生厌者也。

《续修四库全书总目提要·景石斋词略一卷》

许光治

许光治（1811—1858）字龙华，号羹梅，又号穗嫣，浙江海宁人。廪贡生，以授徒为生。通晓书画、音乐、篆刻、医药等，治《说文》尤精。擅长词曲。有《江山风月谱》(词、散曲各一卷)，外有《声画诗》、《放吟》、《红蟫香馆骈散体文》等。

1. 许光清：

顾余兄弟落笔不甚推敲，是以稿中复字疵句，往往而有。其所好尤在乐府，于《玉台新咏》、张小山小令皆手自抄录，故今所存亦曲胜于词，词胜于诗。然令享大年，所造或不止此。

《江山风月谱序》(《江山风月谱》)

2. 张德瀛：

许龙华光治词，如浅渚平流，纤鳞不起。海昌人，有《江山风月谱》。

《词徵》卷六

许宗衡

许宗衡(1811—1869)原名鲲，字海秋，江苏上元(今南京)人。咸丰二年(1852)进士，改庶吉士，散馆授内阁中书，迁起居注主事，浮沉郎署二十余年。宗衡长于古文，然不为桐城末派所囿，诗词亦擅。著有《玉井山馆诗集》、《玉井山馆文略》，词有《玉井山馆诗余》一卷。

1. 谢章铤：

近日古文，自梅伯言曾亮之后，众推上元许海秋宗衡。其文夷犹自得，不为桐城末派所囿，诗词亦入格。盖海秋固先治词赋，与以古文余力作韵语者不同也。词名《玉井山馆诗余》，中有二阕，最足感人。嗟乎，酒场歌板，举目沧桑，氛尘澒洞，此真回肠荡气时也。

《赌棋山庄词话续编》五

2. 谭献：

阅许海秋《玉井山馆诗余》，幽窈绮密，名家之词。(《复堂日记》戊辰)

海秋先生伤心人别有怀抱，胸襟酝酿，非寻常文士。(《箧中词》)

《复堂词话》

3. 徐珂：

莲生、海秋、鹿潭之作，大都幽艳哀断。

《近词丛话》

4. 冒广生：

上元许海秋中翰宗衡，负气伉爽，有不可一世之概。所著《玉井山馆诗余》，别有怀抱。虽稍近粗率，亦近词一大家。

《小三吾亭词话》卷二

5. 秦际唐：

金陵倚声之学，滥觞于南唐二主。历宋迄明，代有作者，至国朝而极盛。顺康之际，瑶星以山林逸老，东白以丰沛古家，掉鞅艺林，声实并茂。下逮乾嘉，紫珊、餐花二先生，高格远韵，模楷具存。青嶰、心庵、玉井三君，先后踵起，以念乱忧生之感，为意内言外之辞，上则嗣响《风》、《骚》，次亦抗衡汴、浙。芳泽所被，缬芷纫兰，唱和喁于，辇下称最。南中自遭寇乱，荡析离居，琐尾余生，不废歌咏。小雅怨悱，音凄以悲。亦越随州，奄有众美。综厥遗翰，异曲同工。惟哀弦独弹，性耻标榜。吉光片羽，读者惜焉。

《国朝金陵词钞序》（龙榆生《清词经眼录》引，《同声月刊》第一卷第十二号）

潘希甫

潘希甫（1811—1858）字补之，号保生，江苏吴县人。道光十五年举人，官内阁中书，升用主事。有《花隐庵词》一卷、词补一卷，附于《花隐庵遗稿》。

1. 杜文澜：

补之舍人希甫，为顺之太史介弟。乙未孝廉，官内阁中书，惜不永其年，勋业未展。余采河阳昆仲词，惟舍人《花隐庵词》未得见，仅于《词综续编》中见小令二阕，洵推作手。

《憩园词话》卷二

徐其志

徐其志（？—1860）字伯宏，号湛人。江苏荆溪人。诸生，候选训导。有《瑞云词》一卷。

1. 谢章铤：

《瑞云词》一卷，荆溪徐伯宏其志撰。伯宏词后自加评语，辄高自称许。顾其词多浅率，殆负才而不知所养者欤？

《赌棋山庄词话续编》三

黄德贞

黄德贞（生卒年不详）字月辉，浙江嘉兴人，孙曾楠室。有《擘莲词》，并辑有《彤奁词选》。

1. 沈善宝：

鸳湖黄月辉德贞，司李守正女孙，孙曾楠室，工诗赋，与归素英为词坛主持，共辑《名闺诗选》行世。著有《擘莲词》，余仅见西湖怀古〔莺啼序〕，词长不录。

《名媛诗话》卷一

2. 况周颐：

嘉兴女史黄月辉德贞，有《擘莲词》。……月辉女史时代在端木先生前，绮语之当忏除，已先言之。曷图闺彦，具此卓识。

《玉栖述雅》

汪曰桢

汪曰桢(1813—1881)字刚木，号谢城，又号薪甫，浙江乌程(今湖州)人。少承母教，敦行励志，精史学、算学。咸丰二年(1852)举人，官会稽教谕。曰桢为著名史学家、历算学家，著《二十四史日月考》五十卷名于世。又谙熟乡邦文献，编《乌程县志》、《南浔镇志》，为学界推重。喜填词，兼通音韵之学。著有《荔墙词》一卷,《随山宇方抄》一卷,《四声切韵表补正》五卷、《如积引蒙》、《荔墙丛刻》等。《荔墙词》，乌程汪氏清稿本，收词五十八首。

1. 周学濂：

守律谨严，自是学人本色。妙在能情景交融，题目佳境，以视翠微华馆之窒傀，翛然远矣。校读一过，僭拟之曰疏于梦窗，密于玉田，其蹊径于蜕岩为近何如？

《荔墙词跋》(《荔墙词》)

2. 蒋敦复：

学人之词，莲伯言是也。谓近蜕岩则未必然，蜕岩疏隽处多，荔墙绵密似不类。细意熨帖，铢两悉称，近来江浙词学盛行，谁似此洗伐功深之作？

《荔墙词跋》(《荔墙词》)

3. 张文虎：

不浅不深，每于澹中见隽，分明玉田家法；炼处则近中仙，时俗尖新纤巧之习，无一犯其笔端，知其洗伐者深矣。

《荔墙词跋》(《荔墙词》)

4. 劳权：

密丽中闲以疏隽，意度绝类南渡名家诸君。评语拟以玉田、蜕岩，殆非溢美。

《荔墙词跋》(《荔墙词》)

5. 张德瀛：

汪谢城曰桢词，如疏雨打窗，翛翛送响。乌程人，有《荔墙词》。

《词徵》卷六

6.《续修四库全书提要》：

周学濂、蒋敦复、张文虎、劳权诸家跋语拟之梦窗、玉田、中仙、蜕岩四人，皆未免过当……其和清真〔六丑〕、梦窗〔莺啼序〕，委婉有情致，殊不易也。又曰桢明于音旨，持律不苟，集中如〔钗头凤〕、〔红情〕、〔水龙吟〕、〔泛情波摘遍〕、〔风流子〕、〔六丑〕、〔戚氏〕诸调下，附论声律，语多精审，可与凌廷堪《梅边吹笛谱》、冯登府《月湖秋瑟》并传。

《荔墙词提要》

刘熙载

刘熙载(1813—1881)字伯简，号融斋，晚又号寤崖子，江苏兴化人。道光二十四年(1844)进士，改庶吉士，授编修，官至春坊左中允。后主讲上海龙门书院以终。《清史稿》有传。熙载幼颖慧，长博学，于六经、子史、天文、历法以及词曲等无不通，为晚清著名学者，于音韵学尤有卓识。著有《四音定切》、《说文双声》等，其《昨非集》卷四为词一卷，三十首。《艺概》卷四为《词概》一卷，为近世论词名著。

1. 刘熙载：

词要有家数，尤要得未经人道语，……余词不工，却间有自道语。

《昨非集自序》

2. 谢章铤：

《艺概》自诗文及经义皆言及，中有《词曲概》，虽或为古人所已言者，抑言之而或有可商者，如谓晚唐五代为变调，元遗山集两宋之大成，予皆不能无疑。而精审处不少，不可废也。

《赌棋山庄词话续编》三

3. 继昌（李佳）：

江西刘熙载，官翰林，讲理学，颇能词。

《左庵词话》卷上

4. 陈廷焯：

近时兴化刘熙载论词，颇有合处，尚不染板桥余习。

《白雨斋词话》卷六

5. 沈曾植：

止庵而后，论词精当，莫若融斋。涉览既多，会心特远，非情深意超者，固不能契其渊旨。而得宋人词心处，融斋较止庵真际尤多。

《菌阁琐谈》

6. 王国维：

止庵词颇浅薄，潘、刘尤甚。然其推尊北宋，则与明季云间诸公同一卓识也。

《人间词话·删稿》

徐鸿谟

徐鸿谟（1813—1864）字若州，号楷存，一号醒斋，浙江仁和人。贡生，官扬州同知。有《簷葡花馆词》二卷，与同名诗集合刊。

1. 张德瀛：

徐若洲鸿谟词，如十笏茅庵，时闻清磬。仁和人，有《簷葡花馆词》。《词徵》卷六

周作镕

周作镕（1813—1860）一名在镕，又名文同，字陶斋，一字潇碧，浙江乌程人，原籍苏州。廪生，官江苏丹徒县知县。工书画，有《潇碧词》（又名《蕢月词》）一卷，刊于《词学季刊》第二卷第四号。

1. 杜文澜：

周陶斋大令作镕，一字潇碧，湖州人。幼岁游庠，食廪饩，纳粟官南河，擢江苏知县，一署丹徒。卸篆后，因案被劾，人皆惜之。素工书画，尤擅长于词，与丁保庵、蒋鹿潭游，深究格律。

《憩园词话》卷四

2. 冯煦：

戊辰暮秋，交陶斋于京口，予年二十许，陶斋长于十余龄，犹惨绿年少也。温雅善诙谐，清言娓娓，尝倾其座人。书法董香光，画法黄左田，尤工于词，出入碧山、玉田间。所居面大江，金、焦两点，凉翠扑眉宇。霜月在地，市声在寂，惟闻风涛喧豗过枕上。予与陶斋凭短几，瀹苦茗，纵论南北宋词家流别。间为小令相娱乐，含风茹骚，如怨如慕，荒伧驵侩，奔走其际者，不知予与陶斋作何语，辄相目而笑，予与陶斋亦自笑也。予赠陶斋诗有“六代兴衰京口重，半生哀乐广陵多”之句，陶斋亟赏之。咸同之交，淮海间多词人，若江阴蒋春霖鹿潭、江都丁至和葆庵、甘泉李肇增冰叔、郭夔尧卿并为倚声家泰斗，而尝盍簪于吴陵。酒边花下，赓唱迭和，一篇脱手，争相传写。陶斋颉颃诸子间，跌宕自喜，与鹿潭、葆庵尤有笙磬之翕，故所诣益深。明年陶斋他调，予亦之建康。后数年，陶斋权知丹徒县事，去官。又数年，遇陶斋吴中，意绪牢落，多肮脏不平语，非复京口相见时矣。既北征，谒许恭慎师，知陶斋已为陈人，为于邑者久之。庚申羁淞曲，其孤文凤始以陶斋所为《蕢月词》一卷丐为之序。忆初与陶斋相识，忽忽五十年。陶斋宰木既拱，淮海间词人亦零落无一存者。玄黄澒洞，万象皆非。而予颓然一老，饰巾待尽，犹得序陶斋之词，俯仰之间，都为陈迹。读陶斋词者，当知我别有怀抱耶！

《蕢月词序》(《词学季刊》第二卷第四号)

钱国珍

钱国珍（1813—1865 后）字子奇，号寄庐，江苏江都人。道光二十九年（1849）举人，官浙江安吉县知县。有《寄庐词存》二卷。

1. 陈宇：

〔法曲献仙音〕《题钱子奇〈寄庐词〉》

帘影横波，鬓丝飘雪，巷陌歌声犹度。困倚书床，醉便琴荐，沉沉半窗寒雨。就脆管，哀弦里，思量断肠句。　尽抛去。待拈来，又逢梅萼，重问讯、江上旧游伴侣。展卷意萧疏。甚年年、同感羁旅。过眼飞云，恁天涯、吹散还聚。但尊前顾曲，不似少年情绪。

《剪梅词》

2. 杜文澜：

江都钱子奇大令国珍，以名孝廉出任吾浙安吉县。工诗词，刻有《寄庐词存》。余并得其友所抄未刊稿，细读之，一意清真，不为格律所拘，而能扫尽绮靡之弊，洵传作也。

《憩园词话》卷六

3. 谢章铤：

《寄庐词存》二卷，江都钱子奇国珍撰。其词长调气颇疏宕。

《赌棋山庄词话续编》三

4.《续修四库全书总目提要》：

是编前有庄忠棫序一篇，畅论清词。国珍与黄春谷、汪冬巢、许海秋诸人相往还，汪、庄二氏，词学精深，故国珍之词亦苍凉跌宕，神气在稼轩、白石之间。集中如〔满江红〕芦沟晓月、焦山春望，〔祝英台近〕旅怀，〔踏莎行〕江村秋夜，〔买陂塘〕十刹海秋日观荷，〔满江红〕哀钟小亭力战捐躯，〔金缕曲〕悲金陵、悲扬州，〔唐多令〕、〔齐天乐〕题汪潮生词集，或淋漓慷慨，或婉转凄凉，工力之深，于斯可见。中间虽偶有游戏率尔之作，不足以损其全体也。

《续修四库全书总目提要·寄庐词存二卷》

龙启瑞

龙启瑞（1814—1858）字翰臣，广西临桂人，道光二十一年一甲一名进士，授翰林院修撰，累迁至江西布政使，卒于官。长于音韵之学，著有《古韵通说》，其诗词杂文别为《经德堂集》。近代以经师工词者，以龙氏为最著。

1.《续修四库全书总目提要》：

启瑞长于小学声韵，而词亦优柔闲雅，虽无曲折幽深之诣，而清新秀丽，自足名家。……经生词中，无生涩迂腐之弊者也。

《续修四库全书总目提要·汉南春柳词一卷》

2. 卢前：

〔望江南〕

书羁旅，谱慢始耆卿。春柳汉南多画本，喜从行役写闲情。小令偶天成。

《饮虹簃论清词百家》（《清名家词》）

3. 秋梦：

余乡龙翰臣方伯工诗、古文、词，著有《经德堂诗文集》若干卷、《汉南春柳词钞》一卷，皆入古人堂奥。

《绮霞轩诗话》

黄宗彝

黄宗彝（1814—1862）原名燏，字肖岩，福建侯官人。诸生。有《婆娑词》一卷。

1. 丁绍仪：

《斫剑词》为侯官刘君芑川家谋作……黄君肖岩宗彝亦侯官人，有《婆娑词》……二君词均学辛、刘。

《听秋声馆词话》卷十六

2. 谢章铤：

肖岩自台湾移书曰：“客里无聊，取读词律，略有兴会，依谱填之，未知顽铁有可铸否。”词调〔贺新郎〕曰：“抱尽风骚怨。想谢郎、近时心事，如何安顿。醉酒高歌聊复尔，岂是我生始愿。况逐队、舞衫歌扇。博得红颜心肯许，算多情、一样承恩眷。人世事，那堪问，相思难觅飞鸿便。只堪怜，自家愁绪，自家排遣。我本情怀多感慨，莫道都因贫贱。倪寄意、又无人见。此恨消从何处去，恐东风、错认旧时面。肠千转，心一片。”余报书曰：“读大作，惊喜欲狂，以手加额者三四。闽中词学，宋代林立，元明稍衰，然明人此道本少专家，昧昧者盖不独一隅。特怪国初渔洋、羡门、迦陵、竹垞诸老，南北提唱，一时飙发泉涌，电掣云屯，倚声一途，称为极盛，吾闽卒无特起与之角立者。即二丁勉强继响，顾附庸风雅，不足擅场。近时叶小庚太守，著书数十卷，先型略具，宗风未畅。许秋史秀才用笔清秀，颇有姜、史遗风。其所刻《萝月词》，后半气体，比前半加宏，使培充磨砻，未必不转而愈上。天不假年，无由臻于大成，惜乎。词律留以备考，颇非占毕善本，芑川前年曾于《词综》中选钞一卷，取读之当必有进。且芑川所录，豪宕多而工致少，初学作词，每患体调拘束，得其梗概，真可以伸缩如意，然后再求熨贴，所谓能用调而不为调用者，则善矣。近日词风，浙派盛行，降而愈下，索然无味。词之真种子，殆将没于黄苇白茅中矣。足下勉之。”后寓信芑川，属其怂恿左右。芑川复书曰：肖岩词如昙花一现，近又在若有若无之间。嗟乎，肖岩之不欲以雕虫小技胜人如此。（卷四）

肖岩自台湾归，复之宁洋。壬子夏，余于菁城读其词一卷，兼揽南北宋之胜，传作也。（卷六）

肖岩词则作于渡海以后，故名曰《婆娑》，婆娑者，海曲也。其意欲寻源于古乐府，而参以《子夜》、《读曲》之法。惜未竟其业，而饥驱东西，目击祸乱，卒以多愁而陨，悲夫！然所作实能岸然自异，不逐时风。（续编卷五）

《赌棋山庄词话》

3. 谢章铤：

朝出门，闻诸途曰“昨夜告急，羽书至若干矣。”夕出门，闻诸途曰“某日交绥败，而死而走若干矣。”太息而归，归而妻曰：“吁寒甚，榹无衣，床无被矣。”儿曰：“吁饥甚，厨无米，灶无薪矣。”言未终，或叩于门，伏而窥之，则索逋者。乃蛇行，登床危坐，戒妻儿婉辞焉。迟久始去，方下床，剥啄又作，惊怛不遑。忽其人扬言曰：“是我也，主人在家否？”谛听则吾交好某某也。大喜，开门延之，入瀹苦茗，挑灯促膝坐。始而述家况，其声呜呜然；继而谈时事，其声嚣嚣然。既乃出所作文字相示，相对读，其声振振然。于是披抉古今，低昂作者，其声欣然，凄然，纷纷然，渺不知其处何地，置身何等也。嗟乎，以此填词，词安得工？虽然，当此之时而奈何，尚以其词为也。此吾读肖岩之词所以奋袖起舞，傍徨四顾而不能自已也。

《肖岩婆娑词序》（《赌棋山庄集》文集卷一）

周寿昌

周寿昌(1814—1884)字应甫，一字荇农，晚号自庵，湖南长沙人。道光二十五年(1845)进士。选庶吉士，散馆授编修。咸丰二年(1852)擢侍读，转侍讲，充日讲起居注官。同治五年(1866)迁庶子，充实录馆纂修，九年迁侍讲学士，升詹事，署户部左侍郎。光绪二年(1876)迁内阁学士兼礼部侍郎。四年，以足疾告归。著有《思益堂诗集》、《古文》、《骈文》，有《思益堂词钞》一卷，附诗钞后，后王先谦选入《诗余偶钞六家》，凡一百零二首。

1. 周寿昌：

吾词不主故常，用自娱而已；然清妙处自谓不减宋人。

王先谦《诗余偶钞序》引（《虚受堂文集》卷五）

2. 继昌（李佳）：

长沙周自庵阁学寿昌，〔卜算子〕云云，小令最宜清婉。又〔烛影摇红〕云云，半阕中，几多转折，善用曲笔。〔水龙吟〕云云，意亦翻新。

《左庵词话》卷上

3. 张德瀛：

周自庵寿昌词，如枯荷得雨，点滴分明。长沙人，有《思益堂词钞》。

《词徵》卷六

4. 卢前：

〔望江南〕

陈言去，义法故通同。思益犹能以理胜，别存一格在当时。瑚网未能遗。

《饮虹簃论清词百家》（《清名家词》）

5.《续修四库全书提要》：

〔卜算子〕……〔南乡子〕……皆深秀之句，殊可爱也，惜全篇多不相称，然寿昌究心史学，固不以词重也。

《思益堂词钞提要》

承龄

承龄(1814—1865)字子久，一字尊生，满洲裕瑚鲁氏，满洲镶黄旗人。道光十六年(1836)恩科进士，官至贵州布政使。承龄为晚清八旗词人名家，著有《大小雅堂诗》四卷,《冰蚕词》一卷附。

1. 潘曾玮：

友人承子久仪部好为词，尝与余上下其议论，自三唐、两宋讫于元之季世，条分缕析，来尝不以余言为然。盖子久与余皆取法于张氏。

《潘曾玮刊周济词辨序》

2. 左绍佐：

曼朱词家，曩许成容若，嗣承子久《冰蚕词》，南皮制府诸钜公多称并美纳兰，乃《饮水》淡远胜，《冰蚕》字句玉缀珠联，惜少精意内蕴。

《秦筝词跋》(《左庵诗余·秦筝词》)

3. 继昌（李佳）：

八旗词家，向推纳兰容若《饮水》、《侧帽》二词，清微淡远。嗣嘉道间，子久方伯承龄著有《冰蚕词》，一时许为作家。然音调雅谐，犹嫌意少。咸同间有姚秋士比部斌桐，亦工填词，遗有《还初堂集》，清丽芊绵，似出子久方伯之右。近则郑叔问中翰文焯，刻有《瘦碧词》，才名著闻江南，此外罕闻有专集。

《左庵词话》

4. 徐世昌：

南皮张文襄视学四川时为《书目问答》，举国朝词人仅六家，满洲居其二，而尊生《冰蚕词》与焉。尊生之词固可与容若并存，诗亦清新雅捷。

《晚晴簃诗话》

5. 张德瀛：

承子久龄词，如就驾銮仪，矜栗竦峙。满洲人，有《冰蚕词》。

《词徵》卷六

6. 陈声聪：

满洲词人，道咸间承子久龄有《冰蚕词》，其〔采桑子〕云："永丰坊里寻常见，瘦削腰肢。双燕来时。一剪春风万柳丝。　江南花事凭人说，开到荼蘼。莫绾相思。如水春愁总未知。"〔蝶恋花〕云："日日江楼愁独凭。潮去潮来，旧恨难重省。百折千回流不尽，斜阳一桁珠帘影。　海燕归时花径暝。月色银黄，照见双栖稳。一霎春寒催酒醒，春来料理伤春病。"风情柔曼，又何减《饮水》也。

《读词枝语》(《填词要略及词评四篇》)

7. 《续修四库全书提要》：

其词精深芊丽，浸淫入古，令曲遥接南部诸贤之绪，慢词亦深得草窗、碧山之法，较以《饮水》，伯仲之间耳。张文襄《书目答问》收入清词甚少，而不舍《冰蚕》，亦以其纯正也。

《冰蚕词提要》

8. 卢前：

〔望江南〕

怀渌水，词客八旗俱。侧帽风情年少事，冰蚕骖靳足相于。隽语吐如珠。

《饮虹簃论清词百家》(《清名家词》)

王庆勋

王庆勋(1814—1867)字叔彝，号椒畦，上海人。王寿康子。家素封，以浙江候补道权严州(今建德)知府，卒于任。工诗能书。事迹考见《感逝集》(一名《蜕翁所见诗录》)及《海上墨林》等。善词，亦系“浙派”余波，而略见绮丽，为沪渎“海派”词风沾染者。著有《诒安堂诗余》、《沿波舫词》、《庐洲渔唱》、《梅嶂樵吟》。

1. 蒋敦复：

叔彝阔达敏干，有经世才。海运捕盗，积功官太守，人品似张于湖，词亦似之。

《芬陀利室词话》卷二

2. 蒋敦复：

〔齐天乐〕《题王叔彝寄深写远斋诗余》

瑶波淡写湘妃怨，美人洞箫声起。霜籁泠泠，烟痕渺渺，一片碧山花外。幽怀漫寄。听低唱微云，袖双扶翠。惨绿垂杨，丝丝金缕画船檥。　　鲈乡便携俊侣，鸥边清事足，销尽罗绮。红烛填词，青楼侧帽，那许年芳如水。银湾影里。问何处琼楼，峭风仙佩。梦去罗浮，月明骑凤子。

《碧田词》(《芬陀利室词》卷二)

3. 邹弢：

上海王叔彝观察庆勋为道咸时名士。与秦次游光第、张筱峰鸿卓、吴清如嘉洤等中兴词学，著有《诒安堂诗余》三卷。平生极服苏辛，故集中多豪迈之作。

《三借庐笔谈》

姚斌桐

姚斌桐(生卒年不详)字秋士，汉军正白旗，襄平(今辽宁辽阳)人。道光十六年(1836)进士，官兵部职方司主事。为人冷隽孤洁，不与时俯仰，贫且困。不得迁，以不中寿而卒于官。著有《还初堂词钞》一卷。斌桐尝往来于吴、越、楚、黔，遍历名胜，其词得山川良秀之助。道光二十七年，吴县潘曾玮从杨简侯处觅得其词，为之辑刻行世，只存四十余首。

1. 潘曾玮：

秋士为人，冷隽孤洁，尝来往于吴、越、楚、黔，遍历名胜，胸次洒然，其为词，沉微悱恻，无世俗温蠖之态。

《还初堂词钞序》

2. 谢章铤：

《还初堂词钞》一卷，襄平姚秋士撰。〔清平乐〕云云，〔河传〕云云，〔齐天乐〕云云，西北质直，其音伉爽，此则款款入情矣。秋士虽北产，尝往来于吴、越、楚、黔，尽览其山川。集中有〔洞仙歌〕怀旧词八阕，纪其所经名胜。

《赌棋山庄词话续编》四

3. 继昌（李佳）：

八旗词家，向推纳兰容若《饮水》、《侧帽》二词，清微淡远。嗣嘉道间，子久方伯承龄著有《冰蚕词》，一时许为作家。然音调雅谐，犹嫌意少。咸同间有姚秋士比部斌桐，亦工填词，遗有《还初堂集》，清丽芊绵，似出子久方伯之右。近则郑叔问中翰文焯，刻有《瘦碧词》，才名著闻江南，此外罕闻有专集。（卷上）

姚秋士词……意多凄恻。（卷下）

《左庵词话》

4.《续修四库全书总目提要》：

斌桐……一生不遇，年未中寿，故写忧散郁，多见乎辞，惜工力未深，时露浅俗，而少年艳语，亦嫌轻绮，固不能上比《饮水》，下逮《冷红》，即较以《冰蚕》，亦逊其雅正也。

《续修四库全书总目提要·还初堂词钞一卷》

刘家谋

刘家谋（1814—1853）字芑川，一字仲为，别号外丁卯桥居士，福建侯官人。道光十二年（1832）举人，官广东宁德、台湾县学教谕。有《斫剑词》一卷，附于《芑川先生合集》。

1. 丁绍仪：

《斫剑词》为侯官刘君芑川家谋作。……黄君肖岩宗彝亦侯官人，有《婆娑词》。……二君词均学辛、刘。

《听秋声馆词话》卷十六

2. 谢章铤：

芑川有《斫剑集》，短调如〔钗头凤〕、长调如〔金缕曲〕寄李少棠敬、寄黄肖岩宗彝，皆可以右挹苏、辛，左联秦、柳。（卷一）

亡友芑川……又素爱李后主，每读其词，辄太息，尝与余立题分咏，余颇訾南唐之失政，芑川见之，愠曰：“若此多情人，岂可不从末减乎？”（卷七）

《赌棋山庄词话》

陈良玉

陈良玉(1814—1881)字朗山，号铁禅，辽宁铁岭人，隶汉军镶白旗广州驻防。道光十七年(1837)举人，候选教谕，升知县。丁母忧，归，后不复有仕进之意。事迹散见《八旗画录》等。少嗜学，熟史部，工书法，亦擅写意墨荷。善诗，工倚声。著有《梅窝诗钞》、《虞苑东斋词钞》、《梅窝遗稿词》(又名《梅窝词钞》)、《荔香词钞》。其词存四十七首，慢词居多。

1. 陈澧：

寒灯浊酒送残年，把卷长吟更惘然。

酩酊市楼飘蜡泪，凄凉城角感烽烟皆集中语。

一官又去八千里，此地由来五尺天。

北阙龙吟前日事，为添哀怨入冰弦。

《壬戌腊月之杪，读朗山宗兄〈荔香词〉，书后，即送之官通州》(《荔香词钞》)

2. 汪瑔：

咸丰壬子人日，许孝廉�光招集李庄赏牡丹，始识陈君朗山于坐中。是日，余被酒议论，姿发不能自休，座客皆愕眙相视，君独欣然无所忤。因相与纵论，及国初诸家诗，君又心折竹垞，与余意合，遂欢笑不能止。人皆目余为狂生，并窃议君，而吾两人不顾也。秋九月，复相见于杜子季英所，季英短竹垞诗，余与君互争之。至于论词，则交推竹垞，并及樊榭为国朝巨手，谓瓣香所在，宜宗之。时余见诗，未知君能为词，因索观，出所著《荔香词》，则仅一卷，数十首耳。而清真婉约，足以上追朱厉，欣赏不置，而君击节余所为词亦不啻。余生长羁旅，无师友渊源之益，所为何足道？然于词法亦尝窃求之矣。世之言词者皆曰清空，彼亦知何者为清空乎？司空《诗品》曰：浓者必枯，浅者愈深，此即清空之说也。必先有搓酥滴粉、裁云风月之功，然后澄之而清，化之而空，乃不为剽浅，不为疏孱。北宋词人尚已，南渡而后虽稍变，然文质相传，亦犹北宋耳。竹垞、樊榭寝馈两宋，遗貌而取其神，所以能雄视一世。今君之词，胎源于宋，而得力于宋末元初诸人为多。故虽不多作，自有可传之理，即不遽等之朱厉，视世之轻于为词者，固已远矣。余世之所谓狂生也，感君矜许之厚。又相识不久，以君赴春官复别去，意不能无言，辄不自量，杂述缔交之始，与余平昔论词之意，为《荔香词钞》序。属季英以质君，君其许为知言否乎？

词贵清空，固然。然非世俗所谓之清空也。此序所论深中肯綮，然搔头顾影者，世亦不乏。其有不误会搓酥滴粉之语，而沾沾自喜者，吾又为之扼腕矣。木末庵主识。

《荔香词钞序》（《荔香词钞》）

3. 汪瑔：

至于论词，则交推竹垞并及樊榭为国朝巨手，谓瓣香所在，宜宗之……梅窝词……清真婉约，足以上追朱厉。

《梅窝词钞序》（《梅窝词钞》）

4. 陈璞：

余少嗜诗，而不解词。及读宋元诸家词，亦嗜之，而卒不能为。于颜子虚半园初识君，君时固藉甚以词称也。余乃稍稍效颦，而亦卒不当作。同治纪元，君过余息园，出所为《荔香词》示余，且索叙。余自问词学殊浅，乃以余为知词耶。顾余尝谓诗至宋而穷，宋人之词乃宋人之诗也。其情韵悠远，意致深婉，与唐人诗无异。迨元初词人，多宋代遗老，沧桑黍离，缠绵悱恻一托乎倚声。厉太鸿称为清湘瑶瑟，一唱而三叹，则尤几几乎风雅之遗矣，唐人诗已焉哉。是论也，君尝颔之。今君生长海峤，遭时轗轲，困抑无憀。近十数年又值戈甲抢攘，转徙兵间，是以酒酣耳热，抚时感事，诗人怀抱悉以词发之。泠泠焉，如秋林晚风；淅淅焉，如空阶夜雨，聆之者不觉感怆而不能自已。此与宋元名家相遇，以天不同貌合。至于国初词，推朱厉两家，殆取其体制雅逸，风调蕴藉耳。非其本也。秋七月，飓风陡发息园，水高二尺，所藏书籍飘没大半，而君之词独得捡拾于惊飙沸浪中，真精所寄，非浩劫所得磨灭，信有征已。因复申前说，书以复君，君仍颔之否？

《荔香词钞叙》（《荔香词钞》）

5. 潘飞声：

仓皇烽火走山川，白发归来负酒泉。

尽洗词家浓丽习，铜琶铁板唱霜天。

《论岭南词绝句》二十首（《古今文艺丛书》）

6. 邱苇萲：

诗法杜、韩，词宗朱、厉，命意孤往，别有一种自得之致。气度魄力，在晚近中诚一老手。

《五百石洞天挥麈》

7.《续修四库全书提要》：

词集……慢词居多，有清雅处，有精整处，有奔放处，盖宗法朱彝尊、厉鹗者。……要而论之，词效朱、厉，取法乎下也；效南宋，取法乎中也；效唐余、北宋，取法乎上也。良玉专效朱、厉之词，宜其不纯粹也。

《续修四库全书总目提要·梅窝词钞一卷》

杜文澜

杜文澜(1815—1881)字小舫，浙江秀水(今嘉兴)人。诸生。入资为县丞，经太平天国战事，以功晋布政使衔，官两淮盐运使。杜氏为咸同年间泰州、兴化、东台地区词群之核心人物。著有《曼陀罗华阁丛书》，词有《采香词》四卷。又撰《憩园词话》六卷，为清代词学重要著作，并著有《词律校勘记》二卷、《词律补遗》一卷，重刊吴文英、周密二家词，后附己作八十余首。

1. 李肇增：

公以簿领之暇，敦悦诗书，天情流焕，时命豪牍，闳意眇旨之论，见志观变之言，野会川冲，纷其造述。而风流艳发，擿病捶声，运神锋于鼻端，析纤芒于棘刺，大不遗细，音不害情。庄生言鸣而当律，孟坚谓有恻隐，古诗之义，其公之词乎？夫掎摭句韵，刻镂芳华，号彼壮夫，或诋小道。然尧章歌曲，隐黍离之感；同甫平生，抗中兴之疏。词士深约，义概存焉。骚雅以还，信未可以靡靡訾矣。又况欧范诸公，比物荃荪，非无丽语，宅心钟鼎，卓建大猷。往烈未泯，公其接迹，海内作者，或以余为知言否也。

《采香词叙》(《采香词》)

2. 如山：

繄！夫阳春白雪，律协于郢歌；北渚秋风，辞鸣于楚些。长言托风诗之始，哀艳本乐府之遗。洎乎近代，别曰倚声，审体则云璈善谐，类情则露兰自馥，义出于幽沉，言归于隐秀，盖非导源夔石，未由嗣响凤韶已。小舫杜君，幼禀苕霅之秀，长揽吴越之胜。鸳湖花暖，青雀携春；萤苑藓荒，紫箫怨暝。或长涂橐笔，静夜囊琴。击处仲之壶，咳唾并玉；节子登之磬，心骨皆仙。既而皖江命棹，汉皋啸侣，船溽浪白，篷背山青，狎客则沙凫一双，美人则烟鬟十二，清抱所寄，遐唱方滋。重以汀若赠香，岸葭溯趣，小姑黛淡，彭郎月凉。危楼黄鹤，魂屡招而未归；芳草青莺，恨终古兮畴诉。戈鋋则同时洗雨，江山以无聊笑人。君握奇余勇，持筹暇晷，青简则班班就核，红盐则昔昔工吟。诸葛纶巾，风雅自足；征南武库，家声斯在。于是侔色靡芜，希音灵琐。绿水坐愁之弄，媲美西汉；前溪读曲之奏，擅誉南朝。采香自怡，瞻前谁匹？……飞来秘笈，如聆迦陵之和；憾后绮缘，尚托天花之灿。啖蜜而中边皆澈，咀霞则齿颊亦芳。

《采香词序》(《采香词》)

3. 谢章铤：

秀水杜小舫文澜词清笔婉，言外殊多感慨。……小舫曾重刻吴梦窗、周草窗二家词，搜罗校对颇备。自著《采香词》即附刻于其后。又有《词律校勘记》，亦足弥红友之缺，皆肄业所不可少之书也。

《赌棋山庄词话续编》五

4. 俞樾：

工为小令，因万红友《词律》宗《花间》、《尊前》之典型，辟《啸余图谱》之纰缪，有功词学不浅。而大辂权舆，容有疏略，著有《词律校勘记》，为红友弥缝其隙。故读君《采香词》二卷，格律精严，合于紫霞翁之《作词五要》。

《杜筱舫观察六十寿序》(《春在堂杂文续编》卷五)

5. 俞樾：

杜筱舫方伯为词场老斲轮，所著《采香词》，深入宋贤之室。

《杜小舫重刻宋七家词序》(《春在堂杂文三编》卷三)

6. 江顺诒：

万氏有功于词学，杜氏又为万氏之功臣。虽其书《词律校勘记》知声而不知音，然舍此别无可遵之谱，则《校勘记》之不可少也明矣。然律之一字，究非音律之律，亦非律例之律，不过如诗之五七律之律，不如仍名为谱之确也。

《词学集成》卷二

7. 张德瀛：

杜小舫文澜词，如四壁秋蛩，助人叹息。秀水人，有《采香词》。

《词徵》卷六

8. 周曾锦：

昔谭仲修谓蒋鹿潭“咸丰兵事，天挺此才，为倚声家老杜”，斯言当矣。与蒋同时唱和而工力悉敌者，有秀水杜小舫文澜。其《采香词》二卷，八十二首，几于首首可传，不能选录……读蒋、杜二公之词，觉白石、梅溪，去今未远。天挺二老于咸同之际，亦词界之中兴也。

《卧庐词话》

9.《续修四库全书总目提要》：

其词字句精整，而气机流走，自是作家。《卧庐词话》云：“昔谭仲修谓‘蒋鹿潭，咸丰兵事，天挺此才，为倚声家老杜。’斯言当矣。与蒋同时唱和而工力悉敌者，有秀水杜小舫。其《采香词》二卷，八十二首，几于首首可传……读蒋、杜二公之词，觉白石、梅溪，去今未远。天挺二老于咸同之际，亦词界之中兴。”以文澜与春霖并称，似乎言过其实，然蒋词博大，杜词精整，各有所长，未可忽也。

《续修四库全书总目提要·采香词二卷》

10. 卢前：

〔望江南〕

收藏富，忖度亦劳心。秀水人才先辈在，有时拥鼻一沉吟。造语密而深。

《饮虹簃论清词百家》(《清名家词》)

王拯

王拯（1815—1876）原名锡振，字定甫，号少鹤，又号龙壁山人，别署茂陵秋雨词人，广西马平人。道光十七年举人，二十一年（1841）恩科进士，官太常寺卿、通政司通政使。拯师事梅曾亮，与龙启瑞、邵轶辰等交往密切。拯为晚清粤西名家，词开近代粤西词群之先声。著有《龙壁山房文集》、《诗草》，有《龙壁山房词》五卷，内含《茂陵秋雨词》四卷，《瘦春词》一卷。

1. 张金镛：

余与王子定甫为同年生，一星终矣。初闻馨逸，未数晨夕，中更别离，益感邈旷。岁在壬子，君旋自戎幕，键户扫轨，沉鳞羁羽，影响斯合，僦居相望。还往梭织，蔬飧檗酒，率穷欢妍。所为诗歌，获饫汁沥，爰出倚声，授余掎摭。方意悦魄，古愁动魂，铢黍不忒，情旨毕罄。方诸两宋，洵可高揖清真，平视圣与。牧之序昌谷诗曰："云烟绵联，不足为态。"又曰："春之盎盎，水之迢迢。"以语君词，讵云多让。定甫复言词虽小技，壮夫所嗤，而当指物索神，造意搜状，刿肝钵肾，其伤实多，自苦何为，将矢弗作。余曰：唯唯，鄙生亦云，不惟吾子。百年躄躄，生也有涯，而以感怨刺怼，劖刻造化，既违和平，更促年寿，屏置弗事，亦延命之一诀也。虽然余与定甫解后相依，迹若蛩駏，幽室华烛，残杯冷炙。当其落木击牖，斜月移幌，结心沉冥，时或叹诧，悲愉颠倒，拉杂无端。他日者，雨绝云乖，故人入梦，追维此乐，窈窈在目，发之音声，必有不自禁者。定甫之词，其能已于是耶？

《龙壁山房词序》（《龙壁山房词》）

2. 王拯：

骚赋兴，而《诗三百》之作者亡。河梁五言作，而骚赋之作者又亡。风会代殊，体制各异，独其真意往往寓乎其中，屡变而弗渝，则自《三百篇》以至骚赋五言之作，其义一也。唐之中叶，李白沿袭乐府遗音为〔菩萨蛮〕、〔忆秦娥〕之阕，王建、韩翃、温庭筠诸人复衍推之，而词之体以立，其文窈深幽约，善达贤人君子恺恻怨诽不能自言之情。论者以温庭筠独至，而谓五代孟氏、李氏为新流所肇端，秦观、柳永、黄庭坚、辛弃疾而下罕所直矣。吾于庭筠词不能皆得其意，独知其幼眇为制最高，而于孟、李及秦、柳、苏氏之伦，读其至者，一章一句之工则含咀淫佚，终日不能去。盖吾以得吾意之所惬而已。道光二十三年六月，遘张宜人丧，僦居萧寺一年，幽忧多疾，举百不事，事事亦辄不能终，竟独以词之文小而声哀，为足以发吾胸之所郁塞也。数为之，或喜、或悲、或累欷为之雪涕，顾其才或不逮，则又不能毕达其中之所难言，于是废然复亦不能终竟其事。检所为者将三十篇，录而弃之，盖有不能慭置焉者。然自是当绝去不复为。呜乎！方余之为是也，尝悄然独居，块然而无所为。僧梵昼寂，寒风送秋，庭树飕飗，木叶尽脱，一展卷间，而此景犹凄然在目也。

《忏庵词稿序》（《龙壁山房诗文集·文集》卷一）

3. 王拯：

《茂陵秋雨词》者，大都山人病余之作也，始自潘岳悼亡之岁，洎乎王粲从军之年。往往床空竹簟，药裹金疮，哀动长言，感存微旨。其间中年恶疾，远道沉痾。皋桥赁庑，伯鸾则永噫而歌；樵泾负薪，翁子乃同声以唱。其创益甚，所作实多。夫词虽小文，道由依永。情文缭绕，家风既愧碧山；声谱荒唐，工匠大惭红友。爰事删夷，都为斯集。寓香草美人之旨，感冀骚人；聆钧广乐之音，犹疑梦呓。呜呼！倦游老矣，依然渴疾难消；薄宦无憀，惟是幽忧长抱。则相如自比，原非有托于其它；使去病当年，敢望何如之借问乎？

《茂陵秋雨词自序》（《茂陵秋雨词》）

4. 王拯：

庚申之秋，曾刻《龙壁山房词草》二卷。自维倚声一事，本强作解人，聊以宣幽导郁，不自爱重，遂亦不甚检点，声谱荒唐，而音韵尤非素习也。中年以往，精力渐疲，文辞潦倒，亦颇知自悔艾，乃以滦阳再役。比辛酉秋，重有悼亡之戚，往往情不自禁，独弦哀歌。虽声文幼眇之间，依然卤莽从事，而用律用韵，时较前刻稍知谨慎，抑不知果能免咎戾否？惜冉冉老矣，即此文章最小技，而戒弃一再不能屏绝，迄又靡所成就，为忆响所酬和。若梦玉、海门，死丧离别，罔可就正，爰自搜检，复为两卷，付之手民，仍附庚申所刻之后，聊志年来不憀心迹云。

《茂陵秋雨词自记》(《茂陵秋雨词》)

5. 陈祖望：

少鹤仁兄与不佞定交卫郡，今五年矣。中间别而复合者再，不知其工倚声。今秋省墓南还，出示此卷，清丽芊绵，于白石、玉田为近，小令亦骎骎上追五代北宋诸公。从此以造于自然，又乌能测其所到耶？乃知通才固无所不可，彼囿于偏长者，皆才有所不逮。自中有〔满江红〕一阕，见怀次韵，别纸录程。

《茂陵秋雨词后记》(《茂陵秋雨词》)

6. 周腾虎：

少鹤……出其近作《瘦春词》，缠绵清远，沉著悲凉，以此置之《迦陵》、《饮水》之间，非但不愧之而已。少鹤卧病三年，所得如此，困厄独非福耶？

《茂陵秋雨词后记》(《茂陵秋雨词》)

7. 夏成业：

小令五代最为超妙，长调开合动荡，非才雄者不能，子瞻固当独步一时也。尊著力追北宋，浏亮浑脱，较美成诸君无不及焉，洵词家巨手也。

《茂陵秋雨词后记》(《茂陵秋雨词》)

8. 杜文澜：

王少鹤京卿振……其为词以南宋为宗，音律至细。（卷三）

细读其词，如食哀家梨，甘而能脆，有幽瘦者，宜以哑　栗吹之，足为金梁梦月替人。（卷六）

《憩园词话》

9. 谭献：

度越少鹤通政为近词一大宗。齐名者有上元何青耜观察。（《箧中词》）

《复堂词话》

10. 冒广生：

马平王定甫银台拯……所著《茂陵秋雨词》，置之迦陵、饮水之间，非但不愧之而已。

《小三吾亭词话》卷一

11. 卢前：

〔望江南〕

十家选，压轴马平王。龙壁古文能合辙，粤西词脉已深藏。始信瘦春芳。

《饮虹簃论清词百家》（《清名家词》）

张炳堃

张炳堃（约1815—1877?）原名瀛皋，字鹤甫，号鹿仙，浙江平湖人。张金镛弟。道光二十年举人，二十七年（1847）成进士，改庶吉士，授翰林院编修，官湖北粮道。与黄燮清为友，助其辑《国朝词综续编》。有《抱山楼词录》四卷。

1. 祁寯藻：

年来吟兴太支离，涩似寒竽久不吹。
今日重阳风雨后，晴窗小儿读新词。

君家伯仲竞才华，同向瀛洲泛客槎。
疏影暗香题句在，不堪丝鬓对蒹葭。

《抱山楼词题辞》(《抱山楼词》)

2. 秦炳文：

十年身世怅分离，把袂燕台共一卮。
自有君家玉田笔，挑灯重读白云词。

折柳匆匆玉笛吹，苍茫烟树又临歧。
美人香草添词料，万里相思寄楚辞。

《抱山楼词题辞》(《抱山楼词》)

3. 黄燮清：

以秦柳之缠绵写苏辛之豪迈，芬芳悱恻，能移我情。鹿仙为海门太史介弟，与《绛跗词》面目各异，宗旨则同。

《国朝词综续编》

4. 潘曾莹：

炼字精深，抒词谐畅，足为倚声家之榘矱。至其寄托遥深，情韵兼至，洵足接武君家《山中白云词》，曷胜膺服。

《抱山楼词评语》(《抱山楼词》)

5. 潘曾绶：

〔风蝶令〕

凄恻筵前笛苍茫，眼底词乱愁如织。没人知。换得当年绿鬓已丝丝。　燕去莺啼后，灯残酒醒时。江南红豆最相思。剩有旧时月色照罘罳。

《抱山楼词题辞》(《抱山楼词》)

6. 吴云：

悱恻缠绵、激昂慷慨。稿中〔台城路〕一阕，怀玉泾而及鄙人，有句云“英雄心事最苦，江山茹素，别金粉尘土”，读之尤令人增身世沧桑之感。至其格调之高，置之髯苏集中，几莫能辨。

《抱山楼词评语》(《抱山楼词》)

7. 陈元鼎：

小令、慢调皆有南宋遗轨，芬芳悱恻，能移我情。陈元鼎注：大稿中〔二郎神〕词为鄙人招饮而作，伤怀感遇，如写我忧。曾欲倚声和之，至今未成一字，暮景羁踪，颓唐可想。而著作之富，不数月又得数十首，炼意炼句炼字，直入山中白云之室。鄙人当从此焚笔砚矣。

《抱山楼词评语》(《抱山楼词》)

8. 王拯：

此来相遇，望外喜极，毋乃增感。惜渡江即日，匆匆分携。大著才高律正，迴越时流。知埙篪雅奏，其来有自，谨题一阕，聊志心迹云尔。

《抱山楼词评语》(《抱山楼词》)

9. 王拯：

〔浣溪纱〕

驻马吴山数雁行。锦衣憔悴落江乡。新词宛转断人肠。　千里骅骝思小阮，一门珠玉感中郎。旧游何意得孙阳。谓琴西山长。

《抱山楼词题辞》(《抱山楼词》)

10. 杜文澜：

海门太史介弟鹿仙观察，名炳堃。丁未翰林，现官湖北候补道，即与黄韵甫大令校刊《词综续编》者。所著《抱山楼词》，寄托遥深，芬芳悱恻，不愧双丁二陆之誉。

《憩园词话》卷四

11. 金安清：

〔石湖仙〕

玉堂天上。笑十载鸳湖，清绝渔唱。听雨卧逍遥，比苏家、略增惆怅。烽烟云诡，更忙煞、渡头双桨。流浪。剩吟朋、几人来往。　雁峰壮游归后，又输边、书生奇想。画壁旗亭，歌遍苏髯豪放。梦里觚棱，愁边亭榭，慢词搜尽玉田赏。江天夜月空荡。

《抱山楼词题辞》(《抱山楼词》)

12. 孙衣言：

黄绢新词写侧厘，赏音深愧异钟期。
却看汉水葡萄绿，付与儿童唱竹枝。

对酒银釭向晓红，十年凄断寺楼钟。
把君诗卷频开阖，愁忆黄州老秃翁。

《抱山楼词题辞》(《抱山楼词》)

13. 孙铿鸣：

绮思芊绵，奇情横逸，时而水流花放，时而海立云垂。瓌态玮姿，无美不备，当与绛跗山馆并峙千秋。

《抱山楼词评语》(《抱山楼词》)

14. 潘曾玮：

珠明花艳，悱恻缠绵。昔汲古主人评小山集，谓字字娉娉袅袅，如揽嫱施之袂，恨不能起莲、红、苹、云，按红牙版唱和一过。吾于此词亦云。

《抱山楼词评语》(《抱山楼词》)

15. 谢章铤：

国朝词学，浙最盛，竹垞倡于前，樊榭骋于后，羽冀佐佑，俊才辈出，而派别成焉。祖宋窥唐，意内言外，竹垞以情，樊榭以格，作者莫之或先。又揭其涉猎之绪余，搜奇征僻以相夸耀，昔昌黎之诗，时多险涩，皆其文之所吐弃者积之于诗而已矣。朱、厉体物数典，其游戏殆亦若是哉。或专效之，浙词之盛反衰。鹿仙观察，浙产也。家世擅文章，予从颖叔见其词，志和音雅，卓然能事。乙亥冬，予沿海绝江抵鄂，于时冰风凄栗，狂雪兼雨，千重暝色，下抱檐际。余与颖叔执手道契阔，君方小恙，冲寒踵至，继以他客，谈谐喧作。余不能一二言，君亦数言而止，寂寞相视，若老梅孤秀，色香俱远。余私意君之于文，事必别有得也。君乃出其词，命为之序，余于词特为盲腔哑曲焉己。君则清气在笔，先无所为涂泽焉，襞积焉，噫，可贵也。夫词欲清空，忌填实，清空生于静，静则心妙，其寄意也微，其托兴也孤。君由承明出为监司，辗转一官，萧然物外，殆亦委心任运者耶。凡物味淡则品贵，凡人心淡则文灵。君之长于词理也，况生词人荟萃之乡而默会其盛衰之故哉？余别君之京师三阅月矣，时方苦旱，黄尘涨天，驱车过龙树寺，万绿初回，苦夭阏不能，遂登凌虚阁，遥睇西山，欲求一点之青，而无所见。诵稼轩惜春之句，白石感旧之章，凭阑太息，有鸟孤逝，心目随之，与为无极也。夫词者，性情事也，劳人思妇，忽歌忽泣，方不自知其意之何属，其声调之为何体也，而岂以铺张靡丽为哉？请以此言质之君药炉茗碗之侧，君其悠然一叹也。

《抱山楼词序》(《赌棋山庄集》文集卷五)

16. 应宝时：

〔忆旧游〕

把湘弦重谱旧恨，绵绵销也无魂。四海风烟早，只悲歌慷慨，几辈如君。不分旗亭画壁，心事托伤春。待付与双鬟，余音袅袅，便绕梁尘。　大江更西上，看群山万壑，争赴荆门。攀折金城，柳叹千秋，人物空数桓温。胸吞梦泽，逸乞吐如云。莫低唱阳关，高楼话别灯又昏。

《抱山楼词题辞》（《抱山楼词》）

17. 钱勖：

步武《花间》，去其纤露。深情远韵，不屑屑侈口南宋，正与姜张辈不触不背。饮水而后，复见斯人。

《抱山楼词评语》（《抱山楼词》）

18. 潘祖同：

白云风格接尧章，谱出愁心玉笛凉。

留向东篱花下读，明朝痛饮作重阳。

《抱山楼词题辞》（《抱山楼词》）

19. 张开霁：

绿意红情正开时，把君一卷艳新词。

何当谱入梅花调，付与仙人玉笛吹。

料向黄州击楫过，想应为唱定风波。

大江东去无今古，岂独髯苏感慨多。

《抱山楼词题辞》（《抱山楼词》）

20. 沈沆：

跌宕风尘气不凡，一编古瑟奏韶咸。

蘋洲旧谱传渔笛，琼树新词说蜕岩。

著作名山尊绝业，浮沉宦海羡归帆。

井华水处人思唱，愿早邮筒递锦函。

写遍乌蛮十万笺，才名传诵卅年前。
琼楼忠爱苏和叔，春水清新张玉田。
银管惯赓金缕曲，霓裳曾咏大罗天。
绛趺一集埙篪奏，不羡郊祁自昔传。

《抱山楼词题辞》（《抱山楼词》）

21. 吴耀斗：

〔东风第一枝〕

广武才高，燕公笔大，翰林收拾无地。放教五色云霞，作了落花点缀。苍茫独立，早厌却、风流妆饰。赋寒梅、铁石心肠，谁信软词秾丽。　　多半是、别离情事，频谱出、断桥飞絮。便搀群屐冠裳，不过老仙鼓吹。回甘橄榄，那许个中寻滋味。只女孩、学拍低头，暗唱玉田佳句。

《抱山楼词题辞》（《抱山楼词》）

端木埰

端木埰(1815—1887)字子畴，江苏江宁(今南京)人。道光末年优贡。以大学士祁寯藻荐除内阁中书。迁会典馆总纂，官至内阁侍读。工书，善诗词。著有《有不为斋集》、《经史粹言》等，编有《金陵诗征录》。其词学碧山，故以《碧瀣》名其集。有《碧瀣词》一卷，又选抄有《宋词赏心录》(一名《宋词十九首》)一卷行世。

1. 端木埰：

初侍金先生，首熟碧山〔齐天乐〕一阕，吟讽既熟，作辄倚之。于诸名家，又笃嗜碧山，诸君词皆有名，遂僭以“碧瀣”自张其编。露气之下被者为瀣，以是为碧山之唾余可也，为中仙之药转可也；若以为《花外》嗣音，则不敢也。

《碧瀣词自序》(《碧瀣词》)

2. 王鹏运：

先生不欲以文人自见，矧在倚声？而此集又其倚声之百一，读者以为醴泉一勺可也。

《碧瀣词跋》(《碧瀣词》)

3. 况周颐：

〔齐天乐〕《己丑秋仲录校畴丈前辈〈碧瀣词〉敬跋一阕》

我朝词学空前代，薇垣况称渊萃。镂玉雕琼，裁云缝月，提倡断推弹指。词宗继起。看平揖苏辛，指麾姜史。一曲阳春，莽苍尘海索心儿。　　惭余纤艳未涤，讵知音相待，规劝肫挚。名世文章，救时经济，期我丹心万里。丈赠句意云笺料理。要珍媲璠玙，佩同兰芷。古谊高风，景行奚啻此。

《新莺词》

4. 陈匪石：

近数十年，词风振起。半塘老人遍历两宋大家门户，以成拙重大之诣，实为之宗。论者谓为清之《片玉》。然词境虽愈变愈进，而启之者则子畴先生。《薇省同声》，《碧瀣》居首，非廑以行辈尊也。

《宋词赏心录跋》（《旧时月色斋论词杂著》）

5. 王伯沆：

碧瀣词寝馈碧山，能用重笔，故其气静而洞达，法而有奇致，非工力深至，不能如是也。五百年来，江宁词人，多足名家，然以骨论，此亦仅见矣。

《清词四家录》

6. 《续修四库全书总目提要》：

集中所作，咏物为多，寄托深远，亦渊源于《花外》。鹏运亟评赏之，非虚誉也。

《续修四库全书总目提要·碧瀣词一卷》

7. 卢前：

〔望江南〕

居薇省，启迪粤西词。不独辛勤存碧瀣，百年词运赖支持。一代大宗师。

《饮虹簃论清词百家》（《清名家词》）

勒方锜

勒方锜（1816—1880）字悟九，号少仲，江西新建人。道光二十四年（1844）举人，官刑部员外郎、广西南宁知府、江苏按察使，终至河东河道总督。有《太素斋词钞》(又名《樽洲词》)二卷。

1. 杜文澜：

勒少仲中丞方锜，一字悟九，江西新建人。……中丞精于词，手选宋佳词入律者千首。慢词长调，皆诵如流，宋词之舛误者，历历可指数。同治戊辰，余权苏藩司，中丞正绾臬篆，偶与谈词，至相得。知所著《樽洲词》，为陈心泉观察代刊，意破未惬，不出以示人。

《憩园词话》卷三

2. 杜文澜：

前录勒少仲中丞词仅得书箑三阕，今读陈心泉观察代刊之《樽洲词》四卷，以冷隽之笔，写秾丽之词，而气度雍和，尤为人所难及。

《憩园词话》卷五

3. 丁绍仪：

前岁次儿承祜回自都门，得近人词数帙，遥情远韵，妙杂仙心，慢词不及录，录小令数阕于此。……新建勒少仲观察方锜《樽洲词》，〔醉花阴〕云云。

《听秋声馆词话》卷十二

4. 谢章铤：

新建勒少仲方锜词气疏宕。〔秦楼月〕……此盖悼亡之作。吾闽俗谚有“腹饥莫与饱人说，心酸莫在路头哭”之语，即少仲所谓咽泪归心也。

《赌棋山庄词话续编》五

5. 俞樾：

词虽小道，而律甚细。昔周草窗作《西湖十景词》，杨守斋谓辞美而律未协，相与订正，月余而后定，然则作词，协律难矣。余同年生勒少仲河帅，起家比部，扬历中外，翔至封疆。政事文学，兼而有之，生平于诗文不苟作，独喜为词。方其少壮时，风流自赏，歌衫舞袖间，长令短调，促节曼声，每一篇成，辄为同人所叹赏。又强于记识，宋元名家之词，背讽如流者，不下千余首；而于万氏红友《词律》一书，致力尤深。故其所作婉媚深窈，使人读之意移，而揆之于律，无一不合。昔人谓史梅溪词有瑰奇警迈、清新闲婉之长，而无诡荡污淫之失。少仲之词，庶几近之矣。中年以后，并词亦不轻作。当同治庚午、辛未间，竹樵方伯恩锡方开词坛于吴下，杜筱舫观察文澜从而和之，爰有重刻《词律》之举，并取吾邑徐诚庵大令本立所辑《拾遗》附益之。一时唱妍酬丽，逸兴遄飞，虽以余章句陋儒，亦频有缘情之作，而少仲以斫轮老手，密尔自娱，不出一字，殆有少年绮语之悔乎？然其将去姑苏也，命人录所作《太素斋词》若干首以赠余，盖享帚自珍之意，又未尝不在此也。少仲既归道山，遂有刻其词以行世者，而刻之不精，读者憾焉。陈仲泉同年谋重刻之。余乃出少仲所录赠者校雠一过，并补入原刻所未有者数篇。词虽不多，然其辞美面律又谐，虽紫霞翁见之，不能更易一字，是固词家之正轨也。余既喜少仲之词克传于世，而又叹仲泉之拳拳于故友也。因书数语，以识岁月。余衰病颓唐，自竹樵、筱舫诸君长逝，倚声一道，久辍不作，令读此篇，不胜人琴之感矣。

《太素斋词序》（《太素斋词》）

6. 邹弢：

勒少仲中丞，江西人，有才子之目。开藩苏省时，风雅爱才，与吾邑钱揆初先生勖等皆友善。中丞词笔，直造两宋，予所见《樽洲词》，尤为句新韵协。

《三借庐笔记》卷七

7. 继昌（李佳）：

江南勒方锜，书法工秀，词亦新。有云：“争得不凄凉，一阵西风，一阵芦花雨。”

《左庵词话》卷上

8. 周曾锦：

勒少仲方锜《樽洲词》二卷，清丽有余，新警不足。惟“绮楼丛里，孥酒说功名”二语，未经入道。其它如“落红万点围歌舫，春水多情不肯流。”又，“山外江流江外山，春云迷故关。”又，“吹得雨声寒。雁声空外酸。”又，“正是客愁深处，一灯红得无情。”又，“天涯目断平芜。斜阳淡照栖乌。输与寒矶钓叟，眼前忘得江湖。”又，“叶打疏窗络纬啼。灯残秋梦迷。”又，“多谢秋虫，会得人心苦。灯残处。更无头绪。替我模糊诉。”均恰到好处，惜如此者不多耳。

《卧庐词话》

9. 无觉：

两宋词人，除浙江外，以吾乡为最盛。名家辈出，异轨同奔，如临川二晏，庐陵欧阳公，以及刘龙洲、刘须溪，其尤卓卓者也。辛稼轩原籍历城，突骑渡江，慨然以恢复中原为己任，壮怀莫展，晚乃卜居上饶，旋徙铅山以卒。其后嗣至今蕃衍，然则虽谓稼轩为江西人可也。乃自元明以后风流消歇。清代词学中兴，而西江作者寥寥。直至末叶，萍乡文道希先生廷式始出而振之。朱彊村先生以为兀傲难双，爰有“西江词派”之目。吾乡七百年来作者，未能或之先也，暇当为专篇论之。次则新建勒少仲先生方锜《太素斋词》，采藻研丽，声律谐婉，亦不愧为近代名家。短调如〔浪淘沙〕……皆凄艳可喜。长调如〔水龙吟〕望江道中守风……状江行阻风之景，亦殊逼真。

《疏篁馆杂缀》（《同声月刊》一卷九号）

10.《续修四库全书总目提要》：

其词用字精洁，造语圆融，意境悠远，虽未入高浑之界，确有宋人轨范也。

《续修四库全书总目提要·太素斋词钞二卷》

11. 卢前：

〔望江南〕

传天籁，太素想元贤。浓淡偏从今古别，后来细腻逾于前。墨戏亦翩翩。

《饮虹簃论清词百家》（《清名家词》）

陈元鼎

陈元鼎（1815—？）字实庵，号芰裳，浙江钱塘人。道光二十六年举人，二十七年（1847）成进士，改庶吉士，授翰林院编修。有《鸳鸯宜福馆吹月词》二卷，《同梦楼词》一卷，另选《词畹》八卷，辑《词律补遗》若干卷。

1. 黄燮清：

实庵词腻情月漾，古艳天生。

《国朝词综续编》

2. 陈元鼎：

余少嗜倚声，偶有一二曲流播歌筵酒座间，遂为词家所赏，谓能免于仇山村言顺律舛、律协言谬之讥。虽窃自疑，而好之日笃，积之亦日多。甲辰冬，比邻不戒于火，敝庐成焦土，少作乃无一存者。其后走京华之尘，狎海国之浪，北辕南辙，又忽忽十年。悲感所触，一以寄之于词。曾削稿为上下卷，思灾梨枣。会粤氛狂炽，避地盐官，副舟为土寇所掠，并残书剩简尽失之。呜呼！文章憎命，岂此区区声音小技．亦竟有憎焉者在哉！

《鸳鸯宜福馆吹月词自序》（《鸳鸯宜福馆吹月词》）

3. 杜文澜：

陈实庵太史元鼎，钱塘人。丁未翰林，困顿都门，穷愁抑郁而卒。所著《鸳鸯宜福馆吹月词》，美人香草，寄托遥深。而韵律谨严，尤为近所罕观。其词一焚于邻火，再毁于粤氛。壬戌之秋，始约略记忆，重刻二卷。自序云："烽烟满目，故乡满目，故乡已沦为贼薮。家室飘摇，埋骨更不知何地。半生结习，敝帚自珍，有白江州其人乎，或听商妇琵琶而为之青衫泪湿也。"其语如是，亦可悲矣。

近人能恪守万红友《词律》，已不可多得。至深追南北宋矩矱者，尤难其人。实庵太史集中，无不推敲尽致。

《憩园词话》卷二

4. 丁绍仪：

前岁次儿承祜回自都门，得近人词数帙，遥情远韵，妙杂仙心，慢词不及录，录小令数阕于此。……钱塘陈实庵太史《鸳鸯宜福馆词》，〔谒金门〕云云。

《听秋声馆词话》卷十二

5. 谭献：

编修《鸳鸯宜福词》，艳冶缠绵。(《箧中词》)

《复堂词话》

6. 谭献：

阅陈实庵《鸳鸯宜福词》、《吹月词》。婉约可歌，有竹山、碧山风味，实庵虽未名家，要是好手。

《复堂日记》

周腾虎

周腾虎（1816—1862）原名瑛，字韬甫，江苏阳湖（今常州）人。诸生，官吏部员外郎。厌科举而又欲用于世，终不得志，以幕僚辗转流离而卒。以余事为诗。著有《餐芳华馆诗集》、《随笔》、《先德小识》。有《蕉心词》一卷。

1. 孙兆溎：

毗陵周韬甫腾虎，伯恬先生第三子也。……其诗古文词，已入古人堂奥，余决其断非池中物也。

《片玉山房词话》

徐一鹗

徐一鹗（1817—？）字文汀，号云鹰，改号云汀，福建闽县人。道光二十四（1844）年恩科举人，官福建宁德教谕。有词见《聚红榭雅集词》。

1. 谢章铤：

四十年前，有乌山十才子，徐云汀一鹗教谕其一也。君早以诗名，善为淡远偶句，同人传为云汀派。既而为词，萧疏自喜。

《赌棋山庄词话续编》五

莫庭芝

莫庭芝（1817—1889）字芷升，贵州独山人。莫与俦六子，莫友芝弟。道光二十九年（1849）拔贡，次年入京参加礼部试，不售。后任思南府学教授，曾主讲贵阳学古书院。著作多有散佚，辑成《黔诗纪略后编》，著有《青田山庐诗钞》四卷，《词钞》一卷。

1. 莫庭芝：

〔祝英台近〕《粘词壁上题其后》

移宫商，调徵羽，密意共谁诉。短令长歌，总是断肠语。何人顾曲怜予。多情似我，聊写向、壁间留与。　试听取。漫道绿板红腔，婉恹等儿女。兴趣遥深，寄托借毫素。几多言外衷肠，个中滋味，都把赠、有心人去。

《青田词草》

2. 胡长新：

往闻郑子尹师尝规人作词，黎伯庸先生亦劝人勿轻学步，盖以下字用韵皆有法度，按谱填腔，有不敢稍失尺寸者，非第目词为小技也。莫君芷升少喜吟咏，兼娴倚声……昔柳员外词，须十七八女郎歌“杨柳岸、晓风残月”；苏内翰词，则铜琵琶、铁绰板唱“大江东去”，源流派别，异曲同工，音律一道，亦甚精微广大矣。芷升天性朴茂，早岁刻苦勤学，中年遭时多故，其抑塞磊落之气，一寄于诗，而词亦伊郁善感，婉而多风。其不沾沾焉剪红刻翠、柳辨莺娇者，境实为之。古之伤心人别有怀抱，何暇与征歌选舞者竞工于欢愉之辞乎？而其语未始不是当家。则芷升词纵未睹其全，即尝鼎一脔，夫岂不可知味与？

《青田山庐词钞跋》（《青田山庐词钞》）

3. 曾玮：

其词浩浩落落，自抒胸臆，无粉饰，无造作，读之自使人感慨流连而不自已。如花中之有兰，果中之有谏。尝读令兄子偲先生序黎君伯庸词云：近日海内言词，率有三病：质犷于藏园，气实于穀人，骨孱于频伽。其偶然不囿习气，泝源正宗者，又有三病：服淮海而廓，师清真而靡，袭梅溪而佻。故非尧章骚雅，划断众流，未有不摭粗遗精，逐波忘返者也。伯庸前后三病，无从阑入。余于芷升先生之词亦云。

《青田山庐词钞跋》(《青田山庐词钞》)

4. 张体刚：

昔人谓柳屯田词只可令十七八女郎执红牙歌“晓风残月”，若东坡则关西大汉铜琵铁板唱“大江东去”，此非笃论也。夫词与诗无二致，所贵相题命意，见景生情。使玉局写儿女娇憨、闺房燕婉，必不出关西大汉以吓人；使耆卿凭吊孤忠、咏怀古迹，亦断不肯当场柔媚，妆十七八女郎也。窃持此意以相衡，其柔脆轻圆、无晦涩之病，淋漓悲壮、有跌宕之神，古今名家，指不胜屈。然其中亦有难言者。慨自乐府既衰，词曲斯作，三唐引其绪，五季畅其支。两宋名家，尤以新声相切劘，无论刻烛分笺，叠鼓竞吹，剪裁以协音律，宛转以谱宫商，虽声调无惭，按腔合拍，然搓酥滴粉，巧而伤纤，镂玉雕琼，词不达意，甚至揣摩床笫，污秽闺闱，是谓淫词，有伤风雅；又或恃其迈往，发为粗豪，叫啸则市侩之声容，诙嘲则俳优之口角，是谓鄙词，有令人望而生厌者；更有规模物类，依托歌舞，哀乐不衷其性，感叹无与乎情，是谓游词，更无关乎得失矣。若此则词之流弊，又未易更仆数……适子何胡君以其挚友莫芷升先生词一编嘱为校定付梓，予读之，不禁击节称快曰：发浓纤于简古，杂流丽于端庄，是无淫词；寓沉雄于悲歌慷慨，写飒爽于天风海涛，是无鄙词；更以至性为和平浑厚之音，以真情为缠绵悱恻之致，是无游词。呜呼！如先生者，是殆并晓风残月、铁板铜琶兼善其美也，是真可夺周柳之席，而登苏辛之堂也。

《青田山庐词钞序》(《青田山庐词钞》)

5.《续修四库全书总目提要》：

其词婉而多风，浩浩落落，抑塞善感，与其诗相若，境实为之，无粉饰，亦非造作云。

《续修四库全书总目提要·青田山庐词钞》

汪元治

汪元治（？—1877）字仲安，号珊渔，又号谧庵居士，镇洋（今江苏太仓）人。长于倚声，善画。尝重梓纳兰成德容若《饮水词》、《侧帽词》，编辑《纳兰词》五卷。著有《结铁网斋诗集》、《结铁网斋诗稿》等。

1. 周僖：

异哉！汪子之用心也，如谓珊渔词骚情雅骨，悱恻芬芳，仿佛纳兰氏，以似己者而好之，则又浅之乎言珊渔矣。

《纳兰词序》（《纳兰词》）

2. 赵函：

娄东汪君珊渔精于倚声，落笔辄似纳兰氏，不独肖其口吻，抑且得其性情。

《纳兰词序》（《纳兰词》）

3. 郭则沄：

镇洋汪仲安先生元治工词，有纳兰再世之目。

《清词玉屑》卷五

恩锡

恩锡（1818—1877）字竹樵，苏完瓜尔佳氏，满洲正黄旗人。荫生，官奉天府尹、江苏布政使。有《蕴兰吟馆诗余》三卷。

1. 杜文澜：

恩竹樵方伯锡，满洲正黄旗人。……公素工于诗，刻有《蕴兰吟馆集》，并附诗余。初未讲求律法，莅苏后，以余为皖营受知弟子，垂睐益笃。与同校刊万红友《词律》，遂细意考证，常以一句一字，推敲数四始定。新词甚多，惜未并刻。度其喆嗣秋堂太守当续刊也。公记其〔念奴娇〕咏胭脂井云……此词笔意雄健，却有句勒，不涉粗豪。窥豹一斑，可知全体。

《憩园词话》卷二

2. 杜文澜：

〔水龙吟〕《恩竹樵师卸署漕运总督回苏藩任，以近作蕴兰吟馆词集命题》

梦花灿吐珠玑，一枝彩笔由天授。评量锦字，霓裳细谱，凤凰新奏。记得秋高，飞刍挽粟，欢腾淮右。更冰壶朗澈，来宣屏翰，重泽及、苏台柳。　　遥指星辉北斗。望京华、御香沾袖。持节皖水，看云泰岳，总成怀旧（师曾任皖臬及山东都转）。杖履追随，芳琴雅管，绛帐依久。心香一瓣，时时敬祝，似南山寿。

《采香词》卷四

3. 杜文澜：

〔声声慢〕《前题》

搓云织句，研露濡豪，吟成字里都香。一曲清歌，又早梦入潇湘。空山自留正气，抚朱弦，无限苍凉。春最好，看金阊丽景，吴苑韶光。　　愧我时翻尘谱，也琼箫学度，几按宫商。刻翠裁红，争似九畹芬芳。扶轮信推大雅，炳奇勋、不废词章。联燕息，擘银笺，凭遍绮窗。

《采香词》卷四

4. 俞樾：

恩竹樵方伯久任苏藩，去烦蠲苛，与民休息。公事之暇，不废咏歌，而尤工于倚声，所著《蕴兰吟馆诗余》，深入宋贤之室。

《重刻词律序》(《春在堂杂文续编》卷二)

5. 俞樾：

〔念奴娇〕《题恩竹樵方伯〈蕴兰吟馆诗余〉》

一枝筠管，占吟坛，本是诗仙诗佛。何意缝云裁月手，又入玉田之室。绮语花间，清吟月下，手自弹瑶瑟。风流顽艳，肯输黄九秦七。　　余亦把酒临风，铜琵铁版，间弄苏辛笔。短令长谣随意写，未合昔贤词律。吴下逢君，阳春一曲，雅韵真难匹。蕴兰吟馆，可容来倚长笛。

《春在堂词录》卷三

薛时雨

薛时雨（1818—1885）字慰农，号澍生，晚号桑根老农，安徽全椒人。道光二十三年（1843）举人，以母病，不应礼部试。至咸丰三年（1853）始成进士，官浙江嘉善县令、杭州知府，兼署督粮道，代行布政、按察两司事。后历主杭州崇文书院、江宁尊经书院、惜阴书院。著有《藤香馆集》，有《藤香馆词》内含《江舟欸乃》、《西湖橹唱》二种。

1. 蒋敦复：

朋辈中秦次游、应敏斋两司马，皆为余言：全椒薛慰农明府，以名进士出宰百里，有古循吏风，爱才下士，至如归。今于同人词选中，得《西湖橹唱》，读之天骨开张，具见风力，非尘俗吏也。佳篇名作，当不止此。〔西江月〕云："蛾眉有样在西家。懒学新人描画。"〔调笑令〕云："怪他阿姊情痴。镇日妆楼锁眉。眉锁。眉锁。渐渐新愁到我。"身厕宦途，俨然有独立不惧风概。而时事日棘，蒿目伤心，皆于言外得之。

《芬陀利室词话》卷二

2. 蒋敦复：

大著以抑塞磊落之概写缠绵悱恻之情，万感萦回，一气旋折，风格在于湖、石湖间。扫尽时下纤佻柔曼气息，佩服之至，其尤心折者。

《藤香馆词跋》（《藤香馆词》）

3. 薛时雨：

自取读之，律疏而语率，无柔肠冶态以荡其思，无远韵深情以媚其格，病根乃是犯一"直"字。噫，言者心之声，几者动之微，词翰小道，无足比数。顾能直不能曲，傥所谓习与性成耶？

游迹所寄，姑录存之，以志吾过。欲寡未能，吾岂私淑蘧大夫乎？

《江舟欸乃自序》(《江舟欸乃》)

4. 薛时雨：

噫，余俗吏，非词人也。顾十年游迹，强半寄此，姑编存之，以志春梦。若云搓酥滴粉，咀宫含商，于律法不差铢黍，则词人之能事，俗吏谢不敏矣。

《西湖橹唱自序》(《西湖橹唱》)

5. 周闲：

以昌黎之文、太白之诗，而为稼轩之词，此笔直自不凡……沙流石积，固不碍其为长江大河也。

《藤香馆词跋》(《藤香馆词》)

6. 杨叔怿：

吾友薛慰农观察，早岁甲科，洊膺民社，鸣琴而治，则阳春乘弦；橐笔从戎，则萑苻敛迹。其守杭也，值灰烬之余，作抚绥之计，见星视事，如雨泽人……讵知冠桂逢萌，湖山惜别，江舟一去，欸乃成词。余受而读之，祓濯尘缨，刊落世务，绿蓑一领，换却朝衫，白酒半瓶，载之烟舸。鸥边之月如画，雁外之天易秋。堕凉句于樽前，吹泪痕于笛里。晓风残月，柳郎中佳什居多；衰草微云，秦学士哀吟不少。归云之思，招黄鹤而共语；听水之谱，搴素兰亦佩芳。惟其结想孤高，寄情绵邈，谢逋招隐，货骑买舟，故能本嵚奇磊落之胸，发窅渺幽微之韵，洵可远追白石，近抗迦陵也已。

《藤香馆词序》(《藤香馆词》)

7. 金鸿佺：

尝考唐宋倚声之制，犹有齐梁乐府之遗。其后作者竞尚尖新，流为儇薄，以致法曲飘零而正始之源绝矣。慰农观察才思超迈，长于诗章，妙解音律，去冬解组归田，往来于大江南北者数月。评量客邸风光，探问故山消息，以王郎抑塞之怀，作为长歌小令，颜其稿曰《江舟欸乃》。虽潜心按谱，仍能浑洒如意，一气舒卷，余一见即曰："此蒋心余先生遗音也。"……夫文人拈毫托兴，贵在遇诗即书，直抒胸臆，而无失唐宋清真之意，何必刻肾镂肝，始得为西昆词客乎？若乃红牙哲匠，致诮俳优，绮袖专门，共嗤轻薄，才士因此，激而改弦，力洗柔靡之习，亦安见铜琶铁板不与搓酥滴粉异曲而同工哉？

《藤香馆词跋》（《藤香馆词》）

8. 董慎言：

如我慰农薛夫子《江舟欸乃词》，可谓古音别操，灵响自振矣……一官一集，千秋流唱，四海传钞，无如船移下濑，鼓打回帆。乞湖之踪，抗希贺老；誓墓之约，追踪右军。解组翛然，攀辕不得。人年循吏，公作散仙。风月题襟，江湖载酒。涤笔洞庭之雪，削墨鄱阳之云。山邮水邮，时发灵绪；今雨旧雨，言续坠欢。抚幺弦于蓬窗，篴弄于酒座，致足乐已。……加以怀人羁屑，吊古苍凉，雁户鳞声，依依昨梦。菟丝燕麦，处处荒尴，宜其黯然销魂，声与泪迸也。嗟嗟，姜白石借梅传恨，环佩空归；王碧山托月兴思，山河影老。此中寓旨，大有深情。第谓子母阴阳，九宫能叶；慢声哨遍，半黍不差。又乌知玉宇琼楼，原本忠爱；斜阳烟柳，并非怨歌。聆音者兴慨慕之思，按拍者极郁伊之感耶。比者西泠小住，结文字之缘；东山暂留，望斯人复出。行见琴樽一席，雅调铿流；丝竹双聆，古怀陶写，笙簧治谱，圭臬文坛。

《藤香馆词跋》（《藤香馆词》）

9. 张景祁：

蕘肩斗酒，风雨人归；茸帽金鞭，乡关岁晚。明月千里，凉雪一篷。招白鸥为主盟，辞朱组若脱屣。渔唱互答，瑟波不秋。其宜城去官之年，季鹰归国之日乎？桑根夫子，大峡回帆，沧浪散发。绿蓑三尺，径挂朝绯；铁笛一枝，可换牙笏。烟萝小筑，愿傍醉翁之亭；书画轻装，独载米家之舫。大江东去，淮海南来。

瓜步钟声，遥阁尘梦；秣陵灯火，平分古愁。携蜡屐叩通明所居，睨酒楼呼太白与饮。一叶荡水，万籁沉山。空波淼弥，微激凉吹；柔舻呕轧，如闻乡音。感伯鸾之五噫，发子野之三弄。断雁警夜，凄绝桓山之吟；哀蝉眷秋，渺矣团扇之曲。彭泽乞米，秫田已荒；杜陵诛茅，草堂孰构。厄骏马渔折阪，号鹍鸡于枉渚。徒泛元真之宅，行牵思曼之船。于是郁纡乍宣，灵响毕会，峰催险句，翠落樽前；月荡寥情，秋生弦外。兰成以枯树见意，灵均以香草写忧。状身世之支离，吐胸襟之垒块。纵复长途置驿，郑庄迎宾，狂笑绝缨，齐髡促席。而中年哀乐，陶写谁知；老大沉沦，风尘同泣。菰叶横塘之梦，杨花小伎之弦。翠袖红巾，辛幼安能无凄咽；鬓丝禅榻，杜樊川辄用拊心。此又借镜绘神，拈花破涕者已。涉历既久，谣咏遂繁，效蘋州笛谱之编，俪日湖渔唱之制，成《江舟欸乃词》一卷。流水今日，若听瓠梁之琴；飞鸿远音，可跃方响之铁。大晟有作，皇雅奚愧。噫嘻！乘风鼓枻，莫挽中流；击节扣舷，独唱小海。里耳何知白雪，钓师原是红衣。

《藤香馆词跋》（《藤香馆词》）

10. 李肇增：

夫公谨蘋州之谱，君衡渔唱之词，类皆曳响芦碕，结念葭水。此则江湖遗迹，动若虚舟，山川拓怀，从其弭楫，声答鸣雁，兴逸垂虹。圭塘之后，欸乃名集。信无愧古人矣。

《江舟欸乃序》（《江舟欸乃》）

11. 钱恩棨：

大著以动宕之笔，运清隽之思，故能奄有众长，而于辛柳尤为近。惜以从者匆促，解维不及细读，谨略就管见所及质疑一二先生，虚怀若谷，谅不呵其狂谬也。

《藤香馆词跋》（《藤香馆词》）

12. 汪贵蓉：

使君豪气冠东海，手把珊瑚作钓竿。

却喜夔龙在岩壑，忽逢车马到江干。
红牙按拍春风暖，白下题襟夜月寒。
客里情亲倍惆怅，十年耆旧忆长安。

五马酬庸答圣朝，年来金甲已全销。
湖山故里炊烟集，桃李新阴比户摇。
尽有文章继苏白，偶因风月狎渔樵。
东山未必容高卧，肠断西泠柳万条。

《慰农年丈道出金陵，出江舟欸乃词稿见示，奉题二律赠别》（《藤香馆词》题诗）

13. 沈金藻：

朝衫暂脱俨神仙，话别西湖又一年。
词格清超姜白石，酒杯跌宕李青莲。
铜琶铁板豪兴逞，帆影江声客梦牵。
翻出扣舷歌几阕，旗亭谱入小红弦。

滁山旧宅碧云隈，楚尾吴头鼓枻回。
曲似稼轩花底唱，愁如坡老酒边开。
双堤烟树争栽柳，五月江城正落梅。
听说儿童骑竹马，焚香争祝细侯来。

《慰农师道出申江，赐读江舟欸乃新词，敬题二律》（《藤香馆词》题诗）

14. 金醍：

〔金缕曲〕《慰农词伯归里，出示近著〈欸乃词〉，读竟，谱〔金缕曲〕一阕以志景仰》

风格超秦柳。比当年、稼轩逸气，坡仙杰构。江北江南来往熟，到处逢迎诗酒。想唱遍、旗亭香口。乡国耆英星落落，让先生、牛耳登坛久。倚一曲，饮五斗。 填胸愧我多尘垢。叹年来，江湖落拓，青山依旧。铁板铜琶豪士概，残月晓风俯首。问词客、几人不朽。霖雨苍生方属望，争东山、丝竹闲情逗。吾劝驾，公颔否？

《藤香馆词》题词

15. 谭献：

〔大江东去〕

江云缥缈，看飞鸿来处，几时留迹。前度峭帆人老矣，依旧婆娑风月。细草平沙、危樯独夜，万里鸥盟没。一声欸乃，西岩清响徐发。　　回首春雨江南，酒边心事，难向微波说。袅袅鱼竿闲在手，照影已成华发。暂墓文章，随身篛笠，铜斗翻新阕。数峰清峭，曲终人去时节。

《藤香馆词》题词

16. 沈景修：

〔踏莎行〕

兰桨寻秋，芰裳招隐，新盟却与闲鸥订。把君蘋唱付琼箫，春风吹得烟鬟醒。　　世局棋残，宦情水冷，江湖风月双篷鬓。好将心事问斜阳，轻愁载上瓜皮艇。

《藤香馆词》题词

17. 张预：

〔买陂塘〕

莽江湖，颠风急浪，廿年双鬓催老。掉头烟水浑无恙，黄叶江南秋早。归路好。似梦醒、西岩一曲清湘晓。吟怀渺渺。正柁影鱼窥，橹声鸥学，荡漾入空杳。　　推篷处，唱到懊侬真恼。一编烟墨倾倒。苹花柳叶偏萧瑟，枨触秋心多少。移短棹。耐瑟瑟、凉波醉画红衣钓。更谁同调。有篴婢吹烟，榜僮歌月，余响水云绕。

《藤香馆词》题词

18.《续修四库全书总目提要》:

时雨与谭献相往来，初非不知词者。友朋题识，或许以辛、柳，或许以张、范，皆为谀辞，不足置信。其〔风入松〕序云:“西江购得汲古阁宋词，舟中日日讽诵，如见苏、辛、姜、柳诸公衔杯按拍时也。”则模拟甚杂，不宗一家，益可知矣。其词格不高，风韵不远。金鸿佺读其词，谓时雨曰:“此蒋心余先生遗音也。”时雨相视而笑，曰:“舟中适展阅《忠雅堂集》，岂君有先见之明耶?”士铨词流荡自恣，不成体格，时雨竟尊尚之，词可知矣。

《续修四库全书总目提要·藤香馆词一卷》

19.《续修四库全书提要》:

时雨虽自谦律疏而语率，然集中佳处，不减苏辛。

《藤香馆词删存提要》

20. 卢前:

〔望江南〕

藤香老，楹帖俊能腴。偶作令词追小晏，若为长慢厉朱余。潭上有新庐。

《饮虹簃论清词百家》(《清名家词》)

蒋春霖

蒋春霖(1818—1868)字鹿潭，江苏江阴人，寄籍大兴(今属北京)。道光七年(1827)十月，其父蒋尊典官湖北荆门直隶州知州，春霖随父居任所。曾随父游武昌，登黄鹤楼赋诗，老宿敛手，一时有“乳虎”之目。三十岁左右，父殁，家道中落，奉母游京师，声闻日起，巨公鸿生，咸折节乐与交。春霖资性过人，性倜傥，自标置，不溺苦于章句之学，两到都门，而文战不利，遂弃举业。道光二十八年(1848)春，至扬州，谋任两淮盐官。咸丰元年(1851)任两淮盐运使东台分司富安场大使。咸丰三年太平军攻克南京，在扬州外围败清军。数年间，蒋春霖词作多与时事有关。咸丰七年，丁母忧，去官，居东台，僦居寿圣寺水云楼，编《水云楼词》。咸丰十年，移居泰州，妻病故。明年，刻《水云楼词》于东台。同治七年(1868)冬，偕姬黄婉君赴衢州，卒于吴江。婉君以死殉。生平事迹见《清史稿》及金武祥《蒋春霖传》、唐圭璋《蒋鹿潭评传》。著有《水云楼词》二卷。身后，其友宗源翰辑其未刻词四十九首，刻《水云楼词续》一卷。江阴金武祥辑其遗诗九十四首，编为《水云楼剩稿》，收入《粟香室丛书》。

1. 徐鼒：

原夫诗余之作，盖亦乐府之遗。孤臣孽子，劳人思妇，吁阊阖而不聪，继以歌哭；惧正容之莫悟，矢以曼音。其体卑，其思苦，其寄托幽隐，其节奏啴缓。故为之者，必中句中矩，端如贯珠；宜宫宜商，较之累黍。太白飞卿，实导先路；南唐两宋，蔚成巨观。玉宇高寒，子瞻将其忠爱；斜阳烟柳，寿皇识为怨悱。当日朝野，不少赏音。元之杂以俳优，明人决裂阡陌，淫哇日起，正始胥亡。高论鄙之弁髦，小儒鼓其瓦缶。臣质之死，匠石伤焉。

蒋生鹿潭，承明不遇，作吏淮东。驵侩与居，踞觚灶北。芰衣荷裳，羌修能之自絜；霓旌玉玦，指潜渊以为期。一夕相思，八公招隐。孰海唱之孤愤，答鬼语之幽修；有河上之同歌，吹参差兮自诉。又况帘雨阑珊，念家山于破后；衍波迢递，怅环佩之来迟。鸩媒娶詈，伤如之何！徒观其拥鼻苦吟，吹唇审律。性有三好，技了十人。谓为倚声，诚浅之论作者矣。仆强舌难调，知心幸托。不辞喤引，聊代舷歌。驹縠人来，问花外羊求之径；虎溪送罢，听岭间鸾啸之音。

《水云楼词序》(《水云楼词》)

2. 李肇增：

蒋君鹿潭，负文学义气，与世抵牾，官盐曹十年，不合，以事去。流浪海滨歌楼饮肆中，常浮沉跌宕以自适。与人轻直无曲贷，见者或惮之。然咸知其佯狂，不甚以为骇也。吾独异夫君为诗，恢雄肮脏，若《东淘杂诗》二十首，不减少陵秦州之作。乃易其工力为长短句，镂情刿恨，转豪于铢黍之间，直而致，沉而姚，曼而不靡。呜呼，君之词亦工矣。

君尝谓词祖乐府，与诗同源，儇薄破琐，失风雅之旨，情至韵会，溯写风流，极温深怨慕之意，亦未知其同与异否也。故以此悉力于词，登山临川，伤离悼乱，每有感慨，于是乎寄。夫以君之才思，排金门，历元阙，仕承明，著作无愧，即出肩民社之责，理棼干剧，有余裕也，顾名不通版，浮沉掾曹，又为世摈弃，将以词人终，遇世亦穷矣。然而君羁泊海上，时有晏大夫其人者，慰恤孤穷，分粟以哺之，得免槁饿，可以闭门啸歌。则君之穷，又未至留落不耦如余者也。因感而叙焉。

《水云楼词序》(《水云楼词》)

3. 褚荣槐：

我读蒋子鹿潭《水云楼词》，而悄然以悲，废然以叹也。夫其乘弥戾之车，抱萧丘之性。方寸映日，都现文章；清谈干云，不模珠玉。罗舍之梦鸟五色，汗漫之屠龙千金。谓宜一上强台，三夺坐席。彯然而鱼龙跨，铿尔而鸾皇鸣。而乃司马家贫，安仁宦拙。神剑绕指，明琼表心。世方以大乐享鲁爰居，我且视诸石如海鸥鸟。洗耳行洁，或诬以盗寇；倚柱声悲，颇疑为求牡。伯龙牟利，鬼笑梁间；子昂卖文，琴碎市上，徒蠹蜉以何裨，究连犿而无伤。犹复丝竹寓感，烟云郁怀；皛饭留宾，楹书付子。南面北面，何曾夫妇之仪？东头西头，陆机弟兄之屋。时或芜城作赋，山阳闻笛。吟杜陵《出塞》之章，洒新亭高会之涕。目倦修途，心惊逝湍。吊精灵于夜壑，回日月于扁舟。逮至秋鬓凋残，春人委化。泪浮盈寸，目鳏彻旦。百岁栩栩，蒙楚但思归其居；四海浩浩，浮萍不能予之蒂。于是天锡小名，自称独活；玉溪短咏，半托无题。故其为词也，秀夺山骨，艳息花胎。莺簧百啭，蚁珠九曲。茧肖愁状，果回甘味。合仙梵以同音，起古人而对面。始信崔浩思苦，至与魅争；道衡功专，恶闻人语。宜其神解独超，而孤芳自赏者焉。荣槐以丁、戊之岁客游淮海间；秦人视越，肥瘠何关？罔两问影，踪迹适合。云乔晏起，终朝而伴休文；范缜寡交，举足辄寻王亮。系当锦笺横劈，铜钵高催；大白还飞，小红已唱。赏王筠之一篇，定虞松之五字。未尝不抉剔瘢垢，洒涤性灵。落落焉千古为一瞬，罗可象于寸纸。槐虽舌强腕棘，而于蒋子所作无间然焉。弦歌应节，流水可以移情；河梁小别，停云因而增慨。君如效塞主吟，何减“黄叶”“碧云”之句？我知有井水处，能唱“晓风残月”之词。

《水云楼词序》（《水云楼词》）

4. 何咏：

瞑色沉华，晴飔扇竹。海月将吐，溪云乱飞。唯时薄游东亭，一灯僧榻，乃兴索居之叹，载咏伐木之什。夜漏二下，见有排闼入者，蒋君鹿潭也。匪子猷雪夜之船，来因乘兴；异张敏梦中之路，欢若平生。相与俯仰古今，斟酌损益，绎阮瞻之三语，研沈约之四声。于是得读所著《水云楼词》焉。夫倚声一道，厥工南渡；后有作者，等诸自郐。清词丽句，或嗤以声律无准。引商刻羽，则失之葩采不流。学者病焉，蒙有述矣。善乎休文之答韩卿。天机启，则律吕自调；六情滞，则音韵顿舛。诚祛惑之丹沙，摛词之藻镜也。以今证古，如鉴取影；词为诗余，不易此论。鹿潭所作，于九宫七始八十四调，不差累黍，而能天机开阖，六情谐畅。别具工倕，自成馨逸。视夫胶柱聆音，引绳约尺，目论一孔，技穷三变者，不啻水观海而泥忆云矣。况复资性过人，幼辨灯琖；默识在已，长知爨材。元亮读书，义无求于甚解；伯休卖药，名独畏夫人知。构思既深，每蹋壁而卧；造语有得，则闭门以吟。洎夫汉上题襟，扬州听鼓。十年短梦，付红桥水上之箫；五月思家，谱黄鹤楼中之笛。而盐铁之论，未申于文学；衙官之寄，尚屈于幕僚。几呼贺铸为老兵，笑左思为伧夫矣。宜其长卿善病，平子工愁。四时得秋气为多，八音唯金声最响。人来冀野，马价难高；客上樊楼，酒悲不少。旗亭驿壁，写行旅之萧骚；赵北燕南，极风怀之跌宕。读者徒知其词之丰，不知其遇之蹇也。仆妃豨未学，砚肆无分。才谢王筠，偶赏其雌霓；居邻淮海，爱唱其微云。差有一日之知，能无千秋之想？掩蓬蒿于旧径，君称元卿；忘词笔于春风，我惭何逊。

《水云楼词序》(《水云楼词》)

5. 周念永：

翁以沉博绝丽之才，为悱恻缠绵之体。燕钗蝉鬓，传恨空中；锦瑟瑶琴，知音弦外。综其一生，忧时念乱之怀，牢落坎壈之遇，而一以倚声出之。故语该正变，体兼风谕，于引商刻羽之中，寓沉郁苍凉之慨，卓然为一代之大家。仁和谭仲修谓咸丰兵事，天挺此才，为倚声家老杜。洵知言也。

《水云楼词跋》

6. 谢鼎熔：

吾乡词人，首推蒋鹿潭先生，一时海内翕然，有词中杜工部之称。俾读先生之词者，得以知人论世，庶于词中意内言外之旨，较易领会。

《水云楼词跋》

7. 杜文澜：

蒋鹿潭鹾参军春霖，江苏人，寄籍顺天。历署淮南鹾尹，曾练乡团御寇，吏治卓越，商民感之。性好长短句，专主清空，摹神两宋。遇文士必引以作词，娓娓不倦。……鹿潭一往情深，性复倜傥，有豪侠气。为词专取神韵，酒酣辄琅琅自歌之。尝为余言，欲采中晚唐佳句入词，冀益深厚。今宗湘文太守续刻其遗词四十九阕，果能不负所约，惟稍务色泽，不免间涉饾饤耳。

《憩园词话》卷四

8. 谢章铤：

《水云楼词续》一卷，江阴蒋鹿潭春霖撰。宗源瀚序云："鹿潭先刻《水云楼词》于东台，同时作者，莫不敛手。而鹿潭慨然自谓欲以骚经为骨，类情指事，意内言外，造词人之极致。訾以南唐两宋，意弗满也。"按此亦前人已发之论，然得其意则可耳，若但涂泽字面则非矣。且亦惟短调能存古意，使长调故为惝恍之辞，似可解似不可解，读之终篇，不得其注意之所在，岂得谓之工哉？鹿潭长调颇觉郁晦，正坐此病耳。然其说则不可废也。

《赌棋山庄词话续编》三

9. 王诒寿：

〔徵招〕

《蒋鹿潭春霖水云楼词续，读之凄婉欲绝，其集中本事使人言愁欲愁。酸鼻微吟，遂成此解》

星河澹月秋鸿夜，呜呜洞箫吹起。故国又新霜，怅羁人千里。吟豪重料理。判付与、怨红颦翠。脉脉吴波，依依楚梦，断魂情味。　　抱得钿箜篌，萧娘老、青春十年弹指。江北望江南，奈飘零如此。湘累千古恨，但一片、际天烟水。西风泪、尚未销磨，是玉笺珠字。

《笙月词》卷五

10. 谭献：

阅蒋鹿潭《水云楼词》，婉约深至，时造虚浑，要为第一流矣。阅项莲生《忆云词》，篇旨清峻，托体甚高，一扫浙中喘腻破碎之习。莲生仰窥北宋，而天赋殊近南唐。丁稿一卷，遍和五代词，合者果无愧色。有明以来，词家断推湘真第一，饮水次之。其年、竹垞、樊榭、频伽，尚非上乘。近拟撰《箧中词》，上自饮水，下至水云。中间陈、朱、厉、郭、皋文、翰风、枚庵、稚圭、莲生诸家，千金一冶，殊呻共吟，以表填词正变，无取刻画二窗，皮傅姜、张也。（《复堂日记》戊辰）

文字无大小，必有正变，必有家数。《水云楼词》固清商变徵之声，而流别甚正，家数颇大，与成容若、项莲生二百年中，分鼎三足。咸丰兵事，天挺此才，为倚声家杜老。而晚唐两宋一唱三叹之意，则已微矣。或曰："何以与项并论？"应之曰："阮亭、葆馚一流，为才人之词。宛邻、止庵一派，为学人之词。惟三家是词人之词。与朱厉同工异曲，其它则旁流羽翼而已。"（《箧中词》）

《复堂词话》

11. 宗源翰：

同治壬戌以后，予居泰州数年，兵戈方盛，人士流离。渡江而来，率多才杰。一时往还，如王雨岚、杨柳门、姚西农、黄琴川、钱揆初、黄子湘，皆以诗名，而蒋鹿潭之词尤著。鹿潭名春霖，江阴人，少负隽才，不拘绳尺，屡不得志于有司，乃俛就盐官，尝权东台场，恤灶利，课团丁御侮，人咸德之。罢官后，犹供食数年。生平抑塞激宕之意，一托之于词，运以深沉之思，清折之语，先刻《水云楼词》于东台，同时作者莫不敛手。而鹿潭慨然自谓，欲以骚经为骨，类情指事，意内言外，造词人之极致。誉以南唐两宋，意弗满也。鹿潭既死，子汉卿裒其未刻之词畀予，予弟载之，复于箧中得乡所札致者，都为四十九首，并以付梓。鹿潭晚岁困甚，益复无聊，倒心回肠，博青眸之一顾，词中所谓黄婉君者，聚散乖合，恩极怨生，鹿潭卒为婉君而死，婉君亦以死殉鹿潭。濒死，向陈百生再拜，乞佳传，从容就绝，论者谓此可以慰鹿潭，而鹿潭愈足伤矣。鹿潭复能诗，予弟亦尝录其可传者数十篇，安得与雨岚、柳门、西农、琴川、揆初、子湘诸故友之作，搜辑而并刊之，一慰幽沉于地下乎？

《水云楼词续集序》(《水云楼词》)

12. 陈作霖：

江阴蒋鹿潭（春霖）以鹾尹需次广陵，工于倚声，著《水云楼词》一册，草窗、白石，具体而微。

《水云楼词跋》(《冶麓山房藏书跋尾》)

13. 金武祥：

词之为道，至我朝而尊矣。雍乾以来，倚声之学，吾州号称极盛。阳湖张先生惠言，宜兴周先生济，该正变，兼讽谕，英绝领袖。郁为两大宗。厥其闰位余裔，旨乖趣歧，家鹜众衒，稍稍衰息。鹿潭起而坠绪以振，其流派不尽守宛邻之旧，然相望百余年间，水云一家，遂与茗柯、止庵三鼎其足。天所以蹇其遭，吝其年，坎壈其身，以昌其词，庸偶然耶。仁和谭仲修目："咸丰兵事，天挺此才，为倚声家老杜"。推挹至矣，知言哉，知言哉！

《蒋君春霖传》

14.《清史稿》：

清世工词者，往往以诗文兼擅，独性德为专长，仁和谭献尝谓为词人之词。性德后，又得项鸿祚、蒋春霖，三家鼎立。

春霖……工词。时方乱离，彷徨沉郁，高者直逼姜夔。

《文苑传一》

15. 王鹏运：

〔玉漏迟〕《题蒋鹿潭〈水云词〉》

玉箫沉旧谱。鼓鼙声里，暗愁如诉。浊酒孤吟，谙尽天涯风露。除是杨花燕子，更谁解、漂零念汝。江上路，伤心消得，芜城一赋。　　凄凉蕙些兰骚，叹哀乐无端，如相告语。烟月陈隋，金粉工愁尔许。休怨城笳戍角，算听到、无声更苦。慵觅句，疏灯夜窗红芜。

《半塘定稿·味梨集》

16. 继昌（李佳）：

江阴蒋鹿潭春霖，工词，刻有《水云楼稿》。有句云："压春潮、一船幽恨。"又云："树影满地压冻月。"又云："老红吹尽春无力。"又云："瘦腰不恨秋来早，恨秋来偏在天涯。"又云："过却清明春是客。"又云："恨西风、吹淡白鸥心。"练字练意，极词家能事。

《左庵词话》卷上

17. 陈廷焯：

鹿潭词，深得南宋之妙，于诸家中，尤近乐笑翁。竹垞自谓学玉田，恐去鹿潭尚隔一层也。词至国初而盛，至乾嘉以后乃精。庄中白夐乎不可及已，皋文、仲修亦骎骎与古为化。鹿潭稍逊于皋文、庄、谭之古，而才气甚雄，洵铁中之铮铮者也。

《词则·大雅集》卷六

18. 陈廷焯：

蒋鹿潭《水云楼词》二卷，深得南宋之妙。于诸家中，尤近乐笑翁。竹垞自谓学玉田，恐去鹿潭尚隔一层也。

词至国初而盛，至毗陵而后精。近时词人庄中白，夐乎不可尚已。谭氏仲修，亦骎骎与古为化。鹿潭稍逊皋文、庄、谭之古厚，而才气甚雄，亦铁中铮铮者。

鹿潭词，如〔东风第一枝〕……似此皆精警雄秀，造句之妙，不减乐笑翁。

鹿潭深于乐笑翁，故措语多清警，最豁人目。集中〔谒金门〕（人未起）一章、〔甘州〕（又东风唤醒一分春）一章两篇，情味尤深永，乃真得玉田神理，又不仅在皮相也。

鹿潭穷愁潦倒，抑郁以终，悲愤慷慨，一发于词。如〔卜算子〕……何其凄怨若此。（卷五）

词有表里俱佳，文质适中者……有文过于质者，李后主、牛松卿、晏元献、欧阳永叔、晏小山、柳耆卿、陈子高、高竹屋、周草窗、汪叔耕、李易安、张仲举、曹珂雪、陈其年、朱竹垞、厉太鸿、过湘云、史位存、赵璞函、蒋鹿潭是也。词中之次乘也。（卷八）

《白雨斋词话》

19. 文廷式：

自朱竹垞以玉田为宗，所选《词综》意旨枯寂，后人继之，尤为冗漫，以二窗为祖祢，视辛、刘若仇雠，家法若斯，庸非巨谬？二百年来，不为笼绊者盖亦仅矣。曹珂雪有俊爽之致，蒋鹿潭有沉深之思，成容若学阳春之作而笔意稍轻，张皋文具子瞻之心而才思未逮，然皆斐然有作者之意，非志不离于方罫者也。

《云起轩词自序》（《云起轩词》）

20. 朱祖谋：

《水云词》，尽人能诵其隽快之句，嘉道间名家，可称巨擘，宜复翁仰倒赏击，而有会于冰叔李肇增之言也。顾其气格，驳而不纯，比之莲生差近之，正惟其才仅足为词耳。

《手批箧中词》

21. 朱祖谋：

〔望江南〕《杂题我朝名家词集后》

穷途恨，斫地放歌哀。几许伤春忧国泪，声家天挺杜陵才，辛苦贼中来。

《彊村语业》卷三

22. 况周颐：

维扬本莺花薮泽……浮湛宦辙，代有名流。如项莲生、蒋鹿潭，并倚声专家，希踪北宋。

《蕙风词话续编》卷一

23. 张鸿：

〔凄凉犯〕《题蒋鹿潭〈水云楼词〉》

长安巷陌难消遣，秋声做尽萧索。怜卿何事，几多泪影，都付寒角。酒怀正恶，忍重说、秋云情薄。镇负他、炉烟九曲，长自伴幽漠。　当日闲踪迹，澹醉言愁，哀吟行乐。玉人犹在，倚清箫、细商摇落。如此天涯，应更觉飘零无着。想词人、分受凄凉，订旧约。

《蛮巢词稿》

24. 俞陛云：

蒋鹿潭《水云楼词》，为江东之秀，上几南宋。

《吟边小识》卷四

25. 徐珂：

后七家者，张惠言、周济、龚自珍、项鸿祚、许宗衡、蒋春霖、蒋敦复也。……七家中莲生、海秋、鹿潭之作，大都幽艳哀断，而鹿潭尤婉约深至，流别甚正，家数颇大，人推为倚声家老杜。

《近词丛话》

26. 冒广生：

江阴蒋鹿潭春霖所著《水云楼词》，多清商变徵之音，而流别甚正。谭仲修谓："咸丰兵事，天挺此才，为倚声家老杜。"仲修固不为妄叹者也。丙申、丁酉间，余寓吴门，识其犹子玉棱，亦善填词，以鹿翁随狙拾橡图属题，始得读翁词集及《东淘杂诗》。翁尝权东台场大使，其时带甲天地，四方才士，多寓江北，若王雨岚、杨柳门、姚西农、黄琴川、钱揆初、黄子湘诸人，皆以诗名。翁以舞剑扛鼎之雄，出轻拢缓拨之调，哀感顽艳，穷而愈工。

《小三吾亭词话》卷一

27. 张尔田：

咸同戎马，鹿潭以卑官声于江湖间。……尔田少侍先子，言尝从鹿潭学为词，鹿潭自诩其词曰白石俦也。

《词莂序》

28. 狄葆贤：

鹿潭倚声，清迈冠时，若有天授。遭逢丧乱，流离江北。同治初年，乱定遽卒……明远《芜城》之赋，子山《江南》之哀，千祀而下，此堪接席矣。

《平等阁诗话》卷二

29. 王国维：

谭复堂《箧中词选》谓："蒋鹿潭《水云楼词》与成容若、项莲生，二百年间，分鼎三足。"然《水云楼词》小令颇有境界，长调惟存气格。《忆云词》精实有余，超逸不足，皆不足与容若比。然视皋文、止庵辈，则倜乎远矣。

《人间词话删稿》

30. 徐沅：

道咸以来，世途艰难，词流忾叹……于时复堂怊怅述情，如诗家之有庾信；鹿潭乱离写恨，如诗家之有杜陵。身世飘零，音流凄婉。

《词综补遗序》

31. 吴梅：

定四声之法，实始于蒋鹿潭。其《水云楼词》，如〔霓裳中序第一〕、〔寿楼春〕等，皆谨守白石、梅溪定格，已开朱、况之先路矣。

鹿潭雄才，得白石之清，而俯仰身世，动多感喟。庾信萧瑟，所作愈工，别裁伪体，不附风气，骎骎入两宋之室。

洪杨之乱，民苦锋镝，《水云》一卷，颇多伤乱之语。以南宋之规模，写江东之兵革，平生自负，接步风骚，论其所造，直得石帚神理。

嘉庆以前，词家大抵为其年、竹垞所牢笼。皋文、保绪，标寄托为帜，不仅仅摹南宋之垒，隐隐与樊榭相敌，此清朝词派之大概也。至鹿潭而尽扫葛藤，不傍门户，独以风雅为宗，盖托体更较皋文、保绪高雅矣。词中有鹿潭，可谓止境。谭仲修虽尊庄中白，陈亦峰亦崇扬之，究其所诣，尚不足与鹿潭相抗也。词有律有文，律不细非词，文不工亦非词，有律有文矣。而不从沉郁顿挫上著力，或以一二聪明语见长，如《忆云词》类，尤非绝尘之技也。鹿潭律度之细，既无与伦。文笔之佳，更为出类。而又雍容大雅，无搔头弄姿之态，有清一代，以水云为冠，亦无愧色焉。复堂论水云曰："文字无大小，必有正变，必有家数。水云词固清商变徵之声，而流别甚正，家数颇大，与成容若、项莲生分鼎三足。咸丰兵事，天挺此才，为倚声家老杜。而晚唐两宋一唱三叹之意则已微矣。"(《箧中词》五)余谓复堂以鹿潭得流别之正，此言极是。惟以成、项二君并论，则鄙意殊不谓然。成、项皆以聪明胜人，乌能与水云比拟？且复堂既以杜老比水云，试问成、项可当青莲、东川欤？此盖偏宕之论也。鹿潭不专尚比兴，〔木兰花〕、〔台城路〕固全是赋体，即一二小词如〔浪淘沙〕、〔虞美人〕亦直言本事，绝不寄意帷闼，是真实力量。他人极力为之，不能工也。至全集警策处，则又指不胜偻。

《词学通论》

32. 周曾锦：

昔谭仲修谓蒋鹿潭，咸丰兵事，天挺此才，为倚声家老杜。斯言当矣。与蒋同时唱和而工力悉敌者，有秀水杜小舫文澜……读蒋、杜二公之词，觉白石、梅溪，去今未远。天挺二老于咸同之际，亦词界之中兴也。

《卧庐词话》

33. 陈声聪：

清代词人蒋鹿潭《水云楼词》，怨慕凄婉，为嘉道间一大家。谭复堂谓天挺斯人，当与成容若、项莲生，二百年间，分鼎三足。盖以此三人为真词人之词也。

《读词枝语》（《填词要略及词评四篇》）

34. 张伯驹：

王渔洋诗主神韵自然，于词为近。虽非词家，而出语即自名贵。纳兰容若，清词中之南唐；朱竹垞，清词中之北宋。蒋鹿潭、项莲生，为有清词人之词，然以家数论，余以为蒋为大。

《丛碧词话》

35. 王煜：

《水云》既作，尽扫葛藤，汇纳百宗，蔚为变徵，家数类别，冠冕一朝，清词有斯，可谓至极矣。

《清十一家词钞自序》

36. 王煜：

有《水云楼词》及《剩稿》行世，恢雄秀艳，有词史之称，比于昔贤，盖诗家老杜，词国清真也。

《水云楼词钞》（《清十一家词钞》）

37. 郭则沄：

蒋鹿潭《水云楼词》，多感时伤乱之作，词中之少陵也。

《清词玉屑》卷四

38. 李宣倜：

逮夫道咸，鹿潭出焉，天才成绮，好语如珠，而其乱离身世，弥形哀乐过人。啼猿断雁，如闻子野清歌；细柳新蒲，不让杜陵野哭，同时《煮梦》、《忆云》，附庸而已。

《今词林弁言》（《同声月刊》第一卷创刊号）

39. 黄孝纾：

咸同以来，兵事俶扰，外患日亟。才智之士，蕴其忧闵忠爱、悱恻芬芳之怀，一寄于词，越世孤往，其绪益昌。远若蒋鹿潭，近若王半塘、郑大鹤、朱彊村诸人，虽各肸向阳湖，至其广己造哀，寄心家国，以蕲合拙、重、大之旨，虽起茗柯诸老于九泉，要不能无前贤后生之畏。

《清名家词序》（《清名家词》卷首）

40. 卢前：

〔望江南〕

狂歌处，忠爱在江湖。几许伤春闲涕泪，可知词客杜陵无？身世等沤凫。

《饮虹簃论清词百家》（《清名家词》）

41. 惠瑜：

凉叶飘帘，凄虫絮壁，夜窗无俚。读江阴蒋鹿潭《水云楼词》，满纸秋声，掩抑低回，不能自已。其〔凄凉犯〕《夜泊万福桥》……及〔台城路〕《金丽生自金陵围城出为述沙洲避雨光景感赋成此解》……二词写烽烟流离之状，恍同亲历。

《筠轩漫录》

42.《续修四库全书总目提要》：

春霖幼有才名，有“乳虎”之号，尝谓：“吾能诗非难，特穷老尽气，无以蕲胜于古人之外。作者众矣，吾宁别取径焉。”盖谓取径于词也。其曰“水云”者，取《饮水》、《忆云》以为名也。春霖中年，正值洪杨之乱，身世飘零，故多抚事感时之作。郁勃沉深，精警雄秀，曲折顿宕，千状万态。有迦陵之放而不粗犷，有秀水之雅而能浑厚，有茗柯之深而不专比兴，有饮水之艳而不觉软弱，有忆云之工而骨肉匀称，盖撷诸家之英而熔冶于一炉也。谭献谓“咸丰兵事，天挺此才，为倚声家老杜”，洵非虚誉。观其词，不特俯视清代词人，即置之两宋之中，亦卓然一大家也。……

谭献比之成容若、项莲生，固非其伦；而陈廷焯置之庄中白之下，尤为不合。棫法常州，而春霖不独不为二张所囿，即秀水、迦陵，亦不足以牢笼水云也。

《水云楼词二卷续一卷提要》

43. 《续修四库全书总目提要》:

周、蒋二家，不拘派别，是其相同，其余不相似也。春霖天资特异，之琦工力甚深；蒋词可谓大，周词可谓精矣。

《心日斋词集六卷提要》

44. 徐兴业:

蒋春霖《水云楼词》，璆然冠有清三百年，清灵处直逼白石，而身世感怀，发为沉郁。其〔渡江云〕云:“纵青衫无恙，换了二分明月，一角沧桑。”〔甘州〕云:“待攀取杨枝寄远，怕杨花比客更飘零。”又云:“画眉错问愁深浅。”皆惨淡，极自然，所谓自然，从惨淡中出者。一代雅音，遂得复见。谭复堂以之与成容若、项莲生并论，犹非允言。

《凝寒室词话》(《国专月刊》第一卷第二号)

45. 朱庸斋:

逮及清季，国运衰微，忧患相仍，诗风大变，声气所汇，词学复盛，名家迭出。此道遂尊，言志抒情，不复以体制而局限。故鹿潭、半塘、芸阁、彊村、樵风之作，托体高，取材富，寓意深，造境大，用笔重，炼语精。(卷一)

鹿潭亦守声，其守声之处，看似毫不费力。盖其工力、才力俱到炉火纯青之候，非声字所能约束者。然仍有极约束之处，写来亦拘滞也，此只就守声而论。(卷二)

鹿潭合婉约豪放为一手，以豪放派之气势，达婉约派之情致。故即艳语亦见笔力，无靡弱之弊。蕙风虽擅情致，但于雕琢中而见自然，故无轻薄语。

蒋春霖词，疏宕婉秀，高健沉郁，恪守格律而又自然流畅，字面玉田、碧山，笔势则东坡、稼轩，格调则清真、白石。沉郁顿挫，谭献以“词中老杜”称之，虽似过誉，然其慢词慷慨悲愤，于艺术上自为有清一代之冠矣。

鹿潭长调多用赋体。赋体笔力须健挺，积健为雄，始无拖沓之弊。

清代浙西词家自命学玉田，徒得空疏破碎，盖单从修辞、用笔处学故也。鹿潭学玉田，则有所发展，参以稼轩之健，白石之峭，用笔重，故不浮，取景大，故见拙。玉田多淡语，毫不用力，得自然真趣，鹿潭作淡语而著力，似不经意而实经意，此乃清词与宋词区别之处也。

鹿潭以善用重笔见胜，其小令乏轻灵婉秀之致，本只平平，然一用重笔，则又所谓下语镇纸者。（卷三）

《分春馆词话》

童华

童华（1818—1889）字惟究，号薇研，浙江鄞县（今属宁波市）人，道光十八年（1838）进士，官至礼部右侍郎。著有《竹石居文草》、《诗草》。词有《竹石居词草》一卷、《川云集》一卷。

1.《续修四库全书总目提要》：

是编《词草》三十三首，《川云集》一百零八首。《川云集》者，华自京奉使滇、蜀往返纪程之作也。〔风蝶令〕《灞桥》云："柳积烟痕薄，山围野色宽。石桥千尺水潺潺。送尽劳劳车马出长安。　纵目风尘外，无心去住闲。汉唐离绪不相关。但觉朝来雪意近驴鞍。"此首颇有情致，余如〔雪梅香〕之写雪山关、〔蓦山溪〕之写威宁州，亦能随势圆融，如见胜境。然自全部观之，笔力虽具，而少所绳束，时入粗滑，为可惜耳。《川云集》中所纪景、事尚可供参证也。

《竹石居词草一卷川云集一卷提要》

姚辉第

姚辉第（1818—？）字子箴，号稚香，河南辉县人。道光十八年进士，官江苏上海知县。有《菊寿庵词稿》四卷。

1. 杜文澜：

姚稚香大令辉第，一字子箴，河南辉县人。弱冠与道光戊戌科进士，以知县即用发江苏，一权上海县，以催科被议。复官后，抑郁而终。所著《菊寿庵词》四卷，其婿吴槎仙司马为付梓，属余校订。其词摹仿二窗，深得玉田三昧。抒情咏物，小令、慢词，无不美备。……稚香咏物，心思极细，深入显出，所谓成如容易却艰辛也。

《憩园词话》卷二

2. 杜文澜：

〔齐天乐〕《校姚子贞大令〈菊寿庵词集〉题后》

洛阳词客知名久，青年再跻琼榜子贞河南人，弱冠中戊戌科进士，分发江苏。歇浦鸣琴曾权上海县，因公罣误，苏台听鼓，都付红牙低唱。幽思艳想。算渔笛蘋洲，替人无两。吏隐江南，杏花春雨任游赏。　扬州记曾暂聚，九秋同按拍集中秋角词即同赋之作，情事犹曩。庾信愁多，文园病久，云里飞凫长往。休还怅惘。赖玉润耽吟词为子贞女夫吴槎仙司马所刊，锦题无恙。感旧讴歌，暗霜添鬓上。

（《采香词》卷四）

3. 应宝时：

〔高阳台〕《题〈菊寿庵词集〉》

珠雪团窗，琼冰涤盏，天涯人共萧骚。旧恨新愁，一齐载上寒潮。青衫各有伤心泪，度新腔、谁擫红箫。扣轻桡。碧海西流，脉脉魂销。　还君词卷低回绝，似当年公瑾，许醉醇醪。埋怨梅花，无端邓尉相招。彝楼灯火留难住，趁仙人、翠羽飘飒。问天高。明月何年，同放鸾绦。

《射雕山馆词》

潘曾玮

潘曾玮(1818—1885)字宝成，又字季玉，号玉泠，晚号养闲居士，江苏吴县(今苏州)入。大学士潘世恩幼子。荫生，官太常博士、刑部郎中。太平军攻克苏州时，曾登英舰劝阻英人戈登军变。精倚声，其昆仲如曾沂、曾绶、曾莹等均能词。著有《自镜斋文钞》、《诗钞》，词有《玉洤词》、《咏花词》各一卷。

1. 姚燮：

仆尝论词，近代于君家诸昆，尤心韪焉。功甫之词如瘦鹤语岑，迥籁生碧。星斋之词如幺凤振筱，纤影扤烟。绂庭之词如孤鹇在蕖，疏香泥梦。君则植体能洁，研旨善醰。晚秋风初，云得水致；晓春雨过，石为藓青；梅花之香不在息而挹之无近，人之媚不在目而流之有光，敛游以入沉，引曼以归雅。

《玉洤词序》(《玉洤词》)

2. 张曜孙：

其思深，故言近旨远；其志隐，故如幽匪藏。以《国风》、《小雅》之心，《离骚》、《九歌》之诣，约之于短章篇什之内，阖辟回互，缠绵反复以寓之。

《玉洤词跋》(《玉洤词》)

3. 潘曾莹：

余弟季玉工填词，清微绵渺，得弦外之旨。野桥不轻许人，于季玉词辄叹羡不置。

《玉洤词序》(《玉洤词》)

4. 杜文澜：

季玉观察曾玮，太傅公季子……少年时，即好为词章，诸兄科名鼎盛，群君翩翩裙屐，诗酒徜徉，尤专心于意内言外之学。

伯仲之词，间有不肯害意而出入者，君独恪守律吕，同人诩为白眉。所刊《玉洤词》百余阕，阳湖张仲远观察录三十阕刊入《同声集》中。今录〔菩萨蛮〕七阕云……此七阕寄托遥深，缠绵宛转，与《握兰》、《金荃集》之二十首，同一机杼。其前后结第三字均用平声，尤得方山尉遗意。又集中有〔洞仙歌〕咏叶词十二阕，皆沉雄之语。戴文节公极激赏，以为可成一代巨手。惜限于篇幅，不甚备录。其长调，〔如此江山〕和人画兰之作云……此二词抑扬如意，无纤尘犯其笔端。〔如此江山〕用去上声三处，〔忆旧游〕后结第四字用入声，勘律之细，尤为近所罕覯。此外长调、小令，悉可播之管弦，自足寿世。

《憩园词话》卷二

5. 潘曾玮：

余弱冠即学为词，当时侪辈谬相推许，辄自矜惜。及见张皋文、翰风两先生《词选》，读其所为序，乃悟向之所作，如灭烛夜行，虽驰逐毕生，不离幽室，今而后始识康庄也。夫词虽文章余事，必本诸性情，归于风雅，六书以“意内言外为之词”。盖作者缘情造意，有感斯通，因物寓言，虽微必中，故使读者于此反复流连，有兴观群怨之思而不能自已焉，斯为工矣。至于摹缋风月，刻画虫鱼，虽眩异矞新，取悦时尚，不过雕琢曼辞以自饰，曷足贵乎？

《玉洤词自序》（《玉洤词》）

6. 潘曾玮：

子久（按：承龄）与余，皆取法于张氏（按：张惠言）。

《词辨序》（《介存斋论词杂著》附录）

7.《续修四库全书总目提要》：

自序谓弱冠即学为词，当时侪辈相推许，辄自矜惜。及见张皋文、翰风两先生《词选》，读其所为序，乃悟向之所作，如灭烛夜行，虽驰逐毕生，不离幽室，今而后始识康庄云云。述其词学之经历也。然观其所作，实出南宋，而于缘情造意、因物寓言之旨，尚未能融化无迹。比之二张，不如远矣。

《续修四库全书总目提要·玉洤词一卷》

苏汝谦

苏汝谦（1819—1869）字栩谷，一字虚谷，广西灵川人。道光二十三年举人，官直隶新乐县知县、蓟州知州。有《雪波词》，收入《粤西词四种》本。

1. 苏汝谦：

余少不喜倚声，后游周稚圭中丞幕，得读其《金梁梦月词》，并见所选古词二十家。花朝月夕，时闻绪论，稍识此中门径，然未尝作也。辛亥逆泉陷永安，余佐荔江戎幕，吾友王君少鹤适随帅节来驻于此。君故精词，每侘傺不自得，有所作，强余属和。时大军顿于坚城之下，累月不能拔。杨柳之悲，采薇之感，情不自禁，因而效颦。偶一篇成，君辄许可，知吾友诱我也。未几，贼溃围出，屡蹶复起，东南震动。少鹤北去，余则流离转徙，奉老母避难村谷间。目击时事，则无路请缨；足茧荒山，则自伤狼狈。终日咄咄，常倚此事为性命。往往酒边灯畔，独弦哀歌，亦可悲矣。越岁丙辰春，奉慈舆北行，复与少鹤会京师，酒酣耳热，时一唱和。自抵新乐，久辍弗为，解任复来，稍稍有作，都不及十首。自念此后尘俗日甚，兹事当废。因裒集旧作共若干首，而志其缘起如此，并寄少鹤为我订正焉。嗟夫，铜鼓楼中，风云已变；金梁桥上，霜月都迷。自稚圭先生退居林下，久不得消息。回忆军门清燕，拓戟高歌，承平风景，何可复再，恨不得向梦月词人面质也。

《雪波词自叙》（《雪波词》）

2. 谭献：

桂林山水奇丽，唐画宋词之境。苏君超超，非少鹤丈所能掩，亦不负灵区矣。后起有王幼遐、况夔笙，宫商举应，伶翟争传已。

（《箧中词》）

《复堂词话》

3. 王鹏运：

先生受词学于金梁外史，又与家通政、龙方伯为云霞交。通政、方伯俱善长短句，宜其清空绝俗也。先生词颇近玉田、碧山，而琢句选词尤与金梁为合。渊源有自，信不诬也。

《雪波词后记》（《雪波词》）

孙鼎臣

孙鼎臣（1819—1859）字子余，号芝房、苍筤，湖南善化人。道光十五年举人，二十五年（1845）进士，改庶吉士，授翰林院编修，官至翰林院侍读，充日讲起居注官。鼎臣为能吏之才，通古今学士，晓政事利害。精诗文，曾受学于梅曾亮。词有《苍筤词钞》一卷，附于《苍筤初集》。

1. 张德瀛：

孙子余鼎臣词，如女萝摆风，兔丝吹动。善化人，有《苍筤词钞》。《词徵》卷六

郑兰孙

郑兰孙（1819?—1861）一作兰荪，字娱清，号蘅州，浙江钱塘人。仁和徐鸿谟室。有《莲因室词集》一卷，与《莲因室诗集》合刊；《都梁香阁词》，与《都梁香阁诗集》合刊。

1. 张德瀛：

郑娱清兰孙词，如瑶石含光，可鉴毛发。钱塘人，有《莲因室词》。

《词徵》卷六

2. 徐珂：

钱塘郑太夫人名兰孙，字娱清，为仁和徐若洲司马鸿谟之妇，花农侍郎琪之母。工诗词，闺中赓唱之暇，尝以课子。自道光丙申至咸丰壬子，删存诗词八百余首，分为两集，一曰《都梁香阁》，一曰《莲因室》。中以随宦江北时所作者多，方粤寇之初陷扬州也，从其姑孙太夫人仓卒出城，服物皆不复顾。惟奉先世画像及高宗赐文穆公本诗墨迹，并司马为太夫人所书诗词手册以行。其后恭亲王奕忻题诗于侍郎所刊太夫人之诗词集，有二句云“漫将赵管图书拟，忠孝遗徽此帧中”即指此也。太夫人吟咏余晷，喜讽梵经。其在如皋时，居东岳禅院旁，尝以十四昼夜礼《妙法莲华经》七部，故其所作，时有禅悟，与司马所著之《薝蔔花馆诗》，并称于时。

《近词丛话》

李裕

李裕（生卒年不详）字其昌，号房山，浙江鄞县人。著有《原上草》一卷。

1. 谢章铤：

李房山裕倡词学于四明，和者颇众，其自业亦时有胜撰。

《赌棋山庄词话》卷七

樊景升

樊景升（生卒年不详）字鹤舲，直隶天津人，著有《湖海草堂词》一卷。

1.《续修四库全书总目提要》：

景升……自谓撰词二十年，深知此中甘苦，实非自矜之语。观其属辞，靡不妍雅。其〔徵招〕《咏春草》一阕，虽稍嫌肤露，而清新宛转，自然成趣；〔百字令〕《题朱小山茂才苍梧读书图》一阕，亦疏朗可喜也。

《湖海草堂词一卷提要》

边浴礼

边浴礼(1820—1861)字夔友，号袖石，直隶任邱(今属河北)人。道光二十四年(1844)进士。改庶吉士，授翰林院编修，历官吏科给事中，后以军功授河南布政使。浴礼有经济之才，而终身不废吟咏。事迹见《清史列传》。有《健修堂诗集》。浴礼博闻宏览。于书无所不读，时以才子目之。问词法于陶梁，得其传，与王柏心齐名，有“燕楚两奇士”之目。早在道光十八年，与沈涛、金泰等唱和，编《洺州唱和词》一卷，声名远播。继而有《空青馆词》三卷，附集以行。又和英山金泰合刻《燕筑双声》词集。

1. 沈涛：

边君袖石问词法于陶凫芗先生，得不传之秘。在天雄幕中所作甚多，近游洺州，出以相示。宫调要眇，分寸吻合，并皆佳妙，体物尤色色工绝，类《乐府补题》中语。

《空青馆词稿序》(《空青馆词稿》)

2. 谭献：

袖石方伯填词，刻意南宋，位置在草窗、玉田间。

(《箧中词》)《复堂词话》

3. 张德瀛：

边袖石浴礼词，如静夜鸣蛩，助人叹息。任邱人，有《空青馆词》。

《词徵》卷六

4. 《清史列传》：

边浴礼……时以才子目之。与马寿龄、杨淞、华长卿、陶梁相友善。其和梁消夏诸词，梁亟赏之，以为清和谐婉，有南宋人风味。

《文苑传二》

5.《续修四库全书提要》：

裕礼受词学于陶梁，故其词以姜史为宗，而浅视辛刘。集中多清新婉雅之作，虽咏物甚多，而体贴入微，使读者不以为病，惜未能得碧山之深也。又有效《侧帽》、《乌丝》诸体，其实《侧帽》长于令曲，不工于慢词，既压辛刘，亦不必效《乌丝》，此皆偶一为之，不足以括全体也。

《空青馆词稿提要》

6. 卢前：

〔望江南〕

恢雄概，肮脏想空青。纵不与坡分一席，亦知野史有新亭。击楫叹零丁。

《饮虹簃论清词百家》（《清名家词》）

程鸿诏

程鸿诏（1820—1874）字伯敷，原籍安徽黟县，以顺天府大兴县籍中道光二十九年（1849）举人，选鸡泽教谕。后入曾国藩幕。著有《有恒心斋全集》、《夏小正集说》等。《全集》有《有恒心斋诗余》二卷。

1.《续修四库全书总目提要》：

气机流走，亦有新警之句，时犯浮荡之病，为可惜也。然兴之所至，偶见佳篇，如〔江城梅花引〕《荆州》云："潇潇凉雨打轻舟。正新秋。奈新秋。手把一尊，乘兴醉芳洲。雁又不来天又远，者时节，在荆州，听水流。　水流。水流。不胜愁。雨乍收。云乍稠。梦也梦也，梦不到、明月西楼。只觉无端，心事上心头。独自问花花不语。尽容与，一声声，数水筹。"读之令人凄绝也。

《有恒心斋诗余二卷提要》

金泰

金泰（生卒年不详）字改之，湖北英山人，师事郭麐、沈涛，与边浴礼等人唱和，咸丰初入李鸿章幕，卒于军中。有《佩蘅词》一卷、补遗一卷。

1. 边浴礼：

〔洞仙歌〕《题改之词后》

江东词客，爱扬州烟月。花底匆匆悔轻别。算滹沱、过了又渡桑干，愁寂历，蕙带荷衣冲雪。　复翁仙去后，减字偷声，一瓣心香向谁爇。剪烛话飘零，俊语消魂，怕提起、旧家时节。只梦里、晓寒赋初成，比夜雨梧桐，一般凄绝。

《空青馆词稿》卷二

2.《续修四库全书总目提要》：

泰师郭麐、沈涛，而友边浴礼，故词学甚深，涛又以《饮水》、《侧帽》相拟。平心论之，泰之词品高于频伽，工力亦不在匏庐之下，空青有声当时，以视是编，实亦伯仲之间耳。令曲虽不如《饮水》，而慢词则过之。此其大较也。〔浣溪沙〕《纪事》云："指点朱楼大道旁。玉扃向晚叩西厢。一弯新月画眉窗。　肌雪酥融疑著粉，衫痕红退尚生香。倾城却在未梳妆。"芊绵清丽，用笔高古。其〔瑶华〕《白秋海棠》一首，可以嗣音草窗，盖其慢词准法南宋，而令曲原于《花间》、小山、淮海、《饮水》诸家也。

《佩蘅词一卷补遗一卷提要》

周闲

周闲（1820—1875）字存伯，一字小园，号范湖居士、存翁、范湖余吏。浙江秀水（今嘉兴）人。家道中落后，游幕浙东。道光末年，游食楚北，后返吴中佐戎幕，以谋划镇压太平军有功得六品衔。同治三年（1864）官江苏新阳知县，因与大吏龃龉，挂冠归隐吴门。闲善古文辞，又精书法丹青，工诗词曲。著述颇丰，因兵燹，多毁佚。今存《范湖草堂遗稿》，有《范湖草堂词》三卷。

1. 蒋敦复：

阅他人词，用目力十三四，足矣。至范湖词，光透楮背，复往来墨面数过，才识庐山真际，如费目力何。

蒋氏《志》语

2. 周闲：

于败簏中得十年前旧词三百首，盖最初写本犹未删定者也。词固不工，要于古今各家之外，别具一种面目。不忍弃捐，重写一过，厘为三卷以待改削。

《范湖草堂词自记》

项纫

项纫（生卒年不详）字祖香，浙江钱塘人，屏山夫人纫妹，诗、词、文、字、画皆妙。

1. 沈善宝：

余向屏山索祖香诗稿，屏山云："吾妹素不存稿，当写书往问。今仅记其词数阕，子可采择。"余读一过，芬芳婉转，可与《生香》颉颃，《花帘》轩轾。如〔江南好〕《西湖》云："西湖好，侵晓出春城。花片片飞三月雨，柳阴阴处一声莺。人在画中行。"〔减字木兰花〕《西湖怀古》云："宫车晓趱。全宋山河输一半。安稳杭州。回首中原唱莫愁。　　西湖花月，云里帝城双凤阙。多少官家。雨冷冬青咽暮笳。"〔捣练子〕《送春》云："花带泪，柳含颦，风雨无情只送春。一篇杜鹃啼不住，伤心多少倚阑人。"〔木兰花慢〕《咏蝶》云："整翩翩粉翅，愁燕子、避莺儿。向细草阑干，游丝庭院，双宿双飞。腰肢瘦来一搦，爱红香影里镇相随。花底可怜踪迹，梦中何处，天涯深闺。　　风景正芳菲。长相傍帘帏。早倚窗人见，绣上罗衣。依依似嫌春晚，更几番萦绕绿杨枝。忍把泥金小扇，等闲追过墙西。"

《名媛诗话》卷六

王济

王济（1820—1872 后）字康甫，自号莲舟、扶荔生，湖南湘潭人。诸生。见赏于张金镛，以军功授通判。有《扶荔生覆瓿词》一卷，附于《扶荔生覆瓿集》。

1. 张德瀛：

王莲舟济词，如劲弓五石，力求穿札。湘潭人，有《覆瓿集词》。

《词徵》卷六

谢章铤

谢章铤（1820—1903）字枚如，别号藤阴客、江田生，晚号药阶退叟，福建长乐人。同治四年举人，光绪三年（1877）进士，官内阁中书，主江西白鹿洞书院、福建致用书院等。少苦读，涉猎广泛，后专力于经世之学。治诗古文词数十年，以词为胜。章铤为闽地“聚红榭词社”的组织者，词论为近代一大家。有《酒边词》八卷，附于《赌棋山庄集》；《赌棋山庄词稿》一卷。另有《赌棋山庄词话》十二卷、《续编》五卷。

1. 符兆纶：

〔浣溪纱〕

剪雪裁云艳此才。离骚别派有余哀。苏辛抗手见君来。　醉倚三山吹玉笛，晓风残月钓龙台。当年柳七愧俳谐。

《酒边词》题词

2. 刘存仁：

同年友谢君枚如，弱冠负异才，出语辄惊老宿。其为诗，嵚崎磊落，奇气拂拂从十指出，读竟不胜屈服。嗣出其《词话》一卷相视，捃摭遗闻，旁采近什，浸淫不已。于词道奥窔，实能窥见三昧，惜乎余之不足以语此也。顾念声音之道，感人最微。雍门之琴，河西之讴，即素不相习者，闻之犹且凄人心脾，竦人毛发，缠绵凄咽，若不知歌泣之何因者，动于所感也。今读枚如之文，峭厉廉悍似韩非，连忭恢谲似蒙叟，已适适然诧为奇才。继读枚如之诗，骚情掩抑，一弦一心，如老鹤孤唳，幽兰独笑。今又旁溢而为诗余，以抒其抑扬抗坠骀宕不尽之思。乌乎，美矣，而谓能移我情，否耶。枚如好奇服，性落落寡合。同谱中辱与余善，谬以为知音，投诗枉赠。而余则蒲柳早衰，心精销耗，无以答其相勉之意。回忆壮盛年华，几若前尘宿梦。挑灯卒读，拔剑起舞，为之唱〔浪淘沙〕一阕，不禁涕泗之沾襟也。

《赌棋山庄词话序》

3. 刘存仁：

斫剑高歌笔有神，酒边肝胆照输囷。

南朝金粉愁如汞，北地胭脂惨不春。

明月团团中著我，空潭黯黯古无人。

请听铁板铜琶唱，肯逐屯田车后尘。

《题谢枚如酒边词后》(《屺云楼集初集》卷八)

4. 谢质卿：

〔金缕曲〕《学集中体》

那有埋忧地。向人间、将歌将哭，非痴非醉。闽峤烟花燕市月，一任水流云滞。只博得、狂名如沸。酒国诗城随去住，放吟魂，宇宙闲游戏。问谁识，个中意。　　青门快把春风袂。趁良宵、调宫按羽，剪灯无寐。似此清才犹不遇，愧我尘寰虚寄。更休说、乌衣门第。落落吾宗衰歇久，望东山、事业君其继。请善养，浩然气。

《酒边词》题词

5. 刘家谋：

〔贺新凉〕

不断情根蒂。数从头、骚忧雅怨，总含秋意。倘使人寰皆乐境，那讨这般文字。恐满纸、都无生气。只是天心真叵测，算有才，如此非容易。偏分外，相摧弃。　　生成异样愁肠胃。汝和侬、薤酸蓼苦，一般滋味。便是持杯还舞剑，怎得淋漓尽致。幸有此、牢骚堪寄。但自酣嬉原得计，怕千秋、以后伤心辈。又惹出，许多泪。

《酒边词》题词

6. 黄宗彝：

贾生云天下事有可为长太息者，有可为痛哭者。苏子云嬉笑怒骂皆成文章。虽然，太息者吾知其为太息，痛哭者吾知其为痛哭，嬉笑怒骂者吾知其为嬉笑怒骂。枚如之词，太息耶？痛哭耶？嬉笑耶？怒骂耶？嬉笑之不已而怒骂之，怒骂之又不已而太息之，太息之终不已而痛哭之，嬉笑、怒骂、太息、痛哭之俱不已，而变为离奇惝恍，缠绵悱恻之语，以求容于世，使世之人读之，喜之，悦之，爱之，慕之，仍忘其为嬉笑也，怒骂也，太息也，痛哭也。解此意者，可与读枚如之词，而枚如之词可不作矣，然而天下之可嬉笑、怒骂、太息、痛哭者自在也，而枚如之词又乌能而不作？

《酒边词序》(《酒边词》)

7. 李应庚：

〔百字令〕

有谁知己，只拔刀拍壁，呵天斫地。黄金台下客，万古齐挥清泪。江上衫青，月中曲袅，伊媿宫商稺。渔洋三弄，满腔热血成字。　　此乃吾友阿连，冷吟残醉，涉笔留余事。人道苏辛家法在，君自兴之所至。北固吹箫，南皮喝盏，更听铜琶利。噤声我也傍墙，知否偷记。

《酒边词》题词

8. 丁绍仪：

长乐谢枚如广文章铤侨居榕城，好与同志征题角胜，曾裒刊《聚红榭唱和诗词》，词学因之复盛。虽宗法半在苏、辛，亦颇饶雅韵。

《听秋声馆词话》卷十九

9. 郑守廉：

〔金缕曲〕《学集中体》

短鬓飞蓬葆。问枚如、致身卿相，而今宁早。知汝心犹天上月，一片流光皓皓。揽古今、多少愁抱。何日旗亭来画壁，倩双鬟、唱出君全稿。看绝妙，人倾倒。　　十年悔走长安道。只两事、山林钟鼎，迄无一可。骨肉飘零文字厄，判向风尘终老。计以后、行藏皆左。落拓九哥嗟已死，对乌山、也合思量我。终不似，相逢好。

《酒边词》题词

10. 谢章铤：

余尝登峻岭，临溪而坐，乱松怒号，幽虫自咽。奔泉向东作虎啸，村歌数声起于隔岸，风徐徐送入余耳，余恍然若有感触。归而填词，所得渐多。或曰其中有天籁焉，或曰呕哑啁哳难为听也。

《酒边词自序》（《赌棋山庄集》文集卷三）

11. 谢章铤：

余二十一岁始学词，其时建宁许秋史赓皞方以词有名于世，秋史兄弟姊妹数人皆能度曲操管弦。家有池台水木之胜，暇日辄奉其两大人，上觞称寿，各奏一技，以相娱乐。其于词也，盖能推而合之于音律。秋史之言曰："填词宜审音，审音宜认字，先讲反切，则字清；遍习乐器，则音熟。然其得心应手，出口合耳，神明要妙之致，非可以言传，亦非可以人强也。"余因是不敢为词者数年，其后多读古人词，觉时时有所疑，久之乃慨然曰："秋史之说，可从而不可泥也。"夫词辨四声，韵书俱在，言语虽不同，而四声则有一定，且今之传奇往往一人填词，一人正谱，有自填之而不能自度之者，故宋人之词亦不尽可歌。夫声音一道，诗转为乐府，乐府转为唐人绝句，唐绝句转为宋人词，宋词转为元人北曲，元北曲转为明人之南曲，然《阳关》、《清平》之调虽亡，后人未尝不为七言绝。歇拍、哨遍、鬲指声之法虽亡，后人未尝不为长短句。审如秋史言，则岂独词哉？诗不能合乐，虽终古不作诗可也，余毋宁为盲词哑曲而已矣。于是乃复填词，积之遂得若干卷，其闻畲风而起者，亦不乏人。虽然秋史之说正道也，惜乎秋史已殁，其所谓神明要妙者，终不得闻矣。嗟乎，秋史不且笑余为无知妄作哉？

《酒边词后自跋》(《赌棋山庄全集》文集卷三)

12. 高思齐：

〔满江红〕

一瓣心香，休羡那、微云红杏。展长卷、抗声长啸，几回瓶罄。漫道轻圆兼妥帖，可知微妙还清净。笑不才、眉样学夫人，声相应。　　温李集，人争称。苏辛派，谁能认。这两般文字，一般天性。读罢新词如见汝，关山此去何由讯。叹沧波、明月抱孤弦，邀谁听。

《酒边词》题词

13. 刘勷：

〔大江东去〕

填胸块垒，把无聊，也付偷声减字。幸遇宣称垂法眼，谓我狂言堪喜。地下阿兄，当时斫剑，合爇心香起。名山自在千秋，愿勿轻弃。　　可惜肮脏头颅，填词排遣，天莫梦梦醉。辜负治安，空痛哭，满纸长沙之泪。且待他年，风云手铸，不愧奇男子。效颦如我，描头画角而已。

《酒边词》题词

14. 宋谦：

〔千年调〕

风月久销沉，七百余年矣。搁尽金樽檀板，未满人意。空拈红豆，旧事从头记。冷乾坤，悄江山，谁崛起。　　抗声绝步，独我枚如耳。何止偷腔秦柳，嗣响姜史。同源异派，更欲追温李。莽苏辛在，门墙犹弟子。

《酒边词》题词

15. 张景祁：

〔金缕曲〕

醉拨铜琶壮。是前身，金星梦里，酒星天上。吴市箫声燕市筑，让此豪情激宕。笑赌句、旗亭争长。喝月倒行挥水断，算词坛、青兕真飞将。弦裂帛，众山响。　　沉香旧事空怀想。料无缘，龙巾拂砚，内家传唱。一掬伤心才子泪，泻入葡萄绿涨。便化作沧溟鲸浪。剑气横霜银烛短，任琼壶，击缺无人赏。杯在手，莫教放。

《酒边词》题词

16. 张鸣珂：

〔凤凰台上忆吹箫〕《题谢枚如章铤〈赌棋山庄图〉》

一月垂天，万山窥牖借大著《酒边词》中句，谢家词笔清空。……

《寒松阁词》

17. 林天龄：

〔百字令〕

有才如许，算古人抗手，苏辛姜史。独把性真抒妙语，嚼墨淋漓满纸。身世飘零，朋欢聚散，俯仰多悲喜。一尊看剑，眼中谁是知己。　　肯说射虎屠龙，少年豪气，今日消磨矣。漫向风骚寻坠绪，端合名山位置。道上衣尘，斋头蜡泪，曾是销魂地。有心人也，伯舆当为情死。

君真作者，只嘲风弄月，酒边余技。甘向宣称低首拜，屈指才人有几。著屐风流，赌棋手段，都是君家事。行藏难定，闭门聊作长计。　　况乃烽火天涯，哀丝豪竹，行乐为佳耳。一笑红尘劳刮目，把臂狂歌而起。无恙青衫，有情绿鬓，等是怜憔悴。读完词卷，还君盈把愁泪。

《酒边词》题词

18. 陈通祺：

〔金缕曲〕

此是吾家笔。自填词之髯亡后，几人能执。仓猝汝从何处得，直闯苏辛坚壁。更不遮、迦陵遗迹。放出苍茫万古恨，恣蟠天、极地摅胸臆。攫而代，真有力。　铜琶孤诣谁当识。任纷纷、奇才尽有，深情难及。但有平生情贯注，老手颓唐亦得。总不在、虚声徒袭。我见已真行不逮，恨斯人、竟先吾心获。我欲霸，疆应画。

君勿悲歌罢。我绝意梁生风雨，联床五夜。云黑如盘魑魅笑，拍案狂呼灯炧。恨四海、人才盖寡。一别梁生经半载，到今宵，始与君情话。凉早说，宣称谢。　天之欺汝非聊且。莽红尘，目雕龙虎，任呼牛马。不见高冠千古辈，腐鼠吓鹓同化。我好作、千秋计也。倘少文章身后事，纵纷纷、命达胡为者。聪明误，君休怕。

掩卷踌躇甚。甚漫天饕风虐雨，孤花独孕。昂首风云思起舞，俯首更忧贫病。况满目、江山蓬梗。痛哭万言容易耳，欲伤时，又骇旁人听。胸积块，口衔鲠。　感恩知己谁能并。有刘君，当年巨眼，同心共命。一片飞警山上月，俯仰平生犹认。想汝也、凄凉怎禁。古有钟俞今岂罕，我为伊、清泪飘难尽。友得此，岂非幸。

逝者如斯耳。卧长江怒涛澎湃，满天霞绮。掷笔刀头归一笑，且破无聊而已。我绝叫、臂君而喜。东驾蓬山呼好月，醉万花，颜色娥池里。愿万岁，乐如此。　天边雨、又萧萧矣。黯高吟，篝灯无伴，遇心千里。窥竹舍中玫瑰好，汝可临风低倚。莫苦把、牢愁斜理。明发江头同买棹，共徐陵、刘向双知己。再痛饮，豪谈起。

《酒边词》题词

19. 张树荄：

〔满江红〕《辛未春夏，畅读枚如〈酒边词〉十卷，胸次顿开，

步集间韵以志佩服》

鼎食钟鸣，问几日不成寂寞。没来由，功名富贵，只填沟壑。我谓文章终不朽，君家壁垒谁能薄。击青萍，大唱酒边词，灯花落。　展长卷，连番读。煮宿酒，浑忘浊。把肝肠，荡洗年来一乐。坎廪半生能炼骨，尘沙四海休睁目。彼苍苍有意老雄才，何尝错。

《酒边词》题词

20. 张僖：

〔金缕曲〕

洗尽筝琶耳。擅词场、飞扬跋扈，古今能几。青眼高歌尘世窄，拔剑时闻斫地。肯消减、元龙才气。老去宣称奇句在，问苍天，茫茫谁知己。浑欲把，唾壶碎。　雄文久树骚坛帜。向尊前，纵横寄兴，便超姜史。铿发华鲸无细响，乐府何人解是。写一片挐云心事。斗酒彘肩风雨快，溯平生，磊落轻余子。浮大白，为君醉。

《酒边词》题词

21. 谭献：

阅闽中《聚红榭雅集诗词》，倚声似扬辛、刘之波。惟枚如多振奇独造语；赞轩较和婉入律。(《复堂日记》己丑)

《复堂词话》

22. 谭献：

闽中词人，道咸间唱和颇盛。予在闽所识，如刘赞轩、谢枚如辈，皆作手也。社集有《聚红榭诗词》之刻。(《箧中词》)

《复堂词话》

23. 谭献：

阅《聚红榭雅集诗词》。聚红榭者，闽中社集，合刻所作，长乐榭如枚持赠。凡四种，曰雅集。词五卷，过存诗略二卷，游石鼓诗录一卷，黄刘合刻词二卷。枚如社中巨手，词人能品。徐云汀、李星汀亦高出辈流。

《复堂日记》卷一（《复堂类集》）

24. 张德瀛：

谢枚如章铤词，如古木拳曲，示加绳墨。长乐人，有《聚红榭雅集词》。

《词徵》卷六

25. 冒广生：

往余游福州，从傅节子太守得识闽中两先辈，一曰林颖叔方伯寿图，一曰谢枚如舍人章铤，各承以大集见诒。方伯所著有诗无词，舍人则有文有诗有词有词话。其词自序云："尝登峻岭，临溪而坐，乱松怒号，幽虫自咽。奔泉向东作虎啸，村歌数声起于隔岸，风徐徐送入耳，恍然若有感触。"故其发声，天籁为多。……舍人词，豪放是其本色，不悉登也。

《小三吾亭词话》卷四

26. 陈声聪：

清光绪间，朴学大师谢枚如章铤为正谊书院山长，一时名彦如陈弢庵宝琛、陈木庵书、陈石遗衍、张贞午元奇、林畏庐纾等，皆出其门下。以经术而为词章，与南海陈兰甫巍然相峙。有《酒边词》及《赌棋山庄词话》。其词近苏、辛一路，如登金山塔院〔长亭怨慢〕……豪情壮采，何减青兕。又小令如〔采桑子〕……此又宛转清圆，歇拍尤胜。枚如在榕城有聚红榭吟集，并刊有《聚红榭唱和诗词》。其中工于词者，有刘芑川家谋、黄肖岩宗彝、黄笛楼经、刘云图绍纲、梁洛观履将等，一时称盛。其词话议论精辟，声律字句，金针度与。有论辛词云："稼轩是极有性情人，学稼轩者须先具一段真气奇气，否则虽纸上奔腾，其中俄空焉，亦萧萧索索如牖下风耳。"又云："读苏辛词，知词中有人，词中有品。"

《闽词谈屑》（《填词要略及词评四篇》）

27. 《续修四库全书总目提要》：

其词于光绪乙亥年曾重删一过，仅存其半，自谓已见《聚红榭雅集词》者不录，闲情所寄，皆非闻道之言，多存不如少存，少存不如不存，而亦不忍尽弃也。又自谓得词多自登岭临溪，听松涛风籁，冥触默感而来，故中多天籁清响。其豪放激昂处极似苏、辛，而缠绵悱恻、妩媚多姿之语亦殊不鲜。侯官刘存仁称其诗如老鹤孤嘹、幽兰独笑，更足况之。《词话》捃采遗闻，旁录近什，于词道奥窔实能窥见，而尤以性情为主，足为后学之津梁，不仅寻常批风抹月之作等也。

《酒边词四卷词话八卷提要》

28.《续修四库全书总目提要》：

章铤虽喜言词，而未能深醇。

《木南山馆词一卷提要》

李洽

李洽（1820?—1880?）字舜卿，湖南新化人。道光二十六（1846）年举人。有《捣尘集词钞》一卷，王先谦辑入《六家词钞》。

1. 周寿昌：

亡友李舜卿孝廉洽，绝代清才，骈散文古今体诗无不工，尤能悬臂内擫作小楷。以其余技填词，沉丽独绝。

〔采桑子〕《书捣尘集词后》小序

2. 张祖同：

吾于乡先辈词，最推舜卿先生。近人中服膺者，王壬秋、杜仲丹其尤也。

王先谦《诗余偶钞序》引（《虚受堂文集》卷五）

3. 张德瀛：

李舜卿洽词，如蜂脾酿蜜，有美中含。新化人，有《捣尘集词钞》。

《词徵》卷六

黄经

黄经（生卒年不详）字笛楼，号圣莞，福建永福人。诸生，官山东候补县丞。有《琼鹤山房词草》。

1. 丁绍仪：

《斫剑词》为侯官刘君芑川家谋作……黄君肖岩宗彝亦侯官人，有《婆娑词》……二君词均学辛、刘，独永福黄君笛楼经《瑶鹤山房词》宗法草窗、竹屋。

《听秋声馆词话》卷十六

2. 谢章铤：

词也者，意内而言外者也。言胜意，翦彩之花也；意胜言，道情之曲也。顾与其言胜，无宁意胜，意胜则情深。“梧桐树，三更雨，不道离情正苦。一叶叶，一声声，空阶滴到明。”羌无故实，其感人有甚于手里鹦鹉，胸前凤凰者矣。“何处合成愁，离人心上秋，便芭蕉不雨也萧萧。”都无点缀，其移情更有甚于“檀栾金碧，婀娜蓬莱”者矣。是故词贵清空，嫌质实。然而五石之瓠，非不彭然也，清空则清空矣，一往而尽焉。东坡词诗，稼轩词论，其流弊又有不厌众口者矣。盖言之不易称也如是。吾友子驹之词，则殆合内外而兼之乎。一日，出其《双邻词钞》相示，而黄君笛楼之作亦在焉。二君者，其云龙之上下，抑亦笙磬之同声也。夫吾闽当赵宋之世，词人甲海内。自柳耆卿、王实甫以下，不下数十家，考其遗制，大抵以流岩自喜。今二君独以温尉、李主为职志，而骖靳于晏、秦、张、周之间。选言既工，用意尤极于缠绵，想其酒阑灯灺，占坐分题，琴声乍歇，炉香徐温，一字之浅深，一句之进退，把臂而起，必有相视而笑，莫逆于心者。呜呼，令予神往矣。余始识笛楼，而踪迹甚疏。近与子驹相过从，见其温厚多情，宜填词，而子驹顾数称笛楼，夫子驹岂阿好哉？昔者，浙西六家，更唱迭和，而金风亭长实为一雄，若子驹之与笛楼，其二俊矣。师法古人，力振坠绪，不随流俗，独为铮铮。异日者，转而愈上，使意内言外之旨大显于世者，其在二君乎，其在二君乎？余虽无似，犹能寻声按拍而从之。

《双邻词钞序》（《赌棋山庄文集》卷二）

赵福云

赵福云（1821—1856）字华初，一字莲谷，号藕村，浙江山阴人，隶籍河南祥符。道光二十一年进士，官陕西汧阳知县。有《小石帚生词》四卷。

1. 谢章铤：

《小石帚生词》一卷，《和姜词》一卷，山阴赵藕村福云撰。余初至西安，即闻客籍中有二才士，皆会稽人，其父皆官县令，皆不幸中年化去。一藕村，一顾祖香寿桢也。祖香以文，藕村以诗词。今观其词，体格已具，神味未永，天不假年，无以造于大成，惜乎。藕村专宗白石，从稿十卷，又以琴谱减笔之例，证白石词所注谱法，昔人所谓如梵字旁行不可辨识者，皆能得其指归，其用心可谓勤矣。

《赌棋山庄词话续编》三

张道

张道（1821—1862）原名炳杰，字伯几，又字少南，别号劫海逸叟。浙江钱塘（今杭州）人。诸生。一生失意潦倒，家被战火，寄寓萧山。博学多才，书、文、诗、画、词、曲皆工。著有《渔浦草堂诗集》、《南翁文集》、《鸥巢闲笔》、《定乡小识》、《鸥巢诗话》等，词有《雪烦词》一卷、《影香词》一卷。

1. 张景祁：

〔齐天乐〕

题张少南年丈《影香词》。君怀才不遇，托于缘情绮靡以纾幽抱，竹垞老人所谓“空中传恨”也。因本此意写之，或无戾风人之旨乎。

碧濛濛地花魂在，烟情隔纱难写。借月扶娇，依灯抱梦，一缕柔痕初化。春云艳冶。渐半度屏围，半飞帘罅。小院朦胧，玉笙幽抑怨遥夜。　　沉思少年旧事，彩豪鹦鹉妒，才调谁亚。屑麝成尘，雕琼作泪，犹有当时罗帕。吟尊倦把。想侧帽传歌，俊游都谢。老尽啼莺，乱红随去写。

《新蘅词》卷一

2. 继昌（李佳）：

浙江张道少南，有《影香》、《雪烦》二词，不下百余首。意纤语练，如“秋声冷入一灯爽。指凉吹茅堂，瘦筇晴访。乳凤闲鸥，共盟烟水长。”“雁字蛩疏眠未稳，梦落湖云湖月。”摘录一二，可以概见。

《左庵词话》卷上

黄锡禧

黄锡禧（生卒年不详）字子鸿，一字勺园，号鸿道人，江苏甘泉（扬州）人。约活动于清嘉庆、道光年间。尚风雅，长于诗词，有《栖云山馆词存》存世。

1. 吴让之：

子鸿弱冠，于读书写字而外，即好填词，于诸家门户无所不窥，短章雅近五代。余今年六十有九，文业久废，回忆少时，奉教于常州周保绪、李申耆、董晋卿、张翰风诸先生，扬州之汪冬巢、王西御诸公论议，几同隔世。人琴之感，不能自已。篇什之佳，其能舍诸？

《栖云山馆词存跋》(《栖云山馆词存》)

2.《续修四库全书总目提要》：

其词学原于吴让之。让之《匏瓜室词》，从常州派出也。锡禧所撰，似不宗一家，而邻于南宋，慢词虽嫌清浅，而圆融溜亮，自足掩其失也；令曲追踪《花》、《尊》，所作虽少，往往有深意。〔相见欢〕云：“风丝摇漾帘钩。动新愁。记得夕阳人影共登楼。春梦短，更儿转，好扬州。可恨落花偏逐水东流。”又云：“黄鹂啼上高枝。柳丝丝。正是恼人天气可怜时。　花还好，人先老，损腰肢。孤负一春心事有谁知。”流丽绵邈，浅而入深，盖其天分高，故落笔自不凡也。

《栖云山馆词存一卷提要》

何桂珍

何桂珍（生卒年不详）字梅因，湖南善化人，两江总督何桂清妹。庆远府同知俞维藩室。著有《枸橼轩诗词钞》二卷附一卷。

1. 王蕴章：

善化何根云桂清，咸丰丁巳，开府两江。白面谈兵，黑丸啸野，朝廷倚若长城，壁垒等于灞上。卒以狃于半壁之安，遂致符离之溃。生平功罪，载在史官，可不具论。要其文采风流，固自不可磨灭。其女弟曰桂珍，字梅因，适于俞，为绍初太守德配。著有《枸橼轩诗词钞》。馨逸清芬，足光家乘，不第梦草池塘，连枝竞秀也……闺秀作词，多工小令，慢引已属罕见，长调则更蔑如矣。良以《花间》之貌易工，两宋之神难袭也。《枸橼轩词》独多宏著。〔莺啼序〕和梦窗荷花韵云："严霜沍空一白，压楼台在水。冷香暗透绛纱窗，数枝风弄梅蕊。猛听得荒樵戍鼓，啼乌远逐边声坠。怅神州驰羽无端，引动尘思。　　坐甲材官，枕戈将领，尽关东鼠子。倚寒簭、空泣铜仙，甘泉书杳未至。莽乾坤、旄头火烧，问何日、灵旗森指。且狂歌，拍手洪崖，九天输意。　　生涯铅椠，心事波澜，妒北宫稳寐。冰镜下、几回起舞，瞥见莲炬，分影双枝，对倾红泪。鱼须笏落，龙头鼎冷，当年尘梦浑如昨。换酡颜、一夕成蕉萃。魂鑿骨恨，拈花顿悟前因，委怀五千言里。　　年华老去，滚滚黄沙，蹙眉心损翠。况说是、江淹久别，苏季清贫，可耐瓶笙，把寒催起。登楼试望，黏天衰草，旧时道路人影绝，盼归鸿、准误云屏倚。无言彳亍危阑，手揽《离骚》，血痕涴纸。"感事伤时，清空如拭，出自闺帏，允称难得。其余可诵者，如〔清平乐〕《秋蝶》云："水风池阁，寒沍铢衣薄。欲与秋花寻旧约，又怕秋花冷落。　　玉京仙子慵妆，无心管领年芳。

没个人间并剪，丝丝剪断柔肠。”〔行香子〕《月下横琴》云：“孤鹤冲烟，怨鹊窥筵，占空阶自写缠绵。何来玉镜，飞来冰弦。听一声清，一声断，一声连。　　铅杵秋边，歌舞人间，且停三弄问青天。琼楼碧宇，今夕何年。但树萧疏，花黯淡，草芊芊。”又有“尘事如梅味总酸”，七字甚佳。

《然脂余韵》卷四

谢昌霖

谢昌霖（生卒年不详）字雨亭，江苏武进人。官福建福安知县。有《问月楼词》。

1. 丁绍仪：

雨亭明府少从吴门陈小松彬华游，得其指授，著有《问月楼词》，惜有士衡才多之患。余曾规以力加淘汰，然小令丰神秀逸。

《听秋声馆词话》卷十五

俞樾

俞樾（1821—1907）字荫甫，一字中山，号绚岩，晚号曲园居士，浙江德清人。道光三十年（1850）进士，授翰林院庶吉士。咸丰二年，散馆，任编修。咸丰五年（1855）提督河南学政。七年，以“试题割裂经义”被罢归，侨居苏州，致力于经学研究。历主苏州紫阳、德清清溪、归安龙湖等书院，又主讲杭州诂经精舍长达三十年，为一时朴学之宗。工诗文，兼及小说、戏曲。著有《春在堂全集》。词有《春在堂词录》三卷，刊于《青鹤》第三卷一、三、五、七、九期的《曲园未刊词》，另有《金缕曲二十四迭韵》一卷。

1. 杜文澜：

俞荫甫太史樾，德清人，庚戌翰林。督学中州时，以命题新颖为言路文致。性本淡于名利，罢官后养亲不出，日事著述。已刻书二百五十卷，嗣出正未有艾。倚声为最不经意之作，亦成三卷，绝不求工，自能合拍。如〔虞美人〕四阕……此四词清空一气，风趣可知……其长调乘兴挥洒，不为四声所缚，而无不宛转入律。

《憩园词话》卷二

2. 俞樾：

余不谙音律，填词素非所长，偶一作之，亦不存稿。少时之作，及今犹能记忆者，止〔烛影摇红〕一阕、〔满江红〕二阕而已。中岁肇经，尽从吐弃。两《平议》告成，息焉游焉，复有所作。昔周草窗作西湖十景词，杨守斋见之，曰：“语丽矣，如律未协何？”遂相与订正，阅数月而后定。然则填词非难，协律为难。当今之世有霞翁其人乎？姑录而待之。

《春在堂词录序》(《春在堂词录》)

3. 俞樾：

余素不善倚声，而次女绣孙颇好之，因亦时有所作，积久遂多，但于律未谙。聱牙不免，是所愧耳。

《〔洞仙歌〕自序》(《春在堂词录》)

4. 张德瀛：

俞荫甫樾词，如帝女机杼，别出新裁。德清人，有《春在堂词录》。

《词徵》卷六

5. 郭则沄：

曲园翁词多记琐俗。闺人以橄榄核插烛上燃之，其光四射若兰花，颇足观玩，赋〔夜台花〕……又：茶瓯中有一茎竖立，俗名茶仙，主有客至，赋〔一枝春〕……又：灯火灼烁四射，细碎有声，主有客来，蝉连长语，赋〔解语花〕……事虽纤琐，俱有意致。

《清词玉屑》卷十

6.《续修四库全书提要》：

其词多所叙事，少述怀抱。夫穷苦之音易好，欢愉之辞难工，理固然也矣，而樾往往藉经子中之事以为咏，或题撰述，或题书斋，并与词体无取也。故集中时有文人之言，时有经生之语，殊为不纯。

《春在堂词提要》

应宝时

应宝时(1821—约 1880)字心易，又字可帆，号敏斋，又号适园。浙江永康人。道光二十四年(1844)举人。后以军功授苏松太道，擢江苏按察使，加布政使衔。乞休侍亲，侨寓杭州，晚年隐居绍兴。著有《射雕山馆词》正、续集各一卷。

1. 杜文澜：

应敏斋廉访宝时，永康人……有《射雕山馆词集》，屡致书索得之。长调取法苏、辛，能屏绝粗豪之气，寄托中抱负自见。小令则丰神旖旎，情致缠绵，有玉树风前之概。

《憩园词话》卷三

2. 应宝时：

余道长半生，动足数千里，马背船唇，时有言情之什，皆三十岁以前客中少作，滴兰灯炧，不无侧艳之辞。三十以后，绝不轻作。

《射雕山馆词自跋》(《射雕山馆词》)

刘湝年

刘湝年(1821—1884后)字蜀生，号树君，晚号约园，顺天大城(今属河北)人。咸丰十年(1860)进士。改庶吉士，授翰林院编修，官广东惠州府知府。六十岁时辞官。寓居扬州约园。与张午桥、汪研山、王小汀等交游结社，始学作词，两年多积稿盈寸，刻《约园词》二卷。

1. 张德瀛：

刘子树湝年词，如抱经老儒，棱角峭厉。大成人，有《约园词》。

《词徵》卷六

2. 宋泽元：

每从酒后，偶拟诗余。难得花甲高年，才唱《草堂》小令。何充四斗食米，讵有宦情；高适五十学诗，便工韵语。鸳都善绣，虫不妨雕。抚哀丝豪竹之音，具铁板铜琶之概。脍炙早腾人口。

《约园词序》(《约园词》)

徐本立

徐本立（1822—1874）字子坚，号诚庵，浙江德清人。道光二十六年（1846）举人，权江苏南汇县（今属上海）知县。有《荔园词》二卷，另有《词律拾遗》八卷，补万树《词律》之未备，有功词学。

1. 杜文澜：

其为词能补红友之遗，守律自细。题辞中有云："含怀敻远，孕采幽微。语若吹花，律无爽黍。"颇足状其神致。

《憩园词话》卷四

2. 俞樾：

徐诚庵大令，余三十六年前与同补博士弟子员者也。今需次吴下，而余适寓吴，朝夕往来，相得甚欢，出所著《荔园词》二卷见示。余读之，则于紫霞翁所论作词五要，无一不合，盖严于守律者也。以余亦尝从事于此，问序于余。余不知律，何足知词。毛公不云乎："曲合乐曰歌，徒歌曰谣。"余之词，但可谓之谣而已。若诚庵之词，其尚有诗乐相通之遗意乎？因书此于简端，愿世人之识曲而听其真，勿徒赏其字句之工也。

《荔园词序》（《荔园词》）

关锳

关锳(1822—1857)字秋芙，自号妙妙道人，浙江钱塘(今杭州)人。幼聪慧，诗词书画无不精。曾学道十年，立誓不破“绮语之戒”。后嫁蒋坦，受夫濡染，多有闺房唱酬，亦与沈湘佩、湘涛诸君及关绮等女弟笺筒往来，其词作始渐为世人所知。晚年皈依佛门。蒋坦将其词六十余首编为一卷，题名《梦影楼词》，多唱酬、寄赠、题咏、感怀之作。另有《三十六芙蓉诗存》。

1. 沈善宝：

庚戌冬日，余返杭扫墓，关秋芙集诸闺友宴余于巢园，出所著《花帘集》、《众香词》读之，觉缠绵哀艳，音节凄清。秋芙年才二十余，风神秀美，伉俪多才，性耽禅悦，人有金童玉女之目。家擅园林之胜，诗得唱和之乐，而清愁一缕，萦绕笔端，殆天赋欤？……词如〔解佩令〕《新凉》云：“凄凄一阵，飕飕一阵，又萧萧接连几阵。打了梧桐，又打了半窗花影。是秋风有心做冷。　　冷还不定，热还不定，便阴晴也还不定。一味昏沉，但做就恹恹秋病。甚心情、替人临经。”

《名媛诗话续集》

2. 关锳：

余学道十年，绮语之戒，誓不堕入。于归后为蔼卿牵率，卒蹈故辙。然闺房唱酬，得亦旋弃。自交沈湘佩、湘涛诸君，笺筒往来，人始有知与词者。迩来篇章较多，蔼卿为存数十首梓行之，尘世间于是知有《梦影楼词》矣。噫！一念之妄，堕身文海。《梦影楼词》，岂久住五浊恶世间者？譬如鸣蜩嘒嘒，槐柳秋霜，既蓋遗蜕，岂惜白雪溶溶，余其去缑山笙鹤间乎？文字赘疣耳，蔼卿盍亦弃此而从我游也。

《梦影楼词自序》(《梦影楼词》)

3. 况周颐:

钱塘关秋芙锳，自号妙妙道人，其《梦影楼词自序》云:“余学道十年，一念之妄，堕身文海。《梦影楼词》，岂久住五浊恶世间者？譬如鸣蜩嘒嘒，槐柳秋霜，既零遗蜕，岂惜白雪溶溶，余其去缑山笙鹤间乎？”其自负可想。……〔高阳台〕送《沈湘佩入都》……情文关生，渐饶烟水迷离之致。〔生查子〕……再稍加沉挚，便涉《花间》藩篱。

《玉栖述雅》

4. 雷瑨:

钱塘关锳，字秋芙，适诸生蒋坦。锳尝学书于魏滋伯，学画于杨渚白，学琴于李玉峰。镜槛书床，可想文采。工愁善病，幼耽禅理，因署妙妙道人，有《梦影楼词》。自言学道十年，绮语之戒，誓不堕入。然其嫁后之作，伤离怨别，情语绸缪，爱根终在，岂能扫除重障耶？故其自序谓:“于归后,为蔼卿牵率,卒蹈故辙。”

《梦影楼词》每多沉郁悲凉之作。如〔高阳台〕《送沈湘佩入都》……至如〔惜余春慢〕《饯春》……则规模易安，颇能近似，非他人所及也。

《闺秀词话》卷二

5. 王蕴章:

山阴王眉叔《笙月词》中有〔金缕曲〕二阕。序云：关秋芙瑛，钱塘蒋蔼卿坦室也，工倚声，尝偕蔼卿游湖山间，一船书画，帘影衣香，如神仙中人。余尝一再过之，蔼卿以所著《息影庐诗》及《秋芙梦影词》见贻。既而羽警逼，蔼卿孤身羁越中，落魄蕉萃，人亦无援之者，千里沦胥，音耗遂杳，乱后访之，则夫妇俱死矣。两集皆失之，闻其板亦付劫火。偶于仲修斋头见《梦影词》，辄假归重读一过，不禁慨然，为题二解。按:《梦影词》流传绝少，吉光片羽，同付劫火，又附其名于《笙月词》以传，才人多穷，

可胜浩叹。（卷二）

往读钱塘关秋芙骈文，以不得其词为恨，后从刘子佩琛许得秋芙《梦影楼词》刊本，并霭卿《秋灯琐忆》，正如十年面壁，亲到灵山，香火前缘，顿消尘俗。《琐忆》作于霭卿悼亡之后，中多秋芙逸事。秋芙从霭卿学琴，时于苏公堤畔，石屋洞中，鼓平沙落雁，汉宫秋怨之曲。又喜与霭卿手谈，霭卿戏举竹垞词云：“簸钱斗草已都输，问持底，今宵尝我。”秋芙微愠，而好奕如故。书学于魏滋伯、吴黟山，学画于杨渚白，又善以金盆捣葵叶汁，杂以云母之粉，用纸拖染，其色蔚绿，虽澄心之纸，无以过之。尝为霭卿录《西湖百咏》。郭季虎题霭卿《秋林著书图》云：“诗成不用苔笺写，笑索兰闺手细钞。”即指此也。池上桃花为风雨所摧，秋芙拾花瓣砌字作〔谒金门〕，词云：“春过半，花命也如春短。一夜落红吹渐满，风狂春不管。”春字未成，而东风骤来，飘散满地。秋芙怅然，霭卿曰：“此真个风狂春不管矣。”相与一笑而罢。又喜种芭蕉，秋来风雨著蕉叶，闻之心与之俱碎。霭卿戏题断句于叶上云：“是谁多事种芭蕉，早也潇潇，晚也潇潇。”秋芙续云：“是君心绪太无聊，种了芭蕉，又怨芭蕉。”琐琐写来，想见闺中风雅。珠啼玉唾，皆当作丛铃碎佩观，从天风吹下人间也。《梦影词》渊源浙派，刻意清新。〔高阳台〕《送沈湘佩入都》云：“泪雨飘愁，酒潮流梦，惜花人又长征。见说兰桡，前头已泊旗亭。垂杨原自伤心树，怎怪他，踠地青青。向天涯，一样缠绵，各自飘零。　开筵且莫频催酒，便一杯饮了，愁极还醒。且住春帆，听侬细数邮程。压船烟柳，乌篷重到，江南应近清明。怕红窗，风雨潇潇，一路须听。”居然郭十三蘅梦楼中故物。〔蝶恋花〕云：“几日池塘云不住。柳也蒙蒙，想做清明雨。半榻茶烟和梦煮，画屏几点江南树。　欲卷珠帘风不许，如此黄昏，休去移筝柱。楼上晚山青不去，夕阳正在鸦归处。”三事大夫，忧生念乱，其作于粤氛渐逼时乎。最佳者莫如夕阳一首，调寄〔高阳台〕云：“断雁飘愁，盘鸦聚暝。一鞭残梦，归鞍酒醒。邮程岭云，陇树漫漫，渡江几点归帆影。近荒林一带，枫斑最难堪。第一峰前，立马斜看。　　而今休说乡关路，剩蒙蒙烟水，瘦柳渔湾。短帽西风，古今无此荒寒。芦笳声里，旌旗起，问当年谁姓江山。有悠悠几处牛羊，短笛吹还。”沉雄激宕，中边俱彻。闺中若准《张春水》之例，正可称为“关夕阳”也。至答沈湘涛〔金缕曲〕、〔迈陂塘〕二首，一片禅机。陈王八斗才，秋芙以一人兼之，欲不早死得乎？（卷四）

《然脂余韵》

江顺诒

江顺诒（1822—1889）字子谷，号秋珊，晚号窳翁，别署明镜生、愿为明镜室主人。安徽旌德人。廪贡生，官浙江钱塘县丞。与曲家宗山等酬唱，编有《西泠酬唱集》。工诗词，善戏曲。著作有《梦华草堂诗钞》、《梦花草堂诗话》、《读〈红楼梦〉杂记》等，有《愿为明镜室词稿》九卷，另有《词学集成》八卷。

1. 谢章铤：

《愿为明镜室词稿》二卷，旌德江秋珊顺诒撰。据自序谓有九卷，而余所见只此二卷。自序云："余性刚而词贵柔，余性直而词贵曲，余性拙而词贵巧，余性脱略而词贵缜密，余性质实而词贵清空，余性浅率而词贵蕴蓄，学词冀以移我性也。"余谓此秋珊謷言，以写其不平耳。夫人文合一，理所固然，究之人自有人之性，文自有文之体，凡秋珊之所言者，其故在不深于情耳。深于情则刚无不柔，直无不曲。当于性中求情之用，若徒求柔求曲，则词格未工，而心术或先病矣。

《赌棋山庄词话续编》卷三

2. 江顺诒：

余性刚而词贵柔，余性直而词贵曲，余性拙而词贵巧，余性脱略而词贵缜密，余性质实而词贵清空，余性浅率而词贵蕴蓄。以余为词，不几南辕北辙乎？顾阅历世途，动辄得咎，未尝不悔，悔而终不能改，乃学为词，冀以移我性也；然而移我情矣，性则如故。今落拓半生，不复有所建白，唯思觅湖山一角，结庐作归老计，因先取旧所为词，付之手民，词之不工，诚自知之。柳堤梅屿间徜徉啸傲，或夕阳半落，或明月当空，四无人声，持此卷而长吟，复取短笛以相和，庶几世虑俱忘，将不仅移我情，而可以任我性乎？

《愿为明镜室词稿自序》(《愿为明镜室词稿》)

3. 谭献：

江君某赋士不遇，憔悴婉笃而无由自见于世。于是玲珑其声，有所不敢放；屈曲其旨，有所不敢彰。为长短言数卷，退然不欲附于著作之林，而无靡曼奋末之病，杳杳乎山水之趣，花草之色。夫声至于不敢放，至于不敢章，是亦《离骚》、《小雅》之意，而出之劳人思妇之口乎？吾愿世之为词者，同臻斯境也。

《愿为明镜室词序》(《愿为明镜室词稿》)

4. 谭献：

江君秋珊，旌德人，刻《愿为明镜室词》，来属论定，有婉润之致，不伧劣也。欲为删削，江君固有意重刻。词中一语曰“杨柳当门青倒垂”，七字名隽。

别十余年，秋珊词学大就，能求声音之原，又言词有衬字，辨相传又一体之非，有《词学集成》六卷。乙酉补注。《复堂日记》壬申

《复堂词话》

5. 宗山：

江先生秋珊，宏才积学，尤工倚声。折肱于此，垂三十年，著有《明镜词》。山与先生有同好，倡和往还，多所指授。窃念词之为道，自李唐沿及两宋，滥觞厥制，渐至纷纷歧出，有江河日下之慨。先生忧之，为之寻源竟委，审律考音，取诸说之异同得失，旁通曲证，折衷一是。所以存前人之正轨，示后进之准则。心苦矣，功亦伟矣。

《词学集成序》(《词话丛编》)

6. 郭则沄：

旌德江秋珊顺诒词极凄惋，有句云：“埋玉怜烟，碾珠吊月，昙花竟是空花。”读者为之惆怅。知秋珊者，谓其少日有所眷，尝自记其事，为《镜中泪》传奇，因自号“愿为明镜生”，且绘为图，

遍征知交题咏。迨乱后，重返白门，图中人化去，图亦委于兵火。秋珊词所谓“多事仙人跨鹤，觅残阳、红认谁家”者，正有令威城郭之恨。

《清词玉屑》卷九

7.《续修四库全书提要》：

顺诒尝撰《词学集成》，亦明于词之源流派别者。此集以流畅之笔，写抑郁之怀，然往往露而不蓄，意尽于辞。集中多追和饮水、竹垞、白石、梦窗诸家之韵。盖以清词为宗，而间及于南宋。本源未正，宜其词品不高也。

《愿为明镜室词稿二卷提要》

郑由熙

郑由熙（1822—？）字晓涵，一字伯庸，号坚翁、啸岚道人，安徽歙县人。历官江西分宜、靖安等县知县，著有《晚学斋集》，词有《莲漪词》二卷。

1.《续修四库全书总目提要》：

张鸣珂序其词，谓由熙十年前刻所著《莲漪词》两卷，雕琢曼词，荡而不返，未尽善也。近乃悔其少作，复加芟改，存十之二，益以近制，仍分为二卷，取径于碧山、玉田之间，逼近稼轩、石帚，幽折疏宕，一洗秾纤之习，虽与清真尚隔一间，而已视世之摹绘绮靡者判若霄渊矣。谭献谓其词出入辛、姜，又谓与吴、史、姜、辛把臂，虽许之太过，然幽婉曲折，雅隽清灵，自是南宋之本色。

《莲漪词二卷提要》

钱瑗

钱瑗（生卒年不详）字玉爰，顺天宛平人。符祚女，有《小玲珑舫词》一卷。

1. 蒋萼：

夫丝调寡女，七弦绝哀怨之音；石采灵娲，五色炼坚贞之魄。奈情天之莫补，徒增离恨悠悠；何才地之偏钟，遽令合欢渺渺。镂琼作质，人岂仙乎？漱玉成词，邦之媛也。此则洒黄陵之竹，泪尽留斑；亦犹题碧落之碑，文都化赤者矣。爰有篯铿妙裔，道韫名流。六诏移根，倾葵向石；一经嗣业，咏絮成风。双凤才雏，早擅袁家之秀；一夔已足，尤推左氏之芬。白金鎏梦诵千言，生兼夙慧；苏玉局才倾万斛，幼匹良缘。方其拥髻趋庭，扫眉入室，珠擎掌上，嬉不知愁；玉蕴怀中，唾还成采。粉奁脂盝，偕图史以纷陈；玳管牙签，映盘栀而并列。缘情有制，亦解推敲；丽则无惭，复工骈俪。乃以操觚之暇，兼习倚声；遂当按拍之余，尽精协律。摹来三影，频闻换羽移宫；教到双鬟，细听引商刻徵。肯任晓风残月，独传柳永之词；直将秋水春山，并入《花间》之集。推为逸品，雅似易安；揆厥贞操，独侪班惠。盖自台登引凤，常同桥阻牵牛。岁岁春官，天边射策；年年秋妇，陌上提筐。图成镜里之容，忍弹别泪；织就机中之字，思慰连波。时则捷盼泥金，久虚雁足；妆催琢玉，先买蛾眉。櫜疗妒以无烦，草忘忧而有喜。波恬暮雨，胜南郡之犹怜；峡隐朝云，比东坡而更惜。斯固人情罕觏，共推淑慎为仪；奈何鬼忌偏遭，转被聪明损福。属以相如之消渴，竟征长吉以修文。和药朝朝，臂刲莫疗；焚香夜夜，身代空祈。既易箦以弥留，遂投缳而晕绝。忽闻神语，为解金铃；勉顺姑怀，强损玉玦。花残连理，徒切齿于风姨；药窃长生，倍伤心于月姊。从此红牙拍断，绮语都删；迄今绿鬓凋零，丝怀久尽。犹幸石麟早诞，玉燕曾投。漆室含辛，应盼秋来月好；灯窗课子，不同曙后星孤。昼荻丸熊，已逾十载；食苹鸣鹿，待试三年。行将宠报簪缨，克遂传经之志；岂止光昭绰楔，即酬恤纬之贞。仆也阅数偏奇，遭时不偶。才输江令，易枯管上之花；谪等吴刚，难折月中之桂。兹以追随俚训，同上京华；于焉小住凫飞，相邻邸第。浮名偶啖，邀心契于宣文；秘集传观，索弁言于敬礼。未诣青纱帐畔，妙解旁聆；先从黄绢碑中，好辞缔览。于是熏香细读，舌吐青莲；剪烛低吟，手拈红豆。叹有才兮若此，斫地歌哀；嗟实命之不犹，问天语苦。重违雅意，聊酬讽谕。殷拳藉阐幽光，敢诩文章巨手。记深阔帘垂，绣丽愧无胜欲之词；听洞庭瑟鼓，弦哀愿和湘灵之咏。

《小玲珑舫词序》（《小玲珑舫词》）

2. 继昌（李佳）：

宛平钱玉爰女士瑗有《小玲珑舫词》一卷……笔致颇空灵。

《左庵词话》卷下

王复

王复（约 1822—1861）字彦卿，号愧庵，江苏吴县（今苏州）人。布衣。一生漂泊，穷苦潦倒。太平军围困杭州时，全家饿死城中。有《烟波阁词》一卷。

1. 丁绍仪：

高君茶庵，以吴下两故人词见示。一长洲宋明经志沂，字浣花，词名《梅笛》。咸丰十年，苏城陷，殉难。一吴县王愧庵布衣复，有《烟波阁词》。苏州被兵，挈妻子旅寓于杭。围城中，忍饥垂毙。城破，没于乱军中。生平著述，均归劫火。茶庵与刘泖生司马履芬、潘瘦羊明经钟瑞，搜罗钞撮，仅得十之一二云。其上乘已渺不可追，然渥洼下驷，犹具神姿。

《听秋声馆词话》卷十

陈遹祺

陈遹祺（生卒年不详）字子驹，福建闽县人。同治六年（1867）副贡生，入南社。有《湘音楼吟草》。

1. 丁绍仪：

闽县刘君勷、陈君遹祺咸工词，咸与锡三善，因以见示。……闽中词学，近来较盛，笔致新茜，应推二君。

《听秋声馆词话》卷十六

2. 谢章铤：

词榭中能作温尉、李主之语，以闽县陈子驹遹祺副贡为第一。君昔与永福黄笛楼经倡和，有《双邻词钞》两卷，曾乞余序之。二君才同体合，真为笙盘之音。

《赌棋山庄词话续编》五

3. 谢章铤：

词也者，意内而言外者也。言胜意，翦彩之花也；意胜言，道情之曲也。顾与其言胜，无宁意胜，意胜则情深。“梧桐树，三更雨，不道离情正苦。一叶叶，一声声，空阶滴到明。”羌无故实，其感人有甚于手里鹦鹉，胸前凤凰者矣。“何处合成愁，离人心上秋，便芭蕉不雨也萧萧。”都无点缀，其移情更有甚于“檀栾金碧，娜婀蓬莱”者矣。是故词贵清空，嫌质实。然而五石之瓠，非不彭然也，清空则清空矣，一往而尽焉。东坡词诗，稼轩词论，其流弊又有不厌众口者矣。盖言之不易称也如是。吾友子驹之词，则殆合内外而兼之乎。一日，出其《双邻词钞》相示，而黄君笛楼之作亦在焉。二君者，其云龙之上下，抑亦笙磬之同声也。夫吾闽当赵宋之世，词人甲海内。自柳耆卿、王实甫以下，不下数十家，考其遗制，大抵以流岩自喜。今二君独以温尉、李主为职志，而骖靳于晏、秦、张、周之间。选言既工，用意尤极于缠绵，想其酒阑灯灺，占坐分题，琴声乍歇，炉香徐温，一字之浅深，一句之进退，把臂而起，必有相视而笑，莫逆于心者。呜呼，令予神往矣。余始识笛楼，而踪迹甚疏。近与子驹相过从，见其温厚多情，宜填词，而子驹顾数称笛楼，夫子驹岂阿好哉。昔者，浙西六家，更唱迭和，而金风亭长实为一雄，若子驹之与笛楼，其二俊矣。师法古人，力振坠绪，不随流俗，独为铮铮，异日者，转而愈上，使意内言外之旨大显于世者，其在二君乎，其在二君乎。余虽无似犹能寻声按拍而从之。

《双邻词钞序》（《赌棋山庄全集》文集卷二）

4. 谢章铤：

已舟、寿之皆余社中人也。自余倡词社，始不过五人，其后至十余人，抽奇骋秘，颇极一时唱和之乐，汇刻为《聚红榭雅集词》五卷。前年余卧病在家，忽闻流求国使金紫大夫某来见。问其故，则云：向在国子监读书，询访近日填词家，闻先生倡教于闽，今日京师归，特来请益。予以病谢之去。某乃往见余友魏子安，并求子安为作立后议，丁宁订后约，而余之晋，遂不相知矣。社中诸君，其别集已刻者，则有赞轩之《效颦词》。赞轩性豪客，填词则婉转入细，盖得力于秦柳多也。已舟、陈子驹遹祺皆有集未刻，子驹初与黄笛楼经唱和，有《双邻词钞》二卷，余曾为作序。其词则以《花间》为圭臬也。已舟之刻挚，子驹之俊逸，礼堂之绵丽，林锡三天龄之淡雅，皆足步武南唐，靳骖两宋，即使阳羡髯君，金风亭长，见之当亦不诮为恶札也。名山可券，以俟百年。

《赌棋山庄笔记·稗贩杂录》卷三（《赌棋山庄全集》）

5. 谢章铤：

陈、宋诗词合选二卷，闽县陈遹祺子驹诗名《芙初仙署吟草》，侯官宋谦已舟词名《灯昏镜晓词》，皆聚红社挚交。子驹填词秀茜，近晏小山，词之正宗也。已舟强有力，词近刘后村，则别调矣。

然二君皆兼工诗词。子驹之词已成集，而未载于此卷。已舟之诗，此卷亦未尽载，皆不得谓之全集。特录其所见耳。

《课余续录》卷五（《赌棋山庄笔记》）

6. 郭则沄：

世之论词者，每谓闽音四声多舛，故工词者绝少。实不尽然。乡俗，幼学即究八音。八音者，别四声之上下，辨析尤密。先按察公里居时，与里人结社酬唱，有“南社十子”之目，其中即多工词者。如陈子驹明经遹祺〔浣溪纱〕……黄笛楼邑臣〔蝶恋花〕……皆秦、柳遗音，何尝为聚红词派所囿？

《清词玉屑》卷二

潘钟瑞

潘钟瑞(1823—1890)字麐生，一作麟生，号瘦羊，别称香禅居士，江苏吴县(今苏州)人。增贡生，太常寺博士。潘奕隽族曾孙，陈其章婿。曾与其族叔潘遵璈及吴嘉洤、王寿庭、宋志沂、刘观藩等继戈载辈之后，重建吴中词社，称盛一时。曾助杜文澜校正《词律》，故于律吕亦精。著有《香禅精舍集》，中存自著词卷，分别名以“逍遥余趣”、“寻鸥闲语”、“僵瑟音”、“听风听水谱”，总称《香禅词》，又名《百不如人室词草》。辑有《碧香词选》若干卷。

1. 陈彬华：

大著清远处如空山无人，白云来往；秾丽处如奇花初胎，鲜妍裛露。而一种缠绵悱恻之旨，真令人悦魄荡魂，此中三昧，得之深矣。

《香禅词跋》(《香禅词》)

2. 程庭鹭：

工于体物，不病沾滞；婉于摅情，不流冶靡。秋声在叶，春痕上花，缊此清灵，成其绵丽。亦复律精韵严，探骚弋雅，三窗往矣，斯乃嗣音。

《香禅词跋》(《香禅词》)

3. 张鸿卓：

麟生词兄，吴中社友也。吴中之社，自戈顺卿始成。咸丰初元，余权铎元和，与顺卿招同人重整坛坫。逾年，余返里，此社渐阑。迨吴清如丈归田，与王养初拙生、宋浣花、刘玉叔君叔、子绣及君复续旧社，转盛于前。余至吴，亦与焉。庚申之乱，同社诸君丧亡过半。去春余至申江，喜复见君，适清如丈亦至，偕访话旧，凄眷弥深。今省垣克复，君将返故园，袖此卷属校，盖删存本也。情深旨远，格整律严，所造本深，加以精选。

《香禅词跋》(《香禅词》)

4. 王寿庭：

尊词己酉以前，醇疵参半，己酉以后，瑜多于瑕。丙辰、丁巳两年作，则纯乎雅音矣。

《香禅词跋》(《香禅词》)

5. 蒋敦复：

孙月坡来宝，盛道苏台诸君子雅好填词，工力悉敌，潘君麟生其一也。既而旅食来吴，麟生过访者再，他出未获一晤，以其所著词集属为校定。读之，空灵婉约，已尽南宋诸家之妙……夫南渡后词，自与北宋以上截然不同，学者竞尚姜张，日趋于空滑而不自知。不佞近又著词话，举一厚字及炼意之法，欲救今日之弊，此皆合于麟生之言者也……又经吴清如、陈小松两家加墨，去取悉当，夫何间然。特观自序中有云：欲寻讨唐宋源派，宫调旨要。则可谓有志之士矣。往时戈弢翁订正词律，特严四声，于宫调尚未及究，学者已苦其难。近词风日炽，独宫调茫昧如故。

《香禅词序》(《香禅词》)

6. 蒋敦复：

填词家往往丐裙带余香，作乞怜儿女子态，以是为工，未免贻笑大方。作者能脱此窠臼，自摅襟抱，而浑脱浏漓如公孙大娘舞，神乎技矣。

《香禅词跋》(《香禅词》)

7. 杜文澜：

余重刊《词律》，曾介长洲潘麟生明经助校。明经名钟瑞，一字香禅，为太傅文恭公之侄孙，伟如人丞介弟。素有声庠序间，性善填词，提倡风雅。著有《百不如人室词草》，究心律吕，能以清气行乎句间，妍丽尽致。

《憩园词话》卷五

8. 张源达：

大著卓然成家，而词尤胜于诗。丙、丁两年词全是一缕情丝，萦结于无字句处，可谓文外独绝，卓卓可传。戊、己两年词，细腻熨帖，气格浑成，工候日益到家，然却是笔墨之工。诸家评选，谓近诣益粹，鄙见尤于旧词叹观止也。

《香禅词跋》（《香禅词》）

9. 朱和羲：

索大著回环雒诵，觉意内言外，凄然悠然。其律、韵精严，尤丝毫不苟。

《香禅词跋》（《香禅词》）

10. 许赓飏：

诸作清和婉转，皆近玉田，后四首又善学苏辛，极才人之能事。

《香禅词跋》（《香禅词》）

11. 秦云：

麟生之词，短令婉约，含华温、晏；慢声绵丽，撷英姜、史。紫霞七要，靡所漏遗；子野三中，同其名隽。况复严梦窗之煞尾，谙石帚之鬲指。审音微妙，旨合大晟；考韵精详，讹正菉斐。此真词家之申、韩，登诸鲖阳《复雅》，亦奚愧哉。论其词境，厥有四端：钟凄烟寺，孤檠照愁，角咽霜城，单衾裹梦，其悱恻也；山寒夜碧，独鹤闯云，渚静秋空，凉鸥语月，其清远也；阆苑花红，蓬山草绿，霓裳三叠，瑶笙一曲，其洒落也；乳莺奏舌，隔叶珠圆，雏鬟弄筝，当筵粉笑，其婉丽也。积构数卷，足祧两宋云。

《香禅词序》（《香禅词》）

12. 高望曾：

忆自壬子游吴，吴中诸词老如戈丈顺卿、吴丈清如，皆得识面。而同辈中如宋浣花、王媿庵、潘仲超踪迹为尤密，是时已耳盛名。明年金陵失陷，予即返里，而邮筒往来，时有酬倡。己未秋，浣花来杭，因并识拙孙，每谈及贤竹林词学，恨未一晤。庚申之劫，诸君先后归道山，独余幸存。数年来，南辕北辙，此调久荒。顷来吴下卜居，蒙与泖生过访，始见叔度，执手倾谈，顿慰饥渴，复承以大著，畅读盥薇，三复思精律细，出入两窗之间。近日吴下论词，了当首屈一指矣。

《香禅词跋》(《香禅词》)

13. 黄镐：

麐生兄为金阊风雅士，能赋古今体，尤解倚声，其好之也如饥渴然。时吴下词人踵起，若吴清如、王养初、王拙孙、宋浣花、令叔子绣，暨瞿城之程序伯、宝山之蒋剑人、松陵之仲子湘、平湖之贾芝房、阳羡之储丽江，云间之张筱峰、江山之刘玉叔诸君子，并以词偁。君相与联艺，攘臂其间，镂心钵肝，每拈一调，流连往复，婉约情至，必求胜人而后已，人遂服君。真解词，真好词，此可谓骚坛健将矣。锲而不舍，异日定为一代词宗。

《香禅词序》(《香禅词》)

14. 刘履芬：

潘君麟生以黄门裔歌白石曲，泽古非面，寄愁于心，鹈飞不双，羊劫洊继，声酸徵角，志感丝篁。

《香禅词序》(《香禅词》)

15. 潘补之：

慧心镂雪，妍手生香，足使《金荃》让艳。

《香禅词跋》(《香禅词》)

16. 仲湘：

心思功力，均造十分，方驾古贤，洵非难矣。

《香禅词跋》(《香禅词》)

17. 储淳士：

客窗剪烛，细诵两过，真足当“黄绢幼妇，外孙齑臼”八字，吴下多才，甲于江左矣。

《香禅词跋》(《香禅词》)

18. 金玉：

词律之精，希踪姜、史。

《香禅词跋》(《香禅词》)

19. 汪芑：

大著咀嚼深邃，能曲折如志而不为律缚，非深于此者不能臻斯绝诣。

《香禅词跋》(《香禅词》)

20. 吴恒：

大著词稿媲美宋贤……他时有井水处，当无人不歌《香禅词》矣。

《香禅词跋》(《香禅词》)

21.《续修四库全书总目提要》：

钟瑞尝云：“欲寻唐宋源派、宫调旨要。”可知其明于声律矣。词虽无所偏主，而用笔流丽，往往于运气之中自合法度，是其所长。其间亦时有谨严之制。……其悼亡及伤乱诸首，皆哀情郁抑，读之怆怀。

《香禅精舍词四卷提要》

李勋

李勋（生卒年不详）字湘芷，江苏长洲（今苏州）人。官顺天兵马司指挥。

1. 孙兆溎：

李湘芷勋，原名元恺诗笔轻清，作词更旖旎熨贴。以微秩需次山右，与余别二十年矣。偶录其词，殊深月落屋梁之感。

《片玉山房词话》

江人镜

江人镜（1823—1899 后）字云彦，号蓉舫，一作容方。安徽婺源（今属江西）人。早擅才名，道光二十九年（1849）顺天举人，后七试不售。历官晋、冀等省数十年，官至两淮盐运使。著有《知白斋诗钞》，词有《双桥小筑词存》六卷，余集一卷。

1. 周天麟：

（其词）持律谨严，选韵精确，虽一字不苟作。

锻炼之深，每一阕成，必数易稿而后录存，惨淡经营又复如是。且公之生平，名高得谤，心苦忧谗。慨时事之艰难，悯民生之疾苦，往往抒其怀抱，形诸歌咏。而于友朋赠答则尤缠绵笃挚，一往而深。

《双桥小筑词序》（《双桥小筑词》）

2. 方浚益：

（其词）应与圣与、叔夏两家壁垒间，别踞高座。

《双桥小筑词》题词（《双桥小筑词》）

彭君谷

彭君谷（1823—？）字贻孙，号颐荪，别号洮湖渔隐，江苏溧阳人。咸丰九年恩科举人，同治二年进士，官广东新会县知县。有《洮湖渔隐词钞》二卷。

1. 张德瀛：

彭贻孙君谷词，如隙地种桑，不宜兰蕙。溧阳人，有《洮溪渔隐词钞》。《词徵》卷六

叶衍兰

叶衍兰(1823—1897)字兰台，号南雪，晚号秋梦主人，广东番禺（今属广州市）人。咸丰六年(1856)进士，改庶吉士，散馆授户部郎中。晚年辞官归里，为越华书院主讲，教书授徒。衍兰与汪瑔、沈世良称“粤东三家”，为岭南著名文人。自幼即耽填词，尝得《花间集》，心追手摹，所作偏于侧艳，多散佚不存。壮岁而还，忧愁幽思，所作半缘寓感，较之少作，趋于深沉，惜迭遭兵燹，十无一存。晚年始搜检若干首，厘为二卷，名之曰《秋梦庵词》，嘱谭献为之校订，录词一百十四首。谭献将其词与汪、沈二家词合之为《岭南三家词钞》。又有《秋梦庵续词》、《秋梦庵词再续》各一卷，录词六十余首。

1. 叶衍兰：

余幼喜长短句，在书塾中偶得《花间集》一本，如获异宝，时学为之，未敢示人也。迄乎弱冠，填拍浸多，大都侧艳之词。酒阑灯畔，倚醉挥毫，散见舞裙歌扇中，无稿可录。壮岁而还，忧愁幽怨，所作半缘寓感，又叠遭兵燹，十无一存。壬午乞假旋里，仅从故纸堆中检得数首。同人复以昔时所录环示，丛残拉杂，随手抄存，厘为二卷……今年已垂暮，学道未能，不复作少年绮语。然春蚕未死，尚有余丝，早燕新莺，月阑花谢，情怀枨触，忍俊不禁，嗣有所作，当续附于后。麝香鸾彩，爱惜斯珍，聊以自娱，不堪问世。

《秋梦庵词钞自序》（《秋梦庵词钞》）

2. 汪瑔：

春绚万红，秋写一碧，露痕泫晨，霞影媚夕。此明丽而华润者，词家之格也。阑槛花外，楼台柳阴，衣香有无，帘波浅深。

此幽靓而绵邈者，词人之心也。心内凝以立格，格外皀以写心。言则两端，极无二致，然而冶靡者伤其气，肹饰者短于情，纵具偏长，讵云妍唱。求其金皆辟灌，玉不瑕玼，合表里而一规，备情文之双美，则吾于南雪户部《秋梦庵词》几见之矣。君生有夙慧，少工倚声，曩尝招邀友朋，更互酬倡。珧黎绿而七采，锦流黄而九张。极深研几，侔色揣称。含毫自远，抗手无辈。既而紬书中秘，橐笔禁近，捧录黄而夜直，肃佩紫而晨趋。咸以为诗人告劳，兹事当废矣。而君虽处清要，不忘精进，往往按篴家之遗响，叩箫谱而求音。妙抒襟灵，自成馨逸，其耽嗜也如彼，其颛至也如此。宜乎仙心独超，而风格弥上已。顷者裒集所作，录为一编，出以示蒙，命之榷定。睹冰蚕者咸惊五色，窥雾豹者匪仅一斑，真奇相要，赏会无间，应求之雅斯在，标榜之诮何辞。用是缀以琐言，畅其琴趣焉。方今服领之外，人文蔚然。独词之一途，作者盖寡，英绝领袖，岂无其人？玩春翘而有思，启夕秀于未振，则夫范围群雅，提倡后来者，其在君乎？其在君乎？

《秋梦庵词钞序》（《秋梦庵词钞》）

3. 张景祁：

玉堂夜永，恨别华鬘，琼阙秋高，歌翻水调。杏花春雨，虞学士思归之吟；烟柳斜阳，辛幼安断肠之什……于秋梦词得风雅之正焉。

《粤东三家词钞序》（叶衍兰辑《粤东三家词钞》）

4. 张景祁：

国朝词学之盛，江、浙称最，竹垞、迦陵以沉博绝丽之才，衍为乐章，奇情壮采，笼罩万有，独辟南宋未辟之境。然寻流溯源，未始判若淄渑也。逮樊榭易之以幽隽，茗柯矫之以沉厚，一时缀学之士，墨守门庭，寖成流别，由是江、浙两派有南宗、北宗之异矣。岭南繁盛之区，环奇荟萃，魁儒硕彦，著述代兴，独于倚声一道，绝少流播，采风者犹有憾焉。南雪先生，其粤之竹坨、迦陵乎？先生扬历承明，回翔郎署，儤值枢庭，相如典册，枚皋飞书，日不暇给，宜若引商刻羽之思、嚼蕊吹花之句，未遑搜讨及之也。而乃抽秘骋妍，造微踵美，研律度之分寸，辨声响之浮切。一篇跳出，鲜侔晨葩。读所著《秋梦庵词》，虽不若竹坨、迦陵之富，而归除浮艳，刻意标新，直合石帚之骚雅，梦窗之丽密，梅溪、竹山之疏俊骀荡而为一手，又奚以多为哉？夫人溺志于声华靡丽之场，劳形于冠盖驰驱之会，不能莹发灵藻，涵泳天稣，纵使陟清要，跻膴仕，亦与梦中槐蚁等耳。而先生泊然寡营，早遂初服，陶写哀乐，情余于管弦；谣咏山川，声出乎金石。抱琴独往，天机盎然，是岂穷达升沉婴其念虑者？而谓竞声誉于旗亭、井水之间哉？……即以词论，亦足继《载酒》之集、《乌丝》之谱，于三山五岭间创新声而赓绝调也。

《秋梦庵词钞序》(《秋梦庵词钞》)

5. 张鸣珂：

漠漠平林，暝色高楼之句；绵绵远道，斜阳芳草之思。予与南雪先生，孝绪神交，伯恭心契。酒徒击筑，曾题燕市之襟；俗吏牵丝，已辍花间之谱。碧云千里，玉珰一缄，寄示所作《秋梦庵词》，属校定焉。夫其策杖寻秋，扣舷唱晚。露筋祠下，云水苍茫；粤秀山前，月华凉沁。碧苔摇暝，积烟雨于空阶；红萼无言，写罗浮之清影。画禅栖逸，涤笔冰瓯；酒坐分笺，倚声瑶瑟。洎乎回翔青琐，儤值枢垣，乌帽红萸，玉簪罗带，袅笔无际，换羽移宫，视草余闲，盘花旋竹。吴云壑春霆秋雪，敷畅襟灵；苏子瞻玉宇琼楼，缠绵忠爱。加以翠屏春悄，银烛光寒。零香怯风，断红怨雨。孤花病蝶，怅景物之都非；落叶哀蝉，想形容其宛在。拾坠欢于何处，紫玉销沉；度饮水之新词，青衫泪遍。心之忧矣，慨乎言之。今者关河无恙，最爱书来。珠玉在前，辄惭形秽。得加餐之一纸，藏怀袖以三年。按拍梅边，操缦动众山之响；低徊莲社，刺船移海上之情。

《秋梦庵词钞序》(《秋梦庵词钞》)

6. 谭献：

兰台先生，郁乎著作之大手，发此妃俪之小文。亹寓似不成之子，郑重皆有为之言。寓意既工，得言忘象……纵心往复，击节再三。烟之绵绵知其远，琴之泦泦知其清，雎之关关知其和，锦之烂烂知其采。

《秋梦庵词钞序》(《秋梦庵词钞》)

7. 谭献：

窃尝推大乐府，赓续兴观，以为短长其字，则情罔勿章；玲珑其声，则听亡不浃。于是平章众制，进退美文，由唐讫明，箧中写定；昭代作者，最录今集。夙昔伫兴而作，斯言一人之私。睇想神交，沉吟元赏，吾岭南叶曼伽先生有同耆焉。先生破万卷而有神，成一家而不愧。承明奏赋，笙磬乎邹枚；名山著书，箫勺乎儒墨。摩天之刃，锐而为针；帝子之衣，纫而亡缝。举宫倚商而交应，侧峰横岭而毕成。慎若数马之对，曲求雕龙之心。有观乐者，得微悟焉。夫以斜阳芳草，陶洗希文；缺月疏桐，流连苏子。烟柳唱危阑之倚，乱雅送归梦之浓。识忠爱之微言，固怨悱而不乱。文外独绝，传之其人。《秋梦庵词》，风云揽儤直之诚，山水寄田间之兴。变衰秋气，落木萧然；绮丽余波，美人安在。非必索老妪之解，是以流弦外之音。梦禅家学，郭景纯之游仙（尊甫梦禅先生有《小游仙词》百章）；东塾师资，宋大夫之九辨（陈兰甫先生，君师法所出）。使我看朱而成碧，知君得鱼而忘筌也已。

《秋梦庵词钞序》(《秋梦庵词钞》)

8. 谭献：

岭南文学，流派最正，近代诗家张、黎大宗，余韵相禅。填词有陈兰甫先生，文儒蔚起，导扬正声。叶南雪为春兰，沈伯眉为秋菊，婆娑二老，并秀一时。约梁君将合二集，益以寓贤汪玉泉，为《粤三家词》云。(《箧中词》)

番禺叶南雪太守衍兰，介许迈孙以《秋梦庵词》，属予读定。绮密隐秀，南宋正宗。于予论词，颇心折，不觉为之尽言。（《复堂日记》己丑）

《复堂词话》

9. 易顺鼎：

番禺叶兰雪先生，今之张子野也。其官郎中同，其享老健同，其以词鸣天下无不同。然先生词品、人品皆清绝、高绝，又能文章，精鉴赏，丹青、篆刻，余事靡不兼工，有非子野所能及者。即以词境论之，洁净精微，追踪白石；缠绵悱恻，嗣响碧山。盖先生之词品可见，先生之人品亦可见矣。……国朝岭南诸老，若翁山、独漉，若鱼山、二樵，若香铁、石华，若兰浦、南山，若墨农、玉生，若先德莲裳公，三百年间，文采风流，非先生莫为赓续。词特先生一艺耳，固足以传先生，而先生岂仅以词传者乎？

《秋梦庵词钞序》（《秋梦庵词钞》）

10. 冒广生：

番禺叶兰台先生衍兰尝选己作《秋梦庵词》，与沈伯眉丈世良《楞华室词》、汪芙生瑔《随山馆词》，合刻曰《粤东三家词》。先生早岁绮才，有叶鸳鸯之目。……《秋梦庵词》，刻意梦窗，而得玉田之神。

《小三吾亭词话》卷一

11.《续修四库全书总目提要》：

其词造句设意，每寓忏祷。盖衍兰晚年惟嗜焚香写经，遂不觉流露于字里行间也。

《粤东三家词钞提要》

沈世良

沈世良(?—1880)字伯眉，广东番禺(今属广州市)人。贡生，官韶州府训导。以词著称于时，与许玉彬合辑《粤东词钞》。著有《楞华室词》二卷，收词五十三首，颇有历史兴亡之感。与汪瑔、叶衍兰并称“粤东三家”，其词辑入《粤东三家词钞》。

1. 张维屏：

词一名诗余，谈艺者多卑之。余谓词家所填之词有高有卑，而词之本体则未尝卑，何也？词与诗皆同本于《三百篇》也。说者谓诗有定体，而词之字则或多或少，词之句则或短或长，是以不能与诗并，而不知此即本于《三百篇》。试略举之……若夫上三下四而仄韵者，“麟之趾，振振公子”；上三下四而平韵者，“园有桃，其实之殽”；上四下三而平韵者，“式微式微，胡不归”；上四下三而仄韵者，“自今以始，岁其有”……吾友许君青皋、沈君伯眉，好古多闻，尤深词律……词字多寡，词句短长，皆本于《三百篇》，以明词体之未尝卑。

《粤东词钞序》(《粤东词钞》)

2. 陈澧：

吾友沈君伯眉善为词。或曰：伯眉多病而好禅。夫词之为道也，微使人心劳而气疲，非善病者所宜也。且禅者之于语言文字，方将弃之如遗，又奚以绮语为哉？余曰：不然。子不见夫病者乎？不宜喧而宜寂，不宜甘而宜涩，澹兮如默，窈兮若抑，幽兮若容，如是者，与词宜。又不见夫禅者乎？以郁为达也，以空为纳也，以沉为拔也，以闷为豁也，有触而忍发也，有叩而忽答也，如是者，又与词宜。是故伯眉之词工矣，而伯眉之病亦瘳，伯眉之禅亦遂通矣。或曰：子无病，又不好禅，不工词，而子何以知之？

余不能对。聊书其语以质伯眉。伯眉曰：是不病而病，不禅而禅，不词而词，吾词刻成，为我序之。

《楞华室词钞序》(《楞华室词钞》)

3. 陈璞：

时同里以词赋称者沈世良，字白眉，博雅嗜古，诗学吴梅村，尤以词得名。所著有《华堂词》，兼玉田、石帚之胜……据《楚庭耆旧集》、《松轩笔记采访册》，参修《番禺志稿》。

《尺冈草堂遗集》卷四

4. 张景祁：

岭南三家词者，沈伯眉、汪芙生、叶曼伽诸先生之所著也。凤林书院之体，鸣盛于西江；龙涎乐府之编，萃奇于东越……花田展褉，呼烟艇以盟鸥，棉寺闻钟，叩松关而放鹤。含芬蘅茝，结响菰蒲，于楞华词得骚辨之遗焉。乌蓬荡月，梦绕花游，白社吟芳，酒涵琴趣……于随山词得讽谕之旨焉。玉堂夜永，恨别华鬘，琼阙秋高，歌翻水调。杏花春雨，虞学士思归之吟；烟柳斜阳，辛幼安断肠之什……于秋梦词得风雅之正焉……分曹酒坐，蜡炬传笺，画壁旗亭，翠囊赌句，同声相应，乐可知己。而乃江湖梦阔，漂泊萍踪，京洛尘缁，浮湛荷橐……山阳闻笛，徒增思旧之悲，井水传歌，益触浮名之痛矣。

《粤东三家词钞序》(叶衍兰辑《粤东三家词钞》)

5. 谭献：

岭南文学，流派最正，近代诗家张、黎大宗，余韵相禅。填词有陈兰甫先生，文儒蔚起，导扬正声。叶南雪为春兰，沈伯眉为秋菊，婆娑二老，并秀一时。约梁君将合二集，益以寓贤汪玉泉，为《粤三家词》云。(《箧中词》)

《复堂词话》

6. 冒广生：

沈伯眉学博丈，多病逃禅，卒时年仅三十。其遗著号《楞华室词》者，汉军蕴璘为之付刊。别有《倪云林年谱》，南海伍氏刻入岭南遗书。其诗规抚山谷，词则继响《山中白云》也。

沈伯眉丈尝评随山馆词，谓为“气体超洁，邀月能语，遏云不流，似黄鹤楼中玉笛”。芙丈因问吾子自视云，曰：“花影吹笙，满地淡黄月。”

《小三吾亭词话》卷二

王锡元

王锡元(1824—1901 后)字兰生，盱眙(今属江苏)人。著有《梦影词》六卷，录词四百五十余首。

1. 王锡元：

少学倚声，刻翠裁红，无关大雅；中丁离乱，不无危苦之辞；通籍后，抗尘走俗，不复唱渭城矣；归田多暇，见猎心喜，涉情绮语，半犯昔人所诃。

《梦影词自序》(《梦影词》)

2. 郜长浚：

真能荡气回肠，得凝笑拈花妙谛者。碧山而后，信有嗣音。

《梦影词题词》(《梦影词》)

刘庠

刘庠（1824—1901）字慈民，号钝叟。江西南丰人。咸丰元年（1851）顺天乡试举人，官内阁中书，充国史馆、方略馆校对。曾国藩任两江总督时，特聘刘庠为徐州云龙书院主席。刘庠为学深受乾嘉学派和桐城文派的影响。著有《俭德堂文集》、《紫芝丹荔山房诗集》、《俭德堂易说》等。

1．刘庠：

丁丑冬季，旅居彭城，维时寒风怒吼，朔雪载涂。蒋径绝羊求之踪，彭泽只形影之和。端居闭户，寂寞寡欢。子可、国博相约为倚声之会，取闺中用物冬日所需者八事，依谱填词，而冠之以东坡生日一阕，凡得词十八首，汇而录之。即成，不禁喟然谓子可曰：哀乐之感，人所不能忘也。春秋代序，有心者所共深悲也。至若玉钩翠幙，春梦关情，罗带香囊，旧游兴感。盼倩生于冥想，幽怨本于素怀。方其神思独运，刻镂无形，写离绪则郁伊而莫诉，摹窈窕则幻香而难穷。莫不寓情纤细之物，钻貌幽遐之城。彼虽诡辞隐谜，有类俳优者。然而美人香草，托兴显然。采兰赠芍，寄意有在。异夫雕饰山川，藻饰云物者已。善乎刘舍人之言曰：知音其难哉。音实难知，知实难逢，逢其知音，千载其一。夫情移海上，惆怅伯牙之琴；曲奏阳春，伤心宋玉之赋。是诚吾与子之所长恨而世莫顾之识也。岂不悲哉？

《消寒词续录序》（《樽酒消寒词》）

李龙孙

李龙孙(生卒年不详)字湘宾,广东嘉应人。咸丰元年(1851)恩科举人。有《绿云山馆词钞》。

1. 潘飞声:

梦里青山寒处描,词工小令本寥寥。

东风不放花成梦,也算销魂写六朝。湘宾工小令。白门即事云:东风不放花成梦。又:青山梦里寒,皆名句也。

《论岭南词绝句》二十首(《古今文艺丛书》)

钱官俊

钱官俊（1824—1877）字枚臣，号心庵，又号爱庐、能轩、梦蝶生，浙江嘉兴人。道光二十九年（1849）拔贡，由山西知县改佥判，发两淮。精书画，工花卉。著有《石镜山房集》诗。《梦蝶生词》四卷。

1. 杜文澜：

其词璀璨陆离，涵盖一切。第以心手灵敏，摇笔立成，致字句平仄之间，与词律或有出入。然细校皆别有引证，非恃才独创也。

《憩园词话》卷五

许增

许增（1824—1903）字益斋，号迈孙，浙江仁和人。官道员。有《煮梦庵词》。又汇辑前人词二十八种为《榆园丛刻》。

1. 张鸣珂：

〔高阳台〕《题许迈孙增煮梦庵填词图》

蕉雨声稀，梨云梦浅，疏窗一碧愔愔。掐谱阑宵，拈毫试写秋心。灯前况有吹箫侣，弹双鬟、背立花阴。寄相思、一幅蛮笺，几度沉吟。　　欢游已阻春婆醒，笑移宫换羽，但抱青琴。旧日楼台，怜他燕子重寻。梁溪水咽鸥盟冷，吊逋翁、泪洒寒浔君为顾兼塘先生入室弟子。兼翁尝为予评定词卷，甲子过梁溪曾作诗吊之。望江南、拍遍阑干，谁是知音。

《寒松阁词》

2. 王诒寿：

迈孙先生，灵抱浣月，吟吻粲花，握云机之九张，是工众制；叠水调之百阕，最擅倚声。漱玉液于露葩，纫兰馨于秋佩，冥契独结，灵芬是师。古佛之事，铸同黄金；私淑之偁，镌之翠琬迈孙于国朝诸家词中尤嗜频伽，尝镌“灵芬馆私淑弟子”小印。瑶杼所出，琼丝合奏矣。

《许迈孙重刊灵芬馆词跋》（《缦雅堂骈体文》卷七）

3. 谭献：

迈孙老去填词，传频伽、蒹塘本师衣钵。频年校刻古今名家词集，千金一冶。而矜慎下笔，一字未安，不欲问世。（《箧中词》）

《复堂词话》

4. 张大昌：

许丈迈孙先生，笛家探胜，琴旨阐微，每坐石而论音，自画苔而订谱。《灵芬》扇雅，则私淑频伽；《纳兰》振馨，则夙契容若。

《重刻山中白云词序》（《娱园丛刻》本《山中白云词》卷首）

5. 张预：

先生向者自署“灵芬私淑弟子”，其所为《煮梦词》力排纤仄，独造清微，靡不接轸芳涂，同源瑶峡。

《重刊灵芬馆词序》

6. 蒋兆兰：

清季词家，蔚然称盛，大抵宗二张、止庵之说，又竭毕生心力为之，本立言之义，比风雅之旨，直欲突过清初，抗衡两宋。后有作者，试研几张景祁、谭献、许增、郑文焯及四中书端木埰、许玉瑑、王鹏运、况周颐、张仲炘、朱孝臧诸贤所作，当知吾言之不谬也。

《词说》

郑守廉

郑守廉（1824—1876）字仲濂，号俭甫，福建闽县人。道光二十九年举人，咸丰二年进士，官吏部考功司主事、员外郎。有《考功词》一卷。

1. 谢章铤：

郑仲濂家世清华，妙才自喜，亦余己酉同谱……字画诗词皆工，而词尤宛转入情。

《赌棋山庄词话续编》卷二

陈如升

陈如升（生卒年不详）字东寅，号同叔，江苏宝山人。诸生。与同邑蒋敦复、嘉定程庭鹭相唱和，为蒋氏晚辈。光绪中在苏州为人司记室。著有《尺云楼诗钞》、《病榻怀人诗》、《杂诗词》，有《尺云楼词钞》（一名《搴红词》）一卷，与程庭鹭《以恬养智斋词录》合刊。

1. 蒋敦复：

余偕灵石内史，小住罗敷溪上，故人陈希孟仲子同叔从余受倚声之学，颇有妙悟。近吾州人士，雅尚填词，刻《沧江乐府》，同叔与焉。余序之，以为削华三峰，别施斤凿，镂冰一寸，中具楼台。袅碧而单丝直上，临镜则万花吐妍。因以有厚入无间之说进之，同叔词之境诣可见。（卷三）

同叔于词，才性最近，出笔便饶秀均。余初刻绿箫、碧田二卷，同叔一见深嗜。时余方从事南宋，以空灵婉约为主。同叔以余为前马，所作亦从碧山、玉田入手。〔鹧鸪天〕云……具此才调，倘从余今日之持论，力追南唐北宋诸家，所谓有厚入无间者，庶几得之。（卷三）

《芬陀利室词话》

2. 冒广生：

宝山陈同叔上舍如升，亦余吴门旧雨也。同叔少时，与程序伯、杨师白、朱伯康、沈小梅、汪稚泉、钱芝门号七子，有《沧江乐府》之刻。又与其同里蒋剑人齐名，称蒋陈……其所为《搴红词》，纫兰纕蕙，左珩右璜，宅理不腐，发情独挚。剑人叹为有立乎词之先者，故能异乎人之词者也。

《小三吾亭词话》卷三

陈钟英

陈钟英（1824—1880）字槐庭，湖南衡山人。道光二十九年举人，历任浙江富阳、安吉、兰溪等县知县。咸同间佐幕江南，与王闿运等交游。著有《知非斋诗钞》一卷，《续钞》十卷。

1. 杜文澜：

应敏斋廉访言，现知兰溪县陈槐亭司马家，著一门风雅之誉。因假钞本得读数阕，清词丽名，洵所誉非虚也。

《憩园词话》卷六

刘勷

刘勷（1825?—1901?）字赞君，一字赞轩，福建闽县人。同治三年举人，官宁德县教谕。有《效颦词》(又名《非半室词存》)一卷，与《窥竹精舍集》合刊。

1. 黄宗彝：

余始交赞君伯兄旭轩，时方治举子业。逾冠，学古诗文，又获交赞君兄芑川、锜川，尚未知有填词学，而吾闽亦无学填词者。久乃交谢子枚如，枚如诗、古文外，尤好填词。是时芑川肆力攻诗，暇日则学为词。余始读之，不能句读，不敢学。既而芑川游台湾，持同行，客中无世故侵扰，始于词稍浏览焉。偶一为之，颇不龃龉于律，然而出以示人，则非者不少。以闽人每多蛮音鸟语，学焉不静；又以词为诗余，体格晚近则不必学；又以词多男女言情之作，有伤风雅，则不可学。要皆闽人难视填词而以数自藏其短。故元明以来，虽博士通儒，莫不陷溺其说，若诗文、若经史，治者名足抗衡古人，而无以填词著于后。枚如毅然拂众论，独于斯道有心得，且以词人多闽产，嗣续薪传，非我其谁？其自任之重如此。今赞君与枚如游，枚如故与赞君诸兄善，赞君因枚如，遂学为词……闽词歇绝已七百余年，岂词曲之学亦待时而兴欤？抑何近日词人，济济辈出，果真有人提倡以振其气耶？其亦赞君先为之兆欤？余是以读之且惊而且喜也。惜乎旭轩、芑川已作古人。使芑川未死，则良辰美景，友朋昆季，倡予和汝，余虽不敏，亦将执拍板而随其后，其乐当复何如？即旭轩知赞君有余力为词不？且顾友朋昆季而燕乐耶？余是以读之，且惊且喜，而又且悲也。虽然，读赞君词，重使余嗒然自失矣。

《非半室原刻词存序》(《非半室原刻词存》)

2. 丁绍仪：

闽县刘君勷、陈君遹祺咸工词，咸与锡三善，因以见示。……闽中词学，近来较盛，笔致新茜，应推二君。

《听秋声馆词话》卷十六

3. 谢章铤：

近余穷困不得志，闭门谢客，终日不见一人，而赞轩乃时时造吾庐。赞轩才高气盛，持论恢谲，余怵然不敢与赞轩深谈也。既而赞轩招余读书其家，礼余加敬，而其家亦不以食客相视，余于是得安其身者数年。间或俯仰侘傺，赞轩必命酒为欢，相与上下。其议论举凡古今之利病，身世之是非，穷如何固节，达如何行义，即至一技一艺之末，无不批导，及之奋袖顿足，而赞轩不余忤也。盖至是，余与赞轩乃相视而笑，而莫逆矣。是时赞轩治举子业，余方撰定旧所作文，赞轩见余词，独欣喜，乃学词，而其词骎骎日上。适钱唐高文樵从惠安来，文樵固善词，余乃邀宋已舟、刘寿之及文樵，与赞轩填词，数日一聚，扣题分咏，今所传《聚红榭雅集词》者是。其后文樵应官远出，已舟、寿之各有所事，而赞轩之词独裒然成集。嗟乎，是吾赞轩之不凡也。夫天下之事，患其不学，学焉有不能而不精者乎？虽然，予之期赞轩者不在词，即赞轩自视其才，当不止词。赞轩年甚少，赋质甚美，处境又甚顺，诚能敛其才不妄用，沉其志不轻发，寄情高远，而出言期于中道，虽以此名世可也，而区区谓其词能窥作者已哉？刘氏群从知余颇众，而芑川独厚余，赞轩，芑川之弟也，其亦读芑川之文继起而大芑川之业者乎？若余之荒陋何足道也。

《刘赞轩效颦词序》(《赌棋山庄全集》文集卷一)

4. 谢章铤：

已舟、寿之皆余社中人也。自余倡词社，始不过五人，其后至十余人，抽奇骋秘，颇极一时唱和之乐，汇刻为《聚红榭雅集词》五卷。前年余卧病在家，忽闻流求国使金紫大夫某来见。问其故，则云：向在国子监读书，询访近日填词家。闻先生倡教于闽，今日京师归，特来请益。予以病谢之去，某乃往见余友魏子安，并求子安为作立后议，丁宁订后约，而余之晋，遂不相知矣。社中诸君，其别集已刻者，则有赞轩之《效颦词》。赞轩性豪客，填词则婉转入细，盖得力于秦柳多也。已舟、陈子驹通祺皆有集未刻，子驹初与黄笛楼经唱和，有《双邻词钞》二卷，余曾为作序，其词则以《花间》为圭臬也。已舟之刻挚，子驹之俊逸，礼堂之绵丽，林锡三天龄之淡雅，皆足步武南唐，靳骖两宋，即使阳羡髯君、金风亭长见之，当亦不诮为恶札也。名山可券，以俟百年。

《稗贩杂录》卷三（《赌棋山庄笔记》，见《赌棋山庄全集》）

5. 刘崇椿：

嗟夫！先曾叔祖少时，才名文学，歆动一时，与谢师枚如、家曾叔祖芑川、云图辈词坛唱和，气概豪雄……词学绝调，垂七百年，曾叔祖鼓而唱之，枚师从而私之，其继往开来之功不少，议者将从祀西湖，宛在堂后，因事不果，惜哉！

《非半室原刻词存跋》（《非半室原刻词存》）

6. 刘勷：

余幼好诗，不知词之格调也。甫冠，见谢枚如《酒边词》，亦好之，遂事枚如。比邀高文樵、徐云汀、梁礼堂、林锡三辈，在家结聚红社，月课诗词，约八九年，累梓社诗四卷，余亦梓《效颦词》一，竟社岁，家事日落，社事星散，寒门无客，日对唐宋名词，始悟词宜深厚，不宜浅露。如李后主〔浪淘沙〕云“梦里不知身是客，一晌贪欢”、“流水落花春去也，天上人间”，何曾道出亡国只字？即辛稼轩词如幽燕老将，然其感事亦但云“青山遮不住，毕竟东流去。江晚正愁余，深山闻鹧鸪”，可见闽人不善学苏、辛，一味粗豪者非；即浙人不善学姜、史，纤巧无味者亦非。欲将旧作删改，缘课徒糊口，日不暇给，兹在冷斋无事，因取前后已梓未梓者，悉行删定，仅存百余阕，名曰词存，犹诗存之意，以志少年孟浪之过也。

《非半室原刻词存自叙》（《非半室原刻词存》）

7. 谭献：

阅闽中《聚红榭雅集诗词》，倚声似扬辛、刘之波。惟枚如多振奇独造语，赞轩较和婉入律。（《复堂日记》己丑）

闽中词人，道咸间唱和颇盛。予在闽所识，如刘赞轩、谢枚如辈，皆作手也。社集有《聚红榭诗词》之刻。（《箧中词》）

《复堂词话》

8. 张德瀛：

刘赞轩勷词，如金丝间出，杂以洪钟。闽县人，有《聚红榭雅集词》。

《词徵》卷六

9.《续修四库全书总目提要》：

其词多情怀旖旎、悼感凄恻之作，风调在迦陵、竹垞之间。

《效颦词二卷提要》

俞廷瑛

俞廷瑛（1825—1890 后）字筱甫，一作小圃，号紫卿，江苏吴县人。道光三十年诸生，官鄞县县丞，候补浙江通判。有《琼华室词集》二卷、续一卷，与同名诗集合刊。

1. 谭献：

俞小甫《琼华室词》，雅令夷婉，望而知其深于词者，无腻碎之习，有繁会之音。（《复堂日记》己丑）

《琼华室词》熨帖颇近陈西麓。（《箧中词》）

《复堂词话》

2. 张德瀛：

俞小甫延瑛词，如陈寿摘文，但取质直。吴县人，有《琼华室词》。

《词徵》卷六

马功仪

马功仪（生卒年不详）字仲威，号棣园，一作棣原，江苏上元人。道光间诸生，幕游吴越间，得蒋士铨红雪楼旧址，修复后与弟功俨吟咏其中。著有《倚云听集》二卷，诗词各一卷。又有《丛秀山房存稿》十卷。

1. 郭麐：

棣园得两宋风格，清和谐婉，不愧雅词。

徐珂《清代词学概论》引

2. 李元度：

（马）与随园长君兰村大令相唱和，师友渊源，远有端绪。故其诗若词，清丽芊眠，芬芳悱恻，绝无岩壑枯槁态。……

《倚云亭词钞序》（《倚云亭诗存词钞》）

3. 马炳奎：

棣园伯兄幼颖异，应童子试，即为康茂园方伯所赏识，嗣莫宝斋、万和圃、辛筠谷诸宗工均以国士相期许。乃频遭铩羽，生计迫人，遂橐笔游楚越，历山左，走京师，足迹所至，睹山川风物，托为诗歌，间及小令，以摅怀抱。

《倚云亭词钞跋》（《倚云亭诗存词钞》）

陆豫

陆豫（生卒年不详）字树斋，一字剑侯，江苏宝山人。道光二十九（1849）年拔贡生，官安徽芜湖县知县。有《东虬草堂词》一卷。

1. 蒋敦复：

树斋工书，专举业，不知其能词也。今读其《东虬草堂词》一卷，为王雪轩方伯序刻，中有茗战、瓜战、棋战、拇战、杨妃袜、宓妃枕、湘妃泪、潘妃步诸词，为人传诵。以与余论词之旨不合，故不录。

《芬陀利室词话》卷二

刘藻

刘藻（生卒年不详）原名衢，字湘耜，贵州贵筑（今贵阳）人，以诸生游幕四川，积功官通判，著有《姑听轩四六》、《蜀游草》等，词有《姑听轩词钞》一卷，收入《黔南丛书》中。

1. 邹国彬：

姑听轩、师古堂、梦悔楼三家倚声……引化写娱，多工体物，披华出素，言隽味腴，诚知意内言外之旨者。

《梦悔楼词跋》（《梦悔楼词》）

2.《续修四库全书总目提要》：

藻工骈文，才气豪逸，故诗词俱称富丽而不蹈于纤仄。藻一官羁处，遭逢丧乱，余生忧患，寄志闲吟，遂悲壮、婉约两兼有之。〔满江红〕云：“垂老天涯，劳劳者，胡为若此。当此际，酒酣耳热，问天不语。破碎家山烟瘴外，匆忙岁月风尘里。一官迟、误了英雄，穷如许。”其忧愤自道，虽为送人（原题《送张生旋黔》），何异衷曲？至如《军中见月独饮》、《龙里驿书怀》诸篇，词调俱胜，非研字酌句、徒事雕饰者可逮。

《姑听轩词钞一卷提要》

宋志沂

宋志沂(约 1825—1860)字铭之，号浣花、浣花生，又号咏春、去垢，江苏长洲(今苏州)人。增生。幼工诗词，为人所重，学诗于潘萚(仲超)，其词宗南宋，为“浙派”后期吴地名家，较之戈载，情思多郁，风调亦清疏。卒于战乱中，遗稿零落殆尽。著有《红杏楼诗稿》、《梅笛庵词草》四卷、《剩稿》一卷，其词又名《浣花词》。

1. 叶廷琯：

浣花为潘君仲超高弟，亦长洲诸生也。诗能承师学，尤工于填词，有《梅笛庵词草》。

《感逝集》卷七

2. 董兆熊：

若夫汉上诗盟，襟题酒浣；邺中燕集，槊舞灯长。半面三秋，一别千里。明明如月，白沙之村远于天；湛湛者江，青枫之林寒似水。非词则何以写其繵冤也。

《宋浣花诗词合刻序》(《宋浣花诗词合刻》)

3. 朱寿康：

词尤严于律韵，每作辄清灵婉妙，恻侧动人。

《漱霞仙馆谈粹》(《梅笛庵词剩稿》附)

4. 丁绍仪：

高君茶庵，以吴下两故人词见示。一长洲宋明经志沂，字浣花，词名《梅笛》。咸丰十年，苏城陷，殉难……生平著述，均归劫火。茶庵与刘泖生司马履芬、潘瘦羊明经钟瑞搜罗钞撮，仅得十之一二云。其上乘已渺不可追，然渥洼下驷，犹具神姿。

《听秋声馆词话》卷十

5. 杜文澜：

宋铭之茂才志沂，一字咏春，以浣花日生，又号浣花，长州人。自幼沉静刚介，早岁游庠，文名藉藉，尤工诗词，长老以远大期之。……词名《梅笛庵剩稿》。序谓瓣香白石，取词意题其居，并以名其集。泖生寄余读之，清空幽婉，兼得草窗神味，盖不仅取梅边之笛，更有得于蘋州之谱也。

《憩园词话》卷五

6. 潘钟瑞：

君之词清空婉约，悱恻芬芳，不高亢，不冶靡，而于韵律，尤不使有毫发憾。自谓瓣香白石，取白石词意题其居曰梅笛庵，绘图征题，并以名其集。尝谓余曰：孙丈月坡与戈氏顺卿意龃龉，谓戈氏所定词韵颇盭古人，古人用韵尽多通转，尝历举之，以破其说。又谓所选《宋七家词》以己意窜改叶韵，诡云从古本校正，强古人以就我，凿矣。谓守丈之界可以峻词体，游孙丈之宇可以畅词趣，二者皆是而不可执一，愿与同侪通两家之驿，可乎？

《宋志沂传》（《宋浣花诗词合刻》）

7. 李炜：

尤工填词，曾学琴于杨元洁白，得其旨趣，故所作律细，声调不懈。

《宋志沂传》（《宋浣花诗词合刻》）

8. 刘履芬：

长洲宋子浣花，性含幽清，志尚复孑。家庭之间，尤备行谊；琴剑之外，滞嗜倚声。盖尝论之，天然清皓，夷白自持，浣花之行也；渊然缜栗，刿钬不穷，浣花之学也。至其为词，得自性生。豪而不疏，清而不薄。维燕拂花，有春妆喻丽；哀蝉泣柳，托秋语传凄。吾党之言词者，未能或之先也。

《宋浣花遗词序》

9. 张景祁：

〔角招〕《长洲宋浣花茂才词笔清丽，有吴中七子之风，以梅笛庵填词图索题，为赋此解》

好亭院。是谁一曲江城，唤起哀怨。峭寒帘未卷。万种暝愁，都付羌管。松陵梦远。奈冷落、小红歌伴。回首烟波故苑。早千树雪鳞，向闲庭吹满。　凄惋。缟衣望断。青禽夜警，星斗阑干转。旧时明月换。客里销魂，春灯零乱。苔荒翠馆。有堕砌、仙云飞缓。袅袅余音自啭。便当日、广平心，今须软。

《新蘅词》卷二

10. 高望曾：

其词清丽幽婉，出入玉田、草窗间，为近人所罕觏。

《书宋浣花梅笛庵词后》

11. 邹弢：

长洲宋浣花先生，词笔幽峭，直登白石之堂。盖平生极服姜夔，故颜其居室日“梅笛庵”，取“梅边吹笛”语意也。著《浣花馆诗词》、《梅笛庵词》若干卷。歿后经乱，遗稿零落。其门人李彤伯搜其散失，得诗二卷，词一卷，为付梓行世，题曰《浣花剩稿》。集中皆酬应之作居多，非生平杰构也。

《三借庐笔谈》卷五

余焜

余焜（约 1825—1888）字石庄，别号湘麓居士，江苏兴化人。增贡生。焜为咸同之际苏北泰州、东台、兴化词人群体之翘楚。有《玉藤仙馆词存》正续二卷。

1. 杜文澜：

邑中余石庄茂才焜与萍绿往还，遂亦娴于词学。茂才天性疏懒，不随流俗，而天分极高，有和萍绿〔木兰花慢〕、〔齐天乐〕二词，刻意求工，镂金错采，多清脆之音。而于藏暗韵，用去上，均甚谐协。后幕游楚中，寄怀萍绿〔百字令〕一阕，语尤凝炼。知其离群不废夙学，功力益深矣。

《憩园词话》卷四

2. 顾騄：

余君石庄，为唐坡先兄至友。少工填词，与词人丁君保庵齐名，世所传《十三楼吹笛谱》是也。成丰丁巳，石庄与余同受知于临川李大理师。石庄长余数岁，余兄事石庄，且主其家，授诸从子读，借观石庄藏书，间从叩倚声之学。时合肥虞君叔垣为先兄同年友，与石庄昵，见余辍举子业事此，规余“物不两工，诗既穷人，况兼词耶？”余遂与词谢绝，让石庄独步，而石庄词益工。于古则雅近玉田，淮海之间，石庄盖足以自鸣矣。甲申余赴陕西，及丁亥假归，石庄皆有词赠余，存之集中。戊子石庄下世，余得其耗，为之叹惋竟日。癸亥谢病归里，石庄令嗣汉雯以君遗集乞余审定。余本不工此，窃闻石庄绪言：“与其清思窈旨，而不为亢厉噍杀之音，以蕲至于古人”。今观石庄之词，可谓能践其言。惜君先逝，不少待余，为乡里鸡黍之会而纵谈少年溺于诗词之乐也。余老矣，汉雯其刊此以饷世人，其有《再续词综》及《广箧中集》者，当不遗石庄也。

《玉藤仙馆词存序》（《玉藤仙馆词存》）

3. 闻野鹤：

《玉藤仙馆词存》一卷，为余石庄著。词致平庸无足取。惟〔鹧鸪天〕一阕，差具丰甚。

《怬簃词话》

4.《兴化县志》：

余焜，字石庄，增贡生，少聪颖，应童子试，即以善诗名。尤爱倚声，本世家子，翩翩自喜，后识江都丁保庵，观所为词，乃尽弃其学，师事保庵，遂益精妙。论者谓其品在玉田、白石之间。著有《玉藤仙馆词钞》行世。兼工书，晚年喜临北碑，益饶别致。

《兴化县志》（民国续修本卷十三）

潘观保

潘观保（约1825—1894）字辛芝，江苏吴县人。咸丰八年（1858）举人，中式第三十四名，官河南彰卫怀兵备道。著作有《十三经异文考异》，词有《鹊泉山馆词》一卷，附于《鹊泉山馆集》。

1. 朱以增：

镂辞锻意，抽密骋妍，深入温、李、姜、张之室，而能得意内言外之旨。后半卷情辞凄恻，伊郁善感，则当劫火苍黄之后，镜掩钗分，兰摧玉折，情随事迁，宜乎百端交集，黯然销魂也。

《鹊泉山馆词序》（《鹊泉山馆词》）

2. 孙廷璋：

〔酹江月〕《沪上读潘辛芝舍人〈鹊泉山馆词〉即题其耑》

飞来浩唱，把海天秋梦，宕成空阔。唤起灵均湘水底，来对兰成愁绝。目断烟花，空濛不见，但见伤心碧。桃花笺上，春愁都化鹃血。　休怨日暮江关，西风雁背，万里吹华发。竖子英雄皆偶耳，他日寒蝉能说。只苦琵琶，一般沦落，未免青衫湿。有谁同见，黄君浦口之月。

《亢艺堂集》卷三《玉井词》

3.《续修四库全书总目提要》：

朱以增序其词云："镂辞锻意，抽秘骋妍，深入温、李、姜、张之室，而能得意内言外之旨。后半卷情辞凄恻，伊郁善感，则当劫火苍黄之后，镜掩钗分，兰摧玉折，情随事迁，宜乎百端交集，黯然销魂也。"其谓深入温、李、姜、张之室，则未免过当。谓下半卷情辞凄恻则是也。吴县潘氏之词，令曲喜效《花间》，往往笔端浅露，观保亦然。慢词时有宋贤轨范，惟嫌和古人之制太多耳。又观保喜言宫调，而实不知宫调。

《鹊泉山馆词一卷提要》

萧恒贞

萧恒贞（1825—1888）字月楼，江西高安人。适丹徒周天麟。著有《月楼琴语》。

1. 雷瑨：

萧恒贞，字月楼，高安人，芗泉方伯妹，归丹徒周天麟太守。天麟亦工词，闺中倡和，人以赵、管比之。著有《月楼琴语》一卷。

《闺秀词话》卷二。

2. 王蕴章：

萧恒贞，字月楼，高安人，芗泉方伯妹，山西泽州知府丹徒周天麟室。天麟字石君，夫妇并工词。闺中倡和，人以赵、管目之。恒贞所著名《月楼琴语》。花下徘徊，悄然得句〔浣溪纱〕云："检点嫣红瘦几分。悄扶秋带到阑根。不关蜂蝶也销魂。　西下夕阳东上月，等闲容易又黄昏。一般花影判凉温。"秋阁坐雨赏荷，新凉可喜〔阑干万里心〕云："藕花都向，为难凉开。小扇单衫香满怀。水阁阑干凭几回。听秋来万叶，跳珠雨过才。"夏晚与石君湖上纳凉，填此索和〔水调歌头〕云："我爱勺湖住，三伏暑全忘。谁家闹红双桨，来往乐无央。畅好雨余天气，记取薄罗衫字，兜住水云凉。一事与君说，花欲傲诗狂。　城西，几株柳，挂斜阳。有时鬓丝风吹，歙上藕花香。千古高山流水，倘肯一弹再鼓，侬为解琴装。如此好风月，那用一钱偿。"书所见〔生查子〕云："残荷红渐稀，香老词人笔。小立钓丝风，悄倚蘋渔笛。　雨乍收，凉眷夕，秋梦无痕迹。算是水萤飞，误认疏星碧。"

《然脂余韵》卷五

杜贵墀

杜贵墀（1825—1901）字吉阶，一字仲丹，湖南巴陵人。光绪元年（1875）举人，主湖北经心书院、湖南岳阳书院校经讲席。有《桐花阁词钞》二卷附一卷。

1. 王柏心：

潜气内转，哀音外彻，国朝词家师南宋者多矣，无如此之直入奥窔者。

《桐华阁词钞》卷一

2. 王柏心：

〔水调歌头〕《题杜仲丹桐花馆秋词》

四序各乘运，楚客最悲秋。不知年少心事，容得许多愁。终有啼猿哀雁，杂以龙鼍悲愤，风雨下沧洲。古怨寄瑶瑟，散入洞庭流。　　对摇落，伤迟暮，惜羁游。商声一夜飞到，感叹不能休。安得长风万里，倒卷银河九曲，荡涤此繁忧。更挽艳阳景，回辔六龙辀。

〔贺新郎〕《题杜仲丹桐花馆秋词》

欲向灵修诉。总古今、才人坎壈，栖栖何故。得意枋榆皆燕雀，漂泊凤鸾谁顾。便叩角、高歌难遇。入夜寒螿鸣不止，剔秋灯、起续离骚谱。惊山鬼，泣风雨。　　吟秋我亦伤心侣。记年时、无端百感，缫成愁绪予向曾著《秋词》三十阕。今日对君歌苦调，似我当时肺腑。尽偕向、彩毫倾吐。十载烽尘何限恨，待烦君掇拾流宫羽。河山感，更凄苦。

《百柱堂全集》卷五十一

3. 杜贵墀：

余少时《秋词》一卷，为自晋返湘途次之作……郭侍郎筠轩先生赏而诧焉，谓不类余之为人。朱竹垞自题词集云“一半是空中传恨，几曾围燕钗蝉鬓”，余则全然凿空无聊之思、有托之谈，顾影效颦，以是为词人本色云尔。虽然，立言之道多端，奚必屑屑于是以损勤学之日力？

《桐华阁词钞》卷一

4. 张祖同：

仲丹词，镂云斫月，运心白石老仙，螺洲王先生叹为不及。

仲丹词如长吉诗，呕心而成。

《桐华阁词钞》卷一

5. 张祖同：

吾于乡先辈词，最推舜卿先生。近人中服膺者，王壬秋、杜仲丹其尤也。

王先谦《诗余偶钞序》引（《虚受堂文集》卷五）

6. 张祖同：

仲丹刻意为之，故时露斧凿痕，学词者从仲丹入，勿从仲丹出可也。

《续修四库全书总目提要·诗余偶钞六卷》引

7. 继昌（李佳）：

巴陵杜仲丹同年贵墀，经术湛深，而颇工倚声。张雨珊题其《桐华阁词》云：“镂云斫月，运心白石老仙，螺洲王先生叹为不及。”

《左庵词话》卷上

8. 继昌（李佳）：

〔瑞鹤仙〕《呈杜钝叟同年》

晨星同谱少。尚鲁殿灵光，巍然一老。知君恨非早。望云间、岳麓鹤飞缥缈。鸿都式表。拥皋比、冰怀月抱。遍湘沅、羔雁充庭，手种芝兰矫矫。　　谁道乘秋相访，竹瘦蕉肥，碧纱凉峭。清襟倾倒。示我有、锦囊稿。羡屯田词笔，浣花诗兴，不碍美人香草。最难忘、晚节孤芳，菊开未了。

《左庵诗余·豸绣词》

9. 易顺鼎：

〔金缕曲〕

《填词一事，莫盛于杭，吾湘代不数人，然以仆所交，则有四君子矣。都门别后，羽换商移，因各缀一词寄怀，知天外雅弦，犹有同调也。巴陵杜仲丹贵墀》

此杜依然老。只一事、差强乃祖，时非天宝。家在岳阳楼下住，容易吟魂飘到。看尽那、洞庭秋好。绿雨啼鹃斑竹岸，是古来、未竟伤心稿。二十五，楚骚调。　宣南记共风吹帽。怎独自、鬓丝禅榻，焚香却扫。中有水流云在意，懒向词场厮闹。算已是、名心淡了。昨夜游仙帆影挂，为寻君、转过黄陵庙。霜与月，满湖缟。

《摩围阁词》卷上

10. 张德瀛：

杜仲丹贵墀词，如劲风满林，骤闻金筈。

《词徵》卷六

梁鸣谦

梁鸣谦(1826—1877)字礼堂，福建闽县人，咸丰九年进士，官礼部主事。后入护理福建巡抚周开锡、总理船政大臣沈葆桢等幕。光绪二年受福州鳌峰书院聘，教授生徒。著作有《静养堂诗文集》，有《词存》一卷。

1. 谢章铤：

梁礼堂观察，弱冠捷秋试，友教四方，中年登科，观政吏部，遂乞假不出。门下多腾达知名之士，名师之望，几同山斗。既而佐大府，理官文书，声华日起，所入亦丰。有田有宅，归理旧业，将以此终矣，未几竟卒。讣至都下，余为之泫然。归见沈幼丹制军所作墓志铭，摹写生平，须眉欲活，又不禁慨然。礼堂幼从其族叔少皋赓辰学博游，髫龀时余即见之。后二十余年，复见于刘氏。礼堂欣然曰："丈昔由吾师购陈祥道礼书，吾彼时以礼书为冷书，意吾丈必是冷人，今何幸一接颜色乎。"自是遂为相知。素工丽体，后有志治古文，每与余言，辄终日。词笔清华，而时露抑塞之意。想其橐笔饥驱，久尝世味，固亦有不自得者乎。

《赌棋山庄词话续编》卷五

2. 谢章铤：

已舟、寿之皆余社中人也。自余倡词社，始不过五人，其后至十余人，抽奇骋秘，颇极一时唱和之乐，汇刻为《聚红榭雅集词》五卷。前年余卧病在家，忽闻流求国使金紫大夫某来见。问其故，则云：向在国子监读书，询访近日填词家。闻先生倡教于闽，今日京师归，特来请益。予以病谢之去，某乃往见余友魏子安，并求子安为作立后议，丁宁订后约，而余之晋，遂不相知矣。社中诸君，其别集已刻者，则有赞轩之《效颦词》。赞轩性豪客，填词则婉转入细，盖得力于秦柳多也。已舟、陈子驹遹祺皆有集未刻，子驹初与黄笛楼经唱和，有《双邻词钞》二卷，余曾为作序，其词则以《花间》为圭臬也。已舟之刻挚，子驹之俊逸，礼堂之绵丽，林锡三天龄之淡雅，皆足步武南唐，靳骖两宋，即使阳羡髯君、金风亭长见之，当亦不诮为恶札也。名山可券，以俟百年。

《稗贩杂录》卷三《词话纪余》(《赌棋山庄全集》)

王尚辰

王尚辰（1826—1902）字北垣，号谦斋，晚自号遗园老人、五峰居士，别号木鸡老人，安徽合肥人。贡生，官翰林院典籍。有《遗园诗余》一卷。

1. 谭献：

谦斋老去填词，吟安一字，往往倚枕按拍，竟至彻晓。固知惟狂若嗣宗，乃为至慎。予自来合州，与谦斋交，改罢长吟，奚童相望，两人有同好也。（《复堂日记》乙酉）

《复堂词话》

潘遵璈

潘遵璈(1826—1860)字子绣，号谱士，又号幻蘋词客，江苏吴县人。早岁多病，弃举业。咸丰九年(1859)贡生。次年于战乱中遇难，享年仅三十余岁。所著《香隐庵词》先刻成四卷，又名《小蘋洲笛弄》、《鹤唳瑶天谱》等。战乱后原版毁，族侄潘钟瑞选存四十一阕，附刊于《香禅精舍集》。

1. 戈载：

精于律，严于韵，四声悉诣，毫发无憾。乾嘉以降，作者如林，然谨守矩矱，不失铢黍者，实所罕见。

《香隐庵词跋》(《香隐庵词》)

2. 吴嘉洤：

子绣于功甫为从弟，所处之境虽约，殆未至穷愁落寞之甚者，而其所为词，若得乎秋气之甚深，而言之弥工。集中咏秋诸作极幽忧愁思之致，其为独弦之歌欤？其为嘹天之鹤欤？如怨如慕，如泣如诉，抑何惨恻善感如是也？其殆有不得已于言者欤？

《香隐庵词序》(《香隐庵词》)

3. 蒋敦复：

迩年词学大盛，俱墨守秀水朱氏之说，专宗姜张，囿于南渡诸家，罕及《花庵词选》者，况《花间》乎？敦复尝欲救之，作词话“以有厚入无间”，及炼意炼字句之法，告人尊词品故也。大著亦从玉田、草窗入手，却不域于南渡，上推至南唐北宋，所造各有所得，一种芳菲悱恻之情，深得词中三昧，于鄙人之言有相印证处。摘录入词话，英绝领袖如吾子者，相与振兴斯道何如？

《香隐庵词跋》(《香隐庵词》)

4. 汪元治：

韵严律细，婉约多神，近时浮滑之习，一洗而空，或不病而得此粹诣。

《香隐庵词跋》（《香隐庵词》）

5. 潘钟瑞：

吾吴词学，嘉道间有七家，而精研深究律与韵，无微芒毫乎之差者，尤推戈弢翁。叔承其说而引之，其为词澄思渺虑，鍜日炼句……生平师法，有在弁阳老人。……弢翁既没，七家中惟吴、陈两丈犹存，叔与之上下讨论。他如王养初、拙孙、刘泖生、玉叔、辰孙、江韵楼、宋浣花、王侍松诸君时相赓唱，余亦幸厕。其后华亭张筱峰、吴江仲子湘、平湖贾芝房、上元扬朴盦、宜兴储丽江诸先生来苏，亦与赠答。

《潘遵璈小传》（《香隐盦词》）

周继煦

周继煦（1826—？）字春甫，江西泰和人。著有《桐阴山房丛刻》、《勇庐闲诘评语》，词有《蕉心阁词》二卷。

1. 张绚：

夫铁板铜琶，唱大江东去；豪丝脆管，奏独鹤南飞。或谓稼轩乐章，有时近率；东坡缠令，于律已疏。愿明月琼楼，亦颇以缠绵为主；斜阳烟柳，未闻以恣肆矜才。天风海雨之声，戛金敲玉之韵。图开万变，机是九张。若徒采厥偏，条绳夫众制。所谓东向而望，不见西墙矣。《蕉心阁词》，泰和周春甫先生所著也……先生之词，澹秀在骨，咳唾随风，寄雅志于遥深，托幽情于横放，似苏辛者其外，近张周者其神也。至若三都纸贵，讵因皇甫之文；空阔尘封，独扫欧阳之榻。谬承授简，殊媿莛撞，幸托知音，敢辞喤引。故略陈夫梗概，聊想见其生平云尔。

《蕉心阁词序》(《蕉心阁词》)

2. 张绚：

〔琵琶仙〕《题春甫都转〈蕉心阁词〉》

一卷芭蕉，长展转、独抱芳心谁说。却想四十年前，周郎自英杰。甚幻影，名场得鹿，早垂羽命宫魔蝎。惟有填词，水边林下，无限风月。　莫复闻、琴鹤萧然，只有春梦无痕化冰雪。空把一襟豪思，付西风啼鴂。理玉轸还，遂惊绝响，折梅花、忽忆高洁。此日独唱秋坟，石泉声咽。

《蕉心阁词》

陈克劬

陈克劬（1826—？）字子勤，江苏丹徒人，同治六年（1867）举人，著有《知悔斋文集》、《晴漪阁诗》、《萍逢类稿》。词有《红豆帘琴意》一卷。

1.《续修四库全书总目提要》：

克劬喜为诗词……自言所制比兴什之九，赋什之一，今观全集，其言非无自也。温、韦之词，同于风、骚，合于比兴，亦有道焉。盖善用比兴者，内深而外美，意广而笔重，观于《花间》，即可知矣。克劬〔更漏子〕云："风不断……"〔如梦令〕云："明月怀中飞堕……"词非不工，但觉意肤露而笔轻浅，未可侈言比兴也。

《红豆帘琴意一卷提要》

王荄

王荄（生卒年不详）字小汀，又字受辛，江苏甘泉人。咸丰、同治间人。诸生。工词，与张丙炎、李肇增等结词社唱和。著有《受辛词》。

1. 方浚颐：

〔湘春夜月〕

渡江来，一编赚得琼瑰。令我齿颊生香，心折此清才。五十余年工力，合苏、辛、秦、柳，众羡兼该。是射雕能手，渊源家学，不染纤埃。　追随门径，哀翁踯躅，健者嘲咍。暗度金针，下解识、删繁去蔓，词社重开。秋云酿雨，向蛰园共醉银杯。新乐府、追流传千古，谩说终老蒿莱。

《受辛词题辞》（《受辛词》）

2. 郭晋超：

吾友王君小汀为鹤汀先生哲嗣，以名父之子，绍衣家学，倚声一道，独有千古，前人虽壁帜分树，云霞烂天，受辛则指偻眉分，稿为一得，盖寝馈于中者五十余年。当其幼时，吾师汪冬巢先生及王西御丈皆江左词宗，见其作，谓鹤汀先生云：数十年后，词坛飞将也。必以此道张吾军矣。前辈赏识，早岁已然。宜其年愈丰而境愈啬，名益著而数益奇。

《受辛词叙》（《受辛词》）

3. 郭晋超：

〔金缕曲〕

久歇东沤唱。幸逢君春风，妙笔词坛飞将。卅载飘零词卷在，历尽兵戈无恙。信此事，千秋欣赏。漫别辛、苏、秦、柳派，问清真绵密谁能当。言外意、几人尚……

《受辛词题辞》（《受辛词》）

4. 刘淮年：

〔一萼红〕《用白石韵》

绿杨阴。访闲鸥野鹭，烟水盍朋簪。燕市悲歌，蛮江孤啸，奋游回首销沉。记听到、井南白雪，又几度、春梦变鸣禽。觞咏兰亭，山阴妙墨，棐几谁临。　笑我萧萧两鬓。已阑珊秃管，涂抹无心。白石何人，碧山何处，那复辛苦追寻。披一卷、色丝幼妇，情宛转、一字一敲金。好倩双鬟谢娘，按拍歌深。

《受辛词题辞》（《受辛词》）

5. 周天麟：

〔金缕曲〕《王小汀荄函寄所著〈受辛词〉二卷索题，填此代柬即寄邗上》

词客飘零久。问王郎、年华老矣，别无恙否。瞥见南鸿天外影，衔到几枝红豆。说箫谱、而今谱就。一掬孤寒知己泪，恁酸辛、若个能禁受。除或是，断齑臼。　尊前同调推黄九。最难忘，栖云山馆，笛床歌袖谓黄子鸿司马栖云山馆，为邗上词人联吟之处。独我相逢都恨晚，分爇瓣香低首。但有日、离怀共剖。廿四桥头明月夜，度新腔、合付双鬟口。终一阕，一杯酒。

《水流云在馆词钞》

6. 成沂：

不读王郎曲，争知罗隐名。
江东憔悴日，海上乱离情。
旧恨悲歌遣，新词浊世惊。
受辛存古调，甘苦自分明。

《受辛词题辞》（《受辛词》）

7. 黄锡禧：

〔淡黄柳〕

冬巢寂寞谓汪冬巢先生。莲子秋摇落谓王西御先生。乐府新声谁复作。廿四桥头夜月。忍听琼箫换清角。　　叹飘泊。艰辛老逾乐。鬓霜满、苦萧索。把宫移羽换频商略。柳逸苏豪，周清吴艳，都付中仙按拍。

《受辛词题辞》（《受辛词》）

8. **徐穆：**

寥落词人鬓已华，意园酬唱渺天涯。

苦心君似秋莲子谓王西御先生，无味我如甘蔗渣。余有《蔗渣词》。

白石新腔矜自度，碧山旧曲扫淫哇。君之尊人有《绾绿词集》，余曾显。

谁怜老眼昏花甚，代订宫商兴转赊。

道光年间，秦玉笙孝廉曾招同人为淮海词社，分调拈题，一月一会，刻有《意园酬唱集》行世。会中诸人，如君之尊人及王西御、金雪舫、笪伯昆仲、符南樵、朱震伯、周小云、张春卿、芮簃庵、吴琴南、李冰赤、许净斋，一时文酒之宴甚盛。未几风流云散，而诸君俱归道山，如余尚存，为君题集，能无慨然？

《受辛词题辞》（《受辛词》）

9. **《续修四库全书总目提要》：**

葵为鹤汀之子，王西御之弟子，受知于汪冬巢，而又与孔宥涵、庄中白诸人相往还，词学渊源，至为深远，故其所作，戛玉敲金，圆润明密，雅俗杂用，迹混形融。其〔兰陵王〕自书词稿一阕，凄凉哀叹，宛转绸缪。庄中白评其词曰：“因寓触类，比事属辞，王、吴之步趋也；抚今追昔，琢句选声，姜、张之胜轨也。”今以集中《晤庄中白话旧》〔忆旧游〕一首证之……虽未如白石、中仙之沉深，而在有意无意之间，自有一片清气悠荡摇曳，庄氏所称，非尽虚也。

《受辛词二卷提要》

周星誉

周星誉（1826—1885）原名普润，榜名誉芬，字畇叔，一字叔云，号鸥公，又号芝芗，河南祥符人，寓居浙江绍兴。道光二十四年举人，三十年（1850）进士，改庶吉士，授翰林院编修，后官江南道监察御史、广西右江道、两广盐运使兼署广东按察使。曾与李慈铭、王星諴等结“益社”。著有《鸥堂剩稿》、《鸥堂日记》，有《东鸥草堂词》二卷、附录一卷。

1. 许棫：

〔百字令〕《和畇叔题词草》

九州岛莽莽，有几人腕底，能飞霹雳。寂寞湖山容我老，放眼大江南北。君是何人，轩腾奇气。醉把青天兀，怒潮万里，驱来纸上都立……

《左庵词话》卷上

2. 丁绍仪：

给谏……所著《东鸥草堂词》尤精警。

《听秋声馆词话》卷三

3. 孙廷璋：

〔水调歌头〕《题周叔云太史东鸥草堂词集》

今夜玉如意，醉折不知愁。何年缑氏龙种，飞下小东鸥。不管梅花狂死，吹得长星都绿，天卷海西流。何不拓金戟，邀我舞凉州。　紫蜺谱，青雀舫，白鹳裘。十年一抹，欢电借拍玉搔头。闲了蓬池风露，来赌莲花博士，八百镜湖秋。愁杀两鲸背，夜夜弄珠游。

《玉井词》（《亢艺堂集》卷三）

4. 周星誉：

〔念奴娇〕《十六夜对月读湖海楼词辄题其后》

髯乎堪恨，占词名一代，竟无其匹。早岁红牙添韵事，传唱六宫都彻。宰相衣冠，党人子弟，老作梁园客。功名五十，马周久已头白。　　知否二百年来，替人属我，来与公争席。自写江南肠断句，恨少紫云擫笛。余字徒劳，此才不易，鹿角谁当折。花前清啸，诗魂飞下寒月。

《东鸥草堂词》卷二

5. 李慈铭：

阅黄韵珊大令宪清《拙宜园集词》。大令以词名江浙近三十年。余顷在省垣，季贶周星贻达大令意，谓少留将见访，余以事匆匆归，卒未得大令词读之。今日莲士以一帙出视，谓尚不及周叔云誉芬之《东沤词》。余谓其词固多平易近素，然律切深秀，固所谓词人之词也，于词中为当家。《东沤词》从诗入，故云气拂拂然，是诗人之词，此中固不可优劣，亦不可不知。

迦陵词如丝竹迭奏广场，繁响中时作渊渊金石声，纳兰词如寡妇夜哭，缠绵幽咽，不能终听。近来汴人周誉芬《东沤词》则如儿女子花前月下，喁喁私语，温丽芗泽，故虽未能尽两家之长，而实为两家所未有也。余词非叔子所服，照尝自谓如松竹间语，清婉无响，此实未见得，尔时所作，殊鲜悟人处，自记。不肯一语同《东沤》，而心实喜之。或有讥其不醇者，虽未必知言，然能再加洗伐，则五代、两宋无人矣。因论容若词及之。

《越缦堂读书记·集部·词曲类》）

6. 李慈铭：

星誉固险谲无行，其诗词亦喜为狎邪轻亵之言，然佳处实不可没。李山甫、康伯可俱有清才，而论世者以为温八叉、柳三变之罪人，惜哉！（卷上）

《越缦堂诗话》

7. 谭献：

中州周叔云，抗手竹林之游，蹑足承明之选，辞章淡雅，而好深沉之思。沉诗任笔，兼善者尟，海内推许，于君无闻。《东沤词》二卷，多其少作，白石、稼轩，去人不远。予叹挹其辞，泠泠累累，若鸣杂佩，即之如尔，寻焉益遐，非夫云霞奇意山水清音也哉？可谓充其量已。叔云制作才，朝庙疋诵之选也，而赋物缘情，风人遗则，于其填词遇之。张皋文所为欲与诗赋之流同类而风诵之也。

《东鸥草堂词序》(《东鸥草堂词》)

8. 继昌（李佳）：

祥符周昀叔都转星誉词，清新俊逸，惜全稿散佚。《东鸥草堂词》仅百余首，江阴金粟香为刻入丛书中。

《左庵词话》卷上

9. 张德瀛：

周昀叔星誉词，如仙人炼汞，九转初成。祥符人，有《东鸥草堂词》。

《词徵》卷六

10. 冒广生：

七外祖周昀叔先生星誉早岁入翰林，平流而进，以监司终。所著《东鸥草堂词》，小令之工，几于温、李后主。与吴门袖竹君有题扇之雅，感陶潜《闲情赋》，因以谥之。尝赋〔洞仙歌〕十阕，论者谓与竹垞静志居词相伯仲也。

东鸥草堂小令，如〔踏莎行〕云……正使十八女郎执红牙板歌之，恐听者回肠荡魄也。

《小三吾亭词话》卷一

11. 郭则沄：

叔云兄弟词，亭深、讱庵、涑人、季贶，皆有才名，而叔云由名翰林出为监司，遇最显。其词颇近迦陵。

《清词玉屑》卷四

12.《续修四库全书总目提要》：

谭献《叙》谓："白石、稼轩，去人不远。"未为允当之论也。星誉之词，殊不为人所重，然喜用村辞，入笔便雅，文人俗士，皆惬于怀，于清词中自成一格，即证以宋初慢曲，亦不得不以此为正宗。……其源似出于屯田、漱玉，最为词中高境，称之者少，何也？

《东鸥草堂词一卷提要》

13. 卢前：

〔望江南〕

东鸥影，覆盖《草堂》人。积案每多诗画卷，门前又见桂兰新。座语尽生春。

《饮虹簃论清词百家》(《清名家词》)

张丙炎

张丙炎（1826—1905）字午桥，号药农，一号榕园。江苏仪征人。少承家学，未冠举于乡。咸丰九年（1859）进士。由翰林院编修出知广州廉州府。后知肇庆，继升道员，加盐运使衔。后丁母忧，优游林下者二十年。喜吟咏，富收藏，晚年工篆书。著有《榕园丛书》，词有《冰瓯馆词钞》一卷。

1. 王葵：

冰瓯馆主人，少工倚声。已而弃去解组后，复稍稍为之刻羽引商，声情窈眇，少陵所谓“老去渐于诗律细”也。

《冰瓯馆词钞序》（《冰瓯馆词钞》）

2. 李允洵：

〔水调歌头〕《题〈冰瓯馆词钞〉》

翠竹白沙路，累叶有传人。一编大集传诵，诗味家清真尊先公著《味真阁集》。在昔清晖老屋，延及冰瓯小馆，词笔妙生春。付与小红唱，无调不鲜新。　溯流风，对令雨，感停云。回思当日，风景旧梦总成尘。记得二波轩外君外舅王二波都尉工词，与弟井叔齐名，号吴中后七子，一时压倒元白，豪客是苏、辛。忆到少年事，擫笛暗伤神。

《冰瓯馆词钞》

黎庶焘

黎庶焘（1827—1865）字鲁新，号筱亭、筱庭，贵州遵义人，咸丰元年（1851）举人，著有《慕耕草堂诗钞》三卷、《依砚斋诗钞》四卷、《琴洲词》二卷。

1. 黎庶焘：

词之为道，虽属小技，然萌芽于六代，具体于三唐，条衍于五季，扬葩于两宋，萎于元，落于明，而复振采于我朝，与运会相升降者几千五百年。其间名人代兴，流派各别，要非漫无其故也。予性拙，顾喜为此，曾五阅寒暑，得近三百首，录正吉林承龄子久观察。先生固当世之精于倚声者，为墨识十数阕，持论无多而语皆切要。既又取张皋闻、翰风、少存三先生所选唐宋名词印证之，始恍然于向者之所为，其所谓以《国风》、《离骚》之旨趣铸温、韦、周、辛之面目者安在也？爰悉弃旧作，又历六年之久，始不揣谫陋，刓存百阕。

《琴洲词原序》（《琴洲词》）

2. 黎庶焘：

〔虞美人〕《自题词集》

桐花小凤羼提句。绮语曾轻赋。而今只解写愁肠。不道愁深如海竟难量。　　悲歌未断肠先断。福岂才华占。此情惟有小红知。为我一声吹彻玉参差。

《琴洲词》卷二

冯履和

冯履和（1827—1900？）原名晨，字小舣，江苏金坛人。冯煦同祖兄，长居宝应。有《浪余词》一卷。

1．冯煦：

予游江宁，游徐，兄皆与俱。兄五十始学为词，颛精小令，以唐五代为宗，而尤服膺吾家正中翁《阳春》一集，于宋则研摩欧晏，唯妙唯肖。纸窗竹屋，灯火青荧，辄手一编，吟讽不辍，务得当而后即安。秦淮初渌，同过邀笛之步；彭城夜雨，更说连床之诗。喁于之乐，于斯为盛。

《浪余词序》（见龙榆生《清词经眼录》，《同声月刊》第一卷第十二号）

张景祁

张景祁（1827—1898 后）原名左钺，字孝威，更字蘩甫，号韵梅，别号新蘅主人，浙江钱塘（今杭州）人。同治十三年（1874）进士，改庶吉士，后外放官福建连江、仙游、蒲城等县知县，晚游台湾，宦游淡水、基隆等地。历经中法、中日战争。事迹见《杭州府志》。景祁弱冠即喜为填词，曾受教于黄曾、黄燮清，后又为薛时雨门下士。著有《研雅堂诗集》、《文集》，词有《新蘅词》九卷，《外集》一卷。

1. 叶衍兰：

《新蘅词》选调必精，离辞必练，有石帚之清峭而不偏于劲，有梅溪之幽隽而不失之疏，有梦窗之纤丽而不病其秾，有玉田之婉约而不流于滑，寻声于清浊高下之别，审音于舌腭唇齿之分，剖析微茫，力追正始。

《新蘅词序》（《新蘅词》）

2. 张景祁：

夫清商激林，翏籁喧夕；古月流砌，凉蛩絮秋。触焉斯鸣，唏其感矣。弱不好弄，耽作才语；索居孤讽，缭以曼声。抗心松陵之箫，希风玉笥之曲。独茧缫绪，幽花渲愁，绵情窅辞，托骚辨之旨焉。尔其班扇藏箧，素琴不张。翠竹天寒，窈窕空谷；碧云日暮，婵娟未来。采蘼芜以遗谁，眄江水其焉极。灵和春柳，鬟影惊凋；汀州白蘋，心期怨晚。磨剑结客，空思五陵之游；携句问天，独抱宣城之感矣。又况荐经乱离，侧身无所，万烽星赩，铁骑踏冰，孤台日斜，怪鸱叫屋，绿芜台城之路，悲笳合肥之夕。酒浇赵土，谈兵为之于邑；击筑燕市，拔剑助其激昂。于斯时也，举目新亭，江山异色；言归辽海，人民已非。能无铜仙铅泪之嗟、冷月波心之感乎？至若庄舄去国，仲宣远游，策鳌沧溟，绁马京邑，峭帆载鄂渚之雪，冷筇踏金山之云。陌上草薰，行舸泛绿；沙头雁起，征衫扑霜。亦复酣嬉搊筝，歌呼击缶。花销英气，酒入愁肠。问明月自何年，吹春水其欲皱。又不特锦袍甫召，旋伤落梅之吟；青琐才辞，遽下听猿之泪者已。今将埋照簿书，奔逐尘鞅。婆逢春梦，换扇惊心；客送秋江，闻歌掩泣。行且洗绮语之砚，屏无弦之琴，恕厥爨词，存为少作。海上水仙操，岂无钟子期知音；曲中郁轮袍，敢学王摩诘献技乎哉？

《新蘅词序》(《新蘅词》)

3. 张景祁：

蒙年弱冠，喜为侧艳之词，雕刻组缋，浮藻竞摛，而于南北二宋，未暇涉其樊篱也。同里瓶隐老人黄菊人大令得余词而物色之，輾然曰：“若所作茂矣，美矣，丽以则矣，其如律之弗勰何？”因为抉声音正变之恉，去上浮切之响，谓必含咀于宫商而后神明于意匠，勿偭矩而自放也。乃益讨作者之源流，考大晟之乐律，选字俪声，若合符节。其尤异者，梦窗之步石帚，参黍无差；千里之和清真，四声如一。词虽小道，向非剖析豪芒，其能洞窥阃奥乎？时则名坛宿彦黄韵甫、魏滋伯、张仲甫、方云泉诸老，同社才俊杨晚岚、高茶庵两君，相与规模正声，切劘柔翰。寸笺之擘，瞑写晨吟；一字之安，旬锻月炼。既鉥镂夫肝肾，遂骈罗乎篋衍。

《新蘅词自序》(《新蘅词》)

4. 谭献：

韵梅早饮香名，填词刻意姜张，研声刌律，吾党六七人，奉为导师。故山兵劫，同好晨星。乱定重见，君已摧锋落机，谢去斧藻。中年哀乐，登科已迟。又复屈承明之著作，走海国之靴板，不无黄钟瓦缶之伤。倚声日富，规制益高，骎骎乎北宋之坛宇。江东独秀，其在斯人乎。外集集古，多长篇奇制，如〔洞仙歌〕、〔解连环〕之组纠石帚，真无缝铢衣也。当以全集沾被艺林，不悉

登也。（《箧中词》）

《复堂词话》

5. 王继香：

〔水调歌头〕《题虁甫同年〈新蘅词〉》

倚醉擫铜笛，万里碧天秋。不知何处仙乐，飞落海东头。为唤琼妃起舞，重与词仙按拍，次第付珠喉。檀板动遥夜，惊起玉花虬。　扬州梦，新亭泪，恨悠悠。廿年踏遍湖海，啸傲上瀛洲。底撇九霄风露，来看四明花月，三影剧风流。珍重羽衣曲，莫被李謩偷。

《新蘅词》卷五附

6. 蒋兆兰：

清季词家，蔚然称盛，大抵宗二张、止庵之说，又竭毕生心力为之，本立言之义，比风雅之旨，直欲突过清初，抗衡两宋。后有作者，试研几张景祁、谭献、许增、郑文焯及四中书端木埰、许玉瑑、王鹏运、况周颐、张仲炘、朱孝臧诸贤所作，当知吾言之不谬也。

《词说》

7. 冒广生：

嘉兴张韵梅大令景祁，亦闽中旧识，尝为余赋《莽镜诗》两首。而谭仲修谓其屈承明之著作，走海国之靴板，不无黄钟瓦缶之伤。倚声日富，规制益高，骎骎乎北宋之坛宇。词非过誉，余亦云然。所著有《新蘅词》。

《小三吾亭词话》卷四

8. 林庚白：

张樊圃为逊清咸同间词客之一，有《新蘅词》行世，偶于友人黄荫亭处见其晚年所作数阕，皆集中未载者。录〔唐多令〕、〔山花子〕各一首。〔唐多令〕云：“花片落空尊。春寒镇掩门。拥单衾、几个黄昏。明月青溪烟柳暗，空愁煞、渡江人。　纨扇箧犹存。薰炉香复温。渺天涯、如梦如云。流水三生萍再世，销不得、是春魂。"〔山花子〕云："火冷饧稀杏欲残。梨花如雪压东栏。一角新愁无着处，寄眉山。　　天上鹍鸡惊夜午，帘前鹦鹉说春寒。剪烛为君裁白纻，称心难。"风致皆不恶，清代中于樊榭差近。而"流水三生"句则颇沉著，似后主之〔浪淘沙〕矣。

《孑楼诗词话》

9. 朱庸斋：

张景祁《新蘅词》功力深，意境新……其词境界空阔，笔调雄壮而无粗率之弊，受梅溪、白石影响颇深。史之屈曲纤丽、姜之气格高旷，能合为一手；至写海防边衅，则又慷慨悲凉，类乎南渡二张之作，如谭献所评"笳吹频惊，苍凉词史，穷发一隅，增成故实"。清季四家之前，词人当以张氏最为杰出。

《分春馆词话》卷三

刘履芬

刘履芬(1827—1879)字彦清，号泖生，一号沤梦，浙江江山人。以国子监生两应浙闱不售，后应京兆试，终不得解。咸丰九年战乱，举家漂荡江淮间。同治七年(1868)，苏州设书局，充提调。光绪五年(1879)，代理江苏嘉定县知县，台宪横杀县民，履芬知其冤而无以救，遂愤极自剪喉而死。履芬秉性温厚，襟怀真坦。泛览经史子集，颇具功力。喜收藏金石图书，善骈文，工诗词。著有《古红梅阁遗集》八卷，其中《鸥梦词》一卷，凡七十余首。

1. 杜文澜：

泖生……精古文辞，兼工长短句。

《憩园词话》卷五

2.《续修四库全书总目提要》：

其令曲效法南部诸贤，慢词亦骎骎入古。〔水龙吟〕自题写秋心馆图……词虽未入深奥，而清新雅饬，自为宋贤之轨范。〔蝶恋花〕云：“几日游蜂飞絮趁……”深美绸缪，酷肖《阳春》。

《鸥梦词一卷提要》

3. 卢前：

〔望江南〕

眉山例，乔梓并清奇。绝世红梅与绛濯，还凭鸥梦筑高宧。明允有佳儿。

《饮虹簃论清词百家》(《清名家词》)

宋谦

宋谦（1827—？）字已舟，福建侯官人。咸丰九年（1859）举人。著有《剑怀堂诗草》六卷，计《剑怀堂诗内编》一卷、《诗外编》一卷、《灯昏镜晓词》四卷。

1. 谢章铤：

已舟、寿之皆余社中人也。自余倡词社，始不过五人，其后至十余人，抽奇骋秘，颇极一时唱和之乐，汇刻为《聚红榭雅集词》五卷……已舟之刻挚，子驹之俊逸，礼堂之绵丽，林锡三天龄之淡雅，皆足步武南唐，靳骖两宋，即使阳羡髯君、金风亭长见之，当亦不诮为恶札也。名山可券，以俟百年。

《稗贩杂录》卷三（《赌棋山庄笔记》，见《赌棋山庄全集》）

2. 谢章铤：

子驹填词秀茜，近晏小山，词之正宗也。已舟强有力，词近刘后村，则别调矣。然二君皆兼工诗词。

《课余续录》卷五（《赌棋山庄笔记》）

3. 谢章铤：

〔浣溪纱〕

花外新莺百啭柔。佳人悄立最高楼。丝丝幽怨聚眉钩。　未免有情歌一曲，忽闻邻笛更添愁。春江如梦水争流。

已舟仁兄出近词相示，上攀温李，下挹晏秦，正始之音也。读竟不胜诎服。而十年旧梦，枨触满心，爰题〔浣溪纱〕一阕，甚矣成连之移我情也。以君清思俊才，愿益懋之，旗鼓中原，为吾闽生色焉。

《灯昏镜晓词题词》（《灯昏镜晓词》）

4. 林纾：

吾闽词人多心醉苏、辛，故声响至抗；白石、碧山则沉哑不易学。故学词者恒为天籁轩，正以派近苏、辛也。已舟先生词独与竹山为近，趣永而韵深；亦间为稼轩，却无剑拔弩张之气，故佳句尤多。

《灯昏镜晓词跋》（《灯昏镜晓词》）

5. 陈衍：

《灯昏镜晓词》宗北宋，所作多伤逝之音，与郑仲濂考功词殆同病而呻。余于词弃去且三十年，悼亡四载，伤痛肝肺，不能成一字，读先生词，不禁涕泗之横集矣。

《灯昏镜晓词叙》（《灯昏镜晓词》）

6.《续修四库全书总目提要》：

谢章铤谓其词上攀温、李，下挹晏、秦，正始之音；林纾谓与竹山为近，趣永而韵深，亦间为稼轩，却无剑拔弩张之气，故佳句尤多；陈衍谓词宗北宋，所作多伤逝之音。皆其乡友导谀之言，不足信也。观其所制，全无家法。慢词虽多疏放，而不足以达之，故流为粗犷肤浅。令曲颇多艳体，亦不纯正，惟〔减字木兰花〕、〔武陵春〕数十首，虽笔力不大，然以情事哀艳，读之增感叹也。

《灯昏镜晓词四卷提要》

汪瑔

汪瑔(1828—1891)字玉泉，一字芙生，号榖庵，晚号越人。原籍浙江山阴(今绍兴)，寄籍广东番禺（今属广州市）。先后为刘坤一、曾国荃幕僚，筹划海防、洋务。著有《随山馆全集》、《松烟小录》、《旅谭》等。有《随山馆词》一卷，辑入《粤东三家词钞》，与叶衍兰、沈世良并称“粤东三家”，其子汪兆铨、从子汪兆镛均承其学而有名于世。

1. 沈世良：

气体超洁，邀月能语，遏云不流，似黄鹤楼中玉笛。

冒广生《小三吾亭词话》卷二引

2. 张景祁：

岭南三家词者，沈伯眉、汪芙生、叶曼伽诸先生之所著也。凤林书院之体，鸣盛于西江；龙涎乐府之编，萃奇于东越……花田展禊，呼烟艇以盟鸥，棉寺闻钟，叩松关而放鹤。含芬蘅茝，结响菰蒲，于楞华词得骚辨之遗焉。乌蓬荡月，梦绕花游，白社吟芳，酒涵琴趣……于随山词得讽谕之旨焉。玉堂夜永，恨别华鬘，琼阙秋高，歌翻水调。杏花春雨，虞学士思归之吟；烟柳斜阳，辛幼安断肠之什……于秋梦词得风雅之正焉……分曹酒坐，蜡炬传笺，画壁旗亭，翠鬟赌句，同声相应，乐可知已。而乃江湖梦阔，漂泊萍踪，京洛尘缁，浮湛荷橐……山阳闻笛，徒增思旧之悲，井水传歌，益触浮名之痛矣。

《粤东三家词钞序》(叶衍兰辑《粤东三家词钞》)

3. 谭献：

送远碧草，登楼青山，目之所际，春秋佳色，此随山之珍也。

《随山馆词序》(《粤东三家词钞》)

4. 张德瀛：

汪穀庵瑔词，如樾馆秋声，自含虚籁。山阴人，有《随山馆词稿》。

《词徵》卷六

5. 冒广生：

山阴汪芙生丈，寄籍番禺，老为诸侯宾客。家伯祖哲斋太守官潮州最久，丈居潮州幕中亦最久。所著《随山馆全集》诗及骈散文词，色色皆似樊榭。义山而后，此为第一好记室也。

《小三吾亭词话》卷二

6.《续修四库全书总目提要》：

瑔耽情诗词，以客籍主持粤中词坛，其词不多作绮语，而有怀古抚时之感。

《粤东三家词钞提要》

王韬

王韬（1828—1897）原名利宾，后改名瀚，字懒今，一作孏今，赴香港后改名王韬，字仲弢，号紫诠，别署天南遁叟、弢园老民等，江苏吴县人。道光二十五年（1845）诸生，中年在香港主《循环日报》笔政，晚居上海，主持《申报》编务。王韬为近代著名改良主义思想家、学者。有《眉居庵词》，附于《弢园诗词》。

1. 蒋敦复：

王子九茂才，少工倚声，出入于玉田、草窗之间，旅沪后，绝不复作。适江韵楼风笙自吴门来，留宿子九城北草堂，与予对榻。酒酣，偶言及词，颇自矜诩。子九笑曰：若此等作亦易为也，因为余吟旧作小令数阕。词句清丽，情韵缠绵，于个中三折肱矣。

《芬陀利室词话》卷二

吕耀斗

吕耀斗（1828—1895）字庭芷，一字定子，号鹤园、鹤缘，江苏阳湖（今属常州市）人，道光三十年（1850）进士，曾任福建船政局提调、天津水师学堂总办，署理直隶天津道，后授永定河道，未到任而卒。著有《鹤缘词》一卷。

1.《续修四库全书总目提要》：

词颇流利，惜多纤巧之语。

《续修四库全书总目提要·鹤缘词一卷》

2.《续修四库全书总目提要》：

（陈）寿祺与会稽李慈铭、阳湖吕耀斗相往还，其词则寿祺悲放，慈铭圆融，耀斗纤丽。

《青芙馆词钞一卷二韭室诗余别集一卷提要》

刘观藻

刘观藻(1829—1860)字玉叔，浙江江山人。监生。刘履芬弟。久客京邸，仕途潦倒，早谢世。受父兄濡染，及与潘遵璈、宋志沂、吴嘉洤诸子交游，尤癖爱填词，户牖墙壁间粘词皆满，英年早逝。著有《紫藤花馆诗余》(又名《琼箫词》)一卷，凡五十五首，附刻于刘履芬《古红梅阁遗集》。

1. 宋翔凤：

夙龄愿学茗柯词，托寄遥深未易窥。
香草美人无尽意，要从骚选接风符。

羡君著手即清圆，词笔才知赋自天。
秦柳欧苏遗法在，好追太白与金荃。填词当以北宋为宗。

过来伏雨更秋风，年少端居一亩宫。
茶半香初琴趣满，为他隔牖是梧桐。

《紫藤花馆诗余题辞》(《紫藤花馆诗余》)

2. 贾敦艮：

词为诗之余，滥觞于唐，盛于宋，至我朝而名流辈出。然自西堂、竹垞、梁汾、樊榭而外，卓然成家者正不多见。近世词家必欲分词与诗而二之，啜流而弃源，是犹数典而忘其祖也，岂不固哉？夫词与诗，莫不本于三百之篇。故《二南》有怀春之赋，《国风》有赠芍之思，《豳》有柔桑之咏，《雅》有杨柳之歌，虽《颂》体裔皇，亦著醉舞乐胥之句。则古之长短句即后世乐府之所祖也。宋置大晟府，专制新声，以被之乐章。朝廷之上用之，岂仅视为绮语，而谓与诗殊途异趋乎？且予甚感乎今之言词者矣，目苏、辛为粗豪，薄秦、柳为侧艳。试取苏、辛惊才绝艳诸作读之，后人能为之乎？取秦、柳宏丽苍凉诸作读之，后人能为之乎？倘学苏、辛而去其粗豪，学秦、柳而去其侧艳，其亦许之乎？抑将不得为之词乎？今之言词者曰：必以南宋为正宗，然则北宋诸家皆不正乎？噫，亦太甚矣。昔东坡訾少游效柳七，而少游愠之。盖耆卿之词，未免夹杂俗艳，若苏与秦则一代雄才也，而亦可谓之不正乎？要之北宋之词与诗合，南宋之词与诗分。北宋犹争气骨，南宋则专精声律。是南宋词虽益工，以风尚而论，则有黍离降而诗亡之叹矣。安得独指为正宗乎哉？江山刘君玉叔，善填词，笔力清超，语意豪放，是能以诗为词者。或以其近似苏、辛病之，予愿君之学苏、辛而勿疑焉。异日者庶几于西堂、竹垞、梁汾、樊榭诸家外，树一帜欤？

《紫藤花馆诗余序》(《紫藤花馆诗余》)

3. 陈彬华：

豪放处逼真稼轩，婉约处又酷似叔夏。

《紫藤花馆诗余跋》(《紫藤花馆诗余》)

4. 吴嘉洤：

作词与作诗异。诗可以矜才使气，词则镂迹虫鸟，织辞鱼网，非静细其心，缜密其意，未有不失之粗豪者。故虽以东坡之才，稼轩之学，而按谱填词，辄有铜琶铁板之诮。以是知斯道之具有别裁也。玉叔少时，未尝为词，一二年间始习之，其始不免涉于豪放，人皆以苏、辛目之。及与子绣、浣花诸子游，渐识宋贤蹊径。约而弥精，炼而不肆，骎骎乎登草窗、玉田之堂而哜其胾矣。抑其志甚锐而力甚猛，一年之内，所得不少，著述裒然，甲于侪辈。率是以往，将与梦窗甲乙丙丁四部稿并称繁富。屑为点定，爰识数语而归之。

《紫藤花馆诗余跋》(《紫藤花馆诗余》)

5. 孙麟趾：

笔意清秀，已登玉田之堂。从此用功，所造未可限量。

《紫藤花馆诗余跋》(《紫藤花馆诗余》)

6. 仲湘：

玉叔以俊爽之笔为长短句，始擅粗豪，近多婉约。再能旬锻月炼，不难与南宋诸贤争席。

《紫藤花馆诗余跋》(《紫藤花馆诗余》)

7. 张鸿卓：

天然神韵，不事雕饰，落笔运思，亦颇开展。近日词坛，允当独树一帜。

《紫藤花馆诗余跋》(《紫藤花馆诗余》)

8. 王寿庭：

气则苏、辛，意则姜、张。视举涂泽为工者，有上下床之别。在国朝词人中，尤近陈其年太史。

《紫藤花馆诗余跋》(《紫藤花馆诗余》)

9. 蒋敦复：

白石之清空，玉田之谐婉，草窗之凄戾，于湖之深稳，集中能兼而有之矣。然犹未入北宋人之室也。昔汤雨翁述董卿之言曰："词以有厚入无间。"鄙人争之曰："词以无厚入有间。"近十年来，词学愈盛，可以语此者盖寡。玉叔更进一步，当信吾言。

《紫藤花馆诗余跋》(《紫藤花馆诗余》)

10. 刘禧延：

日后意境益上，清丽婉约，出入南宋诸老间。其豪逸隽拔者，亦殊不减张于湖、吾家龙洲道人。

《紫藤花馆诗余跋》(《紫藤花馆诗余》)

11. 杜文澜：

泖生介弟玉叔茂才观藻，著有《紫藤花馆词》，娓娓言情，一气舒卷，别有隽逸之致，可称小宋。惜早亡矣。

《憩园词话》卷五

12. 潘钟瑞：

豪而不浮，丽而不腻。

《紫藤花馆诗余跋》(《紫藤花馆诗余》)

13. 潘遵璈：

向读汲古阁《宋六十家词》至《龙洲词》一卷，爱其劲气直达，别有思致，不作喃喃小儿女语。玉叔岂其苗裔耶？今出大著《琼箫词》见示，选声炼色，亦不多让。可谓善承家学者矣。

《紫藤花馆诗余跋》(《紫藤花馆诗余》)

14. 潘介繁：

以峬峭之笔，运清折之思，劲气直达，不作靡曼语，提辛挈柳，并擅胜场。

《紫藤花馆诗余跋》(《紫藤花馆诗余》)

15. 刘观藻：

〔洞仙歌〕《自题藤阴填词图》

新词漫拍，不求人相赏。略写情怀寄惆怅。譬鸣时小鸟、未必惊人，安敢与、铁板铜琵争响。　紫藤花下坐，握管凝思，红翠纷纷气为爽。无句可销魂，只恐花开，孤负了、携尊高唱。况月底、有时弄琼箫，任嚼徵含宫，每多遥想。

《紫藤花馆诗余》

16. 宋志沂：

近世倚声家大抵秾丽为工，甚至纤靡秽琐，失风雅之正。玉叔独能不徇流俗，命意遣词，卓尔不群，妙处直入苏、辛堂奥。

《紫藤花馆诗余跋》(《紫藤花馆诗余》)

17. 谭献：

尊著践南唐之迹，虽未去町畦，而清真婉约，自是本色词人。

《紫藤花馆诗余跋》(《紫藤花馆诗余》)

张鸣珂

张鸣珂（1829—1908）原名国检，字玉珊，一字公束，晚号窳翁、寒松阁老人。浙江嘉兴人。咸丰十一年（1861）拔贡，即选训导，官至江西义宁州知州。尝受业于黄燮清，后又列薛时雨之门。擅书法，工诗词及骈体文。著有《寒松阁诗》、《寒松阁骈体文》，词有《寒松阁词》四卷，附于《寒松阁集》。又有《国朝词续选》、《寒松阁谈艺琐录》等。

1. 顾翰：

浙西词派，几乎家祝姜张，户尸朱厉矣，要皆渊源有自，不失为雅音。作者从玉田、石帚入手，门径不误。故沉郁雅淡之思，空蒙萧瑟之致，卷中时或遇之。倘从此精益求精，则所造益深，所养益邃。渣滓去而清虚来，不妨于穀人祭酒、谢庵仪部外自树一帜，予焉能量其所至哉？

《寒松阁词评跋》（《寒松阁词》）

2. 戈载：

尊词清而腴，婉而丽，缠绵悱恻中妙有慵峭之致，是于君家乐笑翁升其堂而入其室矣。

《寒松阁词评跋》（《寒松阁词》）

3. 管庭芬：

国朝词家盛于浙西，自长芦、黑蝶启其先声，而继起者前后相望。盖地处水乡，湖烟村柳，皆足助其吟叹之怀。予尝秋夜过长水道中，菱歌缥缈，时出于遥汀远渚间，无不韵谐天籁，宜词人诣力于斯，不仅守《啸余》诸谱，即为工于倚声也。玉珊张君家世清门，妙年力学，出其绪余，卓能树帜词坛，或访古安弦，或怀人动操。其音律之韶秀，节拍之谨严，如风骚月笛，清韵可思。使导白石之樵歌，蘋州之渔唱，岂无愧于作者矣？予今春寓居明圣湖头，时宿雨初晴，倚楼读此，觉花光照户，岚翠扑窗，足以拟君之才；澄波涵碧，白云轻飞，足以拟君之品；幽泉泻涧，谷鸣唤林，足以拟君之调。设君家三影词宗复起，亦当先为首肯也，始知词学之盛于浙西。

《寒松阁词评跋》(《寒松阁词》)

4. 张鸿卓：

〔徵招〕

侬家绿雪君红豆，东西各分门户。子野话千秋，却宗风堪溯。鸳鸯湖畔路，想携客，几番樽俎。璧月琼箫，露苹烟艇，夜还寻句。　　枝橹出松江，嬉春社年时，冶情同赋。动地鼓鼙来，奈飘零风絮。伤心休更诉。且银字共论，新谱洞仙，唱又惹相思，问燕来知否？

《寒松阁词题辞》(《寒松阁词》)

5. 黄燮清：

雅驯秀洁，自是隽才，诵之欢喜无量，再求沉著幽警，以防走而不守之失。君家玉田词如行云流水，不染一尘，其清空缥缈之气迥非俗颖所到。世之学者往往得其形似而遗其神情，便有虎贲中郎之别，此中消息极微，不可不辨。素性愚直，不作浮词，于文字尤甚。砚红吾旧游，携此相质，敢陈刍献，俟高明审择焉。

合观两册，笔姿清秀，非庸俗所能，词之根苗具矣。至于缠绵沉著，幽微曲折之境，均尚未到，宜多选宋词，细加体会，久自有得。其粗率浅滑处乃词中大病，已略略点出，急宜洗汰为嘱。辱承见商，故质言之。若以谀词取媚，恐误学者，且非所以待知爱也。此事作者固少而识者亦不多，真可为知者道耳。

词宜细不宜粗，宜曲不宜直，宜幽不宜浅，宜沉不宜浮，宜蓄不宜滑，宜艳不宜枯，宜韵不宜俗，宜远不宜近，宜言外有意，不宜意尽于言，宜寓情于景，不宜舍景言情。以上数条合之则是，离之则非；合之则为雅，音通于风骚；离之则入于曲调，甚或流为插科打诨，村歌里唱矣。此中界限切宜细辨，若随题布置，信笔直书，则积弊终不能洗净也。

综阅词卷，清洁淡雅，一空俗障，自是作者本色。然总欠酝酿沉著，味之殊少深趣。宜以白石之苍峭、梅溪之幽隽药之，当更有进境。否则轻清上浮，终无以迥越时辈也。近时词客辈出，然袭取皮貌者多。作者英年慧质，予之所期望者远，故欲进而益上，勿以为苛责也。嗣后每作一词，必先定其命意之所在。或言外感慨，或借端寄托，则此中有胆。凡似是而非，描头画角之语，自无从绕其笔端，且须音在弦外，不可意尽，句中收处尤宜缥缈无迹，其线索关合须在有意无意之间，方能不著迹相。盖一著迹便无深趣也，其中大有神味，非浅人能解。足下慧根，人又虚中，下问故约略言之。其实文之有柱义，诗之有旨趣，其理一贯，只音调词藻不同耳。予近悔绮语已不复作词，然此中甘苦领略极深，故阅人之词往往多否少可，其实自问所作，亦不逮所言，特不敢以谀词误知爱也。

《寒松阁词评跋》（《寒松阁词》）

6. 马兰芬：

词虽小道，不善学者不能为，为之亦不能工也。槜李，词薮也，自朱竹垞太史、李秋锦征君开其先，数十年寻声掐谱，不乏其人，所为词虽薄不浮，虽浅不俚，有清空婉约之致，无肥泽浮靡之习，师程具在，律吕精严，良可慕也。张君玉珊家槜李，年才弱冠，雅好谱词，著有《秋风红豆楼词钞》，一日寄予索序。读之，以温李之才，写缠绵之格，春情丰繁，秋思往复，笔意最近静志居。

《寒松阁词序》（《寒松阁词》）

7. 秦缃业：

大著……不愧《山中白云》嫡乳，近亦足为君乡韵甫替人。

《寒松阁词评跋》(《寒松阁词》)

8. 秦宗武:

捧诵大著，浑厚绵密，求之当代，其竹垞之嗣响乎?

《寒松阁词评跋》(《寒松阁词》)

9. 柳清源:

〔摊破浣溪纱〕

一卷新词艳翠苕。南湖烟雨湿吟豪。合唤双鬟花底立，替吹箫。　春水绿波涵别恨。秋风红豆簇愁苗。惹得江南头白叟，也魂销。

《寒松阁词题辞》(《寒松阁词》)

10. 潘曾绶:

大作二册，沉幽固闳，深得意内言外之妙。黄韵甫云宜细不宜粗，宜曲不宜直，宜幽不宜浅，宜沉不宜浮，宜蓄不宜滑，宜艳不宜枯，宜韵不宜俗，宜远不宜近，宜言外有意，不宜意尽于言，宜寓情于景，不宜舍景言情。此数语扫除积弊，独标真旨，可为知者道，难与俗人言也。

《寒松阁词评跋》(《寒松阁词》)

11. 潘曾绶:

〔百字令〕

金台话旧，忆当年初见，才气纵横。海内知交今更少，尊前离思回萦。脆竹零丝，玉句金缕，心迹十分清。淡黄月色，有人花底吹笙。　此去赠别长亭，柳枝轻折，渐觉递秋声。回首长安吟侣在，休负水约山盟。花悬风和，琴堂昼静，彩笔纪江程。新词如寄，一编冰雪聪明。

《寒松阁词题辞》(《寒松阁词》)

12. 杜文澜:

大著格律精微，深得南宋宗旨，而用笔清瘦，尤足为曝书亭替人。捧读之余爱不释手。

《寒松阁词评跋》(《寒松阁词》)

13. 严锡康:

〔洞仙歌〕

鸳央湖畔，让词仙容与。管领鸥波卅年住。尽荷汀浴鹭。柳岸鸣蜩，都写入，白石梅溪新谱。　风流称绝调，画壁双鬟，传遍黄河旧时句。橐笔又今朝，幕府莲开，任高唱，大江东去。羡滴粉搓酥好才华，徒走马，看花帝城春雨。

《寒松阁词题辞》(《寒松阁词》)

14. 谢章铤:

古不云乎，《诗》三百篇，大抵圣贤发愤之所为作也。夫人苟非不得已，殆无文字，即填词亦何莫不然。浙西之词，以小长芦钓师为职，志其生平，减偷宗旨备见于自题词集之中。以彼飘零桑海，萧索高门，夜别酒徒，朝瞻兵气，此何景邪？舟唇马背，水曲山椒，北风凄其吹人，饥乌昏而啄屋，此何地邪？引商刻羽，其第求派别邪？其第美音节邪？夫固有迫之于初，斡之于内者矣。君生长词人荟萃之乡，濡染已非寻常，又得韵甫黄氏为之导师，卷首所载商榷诸言，可药末派，可起正宗。故君所涉笔，铜簧新炙无其脆，弹丸脱手无其灵，初写黄庭，神与体会，知者皆能道之矣。忆予经南昌郭外，晤君于野寺，四壁黤黯，小窗微明，君独据一案，校乙淮南鸿烈解，细楷流丽，如珠走盘，萧然不自知听鼓应官为何事。乃叹人惟能甘淡泊之境，始有情至之言。情愈至，品愈高，诣愈深，蕴抱愈厚，激发愈雄，将得已邪？不得已邪？然则君之词，殆嚆矢耳。予于词，既孱学，又多意造，况复闻见苍凉，知交零落，才华既退，结习遂除，弃置不讲久矣。今读君词，又不禁怦然有动于中，惜乎相逢之已晚也。异日者落月在梁，碧云舒卷，若有作天风海涛之音，唱玉宇琼楼之句者，其殆君乎？

《寒松阁词序》(《赌棋山庄全集》文集续集一)

15. 吴仰贤：

减字偷声格细研，新词传写衍波笺。

《花间》索句吟幺凤，酒后缄情托杜鹃。

玉宇琼楼苏学士，晓风残月柳屯田。

南湖烟水干卿甚，岁岁春愁剧可怜。

《寒松阁词题辞》(《寒松阁词》)

16. 何长治：

落月在襟，秋心如梦，桐音夜碧，雁底烟凉。寒松主人词境似之。

《寒松阁词评跋》(《寒松阁词》)

17. 潘钟瑞：

大著静妙秀洁，清新便娟，爇红蜡以照艳，调翠羽粲花。浊酤半瓢，咳唾散为裔采；断蓱片叶，水云荡其素襟。固已香出骚心，冷归琴趣。窃谓词学振于天水，名人萃乎君家。然如浮休画墁、东泽绮语均不足为此集引重，矧以乡在鸳水，居邻长芦，称浙西之近派，拟钓师之余音已乎。按拍数周，悦服之至。

《寒松阁词评跋》(《寒松阁词》)

18. 潘钟瑞：

〔徵招〕

吴宫花草荒芜处，无多燕帘莺户。客梦付春潮，向鸳湖回溯。红镫云外路。记军燕、夜排樽俎。铁拨云凉，红牙月细，尽归妍句。　柔橹。倚横塘，方回后，江南断肠谁赋。柳自碧垂垂，送烟丝香絮。招鸥闲与诉。订听水、听风残谱。更吹入，阁上松涛，问鹤之寒否？

《寒松阁词题辞》(《寒松阁词》)

19. 郭传璞：

昔者慈溪叶小谱先生论词也，曰清、曰空、曰骚、曰雅，传璞齿犹未也，窃心识之。及从镇海姚复庄先生游，大恉亦不外是，盖清则不淤，空则不砌，骚则不露，雅则不俚。顾尝执是以绳古作者，亦惟白石、白云、草窗、梦窗数家能兼之耳。传璞方心沓舌于词，无能为役，然读吾友张玉珊同年所为词，悠然有会于两先生之言，行间字里如或遇之。玉珊槜李美才，守乡先正之矩矱，浙西之学者或能未之先也。而又多交当世之贤士瑰彦，以壮其风云月露之思，以吐其鸡壑林岫之秀，以宣泄其钲铙鼙鼓之哀且愤，故造诣精进如是。

《寒松阁词评跋》（《寒松阁词》）

20. 叶衍兰：

〔水龙吟〕

水风吹冷霓裳，海山谁谱琴天趣。江湖载酒，频年瓢泊，京华羁旅。绝代魂销，秋千花影，独吟愁句。想银河涤笔，万红香沁，白云在，春深处。　绿皱池波几许。写幽怀，相思情绪。秋兰一朵，孤芳遥寄，楚骚烟语。邀笛蘋州，凄凉夜月，旧盟鸥鹭。问何时，倚醉更阑剪烛，话西窗雨。

《寒松阁词题辞》（《寒松阁词》）

21. 叶衍兰：

〔西子妆〕《题玉珊寒松阁填词图》

山月邀凉，溪云做暝，冷抱冬心谁诉。料应禅榻老维摩，弄霜毫、鬓丝如许。天涯倦旅。算赢得、旗亭诗句。伴微吟，更瘦篁庭院，疏梅窗户。　琴边趣。忏尽情痴，未祓清愁去。画栏花梦忆芳时，按琼箫、雪儿何处。红牙旧谱。试重订、新盟鸥鹭。怕销魂，一样江湖听雨。

《秋梦盦词续》

22. 潘介繁：

遒峭处如晴雪在林，一鹤独语。清丽处如香雾绕径，万花齐韵。洵乎吹气皆馥，无骨不妍，山中白云其替人乎？

《寒松阁词评跋》（《寒松阁词》）

23. 吕耀斗：

“花气烘人尚暖，珠光出海犹寒”，玉田翁题草窗《绝妙好词》句也，因以为赠。

《寒松阁词评跋》(《寒松阁词》)

24. 继振：

君家三影词人后，花月荒凉直到今。
我坐空亭来吊古，欲从何地觅遗音。
清词妍唱此其继，试一吟之惬素心。
好载兜娘踏歌去，底须旧谱购千金。

《寒松阁词题辞》(《寒松阁词》)

25. 程光熊：

〔一萼红〕

恁峥嵘。逞词场跋扈，三影赚狂名。残月屯田，野云石帚，值得如许深情。占幽境、南湖烟柳，按柳枝、低唱付燕莺。无恙青衫，相思红豆，慧业三生。　我亦工愁多病，把帘前花月，吹瘦瑶笙。拙词自题花影吹笙梦影镫边，愁心天末，赢得华发星星。羡年少、如君仙骨，待霓裳、秋半咏声声。唤取孀娥遥夜，箫谱修成。

《寒松阁词题辞》(《寒松阁词》)

26. 周南：

朔风吹暝不成雪，展卷欣将隽语探。
比似茶山好诗格，清泉第二月初三。

雨驻鸳央湖上船，闾丘未见见词编。
传钞欲付吴娘唱，手掐檀槽定子筵。

《寒松阁词题辞》(《寒松阁词》)

27. 张兴烈：

海国风烟满，胡为君更来。

褰裳江草湿，拓笔岳莲开。
戎幕唐衢哭，江关庾信哀。
西风欢寥落，把酒莫登台。

吾宗久衰歇，之子独能文。
我欲辟三舍，人夸张一军。
别开诗境界，颇策酒功勋。
离思隔秋水，徘徊日暮云。

百里鸳湖路，经年战未休。
道途多坎窞，身世感浮沤。
未可谋三宿，端宜咏四愁。
铜琶催唱急，挥手大江流。

郁郁青松树，泠泠白雪弦。
天风振遥响，山雨漱飞泉。
高馆春罗合，幽龛夜火然。
看君赋招饮，重为理吴笺。

《寒松阁词题辞》(《寒松阁词》)

28. 张景祁：

〔丹凤吟〕

《玉珊同年橐笔金阊，别三年矣。今春重至湖上，欢然话旧，以所著寒松阁词见示，冲远恬雅，一洗绮丽之习。雨夜剪灯读之，眇眇兮予怀也，用蜕岩体题诸简端》

南湖烟雨。惯一舸寻秋，莼花多处。韵入琼箫，合付小红吟侣。香溪俊游纵好，叹年来、未归羁羽。对酒秦川，听莺杜曲，问闲情何许。 倚画帘、慵写断肠句。怕镜槛尘空，新染霜缕。侧帽重逢，又是六桥风絮。西园甚时醉也，奈沉沉、翠阴庭宇。

静扫茶烟半榻，倩诗心留住。

《寒松阁词题辞》(《寒松阁词》)

29. 李慈铭：

选声简律，字字当家。绵邈之思，婉娈之色皆足。骀荡景光，感嫮神志，非夸衒靡丽者所敢望也。

《寒松阁词评跋》(《寒松阁词》)

30. 李慈铭：

绝倒张三影，新词世必传。

清思能拔俗，绮语不妨禅。

燕市鸣笳地，鸳湖擫笛天。

只应逢井水，争唱柳屯田。

《寒松阁词题辞》(《寒松阁词》)

31. 李慈铭：

君文树骨庾、徐，取材杨、骆，华而不诡，质而弥文。诗溯王、韦，沿波钱、李，盖承小长芦之绪论，而尤与秋锦相伯仲。倚声寻律，圭臬姜、张，玉屑天风，葩流藻采，虽才情烂漫尚逊竹垞，而龢謥宫商，严辨去上，则本其师黄君之学，于樊榭山民为近，有非朱、李诸老所及讲者。

《寒松阁集序》(《越缦堂文集》卷二)

32. 谭献：

阅嘉兴张玉珊《寒松阁诗词稿》。诗篇秀绝，末深思耳。词尤婉丽。

《复堂词话》

33. 谭献：

夫以珂雪郁郁，把梅村之袖；竹垞朗朗，拍饮水之肩。姜张吴史，商羽流徵之音。溯厥遗风，实在长水，盖乐府之职志，而倚声之林渊也。吾友嘉兴张公束，陶灵碧山，标体白石，撷梅溪之秀而芟其芜，玩梦窗之奇而割其颣，先哲可作，后来交推，结交十五六年，唱予数十百调。公束以稚圭揭橥，不佞以止庵津逮，以为树比兴于慢令，通弦雅于犯引，譬之染黛妆蛾，短长入镜，成尘拂麝，冷暖皆香，琴绪分明，酒乡栖逸，抑亦磊落如昔，颦笑无端者已。

《寒松阁词序》(《寒松阁词》)

34. 柳以蕃：

黄丈韵甫论词一以姜史为宗，所著《拙宜园集》，亦曲亦细，亦清空亦幽邃，洵足矫粗浮绮靡之习而一归雅正者，固近时词人之灵光也。玉珊为拙宜园弟子，所为词清苍疏俊，亦自白石入手，充所到当于樊榭、榖人外另树一帜，又胡能测其所至。惟此中积弊黄丈言之凿凿，愿与玉珊力攻其似，以揣合真旨之所在，为之不懈，必有大进乎此者，而以是编为余隽也可矣。

《寒松阁词评跋》(《寒松阁词》)

35. 孙德祖：

〔红情〕

齐纨雪色。写红幺谱细，乌丝阑密。拍向酒边，翻恨年时未曾识。昨莫西湖沉醉，把三影、词人苦忆。算许我、身到琅嬛，花雾绿襟湿。　闲立。皱云侧。又手展瑶编，读斜西日。漫咀仙液。帘外吴山可怜碧。为问杜郎疏俊，有多少、燕今莺昔。低唱处，应觅个，小鬟倚笛。

《寒松阁词题辞》(《寒松阁词》)

36. 勒深之：

东湖旧游处，风景尚依然。
好侣欣无恙，重逢又一年。
清言斶图吝，雅意剧缠绵。
更启新词卷，明珠落落圆。

秀干胎清蕴，灵台攀远春。

二窗应抗手，三影有传人。

顾我惭微技，无缘步后尘。

拈豪志奇幸，芳绪待重申。

《寒松阁词题辞》(《寒松阁词》)

37. 冒广生：

嘉兴张公束大令鸣珂，所谓浙西三词家之一者也。公束少学词于黄韵甫，其后成就，乃远出韵甫之上。

《小三吾亭词话》卷四

38.《续修四库全书总目提要》：

鸣珂为黄燮清弟子，故以姜、张为宗，而所作清雅秀洁，惟时露轻浮，而无清空飘渺、深厚曲宕之致，盖徒袭南宋之貌而不能得其神者。其师谓："清洁淡雅，一空俗障，自是作者本色，然总欠酝酿沉著，味之殊少深趣。"确为是编之定评也。

《寒松阁词四卷提要》

39. 卢前：

〔望江南〕

灵光在，通谒必先生。位置寒松于浙派，却如梅管视桐城。绝续未亡声。

《饮虹簃论清词百家》(《清名家词》)

黎庶蕃

黎庶蕃（1829—1886）字晋甫，号椒园，贵州遵义人，咸丰二年（1852）举人，官两淮盐大使，著有《椒园诗钞》七卷，《雪鸿词》二卷。

1. 勒方锜：

夫填词虽称小技，协五音六律以成文；按谱宜辨正宗，承两汉三唐之遗绪。是以乐章名集，屯田雅负清才；大晟备员，清真因传新制。白石深律吕而得解，叔夏分宫调以探源。类皆取合歌声，较量口吻。温柔绮靡，多从比兴而来；清浊阴阳，不使毫厘少失。效留髡之讽谏，未欲离宗；规靖节之闲情，兼工造语。若夫将文用韵，成句读不葺之诗；刻意求新，蹈英雄欺人之辙，乃词学所由废坠，于宋贤已异渊源。大雅有真，别裁宜慎。椒园黎君，有子胜斐然之志，极司马游览之奇，爰以客吟，偶观旧稿，不鄙斫轮之拙，属为顾曲之言。问途已经，方惭未逮；同声相应，用敢直陈。粤惟云亭奇字，不涉方言；河梁绝唱，难登乐府。固体制之当判，亦法律之必先。而况梅边擫笛，拍按红牙；月底吹箫，歌传绣口。在倚声必顾名思义，于琴趣贵得意忘言。大集情文相生，才气奋发，如严竹垞之别派，无愧好辞；傥为稚圭之继声，斯循中轨。略述要旨，以俟知音。

《雪鸿词序》（《雪鸿词》）

2. 黎庶蕃：

庶蕃束发即喜为诗歌，独诗余一道，年三十尚未问津。癸亥仲秋，先兄筱庭先生有《琴洲词集》之刻，始取竹垞老人及皋文、翰风、少存诸先生绪论绎之，间亦稍稍事此。丁卯以后，携破砚乞食，奔走南北，殆万余里，孤舟逆旅，吊古怀人，往往籍以自慰，积十年来，计得词百阕有奇。

《雪鸿词自识》（《雪鸿词》）

谢元淮

谢元淮(生卒年不详)字钧绪，号默卿，又作墨卿，湖北松滋人。嘉庆初，随父入京师。年甫冠，即以巡检筮仕江苏。年逾五十，始迁淮南监掣同知。咸丰三年(1853)授广西桂平梧郁盐法道。四年后入觐，假满告休，已年逾七十。著有《养默山房集》。元淮娴吟咏，擅诗词曲，尤长于词。有《养默山房诗余》三卷，其中《海天秋角词》、《碎金词》各一卷，又《填词浅说》一卷。又有《碎金词谱》六卷，《碎金词韵》四卷。

1. 杜文澜：

观察诗学甚深，亦作长短句，名《海天秋角词》。又刻《碎金词谱》，仿《白石道人歌曲》旁注工尺，谱虽甚精，恐不免如冬心先生之自度曲以意为之，未敢遽信。

《憩园词话》卷二

2. 丁绍仪：

观察……自著《碎金词》，仅秋柳一词差工稳。……余则披沙盈斛，绝少星金矣。

《听秋声馆词话》卷十七

3. 谢章铤：

《海天秋角词》一卷，松滋谢默卿元淮撰。默卿尚有《碎金词》一卷，《碎金词谱》六卷，仿白石道人例，词旁自注工尺，并及平仄句韵，固以为独得减偷之秘矣。……默卿手笔虽不高，而持论颇有可采。如云："词为诗余，上不似诗，下不似曲，在诗与曲恰好之间。炼字忌深，亦忌鄙俚，设想须是有情无理，措语须是未经人道。声调格律，自有一定。如填某调，即专从一人之词为定体，逐字逐句照依填入。纵不能四声俱论，而平仄断不容舛。重字虽所不禁，亦应斟酌，不得屡见。至于句读，更有一定。如六字为句，有上一下五、上二下四、上三下三、上四下二、上五下一之别，均须遵守。图谱有可平可仄之说，系指他词全阕而言。盖一调十余词，平仄各异，以见格非一体，然亦每词各有一定之平仄，并非彼此逐句皆可互易。若一调十余词，此句平仄从甲，彼句平仄从乙，则是通首无不可活动之字，必至通篇无一合格之句矣。”所论虽浅，然卤莽下笔者当知之。其论词韵平入俱独用，近人以入代平，此沿北曲之误，尤与余前说相合。

《赌棋山庄词话》续编卷四

赵我佩

赵我佩(生卒年不详)字君兰，浙江仁和(今杭州)人。赵庆熺女，举人张上策妻。我佩秉承家学，幼受业于同里魏谦升，能度曲，善音律，与关锳、吴藻为至友，故词体亦近似。著有《碧桃馆词》一卷，计一百六十余首。徐乃昌《小檀栾室汇刻百家闺秀词》收录。

1. 邹弢：

仁和赵君兰女史我佩，名士秋舲先生庆熹之女也。先生以词曲著名……女史家学渊源，九岁即能吟，著《碧桃馆词》。人有谓先生手段者，余观女史词，实出先生之上，人言不足信也。〔卜算子〕……〔清平乐〕……清新俊丽，独有千秋，不减许蘋香稿也。

《三借庐笔谈》卷六

2. 方友琴：

〔卖花声〕

娇语炙银簧。刻徵吟商。碧桃花下几斜阳。如水年华容易过，争不思量。　小令近南唐。荡气回肠。别离滋味况他乡。侬亦芰荷香里坐，细数鸳鸯。《碧桃仙馆词》多怀远之作。丙寅六月，复读一过，率题〔卖花声〕一解。时外子客信州未归也。闺阁神交，相怜同病，附记于此，为词苑中增一重佳话，并志良友之厚惠也。

《然脂余韵》卷三引

3. 陈廷焯：

近时闺秀，仁和赵我佩君兰，著有《碧桃馆词》，格调未高，措辞亦不免于俗。余独赏其〔踏莎行〕春草一篇，可为集中压卷。词云："径绕苔花，庭飞柳絮。池塘寂寞清明雨。西园蝴蝶故依依，东风吹梦来何处。　别浦魂销，画楼人伫，离愁三月长亭路。经年绿遍旧城根，萋萋又送王孙去。”雅丽缠绵，不减陈西麓。

《白雨斋词话》卷五

4. 雷瑨：

仁和赵我佩女士，字君兰，有《碧桃馆词》一卷，女士与其妹君莲及小姑采湘均工诗词，彼此唱和投赠之作，裒然成什。未几采湘、君莲两人先后化去，女士郁伊寡欢，伤悼之怀一寄于楮墨，故语多沉痛。……女史为名士秋舲先生庆熹之女，先生以词曲著名，著有《香消酒醒词》两卷，曲一卷。女史幼能吟咏，家学渊源有自来矣。

《闺秀词话》卷三

5. 张尔田：

先伯母濡染家学，幼受业于魏滋伯先生谦升，能度曲，娴音律，与关秋芙、吴蘋香两女士为至友，故词体亦略相近。当湖山承平之日，士大夫鼓吹风雅，闺阁能文才媛辈出，一时称盛。

《与龙榆生言碧桃仙馆词书》（《词学季刊》第一卷第三号）

6. 王蕴章：

《碧桃仙馆词稿》一册，著者为赵我佩（君兰）女士，秋舲先生之淑女也。世其家学，所作以轻圆流丽见长。〔卜算子〕云：“密意乱如丝，别泪浓于酒。眉上春山靥际霞，都为春消瘦。　记得去时言，约在梅开后。风信而今过海棠，到底归来否。”〔鬓云松〕云：“钏金松，钗玉溜。□□□□，新月如眉斗。数尽迢迢良夜漏。梦也难成，梦也难成就。　绿阴肥，红雨瘦。春去天涯，人去天涯久。客里伤春兼病酒。花似当时，人似当时否。”〔浣溪纱〕云：“寒恋重衾麝霭消。瘦魂飞上木兰桡。些些微梦段家桥。　杨柳帘栊无赖月，梨花院落可怜宵。那人何处夜吹箫。”〔洞仙歌〕《六月十六日有怀湖上昔游》云：“去年今日，记红腔唱彻。画舫聊吟载明月。自秋风别后，冷了鸥盟，湘浦外、盼断玉人遗玦。萍踪原是梦，梦忒如烟，聚散浮云易消灭。又是去年时，又是花开，更又是、月圆时节。怎今日飘零各天涯，料银汉姮娥，也应愁绝。”〔鬓云松〕《寄外》云：“雨疏疏，风细细，翠袖生凉，人坐纱屏里。小梦惺忪眠又起。下了帘钩，叠了芙蓉被。　匣中书，书上字，字字相思，书满桃花纸。双鲤迢迢和泪寄。水远山长，传到君边未。”〔疏影〕《秋花用白石韵》云：“烟消砌玉。剩娉婷凤子，枝上寒宿。翠减红疏，顾影亭亭，含愁倦对篱竹。繁华事散春无迹，系旧梦、江南江北。怕瘦人、几日西风，病起倚栏情独。　插向钗头镜里，晚香带露重，低亸鬟绿。月堕湘帘，烛冷银屏，不是当年金屋。空阶夜伴吟蛩语，似诉说、九回肠曲。待倩伊、绣入鲛绡，又恐泪痕盈幅。”〔柳梢青〕《重阳风雨口占》云：“冷冷清清，风风雨雨，寂寂寥寥。密密疏疏，萧萧飒飒，暮暮朝朝。　倦游人怕登高。拼冷落，诗瓢酒瓢。病里看花，愁边说梦，那不魂消。”每诵一过，口角生香，拟诸秋舲先生《香消酒醒词》，可谓典型不远。

《然脂余韵》卷三

陆初望

陆初望(?—1866后)字文泉，江苏阳湖(今常州)人。诸生。屡不得志，流离四方。曾师事李兆洛，工词赋。著有《怀白轩全集》，其中《词钞》二卷，收词八十九首。

1. 赵起：

兼有苏、辛之豪放，周、史之清真，秦、柳之纤秾。

《怀白轩词钞序》(《怀白轩词钞》)

2. 崔书黼：

曲折沉雄，苍凉哀艳，令读者万感风生。

《怀白轩词钞跋》(《怀白轩词钞》)

汪承庆

汪承庆(1827—1890)字馨士，一字稚泉，江苏镇洋(今太仓)人。咸丰二年(1852)副贡，授国子监博士。诗宗李杜，词法姜张。曾随同父、叔编录《娄东词派》、《平阳词草》，词学益进，著有《兰笑词》，收其早年之作，为《沧江乐府》七种之一。卒后，其子整理其词为《墨寿阁词钞》一卷，又《续钞》一卷。

1. 顾翃：

合姜、张、朱、厉为一手，而运以绮思。

《兰笑词序》(《含笑词》)

2. 蒋敦复：

《沧江乐府》七人中，汪君稚泉年少多才，余见其所著《兰笑词》，诧曰："此词家射雕手也。长调音节浏亮，顿挫生姿，瓣香纳兰容若，而绝少衰飒气。小令中腔，芬芳悱恻，不堕南宋人云雾。加以学力，鄙人当退避三舍矣。"〔临江仙〕……"玫阶雨乍歇"一首，似梦窗；"倚病镌愁"一首，似碧山。其它若燕、笋、蚕豆咏物诸首，俱运清隽之笔。《三十自述》诸首，吐磊落之怀。初集如此，他日造就，正未可量。

《芬陀利室词话》卷三

潘介繁

潘介繁(1828—1893)字穀人，号椒坡，江苏吴县人。咸丰二年(1852)举人，候选国子监学正学录，历署湖北咸宁、麻城，湖南临湘、永顺等县知县，湖南荣陵州知州。著有《桐西书屋诗文钞》，有《晓梦春红词》一卷。

1. 杜文澜：

椒坡……幼年即承家学，词赋俱工，出语必惊其长老。词虽刊刻，已付劫灰。精力方强，造诣正未可量。即此引商刻羽，白石不得专美于前矣。

《憩园词话》卷二

2.《续修四库全书总目提要》：

朱彝尊尝言曰：小令宜师汴京以前，长调宜宗南渡以后。介繁所制，本乎此旨，最合词学之轨则。吴嘉泾谓其词以婉约绵丽为宗而语有含蓄，其言非河汉也。……慢词亦骎骎入古。若能删汰十首，则纯净无疵矣。吴县潘氏之词，此得其正者。

《晓梦春红词一卷提要》

陈寿祺

陈寿祺（1829—1867）原名源，字子谷，号珊士，浙江山阴人。与李慈铭为表兄弟。咸丰丙辰（1856）进士，改庶吉士，授刑部主事。著有《纂喜堂诗稿》。滂喜斋丛书有《陈比部遗集》。

1. 李慈铭：

珊士出近作词一帙见示，皆不减《饮水》、《侧帽》集中语。此事向推东泖，次屈指玉井，今得珊士而鼎足立。若论其空灵清俊，似当出玉颖上也。至如“漠漠水边楼，过了重阳，犹有闲风雨。”绵邈无际，真才人绝笔矣。

《越缦堂诗话》卷下

2. 李慈铭：

君文章警敏，不由师授，尤喜为诗词，情藻艳发，既年少入翰林，篇什流传，人争传诵。

《陈寿祺王星诚孙廷璋三子传》（《越缦堂文集》卷八）

3.《续修四库全书总目提要》：

寿祺经捻匪之乱，颇有悲放之言。寿祺与会稽李慈铭、阳湖吕耀斗相往还，其词则寿祺悲放，慈铭圆融，耀斗纤丽，情状不同。寿祺未获中寿，故锻炼之功不深也。

《青芙馆词钞一卷二韭室诗余别集一卷提要》

高望曾

高望曾（1829?—1878?）字稚颜，一字成父，号茶庵，浙江仁和人。诸生，官福建长乐县知县。卒年五十。有《茶梦庵劫后稿》一卷、《茶梦庵烬余词》一卷，与《茶梦庵诗稿》合刊，另辑有《茶梦庵词掖》。

1. 杜文澜：

高穉颜同知望曾，一字茶庵，仁和人。以名诸生援例为司马，发福建，曾摄将乐令。与其配陈子淑夫人均工诗，时人比之鄉嬛仙眷。惜夫人于咸丰辛酉殉杭城之难。司马刻《茶梦庵烬余词劫后稿》，附《写麋楼遗词》，即夫人作也。余此录无闺秀词，未摘抄，今读司马词，有与蒋鹿潭、郭尧卿诸君唱和，固属同调，其词笔致幽秀，出显入微，洵推作手。

《憩园词话》卷五

2. 丁绍仪：

仁和高茶庵明经望曾与谭君仲修先后游闽，均工长短句。仲修善小令，茶庵善慢词，其押韵尤响。

《听秋声馆词话》卷十一

左锡璇

左锡璇（1829—1895）字芙江，号小桐。江苏阳湖人。工诗词，著有《红蕉碧梧馆诗词集》。

1. 王蕴章：

左锡璇，字芙江，阳湖人，大理寺左昂女，幼受贽于张孟缇，工诗词，画宗南田，亦秀润有法。归武进袁厚安绩懋为继室。未十年，太史观察闽之延平，督师剿贼殉节，时年甫三十，留居闽峤，画荻教子，有贤母风。著有《红蕉碧梧馆诗词集》。小除夕〔水调歌头〕云："离合自今古，斩不断情关。东流流水不尽，何日复西还？欲借吴钩三尺，扫净边尘万里，巾帼事征鞍。多少心头恨，清泪不胜弹。　酒樽间，人影瘦，夜灯寒。不知今夕何夕，独醉不成欢。人世悲欢不定，岁月一年已尽，无语倚阑干。风雨荒邨夜，归梦到长安。"是能从大处落笔，不作小红低唱者。妹锡嘉字夵如，又字小云，吉安知府华阳曾咏室，亦工吟，有《冷吟仙馆诗词钞》。

《然脂余韵》卷五

李慈铭

李慈铭（1830—1894）初名模，字式侯，更名后字炁伯，号莼客，晚号越缦，别署霞川花隐生。浙江会稽（今绍兴）人。同治九年举人，光绪六年（1880）进士，历官户部江南司郎中、山西道监察御史。慈铭于经史子集、稗史佛典、词曲小说无不涉及，著有《越缦堂诗集》、《文集》、《读史札记》、《越缦堂日记》及《湖塘林馆骈体文钞》等，有《霞川花隐词》二卷,《越缦堂词录》二卷。

1. 李慈铭：

今天下之学未坠者，其词乎？盖其道卑下，其语轻弱，儇薄之士多好之。公卿大夫稍耆风雅者，又喜其近乎俳优谄谀，而称重奖藉，渐相模仿，于是上下靡然，以为天下之不必读书而工者莫此若也。上之可以结欢贵要，为曳裙吐茵之媒；下之可以说闺襜，狎歌舞，采蕑赠勺，为蹇修之具。酒边花间，人为一集，而世之变遂日亟，词之雅道亦遂以亡，呜呼！余所见世之人盖有喜为淫艳侧媚之词而所行务与之称者，然则人之自托于文章可不慎欤？

予少不解此，其始为之也，在道光庚戌，盖较他所著为最后，其所作亦于山水之间为多。乙卯冬，尝删定为一编，名曰《松下集》。自后作更稀，至间岁不得一二。入都以后，行事乖迕，精神流漂，感触益多，篇什稍富。盖美人香草之旨，所不免矣。士友传写，遂在人口，恶事千里，君子所羞。知我者以为展禽、阮籍则可耳。钞此编者，所以志予过也。

霞川者，越地水名，而李氏世居其侧者也。越西门外为迎恩桥，下为直河，古运河也。东距姚江，西距钱江，而自迎恩桥西至高桥凡五里曰“霞川”，高桥以东有村曰“霞头”，左为青田湖，右为大树港，而迎恩桥之北别为横河，横河、直河之间，予家焉。盖自有明讫今，历十一世，五百余年，田宅相望，不见兵火。至去年辛酉九月，粤贼陷绍，而故里尽焚，家藏困学楼书，万卷无一存者，所为《松下集》者，亦已化焦土之一尘矣。岂天之欲大吾学，而不欲以无谓之文字留于世耶？抑命之奇蹇者，虽无用之文亦必使其泯焉无所见耶？岂以其技之不足以悦人，故为之藏拙，而欲其求工于儿女子之所为耶？是皆不可知也。则此编也，他日之传与不传，又不可得而知也。夫予之为此，盖亦在有意无意之间，而能必造物之去留哉？然则世人之爱憎，又乌所用其心也？题曰《霞川花隐词》者，志无一日去其乡也。霞川平直演迤，无幽深渺弥之观；其地冲要，杂阛阓，无他可称，而川之两旁居人颇植桃李，春时花开，舟行其间，远山映发，烟水澜漫，每至晨霏夕晴之际，立红桥上望之，层绛间素，迤逦若霞，盖闲居之乐，歌诗之兴，水边林下，斯时为多矣，故以自号，兼以名词云。

《霞川花隐词自序》(《越缦堂文集》卷二)

2. 李慈铭：

仆二十余岁时，喜赋绮词。癸丑四月间，尝倚长调二十余解，多伤春怨别之辞。尔时越中士夫无言此事者，尝以示亡友清化山人楼秀才上层，楼君题诗识之，有曰：“一春花事无人问，只有君愁尔许深。安得红牙么十八，按歌帘飐画堂阴。”盖余〔满庭芳〕落句有云“只余裙带，帘飐画堂阴”也。其词久付劫灰，此外尚记两句云“淡淡楼台，偏做一家梅雨”，亦颇为一时传诵云。

《玉可盦词存序》(《越缦堂文集》卷二)

3. 李慈铭：

予自庚戌秋赋〔菩萨蛮〕十余阕，多拟《花间》，为作词之始。癸丑、甲寅间喜填拗调，宫商僻涩，诵之凄哽。

《霞川花隐词》附识(《霞川花隐词》卷一)

4. 谭献：

〔一萼红〕《爱伯桃花圣解庵填词图》

昼阴阴。待题筝昵酒，华发谢冠簪。歌管东风，星霜别梦，前事都付销沉。黛眉浅、厌厌睡损，又唤起、帘外怨春禽。杏子单衫，梨华双靥，愁到而今。　　犹有平生词笔，只空枝细草，日日伤心。木末关河，云中殿阙，风雨无伴登临。愿重倚、如人宝瑟，数弦柱、芳岁共侵寻。记得班骓系门，一寸花深。

《复堂类稿·复堂词》卷二

5. 樊增祥：

会稽李先生尝曰："今世词家，独吾与子珍、云门耳。"然见人佳作，辄称叹不置。尝曰："周东鸥人品猥下，至其小词，《花间》不逮。"又从余扇头见张蘩父大令词，叹曰："世未尝无作手也。"居常轻复堂先生，及见复翁评余《东溪草堂乐府》则又曰非解人不为此语。世皆疑先生褊心易怒，不知其爱才若渴，月旦极公也。先生填词始道光庚戌，其少作曰《松下集》，仅存三十首。自己未入都，乙丑还浙，中间羁旅幽忧，兵戈危慄，感时伤逝，永叹长言。所为乐府，探原《小雅》，把臂三闾，温、韦以下，不中作仆。迨辛未计偕，再官农部，自是遂无归山之日，贺湖烟水，禹庙莺花，一篇之中三致意焉；时或结兴兰荃，寓情巾舄，要归无邪之义，无愆正始之音。洎乎晚年，弥入化境。

《二家词钞序》(《霞川花隐词》)

6. 冒广生：

莼客词不多见，仅于其《萝庵游赏小志》得〔迈陂塘〕云："便年年、仙源依旧，天涯老尽崔护。乱红都向风前嫁，憔悴空枝无主。难遣处。这树上流莺，分付他何处。伤情漫诉。但嫩绿阴边，雨丝缭绕，流水学人语。　　还记得，钿绣钗熏盈路。枝头红萼齐吐。伤春只有花同我，回首都怜迟暮。嗟我误。悔不劝啼鹃，暂为留春住。知花怨否。剩千万垂杨，和愁和恨，泥我画船渡。”回肠荡气，似项忆云。

《小三吾亭词话》卷五

7.《续修四库全书总目提要》：

所作清雅秀丽，慢词则效法姜、张。……惟其词雅丽居多，变化实少。

《霞川花隐词一卷提要》

8.《续修四库全书总目提要》：

（陈）寿祺与会稽李慈铭、阳湖吕耀斗相往还，其词则寿祺悲放，慈铭圆融，耀斗纤丽。

《青芙馆词钞一卷二韭室诗余别集一卷提要》

9. 卢前：

〔望江南〕

霞川隐，重不以倚声。词有别才兼本色，非关采藻与风情。博雅未能名。

《饮虹簃论清词百家》（《清名家词》）

潘鸿

潘鸿（生卒年不详）字仪父，号凤洲，浙江仁和人。同治九年举人，官内阁中书，升侍读。有《萃堂词录》一卷，与同名诗录合刊。

1. 谭献：

凤洲逸才微尚，洞明流变，文心诗品，唾地成珠。然而江东兵法，固未肯竟学也。

《箧中词·今集续》卷三

2.《续修四库全书总目提要》：

鸿自序其〔更漏子〕云："《金荃》比兴之辞，仿于十五，低徊要眇，哀乐感人，拟以寄怀，不殊意旨。"盖其令曲之旨趣如此，尚未达深美之境也。慢词佳处时一见之。〔念奴娇〕《和蘩甫》云……苦情哀思，清新宕转，宋末诸贤之妙境也。

《萃堂词录一卷提要》

张鸿绩

张鸿绩（生卒年不详）字药农，一字箬农，贵州仁怀人，世居重庆。其家世为盐商，富甲一方，鸿绩独耽诗词，后以捐资官陕西道员，卒于官。著有《枯桐阁词稿》二卷。

1. 汪香祖：

词虽小技，于道未尊，然发而中节，言之成文，应清浊之二均，追权舆于五际，信古诗之支流，《离骚》之别派已。上溯南唐，下及金元，洎乎国朝，作者辈出。乾嘉以后，地有名家，吾友长洲顾幼耕、兴文朱嵋君是其选也。其晚出而早工者，则有仁怀张子药农。世之论者每因材地，故作低昂，泾渭乎调之短长，冰炭乎宋之南北，美周、秦则弹刘、蒋，谀姜、史则诋苏、辛，岂知乐谱中声，言归先正，相马者赏其神骏，画鹰者陋彼凡才，有目者尽识子都，捧心者无多西子。盖有独至之诣，而后有必传之作。子厚不苟，昌黎大惭，此言虽大，可以喻小焉。朱、顾二君，雅善言情，无暇写景，而善藏其拙，适见其巧。鄙人所病，亦复如是，乃自讳其短，未见已长。尝相谓曰：才由天赋，言为心声，才之大者，无可无不可；言之至者，有能有不能。翳我二人，道各不同，其趋则一，将得天之未优，限人以偏至耶？如古所称融情景于一家，会句意于两得者，非我药农，畴克当之？夫兰生空谷，自别于萧艾；凤巢丹山，共矜其毛羽。药农戚朱而友顾，尤昵于贱子者垂二十年。当江山胜地，春秋佳日，东下同舟，北征联骑。留连光景，让子风流；悱恻情怀，容吾跌宕。已足尝鼎一脔，窥豹一斑。既而投笔从军，下马杀贼。犵鸟蛮花之地，呼云喝月而行。往往杯泛尉迟，歌翻敕勒，一篇跳出，五采相鲜。又或情移花鸟，味饱莼鲈，发山水之清音，状薜萝之幽趣，笛家入咏，樵唱斯传。加以秋士多悲，美人迟暮，地厚天阔，吊梦歌离。鹤归华表以千年，桑栽东海而三浅。女王国大，看番舶西来；望帝魂归，听木兰花落。长言不足，寓言十九。琼楼玉宇，忍寒终是爱君；弄笔描花，玩物何尝丧志？况复工于比兴，妙于语言。花顾五茎，香生九窍。抟沙不散，尽成欢喜之丸；割臂新盟，永结绸缪之印。叠为篷弄，貌出柔仪，现女人身，付小鬟唱。又何止玉笙鸡塞，仅工感怆之词；约指哀筝，可叶纥那之曲已耶？……观其择言尤雅，下笔不凡，绝艳惊才，回肠荡气，求之当代，殆罕其俦。

《枯桐阁词序》（《枯桐阁词稿》）

2. 谢质卿：

错综长短之句，权舆声诗；抑扬南北之音，流衍讴曲。勾钩倨矩，是谓雅词。其或溺性妍华，矜奇里耳，靡曼者辄类淫哇，猛厉者率多浮响。迷方莫指，风义日乖，由是旧谱滥于伶工，大晟蔑如小技矣。慨自入秦以来，倚声罕觏，协律无征，花间尊前，徒悬想象，乃迟之久而遇藕村赵子于前，又久而识药农张君于后……其生平笃嗜古乐，雅尚骚经，感事忧时，郁为哀艳，缘情体物，阐入幽微。词源述夫五音，才调绍乎三影。钲掜钟吕，荡涤金粉，青衫神逸，红牙韵饶。

《枯桐阁词序》（《枯桐阁词稿》）

3. 邓鸿荃：

庚戌与邹瑞人大令榷盐釜川，一日瑞人出其外舅张药农先生《枯桐阁词稿》见示，一见惊为南宋人作。归而挑灯展诵，声出琅琅，一若先生之言皆予所欲言而未言者，其契合岂偶然耶？……观其寄慨身世，闲雅有节，酒边花下，一往情深，而忠君爱国之忱亦往往于言外见之，洵风雅之替人，岂近今所易觏。

《枯桐阁词序》（《枯桐阁词稿》）

4. 邓鸿荃：

〔浣溪沙〕《枯桐阁题词》

乐府新词锦织成。含商刻徵一声声。歌筵齐为按银筝。　　衰草微云秦博士，晓风残月柳耆卿。嗣音留与后人评。

《枯桐阁词稿》

5.《续修四库全书总目提要》：

风调清越，有宋人姿致。邓鸿荃比于柳耆卿。盖其生平笃嗜古乐，雅尚骚经，感事忧时，郁为哀艳，缘情体物，阐入幽微，非浅□可致也。

《枯桐阁词二卷提要》

庄棫

庄棫(1830—1878)字希祖，号中白，别号蒿庵。江苏丹徒人。为陈廷焯姨表叔。先世业盐，后家道中落。官中书、候补同知，曾入曾国藩幕。工诗文，尤致力于词，庄棫为当时与谭献齐名之“常州派”中坚。著有《蒿庵遗集》、《周易通义》、《远遗堂文集》等，有《蒿庵词》四卷，又名《中白词》。

1. 刘履芬：

丹徒庄蒿庵、仁和谭仲修两君，客游京师，友人刻其所为词二卷，而督序于余。余诺而不果为，两君亦先后旋里，贻书重申此言。因取其所刻读之，芳华悦目，婉娩在襟。孤鸿叫霜不足喻其哀，流莺啭树殆欲逊其巧。秋露洒叶，则兰蕙失芳；春云载岫，则烟霭助润。斜阳一尺，愁绪万端，古有伤心人，方足语于此耳。原夫词之始作，专归杂比。落花流水，寄悼于珠帘；乔木废池，饮恨于清角。晓风杨柳，念客子兮天涯；缺月疏桐，伴佳人夫幽独。古之所遇，及今已陈；心之所游，托辞于兴。方今逆贼鸱张，天命申讨，两君年近三十，皆有志用世，顾方优处菰芦，奔走衣食，不得已著此无益之言。嗟乎，块磊难消，华年易减，识字而离忧患，已属可怜；谈兵而有罪言，大为短气。两君者，一则居吴，一则适越。登北固之楼，未穷所历；挹南江之水，倘饮其源。独余滞迹京国，从事曹司，听乌而趋公府，路倦轮蹄；闻鸿而思故乡，居惭萝薜。手此一编，情何能已？种松磊磊，君休为斫地之悲歌；按剑茫茫，我且作《汉书》之下酒。

《庄蒿庵谭仲修诗余合刻序》

2. 庄棫：

余自壬子学为词，至今十八年，综所作计之，几三百首。始以为难，继以为易，丙寅以后，由易而知难矣。于是向从北宋溯五代十国，今复下求南宋得失离合之故……周草窗云：作词难，改词更难。吾于今益服斯言矣。

《中白词自序》(《中白词》)

3. 庄棫：

戊午刻词四十首于京师，后间有作，不复著录。今年夏，李君冰叔序薛慰农《江舟欸乃集词》，言薛君之作中多郁伊，非漫为也。索居白下，风雨如晦，稍稍为之，归次旧日所作，遂乃成帙。予无升沉得丧之戚，其善自怀思，则自少壮至今，固无殊也。查工片石，即予字之切韵，取以弁首，无余义焉。若谓词之道小，不足尽所长，此其所以为片石与？是又郢书而燕说矣。

《中白词自序》(《中白词》)

4. 谭献：

夫神之所宰，机之所抽，心之所游，境之所构，身之所接，力之所穷，孰能无所可寄哉？纵焉而已逝，荡焉而已纷。鱼寄于水，鸟寄于木，人心寄于言，风云寄于天，凡夫寄于荣利，庄棫寄于词。填词原于乐闺中之思乎，灵均之遗则乎，动于哀愉而不能已乎。小子学诗，可以兴，可以观，可以群，可以怨。沱潜洋洋，岷嶓峨峨，泛彼柏舟，容与逍遥。为《鹤鸣》，为《沔水》，为《园有桃》，为《匏有苦叶》，吾知之矣，吾知之其诗也。

《中白词题辞》(《中白词》)

5. 谭献：

碧山、白云之调，屈原、宋玉之心，兴寄百端，望古遥集，止庵所谓能出者也。予录《箧中词》，终以中白，非徒齐名之标榜，同声之喁于，亦以比兴柔厚之旨，相赠处者二十年。向序其词有曰："闺中之思，灵均之遗则，动于哀愉而不能已。"中白当曰："非我佳人，莫之能解也。"

《箧中词》五

6. 李慎传：

庄希祖词，穷极高深，竟难于位置。即置之清真、白石间，尚非其驻足处。

《白雨斋词话》卷五引

7. 陈廷焯：

中白为余姨表叔。其词穷源竟委，根柢盘深，实能超越三唐、两宋，与《风》、《骚》汉乐府相表里。自有词人以来，罕见其匹。而究其得力处，则发源于《国风》、《小雅》，出入于淮海、大晟，而寝馈于碧山也。千古词宗，温、韦发其源，周、秦竟其绪，白石、碧山各出机杼，以开来学。嗣是六百余年，鲜有知者。得茗柯一发其旨，而词以不灭，特其识解虽超，尚未能尽穷底蕴。然则复古之功，兴于茗柯，必也成于蒿庵乎？

蒿庵词名不显，匪独不及陈、朱诸公，亦不逮杨荔裳、郭频伽辈，犹争传于一时也。然世无不显之宝，文人学业，特患其不精，不患其无知已。曲高寡和，于我奚病焉。

《词则·大雅集》卷六

8. 陈廷焯：

万事万理，有盛必有衰。而于极衰之时，又必有一二人焉，扶持之使不灭。词盛于宋，亡于明。国初诸老，具复古之才，惜于本原所在，未能穷究。乾嘉以还，日就衰靡，安所底止。二张出而溯其源流，辨别真伪。至蒿庵而规模大定，而词赖以存矣。（卷四）

近时词人庄中白，敻乎不可尚已。

余尝谓近时词人，庄中白尚矣，蔑以加矣。

庄中白《叙复堂词》云："仲修年近三十，大江以南，兵甲未息，仲修不一见其所长，而家国身世之感，未能或释。触物有怀，盖风之旨也。世之狂呼叫嚣者，且不知仲修之诗，乌能知仲修之词哉。礼义不愆，何恤乎人言。吾窃愿君为之而蕲至于兴也。"盖有合风人之旨，已是难能可贵。至蕲至于兴，则与风人化矣。自唐迄今，不多觏也。求之近人，其惟庄中白乎。

吾乡庄棫一名忠棫，字希祖，号中白，吾父之从母弟也。著有《蒿庵词》，穷源竟委，根柢盘深，而世人知之者少。余观其词，匪独一代之冠，实能超越三唐、两宋，与《风》、《骚》汉乐府相表里。自词人以来，罕见其匹。而究其得力处，则发源于《国风》、《小雅》，胎息于淮海、大晟，而寝馈于碧山也。

千古词宗，温、韦发其源，周、秦竟其绪，白石、碧山各出机杼，以开来学。嗣是六百余年，鲜有知者。得茗柯一发其旨，而斯诣不灭。特其识解虽超，尚未能尽穷底蕴。然则复古之功，兴于茗柯，必也成于蒿庵乎？

中白病殁时，年甫半百。生平与余觌面不过数次，晤时必谈论竟夕。余出旧作与观，语余曰："子于此道，可以穷极高妙，然仓卒不能臻斯境也。"又曰："子知清真、白石矣，未知碧山也。悟得碧山，而后可以穷极高妙。"（此言在中白病殁之前一年。）余初不知其言之恳至也。十余年来，潜心于碧山，较曩时所作，境地迥别，识力亦开。乃悟先生之言，嘉惠不浅。思以近作就正于先生，而九原已不可作，特记其言如此。

中白先生《叙复堂词》有云："夫义可相附，义即不深。喻可专指，喻即不广。托志帷房，睠怀君国，温、韦以下，有迹可寻。然而自宋及今，几九百载，少游、美成而外，合者鲜矣。又或用意太深，词为义掩，虽多比兴之旨，未发缥渺之音。近世作者，竹垞撷其华，而未芟其芜；茗柯溯其原，而未竟其委。"又曰："自古词章，皆关比兴，斯义不明，体制遂舛。狂呼叫嚣，以为慷慨。矫其弊者，流为平庸。风时之义，亦云渺矣。"先生此论，实具冠古之识，并非大言欺人。

李子薪慎传尝语余云："庄希祖词，穷极高深，竟难于位置。即置之清真、白石间，尚非其驻足处。"此真知蒿庵甘苦。彼囿于流俗之见者，必以其言为不伦矣。

蒿庵词有不知其用意所在，而不得谓之无因者。如〔浪淘沙〕云："旧事漫嗟呀。镜影窗纱。音书字字记无差。说不尽时抛却去，流水天涯。"又〔梦江南〕云："红袖满楼招不见，桥边杨柳细如丝。春雨杏花时。"不知其何所指，正令人寻味不尽。

《蒿庵词》一卷，所传不过四十阕。其一生所作，必不止于此。余友李子薪，尝欲得其全稿以付梓，余求之两年，竟不能得。今其家住泰州之东乡，一子又故，身后萧条，遗稿不知尚存否。读其词，思其人，悲其遇，为之于邑者累日。

近世文人学士，略谙吟咏，辄裒然成集。尚未能涉猎藩篱，便思欲质诸后世，亦多见其不自量矣。彼若知有《蒿庵词》，定当汗流浃背。

蒿庵词名不显，匪独不及陈、朱诸公，亦不逮杨荔裳、郭频伽辈，犹争传于一时也。然世无不显之宝，文人学业，特患其不精，不患其无知已。曲高和寡，于我奚病焉。

仲修《序蒿庵词》云："夫神之所宰，机之所抽……吾知之矣，吾知之其诗也。"数语洞悉深处。盖人不能无所感，感不能无所寄。知有所寄，而后可读《蒿庵词》。

近人为词，习绮语者，托言温、韦。衍游词者，貌为姜、史。扬湖海者，倚为苏、辛。近今之弊，实六百余年来之通病也。余初为倚声，亦蹈此习。自丙子年与希祖先生遇后，旧作一概付丙，所存不过己卯后数十阕，大旨归于忠厚，不敢有背《风》、《骚》之旨。过此以往，精益求精，思欲鼓吹蒿庵，共成茗柯复古之志。蒿庵有知，当亦心许。

余乡能词者，张猗谷崇阑有《梦溪棹讴》二卷。赵次梅彦俞有《瘦鹤轩词》一卷。两君之词，摘录一二于词则中。而余所服膺者，则庄中白《蒿庵词》也。他人词皆不免为风气所囿，蒿庵则吐弃凡庸，冥心独往，夐乎不可尚已。（卷五）

千古得骚之妙者，惟陈王之诗，飞卿之词。为能得其神，不袭其貌。近世则蒿庵词，可与风骚相表里。此外鲜有合者。

楚词二十五篇，不可无一，不能有二。宋玉效颦，已为不类。两汉才人，踵事增华，去骚益远。惟陈王处骨肉之变，发忠爱之忱。既悯汉亡，又伤魏乱。感物指事，欲语复咽。其本原已与骚合。故发为诗歌，觉湘间泽畔之吟，去人未远。嗣后太白学《骚》，虚有形体。长古学《骚》，益流怪诞。飞卿古诗有与《骚》暗合处，但才力稍弱，气骨未遒。可为《骚》之奴隶，未足为《骚》之羽翼也。惟〔菩萨蛮〕、〔更漏子〕诸词，几与《骚》化矣。所以独绝千古，无能为继。继之者，其惟蒿庵乎。

自温、韦以迄玉田，词之正也，亦词之古也。元、明而后，词之变也。茗柯、蒿庵，其复古者也。斯编若传，轮扶大雅，未必无补。

词至元、明，犹诗至陈、隋。茗柯、蒿庵犹陈射洪、张曲江也。嗣后谁为太白，收前古之终。谁为杜陵，别出旗鼓，以开来学哉。朱、陈不能与古化，虽敢于变古，终无少陵手段，不足范围后学也。（卷七）

至陈、朱辈出，而古意全失，温、韦之风，不可复作矣。贞下起元，往而必复。皋文唱于前，蒿庵成于后。风雅正宗，赖以不坠。

碧山有大段不可及处，在悬挚中寓温雅。蒿庵有大段不可及处，在怨悱中寓忠厚。而出以沉郁顿挫则一也。皆古今绝特之诣。

词有表里俱佳，文质适中者，温飞卿、秦少游、周美成、黄公度、姜白石、史梅溪、吴梦窗、陈西麓、王碧山、张玉田、庄中白是也。词中之上乘也。有质过于文者，韦端己、冯正中、张子野、苏东坡、贺方回、辛稼轩、张皋文是也。亦词中之上乘也。（卷八）

《白雨斋词话》

9. 朱祖谋：

〔望江南〕《杂题我朝诸名家词集后》

皋文说，沆瀣得庄、谭。感遇霜飞怜镜子，会心衣润费炉烟。妙不著言诠。

《彊村语业》卷三

10. 徐珂：

其效常州派者，光绪朝有丹徒庄棫、仁和谭献、金坛冯煦诸家。

《近词丛话》

11. 许之衡：

中白词以北宋相标榜，实则学张皋文而更逊者耳。常州派之病在仅知不用词眼及数句一气而下，便已谓尽北宋奥窍，而抛去大、重二字，则北宋无法可似也。但有谓力矫浙派，中白亦与有力焉，故得名云。

《中白词题辞》(《中白词》)

12. 吴庠：

仁和谭复堂《箧中词选》盛称蒿庵先生词，乡先辈陈亦峰《白雨斋词话》倾倒尤至。晨夕讽诵，知两家之言非阿私所好也。

《中白词跋》(《中白词》)

13. 吴梅：

中白与谭复堂并称，其词穷极高妙，为道咸间第一作手。……。其词深得比兴之致，如〔蝶恋花〕四章，即所谓托志房帷，眷怀身世也。

《词学通论》

14. 陈匪石：

填小令而欲避《花间》途径者，尚有二派：其一，取语淡意远之致，以古乐府之神行之，庄蒿庵〔蝶恋花〕四阕此其选也。

《旧时月色斋词谭》

15. 沈轶刘：

周济于词，主张由南宋上窥北宋，庄棫则先从北宋、五代，以下求南宋。周之溯源，义从归纳。庄之竟委，迹近演绎。取径虽殊，厥旨唯一。常州实至此而完成体系。

庄中白力求《三百篇》无言之旨，以“不着一字”为第一义，其〔高阳台〕《长乐渡》诸作弥缝南北，煞费经营，读之只觉雾里看花，未删物累。

《繁霜榭词札》

16. 卢前：

〔望江南〕

过京口，长念旧词流。天假以年论成就，直从南渡逼秦周。岂独复堂俦。

《饮虹簃论清词百家》(《清名家词》)

17. 朱庸斋：

庄中白为常州派后期代表作家，与谭献并称。陈廷焯对庄氏评价极高，未免标榜过甚。庄词缺点有二：一曰假古董。徒具唐、五代、北宋之面目，而失去个人之真性情；二曰破碎浮滑，因其力求似宋人，自摹句拟，不暇审度。

《分春馆词话》卷三

18.《续修四库全书总目提要》：

其序谭献《复堂词》曰：“夫义可相附，义即不深；喻可专指，喻即不广。托志房帷，睠怀身世，温、韦以下，有迹可寻。然而自宋及今几九百载，少游、美成而外，合者鲜矣。又或用意太深，义为辞掩，虽多比兴之旨，未发缥缈之音。近世作者，竹垞撷其华而未芟其芜，茗柯溯其源而未竟其委。”又谓：“自古词章，皆关比兴。斯义不明，体制遂舛。狂呼叫嚣，以为慷慨；矫其弊者，流为平庸。风诗之义，亦云邈矣。”此可见棫之词旨也。所作沉思翰藻，绸缪忠厚。……陈氏《白雨斋词话》以为高于蒋春霖，虽嫌过实，然其词远守温、韦、《阳春》之法度，近遵二张之旨而光大之，自为当时一大家也。

《中白词二卷补一卷续补一卷提要》

19.《续修四库全书总目提要》：

庄棫之词，思深文美似不如蒋春霖，然在当时，自为一家。

《白雨斋词话八卷提要》

蒋曰豫

蒋曰豫（1830—1875）字侑石，号后白石生，江苏阳湖（今常州）人，历官直隶鸡泽、元氏知县，蔚州知州，事详《清史列传·文苑传》，著有《问奇室诗集》、《文集》等。词有《秋雅》一卷。

1.《续修四库全书总目提要》：

曰豫自号“后白石生”，盖效法石帚者。今观其词，迹近南宋，至于石帚清空缥缈之概，曰豫尚未能也，拟之玉田，稍为近之。曰豫喜言考据，辞章本为余事，然其究述经子，颇为粗疏，词虽未入高浑之境，实能置体清雅，较为可取者也。

《秋雅一卷提要》

林天龄

林天龄（1830—1878）字受恒，又字锡三，福建长乐人。咸丰九年举人，十年成进士，官至翰林院侍读学士，出为江苏学政卒。词见《林锡三先生遗稿》。

1. 谢章铤：

长乐林锡三天龄读学以编修入值上书房，既又充宏德殿行走，时时以不称其官为虑，近再任江苏学政。回忆畴昔之言，计蒇事之后，或可相聚于故乡。今冬忽闻其卒，噫，天何夺之遽耶。其初视学山西，走急足六千里，邀余襄校文字。余至，累月唱和。旧幕故多能文之士，宾馆中有西斋，当涂黄左田钺侍郎所辟，团聚其内，终日不谈一俗事，是亦一时胜概也。其填词不苦思，不险语，随势宛转，而恰如其意。

《赌棋山庄词话续编》五

2. 谢章铤：

已舟、寿之皆余社中人也。自余倡词社，始不过五人，其后至十余人，抽奇骋秘，颇极一时唱和之乐，汇刻为《聚红榭雅集词》五卷。前年余卧病在家，忽闻流求国使金紫大夫某来见。问其故，则云：向在国子监读书，询访近日填词家。闻先生倡教于闽，今日京师归，特来请益。予以病谢之去，某乃往见余友魏子安，并求子安为作立后议，丁宁订后约，而余之晋，遂不相知矣。社中诸君，其别集已刻者，则有赞轩之《效颦词》。赞轩性豪客，填词则婉转入细，盖得力于秦柳多也。已舟、陈子驹遹祺皆有集未刻，子驹初与黄笛楼经唱和，有《双邻词钞》二卷，余曾为作序，其词则以《花间》为圭臬也。已舟之刻挚，子驹之俊逸，礼堂之绵丽，林锡三天龄之淡雅，皆足步武南唐，靳骖两宋，即使阳羡髯君，金风亭长，见之当亦不诮为恶札也。名山可券，以俟百年。

《稗贩杂录》卷三《词话纪余》(《赌棋山庄全集》)

3. 郭则沄：

林锡三学士，少日与先王父同结南社，亦善词，多与枚如酬唱，而不袭其派。

《清词玉屑》卷五

汪泰

汪泰（生卒年不详）字子黄，浙江秀水人。道光十二（1832）年举人，候选教谕。《嘉兴词徵》选录其词。

1. 黄燮清：

子黄词笔凄警。

《国朝词综续编》

陶然

陶然（1830—1880）字藜青，号芑孙。先世自维扬徙居长洲县，遂为吴人。咸丰十一年（1861）拔贡生。生性耿直，不附权要。著有《味闲堂词钞》，又名《蚬江渔唱》。

1. 陈去病：

顾念三十年来，于吾邑词人之作，窃尝粗窥其崖略矣。大抵工艳情者以《花》、《草》为宗，盛才起者以苏、辛为法，而守绳墨者则抚凝清真，步武石帚。含情绵邈，体物浏亮，迢迢数百祺，固未有能逾越乎此范围者矣。而先生类能为之，使当顺康朝，与汉槎、虹亭角逐词场，上下其议论，安必不可以入鸿词之选？特惜乎其生晚也。然以视湘瀼、频伽，殆无愧色矣。

《味闲堂词钞跋》（《味闲堂词钞》）

2. 吴梅：

逊清一代吾乡词学，西堂实推冠冕，至凫芗而词境始大。闰生、仲环则益精密矣。戈氏顺卿论律虽工，措辞独拙，未能与诸子竞短长也。先生词皆称心而出，不傍门户，自发蕴结。其于韵律若不深求，然而雕镂物态，摹拟人理，假闺房婉娈之私，寓身世侘傺之感，斜阳烟柳，绿芜台城，较乡先哲实未容多让焉。

《味闲堂词钞叙》（《味闲堂词钞》）

陈宇

陈宇(生卒年不详)原名方澜，字叔安，江西鄱阳人。流寓金陵，活动于道、咸、同间，羁滞闽中，光绪初犹在世。有《翦梅词》一卷。

1. 丁绍仪：

南宋词家推姜白石为巨擘，故鄱阳产而居吴兴。吾友陈叔安明府宇亦家鄱阳，流寓金陵。后溯江入粤，重游鄱之东湖，湖有浮舟寺……其浮家浪迹，殆与白石有同慨。今老矣，犹羁否闽中，藉诗词自遣，著有《翦梅词》……叔安与保绪交最洽，故词笔颇相似。

《听秋声馆词话》卷十一

左锡嘉

左锡嘉(1830—1889后)字小云，一字韵卿，号浣芬，晚号冰如。阳湖(今江苏常州)人。华阳(今四川成都)曾咏妻。工诗善词，尤精书画。夫殁。改号冰如。生活困顿，乃以书画谋生。课四子，皆成名于世。著有《冷吟仙馆诗稿》、《文存》等，词有《冷吟仙馆诗余》传世。

1. 廖平：

夫人之词，意在笔先，声叶字表，如行云卷舒，流波跌宕，良不易得。缘其性情酝藉，故能以婉约出之，而又得玉田清空之旨，不必从追琢中来。自然流露，无不合拍，亦闺中之杰出者。

《冷吟仙馆诗余序》(《冷吟仙馆诗余》)

朱依真

朱依真（生卒年不详）字小岑，广西桂林人。性情狷狭，以布衣终身。善倚声。有《九芝草堂诗存》八卷。

1. 况周颐：

临桂布衣朱小岑先生依真《九芝草堂诗存》《论词绝句》二十八首，宋人于清真、国朝于朱锡鬯并有微词，颇不为盛名所慑。惟推许樊榭甚至，观其所为词，固不落浙西派也。

《餐樱庑词话》

2. 况周颐：

（朱依真）〔绛都春〕、〔念奴娇〕两调，专诣精卓，风格在碧山、玉田之间。

《粤西词见》

杨葆光

杨葆光(1830—1912)字古酝，号苏庵，又号红豆词人，江苏娄县(今上海松江)人。诸生。官浙江景宁县知县。著有《苏庵词录》一卷，录词八十二首，附于《苏庵集》末。

1. 谭献：

古酝著《苏庵词录》，老困场屋，仕宦不进，豪情古意，寓于诗文。集中〔沁园春〕咏帐四阕，寓言身世，倜傥权奇。(《箧中词》)

《复堂词话》

王诒寿

王诒寿（1830—1881）一名贻寿，字眉叔，一字眉子，号笙月，浙江山阴（今绍兴）人。廪贡生，候选金华县学训导、任杭州书局校理。与谭献、许增等友善。性淡逸，好古学，喜作诗，能填词，好骈俪文。著有《笙月词》、《花影词》；另《水琴词》，与《漫雅堂骈文》合订；《秋舫笛语》，与《漫雅堂诗钞》合订。

1. 杜文澜：

桐乡严芝僧太史辰，知余有词话之作，寄赠王眉叔《笙月词》四卷。眉叔名诒寿，山阴人。久熟其名，似闻为广文，未识服官何处。而受细读，颇饶北宋风神，于万红友四声之说，不甚拘泥。慢词多有出入，而姿趣超绝，极近《东泽绮语》。所附刻《花影词》一卷，尽言情之作也。

《憩园词话》卷六

2. 谭献：

王诒寿字眉子，山阴贡生，候选训导。少习法家言，游皖南三年，兵起归里门。性淡逸，好古学，息心湛湛，诗篇雅令，间为南宋人小词辄工，有《笙月词》二卷。尤精骈俪文字，芳润缜密如梁陈人。

《亡友传·王诒寿传》

3. 谭献：

时则颢定澄鲜，凉波荡潏。明月千里，倡妇楼头；离笛三秋，西风江上。王子于是悦缥缈之魂，发徘徊之曲。美人独立，参差谁思。鹤骨不肥，如答子晋。银河无景，酬笺玉溪。〔水调〕百篇，《笙月》一卷。抑何玲珑其声，激昂善变；与夫采诗入乐，无诏伶人。按谱填词，岂云小技？子夜读曲之变，劳人思妇之遗。致兼情文，雅备比兴。世有作者，前无古人。庶尚友夫风骚，乃吐音于令慢。溺志闺襜之内，应求尊俎之间。刻画微物以夸多，雕琢曼辞以取悦。宏达大雅，盖无取焉。王子之词，储体于挈，结想斯远。文外独绝，子怀信芳。可谓古瑟未拌，洞箫作谥者也。仆拥鼻洛下之吟，隐几玉台之集。深情只有一往，抽毫不知谁嘱。窃托同调，敢曰知音。陇首云飞，洞庭叶下，秋心杳然，秋士悲矣。

《笙月词序》（《笙月词》）

朱隽瀛

朱隽瀛(生卒年不详)字芷青。顺天大兴(今属北京)人。同治元年(1862)举人。官至河南知府。著有《玉屑词》三卷，收词一百首。另有《杼湖词》一卷,未见。

1. 祝椿年：

蝉蜕其迹，凤逸其神；清歌偶寄，玉屑纷纶；芳妍周、柳，豪伉苏、辛。

《玉屑词题辞》(《玉屑词》)

2.《续修四库全书总目提要》：

〔长相思〕自题词卷下半阕云："晚春时。早秋期。无限湘兰沅芷思。余音歌入词。"然其所制，颇伤浮浅。

《玉屑词二卷提要》

钟景

钟景(生卒年不详)字嵩生，号红芜主人，浙江海宁人。诸生。官直隶东光县知县。颇有词名，所作《疏影》咏柳词，一时传播，和者如云。平生佳作，辄随手散佚，现存《红芜词钞》二卷，录词百首。

1. 方廷瑚：

集中长调，柔情绮语，古意淫思，兼有姜、张之胜；小令脆于哀梨，圆如莺语。

《红芜词钞跋》(《红芜词钞》)

潘诚贵

潘诚贵(生卒年不详)字树轩，一字时轩，江苏吴县人。咸丰元年(1851)举人。性沉静。少即工诗，喜古画名印，尤耽倚声。著有《翦红词》一卷，录词四十首。

1. 陆费瑔：

（词）之工力犹胜于诗。顾其哀感顽艳，善于言愁，与所履之境未合，心窃疑之。得非性根清澈，故能摆脱尘氛，寄愁天上，情之所至，不觉一往而深，殆所谓蝉蜕于浊秽，皭然出污泥而不滓者，其命气机所感，有消息乎其中者存耶？

《翦红词词叙》(《翦红词》)

2. 陆费瑔：

〔绣带儿〕

丽藻迈琼瑰。当年祗费才。赢得青山埋玉，烟月冷泉台。　阆苑几花开。也怅望、化鹤归来。尊前佳句，三声泪下一心灰。

〔青玉案〕

珍朱密字无多剩。记梵谱、当年订。惆怅东风吹不定。凤箫声断，鸭炉香冷。谁倚屏山听。　红牙重按添哽。细雨黄昏琐窗静。一缕吟魂思唤醒。几回迤逦，绝无人影。泪与凄音迸。

〔谢池春〕

断碧分山，翻入玉田凄调。怅才人、吟魂易老。雪梅风絮，剩飘零鸿爪。印残香、艳情难扫。　冰弦脆裂，无那枯桐声杳。旧池塘、何从梦草。双鬓休问，怕重提愁抱。赌棋亭，更无人了。

〔虞美人〕

乌丝阑写蚕眠字。不尽缠绵意。苑湖一棹碧无尘，合唤红儿次第按红筝。　　近来定有梅花寄。旧梦池塘系。江干弥望乱云多，多为愁来无奈暮潮何。

《篛红词题辞》（潘诚贵《听香室遗稿》附）

3. 潘曾莹：

时轩五侄夙耽倚声，幽寂澄澹，清婉辛切。露初星晚，良殚美襟，茗苦香甜，时出俊语。玉楼怆逝，烟墨犹新，船庵坐雨，展帙微讽。萝磵咽播，筱风凄夕。瑟然感矣，欷歔久之。

《篛红词词话》引

4. 潘遵祁：

侄性最沉静，自幼入塾，至于逾冠，笔墨外未曾见其偶役俗嗜。出而应试，文采斐然，方以远到期之，顾年来多病，借诗词自遣，每出所作，往往多秋声。余心讶其不祥。孰知遽而殒折，悲夫！披阅遗词，益用慨然。

《篛红词词话》引

5. 张元培：

厌谢筝笛，奇弄乃发，屏弃桂蜜佳肴，自将天才绮炼，缀为小语，零缣碎金，烂然可珍。呕肝有囊，解渴无树。青骡遐控，倏更二霜。覆展是编，怆然思西圃夜凉、呼灯索句时也。

《篛红词词话》引

6. 孙登瀛：

碧城天际，玉轸独弹，碎锦零星，齿香不断，流珠喷玉，苕颖独发，自是君身有仙骨，当不食人间烟火也。倚装浣诵，殊有邈若山河之感。

《篛红词词话》引

7. 蒋槐：

长调声情激越，伊郁善感，足以嗣响玉田。短阕韵逸词妍，琼想横溢，逼近阳春乐府。故知骚雅情深，别有风致。读竟低首。

《篛红词词话》引

8. 潘曾绶：

时轩五侄夙有清癖，少即工诗，古画、名印，爱入骨髓；幽花瘦竹，位置楚楚。犹记乙卯仲秋，予偕兄弟侄辈同舟至邓尉扫墓，宿泛香别墅。归舟后，检箧中曼生、古云两印，贻之。未及匝月，遽赴修文。今补之弟以其遗词属题，玲珑其声，清秀在骨。小令仿佛《金荃》，慢词出入于玉田、草窗。篝灯坐忆，叹息弥襟，爰识数语于卷端。

《篛红词词话》引

梁履将

梁履将(生卒年不详)字洛观，福建长乐人。诸书。官江苏县丞。少年倜傥风流，喜诗文，学问有神悟，每一篇出，令同辈叹服。一生不得志，后欲归隐黄竹洞，染病死。著有《木南山馆词》一卷。

1. 谢章铤：

长乐梁洛观履将秀才，宫詹九山上国先生之曾孙也。为人机警而有至性，出笔秀削，宜于倚声，年未三十而卒。有《木南山馆词》一卷，余拟序而刻之。以中有残缺，尚须辑补，因循至今，冥冥中殊负吾友也。魏子安秀仁、梁礼堂鸣谦亦皆有序。子安有云："一鳞一爪，一泪一声。鸷鸟盘空，天有苍凉之色；哀蝉乍警，时多凌厉之音。"读者可以知其词境矣。

《赌棋山庄词话》续编五

2. 谢章铤：

洛观歿三阅月，遗集告成，其友谢章铤忍泪而志之曰：余识君将十年，无顺境，无欢容，人生非金石，臣精几何，其不销亡哉？君阀阅清华，读书世有声，弱冠裙屐洒然，虽王谢佳子弟不过也。未几遭太夫人忧，又经数丧，家骤落，尊甫客居，君独力拮据门户，夜眠不交睫。然君内抚弱弟少妹，外接戚友，充充若有余，虽至亲密戚，不知其疲也。是时，余方与梁礼堂、刘赞轩治词学，招君与其事。君齿稍后于余，抑然不敢以辈行视，每从余问故，余重违君心，必尽言，君辄悠然得其意以去。其后君词大成，出一语，见者皆诎服，而君不自以为能。乌石之阳有山馆焉，群峰左右拱，大江接于几席。高秋风利，万叶渐飞，余甲夜与君登其上，君忽惘惘有所思，谓余曰："人生岁月，一辅瞬耳，如此江山，亦正需人。嗟乎，父其老矣，弟其少矣，修名不立，讵复图富贵为？”余彷徨无以应对，坐良久，徐叹而起。残月半规，虫声入户，嗒然若不知天之高、地之厚也。间数月而君遂甚病。君于文无不工，而填词尤有神解，幽思爽节，动与古会，而余微嫌其声咽。嗟乎，可传者在此，其不祥殆亦在此也。然使君抱尘袭俗，谬为肤悦，遂能百年无恙耶？而谓君其以彼易此耶？世之英俊多矣，求如君之深心果力，百不一二，君不短折，其造就谁窥涯涘哉？乃天既困之厄之，并此劳生而亦靳焉，能无悲乎？缀拾绪余，以俟后世之知君者。

《木南山馆词序》（《赌棋山庄全集》文集卷三）

3.《续修四库全书总目提要》：

履将词学得力于章铤。章铤虽喜言词，而未能深醇。故履将所作，殊为浅薄，不成格局，盖其工力未深也。

《木南山馆词一卷提要》

叶滋沅

叶滋沅（生卒年不详）字辰溪。福建闽县人。叶申芗之孙，与谢章铤友善。著有《我闻室词》。

1. 谢章铤：

辰溪携所作词一卷相视，〔惜分飞〕云："望断垂杨青万缕，勾出万千离绪。无计留君住，马蹄竞逐飞花去。　从此停云空望雨，最是多情如汝。忆到伤心处，月光黯淡花无语。"绰有《蘋洲渔笛》、《无弦琴谱》遗风。辰溪与余交情甚挚，集中赠怀诸作，语重情长，所谓不自知其啼笑也。

《赌棋山庄词话》卷五

2. 谢章铤：

词渊源《三百篇》，萌芽古乐府，成体于唐，盛于宋，衰于元明，复昌于国朝。温、李，正始之音也；晏、秦，当行之技也；稼轩出始用气；白石出始立格。呜乎！词虽小道，难言矣。与诗同志，而竟诗焉则亢；与曲同音，而竟曲焉则狎。其文绮靡，其情柔曼，其称物近而托兴远且微。骤聆之，若惝恍缠绵不自持，而敦挚不得已之思隐焉。是则所谓意内言外者欤？辰溪之于词，家学也；而余之词，则土音耳。顾辰溪特喜与余言词。忆道光乙巳，余读书西园，其地池台参差，水木明瑟，去辰溪之居不百步，而主人李少棠者，余姨弟也，意气豪甚，置酒饮余，辄招辰溪，饮酣纵谈天下事及今昔人才，喜而笑，怒而骂，思而沉吟，哀而长太息。其声方拉杂不休，忽邻人善笛者，数声悠扬，自远徐至。下视庭阶月，三尺许有蛩独叫，丛竹受风，如人拜起，举坐默然，而辰溪独拍案填词。呜乎！天下填词之境孰有过于此时哉？今辰溪之词具在矣，回想前尘夙梦，独使余低徊而不能自已也。呜乎！

舍辰溪其谁知之？辰溪其勉之矣。

《我闻室词叙》(《赌棋山庄全集》文集卷一)

3. 谢章铤：

〔满江红〕《辰溪出示近词，直追古作者，读之狂喜，叠韵赋此》

不暇长歌，叹匆匆、终归寂寞。脱非藉、尊前排遣，便归邱壑。高唱何如低唱苦，古人敢把今人薄。能浮名、都识柳屯田，非沦落。　　如古篆，难轻读。如名画，无些浊。傥九原可作，孙谋应乐。万窍号风天又籁，一声掷地人争目。祝他山、利器日摩挲，经盘错辰溪大父小庚先生善词，著书数种，皆名天籁轩。

《赌棋山庄全集·酒边词》卷五

徐镜清

徐镜清（生卒年不详）字晓芙，浙江德清人。著有《欧阳亭词》。

1．谢章铤：

晓芙词名《欧阳亭》，清空有致，不染涂泽襞积之习。〔菩萨蛮〕云："小园丛桂张黄伞，玉蟾三五清辉满。上市美霜螯，馋涎流老饕。　延秋倾玉酝。稺子牵裾问。月里树婆娑，今年花几多。"〔踏莎行〕云："浮白移尊，闹红租舸，桥头铁笛吹云破。玉钩藏罢漏声残，满湖凉露蕉衫涴。　后约裁笺，嘉宾入座。无端远岫浓烟锁。画楼红烛雨同听，销魂今夜人真个。"原注：西泠载酒自题纪游图十二首之一。〔金缕曲〕云："到此休惆怅。忆随身、耕惟一砚，十年飘荡。也算五侯鲭尝遍，拄笏西山挹爽。有几辈、逢人说项。诗近中唐词两宋，更文章汉代卿云样。弓与帛，日相望。　如其万卷书无恙。再如其、桑栽八百，箪瓢堪仰。闭户穷经终老耳，那得高轩过访。又那得词坛推奖。弧矢悬闾男子事，会乘风、踏破长江浪。面已皱，志还壮。"醉后放言。晓芙橐笔东西，一官未就，集中尚有〔蓦山溪〕诸作，其身世之感深矣。

《赌棋山庄词话》续编二

2．谢章铤：

红日满窗，静坐犹汗。子俊太史以一卷至，揭而视之，则同年生德清徐晓芙长短句也。读未半，若有微风起于坐隅，既终卷，矫首向天，微云自远，慨然曰：是词不浮豪而有情，不涂泽而有致，于其乡先正，与金风亭长为近，可谓能矣！嗟乎！当其时，金戈铁马，唾手功名，或者摩崖，或者上封事，中外文章炳然，而君橐笔东西，若虫作茧，酒残灯灺，避人而吟，读集中〔金缕曲〕、〔蓦山溪〕诸调，其感慨于身世为何如耶？虽然，高台平矣，曲榭倾矣，而拳石或有时尚存；长林翳矣，乔木榴矣，而小草或有时独笑。词虽小道，亦视其精神之能自永否耳。敝帚千金之意，或亦有高文典册而不与易者乎？子俊有心人，闻吾言当必拍案大噱也。君将殁，谆谆出以相托，殆亦有见于此耶？刻而行之，嗟乎！季子可以报徐君矣。

《欧阳亭词序》（《赌棋山庄全集》文集卷六）

沈穆孙

沈穆孙(生卒年不详)字彦和，一字小梅，江苏宝山(今属上海)人。诸生。著有《苕翠词》(又名《碧梧秋馆词钞》)一卷，收词八十首。有《沧江乐府》本。

1. 朱泰：

选语绵缈，赋情萧寥。掩抑香弦，类楚骚之哀艳；凄凉野笛，得小雅之怨诽。万花欲飞，一鹤独舞，其格高矣，其情远矣。

《苕翠词序》(《苕翠词》)

2. 蒋敦复：

犹忆往时，小梅欲学词，余告以从玉田入手，即和余《红香》、《绿影》、《咏红绿梅》及《花阴》、《柳影》诸词，清隽谐婉，咄咄逼人。余谓君词可大成，第勿专学玉田，流于空滑，当以梦窗救其弊。小梅唯唯，顾心弗善也。今余论词之旨，较前又异，诸君子刻集时，皆邮寄相质，独序伯、杏孙未经余去取。小梅则寄示，而去取不甚从余，知其未能心服。然此事千秋，自有定论，非一人之私言所能轻重。况余所献箴言，实出朋友相爱之诚耶？余所云："有厚入无间者，南宋自稼轩、梦窗外，石帚间能之，碧山时有此境，其他即无能为役矣。"小梅他日工力益深，优入北宋，方信吾言。数世通家，同案兄弟，故敢妄论如此。(卷三)

小梅〔蝶恋花〕云："约住海棠魂未醒。嫩寒作就春人病。"〔浣溪纱〕云："荻絮因风疑作雪，柳丝弄暝不成烟。夕阳红上鸳鸯肩。"元人集中名句也。如此尖新，岂不可喜？然石帚、梦窗尚须加一层渲染，淮海、清真则更添几层意思。加渲染，添意思，正欲其厚也。若入李氏、晏氏父子手中，则不期厚而自厚，此种当于神味别之。(卷三)

《芬陀利室词话》

朱焘

朱焘（生卒年不详）字伯康，江苏宝山(今属上海)人。著有《东溪渔唱》(又名《箫材琴德庐词稿》)一卷，收词六十二首，有《沧江乐府》本。

1. 程庭鹭：

在中年以往,历欢戚多,则寓感弥深;袪障翳尽,则寄趣自远。而又不病繁缛，不入粗犷；审声律，穷正变，庶几雅音不坠。

《东溪渔唱序》(《东溪渔唱》)

2. 蒋敦复：

同邑朱杏孙孝廉，与余弱冠定交，即以诗文相切劘。曾绘雪窗清咏图，余记之。饥来驱去，劳燕分飞，杏孙虽获一第，家中落，草草劳人，非复昔时豪兴。近乃与序伯、师白、稚泉、芝门、同叔、小梅，结词社唱和，修穷措大故事，非其素志也。词钩心斗角，不喜傍人门户，于诸君子中，别调自弹，其性之兀傲可见。

《芬陀利室词话》卷三

韩闻南

韩闻南(生卒年不洋)字熏来，江苏江浦人。官浙江遂安县知县。著有《雪鸿吟馆词》一卷，凡三十八首，多题赠、和韵之作。

1. 杜文澜：

韩熏来大令闻南，江浦人。官浙江遂安县，政声才誉，远布浙东西。友人寄其所著《雪鸿吟馆词》，乃甲戌年刊于武林者。序中谓得藻思绮合、艳语纷披二语，信非虚语。

《憩园词话》卷四

2. 江顺诒：

擅三唐之美，兼二宋之长，入碧山之室而撷其秀，摩梦窗之垒而搴其旗。

《雪鸿吟馆词序》(《雪鸿吟馆词》)

凌祉媛

凌祉媛（1831—1852）字茝沅，浙江钱塘人。凌咏女，丁丙室。著有《翠螺阁诗词稿》。

1. 庄仲方：

生而颖慧，七岁，母朱安人授以《毛诗》、《内则》诸篇，已窥大义。十岁通音律，能吟咏。性幽娴凝重，戚里罕睹其面。女红之暇，以咏诗作字自娱。间为小词，曼声自度，飘飘然有出尘之概。

《传》（《翠螺阁诗词稿》）

2. 于克襄：

近体及诗余，清丽芊绵，温润如玉，犹可想见林下之风。至于怀古诸章，如咏岳武穆、梁红玉等作，感慨淋漓，沉郁顿挫，其议论雄伟，几欲与古人颉颃，非复儿女子之态，安得以寻常闺秀目之哉？及读《放歌》一诗，则飘飘然有乘鸾驾鹤之思，闻作此诗后，未几即下世。

《翠螺阁诗词稿序》（《翠螺阁诗词稿》）

3. 韩菊瑛：

〔忆江南〕《题〈翠螺阁稿〉二阕》

聪明误，冰雪擅才华。秋雨芙蓉人似玉，春风杨柳笔生花。云锦织流霞。

聪明误，才藻损年华。剩有新编工柳絮，堪嗟薄命比桃花。鸾驭返烟霞。

《闺秀词话》卷三引

4. 吴藻：

自来韵语之作，所以发抒性情，不仅才人有集，抑亦吾辈所不废，或专事女红，不暇旁及耳。吾杭为人才之薮，闺秀代兴，日下工诗词者，皆各梓一篇。若芷沅凌夫人，则其尤者也。所著《翠螺阁诗》数卷，清词丽语，读之意销。其间《怀古》诸作，沉郁顿挫，虽须眉何多让焉？所存词不甚多，深得南宋遗响。惜乎天靳其寿，早年物化，为可悲矣。

《翠螺阁诗词稿序》（《翠螺阁诗词稿》）

5. 关锳：

余曩序汪玉卿女史遗集，爱其刿锏冰雪，拔萃罗纨。如沅花罥烟，绰尔姿媚，珊网张月，朗焉襟怀。霞水为之失鲜，竹素竟至不死。爝火既逝，嗣音为难，而茝沅夫人，复以翡翠之心运炉鞴，其手龚应铎而竞响，菊为兰之殿芳，钗钏瓶盆，为器不嫌夫异，醍醐酥酪，至味终归于和。所著《翠螺阁诗》四卷，搴芳媚春，蜚玉疑雾。兰息胎梦，椒馨丽篇。辘轳井中之丝，藁砧山上之唱。潭水春影，芳草日夕而动魂；纨扇秋轮，素月司魄以凄夜。餐花咀雪，旁及诗余，华艳之才，殆有天相焉。而乃莲屎谣梦，兰煤谶凶。百子之帐不晨，并肩之毡触痛。琴瑟在御，弦筈遽离。以爱妇高柔，作悼亡潘岳。展象文之簟，莫解胸春；发虫网之奁，只增眉茧。嗟嗟，廿四宫真灵之位，慧业何多；九十劫锻金之姻，妄缘奚极。虽凤遗羽以传采，豹著文而在皮。球璧一篇，烟墨千古。亦饮者留名之想，尽戏言当日之心。而簪星陨秋，玉树凋夜。华鬘小劫，已完弦氏余缘；泪雨秋坟，岂忆鲍家遗唱哉。锳文章依样，未改葫芦。哀感中年，况闻琴笛。怆蕣华之易谢，念冰茧之同功。泉陆殊途，古今同痛。不揣芜秽，书代糠粃。若谓妆楼纪闻，自有张泌；玉台序首，当推徐陵。何待瓦砾之姿，滥溷金银之气也。羽钗无恙，落纸犹闻；玉叶在人，瓣香未坠。后有感者，当券予言。

《翠螺阁诗词稿序》（《翠螺阁诗词稿》）

6. 吴元禧：

双旌江表旧门楣，镜槛幽兰缀碧枝。
鸳杼雅裁苏蕙锦，雁笺工咏左芬诗。

词宗白石清真法，帖写黄庭恰好时。
合与丁仙作佳偶，添香夜伴读书帷。

《翠螺阁诗词稿题词》(《翠螺阁诗词稿》)

7. 雷瑨：

钱塘凌茝沅女史祉媛，丁松生丙之室也。生而颖慧，幼即通音律，能吟咏。归丁后，因母患风病，动止需人，常归宁侍疾。母病剧，祷神以身代，未几母果愈，而祉媛卒，年二十有二。松生为刊遗稿《翠螺阁诗词》。录其〔菩萨蛮〕……清逸无俗韵。女史生于四月八日，制有玉牌，镌“与佛同生”四字。

《闺秀词话》卷三

谭献

谭献(1832—1901)原名廷献，字涤生，更字仲修，号复堂，浙江仁和(今杭州)人。少孤，负志节，通知时事。同治六年(1867)中举，屡应进士试不第。曾入福建学使徐树藩幕。历任浙江秀水县教谕，安徽歙县、全椒、合肥、宿松等县知县。后辞官归里，锐意著述。张之洞聘其主讲经心书院，年余辞归。谭献于诗学、经学皆有成就。年十五学诗，二十三岁学词，三十岁后考辨词学流派，为同治、光绪年间词坛重要作家、评论家。著有《复堂类集》、《复堂诗录》、《复堂文录》、《复堂日记》等。有《复堂词》三卷。辑成《箧中词》六卷；续集四卷，为清人选本之上乘之作，评论尤精审，此书为清末词坛重要读本，影响甚巨。其论词文字由弟子徐珂辑录成《复堂词话》。

1. 丁绍仪：

武林谭仲修孝廉献，薄游闽中，余未之识。杨君卧云以所刊《复堂词》见示，笔情逋峭，小令尤工。

《听秋声馆词话》卷五

2. 刘履芬：

丹徒庄蒿庵、仁和谭仲修两君，客游京师，友人刻其所为词二卷，而督序于余。余诺而不果为，两君亦先后旋里。贻书重申此言，因取其所刻读之。芳华悦目，婉娩在襟，孤鸿叫霜不足喻其哀，流莺啭树殆欲逊其巧。秋露洒叶，则兰蕙失芳；春云载岫，则烟霭助润。斜阳一尺，愁绪万端，古有伤心人，方足语于此耳。原夫词之始作，专归杂比。落花流水，寄悼于珠帘；乔木废池，饮恨于清角。晓风杨柳，念客子兮天涯；缺月疏桐，伴佳人夫幽独。古之所遇，及今已陈；心之所游，托辞于兴。方今逆贼鸱张，天命申讨，两君年近三十，皆有志用世，顾方优处菰芦，奔走衣食，不得已著此无益之言。嗟乎，块磊难消，华年易减，识字而离忧患，已属可怜；谈兵而有罪言，大为短气。两君者，一则居吴，一则适越，登北固之楼，未穷所历；挹南江之水，倘饮其源。独余滞迹京国，从事曹司，听乌而趋公府，路倦轮蹄；闻鸿而思故乡，居惭萝薜。手此一编，情何能已？种松磊磊，君休为斫地之悲歌；按剑茫茫，我且作《汉书》之下酒。

《庄蒿庵谭仲修诗余合刻序》

3. 刘履芬：

费他绝艳与惊才，此夕真宜酹一杯。

万里江山双鬓发，残年怀抱向谁开？

仁和谭仲修廷献明经，戊午客都门，往还最稔。别后以词寄余，调〔摸鱼子〕云云。仲修诗宗六朝，词学五代，志趣甚高。

《旅窗怀旧诗》

4. 庄棫：

仲修年近三十，大江以南，兵甲未息，仲修不一见其所长，而家国身世之感，未能或释。触物有怀，盖风之旨也。世之狂呼叫嚣者，且不知仲修之诗，乌能知仲修之词哉？礼义不愆，何恤乎人言。吾窃愿君为之而蕲至于兴也。

《叙复堂词》（《白雨斋词话》卷五引）

5. 王诒寿：

〔念奴娇〕《题谭仲修廷献〈复堂词〉》

瑶笙檀板，一声声拍得，万花齐笑。又作九天鸾凤响，愁杀苏门清啸。如此江山，多情烟柳，都入新吟稿。十年湖海，问君有几同调。　　我是斫地王郎，吴云越树，恨不相逢早。画舫明湖腰玉笛，与约酒尊同倒。鸥鹭秋眠，鱼龙夜偃，踏臂天风峭。振衣高唱，通仙飞下琼岛。

《笙月词》卷四

6. 谭献：

〔摸鱼儿〕《用稼轩韵自题复堂填词图》

唱潇潇、渭城朝雨，轻尘多少飞去。短衣匹马天涯客，遥见乱山无数。留不住。又只恐、飘零长剑悲歧路。旧时笑语。待寄与知心，被风吹断，晓梦托萍絮。 瑶琴上，曲调金徽早误。深宫人复谁妒。一弦一柱华年赋，但有别情吟诉。鹳鹆舞。已草草、青春红袖归黄土。斜阳太苦。独自上高楼，迷离望眼，不见送君处。

《复堂类集·复堂词》卷二

7. 陈作霖：

《复堂词》一卷……高情逸韵，寄托遥深。

《箧中词跋》(《冶麓山房藏书跋尾》)

8. 陈廷焯：

复堂词，品骨甚高，源委悉达。窥其胸中眼中，下笔时匪独不屑为陈、朱，尽有不甘为玉田处。近时词人，庄中白尚矣，蔑以加矣，次则谭仲修也。鹿潭虽工词，尚逊其沉至。

《词则·大雅集》卷六

9. 陈廷焯：

近时词人庄中白，敻乎不可尚已。谭氏仲修，亦骎骎与古为化。

仁和谭献，字仲修，著有《复堂词》，品骨甚高，源委悉达。窥其胸中眼中，下笔时匪独不屑为陈、朱，尽有不甘为梦窗、玉田处。所传虽不多，自是高境。余尝谓近时词人，庄中白尚矣，蔑以加矣。次则谭仲修。鹿潭虽工词，尚未升《风》、《骚》之堂也。

仲修小词绝精，长调稍逊。盖于碧山深处，尚少一番涵泳功也。

仲修之言曰："吾少志比兴，未尽于诗而尽于词。"又曰："吾所知者比已耳，兴则未逮。河中之水，吾讵能识所谓哉。”即其词以证其言，亦殊非欺人语。

《白雨斋词话》卷五

10. 蒋兆兰：

有清一代，词学屡变而益上。中叶以还，鸿生叠起，辟门户之正，示轨辙之程。逮乎晚清，词家极盛，大抵原本风雅，谨守止庵导源碧山，历稼轩、梦窗以还清真之浑化之说。为之虽功力有浅深，成就有大小，而宁晦无浅，宁涩无滑，宁生硬无甜熟，炼字炼句，迥不犹人，戛戛乎其难哉！其间特出之英，主坛坫，广声气，宏奖藉，妙裁成。在南则有复堂谭氏，在北则有半塘王氏，其提倡推衍之功，不可没也。慨自清命既讫，道丧文弊，二十年来，先民尽矣。独有彊村、蕙风，喁于上海，乐则为天宝《霓裳》，忧则为殷遗《麦秀》，是可伤已。

清季词家，蔚然称盛，大抵宗二张、止庵之说，又竭毕生心力为之，本立言之义，比风雅之旨，直欲突过清初，抗衡两宋。后有作者，试研几张景祁、谭献、许增、郑文焯及四中书端木埰、许玉瑑、王鹏运、况周颐、张仲炘、朱孝臧诸贤所作，当知吾言之不谬也。

《词说》

11. 朱祖谋：

〔望江南〕《杂题我朝诸名家词集后》

皋文说，沆瀣得庄、谭。感遇霜飞怜镜子，会心衣润费炉烟。妙不著言诠。

《彊村语业》卷三

12. 张德瀛：

谭仲修献词，如草根清露，融为夜光。仁和人，有《复堂词》。

《词徵》卷六

13. 徐珂：

同光间有词学大家，前乎王幼霞给谏、况夔笙太守、朱古微侍郎、郑叔问中翰；为海内所宗仰者，谭复堂大令是也。……读其词者，则云幼眇而沉郁，义隐而指远，腷臆而若有不可于明言。盖斯人胸中别有事在，而官止于令，荦然不能行其志，为可太息也。

大令所著《复堂词》，在《半厂丛书》中。又选顺康至同光人词为《箧中词》。更取周济《词辨》，为徐珂评泊之。其跋曰："及门徐仲可中翰，录《词辨》索予评泊，以示椝范。予固心知周氏之意，而持论小异。大抵周氏所谓变，亦予所谓正也，而折衷柔厚则同云云。"观此，可以知《复堂词》宗旨之所在矣。

《近词丛话》

14. 徐珂：

谭复堂师所作词，大雅遒逸，深美闳约。推本止庵之旨，发挥而光大之。与庄中白游，一时学者称谭庄，盖能以比兴柔厚之旨相赠处，而皆持有厚入无间之说也。

《清代词学概论》

15. 冒广生：

仁和谭仲修献，循吏文人，倚声巨擘。《箧中》一选，海内视为玉律金科。所著《复堂词》，意内言外，有要眇之致，张皋文所云"欲与诗赋之流同类而风诵之"者也。仲修早岁与庄仲白齐名，其后又与张韵梅、张公束有浙西三词家之目。尝与客举周美成词云："流潦妨车毂。"又曰："衣润费炉烟。"辛幼安词云："不知筋力衰多少，但觉新来懒上楼。"谓词之消息，尽于此也。

《小三吾亭词话》卷一

16. 夏敬观：

顾二百年来所熏习濡染，莫能尽涤。谭氏于《词辨》有评，辑《箧中词》，剖析精微，议论洽当，至其自为词，则结习仍所不免。

《广箧中词序》

17. 王国维：

近人词如《复堂词》之深婉，彊村词之隐秀，皆在半塘老人上。彊村学梦窗而情味较梦窗反胜。盖有临川庐陵之高华，而济以白石之疏越者。学人之词，斯为极则。然古人自然神妙处，尚未见及。

《人间词话》

18. 徐沅：

道、咸以来，世途艰难，词流忾叹……于时复堂怊怅述情，如诗家之有庾信；鹿潭乱离写恨，如诗家之有杜陵，身世飘零，音流凄婉。

《词综补遗序》

19. 叶恭绰：

仲修先生承常州派之绪，力尊词体，上溯《风》、《骚》，词之门庭，缘是益廓，遂开近三十年之风尚，论清词者，当在不祧之列。

《广箧中词》二

20. 叶恭绰：

词学滥觞于唐，滋衍于五代，极于宋而剥于明，至清乃复兴。朱、陈导其流，沈、厉振其波，二张、周、谭尊其体，王、文、郑、朱续其绪，二百八十年中，高才辈出，异曲同工，并轨扬芬，标新领异。

《清名家词序》（《清名家词》卷首）

21. 吴梅：

复堂雅制，品骨高骞，窥其胸中，殆将独秀，而艺非专嗜，难并鹿潭……开比兴之端，结浙中之局，礼义不愆，根柢具在。

仲修词取径甚高，源委深达。窥其胸中眼中，非独不屑为陈朱，抑且上溯唐五代，此浙词之变也。仲修之言曰："南宋词敝，琐屑饾饤。朱、厉二家，学之者流为寒乞。枚庵高朗，频迦清疏，浙词为之一变。”余谓吴、郭二子，不足当此语。变浙词者，复堂也。其〔蝶恋花〕六章，美人香草，寓意深远。余最爱“玉枕醒来追梦语，中门便是长亭路”，又“惨绿衣裳年几许，争禁风日争禁雨”，又“语在修眉成在目，无端红泪双双落”，又“一握鬟云梳复裹，半庭残日忽忽过”，又“连理枝头侬与汝，千花百草从渠许”，又“遮断行人西去道，轻躯愿化车前草”。此等词直是温韦，决非专学南宋者可拟，而又非迦陵、西堂辈轻率伎俩也。所录《箧中词》二集，搜罗富有，议论正大，其论浙词之病，尤为中肯，余故谓变浙词者复堂也。

《词学通论》

22. 陈匪石：

论复堂词品，原不无取韵不高、取意不远之处，与周草窗同其诟病。即以并世词人论，亦尚不及莲生、中白，然幽咽之语亦时见之，征近代词者，实不可废也。

《复堂词跋》(《宋词举》附录)

23. 姚鹓雏：

修门词客今谁在，只有云门与复堂。

语秀真能夺山绿，律严差可比军行。

《示了公论词绝句十二首》(《姚鹓雏文集（诗词卷）·红豆簃诗·春尘集二》)

24. 陈声聪：

浙常汇合未为奇，能把三人鼎足推。

更有金针勤度与，珠玑满载《箧中词》。

《论近代词绝句》(《填词要略及词评四篇》)

25. 陈声聪：

清末王幼遐、郑叔问、谭复堂、文芸阁、朱彊村、况夔笙诸大家词，皆学人与才人之词。

《读词枝语》(《填词要略及词评四篇》)

26. 沈轶刘：

谭献小令，用力过甚，如虎在柙，无技自拔。

谭献理张、周之绪，陈廷焯取其小令，无足怪也。然谭之所长，并不在此，乃在长调。盖庄、谭小令，极于〔蝶恋花〕诸什，而面目从同，貌则似矣，未见其意。观谭之慢词，逞意卷舒，尽脱枷锁，放笔直书，徐见真面，成就竟出其立说范围之外。

《繁霜榭词札》

27. 舍我：

诗至唐而变为词，词至元而变为曲。元以后之词家，颇不多觏，虽有二三作者，然其去宋远矣。有清一代，惟竹垞、樊榭、仲修三人可以追踪前贤，而功力不足以副之，故不能恢廓堂皇，与姜、张媲美。他若容若之《饮水词》，哀感顽艳，说者谓容若乃后主前身，语虽无稽，然容若实后主同词也。

谭仲修《箧中词》祖述皋文，惟选择稍滥，不及皋文之精刻，而持论则与皋文同，足以后先辉映。谭工小学，乃以其余绪治词，亦与皋文之以经师治词相似。以予观之，仲修之词，较皋文为高。皋文〔水调〕"东风无一事"、"妆出万重花"诸阕，仲修许为"词中圣手"，此实过誉。皋文此词，盖摹仿东坡"明月几时有"一阕而来，虽佳，然尚不足称圣也。至仲修自填之词，则师法白云，殊能得其神味。予幼时见其登安庆大观亭〔渡江云〕词，即深为景仰。若"钓机我亦垂纶手"，"看断云飞过荒浔"之类，置诸白云集中，当不能辨其真伪。此等处非皋文所能做到。盖皋文工力逊谭远矣。谭之誉张，特所以标榜同志耳。

三六桥先生曾学词于仲修，故其知仲修最详。尝谓予曰：仲修不多填词，综其生平，不过百余阕。每填一阕，必易稿数十次，每有历数月之久尚未脱稿者。予闻此言，益信仲修主涩之论，实由经验而来也。

仲修论词主涩，足为特识。近世之词，多流于滑。药滑之法，惟一涩字，庶几能除其病根。大抵师法北宋者，易染此症。若从梦窗、白石、清真等入手，便决无此失矣。

《天问庐词话》(《民国日报》)

28. 闻野鹤：

近世词人……谭仲修如宦家闺秀，步履矜持。

《惯簃词话》

29. 卢前：

〔望江南〕

炉烟润，佳句《箧中》藏。感遇霜飞镜子语，出头一地让庄郎。所喜两当行。

《饮虹簃论清词百家》(《清名家词》)

李慎传

李慎传（1833—1882）字君胄，号植庵，一号子薪，江苏丹徒人。同治九年举人，官国子监学正，调江宁县学训导。有《植庵词》一卷，附于《植庵集》。

1. 陈廷焯：

子薪，余故友也。年逾四十，始习倚声，学力未充，而才气甚旺。使天假之年，未始不可为迦陵嗣响。录存数阕，每一展卷，为之泫然。

《词则·放歌集》卷六

2. 陈廷焯：

《植庵词》一卷，余友李子薪慎传所撰也。子薪年逾四十，始习倚声。学力未充，而才气甚旺。使天假之年，未始不可为迦陵嗣响。〔贺新凉〕六阕，余录入《放歌集》中，所以存旧交也。

《白雨斋词话》卷五

王庆昌

王庆昌（1833—1892）字雨湘，晚自号“离恨天宫墙擫笛生”，江苏上海人。诸生。著有《昔梦词》，共八十三阕，为庆昌悼念其妻黄淑仪之专集。

1. 王庆昌：

寒夜孤灯，耿耿不寐。追溯畴昔，恍惚如梦。前尘影事，一以寄声写之。朋知凄戾之响，不无率直，惟一言一事，皆据当日亲历者陈之，不欲以谬托比兴者致晦而不明之憾。

《昔梦词序》（《昔梦词》）

周星诒

周星诒（1833—1904）字季贶，一作季况，号窳村，河南祥符人。官福建建宁府知府。有《勉熹词》一卷。

1. 谭献：

每诵其词，婉笃微至，如卫洗马渡江时，倾倒一世，令人怊惆不已。

冒广生《小三吾亭词话》卷一引

2. 冒广生：

外祖周季况先生星诒《勉熹词》，与《东鸥草堂词》合刻于闽中……卷端有谭仲修序，谓："每诵其词，婉笃微至，如卫洗马渡江时，倾倒一世，令人怊惆不已。"……先生虽不以词传，而赋物缘情，诗人遗则，当使世知填词中有仪廙、机云也。

《小三吾亭词话》卷一

3.《续修四库全书总目提要》：

谭仪谓所作婉笃微至，如卫洗马渡江时，倾倒一世，令人怊怅不能自已。虽觉誉过其实，然清丽幽婉，精深雅尚，是其质也。偶有艳作，亦本《花间》。……盖祥符周氏，词派本纯正也。

《勉熹词一卷提要》

边葆枢

边葆枢（生卒年不详）字竺潭，直隶任丘人。同治九年举人，官浙江仁和场盐大使。有《剑虹庵词》一卷。

1. 谭献：

竺潭为袖石方伯少子，倚声家学，能补《空青词》未有之格调。

《箧中词·今集续》卷二

2. 张德瀛：

连竺潭葆枢词，如六朝金粉，艳态迷人。任邱人，有《剑虹庵词》。

《词徵》卷六

周诒蘩

周诒蘩（生卒年不详）字茹馨，湖南湘潭人。永绥训导周系蔚女，周诒朴妹，与从姊妹周诒端、周诒掔就学于婶母王慈云。周诒端后嫁左宗棠，她们的诗作遂由左宗棠汇为《慈云阁诗钞》刊行于世。著有《静一斋诗草》二卷，附诗余一卷。

1. 雷瑨：

周诒蘩，字茹馨，湘潭人，元氏县知县张玉夫室。姊诒端，即文襄左侯夫人也。蘩与姊并传诗学于母王。文襄曾合刻其诗词为《慈云诗钞》。蘩尤工于倚声，著《静一斋诗余》二卷。与夫人唱和之作甚多。〔摸鱼儿〕咏蛙……语有寄托，咏物中上乘之作。又〔满江红〕咏虞姬……〔凤凰台上忆吹箫〕咏孙夫人……〔水调歌头〕咏红拂……〔沁园春〕咏西子……诸作均开阖动荡，绝不粘滞，足见功力之深。

《闺秀词话》卷二

2. 王蕴章：

湘潭周诒蘩，字茹馨，姊诒端，即文襄左侯夫人。蘩与姊并传诗学于母王。文襄曾合刻其诗词为《慈云诗钞》。蘩又著《静一斋诗余》。听雨词有“三杯酒续三更梦，一滴声含一点秋”之句，幽秀可诵。他如咏孙夫人红拂及〔桂殿秋〕咏鹰云：“衰草地，密云天，将军走马猎燕然。”“重围掩断龙堆雪，六翮冲开雁寒烟。”皆雄浑不类闺阁中语。其侄女翼杶，字德媗，亦有《吟香斋诗余》一卷。

《然脂余韵》卷五

王闿运

王闿运(1833—1916)初名开运，字壬秋，一字壬父，号湘绮，湖南湘潭人。自少刻苦自励,经史百家,靡不诵习。咸丰三年(1853)举人。受山东巡抚崇恩聘，开馆讲授。九年，入京会试，得肃顺赏识，礼聘于家。后入曾国藩幕。同治十年(1871)北上京师。游圆明园，写成《圆明园词》，传诵一时。光绪四年(1878)，应四川总督丁宝桢之聘，至成都任尊经书院院长。十二年返湘，历主长沙思贤讲舍、衡州船山书院，又受聘任江西高等学堂总教习，先后有弟子上千人，名士廖平、杨度等，均出其门下。光绪三十一年辞去教席，潜心著书。三十四年，湖南巡抚岑春煊上其学行，特授翰林院检讨，加侍读。辛亥革命后，曾任清史馆馆长兼参政院参政。因对袁世凯称帝不满，借病告归，旋卒于长沙。王闿运诗风追摹汉魏六朝，为湖湘派领袖，晚近代诗坛老宿。著有《周易说》、《尚书义》、《尚书大传》、《诗经补笺》、《礼记笺》、《春秋公羊传笺》、《穀梁传笺》、《周官笺》、《论语注》、《尔雅集解》、《庄子注》、《湘军志》等十五种，共二百六十九卷，此外有《文集》八卷、《诗集》十四卷。门人辑其著作为《湘绮楼全书》，中有《词钞》一卷、《词选》三卷。

1. 张祖同：

吾于乡先辈词，最推舜卿先生。近人中服膺者，王壬秋、杜仲丹其尤也。

王先谦《诗余偶钞序》引（《虚受堂文集》卷五）

2. 张祖同：

湘绮才大，饶有天趣，而用韵极严。

《续修四库全书总目提要·诗余偶钞六卷》引

3. 继昌（李佳）：

湘潭王壬秋闿运，学问博雅，负一时重望。所著《湘绮楼集》，诗文词无不工。

《左庵词话》卷上

4. 朱祖谋：

〔望江南〕《杂题我朝诸名家词集后》

秋醒意，抱碧契灵襟。生长茝兰工杂佩，较量台鼎让清吟。欣戚导源深。

《彊村语业》卷三

5. 张德瀛：

王壬秋闿运词，如崇风建楼，危檐陡立。湘潭人，有《湘绮楼词钞》。

《词徵》卷六

6. 叶德辉：

近日吾湘词人……其先老宿则王湘绮侍读闿运、张雨珊观察祖同。二老于词用力至深，侍读力追北宋，观察则学白石、白云……然侍读尚不如观察审音定律之精密也。

《郎园读书志》卷十六《湘雨楼词三卷步清真词一卷湘弦离恨谱一卷》

7.《续修四库全书提要》：

闿运才气纵横，不可羁束，然其所为词，不逞才性而能敛以南宋词人之矩度，故颇具清刚之气，自为词家一作手。

《湘绮楼词钞提要》

8. 闻野鹤：

湘绮老人文宗汉晋，诗非五言不作。希风抗古，有足多者。生平治公羊学尤邃，《诗经》亦有笺述，肫然儒者也。词不多作，近从某刻见其长调数阕甚工，如〔齐天乐〕天津闻蝉……格高而语整，置之美成集中，不能辨也。

《愢簃词话》

9. 卢前：

〔望江南〕

湘潭水，弯折世犹疑。大海波扬容一汲，入时文字莫驱齐。秋醒独成蹊。

《饮虹簃论清词百家》(《清名家词》)

周天麟

周天麟（1834—？）字石君，江苏丹徒人。历官山西边塞诸邑，官至泽州知府。著有《水流云在馆词钞》八卷，内含《倚月楼词》二卷、《水云欸乃》一卷、《泥爪词》一卷、《竹窗秋籁》一卷、《悔余词》二卷、《双红豆词》一卷，又附其妻萧恒贞《月楼琴语》词一卷。

1. 周天麟：

词与诗，体异而律同，而词律视诗为尤严。只字偶乖，全调为累。《虞书》“声依永，律和声”二语可深长思也。余旧习斯业，颇肆微勤，愧于前贤阃奥，未能窥涉万一；独此中之分寸节度，则尝刻意研穷。鳃鳃焉守辙循途，不敢稍偭于古作者之律。数十年刿鉥苦心，所仅堪自信者庶几其在兹乎？

《水流云在馆词钞自序》（《水流云在馆词钞》）

吴清蕙

吴清蕙（1834—1885）字佩湘，号莲之，江苏元和人。礼部左侍郎吴铨骏女，彭翰孙室。有《写韵楼词草》一卷，附于彭翰孙《师矩斋诗录》。

1. 张德瀛：

吴佩湘清蕙词，如篱落疏花，自饶幽韵。吴县人，有《写韵楼词草》。《词徵》卷六

黄体立

黄体立（1834—？）字淳皀，号卣卿，又号薏云。浙江瑞安人，黄氏家族是晚清瑞安名门望族，体立与其兄弟黄体正、黄体芳同为进士出身。

1. 冒广生：

光绪甲午，余年二十举贤书，出瑞安黄叔颂编修师门下，师因以女妻之。为之蹇修者，则房考会稽王履安大令师也。妇尝为余诵其大父卣香先生体立词，南唐之骨，北宋之神，殆兼之矣。先生为漱兰侍郎难兄，有二陆双丁之目。

《小三吾亭词话》卷四

沈景修

沈景修（1835—1899）字蒙叔，号欧斋，又号蒙庐，别号寒柯。浙江秀水（嘉兴）籍，流寓江苏吴江盛泽。少有才名，十七岁补诸生，咸丰十一年（1861）拔贡生，历署萧山县、宁波府训导，寿昌、分水教谕。与薛时雨为忘年，与谭献为莫逆。著有《蒙庐诗》四卷、《井华词》二卷。

1．谭献：

讽《井华词》若游佳山水，一丘一壑，咫尺而万里；若聆古琴瑟，变宫、变徵，出《风》而入《雅》。往往相视而笑，莫逆于心者也。

四方之交，亦有一意雅词者，沈之论之曰：“文采斐然，惜少拙致。”此言索解人不易，请举以读《井华词》，心知其意者。

《井华词序》（《井华词》）

2．《续修四库全书总目提要》：

谭献论其词曰：“讽《井华词》，若游佳山水，一丘一壑，咫尺而万里；若聆古琴瑟，变宫变徵，出风而入雅。”郑文焯谓置诸碧山词中，殆不能辨。许增谓其盘曲跌宕，即真、行之顿折；引喻托兴，即古、律之柔厚。此皆友朋溢美之言，未可为典要也。然景修尝评当时雅词云：“文采斐然，惜少拙致。”此可知其为词之旨趣矣。唐末北宋，并以重大见长，即南宋如白石之清空、玉田之圆溜，亦多用生涩之笔，否则清空入于飘易，圆溜转为流滑。惜乎景修所作尚未能善用其拙也。然能明乎此，亦可知其深于词学矣。

《井华词二卷提要》

吴唐林

吴唐林(1835—1890)字子高,号晋壬,一号苍缘,江苏阳湖(今常州)人。咸丰十一年(1861)举人。官浙江候补知府。著有《横山草堂词》一卷,收入其辑刻之《侯鲭词》中。存词五十六首。外集句词二十首。

1. 谭献:

晋壬如虹之气,不屑为滴粉搓酥语,而情深一往,无愧古人。(《箧中词》)

《复堂词话》

蒋文鸿

蒋文鸿（1835?—?）字伯荃，一字次香，四川华阳人。官江苏同知。有《水薻国棹歌》一卷，附于《鄂湘酬唱集》。

1. 张祥龄：

五郎推次香词类玉田，其和函楼〔凤凰台上忆吹箫〕，以为无一字不是山中白云语。

〔台城路〕小序（《水薻国棹歌》附）

2. 易顺鼎：

君词出入南唐两宋，吐弃凡近，自成一家，其荡气回肠，尤与余宗旨相和。

《故友蒋君词叙》（《水薻国棹歌》）

3. 陈锐：

蒋次香词，伊郁善感，信笔写出，亦铁中之铮铮。

《褒碧斋词话》

陆志渊

陆志渊（生卒年不详）字静夫，号瓠落山人，江苏江阴人，著有《兰纫词》、《瓠落词》各一卷。

1.《续修四库全书总目提要》：

其词颇见工力，雕琢之处，往往能以平淡出之。〔望江南〕《咏新柳》云："春来也，弱缕自轻盈。娇小未经攀折苦，缠绵已会别离情。恰恰一声莺。"情韵兼胜。〔临江仙〕云："梦冷箫闲人远，水流花落春空。轻衫短帽柳桥风。马蹄芳草绿，鸦背夕阳红。　寒薄未嫌吟浅，酒醒不奈愁浓。湖山何许寄浮踪。可怜圆阙月，十载照飘蓬。"绸缪凄艳。慢词则稍嫌疏放矣。志渊论词，谓作词之妙，须句丽而意曲，字新而韵峭，起如俊鹘奋翮，结如孤鹤戛音云云，皆心得之言也。

《兰纫词一卷瓠落词一卷提要》

杨恩寿

杨恩寿(1835—1891)字鹤俦，号蓬海、朋海、蓬道人，湖南长沙人。同治九年(1870)举人。曾官湖北候补知府，后羁宦漂泊，西南至黔滇，东北至九河，皆为幕僚。著有《坦园六种曲》、《词余丛话》等数种，有《坦园诗录》、《坦园词录》，词录六卷，为《欸乃余音》、《撷春红谱》、《绘影庵影语》、《玉笛梅花弄》、《桐轸双声》、《滇池渔唱》，总计二百四十九首。一生行历、交游，及其喜怒哀乐之情怀，大略可见。

1. 张德瀛：

杨蓬海恩寿词，如新秧初插，流膏润润。长沙人，有《坦园词稿》。

《词徵》卷六

2. 王闿运：

湘人质实，宜不能词，故先辈遂无词家，近代乃有杨蓬海与雨珊并驱，闿运不能骖靳。

《张雨珊词序》(《湘绮楼诗文集·文》卷九)

张祖同

张祖同（1835?—1905）字雨珊，号词缘，湖南长沙人。咸丰九年（1859）举人。张氏为晚近三湘词群之代表人物，有《湘雨楼词》五卷及《湘雨楼未刊词》。另著有《湘雨楼词话》，未见传本。

1. 王闿运：

湘人质实，宜不能词，故先辈遂无词家，近代乃有杨蓬海与雨珊并驱，闿运不能骖靳。

《张雨珊词序》（《湘绮楼诗文集·文》卷九）

2. 继昌（李佳）：

长沙张雨珊观察祖同，工词，精音律。所著《湘雨楼集》，希踪白石，抗手玉田。（卷上）

张雨珊有悼亡词百余首，颜曰《湘弦离恨谱》，盖深于情者。情真乃觉语挚，词之所由佳也。（卷下）

《左庵词话》

3. 易顺鼎：

〔金缕曲〕

《填词一事，莫盛于杭，吾湘代不数人，然以仆所交，则有四君子矣。都门别后，羽换商移，因各缀一词寄怀，知天外雅弦，犹有同调也·长沙张雨珊祖同》

写得乌丝烂。向旗亭、寻行数墨，澹欢浓怨。笺上是秋还是泪，总觉模糊难辨。有《湘雨楼词》几卷。秀句偏多飘泊响，听江湖、一个张孤雁。也合作，玉田伴。　相思欲寄青瑶案。怕年来、四愁平子，赋情都倦。拟把诸贤重唤起，多少金荃兰畹。道自古、才名不贱。酒梦京华凉易醒，悄鬘天、已作枯禅观。应念我，发三叹。

《摩围阁词》卷上

4. 叶德辉：

填词而不辨字之阴阳以求协乎律吕，此只谓之长短句，不得谓之词也。近日吾湘词人，以余所交者，如巴陵杜仲丹孝廉贵墀、龙阳易实父观察顺鼎、同年武陵陈伯弢大令锐，皆其首屈一指者也。三子行辈稍后，其先老宿则王湘绮侍读闿运、张雨珊观察祖同。二老于词用力至深，侍读力追北宋，观察则学白石、白云，以视三子者，固高出一头。然侍读尚不如观察审音定律之精密也。仲丹学者，实父才人，出其绪余，不愧作手；伯弢诗词传侍读衣钵而词则拔帜立帜，脱屣师门，海内词家如桂林王幼霞侍御鹏运、汉军郑小坡孝廉文焯、仁和朱古微侍郎祖谋共相推许于伯弢者甚至，然亦不如观察之精微高洁，秀出一时。

《郎园读书志》卷十六《湘雨楼词三卷步清真词一卷湘弦离恨谱一卷》

5.《续修四库全书总目提要》：

祖同论词托兴微眇，寄怀忠爱，意内言外，耐人咏思，先民正则也。又谓：近人之词，语佻意薄，多邻于曲，不可为训。此可知其词旨矣。祖同与易顺鼎、王闿运相唱和，易、王喜逞才使气，而祖同所作，规矩绳尺，一一可寻。盖源于美成，所得深邃，虽未入清真之室，而趋于雅正，亦大方之家也。

《湘雨楼词五卷提要》

金绳武、汪淑娟

金绳武（1835—？）字述之，号眉生，又号韵仙，浙江钱塘人。咸丰元年举人，中式第二三名。有《泡影词》一卷，与其妻汪淑娟《昙花集》合刊，名为《评花仙馆词》。另辑有《十家词汇》十卷。

汪淑娟（1835?—？）字玉卿，浙江钱塘人。金绳武室。有《昙花集》一卷，与其夫词合刊，名《评花仙馆词》。其词又收入《小檀栾室汇刻闺秀词》。

1. 谢章铤：

《评花仙馆合词》二卷，钱塘金韵仙绳武与其妇汪玉卿淑娟撰。一为《泡影集》，一为《昙花集》。玉卿来归二年余即卒，韵仙时已举孝廉，遂遭离乱，伤春伤别，如泣如诉，其词格亦相似也……按《昙花集》凡二十五阕，秋芙序谓集如花萼依然，璧玉一双，词数篇章，却合《离骚》廿五。此阕秋声廿五之句，亦指此也。

《赌棋山庄词话》续编四

2. 秦云：

〔念奴娇〕《题〈评花仙馆词〉》

试灯时节，记人来传说，西湖春好。中有箫鸾天上偶，一样絜才花貌。选字哦花，抽钗刻烛，对影红双笑。易安而后，江东无此才调。　可奈碧海人归，红尘梦醒，春谢桃花早。零落琅玕三两纸，旧日伤心词稿。彩笔螺干，玉牌燕瘦，残月纱幮小。知伊潘鬓，新来吹百多少。

《词女五录》《五录》卷十引

濮文湘

濮文湘（生卒年不详）字芷绡，江苏溧水人，宝应朱策勋室。著有《怀湘阁诗钞》、《怀湘阁词钞》。

1.《续修四库全书总目提要》：

是编凡四十阕，〔蝶恋花〕云：“月下清歌花下酌。昨夜看花，今夜看花落。一样东风偏厚薄。春来春去全无著。　蝴蝶乱衔蜂乱啄。剩叶残葩，不解怜饥雀。燕子无情鹦鹉恶。伤心敢向啼鹃说。”其纤弱明媚，多此类也。惟声律不密，混曲为词，固不能追踪李、魏，在清代闺秀之中，似亦未能比数也。

《怀湘阁词钞一卷提要》

沈昌宇

沈昌宇（1836—1884?）字子佩，号竹亭锄玉生，江苏武进人。同治三年（1864）举人，中式第三名，官直隶永年县知县。幼孤露，经乱离，高才不遇。著有《泥雪堂诗词钞》,《词钞》共五卷，各有子目为《惋秋》、《草间》、《过江》、《锦瑟》、《转篷》,与同名诗钞合刊。

1. 谭献：

子佩才高失职，侘傺不平，身世多感，托诸倚声，填词百篇，皆商声也。(《箧中词续》)

《复堂词话》

陈作霖

陈作霖（1837—1920）字雨生，号伯雨，晚号可园，江苏江宁（今属南京市）人，光绪元年举人，历任南京奎光书院、尊经书院、崇粹学堂等处主讲、堂长。著有《可园文存》、《可园诗存》、《可园词存》。

1. 陈作霖：

予六十以后始学填词。家国伤心，寄情楚些。竟犯绮语之戒，发为凄惋之音。红豆相思，谁裁曲谱；青衫下泣，遂付琵琶。综计十年所成，已有一百余调。肠回堪诉，律细未谙。多比牛毛，味同鸡肋。只觉弃则可惜，毋宁过而存之。

《可园词存序》

黄文达

黄文达（1837—1884）字笠雨，一作笠渔，号石瓢，江苏江宁人。居白鹭洲。以医为业。有《绿梅花龛词》二卷。

1. 张文虎：

往在金陵，尝与周缦云侍御论词。缦老曰：“竹垞言南宋诸家皆宗白石，然窃谓梦窗实本清真，于子何如？”予曰：“白石何尝不自清真出？特变其秾丽为淡远耳。自国初来以玉田配白石，正以得其淡远之趣。近时诸家又祧姜张而趋二窗。顾草窗深细而雅，门径稍宽，或易近似，未见能涉梦窗之藩篱者。此犹白石之于清真矣。”缦老曰：“善。”予曰：“此吾妄言也。凡事必深历其奥窔，而后知其利病。吾于词虽间喜之，实未尝致力于此。庸讵知吾以为如是者，人见以为不如是邪？”缦老笑曰：“然则姑存其说，以俟明者质之，可乎？”迄今十年矣，松郡鲜刻意为词者，即有之，亦以鄙人不工词，未尝及也。岁之孟秋，青浦沈锐卿上舍以其友金陵黄君石瓢《绿梅花龛词》寄视属序。读之，诚深入白石、草窗、玉田之奥窔者。忆缦老言，因写前所见以折衷之，倘有以告吾也。光绪戊寅秋分前一日。

《绿梅花龛词序》（《绿梅花龛词》）

邓嘉纯

邓嘉纯（1838—1906）字笏臣，江苏江宁人。光绪五年举人，六年成进士，官浙江处州知府。有《空一切盦词》一卷。

1. 张德瀛：

邓笏臣嘉纯词，如圆荷小叶，因风卷舍。江宁人，有《空一切盦词》。《词徵》卷六

张上龢

张上龢（1839—1916）字沚莼，号怡荪，浙江钱塘人，张尔田之父。咸丰四年诸生，官直隶昌黎、博野、万全、静海、永年等县知县。张氏曾从蒋春霖受词学，侨寓吴门又与郑文焯等为词友。有《吴沤烟语》一卷。

1. 徐珂：

钱塘张沚莼，名上龢，家世通门，领闻劭学，冠绝流辈。久官畿辅，吏事精敏，不废啸歌。于填词一道，尤有心得。光绪丁酉、戊戌间，吴昌绶客津沽，奉手承教，酬和极欢，传笺之使，顿辔以待。时津门已多南曲中人，烟墨脂黛，取给醉梦。太守不怒而笑，颇赒其乏，〔满庭芳〕词所谓"花间流莺"皆事实也。公子孟劬，太守尔田，与吴常过从，问群书流别，以古学相切劘，陪游群纪之间，引为至乐。比谢事还，卜居苏州，与郑叔问、朱古微婆娑尊俎间，商榷旧艺，倚声益富。识者皆谓沚莼寝馈宋贤，造语下字分寸节奏，悉合规度，可传者逾数百篇，乃矜慎芟订，仅录《吴沤烟语》一卷。

《近词丛话》

2. 闻野鹤：

《吴沤烟语》一卷，钱塘张沚莼著。沚莼工词，多与沤尹、叔问辈酬和，沉郁俊整，视二子亦殊不弱也。

《怬簃词话》

宗山

宗山（1839?—1886）字啸梧，一作小梧，铁岭人，姓鲁氏，隶汉军镶黄旗。纳捐监生，官浙江乍浦同知。著有《窥生铁斋诗存》、《希晦堂遗文杂著》，有《窥生铁斋词》一卷。

1. 谭献：

予闻长白宗山啸梧郡丞名字……今者校定遗稿，诗篇秀逸，词旨遥深。杂著文外独绝，言之有味。且嗣宗至慎，颇有见道之语。（《复堂日记》己丑）

《复堂词话》

张仲炘

张仲炘(生卒年不详)字慕京，号次珊，湖北江夏(今武汉)人。光绪三年(1877)进士。改庶吉士，授翰林院编修，官至通政司参议。其词多为供职之暇，与京朝好友相互酬唱之什，为王鹏运为首之词群中重要作手。著有《瞻园词》二卷，《续》一卷。

1. 顾云：

词曰诗余，非仅余于汉魏六朝唐宋，以次之《诗三百篇》亦有焉。《三百篇》所由作，大抵即所言而文之。至悒郁难言，而芬芳悱恻之怀欲吐仍茹，卒不能已于言，迂回以出，于是古昔可拟也，山川可况也，风月可喻也，鸟兽草木可取譬也。而君臣缱绻，托诸男女绸缪，惝恍无端，若离若即，非好学深思，心知其意，莫测所云云也。吁其邈哉，诗人之旨盖微矣，词之至者亦尔。故词曰诗余，虽然意内言外，词家所习称，其实缘绮语写其逸思，往往而是，非皆我所闻，有命不敢以告人者也。以故次山通参所为《瞻园词》，倜乎《三百篇》之比若兴，而非犹夫人焉。通参由翰林为御史，转给事中，递迁通政司参议，居言职而敢言其言，又所谓豺狼当道，安问狐狸，中外侧目久。甲午、乙未之际，军国大计，言尤危切，越庚子而罢，以向尝言天子所不敢言者矣。岂不知罪哉？社稷重于宫廷焉尔。其不加谴责，区区之心殆犹为圣明所谅。惟既去职，其言不复上闻，而芬芳悱恻之怀，欲吐仍茹，卒不能已于言，于是闲托于诗，而微旨所存，用哀怨将其忠爱，于词尤窈然以深，而悠然以远。然而《锦瑟》一篇，郑笺将安属与？间者王幼遐给事示与同人所为《庚子秋词》，通参语云曰：是非按时事为注，虽好学深思，能心知其意乎？而通参之词劝梓于给事，梓成而给事不及见，俾云序焉。云既未能若通参之谙庚子词之时事，于词亦无能为役，独以其余于《三百篇》，则《三百篇》有曰“风雨如晦，鸡鸣不已”，所谓君子不以小人之匈匈而易其行。此去国之通参也，如蜩如螗，如沸如羹，所为何乃取高皇帝法度纷更之，为此闵时之通参也，吁谟定命，远猷辰告，所谓王如用予，则岂徒齐民安，天下之民举安。此亦通参他日复起所庶几也。若曾是莫听大命，以倾古诗人，有时怨而近于怒，通参虽名敢言，其忍出此大耶？夫通参故但工诗余之词人也耶？

《瞻园词序》(《瞻园词》)

2. 周以存：

吾邑张次珊先生以翰林历官谏垣，跻九卿，为纳言，风骨崚崚，不吐刚茹柔，明习当时政治得失，利弊无不通晓，遇事敢言，弗顾其身，人人知其有忠鲠謇谔之节，不知其能词。而先生之词，顾出于瑰奇绮丽，声情绵邈，与其居官所为，绝不相似。然则后人疑宋广平《梅花赋》，谓以刚直之性写婀娜之辞，为世伪托，观此可无疑矣。夫自古贤人君子，莫不有学，学之所成，发为事业，其得见诸施行，与阸于时而不获一用者，莫不各假一物，以抒其愉悦忧戚之情。如元首、复旦之歌，《关雎》、《葛覃》之什，下及变风、变雅、《离骚》、乐府之作，类皆托之于言以达其志。虽其体之变更，因时各殊，而其本于博古通今之学，周知民物之识以理其性情，而出之以温柔敦厚则一也。溯词之所由起，虽肇端于唐之诗人采乐府以制新篇，然变其辞不变其意，引商刻羽，协于律吕，六义三训，亦罔不赅。至其以情发声，以声成文，而求其合于风诗之旨，骚人之义，往往有竭数十年之心力不能造其极者，亦可以知其难矣。先生自同籍后即嗜此，取径于宋，自忖才力足与之角，不惮幽探冥追，务欲极其空灵奇幻之境，以尽其低徊要眇之能。于是供职之暇，与京朝二三同志日相酬倡，久之而其词愈工，而嗜之情愈挚。及来金陵，主讲尊经书院，犹复日有所作。当是时，国家方图富强之业，谓制艺取士无益时用，改试策论；

又复广立中西学堂，讲求一切有用之学。而海内承流之士，亦皆屏弃浮文芜辞，骎骎焉日趋于新法。况词之为类，非同帖括，未尝以之设科，学者不惟不为，亦有不暇。而先生乃取生平所作付之梓人，以公诸世，不亦与时之所尚大相刺谬乎？虽然，自词之兴，七八百年以至于今，代有述作，未曾中绝，岂尽人竞耽于倚声曼辞，好为是雕虫小技，以自敝精于无用之地乎？不知词也者。根六情，状百物，感天地，动鬼神，不大远乎诗，其缘情造端，触类感发，上自朝廷政教，下至民间风俗，以及君臣、父子、夫妇、兄弟、朋友之间，治乱兴衰，得丧荣落，离合悲欢之情状，有不能质言者，胥于是焉致之，虽其为文也小，而其寄意也大；虽其取类也迩，而其喻意也远。遂使政之纯驳，时之舒惨，人之贤奸，事之正邪，遇之通塞，情之哀乐，靡弗因此以知彼，由微而得著，一如诗之顺美匡恶，彰显著明。以类相推，则是词之有益于世，诚大矣哉，夫何虑历久而遂废？先生是集之刻，意盖在斯，愿以质天下后世之知词者。

《瞻园词序》（《瞻园词》）

3. 蒋兆兰：

清季词家，蔚然称盛，大抵宗二张、止庵之说，又竭毕生心力为之，本立言之义，比风雅之旨，直欲突过清初，抗衡两宋。后有作者，试研几张景祁、谭献、许增、郑文焯及四中书端木埰、许玉瑑、王鹏运、况周颐、张仲炘、朱孝臧诸贤所作，当知吾言之不谬也。

《词说》

4. 陈锐：

张次珊词，轩豁疏朗，尤有守律之功。

《裒碧斋词话》

5. 夏敬观：

通参有《瞻园词》二卷，刊于光绪乙巳。其词芬芳悱恻，骚雅之遗。

《忍古楼词话》

6. 陈作霖：

张次珊通参（仲炘）夙善倚声，而尤严于律，一字未协，必数易之。其格高，其体洁，涩而不滑，雅而不俚，盖介于诗与曲之间而斟酌悉当者也。

《瞻园词集跋》（《冶麓山房藏书跋尾》）

7. 碧痕：

张仲炘，号瞻园，湖北汉阳人。通声律，闲居无事，好为词章，著有《瞻园词》传世。词尚瘦健，学山谷一派，佳构颇多。予记其〔惜余春慢〕赋新绿云：“一碧无情，千红如扫，绣陌雕鞍谁骤。香浮竹簟，色腻蕉衫，团扇影边人瘦。帘外流莺尚啼，偷送年芳，问花知否？忍风前重忆，鬖鬖双鬟，少年时候。　空换却，愁里光阴，江篱吟罢，乱扑离人襟袖。春波已渺，夏雨还生，只有夕阳依旧。知道春归甚时，依约婵娟，黛痕长皱。但沉沉如梦，莓芜深处，画栏凭久。”一字一态，处处著写新绿二字，不即不离，非写生手不克臻此。

《竹雨绿窗词话》（《民权素》）

8.《续修四库全书总目提要》：

夏敬观评之曰：“迹其身世，有类屈原。其词幽眇依黯，其情湮郁，其音悲痛，若纤且微，孤茕侘傺，不可诉语。其徘徊于中而不能自已者，亦骚人之旨也。”其言似近搪侈，然瑰奇绮丽，声情绵邈，守宋贤之轨度，寄深思于芳草，词在当时，自可与半塘、彊村并列也。

《瞻园词二卷续一卷提要》

张云骧

张云骧(生卒年不详)字南湖，顺天文安(今属河北)人。光绪元年(1875)拔贡，官内阁中书。工作曲。著有《芙蓉碣》传奇一本。亦工诗词，有《冰壶词》四卷。

1. 周星诒：

(诗)皆精湛赅博，而于词尤无美不备，寄意闺闱而不入狎昵，蹈扬湖海而不涉粗疏……哀感激昂，侘傺不平之气，悉于词焉寓之。

《冰壶词序》(《冰壶词》)

2. 张云骧：

百年身世感飘萧，只有长歌慰寂寥。
旧梦成尘花已老，春愁如病酒难消。
青衫湿尽天涯泪，铁笛吹成夜半潮。
写罢蛮笺三十幅，新声教与雪儿调。

《春夜检录词稿题卷尾》(《南湖诗集》卷十)

傅衡

傅衡（生卒年不详）原名钧，字虎生，贵州贵筑（今贵阳）人，同治六年（1867）举人，官广西左州知州，博学能文，善书画，著有《师古堂诗集》，词有《师古堂词钞》，收入《黔南丛书》中。

1. 邹国彬：

姑听轩、师古堂、梦悔楼三家倚声……引化写娱，多工体物，披华出素，言隽味腴，诚知意内言外之旨者。

《梦悔楼词跋》（《梦悔楼词》）

2.《续修四库全书总目提要》：

衡才致横发，故不徒诗笔高妙，倚声亦多杰作。衡固以六法名，能继龙血、瑶草，自成名家，即藉其词亦自可觇。其咏百舌鸟、咏猫，皆力求新笔，不乘古人旧词意，而笔调细腻，又不在摩诘、子美、与可、竹垞之下。衡为友人题诗册云："工部情怀，青莲格调。"殆亦自道也。

《师古堂词钞提要》

王廷鼎

王廷鼎（1840—1892）字铭之，号梦薇，一号懒鹤，江苏震泽人。官浙江县丞。著有《紫薇花馆集》，有《紫薇花馆词稿》(又名《春光百一词》)一卷。

1. 谭献：

梦薇通经稽古，发为高文。填词未尝专诣，而骚怨所激，顿折沉扬，颇近晚宋。(《箧中词》)

《复堂词话》

陆蓉佩

陆蓉佩（1840?—1863?）江苏阳湖人。陆鼎晋女，赵念植聘室。有《光霁楼词》一卷，辑入《小檀栾室汇刻闺秀词》。

1. 继昌（李佳）：

阳湖陆蓉佩女士《光霁楼词》，〔菩萨蛮〕秋蝶云："荒园露冷花枝少。匆匆旧梦春前杳。抱蒂似寻思，伶俜弱不支。　天涯风景换，霜紧飞应倦。黄菊耐秋风，萧疏独伴侬。"〔绮罗香〕灯花云："彩笔难描，金刀未剪，芳事忽惊如许。多少愁心，寞寞背人初吐。伴小楼、永夜长吟，却几度、疑风疑雨。纵非花、也当花怜，风帘低下为深护。　盈盈能否解语。一样嫣红烂灿，不教春妒。蓦地惊看，问卜几番疑误。爱缤纷、巧胜天工，恐化作、彩霞飞去。费骚人、百遍思量，剔残天欲曙。"江南闺秀为词，盖多瓣香秋水云。

《左庵词话》卷下

羊复礼

羊复礼（1840—？）字干生，一字敦叔，号心梅，亦作辛楣，又号禔庵，浙江海宁人。同治三年举人，官江苏同知提调书局、广西泗城府知府。有词见《箧中词续》卷二。

1. 谢章铤：

〔金缕曲〕《心梅示词极慷慨淋漓之致，作此柬之》

一纸飘然至。似大声、发于水上，吾惊而视。云涌天摇山亦走，勃勃其中有气。妙到此、何论文字。我辈岂真贪富贵，便伤心、也是千秋泪。只可惜，无聊矣。　　风云崛起原容易。看无数、煌煌钟鼎，潭潭门第。腰脚不灵君自误，唾手功名遍地。休相溷、吾方欲寐。竖子英雄空一叹，古之人、不应狂如是。这肝胆，难安置。

《赌棋山庄全集·酒边词》卷八

2. 谭献：

辛楣文采，最近齐梁，运笔倚声，寓意高秀。(《箧中词》)

《复堂词话》

吴恩埰

吴恩埰（生卒年不详）字子可，号景晞，浙江钱塘（今属杭州市）人，词人吴振棫孙，卒年仅二十三。著有《听秋声馆词》一卷。

1.《续修四库全书总目提要》：

恩埰才情甚高，工力未及。〔朝中措〕云：“恨雨颦烟。”〔壶中天〕云：“记得读雨吟风，评花赌酒。”此类句法，盖自南宋来也；〔一剪梅〕云：“年来病骨太支离。芳事休提。恨事休提。”〔摸鱼儿〕出都留别其兄云：“频记取，怕后日重来燕子无寻处。”又云：“斜阳雁影分吴越，只许梦儿来去。”以年方弱冠之人，而出语凄楚，短寿之征。须知言为心声，不得以善写呻吟为能也。

《听秋声馆词一卷提要》

金武祥

金武祥（1841—1926）字溎生，号粟香，江苏江阴人。监生，官广东盐运司同知。有《芙蓉江上草堂词稿》一卷。

1. 继昌（李佳）：

江陵金溎生同转武祥所著《粟香随笔》五集，多录朋辈诗词。此外复刻书多种，提倡风雅。自为诗文词罔不工。

《粟香五笔》，因《赌棋山庄词话》，辨论意内言外之说，为引而伸之。谓当意内有意，言外有言，此语更合填词之旨。

《左庵词话》卷下

2. 潘飞声：

萧瑟平生万事闲，冰泉酬唱动江关。

沧桑一洒新亭泪，中有词家庾子山。江阴金武祥粟香

《词家四咏》（《说剑堂集》卷一）

刘清韵

刘清韵(1841—1915年)又名淑曾，小字观音，字古香，海州人。六岁即从师学习，擅长诗词，精通书法、绘画。清韵为晚清一位颇有成就的女文学家。一生作品很多，内容广泛。刻有《小蓬莱仙馆传奇》、《小蓬莱仙馆曲稿》、《小蓬莱仙馆诗钞》、《瓣香阁词》等。

1. 周丹原：

诗笔清妙，不名一家。词则逼近苏辛，迥非《漱玉》、《断肠》之比。

《刘清韵传》(《瓣香阁词》)

2. 李映庚：

以其才其学之余者为古文、为诗，又以其诗之余者为词。嗟乎！古香者天地间贤才之余，词又古香之余也。古香之诗，琅琊师既尝表彰而论之矣，吾更有以即古香之诗以定古香之词。十五国风多出妇人女子，降至典午之季，吴歌、子夜，风而靡矣。有唐乐府，词家权舆，降至易安、淑贞之作，荡魄艳心，淫哇满耳，雅音微矣。古香之意，盖以为词之降也，滥觞于妇人，亦必有璇闺之杰、不栉之豪为之起衰而振落，故其词方轨白石，并驾清真，任举一阕，拈一韵，皆挟天水紫云之盛，而注之不竭，而不滓然以和，而其格弥正，其趣弥博，在古香尚为文艺之余而已，非余人所能庶几万一焉矣。

《瓣香阁词序》(《瓣香阁词》)

陈启泰

陈启泰（1842—1909）字宝孚，一字伯平，号癯庵，湖南长沙人。同治七年进士，官至江苏巡抚。事具《清史列传》。有《癯庵词》(又名《意园词》)一卷，附于《癯庵遗稿》。《癯庵未刊词》，刊于《青鹤》第三卷第15、17两期。

1. 周天麟：

〔金缕曲〕《题陈伯平太守意园词集》

官阁梅开又。问冰窗、吹花嚼蕊，几笺裁就。咳唾霏霏成珠玉，偏恁轻圆脱口。想悄倚、笛床歌曲。烛影屏风春宵底，泥双鬟、记拍拈红豆。浓艳福，尽消受。　晓风残月屯田柳。有同时、微云秦七，断虹欧九。天与才人工词笔，合并诸家一手。君不愧、迦陵宗叟。敢诩蓍渔真同调，早三年、香瓣深低首。还许我，继声否。

《水流云在馆词钞》

2. 夏敬观：

长沙陈伯平中丞启泰，以戊辰名翰林，转御史，直声震朝右，与黄漱兰、宝竹坡、张幼樵、邓铁香、洪右丞齐名，当时有“黄宝陈张”之目。及洊升至苏抚，嫉恶惩贪，僚属戒畏。其自励清节，求之清末督抚中，未有第二人能若公者。公生平精音韵训诂之学，间喜为小词。向在公婿徐绍周斋中，见其门人刘春霖殿撰手录公少作词一卷，惜当时未能选录数阕。兹得公甥张介祉辑录遗词相示，则多中年以后所赋，格调高隽，辞采葩正，以比范文正《岁寒堂词》，未以绮语为嫌也。

《忍古楼词话》

言家驹

言家驹（1842—1909）字应千，一字琴吾，号桤叟，江苏常熟人。官直隶井陉县知县。有《鸥影词钞》六卷，与《桤叟诗存》合刊。

1. 徐珂：

古人填词，好用熟调，如草窗诸老，熟于一调，必屡填之，以和其手腕，此长调也。小山于小令，亦填一调至十数，盖亦避生就熟，易于著笔耳。常熟言琴吾大令家驹，治词学至五十年之久，所著《鸥影词》六卷，几于无调不备。且每有所作，辄从事弦管，以求谐律。尝谓词之为道，承诗之盛，开曲之先，不深音韵、不穷律吕者，率尔操觚，恒至伤斲。始宋、元以逮今，海内胜流无不嗜此者，以能审音也。琴吾有子仲远，总戎敦源，亦以文学政治名于时。

《近词丛话》

张兆兰

张兆兰（1843—？）字畹九，号秋荪，江苏仪征人。同治九年（1870）举人，官御史，著有《醉经斋诗钞》、《醉经斋词钞》各一卷。

1.《续修四库全书总目提要》：

〔念奴娇〕《自题填词图》云："绮语不须心忏悔，多半空中传恨。壮不如人，老之将至，穷达何须论。一枝词笔，写尽多少幽恨。"其言如此，故所作多艳绮之篇。〔浣溪沙〕云："小院梧桐碧有情。绿苔红点落花轻。茶烟袅袅上帘旌。 花底睡酣蝴蝶影，枝头啼暖鹧鸪声。一天微雨做清明。"词语浑融，盖源出《花间》也。〔踏莎行〕云："波心浣得斜阳湿。"〔临江仙〕云："蓼花红湿处，蟹火一星圆。"〔壶中天〕云："扁舟明月，梦魂随浪飘荡。"〔疏影〕云："楼外花枝绰约，暗香隔，一桁月影筛碎。"〔浣溪沙〕云："满屋名花香似麝，一帘春雨细如丝。海棠红到半开时。"〔烛影摇红〕云："无限柔情，几湾不断春波溜。"皆为可诵之句，〔浪淘沙〕《江行》一阕，感今吊古，清疏跌宕，亦集中之佳作也。

《醉经斋词钞一卷提要》

邓瑜

邓瑜（1843—1901）字慧珏，号蕉窗主人。江苏金匮人。邓恩锡女，钱塘诸可宝继妻。工词，著有《清足居集》一卷，附《蕉窗词》一卷。

1. 谭献：

有生气，有真气，一洗绮罗粉泽之态，有徐淑、李清照所不逮者。

《清足居集序》

2. 王蕴章：

吾乡邓似周先生濂，工词章之学，传食东诸侯，屡为上客。其女弟瑜，字慧珏，适钱塘诸可宝，亦工词。其〔祝英台近〕一首，纪事绝奇，可资观感，序云："彭城民女高婉姬贞娥，少以孝闻。年十七，适郝氏子，守身洁，颇不得于庶姑。庶姑以女之异己也，衔之，蔑以蜚语。而故闻其夫，夫果惑，日加棰楚，女不堪其辱，且无以自明，仰药死。郝氏子诿以暴疾，女父疑，讼于铜山，令验之，得死状。郝氏子殊不承，旋有蜨大如碗，黑质而斑彩，绕尸不去。睨郝氏若与仇，且扑其面。于是令叱之曰：'此尔妻也。自来鸣怨矣，尚可遁乎！'鞫之，遂得实。蜨乃转投令前，稽首谢。又投女父怀，若永诀然，翩翩向西南逝。铜山令高在午丙谋首唱二十绝表其异。家蓉沼从父司铎是邑，书来征和，因填此解。"词云："尽伶俜，凭折挫，藩溷几曾堕。影瘦腰纤，幽恨一身裹。可奈雨雨风风，凄凄惨惨，等闲把、浮生过。　情无那。幻出弱态翩翻，分明示因果。怊怅芳魂，漂泊倩谁妥。适从何处归来，还归何处，也不管、柳昏花亸。"

《然脂余韵》卷五

姚正镛

姚正镛（1843—1883 后）字仲海，奉天盖平人。有《江上维舟词》、《淮海秋笳集》本；《吾意庵长短句》二卷。

1. 谭献：

仲海为词，思力甚刻至，才性均厚，是一作家。（《箧中词》）

《复堂词话》

2. 姚正镛：

揆自甲寅、乙卯间，闭居泰州，与张石樵、吴让之诸先生游。睹盗贼之纵横，闵室家之漂摇。登高望远，属目憯心，注叹流离，于焉有作……自壬戌迄于丙子，以赀郎厕朝籍，署纸尾于农司，都门人海，师友多资，簪领休休，文燕络绎，于许海秋起居、张午桥编修过从尤数，攻砥最深。碣馆金台，吟览所至，田盘潭柘，游赏必偕。机指骛于豪翰，山川助其性灵。留连景光，抒写胸臆，或为赠答，或记行李，阅时滋多，所作遂伙。

《吾意庵长短句甲乙稿自识》（《吾意庵长短句甲乙稿》）

3. 李肇增：

往从意园诸君为文酒之会，少长列坐，前喁后于，命自骋辞，陵瞰前哲。秦青绝烦手之响，韩娥诩绕梁之音。镂烛腾笺，逌然遐抱，北场绛咏，何其乐也。属大风横起，豺狼食人，故旧怆荒，半登鬼箓。风雨之夕，歌大招而魂远；尺波既谢，览遗文而神伤。邈矣牙琴，心焉摧折。若乃灵响迸发，胜友飙兴。阳阿激楚，竞扬乎希声；吴歈越吟，送陈手妙奏。小山、大山之侣，断竹、续竹之谣。翰起云飞，复捃坠绪。白石抽妍于淮左，方回写恨于江南。东野巴人，亦参帷席。此则连情散藻，山艳水波，泝写流风，诚不减漳川之旧赏也。然而秦川公子，茄歌流离；杜陵野翁，含伤羁泊。抛黄金而已尽，纷赤箨兮横来。沦迹风烟，汰吹林涧，虽复陶弦于嘉月，流盼睐于蛾眉。而长笛短笛，尽何渍同病之歌；倾国倾城，结汉女求思之咏。亦惟是情涯伫苦，忧绪增酸已也。遂乃研宫擿徵，怀柳囊年，东讴并西缶并哀，白云与红桑竞戚。都为一卷，系以弁言。

《淮海秋笳集序》(《淮海秋笳集》)

4. 杨钟羲：

甘泉李肇增冰署序《淮海秋笳集》云："秦川公子，茹叹流离；杜陵野翁，含伤羁泊。"盖咸丰中兵事方棘时所刻也。皆南人，惟姚仲海为盖平人。谭复堂谓其词思力刻至，才性均厚，是一作家。丙辰三月，重过芜城〔莺啼序〕……可谓潜吹内蟠，哀响外厉。仲海文艺擅绝一时，丙午、甲寅前后居扬州者十余年，贼来迁避海陵。尝于丁巳重九岳皋登高，与石樵、砚山、子鸿诸人均有所作。岳皋拔起城西，远揽江濑南徐，诸山遥遥如列屏，土人传为岳忠武王屯兵处，立庙其上。抚今吊古，托此哀音，读《秋笳》一集，可以论其世矣。

《雪桥诗话三集》卷十二

史念祖

史念祖(1843—1910)字绳之，别字弢园。江都(今江苏扬州)人。监生。官至广西巡抚，罢归。后以副都统衔在东三省办事。事见《清史稿》。为藩司时，以“目不识丁”被劾去官，遂发愤攻读。著有《俞俞斋文稿》、《弢园词》一卷。

1. 冒广生：

江都史绳之都护念祖为藩司时，以目不识丁被劾去官。发愤著书，裒然遂成巨集。其《弢园词》，亦规模南宋，第读之使人气塞。

《小三吾亭词话》卷三

2. 《续修四库全书总目提要》：

其词气骨甚遒，措语亦警炼。……盖念祖之词，出入辛、刘、二窗之间，惜其实而不空，质而不浑，殊少深厚之致耳。

《弢园词一卷提要》

冯煦

冯煦(1843—1927)字梦华，号蒿盦。晚号蒿叟，辛亥革命后自称蒿隐公，江苏金坛人。光绪八年(1882)举人，十二年进士。授翰林院编修。十六年，以京察一等，外放安徽凤阳府知府。在凤阳六年，两摄凤颍六泗道。光绪二十七年起历任山西河东道、四川按察使、四川布政使、安徽布政使兼安徽提学使、安徽巡抚等职。为官廉仁，颇得政声。冯煦少喜词赋，有“江南才子”之称，曾协助谭献校《箧中词》。后以达官而为词人，为近代著名词家。著有《蒿盦类稿》、《续稿》、《奏稿》、《随笔》、《蒿叟随笔》等，词有《蒙香室词》(一名《蒿盦词》)二卷。又据毛晋汲古阁汇刊《宋六十一家词》精选为《宋六十一家词选》十二卷。《蒿盦论词》一书即迻录词选例言而成。

1. 谭献：

阅丹徒冯煦梦华《蒙香室词》。趋向在清真、梦窗，门径甚正，心思甚邃，得涩意，惟由涩笔，时有累句，能入而不能出，此病当救以虚浑。单调小令，上不侵诗，下不堕曲，高情远韵，少许胜多，残唐北宋后成罕格。梦华有意于此，深入容若、竹垞之室，此不易到。(《复堂日记》己卯)

《复堂词话》

2. 成肇麐：

始君年弱冠，客游淮安之桃源，居处寥寂，间为词自娱。岁暮返棹，出而相示，肇麐心窃好之。已肇麐读书北村，偶有所作，录稿就正。时君方共亡友毛子次米更倡叠和，因为肇麐辨析唐五代两宋之流别、风尚之出入，期惟正轨是循，举从来粗犷、纤秾，与体之若俳若诡、苟焉取悦一世之耳目者屏绝划除，相引为严戒。

词于艺事，虽微之微者，而源流正变之故，要非漫无所持择也。岁丁卯，次米下世，逾年，君逡家金坛，独旅居苏、镇间。又一年，相见于江宁。江宁江山雄伟，其城北诸峰又至窅邃，为自昔幽人窟宅。年少健步，春秋佳日，辄相与披榛莽，穷堑岩，求六朝以来故迹所在及曩时名贤之游躅，有所兴发，则咸寓诸词。又越一年，肇麐去客嘉定，屡遭离人事，仆仆鲜宁趾。虽时聚首，而游兴亦少衰减矣。同光之交，君连岁入蜀，所至恒多忧时怀远之作。丁丑中夏，乃复同居冶城之飞霞阁。阁距山颠，与钟阜、石城相峙，頫睨尘阓，如越世云烟，朝夕瑰奇变幻，千端万态。雠斠之隙晷，益相与研精声律，商榷同异，纵览古今作者升降，而折衷于大雅。每登台舒啸，或就斗室煮茗，促膝夜话，致足乐也。嗟乎！自吾两人先后去江宁北度，而谭谐之乐几几不可复得。津门距都才两日程，相别三载，未获一执手劳问。君今年五十，肇麐亦四十有六，盖自总角而弱冠、而壮、而强、而逮五十之年，吾两人之踪迹数离数合，且迹疏而心愈亲者，未尝不一一见之所为词也。抑君于学无所不通，平生所撰造诗古文辞若骈四俪六之作，属草殆已逾尺，而君雅不以自名，惟孜孜焉究心天下之大计，以备当代一日之用，宜于词弥无取焉。然而少小所习，长大有不能忘。薄技且然，矧足以写性情之郁伊，而藉著友生聚散之迹者哉？若夫君词之工，则明者能自会之，固无俟肇麐之区区私论也。

《蒿盦词序》（《蒿盦词》）

3. 冒广生：

金坛冯梦华中丞煦，早饮香名，填词大手。四十后，始通籍为皖抚，有声。挂冠神武，未竟其用。《蒙香室词》，多其少作，幽咽怨断，感遇为多。

《小三吾亭词话》卷四

4. 汪辟疆：

梦华中丞，词极清丽，诗亦渊永可味。

《光宣诗坛点将录》(《汪辟疆文集》)

5. 蒋国榜：

词则久为仁和谭先生献所推许，瓣香石帚，出入草窗、玉田间。有《宋六十一家词选》十二卷，谈词者奉为圭臬。

《金坛冯蒿庵先生家传》(《辛亥人物碑传集》卷十三)

6. 卢前：

〔望江南〕

蒙香室，淮上此宗风。壮语辛刘常笔涉，芊绵不与二窗同。顾盼足称雄。

《饮虹簃论清词百家》(《清名家词》)

余嵩庆

余嵩庆（1843—？）字子澂，号芷荃，别署沅浦痴渔、梅友等，湖南武陵（今常德）人。近代著名学者余嘉锡父，光绪二年（1876）进士，历任户部主事、河南偃师与商丘知县、云南大理、楚雄知府。著有《撷华小录》等。

1. 易顺鼎：

〔金缕曲〕

《填词一事，莫盛于杭，吾湘代不数人，然以仆所交，则有四君子矣。都门别后，羽换商移，因各缀一词寄怀，知天外雅弦，犹有同调也·武陵余子澂嵩庆》

腻月斜街路。瞥楼台、澹黄瞒过，玉骢嘶处。恁地粉郎心上窄，也把香名容住。才不枉、飘零如许。醉写乌阑浓蘸墨，是那场、春梦真凭据。愁彀了，凤城旅。　　蛮江夜火沙堤步。挽吟桡、相看欲笑，依依情素。跨蝶花天能几日，又换冷枫红舞。也算作、才人际遇。闻道青篷还载酒，正横吹、龙笛湘江雨。披一领，绿蓑去。

《摩围阁词》卷上

缪荃孙

缪荃孙（1844—1919）字炎之，号筱珊，晚榜所居堂曰“艺风”，世乃称之艺风先生，江苏江阴人。同治六年举人，光绪二年成进士，改翰林院庶吉士，散馆授编修。后官至国史馆总纂，曾主讲江宁钟山书院。专办江南图书馆，后充京师图书馆正监督。宣统二年授学部候补参议。1914 年任清史馆总纂。事迹详见夏孙桐《缪艺风先生行状》。著有《艺风堂文集》、《艺风堂文漫存》、《艺风堂藏书记》等，词有《碧香词》一卷，与《艺风堂诗存》合刊。另辑录《常州词录》、《云自在龛刻名家词》。

1. 继昌（李佳）：

江阴缪筱珊太史荃孙，负文名。尝辑刻同郡自国朝以来词三十卷，曰《常州词录》。自著亦多佳者。〔齐天乐〕……情胜于文，不同凡艳。

《左庵词话》卷下

万钊

万钊（1844—1899）字涧民，一字剑盟，江西南昌人，著有《鹤涧诗龛集》。有《蕢波词》一卷。

1. 谭献：

涧民诗人之词，清空不质实。

《箧中词·今集续》卷四

叶大壮

叶大壮（1844—1898）字临恭，号损轩，福建闽县（今闽侯县）人。同治十二年（1873）举人，官江苏松江海防同知。大壮乃叶申芗曾孙，承家学而词更工。著有《写经斋全集》。有《小玲珑阁词》一卷，又名《曼舒庵词》、《写经斋词》。

1. 叶大壮：

少日倚声，积稿盈寸，恐妨学也。中间辍去，或一年止得数阕，或数年不得一阕，抛荒寝久，音节之不合者，更勿论矣。今年移来海上，寓斋岁阑，编次诗集，从故簏中检出，录置于后。过去光阴，老来情况，聊存簿记，非欲附于词家也。

《小玲珑阁词自序》(《小玲珑阁词》)

2. 陈衍：

自浙派盛行，玉田、白石外，家梦窗而户竹山，有宁为晦涩不为流易者。然梦窗、竹山固时出疏快语，非惟涩焉已也。君词宗南宋，最近梦窗、竹山，庸可弃乎？

《小玲珑阁词序》(《小玲珑阁词》)

3.《续修四库全书总目提要》：

陈衍评其词，谓词宗南宋，最近梦窗、竹山。不知梦窗虽晦涩，而能生动飞舞；竹山虽雕琢，而能精研缜密。大壮极力摹仿，尚不能肖其形，况其神乎？观其词，似未成体格，衍论不足信也。

《小玲珑阁词一卷提要》

4. 卢前：

〔望江南〕

无归附，尚有小玲珑。差近姜张终味薄，寒松词笔略相同。中乘百家中。

《饮虹簃论清词百家》(《清名家词》)

陶方琦

陶方琦（1845—1884）字子缜，一作子珍，号湘湄，浙江会稽（今属绍兴市）人，师事李慈铭，与樊增祥齐名，光绪二年（1876）进士，授翰林院编修，出督湖南学政。著有《汉孳室文抄》、《湘麋阁遗诗》。有《兰当词》二卷。

1. 李慈铭：

〔念奴娇〕《题陶子缜〈兰当词〉》

镜湖八百，把轻烟软翠，荡成词境。玉笛一声云外起，吹得鸳鸯都醒。钿枕盟香，珊奁偎月，总是诗禅影。风情何似，露痕凉堕花顶。　　一自春水悠然，碧山老去，零落闲金粉。牙板铜琵都歇绝，寂寞鱼龙谁听。试谱冰弦，遍传莲女，唱彻江天迥。苎萝溪上，万峰同斗妆靓。

《霞川花隐词》卷二

2. 樊增祥：

余与会稽陶君子珍同丁卯乡举，初未相识，戊辰秋与哲兄仲彝订交，乃读君诗词，自是书问无虚月。辛未试南宫，君方居忧，至甲戌始相见于都门……是时李炁伯民部师为词坛祭酒，独厚吾两人，有黄梅能秀之契，尝以两家词卷示潘文勤，文勤答书曰："两生皆俊人，陶词是野桥一派体格，大段成就；樊词稍浅而气清，他日必名家。"……君天才奇逸，笃嗜许、郑，英辞朴学，举世高之，顾其为文专工涩体，乐府尤近梦窗。每出一篇，十色五光，眩人心目，蹑其踪由，渺无定处，屡举乐笑翁"七宝楼台"之喻以相规切，而君逌然弗顾也。迨光绪辛巳，君视湘学以忧归，见于汉皋，联榻雨眠，剪烛星语，出其《湘韶集》，一再诵之，于是吾两人之论文乃如珀芥针磁，䜣合无间。既又同居鄂中书局，君谓余作靓深淡雅，而亦自变其秾丽之习，康乐芙蓉，尽谢雕饰。尝手定《兰当词》三十余阕，皆清真、白石佳境，无复绮缛之旧，余篇篇评点，心形俱服。

《二家词赓序》(《樊山续集》卷二十七)

3. 樊增祥：

同治庚午，子珍将以所作《兰当词》付梓，求序于李悉伯师。师报书历叙词学源流，而归本于玉田清空、质实之论，以箴其失，且曰："必欲付手民者，即以此书为弁。"乃止不刻，而檀栾金碧、婀娜楼台之习弗能改也。余初见君，自知弗如远甚，然服其才多，惜其理少，尝曰："吾词唯恐人不解，君词唯恐人解。我诚伤于浅，君毋乃伤于深乎？"弗听。时同辈数十人皆出其下，睹于惊才绝艳，同声叹服，而都不求其所以然。独余自附诤友，每举似古人佳语以质之，曰："'不知筋力差多少，只觉新来懒上楼'，'常疑即见桃花面，甚近来翻笑无书'，何尝费许多气力，著一点痕迹，故论诗则长吉不如香山，论词则梦窗不如玉田，断断然矣。君词如'青璃'、'瘦蛱'、'烟碣'、'琴蚩'之属，皆深染'筱骖'、'虬户'习气。惜宋景文作《李靖传》云'震霆无暇掩聪'，欧公非之，有'札闼洪庥'之戏。愿君勿效也。"君自是稍稍改之。君性韵和粹，而皮里阳秋，少所许可，独心折于余，尝作〔浪淘沙〕云："好是画衫金扇底，一鬓桃花。"余曰："鬓花何由得到衫底？"又作〔天仙子〕云："绿树阴中红叶径。"余曰："叶生于树，既是绿树，其下安得有红叶？"君皆应时删薙，不以为忤。通籍以后所作，渐入清真矣。是时陶、樊齐名，君语人曰："云门词学，自悉伯师外，同辈无与抗者。吾诗词皆不逮，独经学差胜耳。"其虚心如此。自湘中归，乃尽洗其胭粉之习而一归于雅淡。……李贺、樊绍述之诗与文，绌于理解而奇丽沉博，江河万古。余少作虽清，必不可存；君少作虽涩，必不可废，才分相越，举隅可知。

《二家词赓·兰当词跋》(《樊山续集》卷二十七)

4. 《续修四库全书总目提要》:

慢词取法二窗、二白，令曲则不主一家，故词多清绮。据《越缦堂日记》所载，词为李慈铭所点定。方琦又与谭献相往还。献专力于词，最为精细。方琦工力，以视慈铭，不独无愧而已。

《兰当词二卷提要》

诸可宝

诸可宝（1845—1903）字迟鞠，号璞斋，浙江钱塘人。同治六年（1867）举人，官江苏昆山知县。游楚二十年，为湖北榷局文书，主鄂志局。通算学，与袁昶、樊增祥等交游。撰有《璞斋集》八卷，有《捶琴词》一卷。

1. 张炳堃：

《捶琴词》，作穿云裂石之声，小令又极柳亸莺娇之致，其得于天者独优。

徐珂《清代词学概论》引

2. 诸可宝：

诗余为词，颇惑妍唱。规矩乐府，经营意匠。譬诸好弄，或者胜谤。陶写哀乐，雅音无当。蚓脰之笛，鸮腹之笙。过而录之，以传吾情。

《捶琴词自序》（《捶琴词》）

樊增祥

樊增祥（1846—1931）字嘉父，一字云门，号樊山，别署天琴老人、身云居士。湖北恩施人。同治六年举人，光绪三年(1877)进士，改庶吉士，官陕西宜川、渭南等县县令，至陕西布政使、江宁布政使护理两江总督。袁世凯当国时为参政院参政。樊增祥长期从政，以诗词为能事，得张之洞、李慈铭推许。以诗著称于世，与易顺鼎齐名，有“樊易”之称。擅艳体，民国后无谓之作甚多。著有《樊山全集》，词有《五十麝斋词赓》三卷,《东溪草堂词》二卷,《双红豆馆词赓》一卷。另辑有《微云榭词选》十卷。

1. 李慈铭：

〔摸鱼儿〕《题云门茗花春雨楼词即送其还夷陵》

最消魂、绮丛兰芷，东风都化红豆。暮江萧瑟弹来惯，终古楚天长瘦。三峡口。更禁得、深篁镇日啼猿狖。清吟曼奏。拟唤起湘灵，大招骚屈，同听玉龙吼。　长安邸，汗漫相逢杯酒。泪痕仍满衫袖。蘋花老尽春波绿，荡得远峰眉皱。君怨否。君不见、天涯芳草今依旧。玉骢去又。休更谱商音，吹成恨雨，湿遍蓟门柳。

《霞川花隐词》卷二

2. 李慈铭：

〔贺新郎〕《题云门茗花春雨楼填词图》

家在巫云曲。更那堪、蕙情兰抱，楚天人独。屈子骚根三千载，悱恻灵芽能续。且莫怨、衫痕凋绿。湘水芳魂招未得，又黄陵、泣断瑶妃竹。歌进急，素弦促。　知君心似弹棋局。忆三生、香阶刬袜，定情银烛。绿绮微寒幺凤寡，泪洗明珠盈斛。便锦里、回文谁读。一角红楼春如梦，只东风、岁岁花吹玉。多少恨，认横幅。

《霞川花隐词》卷二

3. 谭献：

樊山词，如弹丸脱手，独茧抽丝，不腻不豪，自成馨逸。

《复堂日记》

4. 樊增祥：

余年十二学诗，十六学为词，二十以后始读红友《词律》。岁庚午，与诸迟菊同年定交，迟菊精音律，相与往复讨论，乃知词学阃域。自后从悉师、子珍游，而所学益进，始学苏、辛、龙洲，继乃专意南唐二主及清真、白石……五十以后，不名一家，多师为师，取屈曲尽意而止。

《五十麝斋词赓叙》(《五十麝斋词赓》)

5. 樊增祥：

〔临江仙〕《自题词卷》

四五月间多雨，二三伏里尤凉。老来卧起竹方床。瘦躯如鹤，无意近文鸯。　　绮语任妨两庑，禅心何碍西厢。寓言什九爱蒙庄。从他韩子，一例笑荒唐。

《五十麝斋词赓》卷下

6. 继昌（李佳）：

樊云门同年增祥，鄂中才人，诗文并皆佳妙。《东风玉茗楼词》有句云："撮得绣鞋尖上土，修成丸药疗相思。"意何纤妍乃尔。

《左庵词话》卷上

7. 张德瀛：

樊嘉父增祥词，如一缕游丝，空中荡漾。恩施人，有《十五麝斋词》。

《词徵》卷六

8. 夏敬观：

易实甫顺鼎……晚年潦倒……江夏樊樊山曾目为六十岁神童，以相讥讽。樊山文词艳冶，至老犹然。一时同辈，因亦目为八十岁美女，以为对值。

《忍古楼词话》

9. 陈声聪：

空中传恨枉回肠，玄发终年未著霜。

鲛泣骊愁珠在握，香奁体漫托冬郎。

增祥诗至绮丽，词亦悱恻缠绵，但不多作。

《论近代词绝句》(《填词要略及词评四篇》)

10. 闻野鹤：

近世词人……樊身云如长安少年，流动有致。

《惯簃词话》

沈泽棠

沈泽棠（1846—1931）字茝邻，又字芷邻，号忏庵，广东番禺人。同治十二年举人，官候选知县。有《忏庵词钞》一卷，与同名诗钞合刊。另有《忏庵词话》一卷。

1. 叶恭绰：

芷邻丈词，取径朱、厉而能去其碎。

《广箧中词》

胡元仪

胡元仪（1847—1907）字子威，号兰莤、瞻园、南洼牧叟，湖南湘潭人。以拔贡官教谕，长于经学，著有《始诵经室文录》、《毛诗谱》等。词有《步姜词》二卷、《南洼牧笛》一卷，另有《词旨畅》二卷，为笺释元陆辅之《词旨》之作。

1.《续修四库全书总目提要》：

步姜者，步趋白石道人也。调皆白石歌曲所有者，曲韵仍旧，但题意翻新耳。词之宫谱既亡，不得不以平仄句读论词律，若并此而不言，则亦何取于词名也？白石最为知音，自制曲亦最多，依调填词，尤当守其声律，况名为“步姜”乎？……句读平仄之误，不一而足。词亦不能得白石飘飘欲仙之态，题序又俗而不雅。以此而称“步姜”，真所谓大言不惭者也。

《步姜词二卷提要》

刘炳照

刘炳照(1847—1917)原名铭照，字伯荫，字光珊，号蕡塘，又号语石词隐，晚号复丁老人、泡翁等，江苏阳湖（今武进）人。诸生，候选训导。一生漂荡，抑抑不得志。能书画，工诗文，尤擅长填词。曾与夏孙桐、张上龢、费念慈等结鸥隐词社；与郑文焯、俞樾、谭献等往还唱酬，是谭献之后江浙词坛尊宿。著有《无长物斋诗存》六卷,《留云借月盦词》九卷，后又重编成《梦痕词》二卷、《焦尾词》二卷、《春丝词》一卷，凡五卷，总称《无长物斋词存》。

1. 俞樾：

往年余在杭州，吴晋壬太守时时为余称道刘君光珊之才，深以未得一见为憾。嗣又由陈叔明鹾尹传示君七律八章，盖即和余原韵者。余读而美之，固知君为毗陵之诗人矣。今年夏，盛旭人方伯以君所著《留云借月盦词》四卷见示，乃知君之致力于词更有过于诗者。其花红玉白之辞，月冷霜寒之思，亦与诗同。而循声按拍，持律甚严，则非于此事三折肱者，不能办也。昔万俟词隐〔三台〕词，自来皆作双调读。万红友独改为三迭，识者韪之。君于〔侧犯〕一词，亦改双调为三迭，此则红友所未见及者。千里有知，亦当许君为顾误之周郎矣。虽然，欧阳公有言：诗以穷而后工。余谓词亦有然。君尝出涌金门，登望云楼，慷慨悲歌，以杜老穷愁、贾生痛哭自比，其亦有不得于中者乎？其《自题秋窗填词图》有云："一寸词肠，七分是血，三分是泪。"读者勿徒赏其字句之工，音律之细也。

《刘光珊留云借月盦词序》(《留云借月盦词》)

2. 叶衍兰：

〔凤凰台上忆吹箫〕《题刘光珊炳照留云借月盦填词图》

红黯春魂，绿撩秋怨，断肠人解相思。怅卅年湖海，负了芳时。赢得青衫凝泪。罗绮梦细，写乌丝缠绵意。茶烟一榻，忏尽情痴。　天涯踏歌啸侣，应赌唱旗亭，选遍花枝。剩碧山无恙，同证襟期。多少琴心筝语，题醉墨、幽恨谁知。炉香袅新愁，旧愁瘦损腰肢。

《秋梦庵词钞再续》

3. 吴唐林：

窃思吾辈迹踵名贤，当以振敝起衰为任；交深文字，敢忘多闻直谅之言。每阅近词，率多颓语，盖以功名抑塞，不免拔剑斫地之歌；疾病因仍，遂动荷锸入山之想。不知贫非止境，忧能累心，尚宣旷怀，俛顺乎人情，庶几和声自呈于天籁。即此倚红泛绿，问谁如记室之篇篇？

《留云借月盦词叙》(《留云借月盦词》)

4. 金武祥：

茗柯《词选》出，倚声家尤宗尚之，及潘四农大令始持异论。余在岭南晤陈兰甫京卿，亦言《宛邻词选》类多穿凿。窃谓张氏独辟阃奥，词学始尊，不善学之，则晦滞肤廓，亦不免焉。刘君光珊于金石词章之学皆有心得，而最精于词，近为友人选存四卷，俞曲园太史序之。余绎诵数过，叹其或寓物以见意，或称情以为言，极缠绵悱恻之思，而不流于粗，跌宕纵横之概，而不涉于矗，盖在常州词人不为宛邻所拘而能自成一家者。近时吾乡蒋鹿潭鹾尹有《水云楼词》，流播海内。鹿潭浮沉薄宦，君则磊落仰塞，久困名场，曲园谓词亦以穷而后工，谅哉。余无以易曲园之言。因推论常州词派而著其所以倾倒于君者如此。

《留云借月盦词序》(《留云借月盦词序》)

5. 吴翊寅：

至其轨抗玉田，踪追石帚，勰大晟之定律，累黍无差；翻中吕之新声，毫厘不爽，以清空婉约为主，以温柔敦厚为宗，尤非雕琢曼辞者所能窥其眇恉也已。

《留云借月盦词叙》(《留云借月盦词》)

6. 谭献：

比受其《留云借月盦倚声》别集，微咏长歌，惝恍□主，逍遥与游。夫抑扬四上，出入花月，整齐之者，厥轨可循。感发乎性灵，纠组乎骚怨，体制之当规也。而溯其流而脉其源，晚唐闳以堂奥，五季挟其梯级，词之本末具于是焉。君曲折蜷旋之中，蜕举鸾翔之表，愿以自道三言，与之尚双千载。君词有曰：轨循姜、史，制规秦、柳，源溯冯、韦。君所心得，吾何间然。乃叙君词，亡以易之。

《留云借月盦词叙》(《留云借月盦词》)

7. 谭献：

集中细意熨帖，情文相生，完篇雅制，美不胜录。光珊自道有"轨循姜、史，制规秦、柳，源溯冯、韦"语，既摅心得，亦表正宗，庶乎不愧。(《箧中词》)

《复堂词话》

8. 缪荃孙：

吾州乾嘉之间，才人辈出，茗柯导其先路，止庵扬其清芬。趋盛轨于唐音，订中声于宋调。意内言外，洨长之雅故；文微义著，《春秋》之通例。淫哇既屏，厥体遂尊。正宗之称，薄海无间。百年以来，遗绪欲坠。刘子语石，生长毗陵，循先贤之矩矱，被新制于弦管。江山助我，敢辞汗漫之游；文字累人，大有怨诽之语。

《留云借月龛填词图题词》(《艺风堂文集外篇》)

9. 缪荃孙：

同州刘语石先生，叔宝多愁，长卿善病，织天孙之余锦，为乐府之指迷，短调长谣，耳之熟矣……既而移家黄浦，真草草之劳人；对镜青丝，渐星星之非我。白杨斋寂，未开称意之花；黄叶村寒，讵长忘忧之草。又复远游甬上，近访曲阿，树穷枝鸟之栖，途益磨驴之迹。寒江灯小，双桨鸣潮；远道装轻，一鞭摇雨。名皋胜川以说志，吟朋快友以怡情。绮语未删，和瘦天之秦九；香心欲活，餐饮水之柳词。此一时也。若乃壤云自落，海水群飞，虎豹当关，狼貙遍野。苍鹅出地，逢元二之灾年；白雁成谣，罹阳九之厄运。沪上一隅，衣冠萃焉。君虽久客，心实伤尽。相逢旧侣，击筑衔悲；回首故乡，栖尘莫问。慷慨月泉之社，弦是哀丝；凄凉麦秀之歌，声成变徵。寄草窗之隐恨，泪洒沧桑；谱花外之闲情，韵流金石，此一时也。

《无长物斋词存序》（《艺风堂文漫存》卷二）

10. 刘炳照：

〔水龙吟〕《自题秋窗填词图》

昨宵雨滴梧桐，秋新顿觉添憔悴。西风一起，无端吹老，几番尘世。千缕愁丝，因何织就，柔情绮思。任瘦宽沉带，华添潘鬓，天何苦偏如此。　不尽胸中磊块。倩何人、浊醪同醉。闲中聊借，红牙铁板，把愁湔洗。一寸词肠，七分是血，三分是泪。惹才人冷笑，百年身后，只微名耳。

《留云借月盦词》卷二

11. 刘炳照：

晚学有进，颇多新得。少陵云“老去渐于诗律细”，庐陵云“诗以穷而后工”，吾谓词何独不然？……书经秦火，虽云幸草犹存，世少中郎，敢冀焦桐人听，请质之好事者下一转语。

《焦尾词自记》（《无长物斋词存》）

12. 继昌（李佳）：

阳湖刘光珊学博炳照，工倚声，号语石词人。有《留云借月盦词》，俞荫甫太史序之，有云：“欧阳公有言，诗必穷而后工，余谓词亦然。”自题《秋窗填词图》云：“一寸词肠，七分是血，三分是泪。”其概可见。

《左庵词话》卷下

13. 郑文焯：

君词深美闳约，小令酷似二晏，切情附物，则不亚碧山，诚足以造耑比兴，极命风谣，岂近世朱、厉雕琢曼辞，衍为浙派所可同日语哉？

《郑叔问孝廉书》(《留云借月盦词》)

14. 盛星怀：

君词悱恻缠绵，哀感顽艳。律精而语挚，情长而思深，盖原本楚骚，而出入于南唐、北宋间，诚一时之杰也。曩宛邻张氏既刻《词选》，歙郑善长附载同人词十一家，而郡人著录者居其九。说者谓词学在常州，因有“阳湖派”之目。君词如居当日，吾知披戟自雄，与诸先生争长坛坫，亦必传之作也。

《留云借月盦词跋》(《留云借月盦词》)

15. 庄善孙：

予久闻刘君光珊名，今春始获交。手示词钞，受而读之，意在笔先，神游象外，言近旨远，沨沨移人，非第声调铿锵已也。君少负不羁才，久困名场，每寓物以舒其愤懑不平之气，初不屑以词传，而词所造如此，况品优学赡，迥越恒流，安知抑于前者，不即伸于后邪？

《留云借月盦词跋》(《留云借月盦词》)

16. 左运奎：

余维北宋大家，豪放盛推稼轩，宗派所垂，独龙洲一席，君真得其传者。曩岁赐书，谓足下为诗家老鹘，仆为词家青兕。余诗不足道，而君之自信已概可想见。顾其通志御情，婉而有则，又出入于玉田、草窗间。盖才人之笔，固兼胎众息，固非学一家言，而暖暖姝姝以自域者也。乃或谓君年未五十，而语多变徵，宣若过激，不知悲歌慷慨，本不得意者之所为，而要其忠忱所独到，则玉宇琼楼，斜阳烟柳，千古一致。故君之自题词稿云："灵均兰畹广平梅，孤吟忍付闲花草。"所托如此，彼悠谬之口，乌足以知君哉？

《留云借月盦词跋》(《留云借月盦词》)

17. 周庆云：

先生亦垂垂老矣，迹其幼学壮游，老而不遇，磊落抑塞之气，一一发之于词。乃造物忌才，蓦遣六丁收去。吁！可悲已！……读先生词，其亦有庾信江南之感、成连海上之思乎？

《无长物斋词存跋》(《无长物斋词存》)

18. 冒广生：

阳湖刘光珊学博炳照尝有断句云："一寸词肠，七分是血，三分是泪。"为时所诵。丙申、丁酉之间，余居吴门，与光珊及叔问、屺怀过从颇稔。光珊尝乞余题其填词图。其所著《留云借月盦词》，亦斐然今之作者也。

《小三吾亭词话》卷二

19. 刘承干：

语石先生乐府专家，有声当世。前刊《留云借月盦》词九卷，仁和谭大令廷献序之。大令独照之匠，莹其藻鉴，研都之赋，饰以弁言，先生之词可知其工矣……风人善怨，劳者易歌。时或花间牢愁，伤心作赋；尊前泣醉，同气应求。成章斐然，积稿又自盈箧……夫华年易逝，昔人所悲没世，鲜称君子攸疾。先生哀乐之情，陶写于萧闲之韵，流溢于缥缃。子桓有言：文章者不朽之盛业。呜呼，斯足以传之其人矣……寒陵梧桐飕飗，一叶遽落，秋心悱恻，喷涌如潮，幽寂苍凉，恍惚于词境遇之矣。

《无长物斋词存跋》(《无长物斋词存》)

陈宝琛

陈宝琛（1848—1935）字敬嘉，又字伯潜，号弢庵，福建闽县人。同治四年举人，七年进士，官至山西巡抚、弼德院顾问大臣。谥文忠。有《沧趣楼词》一卷，与《沧趣楼诗集》合刊。

1. 陈宝琛：

吾少时喜为词，久辍不作，今沽上有须社词集，触夙好，又稍稍为之，顾性不相近，恒重质少谐婉之致。

陈曾寿《听水斋词序》引

2. 陈曾寿：

公身世所遭既为古人所未有，膺师保之重，遘非常之变，道广不绝俗，涵纳众流，处之各如其分。长图大念，密运于心，而深隐其迹，虽有沉哀极涕，见于诗若词者，多在回曲隐现之间。至晚岁而律愈细、思愈密，无几微颓率之态，斯亦古人所未有之境也。

《听水斋词序》

3. 叶恭绰：

弢庵先生七十后始为词，犹是诗人本色。

《广箧中词》

4. 陈声聪：

陈弢庵宝琛为枚如门人，诗为同光朝一大家，亦有《沧趣楼词》一卷甚工，其句如咏新柳〔淡黄柳〕下半阕："御河侧，青青自今昔。常装点，可怜色。记当年，重为灵和惜。试念东风，玉关遮断，犹有羌儿怨笛。"咏早蝉〔齐天乐〕中："无情宫树一碧，况芜平梗泛，何限回首。路逐盘移，天留叶翳，高处犹容厮守。"多切身之感。盖方其光绪初年为内阁学士时，年方鼎盛，与二张之洞、佩纶数人依附高阳李鸿藻，勇于言事，时称为清流党。以事被斥，里居三十年，及再出，不二年清社即被推翻，宜其睹物兴怀如此。

《闽词谈屑》(《填词要略及词评四篇》)

蒋玉棱

蒋玉棱（1848—1907）字公颇，号鹦青，又号小水云词人、冰红词人，更号苦壶。蒋春霖从子。江苏江阴人。光绪中叶，曾远历缅甸、东南亚诸岛，足迹万里。有《冰红集词》。

1. 缪荃孙：

荃孙初晤谭仲修同年，出《箧中词》相示，盛推吾邑江鹿潭先生，谓国朝词人可与成容若、项莲生相伯仲。荃孙曰："楼以水云为名，殆即私淑于《饮水》、《忆云》乎？"仲修以为知言。继见先生犹子公颇，奇颖发翘，憕思坐照。封胡才调，克绍夫安石；伯充英姿，不亚乎坡老。又复滇云万里，黔雨千山，诗织弓衣，墨磨盾鼻，游览所及，吟咏随之。以为绮丽则伤骨，先洗浮华；奋厉则滞音，务远伧楚。遂乃结体于片玉，撷华于碧山。此《冰红》一编，盖与水云如骖之靳焉。

《冰红词序》（《艺风堂文续集》卷五）

2. 继昌（李佳）：

蒋溥卿大令玉棱，鹿潭鹾尹犹子，亦工诗词，有《冰红词》四卷。〔好事近〕……以视《水云楼词》，洵足追步。

《左庵词话》卷下

3. 陶福履：

（其词）幽艳而不腻，清空而不滑……长调如老鹤孤吭，秋音清远；小令如初莺对哢，春意温圆。

《冰红集词跋》（《冰红集词》）

4. 况周颐：

渊源家学，合白石、玉田为一手，其绵丽之处又入温韦。

《冰红集词序》（《冰红集词》）

5. 叶恭绰：

冰红与水云虽为大小阮，然词不同源。水云力厚思沉，有如老杜。冰红则类昌谷、方城。盖取径不同，故成就各别。综此三册，初期类玉田、草窗，参之梅溪。其后渐入苍浑，胸襟亦较恢廓，似欲由梦窗以摩清真之垒，未及大成而殒，殊可惜也。

《冰红集词题识》(《冰红集词》)

王鹏运

王鹏运(1848—1904)因其父王必达号霞轩，故字幼霞，又作佑遐、幼遐，中年自号半塘老人，晚年自号半僧、鹜翁、半塘僧鹜。广西临桂(今桂林)人。祖籍浙江山阴(今绍兴)。少有才名，人称“乌衣巷佳子弟”。同治九年(1870)举人。应进士试，未中。优游京华，受桂籍词人王拯影响，始填词。后与同邑词人况周颐形成晚清临桂词派。同治十三年(1874)为内阁中书。光绪十年(1884)转内阁侍读学士。十九年授江西道监察御史，寻转礼科掌印给事中。在谏垣十年，以直声震天下。1894年中日甲午战争后，上疏三争和议，三劾权臣李鸿章父子及孙毓汶、徐用仪等，言词激切，轰动一时。戊戌变法时期，参与维新运动，几罹不测。光绪二十六年（1900），八国联军入京，鹏运陷危城中。七月，朱祖谋、刘福姚移居王寓四印斋。三人痛世运之凌夷，“篝灯唱酬，自写幽忧”，成《庚子秋词》二卷。二十八年，离京南下。寓扬州主办仪董学堂，并执教于上海南洋公学。三十年病逝。王鹏运与郑文焯、朱祖谋、况周颐称“晚清四大词人”，并为之冠。词作共编为七稿九集(乙稿，《袖墨集》、《虫秋集》；丙稿，《味梨集》；丁稿，《鹜翁集》；戊稿，《蜩知集》；己稿，《校梦龛集》；庚稿，《庚子秋词》、《春蛰吟》；辛稿，《南潜集》)，统名《半塘词稿》。晚年删定为《半塘定稿》，存词一百三十九首。朱祖谋认为《定稿》“刊落太甚”，又编《半塘剩稿》刻印行世，收词五十余首。王鹏运继承发扬常州词派，论词力尊词体，提倡“重、拙、大”，于晚清词论影响甚巨。又致力于校勘词集，达三十载，其《四印斋所刻词》、《四印斋汇刻宋元三十一家词》，旁搜博采，精采绝伦，功胜虞山毛晋。又与朱祖谋合校《梦窗词》。其承常州派余绪而开临桂一派，实当晚清词坛宗师。

1. 谭献：

桂林山水奇丽，唐画宋词之境。苏君超超，非少鹤丈所能掩，亦不负灵区矣。后起有王幼遐、况夔笙，宫商举应，伶翟争传已。(《箧中词》)

《袖墨词》千辟万灌，几无炉锤之迹，一时无两。(《箧中词》)

往者阳湖张仲远，叙录嘉庆词人为《同声集》，以继《宛陵词选》。深美闳约之旨未坠，而佻巧奋末者自熄，顾有以平钝雷同相訾者。近岁中书诸君子，有《薇省同声集》，作者四人。人各有格，而襟抱同栖于大雅。幼遐絜精，夔笙隐秀，将冶南北宋而一之，正恐前贤畏后生也。(《箧中词》)

《复堂词话》

2. 钟德祥：

今再读其遗词，幼眇而沉郁，义隐而指远，腷臆而若有不可于名言。盖斯人胸中别有事在，而荦然不能行其志也与仆同。脱幼霞能销濡忍，事或未可知，乃决然侘傺以去，宁流落至死，一瞑不视，岂谓非慷慨扼腕独立不屑之士也欤？

《半塘定稿序》(《半塘定稿》)

3. 徐定超：

余谓言为心声，心之所动，自不能不发之于言。古之作者处此，有为《麦秀》、《黍离》之歌者矣。如庾信之《哀江南》，杜甫之《悲陈陶》，皆所谓古之伤心人别有怀抱者。彼其时其事之躬自阅历，所以怵魄而怆神者，岂无他人共之哉？惟他人不能言而此独言之，使读之者悲愤交集，皆怦怦戚戚，而若有以先得其心之所同然，故足以鸣当时而信后世。今三子者，同处危城，生逢厄运，非族逼处，同类晨星，沧海澜颓，长安日远，忠义忧幽之气，缠绵悱恻之忱，有动于中而不能自已，以视兰成去国，杜老忧时，其怀抱为何如也？余虽不知词，然三子者之言，皆余所欲言而不得者。则亦不能自已于言也。

《庚子秋词叙》(《庚子秋词》)

4. 王鹏运：

光绪癸巳七月，移官西台，夺我凤池，吟事渐废……今年春……三四月之交，忧愤所触，间为长歌以自抒写。而同人唱酬投赠之作，其来纷如，吟兴愈不可遏，几成日课，然不审律，不琢句，期于尽意而止，非不求工，盖实不能工也。秋风洊至，候虫有声，渐不复作……嗟乎，当沉顿幽忧之际，不得已而托之倚声……蒙庄有言，楂梨橘柚，味各不同，而皆适于口，然梨之味也外甜而心酸。此则区区名集之意云。

《味梨集跋》(《味梨集》)

5. 王鹏运：

光绪庚子七月二十一日，大驾西幸，独身陷危城中。于时归安朱古微学士、同邑刘伯崇修撰先后移榻就余四印斋。古今之变既极，生死之路皆穷……秋夜渐长，哀蛩四泣，深巷犬声如豹，狞恶骇人，商音怒号，砭心刺骨，泪涔涔下矣。乃约夕拈一二调以为程课。选调以六十字为限，选字、选韵以诗牌所有字为限，虽不逮诗牌旧例之严，庶以束缚其心思，不致纵笔所之，靡有纪极。然久之亦不能无所假借，十月后作尤汜滥不可收拾。盖兴之所至，亦势有必然也。自八月二十六日起，至某月日止，凡阅若干首，得词若干首……每夕词成，古微以乌丝阑精书之，伯崇题端曰《庚子秋词》，盖纪实云。

《庚子秋词自序》

6. 王鹏运：

〔浪淘沙〕《自题庚子秋词后》

华发对山青。客梦零星。岁寒濡呴慰劳生。断尽愁肠谁会得，哀雁声声。　心事共疏檠。歌断谁听。墨痕和泪渍清冰。留得悲秋残影在，分付旗亭。

《半塘定稿·庚子秋词》

7. 继昌（李佳）：

临桂王幼霞侍御工词，翻刻名家词集多种。官内翰日，与同人唱和，有《薇省联吟词》。庚子，京师乱闻，侍御纠二三同志，杜门结词课自遣，必多悲愤苍凉之作。惜不获索读为憾。

《左庵词话》卷下

8. 沈曾植：

昔者吾友鹜翁王给谏，以直言名天下，顾其闲暇好为词，词多且工……鹜翁取义于周氏，而取谱于万氏。

《彊村校词图序》（《彊村丛书》）

9. 蒋兆兰：

有清一代，词学屡变而益上。中叶以还，鸿生叠起，辟门户之正，示轨辙之程。逮乎晚清，词家极盛，大抵原本风雅，谨守止庵，导源碧山，历稼轩、梦窗以还清真之浑化之说。为之虽功力有浅深，成就有大小，而宁晦无浅，宁涩无滑，宁生硬无甜熟，炼字炼句，迥不犹人，戛戛乎其难哉！其间特出之英，主坛坫，广声气，宏奖藉，妙裁成，在南则有复堂谭氏，在北则有半塘王氏，其提倡推衍之功不可没也。慨自清命既讫，道丧文弊，二十年来，先民尽矣。独有彊村、蕙风，喁于上海，乐则为天宝《霓裳》，忧则为殷遗《麦秀》，是可伤已。

清季词家，蔚然称盛，大抵宗二张、止庵之说，又竭毕生心力为之，本立言之义，比风雅之旨，直欲突过清初，抗衡两宋。后有作者，试研几张景祁、谭献、许增、郑文焯及四中书端木埰、许玉瑑、王鹏运、况周颐、张仲炘、朱孝臧诸贤所作，当知吾言之不谬也。

《词说》

10. 朱祖谋：

〔望江南〕《杂题我朝诸名家词集后》

香一瓣，长为半塘翁。得象每兼花外永，起孱差较茗柯雄。岭表此宗风。

《彊村语业》卷三

11. 朱祖谋：

始予在汴梁纳交君，相得也；已而从学为词，愈益亲。及庚子之变，欧联队入京城，居人或惊散，予与同年刘君伯崇就君以居，三人者痛世运之凌夷，患气之非一日致，则发愤叫呼，相对太息。既不得他往，乃约为词课，拈题刻烛，于喁唱酬，日为之无间。一艺成，赏奇攻瑕，不隐不阿，谈谐间作，心神洒然，若忘其在颠沛兀鶂中，而以为友朋文字之至乐也……予谓君词于回肠荡气中，仍不掩其独往独来之概，君乃大以为知言……君天性和易，而多忧戚，若别有不堪者。既任京秩，久而得御史，抗疏言事，直声震内外，然卒以不得志去位。其遇厄穷，其才未竟厥施，故郁伊不聊之慨，一于词陶写之。君词导源碧山，复历稼轩、梦窗，以还清真之浑化，与周止庵氏说，契若针芥。其必名于后，固无俟予之赘言。

《半塘定稿序》（《半塘定稿》）

12. 康有为：

吾尝游词之世界，幽嫮灵眇，水云曲曲，灯火重重，林谷奥郁，山海苍琅，波涛相撞，天龙神鬼，洲岛渺茫，吐滂沛于寸心，即华严以芬芳，忽感入于神思，彻八极乎彷徨，信哀乐之移人，欲揽涕乎大荒，惟情深而文明者，能依声而厉长。桂林王侍御佑遐，所谓情深而文明者耶？争和议而逐鹰鹯，非其义深君父耶？叹日月而惜别离，非情深朋好耶？温柔敦厚之至，而为咏叹淫佚之辞，其为稼轩之飞动耶？其为游扬佚荡之美成耶？其为草窗、白石之芳馨耶？但闻裂帛，听幽涛，紫濑涓涓，古琴瑟瑟。它日游王子之故乡，泛訾洲之烟雨，宿风洞之岚翠，天晴豁开，万壑涌秀，忽而云雾半冥，一峰青青，有人独立其上，苍茫问天，其必情深而文明者哉。

《味梨集序》（《味梨集》）

13. 陈锐：

王幼遐词，如黄河之水，泥沙俱下，以气胜者也。

《褒碧斋词话》

14. 况周颐：

精研词学，生平悃款抑塞，一寄托乎是。其《四印斋所刻词》，自南唐迄元如干家，著有《半塘定稿》、《袖墨》、《虫秋》、《味梨》、《蜩知》等集。

《王鹏运传》（《词学季刊》第三卷第三号）

15. 况周颐：

国朝吾粤词人，朱小岑先生倡之于前，龙、王、苏三先生继起而振兴之，一二作者，类能摆脱窠臼，各抒性情，造诣所独得，流传虽罕，派别具存。今半塘前辈（鹏运）大昌词学，所著《袖墨》、《味梨》等集，微尚亦不甚相远，殆不期然而然耶！嗟乎！世路荆棘，风雅弁髦，区区选声定韵之末技，深山穷谷之音，夫孰过而问者？是刻编成，以贻半塘，亦曰伤心人别有怀抱也。

《粤西词见跋》（《粤西词见》）

16. 况周颐：

鹏运微尚萧远，书卷而外，嗜金石书画，亦不为意必。惟精研词学，生平悃款抑塞一寄托乎是。

《半塘老人传》（《词学季刊》第三卷第三号）

17. 徐珂：

朱古微少时，随宦汴梁，王幼霞以省其兄之为河南粮道者至，遂相遇，古微乃纳交于幼霞，相得也。已而从幼霞学为词，因益亲。光绪庚子之变，八国联军入京城，居人或惊散，古微与刘伯崇殿撰福姚，就幼霞以居。三人者，痛世运之陵夷，患气之非一日致，则发愤叫呼，相对太息。既不得他往，乃约为词课，拈题刻烛，于喁唱酬，日为之无间，一阕成，赏奇攻瑕，不隐不阿，谈谐间作，心神洒然，若忘其在颠沛兀臲中，而自以为友朋文字之至乐也。

幼霞天性和易，而多忧戚，若别有不堪者。既任京秩久，而入谏垣，抗疏言事，直声震内外，然卒以不得志去位。光绪甲辰客死苏州，其遇厄穷，其才未竟厥施，故郁伊无聊之概，一于词陶写之。其词导源碧山，复历稼轩、梦窗，以还清真之浑化，与周济之说固契若针芥也。

光宣间之倚声大家，则推临桂王鹏运、况周颐、归安朱祖谋、汉军郑文焯。鹏运字幼霞，周颐字夔笙，祖谋字古微，文焯字叔问。

《近词丛话》

18. 王伯沆：

半塘词初从南宋入，至晚年始有北宋意致，海内几无与抗手矣。

《清词四家录》

19. 冒广生：

粤西词家，定甫以后，推王幼遐鹏运、况葵笙周仪。王官御史，所著曰《半塘词》。况官中书舍人，所著曰《第一生修梅花馆词》。余戊戌入都，始与幼遐订交。幼遐所刻《四印斋词》，校勘精审，汲古弗逮。其所为词，泠泠累累，若鸣杂佩。

《小三吾亭词话》卷一

20. 王国维：

半塘丁稿中和冯正中〔鹊踏枝〕十阕，乃鹜翁词之最精者。“望远愁多休纵目”等阕，郁伊惝恍，令人不能为怀。定稿只存六阕，殊为未允也。

近人词，如复堂词之深婉，彊村词之隐秀，皆在半塘老人上。

《人间词话删稿》

21. 张尔田：

并世作者，半塘之大，大鹤之精，彊村之沉，与蕙风之穆，骎骎乎拊南宋而上矣。

及壮，获与半塘、大鹤、彊村三君游。三君者于学无不窥，而益用以资为词，故所诣沉思专进而奇无穷。

《词莂序》

22. 张尔田：

自来学苏辛能成就者绝少，即培老亦只能到须溪耳。苏辛笔力如锥画沙，非读破万卷不能，谈何容易。磊落激昂，不从书卷中来，皆客气也。以客气求苏辛，去之愈远。古丈学苏，偶一为之；半塘集中，亦多似辛之作，然绝不以辛相命。此意当相会于言外也。

《与龙榆生论苏辛词书》(《词学季刊》第二卷第三号)

23. 夏敬观：

临桂王给谏鹏运在中书日，振衰扶雅，况舍人周仪辈翕然从之，同时文学士廷式、郑舍人文焯、朱侍郎祖谋、陈大令锐蔚起为词宗，海内益向风趋正轨，故评清词者愈晚出愈胜于前，此不易之论也。

《广箧中词序》(《广箧中词》)

24. 叶恭绰：

幼遐先生于词学独探本原，兼穷蕴奥，转移风会，领袖时流，吾常戏称为桂派先河，非过论也。彊村翁学词，实受先生引导。文道希丈之词，受先生攻错处，亦正不少。清季能为东坡、片玉、碧山之词者，吾于先生无间焉。(卷二)

夔笙先生与幼遐翁崛起天南，各树旗鼓。半塘气势宏阔，笼罩一切，蔚为词宗，蕙风则寄兴渊微，沉思独往，足称巨匠；各有真价，固无庸为之轩轾也。(卷二)

《广箧中词》

25. 叶恭绰：

词学滥觞于唐，滋衍于五代，极于宋而剥于明，至清乃复兴。

朱、陈导其流，沈、厉振其波，二张、周、谭尊其体，王、文、郑、朱续其绪，二百八十年中，高才辈出，异曲同工，并轨扬芬，标新领异。

《清名家词序》

26. 郭则沄：

时王佑遐、朱古微、刘伯崇俱留滞都下，相约填词遣日，日限一调，多隐讽时事，后刊所作为《庚子秋词》。朱、王之专力倚声，实自此始。

《庚子诗鉴自注》

27. 郭则沄：

庚子秋词……半塘〔鹧鸪天〕……谓联军盘据禁苑，叫嚣廛陌也。又〔谒金门〕……哀首祸亲贵也。〔三字令〕云云，谓京僚疏请回銮，而订期屡展也。余作皆有所指，略举其大端而已。

《清词玉屑》卷六

28. 吴梅：

幼霞之与小坡，南北不相谋也，而幼霞之严，小坡之精，各抒称心之言，咸负出尘之誉。风尘澒洞，家国飘摇，读其词者，即可知其身世矣。

广西词境之高，实王、况二公之力也……晚年又自订《半塘定稿》，体备众制，无一不工。近三十年中，南则小坡，北则幼遐，当时作者，未能或之先也。

《词学通论》

29. 陈匪石：

近数十年，词风振起。半塘老人遍历两宋大家门户，以成拙重大之诣，实为之宗。论者谓为清之片玉。

《宋词赏心录跋》(《旧时月色斋论词杂著》)

30. 陈匪石：

有清一代词学，驾有明之上，且骎骎而入于宋。然究其指归，则宋末二字足以尽之。何则？清代之词派，浙西、常州而已。浙西唱自竹垞，实衍玉田之绪；常州起于茗柯，实宗碧山之作。迭相流衍，垂三百年。世之学者，非朱即张，实则玉田、碧山两家而已。湖海楼崛起清初，导源幼安，极纵横跌宕之妙，至无语不可入词，而自然浑脱。然自关天分，非后人勉强可学，故后无传人，不能与浙西、常州分镳并进也。至同光以降，半塘、沤尹出，始倡导周、吴而趋其途径。沤尹则直入梦窗之室，吴派遂为清末之新声矣。若学美成而至者，则尚未有之也。

《旧时月色斋词谈》

31. 陈匪石：

随地而见舒敛，一身而备刚柔，半唐、彊村晚年所造盖近于此。

《声执》卷上

32. 邵瑞彭：

光绪癸巳而降，居积阴之位，蒙四始之缺，丁诗绝之际，天地之数穷，古今之变极，姬昌以来，未之有也。于斯时也，词学之盛，上轶天水，半塘振其绝响，郑、况阐其灵怀，吾师朱侍郎岿然特兴，集声家之大成，起六百年之废疾，同声远应，捷如枹鼓，宗风所被，锵若球锽。

《柳溪长短句序》（《词学季刊》第二卷第四号）

33. 汪辟疆：

半塘父子，俱工倚声。半塘尤精音律，与古微倡和最多。精谊之作，不减彊村。

《光宣诗坛点将录》

34. 蔡桢：

王半塘、郑叔问、况蕙风、朱彊村为清末四大词家，守律之严，王、郑似不如朱、况。而朱、况之严于守律，前期之作，似不如其后期。

学词切勿先看近人词。近人词多重敷浮字面，不尚意境，不讲章法，不守格律。从此入手，以后即不能到宋名贤境界。清词亦只末季，王、朱、郑、况等数家可以取法，余不足观也。

清词派别，可分三期。浙西派与阳羡派同时。浙西派倡自朱竹垞，曹升六、徐电发等继之，崇尚姜张，以雅正为归。阳羡派倡自陈迦陵，吴园次、万红友等继之，效法苏、辛，惟才气是尚，此第一期也。常州派倡自张皋文，董晋卿、周介存等继之，振北宋名家之绪，以立意为本，以叶律为末，此第二期也。第三期词派，创自王半塘，叶遐庵戏呼为桂派，予亦姑以桂派名之。和之者有郑叔问、况蕙风、朱彊村等，本张皋文意内言外之旨，参以凌次仲、戈顺卿审音持律之说，而益发挥光大之。此派最晚出，以立意为体，故词格颇高。以守律为用，故词法颇严。今世词学正宗，惟有此派。余皆少所树立，不能成派。其下者，野狐禅耳。故王、朱、郑、况诸家，词之家数虽不同，而词派则同。

《柯亭词论》

35. 顾宪融：

半塘词取径于珠玉、六一，雄深苍稳，又雅近辛、刘，晚清词家气体之高，此为第一。

《填词百法》卷下

36. 赵尊岳：

词于文字，一代有一代之成规。唐主蕃艳，南唐因之。北宋尚骨干清遒，南宋尚丽密雕饰。元承南宋，又少少间以疏朗。明最靡陋。清初主绮靡，既尚雄犷。茗柯出则推北宋，发事外言内之旨。其后至于半塘，冲澹沉著，力规于古，差复两宋之旧观。此可以论列者也。至于并世歧途，各极其胜。二主真率，韵味深长。耆卿缛绣，东山秀逸，白石苍劲。天籁、遗山，各以雄胜。明季二陆，沉著可诵。饮水、弹指，几于北宋。彊村、夔笙，并师半塘，一以精金美玉，方规梦窗；一以天才逸思，自矜北宋。

此则在一时风会之中，别寓独标奇帜之志，不可例以朝代而推定者矣。

《珍重阁词话》

37. 赵尊岳：

词与文章，历代各有其风格。……若再断代言之，同时竞爽，自各极其胜场。十国蕃艳之中，南唐二主独以至情见著。北宋柳缛贺疏，周雅秦秀。南宋吴密姜苍，张俊周丽。元则遗山、天籁，惟以雄胜。明仅二陆沉著可诵。清初饮水华贵，清末彊村、蕙风并师半塘，而一尚学力，一兼天分，此则不可以断代持分野之论矣。

《填词丛话》卷二

38. 赵尊岳：

半塘老人藻耀广右，所著《袖墨》、《味梨》等集，吐弃凡近，力追宋贤。辱《花间》、《草堂》宋本，并校定《阳春集》以下迄于金元名人词数十家，付之绣梓。其自为词，冲澹沉著，未尝墨守常州宗派。然不能以其它宗派衡论半塘词也。光宣两朝，一二名流与半塘琴筑同声者，亦于常州词派为近。其能遗世独立，以其性情襟抱，本自轶伦，又深之以学问，故能入乎常州派中，出乎常州派外。盖斯境非易臻矣。

《蓉影词跋》（惜荫堂民国十一年铅印本）

39：陈声聪：

四印斋头昼易昏，秋词唱彻五城门。

百年朝局宫商变，领袖群流体益尊。

《论近代词绝句》（《填词要略及词评四篇》）

40. 陈声聪：

清末王幼遐、郑叔问、谭复堂、文芸阁、朱彊村、况夔笙诸大家词，皆学人与才人之词。

《读词枝语》（《填词要略及词评四篇》）

41. 沈轶刘：

浙、常二派，至道咸而交敝。同光以后，已融合为一体，各去其短而发挥其长，乃集清词之大成。王鹏运力追北宋，而酷好姜夔，寻迹王、吴而醉心苏轼，首开宏域。朱祖谋扩而大之，浸成千古未有之局，实为清词一大结穴，不能以杨、墨为归矣。

《繁霜榭词札》

42. 王煜：

迄同光衰微，词人萧瑟，辛、壬鼎革，遗世凄怆。叔问咽清宕之音，彊村写沉郁之致，圣与、君特重出人间，戚戚黄昏，双悬日月，殆所谓一代殿军，万家景仰也。其在朱郑之间则有四印，切磋奖掖，关系至宏。而朱密王疏，先无惭于后；王严郑重，北不让于南。拓土广西，佑遐开国矣。若夫莲生哀艳，踵美纳兰。芸阁清刚，并芳临桂(王)，扬秦七之芬馨，漱坡公之神髓，周旋众彦，把臂入林，虽非流派之宗，固亦时代之选也。

《清十一家词钞自序》(《清十一家词钞》)

43. 王煜：

有《袖墨集》、《虫秋集》、《味梨集》、《鹜翁集》、《蜩知集》、《校梦龛集》、《庚子秋词》、《春蛰吟》等，合刊《半塘定稿》。千辟万灌，独往独来，盖沉浸辛稼轩、王碧山，而沆瀣张惠言、周止庵也。

《半塘词钞》(《清十一家词钞》)

44. 黄孝纾：

清代学术昌盛，度越前朝，康乾之交，两开制科，才儁辈出。国初词人大半为鸿博学士，故能恢畅元音，黼黻盛治，风尚所趋，浸成流别。迦陵振采于三吴，竹垞明禋于两浙，并衔华佩宝，质有其文焉。迨阳湖张皋文辈崛起乾嘉，标举意内言外之旨，一洗侧艳饾饤故习，世益知词学托体之尊。咸同以来，兵事俶扰，外患日亟。才智之士蕴其忧闵忠爱，悱恻芬芳之怀，一寄于词，越世孤往，其绪益昌。远若蒋鹿潭，近若王半塘、郑大鹤、朱彊村诸人，虽各肸蚃阳湖，至其广己造哀，寄心家国，以蕲合重拙大之旨，虽起茗柯诸老于九泉，要不能无前贤后生之畏，庸非遭际之迥殊，而造诣有独至邪？

《清名家词序》（《清名家词》）

45. 闻野鹤：

近世词人……王鹜翁如海国珊瑚，不假磨琢。

《惯簃词话》

46. 龙榆生：

清季词家，以愚所见，当推半塘老人及萍乡文道希先生廷式最为杰出。半塘直逼稼轩而道希径入东坡之室，其系心宗国，怵目外侮，一以抑塞磊落不平之气发之，故自使人读之神王。

《跋彊村先生旧藏王鹏运〈味梨〉、〈鹜翁〉、〈蜩知〉三集原刊初印本，〈校梦龛集〉原钞本》（《词学》第五辑）

47. 卢前：

〔望江南〕

原临桂，岭表自开疆。作风起孱为世重，如文中叶有湘乡。一瓣爇心香。

《饮虹簃论清词百家》（《清名家词》）

48. 朱庸斋：

逮及清季，国运衰微，忧患相仍，诗风大变，声气所汇，词学复盛，名家迭出。此道遂尊，言志抒情，不复以体制而局限。故鹿潭、半塘、芸阁、彊村、樵风之作，托体高，取材富，寓意深，造境大，用笔重，炼语精。（卷一）

清词至清季四家，词境始大焉。盖此四家者，穷毕生之力，深究词学，其生长之时代及生活，亦多可喜可愕、可歌可泣者，故为词亦远过前代。王于碧山、郑于白石、朱于梦窗、况于梅溪王参以东坡、稼轩而能宏健深远，郑参以柳永而幽深高隽，朱参以清真而浓厚沉著，况参以贺铸而情致婉秀，皆有所得，功力同为宋以后所不能到，甚有突过宋人之处者。

清季四家词，无论咏物抒情，俱紧密联系社会实际，反映当时家国之事。或慷慨激昂，或哀伤憔悴，枨触无端，皆有为而发。词至清末，眼界始大，感慨遂深，内容充实，运笔力求重，用意力求拙，取境力求大。王鹏运词学碧山、东坡，郑文焯学白石、耆卿，朱祖谋学梦窗、清真，况周颐学梅溪、方回，俱能得其神髓，而又形成自己之面目。学古人而不为古人所拘限，此乃清四家远胜于浙西、常州诸子之处。（卷三）

《分春馆词话》

黄遵宪

黄遵宪（1848—1905）字公度，广东嘉应（今梅州市）人，光绪二年（1876）举人，历任驻日、英使馆参赞，驻旧金山、新加坡总领事，湖南长宝盐法道署按察使，提倡变法革新，光绪二十四年（1898）任出使日本大臣，未赴任，值戊戌变法失败，被免职。遵宪为晚清“诗界革命”之领袖，亦能词。著有《人境庐诗草》、《日本杂事诗》、《日本国志》等。

1. 梁令娴：

公度世丈之诗，近世独步，多能知者，其词亦骎骎追辛、姜。《艺蘅馆词选》戊卷

继昌（李佳）

继昌（1849—1908）字述之，号莲溪、莲畦、左庵，李佳氏，内务府汉军正白旗人，光绪三年（1877）进士，官至江宁、甘肃布政使、护理安徽巡抚，卒于任。著有《左庵诗余》八卷、《左庵词话》二卷。

1. 左绍佐：

曼朱词家，曩许成容若，嗣承子久《冰蚕词》，南皮制府诸钜公多称并美纳兰，乃《饮水》淡远胜，《冰蚕》字句玉缀珠联，惜少精意内蕴。评之今近，君独清丽缠绵，一时孤往，《饮水》、《怡水》，昭代齐辉。奈寂寞自娱，韬墨箧笥，不屑向吟社夺席，固名之者罕尔。

《燕月词跋》（《左庵诗余·燕月词》）

2. 继昌（李佳）：

诗余虽小道，然非解音律不能谐调。蒙于此事懵然，顾以长短句抑扬顿挫，用以写情，最为曲尽，爰漫然学之。匪特字句之间，疵病百出，且鄙意一以清空一气为主，绳诸词家典丽奥涩，体尤未合，实不足以言词也。惟自为之，自喜之，又不肯自弃之，乃择数年所作稍可者录存。倘质之大雅，或犹许为诗人之词，亦足以自负已。

《燕月词跋》（《左庵诗余·燕月词》）

3. 继昌（李佳）：

〔八声甘州〕《自题词后》

叹中年人事与心违，鬓霜影萧萧。况长安春雨，燕山乡月，一样无聊。旧恨新愁重叠，心上怎容消。只仗吟秋笔，闲把灯挑。漫道三唐两宋，有词人多少，羽换宫调。更风流白石，船倚赤栏桥。凭谱出、清歌一曲，付酒边、吹入小红箫。江南客、问谁倾倒，肯赠娇娆。

《左庵诗余·绚秋词》

4. 丁象震：

大著浣读再四，爱不能释，以为最得皋文《词选》意内言外之旨，知音者定当不谬鄙言。

《燕月词跋》(《左庵诗余·燕月词》)

5. 陈庆森：

〔金缕曲〕《题继廉访〈左庵词话〉》

此事缘何废。是年来、抗尘走俗，一行作吏。堆案簿书如束笋，消却柔情似水。便辜负君山眉翠。忽讶瑶华新入手，惹思量酒角琴边味。浣薇咏，不能已。　玉田韵语金庐记。算国朝纳兰竹垞，得公鼎峙。湘水当年留舄地，笑我曾经御李。又三载匆匆弹指。爨到焦桐犹赏曲，是怜才第一真知己。书感激，墨和泪。

《百尺楼词》

俞绣孙

俞绣孙（1849—1883）字彩裳，浙江德清人。晚清著名学者俞樾之女，仁和许祐身室。著有《慧福楼幸草》。

1. 王蕴章：

武林许子原祐身德配俞绣孙彩裳，曲园老人女公子也。幼时曲园以咏月为题，使赋一诗，甚工，曲园大喜，名其居曰“慧福楼”。归许氏后，子原好为词，彩裳乃复致力于词。年三十四而卒。卒前数月，将诗词存稿悉付之火。曲园检其未焚之稿，序而刻之，名曰《慧福楼幸草》，盖取《论衡》“火燔野草，其所不燔，名曰幸草”之意也。序中又称彩裳尝赋落花词有云：“叹年华我亦愁中老。”今此词《幸草》中不载，当亦在一炬中矣。〔长亭怨慢〕寄静壹主人子原别号云：“正三月，落花飞絮。岁岁销魂，绿波南浦。剩有红笺，断肠留得断肠句。一江春水，量不尽情如许。欲别更徘徊，但泪眼、盈盈相觑。　日暮。纵归舟不远，已抵万里云树。无眠强睡，怕辜负翠衾分与。想别后、独自归来，对罗帐凄凉谁语。只两地相思，挑尽一灯疏雨。”又〔洞仙歌〕云：“无端一别，隔云山千里。锦字缄愁倩谁寄。算浮生、总是会少离多，判负却、灯下花前月底。　记曾留后约，何事蹉跎，冷落银屏旧时意。寄语远游人，知否闺中，空断望、归舟天际。更莫问、相思几多深，也不说、相思者般滋味。”〔浪淘沙〕云：“记得昔同游，杨柳湾头。落花流水两悠悠。莫道春愁禁不起，还是春愁。　欸乃橹声柔，梦也难留。轻寒翠被冷香篝。睡起斜阳明雉堞，错认杭州。”皆有清丽芊绵之致，胜于诗多矣。又〔青玉案〕咏端午云：“一樽浅注菖蒲绿。渐醉倚屏山曲。戏绾彩丝长命续。瑶阶烟草，翠廉风竹。庭院清无俗。　轻衫乍换冰绡縠。也不学新妆束。午睡醒来钗坠玉。聊吟人去，对花人独。归燕梁间宿。”亦佳。

《然脂余韵》卷三

胡薇元

胡薇元（1849—？）字孝博，一字壶庵，号诗舲，又号玉津居士，别号百梅亭长、七十二峰隐者。原籍浙江山阴，后改籍顺天大兴，光绪三年（1877）进士，官至西安知府。长于戏曲诗文，著作有《壶庵五种曲》、《天云楼诗》、《伊川草堂诗》、《湖上草堂诗》、《导古堂文集》等，词有《天倪阁词》等。

1. 冯煦：

〔月华清〕《奉题诗舲先生词卷即用集中寄恽孟乐韵，并怀子修杭州，余亦将赓招隐矣》

平子工愁，安仁感逝，仙骨瘦无一把。忽漫相逢，携手锦官城下。归与赋、一舫乘潮，奈东望、瞿唐似马。且为立斯须，神武有冠终挂。　　遥知季子幽栖，饮明湖初渌，湘云都化。谣诼方从，新样蛾眉休画。巴峡远、雨暗灯昏，问甚日、西窗同话。君记否，软红香土，尚沾吟帕。

《壶庵五种曲》

2. 崔瑛：

〔月华清〕《题胡诗舲太守特健药斋词卷次集中寄恽孟乐韵》

邂逅长安，寻常不语，荀陆方将臂把。南宋名流，应拜词仙坛下。况救世、经济夔龙，更华国、文章班马。高致羡公余，酒盏诗瓢同挂。　　多情最惜东坡，怅柳绵一曲，朝云萍化。忏恨禳愁，我亦老怀难画。争快睹、铁笛豪吟公有《铁笛词》，愧莫谱、琼笙清话。偿夙愿，花朝月夜，笑拈诗帕。

《琼笙吟馆诗余》卷下

3. 胡薇元：

仆年十四，先慈汤太恭人授经余暇，以叔高祖稚岁征君集及太恭人自撰翠螺词集，始学为词。受律吕大旨最先，提倡者有蔡梅庵太史、汤秋史比部。逮游四方，蜀客则李荐香、武抑斋，江左词人则姚贻孙、孙圣与、吕山农、冯畊渔时相过从，无异埙篪之迭和也。今诸子或没或去，所与游者独吴郡顾丈子远。翁谓诗亡而后词作，长短句合音之高下抑扬以宣其气，《三百篇》、《楚辞》、《汉铙歌》莫不然。自苏李河梁画一，五言不复入乐。李太白“西风残照，汉家陵阙”开其端，而后古者入律之源可溯，其意颇与仆合。中年以往，忧愁寡欢，寄情骚楫布帆，江上往来，惇惇意有所托之于音，不自料其萧憀也。

《天倪阁词自叙》（《天倪阁词》）

4. 李少林：

同治辛未迄光绪庚辰十年中，京师诸老辈提倡风雅，硃砭老人吴县殷少宗伯，尤一时宗匠。其时以词称者冯梦华、熊鞠孙、江韵涛、姚贻孙、何诗孙，而玉津居士以深解律吕为公所激赏。故居士所为词大都经硃砭山房点定，与熊、姜两太守酬对为多……居士尝言词分五音，如段安节谓商角同用，顾〔雨中花〕、〔玉楼春〕诸阕，本押平韵，押入韵则协，押上去则不可歌；本押仄韵，押上声则协，押入声则不可歌矣。古儒者如窦俨、王仁裕皆采音以知世变，古者诗与乐合，后世诗与乐分，古人缘诗而作乐，后人倚调以填词，宫商之理未有以易也。是故词者所以济诗之穷而上承乐府之变也。居士之言如此。所为词无不协律，无生硬晦涩之音。

《天倪阁词序》（《天倪阁词》）

邓鸿荃

邓鸿荃（生卒年不详）字雨人，号休庵，广西临桂人，王鹏运妹婿。有《秋雁词》。

1. 况周颐：

〔瑞鹤仙〕《赠雨人》

凤城悭旧雨。拼寂寞芳期，燕猜莺妒。同谁话幽愫。指梅边花外，更联吟侣。云笺按谱。论格调、苏辛法乳。却推敲、字字珠玑，未肯小红轻付。　　知否。红楼香径，只在而今，少人行处。春山别绪。漫萦得，寸心苦。尽雕琼换骨，裁云炼液，料想朱颜也驻。又何妨、剪烛深宵，共吟秀句。

《锦钱词》

2.《续修四库全书总目提要》：

其词颇疏朗，盖原于苏、辛也。鸿荃乃王鹏运妹倩，又与赵熙、朱孝臧相唱和，故词学工力匪浅，惟精深曲达不及王、朱，而感时怆乱则同，亦不必较量于文字间也。〔解连环〕云："玉笙吹彻。甚时光又到，柳绵飞雪。看屋南、蛛网添丝，正檀板金尊，待酬佳节。绿树阴中，蓦听得、一声啼鴂。惹欢悰顿减，锦字织书，万斛愁叠。　　风回暗惊笋折。便薰桃染李，乱红霏血。不管他、梦醒春闺，盼貂锦人还，泪珠犹热。小语喁喁，只婴武、前头难说。劝流莺、旧盟负了，再沐弄舌。"此盖有所怨刺，虽稍嫌肤露，而情思摇荡，字句精丽，自为集中上品也。

《秋雁词一卷提要》

邓维琪

邓维琪（生卒年不详）字花溪，贵州贵筑（今贵阳市）人，光绪十五年（1889）进士，历官四川富顺知县、邛州知州，入民国更名潜，寓居成都。著有《牟珠词》。

1. 邓维琪：

余旧为诗皆馆式，当官然也。出外并此遂废。其创为词，自交邓休庵、胡玉津始。两君笃于词，牵率以为多什，然无专工者，后乃交赵香宋侍御。侍御言词，不傅无意之色，以幽心为主，期于宋人深求之，过以陈西麓、周草窗相诱进，余固笑不自信也。

《牟珠词自序》（《牟珠词》）

2. 邓维琪：

〔金缕曲〕《删旧词题后》

此债填难澈。似春蚕、命中自缚，一丝萦结。也笑工渠将何用，欹枕自然心切。当秋信、寒蛩生活。若有人兮灯欲语，想大晟、种下前生孽。南北宋，寸心血。　　吾乡乐府风流歇。算影山、如滕作长，葑烟如薛。我自一官芙蓉市，老去山河分裂。舍河满、哀歌何说。夜夜牟珠空梦到，料今生、长守花潭月。知我者，赵松雪（谓香宋）。

《牟珠词》

3.《续修四库全书总目提要》：

其词不敷无意之色，以幽心为主，近于陈西麓、周草窗。维琪创为词自交邓休庵、胡玉津始，其后复获交赵香宋、宋问琴，乃益有进。

《牟珠词提要》

尹恭保

尹恭保（1849—？）字彦清，一字仰衡，江苏丹徒人。同治九年(1870年)举人。四应会试不第，由内阁中书任广东知府。光绪十年(1884年)，随张之洞、冯子材对侵略越南的法国作战，出谋划策、保疆护土。后在广东署理雷州、韶州知府，升任广西道员，会办营务处，行军中染病而殁。著作有《抱膝山房全集》、《援越纪实》、《江东词稿》等。

1. 张德瀛：

尹仰衡恭保词，如易水作歌，忽闻变徵。丹徒人，有《江东词稿》。《词徵》卷六

徐琪

徐琪（1850—1918）字玉可，一字涵哉，号花农，浙江仁和（今杭州市）人。光绪六年（1880）进士，官至兵部左侍郎、内阁学士。有《玉可庵词存》二卷，《广小圃咏》一卷。

1. 俞樾：

温柔敦厚，诗教也。词为诗之余，则亦宜以此四字为主。近世诗人，多好黄山谷诗，余雅不以为然。至山谷之词，尤多俚俗语，以此为词，词之道卑矣。余于词非所长，而遇好词辄喜诵之。尝谓吴梦窗之七宝楼台，照人眼目，苏学士之天风海雨，逼人而来。虽各极其妙，而词之正宗则贵清空，不贵饾饤；贵微婉，不贵豪放，《花间》、《尊前》，其矩矱固如是也。花农庶常，风度端凝，而诗文并极清妙，自幼喜为词，皆散佚不存。光绪庚辰，入玉堂后乞假出都，自保定至津门道中追忆得如干首，录为一册，及辛巳春示余于湖上俞楼。余读之，无骫骳之音，无聱牙之句，圆美流转如弹丸，想见张绪少年时风致。盖其所为词与余论词有暗合者。昔人称秦七词情辞兼胜，又称梅溪词有清新闲婉之长，无诡荡污淫之失，余于花农词亦云。

《玉可庵词存序》（《春在堂杂文三编》卷三）

2. 李慈铭：

光绪丁亥二月廿三日，花朝久过，朔风劲寒，坐客次南窗暎暄，读花农同年词册。情深一往，言愁欲愁，其中如〔绿意〕《咏新柳》云：“梢头淡月朦胧上，已几个黄昏孤负。”〔念奴娇〕云：“春愁如草，只东风一起，千根万叶。”〔浣溪纱〕云：“燕去帘空前梦杳，庭间花落客愁浓。伤心犹在信疑中。”〔满庭芳〕《咏佩囊》云：“堤防处，宵阑带解，只恐又相离。”诵之皆使人意销。至送春〔蝶恋花〕云:“子规声里荼蘼雨。”又云:“夕阳满地杨花影。”天然好语，虽三影郎中及山抹微云君不能过也。

《玉可庵词存序》(《越缦堂文集》卷二)

3.《续修四库全书总目提要》:

其词工于言情，时有警句，如〔浣溪纱〕下段云:“燕去帘空前梦杳，庭间花落客愁浓。伤心犹在信疑中。”妙在呼愁欲出，初放即收，既有悠悠不尽之意，亦得诗人忠厚之旨也。〔蝶恋花〕云:“夕阳满地杨花影。”亦自然美句，惟其全首往往不称，故终不能成大家也。

《玉可庵词一卷补一卷提要》

沈曾植

沈曾植（1850—1922）字子培，号乙盦，又号巽斋、谷隐居士，晚号寐叟，浙江嘉兴人。光绪六年（1880）进士，历官刑部郎中、江西按察使、安徽布政使署巡抚。清亡后，退隐上海，以遗老自居，与陈三立、梁鼎芬等唱和。沈曾植为近代著名学者，通经术，精小学。学识淹博，于蒙古舆地、元史及佛学有深入研究。诗作生涩瘦硬，为“同光体”诗派一大作手。著有《海日楼诗集》、《海日楼札丛》、《蒙古源流笺证》、《元秘史笺证》等。词有《僾词》、《海日楼余音》、《东轩语业》、《曼陀罗寱词》等集，后由朱孝臧删定为《曼陀罗寱词》一卷。

1. 朱孝臧：

先生所自为《曼陀罗寱词》，的是稼轩法乳。

沈曾植《稼轩长短句小笺》龙榆生附记引（《词学季刊》第一卷第二号）

2. 沈曾植：

清宵白月，平旦高楼，古事今情，国图身遇，茫茫然，惘惘然，瞿瞿盱盱然，若有言，若不敢言。夫其不可正言者，犹将可微言之；不可庄语者，犹将以谲语之；不可以显譬者，犹将隐譬之。微以合，谲以文，隐以辨，莫词若矣。张皋文氏、董晋卿氏之说，沈子所夙习也。心于词，形形色色无非词，有感则书之，书已弃之，不忍更视也。

《僾词自序》（《曼陀罗寱词》）

3. 冒广生：

嘉兴沈子培提学曾植，与其弟子封提学，并负时名。子培学问尤渊博，今日之朱锡鬯也。词不多作……殊有玉田之神，盖浙西词脉然也。

《小三吾亭词话》卷四

3. 张尔田：

吴兴公以鸿硕广揽，负斯文之寄，于贞元绝续之交，延祖宗养士之泽者且十余年。生平著述等身，所为词手定者凡四，彊村翁既汇而存之矣，复选而录入《沧海遗音》中。公子慈护以序来属，呜呼！余何敢为公词序也？忆曩客沪上，登海日楼，谒公于燕座，公手一卷词曰："生平之志与业具于是，子其为我定诸？"余既退而卒业，乃复于公曰："古人称意内言外谓之词。夫琼楼玉宇、烟柳斜阳，常语耳，神宗以为忠，而寿皇以为怨。五季割据，韦端己独抱思唐之悲；冯正中身仕偏朝，知时不可为，所为〔蝶恋花〕诸阕幽咽惝恍，如醉如迷，此皆贤人君子不得志发愤之所为作也。公之词将毋类是？"公笑曰："有是哉，子之能知吾词也。然而见其表未见其里也。"公自鼎革，龙蟠黄海，复壁柳车，杂宾盈室，宣光纶旅之望，老而益坚，故辛、壬以后词苍凉激楚，又过前编。彼妇之嗟，狡童之痛，如讽《九辩》，如奏《五噫》，托兴于一事一物之微，而烛照数计乃在千里之外。至其不可吴言者则谲言之，不能法语者则垂涕泗而道之，合骚、玄于一冶，喻鹏、鲲于一指，陆放翁之掉书袋，元遗山之嗜金头大鹅，又未可一二尽状也。

《曼陀罗寱词序》(《曼陀罗寱词》)

4. 张尔田：

自来学苏、辛能成就者绝少，即培老亦只能到须溪耳。苏、辛笔力如锥画沙，非读破万卷不能，谈何容易。磊落激昂，不从书卷中来，皆客气也。以客气求苏、辛，去之愈远。

《与龙榆生论苏辛词书》(《词学季刊》第二卷第三号)

5. 张尔田：

培老学须溪者也，而平生宴谈，未尝一及须溪。文人狡狯，得力处多不轻以示人，惟知言者会之于微耳。

《与夏瞿禅书》（《天风阁学词日记》一九三六年引）

6. 张尔田：

寐叟词除一二僻典外，所用佛典，大都习见语，出于语录者为多，然欲征其出处，则亦甚费力。此不特注家为然，即作家亦是随一时记忆所及，未必尽能记其出处也。又寐叟用典多不取原意，而别有所指。即使尽得其出处，而本意终不可知。

《与夏瞿禅书》（《天风阁学词日记》一九三七年引）

7. 夏敬观：

沈寐叟，学人也，《曼陀罗寱词》，学人之词也。

《遯盦乐府序》（《遯盦乐府》）

8. 叶恭绰：

子培丈词，力矫凡庸，乃词中之玉川魁纪公也。

《广箧中词》

9. 姚鹓雏：

〔望江南〕

翻沧海，翡翠亦翩跹。拈出弇州香弱语，词家宗旨托兰荃。锦瑟仗谁笺。

《续咏近代词家六首》《姚鹓雏文集（诗词卷）·苍雪词》卷三

朱怀新

朱怀新（1850—？）字亦甫，号苗生，浙江义乌人。同治九年举人，光绪十五年成进士，官广东知县。有《惜余芳馆词》，附于《惜余芳馆稿》。

1. 继昌（李佳）：

朱苗生大令怀新《惜余芳馆词》，雄快处似近苏辛。

《左庵词话》卷下

2. 楼杏春：

〔金缕曲〕《〈惜余芳馆词稿〉题词》

谁复知音者。笑群儿、豪苏腻柳，寄人篱下。只有惜余芳一卷，真个曲高和寡。恨种种、余之发也。但愿皆为忘年友，把哀丝、豪竹供陶写。吾甘后、臂须抱。　　闲愁闲恨君休惹。任风吹、一池浪皱，何关惊咤。有日春风夸得意，看尔轻衫细马。只今日、唱斟聊且。玉兔桐阴秋香满，拨鹍弦、大板鹅黄泻。传异日，作佳话。

《惜余芳馆词》

3. 楼杏春：

读〔忆江南〕九调，风流自赏，如啖生荔枝，色香味俱全。所最妙者，“门外自垂杨”之“自”字、“几缕轻烟扶小草”之“扶”字，古来惟欧九解下此耳；“乍露玉容”二句，此中有人，呼之欲出；“纨扇”二句，更未易为外人道也……阁下喜淮海，不喜黄九，与仆臭味颇同。但阁下瓣香淮海，已入其奥；仆私淑玉田，未得其门，当让君出一头地。

《惜余芳馆词稿卷首书札》（《惜余芳馆词》）

4. 刘毓盘：

《惜余芳馆词》二卷，少作也。其言情之作则紫薇之余也，感怀之作则龙川之余也。盘曩学为词，朱古微侍郎每举以似毛东堂，以为不失乡先生之余风。虽然，必如先生者一以冶之，始克以当之，且以补拙盦所未备之体也。

《惜余芳馆词后序》(《惜余芳馆词》)

周郇雨

周郇雨(1850—1882)字叔贯,浙江临海人。同治九年(1870)举人，有《黍芗词》一卷。

1.《续修四库全书总目提要》:

谭献评其词吐属自然、情灵谐鬯，非唐大之言也。其平生苦节，坚贞自守，时见于词……若天与之年，正未可量。

《黍芗词一卷提要》

崔瑛

崔瑛（1850?—1915?）字瑶斋，广西桂平人。道咸间诸生。累试不第，工吟咏。晚岁，过洞庭，溯江而上至四川，再游陕西，游览名山大川。著有《琼笙吟馆诗词集》，有《诗余》二卷。

1. 蔡光岳：

〔解语花〕《题琼笙吟馆词卷》

尘途抗走，豪气销磨，余一腔丹血。打开函箧。来珠玉、尽是阳春白雪。从头细阅，把唐宋、才人压倒，要非徒、换羽移宫，写恨愁风月。　八桂会游久别，怅今朝未睹，丽江英杰。丝罗早结。知崔瑗有子，东床特设。分驰宦辙。除有梦、梅花寻蝶。笑衰颓、同调难工，惹小红饶舌公姬雅通翰墨。

江河日下，蒿目中原，问煞天无语。天教笔补。千秋岁、造化欧风墨雨。新翻旧谱，只笑彼，鹓鶵吓鼠。诩升平、颂德歌功，没个收场处。　敬仰长虹气吐，啸三峰难让，希夷高步。鸥俦鸳侣。中郎愧、爨剩焦桐琴抚。悲伤末路。恨未有、清词题柱。难唱酬、脱口清圆，搜索枯肠苦。

《琼笙吟馆诗词集》

2. 崔瑛：

〔月华清〕《闲居无事只可填词因四叠前均以自遣》

环堵萧条，行窝安乐，咬得菜根一把。刮目伊谁，休诮阿蒙吴下。效惠子、乐可知鱼，比臣朔、饥常斋马。薄宦等游僧，锡杖褡包都挂。　闲来按谱填词，只枯肠搜索，悲欢齐化。换羽移宫，指甲阑干忙画。不必演、白石新声，尽可唱、豆棚佳话。谈笑处，二三知己，好联吟帕。

《琼笙吟馆诗余》卷下

3. 王增祺：

崔为唐著姓，诗人分见于三百年中，如星光然。其时桂林一行省，属广南道，顾无以诗鸣其间者。越今而桂平崔君瑶斋乃特起而振旧京之绪。增祺因李君翰仙得读其游少陵草堂之作，清丽婉约，非深于情者不能。未已，而君寄示所著《琼笙吟馆诗词》稿，雒诵再三，窃幸鄙见之不谬，而君高轩枉过矣。接其言论，风采犹是书生故习，人如其文，诚之不可揜也如是。谕令点点全集，并为弁言，惶悚承命，益切主臣。夫以诗之为道，犹佛之广大，未可一格拘也。君少为诸生，九随秋赋，一科之难疑在天上，以视昔之诸崔动登上第、藉词章享重名者相去邈矣，独能不颓其志，且生丁寇乱，绝无噍杀之音，非所谓"息之深深，达之亹亹"者欤？词曰诗余，权舆初唐，而盛极于宋。论者终以苏辛为别调，秦柳为正宗，盖其为体，非诗非曲，始可名之为词，非按谱填写，不神明其音节旨趣，即希厕于《花间》、《尊前》之列也。君则兼擅其长，世谓且过其诗，鄙见亦复云然。要之，诗词悉合于格而弗泥于格，此事关于笔妙，未能以片语形容也。传称"名德之后，必有达人"，君困矮屋久，喆嗣湘琪，遂以韶年充本学拔贡生，连捷春秋榜，入翰林散馆，授华阴剧县，行即迎养入秦。云栈之奇，靡殊百越，而终南、太华，雄峙关东西，君回顾踌躇，发为咏歌，将必有易独秀之面目为雄奇者。诗人有后，天所以报君，初不俾持簜节而绾墨绶，缘非此不足畅君之游而抒君之蕴也。闻君得雷酒人真传，沉饮不乱。增祺前窃为韩城，与公子为先后同郡同官，请得于君子命驾也，举清酒，奉觞而引吭，奏君留别之作焉。

《琼笙吟馆诗词序》(《琼笙吟馆诗词》)

4. 胡薇元：

昔馆京师嵩文恪尚书半亩园，尚书故以慢词长调相竞，下直辄拈题，相与浅斟低拍。洎丁丑会试榜出，报录者至，仆方得佳句，狂喜不顾也。三十年来此乐不复可再。丁未官西安，与瑶斋先生讨论古音古调八十四阕，三犯四犯，增演慢、引，移宫换羽之法，相视莫逆。先生之调质实而能清空，无凝涩晦昧之弊。集中游太华诸作，古雅峭拔，一洗纤巧薄滑之陋习。尝谓词人不可以无学，然方其为词也，必置其心于高远绵渺，凡牢骚脂粉、冠盖诗书之气，悉举而空之，夫如是，则学与养出于言语之表，而不为吾累，然后可以为词。瑶斋擅之，又能以其治谱传之长君，为良吏则和平其心，而达于政事者自有在矣，谨于词求之，抑末已。

《琼笙吟馆词序》

5. 金椿鹤：

漓湘清气属词人，藻绘山川色倍新。

吾岭烟云游子合，双江风月苦吟身。

望仙台上诗戡诵，乘鹤搂头句有神。

十样花笺传妙拍，红牙低按锦城春。

《诵新词，俊爽似稼轩，熨帖似屯田，爰赋律句题斯集》(《琼笙吟馆诗词集题辞》)

6. 邓鸿仪：

〔金缕曲〕《题琼笙吟馆词卷》

花影纱窗聚。忽蜚来、琼瑶十幅，天然佳句。鸡塞笙寒风皱水，扫尽筝琶凡语。看腕底、泉源奔赴。盏亦填词空传恨，渐消磨，豪气非吾故。同调者，应怜汝。　功名休悔儒冠误。喜承家、庭前雏凤，声清如许。焦尾终逢知音客，底事商音凄楚。况低唱、小红戡付。日下江河今如此，论时艰、谁作中流柱。弹妙曲，漫他顾。

《琼笙吟馆诗词集》

7. 赵璧光：

公将余事作诗人，读到诗余倍觉新。

小令长篇情外韵，禅心绮语悟中身。
玉笙度出幽远秀，金缕歌成妙入神。
蜀水秦云都谱遍，敢从下里和阳春。
《读诗余书后，借金鹤筹太守均》（《琼笙吟馆诗词集题辞》）

冯永年

冯永年（生卒年不详）字恩江，广东番禺（今属广州市）人。官江南南康县知县。有《看山楼诗钞》二卷。辑入《寄南园二子诗钞》。

1. 王鹏运：

十年阔别，万里相思。往在京华，得《寄南园二子诗钞》，尝置座隅，不时循诵，以当晤言。去秋与家兄会于汉南，又读《看山楼词》，不啻与故人烟语于匡、番寒翠间，麈柄炉香，可仿佛接。尤倾倒者，在言情令引。

况周颐《蕙风词话续编》卷一引王氏寄冯永年手札旧稿

续廉

续廉（生卒年不详）又字晓泉、耻庵，辉发那拉氏，内务府正白旗人。光绪十九年举人，官内务府员外郎。有《羞园词草》，与同名诗草合刊。

1. 继昌（李佳）：

辉发那拉晓泉续廉，腹笥博雅，诗词均有家数。惜脱稿懒自收拾，多散佚。剪灯谈艺之余，得数阕，亟登之。〔唐多令〕《新蝉》云："向晚雨初晴。先秋露未凝。怎禁他、遗蜕娉婷。算尔登仙真羽化，深树里、咽悲声。　老我鬓星星。多愁不忍听。怅年年、入耳心惊。最是今年肠欲断，浑不似、去年情。"此盖为悼亡姬作。〔木兰花慢〕《七月二日同味莼、在廷泛舟庆丰闸》云："雨晴残暑退，携二客、泛扁舟。正荻冷蒲荒，水平风稳，容与中流。三忠至今在否，剩丛祠、烟柳夕阳秋。管甚英雄寂寞，且饶我辈遨游。　休休。老已何求。桃叶渡、酒家楼。有红粉当窗，笙歌夹岸，谁解间愁。归船暗催日落，指高城、星火似瓜州。可惜一川香水，年年白了人头。"〔齐天乐〕《咏金钟儿》云："销魂天寿山前路。断垣衰草零露。岩棱啾啾，月窟那解，兴亡今古。悲鸣自诩。有樵子寻踪，几回笼取。卖向街头，一时惊到小儿女。　凉蝉渐辞暗树。剩蛩寒蛄冷，相和尔汝。檐马敲风，车鸾语夜，等是一般凄楚。铜瓶好贮。正良夜无眠，恼人情绪。试问秋虫，为谁调律吕。"〔菩萨蛮〕《上巳游蟠桃宫》云："长堤一张偎春水。香车宝马人如织。隔岸两三家。墙头红杏花。　旗亭斟绿酒。恰遇兰言友。好去强追欢。年年三月三。"晓泉十入秋闱，始获一捷。又两丧爱姬，故词多哀怨之音。

续晓泉年来约同人结社谈诗，以诗词赓答。有《咏法华禅院白桃花》〔绮罗香〕云："笑靥凝酥，天姿斫玉，春色武陵初见。梅已埋香，梨蕊欲开还晚。喜重来、前度刘郎，惊不似、去年人面。懒梳妆，早卸铅华，夜深应共素娥伴。　　坡仙而今渐老，翻被朝云惹恨，不胜清怨。流水无情，断送飞琼何限。肯效他、薄命杨花，恐误了、乍来梁燕。漫消得、禅榻间眠，鬓丝愁更短。"冬日踏雪，同在廷、味莼酒楼小饮，用稼轩〔金缕曲〕韵云："往事休重说。问何人、追踪靖节，希风诸葛。幸有青莲招市饮，踏破天街积雪。应笑我、早生华发。豪气元龙真老矣，料今宵、只可谈风月。听榨酒，助萧瑟。　　排檐滴雨声无别。恰开尊、剪灯夜语，几经离合。难得入关班定远，味莼甫自军中回。犹剩嵚奇傲骨。正帘外、六花都绝。扶醉归来眠不稳，怅杜陵、老被寒如铁。西风紧，纸窗裂。"晓泉所作，能得词家三昧。惜全稿不自检点，仅寸金尺缣，令人怅惘不置。

《左庵词话》卷下

汪渊

汪渊（1851—1920）字诗圃，号时圃，安徽绩溪人。光绪十五年优选拔贡，以授徒为业。有《瑶天笙鹤词》(又名《古调独弹词》二卷),《藕丝词》四卷,《麝尘莲寸集》四卷补遗一卷。

1. 谭献：

唐子愉以绩溪汪时甫《藕丝词》见贻，清脆婉秀，固是当行，盖王眉叔之友也。(《复堂日记》癸未)

《复堂词话》

吴翌寅

吴翌寅（1852—1896?）字孟棐，江苏阳湖人。光绪十七年举人，官广东龙川知县。有《曼陀罗花室词》一卷，与同名诗文集合刊。

1. 冒广生：

阳湖吴孟棐翌寅，客广州久，以名孝廉一行作吏，非其志也。孟棐说经有师法，尤善骈体文。其《曼陀罗花室词自叙》一篇，朴茂可诵。词亦寓言十九，得风人比兴之遗。〔高阳台〕云："廿四番风，两三点雨，踏青才过清明。惆怅垂杨，春深不管啼莺。画船莫向烟波住，怕晓风，残月长亭。更消魂，南浦凄迷，没个人行。　江干打桨桃根去，问落花何处，流水无声。门巷依然，斜阳又放新晴。双飞燕子江蓠岸，悔重来，负了鸥盟。但盈盈，望断归桡，数尽邮程。"〔梦芙蓉〕云："碧云罗障薄。挂弯环斜月，半钩欲落。疏萤乱飐无力，受风约。平芜烟漠漠。望中何处林壑。宛忆江南，倚溪楼擫笛。凉梦警黄鹤。　谁信人间飘泊。团扇秋深，鬓影浑非昨。欢场回首，悔铸旧时错。当筵歌一曲，绛殊曾赐千斛。此日灯前，剩阑干老泪，重话少年乐。"〔御街行〕云："秋山数点城头满。锁翠黛，眉峰敛。夜深月上女墙西，拥髻晚妆人倦。重门都掩谁家院。横笛声声远。　银云一抹星河淡，看雁影遥天散。捣衣生怕听清砧，况是客衣须换。沉沉鼓角，更催魂断，欹枕眠孤馆。"〔念奴娇〕云："熏香小阁，正晚妆才罢，文窗闲恁。玳瑁梁空双燕去，只怨归期难定。翠袖慵垂，罗帏怕卷，有恨无人省。谁家女伴，踏歌声度花径。　记否月底摧箫，风前擫笛，共倚雕阑听。扫尽春江螺十斛，忍把眉山蹙损。红豆调鹦，绿杨系马，往事休重问。同心绾就，旧时衣带宽褪。"

《小三吾亭词话》卷五

林纾

林纾（1852—1924）原名群玉，字琴南，号畏庐、冷红生，福建闽侯人。光绪八年举人，先后执教于广东东城讲舍、北京京师大学堂、孔教大学等。门人私谥贞文先生。有《畏庐词》（又名《补柳词》）、《冷红斋词剩》。

1. 冒广生：

闽县林琴南学博纾，喜译欧西小说，其纪巴黎马克遗事，万口传诵。严幼陵诗所谓“可怜一部茶花女，销尽支那荡子魂”者也。顾其为文，深得力于龙门、昌黎、震川，世或不知，知者亦或不尽。余与琴南在五城学校共朝夕者五年，知琴南真能治古文。桐城吴挚父亦引为同调。三人者，尝为合象，陈石遗见之，诧曰：此海内三古文家也。挚父游日本，为书与琴南，以曾文正古文四象属琴南与余校勘，书未达，而执父旋殁。挚父殁后，其家人为刻遗集，琴南与余始得于所刻尺版见之。琴南又工填词，有《补柳词》一卷。〔迈陂塘〕云：“倚风前、一襟幽恨，盈盈珠泪成瘿。红瘢腥点鸳鸯翅，苔榭月明交颈。魂半定。倩药雾茶云，强得春痕凝。红宵梦醒。甚恨海波翻，愁台路近，换却乍来景。　楼阴里，长分红幽翠屏，销除当日情性。篆纹死后依然活，无奈画帘中梗。卿试省。碧潭水，深深曾蘸桃花影。商声又警。正芦叶飘萧，秋魂一缕，印上画中镜。”又云：“荡林光、半湖新水，画楼清晓微雨。双鸦小啄罘罳动，人向嫩春林墅。襟半举。扫一片花痕，敛入痴心绪。湖阴片语。看云影移钗，苔香吹屧，描出好眉妩。　定情处，何限愁根恨缕。窥人偏少鹦鹉。山容水态吟鞭远，剩得月中酸楚。谁见觑。歌舞地、天涯也有鸳鸯浦。沧波逗汝。竟小劫存莺，横风聚燕，两两背花去。”〔齐天乐〕云：“玉鞶香怨相逢地，珊珊盼伊娇步。药鼎枯烟，花廊碎月，春锁愁乡深处。游丝万缕。

甚袅到帘前，欲抽还住。语淡心浓，绿房阴透夜来雨。　　银波吹却浪蕊，但苍云四卷，沙际孤屿。鲫墨浓镌，鹅丸嫩咽，争说因郎辛苦。余生半黍。竟画里挪舟，带珠还浦。试看雕梁，弄春双燕羽。”〔烛影摇红〕云：“情海波翻，情丝牵傍愁边岸。恹恹抱梦坠梨花，梦带梨花颤。恨事填胸渐满。数今生、伤心未半。寄怀何许，画里鸥波，绿漪风善。　　天际书来，书词能做秋心暖。回春纤影兀伶俜，那值人儿伴。画艇重撑人懒。峭金风、声声断雁。日余钟定，草长帘深，眼中人远。”〔解语花〕云：“山支瘦碧，树著新丹，相见年光旋。暮寒侵幔。离魂影，睡里半鬟虚绾。髻樱送暖，绿窗掩、暗香零乱。端正看、依约衫痕，栉栉银云浅。　　花底惊魂乍遣。竟私窥仙枕，偷贡香翰。蝶乖蜂蹇，愔愔地，为甚万愁都键。阑干半面。容解道、人来偷眼。看翠澜，鱼沫生时，刚玉销烟散。”〔小重山〕云：“别墅垂杨千万丝。朱楼斜日里，展朱扉。玉箫声向舞筵迟。腰园紧、收窄砑罗衣。　　春聚远山眉。重重挑不动，个人痴。去时追想乍来时。空留得、阑外海云飞。”又云：“践破门前一道苔。入门闻笑语，燕归来。玉簪花碎美人怀。东风峭，还忆旧时裁。　　琴调几分谐。新情兜不住，旧人猜。一腔花气展书才。争知道、花底有人挨。”闽词多尚豪迈，琴南诸作，殆绝似吾乡王通叟《冠柳词》也。

《小三吾亭词话》卷五

2. 郭则沄：

欧西小说，多述艳情，而中土罕传之。林畏庐客京师，授徒鬻画外，兼事译籍，所译书皆风行海内，卷首恒有自题长短句。《咏佳而夫人》〔小重山〕……《题玉雪留痕》〔齐天乐〕……《题迦因小传》〔摸鱼儿〕……欧西事入词，此亦仅见。

《清词玉屑》卷九

3. 陈声聪：

林畏庐纾身兼诸艺，并工于词……畏庐有《补柳词》，晚岁不多作，惟在其所译西洋小说中，往往于卷首题长短句，如咏佳而夫人之〔小重山〕，题迦音小传之〔摸鱼儿〕，咏安杰拉之〔摸鱼儿〕等，俱极凄艳。予论近代词人，有及畏庐一首云："雨雨风风世界同，人情宁复有西东。虞初鞮译分题处，每为红儿揾泪红。"其说部，万口诵赞，严几道所谓"可怜一部《茶花女》，销尽支那荡子魂"者也。

《闽词谈屑》(《填词要略及词评四篇》)

4. 陈声聪：

雨雨风风世界同，人情宁复有西东。

虞初鞮译分题处，每为红儿揾泪红。

林氏少即工词，风流骀荡，意气发越，后不多作，惟有译作小说中，题长短句于句首，如所译《玉雪留痕》之〔齐天乐〕，《迦音小传》之〔摸鱼儿〕等是。

《论近代词绝句》(《填词要略及词评四篇》)

5. 陈声聪：

林畏庐纾早年有词一卷曰《补柳词》，后不多作，惟常于所译西洋小说中，题长短句于卷首。……人间儿女，何论中西，见之于词，此为首创。其最著之《茶花女》，严几道所谓"可怜一部《茶花女》，销尽支那荡子魂"者也。

《读词枝语》(《填词要略及词评四篇》)

张祥龄

张祥龄（1853—1903）字子苾，一字子芾，号芝馥，四川汉州（今广汉）人。光绪二十年（1894）进士，改庶吉士，官陕西大荔县知县。词有《子苾词钞》、《半箧秋词》、《受经堂词》；与王鹏运、况周颐合作《和珠玉词》一卷；与郑文焯、易顺鼎、易顺豫、蒋文鸿联句成《吴波鸥语》，刊于《词学季刊》第三卷第一号。

1. 张祥龄：

祥龄于他学稍知涉猎，惟词以南皮薄之，湘潭小之，遂决意不为。丁亥与次香、实甫、由甫倡酬无虚日，予最驽下，读词亦不能句读，乃试取宋人观之，辞意皆非平生所有，虚实浅深之难，曾为叔海论之，非苦功不能深入。予初不识尧章，安知叔夏？良可哂也。

〔台城路〕小序（《水滨国棹歌》附）

2. 易顺鼎：

今年春，与叔问、子芾、叔由举词社于吴，次湘自金陵至，四子皆嗜白石深于余，探幽洞微，穷极幼眇。

《吴波鸥语序》（《词学季刊》第三卷第一号）

3. 况周颐：

〔八归〕《题张子苾祥龄〈半箧秋词〉》

吴霜鬓点，京尘衫色，如梦事往倦说。何堪蠹纸珍珠字，还付九天哀怨，两潮呜咽。二十年前分袂地，剩惨黯、铜驼烟月。渭水曲、莫赋招魂，此恨总华发。　　赓和年时对影，挥豪珠玉，四印高斋清绝曩寓都门，与子苾、半唐连句和《珠玉词》于四印斋。远游王粲，少时张绪，荏苒兰荃摧折。访沧桑旧雨，我独中肠杜陵热。知何许、令威华表，瘦损琼箫，香词空半箧。

《蕙风词》卷下

4. 严伟：

《半箧秋词》者，外舅张子馥先生感逝之作也。方先生居蜀时，与外姑曾季硕夫人同执贽湘潭王湘绮门下，曾夫人有《桐凤楼诗》刊，湘绮老人为之序。洎曾殁，先生适客苏台，怆怀故剑，情见乎词，故是篇多感逝之作。

《半箧秋词序》(《半箧秋词》)

梁文灿

梁文灿（1869—1928）字质生，号炙笙，山东潍县（今潍坊）人，光绪二十年（1894）进士，官至福建道监察御史。著有《蒙拾堂词稿》，包括《红豆词》、《杏雨词》、《积翠词》、《劫余词》。

1.《续修四库全书总目提要》：

文灿词于超逸之中，兼饶豪迈，出其抑塞磊落之才，发为慷慨悲歌之调，情韵肆溢，颇如秋云在空，变化莫测，在清末足可成一家数。书首有丁锡田跋，谓文灿为御史时，有声京华，入民国后，傲游南北，放情诗酒，工长短句。寄迹金陵时，每有所作，士林争相传诵，名满大江南北。或以艳体为病，殊不知美人香草，古人多所寄托。田晋谒时，出所为词稿嘱为校印，中有一二未恰意处，已手颤不能执笔改削，安邱赵孝陆先生许为选评，因乱未果。其后念久负先生之嘱，因取原稿为印行云。

《蒙拾堂词稿不分卷提要》

曾懿

曾懿（1853—1927），字伯渊，一字朗秋，四川华阳（今成都市）人，光绪己卯举人、湖南提法使袁学昌室。精医学，善书画，工诗词，同治、光绪间，才女淑媛之名流播公卿间。著有《古欢室诗词集》，词一卷名《浣月词》。

1. 曾光煦：

《浣月词》一卷，声情激越，感遇深远，尤为可歌可诵。

《古欢室诗词集序》

2. 张仲炘：

〔绛都春〕《敬题伯渊夫人诗词集》

云霞新组。是旧日浣花，雕龙机杼。一片古香，百斛清愁穿珠语。疏林落月怀卿句。便江笔、如花应妒。抵他多少，芳情藻思，悴春工赋。　　还慕。璇闺艳福，洞箫按、镜里鸣鸾对舞。漱玉曼声，徐淑书名争千古。诸郎词苑森旗鼓。但余技、阿娘分与。洒然林下高风，凤毛幸睹。

《古欢室诗词集》题辞

3. 严谦润：

〔齐天乐〕《敬题伯渊夫人诗词集》

春风词笔清泠语，玉骨珊珊难并。瘦损琼枝，写残花叶，采笔从来驰骋。清才易证。是明月前身，向人酬赠。减字偷声，而今未减谢家兴。　　佳儿佳妇曾见谓姜室、仲芬夫妇，都倚声按拍，赋成香茗。玉簟吟秋，金猊诉夜，尔许风流谁倩。欲休未肯。算老去词人，教儿还剩。可许吴侬，占骚坛一等。

《古欢室诗词集》题辞

4.《续修四库全书总目提要》：

命意遣词，皆具温柔敦厚之旨，足与前代淑媛媲美。

《浣月词一卷提要》

魏繇

魏繇（？—1909后）字季子，号复初，别号文斤山民。魏源之孙，湖南邵阳人。著有《邵阳魏先生遗集》，有《金溪词》一卷。

1. 曾行淦：

淦与季子交二十年矣，季子幼工诗，自在龆年即为戴子高阳、衣谷两君所爱重。去岁移居道南老屋，共数晨夕，相得益欢。暇日并出近词见示，不吝偶有献替，辄应时改定，不以为忤。今年，集其所作都为一卷，属淦为定去取。时新病初起，绿荫满庭，清风徐来。浣薇展诵其词，清华圆转，有如姑射仙人，不复食人间烟火。高者方驾南宋，即使草窗复生，见之亦当却步，必传无疑。淦弱冠与梦华同学为词，船唇马足，传写遂多，谬为时辈所许。今读季子词，自愧弗如，悔不早焚笔研。梦华供职京师，日在尘土软红中，想亦久不倚声，从此衰草微云，晓风残月，当让君独步一时矣。

《金溪词序》（《金溪词》）

陈廷焯

陈廷焯（1853—1892）字亦峰，又字伯与，原名世焜，江苏丹徒人，后流寓泰州。光绪十四年（1888）举人。明年，应礼部试，落榜而归。一生专力治诗词，亦精医道。于词倡“沉郁”说，被后人视为常州词派后劲。著有《白雨斋诗集》，词有《白雨斋词存》一卷，光绪二十年刻《白雨斋词话》附。另有《白雨斋词话》十卷、《词则》四集二十四卷、《云韶集》二十六卷，其中《白雨斋词话》是后期常州词派的重要论著。

1. 陈廷焯：

或问余所作艳词以何为法，余曰：余固尝言之，根柢于风骚，涵泳于温、韦，以之作正声也可，以之作艳体，亦无不可。盖绮语已属下乘，若不取法乎古，更于淫词亵语中求生活，纵穷极工巧，去风雅愈远，即流弊益甚，窃所不取。余旧作艳词，大半付丙。然如旧作〔倦寻芳〕纪梦云……虽未知于古人何如，似尚无纤佻浮薄之弊。

余初为词，亦不免淫冶叫嚣之失。

《白雨斋词话》卷五

2. 王耕心：

吾友陈君亦峰，少为诗歌，一以少陵杜氏为宗，杜以外不屑道也。年几三十，复好为词，探索既久，豁然大彻。所为词稿，深永超拔，已足上摩宋贤之垒。而别著《白雨斋词话》八卷，抉择幽微，辨才无碍，尤有不受流俗羁绁者。亦峰之于词，思与学兼尽如此，亦勤矣哉。

《白雨斋词话序》（《白雨斋词话》）

3. 汪懋琨：

其门弟子集其词话，并所著诗词，先以付梓。予得而阅之，推本《风》、《骚》，一归于温柔敦厚之旨，非所谓宅心纯正，蕲至于登峰造极者欤！

《白雨斋词话序》（《白雨斋词话》）

4. 叶恭绰：

《白雨斋词话》，极力提倡柔厚之旨，识解甚高，所作亦足相副。

《广箧中词》卷一

5.《续修四库全书提要》：

廷焯受词学于庄棫，而接迹于常州二张之派也。故其论词，本诸《风》、《骚》，正其情性，温厚以为体，沉郁以为用，引以千端，衷诸一是。其所谓沉郁者，以为意在笔先，神余言外。

廷焯与庄棫相切磋，故其词学深邃。集中令曲，忠厚缠绵，出入方城、《阳春》之间；慢词植根碧山，而运以苏、辛之才气，故无叫嚣之弊。以视蒿庵，不独无愧而已。

《白雨斋词话提要》

6. 沈轶刘：

庄中白力求《三百篇》无言之旨，以“不着一字”为第一义，其〔高阳台〕《长乐渡》诸作弥缝南北，煞费经营，读之只觉雾里看花，未删物累。谭献小令，用力过甚，如虎在柙，无技自拔。下至陈廷焯，诞谬杂出，曲蔽偏激，可以勿论。

《繁霜榭词札》

朱冠瀛

朱冠瀛（1854—？）字成蘧，号紫仙。浙江海盐人。词有《指马楼词钞》、《病眉楼词》。

1. 朱冠瀛：

词家以律为先，不明其律，虽美勿取也。昔周草窗作西湖十景词，杨守斋见之曰语丽矣，如律未谐何。遂相与订正数月而后定。姜白石作平调〔满江红〕，以为旧调仄韵多不协律，如末句“无心扑”三字，歌者必将“心”字融入去声方谐。白石末句云“闻佩环”，协律矣。则信乎词非难，律为难矣。余流荡苏台，于今十载，萧然环堵，愤乐相寻。当夫秋月春花之际，不无偷声减字之吟。未敢自诩音律之明，特以弃之有不忍耳。因集前段所作若干首，厘为一卷。嗟嗟，两宋遗风，今兹已邈，协律虽难，赏音犹罕知我者，其求我于酒尊歌板下乎？

《病眉楼词自序》（《病眉楼词》）

2. 夏曾传：

古盐官之地，有词人焉，曰黄孝廉韵珊。其为词沉博绝丽，奄有北宋诸大家之长。故自道光以来，浙人之为词者，必称黄氏。自黄氏殁后数十年，而古盐官之地又有词人焉，则朱茂才紫仙。是紫仙生于甲族，十四入邑庠，席祖父之荫，优游文史间。无米盐琐屑以纷其志，无艰难变故以扰其天，于是专精一志以攻乎声韵之学。而又有家藏图籍之富，以供其驱使。故其为词也，亦沉博绝丽，足与黄氏抗衡。顾其齿尚幼，名未噪于时，吾知更十年后，浙人之为词者，必又称朱氏无疑也。曩在癸酉之岁，予与同人结文社，始获识紫仙。继又知其能词，尝与予论词学之源流，上自北宋，下逮国朝，本本原原如指诸掌。且其于声律宫调之繁，莫不洞悉详尽。虽刘昺所编之八十四调图谱不传于世，而得紫仙之阐析，裁正于古人之遗法，尤可想见。然则紫仙之学之勤且博，不尤在黄氏右哉？

《病眉楼词序》(《病眉楼词》)

宋伯鲁

宋伯鲁（1854—1932）字子纯，一字芝栋，号芝友、竹心、芝田，晚号钝叟、心太平轩老人，陕西醴泉（今礼泉）人，光绪十二年（1886）进士，官御史，曾参与戊戌变法，失败后被革职永不叙用。入民国曾任众议院议员。著有《蕤红词》一卷。

1.《续修四库全书总目提要》：

慢词殊不成格，令曲喜为艳体，而寄托不深，时露轻薄。其在穷荒广漠中所填之词，虽间有可取，要非词家本色也。

《蕤红词一卷提要》

严复

严复（1854—1921）原名宗光，字又陵，一字几道，晚号愈野老人，福建侯官人。英国格林尼次海军大学毕业。光绪三十二年任复旦公学校长，宣统二年充资政院议员，官至海军协都统。1912年任京师大学堂总监督兼文科学长，袁世凯总统府顾问。后拥护袁世凯复辟。生平事迹见《清史稿》。严复会通中西学术，翻译大量西方经典。诗文亦佳。著有《严几道诗文钞》、《严复集》，词见《严复集》。

1. 夏敬观：

侯官严幼陵复，与予先后监督复旦公学，予妹婿熊季廉元锷，其高弟也。丙午、丁未、戊申之际，笺札往还谈艺，日夕无虚，惟论文论诗为多，及于词者不过一二，词虽未工，殆为罕见。

《忍古楼词话》

赵懿

赵懿（1854—1896）字渊叔，号悔予，贵州遵义人，光绪二年（1876）举人，官四川名山知县。赵懿为郑珍外孙，博学工诗，著有《延江生诗集》十三卷。词有《梦悔楼词》一卷，收入《黔南丛书》中。

1. 邹国彬：

姑听轩、师古堂、梦悔楼三家倚声……引化写娱，多工体物，披华出素，言隽味腴，诚知意内言外之旨者。

《梦悔楼词跋》(《梦悔楼词》)

2.《续修四库全书总目提要》：

懿英敏超豁，精力过人，经史百家、三仓训纂、方舆、金石之学，撷其萃旨，一发之于诗。……于是编觇之，则皆从至性中涵养，而无浮嚣钩棘、纤佻怪谲之弊，引化写娱，多工体物。邹国彬谓《姑听》、《师古》、《梦悔》三家词俱披华出素，言隽味腴。证于兹编，则光采流映，犹且过之，可称冠军焉。

《梦悔楼词一卷提要》

王以敏

王以敏（1855—1921）原名以慜，字子捷，一字梦湘，号幼阶，一号檗坞，别号明湖第一词流过客，辛亥后字古伤，湖南武陵人。同治十二年举人，光绪十六年进士，官翰林院编修、江西瑞州知府。有《檗坞词存》十二卷、别集五卷。

1. 易顺鼎：

〔金缕曲〕

《填词一事，莫盛于杭，吾湘代不数人，然以仆所交，则有四君子矣。都门别后，羽换商移，因各缀一词寄怀，知天外雅弦，犹有同调也·武陵王梦湘以敏》

生就填词命。况添些、悲秋结习，悼春心性。不比五陵年少样，裘马但标轻俊。怎知道、欢场离恨。一副尊前奇葩泪，算除花、尚有谁堪赠。还为我，洒来肯。　采香嫩约难凭准。想别后、雨花泥絮，维摩多病。烟柳明湖三面绿，著个才人小影。与背锦、生涯刚称。漂泊情天无住处，瘦东风、也似君行径。何日共，碧湘隐。

《摩围阁词》卷上

2. 陈锐：

王梦湘词，工于赋愁，长于写艳，故亦卓荦偏人。

《袌碧斋词话》

3. 殳恩煦：

梦湘乃抒藻八叉，镂辞三影，为词场之高唱，识琴趣之雅音。巨则雄风雌霓，叱咤鳌岛之间；细则品竹谥箫，尔汝莺帘之下。集中感逝、怀古诸作，时而苍鹞脱鞲太宵，时而燕筑雍琴，雅在宫藏。而齐鲁托迹，燕赵纪游，哀乐所及，歌咏实富，莫不酣嬉下笔，峭茜生胸，有苏玉局之俊逸，兼姜白石之清遒。神鸦社鼓，慨慷北府之吟；老桂寒云，零落南园之赋。盖能含噃襟灵，导扬窔伏；音流简外，艳溢行间。敷轸摇毫，殆非率尔。以视章擅杨花，贺名梅子，歌晓风于柳七，唱絮影于张三，但逞缛词，鲜标高致，梦湘之格，偶乎远矣。

《檗坞词存序》（《檗坞词存》）

4. 殳恩煦：

妙渚清思得未曾，镂金错彩漫相矜。

知君不独诗情远，更有屯田一穗灯。

濯笔曾从柳絮泉君有柳絮泉访李易安故址一阕极工，一丝云缕一丝烟。

方回不作尧章逝，此事须论七百年。

《檗坞词存题辞》（《檗坞词存》）

5. 铁龄：

京洛归来鬓已丝，秋心无奈托新词。

输君一种离骚感，只有三湘冷雁知。

《檗坞词存题辞》（《檗坞词存》）

6. 董良玉：

〔早梅芳近〕《题王梦湘〈檗坞词〉，时客郯城》

九天高，三湘远。侘傺知何限。丛祠荒驿，彩笔纷题句肠断。闷怀清酒祓，冷耳幽花叹。忍浮名换了，裙上玉筝雁。　漏初长，灯未剪。我亦情难遣。一声危节，病叶西风乱。秋苑俊辞，分竹屋逸韵兼兰畹。待桑阴，美人歌适愿。

《梅山梦草》

7. 叶恭绰：

丈词奄有梅溪、梦窗之胜，以不为标榜，故知者较稀。然实湘社中翘楚，足与《湘雨》、《楚颂》并驱中原。

《广箧中词》

蒋兆兰

蒋兆兰（1855—？）字香谷，一字兰笙，江苏宜兴人，著有《青蕤庵诗》。有《青蕤庵词》四卷，另有《词说》一卷，为近代论词之名著。

1. 叶恭绰：

蒋先生著《词说》一卷，论词颇有见地，自作者不逮所见。《广箧中词》卷二

杨调元

杨调元（1855—1911）字孝龚，一字和甫，贵州贵筑（今贵阳市）人。光绪三年（1877）进士，历任户部主事，陕西紫阳、长安、咸阳等县知县，华州知州。辛亥革命起，投井死。著有《绵桐馆词》一卷。

1.《续修四库全书总目提要》：

李岳瑞序谓其集不得与碧山、草窗诸老比，视黄门之觥觥巨集，抑又逊焉，贞臣节士，何其酷耶。盖亦悯其死事之惨烈，遗集之泯灭也。其词凡数十首，于黄门为近，而渊醇朴厚，温粹雅劭，殊不弱之。惟遭厄毁佚，所存戋戋，亦不幸之甚矣。

《绵桐馆词一卷提要》

陈得善

陈得善（1855—1908）字一斋，又字三蕉，号薏斋，别号南乡子、浙江象山人。著有《石坛山房全集》十卷，词有《南乡子词》、《变雅堂词》、《三蕉词》、《绿意词》、《桐音词》各一卷。

1. 陈得善：

旧作《南乡子词》一卷，皆记少年调笑之事，久已失去。昨检旧箧，忽得稿草，辄仁旧贯录而存之。夫少作不工，童心未化，高柔之爱疑玩。高柔爱玩贤妻，余谓妻可爱不可玩，况贤乎？读此词者以为玩耶？否耶？元子之声近雌，壮夫不为，大雅所弃。然而青年难再，红粉已灰。鹣鸟分飞，鳏鱼独醒。必逢雨雪，方知春日之温和；不知饥寒，讵识豪家之富贵。花好而易嗟零落，月缺而犹泝团圆。以乐形忧，由悲忆喜。回想少年伉俪，奚啻天下神仙也？明知口过，讵奈肠回。事在闺房，语多游戏。呜呼，歌以当哭，尚余不尽之深情；魂而有灵，应是奈何之辄唤。和泪吮墨，惘然而已。

《南乡子自序》(《《南乡子词》)

2. 陈汉章：

先兄诗古文词，并足抗希古人。

《石坛山房全集跋》(《石坛山房全集》)

3.《象山县志》：

县先辈工为词者，惟倪象占。得善扩而大之，出入南北宋诸家，视《青棂馆词》更繁富精美。

《象山县志》卷二十六（民国十三年编）

文廷式

文廷式(1856—1904)字道希(亦作道羲、道溪)，号芸阁(亦作云阁)，晚号纯常子、罗霄山人、芗德，江西萍乡人。因其祖、父均在广东任职，廷式生于广东潮州，为陈澧入室弟子。光绪初，在广州将军长善幕中，与其嗣子志锐、侄志钧相友善。志锐、志钧，光绪帝妃瑾妃、珍妃兄。或云二妃曾从文廷式“受学”。光绪八年(1882)举人，十六年进士。授翰林院编修。十九年典江南乡试。次年擢翰林院侍讲学士，兼日讲起居注。廷式博闻强记，文采斐蔚，年少掇高科，为天子侍从，才气横溢，高睨大谈，不可一世，乃当时奇杰之人。与王懿荣、张謇、曾之撰，号称“四大公车”。又与盛昱、黄绍箕、王仁堪等列名“清流”，与汪鸣銮、张謇等同称“翁(同龢)门六子”，为帝党重要人物。中日甲午战争，力主抗战，上疏参劾北洋大臣李鸿章“丧心误国”。次年，战败和谈，清廷一再退让，廷式上书直谏。光绪二十一年，助康有为倡立强学会。次年被革职，驱逐出京。戊戌政变后，出亡日本。二十六年夏回国，与容闳、唐才常等在上海张园召开“国会”。唐才常自立军在汉口起义失败，清廷再度下令“严拿”。此后数年，往来于萍乡、上海、南京、长沙，寄情诗酒，以佛学自遣。光绪三十年病故。生平事迹见胡思敬《文廷式传》。廷式诗、词、文兼长。其词不尚苟同，涉猎百家。推重常州词派，而又不为所囿，能于浙、常两派之外独树一帜。著有《云起轩词钞》、《云起轩诗录》、《纯常子枝语》、《闻尘偶记》、《志林》、《芗屑》、《罗霄山人醉语》等。

1. 陈作霖：

文芸阁编修廷式具不羁之才，而坎壈以死，词虽小道，亦足以抒写性情。游湘楚则兴寄怨哀，居幽燕则吟成豪宕，斐然有作，非一体所能拘，实不屑派衍江西，瓣香于欧九、黄九已也。

《云起轩词集跋》（《冶麓山房藏书跋尾》）

2. 文廷式：

词家至南宋而极盛，亦至南宋而渐衰。其衰之故，可得而言之：其声多啴缓；其意多柔靡；其用字，则风云月露、红紫芬芳之外，如有戒律，不敢稍有出入焉。迈往之士，无所用心。沿及元、明，而词遂亡，亦其宜也。有清以来，此道复振。国初诸家，颇能宏雅。迩来作者虽众，论韵遵律，辙胜前人，而照天腾渊之才，溯古涵今之思，磅礴八极之志，甄综百代之怀，非窘若囚拘者所可语也。词者，远继《风》、《骚》，近沿乐府，岂小道欤？自朱竹垞以玉田为宗，所选《词综》意旨枯寂，后人继之，尤为冗漫，以二窗为祖祢，视辛刘若仇雠，家法若斯，庸非巨谬？二百年来，不为笼绊者，盖亦仅矣。曹珂雪有俊爽之致；蒋鹿潭有深沉之思；成容若学《阳春》之作而笔意稍轻；张皋文具子瞻之心而才思未逮。然皆斐然有作者之意，非志不离方罫者也。余于斯道，无能为役，而志之所在，不尚苟同。三十年来，涉猎百家，榷较利病，论其得失，亦非扪钥而谈矣。而写其胸臆，则率尔而作，徒供他人之指摘而已。然渊明诗云"兀傲差若颖"，故余亦过而存之。且书此意，以自为其序焉。

《云起轩词钞自序》（《云起轩词钞》）

3. 朱祖谋：

〔望江南〕《杂题我朝诸名家词集后》

闲金粉，曹、郃不成邦。拔戟异军成特起，非关词派有西江。兀傲故难双。

《彊村语业》卷三

4. 陈锐：

文道希词，有稼轩、龙川之遗风，惟其敛才就范，故无流弊。

《褒碧斋词话》

5. 陈诗：

学士……著有《云起轩词稿》，宗法苏、辛，措辞华赡。

《尊瓠室诗话》（《民国诗话丛编》）

6. 冒广生：

萍乡文氏，与余家三世俱宦粤东。咸丰初，叔来观察殉节嘉应，先曾王父伯兰公亦殉乳源。两家子弟，垂髫往还，其后复申之以姻娅。道希读学廷式为叔来观察之孙，光绪庚寅廷试，以第二人及第。博闻强记，似俞理初、章实斋一流人物。其毕生精力，尽在所著《纯常子枝语》中。茂陵遗稿，无人过问，致足慨也。道希论本朝人词，谓："曹珂雪有俊爽之致；蒋鹿潭有沉深之思；成容若学阳春之作而笔意稍轻；张皋文具子瞻之心而才思未逮。"又言："自朱竹垞以玉田为宗，所选《词综》意旨枯寂，后人继之，尤为冗漫，以二窗为祖祢，视辛刘若仇雠，家法若斯，庸非巨谬？"故其所作《云起轩词》，浑脱浏漓，有出尘之致。亦可谓出其余事，足了千人者矣。

《小三吾亭词话》卷一

7. 夏敬观：

近人惟文道希学士，差能学苏。

《宋人词集跋尾·东坡词》（《同声月刊》第二卷第十号）

8. 夏敬观：

芸阁词宗苏、辛，玉甫尝为余言："近代词学辛者尚有之，能近苏者惟芸阁一人耳。"

《忍古楼词话》

9. 夏敬观：

文芸阁学士廷式，尝谓全以《楚辞》入词，可另开一境界。其《云起轩词集》，有檃栝《楚辞·山鬼》篇意，以招隐士，调寄〔沁园春〕："若有人兮，在彼山阿，澹然忘归。想云端独立，带萝披荔；松阴含睇，乘豹从狸。且挽灵修，长怀公子，薄暮飘风偃桂旗。难行路，向石茸扪葛，山秀搴芝。　　最怜雨晦风凄，更猿狖宵鸣声正悲。怅幽篁久处，天高难问；芳蘅空折，岁晏谁贻。子或慕予，君宁思我，欲问山人转自疑。归来好，有华堂广宴，慰尔离思。”

《学山诗话》(《民国诗话丛编》)

10. 夏敬观：

临桂王给谏鹏运在中书日，振衰扶雅，况舍人周仪辈翕然从之，同时文学士廷式、郑舍人文焯、朱侍郎祖谋、陈大令锐蔚起为词宗，海内益向风趋正轨。故评清词者愈晚出愈胜于前，此不易之论也。

《广箧中词序》(《广箧中词》)

11. 王钟麒：

学士天才横溢，出其余技，从事于此，犹欲与苏、辛相抗衡，而又无迦陵之叫嚣气，其可宝贵者以此。

《惨离别楼词话》(《民吁报》1909 年 11 月 1 日)

12. 徐沅：

辛亥变后，诗道益穷，樵风、彊村诸家，尤工变徵，乃以扈芷握荃之致，寓苕华离黍之悲，盖世于是为陆沉，词于是为后劲焉。近三十年作者云起，挈其旨趣，要不出文、朱二家，及时收拾，亦犹《诗》录《下泉》，居变风之终，于乱极发思治之情耳。是则词虽小道，托体并尊，光宣以降非常变局，赖长短句以纪之，寻微索隐，差于世运有关。

《词综补遗序》

13. 汪兆铭：

文芸阁能为沉博绝丽之文，其词脱胎苏、辛，而设色绚丽，无其率易之习，可谓于词坛别树一帜，蔚为重镇。

《文云阁先生词话》引(《同声月刊》第二卷第十二号)

14. 汪兆铭：

云起轩词，人人知为学苏、辛，而不知其沉博绝丽，非深于梦窗者不能也。彊村词，人人知为学梦窗，而不知其灏气流转，非深于东坡者不能也。

石狮头儿《词话》引（《同声月刊》第一卷第三号）

15. 汪辟疆：

道希《云起轩词》，横厉盘郁，苏、辛之遗。诗亦风格遒上，音节抗坠，所谓变徵之音也。

《光宣诗坛点将录》（《汪辟疆文集》）

16. 《续修四库全书提要》：

廷式论清词曰："自朱竹垞以玉田为宗，所选《词综》意旨枯寂，后人继之，尤为冗漫，以二窗为祖祢，视辛刘若仇雠，家法若斯，庸非巨谬？二百年来，不为笼绊者，盖亦仅矣。曹珂雪有俊爽之致；蒋鹿潭有深沉之思；成容若学《阳春》之作而笔意稍轻；张皋文具子瞻之心而才思未逮。然皆斐然有作者之意，非志不离于方罫者也。"廷式所论，殊未允当，然其"不尚苟同"，则明显可晓者也。今观其词，思力果锐，音调苍凉，虽时露锋芒，不足为病。其清丽妩媚之作，亦如燕赵佳人，外柔而内刚也。其与王鹏运、沈曾植、易顺鼎诸人相往还，可征其切劘之功矣。

《云起轩词钞提要》

17. 陈声聪：

坐看云起自披襟，流水鸣琴出大音。

气象与人不同处，断非无病作呻吟。

廷式才气兀傲，词多哀时感托之作，故与一般词流殊异。其论词曰："自朱竹垞以玉田为宗，所选《词综》意旨枯寂，后人继之，尤为冗慢，以二窗为祖祢，视辛刘为仇雠，家法如斯，庸非巨谬。"其宗尚可见。然所作清空而又丽密，豪宕而不犷放，直可追步苏、辛，断非改之所能及其婉妙。清季诸家，吾以为道希与樵风，可称南箕北斗。

《论近代词绝句》（《填词要略及词评四篇》）

18. 陈声聪：

清末王幼遐、郑叔问、谭复堂、文芸阁、朱彊村、况夔笙诸大家词，皆学人与才人之词。

《读词枝语》（《填词要略及词评四篇》）

19. 沈轶刘：

清词始于初期之陈维崧、朱彝尊，而终于末期之文廷式、朱祖谋。三人且弗论，文廷式则陈维崧之后一人而已。文之为词，雄宕激越，无一语遗家国，至郁勃处，直欲平视辛、刘；幽曲处，且将上掩陈维崧。故无文，则清词结局必不能备足声色，朱祖谋焉能为一木之支？不过当时为文者少，主奴出入，众煦崩山，不欲为持平之论耳。

辛词郁勃，擅绝古今，益沆瀣于眉山、漱玉，一空骥足。湖海楼比苏者，时欲出藩，而云起轩则所得于辛者，正在其所异处。辛词终始陈、文两支柱，云中鳞爪，故可思也。

两朱之外，能开派对立，瓣香苏、辛，终始清词一代者，有陈维崧与文廷式，夫人而知之矣。顾同光之际，浙、常两派由交攻而趋于混合，禁令苛暴，寒蝉噤秋，习为残响，捋虎须者少，因之文之殿角继起乏人，遂不被人重视。然文之为词，奇气内转，骚心自藏，日近长安，江河百念，有非栖栖遗老所能及知者。时则异夫西台之朱鸟，志则同于南渡之鹧鸪，不容熟视而无睹也。

《繁霜榭词札》

20. 王煜：

迄同光衰微，词人萧瑟，辛壬鼎革，遗世凄怆。叔问咽清宕之音，彊村写沉郁之致，圣与、君特重出人间，戚戚黄昏，双悬日月，殆所谓一代殿军，万家景仰也。其在朱郑之间则有四印，切磋奖掖，关系至宏。而朱密王疏，先无惭于后；王严郑重，北不让于南。拓土广西，佑遐开国矣。若夫莲生哀艳，踵美纳兰。芸阁清刚，并芳临桂（王），扬秦七之芬馨，漱坡公之神髓，周旋

众彦，把臂入林，虽非流派之宗，固亦时代之选也。(《自序》)

文廷式，字道希，号芸阁，萍乡人，同光间，积官翰林院侍读学士，有《云起轩词》一卷。宗法东坡，逼真神骨，可谓千百年来，学苏者唯一人。大抵模拟苏辛最为难事，辛才大学之不易，苏品高学之不能。芸阁有成，殆亦有禀赋相近也。(《云起轩词钞序》)

《清十一家词钞》

21. 闻野鹤：

近世词人，文云起如空山侠士，剑光晔晔。

《怬簃词话》

22. 南村：

文廷式，醴陵人也。工于倚声，所作多健迈不可当，豪气千斛，直流字里。有词钞一册行世。

《摅怀斋诗话》(《民权素诗话》)

23. 卢前：

〔望江南〕

彊翁语，傲兀故难双。拔戟信能特地起，自余曹郐不成邦。立派有西江。

《饮虹簃论清词百家》(《清名家词》)

24. 祝南：

稼轩词至难学，然不可不读，盘薄之气，坚苍之骨，得于此植其基也。周止庵标稼轩为一宗，而其词于稼轩实无所得。近贤如文芸阁、王半塘、沈子培、朱古微等乃真知取气植骨于稼轩者。

《无庵说词》

25. 朱庸斋：

逮及清季，国运衰微，忧患相仍，诗风大变，声气所汇，词学复盛，名家迭出。此道遂尊，言志抒情，不复以体制而局限。故鹿潭、半塘、芸阁、彊村、樵风之作，托体高，取材富，寓意

深，造境大，用笔重，炼语精。（卷一）

浙西、常州两派而外，独树一帜者为文廷式。其《云起轩词》以苏辛为风骨，而参以白石之幽峭，时复以同光体诗法为词，更见兀傲挺拔。

清中叶以后，词家多谈姜、张而少及苏、辛，至文廷式出，以其俊逸、豪宕之笔，始为苏、辛一派吐气。文氏学苏、辛，不似阳羡诸公，无一毫叫嚣浮滑陋习，盖从骨骼处学苏，沉痛处学辛也。然其长调亦有取法白石者，时亦有周、秦之情调，论者或讥其驳杂不纯，庸非偏谬。

江浙人论清季四家，或举王、郑、朱、文，或举王、郑、朱、况。凡学文者必轻况，爱况者必轻文。况蕙风推崇半塘“重、拙、大”之说，而己作则不尽符，惟以情致性灵见长。盖其才适足为词而已。文道希能大、能重，亦能生、能新。昔人多称其学东坡，其实东坡而外，更近遗山也。（卷三）

《分春馆词话》

王德楷

王德楷（?—1913年后）字木斋，江苏上元（今南京）人。光绪二十三副贡。能诗词，与黄尊宪、文廷式为友。著有《娱生轩词》。

1. 夏敬观：

上元王木斋德楷，与予侄承庆为丁酉同年生，昔年在文芸阁席上见之，遂与订交。木斋记问博雅，善谈论。庚子、辛丑间，在沪上，盖无日不相往还。所著《娱生轩词》，近年其乡人卢君冀野始获录刊一卷，盖遗稿散佚者多矣。〔寿楼春〕云：“听啼莺消魂。向垂杨万绿，立尽黄昏。输与浇愁红友，醉乡延春。频怅望，年时人。数飘零、谁依王孙。算鹣镜盟寒，鸳楼梦熟，芳思总成尘。　　重来处，空斜曛。荡歌云一片，犹恋芳尊。应有文蛛罥壁，候虫迎门。聊踪酒，张吾军。眷旧情、翻怜桃根。任颓影扶花，东风泪盈欹岸巾。”此词作于秦淮水榭，时有所眷，已他适矣。予略知其本事也。

《忍古楼词话》

2. 王瀣：

呜呼！此吾友王木斋先生遗词也。木斋负奇气，好博览，自客湘抚幕，与当世士大夫游，名益起……君于诗文，恢疏如其人，然不多作。于词，服文道希学士，唱和为多。余间索阅君新稿，则起检书丛中，往往失去。余怪君不自珍惜，则又笑曰：吾词达吾意耳，乃欲吾遗后不相知之人耶？……文学士赠君词，称君才气横逸，风期隽上。兹附入卷中，俾读君词者知此不足尽君，且知余非阿所私好也，悲夫！

《娱生轩词序》（《词学季刊》第一卷第三号）

吴昌绶

吴昌绶（生卒年不详）字伯宛，一字甘遁，号印丞，晚号松邻，浙江仁和人。光绪三十三年进士，官内阁中书。有《松邻遗词》二卷，附于《松邻遗集》。另有《双照楼汇刻宋元人词》六十一卷。

1. 曹秉章：

伯宛既卒之明年，彦云以与曩客苏州所作城东倡和词属为序……两君机趣相投，灵芬互挹，神明之契，为不可及。

《城东唱和词序》（《城东唱和词》）

2. 闵尔昌：

《城东唱和词》者，二君总其近著而为一集者也。伯宛以客，冬归自京师侨寓，去彦云尺咫，风朝月夕，过从遂密。感时抚事，吟唱更迭，盖不一载而卷帙之富则盈寸矣……若二君者，狎主骚雅，犨切声律，机趣横溢，音响以和。何其婉约而绵丽也。

《城东唱和词序》（《城东唱和词》）

3. 张祖廉：

光绪戊戌，伯宛应礼部试，行次天津，不果入闱。于是客居天津者且九阅月，是岁仲冬方归吴门。伯宛所居去予寓不过数十武，过从甚密。两家僮仆持笺札往还，殆无虚日。时或分题斗韵，互为长短句，以推襟送抱，赓唱迭和。方是时，不自知其可乐也。殆宣统己酉以还，予与伯宛同客京师，虽亦效畴昔之所为唱和，而幽忧抑骚，词或较工，然其俯仰今昔，则有不能自胜者，况于今日又阅十余年而更恸伯宛之长逝哉。

《城东唱和词跋》（《城东唱和词》）

4. 叶恭绰：

伯宛校刊《双照楼宋元人词》，精密绝伦，有功词苑。自为词不多，皆温雅可诵。

《广箧中词》

郑文焯

郑文焯(1856—1918)字俊臣，号小坡，又号叔问、大鹤山人、鹤道人、冷红词客，奉天铁岭(今属辽宁)人，隶内务府正白旗汉军。陕西巡抚瑛棨子。光绪元年(1875)举人。捐内阁中书。后历次会试不中，一直担任江苏巡抚幕僚达三十余年。辛亥革命后，以遗老自居，业医卖画，老而食贫。民国六年，蔡元培聘其为北京大学金石学教授兼校医，因衰病谢绝，旋病逝。文焯工诗词，擅医道，又精于金石书画，音律乐理，兼通园艺。“百学皆通，特为词名掩耳”(叶德辉《大鹤山人遗书叙》)，与王鹏运、况周颐、朱祖谋并称“晚清四大家”。所著《词源斠律》，为清代凌廷堪《燕乐考源》之后重要著作。而万树、戈载等人，虽有《词律》、《词谱》之作，“而不甚工于词”，文焯以此独步清末词坛。著有《大鹤山人诗集》二卷，《大鹤山房全书》收词集《樵风乐府》等五种及其他著作共十种。

1. 俞樾：

元明以来，词学衰息。迨本朝万氏《词律》出，而后人知词之不可无律。然万氏止取诸名家之词，排比以求其律，而律之原，固未之知也。戈顺卿氏踵其后，似视万氏所得有进矣。乃戈氏深于律，而不甚工于词。读其词者惜焉。夫律之不知，固不足言词。而词之不工，又何以律为。高密郑小坡孝廉精于词律，深明管弦声数之异同，上以考古燕乐之旧谱。姜白石自制曲，其字旁所记音拍，皆能以意通之。余旧戏谓君真得不传之秘于遗文者也。乃其所为词，又何其清丽婉约，而情文相生欤。如《绕佛阁》、《寿楼春》诸调，皆不易作。而诵之抑扬顿挫，沨沨移人，其非深于律而又工于词者乎？小坡为吾故人兰坡中丞之子，顾以承平故家，贵游年少，而淡于名利，牢落不偶。喜吴中湖山风月之胜，侨居久之。日与二三名俊，云唱雪和，陶写性灵。余每入其室，左琴右书，一鹤翔舞其间，超然有人外之致，宜其词之工矣。

《瘦碧词序》(《瘦碧词》)

2. 谭献：

汉军文焯叔问《瘦碧词》，持论甚高，摛藻绮密，由梦窗以跂清真；近时作手，颇难其匹。(《复堂日记》己丑)

《复堂词话》

3. 谭献：

《瘦碧词》研讨声律，辟灌光气，梦窗善学清真。

《箧中词续》三

4. 王闿运：

往昔邓辛眉从孙月坡学词，邓父语余曰：词能幽人，使志不申，非壮夫之事，盛世之音也。余窃笑焉，以为才人固甘于寂寞，传世无怨于凉独，使我登古鼎，不如一清吟远矣。特病不工词，不恨穷而工也。未三五年，天下大乱，曩之公卿多福寿者，相继倾覆，而词客楚士，流转兵间，憔悴行歌，不妨其乐。余亦渐收摄壮志，时一曼声，既患学者粗率，颇教以词律。东南底定，海氛未起，于天津行辕，得见叔问中书。叔问，贵公子，不乐仕进，乞食吴门，与一时名士游，文章尔雅，艺事多能，而犹工倚声。吴门，孙君故国也。前五十年，孙君与如冠九以词唱和于浔阳庐山间，佳句犹在人口。冠九，则叔问乡前辈。再前，则成容若。湛沦盛时，而词冠本朝。邓丈所言，吁其验矣。余交叔问又将廿年，而时事愈变，吴越海疆不能有歌舞湖山之乐。余居三闾之徂土，无公子之离忧。樵唱田歌，一时绮思，穷则至矣，词于何有？邓丈之言，其犹衰世之盛耶？

《比竹余音序》(《比竹余音》)

5. 陈作霖：

《比竹余音》者，北海郑叔问舍人（文焯）之词也，格调沉雄，音节凄婉。庚子以后诸作，尤移人情。

《比竹余音、词源斠律跋》（《冶麓山房藏书跋尾》）

6. 王鹏运：

困处危城，已逾两月，如在万丈深阱中。望天末故人，不啻白鹤朱霞，翱翔云表。又尝与古微言：当此时变，我叔问必有数十阕佳词，若杜老天宝、至德间哀时感事之作，开倚声家从来未有之境，但悠悠此生，不知尚能快睹否？不意名章佳句，意外飞来，非性命至契，生死不遗，何以得此？与古微且论且泣下，徘徊展读，纸欲生毛。

《致郑叔问书》（《词学》第七辑）

7. 陈宝琛：

流落江南吾小坡，二窗断送卅年过。
故知一切谁真妄，奈此回肠荡气何。

三过吴门一面悭，眼中犹是旧朱颜。
如何入画还相避，背坐拈毫对小鬟。

《冷红簃填词图题辞》（黄濬《花随人圣庵摭忆》录）

8. 继昌（李佳）：

八旗词家，向推纳兰容若《饮水》、《侧帽》二词，清微淡远。嗣嘉道间，子久方伯承龄著有《冰蚕词》，一时许为作家。然音调雅谐，犹嫌意少。咸同间有姚秋士比部斌桐，亦工填词，遗有《还初堂集》，清丽芊绵，似出子久方伯之右。近则郑叔问中翰文焯，刻有《瘦碧词》，才名著闻江南，此外罕闻有专集。（卷上）

郑叔问孝廉，与予为中表谊。人极风雅，所著《瘦碧词》得词家正宗。然鄙见以清空曲折为主，意趣不甚合。（卷下）

《左庵词话》

9. 张祥龄：

许君有言，词者意内言外。刘熙云：词，嗣也，撰善言相嗣续也。斯言虽遐，蔚为词键。诗教不作，乐府浸衰，唐季才人，长短竞美，五代讫宋，支流日繁。韦、李淳以质，温生闳以约，竹山而降，厥体衰息。辟诸草木，根荄丽土而气厚，条叶晞阳而臭薄，匪人智之差等，乃文体之蔽。通世每嗜古贱今，祖远祧近，谓词小道，君子不为此，立于东墙不见西墙之说也。夫设文之体有常，变文之体无方，必谓今不逮古，则京不继都而作，汉可仍史而书矣。夫作者谓圣述者，谓明濯绛练青必归蓝茜，先河后海，肇祖黄污。予友瘦碧，以无累之神，合有道之器，聪侔师旷之审，钟技匹邹衍之变。律凡大弦君，小弦臣，律娶妻，吕生子，靡不巧越嵇心，妙臻羊体，故所纂述，一言之成，七宝之美也。当夫虚檐写月，古帘听雪，情往兴来，似赠如答，君才挥洒，将与梅鹤俱仙矣。尝与辨言指瑕，抗志希古，唐升宋降，可述而陈。夫人声生律本乎空籁，唇吻告劳则廉肉失准。闻环合声，石帚侈为，神助浪淘，失协眉山。夸其鬼歌，千里步声而虫应，乐笑伐句而毫腐。若矫舌而抗喉，自偭律而病吕。音越盐梅，响逾榆槿。山中白云所云滑溜者，如集中〔催雪〕、〔大酺〕诸作是也。若夫选义征事，尚乎灵虚，昔东阿葛天，平原葵足，改事失真，贻讥东莞。词则造文敷意，简乎义要。庾郎未撰愁赋，何逊安忘词笔。蛾绿隐托寿阳，胡沙暗袭子美。言丽则曰文君，颂才则援司马。迹其运化，若水生冰。斯则伊挚调鼎，不定豹髓之珍；牙旷鼓乐，岂假凤翼之管。如集中〔齐天乐〕、〔一萼红〕诸作是也。至若且况又纵者，换义之发端；谩渐正旦者，续辞之转响。须信见说，两字之连翩；记曾共念，惟有三言之接翼。暗雨深宫，过片之联脉；杏花疏景，终曲之俊声。语隔声迁，回运易龃。轮扁拙辞于运斤，梓舆屈智于与巧。如集中〔甘州〕、〔宴清都〕诸作是也。若乃桂花俊语，托哀弦于迁帝；苔枝娇韵，写悲笛于虏尘。柳花不解伤春，燕子还知吊月。宗邦沦覆，怊怅临安；八驭奔亡，寓辞凄讽。匹义四始，无惭六乐。瘦碧相羊，吴会翱翔，上京吟眺，江山跌宕。文史无单鹄之戚，音有群凤之和响。睥南渡之君臣，调晨露之轨度，斯又石湖逊其风月，玉田嗟其少年者也。至若艳情夭灼，诡意诨亵，秾李生嫌，筝篪腾诮，俗听悦耳，职竞末流。雅歌春和，则欹枕鱼睨；燕曲灶沓，则叩舷凫藻。以兹竞妍，未之前闻。是以幽栖诬诉于柳月，刘辉谳疑于钗枕。盖金翠虽华，妄缀则肿；黛靓虽泽，背施则乖。岂词体之易纤，抑人心之近靡，以兹敲扑漫近，褫蜕令犯，是谓因噎废食，畏螯断擎。阻尼父之忘味，强魏侯以欠伸。君则组织酌雅，琢雕秉闲，寄闲情于微瑕，托袭芳于骚佩。匪饰羽之画，亦后素之绘耳，故梦窗骋其密，叔夏扬其逸，克清振其肆，碧山抟其芳，瘦碧启其华，兼善则白石、片玉，偏美则竹屋、梅溪，若孔门而用词，则姜夔升堂，清真入室，君特、张炎童冠之数，君与数子且高揖于尊俎之间矣。

《瘦碧词序》(《瘦碧词》)

10. 蒋兆兰：

清季词家，蔚然称盛，大抵宗二张、止庵之说，又竭毕生心力为之，本立言之义，比风雅之旨，直欲突过清初，抗衡两宋。后有作者，试研几张景祁、谭献、许增、郑文焯及四中书端木埰、许玉瑑、王鹏运、况周颐、张仲炘、朱孝臧诸贤所作，当知吾言之不谬也。

《词说》

11. 郑文焯：

汉乐坠而新声竞，元曲行而词谱亡，聚今之词人而语以音吕，示以声色，其有不狂愕姗笑，目为神经怪牒者，吾弗信也。夫词者，变风之微义，乐府之遗音也。传曰：因内而言外谓之词。言生声，声生律，古人按律制谱，声来被辞，必以可歌者为工。近世所谓工者，雕缋符采，淫思闲声，如篮弄，如野呗。放者为之，或靡靡凌节，杂以猖狂俳优。苟谨于四声，鲜不以姜、张自况矣。

而或妄议宫商，破析故律，亦何异咋音之震聋俗哉。予从弟小坡，少工侧艳之词，而不尽协律。南游十年，学琴于江夏李复翁，讨论古音，乃大悟四上竞气之旨指，于乐纪多所发明。故其为词，声出金石，极命风谣，感兴微言，深美闳约，如杨守斋所讥，转折怪异、成不详之音者庶几免与。兹先梓《瘦碧词》二卷，皆其手自勘定，少乖于律，虽工拂录，故少作咸弃之。复举所得者著《词学甄微》一书，造端宏肆，足为乐书补亡。将整比而问世，以卷帙之富，靳于力，未果也。嗟嗟！吾两人尚志耆古，甘自沦薄，十年为学，而相望于穷。今子所造已若此，予衰且病，粗有吟啸，行将从子聊浪乎大鹤之天，放歌以老。顾安得叠山水云之琴，和冷风而语诡石邪？吾知斯集之兴，其亦先唱者穷之路焉耳。

《瘦碧词序》（《瘦碧词》）

12. 刘子雄：

传曰："礼之用和为贵。"和即乐也。乐缘礼起，尚矣。古诗皆合乐，后此诗与乐离。唐代始有词名，赵宋蕃其枝叶，元变为曲，词律寖失。今昆曲徒存元谱，但务华藻，国朝诸人，间求音节，率比合曲谱，罕寻原本。夫律吕不谐，则语言皆赘。昔孔子与人歌，善友后和，盖圣人审音，不惮详复，故能还雅颂之乐正，语可知于太师。弦诵者，古学子之颛业，殷尤重乐，以名其学，瞽宗是也。逮纣作新声，师挚诸官，遁迹遐远，亳社以屋。孔子删诗，仅得乐章十七篇，而风雅亡矣。声音之道，系于政事、风俗，甚深微也。今词虽燕乐，趋循其迹，犹可希古。并此论荡，则古和声之遗，将益远焉。非学人之责而谁也。今年冬，遇郑君叔问于苏州，知其工诗词古文，于学靡所不窥，尝读其考律诸书，自汉唐讫于南宋，悉得其条理。比刊词集初成，将以谂世之言律者。夫近世作者，益伧靡矣。叔问独取径白石，自成雅调，若其寄兴江山，托情哀乐，固以生际承平，优游吟啸，非有几微身世之感，蹈纤士之恒态也。子雄尤服君论律之精，足弥乐书之缺阙，诚能审声知音，以论古乐，倘所谓“节之以礼而可行”者欤？

《瘦碧词序》（《瘦碧词》）

13. 郑文焯：

“瘦碧”何谓也？余尝梦游石芝崦所见石上文也。昔姜尧章客武康，居与白石洞天为邻，因以自号，且以名其词，此其义例也。余生平慕尧章之为人疏古冲澹，有晋宋间风，又能深于礼乐，以敷文博古自娱，当时名公硕儒贤之遇之者既众且笃矣，而卒无能振之于窭困无聊之地以养其岩壑之身，《文苑》、《隐逸》两传无称，仅于《乐志》存其议，比于伶伦。使尧章当日弗娴声律，则亦没没而已矣。讫今数百年，仅仅以词显者，孰谓一艺之微不当名哉？或曰：子诚悲白石之遇，而复志其志、学其学，何耶？且尝见子治经止于汉，赋诗止于魏晋，为古文辞亦耻作六朝以后人语，词虽小道，盖原夫诗之比兴变风之义、骚人之歌，今子托于南宋，其如自画何？曰：文小而声哀者易于感人，不足以鸣盛。其盛时作者，不过自道其男女哀乐之私，洎乎世变，乃有以忠爱怨悱托微言以喻其志者，观于南渡君臣，离合之感多见于词，道穷而语益工，謦咳之应，亦知所征矣。白石一布衣，才不为时求，心不与物竞，独以歌曲声江湖，幸免于庆元伪学之党籍，可不谓之知几者乎？知几故言能见道，吾是以有取焉。或曰：谅哉，郑生之善于自诡也，是可以读其词……余幼嗜音，尝于琴中得管吕论律之本旨。比年雕琢小词，自喜青异，而苦不能歌。乃大索陈编，按之乐色，穷神研核，始明夫管弦声数之异同，古今条理之纯驳，杂连笔之于书，曰《律吕古义》、曰《燕乐字谱考·附：管色应律图》、曰《五声二变说》、曰《白石歌曲补调》、曰《词源斠正》、曰《词韵订》、曰《曲名考原》。凡兹所得，虽孤学荒冗，未为佳证，庶病于今，弗畸于古焉。世有解音善歌如尧章者，齐以抗坠，闻余词而声之，倘亦乐府之一綖哉？

《瘦碧词自叙》（《瘦碧词》）

14. 郑文焯：

余治经小学及墨家言二十余年……自谓发前人所未发。研经余日，未尝废文。独于词学，深鄙夷之，故本朝诸名家，悉未到眼一字。为词实自丙戌岁始，入手即爱白石骚雅；勤学十年，乃悟清真之高妙。进求《花间》，校宋刻，制令曲往往似张舍人，其哀艳不数小晏风流也。若夫学文英之秾，患在无气；学龙洲之放，又患在无笔；二者洵后学所厚诫，未可率拟也。复堂谓余善学清真，吾斯未信。

《鹤道人论词书》(《词话丛编》)

15. 朱祖谋：

海内称词家高流而精于音吕者，必首高密郑叔问先生，盖声文之感人深者，可以知其工矣。君旧刻词有《瘦碧》、《冷红》、《比竹余音》三集行世，始丙戌以次编年，辛丑以后所作，同人屡谋续刊，君以多难畏事，卒卒未之应也。曩者仁和吴伯宛舍人尝驰书吴中，固请裒前后集都为一编，重梓以饷学者，君抑然不自慊，久之乃删定见示，则旧刻汰存者，十才二三。其《苕雅》四卷，皆十余年箧稿，其义殆取之《小雅》篇终《苕之华》，闵时而作，有怨诽之音，又乱之以哀思也。岁在癸丑，刻《樵风乐府》成，明年不佞北游，语伯宛因缘，以版归遗于君，而南北风行，不胫而走。读者恒以君自为去取简择泰严，又自辛壬以来，绝唱高踪，久无嗣响，佥以未窥全豹为憾。因忆近十年间，相从林下，为苍烟寂寞之交，时一曼声，传笺满箧。乃取君近稿，略为整比，亟付雕印，以广其传，补《樵风》之佚，即以附《苕雅》之余焉。嗟嗟，君以独行之志胥疏江湖，固墨墨以词自晦者至是，而仅仅以词显欤？惟其名益高，其志益苦，其诣益进，而其遇益穷！岂词果不祥之音，而于穷者尤验邪？抑昔人所谓昌其身不若昌其文邪？夫士生晚近，负闳识绝学，久孤于世，无所放其意，则托诸微言，惘然事物之所感触，于是缱缱恻怛以喻其致，幽噎凄戾以形于声，横歌哭而变风谣，作者诚不自知其伤心。至乃天宇崩析，彝教沦胥，窜羸行之躯，被佯狂之发，茫茫惨黩哀断无生。向所为长言嗟叹之不足者，曾不得一咏摇焉。然则斯文之将坠于天，其以词为人籁而天者动于几之先欤？嗟乎！君何不幸，而以词传，不佞更何忍以词传君。顾廿余年同调之雅自半塘翁下世，惟君能感音于微。世变靡常，金玉永闷思有以稍稍慰君生平，而抚卷低徊，所得于风雨鸡鸣者，亦如是而已。

《苕雅余集序》(《苕雅余集》)

16. 朱祖谋：

〔望江南〕《杂题我朝诸名家词集后》

招隐处，大鹤洞天开。避客过江成旅逸，哀时无地费仙才。天放一闲来。

《彊村语业》卷三

17. 易顺鼎：

国朝肇兴，文举武功并盛，自天潢以讫兰锜称诗者无虑千数。至填词，则二百数十年，仅成德容若承龄子受两家，岂其道专一要眇，为造物所靳，故鲜能工。抑审音定律，其事甚难，山泽之癯，或擅厥长，而为举世之所废欤？叔问家世兰锜，累叶通显，先德清芬，不异寒畯，门生故吏，托荫煊赫，或相招要，去之若浼。凭藉虽高，睇青云而不赴。乐贫不改，寂朱门而自贺。以贵公子孙羁滞吴下，姿格散朗，神思萧闲。虽陈蕃解榻，北海标门，怡然啸傲。玉晖霞举，尘缨俗组，染迹而化。经籍窾奥，目寓即解。文章恢丽，骎乎范沈。尝究音吕，颇喜为词，所得辄经奇。固多凄异之响，而夷犹淡远清旷骚雅，怨而不怒，哀而不伤。故尝论其身世，微类玉田。其人与词。则雅近清真、白石。余与君乡举齐年，俱在弱冠，迨遇江表，忽及壮龄。两人者卓荦偏世，皆有遗天下轻万物之心。阅世浸深，伤于哀乐，且以承平年少，胥疏江湖。行吟孤蒲之中，与鸥鹭为伍，凄寒感人。又尝读书传，慕古高人列士，若范蠡、梁鸿、要离者流，而吴中多有其迹。相与选屐拏棹，旁皇求索于无人之境，呼啸精灵，恍与晤言。昔人谓滞其所资之累，拥其所适之性者，吾两人非邪。君词体洁旨远，句妍韵美。以为诗乐失传，词延一线。宋畅其本根，元亡于歧路，自后南北作者，率以短声逞其纤笔，安蔽乖方，迄今益靡靡而不可纪。君才力雄独，进复古音，少作《琴言》一卷，以伤绮弃之，既别一年，始刊《瘦碧词》二卷，邮寄示余。其追探两宋，精辨七始，抉微睇奥，梳节披奏，听于无声，眇忽成律，使乐官比响，不累于咏歌，文士摛华，靡淆于弦笛。故能郁伊善感，和平荡听，沨沨洋洋，契灵乐祖，容若子受固将愧其前辙者也。余尝举似君，词之为道，言外意内，哀乐横生，涕笑交沸，百灵奔赴，万感寂会，邈接神思，妙遗言诠。今君审律如此，其力足以破造物之所靳，其才足以兴举世之所废矣。

《瘦碧词序》(《瘦碧词》)

18. 易顺鼎：

追探两宋，精辨七始，抉微睇奥，梳栉披奏，听于无声，眇忽成律，使乐官比响，不累于咏歌；文士摛华，靡淆于弦笛，故能郁伊善感，和平荡听。

《箧中词续》三

19. 张仲炘：

公每有所作，必突过侪辈，此由诣力、心思都高人一等也。

戴正诚《郑叔问先生年谱》引

20. 康有为：

高密郑文焯叔问，善为词，沉丽幽嫮，哀感顽艳。其辨音律，研分刌，扣宫协角，皆中经首之会，凡唐宋以来词部及金石，遍批细字，精别毫发。盖君生于京师，长于豪华，少从其父河南巡抚瑛棨宦游南北，冠而中光绪乙亥举人，官内阁中书，遍交当代耆旧贵要名士通人。博文学，妙才华，好训诂考据，尤长金石、书画、医学，旁沉酣声色、饮馔、古器以自娱，而感激于国事，超澹于荣利。及戊戌政变，感愤弃官，游吴而家焉。先后巡抚十九人，慕其才名，延赞幕府，君乃徜徉湖山，著书作歌词以老于吴下。已而辛亥国变，君幽忧哀愤，西台痛哭，尽托于词。行医卖画以为食，常郁郁不乐，对于平日所赏藏之书画骨董，亦不复爱惜而弃之，盖生气尽矣。丁巳之腊，以其孺人张氏之丧，来沪谢，且慰予复辟之难。吾留饮酒乃曰："今京师大学以金石、医二教习聘予，月俸金五百，鬻书行医，计月可千余金，供吾搜金石书画，足雍容娱老矣。若辞聘，吴中请吾医与画者寡，行将饿死。进退维谷，君其为我决之。"答之曰："兹非吾所能及也，如人饮水，冷暖自知。兹非吾所能及也。"戊午正月，君以书来曰："大学之聘已却之，昔者清史馆之聘，忍饿而不就，岂至今而复改节哉？"越二月廿五日，君遂病卒，寿六十三岁。十月，葬于邓尉梅花中，从君志也。卒前一日弥留，属其子复培以后事托康有为，康有为乃纪其丧，问所藏书画古董，则鬻尽。嗟乎，君若不死，再见首阳之饿夫矣。呜呼！世慕渊明若天人，君才节何让焉？今举国人弃君亲以争利，一切廉耻不顾而同归于尽，视君何如哉？其女茂韶才，书法似君，请铭其墓，乃为写铭曰：石芝龛，梦大鹤。超荣观，老文学。词馨烈，哀故国。饿将薇，穷卖药。此靖节，亦贞白。死士垄，长岳岳。

《清词人郑叔问先生墓表》(《碑传集补》)

21. 陈锐：

叔问居士宏博精敏，著书满家，出其绪余，尤长倚声。同时词流，如中实、梦湘，未之或先也。夫词非声也，而托于声，自制氏云徂，采风不下，协律之事盖寡，讽谕之道忽焉。居士于词，导源乐府，振骚雅于微言，掩周、姜而孤上，余读而爱之，未尝释手。于时公车麇集，广陌尘喧。蓟城之榆荚晨飞，燕池之柳条晚绿。访东京之旧事，惟余梦华；过通德之高门，先知世学。投辖留饮，刻烛分题。举东海以为杯，指西山而送啸。有惭蓬蔂，托植修麻。生长茝兰，非无杂佩。然且饰无盐而齐姺女，引牛铎以应黄钟。略仿铿锵，无嫌唐突。居士嗛嗛，若未遑也。既而谓余果知词者，自兹已往，年与志迫，哀与乐盈，名恶乎修，情恶乎正邪？余曰不然，是诚在我，夫言以足志，乐以宣泄，世莫我知，而无闷之谊明，天下宗予，故栖栖之行苦。然内切情于孤吟，则体充矣；外取感于同声，则道宏矣。今居士发言芬悱，按拍厉清，寄窈窕之深哀，谐声文于浩倡，词虽小道，必有可观。综厥生平，抑又末矣。方与子屏绝语言，惕阴畏垒，江南罢弄，苍梧不谣，遂使夫诲淫之子，矜其侧艳，盭性之夫，胜其诙啁。俗儒鸡骇，蔽所未见，是以红友龂龂于校雠，皋文临简而郑重，诚耻之也。武陵陈锐甲午立夏，篝灯写讫。

《冷红词序》（《冷红词》）

22. 陈锐：

郑叔问词，剥肤存液，如经冬老树，时一著花，其人品亦与白石为近。

近年词家推郑文焯氏，殚精覃思，每一调成，必三五易稿，其意境格趣，殆不仅冠绝本朝而已。

《袌碧斋词话》

23. 陈锐：

〔水龙吟〕《题大鹤山人樵风乐府》

十年雪涕神州，气酣西蹴昆仑倒。素商夜起，蛟龙暗舞，危弦苦调。乱插繁花，时温浊酒，自成悽悄。为一闲放汝，掉头高咏，苍茫处，无人到。　回首东华尘渺。溯题襟旧游都老。尧章歌曲，玉田身世，最伤怀抱。占得吴城，荒园半亩，尽堪愁了。怕茂陵他日，人间流落，有相如稿。

《苕雅余集》卷首

24. 曾习经：

西风久下藤州泪，社作今无竹屋词。

解识二窗微妙旨，樵风一卷亦吾师。

《冷红簃填词图题辞》（黄濬《花随人圣庵摭忆》录）

25. 赵熙：

山人词与半塘、彊村，此为晚清三大家。陈伯弢称其人品亦于白石为近，吾意山人高秀处自不减白石，至其精炼疏隽，殆兼具梦窗、玉田之胜，要与知味者共喻之耳。

《大鹤山人词钞》

26. 徐珂：

郑叔问为兰坡中丞之子，以承平少年，羁滞吴下，数十年负时望，宏博精敏，著书满家。出其绪余，尤长倚声，才力雄独，进复古音，追探两宋，精辨七始，同时词流如易实甫、王梦湘，未之或先也。德清俞曲园太史樾尝曰："入叔问之室，辄见其左琴右书，一鹤翔舞其间，超然有人外之致，宜其词之工也。"

光宣间之倚声大家，则推临桂王鹏运、况周颐、归安朱祖谋、汉军郑文焯。

《近词丛话》

27. 王树荣：

宋人作词先制宫谱，乃按谱填词，故谓之倚声。姜尧章喜自制曲，初率意为长短句，然后协以律。或以旧调之虚谱无辞者，品弦译成者之，后人不谙律吕，仅取前人成作，依样为之，此易安居士所谓句读不葺之诗耳。北海郑叔问先生擅词学，耳其名久矣，因江君竹圃为介，得读大著。微特运笔选言，直造白石之室，即小序亦几与之抗手，有清三百年来推为词坛老斫轮手，非虚誉也。慨自新学竞鸣，词章一道不绝如缕，况诗篇仅分平侧而歌词分五音六律，又分清浊轻重，非审音比律，妙析微茫，断难穷其窾奥。先生于词于声，殆由天得，即白石自制曲旁记音拍，薪传久失，皆能以意通之，洵可谓悬解之士矣。所著《瘦碧词》，风行海内，板久毁失，近得原稿，因于江君亟谋重付剞劂，虽曲高和寡，知音寂寥，犹幸广陵散尚在人间，古调故不妨自爱也。

《重刊瘦碧词跋》(《瘦碧词》)

28. 冒广生：

铁岭郑叔问舍人文焯，为兰坡中丞之子。家世兰锜，累叶通显。叔问独羁栖吴下，为东诸侯宾客，其神致清朗，怀抱冲远，真卫洗马一流人物。所著《瘦碧》、《冷红》诸词，规抚石帚，即制一题，下一字，亦不率意。本朝词家虽多，若能研究音律，深明管弦声数之异同，上以考古燕乐之谱者，凌次仲外，此为仅见。

《小三吾亭词话》卷二

29. 张尔田：

并世作者，半塘之大，大鹤之精，彊村之沉，与蕙风之穆，骎骎乎拊南宋而上矣。

及壮获与半塘、大鹤、彊村三君游。三君者于学无不窥，而益用以资为词，故所诣沉思专进而奇无穷。

《词莂序》

30. 张尔田：

蕙风生平最不满意者，厥为大鹤……其于彊老，恐亦未必引为同调。尝谓古微但知词耳，叔问则并词而不知。又曰：作词不可做样。叔问太做样，太好太好。实则大鹤词曲绚烂归平淡。其绚烂处近于雕琢，可议；其平淡处断非蕙风所及，不可议也。

《与夏瞿禅书》(《天风阁学词日记》一九三六年引)

31. 金天羽：

山人夙擅乐府，又得浦城琴师祝凤喈弟子李廷璧之传，思心杳渺，契灵乐祖，弦数管色，独具神恉，而小试其识断于宋张炎《词源》，为之斠律……山人于乐律之外，兼长许氏书及金石、书画、医方、经籍、版本、古器，要其尤精至者厥为倚声。同时与山人并为词者王佑遐、朱孝臧，皆含宫咀徵，矜高地望，顾于山人类颠倒折节，以为庶几白石、玉田之嗣音焉，而汉寿易中实叙山人词，以为“追撢两宋，精辨七始，抉微睇奥，梳节披奏，听于无声，眇忽成律。使乐官比响不异于咏歌，文士摛华靡淆于弦笛。审律如此，其力足以破造物之所靳，其才足以兴举世之所废矣”。山人居吴下垂四十年，抚吴使者十九人，咸礼聘为上客。朝市既改，郁伊悲愤，一寓于词。

《大鹤山人传》（《天放楼文言遗集》卷三）

32. 金天羽：

高密郑大鹤，为词俊健，有白石之风。

《鹤园记》（《天放楼文言》卷五）

33. 金天羽：

……身前词笔动惊座，樵风韵事供吹弹。樵风乐府中清角，声音与政知相关……

《题大鹤山人冷红簃填词图为戴亮吉》（《天放楼诗集》卷十二）

34. 夏敬观：

临桂王给谏鹏运在中书日，振衰扶雅，况舍人周仪辈翕然从之，同时文学士廷式、郑舍人文焯、朱侍郎祖谋、陈大令锐蔚起为词宗，海内益向风趋正轨，故评清词者愈晚出愈胜于前，此不易之论也。

《广箧中词序》（《广箧中词》）

35. 徐沅：

辛亥变后，诗道益穷，樵风、彊村诸家，尤工变徵，乃以扈芷握荃之致，寓苕华离黍之悲，盖世于是为陆沉，词于是为后劲焉。

《词综补遗序》

36. 叶恭绰：

词学滥觞于唐，滋衍于五代，极于宋而剥于明，至清乃复兴。

朱、陈导其流，沈、厉振其波，二张、周、谭尊其体，王、文、郑、朱续其绪，二百八十年中，高才辈出，异曲同工，并轨扬芬，标新领异。

《清名家词序》(《清名家词》卷首)

37. 叶恭绰：

叔问先生，沉酣百家，撷芳漱润，一寓于词，故格调独高，声采超异，卓然为一代作家。读者知人论世，方益见其词之工。

《广箧中词》

38. 沈瑞琳：

自《瘦碧词》行世，而海内以声应者无虑数十百家。自《词源斠律》之书出，而海内承学之士又弗敢偭律而自鸣其词。北海中书叔问丈之所谓词者，于传则意内而言外，于诗则出入变风小雅之间，汉魏乐府之遗音，唐宋燕乐律本也。其为词造乎端也，朗丽以哀志，舒于文也，耀艳而深华。中年丧乱，哀乐所经，又隐缪其辞，要眇其致，旁寄于一物一事，以喻夫忠爱离忧，扬之以雅声，齐之以乐句，说者以其令曲比诸《花间》，其曼词亦不亚片玉、石帚。南渡以后求夫风力奇高，声文谐美，举世竟称，无间然者，此其独焉已。顾世或病其前刻过少，尝有素其佚稿为之读刊者，丈辄笑而谢之。而吴越间爱其词者，珍若枕秘，往往断楮零纨，辄为藏庋。至于海堧名僧，皋桥小伎，亦且传写而歌诵之，其高致可知矣。去年因过大鹤山房，得丈手写《冷红词》，则戊子岁以后所作，凡百数十首，深美闳约，有过前编，固请付锲。逾年录副，依编年例，都为四卷。嗟嗟，吾丈以贵游故家负天下才，澹于仕世，著书等身，凡训诂、考据、辞章之学，不逮音吕、方技，无所不淹。盱衡世变，危言危行，都堂七荐而不第，台馆三征而不就，二十年为东诸侯客，郁郁久居。过江名士慕其风者，时见之于山水空冥之区，以为古之狂者，声满天地而道不行，乃仅仅以词名，其信今而传后者，又岂世士能导扬一二邪？

《冷红词序》(《冷红词》)

39. 吴梅：

月坡、樵风，无所不赅，持较半塘，未云才弱，其精到之处，雅近玉田，而《苕雅》一卷，又有《狡童》、《黍离》之悲焉。

叔问于声律之学，研讨最深。所著《词源斠律》，取旧图刻表，一一厘正。又就八十四调住字，各注工尺，皆精审可从。至其所作词，炼字选声，处处稳洽，而语语缠绵宕动。清末论词笔之清，无逾叔问者矣。

《词学通论》

40. 吴梅：

〔念奴娇〕《追题郑叔问冷红簃填词图，时先生归道山逾十稔矣，即集先生集中语》

旧家英妙(〔瑞龙吟〕)，记灯前俊语(〔惜秋花〕)，几番醒醉(〔湘春夜月〕)。着意伤春天不许(〔玉楼春〕)，万感都成蜡味(〔天香〕)。关塞音书(〔莺啼序〕)，江山文藻(〔庆春宫〕)，无数伤心事(〔卜算子〕)。吟边瘦月(〔甘州〕)，窥人还自憔悴(〔还京乐〕)。 因念旧节题香(〔龙山会〕)，乱山侧帽(〔芳草渡〕)，词客风流地(〔蓦山溪〕)。任是婆娑生意尽(〔杨柳枝〕)，换了疏狂身世(〔御街行〕)。丝竹凋年(〔齐天乐〕)，湖山送老(〔念奴娇〕)，孤鹤生凄唳(〔渔家傲〕)。南楼清啸(〔瑞龙吟〕)，凄凉今夜如此(〔玲珑四犯〕)。

《霜厓词录》

41. 邵瑞彭：

光绪癸巳而降，居积阴之位，蒙四始之缺，丁诗绝之际，天地之数穷，古今之变极，姬昌以来，未之有也。于斯时也，词学之盛，上轶天水，半塘振其绝响，郑、况阐其灵怀，吾师朱侍郎岿然特兴，集声家之大成，起六百年之废疾，同声远应，捷如枹鼓，宗风所被，锵若球锽。

《柳溪长短句序》(《词学季刊》第二卷第四号)

42. 汪辟疆：

叔问雅善倚声，知名当世，有《比竹余音》词集，弥近清真、白石。诗亦神韵绵邈，张祜之遗也。

《光宣诗坛点将录》

43. 胡小石：

公子仙才睨古今，不将台鼎换清吟。

声家分王彊村老，况鬼何来也入林。近世词伯但当推朱、郑，或以况骖乘，非其伦也。彊村晚年极称况，以况贫鬻文，欲益其进耳。况貌奇丑，群戏呼为"鬼子"。

《题大鹤山人年谱，出其女夫戴亮吉笔》（《愿夏庐诗钞》）

44. 蔡桢：

王半塘、郑叔问、况蕙风、朱彊村为清末四大词家，守律之严，王、郑似不如朱、况。而朱、况之严于守律，前期之作，似不如其后期。

学词切勿先看近人词。近人词多重敷浮字面，不尚意境，不讲章法，不守格律。从此入手，以后即不能到宋名贤境界。清词亦只末季，王、朱、郑、况等数家可以取法，余不足观也。

清词派别，可分三期。浙西派与阳羡派同时。浙西派倡自朱竹垞，曹升六、徐电发等继之，崇尚姜张，以雅正为归。阳羡派倡自陈迦陵，吴园次、万红友等继之，效法苏、辛，惟才气是尚，此第一期也。常州派倡自张皋文，董晋卿、周介存等继之，振北宋名家之绪，以立意为本，以叶律为末，此第二期也。第三期词派，创自王半塘，叶遐庵戏呼为桂派，予亦姑以桂派名之。和之者有郑叔问、况蕙风、朱彊村等，本张皋文意内言外之旨，参以凌次仲、戈顺卿审音持律之说，而益发挥光大之。此派最晚出，以立意为体，故词格颇高。以守律为用，故词法颇严。今世词学正宗，惟有此派。余皆少所树立，不能成派。其下者，野狐禅耳。故王、朱、郑、况诸家，词之家数虽不同，而词派则同。

作词固难，看词亦不易。看前人词，最宜仔细分析，能洞见前人工拙，方能发见自己短长，而加以改进。大鹤、蕙风，最善论词。彊村则心知其故而不多言。方今论词具法眼者，当推嘉兴张孟劬、南海陈述叔。孟劬深受大鹤陶镕，述叔则传彊村衣钵者。二人一病一老，此后恐成广陵散矣。

大鹤词，吐属骚雅，深入白石之室。令引近尤佳。学清真，升堂而已。辛亥以后诸慢词，长歌当哭，不知是声是泪是血，殆所谓亡国之音哀以思欤。此则变徵之声，不可以家数论者。

《柯亭词论》

45. 姚鹓雏：

旧闻彊村今梦窗，郑况鼎足姜与史世以大鹤似白石，夔笙似梅溪，与朱古老齐称……

《题旧月簃词卷，即似沈羹梅》（《姚鹓雏文集（诗词卷）·恬养簃诗》卷五）

46. 姚鹓雏：

雪涕何人拜子规，词人江上独来时。

荀卿老作春申客，比竹仍为一世师。

《怀人·郑叔问先生》（《姚鹓雏文集（诗词卷）·集外诗拾遗》）

47. 《续修四库全书总目提要》：

文焯明于声律之学，尝著《词源斠律》，正旧本图表之误，注八十四调之音，至为精审。于宋之词人，不薄屯田，而于清真、梦窗之词研讨最深。故其所撰，炼字选声，飞沉起伏，处处允惬，语语摇荡，清末词人中一大家也。王闿运以词章自负，独尊文焯之词，以为不及。其为当时推重如此。较之成容若，有过之，无不及也。

《樵风乐府九卷提要》

48. 黄濬：

半塘此书……其言得叔问新词者，叔问于庚子之变，有〔贺新郎〕《秋恨》二首，〔谒金门〕三首，最为沉痛。又〔汉宫春〕《庚子闰中秋》一首，亦甚悲。戴亮集年谱中所谓〔谒金门〕三解，每阕以“行不得”、“留不得”、“归不得”三字发端，沉郁苍凉，如〔伊州〕之曲，是也。书中所云“与古微且读且泣下者”，度是此词。

樵风庚子秋日诸词中，〔谒金门〕外，以《秋恨》之〔贺新凉〕两首为最沉痛。盖悯乱忧生，伤时感逝，并为一噫者，自易出色。

《花随人圣庵摭忆》

49. 梁令娴：

叔问舍人，今代词家第一。

《艺蘅馆词选》丁卷

50. 宣雨苍：

叔问《樵风乐府》九卷，诚晚近倚声之卓卓者。自光绪甲午、戊戌、庚子以来，所作寄意深远，具有家国之感。宣统辛亥后，遂绝笔矣。宗旨如此，此其可以传也。

叔问于词，所作多而所存少，果于割爱，故能以少而精。此其所以长也。

《词谰》(《国闻周报》)

51. 陈声聪：

铁岭云中大鹤仙，江南作客苦年年。

冷红瘦碧伤春意，都作商声上管弦。

文焯在清末诸名家中，气格独高，言宗周姜，实已上窥端己、正中，家世簪华，乃踽踽凉凉，依人作客，盖风雨将至，贤人知警，江湖卖画，吴市吹箫，高尚其志，颓然自放，哀时之泪，托之曼声，此所以尤激越而凄丽也。

《论近代词绝句》(《填词要略及词评四篇》)

52. 陈声聪：

清末王幼遐、郑叔问、谭复堂、文芸阁、朱彊村、况夔笙诸大家词，皆学人与才人之词。

《读词枝语》(《填词要略及词评四篇》)

53. 沈轶刘:

郑文焯词，施舍评以“志哀”、“情婉”、“辞雅”、“义隐”括之，可谓能扼其要。循其所选郑词，亦能重符揭旨。玩而索之，郑词〔谒金门〕之“恨不玉颜先瘁”、〔杨柳枝〕之“故宫谁解好腰肢”、〔留春令〕之“愿明月，无圆夜”，志则哀矣；〔谒金门〕之“长袖为君垂着”、〔浣溪沙〕之“梅萼有情红到骨”，情则婉矣；〔采桑子〕之“知是伤春第几生”、〔玉楼春〕之“深雨闭门花乱舞”、〔踏莎行〕之“胡沙应换春风面”，辞则雅矣；〔浣溪沙〕之“水边花外雨冥冥”、〔玉楼春〕之“暗度芳心过别院”，义则隐矣。

云间施舍评朱祖谋“自居遗老，迷恋封建朝廷”，可谓至当。如能解除束缚，成就岂有限量。然此系当时诸家通病，郑文焯亦何或不然。郑〔满庭芳〕曰:“长记神京瑞景，何时再、云物瞻天。”〔浣溪沙〕则曰:“长是人情不如鸟，青禽填海鹊填河。纵饶遗恨亦情多。”〔卜算子〕则云:“花下曾闻玉辇过，往迹成遥想。”〔杨柳枝〕则云:“一样故宫春寂寞，可怜无地着东风。”盖所蔽者深，痼疾难医，不独朱也。

《繁霜簃词札》

54. 王煜:

迄同光衰微，词人萧瑟，辛壬鼎革，遗世凄怆。叔问咽清宕之音，彊村写沉郁之致，圣与、君特重出人间，戚戚黄昏，双悬日月，殆所谓一代殿军，万家景仰也。其在朱、郑之间，则有四印，切磋奖掖，关系至宏。而朱密王疏，先无惭于后；王严郑重，北不让于南。(《自序》)

晚订《樵风乐府》，精约清雅，直决周清真、王碧山之藩，宜王壬秋之敛手推谢也。(《樵风词钞》)

《清十一家词钞》

55. 夏承焘：

一夜阅郑大鹤词，境界似不及彊村之高。

《天风阁学词日记》（一九三四年十二月廿日）

56. 黄孝纾：

咸同以来，兵事俶扰，外患日亟，才智之士，蕴其忧闵忠爱悱恻芬芳之怀，一寄于词。越世孤往，其绪益昌，远若蒋鹿潭，近若王半塘、郑大鹤、朱彊村诸人，虽各肸向阳湖，至其广己造哀，寄心家国，以蕲合拙、重、大之旨，虽起茗柯诸老于九泉，要不能无前贤后生之畏。

《《清名家词序》（《清名家词》卷首）

57. 闻野鹤：

近日词人，大别为二。归安朱沤尹先生以绝代骚才，葩藻艳发，奇丝彩缕，发为异光。织辞之密，实宗君特。多能之士，竞相效承。华饰丰腴，迥非寒枯俭肠者所能效步矣。至于大鹤山人郑叔问，则以清眇之思，发幽隽之语，疏风绮竹，厥景似之。《冷红》一集，兴象幽高，而弦诵之风，卒逊彊村。其源虽出白石，然知者实鲜。良以浅学之流，本不足语，而高蹈之士，又矜多才，于是姜派衰矣。

《惯簃词话》

58. 龙榆生：

山高密郑叔问先生(文焯)，毕生专力于词，为近代一大家数。复精声律，善批评。

《大鹤山人词话附记》

59. 龙榆生：

《冷红词》四卷，铁岭郑文焯小坡作也。以“冷红”命集者何？余闻之张孟劬先生曰：光绪甲子，先君子弃官侨吴中，与小坡及张子苾诸君，连举词社。小坡方有比红之赋，即所谓侍儿红冰是也。后遂归于小坡．乃于剪金桥卜西楼以贮之。《冷红词》一编，大半咏此。按词中涉及此事，而有明文可稽者凡三阕：卷一〔暗香〕题云："岁晚江空，微闻红儿消息，感忆白石载雪垂虹故事，和其二曲，寄声湖上。"是红冰未归小坡以前，尝往来于三竺六桥间也……

《冷红词跋》(《龙榆生词学论文集》)

60. 卢前：

〔望江南〕

樵风趣，俊逸望如仙。两字英雄虽谑语，谓通律吕信难言。一鹤在中天。

《饮虹簃论清词百家》(《清名家词》)

61. 钱仲联：

天闲星入云龙公孙胜　郑文焯

《樵风乐府》，融清真、白石为一手，清华灵秀，采异声高。感时之作，足当词史。斠律之细，媲美彊村。彊村〔望江南〕云词云："招饮处，大鹤洞天开。避客过江成旅逸，哀时无地费仙才。天放一闲来。"斯为定论。

《近百年词坛点将录》

62. 林丁：

词至元明，已成强弩之末，及清又转盛。但最高的两把交椅，却又让人家满人坐了：一位是纳兰容若，一位是文叔问。纳兰容若词缠绵凄回，含蓄蕴藉，抒发个人忧乐，极似易安；文叔问词粗犷豪迈，多涉时事，则极似幼安。前者以小令胜，后者之词格高。

《蕉窗词话》(一九三七年七月十二日《北平晨报·艺圃》)

63. 朱庸斋：

逮及清季，国运衰微，忧患相仍，诗风大变，声气所汇，词学复盛，名家迭出，此道遂尊。言志抒情，不复以体制而局限。故鹿潭、半塘、芸阁、彊村、樵风之作，托体高，取材富，寓意

深，造境大，用笔重，炼语精。（卷一）

清词至清季四家，词境始大焉。盖此四家者，穷毕生之力，深究词学，其生长之时代及生活，亦多可喜可愕、可歌可泣者，故为词亦远过前代。王于碧山、郑于白石、朱于梦窗、况于梅溪（王参以东坡、稼轩而能宏健深远，郑参以柳永而幽深高隽，朱参以清真而浓厚沉著，况参以贺铸而情致婉秀），皆有所得，功力同为宋以后所不能到，甚有突过宋人之处者。

清季四家词，无论咏物抒情，俱紧密联系社会实际，反映当时家国之事。或慷慨激昂，或哀伤憔悴，枨触无端，皆有为而发。词至清末，眼界始大，感慨遂深，内容充实，运笔力求重，用意力求拙，取境力求大。王鹏运词学碧山、东坡，郑文焯学白石、耆卿，朱祖谋学梦窗、清真，况周颐学梅溪、方回，俱能得其神髓，而又形成自己之面目。学古人而不为古人所拘限，此乃清四家远胜于浙西、常州诸子之处。（卷三）

郑文焯喜谈声律，填词谨守四声，其为词从姜夔入，自柳永出，先学白石之幽峭，再融和耆卿之淡秀，风骨最佳，惜情致稍逊耳。其以宋诗之寄慨运于词中，尤善炼句，填险僻之调，以见其功力。少年时为词学北宋情调而不学北宋语句，为避熟字而力炼新语，以“承平少年”之名士姿态出现；中年经历丧乱，杂以南渡后白石之语，登临山水，发思古之幽情，伤今世之遭遇；晚年词笔则似南宋末年诸家，情调苍凉，然比碧山、草窗辈较为高旷。

清季四家，为词皆为寄慨，然王鹏运、朱孝臧专寄于一时一事，每词皆可追寻其本事始末，故较为质实；郑文焯则不专于一事，故其感慨则更为深沉，带有更多普遍性，概括力强。（卷三）

《分春馆词话》

陈衍

陈衍(1856—1937)字叔伊，号石遗老人，福建侯官(今福州)人。光绪八年(1882)举人。曾入台湾巡抚刘铭传幕。戊戌变法后应湖广总督张之洞之邀，往武昌任官报局总编纂，后又为学部主事、京师大学堂教习。辛亥革命后，曾在南北各大学讲授，编修《福建通志》，任无锡国学专修学校教授。陈衍精通经史训诂之学，尤擅于诗，为闽派首领人物，亦“同光体”开创者之一。编著有《近代诗钞》、《石遗室诗话》等。亦善词，著有《朱丝词》二卷。

1. 冒广生：

侯官陈石遗学部衍《朱丝词》二卷，其亡妇萧道安所手书也。姿制遒媚，似瘗鹤铭。石遗有悼亡五言排律，长至三百韵，真空前绝后之作。卷端有沈子培题字云：“慧情冶思，欲界天人，正使绝笔于斯，不妨与晚明诸公分席。若为之不已，将恐华鬘渐凋，身香浸灭。耆卿、美成晚作皆尔，达者当有味斯言。”石遗近方辑全闽诗，无复留意声律，沈诗任笔，兼擅者鲜，海内推许于吾石遗无间也。〔六丑〕云：“尽乘船骑马，甚客里、光阴虚掷。无多薄游，真飞鸿过翼，雪爪留迹。且住为佳耳，尚梅花千古，湖山香国。离居纵遣伤兰泽，今日桃蹊，明朝柳陌。秦来更当追惜。奈镜台病后，遥念窗槅。　酒阑人寂。望江天空碧。鱼雁沉沉，忒无信息。布帆明日行客，似前月浮梁，迢迢何极。蒙头睡、不掀巾帻。浑不管、重利商人轻别，鼾声床侧。离魂共、上下潮汐。只景纯、未取文通笔，差能赋得。”〔高阳台〕云：“锦瑟年华，黄骢客子，一春同搁刀环。曾几番游，匆匆烛灺施歌残。分明故唱贞元曲，忆当时、朝士衣冠。自依然。别去春明，出去阳关。　诸君不少何戡在，更旗亭贳酒，赌唱双鬟。急管繁弦。无端枕簟先安。江南倦客归欤未，唱玲珑、让我孤还。没心情、白下莺花，白下江山。”〔永遇乐〕云：“一发青山，何人占断，归去来处。比向潇湘谁教我，掉首向秦而去。杏花春雨，绿杨城郭，同不是乡关路。怎蓬莱、回车指点，谪居独得家住。　江潭自古。容行吟骚客，写怨朝朝暮暮。谁识年来，不生兰芷，润色牢愁句。小山丛桂，不来招隐，便合招魂共语。相望久、芙蓉浦上，尚盈坠露。”〔凤凰台上忆吹箫〕云：“字字销愁，行行排闷，依然愁闷全封。道觉松缠臂，蹙损眉峰。补向离肠万一，无益事、合绝来踪。甫能彀，些儿减遣，误惹还浓。　重重。满枝结子，憎底事桃花，压遍娇红。累柳枝斜郭，眠起皆慵。谁管夜深无睡，多半总听五更钟。令人瘦，年来也应，错嫁东风。”又云：“金缕花枝，北风裙带，别离最是今年。甚一春心绪，不上蛮笺。知否人归雁后，何止思发在花前。无聊也，待援此例，却又徒然。　无眠。最妨瘦损，看病渴孤花，怎护暄妍。忆蕊珠宫里，曾话缠绵。试作年时瑶想，禁忍俊、一晌迁延。迁延到花时，有人要簸双钱。”数词殆善学稼轩者。

《小三吾亭词话》卷四

2. 夏敬观：

侯官陈石遗衍，闽之经师，尤以诗名噪海内……石遗早岁有《朱丝词》一卷，晚不复作。闽人论前辈词，惟数又点。不知先生虽不多作，出其余技，实在又点之上。

《忍古楼词话》

宋育仁

宋育仁(1857—1931)字芸芝，又作芸子，四川富顺人。光绪五年举人，光绪十二年(1886)进士。改庶吉士，散馆授翰林院检讨，曾充广西乡试副主考，官至湖北补用道。育仁学问渊深，工诗善画，著有《哀怨集》，词有《问琴阁词》一卷，收词八十五首。

1. 宋育仁：

二十六年八月，在京师与王幼遐给事、朱古微学士朝夕过从，相慰劳苦。先是古微前辈与刘伯崇修撰皆移寓半塘舍，相与拈诗牌限字填小令，已得若干阕。余别居往还，道路有戒，乃取三君词卷，每调就所倚之阕内拈字依声为一阕，以嗣其音，不知其为渐离之筑，雍门之琴，麦秀之歌也。

《城南词后跋》(《哀怨集》)

2. 宋育仁：

大笑苍蝇蚓窍闻，城南石鼎调翻新。
欲言不敢思公子，私泣何嫌近妇人。
醉语灞陵呵夜猎，啸声山鬼唱秋坟。
绮词填满离骚怨，只为婵媛苦忆君。

《城南词诗牌填词跋尾题诗》(《哀怨集》)

3. 陈锐：

宋芸子词非颛门，要自情韵不匮。

《褎碧斋词话》

夏孙桐

夏孙桐（1857—1942）字闰枝，一字润之，号悔生，晚号闰庵，江苏江阴人。光绪八年举人，光绪十八年（1892）进士，授编修，与修国史会典。两充会试同考官，历任湖州、宁波、杭州知府。民国初入“清史馆”，嘉、道、同四朝臣工列传及循吏、艺术两汇传，凡一百卷，并出其手。又佐徐世昌辑《晚晴移诗汇》及《清儒学案》。著有《观所尚斋文存》，有《悔龛词》一卷，续一卷。

1. 继昌（李佳）：

夏闰枝太史孙桐，亦工诗词……夏与缪筱珊同邑，所作亦可为笙磬同音。

《左庵词话》卷下

2. 傅岳棻：

早岁客吴门，与郑叔问、刘光珊辈结鸥隐词社，中岁则与王半塘、朱彊村、张瞻园时相唱和，晚主聊园吟社，推为祭酒。有《悔龛词》一卷，彊村刊入《沧海遗音》中，续稿一卷，未梓行。此在他人，皆足名家，而先生则余事焉耳。

《江阴夏闰庵先生墓志铭》（《民国人物碑传集》卷十一）

3. 叶恭绰：

悔庵填词极早，平生不事表襮，故知者较希。今岿然为坛坫灵光，正法眼藏，非公莫属已。

《广箧中词》

4. 陈声聪：

宫沟水浅无红叶，汐社星疏数旧人。

谁识遨头前太守，湖山敛黛入眉颦。

其词虽无惊人之笔，然珠圆玉润，稳帖有余。

《论近代词绝句》(《填词要略及词评四篇》)

5. 顾廷龙：

先生之词，绵丽高骞，出入白石、玉田之间，而又融合梦窗，得其神韵。

《悔龛词跋》(《悔龛词》)

6. 陈莲痕：

江阴夏闰枝先生……甲科清望，倚声特工，刊有《悔龛词》，篇幅无多，而下笔不苟。江阴清属常州府，先生之词初不囿于常州派之偏见，实亦兼撷浙派之精髓，卓然大家，必传无疑。

《读词小识》(《春游琐谈》)

朱祖谋

朱祖谋(1857—1931)字古微，后改名孝臧，一字藿生，号沤尹，又号彊村。归安(今浙江湖州)人。父朱光第，曾官河南邓州知州，为官廉正。祖谋自幼随父宦所，二十岁已名著中州。光绪八年(1882)举人，翌年成进士。改庶吉士，授编修。历充国史馆协修、会典馆总纂总校、江西副考官、会试同考官。升翰林院侍讲，充日讲起居注，累迁侍读庶士、侍讲学士。光绪二十六年（1900）义和团运动中，上疏反对仇教启衅，几获罪。辛丑条约后，升内阁学士，擢礼部侍郎，寻兼署吏部侍郎。光绪三十年（1904）出任广东学政，因与总督不合，引病辞官，卜居苏州。后应聘为江苏法政学堂监督。宣统元年(1909)特诏征召，次年授弼德院顾问大臣，皆以病辞。辛亥革命后，以遗老自居，结交学者词人，填词赋诗，以校书、著述自娱。1931 年病逝于上海。祖谋早岁工诗，蹊径在黄山谷、孟东野间，有《玉湖趺馆诗存》。四十岁后，始专力于词，初学吴文英，晚又肆力于苏轼、辛弃疾二家，曾校刊《东坡乐府》。所刻《彊村丛书》，搜集唐、宋、金、元词一百六十三家，一百七十三种，精加勘校，有功词学不浅。著有词集《彊村语业》三卷，诗集《彊村弃稿》一卷；编有《彊村丛书》、《湖州词徵》三十卷、《国朝湖州词录》六卷。门人龙榆生又汇编《彊村遗书》。朱祖谋为“晚清四大家”之一，为传统词学之一大结穴，享誉既高且久，影响所至，直至于今。

1. 吴昌硕：

〔减字木兰花〕《彊村先生属写校词图为拟奚蒙泉笔意，并缀此词》

金风嫡派，一世词流甘下拜。余事丹黄，远接虞山近半塘。

故山浮玉，梦里消磨文字福。何日归篷？和尔樵歌一笛风。

《彊村校词图题咏》(《彊村丛书》)

2. 徐定超：

光绪庚子之夏，拳匪倡乱，七月既望，各国师集都门。乘舆西狩，士大夫之官京朝者，亦各仓皇，戎马奔驰星散。半塘老人独闭户如故，而归安朱古微学士、临桂刘伯崇殿撰咸以故居扰于寇，依之以居。余居去半塘最近，晨夕过从，相与慰藉，既出近词一编见示，则皆两月来篝灯唱酬、自写幽忧之作。以余同处患难，而嘱予弁言。余谓言为心声，心之所动，自不能不发之于言，古之作者处此，有为麦秀、黍离之歌者矣，如庾信之《哀江南》，杜甫之《悲陈陶》，皆所谓古之伤心人别有怀抱者。彼其时、其事之躬自阅历，所以怵魄而怆神者，岂无他人共之哉？惟他人不能言而此独言之，使读之者悲愤交集，皆怦怦戚戚，而若有以先得其心之所同然，故足以鸣当时而信后世。今三子者，同处危城，生逢厄运，非族逼处，同类晨星，沧海澜颓，长安日远，忠义忧幽之气，缠绵悱恻之忱，有动于中而不能自已，以视兰成去国、杜老忧时，其怀抱为何如也？余虽不知词，然三子者之言，皆余所欲言而不得者。则亦不能自已于言也。

《庚子秋词叙》(《庚子秋词》)

3. 王鹏运：

公词庚、辛之际，是一大界限。自辛丑夏与公别后，词境日趋于浑，气息亦益静，而格调之高简，风度之矜庄，不惟他人不能及，即视彊村己亥以前词，亦颇有天机人事之别。

自世之人知学梦窗，知尊梦窗，皆所谓但学兰亭面者；六百年来，真得髓者，非公更有谁耶！

《彊村词原序》(《彊村词剩稿》)

4. 瞿鸿禨：

君家竹垞词中龙，甄综诸家操国工。

彊村才力敌宗衮，研正声律昭盲聋。
诗余递降源波通，变体微类骚与风。
根苗三唐绚五季，有宋一代专其雄。
后来作者竞驰逐，小令新调皆附庸。
出同归异互得失，圣处要在中声中。
君包众有悟三昧，笔挟元气盘秋空。
铿訇金石入天籁，吐纳海岳生奇胸。
森然壁垒不可当，秦七黄九俱催锋。
平生精锐洞堂奥，肯以小技轻雕虫？
挂冠神武隐渔钓，吟弄风月甘长终。
别裁邃密极要眇，具眼流照光熊熊。
一编写校杂丹墨，尚友百世相追从。
何人添毫得意象，度曲纸上酣笙镛。
绝怜身似玉田翁，百感哀怨鸣孤桐。
山中白云今尚在，真宰共诉扪苍穹。

《奉题古微侍郎〈校词图〉》

5. 沈曾植：

彊村精识分铢，本万氏而益加博究，上去阴阳，矢口平亭，不假检本，同人惮焉，谓之“律博士”。

《彊村校词图序》(《彊村丛书》)

6. 蒋兆兰：

清季词家，蔚然称盛，大抵宗二张、止庵之说，又竭毕生心力为之，本立言之义，比风雅之旨，直欲突过清初，抗衡两宋。后有作者，试研几张景祁、谭献、许增、郑文焯及四中书端木埰、许玉瑑、王鹏运、况周颐、张仲炘、朱孝臧诸贤所作，当知吾言之不谬也。

有清一代，词学屡变而益上。中叶以还，鸿生叠起，辟门户之正，示轨辙之程。逮乎晚清，词家极盛，大抵原本风雅，谨守止庵，导源碧山，历稼轩、梦窗以还清真之浑化之说。为之虽功力有浅深，成就有大小，而宁晦无浅，宁涩无滑，宁生硬无甜熟，炼字炼句，迥不犹人，戛戛乎其难哉！其间特出之英，主坛坫，广声气，宏奖藉，妙裁成。在南则有复堂谭氏，在北则有半塘王氏，其提倡推衍之功，不可没也。慨自清命既讫，道丧文弊，二十年来，先民尽矣。独有彊村、蕙风，喁于上海，乐则为天宝《霓裳》，忧则为殷遗《麦秀》，是可伤已。

《词说》

7. 郑文焯：

居常诵《庚子秋词》及《春蜇吟》二册，极服高制，以洞放之旨，流愀恻之音，骨气沉雄，弁冕群雅，几于思不周赏，警绝一时，岂亦忠爱离忧之感，缘情附物，唯以造哀，词之体固然也？

《致朱祖谋书》（《〈词林翰藻〉残璧遗珠》）

8. 周达：

远祧浙派近毗陵，七子吴中诩审音。
不废江河流自在，同光词客迈元金。

梦月空青异帜张，北词支派启文襄。
能探星宿源头水，终让归安老侍郎。

近代词坛数二文，苏辛豪宕异清真。
宁知七宝楼台手，教外传灯别有人。

善本难求四印斋，半塘心血已成堆。
虞山功自先河在，百宋精刊让后来。

帘影横波惜别时，销魂绝代冶秋词。
遗臣老作听枫客。更耐长年落叶悲。

缶叟支离擅写生，空中传恨又图成。
忍翻天水伤心局，一角残山分外明。

《彊村侍郎属题缶翁所绘校词图》

9. 夏孙桐：

少以诗名，孤怀独往，其蹊径在山谷、东野之间。四十始为词，与王半塘给谏最相契，同校《梦窗四稿》，词格一变；穷究倚声家正变源流，晚造益深。尝言“半塘所以过人者，其生平所学及抱负，尽纳词中，而他不旁及”。公正与之相同，身世所历，忧危沉痛，更过于半塘。清末词学，视浙西朱、厉，毗陵张、周诸家，境界又进者，亦时为之也，故公词遂为一代之结局。半塘《四印斋所刻词》风行一时，公赓续之，积年所得，遍求南北藏书家善本校勘，综宋、金、元凡一百六十三家。既博且精，足补常熟毛氏、南昌彭氏搜集所未逮，即半塘亦不能不让。继事之尽善，又辑《湖州词徵》二十四卷，《国朝湖州词徵》六卷。年德益劭，郁为江表灵光，海内言词者，奉为斗勺。

《朱彊村先生行状》（《词学季刊》创刊号）

10. 唐晏：

碧梧乱覆雕阑影，红锦地衣承藻井。
不尽人间万古愁，丝痕著意萦新警。

隔窗夜雨闻涓涓，愁盘九曲金博山。
敲拍未终宛成梦，梦到梅溪竹屋间。

幽怨摇香惜金缕，词人例作销魂语。
不信灵均赋九章，至今恨结怀沙浦。

《朱古微填词图》（《海上嘉月楼诗稿》）

11. 陈锐：

朱古微词，墨守一家之言，华实并茂，词场之宿将也。

《褒碧斋词话》

12. 陈三立：

公始以能诗名，蹊径蹈涪翁，顾自诡非所近，及交王半塘鹏运，弃而专为词。勤探孤造，抗古迈绝，海内归宗匠焉。晚处海滨，身世所遭，与屈子泽畔行吟为类，故其词独幽忧怨诽，沉抑绵邈，莫可端倪。太史迁之释《离骚》，明其“称文小而其指极大，举类迩而见义远，其志洁，故其称物芳”，固有旷百世与之冥合者，非可伪为也。

《清故光禄大夫礼部右侍郎朱文直公墓志铭》（《散原精舍文集》卷十七）

13. 陈三立：

侍郎词冠绝一代，盖与其怀抱、行谊、风节相表里。

《受砚庐图题记》（《词学季刊》第一卷第四号）

14. 沈修：

修尝论之，词至于宋，若治道进为成周。日中斯昃，月盈斯阙，非元明列贤之过，抑又天运然耳。其中兴乎我清，又若王道之凌迟于七雄、八代，及唐而昭陵茂治，几隆成康。故称词则望宋如归，其它必也我清乎？……词运及今世，固犹在贞观中叶，名流辈兴，分肖有宋一体，彊村先生则尤褎然称首。平生所为词，合三百、廿五成之者，何以能是？职唯心素使然也。夫艺曾四术之一也，乐曾六艺之一也。乐数降而成词，曾云、咸之末胄也。然由心素结撰，斯优优乎征四术之内诚。先生蚤遗华簪，兴言则隐，泮奂林下，曾回两征，则其心素可测矣。

《彊村丛书序》

15. 陈诗：

归安朱古微侍郎祖谋，又号沤尹，晚号上彊村人。初为诗尚锻炼，继弃而为词，专学梦窗，思精语卓，自成一家之言。

《尊瓠室诗话》

16. 徐珂：

朱古微少时，随宦汴梁，王幼霞以省其兄之为河南粮道者至，遂相遇，古微乃纳交于幼霞，相得也。已而从幼霞学为词，因益亲。光绪庚子之变，八国联军入京城，居人或惊散，古微与刘伯崇殿撰福姚，就幼霞以居。三人者，痛世运之陵夷，患气之非一日致，则发愤叫呼，相对太息。既不得他往，乃约为词课，拈题刻烛，于喁唱酬，日为之无间，一阕成，赏奇攻瑕，不隐不阿，谈谐间作，心神洒然，若忘其在颠沛兀臲中，而自以为友朋文字之至乐也。

朱古微为倚声大家，著称于光宣间，其所著为《彊村词》。尝视学广东，未满任即解组归。尝曰："予素不解倚声，岁丙申，重至京师，王幼霞给事时举词社，强邀同作。王喜奖藉后进，于予则绳检不少贷，微叩之，则曰：'君于两宋涂径，固未深涉，亦幸不睹明以后词耳。'贻予四印斋所刻词十许家，复约校梦窗四稿，时时语以源流正变之故。旁皇求索为之，且三寒暑，则又曰可以视今人词矣。示以梁汾、珂雪、樊榭、稚圭、忆云、鹿潭诸作。会庚子之变，依王以居者弥岁，相对咄咄，倚兹事度日，意似稍稍有所领受，而王则翩然投劾去。辛丑秋，遇王于沪上，出示所为词九集，将都为《半塘定稿》，且坚以互相订正为约。予强作解事，于王之闳指高韵，无能举似万一。王则敦促录副去，许任删削，复书至，未浃月，而王已归道山矣。自维劣下，靡所成就，即此趑趄小言，度不能复有进益，而人琴俱逝，赏音阒然，感叹畴昔，惟有腹痛。"既刊王之《半塘定稿》，复用其指，薙存拙词若干首，以付剞氏。

光宣间之倚声大家，则推临桂王鹏运、况周颐、归安朱祖谋、汉军郑文焯。

《近词丛话》

17. 冒广生：

归安朱古微侍郎祖谋，中岁始填词，而风度矜庄，格调高简。王幼遐云："世人知学梦窗知尊梦窗，皆所谓但学兰亭之面，六百年来真得髓者，古微一人而已。"古微词品不可及，人品尤不可及。庚子夏秋之间，黄巾黑山，群情汹汹，古微独昌言其不可恃，几陷不测。比年乞病却归吴门，与郑叔问、刘光珊辈岁寒唱和，有终焉之志。朝廷知其誓墓之词甚苦，亦不相强，视近时三事大夫之勇猛精进，夜行不休者，真可思量烂熟也已。古微所刊有《庚子秋词》、《春蛰吟》，皆与幼遐诸人唱答之什。

《小三吾亭词话》卷二

18. 张尔田：

《语业》二卷，彊村先生晚年所定也。曩者半塘翁固尝目先生词似梦窗。夫词家之有梦窗亦犹诗家之有玉溪。……先生早侍承明，壮跻懋列，庚子先拔之始，折槛一疏，直声震天下，既不得当，一抒之于词。……复堂老人评水云词曰："咸同兵事，天挺此才，为声家老杜。"余亦谓当崇陵末叶，庙堂厝薪，玄黄水火，天生先生，将使之为曲中玉溪耶？

《彊村语业序》(《彊村语业》)

19. 张尔田：

余窃维有清文治昭融，康熙、乾隆两朝，首开鸿词之科，登进方闻之彦，凡士之明一经、通一艺者，麟萃凤翥，求之而皆在。而大晟燕乐，历唐、五代、宋以讫于元、明，年逾千祀，响绝复延，亦愈晚而愈大昌，先生实裒然称为首殿焉。尝揆所原，厥盛有四。胜朝沿胡元余习，淫哇塞聪，知曲而不知词。杨升庵辈又臆造为自度之腔，破规偭律，益紊变而不可纪。万红友氏起，审于五要，精于四上，取宋贤乐句，节度而刌比之，标《尊前》之逸唱，正《啸余》之妄作，而后倚声者人知守律，是为词学之一盛。夫吹万不同，而毕止于一者，天籁也。众制殊诡，而必剂于符者，元音也。是故有诗，沈休文始辨四声；有词，朱希真乃制四部。天水末叶，无名氏著《菉斐轩词韵》，以入声分配三声，论者谓其专为北曲而设。胡文焕、沈去矜、程名世诸人承之，向壁虚造，迷误伶伦，词之杂流，由斯而作。戈顺卿氏起，辞而辟之，知词有异曲之部，则稽之《混成》遗谱；知词有随律之声，则本之守斋绪言。通转之例必严，腹舌之谐斯准。而后倚声者人知审音，是为词学之再盛。方是时也，家家自以为握灵蛇之珠，抱荆山之玉矣。然而真宰弗存，郑声遂竞。登山临水，义不轨夫乐哀；充箱照乘，辞惟陈夫舄履。洵有如金应珪氏所讥之三蔽者。张皋文氏起，原诗人忠爱悱恻、不淫不伤之旨，《国风》十五导其归，《离骚》廿五表其挈，翦擿孔翠，澡瀹性灵，崇比兴，区正变，而后倚声者人知尊体，是为词学之三盛。先生守律则万氏，审音则戈氏，尊体则张氏，而尤大功于词苑者，又在校勘。前此常熟毛氏、无锡侯氏、江都秦氏广刊秘籍，流播艺林，是谓搜佚。下逮知圣道斋彭氏、双照楼吴氏，或精钞、或影宋，则又志在传真。虽未尝无功于词，而皆无当于词学。先生则不惟搜佚也，必核其精；不惟传真也，必求其是。盖自王佑遐之校梦窗，叙述五例，以程己能。先生循之，津途益辟。是故乐府之有先生，而后校雠乃有专家。下与陈、晁竞爽，上与向、歆比隆，六义附庸，蔚为大国，遂使声律小道，高跻乎古著作之林，与三百年朴学大师相揖让乎尊俎之间，在于三累之上。呜呼！可谓词学之极盛已！而先生自所为词，亦复跨常迈浙，凌厉跞朱，逌然而龙鸾翔，䓪然而兰茝发。拟之有宋，声与政通，如范、如苏、如欧阳，深文而隐蔚，远旨而近言，三熏三沐，尤近觉翁。先朝大臣词，嶰筠、稚圭固不论，即并世词流，半塘之于碧山，叔问之于白石，夔笙之于梅溪，敷芬散条，殆亦莫能相掎。语曰：惟其有之，是以似之。岂与夫怀铅握椠之宾、折杨皇花之客等量齐观、同年而语者哉？先生大节荦荦，于国史自当有传，而余独缅述夫一代词学兴废之由，及先生所以振绝甄业者著于篇，以为之序。

《彊村遗书序》(《彊村遗书》)

20. 张尔田：

〔望江南〕

《古微丈曾作〔望江南〕十余阕以评骘清代词家，而丈词实为有清一代词流之大殿，阙焉不述，何以示后？因僭续两章，丈笑曰：“姑待身后可乎？”今丈已下世，则此词不可不存也》

霜腴好，曾忆鹜翁评。天外凤凰谁得髓，人间韶濩此中声。七宝自然成。

衡门意，投老若为家。半箧伤心留谏草，一春垂泪对江花。应有匪风嗟。

《天风阁学词日记》一九三二年引

21. 张尔田：

词之为道，无论体制，无论宗派，而有一必要之条件焉，则曰真。不真则伪（真与实又不同，不可以今之写实派为真也），伪则其道必不能久。……彊村诸公固以词成其家者，然与谓其词之可贵，无宁谓其人之可贵。

《与夏臞禅书》(《天风阁学词日记》一九三四年引)

22. 张尔田：

矜严高简鹜翁评，此事湖州有正声。

临老自删新乐府，绝怜低首况餐樱。

《论词绝句》(《与夏臞禅书》引，《天风阁学词日记》一九三六年)

23. 张尔田：

仆谓彊村词深于碧山，谓其从寄托中来也，学梦窗者多不尚寄托，彊翁不然，此非梦窗法乳。盖彊翁早年从半塘游，渐染于周止庵绪论也深。止庵论词，以有托入，以无托出，彊翁实深得此秘。若论其面貌，则固梦窗也。此非识曲听真者，未易辨之。

虽其晚年感于秦晦明师词贵清雄之言，闻效东坡，然大都系小令。至于长调，则仍不尔。故彊翁之学梦窗，与近人陈述叔不同。述叔守一先生之言，彊翁则颇参异己之长。而要其得力，则实以碧山为之骨，以梦窗为之神，以东坡为之姿态而已。此其所以大欤！

《复夏承焘》（《天风阁学词日记》一九三六年引）

24. 张尔田：

古丈晚年词，苍劲沉著，绝似少陵夔州后诗，此其所以为大家。诗乃余事。

《与龙榆生论彊村词书》（《词学季刊》第一卷第二号）

25. 张尔田：

古丈词，故国之悲，沧桑之痛，触绪纷来，一篇之中，三致意焉。

《四与榆生论彊村词事书》（《词学季刊》第一卷第四号）

26. 张尔田：

自来学苏辛能成就者绝少，即培老亦只能到须溪耳。苏辛笔力如锥画沙，非读破万卷不能，谈何容易。磊落激昂，不从书卷中来，皆客气也。以客气求苏辛，去之愈远。古丈学苏，偶一为之；半塘集中，亦多似辛之作，然绝不以辛相命。此意当相会于言外也。

《与龙榆生论苏辛词书》（《词学季刊》第二卷第三号）

27. 张尔田：

余尝谓乾嘉以来词人，大都取径于南宋。其宗豪放者，则又艳称苏辛，实则苏辛非一派也。苏为北宋别祖，辛实南宋开宗。自来词家，不知南北宋之所以不同，貌稼轩则有之矣，无一人能学东坡者。惟朱彊村侍郎词，晚年颇取法于苏。

《龙榆生词序》（《同声月刊》第三卷第一号）

28. 张尔田：

并世作者，半塘之大，大鹤之精，彊村之沉，与蕙风之穆，骎骎乎拊南宋而上矣。

及壮，获与半塘、大鹤、彊村三君游。三君者于学无不窥，而益用以资为词，故所诣沉思专进而奇无穷。

《词莂序》

29. 金天羽：

浙西古为词客渊海。沤尹善讽谕，忼悱婉丽，一师梦窗。

《鹤园记》（《天放楼文言》卷五）

30. 夏敬观：

乾嘉人类皆学白石、稼轩、玉田、草窗、碧山，是数家非不可学，学之者易之，而其实又皆学其同时人之所为，于诸家无所得也。侍郎出，斠律审体，严辨四声，海内尊之，风气始一变。侍郎词蕴情高敻，含味醇厚，藻采芬溢，铸字造辞，莫不有来历。体涩而不滞，语深而不晦，晚亦颇取东坡以疏其气。

《风雨龙吟室词序》（《同声月刊》第二卷第八号）

31. 夏敬观：

临桂王给谏鹏运在中书日，振衰扶雅，况舍人周仪辈翕然从之，同时文学士廷式、郑舍人文焯、朱侍郎祖谋、陈大令锐蔚起为词宗，海内益向风趋正轨，故评清词者愈晚出愈胜于前，此不易之论也。

《广箧中词序》（《广箧中词》）

32. 王国维：

近人词如《复堂词》之深婉，《彊村词》之隐秀，皆在半塘老人上。彊村学梦窗而情味较梦窗反胜。盖有临川、庐陵之高华，而济以白石之疏越者。学人之词，斯为极则。然古人自然神妙处，尚未见及。

《人间词话删稿》

33. 王国维：

蕙风词小令似叔原，长调亦在清真、梅溪间，而沉痛过之。

彊村虽富丽精工，犹逊其真挚也。天以百凶成就一词人，果何为哉！

王氏《蕙风琴趣》评语

34. 吴庠：

居恒于一切文艺，每以有无清气为衡量，于填词尤甚……晚清词人学梦窗者，以沤尹年丈、述叔先生两家为眉目。读其晚年诸作，何尝不清气往来。

《覆夏臞禅书》（《同声月刊》第一卷第三号）

35. 徐沅：

辛亥变后，诗道益穷，樵风、彊村诸家，尤工变徵，乃以扈芷握荃之致，寓苕华离黍之悲，盖世于是为陆沉，词于是为后劲焉。近三十年作者云起，挈其旨趣，要不出文、朱二家，及时收拾，亦犹《诗》录《下泉》，居变风之终，于乱极发思治之情耳。是则词虽小道，托体并尊，光宣以降非常变局，赖长短句以纪之，寻微索隐，差于世运有关。

《词综补遗序》

36. 程善之：

彊村先生之超出古今者，缘其情感深厚，而所关者一代之兴衰，以视水云楼之仅缘个人身世者，迥乎不同。

《与臞禅论词书》（《词学季刊》创刊号）

37. 叶恭绰：

词学滥觞于唐，滋衍于五代，极于宋而剥于明，至清乃复兴。朱、陈导其流，沈、厉振其波，二张、周、谭尊其体，王、文、郑、朱续其绪，二百八十年中，高才辈出，异曲同工，并轨扬芬，标新领异。

《清名家词序》（《清名家词》卷首）

38. 叶恭绰：

彊村翁词，集清季词学之大成，公论翕然，无待扬榷。余意词之境界，前此已开拓殆尽，今兹欲求于声家特开领域，非别寻涂径不可。故彊村翁或且为词学之一大结穴，开来启后，应有继起而负其责者，此今日论文学者所宜知也。至所作之兼备众长，不俟再论，兹录仅当尝脔耳。

《广箧中词》

39. 吴梅：

追及末世，彊村、夔笙，并称瑜亮，而新亭故国之感，尤非烟柳斜阳所可比拟矣。

朱丈沤尹从半塘游，而专力梦窗，其所诣尤出夔笙之上。

《词学通论》

40. 吴梅：

先生得半塘翁词学，平生所诣，接步梦窗，所作《彊村语业》海内奉为圭臬。

《宋词三百首笺序》(《宋词三百首笺注》)

41. 吴梅：

〔鹧鸪天〕《彊村词隐图》

晞发行吟泽畔身。觚棱回首几重云。西风鲑菜人无恙，南国莺花梦不春。　邛竹杖，縠皮巾，水天闲话上彊村。紫霞白石知音渺，青眼高歌自闭门。

《全清词钞》卷三十九

42. 陈匪石：

有清一代词学，驾有明之上，且骎骎而入于宋。然究其指归，则宋末二字足以尽之。何则？清代之词派，浙西、常州而已。浙西唱自竹垞，实衍玉田之绪；常州起于茗柯，实宗碧山之作。迭相流衍，垂三百年。世之学者，非朱即张，实则玉田、碧山两家而已。湖海楼崛起清初，导源幼安，极纵横跌宕之妙，至无语不可入词，而自然浑脱。然自关天分，非后人勉强可学，故后无传人，不能与浙西、常州分镳并进也。至同光以降，半塘、沤尹出，始倡导周、吴而趋其途径。沤尹则直入梦窗之室，吴派遂为清末之新声矣。若学美成而至者，则尚未有之也。

《旧时月色斋词谈》

43. 陈匪石：

随地而见舒敛，一身而备刚柔，半唐、彊村晚年所造盖近于此。（卷上）

彊村在清光宣之际，即致力东坡，晚年所造，且有神合。（卷下）

《声执》

44. 汪辟疆：

古微襟期冲澹，尤工倚声，所刊《彊村词》，半塘老人谓为六百年来，真得梦窗神髓者也。晚际艰屯，忧时念乱，一托于词，实能兼二窗、碧山、白石诸家之胜，非一家所可限矣。所刊两宋词集，多人间未见之本。

《光宣诗坛点将录》（《汪辟疆文集》）

45. 邵瑞彭：

光绪癸巳而降，居积阴之位，蒙四始之缺，丁诗绝之际，天地之数穷，古今之变极，姬昌以来，未之有也。于斯时也，词学之盛，上轶天水，半塘振其绝响，郑、况阐其灵怀，吾师朱侍郎岿然特兴，集声家之大成，起六百年之废疾，同声远应，捷如枹鼓，宗风所被，锵若球镗。

《柳溪长短句序》（《词学季刊》第二卷第四号）

46. 李宣倜：

同光末祚，则数彊村，学专三折之肱，思极七穿之札，风神澹宕，不露妍华；格律老成，自标馨逸，信足以凌驾半塘、跨越大鹤，弁冕一流，津逮来学者也。

《今词林弁言》（《同声月刊》第一卷创刊号）

47. 胡小石：

近世词伯但当推朱、郑，或以况骖乘，非其伦也。

《题大鹤山人年谱，出其女夫戴亮吉笔》诗自注（《愿夏庐诗钞》）

48. 王易：

〔水龙吟〕《集彊村词句吊彊村先生》

白头心事飘萧，天涯惟有啼鹃苦。舢棱梦坠，五湖计熟，残年倦旅。老泪柴桑，义熙题遍，哀时词赋。怅新歌散雪，迷阳唱倦，凄咽断，蘋洲谱。　　只有高台歌舞，素心难、旧盟谁主。支离病骨，惊飙吹幕，风灯摇暮。身世浮云，人天孤愤，低头臣甫。又西风鹤唳，酸声噤月，近连桥路。

《词学季刊》第一卷第三号

49. 蔡桢：

王半塘、郑叔问、况蕙风、朱彊村为清末四大词家，守律之严，王、郑似不如朱、况。而朱、况之严于守律，前期之作，似不如其后期。

学词切勿先看近人词。近人词多重敷浮字面，不尚意境，不讲章法，不守格律。从此入手，以后即不能到宋名贤境界。清词亦只末季，王、朱、郑、况等数家可以取法，余不足观也。

清词派别，可分三期。浙西派与阳羡派同时。浙西派倡自朱竹垞，曹升六、徐电发等继之，崇尚姜张，以雅正为归。阳羡派倡自陈迦陵，吴园次、万红友等继之，效法苏、辛，惟才气是尚，此第一期也。常州派倡自张皋文，董晋卿、周介存等继之，振北宋名家之绪，以立意为本，以叶律为末，此第二期也。第三期词派，创自王半塘，叶遐庵戏呼为桂派，予亦姑以桂派名之。和之者有郑叔问、况蕙风、朱彊村等，本张皋文意内言外之旨，参以凌次仲、戈顺卿审音持律之说，而益发挥光大之。此派最晚出，以立意为体，故词格颇高。以守律为用，故词法颇严。今世词学正宗，惟有此派。余皆少所树立，不能成派。其下者，野狐禅耳。故王、朱、郑、况诸家，词之家数虽不同，而词派则同。

作词固难，看词亦不易。看前人词，最宜仔细分析，能洞见前人工拙，方能发见自己短长，而加以改进。大鹤、蕙风，最善论词。彊村则心知其故而不多言。方今论词具法眼者，当推嘉兴张孟劬、南海陈述叔。孟劬深受大鹤陶镕，述叔则传彊村衣钵者。二人一病一老，此后恐成广陵散矣。

彊村慢词，融合东坡、梦窗之长，而运以精思果力。学东坡，取其雄而去其放。学梦窗，取其密而去其晦。遂面目一变，自成一种风格，真善学古人者。集中各词，皆经千锤百炼而出，正如韩文杜律，无一字无来历。其词多性情语，辛亥以后，尤多故国之思。然较大鹤稍含蓄，殆如其为人。彊村小令亦极工，然鲜当行者。微觉用力太多，故未能如初写黄庭，盖过犹不及也。

《柯亭词论》

50. 姚鹓雏：

旧闻彊村今梦窗，郑况鼎足姜与史世以大鹤似白石，夔笙似梅溪，与朱古老齐称。

手钞语业未终卷，辞奥意隐卒难理。

遁堪作引张尔田孟劬擅发微，谓玉溪诗致堪比。

钩党纷纭事毕同，落叶哀蝉声酷似。

晚年稍纵入东坡，肝肺槎枒真得髓。

……

《题旧月簃词卷，即似沈虁梅》（《姚鹓雏文集（诗词卷）·恬养簃诗》卷五）

51. 姚鹓雏：

半塘已化纯常死，海内知音渐寂廖。

只有苏州沤尹老，解拈新唱付琼箫。

《示了公论词绝句十二首》（《姚鹓雏文集（诗词卷）·红豆簃

诗·春尘集二》）

52. 姚鹓雏：

老去湖州卧海滨，词名海内共推尊。

春风疏柳朱桥路，一角残阳独掩门。

《感旧诗·朱彊村先生》（《姚鹓雏文集（诗词卷）·集外诗拾遗》）

53. 姚鹓雏：

〔望江南〕

荆驼泪，侍从最忧时。隔阔沧江青琐梦，凄迷锦瑟玉溪诗。一代大家词。

《分咏近代词家十二首》（《姚鹓雏文集（诗词卷）·苍雪词》卷三）

54. 姚鹓雏：

〔减兰〕《去夏自臞禅许假得〈彊村语业〉，手自迻写，顷甫毕事，倚此志之》

相从几杖。海日江云瞻气象。独殿词场。楚泽东篱并一芳。平生低首。欣赏不辞倾斗酒。神理绵绵。索解何须待郑笺旧以先生词为艰涩，今读之殊不尔；惟其气格凝重，笔力苍坚，为不可及耳。世徒以梦窗质实目之，非真知先生者也。

《姚鹓雏文集（诗词卷）·苍雪词》卷三

55. 赵尊岳：

词于文字，一代有一代之成规。唐主蕃艳，南唐因之。北宋尚骨干清遒，南宋尚丽密雕饰。元承南宋，又少少间以疏朗。明最靡陋。清初主绮靡，既尚雄犷。茗柯出则推北宋，发事外言内之旨。其后至于半塘，冲澹沉著，力规于古，差复两宋之旧观。此可以论列者也。至于并世歧途，各极其胜。二主真率，韵味深长。耆卿缛绣，东山秀逸，白石苍劲。天籁、遗山，各以雄胜。明季二陆，沉著可诵。饮水、弹指，几于北宋。彊村、夔笙，并师半塘，一以精金美玉，方规梦窗，一以天才逸思，自矜北宋。此则在一时风会之中，别寓独标奇帜之志，不可例以朝代而推定者矣。

《珍重阁词话》

56. 赵尊岳

清末彊村、蕙风并师半唐，而一尚学力，一兼天分。

《填词丛话》卷二

57. 陈声聪：

文章节概式词林，岁晚寒松有本心。

疏越朱弦重唱叹，网罗沧海惜遗音。

《论近代词绝句》（《填词要略及词评四篇》）

58. 陈声聪：

清末王幼遐、郑叔问、谭复堂、文芸阁、朱彊村、况夔笙诸大家词，皆学人与才人之词。

《读词枝语》（《填词要略及词评四篇》）

59. 沈轶刘：

吴文英组纂精密，不能掩其晦塞伤气。朱祖谋佞于吴，然其能成为词宗，岂非全赖晚岁之沦于苏，厥故可思。

浙、常二派，至道咸而交敝。同光以后，已融合为一体，各去其短而发挥其长，乃集清词之大成。王鹏运力追北宋，而酷好姜夔，寻迹王、吴而醉心苏轼，首开宏域。朱祖谋扩而大之，浸成千古未有之局，实为清词一大结穴，不能以杨、墨为归矣。

有清一代之词，终始于两朱，流派缤纷，席卷一代，虽互为消长，各逞风华，而拔帜为魁者象外之致，涵容百态，兼收并蓄，不落元明下流。以浙西六家词为例，试先读其五家，然后再读前朱，最易感觉此点。清末四家虽承道咸以后，流派杂出，系统未明，然后朱之集成大功昭昭在目，已成定论。盖末世词料多，题材广，取资易，此点后朱远较前朱为便利也。

云间施舍评朱祖谋“自居遗老，迷恋封建朝廷”，可谓至当。如能解除束缚，成就岂有限量。然此系当时诸家通病，郑文焯亦何或不然……盖所蔽者深，痼疾难医，不独朱也。

《繁霜榭词札》

60. 王煜：

迄同光衰微，词人萧瑟，辛壬鼎革，遗世凄怆。叔问咽清宕之音，彊村写沉郁之致，圣与、君特重出人间，戚戚黄昏，双悬日月，殆所谓一代殿军，万家景仰也。其在朱郑之间则有四印，切磋奖掖，关系至宏。而朱密王疏，先无惭于后；王严郑重，北不让于南。拓土广西，佑遐开国矣。若夫莲生哀艳，踵美纳兰。芸阁清刚，并芳临桂(王)，扬秦七之芬馨，漱坡公之神髓，周旋众彦，把臂入林，虽非流派之宗，固亦时代之选也。(《自序》)

初为诗，识半塘后，始致力于词。能得梦窗神髓，晚复沐浴苏辛，弥臻沉郁，一代殿军，真所谓落日回光，焰彩夐绝者矣。有《彊村语业》、《彊村剩稿》、《彊村集外词》等行世。(《彊村词钞》)

《清十一家词钞》

61. 黄孝纾：

咸同以来，兵事倣扰，外患日亟，才智之士，蕴其忧闵忠爱悱恻芬芳之怀，一寄于词，越世孤往，其绪益昌，远若蒋鹿潭，近若王半塘、郑大鹤、朱彊村诸人，虽各肸向阳湖，至其广己造哀，寄心家国，以蕲合拙、重、大之旨，虽起茗柯诸老于九泉，要不能无前贤后生之畏。

《清名家词序》(《清名家词》卷首)

62. 黄孝纾：

彊村晚年，颇有意效东坡小令。

卢前《令词引论》引(《词学季刊》第二卷第一号)

63. 闻野鹤：

近世词人……朱彊村如郭熙作画，五日一水，十日一石。

近日词人，大别为二。归安朱沤尹先生以绝代骚才，葩藻艳发，奇丝彩缕，发为异光。织辞之密，实宗君特。多能之士，竞相效承。华饰丰腴，迥非寒枯俭肠者所能效步矣。至于大鹤山人郑叔问，则以清眇之思，发幽隽之语，疏风绮竹，厥景似之。《冷红》一集，兴象幽高，而弦诵之风，卒逊彊村。其源虽出白石，然知者实鲜。良以浅学之流，本不足语，而高蹈之士，又矜多才，于是姜派衰矣。

鹓雏尝谓："彊村先生词与散原诗，皆有挽澜移岳之神力。"仆尝以为知言。先生词笔力横绝处，诚能推到一时豪杰，拓开万古心胸。虽源出梦窗，而纤词不滞，赋格高旷，盖直欲突过之矣。

《惯簃词话》

64. 卢前：

〔望江南〕

思悲阁，亲炙忆当年。老去苏吴合一手，词兼重大妙于言。力取复天全。

《饮虹簃论清词百家》（《清名家词》）

65. 《中华民国名人传》：

朱洁身远名，赋性耿介。所为词，精雅峭丽，可谓一代宗匠，诗亦极有法度。

《中华民国名人传下·前清遗老》

66. 徐兴业：

朱彊村先生易箦前，口占〔鹧鸪天〕曰："忠孝何尝尽一分，年来姜被减奇温。眼中犀角非邪是，身后牛衣怨亦恩。 泡露事，水云身，枉抛心力作词人。可哀惟有人间世，不结他生未了因。"先生索笃于友爱，与仲弟孝威共寓吴，相依为命，年前病殁，词中第二句指此。有子隽而殒折，晚抚仲弟子方饬为嗣，时尚未冠，第三句指此。先生晚年作词极少，此词自道身世，尤可珍贵。

《凝寒室词话》(《国专月刊》第一卷第二号)

67. 朱庸斋：

彊村、述叔毕生瘁力于学梦窗，晚年所作与梦窗不甚相似，此不徒去貌存神，且学古而有我者也。

前人有“语淡而情弥苦”之说，又有“老觉淡妆差有味”之句，是以彊村、述叔学梦窗，均于暮年运密入疏，寓浓于淡。然其神致仍是梦窗也。(卷一)

逮及清季，国运衰微，忧患相仍，诗风大变，声气所汇，词学复盛，名家迭出。此道遂尊，言志抒情，不复以体制而局限。故鹿潭、半塘、芸阁、彊村、樵风之作，托体高，取材富，寓意深，造境大，用笔重，炼语精。(卷一)

清词至清季四家，词境始大焉。盖此四家者，穷毕生之力，深究词学，其生长之时代及生活，亦多可喜可愕、可歌可泣者，故为词亦远过前代。王于碧山、郑于白石、朱于梦窗、况于梅溪(王参以东坡、稼轩而能宏健深远，郑参以柳永而幽深高隽，朱参以清真而浓厚沉著，况参以贺铸而情致婉秀)，皆有所得，功力同为宋以后所不能到，甚有突过宋人之处者。

清季四家词，无论咏物抒情，俱紧密联系社会实际，反映当时家国之事。或慷慨激昂，或哀伤憔悴，枨触无端，皆有为而发。词至清末，眼界始大，感慨遂深，内容充实，运笔力求重，用意力求拙，取境力求大。王鹏运词学碧山、东坡，郑文焯学白石、耆卿，朱祖谋学梦窗、清真，况周颐学梅溪、方回，俱能得其神髓，而又形成自己之面目。学古人而不为古人所拘限，此乃清四家远胜于浙西、常州诸子之处。(卷三)

彊村词笔调屈曲，寄意深邃，而其气之流溢较梦窗为显。到粤后，其词气势笔调始开朗，不局限于宋人范围，笔触广阔，意态郁勃。

彊村与蕙风适相反，其小令似不如长调。盖其早年之小令，虽用笔沉著浓厚，下字奇丽，千锤百炼，然失之伤气，亦乏情致。中年之小令学东坡，运密入疏，寓浓于淡，跌宕有致。晚年则由深入真，深意浅传，语淡而情苦，每有动人之处。

清季四家成就以彊村最为杰出。其词无闲谈之言，字面完整，法度谨严，笔势变化，善将内容兴象地表现出来，虽微近于晦，然亦不难理解。其词每有寄托，如清末时多写庚子事件之痛，又语涉宫闱内幕，不能明写，故以曲折之法表达之，却晦而不涩，颇受梦窗影响。内气潜转，名词虽密，亦能运用自如。辛亥以后，彊村对袁世凯称帝，对国内军阀动乱，哀鸿遍野，极为愤恨感慨。其晚年之作，遂渐趋疏朗，盖用东坡以疏其气，运密入疏，寓浓于淡故也。（卷三）

《分春馆词话》

李宗祎

李宗祎（1857—1895）原名向荣，字次玉，号佛客，别署双辛夷楼主人，福建闽县（今属福州市）人，著有《双辛夷楼词》二卷。

1. 叶恭绰：

零鸳哀啸杂清商，佳句江南记断肠。

说梦卌年花欲老，倾愁百丈海难量。

相怜红萼为谁好，何处青山非故乡。

稍喜小山余韵在，家声辉映玉兰堂。

《李佛客丈双辛夷楼填词图为拔可题》（《遐庵汇稿》中编）

2. 黄濬：

《碧栖词》与佛客先生之《双辛夷楼词》，为闽词晚近之双流两华。

《花随人圣庵摭忆》

3.《续修四库全书总目提要》：

林纾谓其词出入济南、海宁之间，声响柔脆，尝苦石帚、草窗梗涩，故其所填词无一折涉南宋，晚年亦以此为病，云云。此皆滥誉之言，其实宗祎所作粗鄙浅陋，不成体格。

《双辛夷楼词二卷提要》

史悠咸

史悠咸（1857—？）字泽山，浙江山阴（今绍兴市）人，著有《眠琴馆诗钞》七卷。词有《眠琴馆词钞》一卷，又名《海上余弦词》。

1.《续修四库全书总目提要》：

其词喜为艳体，而笔端又不重大，时露纤巧之痕。〔浣溪沙〕四首，非不可读，然与《东山乐府》尚隔一层，遑论《花间》？〔解连环〕《金陵怀古》、〔水调歌头〕《黄鹤楼》二首全学东坡，而又不圆浑，往往声嘶力竭，至若〔金缕曲〕、〔暗香〕诸词，皆不成体格也。

《海上余弦词一卷提要》

姚绍书

姚绍书（生卒年不详）字伯环，浙江山阴（今绍兴）人。官广西太平思顺道。

1. 潘飞声：

霜天切切响檀槽，月静花凉调愈高。
转惜少年同学贵，新声不唱郁轮袍。仁和姚绍书伯环《词家四咏》（《说剑堂集》卷一）

洪汝冲

洪汝冲（生卒年不详）字未丹，一字味聃，湖南长沙人。官吉林知府。有《候蛩词》五卷。

1. 陈锐：

洪未聃词，聪明绝世，亦复沉著有余音。

《褒碧斋词话》

2. 叶恭绰：

味聃同学，中年专力词学，秀韵不凡。兹择遒劲者数首录之。

《广箧中词》卷二

3.《续修四库全书总目提要》：

声律精审，词亦雅韵。言律者多，然当分别观之。

《候蛩词一卷提要》

易顺鼎

易顺鼎（1858—1920）字仲硕，字实甫，一字仲实，号眉孙，又号琴志，别号哭庵、一厂居士，湖南龙阳（今汉寿）人，易佩绅之子。光绪元年（1875）恩科举人，捐资为刑部郎中，甲午中日战争起，走台湾欲助刘永福抗日。后以候补道分发河南，旋入张之洞幕，后历官广西右江道、陕西布政使。入民国后担任印铸局参事。顺鼎少为神童，有“天才”之誉。诗与樊增祥齐名，著有《四魂集》等二十种，编为《琴志楼丛书》。词有《蔓天影事谱》四卷，《楚颂亭词》、《丁戊之间行卷词》、《湘弦词》、《琴台梦语》各一卷，《摩围阁词》二卷。另编有《蓉园词综》一卷。

1. 谭献：

易氏二妙（按：谓顺鼎与弟顺豫），倚声家之丁、陆矣。

《箧中词·今集续》卷四

2. 张百熙：

《琴台梦语词》二卷，吾友易子中实游艺江南之所作也。中实渊闻赡学，年少多通，以诗人绪余，乐府新律，纂绣骚雅，雕镂情文，倚声而歈，引节弥韵，华缛丰艳，自其天才，而跌宕风尘，驱染烟墨，江山之胜，抑有助焉。当夫子美去蜀，季野入吴，张翰相知，伯喈流寓，欢缔吟社，豪张酒军，会苏家之旧亭，访钱氏之故馆，金阊晓而春丽，锦泾暮以秋凄，此一境也。古梦无痕，游悰式写，废苑独往，灵岩遂攀，鞭影辟疆之园，剑气要离之墓，廊沉屧响，寺阁钟声，驻舄鲈乡，题襟虎丘，邓尉之梅花似雪，苏台之杨柳如烟，此又一境也。登山曰归，临流斯畅，虹桥小泛，鹤涧幽探，打桨莲泾之湾，敧篷荷荡之曲，横塘渺渺，香水盈盈，此又一境也。尔乃峭帆半偃，侧帽孤征，睇虞仲之岩栖，迹焦先之谷隐，揽飞楼于北固，问故土于南朝，建业之镇荒凉，秦淮之流呜咽，即遗宅而谢安不作，觅新亭而王导无人，销沉钟阜之灵，凄怆台城之乱，俯仰百代，低回万端，此又一境也。若夫闲怀宛宛，影事依依，眷同心之旧盟，订促膝之新侣，玉箫倚袖，金筝侑觞，白门暄而雾晴，青泾涨而波阔，缆莫愁之芳树，采元武之瘦菱，写照荷华，销魂桃叶，夜夜奈何之月，朝朝恁处之云，竹写丝陶，金凄粉怨，此又一境也。其或独寐无那，端居不憀，花菲菲而勒寒，雨萧萧而作暝，莺朝倦赏，雁晚枯吟，蝶衣午慵，蛩笛宵冷，数抵金之漏刻，耽软玉之华年，含酲未醒，抚景谁语，此又一境也。中实于此，纵横两戒，规模万族，飞行南斗之表，抗声北宋而还，江管牙雕，涛笺手擘，敲唾壶而欲碎，洒墨花其若飞。至于读画分题，裁筒答和，愁依欢坠，感物情来，王宽寄妇之篇，鲍昭与妹之作，莫不翘思绮烂，触绪丝萦，作之者按谱传歌，读之者回肠荡气，可谓深美闳约，恻隐盱愉，采不浮缛，神不虚艳者矣。若乃尚论昔贤，窃比高唱，则流水孤村之萧远，晓风残月之凄清，金戈铁马之雄深，宝函钿雀之瑰丽，静窈若暗香疏影，缠绵若浅醉闲眠，温柔若香冷猊金，幽秀若梦回鸡塞，夫固奄有众妙，不名一家。

《琴台梦语词序》(《琴台梦语》)

3. 继昌（李佳）：

湖南易实甫同年顺鼎，少有才子之目，著有《琴志楼集》，已刻，诗词多卓卓可诵。尤爱其〔菩萨蛮〕云……几转轻圆柔脆，小令最工。

《左庵词话》卷上

4. 易顺鼎：

余十二三岁初至黔，师其名宿芷升莫先生，世所称子偲征君之弟也，朴学而工词，余学为词自莫先生始。

《故友蒋君词跋》(《水荭国棹歌》)

5. 易顺鼎：

扬子云曰：雕虫篆刻，壮夫不为。人生三十曰壮，正余今日之谓矣。子云所称雕虫篆刻者，指赋而言也，况于词，又下赋一等者乎？虽然，余鄙人也，少充国宾，长未尝有当世之务，其所与游处又皆江湖山泽穷愁枯槁之民，语曰："绋讴所生，必于诉苦。"此非空言也。夫以穷愁枯槁之民而欲其为铿訇炳丽发皇之辞以惊世而震俗，固已难矣。太史公曰："《诗》三百篇，大抵皆贤圣发愤之所为作也。此人皆意有所郁结，不得通其道也。"太史公可谓知言矣。夫人孰能无情？孰能无所寄？寄之于今则实事生焉，寄之于古则空言出焉，寄之于实事则功名富贵生焉，寄之于空言则忧患贫贱出焉。虽所寄不同，而其不能无所寄一也。使余与诸子或膺尺一之组，劳形于簿书，或持丈二之殳，效命于沙漠，此虽欲强以雕虫之事而有所不能矣，岂非天哉？光绪丁亥，余三十之年也。是年在姑苏，尝与数友登灵岩琴台，悲歌吊古，意气甚壮。九月之望，骊驹入燕。曾几何时，而旧游已如梦幻，仅存此数十篇之词，亦如梦中语耳。余又何能无慨耶？且余固尝悔词，悔之而不废者何也？哀乐难忘，而聚散可感也。不知我者以为雕虫篆刻之事，而知我者必以为穷愁枯槁所为也。

《琴台梦语词自叙》(《琴台梦语》)

6. 易顺鼎：

言词于北宋必曰清真，于南宋必曰白石。顾清真以深美而好之者多，白石以骚雅而学之者盖寡。宋时方千里、杨泽民、陈允平辈，皆和清真成一集，而《白石道人歌曲》无嗣音，岂非以神品超诣，如孤云野鹤，往来太空，意绝文外，诠遗象表者欤？余于清真词嗜之不深，嗜白石过于清真远甚。然生平所作，多出入于东坡、稼轩、玉田、梦窗诸家，于白石洁净精微之诣未有合也。

《吴波鸥语序》(《词学季刊》第三卷第一号)

7. 易顺鼎：

余年十三四即学为词。篇成，虽友人称善，未能自慊也。曩岁游京师，始获读宋名家词如吴君特、周公谨其人者，寻声按谱，时一效颦，抱瑟空弹，背灯独语，盖自春明下第，万感无聊，而于此道乃稍稍进矣……今夫凄虫警秋，如泣如诉，不自知其声也；繁葩绚春，如睇如笑，不自知其色也，余之于词，岂故为是曼音纤态，以求悦夫时辈之听睹哉？不为无益之事，何以遣有涯之生？藉此陶写哀乐，消磨岁时，词之为功与丝竹等，而况佛子秋波，可参妙悟，美人香草，终属寓言，则举连篇累牍之梦蝶、惊鸿，皆一例空中语耳，又安能索纸上之真真而呼之欲出耶？虽然，离忧螫性，多感靡骨，矧雕虫小技，壮夫不为，锓而存之，聊志吾过。纨情易感，尚传秋士之悲；绮念将离，庶启冬郎之悔云尔。

《鬘天影事谱自序》(《鬘天影事谱》)

8. 陈锐：

易实甫词，才大如海，惟忍俊不禁，犹有少年豪气未除。

《袌碧斋词话》

9. 冒广生：

实甫近日诗词，多堕恶道，要其聪明绝世，当筵倚马，则固万人敌也。其《丁戊之间行卷》，为二十岁以前所作，纫兰搴芷，骚辩之遗，潘文勤叹为天才，不妄也。

《小三吾亭词话》卷三

10. 夏敬观：

汉寿易实甫观察顺鼎，文思泉涌，下笔惊人。晚年潦倒故都，有“江淹才尽”之叹，江夏樊樊山曾目为六十岁神童，以相讥讽。樊山文词艳冶，至老犹然。一时同辈，因亦目为“八十岁美女”，以为对值。然实甫诗词，多可传之作，文品实较樊山为高。

《忍古楼词话》

11. 姚鹓雏：

谁将影事谱鬘天，似语金铃颗颗圆。

想见岳阳楼上客，玉箫吹彻洞龙眠。

《示了公论词绝句十二首》（《姚鹓雏文集（诗词卷）·红豆簃诗·春尘集二》）

12.《续修四库全书提要》：

顺鼎天资甚高，才气纵横，然喜作聪明语，而不合规律，转不若其诗也。

《琴志楼词提要》

13. 陈声聪：

才人下笔实堪惊，楚颂湘弦太瘦生。

老去青楼赢薄幸，功名画饼竟无成。

《论近代词绝句》（《填词要略及词评四篇》）

14. 闻野鹤：

近世词人，文云起如空山侠士，剑光晔晔。谭仲修如宦家闺秀，步履矜持。王鹜翁如海国珊瑚，不假磨琢。朱彊村如郭熙作画，五日一水，十日一石。樊身云如长安少年，流动有致。易实甫如关西大汉，时虑粗鄙，然其放浪之作，则又如思光危膝，不可无一，不可有二。

《憩簃词话》（《民国日报》）

15. 钱仲联：

天异星赤发鬼刘唐　　易顺鼎

实甫少为神童，长为才子，惊才绝艳，放笔自恣。词集有《鬘天影事谱》、《楚颂亭词》、《丁戊之间行卷词》、《湘弦词》、《琴台梦语》、《摩围阁词》，可谓沉沉夥颐。英词壮采，泉涌飙发，盖照天腾渊之才，窘若囚拘者为之咋舌。

《近百年词坛点将录》

潘飞声

潘飞声(1858—1934)字兰史，号剑士、老剑，又号独立山人，广东番禺(今属广州市)人。早年曾从叶衍兰学诗词，为广州学海堂高材生。光绪十三年(1887)游学德国，受聘于柏林大学，讲授汉文学，归国后，举荐经济特科。后加入南社，为“南社四剑”之一。辛亥革命后，居上海，鬻文为生。将早年所作《海山词》、《花语词》、《珠江低唱词》、《长相思》各一卷，合为《说剑堂集》。在京尚有《春明词》，排版散佚。在沪与名流唱和，结沤社，参与创办《词学季刊》，编纂《全清词钞》。又著词话《粤词雅》二卷。

1. 继昌（李佳）：

岭南潘飞声，刊有《说剑堂词》，中〔水龙吟〕一阕，笔端饶有清气。

《左庵词话》卷上

2. 冒广生：

兰史尝游柏林，毡裘绝域，声教不同，碧眼细腰，执经问字，亦从来文人未有之奇也。所著《说剑堂集》，意慕定庵，而无其发风动气。……兰史妇梁佩琼，亦能诗词。其断句如“花阴一抹香如水，柳色千行冷化烟”、“花前怕向回阑望，红是相思绿是愁”，皆凄惋可诵。

《小三吾亭词话》卷四

3. 郑权：

〔沁园春〕《题潘兰史〈海山词〉》

年少翩翩，作客欧洲，万里孤征。叹安仁文藻，栖迟韦布，终军豪气，莫请长缨。剑倚穹天，琴横落月，局似弹棋心不平。羁愁写，有胡姬按拍，共倚新声。　　四年水驿山程。尽谱出、新词冰雪清。羡生花才笔，呕肝霞缕，如云佳丽，把臂香盟。如此风怀，偏多艳曲，疑听缑山吹玉笙。长歌罢，恨陶潜老去，徒赋闲情。

《近代粤词蒐逸》

4. 毕倚虹：

兰史尝游柏林，毡裘绝域，声教不同，碧眼细腰，执经问字，亦从来文人未有之奇也。所著《说剑堂集》，意慕定庵，而无其发风动气。兰史妇梁佩琼亦能诗词，其断句如“花阴一抹香如水，柳色千行冷化烟”，“花前怕倚回阑望，红是相思绿是愁”，皆凄婉可诵。梁卒，兰史赋〔长相思〕词十六章，闻者掩涕。

兰史词已梓者《海山词》、《花语词》、《珠江低唱》、《长相思词》四种。词笔自是一代作手，求诸近代中，于纳兰公子性德为近。并世词家，如浙江张蕴梅太史，亦嫌气促，遑论其它？

《芳菲菲堂词话》（《词学季刊》第一卷第四号）

5. 陈声聪：

词人牢落一扁舟，载酒江湖始欲愁。

何似翠鬟双岫美，几回携梦上罗浮。

其词奇思壮采，不可方物，咏罗浮诸作，尤为精警。

《论近代词绝句》（《填词要略及词评四篇》）

张僖

张僖（1858—？）字和甫，号韵舫，别号迟园居士。山东潍县（今潍坊）人。光绪十二年进士。历任福建泉州府知府，兴化府知府。著有《别画湖庄小草》四卷，《眠琴阁词》六卷。

1. 谢章铤：

诗以道性情，尚矣。顾余谓言情之作，诗不如词，参差其句读，抑扬其音调，诗所不能达者，宛转而寄之于词，读者如幽香密味，沁入心脾焉。诗不宜尽，词虽不必务尽，而尽亦不妨焉。诗不宜巧，词虽不在争巧，而巧亦无碍焉。其设辞愈近，其感人愈深。范希文、欧阳永叔非一代名德哉？乃观其所为词，与张三影、柳三变未尝不异曲同工，何哉？嗟乎！夫人必先有所不忍于其家，而后有所不忍于其国，今日之深情款款者，必异日之大节磊磊者也。故工诗者，余于性；工词者，余于情。韵舫太守为中丞公子，少年科第得美官，度其遭际，谅无不遂意。而其发为词，若不胜悱恻咏叹之情。见者疑之，予以为不足疑也，不观纳兰容若乎？容若之境比韵舫似较优，容若之词则比韵舫尤为工愁。然容若之人，则生平嗜学问，交友有始终，其周旋姜湛园、吴汉槎诸君，薄俗岂能有此？安知韵舫他时之所树立不有过之者乎？词忌质实，韵舫之词则已清空矣，方且骎骎然期骖靳于两宋之间，乃不自满而来求益于予。夫予何能？词自抒胸臆，殆为无弦之琴，无腔之笛而已。然窃谓自唐以来，词人日兴，而词量则犹未尽。夫曲为词之余，乃传奇诸作，佳者纪事言情外，可考世运之盛衰，内足验人物之邪正，而词反靡靡焉？即素讲宗派，亦止争格调、声律之幽眇。古云诗史，岂词毫不足以庀史耶？故曰未尽也。韵舫籍山左，山左在宋以词擅名者，丈夫则历城辛稼轩，妇人则济南李易安，其俯仰身世，出以惝恍抑郁之音，横绝一时，亦深逾千尺，诚词场飞将手也。韵舫承其国宝，步其后尘，试为歌曰“西北是长安，可怜无数山”，又试为歌曰“守著窗儿，独自怎生得黑”，其柔肠荡气果何如耶？嗟乎！吾知其词境方进未已也。

《眠琴小筑词序》（《赌棋山庄全集》文集续编二）

2. 谢章铤：

〔百字令〕《张韵舫僖太守眠琴小筑填词图》

冰弦乍咽，看海山迢递，飞鸿暗去。一笑迦陵开样本填词图始于陈其年，留得替人无数。养梦绿阴，种情红豆，写恨黄金缕。旗亭过后，春风冉冉吹絮。　　不见冷落关河，仙人掌下，犹有销魂句。为问风流张子野，云破月来何处。水调堪歌，桐材不死，郑重周郎顾。筝琶休聒，静中才识琴趣。

《赌棋山庄集·酒边词》卷八

李绮青

李绮青（1859—1925）字汉父，一字汉珍，别号倦斋老人，广东归善（今惠州）人。光绪十六年（1890）进士，官吉林宁安府（今属黑龙江）知府。著有《草间词》、《听风听水词》各一卷。

1. 叶恭绰：

汉父丈为词卅载，功力甚深，清迴丽密，可匹草窗、竹屋。《广箧中词》卷一

梁鼎芬

梁鼎芬（1859—1920）字星海，一字伯烈，号节庵，晚号病翁、葵霜、痛夫、藏山叟，广东番禺（今属广州市）人。光绪六年（1880）进士，改庶吉士，授翰林院编修。中法战争时，因疏劾李鸿章，降五级调用。张之洞督粤，入其幕，一直追随张氏，支持其推行洋务。后历官湖北襄郧荆道、按察使，署布政使。谥文忠。词为岭南名家，有《欵红楼词》一卷，另有《欵红楼词未刊稿》，刊于《同声月刊》第四卷第二号。

1. 叶恭绰：

右梁节庵丈《欵红楼词》一卷，余今岁还乡，于李芳谷处得其稿，是否全璧，未敢定也。……丈少日人燕，即寓先大父南雪公米市胡同宅，从南雪公学词。与先伯伯蘧公、先严仲鸾公、本生先严叔达公，日相唱和。今丈词集中，尚有存者，独惜先严昆季所作，竟无一存。遗泽就湮，掩卷增痛。至先生词笔清迴，极馨烈缠绵之况，当世自有定评，固毋庸区区重为扬榷也。

《欵红词跋》（《词学季刊》创刊号）

汪兆铨

汪兆铨（1859—1928）字莘伯，晚号惺默，广东番禺人，祖籍浙江山阴。光绪十一年举人，官广东海阳县教谕。有《惺默斋词》一卷，附于《惺默斋集》。

1. 潘飞声：

越山写黛三城绣，潭水量情千尺长。

往日朱颜同白首，酒边琴筑各苍凉。山阴汪兆铨莘伯

《词家四咏》（《说剑堂集》卷一）

蔡秉衡

蔡秉衡（生卒年不详）字竟夫，湖南人。有《松下庐词》。

1．况周颐：

蔡秉衡，字竟夫，湘士之极落拓者。病甚，以所作《松下庐词》寄子大鄂中，意托以传。余闻而悲之。曩欲撰录国朝词若干家为《蕙风簃词选》，专录孤行冷集，以阐幽为宗旨，而著人弗与焉。如《松下庐词》之类是也。

《蕙风词话续编》卷二

况周颐

况周颐(1859—1926) 原名周仪，五十岁后因避宣统帝溥仪讳，改名周颐，字夔生，又字揆孙，别号玉梅词人，晚号蕙风词隐、阮盦、阮堪，临桂(今广西桂林)人。原籍湖南宝庆(今邵阳)。幼聪颖，九岁补博士弟子员。十岁，已因诗赋可观，属对极妙而名传京师。十二岁，受教于桂籍著名词人、古文家王拯。其《存悔词》一卷，即十七岁以前所作。光绪三年(1877)举优贡。五年中举人。十四年任内阁中书。受到王鹏运词学思想的影响，完善重、拙、大的词学理论。光绪十九年，调任会典纂修。二十一年，以叙用知府分发浙江候缺补用。曾在武进龙城书院、南京师范学堂讲学。又曾入两江总督张之洞、端方幕府，为端方编纂《陶斋藏石》。辛亥革命后，流寓上海，鬻文自给。民国十五年病卒。著作宏富，与王鹏运、郑文焯、朱祖谋并称为“晚清四大家”。著有词作《新莺词》、《玉梅词》、《锦钱词》、《蕙风词》、《蔆景词》、《二云词》、《餐樱词》、《菊花词》、《存悔词》各一卷，总称《第一生修梅花馆词》；词话《蕙风词话》五卷、《蕙风词话续编》二卷、《玉栖述雅》一卷；文集有《阮庵笔记五种》、《香东漫笔》、《万邑西南山石刻记》、《征壁集》等；辑有《薇省词钞》十卷、附录一卷，《粤西词见》二卷、附《玉梅后词》一卷。以上著作光绪后期陆续刊出，1926 年上海中国书店辑印为《蕙风丛书》三十四卷(陈乃乾编)。尚有《清朝金石录》、《餐樱庑随笔》等多种未刊。《蕙风词话》与陈廷焯《白雨斋词话》、王国维《人间词话》等齐名，朱祖谋称之为“自有词话以来，无此有功词学之作”。

1. 端木埰：

〔齐天乐〕《题夔笙词卷》

寂寥南宋诸公去，余音更曾谁嗣。蕙性缄愁，兰馨织韵，快读金荃新制。南州秀起，羡涤笔湘江，绮霞争丽。婉娈风情，玉田同世席须避。　　琼楼千古妙语，只坡仙按谱，余事而已。桂海英灵，榕门里闬，那便雕虫自喜。丹山万里，有名世文章，救时经济。转瞬华天，玉楼声共倚。

《碧瀣词》

2. 端木埰：

〔齐天乐〕《跋夔笙词》

彩毫香浣银河水，清才定从天赋。丽藻霞舒，英词月艳，脱尽人间凡语。游心太古。更一字推敲，夜灯红处。咳唾珠玑，锦囊应让此佳句。　　论文还记往训，吉祥资后福，何事凄楚。绚烂才华，峥嵘绮岁，忍效号寒咽露。君当记取。待献纳论思，玉阶仙署。莫把商声，浼将吟思苦。

《碧瀣词》

3. 谭献：

临桂况夔笙舍人周仪……锐意为倚声之学。与同官端木子畴、王幼遐、许玉瑑唱和，刻《薇省同声集》，优入南渡诸家之室。

桂林山水奇丽，唐画宋词之境。苏君超超，非少鹤丈所能掩，亦不负灵区矣。后起有王幼遐、况夔笙，宫商举应，伶翟争传已。

近岁中书诸君子，有《薇省同声集》，作者四人。人各有格，而襟抱同栖于大雅。幼遐絜精，夔笙隐秀，将冶南北宋而一之，正恐前贤畏后生也。(《箧中词》)

《复堂词话》

4. 蒋兆兰：

清季词家，蔚然称盛，大抵宗二张、止庵之说，又竭毕生心力为之，本立言之义，比风雅之旨，直欲突过清初，抗衡两宋。

后有作者，试研几张景祁、谭献、许增、郑文焯及四中书端木埰、许玉瑑、王鹏运、况周颐、张仲炘、朱孝臧诸贤所作，当知吾言之不谬也。

有清一代，词学屡变而益上。中叶以还，鸿生叠起，辟门户之正，示轨辙之程。逮乎晚清，词家极盛，大抵原本风雅，谨守止庵，导源碧山，历稼轩、梦窗以还清真之浑化之说。为之虽功力有浅深，成就有大小，而宁晦无浅，宁涩无滑，宁生硬无甜熟，炼字炼句，迥不犹人，戛戛乎其难哉！其间特出之英，主坛坫，广声气，宏奖藉，妙裁成。在南则有复堂谭氏，在北则有半塘王氏，其提倡推衍之功，不可没也。慨自清命既讫，道丧文弊，二十年来，先民尽矣。独有彊村、蕙风，嗎于海上，乐则为天宝《霓裳》，忧则为殷遗《麦秀》，是可伤已。

《词说》

5. 朱孝臧：

〔望江南〕

《意有未尽，再缀二章。红友之律，顺卿之韵，皆足称词苑功臣。新会陈述叔，临桂况夔笙，并世两雄，无与抗手也》

雕虫手，千古亦才难。新拜海南为上将，敢要临桂角中原。来者孰登坛。

《彊村语业》卷三

6. 陈锐：

况夔笙词，手眼不必甚高，字字铢两求合，其涉猎之精，非余子可及。

《袌碧斋词话》

7. 况周颐：

余性嗜倚声，是词为己卯以前作，固陋。无师友切磋，不自揣度，谬祸梨枣。戊子入都后，获睹古今名作，复就正子畴、鹤巢、幼遐三前辈，寝馈其间者五年始决。知前刻不足存，以少年微尚所寄，未忍概从弃置，择其稍能入格者十数阕，录附卷末。

功候浅深，不可强如是。后之视今，犹今之视昔，庶有进焉。

《存悔词序》（《蕙风丛书》）

8. 况周颐：

乙未九月，《秦淮即事》〔金缕曲〕云："憔悴菱花年时影，忍向天涯重见。况呜咽、秦淮翠晚。别有西风销魂样，是芙蓉，老去鸳鸯散。"盖有所触，绝此所为词，因以名也。

《蓤景词序》（《蕙风丛书》）

9. 况周颐：

《玉梅后词》者，甲龙仲如玉梅词人后游苏州作也。是岁四月，自常州之扬州，晤半塘于东关街仪董学堂，半塘谓余，是词淫艳，不可刻也。夫艳何责焉？淫，古意也。三百篇贞淫，孔子奚取焉？虽然，半塘之言甚爱我也，惟是甚不似吾半塘之言，宁吾半塘而顾出此？余回常州，半塘旋之镇江而苏州、杭州，略举余词似某名士老于苏州者，某益大诃之，其言浸不可闻。未几，而半塘遽离两广会馆之戚，言反常则亦为妖，半塘之言，非吾半塘之常也；而某名士无恙，至今则道其常故也。吾刻吾词，亦道其常云尔。

《玉梅后词序》（《香艳丛书》）

10. 况周颐：

《蓤景词》刻于戊戌夏秋间，距今十六年，中间刻《玉梅后词》十数阕，附笔记别行。谓涉淫艳，为伧父所诃，自是断手。间有所作，辄复弃去，亦不足存也。岁在癸丑，避地海隅，索居多暇，稍复从事，顽而不艳，穷而不工。姜白石乘肩小女，花月堪悲；张材甫回首长安，星霜易换。此际浔阳商妇，琵琶忽闻；何堪旧人，渭城重唱。有不托兰情之婉娩，缔瑶想之蝉嫣者乎？重以江关萧条，知爱断绝，言愁欲愁，则春水方滋。斯世何世，则秋云非薄。似曾相识，惟吾二云。二云而外，吾词何属。以二云名，非必为二云作也。写付乌丝，但博倾城一笑。

《二云词序》（《蕙风丛书》）

11. 况周颐：

余自壬申、癸酉间即学填词，所作多性灵语，有今日万不能道者，而尖艳之讥，在所不免。己丑，薄游京师，与半塘共晨夕。半塘于词夙尚体格，于余词多所规诫，又以所刻宋元人词属为校雠，余自是得阅词学门径。所谓重、拙、大，所谓自然从追琢中来，积心领而神会之，而体格为之一变。半塘亟奖藉之，而其它无责焉。夫声律与体格并重也，余词仅能平侧无误，或某调某句有一定之四声。昔人名作皆然，则亦谨守弗失而已，未能一声一字剖析无遗，如方千里之和清真也，如是者二十余年。壬子已还，辟地沤上，与沤尹以词相切磨。沤尹守律甚严，余亦恍然向者之失，龂龂不敢自放。《餐樱》一集，除寻常三数熟调外，悉根据宋元旧谱，四声相依，一字不易，其得力于沤尹与得力于半塘同。人不可无良师友，不信然欤？大雅不作，同调甚稀，如吾半塘，如吾沤尹，宁可多得？半塘长已矣，于吾沤尹，虽小别亦依黯，吾沤尹有同情焉，岂过情哉！岂过情哉！

《餐樱词自序》(《蕙风丛书》)

12. 况周颐：

余之为词，二十八岁以后，格调一变，得力于半塘。比岁守律綦严，得力于沤尹。人不可无良师友也。

《餐樱庑随笔》

13. 徐珂：

光绪庚寅辛卯间，况夔笙居京师，常集王幼霞之四印斋，唱酬无虚日。夔笙于词不轻作，恒以一字之工、一声之合，痛自刻绳，而因以绳幼霞。幼霞性虽懒，顾乐甚不为疲也。

光宣间之倚声大家，则推临桂王鹏运、况周颐、归安朱祖谋、汉军郑文焯。

《近词丛话》

14. 冯幵：

夙昔尤精声律，官京曹日，益与同里王给事鹏运以词学相摩掇，托音闲意，互有述造，闳约要眇，悉协分刌，伶伦播其芳逸，文流以为职志，清尚高致，靡得而睎矣。

《清故通议大夫三品衔浙江补用知府况君墓志铭》(《民国人物碑传集》卷九）

15. 冒广生：

葵生尝与幼遐暨端木子畴、许鹤巢合刻词曰《薇省同声集》。其所刻《新莺》、《玉梅》、《锦钱》、《蕙风》、《菱景》、《存悔》诸词，婉约微至，多可传之作……所著《香海棠馆词话》，则寥寥短章，恨其易尽也。

《小三吾亭词话》卷一

16. 张尔田：

并世作者，半塘之大，大鹤之精，彊村之沉，与蕙风之穆，骎骎乎拊南宋而上矣。

《词莂序》

17. 张尔田：

少年侧艳有微辞，老见弹丸脱手时。

欲把金针频度与，莫教唐突道潜师。

《论词绝句》(《与夏瞿禅书》，引自《天风阁学词日记》一九三六年）

18. 夏敬观：

临桂况舍人夔笙，最善于论词。虽其所作之词，亦不能尽符其论词之旨，要其所论，类多名言。

《蕙风词话诠评》

19. 夏敬观：

临桂王给谏鹏运在中书日，振衰扶雅，况舍人周仪辈翕然从之，同时文学士廷式、郑舍人文焯、朱侍郎祖谋、陈大令锐蔚起为词宗，海内益向风趋正轨，故评清词者愈晚出愈胜于前，此不易之论也。

《广箧中词序》（《广箧中词》）

20. 王国维：

蕙风词小令似叔原，长调亦在清真、梅溪间，而沉痛过之。彊村虽富丽精工，犹逊其真挚也。天以百凶成就一词人，果何为哉！

《蕙风琴趣》评语

21. 叶恭绰：

词学滥觞于唐，滋衍于五代，极于宋而剥于明，至清乃复兴。朱、陈导其流，沈、厉振其波，二张、周、谭尊其体，王、文、郑、朱续其绪，二百八十年中，高才辈出，异曲同工，并轨扬芬，标新领异。

《清名家词序》（《清名家词》卷首）

22. 叶恭绰：

夔笙先生与幼遐翁崛起天南，各树旗鼓。半塘气势宏阔，笼罩一切，蔚为词宗；蕙风则寄兴渊微，沉思独往，足称巨匠。各有真价，固无庸为之轩轾也。

《广箧中词》卷二

23. 吴梅：

迨及末世，彊村、夔笙，并称瑜亮，而新亭故国之感，尤非烟柳斜阳所可比拟矣。

《词学通论》

24. 汪辟疆：

蕙风记丑学博，尤精倚声。流布词集笔记，传诵一时，亦可谓拚命著书者矣。

《光宣诗坛点将录》

25. 邵瑞彭：

光绪癸巳而降，居积阴之位，蒙四始之缺，丁诗绝之际，天地之数穷，古今之变极，姬昌以来，未之有也。于斯时也，词学之盛，上轶天水，半塘振其绝响，郑、况阐其灵怀，吾师朱侍郎岿然特兴，集声家之大成，起六百年之废疾，同声远应，捷如枹鼓，宗风所被，锵若球锽。

《柳溪长短句序》（《词学季刊》第二卷第四号）

26. 胡小石：

近世词伯但当推朱、郑，或以况骖乘，非其伦也。彊村晚年极称况，以况贫鬻文，欲益其进耳。

《题大鹤山人年谱，出其女夫戴亮吉笔》诗自注（《愿夏庐诗钞》）

27. 蔡桢：

王半塘、郑叔问、况蕙风、朱彊村为清末四大词家，守律之严，王、郑似不如朱、况。而朱、况之严于守律，前期之作，似不如其后期。

学词切勿先看近人词。近人词多重敷浮字面，不尚意境，不讲章法，不守格律。从此入手，以后即不能到宋名贤境界。清词亦只末季王、朱、郑、况等数家可以取法，余不足观也。

清词派别，可分三期。浙西派与阳羡派同时。浙西派倡自朱竹垞，曹升六、徐电发等继之，崇尚姜张，以雅正为归。阳羡派倡自陈迦陵，吴园次、万红友等继之，效法苏、辛，惟才气是尚，此第一期也。常州派倡自张皋文，董晋卿、周介存等继之，振北宋名家之绪，以立意为本，以叶律为末，此第二期也。第三期词派，创自王半塘，叶遐庵戏呼为桂派，予亦姑以桂派名之。和之者有郑叔问、况蕙风、朱彊村等，本张皋文意内言外之旨，参以凌次仲、戈顺卿审音持律之说，而益发挥光大之。此派最晚出，以立意为体，故词格颇高。以守律为用，故词法颇严。今世词学正宗，惟有此派。余皆少所树立，不能成派。其下者，野狐禅耳。故王、朱、郑、况诸家，词之家数虽不同，而词派则同。

作词固难，看词亦不易。看前人词，最宜仔细分析，能洞见前人工拙，方能发见自己短长，而加以改进。大鹤、蕙风，最善论词。彊村则心知其故而不多言。

蕙风词，才情藻丽，思致渊深。小令得淮海、小山之神，慢词出入片玉、梅溪、白石、玉田间。吐属隽妙，为晚清诸家所仅有。然以好作聪明语，有时不免微伤气格。少作以侧艳胜。中年以后，渐变为深醇。论慢词，标出重、大、拙三字境界，可谓目光如炬。其《蕙风词话》五卷，论词多具卓识，发前人所未发。

《柯亭词论》

28. 姚鹓雏：

旧闻彊村今梦窗，郑况鼎足姜与史世以大鹤似白石，夔笙似梅溪，与朱古老齐称。……

《题旧月簃词卷，即似沈夔梅》（《姚鹓雏文集（诗词卷）·恬养簃诗》卷五）

29. 赵尊岳：

自卷下〔握金钗〕迄〔霜花腴〕，并辛亥国变后作，抚时感事，无一字无寄托，盖词史也。昔人谓苏文忠才大如海，其为诗无不可赋之题，无不可用之典，吾师之于词亦然。晚岁避地沪滨，鬻文为活，沪人士对于吾师，无论知与不知，咸欲得一词自增重。于是乎，吾师之词之题，乃至陆离光怪，匪夷所思，求之前人集中，殆未曾有。而其词益妥帖易施，题不足为词病，而皆为自定词所不取。其它惊才绝艳之作，早岁克副盛名，中年用自排遣者，吾师之所吐弃，它人得之一二。以之收名定价而有余，则夫自定词之风流自赏，寸心千古，岂偶然哉？并世承学之彦，受而读之，于格调旨趣气息间，深窥其得力之故，由门径而途辙，而堂奥，一一与词话相印证，而歧趋与时习，末由而中之，则庶几《兰畹》、

《金荃》，去人不远矣。

《蕙风词跋》（《蕙风词》）

30. 赵尊岳：

其论词格曰宜重、拙、大，举《花间》之闳丽，北宋之清疏，南宋之醇至，要于三者有合焉。

《蕙风词话跋》（惜阴堂丛书本《蕙风词话》卷后）

31. 赵尊岳：

临桂况蕙风先生，词学渊粹，为世宗尚，无俟赘述。而自制诸词，音节流美，寓意深远，尤为读者击节称叹。

先生少颖悟，矜才绝艳，而凌霜晚节，穷愁抑郁，赍志以殁。其所为词，《存悔》、《新莺》，少年兴会，固无所谓感事，而词笔流露，往往似为之谶。

先生初为词，以颖悟好为侧艳语，遂把臂南宋竹山、梅溪之林。自佑遐进以重大之说。乃渐就为白石，为美成，以抵于大成。

《玉梅》一卷，大抵为桐娟咏。其署玉梅词人，亦自此始。故卷中特多艳词。然先生斯时造诣益进，故于艳词亦能悟重、拙、大之旨，为他人所未易。

继《锦钱词》一卷为《蕙风词》，盖取楚骚“悲蕙风之摇落”也。时在癸巳、甲午间，先生感于中东之役，寓意益深，词笔亦益矫健。

先生后此去京师，南游由金陵而维扬，《蓤景》一卷，即其时作。亦多感逝伤离之音，而眷眷于半塘者独深。

其艳词姚丽入骨，而灵心慧笔，足以济其胜，为词林所罕见……而词中往往有生涩处，缠绵悱恻之中，寓以惆怅哀抑之旨。此多情种子之言，文人慧业，于此真独擅胜场也。

《二云词》以赠傅彩云及朱素云二词为名，盖先生有所寄托，讳以二云也。

先生辛亥后，幽忧憔悴，于词益工，凄丽回绝。盖故国之思，沧桑之感，一以寓声达之，而又辙以绮丽缘情之笔出之，遂益见其格高而词怆；殿有清一代之声家，开自唐以来之韵令，何止工吟事、集大成而已？

先生酷爱樱花，前后所作甚夥，即以《餐樱》名其集……先生忧国愤世，其情益深。而甲午以还，鉴于东祸之亟；故咏樱花，每多寄托，不徒为红芳点染也。

《蕙风词》境界，已由艳而顽，更胜一层，盖平视白石矣。然间有枨触，亦偶拈艳词。先生艳词，多有理解，故为至情至真之意。

《餐樱词》后，续作者为《菊梦词》……词境亦苍老，而词笔仍极妍丽。

先生前后作〔满路花〕、〔塞翁吟〕、〔蕙兰芳〕、〔甘州〕、〔西子妆〕、〔浣溪纱〕、〔莺啼序〕刊之集中。其集则别有五十余调，梓为《修梅清课》。先生以侧艳写沉痛，真古人长歌当哭之遗，别有怀抱者也。

《蕙风词史》(《词学季刊》第一卷第四号)

32. 赵尊岳：

词于文字，一代有一代之成规。唐主蕃艳，南唐因之。北宋尚骨干清遒，南宋尚丽密雕饰。元承南宋，又少少间以疏朗。明最靡陋。清初主绮靡，既尚雄犷。茗柯出则推北宋，发事外言内之旨。其后至于半塘，冲澹沉著，力规于古，差复两宋之旧观。此可以论列者也。至于并世歧途，各极其胜。二主真率，韵味深长。耆卿缛绣，东山秀逸，白石苍劲。天籁、遗山，各以雄胜。明季二陆，沉著可诵。饮水、弹指，几于北宋。彊村、夔笙，并师半塘，一以精金美玉，方规梦窗，一以天才逸思，自矜北宋。此则在一时风会之中，别寓独标奇帜之志，不可例以朝代而推定者矣。

《珍重阁词话》

33. 赵尊岳

词与文章，历代各有其风格。……若再断代言之，同时竞爽，自各极其胜场。十国蕃艳之中，南唐二主独以至情见著。北宋柳缛贺疏，周雅秦秀。南宋吴密姜苍，张俊周丽。元则遗山、天籁，惟以雄胜。明仅二陆沉著可诵。清初饮水华贵，清末彊村、蕙风并师半塘，而一尚学力，一兼天分，此则不可以断代持分野之论矣。

《填词丛话》卷二

34. 陈声聪：

词到常州已变风，天南崛起肯从同。

如何重大兼能拙，商略黄昏有鹭翁。

蕙风词深得王鹏运之规模，亦不能无受茗柯言说之影响，提出拙、重、大三字，为词之旨归。

《论近代词绝句》(《填词要略及词评四篇》)

35. 陈声聪：

清末王幼遐、郑叔问、谭复堂、文芸阁、朱彊村、况夔笙诸大家词，皆学人与才人之词。

《读词枝语》(《填词要略及词评四篇》)

36. 卢前：

〔望江南〕

抒甘苦，词话比《雕龙》。弱岁如莺多宛约，晚年气韵转蓊茏。卓绝蕙风翁。

《饮虹簃论清词百家》(《清名家词》)

37. 武酉山：

况夔笙氏为晚清词学巨手，与朱彊村先生相颉颃。况氏词实从唐诗酝酿而出。

《听鹃榭词话》(《待旦》创刊号)

38. 朱庸斋：

鹿潭合婉约豪放为一手，以豪放派之气势，达婉约派之情致。故即艳语亦见笔力，无靡弱之弊。蕙风虽擅情致，但于雕琢中而见自然，故无轻薄语。（卷三）

清词至清季四家，词境始大焉。盖此四家者，穷毕生之力，深究词学，其生长之时代及生活，亦多可喜可愕、可歌可泣者，故为词亦远过前代。王于碧山、郑于白石、朱于梦窗、况于梅溪王参以东坡、稼轩而能宏健深远，郑参以柳永而幽深高隽，朱参以清真而浓厚沉著，况参以贺铸而情致婉秀，皆有所得，功力同为宋以后所不能到，甚有突过宋人之处者。

清季四家词，无论咏物抒情，俱紧密联系社会实际，反映当时家国之事。或慷慨激昂，或哀伤憔悴，枨触无端，皆有为而发。词至清末，眼界始大，感慨遂深，内容充实，运笔力求重，用意力求拙，取境力求大。王鹏运词学碧山、东坡，郑文焯学白石、耆卿，朱祖谋学梦窗、清真，况周颐学梅溪、方回，俱能得其神髓，而又形成自己之面目。学古人而不为古人所拘限，此乃清四家远胜于浙西、常州诸子之处。

江浙人论清季四家，或举王、郑、朱、文，或举王、郑、朱、况。凡学文者必轻况，爱况者必轻文。况蕙风推崇半塘“重、拙、大”之说，而己作则不尽符，惟以情致性灵见长。盖其才适足为词而已。文道希能大、能重，亦能生、能新。昔人多称其学东坡，其实东坡而外，更近遗山也。（卷三）

况蕙风词为清季四家中最有情致者。四家一般以长调见胜，笔、篇、字、句皆刻意求工，然章法过密，每影响情调。蕙风长调稍逊于三家，然小令则远非三家可及。蕙风小令对一事一物皆有深情，故《蕙风词话》卷一先论“词心”，酝酿意境，培养创作感情。词心真挚，意境深沉，则为词亦无纤弱萎靡之病。古人为小令，亦重情致，每疏于笔法气势；蕙风小令，则精力弥满，亦达重、拙、大之高境。温厚和婉，于自然中能见沉著，然余三家则惟于刻中见沉著，故逊于蕙风耳。

蕙风小令，北宋情调多，尤得力于贺铸自浙派、常州派出后，词人少学北宋矣，故清丽、婀娜，有势而不纤弱。

蕙风长调空灵，然不乏沉著之气。色泽不如彊村浓厚，又不似大鹤枯槁，气韵流动，其笔势一以贯之，不事雕琢，亦自有佳处。

蕙风长调自梅溪入，亦近浙西之樊榭，偏重才情，少作颇有纤巧之弊。后交半塘，作风大变，盖接受其重、拙、大之说也。然老去才情未减，《蕙风词》中如〔满路花〕《彊村有听歌之约词以坚之》、〔金人捧露盘〕《芙蓉》、〔八声甘州〕《葬花一剧属梅郎擅场之作》、〔西子妆〕（蛾蕊颦深）等皆风致嫣然。

况蕙风小令情致缠绵而又能用重笔，情事皆藏于词中，好用新词藻，精警而不觉生硬，亦无浮泛油滑之语。（卷三）

《分春馆词话》

江标

江标(1860—1899)字建霞，号萱圃，一号师许，别号灵鹣阁主，江苏元和(今苏州)人。光绪十五年(1889)进士。官翰林院编修。二十年任湖南学政，改革校经书院，增设西学。戊戌政变后被革职。博学，工诗、文、词。著有《灵鹣阁丛书》、《唐贤小集五十家》等。尝辑宋元名家词十五种。有《红蕉词》一卷，收词三十六首，为其赴岭南时作。

1. 冒广生：

元和江建霞卿标，跌宕文史，纵横一世，书画金石，色色当行。尝得先巢民征君菊饮诗卷，脱手相赠。建霞所刊《红蕉词》一卷，盖未通籍以前，客岭南所作。录其〔菩萨蛮〕十阕，真《花间》之遗音也。词云："玉锼飞凤银屏小，画罗帐卷春云晓。缭乱海棠丝，还移明镜迟。　无言成独坐，底事慵梳里。帘外鹧鸪啼，泥金裓舞衣。"

《小三吾亭词话》卷三

王继香

王继香(1860—1925)字子献，号止轩，又号醉颠。浙江会稽(今绍兴)人。光绪十五年(1889)进士。善金石、篆刻。官河南开封知府。著有《醉盦词》、《止轩诗集》。

1. 郭传璞：

朱竹垞氏谓宋越州以词名者，陆游、高观国、尹焕、王沂孙辈先后辉映，今所传《乐府补题》可覆也。予案《晋书》夏统传小海唱实长短句之萌芽，近时越中如李莼客《霞川花隐词》、周叔子《东鸥词》，暨皋社之王眉叔《笙月词》、孙岘卿《寄龛词》、陶子缜《兰当词》，推陈出新，浸欲颉颃古作者。予曾讽诵之，而王君子献与予习，且久治诗古文有声，尤于词癖。夫词者，诗之余也。诗有难堪之境，难达之情，难显之景，镂尘吹影，惟词为宜……今夏出其所著《醉盦词》四卷属为序。读终，则君之洊丁离乱，漂泊湖海，风木之悲，荆树之戚，与夫览古伤今、写艳咏物之篇皆在。而难堪之境，难达之情，难显之景，乾端坤倪，轩豁呈露，词之能事毕矣。予生吴君特、陈允平之乡，窃思导扬风雅，而排之以硬语，每与调乖；窜之以新腔，难与谱合，诚有如竹垞云云。以挈夫君之雄视皋社，不特兄霞川而弟东鸥、且将与陆、高、尹、王诸名家齿。予序之，滋可媿也已。

《醉盦词序》(《醉盦词》)

2. 文悌：

〔水调歌头〕《奉题小轩尊之醉盦词别集》

经史及诸子，裒集各分编。部居著录四库，词曲殿书全。正枯秦周掩柳，别调苏辛奔放，沿至宋元年。作者殆千百，姜氏最缠绵。　从未见，怀旧句，当新篇。虽有竹垞，《蕃锦》杂缀病牵连。今得王君佳制，乐府重开生面，妙是一家言。大巧不伤雅，绝唱胜前贤。

《醉盦词》

3. 桂坫：

南宋姜白石诗词并妙，尝自叙诗曰：作者求与古人合，不若求与古人异。求与古人异，不若不求与古人合而不能不合、不求与古人异而不能不异。其来如风、其止如雨。如印印泥，如水在器。子献前辈雅耆声律，集白石句及词之调，名为《醉盦集》。纯任自然，真有缝月裁云之妙。

《醉盦词跋》（《醉盦词》）

陈荣昌

陈荣昌(1860—1935)字筱圃，号虚斋，又号铁人、盾农、困叟、桐村。云南昆明人，祖籍江苏上元县(今南京)。历任山东学政、贵州学政、福建宣慰使、昆明经正书院山长。辛亥革命后，隐居不仕，闭门撰述。陈为云南历史上著名的教育家、诗人和书法家。著述颇丰，有《虚斋诗稿》、《虚斋文集》、《桐村骈文》等，词有《虚斋词》。

1. 陈荣昌：

予以光绪丙午南归，舟中填词十余首，自后不复作。宣统三年辛亥，由山东避地沪上，自冬徂春，旅居无聊，复为之，得三百余首。时多变，感触无端，身世于是寓焉。明遗老番禺屈翁山先生有词二卷，名曰《骚屑》。昔人称其义精律严，足被弦索。予倚其声为之，拟为“骚泪”，取长歌当哭之意，继思泪清涕浊，改名“骚涕”，示为灵均所唾弃也。姑存之，亦分上下二卷云。虚斋自记。

《虚斋词自记》(《虚斋词》)

2. 陈荣昌：

虚斋既撰《骚涕》，分上下二卷，手钞之。又朱其句读，可者连圈之，得意者密圈之，并缀评语。评语分数种，一自论其处变之当否，及其归宿；一发明词意，比于昔人作文，自加小注，亦无足怪；一自替其词之佳妙，是则不经见者。当是时，心口相商，口问于心，曰：词心声也，评亦心声也，皆子为政。虽然，自词而评之，无乃不可？心应之曰：是有例，不自我始。后世能文者莫昌黎若，其《与李生书》既曰醇而后肆，又曰长短高下皆宜，是即昌黎之自评矣。所差异者，彼总评，吾分评耳。且吾试还问于子，传可自作乎？祭文可自作乎？自传、自祭较自评又甚者也。陶渊明作《五柳先生传》即自传，又为自祭文，渊明不病狂，何妄为如此？吾尝求其心矣，晋既禅宋，天下皆宋人也，渊明独为晋遗民，不自传，谁传之？不自祭，谁祭之？吾犹渊明也，不自评，谁评之？子其谓我何？口不能答，乃听心所为，且从而助成之。又以其圈为未足，每一咏叹，辄请加密焉。噫，心苦矣，口亦劳矣。词自口出，亦自新出。评自心出，亦自口出，心口如一，是之谓矣。说而存之，以俟后之君子。

《虚斋词自加圈评记》（《虚斋词》）

3. 陈荣昌：

词既调之长短，声之平仄皆有一定。非若古文古诗，伸缩在己，舒卷自如也。多用实字硬句，则失之板滞，故必善用虚字以运动之，乃能灵活。虚字多，又失之软弱。此柳耆卿、吴梦窗两家各得一病，谓吴板而柳软耳，故两家皆不宜学。惟以白石、玉田为宗，自无此二病。

《虚斋词自加圈评记》（《虚斋词》）

4. 陈荣昌：

词以曲名，知曲之一字，则可与言词矣。不浅露则隐曲之谓也，不直率则曲折之谓也。用意宜隐，用笔宜折。言在此而意在彼，是之谓隐。气求其贯，而语善于转，是之谓折。词无长篇，唯〔戚氏〕一调过二百字耳，余皆百字上下，小令则尤短促，非笔妙如环，又含蓄有味，安得佳作？即东坡、幼安以气胜，其用意用笔，亦未有直而不曲者，他家可以隅反。

《虚斋词自加圈评记》（《虚斋词》）

5. 陈荣昌：

或曰子之词何如？予曰：百日之功，何足言词？顾予之为诗，以气象为主。今虽学为词，雕红刻翠，实非所长，又自恨俭腹，吴梦窗之典晦，非但不愿学，亦不能学；柳耆卿之浅俗柔媚，则性不相近，又不宜学。其余诸家，或雅丽，或豪迈，或谨严，或流利，凡心所向往者，皆学之。故有一二似此者，亦有一二似彼者，不明一派，即不成一家。大抵以意为主，以气为辅，欲合苏、辛、姜、张而兼之。惜才薄功浅，有志未逮，然乐笑翁所谓词贵清空，不贵质实者，予窃取焉。若出以问世，不知世之阅吾词者，能许其有一二合作否也？至抑郁牢愁、悲歌感慨处，则贾生之痛哭，杜老之呻吟，时势使然，不关于学词之家法矣。

《虚斋词自加圈评记》(《虚斋词》)

陈锐

陈锐(约 1861 —?)字伯涛，应试名锐，又字伯弢、伯韬，号裦（抱）碧，湖南武陵人。光绪十九年(1893)举人。官江苏试用知县。王闿运弟子。诗词并工，以词见重于朱祖谋、郑文焯，又与陈三立、易顺鼎、夏敬观等诗酒唱酬。诗专五言，胎息汉魏，词摹二晏、柳、周。著有《裦碧斋集》，有《诗话》一卷，《词话》一卷，词有《裦碧斋词》。

1. 王闿运：

刻意学周、姜，格韵自高，未有未自然、未雕饰处。昔人评诗云："秋水出芙蓉，天然去雕饰。"乃谓既雕饰而后天然也。雕饰非琢句炼字，如《词眼》、《词旨》所标，乃炉火纯青无黄白之气也。相去日远，为学心同，期各勉于自然，而后从心而已。欲自然，先须雕饰，诗文词宜一律也。

《裦碧斋诗话》(《裦碧斋集》)

2. 朱祖谋：

〔望江南〕《杂题我朝诸名家词集后》

《秋醒》意，抱碧契灵襟。生长茝兰工杂佩，较量台鼎让清吟。欣戚导源深。

《彊村语业》卷三

3. 陈锐：

客曰："君词自谓何如？"余曰："天分太低，笔太直，徒能以作诗之法作词耳。"

《裦碧斋词话》

4. 况周颐：

大著沉著冲澹，一洗铅华靡丽之习，无矜炼之迹可寻，却无一字不矜炼。格高律细，允称法乳。清真抗手，西麓惟是，可为知者道耳。昔人云：诗到无人爱工处。此境至此，虽有能爱者，廑矣。

《褒碧斋集题词》（《褒碧斋集》）

5. 夏敬观：

临桂王给谏鹏运在中书日，振衰扶雅，况舍人周仪辈翕然从之，同时文学士廷式、郑舍人文焯、朱侍郎祖谋、陈大令锐蔚起为词宗，海内益向风趋正轨，故评清词者愈晚出愈胜于前，此不易之论也。

《广箧中词序》（《广箧中词》）

6. 叶恭绰：

褒碧居吴，与朱、郑齐名，但功力稍逊。此数首最为完璧。

《广箧中词》

7. 黄濬：

与彊村、叔问同时为词，有陈伯弢，其密不如朱，爽不如郑，而疏快处近于稼轩，亦楚艳也。

《花随人圣庵摭忆》

8.《续修四库全书总目提要》：

锐初学诗词于王闿运，嗣与王鹏运、朱孝臧、郑文焯诸人相切磋，词旨亦与旧异，力主柳耆卿、周美成、吴梦窗三家，故其集中所用诸调，亦多本诸《乐章集》、《清真集》、《梦窗四稿》三书，其所作亦曲折幼眇，盖其本源甚深，而又得其正也。……当时王、朱、郑、陈之词为一派焉。

《褒碧斋词一卷提要》

9. 卢前：

〔望江南〕

承湘绮，未必畏前贤。抱碧灵襟通默契，芷兰杂佩汨罗前。骚雅应流传。

《饮虹簃论清词百家》

汪兆镛

汪兆镛(1861—1939)字伯序，号憬吾，广东番禺人。原籍浙江山阴(今绍兴)。光绪十五年(1889)举人。后两应礼部试，均不售，遂南归，为人佐治。辛亥革命后，以遗老自居，侨居澳门，闭门著述。尝受业于经学大师陈澧门下，治经史。工诗词，多愁苦之音。著有《晋会要》、《碑传集三编》、《微尚斋诗文集》等，词有《雨屋深镫词》及《续稿》。

1. 夏敬观：

其词致力姜、辛，自抒怀抱，其品概亦今日之邝湛若也。

《忍古楼词话》

2. 陈声聪：

诸汪南海旧相看，仿佛珊瑚间木难。

谁似穷年惜孤抱，深镫雨屋不知寒。

其人志行修洁，学养深醇，词婉帖中，时有重笔，足以名世。

《论近代词绝句》(《填词要略及词评四篇》)

胡延

胡延（1862—1904）字长木，号研孙，四川成都人。光绪十一年优贡，官山西平遥及永济县知县、江苏江安粮储道。有《苾刍馆词》六卷。

1. 陈锐：

胡研孙词，标格在梅溪、玉田之间，往往风流自赏。

《褒碧斋词话》

2. 夏敬观：

成都胡长木延，亦字研孙，光绪间，官江安粮储道，著有《苾刍馆词》……吾友陈伯弢评其词“标格在梅溪，玉田之间，往往风流自赏”，此语甚当。

《忍古楼词话》

3. 陈作霖：

研孙观察素工倚声之学，长调超宋，小令轶唐，感事伤时，而出之以蕴藉，词中之杜子美也。

《苾刍馆词集跋》（《冶麓山房藏书跋尾》）

周庆云

周庆云（1864—1934）字景星，号湘舲，别号梦坡，浙江乌程人。附贡生，官永康县教谕、直隶知州、民政部主事。有《梦坡词存》。另辑有《两浙词人小传》十六卷、《浔溪词徵》二卷。

1. 叶恭绰：

梦坡建两浙词人祠堂于西溪，复编《两浙词人小传》、《浔溪词徵》，沆瀣流传，用意良美。所作亦清拔殊俗。

《广箧中词》

周应昌

周应昌（1864—1929）字啸溪，号霞栖，江苏东台人。光绪十五年（1889）举人，二十四年（1898）进士。历署扶沟县、洧川县令，升用知府。曾为河南乡试同考官。辛亥革命后以遗老自居。著有《霞栖词钞》二卷。

1. 陈寿祺：

往咸丰、同治间，江阴蒋鹿潭氏以盐官寓东台，东台之古迹之时事，一皆以词写之，论者谓为词史，许为中国绝学。啸溪句摹字拟，亦既有年，恨不亲见其人，仅自称私淑。

《霞栖词钞序》（《霞栖词钞》）

俞庆曾

俞庆曾（1865—1897）字吉初，号琴愔，浙江德清人。俞樾孙女，举人宗舜年继室。著有《绣墨轩诗稿》、《绣墨轩词》。

1. 周瘦鹃：

吴门周瘦鹃《香艳丛话》云：俞吉初女史名庆曾……著有《绣墨轩诗词》一册，均清婉之可喜。

《词女五录》引

2. 赵宛：

赵君愉女史（宛）题俞吉初女史《绣墨轩诗词遗稿》〔满江红〕云："浙右名家早倾倒，清才淑德。怪底事、罡风横厉，仙姿竟折。不羡莲花开并蒂，夫人绝句诗有"来生木石凭他化，不化人间并蒂莲"句任摧蕙质成轻诀。最堪伤，一字附归鸿，肠千结。　江南思，云山隔。江南讯，音书绝。叹吴天，越地梦魂长别。诗卷终有身后誉，琴声尚有同心惜。语来生，慧业且重修，休呜咽。"

《词女五录》引

曹元忠

曹元忠（1865—1923）字夔一，一作揆一，号君直，晚号凌波居士，江苏吴县人。光绪二十年举人。曾参与康有为公车上书。屡应进士试和经济特科试，皆不遇。捐内阁中书，历官内阁侍读、资政院议员等。民国后为清遗老。其著作多为古文献研究，工诗，为晚清西昆派代表作家之一。亦工词，有《凌波词》(又名《笺经室词》、《云瓿词》) 一卷，著有《笺经室遗集》。

1. 冒广生：

吴县曹君直舍人元忠，精校勘之学，有其乡黄荛圃师法。所著《云瓿词》一卷，余尝序之，谓：机九张而泽鲜，丝一钩而络贵，岂陈思华胄，雅擅风华；抑吴女故都，能传哀怨者也。

《小三吾亭词话》卷三

2. 闻野鹤：

吴郡曹君直，有数词颇胜。如〔绛都春〕题天寒倚竹女……又〔江南春〕……均词藻古密，且有深致。

《怬簃词话》(《民国日报》)

3. 钱仲联：

地伏星金眼彪施恩　曹元忠

君直经师，早岁与蛮巢诸君为诗，揭橥西昆，于同光体外，别兴吴中词派。词笔骚雅，得白石神理。

《近百年词坛点将录》

廖恩焘

廖恩焘（1865—1954）字凤舒，号忏庵，又号珠海梦余生，广东惠阳人。任驻古巴领事、驻日本公使等。有《忏庵词》八卷、《忏庵词续稿》二卷。

1. 夏敬观：

惠州廖忏庵恩焘，于役古巴有年，有《游马丹萨钟乳石岩次梦窗陪鹤林先生登袁园韵》〔西河〕词，题云："岩在古巴，距都城二百里，平地下百三十余尺。道光末叶，吾国人垦地海岸，得隧道从莽中，告居人，相率持火入。蜿蜒行十余里，峭壁四起，滴水凝结，累累如贯珠，如水晶，如玉，作山川神佛珍禽异兽形状，又肖笙磬琴筑，叩之铿然有声，美利坚人沿径曲折，环以铁阑，涧谷则架桥通焉，电灯照耀如白昼，洵奇观矣。相传岩由海底达美国边界，迄未能穷其究竟也。"词云："烟景霁。钩藤瘦杖融泄。闲寻禹穴下瑶梯，冻岩渗水。素妆仙女散花回，千灯猿鸟娟丽。　绕危槛，看堕蕊。袜罗翦露层碎。晶虬细甲近嫏嬛，洞天似咫。有人击壤按商歌，鸾箫吹又何世。　汞成鹤氅半委地。沁残云、雕粉屏绮。壶里沽春无计。向冰泉试约，长房一醉。青玉簪宜寒光洗。"《忏庵词》八卷，已行世。朱沤尹侍郎称其"惊采奇艳，得于寻常听睹之外。江山文藻，助其纵横，几为倚声家别开世界"，评许不诬，吾无以易。海外奇景，古今人罕以入词，此词序述美利坚人于岩洞布置有方，极可为法。余曩游荆溪善卷、张公二洞，叹为奇境，颇思令游者能便，而仍不失天然之美。近闻其邑士储君南强从事开辟，有人工凿坏天巧之憾，不设电炬，入洞仍须秉烛，窃以为未可也。

《忍古楼词话》

2. 叶恭绰：

忏庵老去填词，力仿觉翁。兹录其疏快清浑之作。

《广箧中词》

3. 钱仲联：

地雄星井木犴郝思文　　廖恩焘

忏庵词追踪梦窗，于奇丽万态之中见青虹倚天之概。近人学梦窗一派者，难得此风力。

《近百年词坛点将录》

4.《词学季刊》：

惠阳廖凤舒先生（恩焘）、鹤山易大厂居士（孺）并以词名当世，为岭南词学专家……廖先生曩曾出使古巴，久居海外，以辛吴之词笔，写绝域之风光。彊村老人称其“胎息梦窗，潜气内转，专于顺逆伸缩处求索消息，故非貌似七宝楼台者所可同年而语。至其惊采奇艳，则又得于寻常听睹之外。江山文藻，助其纵横，几为倚声家别开世界”云云。其声价可想矣。

《词坛消息》（《词学季刊》第三卷第一号）

杨钟羲

杨钟羲（1865—1939）原姓尼堪氏，榜名钟广，光绪二十五年改任外官时，始冠杨姓，并易名钟羲，字幎庵，号子姓，又号梓勤、雪桥，汉军正黄旗人。光绪十一年举人，十六年进士，官湖北襄阳及安陆、江苏江宁及淮安知府。伪满时任南书房行走。有《雪桥词》一卷，辑有《白山词介》五卷。另有《雪桥诗话》。

1. 夏敬观：

辽阳杨钟羲太守梓勤，亦字留垞，为八旗知名士。端忠愍督两江时，梓勤知江宁府。生平讷于语言，然所著《雪桥诗话》凡四续，共四十卷。近代为诗话，未有过之者，笔谈固甚豪也。梓勤胸次博雅，尤熟于一代掌故，诗词均臻上品。和约庵〔东风第一枝〕云："朝雨欺寒，夕阴催暝，东风犹勒新暖。尽教闲热香篝，阁住春衫针线。一年花事，拚迟放几枝兰箭。初不道社鼓枫林，容易日斜人散。　　愁似水并刀难翦。酒如泻提壶休劝。是谁断送年华，相与急催弦管。重衾醉拥，只惆怅铜舆梦远。那堪向易主楼台，又见定巢语燕。"〔浪淘沙慢〕云："为春瘦，琴丝倦理，脆色管慵炙。镇日沉阴似墨。东风向晚更劣。正目断青门芳草隔。惜春意闲里虚掷。看秾李绯桃自开落，风情黯非昔。　　凄寂。旧时燕子曾识。问画栋雕梁营巢处，此日谁主客。空衔尽香泥，痕扫无迹。帘钩絮彻。当亚阑遍倚落花时节。　　原自无心江头楫。轻抛却海天霁月。能几日棠梨飞作雪。但追恨种柳陶桓勤揽结。漫天成就春云热。"

《忍古楼词话》

易顺豫

易顺豫（1865—？）字由甫，号叔由，又号伏庵，湖南龙阳人。光绪二十三年举人，中式第十四名，二十九年进士，官江西临川县知县。有《琴思楼词》一卷。

1. 谭献：

易氏二妙（按：谓顺鼎与弟顺豫），倚声家之丁、陆矣。

《箧中词·今集续》卷四

2. 冒广生：

由甫兄弟，尝与文道希、郑叔问、蒋次湘、张子苾结词社于壶园。又与王梦湘、陈伯弢、何诗孙、程子大在长沙结湘社，刻湘社集行世。录其〔台城路〕云："村郎已是寻春倦。东风又吹愁满。信燕帘栊，啼莺巷陌，知我消魂曾遍。深杯更劝。奈销酒无多，旧情都浅。锦瑟飘零，为谁曲曲写清怨。　空阶暗沉雨线。隔朱阑一角，人似天远。翠箔飘灯，青衫信马，赢得几回肠断。重来未晚。早忘了花前，那时娇面。纵有千金，换华年不转。"〔金缕曲〕云："一角斜阳影。记当时、秦淮秋晚，看移歌艇。白袷青尊相逢处，人隔绿波葱靓。正归路、布帆风紧。十载江湖鸿雁杳，算悲歌、旦夕无人听。卿半醉，我初醒。　别来哀乐何须省。便真成、海枯石烂，肯饶清兴。侧帽天涯重携盏，芳烧劫余犹剩。黯兰楫、官河相并。昨夜红楼同话雨，问人间、有几凄凉境。弦与索，乱珠迸。"觉成容若、项莲生去人不远也。

《小三吾亭词话》卷三

3. 姚鹓雏：

修门词客今谁在，只有云门与复堂。

语秀真能夺山绿，律严差可比军行。

《示了公论词绝句十二首》（《姚鹓雏文集（诗词卷）·红豆簃诗·春尘集二》）

程颂万

程颂万（1865—1932）字子大，号鹿川、定巢、石巢，晚号十发居士，湖南宁乡人。监生，官湖北高等工业学堂监督、候补道、湖北造纸厂总办等。诗、文、词均有造诣，曾与易顺鼎、姚肇春、王景峨等在长沙蜕园结湘社，盛极一时，社友诗词合刊为《湘社集》。与海内名流唱和甚多。著有《十发居士全集》。词有《美人长寿盦词集》六卷，《定巢词集》十卷，《鹿川词》三卷。

1. 谭献：

宁乡程颂万子大，在长沙联湘社唱酬，如二易、何、王，英英侠少。而吾友江夏郑湛侯，以风尘吏虱其间，刻行《湘社集》。子大《鸥笑集》，填词婉密。《蛮语集》诗卷才思不匮，趋向亦正。（《复堂日记》辛卯）

湘社词人，齐驱掉鞅，子大芳兰竟体，骚雅翛翇。（《箧中词》）

《复堂词话》

2. 张祖同：

程君子大填词清丽绵婉，渊源家学，用笔尤尚中锋。

《湘雨楼词话》（《十发盦类稿》引）

3. 王以慜：

清艳逾秦柳，豪宕敌苏辛，时而柳辨花嫣，时而海飞山走，丈之季子子大观察《美人长寿盦词》也。

《三程词钞题辞》（《三程词钞》）

4. 王鹏运：

子大词清丽绵至，取径白石、梦窗、清真，而直入温、韦，得夔笙微尚专诣以附益之，宜其相得益彰矣。

《美人长寿盦词题词》（《十发盦类稿》）

5. 朱祖谋：

三程词大抵导源《金荃》，振采天水，渊襟妙杼，跌宕奇逸。

《三程词钞题辞》（《三程词钞》）

6. 易顺鼎：

昔迦陵陈先生早岁未尝专力为词，至乃裒然大集，精彩横溢，与纳兰、长芦相鼎足，由其读书多，故能金碧楼台，弹指涌见。今子大之于词亦然。特迦陵出之以恣肆，子大出之以秾挚，为少异耳。若夫尺度吻合，则更出迦陵一头地。昔人有言：词中求词，不如词外求词。子大闳识孤褒，用能别吾湘词派而定一尊。比闻子大与况君夔笙谋精选己作，合以陈君伯弢、王君梦湘，并下征鄙词，洎家弟叔由之作为湘中后六子词。

《美人长寿盦词题词》（《十发盦类稿》）

7. 易顺鼎：

大湖以南，词家绝少，词世家尤少。宁乡程氏文学最盛，几于人人有集，而倚声一道，不啻家珍。年丈雨沧先生实为先河，彦清、子大昆季，皆作手也。年丈蓄道博文，考律尤细，顾不欲以词自见。彦清中年杜门养疴，世不知其能词，而其词之工，为近人所未有。然非得门才竞爽，纂述富有如子大者亦孰为表彰之耶？忆予与君昆弟为词时，年皆甚少，今忽忽二十余年，此乐不可复得。读是编又不胜感叹也。

《三程词钞题辞》（《三程词钞》）

8. 况周颐：

（程词）于宋人近清真、白石，其致密绵丽之作，又似梦窗，于国朝朱锡鬯《载酒》、《琴趣》两集，胜处兼而有之，清而不枯，艳而有骨。

《美人长寿盦词题词》（《十发盦类稿》）

9. 陈锐：

程子大词，源于三十六体，粉气脂光，令人不可逼视。

《褒碧斋词话》

10. 冯开君：

子大托体高奇，宫商发越。微吟泽畔，闻啴暖太息之声；弹指花间，致窈窕造哀之意。拾芬芳于骚辩，严分别于令慢。

《三程词钞题辞》(《三程词钞》)

11. 程颂万：

夜郎词祖，沧水驿壁。渔父竹枝，载宏骚屑。沩山双程，汉寿二易。停筝传歌，隔烛点拍，亦有诸郎，攘袂抗席。花损湘弦，波凉楚魄。井水无人，旗亭有帜。不见红箫，敢云白石。录词第二。

《宁乡程氏全书七种》

12. 程颂万：

吾乡先士鲜言词学。近岁葵园祭酒始裒刻六家词，惟湘雨翁致力专一。湘绮翁文诗通八代消息，为词辄工，非所尚也。友人易中实、叔由昆才雄轶，与王梦湘、陈伯弢数子并工于词，予则专诣于诗，诗所不能达，乃为词以喻其恉。甲午以后，东南才儁摈弃文辞，竞言新学，余方忧患牵率吏事，不复填词。岁己亥，提调自强学堂，况君夔笙适来分校，夔笙旧家湘野，尤邃于词，因为余撰录旧词得三百六十阕，复谋别撰若干阕，并己作与中实诸子合为六家。呜呼！运会陆沉，词流羁苦。其忠爱绵恻，掩抑零乱之语，极其至者，盖尝躐诗一等，直接《离骚》。容若、梁汾之徒邈矣，慨自宋衰，迄乎昭代，得竹垞、迦陵、茗柯三君子出而词学大昌，然朱病其辞，陈病其麄，张病其泥。后生刻画黐于志，学则又入于昔之邹、董，今之郭、姚，而病其佻，莫能以重笔、涩笔相挽救。昔先君子与同里曾先生傅均竺好为词，酷嗜稼轩、美成，而极之于白云、白石，其于昭代词家蹊径毋涉焉。颂万夙承庭学，艺能无似。凡兹撰录，聊遣有涯。夔笙乃谓消息清真，不囿于南北两宋流派，因臬论吾湘作者及昭代词家得失之故，著之简端，质诸夔笙，知余词不足为诸君殿也。

《美人长寿盦词自序》(《十发盦类稿》)

13. 冒广生：

宁乡程子大太守颂万著有《美人长寿盦词》。其自序云：“运会陆沉，词流羁苦。其忠爱绵恻，掩抑零乱之语，极其至者，盖尝躐诗一等，直接《离骚》。余尝论词，谓词虽小道，主文谲谏，音内言外，上接骚辩，下承诗歌。自古风盛而乐府衰，六朝人《子夜》、《采莲》之歌，未尝不与词合也。自长调兴而小令亡，南唐人〔生查子〕、〔玉楼春〕之什，未尝遽与诗分也。又谓学词，当从晚唐人入，从南宋词人出。尝集李长吉诗为〔菩萨蛮〕三十六首，欲以竟长短句之委，而通五七言之邮。番禺叶兰台先生最韪其言，与子大持论不同，而各有所见。其词清而不枯，艳而有骨。张雨珊《湘雨楼词话》，谓为渊源家学，用笔尤尚中锋者也。

《小三吾亭词话》卷三

14. 叶恭绰：

子大少日填词，与易五抗手而无其荒率。此选多晚年作，所谓文章老更成也。

《广箧中词》

15. 钱仲联：

西山酒店地刑星菜园子张青　程颂万

宁乡十发居士，湘西才子，袁绪钦称其词“瑰丽谲诡，驱驾气势，劲出横贯，多而不竭”《湘社集序》。盖奇情壮采，不知胸中吞几云梦也。光绪辛卯，编《湘社集》词，作者七人，见一时风雅之盛。

《近百年词坛点将录》

黄人

黄人（1866—1913）原名振元，字慕韩，号慕庵，后改名人，字摩西，江苏昭文（今属常熟市）人。光绪二十六年（1900）东吴大学创办，首聘黄人与章太炎为文学教授，后加入南社，著有《中国文学史》等，后人辑有《黄人集》。有《摩西词》。

1. 黄人：

〔凤栖梧〕《自题词集后》

寸心千古情魔宅。积泪如河，积恨如山叠。愿遣美人都化月。山河留影无生灭。　月坠西头终费觅。后羿长穷，羞受纯狐忆。飞上青天无气力，彩毫一掷长虹直。

羽玙精舍琴河宅。羽换宫移，谩取宫楣叠。君是天花侬是月，灵犀四照香难灭。　月在当前花待觅。秋梦秋魂，花月应相忆。有漏情天无着力，月华当顶花阴直。

《黄人集》卷十四

2. 黄人：

〔南歌子〕《自题词集》

愁绪抽蚕茧，心香冷麝烟。蚁珠九孔总难穿。莫道舞工长袖贾多钱。　蓬历摹颦黛，筝琶混雅弦。忏除绮语待何年。且喜才人精魄梦中圆。

《黄人集》卷十四

3. 黄人：

定庵命其词曰“无着”，维摩诘出定，天花满身，谓为无着，其谁信之？虽然，定庵学佛人，不作绮语，亦不打诳语。色身偶现，空花拈笑，文字语言，原非真谛。或者词之非词，而即以着为无着也。予宿业过深，愿心难种，有花无花，一齐放下；有着无着，大家打破。偶见《无着词》，不觉又坠结习，以此心安。月轮天上，千云一聚，千潭一月，八万四千天女，齐拥一幻身，上至色究竟天，下及无边大海，世界无处不着，则定庵所称无着者，与慕庵之着，是一是二，是真是妄，使善知识见之，必以拄杖当头一击，曰“着”。

《和定庵无着词跋》(《黄人集》卷一四)

4. 张鸿：

慨夫众生类别，遘境万千，荣悴殊归，菀枯各受，宛转尘滓之间，缠缚文字之末，心精所造，幽光炯然，如水冷暖，饮者自知。此事甘苦，不求人解，固靡得而言焉。若夫达意之制，咏叹之辞，其奥如子，其怨如骚，其空寂如禅，其幽眇如鬼，其冶荡如素女，说不可说之言，达不能达之意，寄无可寄之情，如游丝之袅于长空，不知所往，而亦无不往。唏！微词，其谁与归？黄子摩西，学博而遇啬，其所为词曷为使予悄然而悲、幽然而思，如见黄子黪黪短发披拂项背，负手微吟于残灯曲屏间？其殆所谓究极情状、牢笼物态有以致之欤？

《摩西词序》(《黄人集》附录)

5. 金天羽：

慕庵才思博艳，好为荒忽幼眇之辞。传奇、倚声，与吴梅伯仲，二子友好无间。慕庵于律度不能沉细，若丰文逸态，往往驾吴梅而上，如饥鹰怒骥，绁勒所加，惟奔放是惧。

《苏州五奇人传》(《天放楼续文言》卷四)

赵熙

赵熙(1867—1948)字尧生，号香宋，四川荣县人。光绪十八年(1892)进士。授编修，告归主凤鸣书院、东川书院。后官至江西道监察御史，以抗直敢言著称。与“戊戌六君子”之一刘光第友善，康有为、梁启超俱敬仰之。工诗，善书，间亦作画，且为近代川剧重要作家。为诗敏捷，词作之速，与诗略同。民国元年(1912)自沪归里后，于六百日中，成四百余首，编为《香宋词》三卷。

1. 夏敬观：

尧生素不作词，归里后，于六百日中，成《香宋词》三卷，丁巳刊于成都。芬芳悱恻，骚雅之遗，固非詹詹小言也。

《忍古楼词话》

2. 马一浮：

在清代当成一家，虽细密不及朱彊村，而雄壮有得于稼轩。《生日》一首可见。即此一篇，足以传世矣。

赵尧老词大有功夫，无一首率易之作，四五十岁已自成就。集凡三卷，上卷稍逊，中卷渐胜，末卷弥见精采，亦晚而益工也。如咏园蔬杂花数十阕，无一不佳。读书多，用事精切，盖毕生所读书皆用之于词矣。惜格调不甚高，可为名家，不可为大家。其于诗卒无所成者，亦以此故。太白词格之高，亦以其得力于诗者深耳。

《马一浮先生语录类编》(《马一浮集》)

3. 姚鹓雏：

〔望江南〕

三峡水，横绝涌词源。折槛烧车无用处，扁舟下殿便还山。

费泪看桑田。

《再续咏近代词家》(《姚鹓雏文集(诗词卷)·苍雪词》卷三)

4. 陈声聪:

狡狯文心百合宜，江山万里赋归时。

才人风调诗人思，两载拚成三卷词。

熙初不事填词，辛亥之翌年回四川，两年中，成《香宋词》三卷。文字关人学问，意态系人胸襟，素虽不为词，酝酿于胸中久矣，故出手便自不凡。

《论近代词绝句》(《填词要略及词评四篇》)

5. 沈轶刘:

清末民初词坛，都为四家所笼罩，鲜能出其藩。能为文廷式者，只有一赵熙。赵之《香宋词》，骨格神理，悉近文词，别以伉爽济之，得文之俊宕，而益之以逸峭，绝不作惚恍无端涯语，足为文张一军。

《繁霜榭词札》

6. 钱仲联:

尧生工诗，世称捷才。壬子归属，始为词，于六百日中成《香宋词》三卷，能得尧章神理。夏映庵以为“芬芳悱恻，骚雅之遗”。

《近百年词坛点将录》

恽毓珂

恽毓珂（生卒年不详）清末民国初年人，字瑾叔，号醇庵。江苏武进人。与恽毓善等为宗族辈。

1. 夏敬观：

阳湖恽瑾叔都转毓珂，亦字醇庵，近居沪渎，鬻文为生。词笔清刚隽上，老而弥工。立春日偶成依玉田体〔月下笛〕云：“昨夜风回，头番记否，换红移翠。金笼唤冷，为道痴鹦梦余几。山中自昔无车马，更屈指流年似去水。叹平原牛土鞭香，拂散断魂空际。　人意回阑底。看千尺游丝，画帘萦坠。东皇倦矣。问谁料平理芳事。莫教花柳知矜宠，怕燕叱莺嗔又起。向远树听啼鹃，真诉春愁解未。”〔雨霖铃〕云：“吴钩霜夕。倚高穹外，梦远天碧。斜阳一别何许，孤飞怕见，寻常坊陌。月底箫声缥缈，冷遗佩踪迹。尽待得香雾琼枝，甚是春风旧词笔。　王嫱那便无颜色。只玉容叹画工难觅。飘花猛雨禁惯，浑负却绿阴怜惜。凤枕鸾绡，谁使啼痕独夜长拭。翦海水休试并刀，倩寄愁消息。”

《忍古楼词话》

曾习经

曾习经（1867—1926）字刚甫，号蛰庵、蛰公，广东揭阳人，光绪十六年（1890）进士，历任户部主事、员外郎、度支部右丞。尤以诗名，为近代“岭南四家”之一，著有《蛰庵诗存》。亦能词，有《蛰庵词》一卷，后朱祖谋收入《沧海遗音》中。

1. 叶恭绰：

蛰庵诗深美粹洁，于同光间独标一帜。词虽罕作，而迥非凡响。彊村翁收入《沧海遗音》，有以也。

《广箧中词》卷二

刘毓盘

刘毓盘(1867—1927)字子庚，别名椒禽，浙江江山人，刘履芬之子。光绪二十三年（1897）拔贡，官陕西云阳县知县。辛亥革命后，自陕返苏州，在嘉兴中学任教，后移居杭州，民国九年(1920)应北京大学之聘，任教授。著有《词史》，此书除讲述词史外，兼及音律与意境，颇多创见。所著《词学斠注》，修正《词律》、《词林正韵》若干阙漏。另有《词略》与《词话》。词有《濯绛宧词》、《椒禽词》。

1. 彭世襄：

词为诗余，根柢风雅，冰雪濯魄，烟水悦心，比兴居多，知仁各见。东山丝竹，北地风尘，西京唐音，南渡宋律，陶写哀乐，宏博渊深，勋合自然，斯为化境。子庚泛滥家学，作为文章，四部句元，六义适道，积稿尺许，反复薙削，取法必上，所造必纯。宫谱沦胥，灵修要眇。鳏鳏双泪，耿耿寸肠，劫送山河，恨兼家国。撷艳古锦，采想爨琴。香草哀吟，枯树怨赋。解人难索，有铁板铜琶；知己云遥，唯晓风残月。包罗万有，卷舒半空。孤生自嗟，食贫不悔。一字顾曲，八音集成。世无紫霞，君为白石。承命墨首，唏乎伤己。

《濯绛宧词序》(《濯绛宧词》)

2. 叶恭绰：

濯绛宧所编《词史》及辑《唐五代宋金元人词》，极其辛勤。自作词亦负盛名，而稍伤于碎。

《广箧中词》

3. 沈尹默：

〔浣溪沙〕《题子庚〈濯绛宧词〉》

天北天南任转蓬。一生心事属冥鸿。词人老去酒樽空。 旧恨暗于残月色，新词艳作好花丛。几时花月又春风。

《沈尹默诗词集·秋明词》

4.《续修四库全书总目提要》：

毓盘为谭献弟子，故其词学有渊源也。尝自谓文不敢自信，诗亦是第二流作者，曲以吴瞿庵为高，至于词，可以独尊。其自负如此。集中第一首〔菩萨蛮〕句云："花约夕阳迟。一齐红几时。"颇为当时所传诵，毓盘亦自矜喜。至毓盘自谓凡集中之词皆能被之管弦，则一时狂放之言耳。集中多悼亡之作，故工于哀艳之语。

《椒禽词一卷提要》

王允皙

王允皙（1867—1929)字又点，号碧栖，福建长乐人。光绪十一年(1885)举人,历官福建建瓯教谕、安徽婺源(今属江西)知县。著有《碧栖词》一卷。

1. 夏敬观：

长乐王允皙又点，予三十年之文字交也。所著有《碧栖词》一卷，吐属清婉，有一唱三叹之妙。曩赠予聚头扇，写所作《送张珍午入都》〔长亭怨慢〕词云：“又还是将离时节。酒尽江楼，雁声相接。唤得愁生，半篙云浪涨天阔。故人都散，争忍唱旗亭阕。那处不飘零，恨莫恨长安秋叶。　凄切。拥吟鞭试望，缥缈梦华宫阙。卢沟过也，怕冰渡暗澌先结。更问讯近日西山，可犹有梅花香发。念一片阴阴，谁扫苍崖苔雪。”予极许其嗣声白石。顷李拔可同年将为刊遗集，以校雠相属，亟录数阕，以志予所欣赏。《双清馆题壁兼呈高楼先生》〔西子妆〕云：“匀碧球场，藏红镜户，画里轻盈稀见。天公无处里春声，判春风共莺流转。芳歌未半。恁愁沁江南平岸。冷襟怀、洒北来冰雪，吴儿争辨。　司勋懒。几度楼中，梦比阑干短。楼高同自感斯文，况相逢近年多难。花枝在眼。算人老须花拘管。倚斜阳、滟滟金杯劝满。”《题严几道江亭送别图》〔玲珑四犯〕云：“散策路纡，凝笳声远，都门风物如洗。向来攀蹋处，呗歇松阴闭。荒陂也宜共醉。奈先生便摇征辔。几树绿杨，半泓渟渌，浑是送秋泪。　长安海，伤心地。尽盟鸥淡语，犹然交弃。寺经戎马后，梦在菰芦底。春波万叠堪容与。索还我江湖渔计。图画里。回头黯西山暮紫。”《菊影》〔疏影〕云：“苍茫雁字。荡清霜弄晚，愁在何许。废圃空阴，小苑微寒，销得几回凄顾。斜阳鬓底疏芜色，更漠漠弥簪香雾。

算也应多谢秋娘，懒配断肠针谱。　　幽致。常年共惜，月明细步绕，来往烟语。人老迷花，花自无言，冉冉窥人凉句。如今怕见西风面，悔不掩笼灯深户。又一枝斜入多时，看到半篱鸦曙。”《海棠花下作》〔浣溪纱〕云：“叶底游人不自持。枝头啼鸟尚含痴。玉儿愁困有谁知。　　浅醉未消残梦影，薄妆原是断肠姿。人生何处避相思。”〔菩萨蛮〕云：“回峰折叠晴川色。玻璃一镜酣春碧。镜里是儿家。蛮溪满屋花。　　东风吹别苦。直送云帆去。昨梦故乡看。月明千万山。”又点兼工诗，绝句尤峬峭，盖亦致力于白石诗。晚岁于南台聚一妾，往来南北，相携数年，复放之为尼。归闽后，耽禅诵，易箦时尚不舍佛号，殆生具夙慧通者，殁仍遄返净土也。

《忍古楼词话》

2. 李宣龚：

累蹶春官，境渐困，悉以其幽忧之疾发之于倚声，初为王碧山，因自署曰碧栖。嗣复出入白石、玉田之间，音响凄惋，直追南宋。……当丈入北洋海军幕府，时密迩畿辅，人物辐辏，与王幼遐给谏、朱沤尹宗伯辈相过从，接其谈论风采，又目睹戊戌、庚子之变，孤愤溢怀抱，故其所著无一非由衷之言。……其毕生悲欢愉戚、跌宕慷慨之志之所蕴结，一寄之于诗若词。

《碧栖诗词序》(《李宣龚诗文集·硕果亭文剩》)

3. 叶恭绰：

碧栖词脱胎玉田而无其率滑，兹选其襟抱较廓者。

《广箧中词》

4. 郭则沄：

王碧栖学碧山、玉田，为闽词别派。甲午十月，辽沈边报正急，过琴南夜话。感赋〔水龙吟〕……不著干戈戎马语，而托感更深，是真词人之词也。

《清词玉屑》卷六

5. 黄濬：

《碧栖词》与(李)佛客先生之《双辛夷楼词》，为闽词晚近之双流两华，但取路不同。碧栖词其娟洁密致处，与其云学碧山，不如云学玉田。

拔可言丈似刘龙洲，予则谓似张子野，以其老寿工词喜游治；又碧栖丈先有宠姬，后遣之，甚似子野之晚遇也。

《花随人圣庵摭忆》

6. 陈声聪：

王又点允晳、何梅生振岱又为弢庵里居为鳌峰书院山长时之门人。其词乃真词人之词。然又点不甘于作词人，“有人以词人称之者，则怫然曰：独不可为诗人乎？”语见林宰平志钧为梁仲策启勋所作《稼轩词疏证》中吾意诗人比词人究竟能高多少，此等分别，亦甚无谓。唯又点诗，确亦甚高，晚年为东野、为后山，更欲俯视一切。诸贞壮宗元挽又点诗，有“碧栖今词客，其诗实胜人”之语，地下有知，当呼知己。身后，弢庵为其选定《碧山诗词》排印行世，诗与词皆不过四五十首，以少许胜人多许，论者比之姜尧章，殆甚似之。其自号碧栖，但取唐人“问君何事栖碧山”诗意，谓其词宗碧山者，未必然也。有过琴南夜话感赋〔水龙吟〕……时甲午十月，辽沈边报方急，词自工，“地冷无花”三句，写关外冬景，尤为绝唱。予更爱其小令，如海棠花下之〔浣溪纱〕……又〔采桑子〕效饮水体……要眇宜修，淡极无痕，置之《饮水集》中，骤不可辨。

《闽词谈屑》(《填词要略及词评四篇》)

7. 陈声聪：

词精诗悍意凌兢，白石前身倘有凭。

流水垂杨桥下宅，骚魂谁与酹花塍。

有《碧栖诗词》，其词深婉雅丽，令词尤隽，诗词俱精而不多，人比之姜尧章云。

《论近代词人绝句》(《填词要略及词评四篇》)

8. 沈轶刘：

清末民初词坛，都为四大家笼罩，鲜能出其藩。能为文廷式者，只有一赵熙，赵之《香宋词》，骨骼神理，悉近文词，别亦慷爽济之，得文之流宕，而益之以逸峭，绝不作惚恍无端涯语，足为文张一军。次则为王允皙。或谓王寝馈王沂孙，子之说殆梦呓！然允皙词寓气骨于精锻，云中仙爪，时露一鳞，自有其不可掩之本色。故非局促一家言者。

《繁霜榭词札》

9. 钱仲联：

地明星铁笛仙马麟　　王允皙

又点诗词，俱以少胜多。《碧栖词》清疏骀宕，胎息姜、张，论者谓可并辔。

《近百年词坛点将录》

汪曾武

汪曾武（1867—1953）字鹣龛，江苏太仓人。光绪二十年举人。有《味莼词》六卷。

1. 文廷式：

仲虎天资明敏，自幼喜读古文，下笔千言立就。间作诗词，颇有隽句，诗工七律，词则小令为佳。每作必就予商榷，天生美质，人咸欣羡，乙庵、半塘诸君辄相矜许，岂偶然哉！

《味莼词题辞》（《味莼词》）

2. 曹元忠：

曩者家君尝诏小子：生平词人最相契者，太仓汪君稚潜、钱君芝门，汪合姜、张、朱、厉为一手，钱则绵丽如温、韦，超逸近姜、张，《沧江乐府》可诵也，小子识之。迨与仲虎童年缔交，知稚潜先生序行为从父，读《国朝词综续编》，汪稚潜先生之《红蔻香室词》，珊渔先生之《结铁网斋词》，悉皆采入，始知汪氏代以诗词鸣于时。其源出于静厓宫庶，流风未艾，余韵孔长。仲虎为宫庶汪学金元孙，天资过人，髫龀严耽家藏古籍，秀轶群从，笃于内行，人亦亢爽任侠。当世知名士如意园、道希、半塘、乙庵、小坡、鲜厂辈，咸折节与之交。本其家学，益自淬厉，家有趣园，高皇宸翰，生平好客，家厨精美，时有文酒之会。予尝接席其间，而其身世之感，觞咏之乐，一皆寓于诗词。旧作诗古文为鲜厂点窜者，序而未归，其词与道希商榷者所存无多。庚子三月，予既署名《味莼》矣，今属弁言。予素喜倚声，比以精神日衰，转多自废，读仲虎词，藻思灵衿，神味隽永，谢康乐所谓“初日出芙蓉，天然去雕饰”者，庶几近之。

《趣园味莼词序》（《词学季刊》第三卷第二号）

3. 吴昌绶：

奉诵尊词，情境相生，表里如一，功候已不易到。斯事实初无定响，要亦寒暖自知。君直拟诸“初日出芙蓉，天然去雕饰”，洵知言也。病久，思路涩滞，请少假以期，当为制一序以报虚怀垂顾之雅。

《味莼词题辞》

4. 杨寿枏：

仆每谓词之佳者，如绝代美人，却扇一顾，百媚横生。若厌夷光之美，矉故为折腰龋齿之态，见者却走矣。集中诸词，温婉如晏、秦，清丽如张、史，风韵天成，不假雕饰，至其写家国身世之感，则又碧山一派也。

《味莼词题辞》

5. 口口：

拜读大稿，剑气珠光，英英逼人，尚有国初词人遗格，非嘉道后语也。……《沛南纪游》诸作望古遥集，足为山水生色。近来同人纷纷刻词，公亦当竞爽一时也。

《味莼词题辞》

6. 郭则沄：

仲虎词长，夙擅倚声，尤工小令。藕渔狡步，此其嗣音。揆之词家，于玉田、小山为近。风轩盥诵，如元圃夜光，莲峰寒碧，天然幽隽，一洗浮埃。

《味莼词题辞》

7. 邵瑞彭：

奉读尊稿，洛诵回环，神为之王。此次删存之后，如精金良玉，照人眉宇，方之胜朝名手，足与鹿潭、莲生比肩。闰老圈定，允惬下怀。《沛南游稿》，老笔纷披，尤征精进。

《味莼词题辞》

8.《同声月刊》：

太仓汪仲虎（曾武）先生，夙擅倚声，尤工小令。早岁即为当代名家文道希、王幼遐、郑小坡诸先生所引重。

《词林近讯·味莼词出版》（《同声月刊》第一卷第十二号）

俞陛云

俞陛云（1868—1950）字阶青，号乐静，浙江德清人。祖樾，近代经师。陛云承家学，光绪二十四年会试成进士，殿试一甲三名及第，授编修。曾出任四川乡试副考官，著《入蜀驿程记》。入民国，任清史馆协修。有《乐静词》一卷。

1. 夏敬观：

钱塘俞阶青编修陛云，曲园先生之孙。其词清空，颇有家法。《夕阳和史梅溪春雨韵》〔绮罗香〕云："淡欲生阴，去还成恋，惊眼天涯迟暮。翠舞红酣，肯为朱门少住。下芳砌、蝶暝重帘，倚荒戍、雁沉寒浦。借枝头余暖无多，栖鸦啼梦玉京路。　江城哀角自奏，剩有西风茸帽，苍凉归渡。一抹残山，映取倦妆眉妩。伴孤影、知有谁来，写闲恨、了无著处。乍消凝、换却黄昏，乱虫栖共语。"

《忍古楼词话》

2. 陈声聪：

早岁荣归自玉堂，东华坐阅海生桑。

剪红刻翠身难老，陶韝风花作道场。

柔曼婉贴，吉祥止止，无一毫轻薄怨苦语，故福人也。

《论近代词绝句》（《填词要略及词评四篇》）

3. 钱仲联：

地英星天目将彭玘　俞陛云

乐静词安雅俊爽，犹有朱、厉遗轨。所为《宋词选释》，剖析词人用心，颇中肯綮。

《近百年词坛点将录》

洪炳文

洪炳文（1868—1918）字博卿，号棟园，别署好逑子。浙江瑞安人。熟谙自然科学，尝著《空中飞行原理》。好作戏曲，为近代戏曲作家。一生制剧数十种，如《电球游》、《月球游》、《悬岙猿》、《水岩宫》、《白桃花》等，多为抄本。另有《棟园乐府》、《花信楼词存》等。

1. 王岳崧：

人有恒言曰：填词易，协律难，自《啸余图谱》之书行，填词之途顿宽。自万氏《词律》之书出，填词之途殊隘。予少曾从事于倚声，专知摹仿图谱，自以为不妄作矣。其后搜阅《词律》一书，爽然若失。或谓词不入歌，何须协律。不知词滥觞于汉之乐府，始于唐，盛于江南，大备于宋，至金元，词与曲并盛。作者皆知音律洎乎明朝，填词者甚多，而协律者殊少，此道衰矣。故万红友《词律》一书，但取唐宋元而不及明，或又谓词与曲异，不妨如作诗作骚之自成一体，但求其琢词之妙，炼句之工。纵句读平仄间与前人稍有舛讹，未尝不可自我作古。噫嘻，词者，诗之余也。古者里巷歌谣皆可被之金石，唐诗无不歌者。旗亭画壁，此其明证。查《唐书·艺文志》有崔令钦《教坊记》一卷，搜罗曲调之名甚夥。长调如〔兰陵王〕，小令如〔南歌子〕、〔浪淘沙〕之类。今填词家皆循用其名，然则词与曲初无殊异，今之词即古之曲也。作者谓之词歌者即谓之曲，惟乐经之亡已久，士之不习于音也由来旧矣。间有专精此道者，不过谓字音有阴阳，音阶有高下，含吐于唇喉齿舌间者，有轻重缓急。问以十二律之何以还相为宫，皆未能知其底蕴。即就《词律》一书论之，其痛诋《啸余图谱》之谬者，亦第谓唐宋词人已成之格调，未可臆为更改。

如调中所用平声者不可易作仄声，仄声者不可易作平声，只宜依样葫芦，否则不协于律。然吾考宋沈义父所撰《乐府指迷》则谓词中去声字最吃紧，入声可代平声，断不可代上声。是仄声字又自有区别，论极精微，万红友但以仄与平对待而言，恐犹未达一间也。洪君棟园耆儒硕学，所著鸿篇巨制，早已卓然成家。而犹潜心于乐府，著有传奇数十种，如《惊黄钟》、《秋海棠》、《芙蓉孽》、《后南柯》之类，宣播士林，流传海内，几于不胫而走。予尝一一取而吟咏之矣。兹又以《花心楼词存》一丹见示，绮丽之中，具有真气，心爱之不能释手。或谓予曰："棟园词诚工矣，未知可歌与否？"予曰："棟园陶冶性灵，琢磨风雅，寝馈于乐府者已深且久，填词固其余事。予不知律而喜歌宫商，既变为工尺，则天下无不可歌之词曲。惟在能歌者之善为领会耳。"不辞谫陋，率书数语于简末，未知棟园先生以为然否也。

《花信楼词存序》（《花信楼词存》）

洪汝闿

洪汝闿（1869—？）字泽丞，号勺庐，安徽歙县人。诸生。有《勺庐词》一卷。

1. 洪汝闿：

〔踏莎行〕《自题词卷，用中仙韵》

燕市孤踪，水楼残调，江南恨泪知多少。酒徒一去不归来，黄金台下荒秋草。　冶思难抛，古愁空抱，楚云零落无人道。白头梦到旧西州，青枫雕尽红兰老。

《勺庐词》

2. 夏敬观：

歙县洪汝闿泽丞，余初于陈鹤柴席上相识，赠余以所著《勺庐词》。闻声相思久矣，一见倾倒，山谷诗所谓“自吾得此诗，三日卧向壁”。余于《勺庐词》，尤恨得读之晚也。顷年与结沤社，过从益密，复得时诵近词……〔河渎神〕四首，其一云：“河上木兰祠。庙门雨打丰碑。野鸦衔肉上阶飞。社鼓春灯赛旗。　匣中先辈三尺水，雷渊曾斩龙子。眼看白虹贯垒。薜萝匿笑山鬼。”其二云：“蒿里鬼称雄。神幡夜照虚空。五千貂锦化沙虫。更结盂茧法宫。　海子河灯光似斗。一花一叶一藕。金粟礼魂归后。乱蝉咽露高柳。”其三云：“当户九张机。兰芝别母归时。人间天上总相违。孔雀东南自飞。　道逢女巫花插首。水沉香喷金兽。明星荧荧渡口。河伯今夕娶妇。”其四云：“丛竹鹧鸪啼。望里黄陵九疑。秋风袅袅被江篱。日暮巫阳致词。　湘水东流愁不息。大江戈舰蔽日。千古周郎赤壁，怒涛一夕头白。”诸词雄浑酝藉，兼而有之，洵倚声家之上乘也。

《忍古楼词话》

陈庆森

陈庆森（1869—？）原名树镛，字莑阶，一字讽佳，广东番禺（今属广州市）人，光绪进士，官湖南知县。曾受业于陈澧之门，著有《百尺楼词》一卷。

1. 继昌（李佳）：

〔金缕曲〕《题陈莑阶大令〈百尺楼词〉》

又入潇湘矣。莽天涯、词人几辈，相逢花底。闻道风流贤令尹，澄澈吟怀似水。更高卧、元龙百尺。檀板金樽闲度曲，付红儿拍遍朱藤儿。袖中草，玉田拟。　　笑侬短发添愁缕。好诗情、风烟卷尽，簿书堆里。曾忆元方游白下，同听江南春雨。算肠断、潇潇滋味。搔首乾坤多难后，证尘缘、还幸逢难弟。今昔感，为君语。

《左庵诗余·湘瑟词》

2. 继昌（李佳）：

〔摸鱼儿〕《赠莑阶大令》

莽乾坤、烟嚣雾暗，闲愁勾起多少。长安纱帽笼头客，那管玉梅开了。君莫笑、更几解耽吟，著意怜芳草。宦情自扰。便作个词人，词人底用，等是杜陵老。　　苍茫感，我已中年潦倒。天涯谁话同调。栽花邑宰生花笔，笔下采虹缭绕。辞绝好，算不负、江郎此日知名早。桐花阁稿。忆老辈、仍留瓣香待爇，珠海唱春晓。

《左庵诗余·湘瑟词》

3. 叶恭绰：

〔减字木兰花〕《题陈莑阶〈百尺楼词〉》

笙竽万籁。岭海词流推几辈。风月平章。此事输君擅胜场。微吟拥鼻。尚想当年湖海气。邻笛凄清。愁听阳关煞尾声。

《遐庵汇稿》中编

董良玉

董良玉（生卒年不详）字楚生，浙江会稽（今属绍兴市）人，光绪二十三年（1897）举人，著有《添丁小酉之庐诗草》、《楚生文存》。有《梅山梦草》词一卷。

1. 王以敏：

〔沁园春〕

小酌金卮，低按琼牙，新词细评。问十年箫唱，阿谁知己君旧有《天涯乞食图》，一池水皱，何事干卿。红豆栽愁，碧城选梦，并入江湖载酒情。茶烟飏，莫鬓丝吟瘦，太可怜生。　沂河相望盈盈。料倾盖亭边月倍明。羡南唐风韵，莺花竞笑，西泠宗派，梅雪同清。莲幕轻垂，桐徽罢抚，几缕心香织锦成。奚囊贮、待杏枝春闹，唱彻神京。

《梅山梦草·题辞》

2. 杨葆原：

楚生素工词，簿牍之暇多奇作。……其旧词多且百数十首，既悉弃之，录所存者，益以近作，裁十一首，皆婉约修洁，无失音调，远异于近人之所为。

《梅山梦草序》（《梅山梦草》）

3. 董金鉴：

楚生工于诗，尤工于词。此集著墨无多，而零金碎玉，皆锦囊中呕出心肝之句。秀媚处以藻丽胜，俊逸处以气骨胜，缠绵处以神韵胜，而其一缕清思，低回抑扬，莫能自已，尤非深于情者不能道其只字。吾浙近时工于词者，仁和谭仲修大令有《复堂词》，吾越王眉叔广文有《笙月词》，世多艳称之。今楚生此集，吾为之梓以问世，与谭、王两君鼎足而三矣。

《梅山梦草词稿跋》(《梅山梦草》)

4. 董金鉴:

楚生工于诗，又工于词。……其词登宋元人堂奥，浅斟低唱，令人意消。

《天涯行乞图题词跋》(《天涯行乞图题词》)

徐珂

徐珂（1869—1928）原名昌，字仲可，一字仲玉，浙江杭县（今属杭州市）人，光绪十五年（1889）恩科举人，官内阁中书，曾为袁世凯幕僚，戊戌变法失败后归里，后任职于商务印书馆，并加入南社。徐珂曾师事谭献，辑录谭献词论为《复堂词话》，其他词学论著有《清代词学概论》、《清词选集评》、《历代词选集评》、《近词丛话》等。有《纯飞馆词》。

1. 谭献：

点定徐生仲玉行卷，填词婉约有度。（《复堂日记》辛卯）

《复堂词话》

2. 李详：

按拍声低木叶青，秋山罨画似西泠。

平生一片凄凉意，辨得清商制泪听。

读当摇落变衰时，老去心情剧乱丝。

敬是复堂佳弟子，箧中知有箧中词君为谭复堂入室弟子。

《题杭州徐仲可珂纯飞馆填词图》（《李审言文集·学制斋诗钞》卷四）

3. 李宣龚：

文字塞天地，返求文字禅。

风雷神不慑，花木意为妍。

词客应多感，新篇尽可传。

楞严吾亦诵，食蜜悟中边。

《题徐仲可纯飞馆填词图》（《李宣龚诗文集·硕果亭诗》卷上）

4. 徐蕴华：

〔新雁过妆楼〕《仲可叔父命题纯飞馆填词图卷》

翠宇高寒。银筝涩、猜疑夜夜停鸾。旧声入破，谁念刻骨家山。仿佛仙踪追罨画，低徊密记补金銮。剩无端。琐窗玉户，江雨霁阑。　　胜情装池半幅，有古春送眼，浅绣成斑。郑笺无分，惊叹顾曲才难。匆匆一庭谢絮，沾题处、凌沧应笑孱。方回老，只断肠愁句，流出人间。

《南社丛选·南社词选》卷一

5.《续修四库全书总目提要》：

观其所作，不宗一家，而清新婉雅，是其所长；论其全集，篇篇可取，其不能成为大家，亦坐于此。

《续修四库全书总目提要·纯飞馆词一卷》

6. 黄孝纾：

倚声扶大雅之轮，专集作名山之业。眉山水调，忠爱为怀；耆卿乐章，凄艳欲绝。凡诸造诣，悉由性真。

《纯飞馆填词图序》(《匑厂文稿》卷二)

桂念祖

桂念祖（1869—1915）一名赤，字伯华，江西德化人。与夏敬观同师皮锡瑞，经学词章，根底深厚。光绪二十三年举人，戊戌维新时从康、梁变政，主沪萃报馆。梁启超离湖南，举念祖代时务学堂讲席。未行而难作，念祖匿于乡，旋趣金陵，依杨文会学佛。嗣后留学日本十余年，客死东京。遗词收入《艺蘅馆词选》戊卷及《忍古楼词话》等。

1. 梁启超：

十年前，以狄平子之介绍，得交桂伯华，心仪其人。嗣闻其隐于金陵，就杨仁山居士学佛，不婚不宦，醰然有得，心益向往之。今春平子以书来，言伯华东渡学梵文，以弘法自任。亟思走谒，苦不知其所居地。客有自署公耐者，忽以伯华近作诗词见寄，以绮语说法，感均顽艳。维摩洁耶？天女耶？文殊师利耶？舍利弗耶？吾乌从测之，惟喜诵不克割舍耳。乃录入诗话。

《饮冰室诗话》

2. 夏敬观：

德化桂伯华念祖，丁酉举人。与予同师善化皮鹿门先生，经学词章，根底深厚。中岁学佛法于杨仁山先生，因东渡习梵文，通密宗，遂证涅槃于日本。其遗著未刊……〔蓦山溪〕云："春光欲尽，未得天涯信。早起镇恹恹，减裘带、余寒犹嫩。古碑临罢，独枕故衣眠，魂无定。身慵困。酿就维摩病。　　谁家巷陌，红满香成阵。旬日雨风频，减多少，游踪逸兴。忏除烦恼，赖有贝多经，帘押静。香篆烬。终卷阴移寸。"《读小山词》〔菩萨鬘〕云："才华已为情锁损。那堪又被多情困。珠玉女儿喉。新词懒入眸。清愁销不得。梦入莲花国。方信断肠痴。断肠天不知。"〔虞美人〕

云："凄凉十五年中事，苦了他和自。香残红退画堂空，早是柔魂销尽夕阳中。　他生有分相厮守，拚共天长久。仙山楼阁也迷茫，只要双心一意向西方。"伯华词多不注意平仄，是学佛人所作，当例外视之也。

《忍古楼词话》

3. 钱仲联：

地魔星云里金刚宋万　桂念祖

伯华沉酣内典，妙悟三乘，东游秋津，精究梵语。〔临江仙〕一阕，梦雨灵风，云英路隔，语含哲理，歌罢魂消，《止观》所谓"转魔事为佛事"也。

《近百年词坛点将录》

蔡宝善

蔡宝善(1869—1939)字师愚，号孟庵，浙江德清人。清光绪二十七年(1901)举人，二十九年经济特科乙等及第。历任京师大学堂提调，陕西宝鸡、长安(今西安市)等县知县。入民国后曾任江苏省公署咨议长、江苏省政务厅厅长等职，有政声。卸任后，卜居苏州沧浪亭畔，与张仲仁、邓孝先等结词社，诗酒唱和，不问政事。工书法，擅长诗词，著有《观复堂诗集》八卷、《听潮音馆词集》三卷及《沧浪渔笛谱》一卷。

1. 蔡宝善：

夫骚雅以降，乐府乃传。李唐迪兹，倚声道盛。溯厥支祖，梁武江南之篇；探其沿波，休文六忆之咏。温刑振芳，张李嗣响。秦七、黄九，艳称一时；白石、玉田，各有千古。词之为道，有可言焉。若夫语配宫徵，音析微茫。谱《花间》之新声，变稼轩之别调。鸳阁百折，微闻堕钗；燕帘半垂，疑可招手。豆蔻二月，芙蓉三秋。佳人满堂，蹇修谁使。骑弄玉之青凤，御风泠泠；叩湘君之神弦，石濑浅浅。众缘如梦，微波通词。春葩不红，清怨如诉。盖历境愈幻，则幽思弥沉。写愁益工，则感人乃切。是以河传一声，歌之者泣下；水调三弄，听之者增欷。写怨之作，此其最乎？或者谓绮丽忘归，流宕不返。虽曰妍手，终惭大夫。不知湘灵鼓瑟，咏于楚歌；姑射仙姿，见之庄列。抽琴以命处子，柔荑之赋硕人。文园美人，宋玉邻女。揆诸古昔，不乏绮辞。或又谓陈思洛川之神，休文南国之丽。文人轻薄，大雅不为。不知银河垂地，范文正御街之行；含睇凝青，韩魏公绛唇之制。深深宝髻，淡淡红妆，司马公之句也；黯黯梦云，茫茫夜月，苏学士之言也。是皆感均顽艳，绘其曼容；幽婉若斯，大节如彼。至于翁子常贫，长卿未达。或云绮语之工，终堕泥犁之狱。不知华鬘上界，亦谈欢喜之禅；青要人寰，便受缠绵之简。暗香疏影，红儿按歌；昼永堂深，子逸唤梦。然则后堂丝竹，无伤绛帐通儒；当筵檀槽，岂必天涯荡子乎？白傅挥泪，朝云沉吟。伊古有人，无俟深辨。尔其秦楼凤去，玉箫声哀。清镜鸾孤，冰华掩彩。素琴独影，朱弦中分；锦瑟含凄，幽响久辍。繐帐独倚，深宵一灯；银栊委垂，柔波千叠。不无秋士之悲，别有冬郎之感。哀怨所极，托之翠翰；魂兮归些，是邪非邪？掩袖以思，凄泪欲堕。矧夫吴质忧多，崔骃乐少。瘦腰径寸，同沈郎之工愁；发素羸梳，类潘岳之善病。经秋憔悴，谁念维摩；搔首徘徊，恍同孙楚。问南朝之旧事，金粉已非；认西泠之酒痕，青衫犹浣。蘼芜江冷，打桨谁来？涩勒烟深，抱琴独去。此则听耆卿之露华仙掌，不免销魂；谱子野之云破越来，未妨惆怅者矣。而况故国千里，怀人九秋；离居罕群，全家都客。闻桓尹之笛，辄唤奈何；忆张翰之莼，不如归去。黄叶尺许，积于风檐；秦书一缄，远来天际。则又西风萧瑟，每念元规；澄波汪洋，眷彼叔度。思之所极，不自知其深也。嗟乎！燕钗蝉鬓，结撰都虚；粉盝脂奁，有感辄咏。异十年之杜牧，到处轻狂；本历劫之弥陀，稍知解脱。拈花一笑，便登忉利之天；飞絮寸心，欲证如来之果。是用忏除慧业，渐入中年，摒却铅华，归诸少作。屈戌灯炧，香篝烟笼，删削数过，都为一卷，名曰《绿芜秋雨词》。大半寓言，不无倩语。振病鹤之羽，嘹唳未闻；曳哀蝉之音，低徊欲绝。缄石知谬，按律非工。未遑杀青，用藏竹素。倘使拾焦桐于爨下，知音有人；索敝帚于房中，良金享我。则嚆矢之弃，或可免于覆瓿。点铁之成，请以俟诸哲匠。执卷三叹，聊书片言。苟以邯郸未工，东邻等诮。既非述作，难言文章。听众口之铄金，竟等视于瓦砾。则当任其淹没，付诸浮沉。非敢以此邀名，宁必因斯负咎哉？

《听潮音馆词自序》（《词学季刊》第二卷第四号）

2. 吴梅：

〔甘州〕《读蔡师愚〈听潮音馆词〉》

遍长安乱叶动悲风，偏惊宦游心。记华灯呼伎，衰兰送客，拥鼻微吟。重吊吴宫遗恨，铜辇梦秋衾。低首藏人海，肝胆森森。　难得西园倾盖，向樽前携手，花下题襟。傍沧浪洗足，高馆筑来禽。剩蟠胸无多哀乐，借画中山水写清音。良宵静，听红鹃语，同抚瑶琴。

《霜厓词录》

包荣翰

包荣翰（生卒年不详）字素人，江苏丹徒人。包氏为著名词学家陈廷焯的外甥，曾整理陈氏《白雨斋词话》。有《倚盾鼻词草》。

1. 臧穀：

醉里光阴草自春，轻烟漠漠亦传神。
平生最爱乌丝谱，肠断江南有替人。素人有《酥眠芳草词》二卷。

黄叶疏林染夕阳，旧城北去最苍凉。
空余一角小楼在，愁煞风流张子常。素人有《过张子常故宅词》一首，调寄〔念奴娇〕。

江天寺里看明月，多景楼头倚晚风。
千古浪声淘不尽，美人与佛与英雄。此首指集中《登金山妙高台》词与《游北固楼》词。

自家颇不善填词，喜与词人生并时。
展卷试从灯下读，模糊老眼狂题诗。
《倚盾鼻词草题诗》（《倚盾鼻词草》）

2. 汪漱兰：

任他花样竞翻新，格磔钩辀耻效颦。
古调独弹存国粹，素人原是有心人。

射雕手段上强台，压倒当时词翰才。
拍到苏辛豪放句，天风海雨逼人来。

新声绮语喜连篇，嘉偶尤能斗句妍。
同谱宫商歌一曲，绿情红意晚凉天。

自愧情同竹屋痴，秦黄津逮未能窥。
羡君真个多才患，儒雅风流是我师。
《倚盾鼻词草题诗》(《倚盾鼻词草》)

3. 洪炳文：

〔金缕曲〕《题包素人荣翰词稿》

江左人文薮。老词人、鸠江旅寓，维扬邂逅。盾鼻磨时余墨渖，往事不堪回首。羡闺阁、能逢腻友。大好江山都阅历，揽征衣、京洛缁尘透。别离苦，相思久。　先生本是龙图后。溯年来、他乡橐笔，天涯奔走。纻白灯红词一卷，风雅如君希有。愿享此、千金敝帚。他日荆州能识面，待洪崖、重挹浮邱袖。论文字，一樽酒。

一领青衫旧。恨鲰生、鸡窗雌伏，兔园株守。静坐焚香思忏绮曾绘是图乞君题词，绮语无时蔑有。问地狱、泥犁知否。离合悲欢生恶感，忒关情、常觉眉头绉自号情禅，以此为累。量衣带，腰围瘦。新词盥诵蔷薇手。想先生、元龙意气，长卿抱负。瓦釜雷鸣成俗响，忽听钧天雅奏。却早把、灵犀心逗。但愿鳞鸿有时便，付邮筒、寄我诗千首。赓同调，吾良友。
《东瓯词徵》卷十三

夏寿田

夏寿田（1870—1935）字午诒，晚号直心居士，湖南桂阳人，光绪二十四年（1898）以进士第二人及第，授翰林院编修。民国初入袁世凯总统府为内史，支持袁称帝。夏寿田为王闿运高足弟子，著有《夏寿田诗词集》。

1. 夏敬观：

桂阳夏午诒编修寿田，菽轩中丞之子，先世自江西迁湖南，吾宗人也。有为郑叔进题其先德幼惺道使《醉携红袖看吴钩图》和王湘绮〔采桑子〕二阕。其一云："太平无事尚书老，闲杀江东。退省从容。赢得骑驴夕照中。　粗官毕竟成何事，不是英雄。也解匆匆。只合空山作卧龙。"其二云："相如未老文君在，负了花枝。愁对金卮。况是江南三月时。　家亡国破成诗料，一榻轻飔。两鬓霜丝。那辨微之与牧之。"幼惺尝从彭刚直公虎门军中，法越之役，刚直主战，疏草出幼惺手。湘绮原词，今集中不载，有云 "小姑吟罢英雄老"，指刚直，"微之也解从前误"，则讽张香涛相国也。

《忍古楼词话》

2. 黄濬：

夏午诒年丈……词亦摩南宋之垒，湘绮之传衣也。

《花随人圣庵摭忆》

三多

三多（1871—1941）原姓钟木依，改汉姓张，字六桥，别署可园、鹿樵，蒙古人。生于杭州。光绪十七年举人，官杭州知府、归化副都统、库伦驻防大臣。辛亥后官国务院诠叙局局长。工诗，能书画。著有《可园文钞》，有《粉云庵词》六卷。

1. 谭献：

梦薇通经稽古，发为高文。填词未尝专诣，而骚怨所激，顿折沉扬，颇近晚宋。六桥都尉学于梦薇，倚声乃冰寒于水。（《箧中词》）

《复堂词话》

2. 冒广生：

蒙古三六桥都护多，姿干娴雅。蓄一琴名丹凤，抚弦动操，听者情移。家有可园，具竹石之胜。春秋佳日，骑款段马，沿西子湖行，垂髫俊童携酒榼尾之，轻裘缓带，与柳丝花片相掩映，真浊世之翩翩者也。其《自题苏堤试马图》〔暗香〕一词，不啻颊上添毫，栩栩活矣。词云："一鞭得得。趁柳枝绀翠，桃花红白。笑拂五云，惊起浮沉两鸂鶒。怪底联翩凤子，紧随著、锦鞯金勒。似指引、有个当炉，还在画桥北。　　闲立。看春色。把芳草缓寻，落英争惜。风流帽侧。湖上谁人不相识。驴背清凉，居士应少我，疏狂标格。行乐耳，须信道、百年驹隙。"六桥著有《粉云庵词》，如〔甘草子〕之"凭遍红阑，瘦留空。待六郎来共"，〔台城路〕之"甚时学得壶中术，缩遥天、都做欢场"，〔喝火令〕之"越破工夫，越要绣鸳鸯。越绣鸳鸯越倦，越要做成双"，皆有思致。

《小三吾亭词话》卷四

陈洵

陈洵(1871—1942)字述叔，号海绡，广东新会人。补南海生员。少有才思，游江右十余年，归粤，广东著名诗人梁鼎芬盛赞其词，与顺德黄节诗并举，称“陈词黄诗”。朱祖谋见其词，甚加推许，称陈洵与况周颐为“并世两雄，无与抗手”。民国十二年(1923)，朱氏在上海刊其《海绡词》，后复收入朱氏所编《沧海遗音集》，晚年任广东中山大学教授。著有《海绡说词》，龙榆生又将《海绡词》未刊稿刊于《同声月刊》第二卷第七号。

1. 朱祖谋：

神骨俱静，此真能火传梦窗者。

善用逆笔，故处处见腾踏之势，清真法乳也。

卷二多朴遬之作，在文家为南丰，在诗家为渊明。

《彊村老人评词》

2. 朱祖谋：

〔望江南〕《杂题我朝诸名家词集后》

雕虫手，千古亦才难。新拜海南为上将，试要临桂角中原。来者孰登坛。

《彊村语业》卷三

3. 朱祖谋：

公学梦窗，可谓得髓，胜处在神骨俱静，非躁心人所能窥见万一者，此事固关性分耳。（第一函）

公词渐趋沉朴，窃以为美成具体。（第二函）

《致陈述叔书札》（《海绡词笺注》附录二）

4. 陈洵：

吾年三十，始学为词，读周氏《四家词选》，即欲从事于美成。

乃求之于美成，而美成不可见也。求之于稼轩，而美成不可见也。求之于碧山，而美成不可见也。于是专求之于梦窗，然后得之。

《海绡说词·通论》

5. 陈洵：

倘亦后之人之欲得于余，而不能无言者，必欲于古人中求之，远则碧山、蜕庵，近则金梁梦月，可无疑也。

《玉鬶楼词钞序》（《海绡词笺注》附录一）

6. 陈洵：

〔水龙吟〕

《海绡楼填词图，往者彊村翁尝欲使吴湖帆为之，余曰：“不如写吾两人谈词图。”吴画遂不作填词。今年秋黄子静游杭，复请余越园为之，去翁归道山行一年矣。独歌无听，聊复叙怀，欲如曩昔与翁谈词，何可得哉!》

看人如此溪山，等闲消与填词老。流尘换镜，天风吹籁，危阑自好。南渡斜阳，东篱旧月，古今怀抱。算承平去尽，笙歌梦里，浑昨日、非年少。　　金粉旗亭谢了。剩伤心、紫霞凄调。新绡故素，啼红泫碧，不成春笑。湖水湖烟，余情分付，又随风渺。望千秋、洒泪同时，怅断掩、霜花稿。

《海绡词》卷三

7. 黄节：

陈洵字述叔，本新会人，补南海生员。少有才思，游江右十余年，归粤。辛亥秋七月，番禺梁文忠重开南园，述叔与余始相识。文忠与人，每称“陈词黄诗”，此实勉励后进。余诗未成，甚愧。述叔蚤为词，悦稼轩、梦窗、碧山，其时年未五十，今又十余年。归安朱彊村先生见其词，糜金刊之。以余知述叔平生，命余属序。述叔数赠余词，余未学词，虽心知其能，以彊村词宗当世，而称述叔词，且为刊而传焉，则知其词之有可传世也。述叔穷老，授徒郡居，微彊村，世无由知述叔者矣。

《海绡词序》(《海绡词笺注》附录一)

8. 黄节：

术叔伤心人也，其词伤心词也。

《题海绡楼图附记》(《海绡词笺注》附录一)

9. 张尔田：

比阅近代词集颇多，自当以樵风为正宗，彊村为大家也。述叔、映盦，各有偏胜，无伤词体。阳阿才人之笔，苍虬诗人之思，降而为词，似欠本色。余子纷纷，一出一入。仆之造诣，抑又下焉。

《与龙榆生论词书》(龙榆生《陈海绡先生之词学》引，《同声月刊》二卷六号)

10. 张尔田：

苍虬颇能用思，不尚浮藻，然是诗意，非曲意，此境亦前人所未到者。述叔、映盦，皆从词入，取径自别，但一则运典能曲，一则下笔能辣耳。

《与龙榆生论词书》(龙榆生《陈海绡先生之词学》引，《同声月刊》二卷六号)

11. 张尔田：

述叔学梦窗者，其晚年词，清空如话，中边俱彻，是真能从梦窗打出者。凡学梦窗而僻涩，皆能入而不能出耳。

《再与榆生论苏辛词》(《词学季刊》第二卷第三号》

12. 吴庠：

并世词坛，南有海绡，北有遯堪，玉峙双峰，莫能两大。

张尔田《与龙榆生论词书》引(龙榆生《陈海绡先生之词学》引，《同声月刊》第二卷第六号)

13. 吴庠：

居恒于一切文艺，每以有无清气为衡量，于填词尤甚。……晚清词人学梦窗者，以沤尹年丈、述叔先生两家为眉目。读其晚年诸作，何尝不清气往来。

《覆夏瞿禅书》(《同声月刊》第一卷第三号)

14. 叶恭绰：

述叔词，最为彊村翁所推许，称为一时无两。述叔词固非襞积为工作者，读之可知梦窗真谛。

《广箧中词》

15. 郭则沄：

陈述叔工倚声，与黄晦闻齐名，称“陈词黄诗”。眷珠江妓雪娘，有雪娘病起重见江湄〔探芳信〕……其词境固寝馈梦窗者。……粤城荔枝湾，为花舫所萃，其地为昌华故苑，红棉最胜。述叔《荔湾对酒》〔扫花游〕句云：“游事知几许。看画桨家家，暗藏烟浦。”写景绝肖。又《记荔湾幽赏》〔江城子慢〕云：“怕寻觅天宽处，花底欢肠终窄。”则的是梦窗隽语，貌袭者不能到也。

《清词玉屑》卷九

16. 蔡桢：

作词固难，看词亦不易。看前人词，最宜仔细分析，能洞见前人工拙，方能发见自己短长，而加以改进。大鹤、蕙风，最善论词。彊村则心知其故而不多言。方今论词具法眼者，当推嘉兴张孟劬、南海陈述叔。孟劬深受大鹤陶镕，述叔则传彊村衣钵者。

《柯亭词论》

17. 陈声聪：

深辞密意海绡词，更为周吴进一思。

自是偏师尊涩体，能言琴带拙声宜。

洵词专为梦窗，秾丽不及，而深涩过之，尝言：“昔朱复古善琴，言琴须带拙声，否则与筝阮何异。”

《论近代词绝句》(《填词要略及词评四篇》)

18. 钱仲联：

天猛星霹雳火秦明　　陈洵

海绡词极为彊村推许，与蕙风并举，称为“并世两雄，无与抗手”，〔望江南〕词有“新拜海南为上将，试要临桂角中原。来者孰登坛”之语，谓其词“处处见腾踏之势”，可以知其概也。

《近百年词坛点将录》

19. 熊润桐：

先生之词，虽由梦窗以溯清真，然常自谓得诀于汉魏六朝文，不但规模于赵宋诸家也。其论词要旨，则以“重”、“拙”、“大”三字为归，此其义又岂词所能尽？倘艺之精者，将必有合于性命之情耶？先生于填词之外，好读宋明儒书，居恒以“白沙名节，道之藩篱”一语激励后进，其素志可知矣。

《陈述叔先生事略》（《海绡词笺注》附录二）

20. 朱庸斋：

彊村、述叔毕生瘁力于学梦窗，晚年所作与梦窗不甚相似，此不徒去貌存神，且学古而有我者也。（卷一）

述叔守声，只求于吃紧之字而守之。其余四声，可守即守，不复强求。故其守声之字句，亦出于自知，读者觉其仍甚从容。（卷二）

吾粤词学兴盛较晚，粤东三家词风格如一，多破碎浮滑之作，本已不足称。吴兰修学浙派而趋于末流，每多绮靡纤弱之处，且其意境有如闺阁女子，风格不高。兰甫雅正而略欠空灵。述叔当为大家，开领南风气，自海绡出，粤词始得正声。

述叔晚年之作，其卷三各词，多有转近玉田者，不过法度仍为梦窗。（卷三）

《分春馆词话》

林鹍翔

林鹍翔（1871—1940）字铁尊，号半樱，浙江归安人。光绪二十八年举人。有《半樱词》二卷、续二卷。

1. 夏敬观：

香山杨铁夫玉衔，吴兴林铁铮鹍翔，皆沤尹侍郎之弟子。铁夫著有《抱香室词》，铁铮著有《半樱词》，造诣皆极精深，力避凡近。铁夫和彊村韵〔倦寻芳〕云："檐阴阁雨，檐隙梳烟，庭户初晚。绕树归鸦，戢戢欲栖还散。西崦斜阳鹈鴂苦，东风残信蘼芜怨。黯天涯、自王孙去后，带将春远。　　恨阻隔相思官路，望眼周遮，图画屏展。蕲簟才亲，转瞬便疏纨扇。湖酒酝嫌红日薄，榆钱买费青山贱。梦长安、又丛钟声声敲断。"戊辰除夕和梦窗韵〔双双燕〕云："诗魂酒债，正检点年涯，沉沉庭户。海檀自爇，翠缕拂帘千度。邻舍笙歌博簺，醉哗在红楼深处。萧然四壁琴书，影被青灯留住。　　慵举。依梁倦羽。芳讯报初番，试花风雨。迎春灯火，一任九衢歌舞。剩得痴呆意绪。待持向东君分诉。开镜兴阑，懒听街头人语。"铁铮寄费恕皆用梦窗韵〔霜花腴〕云："避烟瘦鹤，傍野梅清癯，倦倚尘冠。人淡于秋，客贫非病，瑶台梦也通难。带园眼宽。拚壮心消得尊前。报花开又阅红桑，夜窗风雨伴高寒。　　仙曲世间谁记，算鷦巢一睫，芘共寒蝉。楼阁蓬莱，沧洲身世，清商迸入吟笺。去来画船。有旧时蟾素娟娟。傲霜姿笑比黄花，晚枫同耐看。"《度西湖泛舟憩倚虹园》〔清平乐〕云："兰桡去后，人立河桥久。金粉飘零湖亦瘦。花比夕阳红否。　　争如江水多愁，长堤杨柳丝柔。怕有箫声飞到，玉人何处高楼。"

《忍古楼词话》

2. 叶恭绰：

铁尊词深得彊村翁神髓，短调尤胜，可谓升堂入室。

《广箧中词》

3. 吴梅：

〔洞仙歌〕《读林铁尊〈半樱词〉》

餐樱罢后，早群龙无首。万感沉冥付歌酒。记黄衫、走马红烛呼卢，长揖去，重访寄奴京口。　　玉峰高处卧，商略琴樽，上客都为使君寿。倚枕睇中原，鼓角霜天，知衔泪看花能久。且共结、江南岁寒盟，指落日、山川晓风杨柳。

《霜厓词录》

4. 姚鹓雏：

词派常州孰典型，浙西山水孕英灵。

悲秋只合倾残泪，避地终怜陨客星。

酒祓花销仍意气，琼愁瑶想接芳馨。

黄梅衣钵今无嗣，得见南能眼暂青。

《题林铁尊半樱词卷兼悼彊村先生》二首其二（《姚鹓雏文集（诗词卷）·恬养簃诗》卷一）

5. 陈闳慧：

〔风入松〕《雪澄以姜石帚象贻铁尊师，并题一词，梅伯、姜门先有和作，余亦继声》

暗香疏影曲中人。词笔旧传神。红牙拍共箫声缓，韵最娇、雅称朱唇。慧业三生不昧，才名千载如新。　　遥遥旷代接音尘。斗室自成春。何须更效黄金铸，爇心香、好证前因。记取垂虹桥畔，一篷风雪吟身。

《东瓯词徵》卷十四

6. 夏承焘：

此吾师铁尊先生戊辰以后词也。予之获闻绪论，始于辛酉、壬戌之交。师时观政瓯海，暇尝举瓯社以倡词学，唱酬之雅，无虚月也。今秋与师同避难海上，睽违垂二十年，师须发皤然矣。为予道别来出处进退，以及遘难流离状，恳款肫挚，令人感叹。越日，复语予治词经历，备述渊源所自，求索之艰，累数百言，洗然无片醉之饰。问及彊村翁，欷歔起曰：翁平生掇皮皆真，今不可复见矣。承焘退而重叹，念昔者过沪，亦尝奉手于彊翁，謦欬笑貌，犹在寤寐。今侍吾师，仿佛似之。而贞夷至诚之度，宛然无二。彊翁往矣，词林人宗，非吾师而谁哉？

师之于词，固取径周吴而亲炙彊翁者。今诵其伤乱哀时诸什，取诸肺肝，而出以宫徵，真气元音，已非周吴所能囿。持兹编以缵徵翁之绪，思玄之于幽通，何俟乎扬赞。独念永嘉承平从游之乐，恍如隔世。天必欲以百忧成就彊翁者，重畀吾师，令以耄及之年，遘兹陆沉之会。其词愈真，而世亦愈苦矣。噫嘻！

《半樱词续集序》(《天风阁学词日记》)

石凌汉

石凌汉（1871—1947）字云轩，号弢素，安徽婺源人。居南京秦淮河畔，自号淮水东边词人。与王孝煃等合作《蓼辛词》一卷。

1. 叶恭绰：

南都蓼辛社同人，守律极严，择言尤雅，裒然成集，足式浮靡。

《广箧中词》

姚肇菘

姚肇菘（1872—？）字景之，号亶素，浙江吴兴人。有词见《忍古楼词话》、《沤社词钞》等。

1. 夏敬观：

吴兴姚肇菘景之，王半塘之侄婿也。其兄肇椿与余为甲午同岁生。景之游宦吾乡，余沉滞吴越，未与相识。顷年避地夷市，始相往还。平昔论词，墨守四声，不稍假借，于近人尤服膺新会陈洵述叔。尝与论乐工所谓律，不在四声，求词之佳，在人品学力，见解气概，务其细而遗其大，非士大夫之所为也。亦韪余言而好为其难，一词出，辄数易字而卒就妥帖，固难能也。《雨霁陪半塘老人登平山堂》〔浪淘沙慢〕云："断霞映川原媚晚，霁景秋阔。枫驿哀蝉乍咽。残虹过雨旋没。看入暮吴天岚影接。送清听邻杵钟发。向倦旅关河，赋情远、微吟散林樾。　幽绝。上楼望眼愁豁。叹寺古僧残，凄凉事、渺渺闲问佛。思胜概当年，欢宴云热。俊游顿歇。寻旧题、平揽虚堂风月。　休怨江南轻离别。凭阑指、数峰翠抹。鬓丝短、沧桑惊暗阅。记归路、独数征鸿怅恨结。潭烟搅梦寒千叠。"《岁旦》〔塞垣春〕和梦窗韵云："地僻春拘管。媚晓霁，东风暖。泥痕活草，岸容舒柳，娇鸟千啭。对绿窗、醉泛红螺盏。爱擢秀，兰芽短。候云舆元君杳，碧霄此望寥远。　身世老沧江，叹一系扁舟，残钓荒岸。梦落楚天遥，笑孤寄如燕。念花朋酒伴，惆怅年时换。歌蝉不相见。初日映钗股，画楼余寒浅。"《盆兰》〔瑞鹤仙〕云："晴熏珠翠暖。媚琼姿娟洁，清华池畹。新妆困春晚。伴帘栊朝暮，倩魂疑见。光风蕙转。话同心、芳言细款。怕无端、桃李逢迎，一夕镜澜愁变。　凄断。璇闺香梦，背结流苏，黯调筝雁。空山意远。惊时序，暗中换。便仙姝纫佩，珠宫宵叩，休问双蛾黛展。奈离悰诉与残灯，峭寒胜剪。”《新柳》〔兰陵王〕和清真韵云：“大堤直。荑柳和烟晕碧。蘼芜路、青到几程，金缕轻柔弄晴色。啼鹃恋故园。还识。章台旧客。江亭暮、回望断肠，牵得垂丝罥千尺。　寻春怅无迹。但雨暗桃溪，风飏苔席。年年归计先寒食。看落絮飞燕，暝阴嘶马，离悰零乱记断驿。倦程厌南北。　恻恻。腻愁积。漫别酒筵虚，颦黛楼寂。韶华转眼风流极。听薄暮渔浦，钓篷飘笛。鸥波如画，翠线舞，带露滴。”梦窗七宝楼台，自古腾诮，然古芬披挹，固词中之长吉体也。

《忍古楼词话》

伦鸾

伦鸾（？—1927后）字灵飞，广东番禺（今属广州市）人。杜鹿笙室。有《玉函词》,《词综补遗》著录。

1. 况周颐：

番禺伦灵飞鸾，为杜鹿笙先生德佩。唱随之雅，时论以昔贤赵管，近人王惕甫曹末琴比之。灵飞资禀颖迈，四子经传，弱龄毕业。楚骚、古文、唐诗、宋词往往背诵无遗。年甫十五，即据讲座为人师。于归后，为桂林女学教习数年，授国文、舆地学、算学，生徒百余人，咸佩仰之。比年侍养沪滨，不废清课，不为世俗之好所转移，其微尚过人远矣。夙工诗词，肆力于骈散文，日进而不已。精楷法，得北碑神韵。仿恽派写生，期于南楼清于抗手。词尤清婉可诵，气格渐近沉著，不涉绮纨纤靡之习。〔南楼〕用乐笑翁韵，同外作云："风景数杉湖，最难忘、一片鸟声催晓。宿雾敛前山，疏林外，微露黛痕如扫。比邻三五，水边山下红楼小。如此他乡堪负戴，休论天涯芳草。　　天风吹转萍踪，忍回头、轻弃桃园去了。料得燕呢喃，应念我、昔日偕游重到。山居梦渺。黯然沧海情怀悄。昧旦鸡鸣仍客里，填上襟尘多少。"……如右数阕，矜持高格，浚发巧心，进而愈上，何止与琴清阁、生香馆分镳平辔而已。灵飞词，〔醉太平〕《桂林舟中作》云："深闺不惯长征也，山程水程。"彊村先生盛称之，谓雅近宋人风格。

《玉栖述雅》(《蕙风词话·广蕙风词话》)

邵章

邵章（1872—1953）谱名孝章，字伯褧，号崇百，别号倬庵，浙江仁和人。光绪二十九年进士，官至奉天提学使。有《云淙琴趣》三卷。

1. 夏敬观：

杭县邵伯褧太史章，谭复堂先生之高足弟子也。著有《云淙琴趣》三卷，词境上追梦窗，守律极严，纯取生涩，不袭故常，可谓尽能事。《社园鸾枝和闰庵》〔宴清都〕云："万点嫣红树。繁华梦、绚春天霁沉雾。缃梅逊艳，夭桃潜彩，龙池波沍。晴空照彻鸾云，似绛阙仙幢正渡。奈岁华烂缦人间，朱颜不教轻驻。　词官往事重寻，秾芳手捻，凭续花谱。攒枝簇绣，长依禁苑，认啼鹃处。良辰辇游何在，消息待传言玉女。问甚时辉映霞裳，披香暗护。"鸾枝花以北地为盛，南方绝少，俗谓之榆叶梅。

《忍古楼词话》

2. 叶恭绰：

《云淙词》，精力弥满而审律綦严，无一字不经洗炼，足称苦心孤诣。

《广箧中词》

3. 陈声聪：

侨置人知名祖连读孙，翩翩书翰满京垣。

天涯处处多芳草，玉露移宫梦有痕。

《论近代词绝句》（《填词要略及词评四篇》）

姚鹏图

姚鹏图（1872—1921）字柳屏，一字柳屏，号古凤，江苏镇洋人。光绪十七年举人，官山东临沂等地知县。入民国任内务部司长。有《柳屏词》一卷。

1. 冒广生：

镇洋姚柳屏大令鹏图，仙才吏隐，尝为余赋《催妆诗》五言四首，流播东南。金丈湘生，采入所著《粟香五笔》，其词鲜隽如新荔支。〔浣溪纱〕云："写遍乌丝几万千。泪痕香湿药垆烟。十年春梦付啼鹃。　一字细教量曲律，再生谁与结词缘。落花声里想当年。"又云："入手团团素面夸。生绡小影写桃花。乞来题字不妨斜。　碧玉玲珑余瘦骨，青衫零落葬胡沙。画图无恙数年华。"〔浪淘沙〕咏樱桃云："珊树近东墙，花影生香。珠帘带雨卷斜阳。如此风光堪系马，何必垂杨。　滋味到酣乡，心在中央。朱笼何事别时将。当个玲珑红豆子，归去思量。"〔南楼令〕咏枇杷云："往事忆难禁。东园载地，蓦相逢、如雪花阴。枉说佳期堪待取，簪笔去、赋华林。　晚翠愁吟。含酸一颗心。恨枝枝、不是黄金。只怕重来寻旧梦，门巷也、夕阳深。"

《小三吾亭词话》卷四

冒广生

冒广生(1873—1959)字鹤亭，号疚斋，早年又号钝宧，江苏如皋人。光绪二十年（1894）举人。曾参与戊戌维新，历官刑部郎中、农工商部郎中。民国初任江浙等地海关监督。抗战时留居上海。著有《小三吾亭词选》一卷,《小三吾亭词话》五卷。其词曲论著后合编为《冒鹤亭词曲论文集》。

1. 叶衍兰：

（冒）顾性好词，虽从余游，而时有以启余。尝与余言，词虽小道，主文谲谏，音内言外，上接骚辨，下承诗歌，自古风盛而乐府衰，六朝人《子夜》、《采莲》之歌，未尝不与词合也。自长调兴而短令亡，南唐人〔生查子〕、〔玉楼春〕之什，未尝遽与诗分也。又言学词当从唐人诗入，从宋人词出。每怪近日词家，极轨南宋，黄九、秦七已成绝响，亡论温李。尝集李昌谷诗为词一卷，欲以竟长短句之委，而通五七言之邮。余韪其言，未尝不喜故人之有后也。

《小三吾亭词序》(《小三吾亭词》)

2. 谭献：

鹤亭词格甚成就。

竁翁题鹤亭词曰："忠爱闲情赋，风骚本事诗。房中笙磬乐，言外短长词。往者多遥旨，今谁会古思。由来称虀臼，端属外孙宜。"词非过誉，予亦云然。

《小三吾亭词评》(《小三吾亭词》)

3. 潘飞声：

玉箫金管度玲珑，惆怅芳心与我同。

传遍尊前红豆曲，买丝争绣冒郎中。如皋冒广生瓯隐

《词家四咏》(《说剑堂集》卷一)

4. 王鹏运：

托体风骚，含情绵邈。拟之国朝，当于竹垞、水云间分置一席。

集句古艳生香，绝去纂组之迹。

《小三吾亭词评》(《小三吾亭词》)

5. 冒广生：

佛家四口恶业，一曰绮语，汤义仍谓学佛人作绮语，应入无间狱；慧业人作绮语，应生大罗天。是误以天堂地狱分作两橛也。义仍作《离魂记》，至今在地狱中。梁昭明太子注《金刚经》，至今亦在地狱中。地狱正为一切慧业人、学佛人而设。佛言：我不入地狱，谁入地狱？调达对阿难言：佛入地狱，我方始出地狱。此非具大雄手段，大无畏精神者，断断不能为此斩钉截铁语也。疚斋学佛，垂四十年，知如来所谓不贪、不嗔、不痴、不爱，即是甚贪、甚嗔、甚痴、甚爱。而其究竟，无有贪、无有嗔、无有痴、无有爱，一切诸佛，了知了见，情死情生，皆为入无间狱张本。便于无可奈何之时，眼捷手快，一刀两断，使人痛极猛省。此正是老婆心切，然不从刀山剑树，一一经过，如何得到清凉世界？所谓天堂，盖即从地狱中来。不敢入无间狱者，不能生大罗天也。因缘会合之际，其故甚微。有种之前生，必待今生偿还者，亦有种之今生，留待来生偿还者。绮语债亦其一也。凡诸有情，冤即是亲，亲即是冤。其冤不尽，其亲亦不尽。如来大智慧人，一口吸尽西江，轻轻将冤亲平等四字，向人道破。然则疚斋今日既然大彻大悟，又留此一卷口业，不成为干矢橛耶？曰此正疚斋赤裸裸地，不肯藏头露尾处，不昧本来面目处，不打谎语处。其始发乎情者，乃愿力也。其终止乎礼义者，乃戒力也。读吾词者，谓为应入无间狱乎？吾不敢辞。谓为应生大罗天，则愿与吾法眷同往生之矣。

《疚斋口业弁言》(《词学季刊》第一卷第四号)

6. 夏敬观:

如皋冒鹤亭同年广生，亦号疚斋，巢民先生其二十世族祖也。鹤亭最熟于明清间诸老遗事，其词亦宗竹垞、迦陵，旨趋与余绝异。尊前辨难，辄不相下。然每经一度商榷，转益相亲。其题余填词图用王通叟韵〔天香〕云:“天水名公，金源作者，词坛领袖多少。砌宝楼台，搓橙院落，此境几人能到。偷声减字，分与寸、商量不了。秦柳几为世弃，姜张犹道家小。　天公被他夺巧。正江南乱莺芳草。画出轶伦髯也，扇巾谈笑。一事为君绝倒。都未怕、尊前被花恼。依样胡卢，迦陵也好。”盖讥余不喜迦陵，而又效迦陵所为，而有此填词图也。此词风致绝佳，置之迦陵集中，殆不能辨。宋词少游、耆卿、清真、白石，皆余所宗尚。梦窗过涩，玉田稍滑，余不尽取。谓余弃秦柳，小姜张，则冤矣。顷复得其近词数阕，流丽清俊，如珠走盘。近人词多极端趋向涩体，守律过严，病在沉晦。此派固亦不可少者。

《忍古楼词话》

7. 叶恭绰:

鹤亭丈少学于先大父南雪公，为词瓣香朱、陈;中年以后兼采众长，而才情横溢，时露本色。

《广箧中词》

8. 姚鹓雏:

〔望江南〕

挥麈尾，谈辩语生棱。留命沧桑家世事，一园水绘久荒塍。吟望旧山青。

《分咏近代词家十二首》(《姚鹓雏文集(诗词卷)·苍雪词》卷三)

9. 钱仲联:

天败星活阎罗阮小七　冒广生

鹤亭学人而又才士，博闻强识，并世无双。与陈三立、陈衍、朱祖谋等交往，而诗不为同光体，词不为彊村派，可谓独立不群者。叶遐庵曰：“鹤亭为词，瓣香朱、陈；中年以后，兼采众长，而才情横溢，时露本色。”或谓叶语有皮里阳秋，余谓金风、迦陵，谈何容易。彼撼树蚍蜉，徒见其不自量耳。

《近百年词坛点将录》

袁毓麐

袁毓麐（1873—1934）字文薮，浙江钱塘人。光绪二十三年副贡。有《香兰词》一卷，《香兰词续》一卷，与《爱日轩诗存》合订。

1. 夏敬观：

杭县袁文薮毓麐，寄寓宣南，蜚声吟社。客岁来沪，始获识面。所著有《香兰词》一卷，《登清凉山顶远眺》〔满江红〕云："振袂登临，数不尽、南朝陈迹。冶城里，过江年少，连扇裙屐。断垄导淮空问姓，埋金厌气仍开国。看蒋山草长门青青，斜阳色。　　翠微址，寻无石。华阳隐，荒无宅。听打钟古寺，感怀今昔。埭上鸡鸣风又雨，关前虎踞潮还汐。指新亭咫尺是兵冲，征衫湿。"拟屯田〔少年游〕云："高阳狂客醉登楼，天气肃清秋。乡关不见，江山如此，莽莽使人愁。　　垂杨凋尽黄金缕，好梦付东流。画角听残，曲阑敲遍，无计办归舟。"词境空灵，上拟稼轩，得其细腻。

《忍古楼词话》

潘之博

潘之博（1874—1916）初名博，字若海，亦字弱海，广东南海人。少弃举业，尝从军西粤，后师事康有为。民国三年（1914）入冯国璋幕。因反对袁世凯称帝，遭袁严捕，亡命香港。著有《弱庵词》一卷，朱祖谋刻《粤两生集》本。

1. 叶恭绰：

弱海为词孟晋，思深力沉，天假以年，足以大成，惜哉！

《广箧中词》卷一

2. 箨公（龙榆生）：

南海潘若海先生之博，雅善倚声，夙为彊村先生所推许。梁令娴女士曾采其词十余阕入《艺蘅馆词选》。鼗翁复为删定遗稿，与顺德麦孺博先生孟华所作合刊为《粤两生集》。二氏词并多激昂慷慨之音，信不愧为抑塞磊落之奇才也。

《忍寒漫录》

3. 钱仲联：

地奇星圣水将单廷珪　潘之博

弱庵〔醉蓬莱〕《题叶南雪〈秋梦盦填词图〉》句云：“觑词人老去，鬓雪盈簪，泪花斑袖。一寸秋怀，付燕孤虫瘦。”伤心人别有怀抱。

《近百年词坛点将录》

易孺

易孺(1874—1941)字韦斋，号大厂，原名廷喜，字季复，广东鹤山人。早年肄业于广雅书院，为陈澧再传弟子。中年游学日本，归国后历任北京高等师范学堂、上海音乐学院教授。南社社员。曾参加编纂《全清词钞》，并编校韩纯玉《蘧庐词》、《北宋三家词》。工诗词，尤以词名当时。著有《宜雅斋词》，并手写本《大厂词稿》行世，其中包括《依柳》、《欹眠》、《双清池馆》、《宜雅斋》、《湖舠》、《花邻》、《绝影楼》、《简宧》、《湖梦》等集。晚年作《和玉田词》一卷。

1. 叶恭绰：

大厂词，审音琢句，取径艰涩。兹录其较疏快之作，解人当不难索也。

《广箧中词》

2. 陈声聪：

几回大道见回车，绿树浮云四面遮。

岁晚向人书乞食，无归词客等无家。

龙榆生云："孺填词务为生涩，爱取周、吴诸僻调一一依其四声虚实而强填之，用心至苦，自谓'百涩词心不要通'云。"孺词，自取蹊径，迥不犹人，犹诗中之山、后山也。

《论近代词绝句》(《填词要略及词评四篇》)

3. 陈运彰：

词缘歌兴，乐依律生。乐律既亡，词乃益盛，舍本逐末，正名之谓何？习俗相沿，是非遂泯，欲求其本，此道未由。孺翁少习华辞，旁通音律，嗜好既专，钻研益勤。夫以四声清浊以求填词，其说甚辩，吾知其无当，而不能非之。翁乃益之，以比合虚实，不恤律协言谬之讥，以就旧谱。事逾苦，志欲坚，独行其是，果协于律耶？恐亦未必能自必也。竭虑冥搜，或异暗合，纵邻于愚，犹贤乎已。偶睹一斑，世本骇怪，今获其筌，未忍从众，即以词言，无忝作者。属以萍聚，乃契苔岑，评泊艺事，不苟雷同。比翁写定所填词，出以相似，去取之间，自标宗旨，功力浅深，境界利钝，虽存什一，可按而窥。怜其老病，分任书写，将付梓氏，用诇当世。或识焦柳，抑覆酱瓿，尽其在我，不自问亦不能问之。辱为知言，何堪贡谀，以事述志，庶几无愧。人亦有言，予忖度之，序翁之词，莫或逾斯。合成序言，用答諈诿。昔有联吟之诗，合璧之画，文不概见。若援此例，非创实因，兴会所届，遑恤我后。相视而笑，聊复书之。

《大厂词稿序》(《大厂词稿》)

4. 钱仲联：

地丑星石将军石勇　　易孺

大厂为陈兰甫弟子，其词审音琢句，取径生僻，所谓“百涩词心不要通”也。

《近百年词坛点将录》

5.《词学季刊》：

大厂居士研治词学，历数十年，其自为《双清池馆词》，托体既高，尤严于守律。

《词籍介绍》(《词学季刊》创刊号)

6.《词学季刊》：

惠阳廖凤书先生（恩焘）。鹤山易大厂居士（孺），并以词名当世，为岭南词学专家。……易居士往岁居西湖……居士少习华辞，旁通音律，其词严于清浊四声之辨，又复比合虚实，不恤律协言谬之讥，以就旧谱。事逾苦，志逾坚，亦可谓开径独行，冥心孤往者矣。世之填词严律者，曷一读之？

《词坛消息》(《词学季刊》第三卷第一号)

张尔田

张尔田（1874—1945)一名采田，字孟劬，号遯庵，又号许村樵人，室名多伽罗香馆，浙江钱塘(今杭州)人。父张上龢，曾从蒋春霖学词，与郑文焯为词画至交。清末举人，历任刑部主事、知县、候补知府。民国初建，预修《清史》，为当时著名史学家。曾任北京大学教授，晚年为燕京大学国学总导师。尔田少承家学，精于词，曾为郑文焯所著《词源斠律》纠正数条，为郑深赏。又奉教于朱祖谋，与陈锐等研讨声律。朱祖谋尝刻其词入《沧海遗音集》，为清词后劲。著有《遁庵文集》、《史微》、《玉溪生年谱会笺》、《清史后妃传》等。词有《遯庵乐府》。

1. 张尔田：

苏辛词境，只“清”、“雄”二字尽之。清而不雄，必流于伧俗……弟才苦弱，望苏辛如在天上，亦只能勉强到遗山耳。

《再与榆生论苏辛词书》(《词学季刊》第二卷第三号)

2. 张尔田：

生平为词，苦未能尽意。少年才华横溢，颇伤凡艳，继而折节读书，研究朴学，耻以文人自见，然绮语债终未能脱净。

《与龙榆生书》(《龙榆生先生年谱》一九三〇年引)

3. 夏敬观：

昔予与君同官吴中，归安朱古微侍郎侨寓听枫园，一时所往来者皆当世词人，张次珊通参、郑叔问舍人、陈伯弢大令及君尊人沚蓴先生常在座，吾曹获以燕间承绪论，参校乐文，研讨声律，或旦夕得一词，则传简互欣赏。是时君方肆力经史，著书曰《史微》，其为词特寄兴所及耳。辛亥后，君始写定词一卷，侍郎为编入《沧海遗音》者是也。君慊然自以为未足，而侪辈已绝叹君造诣之深。矧君自遘世蹇屯，益励士节，勤撰述。其寓思于词也，时一倾吐，肝肺芳馨。微吟斗室间，叩于窈冥，诉于真宰，心癯而文茂，旨隐而义正，岂余子所能几及哉？予尝谓词人易致，学人难致，学人而兼为词人尤难致。有学人之词，有词人之词。君乡先辈沈寐叟，学人也，《曼陀罗寱词》，学人之词也。……叟固不能为君之词也。词于文体为末，而思致则可极于无上。学者虽淹贯群籍，或不能为，盖记丑无所施于用，强之则伤其格。若于学无所窥者，但求诸古昔人之词，又浅薄无足道，弥卑其体。其上焉者，止于词人之词而已。君学人也，亦词人也，二者相因相济而不扞格，词境之至极者也。

《遯庵乐府序》(《遯庵乐府》)

4. 吴庠：

晚清词人，自文道希、王半塘、郑大鹤、况夔笙、冯蒿盦、朱沤尹诸先生先后逝世，南北词坛，非无作手，庠则旁皇大索，仅得孟劬先生一人。……词中有学，词外尤有学，即如孟劬先生于晚清词人首推陈兰甫，庠于当今词人首推孟劬先生，良以研经䌷史，各居高席，余事填词，自然大雅。

《复夏瞿禅书》(《同声月刊》第一卷第三号)

5. 叶恭绰：

孟劬词，渊源家学，濡染甚深，与大鹤研讨，复究极幽微，故所作亦具《冷红》神理。

《广箧中词》

6. 邓之诚：

晚岁喜填词，以写其幽忧忠爱之思，成《遁堪乐府》二卷，论者谓半塘、古微而外未有能及之者也。

《张君孟劬别传》(《民国人物碑传集》卷六)

7. 蔡桢：

大鹤、蕙风，最善论词。彊村则心知其故而不多言。方今论词具法眼者，当推嘉兴张孟劬、南海陈述叔。孟劬深受大鹤陶镕，述叔则传彊村衣钵者。二人一病一老，此后恐成广陵散矣。

《柯亭词论》

8. 陈声聪：

向人肝肺自槎枒，无益聊将遣有涯。

一脉水云遥嗣响，吴沤烟语是传家。

近代词大半为学人与诗人之词，尔田力求近古，词意词味，比人似皆差胜。

《论近代词绝句》（《填词要略及词评四篇》）

9. 沈轶刘：

清末民初杭州词人张尔田，与遂安邵瑞彭齐名，工力不在四家下。

《繁霜榭词札》

10. 龙榆生：

孟劬尝奉教于吾师，又尝从郑君叔问研讨声律。故所作清商变徵，一唱三叹，有小雅匪风之思焉。流离北渡，投老依人，其阨穷之所遭，亦复似之。今海内承吾师衣钵者，尚有其人。而亲接大鹤坠绪者，盖寥寥矣。睠伐木之相劳，感知音于未末。忝附玄赏，以代引喤。

《遯庵乐府小引》（《同声月刊》第一卷第八号）

11.《同声月刊》：

钱塘张孟劬先生（尔田），深于经史，所著《史微》、《玉溪生年谱》、《清史后妃传》等，久已雕版行世。近十年来，客居燕京大学，为国学总导师。感时伤乱，以余力为诗词，感慨悲凉，希踪骚雅，读之使人雪涕，盖由其性情独至，学养俱深，非专务涂饰者所能仿佛也。所著《遯庵乐府》一卷，往年朱彊村先生已收入所辑《沧海遗音集》。

《词林近讯》（《同声月刊》第一卷创刊号）

12. 钱仲联：

天雄星豹子头林冲　张尔田

孟劬史学泰斗，填词渊源家学，复与大鹤探讨，濡染者深。《遯庵乐府》感时抒愤之作，魄力沉雄，诉真宰，泣精灵，声家之杜陵、玉溪也。

《近百年词坛点将录》

陶牧

陶牧（1874—1934）字伯苏，号小柳，又号病鳏，江西南昌人。早年客幕燕京，倦游归来，侨寓吴中及沪上。有《了庵剩稿词》二卷。

1. 夏敬观：

南昌陶伯苏牧，昔岁相从吴下，翩翩记室才也。悼亡后不复娶，自号病鳏，英年即穷愁潦倒，一寄其意于歌词。今已垂垂老矣。其和余〔浣溪纱〕词七阕，声情委宛，雅近二晏。其一云：“小院深沉月上迟。背人翦烛意多痴。翻新巧样画双眉。　燕子殷勤娇欲语，鹦歌调笑学吟诗。妆成背镜费矜持。”其二云：“泄漏春光事竟成。消魂红雨隔重城。谁将金弹打流莺。　不为颜酡辞绿酒，只缘帘密闭红灯。关心第一远歌声。”其三云：“碧海冤禽未放归。斜阳消息盼春菲。天涯柳絮作团飞。　烛泪空抛悲永夜，琴心谁识拨清徽。石屏深坐劝添衣。”其四云：“枕上鸳鸯对对看。兰闺绣罢怯春寒。不禁清露湿阑干。　一水波通情作茧，九华云隔梦登山。误渠毕竟是红颜。”其五云：“蛛网迷离旧日楼。暮烟销尽几多愁。相思两字满银钩。　争奈更残传夙恨，莫从花落忆前游。有人窗外倦凝眸。”其六云：“独倚危阑袖拂尘。红墙灯火恼黄昏。年年芳草最伤春。　舞扇盈怀拈断带，银牙在手苦停云。嫦娥犹似广寒身。”其七云：“翠幕重重挂夕霏。炉香冷暖篆丝微。倩谁为我借天衣。　忍遣华年成逝水，频寻佳约怕愆期。海棠开后更思归。”

《忍古楼词话》

金天羽

金天羽（1874—1947）初名懋基，又名天翮，字松岑，号鹤望，别署有麒麟、金一等，江苏吴江（今苏州）人。幼即重视经世之学，厌科举帖括，肄业于江阴南菁书院。与章太炎、陈衍、蔡元培等交甚密。金天羽诗文成就颇高，为近代名家，叶德辉称其诗“格调近高岑，骨气兼李杜”。著有《天放楼诗文集》、《红鹤山房词》、小说《孽海花》前十回等。

1. 夏承焘：

论词以温韦为正，苏辛为变，虽常谈，亦至论也。夫词，蜕于诗，而非诗之余。迹其运化，如水生冰，其初兴也。灵虚要渺，不涉执象。温韦所作，虽晖露盈珠，不切于用，固天下之至宝也。柳永、秦观稍稍铺叙，犹未违其宗。范仲淹、王安石乃浸寻，以之咏史、怀古矣。至苏轼、黄庭坚则禅机谇理，纵横杂出，不复可被声律，所谓句读不葺之诗。虽云质文通变，势不能终古为温韦，然昔之求蜕于诗者，至此复与诗合。其用犹冰泮为水，神象复浑矣。故词至苏轼而大，亦至轼始渐离其朔，不谓之变，可乎？吴江金松岑先生，负东南文名三十年。曩读其《天放楼文言》，连犿瓌玮，高者若周秦三国，间又好为兵家言。私意其人必气度高亢，不可攀接，若嵇康、陈亮之流。今春奉手湖上，则姁姁蕴藉长者也。清明，同挈眷游太湖，见其饮酒温克，未尝有一放言旷论。因叹贤者固不可测如是耶！已寄示其所为词若干阕，云将刊以行世。夷犹婉约，沨沨动人，与其诗文若出两手，则又以为甚异也。夫今日论词，固不可复持正变之说以绳作者。特窃怪先生恢奇奔肆之才，雅近苏辛，顾卒不出此。岂平昔尚论灵虚要渺之旨，偶能合于谫见者耶？若其词之醇深骚雅，追探周、姜，则无假于承焘之辞赞也。

《红鹤山房词序》（《词学季刊》第一卷第二号）

诸宗元

诸宗元（1875—1932）字贞壮，别号大至居士，浙江绍兴人。光绪二十九年副贡生，佐江苏巡抚瑞澄幕多年，署知府。宗元曾入南社，与社友及同光体诗人陈三立、郑孝胥等相交。著有《大至阁诗》，有词见《忍古楼词话》。

1. 夏敬观：

山阴诸贞长太守宗元，亦号大至，笔札雅驯，诗文渊懿。随先世游幕江右，坟墓庐宅，均在南昌，等于占籍。其言语犹操吾乡土音。与余为三十余年文字交游，聚首未尝稍间。去年春初，一病不起。其杭寓又于前数年被焚，遗著悉付一炬。顷友人为搜集遗诗，得小词数阕。生平自以不善倚声，未尝出以示余，而余亦不知其能词也。《寒夜同儆庐市行》〔减字木兰花〕其一云："相忘形迹。落佩倒冠谁主客。不问莺花。各挟奇书过酒家。　年时蝉鬓。巷陌经行还强认。道遇惊鸿。洛浦微波谩许通。"其二云："谁相踪迹。稷下夷门曾结客。老去看花。岂是公羊卖饼家。　自怜华鬓。急就凡将差再认。甘作冥鸿。记取江流到海通。"其三云："吟綦苔迹。连骑到门无剑客。竹外梅花。行过西泠话故家。　茶烟飏鬓。记取枯禅曾共认。去雁来鸿。任隔屏山梦不通。"其四云："眼前陈迹。学得香山身是客。絮絮花花。莫笑春风在别家。　朱颜青鬓。收拾童心非错认。终胜卢鸿。往返山林尚自通。"《为旭初题台城一角画扇》〔点绛唇〕云："落日平芜，江山坐老英雄气。古人何意，防乱留都揭。　渐熄笙歌，大小长干里。秋如此，问秋深矣。秋在台城里。"《写挹仙峰夜游诗送笙伯行并赋》〔水调歌头〕云："过雨四山静，星半挂城头。孤峰邀我吟眺，何必问更筹。催起一丸凉月，朗若照人冰雪，缥缈倚危楼。江影净如练，为客送离愁。　　奈何许，衣带水，阻轻舟。君偏乘兴，明日作南游。莫唱渭城之曲，更忆山阴之棹，前事去悠悠。临别语珍重，青鬓不禁秋。”诸词亦疏宕可喜也。

《忍古楼词话》

钱振锽

钱振锽（1875—1943）字梦鲸，号谪星，又号名山，别署星隐庐主人，江苏阳湖（今常州）人。光绪十九年恩科举人，二十九年成进士，官刑部主事。因上书言事未被采纳，愤而辞官还乡。后绝意仕进，抗战爆发后，避居上海，撰诗文谴责日寇暴行，且以鬻书画所得捐助抗战。梦鲸工诗文，擅书法、绘画及医学。有《谪星词》一卷。

1. 冒广生：

阳湖钱梦鲸比部振锽，负气坎轲，不可一世，世目之为狂，非真知梦鲸者也。梦鲸人有风骨，能以身分为重，名位为轻，处此颓流，眼中之人吾见亦罕。所刻《谪星》初二三集中，说诗、笔谈、杂著诸种，持论或未免过高，骇人闻听。要其浩浩落落，自抒胸臆，固不屑有一字一句寄人篱下也。词如〔蝶恋花〕云："一树海棠花婀娜。半夜狂风，处处飘花朵。莺老客归无一可，绿阴庭院门深锁。　难道东皇看得过。未到污泥，还望天怜我。帘底伤春人独坐，自嗟心事都成错。"又云："五岁分离殊太苦。断雁茫茫，魂魄知何处。山黛水蓝明月素，经过一带伤心路。　准拟西湖寻乐趣。今日西湖，又带愁心去。如此天涯风与露，有人泪落还如雨。"〔减兰〕云："雄奇浩渺，如此青楼天下少。曳起楼窗，一面青山一面江。　风流才调，赢得美人呼阿宝。淡月初凉，薄醉些儿自不妨。"又云："天涯佳境。个个村庄皆画景。疑是仙家，没数红桃没数花。　一般情韵。山要远看花要近。春水无涯。更爱波纹似碧纱。"〔清平乐〕云："天涯半载，省试春憔悴。悟后心情原自在，太息韶华易改。　眼前事事淹留，几回提笔还休。蓦地低徊花下，可怜今夕中秋。"〔少年游〕云："多时不寐太凄清，欹枕数寒更。酒已销时，茶余爽后，争奈此时情。　如烟小梦来还去，总是不曾成。一个吟蛩，半墙清月，相约到天明。”〔菩萨蛮〕云：“尊前一个人如玉。几番到眼看难足。端的是嫦娥。夜来光艳多。　花姿迷蝶性。方寸浑难定。忘记出门时。有人双泪垂。”〔临江仙〕云：“天气有风无雨，高穹一碧如揩。压檐榆叶影毵毵。乍过初一二，便有月光来。　似梦如醒时候，清音入耳潆洄。谁将横竹夜深吹，却疑深树外，别有好楼台。”皆性灵语，雅与元人为近。

《小三吾亭词话》卷三

张茂炯

张茂炯(生卒年不详)字仲清，江苏吴县人。光绪十三年(1887)进士。官度支部主事。五十岁以后，杜门无事。始刻意为词，著有《艮庐词》一卷，续一卷，外集一卷。

1. 张茂炯：

宋汪方壶年五十四始为词，自谓水阁闲吟，山亭静唱，作词之乐，过于作诗，今所传《方壶诗余》是也。予少不能词，偶为之，诗之长短句而已。五十以后，杜门无事，始刻意为词，亦以窃比方壶焉尔。所为词喜拈僻调，调必依四声。见者皆谓持律过严，徒自苦耳，非方壶之所谓乐也。予曰：词严四声，宋法实然。观周清真〔满江红〕词用一“心”字，姜白石谓歌者必融入四声方谐音律，此非平去之辨乎？……积岁稍久，得词渐多，自知于古人意内言外之旨去之甚远，而俯仰身世，感怆今昔，伤心人语大都寄托于此，亦既为之，不忍自弃。

《艮庐词自记》(《艮庐词》)

2. 叶恭绰：

《艮庐词》审律甚严，而绝无粘滞肤廓之病，当在乡先辈红友、顺卿之上。

《广箧中词》

3. 吴梅：

〔霜叶飞〕《仲清艮庐填词第一图》

少年张绪。凋双鬓，哀时犹滞荆楚。瓮天弹指换华鬘，算寄身何处。借铁笛、霓裳自谱。江村遥夜穷铢黍。念去国情怀，对破屋、长歌痛饮，一字休诉。　　重记近日悲欢，连山昏晓，定惜芳事耽误。旧游如梦梦如烟，道美人迟暮。早织得金衣万缕。

泉绡红染鲛宫吐。怕故乡、东风变，回眼神州，问花无语。

〔飞雪满群山〕《又第二图》

京国狂踪，家山香屑，倦游凄绝骚魂。乱峰如睡，彤云做冷，料无妙计回春。来来欢意少，但低手、茅檐病呻。乱鸦催晚，荒鸡报午，留认幻中身。　　嗟素发、黄门伤逝客，抱晓楼孤影，攲枕沾巾。五更钟鼓，千花世界，早知悟彻尘根。水天挥麈话，待重述、中吴纪闻。故人无恙，高歌小海追梦痕。

《霜厓词录》

4.《词学季刊》：

本社顷承长洲吴瞿安先生（梅）持赠吴县张仲清先生（茂炯）著《艮庐词》一卷，《续集》一卷，《外集》一卷……仲清先生为吴下词坛老宿，所为词守律最严。

《词坛消息》（《词学季刊》第三卷第二号）

吴用威

吴用威（生卒年不详）字董卿，浙江仁和人，官福建盐运使。有《蒹葭里馆诗》四卷。

1．夏敬观：

杭县吴董卿用威著有《蒹葭里馆诗集》，大雅真挚，风致尤美。近得其为李拔可题其妹《花影吹笙室填词图》〔浣溪纱〕二阕，其一云："瑶想琼思不可留。尽抛雅具画奁收。卅年书断大雷秋。　　听惯蕉声愁有路，吹残花影梦如沤。参军惆怅雪盈头。"其二云："绝代词华殿一军。峨峨兰秀最超群。返生香是卷中人。　　泼黛山光怀玉尺，然脂心事费金昆。辛夷花底旧时春。"二词均俊丽雅切。董卿素不作词，此真所谓诗之余也。

《忍古楼词话》

杨圻

杨圻(1875—1941)榜名朝庆，更名鉴莹，再改名圻，字云史，号野王，常熟(今属江苏)人。畅崇伊子。早年就读于同文馆，与翁之润、何丝威、章华有“四公子”之目，并同王景沂、曹元忠、张鸿、黄彝凯、张百宽等题襟结社，名动京师。光绪二十八年(1902)中南元，官邮传部郎中。后随岳父李伯行出使英国，旋奉派任驻新加坡总领事。辛亥革命后归国。先后入陈光运、吴佩孚幕。著有《江山万里楼诗词钞》二册，收词四卷，即《回首词》、《楼下词》、《海山词》、《望帝词》各一卷。

1. 康有为：

词者，文言之有分寸节奏，写情之尤要眇者耶？其声绵渺而哀厉，其气芬芳而馨远，其情娟嫮而悱恻，其词绮靡而瑰丽。文言至五代宋人词，观止矣，蔑以加矣。元人增长为曲，铺排广博而已，于其声调，分毫未之能加也。故词人皆师法南北宋。若美成之跌荡悠扬，苏辛之傥宕遒上，梦窗之七宝楼台，姜张之清新俊逸，亦各穷工极妍矣。然韵味之隽，含蓄之深，神情之远，词句之逸，未有若三李者。结唐诗之终局，开宋词之先声，实词家元始之音，中正之声，若文辞之有屈宋，书法之有羲献，莫能尚之。元人未有专之者，明人于词不足道，国朝最盛，然朱、厉以来，皆组越甲以为工，夸晋郊以炫富。夫词以纾情，非与波斯胡竞贾也，奚取于斯？纳兰性德之《饮水》、《侧帽》，其庶几乎清水出芙蓉矣，然杂于宋元焉。吾门人杨圻云史，生世于京师华腴之地，游宦乎南溟诡异之俗，遭遘国难，朝市变迁，感激既多，郁而为词，盖与李中主、后主之身世亦近焉。其旨远而微，其情深而文，其声逸而哀，回肠荡气，感入顽艳，清词丽句，自成馨逸。而肌肤若冰雪，天然去雕饰，左挹浮邱，右拍洪崖，超绝埃尘，若藐姑射仙人焉。盖三李之芳躅复见于今，而非余子所能望见者也。云史为诗雄丽似少陵，名腾海内，而词则度世飞升，世鲜知者。

《江山万里楼词钞序》(《江山万里楼诗词钞》)

2. 何震彝：

陈卧子论词旨有曰："以沉挚之思，而出之以浅近，使读之者骤遇如在耳目之前，久诵之而得隽永之趣，则用意难也。以儇利之词，而制之必工炼，使篇无累句，句无累字，圆润明密，言如贯珠，则铸词难也。其为体也纤弱，明珠翠羽，犹嫌其重，何况龙鸾，必有鲜妍之姿，而不藉粉泽，则设色难也。其为境也婉媚，虽以惊露取妍，实贵含蓄不尽，时在低回唱叹之余，则命篇难也。"尝持此意质之当世，惟吾友云史庶几通斯旨已。云史少时即负隽才，与翁泽芝、王义门、章曼仙、曹君直、张琼隐有声京师，争以词鸣，题襟结社，雅音远姚。荏苒二十年，友好星散，云史转展江湖，跌宕文史，以名公子而具隐德，慕海山之胜，隐居南溟，种树将老，濯足沧海，行吟大泽，蜕遗荣利，若幼安之居辽左，忧生念乱，寓有深思，而词乃益工，骎骎直夺古人之席。……云史为词，不尚饾饤，不事艰涩，自然高朗，一洗凡音，用古入化，其实也若虚，出语必圆，其清也则厚。所存词稿，海内词人转展钞写，有绝代江山之誉。方诸南唐，小令脱胎李氏二主；衡诸宋人，近小晏、秦七，旁逮石帚、玉田。若清真、梦窗之取径纤仄，遣词堆累，并屏焉不屑，可谓抉词之心矣。毛驰黄谓宋词之盛，其妙处不在豪快，而在高健，不在艳冶，而在幽咽。豪快可以气取，艳冶可以言工，高健幽咽则关乎神理骨性，难可强也。云史诗文不徇世好风气推移，皭然无滓，独行孤往，自起拔戟，别成一队。昔张文达公称其诗二十年后，江东独步；今王晋卿先生谓其魄力沉雄，直追少陵，洵非虚语。而词之高健幽咽，神理骨性，又为人所难到之境。

《江山万里楼诗词钞序》(《江山万里楼诗词钞》)

潘承谋

潘承谋(?—1934?)字轶仲，号省安，江苏吴县人。光绪二十三年(1897)副贡。官农工商部员外郎。著有《瘦叶词》一卷，录词九十五首，附编二卷，录《已巳消寒词》、《庚午消夏词》各十二首。

1. 张茂炯：

承先世余韵，所为词亦以富丽为工。……其哀怨处，兼有香隐庵遗意。

《瘦叶词序》(《瘦叶词》)

2. 吴梅：

〔洞仙歌〕《读潘轶仲〈瘦叶词〉遗稿》

西垣拂袖，已中年时候。自种门前五株柳。算雄边、借箸画省含香，都不管、闲对斜阳樽酒。　江乡鸡黍贱，风月平章，醉过三春便重九。鹤病茂陵霜，短翅襹褷，人说是、文园消瘦。纵花外、翻成雪儿歌，问梦语秋声，夜台知否。

《霜厓词录》

3.《续修四库全书总目提要》：

其词富丽而能精工，雕琢而不伤气，又生遭国变，故多黍离之感、变徵之音。《消夏》一编，咏物为夥，寄托遥深。

《瘦叶词一卷提要》

林葆恒

林葆恒(生卒年不详)字子有，号讱庵，福建闽侯(今福州)人。林则徐侄孙。曾任驻小吕宋(今菲律宾)副领事、驻泗水领事。谙于书史，勤于词学。在天津组织词社。后至上海，创建沤社。著有《讱庵词》，被誉为八闽词坛后劲。辑有《闽词徵》六卷，自宋徐昌图、杨亿至民国闽籍词人之作，靡不网罗。叶恭绰编《全清词钞》，得其襄助者尤多。

1. 夏敬观：

闽县林子有提学葆恒，亦字讱庵，文直公之子，沉潜书史，尤耽倚声。在天津时，招集朋辈作词作，叠为赓和。迩年来沪，复创沤社，为社中祭酒。《己巳人日栖白庼宴集》〔玉烛新〕云："水生挑菜渚。东坡人日句问欲寄题诗，《草堂》何处。旧时倦旅，迎年后、第一良宵尊俎。春生杖屦。有谢傅襟期飙举。是夕螺江太傅在堂。看四座文采风流，应占德星同聚。　觞余试祓清愁，更拂墨分题，限香拈句。日华共赋。高吟罢，仿佛霓裳重谱。春幡漫舞，且点缀乡风荆楚。恁客梦飘落梅边，诗情更苦。"《丰台芍药》〔忆旧游〕云："看金壶细叶，醉露欹红，无限芳菲。想阿钱仙去，剩香魂缥缈，幻作将离。日暄坠鬟慵整，迟暮怨斜晖。怅茧栗春酣，扬州路远，衰鬓成丝。　逶迤。草桥外，记万艳翻阶，一往寻诗。廿载沧桑恨，问冯庄花寺，强半烟霏。梦痕尚留婪尾，憔悴弄芳姿。叹洧水风流，空余赠谑逾往时。"《六月三日与调伯芷升立之重游八里台》〔点绛唇〕云："打浆重来，系船柳岸浑忘暑。断霞明处。阁住黄昏雨。　绀屋千荷，欲住何缘住。吴窑路。载花归去。新月林间露。"其二云："落魄江湖，浪游载酒忘寒暑。芰荷深处，旧雨兼新雨。　枨触前尘，十载京华住。金鳌路，料应重去。泪泫铜仙露。”〔清平乐〕云：“蕉廊凉话。好个初三夜。新月窥人浑欲下。一抹眉痕难画。　　地炉试爇松明。晚风听取瓶笙。拾得池莲堕瓣，趁他鱼眼初生。”词皆清声逸响，饶有韵味。

《忍古楼词话》

2. 叶恭绰：

子有辑《闽词徵》六卷，采集略备，己作亦足称后劲。

《广箧中词》

3. 郭则沄：

君以秦川之公子，为永嘉之流人，漂泊类于王尼，萧瑟同于庾信。曩尝与余共结须社、沤社，近又续举瓶社，皆主于词者也。家国之悲，郁乎莫语，而自托于填词。

《词综补遗序》

4. 钱仲联：

地藏星笑面虎朱富　　林葆恒

子有为林则徐侄孙，《讱庵词》为八闽词后劲。所辑《闽词徵》六卷，采集略备。家藏清代词家别集与总集颇为完整，叶遐庵编《全清词钞》得其赞助者多。

《近百年词坛点将录》

夏敬观

夏敬观(1875—1953)字剑丞，号盥人，又号吷庵，江西新建人。生于湖南长沙，一作长沙人。光绪二十年(1894)举人。历任两江师范学堂、复旦、中国公学监督。江苏巡抚参议，署提学使。1919年任浙江教育厅长，旋即退居上海，筑室康家桥，与词流啸咏其间，晚岁以鬻画自给。敬观通经、史，工诗善词。著有《忍古楼诗》、《忍古楼画说》、《音学备考》等，词有《吷庵词》，其词学论著有《词调溯源》、《忍古楼词话》。

1. 陈锐：

夏剑丞词，秀韵天成，似不经意而出，其锻炼仍具苦心。

《袌碧斋词话》

2. 陈锐：

自来词家，西江称盛。同叔发藻于临川，尧章流声于南渡，近年作者，推萍乡文道希学士，而新建夏剑丞，如骖之靳矣。剑丞禀其世学，既喜为诗，又工于词。诗格规抚孟郊，词则奄有清真、梦窗之长，当求其言啾嘆，写艳孤清，仿制氏之铿锵，袭楚芬于未沐。每一篇出，相视而笑，莫逆于心。盖江南冠盖，人海一身，赏音若此之难也。尝谓诗人多穷，词则尤甚。凡人不得行其志，而寄声于诗词，其心弥苦，故境自造其幽奇；其义弥彰，而言必引于荒忽。如以诗词为穷人之具，非本论也。宋之稼轩，最称达臣，其词宏放，自又一家，官虽不穷，心则穷矣。今人黯陋，鄙睨儒生，及履贵仕，便思依附风雅，乃其题咏，无病呻吟。故名位之通塞，与文章之进退，犹反比例。然则幽奇之境，荒忽之言，君子固穷，殆世俗之所企羡睊眙，敻乎其不可及乎？剑丞委贽人国，郁郁多思，为诗既多，乃先刊其所为词。余忝唱和之末僚，辄弁言于卷首。夫文采非周身之防，穷通岂达俗之见，世不须我，则我休乎天均？若夫大晟乐府，久废颛官，故国斜阳，犹余烟柳，流连身世，凭吊古今，但以词名，剑丞固早据西江一席矣。

《吷庵词序》（《国粹学报》）

3. 张尔田：

比阅近代词集颇多，自当以樵风为正宗，彊村为大家也。述叔、吷盦，各有偏胜，无伤词体。阳阿才人之笔，苍虬诗人之思，降而为词，似欠本色。

苍虬颇能用思，不尚浮藻，然是诗意，非曲意，此境亦前人所未到者。述叔、吷盦，皆从词入，取径自别，但一则运典能曲，一则下笔能辣耳。

《与龙榆生论词书》（转自龙榆生《陈海绡先生之词学》，《同声月刊》第二卷第六号）

4. 李宣龚：

吷庵工言愁，歌曲似白石。

西江导宗派，岂但诗无敌。……

《题吷庵同年填词图》（《李宣龚诗文集·硕果亭诗》卷下）

5. 叶恭绰：

吷庵习词卅载前，我年未冠相攻错吷庵于光绪中业初为词，曾作〔莺啼序〕诸词见商，时余年方十余，今忽忽卅余载矣。精金辟灌成大器，繁会和调竞天乐。王幼遐、文道希陈伯沆况夔笙并驱驰，更伍彊村侪大鹤。置身不落汴宋后，况与朱厉争强弱。堂堂艺苑名久标，宛宛佳篇时有作。朅来沤社一追从近年在沪，同结沤社，愧类铅刀厕霜锷。回思卯岁谈艺日，才退心灰兴非昨。强从玉海荟瑛瑶余近辑《后箧中词》，又辑清一代词，敢侈玄扃探镝钥。冷暖自知一杯水，佐使相资万金药。呜呼八表此何时，空共书丛啜糟粕。还君此卷有余情，胜过屠门矜大嚼。

《题夏剑丞吷庵填词图》(《遐庵汇稿》中编)

6. 叶恭绰：

鉴丞平生所学，皆力辟径途，词尤颖异，三十后，已卓然成家。今又廿余载矣！词坛尊宿，合继王、朱，固不徒为西江社里人也。

《广箧中词》

7. 陈声聪：

康家桥畔画叉钱，忍古楼头白石仙。

酝酿酸风词意别，亦如诗喜傍梅边。

诗学后山、宛陵，词亦苦涩，别具一格。张尔田云："述叔、吷庵各有偏胜。"其说甚是。

《论近代词绝句》(《填词要略及词评四篇》)

8. 钱仲联：

天威星双鞭呼延灼　夏敬观

剑丞诗词俱绝世，诗承散原，词继王、朱之后，称为尊宿。孟劬称为词家之郑子尹，又谓其"取径自别"，"下笔能辣"，一言论定，见其偏胜独至之光价。

《近百年词坛点将录》

9.《词学季刊》：

夏剑丞先生，少负盛名，年三十许，即已刊行所为《吷庵词》一卷，归安朱彊村先生称其"沉思孤迥，切情依黯，能于西江前哲，补未逮之境。"武陵陈伯弢先生又称其词"奄有清真、梦窗之长。"钱塘张孟劬先生则谓"近代学北宋词，能得真髓者，非吷庵莫属　。"……先生往与大鹤、彊村常以词相切磨，故造诣既深，近岁新篇，将于本刊次第登载。

《词籍介绍》(《词学季刊》创刊号)

左又宜

左又宜（1875—1912）字幼卿，又字鹿孙。湖南湘阴人，左宗棠孙女。能诗词，为近代词学家夏敬观继室。著有《缀芬阁诗词》各一卷。

1. 夏敬观：

予继室左淑人，讳又宜，字幼卿，湘阴太傅文襄公之女孙，子建府君之长女也。文襄娶于湘潭周氏，讳诒端，字筠心。母王氏，能诗。文襄为刊《慈云阁诗钞》，序称之为慈云老人。《慈云阁诗钞》者，汇刊慈云老人以下诸女子所著诗也。慈云老人诗，仅存四十篇，冠其首。《饰性斋遗稿》，筠心夫人著。《静一斋诗草》，筠心夫人妹归张氏茹馨夫人著。《冷香斋诗草》，筠心夫人侄女归徐氏德媗夫人著。《小石屋诗草》，归陶氏慎娟夫人著。《绮兰室诗草》，静斋女士著。《琼华阁诗草》，归黎氏湘娵夫人著。《淡如斋遗诗》，归周氏少华夫人著。皆文襄女。《静一》、《冷香》二稿，则附以词，乃闺襜中之联珠集也。淑人能诗词，盖承诸家学。尝赋渔父词戏予，调寄〔渔家傲〕，词云："渔父生涯眠起早，空江一棹苍苍晓。汀岸蒙茸新长草。行处好，啸声惊起回环鸟。　年少烟波鸥鹭渺，五湖倏忽扁舟老。酹酒呜榔天一笑。鳌也钓，醉余不畏蛟龙恼。"予答以渔妇词云："渔妇柳阴炊饭早，一轮赤日沧浪晓。双桨拨开汀岸草。沙际好，榜歌惊起鸳鸯鸟。　四顾茫茫天渺渺，航头航尾烟波老。蓬发不梳君莫笑。终日钓，澄江何处容烦恼。"今淑人殁已二十三年矣。江湖满地，无钓游所，徒有前尘影事，未能忘情耳。

《忍古楼词话》

2. 王蕴章：

左淑人又宜，字鹿孙，湘阴太傅文襄公之女孙也。归新建夏剑丞先生为继妻。时先生服官江南，颇疲政役，然卓荦自喜，纵览坟籍，不废声诗。淑人亦擅吟弄，尤耽倚声，黝壁膏檠，对榻冥索，神开灵伏，精魂回移，迭不觉邂逅何所。先生尝诡语宾亲，帷几之侧，网旃之上，殆缅穹岩大谷，惘惘与造物者游也。淑人幼工刺绣，凡山川、卉木、虫鱼、禽兽、人鬼、物怪之属，脱手缣幅，巧合天制。顷岁国人始竞美术。淑人有所绣《三村桃花图》，缀先生〔蓦山溪〕词其上，传视仕女，莫不惊叹。岁辛亥，东南扰变，群栖沪渎，淑人仓卒挈子女自姑苏移居，僦椽委巷，警阒交互，遂乘沉疴，于是年十一月二十日卒，春秋三十有七。著有《缀芬阁诗词》各一卷，茜秀窅渺，而词尤胜，录其小令数首以志一斑，长篇名作不备录也。〔蝶恋花〕云："残月横窗帘似水。人在天涯，秋在虫声里。一院暝烟飞不起，临风戏掷相思子。　玉楯朱阑闲徒倚。良夜迢迢，一半消磨醉。觅得新词还自喜，悄吟背立红檀几。"〔柳梢青〕云："帘卷香消，轻寒恻恻，良夜迢迢。春过春分，月圆月半花朝。　年年此际春饶。花月下金尊酒浇。邀月长空，祝花生日，且尽金宵。"〔虞美人〕《寄外徐州道上》云："宵长漏咏灯初灺，积雪明鸳瓦。月波寒浸小庭，睡鸭香销，还自拥重衾。　邮籤细数程过半，肠逐车轮转。残淮残汴易生愁，为恐朔风吹霰白君头。"〔苏幕遮〕云："漏沉沉，香袅袅，廊转花深，帘幙风来小。试拍红牙歌水调。尺半湘筠，吹弄霜天晓。　醉颜酡，明镜照。过尽韶光，事事输年少。来日白头昨翠葆。自后思量，更说而今好。"〔减字木兰花〕云："春深春浅，九十韶光才一半。乍暖还寒，翠袖娟娟且倚阑。　乱愁如絮，无奈东风吹不去。碎雨零烟，深院花枝瘦可怜。"

《然脂余韵》卷六

3.《续修四库全书总目提要》：

其词清新婉丽，旖旎近情，语工而入律，颇得音声之妙。惟以力摹北宋词人之作，出语而工，终不免矫揉造作。盖词本乎情，自然流露，乃能期其情容并茂，又宜之词往往貌袭古人，削足适履，情韵自不能胜。然而又宜世家之女，学业、修养自不同凡俗，故其出语婉妙，不落俗凡，全集之中，零金碎玉，亦颇有佳什美句可寻耳。

《缀芬阁词一卷提要》

周岸登

周岸登（1875—1942）字道援，号二窗，一号癸叔，别号癸辛词人，四川威远人。光绪二十八年举人，官广西阳朔知县。入民国历任厦门大学、四川大学教授。有《蜀雅》十二卷，《别集》二卷，附于《二窗词客全集》第一种。

1. 夏敬观：

威远周岸登道援，亦字二窗，又字北梦。昨年因姚景之，寄予所著《蜀雅》十二卷，《蜀雅别集》二卷。岸登虽曾官江右，予未之常共文宴也。集中有《东园暝坐用予韵》〔宴清都〕云：“画省喧笳鼓。边风急、穷秋烟暝催暮。蛮熏未洗，吴棉自检，薄寒珍护。筝弦也识愁端，渐瑟瑟、偷移雁柱。更送冷、败叶声干，敲窗点点如雨。　　琴心寄远难凭，孙源闲蜀，巴水连楚。流波断锦，孤衾怨绮，梦抽离绪。寒蛩已度关塞，任碎捣繁砧急杵。数丽谯、廿五秋更，乌啼向曙。”岸登才思富丽，亦非余子可及者。

《忍古楼词话》

姚华

姚华（1876—1930）字重光，号一鄂、茫父，贵州贵筑（今贵阳）人，光绪三十年（1904）进士，赴日本习法政，归国后历任工部主事、邮传部科长。入民国，曾任临时参议院议员、女子师范学校校长。工书善画，长于词曲，著有《弗堂类稿》。词有《弗堂词》，收入《黔南丛书》中。

1. 邵章：

于诗赋词曲，尤别有会心，语多独造。

《故参议院议员姚君之碑》（《辛亥人物碑传集》卷十）

2. 杨恩元：

溯黔中自明设省，三百年间，诗人接踵，专集颇多，惟词则阒焉寡闻。清代词家，始有江辰六显于康熙之际，延至中叶，倚声渐盛，而附载各家集中者，要皆篇幅寥寥，略备一格。其有妙谐声律、专精此道，以黎伯庸之《葑烟亭》为最，陈息凡、邓花溪两家各体尚称完备，而终不及先生之造诣深醇，尽工尽善也。先生之词，在黔省诸词人中固称后劲，即在清代诸词人中，亦翼然翘楚。此殆如六朝结局之有庾子山，前明结局之有钱蒙叟，皆可谓集其大成，故文艺一日不泯灭，即中国一日能存在。昔人称言者心之声，又称声音之道与政通，安得曰雕虫小技壮夫不为也？然则中华民族复兴之枢纽，黔省人文蔚起之关键，将以先生之词卜之，识者当不以余言为河汉焉。

《弗堂词跋》（《弗堂词》）

郑永诒

郑永诒（生卒年不详）字翼谋，一字质庵，室名天瓢阁，上海人。沪渎同声社社员，有《天瓢阁诗》，诗见《沪渎同声续集》。

1. 夏敬观：

上海郑翼谋永诒，别号质庵，能诗，偶为长短句，妙似迦陵。《香雪海》〔行香子〕云：“树老无尘。香暗无痕。更茫茫、海样无门。珊瑚枝冷，又是黄昏。阅几番风，几番雪，几番春。　雪白于银，花冻于云，守天寒、鹤瘦于人。谁惊鹤梦，唤起花魂。记路三叉，笛三弄，月三分。”

《忍古楼词话》

许之衡

许之衡（1877—1935）字守白，自号饮流斋主人，广东番禺人。毕业于日本明治大学，历任北京大学教授及研究所国学门导师。有《守白词》一卷，《守白词乙稿》一卷。另有《词选及作法》。

1. 朱祖谋：

思窈而沉，笔重而健，是深得清真法乳者，若徒赏其步韵之稳，守律之严，犹皮相也。

《守白词评语》（《守白词》）

2. 夏孙桐：

清真词浑灏之中，意无不达。字字有攫拏之势，所以独有千古，作者和之，守律至严，字字熨帖，会心处辄有远韵，非于此三折肱者不办。

《守白词评语》（《守白词》）

3. 夏敬观：

意深而能透，辞碎而能整。〔丹凤吟〕以次，用笔动荡，纤悲微痛发于肝肺，尤得美成神理。

《守白词评语》（《守白词》）

4. 夏敬观：

番禺许守白之衡，罗君掞东之戚。曩在北都，时相过从，今歾已数年矣。予昔评其词，谓意深而能透，辞碎而能整。朱沤尹则谓其思窈而沉，笔重而健，亦海南之杰出者也。

《忍古楼词话》

5. 许之衡：

周清真词南宋时推尊已盛，方千里、杨泽民、陈西麓均遍和之，千里四声悉依原词。论者或谓为太严，不知吴梦窗用清真之专调，四声遵原词甚谨，即赵闻礼、楼采等亦然，乃知千里非故为严酷也。余喜清真词，时有和作，四声一字不易，惟上去两通之字，则据诗韵及《中原音韵》兼用之。汇为一册，聊以自遣而已。若云窃比方、陈则吾岂敢。

《守白词自记》(《守白词》)

6. 陈曾寿：

绵密之中，时饶远韵。学清真得其沉著，无一字落近世町畦，洵为豪杰之士，拜服无量。

《守白词评语》(《守白词》)

7. 邵瑞彭：

守白上法清真，功力日邃。此卷多属惬心贵当之作。盖守白能从最细处入，从最大处出，非时贤所能抗手，比之方、陈、杨，有过之无不及矣，

《守白词评语》(《守白词》)

王国维

王国维（1877—1927)字静安，又字伯隅，号观堂，亦号永观。浙江海宁人。清诸生。少有才名，与同邑陈守谦等号“海宁四才子”。两应乡试，未中，遂弃举业。光绪二十四年(1898)到上海，入《时务报》馆。同年，入罗振玉所办东文学社学习英、日文及数理学科，以《咏史》诗得罗振玉赞赏。二十七年，由罗资助赴日本东京物理学校学习。次年，因病归国，任南洋公学虹口分校执事。光绪二十九年起，任通州、苏州师范学堂教习。三十二年入京，专力研究词学理论与中国戏曲史。翌年起，历任学部总务司行走、学部图书馆编译等职。辛亥革命后，以清遗老自居，携眷随罗振玉往日本京都，致力于甲骨文、金文与汉简研究。五年后归国。先后任仓圣明智大学教授、北京大学通讯导师。民国十二年(1923)，应召任清故宫南书房行走，十三年冬，清废帝溥仪被逐出宫，王国维拟自杀未遂。次年，任清华大学研究院教授，民国十六年投颐和园昆明湖自尽。王国维在哲学、史学、文学、文字学、考古学等诸多领域，均有重大成就。著有《观堂集林》二十四卷、《观堂别集》四卷、《静安文集》一卷、《续集》一卷，合其他学术著作，共约六十余种，辑为《王忠悫公遗书》、《海宁王静安先生遗书》。其有关词学著作有《苕华词》(一名《人间词》)、《观堂长短句》、《人间词话》、《清真先生遗事》、《唐五代二十一家词辑》(二十卷)等。

1. 张尔田：

海宁王静安，朴学大师，间作小词，亦循苏、辛一流，不肯昵昵作儿女子语。时客海上，梅子畹华方有香南雅集，一时名流，题咏藻绘，蕙风强静安填词，静安亦首肯，赋〔清平乐〕一章，题永观堂书。

《近代词人逸事》

2. 樊志厚：

君之于词，于五代喜李后主、冯正中。于北宋喜永叔、子瞻、少游、美成。于南宋除稼轩、白石而外，所嗜盖鲜矣。尤痛诋梦窗、玉田。谓梦窗砌字，玉田垒句，一雕琢，一敷衍，其病不同，而同归于浅薄，六百年来词之不振，实自此始。其持论如此。及读君自所为词，则诚往复幽咽，动摇人心，快而能沉，直而能曲，不屑屑于言词之末，而名句间出，往往度越前人。至其言近而指远，意决而辞婉，自永叔以后，殆未有工如君者也。君始为词时，亦不自意其至此，而卒至此者，天也，非人之所能为也。若夫观物之微，托兴之深，则又君诗词之特色，求之古代作者，罕有伦比。呜呼！不胜古人，不足以与古人并，君其知之矣。世有疑予言者乎？则何不取古人之词，与君词比类而观之也。

《人间词甲稿序》（《观堂长短句》）

3. 樊志厚：

静安之为词，真能以意境胜。夫古今人词之以意胜者，莫若欧阳公。以境胜者，莫若秦少游。至意境两浑，则惟太白、后主、正中数人足以当之。静安之词，大抵意深于欧，而境次于秦。至其合作，如甲稿〔浣溪纱〕之“天末同云”、〔蝶恋花〕之“昨夜梦中”、乙稿〔蝶恋花〕之“百尺朱楼”等阕，皆意境两忘，物我一体。高蹈乎八荒之表，而抗心乎千秋之间。骎骎乎两汉之疆域，广于三代，贞观之政治，隆于武德矣。方之侍卫，岂徒伯仲。此固君所得于天者独深，抑岂非致力于意境之效也。至君词之体裁，亦与五代、北宋为近。然君词之所以为五代、北宋之词者，以其有意境在。若以其体裁故，而至遽指为五代、北宋，此又君之不任受。固当与梦窗、玉田之徒，专事摹拟者，同类而笑之也。

《人间词乙稿序》（《观堂长短句》）

4. 叶恭绰：

静安先生不欲以词名，而所作词话理解超卓，洞明原本，指出“境界”二字及隔与不隔之说，尤征精识。所作小令，寄托遥深，参以哲理，饶有五代、北宋韵格，洵足独树一帜。

《广箧中词》

5. 蔡桢：

近代王静庵《人间词》，接武欧、晏，其实欧、晏仍自《阳春》出。《人间词》中，〔蝶恋花〕调最多，亦最佳，即〔鹊踏枝〕也。

《柯亭词论》

6. 陈声聪：

观堂绝学久音稀，词品平章意境微。

随手拈来两字诀，自然不隔是天机。

《论近代词绝句》(《填词要略及词评四篇》)

7. 陈声聪：

王静安词主意境，力追五代、北宋。其句如：“独倚阑干人窈窕，闲中数尽行人小。”“对面似怜人瘦损，众中不惜搴帏问。”“自是思量渠不与，人间总被思量误。”“何处高楼无可醉，谁家红粉不相怜。人间哪信有华颠。”空际转身，迷离惝恍，信为高境。

《读词枝语》(《填词要略及词评四篇》)

8. 沈轶刘：

王国维才识宏放，为令词颇有能跳出圈子语。

《繁霜榭词札》

9. 卢前：

〔望江南〕

人间世，境界义昭然。北宋清音成小令，不须引慢已能传。隔字最通圆。

《饮虹簃论清词百家》(《清名家词》)

10. 姚鹓雏：

〔望江南〕

人间话，微旨细推寻。好景当前无阻隔，风荷一一水深深。万象入词心。

《续咏近代词家六首》(《姚鹓雏文集（诗词卷）·苍雪词》卷三）

11. 赵万里：

先生于词，独辟意境，由北宋而反之唐五代，深恶近代词人堆砌纤小之习。先生尝谓六百年来词之不振，实由此故。

细读先生之词，有清真之绵密，而去其纤逸；有稼轩、后村之闳丽，而去其率直。其意境之高超，三百年间，惟万年少、纳兰容若差可比拟，余子碌碌，实不足以当先生一二词也。

《王静安先生年谱》

12. 顾宪融：

静安，学人也，考订甲文，功在史乘，余事为词，体格高峻，亦有睥睨一世之意。

《填词门径》

13. 钱仲联：

地魁星神机军师朱武　　王国维

《人间词话》，时流共推，熔西方哲学、美学及我国艺术论于一炉，树谈艺家之新帜，持论虽有偶偏，已得帝之玄解。《人间词甲乙稿序》，谓其“意境两忘，物我一体”，“自永叔以后，未有如其工者”，是耶非耶？其〔蝶恋花〕有云：“一树亭亭花乍吐。除却天然，欲赠浑无语。当面吴娘夸善舞，可怜总被腰肢误。”诚如钱振锽《羞语》所云：“此亦静安之论词也，‘当面’二字，狼藉时贤多也。”

《近百年词坛点将录》

14. 朱庸斋：

王国维《人间词话》标举境界，而其所为词却未见境界，盖其境界非出于自然故也。其论词，力主“不隔”，而其所为词却刻画求工，虽力图摹拟唐五代、北宋，总觉费力，令人难以捉摸。

《分春馆词话》卷三

沈鹊应

沈鹊应(1877—1900)字孟雅，福建侯官（今福州）人。清代爱国名臣沈葆桢之孙女，“戊戌六君子”之一林旭的妻子，在林旭戊戌变法失败就义后，服毒自尽。父沈瑜庆，同光派闽派重要诗人，母郑夫人是林则徐小女林金鸾与郑葆中之女。沈鹊应能诗擅词，现存《崦楼遗稿》，附《晚翠轩诗集》后，词有《崦楼词》。

1. 王蕴章：

侯官林暾谷旭为“戊戌六君子”之一，其夫人沈氏鹊应，字孟雅，中丞瑜庆女，著有《崦楼词》。〔虞美人〕《赋鲇鱼风筝》云：“野堂春水连天碧，化作烟波色。勿听何处弄鸣筝，又是东风卷入碧云声。　　苕苕直上干宵汉，儿女争呼唤。从客不傍逆风飞，何事竹竿难上笑男儿。”妙有寄托。〔长亭怨慢〕《西湖吊厉樊榭》云：“向湖畔、停船闲步。远望东园，个人门户。寂历春空，柳丝深锁烟雾。湖州羁旅，偏载取、桃根去。去得几何时，已作漂零风絮。　　郎主。对芭蕉洒泪，芳草殡宫天暮。夜来月上向谁诉。此时情苦。怅望是今日萧条，恨入江淹词赋。始会得才华天忌，凄凉如许。”暾谷被难，孟雅以死殉。集中有〔浪淘沙〕一词云：“报国志难酬，碧血谁收。箧中遗稿自千秋。肠断招魂魂不到，云暗江头。　　绣佛旧妆楼。我已君休。万千悔恨更何尤。拼得眼前无尽泪，共水长流。”殆绝笔也。

《然脂余韵》卷五

张素

张素（1877—1945）字挥孙，一字穆如，号婴公，江苏丹阳人，光绪二十九年（1903）举人，后加入南社，曾任上海《南方日报》、《新闻报》编辑，主持哈尔滨《远东报》笔政，著有《闷寻鹦馆诗钞》、《草间集》、《瘦眉词卷》。

1. 张素：

予于词学，鲜窥奥窔，曩在年少，间一为之，每苦心手舛迕，不谐于弦，音调拘缀，动乖乎律，辞与意相违反，长与短相杂糅。性所不近，吾其舍诸。遂焚扬云之少作，并芟东泽之绮语。非避庭筠之诡名，实同魏收之藏拙。停楮辍墨，亦既有年。比者哀乐困人，饥寒驱我，别乡里，陟关塞，渡辽河，绝沙漠，从乌桓之戍卒，间鸡林之诗贾，长途雨雪，客邸星霜，不无凄感之怀，用有吟呻之作。射雕队去，落日闻歌；晾鹰台空，秋风写怨。渡松花之水，榜唱年年；登木叶之山，砧声夜夜。遂多新咏，藉诉劳愁。公孙之屣不迎，管宁之帽将敝。适予友南昌陶子伯纯，同以劳人，来游兹土，晨窗对砚，夜火分篝。伯纯于词，研究极精，撰造亦富。字皆集锦，调若贯珠，登北宋秦柳之堂，不染西江洪黄之派。猥以鄙陋，辱而教之，扬榷于舞裙歌板之间，赓和于汉月秦关之外。李陵握手，便是河梁；桓伊邀笛，未须子夜。赌旗亭之曲，下拜者双鬟；吹赤壁之箫，相从者二客。朋游风雅之乐，关山离别之感，并托于此，谅足多焉。因命小胥，录为副墨。非敢贩鬻温李，剽窃苏辛，自命词人，以相矜炫；亦只存其心赏，吟讽一二，如彼乐工，聊用自娱而已。词虽小道，性情所在，羁人多感，天涯易秋。大夫行役，离离禾黍；征人怀归，依依杨柳。存于其志，发而为言。仲宣远游，怅然登楼之赋；兰成萧瑟，哀矣江南之篇。援彼例此，殆同一辙。所以春驿闻鹧鸪之声，稼轩因之托兴；秋堂寻蟋蟀之谱，白石藉以写忧。玉田流寓于杭州，时有新制；少游跌宕于淮海，不乏幽吟。我思古人，非徒刻画虫鱼，排当风月而止也。况乃辽雪寒催，边云惨递，马蹄蹀血，雁足沉书。严城杂刁斗之声，新亭下河山之泪。龙荒十万余里，郭景纯之所疚怀；牧羊一十九年，苏子卿之所茹痛。荒荒斜日，莽莽平原，能无悲苦之词，以送忧愁之景。嗟乎！沧桑迁易，风雨屑骚。清歌一声，古愁四起。渍琵琶之泪，谈天宝者无人；听供奉之歌，问贞元兮何日。予怀菀结，宁得已乎！爰缀数语，以引其端。

《瘦眉词卷自序》(《南社张素诗文集·婴公文存》)

2. 张素：

“寒与梅花同不睡，闷寻鹦鹉说无聊”，此陆放翁诗也，余年十五六即喜诵之，遂颜所居曰“闷寻鹦馆”。其时余方在壮盛，同游者亦各豪气向湖海，诧余些些胸臆中何便贮得无聊如许，余但笑而不答。然由今思之，天下之无聊人，固未有甚于我辈者也。余之坎坷抑塞，二十年于兹，入洛游辽，所如辄阻，其境遇亦谁则悯之，而惟一意为词，以自写其无聊之胸臆而已。余词虽不工，要亦放翁所心许者。

《闷寻鹦馆填词图记》(《南社张素诗文集·婴公文存》)

3. 张素：

〔高阳台〕《以词卷乞次公题序》

斜影辽鸿，颓妆蕃马，珍珠密字亲题。夜火沉吟，炉熏近旁兰栖。柔尘一片云吹远，向凤城、归路愁迷。付霜腴，卷里妍华，玄鬓先知。　　弹香泪迸箜篌冷，待花前重愬，莺燕心期。敛怨无端，纤蛾瘦损年时。清商激羽消魂遍，赋桂堂、人又分携。问风怀，井水能歌，休道梅溪。

《南社张素诗文集·瘦眉词卷》

4. 张素：

〔百字令〕《卿尚为余作填词图即题其上》

十年湖海，怅填词人老，夜霜吹鬓。调涩未妨宫羽换，结体梦窗差近。那慰辋饥，只供憔悴，岁月抛虚牝。旧家才调，舞衫歌扇谁问。　　何幸周昉屏风，替拈双管，细与传神韵。别馆春鹦寻得否，出语总嫌心闷。想我题红，伴君绘素，煞费柔肠寸。故山归卧，桂丛同赋招隐。

《南社张素诗文集·瘦眉词卷》

5. 邵瑞彭：

夫《王风》委靡，则《下泉》之声作；贤者失时，故怀陵之操兴。鲁酒薄而邯郸围，蚕珥丝而商弦绝。枢机所发，事变系之；物色相召，犹影响焉。填词之业，肇端乐府，言欢难巧，遣愁易工，拟诸诗雅，殆有过之。然其驰骋风烟，彷徨山泽，芳草表其馨逸，窈窕致其神思。摛纱在手，和声成文，灵珠潜于重渊，吴铎应于千里，盖心同者其感速，情至者其用神也。余以离忧，偶效艳歌，同时词流，雅与扬榷。戊已之际，乃遘张子，时复招邀，劳声相和，名篇飙发，心赏弥永，詹詹小言，瞠乎后矣。继而思之：词之为道，穷其情变，则通乎一世；撷其精气，则存乎其人。花间肠断，但有子奇；南宋赋物，别爨唐珏，匪惟独造之艰，抑亦明志之难也。张子今方涉涝貊之故墟，过女真之旧土，胡马夜嘶，鸣笳四起，感念畴昔，能不咏谣？

《张挥孙词序》(《南社张素诗文集·瘦眉词卷》)

吕湘

吕湘（生卒年不详）本名贤钟，字惠如，安徽旌德人，吕碧城长姊，著有《惠如长短句》。

1. 蔡嵩云：

惠如工书画，善诗词，尤长雅学，为人婉嫟淑慎。……其词长调雅近玉田，小令颇得易安神味，造境绝高。

《惠如长短句·附识》（《词学季刊》第三卷第二号）

2. 吕碧城：

〔减字木兰花〕《题先长姊惠如词集》

班徽往矣，一代鸿才能续史。片羽人间，零落犹存漱玉篇。……

《吕碧城词笺注》卷五

刘俊庵

刘俊庵（1877—1915）字翰棻，号冷禅，广东道滘（今东莞）人。二十岁（1897年）中秀才。曾到广州广府学宫就读，拜康有为为师。戊戌政变后逃往澳门，后至日本留学。曾任广东省惠来县县长，后至上海拜朱祖谋为师。工诗词，著有《花雨楼词草》、《花雨楼诗草》，并编有《了园花甲唱酬集》。

1. 王瑞瑶：

《花雨楼词草》，吾师刘观察俊庵先生所作也。先到（按：当为“先生”之误）襟怀洒落，文学优长。传通公羊，蚤驰经生之誉；章成代马，还留诗客之名。既擅雕虫画虎，复工么凤摸鱼。瑶琴锦瑟，曲唱红肥；金缕珠灯，杯斟白堕。微云衰草，拍淮海之声腔；残月晓风，摩屯田之神味。嗟乎！本来面目是志士，又抛心力作词人矣。方其万木环堂，听鸣钟于南海；三岛归国，却舞扇乎东瀛。迭奏阳关之曲，弗聆下里之音。十万狂花，秦淮也容侧帽；二分明月，扬州忆教吹箫。及夫襟题燕市，击筑高歌，字嚼花间，按图细谱。先年祭鳄韩江，汕潮问俗；几度听莺歇浦，烟水浮家。寄托感喟，发泄愤悲。西子湖头，钓雪饫闻渔乐；匡庐山脚，披云步和樵歌。虽去住以无常，亦讴吟而不辍。阕填水调，法梅溪之正宗；影弄风情，弃《草堂》之余唾。无何幻呈苍狗，劫换红羊。依依辽鹤，怅人民城郭以哀鸣；渺渺铜驼，对棘地荆天而长涕。世愈难而感愈深，歌弥娇而意弥永。追踪巨济，把臂临川。斜阳烟柳，怀故国以伤心；近水楼台，绕孤村而入梦。措或长或短句，成一字一泪文。绮寮怨语，心主清真；乐府制词，鼻祖太白。尔乃风尘厌倦，林谷藏修。闲扫地以焚香，虔持斋念佛。欲登彼岸，渡宝筏之三乘；如是我闻，贡心香之一瓣。菩提烦恼惟其心，经卷文章异其趣。维摩琴操，各悟禅机；憨山莲池，未忘结习。吹裂横竹，倚声差近玉田；弹碎秦筝，斗韵不离石帚。况复经当代词宗师祖朱彊村侍郎，掬诚指教，藉悉体裁。溯渊源而本师承，得门径而通消息。梦窗、草窗，家派仍分。碧山、遗山，时代更异。六十家思想犹存，七百载遗音未艾。词林正韵，无过顺卿；律学专书，允推红友。彼香草美人之作，皆思家忧国之言。稼轩龙香凤尾，跌宕豪华；东坡玉字琼瑶，缠绵钟爱。偶为绮语，讵报泥犁哉？

《花雨楼词草序》（《词学季刊》第二卷第四号）

陈曾寿

陈曾寿（1878—1949）字仁先，号苍虬，别署耐寂、复志、焦庵，湖北蕲水人。光绪二十一年补县学生员，二十八年中举，二十九年成进士，官至都察院广东道监察御史、学部右侍郎。有《旧月簃词》一卷。

1. 张尔田：

比阅近代词集颇多，自当以樵风为正宗，彊村为大家也。述叔、映盦，各有偏胜，无伤词体。阳阿才人之笔，苍虬诗人之思，降而为词，似欠本色。

苍虬颇能用思，不尚浮藻，然是诗意，非曲意，此境亦前人所未到者。述叔、映盦，皆从词入，取径自别，但一则运典能曲，一则下笔能辣耳。

《与龙榆生论词书》（转自龙榆生《陈海绡先生之词学》，《同声月刊》第二卷第六号）

2. 陈祖壬：

尝闻诸文直（按：朱祖谋）矣，其言曰：“……境之至敻者曰幽，幽者静之至，静而寡情韵，不足以言幽也。即事会心，泯艰苦营度之迹，而能使读者如入层峦复涧，四无人迹之区。天宇萧寥，月星当空，万籁不作，偶有飞鹊遗音，自远而近，悄焉穆焉，不自知其意之消，情之移也。臻斯诣者，求之昔贤，亦代不数人，人不数阕，吾独于苍虬集中时一遇之。世人顾欲于面貌句调间求苍虬，失之远矣。”文直固晚近词人所严事而景从者也。其所言若是，则侍郎之词之工，当有不可几者。

《旧月簃词序》（《旧月簃词》）

3. 叶恭绰：

仁先四十为词，门庑特大，写情寓感，骨采骞腾，并世殆罕俦匹，所谓文外独绝也。

《广箧中词》

4. 姚鹓雏：

旧闻彊村今梦窗，郑况鼎足姜与史世以大鹤似白石，夔笙似梅溪，与朱古老齐称。

手钞语业未终卷，辞奥意隐卒难理。

遁堪作引张尔田孟劬擅发微，谓玉溪诗致堪比。

钩党纷纭事毕同，落叶哀蝉声酷似。

晚年稍纵入东坡，肝肺槎枒真得髓。

颇疑揭橥拙重大，巨刃摩天世能几。

异军突起有苍虬，举重若轻语流美。

不须寸铁作坚利，百炼精金柔绕指。

以我不可学其可，莫逆故宜笑相视。

补之骖靳秦黄间，气格自高犹小绮。

诗坛持拟谁其伦，声家简斋倘非侈。

瞿禅夙告极推重，定本入手尤可喜。

闭门三日听萧寥，里耳筝琶为一洗。

觥觥东阳出门下，校读遗书刊亥豕。

借观纵使得荆州，还书一瓻其可已。

知公雅尚在流布，橐有余粮馈贫子。

从此闲斋夜景新，旧时月色清于水。

《题旧月簃词卷，即似沈羹梅》（《姚鹓雏文集（诗词卷）·恬养簃诗》卷五）

5. 陈声聪：

于世真成一孑遗，诗人词意总为诗。

采薇何处非周粟，爱菊无端署义熙。

《论近代词绝句》(《填词要略及词评四篇》)

6. 钱仲联：

天立星双枪将董平　　陈曾寿

苍虬四十为词，瑶台婵娟，天生丽质，写情寓感，时杂悲凉。遐庵以为“门庑甚大”，“并世殆罕俦匹”，则不知其置彊村、大鹤于何地。孟劬谓“苍虬诗人之思，降而为词，似欠本色”。又谓“苍虬颇能用思，不尚浮藻，然是诗意，非曲意，此境亦前人所未到者。”斯乃持平之论也。

《近百年词坛点将录》

李慎溶

李慎溶（1878—1903）字樨清，福建闽县人，词人李宗祎女，李宣龚妹，年二十六而卒，著有《花影吹笙室词》。

1. 夏敬观：

〔浣溪沙〕《题花影吹笙室填词图》

莺舌吹花欲满枝。遗声伊郁影参差。工如秋水衍波词。　能诵清芬分父集，戏翻乐句谱兄诗。断魂长绕柘冈西。

嚼徵含宫烛畔人。细调玉琯奏蕤宾。飒然秋上两眉颦。　须曼花中聊示相，芭蕉林里自观身。系匏谁解雅簧温。

《忍古楼词话》引

2. 夏敬观：

拔可妹樨清女士著有《花影吹笙室词》……其〔蝶恋花〕有云：“一夕凉飙辞旧暑。飒飒墙蕉，恐是秋来路。”为樨清女士词中名句，当时传诵，称之为“李墙蕉”云。

《忍古楼词话》

3. 李宣龚：

依稀涕泪别兄时，意理微茫久自疑。
不道墙蕉成去路，一秋辛苦为填词。

画图省识旧灯檠，远梦能归已隔生。
竹影关门三十载，难从地下听书声。

《题亡妹樨清花影吹笙室填词图，书毕怆然》（《李宣龚诗文集·硕果亭诗》卷上）

4. 李宣龚：

妹以光绪戊寅生，癸卯卒，年仅二十有六。所填〔蝶恋花〕一阕有“飒飒墙蕉，恐是秋来路”之句，当时传诵，称之为“李墙蕉”。

《先君子双辛夷楼词跋》（《李宣龚诗文集·硕果亭文剩》）

5. 吴用威：

〔浣溪沙〕《题花影吹笙室填词图》

绝代词华殿一军。峨峨兰秀最超群。返生香是卷中人。　泼黛山光怀玉尺，然脂心事费金昆。辛夷花底旧时春。

《忍古楼词话》引

蔡守

蔡守（1879—1941）原名珣，字哲夫，后更名守，字成城，号寒琼，广东顺德人，南社成员，曾襄助邓实等编辑《国粹学报》。著有《寒琼遗稿》，有《蠡楼词》。

1. 高旭：

好鸟枝头第一声，新声端署玉台名。

沪江风月真寥寂，此后金荃有嗣音。

《哲夫以新诗词见寄，报以四绝句》其一（《高旭集》卷）

2. 高旭：

蔡哲夫以所作《蠡楼词》一卷见示，中多绮丽之辞，颇与李笠翁相近。

《愿无尽斋诗话》中（《高旭集》卷二十四）

叶玉森

叶玉森（1880—1933）字中泠，号荭渔，江苏镇江人，宣统元年（1909）优贡，留学日本学习法律，加入同盟会，回国后参加南社，曾任滁县、颍上、当涂等县知事，上海交通银行总管理处秘书长。著有《啸叶庵词》二卷。

1. 吴序：

倚声非小道也。托体帷房，眷怀君国，通呼吸于风骚，契神明于乐府，飞卿、端己，美矣至矣。降及两宋，派别有二：一则以缠绵悱恻之思达窈眇幽敻之旨，香草一束，赠之美人，垂杨千丝，怀彼夫婿，姜、史、张、王，弦管不绝矣；一则以嵚奇历落之材驭拂郁摧撞之气，弄桓伊之笛，于焉心伤，击处仲之壶，不觉口缺，东坡、稼轩，旗鼓别树矣。然而风骚之旨、乐府之音，听曲识真，两各有当。元、明两朝，传者盖寡。清初诸老，备有万能，竹垞以玉田揭橥，迦陵以稼翁津逮。后有作者，囿于前贤，于是钟儿女情者，不惜短英雄之气；怒目金刚者，不知低菩萨之眉。虽曰从吾所好，毋亦有人见存矣。善哉我友中泠之论词，曰：“歌杨柳岸、晓风残月”，吾自红牙拍之二八女郎；唱“大江东去，浪淘尽、千古风流人物”，吾自铁绰板之关西大汉。雌雄双剑，贮以一囊；生枯之枝，绩之一笔。抑何玲珑其声，激昂善变也欤？盖其仗剑出门，刺船渡海，吊箕子之墓，舞天作歌；访徐福之洲，迎神制乐。蓬莱一望，琴传天风海涛之音；金堂百间，笛撅皓露秋霜之曲。及乎买板桥之春，棹石城之艇，模糊香梦，杨柳门前；摇落欢场，桃花扇底。春风花月，谁为南市之楼；燕子斜阳，独度西河之调。文生于情，妙造自然也。嗟嗟！自曝书亭圮，湖海楼空，轨辙攸分，本源日汩。彼蓉裳、频迦，揣摩闺襜，污秽衾枕，已成姜、史罪人；而板桥、心余，吆喝风月，呵咤山川，又岂苏、辛肖子。性天既薄，唇舌乃佻；志趣久荒，音声遂杂。淫哇起于绮靡，正声销于欢呶。温、韦宗风，一灯几熄矣。幸而茗柯导其源，止庵引其绪，得仁和谭仲修，古调可弹；得吾乡庄蒿庵，大成以集。向所谓风骚之旨、乐府之音者，大雅继起，人间得闻，斯道之尊，于斯可信。今中泠镕唐五代于寸心，制南北宋以一手，令慢树之兴观，犯引通之弦瑟。譬之时花美人，艳不入妖；剑侠飞仙，豪不走犷。凡马一空，真龙毕见。庠谬托同调，敢曰知音，独是以独弦哀歌，护三山灵气，梦溪放棹，间发清讴（谓张猗谷）；瘦鹤开轩，尚芜凡响（谓赵次梅），蒿庵替人，今而后其在啸叶庵乎？

《叶中泠词卷序》（《南社丛选·南社文选》卷六）

叶恭绰

叶恭绰（1881—？）字裕甫，一字誉虎、玉甫，号遐庵，晚号矩园。广东番禺人。毕业于京师大学堂仕学馆，历任国民党交通、铁道、财政部长。对文学、考古、收藏、书法等，无不精研。收藏古书，极为丰富。词学方面编有《全清词钞》、《广箧中词》，有《遐庵词赘稿》。

1. 冒广生：

语中国之学术，其莫小于词乎？士夫出余力稍习为之，以陶冶其性情，而远于鄙倍，斯亦无愧于大雅之林矣。三四十年前，佻薄之子见人之能为古文者，则誉其小说；人之能为诗者，则誉其词。誉人者其意实相轻，受人之誉者非怒于言则怒于色，以小说之价不如古文，词之价不如诗也。自顷歌曲盛行，庠序之子，非学词无以卒业，此亦足觇运会之升降矣。而又定于一尊，驱天下之才智咸趋于质实之一途，而束缚之以四声，此犹作文而专学樊宗师，作诗而专学李长吉，所诣即甚深至，适足示人以隘焉耳。词家之圣，莫圣于柳、周。《乐章》、《清真》，全集具在，其于四声，或此阕与彼阕之不同，或前遍与后遍之不同，甚至全句平仄互易而律自谐，盖工尺只有高低，无平仄。字之平仄则工尺之高低可以融之，使听者之耳与歌者之口䜣合而无间焉。词云词云，四声云乎哉？番禺叶裕甫博雅嗜古，有名于时。其曾祖父莲裳先生、祖南雪先生，两世皆以词鸣。自其垂髫，濡染家学，即能为词，而所为又辄工。中岁从政，出而膺国家付托之巨，时或作辍。迨流寓江左，避兵香江，而所作乃精且多。新建夏吷庵为选定，得如干首，颜曰《遐庵词稿》，刻既竣而以书抵余，曰："吾词之平凡，丈之所知也。于多事之秋而为此不急之务，又无谓也。顾念词学渊源关系之深，无如丈者，丈其为我序之。”余少时客岭南，从吾师南雪先生学为词，师所居越华讲舍有竹木池亭之胜，后堂丝竹，余与潘兰史、姚伯怀恒得与闻。今潘、姚并逝，旧时讲舍，景物已非。数年前过广州，辄徘徊布政司后街，低回而不能去。初见裕甫才十一二岁，余所学百无一就，而裕甫亦年过六十矣。裕甫平时常病词家缚于声病，逐末忘本，杂乎人而弥远乎天。欲求各地风谣，合之今乐，别为新体，以接《风》、《骚》，中承乐府，后继词曲，旁绍五七言诗，而为群众抒情写实之用。此其识为甚伟，而兹事体大，非国家设大晟府，得美成者流相与扬扢，而徒恃一人手足之烈，则终无以观厥成。今兹所存之词，诚不足以尽其百一。

《遐庵词序》（《遐庵汇稿》中编）

2. 夏敬观：

周止庵论词，谓北宋盛于文士，衰于乐工，南宋盛于乐工，衰于文士。余尝深味其言，以为确论。顾反复思之，北宋词非不被诸弦管。余于其言，又致疑焉。夫文士制词，乐工制谱。自汉魏乐府以来皆若是。制词者不敷于律，故常超妙；制谱者不妄窜易，斯尽能事。东坡不谙音律者也，固亦有入乐之词。耆卿自谙音律者也，有井水饮处皆歌之矣。其恶滥之语，为世訾訾，庸非出自乐工之手也。是则制谱者有优劣之判耳。止庵之论，犹有未尽也。近顷余与叶君遐庵推论及此，欲沟通今古，令宋词歌法，复明于今，今乐且克与之合流。而遐庵太息于世无作者，制曲至难，且以学力不逮为憾。夫以遐庵之才之大，何所不可？然此之责，不在文士而在乐工。吾曹但当阐明乐学，令工知其理可也。矧君乃自稼轩进而为东坡之词者，其趣在得天之籁，固毋庸斤斤于较音比律者哉？余与君皆曾从萍乡文芸阁学士游，君为词最早，其词旨盖承先世莲裳、南雪两先生之绪，而多本之学士。晚年益洗绮罗香泽之态，浩歌逸思，恒杰出尘埃之外，而缠绵悱恻又微近东山。此甲稿所存，少作汰其泰半，多十数年来退居林下之什也。余尝谓稼轩豪迈学东坡，凡言苏辛者，皆知之矣。豪而不放，稼轩所不能也，或知之或不知之。其雄姿壮采，秾丽绵密，学于东山，则未有知之者。又尝谓东山词，世无能为者。近之词人，惟君之才气为最近，君逊谢未遑。昔陈后山谓东坡以诗为词，如教坊雷大使之舞，虽极天下之工，要非本色。陆务观亦谓其不喜剪裁，以就声律。至于东山则莫不以为作家者。君年六十有二，犹若四五十许人，精力过于流辈。达此一间，犹反掌也。岂遑多让哉？然则制词以合今乐，又非君所难矣。

《遐庵词序》（《遐庵汇稿》中编）

3. 夏敬观：

番禺叶玉甫恭绰，亦号遐庵，兰台先生之孙也。幼随父仲鸾太守于南昌官所，与余为总角交。年十六七即能词，萍乡文芸阁学士廷式极叹赏之。芸阁词宗苏辛，玉甫尝为余言："近代词学辛者尚有之，能近苏者惟芸阁一人耳。"余谓："学辛得其豪放者易，得其秾丽者罕。苏则纯乎士大夫之吐属，豪而不纵，是清丽，非徒秾丽也。"玉甫之词，极近此派。

《忍古楼词话》

4. 夏敬观：

叶君遐庵早承先世莲裳、南雪先生之学，词旨闳美。

《广箧中词序》（《广箧中词》）

5. 钱仲联：

天富星扑天雕李应　　叶恭绰

遐庵词学世家，席丰履厚，又为北洋交通系政要，财力雄富，为并世词流所不及。编《全清词钞》，所收词人达三千一百九十六家，使有清一代词学之源流正变得以推寻，有功于艺苑者匪细。遐庵自为词亦工，间接闻谭献绪论，于彊村、蕙风、芸阁，均亲接謦欬，其造诣之深，非偶然也。

《近百年词坛点将录》

6. 朱庸斋：

玉甫为吾粤晚近词家巨子，博雅嗜古，为词精且多，少作缠绵悱恻，迫近方回；晚年则一洗绮罗香泽之态，雄姿壮采，合贺、周、苏、辛为一手矣。

《分春馆词话》卷三

郭则沄

郭则沄（1882—1947）字啸麓，一字蛰园，号雪坪，又号桂岩，别号龙顾山人，福建侯官人。光绪二十八年举人，二十九年成进士，官浙江温处兵备道，署浙江提学使。有《龙顾山房诗余》六卷，附于《龙顾山房全集》；《龙顾山房诗余续集》一卷，附于《龙顾山房诗赘集》。另作《清词玉屑》十二卷。

1. 夏敬观：

侯官郭啸麓提学则沄，娶余僚婿俞阶青女，夫妇皆能文章，今之孙子潇、席长真辈也。著有《龙顾山房诗集》，渊茂俊上，蕴蓄雅正。词三卷，附于诗后，曰《潇梦》，曰《镜波》，曰《絮尘》。余尝谓南宋惟史邦卿梅溪词，为能炼铸精粹，上比清真，得其大雅，下方梦窗，不伤于涩。今能为梅溪词者，除况夔笙略似之外，厥惟啸麓。

《忍古楼词话》

2. 叶恭绰：

啸麓为词未五年，高者遂已火攻南宋，能者固不可测也。

《广箧中词》

3. 陈声聪：

郭蛰云则沄繁华世胄，少时掉鞅名坛，撷科名如拾芥。年甫三十，即使浙提学，旋授温处道。……辛亥后，簪笔中枢，敏赡捷给，人所不及。四十即休居，力事撰述，有《十朝诗乘》、《清词玉屑》、《南屋纪闻》、《红楼真梦》等十数种，其《龙顾山人诗词集》亦皆已刻。自言其词胜于诗，顾多愁苦语，读之往往使人不欢，与其身世似不相称。在京都继“聊园”、“趣园”、“秭园”之后，主持“蛰园词社”。移居析津，又组织“须社”，颇有功于词坛。……蛰云三世仕浙，词品柔丽芳缛，有竹垞、樊榭之风。予咏近代词人绝句，有其一首云：“看山行遍浙东西，秋雪金风细品题。哀怨无端成独茧，春心漫托杜鹃啼。”似尚得其词心。

《闽词谈屑》(《填词要略及词评四篇》)

4. 陈声聪：

看山行遍浙东西，秋雪金风细品题。
哀怨无端成独茧，春心漫托杜鹃啼。

则沄三世宦浙，诗文深受浙人影响。词华敷秀逸，尤近樊榭。

《论近代词绝句》(《填词要略及词评四篇》)

5. 钱仲联：

地异星白面郎君郑天寿　　郭则沄

啸麓闽海词家，《龙顾山房诗余》，遐庵誉其“高者火攻南宋”。

《近百年词坛点将录》

周曾锦

周曾锦（1882—1921）字晋琦，号卧庐，江苏通州（今南通）人，光绪三十二年（1906）优贡，著有《藏天室诗》，词有《香草词》一卷，另有《卧庐词话》一卷。

1.《续修四库全书总目提要》：

其所撰之词，共七十七阕，殊为浅率，虽间有清隽之语，终不成体格也。曾锦尝撰《卧庐词话》，耳食者多，全无心得，可知其工力尚浅也。

《香草词一卷提要》

张默君

张默君(1882—1965)名昭汉，以字行，湖南湘乡人。与其父张伯纯同为南社社员。近代妇女活动家、教育家、记者。辛亥革命时，曾策动江苏巡抚程德全脱离清朝，宣布独立。民国期间，曾任江苏省第一女子师范学校校长、杭州市教育局长、国民党中央监察委员等职。著有《白华草堂诗》六卷，附《玉尺楼诗》一卷，词有《红树白云山馆词草》。

1. 邵瑞彭：

永明以前，诗无定律，随意讴吟，悉可被之管弦。唐世今体区萌，法度益密，字必勰以宫商，句必审其单复，宜乎篇篇中节，章章应歌矣。然而司乐所收，律诗独鲜，于是雅词兴焉。昔人命词曰诗余，盖其和声成文，导源比兴，语殊修短，音分缓急，势隔隐显，体别柔刚，调异舒惨，虽绳尺难违，而趋舍由己。极阴阳神变之妙，仍复自娱槃楷之中。因思宋贤自署词卷，往往径标乐府，或云乐章，似欲振臂夺律诗之席矣。夫成孝敬，厚人伦，美教化，移风俗，则词不如诗。发抒性情，俯仰治乱，登高临远，流连景物，则诗不如词。五季以来，盖有一志倚声，而诗名无闻者。至于诗人为词，更无弗工，更无弗传。远稽所闻之世，典记备存，奚烦屡计。今试盱衡所见之世，允当引默君先生为明证矣。默君龚承家学，早佊慧名，惊采壮志，凌轹今古，恢奇之致，托始童年。既而挂席名山，叩舷西海，论政赜室，校士棘闱。拾屈宋之香草，则青要乘弋、拱其指㧑；听湘灵之瑶瑟，则海水天风、答其幽响。按拍而玄鹤罢飞，飞笺则明月在手。世人望之若神仙中刘、樊、葛、鲍之畴。而默君精思所寄，一纳之诗若词，其诗散原老人序之。其词雅足以称其诗，小令近《阳春》，慢词近白石、西麓。举凡北宋伧率之蔽，南宋刻镂之习，靡不揃摵且尽。譬之庖丁奏刀，音中桑林之舞；沈丘秉羽，气遏郢人之锋。匪惟才之高，抑亦学之纯。继声制氏，抗钒大晟，岂不宜哉？默君以瑞彭略习声歌，寄词稿见示，意其必传之作，因为之刊版。默君本非常人，值此非常之境，复葆此非常之才之学，求诸彤史，绝无伦比。癸酉秋，默君典试河南，瑞彭曾有“下笔真教数典难”之句。世有善知识，慎勿以古来闺秀相提并论，庶几可以读默君之词矣。

《红树白云山馆词草序》（《词学季刊》第二卷第二号）

吕碧城

吕碧城（1883—1943）字遁天，号圣因，法号宝莲，别署兰清、信芳词侣、晓珠等，安徽旌德人。早年参与创办北洋女子公学，加盟南社，中年去国，居瑞士最久，晚年定居香港。有《信芳词》（见《信芳集》）、《晓珠词》。

1. 缪素筠：

飞将词坛冠群英，天生宿慧启文明。

绛帷独拥人争羡，到处咸推吕碧城。

《题吕碧城集七绝二首》之一（《吕碧城词笺注》附录二）

2. 雷瑨：

旌德吕氏，有才女子三，其季碧城尤绝，如吴江三叶之有琼章也。碧城《题吴虚白女士看剑引杯图》调寄〔法曲献仙音〕……读之正如酒气拂拂从十指间出也。又有〔烛影摇红〕二阕，其一《庚戌感事，偕芷升同赋》……其二《癸丑春感蒙古事有作，用旧韵寄示芷升》……感事伤时，词婉而讽，恐非李易安、朱淑真所能及也。

《闺秀词话》卷四

3. 冒广生：

〔鹧鸪天〕《再题碧城绘雪词用其自题原韵》

现出聪明自在身。前生合住苎萝村。藐姑肌骨清于雪，群玉衣裳艳若云。　　天浩浩，水粼粼。江山奇气伴黄昏。善心至竟皈三宝，余技犹能了十人。

《吕碧城词笺注》附录二

4. 东吴姜盦词人（徐沅）：

〔法曲献仙音〕

《〈老学庵笔记〉称易安讥弹前辈，多中其病，意其识解所到，有以破一世浮议，不为所拘孪者，惜其论著不传，乃仅以词人目之也。碧城女史邃于哲理，悯女学之不昌，为论说以张之，理之所据，于前哲不少回护，三千年彤史中无此英杰。余事填词，亦复俊丽绝伦，殆今之易安居士欤？爰拈是解，依集中晚字韵，以写倾颂之忱。》

鹃血关河，燕襟帘幕，身世只怜春晚。海角风涛，楚累吟篋，心情倚楼常懒。忏不尽金荃恨，展笺正神黯。　　按歌遍，喜坤灵扇开尘障，张荤路不数五丁挥断。彩凤拍天来，耿吟眸一阵缭乱。尽瀹新思，浥鲛绡珠字穿线，愿天风度笛，叫起锁楼繁怨。

《吕碧城词笺注》附录

5. 徐沅：

漱玉祠荒柳絮寒，江山文稿付丛残。

衡量异代才人事，旌德端应嗣易安。

《柳絮泉访易安遗址》（《吕碧城诗文笺注》卷一附）

6. 吕碧城：

右词二卷，刊于己巳岁杪，迨庚午春予皈依佛法，遂绝笔文艺，然旧作已流海内外。世俗言词，多违戒律，疚焉于怀，乃略事删窜，重付锓工，虽绮语仍存，亦蕴微旨，丽情托制，大抵寓言，写重瀛花月、故国沧桑之感。年来十洲浪迹，瑰奇山水，涉览略遍，故于词境渐厌横拓，而耽直陡，多出世之想。闻颇有俗伧揣以凡情，妄构谣诼，爰为诠释，以辟其误，《西昆》体晦，自作郑笺，恨未能详也。卷尾若干阕，乃今夏寝疾医舍无聊之作，遣怀兼以学道。反映前尘，梦幻泡影，无非般若，播梵音于乐苑，此其先声，傥亦士林慧业之一助欤？

《晓珠词自跋》（《吕碧城词笺注》附录一）

7. 吕碧城：

予慨世事艰虞，家难奇剧，凡有著作，宜及身而定，随时付梓，庶免身后湮没。曩刊《晓珠词》即本此旨。时虽远客海外，未能校雠，版漶字讹，均未遑计。迩以旧刊告罄，索者踵接，无以应也。乃谋重锓，厘为三卷。初稿多髫龄之作，次旅欧之作，归国后专以佉卢文字迻译释典，三载始竣。重拈词笔，月余得如干阕，即此卷也。手写新稿，先付影印，将与前二卷合刊，俾成全璧。敝帚自珍，深愧结习之未蠲也。

《晓珠词自跋》(《吕碧城词笺注》附录一)

8. 吕碧城：

年来潜心梵夹，久辍倚声。由欧归国后，专以佉卢文字迻译释典，三载始竣。形神交瘁，乃重拈词笔，以游戏文字息养心力。顾既触夙嗜，流连忘返，百日内得六十余阕，爰合旧稿，厘为四卷，草草写定。从今搁笔，盖深慨夫浮生有限，学道未成，移情夺境，以词为最。风皱池水，狎而玩之，终必沉溺，凛乎其不可留也。至若感怀身世，发为心声，微辞写忠爱之忱，小雅抒怨悱之旨，弦歌变徵，振作士气，词虽末艺，亦未尝无补焉。予惟避席前贤，倒屣来哲，作壁上观可耳。

《晓珠词自跋》(《吕碧城词笺注》附录一)

9. 吕碧城：

〔石州慢〕《自题〈晓珠词〉》

仙吕新声，仙枕旧游，双黯陈迹。拼教郢苑阳春，换与梵音潮汐。沉哀何地。早分散发居夷。藤阴休问天南北，迅羽托浮生，老苍烟泉石。　　萧索。案闲青玉，尊涩红螺，坠欢慵拾。梦觉承平，一霎风流都息。楚歌先变，已是禹甸惊沉，遗珠谁吊残燐碧。愿倩水精轮，转高寒风色。

《吕碧城词笺注》卷五

10. 吕碧城：

词家盛于两宋，而闺秀能有几人？《漱玉》、《断肠》，未为极则。际兹旧学垂绝，坤德尤荒，斯文在兹，未敢自薄。既为闺襜延诗书之泽，亦冀史乘列文苑以传。

费树蔚《信芳集序》引（《吕碧城词笺注》附录一）

11. 费树蔚：

其诗词佳处高挹群言，侠骨仙心，独居深念，贞孝悱恻。流露行间，漆室、木兰逊其华好，道韫、清照无其瑰迈。……性灵莹澈，兴寄萧聊。非我佳人，孰能到此？

《信芳集序》（《吕碧城词笺注》附录一）

12. 汤国梨：

冰雪聪明绝世姿，鸿泥白雪君词名耐人思。

天花散尽尘缘断，留得人间绝妙词。

《吕碧城女士挽诗》八首之一（《吕碧城词笺注》附录四）

13. 陈完：

〔沁园春〕

《昨与寒云公子夜话，泛及近代词流，公子甚赞旌德吕碧城女士，且言逾日当折柬邀女士与不慧饮集闲楼，留此人天一段韵事，为他日词苑掌故，因以女士自刊〈信芳集〉见示。不慧寻览一过，奇情窈思，俊语骚音，不意水脂花气间，及吾世而见此苍雄冷慧之才，北宋、南唐，未容傲胝，今代词家，斯当第一矣。审其聪性，已入华严之玄。傥更竿木随身，极尽楞伽变相，倚其末那，融我悲圆，灵云见桃花而不疑，香严击竹而忘所知，到此无垠，得大自在，则逢缘而妙，触处如如矣。……》

绝代佳人，蕙语兰心，玲珑太深。是色身菩萨，龙游花外，旧家风调，鹤在桐阴。如此阑干，相逢一笑，何似神皋绁马凭。禅天事，有谁人解得，水月惺冷。　江山带泪孤临。把沧海桑田作艳吟。便等闲恩怨，都成泡昔，多生情障，又到而今。疑镜梳春，俊悟明朝定不禁。休憔悴，有莲花胎命，共汝空灵。

《吕碧城词笺注》附录二

14. 近知词人：

《信芳词》清俶端丽，取法北宋，纵刻画有过分处，而灵机敏谛，足以自拔，渐渐近于超脱之途，可以颉颃《断肠》，而固尚不接躅于《漱玉》矣。

《信芳集》评语（《吕碧城词笺注》附录三）

15. 陈声聪：

海山词客感伶俜，红萼魂回梦亦醒。

凤唠鸾吡归不得，邓林莫觅瘗花铭。

《论近代词绝句》(《填词要略及词评四篇》)

16. 沈轶刘：

清代妇女之词，数量奇夥，分布面广。其间特出颖异，无脂粉气而能抗高格者，首推初期之徐灿与末期之吕碧城。然徐犹不能脱旧习，吕则陆离炫幻，具炳天烛地之观，其词积中驭西，膏润滂沛，为万籁激越之音，寓情搴虚，伤于物者深，结于中者固，日出日入之际，奇哀刻骨，有不可语者在，使李清照读之，当不止江冷水寒之感。其〔瑞鹤仙〕、〔汨罗怨〕、〔玲珑玉〕等皆其所谓“黄陵风雨，惯履坚冰，哀入骠姚壮彩”者。其人其境，李可仿佛；其词所造广度与深度，则非李所可几，盖经历、学养相去悬殊也。

《繁霜簃词札》

17. 钱仲联：

地阴星母大虫顾大嫂　　吕碧城

圣因为近代女词人第一，不徒皖中之秀。早岁〔祝英台近〕词，樊山赏为“稼轩‘宝钗分、桃叶渡’一阕，不得专美于前。”中年去国，卜居瑞士。慢词〔玲珑玉〕、〔旧罗怨〕、〔陌上花〕、〔瑞鹤仙〕，俱前无古人之奇作。“休愁人间途险，有仙掌为调玉髓，迤逦填平。”(《阿尔伯士雪山》)“鄂君绣被春眠暖,谁念苍生无分。”(《木棉花》)杜陵广厦,白傅大裘,有此襟抱,无此异彩。《晓珠词》中,杰构尚多,“明霞照海,渲异艳,远天外”(〔瑞鹤仙〕),尽足资谈艺家探索也。

《近百年词坛点将录》

18. 朱庸斋:

千古以来,女词人咏兴亡之感者,当推李清照与徐灿。碧城女士虽皈依我佛,然家国之思未尝去怀。

《分春馆词话》卷三

黄易瑜

黄易瑜（生卒年不详）字仲厚，湖南汉寿人。易顺鼎、易顺豫之妹，嫁黄氏，从夫姓。思想进步，追求妇女平等自由的权利，曾发起组织汉寿女界联合会，并担任会长。亦能诗词，著有《湘影楼诗选》。

1. 王蕴章：

《湘影楼诗选》，汉寿黄易瑜著。瑜字仲厚，为仲实、叔由两先生女弟，风承香茗，造诣可知。……诗后附词若干阕。〔念奴娇〕《谢仲实五兄赠砚》云："紫云一片，是娲皇当日，补天之石。墨韵苔花凝结处，幻作苍然深碧。金碗留香，玉蟾浥露，应笑痴成癖多。君持赠，绿窗清伴晨夕。　谁信似锦华年，吹花掠絮，绮句难寻觅。愿祝扫眉班管上，分得墨池仙液。满纸松烟，一奁桃雨，细写乌丝格。青缸如豆，夜凉吟倦秋色。"置直湘社集中，真不愧玉舅金友也。

《然脂余韵》卷三

王蕴章

王蕴章（1884—1942）字莼农，号西神，江苏无锡人，光绪二十八年（1902）举人，南社成员，曾为商务印书馆主编《小说月报》与《妇女杂志》，上海沪江大学、南方大学、暨南大学国文教授，与胡朴安等人创立正风文学院并任院长，著有《云外朱楼集》、《西神小说集》、《然脂余韵》、《梁溪词话》等。

1. 高旭：

擫笛山阳恨未穷，十年萧瑟感秋风。
不堪重理金荃谱，怨粉啼香句易工。

梨云小劫话来今，鸿影楼头抵死吟。
解唤玉箫身再世，朱弦三叹有遗音。

《读王莼农词题寄二章》（《高旭集》卷六）

2. 许国英：

铜琵铁板恣轩渠，滴粉搓酥雅不如。
何似琅嬛能误入，读签九百识虞初。

名流风味忆归荑，点染梁溪胜剡溪。
亲过西神岩下路，瓣香吹遍锦囊奚。

艳杀蓉湖贮好春，遗台老树亦精神。
何当谱入红牙拍，十五珠喉捧醉人。

月泉春雨知何许，今我题襟又海南。
绝似山阴逢逸少，引人修禊度春三。

《题莼农填词图》（《南社诗集》第四册）

3. 姚鹓雏：

〔望江南〕

登楼客，花月占春江。书格簪花文艳锦，乌丝阑上谱新腔。秀韵故无双。

《续咏近代词家六首》（《姚鹓雏文集（诗词卷）·苍雪词》卷三）

庞树柏

庞树柏（1884—1916）字檗子，号芑庵，别署龙禅居士，江苏常熟人。肄业江苏师范学校，曾任江宁、苏州等地学堂及上海圣约翰大学教席。清末与陈去病、柳弃疾组织南社，又任《国粹学报》编辑。有《玉琤琮馆词》一卷，附于《庞檗子遗集》，另《湘心词》一卷，《衮香词》一卷。

1. 潘飞声：

暗香晴雪梅边路，谁倚瑶台笔一枝。
可许飞琼来按拍，晏家珠玉琢成词。

怜卿独秀此江头，老我频年感断蓬。
消受五更松竹雨，隔窗敲碎玉珑璁。

箫愁剑恨满词笺，为语松陵一惘然。
惭愧白头王伯谷，画眉无笔忏红禅余自眉子别后，词兴索然矣，末首及之。

《题庞檗子填词图》（《南社丛刻》第二十三集）

2. 萧蜕：

君诗文秀丽，填词尤工，哀感顽艳，年未壮，骎骎迈古矣。《庞檗子传》（《庞檗子遗集》）

3. 高旭：

〔清平调〕《题庞檗子填词图》

金管玉箫凄怆。隔浦时闻清唱。刻羽移商谁与抗。白石风流无恙。　人间绝少知音。最怜短烛孤吟。侬也伤心故国，忍教虎气消沉惠诗有“故国溪山沉虎气，短烛孤吟空尔情”之句。

《微波词》(《高旭集》卷十六)

4. 高旭:

〔点绛唇〕《题玉琤琮馆填词图为庞檗子》

翠羽啾啾,骚魂唤醒纱窗晓。花开多少,只为东风早。 一晌沉吟,似索琼仙笑。春休老,个人清妙。岁岁年年好。

《天梅遗集》卷十五

5. 高旭:

庞檗子名树柏,又号芑庵,常熟人,有《玉琤琮馆诗词》,哲夫以其一诗一词见示,真诗人之诗、词人之词也,使君于此,信属不凡。

《愿无尽庐诗话》下(《高旭集》卷二十五)

6. 高燮:

沉吟郁处笺愁地,历劫频年厌世人。
自吐孤怀入绵邈,独携奇泪动凄辛。
低回每觉情无尽,俯仰谁怜迹已陈。
欲向灵岩问樵唱,残阳莽莽下城闉。

词伯归安当代师,维君哀艳实宗之。
春花秋月浑如梦,玉佩琼琚放厥辞。
结想芳馨应有托,闻歌涕泪益深悲。
可怜荡气回肠后,澈骨伤寒兀不支。

《吊庞檗子即题诗词遗稿》(《高燮集·诗词》)

7. 叶玉森:

〔鹧鸪天〕《题庞檗子〈玉琤琮馆词〉》

绝代才人不碍狂。鹿门月色称萝裳。苦吟舌底参黄檗,散尽天花悟道场。 腾剑气,孕珠光。断肠芳草惜余芳。春音又起春声碎,短梦藤阴一地凉。

《啸叶庵词》

8. 白曾然：

〔八犯玉交枝〕《题庞檗子遗词》

筝语哀弦，笛声凄竹，梦醒月残风晓。春后莺花消泪劫，换入繁霜孤抱。天香轻袅。记取螺墨催题，琼笺商略闲歌啸。休问影娥池畔，流红多少。　独怜变徵变宫，曲终韵渺。秋灯何处凭吊。正如望、灵均香草。竟移去、成连仙棹。算词客、清愁未了。隔花屏角窥星小。仗社酒重温，魂招远鹤归来早。

《全清词钞》卷三十九

9. 柳亚子：

浅斟低唱尽名家，独秀江东合自夸。

一卷新词弹墨泪，销魂底事为梅花。

格律精严故不磨，姜张门户自嵯峨。

狂生独抱辛刘癖，零落江裁奈汝何。

《题檗子玉琤琮馆填词图》（《磨剑室诗词集·磨剑室诗二集》卷二）

10. 姚鹓雏：

自将情思证无邪，老树无妨试著花。

更唤虞山庞处士，细斟小句按胡琶。

《示了公论词绝句十二首》（《姚鹓雏文集（诗词卷）·红豆簃诗·春尘集二》）

11. 姚鹓雏：

庞家雏凤谁再还，秀逸欲抗王碧山。

兰裳蕙佩讵足拟，新声吾道今其南。

《杂怀·檗子》（《姚鹓雏文集（诗词卷）·红豆簃诗·春尘集二》）

12. 姚鹓雏：

手挽风华殿六朝，眼中人物汝能豪。

不须赋鹏论才命，浩荡春魂底处招。

《感旧诗·庞芑庵》（《姚鹓雏文集（诗词卷）·集外诗拾遗》）

13. 姚鹓雏：

〔望江南〕

相思子，鹃血结虞山。双桨芙蕖人似玉，小风铃铎梦惊寒。哀艳此才难。

《分咏近代词家十二首》（《姚鹓雏文集（诗词卷）·苍雪词》卷三）

14. 陈声聪：

少年意气似长虹，南社开山报晓钟。

剑胆琴心秋豪荡，小词能作玉琤琮。

树柏诗词有奇气，盖少抱父仇，又感于时世，胸中郁勃之气，一于诗词中发之也。

《论近代词绝句》（《填词要略及词评四篇》）

15. 闻野鹤：

南社亡友庞檗子善倚声，遗有《玉琤琮馆词》一卷，归安朱沤尹先生为之点定。集中佳章络绎。如〔瑞龙吟〕……又〔暗香〕《赠梅畹华》……又〔疏影〕……诸阕咸清秀可人。

《惯簃词话》（《民国日报》）

16. 钱仲联：

地暗星锦豹子杨林　庞树柏

叶玉森〔鹧鸪天〕《题檗子词》云："绝代才人不碍狂，鹿门月色称罗裳。苦吟舌底参黄檗，散尽天花悟道场。"檗子瓣香南渡，为南社词流眉目。《玉琤琮馆词》趋向南宋，得白石之警秀，其稿为彊村删定。中年伤于哀乐，谢世过早，所诣仅此。其〔莺啼序〕《壬子三月劫后过吴阊感赋步梦窗韵》，邵次公〔声声慢〕题词所谓"吴波荡春千里"者，词家之《哀江南赋》也。

《近百年词坛点将录》

17. 钱仲联：

天究星没遮拦穆弘　　庞树柏

词伯诗仙，我取龙禅。白石之瘦，樊榭之妍。锻句冥茫，一字生天。不与柳朱唐宋之争，而树抑辛扬姜之旃。

《南社吟坛点将录》

吴梅

吴梅(1884—1939)字瞿安，一字灵鳷，号灵厓，晚号霜厓，室名奢摩他室。江苏长洲(今苏州)人。早年列名南社，任东吴大学堂教习，又主持存古学堂。辛亥革命后，先后任南京第四师范、上海民立中学教席。1917 年后，历任北京大学、东南大学、中山大学、中央大学等校教授。主讲古代戏曲及词学，门下都学有专长，成才颇众，卢前、任讷等当代词曲专家皆出其门。抗日战争开始，举家迁至湘潭，后转至云南大姚。吴梅为近代著名曲学大师，亦为词坛耆宿，著有《霜厓词录》、《词学通论》等。

1. 蒋兆兰：

蕙风奄逝，吾道益孤，犹幸承其风者，有吴君瞿安、王君饮鹤、陈君巢南诸子，大抵学有本原，足以守先而待后。

近日词人如吴瞿庵梅、王饮鹤朝阳、陈巢南去病诸子，大抵宗法梦窗，上希片玉，犹是同光前辈典型。

《词说》

2. 夏敬观：

长洲吴瞿安梅，为曲家泰斗，其词亦不让遗山、牧庵诸公。……诸词豪宕透辟，气力可举千钧。予尝谓元初词得两宋气味，不似明清诸家，堕入纤巧。曲盛词衰，实在明代。元曲高过后来，正由继两宋后，词尚未衰也。

《忍古楼词话》

3. 夏敬观：

君记诵博洽，文辞尔雅，以金元乐曲之学教授于南北大学者历二十年。海内推明音律，惟首举君，而亦以是掩君他长。世辄谓元曲兴而宋词亡，工于曲者于词为病，观君所为不尔。君审律至精，尝论："曲韵以入配三声之音为正，准之宋贤诸词，凡以入作平或上去者，无不符合。近人词守四声者，知入可代他声而已，未悟韵部之分配不可乱也。"又曰："阳上作去，实利歌喉。"此皆前人所未言，君自乐曲中获之，而尤有裨于词者也。宋词人谙音律者，每一篇出，莫不谐于歌者之口。君词亦犹是矣，不待精彩之美耳。颉颃前贤，其斗南、继翁之比欤？柳耆卿乐章喜用俗语，开南北曲先例。君既工曲，而词必雅驯，不屑屑效彼，非才力有余，孰尽能事若此耶？吾乡蒋心余以《九种曲》著，其词实超于并时诸贤，具有定论。然则君虽以曲名，终不相掩可知已。

《霜厓词录序》(《霜厓词录》)

4. 叶恭绰：

瞿庵为曲学专家，海内推把。词其余事，亦高逸不凡。

《广箧中词》

5. 吴梅：

霜厓手定旧词，凡三易寒暑，缮录既竟，遂书其端曰：梅出词鄙倍，忝窃时誉，总三十年，得如干首。身丁乱离，未遑润色，诣力所在，可得而言：长调涩体，如耆卿、清真、白石、梦窗诸家创调，概依四声；至习见各牌，若〔摸鱼子〕、〔水龙吟〕、〔水调歌头〕、〔六州歌头〕、〔玉蝴蝶〕、〔甘州〕、〔台城路〕等，宋贤作者，不可胜数，去取从违，安敢臆定？因止及平侧，聊以自宽。中调小令，古人传作，尤多同异，亦无劳龂龂焉。又去、上之分，当从《菉斐轩韵》，阳上作去，实利歌喉。秦敦夫以此书为北曲而设，盖以入配三声，别无专韵耳。不知此分配之三声，即入韵之标准，持校宋词，莫不吻合。爰悉依据，非云矫异。其它酬应之作，删汰颇严。区区一编，已难藏拙，惠而好我，慎勿补遗。嗟乎，世变方殷，言归何日？敛滂沛于尺素，吐哀乐于寸心，粗记鸿泥，贤于博奕，览者幸哀其遇也。

《霜厓词录自序》(《霜厓词录》)

6. 吴梅：

〔高山流水〕《自题霜厓填词图》

半生落落守寒毡。写风怀，弹尽商弦。无路诉相思，霜灯梦入壶天。惊心处，锦瑟华年。旗亭去、还记双鬟按笛，泪咽尊前。似深秋戎露，独鹤唳荒烟。　　停鞭。欢场忍回首，花月地、换了山川。衰鬓倚西风，水国饱听啼鹃。抱灵修，几误婵娟。白门便、重问乌衣影事，陌巷凄然。算春愁酒病，哀乐付枯禅。

《霜厓词录》

7. 姚鹓雏：

〔望江南〕

精声律，曲海作梁津。尽许关王供刌度，未妨秦柳斗清新。横笛向江蘋。

《分咏近代词家十二首》(《姚鹓雏文集（诗词卷）·苍雪词》卷三）

8. 陈声聪：

乐府新声数滥觞，漫分词曲各标飏。

霜厓广大宜无敌，才调应过玉茗堂。

予以为梅诗词皆足名家，因世治曲者少，乃专以曲学称之。谓“词其余事”，非知梅者。

《论近代词绝句》(《填词要略及词评四篇》)

9. 沈轶刘：

词曲兼擅之才，至为不易。非不能为，为之而各不相犯，则难乎其选矣。盖词雅而曲俗，为曲者习于歌者之流易，不尚雅言，故善为曲者之为词，往往带有曲意，气格不高。明词之极于敝，正坐此故。清人之词曲皆工者如李渔等，类都格调卑下，其词无可观。惟吴梅晚出，为曲学大师，而特工于词，凡制谱、填词、按拍，一身兼为之，其成就远出郑文焯上，为词不独严于声律，最难得者厥惟词曲界限判然不混，确臻绝诣。一曲既成，辄付乐部，歌无不协，初不烦周郎之顾。即论其词品，亦能统一南北，豪婉兼蓄，出手便成妙谛。〔清平乐〕《题郑所南画兰》下片云：“北风吹散繁华。高丘但有残花。花自托根无地，人还浪迹无家。”藐然遐想，如接古人。〔高阳台〕《访媚香楼遗址》云：“南朝气节东京并，但甘陵俊友，未遇红妆。”“桃叶离歌，琵琶肯恕中郎。”直是只眼独具，论人于微，未见人道。〔洞仙歌〕《读林铁尊〈半樱词〉》云：“看黄衫走马，红烛呼卢，长楫去，重访寄奴天涯。”如闻辛、陈对话时。〔蝶恋花〕云：“试解霜裘温半臂，少年结客谈何易。”白眼看天，黄尘吊梦，所感何减二刘。

《繁霜簃词札》

10. 钱仲联：

地走星飞天大圣李衮　　吴梅

瞿安曲学大师，早年讲学吴门，与黄人相狎。后掌教南雍，门下士遍天下，名乃出黄人上。词笔高逸，不让东塘、昉思擅美于前。

《近百年词坛点将录》

杨全荫

杨全荫（生卒年不详）字芬若，江苏仪征毕倚虹妻。工词，早卒。著有《绾春词》、《绾春楼词话》。

1. 王蕴章：

《绾春词》，杨芬若女史作，仪征毕几庵室也。几庵选《销魂词》，以女史之作为殿。凤尾鸳心，自成馨逸。〔醉桃源〕云："晚妆楼上夕阳斜。无聊掩碧纱。东风不管病愁加。开残红杏花。　香篆冷，绣帏遮。春深别恨赊。可堪梦里说还家。魂消天一涯。"〔珍珠令〕云："鹧鸪唱断江南路。春光暮。早吹落、樱桃飞絮。弹泪问东风，奈东风不语。　一寸柔肠愁万缕。拨瑶瑟、心情难诉。又院宇黄昏，潇潇疏雨。"〔太常引〕云："断肠春色可怜宵。心事涌于潮。魂倩不禁销。奈梦里、蓬山路遥。　桃花帘外，嫩寒如水，吹瘦小红箫。银烛不胜娇。早又是，盈盈泪消。"使子野见之，奈何之唤，正不必待闻清歌时耳。

《然脂余韵》卷三

徐鋆

徐鋆（1885—1935?）字贯恂，号澹庐，别号紫琅山民，江苏南通人。光绪十九年恩科举人，试用知县，卒于抗战前。有《淡庐诗余》二卷。

1. 周曾锦：

同学徐贯恂鋆，号澹庐，年十二，即以工书善诗名。所作词曰《碧春词》，曰《蝇须馆诗余》，清新可传。归安朱古微侍郎称其词自壬子后，一洗粉泽之态，与东坡、后村二家为近，可谓善变。……贯恂自幕浙中官京师，而诗境益进。倚声一道，不过偶为之耳。

《卧庐词话》

周天球

周天球（1886—1951）字大荒，湖南祁东人也。少入船山书院，转省立法政学堂。民初漫游京师，主编革命党报，又为人幕僚。有《忆梦词》。

1. 高旭：

跌宕词场杜牧之，银屏桦烛写乌丝。
歌残金缕他生怨，击碎珊瑚抵死痴。
猿臂封侯讵无分，蛾眉倾国惹相思。
几多哀乐中年感，谱入宣南玉笛枝。

美人迟暮替温存，一种风怀未可论。
量泪早拌盛碧海，消魂最怕近黄昏。
生天慧业羞儿女，历劫名花记梦痕。
如此江山真灿烂，东风愁煞旧王孙。
《题周大荒〈忆梦词〉》（《高旭集》卷九）

邵瑞彭

邵瑞彭（1888—1938）字次公，浙江淳安人。毕业于浙江省优级师范学堂，精研齐诗、淮南子及古历算学。民国初，被选为众议院议员，以反对曹锟贿选，著声于世。其后历任北京师范大学、河南大学教授。晚岁寓居开封，穷愁潦倒。有《扬荷集词》四卷。

1. 夏敬观：

次公为词，宗尚清真，笔力雄健，藻彩丰赡。近自中州寄示所作五词，则体格又稍变，运用典实，如出自然，博综经籍之光，油然于词见之。盖托体高，乃无所不可耳。

《忍古楼词话》

2. 叶恭绰：

次公词清浑高华，工于镕剪。残膏剩馥，正可沾溉千人。

《广箧中词》

3. 邵瑞彭：

少好修姱，长丁忧患，年未及壮而无生之气。自虑奄忽，寿不得长，乃纂平昔所为词如干首都为一卷，以付其友，匪云见志，留此吹剑之一吷而已。自诗教废坠，填词爰作，溯厥机缄，原本自天。夫心，知之灵，阴阳五行之气发乎无朕，逝于无倪，偭心而言，无假于物，复意为工，存乎其人。然而哀乐皆情，乐有极而哀无极；比兴胥体，比有涯而兴无涯。方予为词，含豪邈然；汩乎成章，羌不自谕。樵夫击辕，讵求和于九磬；山鸡舞镜，非效颦于鸾鸟。同声之应，流传之事，夫奚敢望。

《小黄昏馆词自叙》（《南社丛选·南社文选》卷五）

4. 邵瑞彭：

乙亥仲秋，大梁旅处，籀诵余暇，每取《遗山乐府》随意讴吟，觉其缘情感物，芳烈动人，信乎古诗之遗意，词林之变雅矣。向岁彊村老人曾广〔鹧鸪天〕《宫体》八首，辄为变通其意。依韶继响，或比换旧题，或直抒孤抱，寿陵蒲伏，奚敢遥跂邯郸，聊以寄要眇之思而已。……草端于桂华香里，断手于腊鼓声中，凡百二十日而写成定稿。托烟水之迷离，哀众芳之芜秽，答清商之幽唳，振山禽之余响，千载比肩，风声未远，发情思古，只益唏嘘，盖天时、人事为之也。

《山禽余响序》(《山禽余响》)

5. 陈声聪：

病榻吟秋落井梧，心香一瓣为周吴。

东华尘土中州泪，杳杳山禽响欲无。

瑞彭词，堂构颇大，绮丽之中，气机疏荡，功力甚深。

《论近代词绝句》(《填词要略及词评四篇》)

6. 沈轶刘：

清末民初杭州词人张尔田与遂安邵瑞彭齐名，工力不在四家下。

《繁霜榭词札》

7. 钱仲联：

地空星小霸王周通　邵瑞彭

次公出彊村门下，夏吷庵称其词“宗尚清真，笔力雄健，藻采丰赡”。遐庵叹其“残膏剩馥，正可沾溉千人”。〔蝶恋花〕句云：“一路秋虫啼未已，汝南遥夜鸡声起。”知人论世者所当知。

《近百年词坛点将录》

王钝根

王钝根（1888—？）原名王晦，字耕培，号钝根。江苏青浦人。南社社友。在上海任《申报·自由谈》、《自由杂志》、《游戏杂志》及《礼拜六》等刊编辑。

1. 高旭：

但有秋魂不可招，九歌吹入凤凰箫。

书生挟策成何济，笑咏风花殿六朝。

怕听花间惜别词，卿筹烂熟我筹之。

一箫一剑平生意，惭愧飘零未有期。

《钝根以所效定庵寱词属题，仍集定庵句书其后》（《高旭集》卷六）

2. 高旭：

湘中挺奇士，健笔罕匹俦。

绵邈发幽想，羞共鹿豕游。

寸心空四海，落落安所求。

壮志在沟壑，豪气干斗牛。

时作变徵声，引吭歌箜篌。

啸傲一室中，抗怀千载谋。

瓣香在骚雅，寄情杜若洲。

手搴荃与兰，庶以疗繁忧。

哀哀楚屈累，汨罗宁洗愁。

春风媚赉箓，无女伤高邱。

拔剑一峥嵘，万象森在眸。

心为名理超，所诣曷以休。

沅湘哀怨地，往往工悲秋。
前有姜斋翁，后有湘绮楼。
傅生最晚出，侠气横九州。
山水得嗣响，造物穷雕搜。
文章寄忠孝，虚名如赘疣。
风雅久歇寂，滔滔正横流。
狂澜伊谁挽，厥疾何时瘳。
一卷古性灵，庶几闻者羞。
酒酣题兹辞，掷笔心悠悠。
《题钝根诗词集》（《高旭集》卷六）

汪东

汪东（1889—1963）初名东宝，后改名东。字旭初，号寄庵、寄生、秋梦，江苏吴县人。早年肄业于震旦学院。光绪三十一年（1905）赴日留学。在东京加入同盟会。归国后参加辛亥革命。后任中央大学文学院院长。汪为章炳麟弟子，长于音韵、文字研究。工词，有《梦秋词》二十卷、《旭翁壬寅词》、《旭翁癸卯词》。

1. 夏敬观：

耆卿用六朝小品赋作法，层层铺叙，情景兼融，一笔到底，始终不懈。美成特行以张驰控送之笔，使潜气内转，开合自如，一篇之中，回环往复，一唱三叹。作者深得此诀，可谓善学周、柳者也。其最上乘者，泯绝蹊径，直入堂奥，意到辞谐，超然神理。功力至此，曷胜佩赞。

才丰志广，力能兼取南北宋之长，其涉南宋者亦多佳什。

卅年前乍见君所为词，即惊叹当世学周清真者莫君若。……君词从清真入，堂庑之大不待言矣，近更析腔寻律及耆卿《乐章》。夫词有俚有雅，祖之《三百篇》，俚者《风》也，雅者《雅》也。就一词言，则又有史、野之别，不可偏胜。质直语则其文质和钧者。君学周、柳，能为其质直语，造诣之至极也。握其环中，降猎旁涉，游戏朋交间，亦不至堕第二境地，终能以“拙”克制一切。

能为周、柳，今世惟君一人。

《梦秋词题识》

2. 夏敬观：

旭初词宗清真，绵蜜遒俊。《过金鳌玉蛛桥有怀而作》〔解蹀躞〕云：“半顷红香初减，青盖随风举。旧时灵鹢飞桡，映宫女。

一晌舞歇歌残，任看水佩风裳，漫霑尘土。　　甚情绪。因念荷亭凉露，凭肩共私语。至今罗袜凌波，更何许。往事重惜飘零，那堪空苑斜阳，带愁归去。”……诸词皆倚声上乘，可为后学圭臬也。

《忍古楼词话》

3. 姚鹓雏：

〔踏莎行〕《题梦秋词卷》

红豆笺经，皂囊焚草，独醒何计开怀抱。秦云巴雨旧羁愁，江山萧瑟才人老。　　秋梦无温，春丛如扫，酒边自谱阳关调。东坡莫道近粗豪，词坛今恨粗豪少东坡酒酣，自歌古阳关。君自谦近作不耐修饰，未免粗犷云云。余论词颇不主秾丽，固犹嫌同调之少也。

（《姚鹓雏文集（诗词卷）·苍雪词》卷二）

4. 姚鹓雏：

〔望江南〕

男儿事，西北有神州。蜡泪蚕丝消费尽，不辞垂老近辛刘。无地住温柔。

《分咏近代词家十二首》（《姚鹓雏文集（诗词卷）·苍雪词》卷三）

5. 陈声聪：

诗雅门庭挹异芬，玉溪白石欲平分。

提携家国仓皇际，谁识哀时汪水云。

东为荣宝之弟，荣宝诗学樊南，东词学尧章，华赡苍凉，江东独步。

《论近代词绝句》（《填词要略及词评四篇》）

寿玺

寿玺（1889—1950）字石工，号珏庵，浙江绍兴人。擅长刻印。有《珏庵词》二卷。

1. 夏敬观：

山阴寿石工玺，规模梦窗，意浓语涩，有《珏庵词》行世。《城南歌席》〔兰陵王〕云："水仙瑟，流响煎情共急。依稀严帐古帘，瞥眼繁花媚瑶碧。清寒味惯识。萧寂。春如过客。黄昏半、何处顿欢，微著歌云弄香息。　　回风麝尘藉，但碎语重天，零梦鸥席。商弦催唱销魂色。看萼熨眉小，晕酣涡浅，俟光飘送电骆驿，怎临去禁得。　　行历九街直。渐入画遥空，皱剩铅墨。沉阴戏鼓声中黑。便约扇笼暝，障羞痕窄。灯筵妆竟，又罥影，翠黛涩。"是词不特藻采芬逸，气韵尤高，劲气中深含静穆之旨。予尝谓梦窗词如汉魏文，潜气内转，不恃虚字衔接。不善学者，但于字句求之，失之远矣。石工真善学者也。

《忍古楼词话》

2. 张素：

有清一代，词家夥矣，顾言律者必称梦窗，如酉生、沤尹诸贤，龂龂于四声，其所为词皆肖梦窗，皆协于律，而学者难之。吾友石工，固以学梦窗自见者，其所为词往往眇曼而幽咽，令人不可猝读，至揆之于律，则四声悉准原制，无毫发之差，盖亦酉生、沤尹类也。余自念学词且近二十年，颇亦私淑梦窗，有所模拟，而苦不能肖之。即并世所识诸词人，其宗周、柳者失之庸，宗姜、张者失之弱，宗苏、辛者失之粗，求一深于词而精于律者盖寡，至梦窗一派，则尤少问津，不善学之，其失也碎。今石工乃独为诸词家所难，一切炼字选声务以梦窗为法，可不谓有志者欤？昔尹惟晓论宋人词尝曰："前有清真，后有梦窗。"此非苟为推许而已。清真以格胜，梦窗以气胜。夫格者显露于外，有目所易知；气者潜蓄于内，浅人所难晓。梦窗词之眇曼而幽咽，皆气为之，万非可以袭取者。吾家玉田不谙梦窗蓄气之法，乃谬谓梦窗之词如七宝楼台，拆下不成片段，而况不如玉田者乎？今之人将欲学梦窗之词，必先蓄梦窗之气；将欲蓄梦窗之气，必先求梦窗之词，此中甘苦，石工或能言之。而余之所望于石工者奢矣。石工方在壮年，兴会飙举，刻意为词，不似余之衰陋，其他日造诣益孟晋，似不难夺酉生、沤尹之席而代之。

《〈珏庵词〉第一〈枯桐怨语〉序》(《南社张素诗文集·婴公文存》)

3. 张素：

石工此等词，往往得之歌坊曲院间，世或以艳语少之。然吾观宋元以来词家，若周美成之橙香纤手、蔡松年之衣卷宫腰，其逸情妍韵亦足有存者焉，此盖未足为吾石工盛名之累也。

《〈珏庵词〉第二〈消息词〉序》(《南社张素诗文集·婴公文存》)

4. 陈声聪：

津桥杨柳乱栖鸦，闻笛心惊日未斜。

底用绮怀争隐轸，有烟水处有风沙。

词刻意生涩，自谓近四明，有《珏庵词》。

《论近代词绝句》(《填词要略及词评四篇》)

5. 陈声聪：

寿石工(玺)有《珏庵词》，火传梦窗，力求僻涩。……石工久居京中，与大壮、仲坚二人善。以词论，华妙不及大壮，深涩则过柳溪。

《读词枝语》(《填词要略及词评四篇》)

袁克文

袁克文（1889—1931）字豹岑，又字抱存、抱公，号寒云，又署龟庵，河南项城人。袁世凯次子。不喜政治，长于诗文，工书法，能唱昆曲，爱好藏书古玩，精于鉴赏。袁世凯死后，长期客居上海，以变卖字画为生。撰有《寒云手写所藏宋本提要廿九种》、《古钱随笔》、《寒云词集》、《寒云诗集》、《圭塘唱和诗》。所写掌故、笔记，如《辛丙秘苑》、《洹土私乘》等颇多独特之资料。所作词未正式付梓，死后由张伯驹等为其油印《洹上词》一册行世。

1. 夏仁虎：

凡学可以人力致，惟词则得于天事者为多。好鸟鸣春，幽蛩响夕，微风振松篁，寒泉咽危石，孰为之节奏？自赴其欢娱哀戚之旨，皆天也，词人之词亦犹是而已。是故古来作者，太白、飞卿为之，有其天也；杜陵、昌黎无其天，弗强作也。惟天故真，惟真故不为境所限，若南唐二主、若张功父，若纳兰容若，或偏霸江介，或贵公子，宜无弗得于志矣。然其为词郁伊善感，含情绵邈，有过于劳人思妇者，岂人力所能致耶？袁子寒云生长华朊，耽好儒素，当时誉者拟诸陈思，兹非仆之所敢知，第得见其所为词，则固功父、容若之流亚也。中岁湛隐放废、饮醇近妇如信陵，时时为词以寄意，多恻艳琐碎、燕私儿女之语，或乃病之，然此实词家本色也。颇闻近代主词坛者，悬所谓拙、重、大之旨为揭橥，以饰门面，召来学，而世之学为词者亦群焉奉为圭臬，然此特相率而为伪耳！寒云之词独能任天而动，交谡谡若松风，泠泠若泉石，兹非其天事之胜欤？……初意亦有志于考律，与赵逸叟诸人游，相与讨论，然其为效粗能度曲而已，今存稿中四声亦不能尽合于律，然此亦不足病也。宫调之失传久矣，今之教人为词者颇以四声并和为尽能事，梏桎性灵，伤词害义，其弊已不胜言。古今之音异，南北之音异，一声而阴阳异，乃至一名家词而数本互异，又孰从而正是之？寒云之词自鸣其天，不欲扶篱倚壁，趋于窘涩之途，亦不肯描头画角，失其咏叹之旨，殆为有其天而能自全者欤？寒云病中恒手自定稿，命其闺人录之，凡得词如干首，自署曰《洹上词》。既殁，家人以属其中表张伯驹，伯驹将为梓之，问序于余，余病夫无其天而强为之者之多，而号称能为词者又日以涂饰摹拟相矜尚，词之天寖失而词学益以微，乃信寒云之词为必可传。若夫哀鸟遗音，时于恻恻微吟中寓其家国难言之隐，则尤足慨念云。

《寒云词序》(《洹上词》)

2. 张伯驹：

寒云词跌宕风流，自发天籁，如太原公子不修边幅而自豪，洛川神女不假铅华而自丽。呜呼！霸图衰歇，文采犹存，亦足以传寒云矣。

《寒云词序》(《洹上词》)

3. 张伯驹：

〔金缕曲〕《题寒云词稿》

一刹成尘土。忍回头、红毹白雪，同场歌舞。明月不堪思故国，满眼风花无主。听哀笛、声声凄楚。铜雀春深销霸气，算空余、入洛陈王赋。忆举酒，对眉妩。　江山依旧无今古。看当日、君家厮养，尽成龙虎。歌哭王孙寻常事，芳草天涯歧路。漫托意、过船商贾。何逊白头飘零久，问韩陵、片石谁堪语？争禁得，泪如雨。

《张伯驹词集·丛碧词》

向迪琮

向迪琮(1889—1969) 字仲坚，四川双流人。清末入成都四川铁道学堂读书。后参加同盟会，民国年间，先后任职于北京内务部土木司、行政院及天津海河工程局。后历任四川大学教授、上海市文史研究馆研究员等。向迪琮早年即工诗词，在当时词坛颇有影响。著有《柳溪长短句》及《续录》、《柳溪词话》、《云烟回忆录》等。

1. 邵瑞彭：

词者，乱世之所造也。王迹熄而诗作，依近人廖氏说诗亡然后春秋作，黑精既没，凤鸟不假，新王不兴，端门之书蔑如。自兹五胜失序，幡薄绿图，永秘河洛，间有小康之岁，要之乱多治寡。士生其际，念天人之变，闵邦家之哀，进不获行其所志，退而为诗，温柔敦厚，往往不戾乎六义，此古今诗人所由众也。词又诗之余，变风、变雅之遗，春秋经世之志也。草端于唐，繁衍于宋，其志哀以思，其言微以婉，其声曼以戚，感人之深，诗所不逮。本诸性情，则靡得而殊焉。瑞彭窃学《齐诗》，知性情之发，著于声音，通乎治乱，旼稽文王受命之先，寅仲甲子三千又九十年，至有清光绪十又九年酉孟癸巳，诗道大终。《淹孔图》曰：诗含五际六情，绝于申。此其时矣。夫周《诗》定自阴圣，辕翼之徒，用以乩三千余年之治乱。后世之诗，诗人所作，论世之彦，亦用以乩其时之治乱。若乃极乱之岁，阴贼阳，情胜性，羝羊在牧，亢龙有悔，愤盈伊郁韫乎内，咨嗟咏叹宣乎外，而词兴焉。在昔，尼父以《春秋》继轨周《诗》，故《诗》有四始，《春秋》有五始；《诗》有三颂，以存二王，《春秋》亲周故宋，以备三统。然而周《诗》之世，有乱有治，《春秋》之世，有乱无治。后世以词为诗余，犹《春秋》之于《三百篇》耳。切夫世乱则词兴，一寻往迹，政可了然。唐季五代，较宋初为工；北宋之季，迄南宋之亡，世弥哀，词弥盛。元代词人，皆宋遗黎，其余策名奇渥温氏诸臣，鲜有能者。有明一朝，词学陵替。康雍老师，号为复古，末流承弊，买匵还珠。其后比兴寄托之说，侈然杂陈，卒之目巧而手拙。何则兹二朝者，世乱不若宋故也。光绪癸巳而降，居积阴之位，蒙四始之缺，丁诗缺之际，天地之数穷，古今之变极，姬昌以来，未之有也。于斯时也，词学之盛，上轶天水，半塘振其绝响，郑、况阐其灵怀，吾师朱侍郎，岿然特兴，集倚声家之大成，起六百年之废疾。同声远应，捷如桴鼓；宗风所被，铿若球锽。而我仲坚本其瑰异之才，竺志劬学，意内言外，独探元赏。神理既充，华藻彪蔚，犹之屠父扮刃，暗中桑林，范氏御马，不爽绳尺。观其抗心宋贤，含毫孤往，动揢无形，送目遐宙，典重渊微，清真之为也；惊采妙思，二窗之为也；遒劲雄逸，东坡、石帚之为也。梅溪之绰约，小山之沉丽，皆词苑巨观。后学津逮，仲坚莫不洞窥堂奥，匐鞴众长，并世词流，罕与抗手，为之不辍，定能自树旌旄，凌轹往哲。虽然，窃有恫焉。今断自半塘，爰及仲坚，才二十余年，矅目天坏，既如此矣。欲词不工，庸可望邪？齐学之言，癸巳后百五十年大乱方阕，后仲坚而作者，不知其几何人。吾乌得而尽见之。为仲坚喜，不禁为斯世惧。瑞彭幼习倚声，长治齐学，以为玄统樔绝，仓黄不代，游夏之徒，邈然长往，经世之志，湛冥终古。于是专意为词，托于舂徒邪许，庶女仰天，自抒性情，无当得失，集微撰著，用竢輶轩，何图同时群雅，幸获盍戠，今兹又得邂逅仲坚，时方严冬，修夜不旸，万窍呶嘆，相与纵谈如此。其辞若甚陶诞，诚难强涂人以共喻耳。仲坚因索予序其词，即书所说，以为题辞。世有读仲坚词者，当百二十国宝书观可矣。

《柳溪长短句序》（《词学季刊》第二卷第四号）

2. 陈声聪：

向仲坚《柳溪长短句》，清新雅丽，声情并茂。

迪琮含宫嚼徵，酝酿姜、史，令词似尤胜。

《读词枝语》(《填词要略及词评四篇》)

蔡桢

蔡桢（1891—1944）字嵩云，江西上犹人。早年尝从郑文焯、况周颐等问学，后任河南大学教授。著有《柯亭长短句》、《柯亭词论》、《词源疏证》等。

1. 叶恭绰：

嵩云邃于词学，所作《词源疏证》，于音律剖析精微，多发前人未尽之意。自填词，亦当行出色，无愧作者。

《广箧中词》卷三

引用参考文献

二画至三画

之溪老生集	先著著	康熙刻本
二乡亭词	宋琬著	清名家词本
二娱小庐诗钞词钞	尤维熊著	嘉庆十七年刻本
十发盦类稿	程颂万著	光绪二十六年—二十七年刻本
人间词话	王国维撰	词话丛编本
九芝草堂诗存	朱依真著	道光二年刻本
三家词录	赵植庭、吕儁孙、方恺著	民国十年铅印本
三程词钞	程寿霖、程颂芳、程颂万著	民国十八年铅印本
三借庐笔谈	邹弢著	江苏广陵古籍刻印社1995年影印本
三江所志	陈宗洛、傅月樵辑	绍兴县修志委员会民国二十六—二十八年刊绍兴县志资料第一辑
七颂堂词绎	刘体仁撰	词话丛编本
广箧中词	叶恭绰辑	番禺叶氏遐庵丛书铅印本
大云山房文稿	恽敬著	四部丛刊本
大鹤山房全书	郑文焯著	光绪刻本
大鹤山人词话	郑文焯撰	词话丛编本
万青阁诗余	赵吉士著	续修四库全书本
小山诗文全稿	王时翔撰	嘉庆刻本

小山诗余	王时翔撰	乾隆娄东王景元刻本
小草庵诗钞	屠苏著	丛书集成初编本
小谟觞馆文集	彭兆荪著	同治刻本
小谟觞馆诗余	彭兆荪著	清名家词本
小湖田乐府	吴蔚光著	嘉庆刻本
小庚词	叶申芗著	清名家词本
小眠斋词	史承谦著	乾隆刻本
小玲珑馆词	叶大壮著	清名家词本
小嫏嬛词话	王初桐	嘉庆刻本
小只陀庵诗钞	沈世良著	同治二年刊本
小三吾亭词	冒广生著	如皋冒氏丛书本
小三吾亭词话	冒广生撰	词话丛编本
小檀栾室汇刻闺秀词	徐乃昌辑	光绪二十二年南陵徐氏刻本
勺庐词	洪汝闿著	民国刻本
己畦文集	叶燮著	郎园先生全书本
孑楼诗词话	林庚白著	民国诗话丛编本

四画

文廷式全集	文廷式著	大华印书馆
文芸阁先生词话	龙沐勋辑	同声月刊第二卷
文瀫初编	钱肃润辑	四库禁毁书丛刊本
亢艺堂集	孙廷璋著	丛书集成初编本
云韶集	陈廷焯辑	清抄本
云川阁集	杜诏著	雍正刻本
云起轩词	文廷式著	清名家词本
天倪阁词	胡薇元著	光绪刻本

天问庐词话　舍我著　民国日报
无长物斋诗存　刘炳照著　光绪三十四年刊本
历代词人考略　况周颐著　抄本
历代两浙词人小传　周庆云辑　江苏广陵古籍刻印社1988年影印本
历代词腴　黄承勋辑　光绪十一年刻本
王抱翼小山诗文稿　王时翔著　乾隆十一年娄东王景元刻本
王义士辋川诗钞　王沄著　丛书集成新编本
太素斋词　勒方锜著　清名家词本
艺舟双楫　包世臣著　安吴四种本
艺蘅馆词选　梁令娴辑　广东人民出版社1981年版
艺风堂文集　缪荃孙著　续修四库全书本
支机集　蒋平阶、沈亿年、周积贤著　词学第二辑
五百家名媛词选　吴灏编选　民国十六年石印本
五百石洞天挥麈　邱炜萲撰　续修四库全书本
忆云词　项廷纪著　清名家词本
忆云词　项廷纪著　续修四库全书本
忆江南馆词　陈澧著　清名家词本
水云楼词　蒋春霖著　清名家词本
水淇国棹歌　蒋文鸿著　慕皋庐杂刻本
中白词　庄棫著　清名家词本
中国文学家大辞典（清代卷）钱仲联主编　中华书局1996年版
中国文学家大辞典（近代卷）梁淑安主编　中华书局1997年版
中国词学大辞典　马兴荣等编　浙江教育出版社1996年版
止庵文　周济著　常州先哲遗书本
毛稚黄集　毛先舒著　思古堂十四种书本
今词初集　顾贞观、纳兰成德辑　康熙刻本

今词苑	陈维崧等辑	康熙刻本
今世说	王晫著	商务印书馆民国二十四年本
介存斋文稿	周济著	求志堂存稿汇编本
介存斋论词杂著	周济撰	词话丛编本
长兴词话	温匋编	民国排印本长兴词存卷六
长真阁集	席佩兰著	民国九年扫叶山房石印本
分春馆词话	朱庸斋著	广东人民出版社 1989 年版
尺冈草堂遗集	陈璞著	光绪十五年刻本
双砚斋词话	邓廷桢撰	词话丛编本
心日斋十六家词选	周之琦辑	道光刻本
片玉山房词话	孙兆溎撰	词话丛编本

五画

宁乡程氏全书七种	程颂万著	光绪十七年—民国二十年刻本
汉学师承记	江藩著	上海古籍出版社 2006 年版
兰石词	董佑诚著	清名家词本
半塘定稿	王鹏运著	清名家词本
半箧秋词	张祥龄著	民国影印本
古今词汇	卓回辑	康熙刻本
古今词话	沈雄辑	词话丛编本
古今词论	王又华撰	词话丛编本
古红梅阁集	刘履芬著	民国铅印本
古欢室诗词集	曾懿著	光绪三十三年刻本
古夫于亭杂录	王士禛著	四库全书本
东江集钞	沈谦著	康熙刻本

东鸥草堂词　周星誉著　清名家词本
东海渔歌　顾春著　民国三年排印本
东塾集　陈澧著　光绪刻本
东瓯词徵　薛钟斗辑、余振棠校补　上海社会科学院出版社 2004 年版
本朝七家词选　孙麟趾辑　抄本
本事词　叶申芗撰　词话丛编本
玉凫词　董俞著　清名家词本
玉壶山房词　改琦著　清名家词本
玉梅词话　况周颐著　国粹学报第四卷
玉栖述雅　况周颐撰　词话丛编本
平等阁诗话　狄葆贤著　有正书局宣统铅印本
石园全集　李元鼎著　康熙刻本
石坛山房全集　陈得善著　民国铅印本
左庵外集　刘师培著　江苏古籍出版社 1997 年版刘申叔遗书本
左庵词话　继昌（李佳）撰　词话丛编本
左庵诗余　继昌（李佳）著　光绪刊本
龙壁山房词　王拯著　清名家词本
龙壁山房诗文集　王拯著　光绪癸未（1883）校刊本
龙榆生词学论文集　龙榆生著　上海古籍出版社 1997 年版
史位存著述六种　史承谦著　乾隆刻本
旧时月色斋词谭　陈匪石著《宋词举》附　江苏古籍出版社 2002 年版
四库全书总目　永瑢、纪昀等编纂　中华书局 1965 年版
四库未收书目提要续编　胡玉缙著续四库提要三种本　上海书店出版社 2002 年版
北游录　谈迁著　中华书局 1960 年版

仪宋堂文集	吴嘉洤著	光绪刻本
仪宋堂文二集	吴嘉洤著	光绪五年刻本
白雨斋词话	陈廷焯撰	词话丛编本
白雨斋词话足本校注	屈兴国校注	齐鲁书社 1983 年版
白香词谱笺	舒梦兰辑，谢朝征笺	中华书局 1982 年版
乐志堂诗集	谭莹著	柳堂师友诗录初编本
乐志堂文略	谭莹著	学海堂丛刻本
乐府余论	宋翔凤撰	词话丛编本
民权素诗话	蒋抱玄辑	民国诗话丛编本
民国诗话丛编	张寅彭主编	上海古籍出版社 2002 年版
民国人物碑传集	卞孝萱、唐文权编	团结出版社 1995 年版
幼学堂文稿	沈钦韩著	续修四库全书本

六画

江山万里楼诗词钞	杨圻著	上海古籍出版社 2003 年版
江山风月谱	许光治著	别下斋从书本
齐物论斋文集	董士锡著	问影楼从刻初编本
刘熙载文集	刘熙载著	江苏古籍出版社 2000 年版
刘熙载集	刘熙载著	华东师范大学出版社 1993 年版
安雅堂文集	宋琬著	安雅堂全集本
问花楼词话	陆蓥撰	词话丛编本
论词随笔	沈祥龙撰	词话丛编本
百尺梧桐阁集	汪懋麟著	近代中国史料丛刊三编本
百名家词钞	曾王孙、聂先辑	康熙刻本
百末词	尤侗著	清名家词本
百柱堂全集	王柏心著	续修四库全书本

末边词	李符著	清名家词本
过云精舍词	杨夔生著	新文丰出版公司丛书集成三编本
有正味斋全集	吴锡麒著	吴氏一家稿本
西河文集	毛奇龄著	四库全书本
西堂杂组	尤侗著	西堂全集本
西圃词说	田同之撰	词话丛编本
西陵词选	陆进、俞世彪辑	康熙十四年刊本
西河词话	毛奇龄撰	词话丛编本
西崦山人词话	王䄍著	抄本
尧峰文钞	汪琬著	四部丛刊本
仟庵词话	沈泽棠著，忏庵随笔附	宣统三年刻本
朱彝尊词集	屈兴国等点校	浙江古籍出版社 1994 年版
自镜斋诗钞	潘曾玮著	光绪十三年刻本
全清词·顺康卷	南京大学中文系全清词编纂研究室	中华书局 2002 年版
全清词·顺康卷补编	张宏生主编	南京大学出版社 2008 年版
全清词钞	叶恭绰辑	中华书局 1982 年版
屺云楼集	刘存仁著	咸丰同治间刻本
吕碧城词笺注	吕碧城著，李保民笺注	上海古籍出版社 2001 年版
师竹轩词钞	许谨身著	咸丰刻本
岁塞居词话	胡薇元撰	词话丛编本
灯昏镜晓词	宋谦著	宣统二年排印本
名媛诗话	沈善宝著	续修四库全书本
竹叶庵文集	张埙著	续修四库全书本
自课堂集	程康庄著	山右丛书本
艮庐词	张茂炯著	民国二十年刻本

观堂长短句　王国维著　清名家词本
妇人集　陈维崧辑　番禺潘氏道光二十六年刻本
戏鸥居词话　毛大瀛辑　词话丛编本
红藕庄词　龚翔麟著　清名家词本
红桥倡和词　康熙刻本
约园词　刘溎年著　光绪十二年刻本
延露词　彭孙遹著　清名家词本

七画

词话丛编　唐圭璋编　中华书局1986年版
词则　陈廷焯辑　上海古籍出版社1984年版
词轨　杨希闵辑　抄本
词坛妙品　张渊懿、田茂遇辑　宣统石印本
词女五录　吴克岐辑　南京图书馆藏稿本
词坛丛话　陈廷焯撰　词话丛编本
词学通论　吴梅著　万有文库本
词学集成　江顺诒辑评　词话丛编本
词林正韵　戈载著　四印斋所刻词本
词苑丛谈校笺　徐釚著，王百里校笺　人民文学出版社1998年版
词苑萃编　冯金伯辑　词话丛编本
词律　万树编著　上海古籍出版社1984年影印本
词莂　张尔田辑　彊村遗书本
词综偶评　许昂霄撰　词话丛编本
词籍序跋萃编　施蛰存主编　中国社会科学出版社

		1994 年版
词迳	孙麟趾撰	词话丛编本
词概	刘熙载撰	词话丛编本
词徵	张德瀛撰	词话丛编本
词则	陈廷焯编选	上海古籍出版社 1984 年影印本
词论	张祥龄撰	词话丛编本
词说	蒋兆兰撰	词话丛编本
词谰	宣雨苍著	国闻周报卷三八至十期
词学季刊	龙榆生主编	上海书店 1985 年影印本
冷庐杂识	陆以湉著	续修四库全书本
冶古堂文集	吕履恒著	四库全书存目丛书本
冶麓山房藏书跋尾	陈作霖著	联经出版事业公司 1976 年版明清未刊稿本汇编初辑本
宋浣花诗词合刻	宋志沂著	同治十一—十二年刻本
辛亥人物碑传集	卞孝萱、唐文权编	团结出版社 1991 年版
初日楼诗·驻梦词	严既澄著	北平人文书店 1932 年版
汪辟疆文集	汪辟疆著	上海古籍出版社 1988 年版
沈尹默诗词集	沈尹默著	书目文献出版社 1983 年版
声执	陈匪石撰	词话丛编本
花影吹笙词钞	叶英华著	光绪三年刻本
花草蒙拾	王士禛撰	词话丛编本
花随人圣庵摭忆	黄濬著	上海古籍出版社 1983 年版
苍梧词	董元恺著	清名家词本
芬陀利室词	蒋敦复著	清名家词本
芬陀利室词集	蒋敦复著	续修四库全书本
芬陀利室词话	蒋敦复撰	词话丛编本
芙蓉山馆全集	杨芳灿著	续修四库全书本

远志斋词衷	邹祗谟撰	词话丛编本
扶荔词	丁澎著	续修四库全书本
丽农词	邹祗谟著	清名家词本
李宣龚诗文集	李宣龚著，黄曙辉点校	华东师范大学出版社 2009 年版
更生斋诗余	洪亮吉著	清名家词本
吾意盦长短句甲乙稿	姚正镛著	光绪九年刻本
两当轩集	黄景仁著	上海古籍出版社 1983 年版
两般秋雨庵随笔	梁绍壬著	河北教育出版社 1994 年版
吴梅全集	吴梅著	河北教育出版社 2002 年版
吴梅村全集	吴伟业著	上海古籍出版社 1990 年版
吴梅村编年诗笺注	吴伟业撰，程穆衡笺注	太昆先哲遗书本
吴县志	曹允源等编修	民国铅印本
吴中女士诗钞	任兆麟辑	乾隆五十四年刻本
吴中七家词	戈载等著	道光刻本
听松庐词钞	张维屏著	清刻本
听秋声馆词话	丁绍仪撰	词话丛编本
吟碧山馆词	王寿庭著	光绪年间刻本
吟碧山馆词钞	王寿庭著	同治六年抄本
饮水词	纳兰性德著	道光二十五年张祥河刻本
饮水词	纳兰性德著	道光二十六年金梁外史选刻本
饮冰室评词	梁启超著	词话丛编本
饮虹簃论清词百家	卢前著	清名家词本
余波词	查慎行著	清名家词本
含影词	陈世祥著	清词珍本丛刊本
近三百年百家词选	龙榆生选编	上海古籍出版社 1979 年版
近代词人轶事	张尔田辑	词话丛编本

近代词钞	严迪昌编著	江苏古籍出版社1996年版
近现代词纪事会评	严迪昌编著	黄山书社1995年版
近词丛话	徐珂撰	词话丛编本
近代词钞	严迪昌编	江苏古籍出版社1996年版
近代词人考录	朱德慈著	中国社会科学出版社2004年版
陈迦陵文集	陈维崧著	四部丛刊本
陈东塾先生遗诗	陈澧著	民国二十年刻本
忍古楼词话	夏敬观撰	词话丛编本
灵芬馆集	郭麐著	民国二年扫叶山房本
灵芬馆词话	郭麐撰	词话丛编本
灵分馆词四种	郭麐著	清名家词本
张伯驹词集	张伯驹著	中华书局1985年版
纳兰性德年谱	张任政著	国学季刊第二卷第四号
纳兰词	纳兰性德著	光绪六年许增娱园刻本
李渔全集	李渔著	浙江古籍出版社1991年版
李审言文集	李详著	江苏古籍出版社1989年版
听香室遗稿	潘诚贵著	光绪五年刻本

八画

定庵文集	龚自珍著	四部备要本
定山堂诗余	龚鼎孳著	清名家词本
空明子诗余	张荣著	四库全书存目丛书本
空青馆词稿	边浴礼著	续修四库全书本宜雅堂词
宜雅堂集	仲湘著	清稿本
庚子秋词	王鹏运等著	民国石印本
话山草堂遗集六种	沈道宽著	光绪三年润州権署刊本

郑板桥集	郑燮著	上海古籍出版社 1979 年版
学海堂集	吴兰修等编	道光五年—光绪十二年刻本
郎园读书志	叶德辉著	民国十七年郎园刻本
抱桐轩文集	顾陈垿著	乾隆淡成堂精刻本
拙政园诗余	徐灿著	拜经楼丛书本
松泉诗集	江昱著	四库全书存目丛书本
松桂堂全集	彭孙遹著	四库全书本
松花庵诗余	吴镇著	乾隆间刻本
林蕙堂集	吴绮著	四库全书本
直木斋全集	任绳隗著	康熙刻本
雨村词话	李调元撰	词话丛编本
雨华庵词话	钱裴仲撰	词话丛编本
坦庵词	徐石麒著	清名家词本
茂陵秋雨词	王拯著	同治三年刻本
青田山庐词钞	莫庭芝撰	黔南丛书本
武林人物新志	施朝干著	道光刻本
非半室原刻词存	刘勷著	民国十年铅印本
昙云阁集	曹楙坚著	道光二十三年刻本
国朝名家诗余	孙默辑	康熙刻本
国朝词综	王昶辑	四部备要本
国朝词综二编	王昶辑	四部备要本
国朝词综补	丁绍仪辑	光绪刻本
国朝词综续编	黄燮清辑	四部备要本
国朝湖州词录	朱祖谋辑	吴兴丛书本
国朝常州词录	缪荃孙辑	光绪二十二年刻本
国朝诗人征略	张维屏编撰，陈永正点校	中山大学出版社 2004 年版

味隽斋词	周济著	清名家词本
郘亭遗文	莫友芝著	续修四库全书本
明清江苏文人年表	张慧剑编著	上海古籍出版社 2008 年版
炊闻词	王士禄著	清名家词本
侣鸥阁近集	熊文举著	康熙刻本
采香词	杜文澜著	续修四库全书本
知止堂词录	朱绶著	光绪刻本
知止堂文集	朱绶著	清刻本
受辛词	王菼著	光绪间刻本
金粟词话	彭孙遹撰	词话丛编本
孟亭居士诗稿	冯浩著	嘉庆七年刻本
迦陵词稿本	陈维崧著	清稿本
学文堂诗余	陈玉璂著	常州先哲遗书本
卧庐词话	周曾锦撰	词话丛编本

九画

闺秀词话	雷瑨、雷瑊辑	民国十四年扫叶山房本
说剑堂集	潘飞声著	光绪刻本
养一斋文集	李兆洛著	四部备要本
养一斋集	潘德舆著	道光刻本
洞箫楼诗纪	宋翔凤著	浮溪精舍丛书本
洹上词	袁克文著	油印本
闻见阐幽录	韦光黻撰	丛书集成续编本
哀怨集	宋育仁著	宣统二年铅印本
城东唱和词	吴昌绶、张祖廉著	民国十四年刻本
珍重阁词话	赵尊岳著	同声月刊第一、二卷
珂雪词	曹贞吉著	清名家词本

荆溪词初集	陈维崧等辑	康熙刻本
荆圃倡和集	杨芳灿辑	嘉庆四年刻本
荔墙词	汪曰桢著	荔墙丛刻本
茗斋诗余	彭孙贻著	明词汇刊本
厚石斋诗集	王孟鋗著	清乾隆刻本
南州草堂词话	徐釚著	学海类编本
南溪词	曹尔堪著	清名家词本
南耕词	曹亮武著	续修四库全书本
南社丛选	胡朴安编	上海中国文化服务社 1936 年版
春在堂全书	俞樾著	光绪刻本
春芜词	江闿著	黔南丛书本
春游琐谈	张伯驹编	中州古籍出版社 1984 年版
春融堂集	王昶著	嘉庆刻本
柘西精舍词	沈皞日著	清名家词本
柯家山馆词	严元照著	清名家词本
柯亭词论	蔡桢撰	词话丛编本
柳洲词选	戈元颖辑	康熙刻本
柳塘词话	沈雄著	词话丛钞本
柳下词	周青著	云自在龛丛书本
查恂叔集	查礼辑著	抄本
思适斋集补遗	顾广圻著	上海古籍书店 1962 年版
思适斋集	顾广圻著	续修四库全书本
幽兰草	李雯、陈子龙、宋征舆著 辽宁教育出版社 2000 年版《云间三子新诗合稿〈幽兰草〉倡和诗余》本	
香祖笔记	王士禛著	四库全书本
香苏山馆全集	吴嵩梁著	道光刻本

香禅精舍集	潘钟瑞著	光绪刻本
香隐盦词	潘遵璈著	光绪刻本
香消酒醒词	赵庆熺著	清名家词本
香草词	陈钟祥著	黔南从书本
俭重堂诗余	纪迈宜著	乾隆刻本
秋水词	严绳孙著	清名家词本
秋锦山房词	李良年著	清名家词本
秋籁吟	赵怀玉著	清名家词本
衍波词	王士禛著	清名家词本
复堂词	谭献著	清名家词本
复堂类集	谭献著	半厂丛书初编本
复堂词话	谭献撰	词话丛编本
爰园词话	俞彦撰	词话丛编本
独学庐初稿	石韫玉著	乾隆六十年刻本
眉绿楼词	顾文彬著	光绪刻本
姚光全集	姚光著，姚昆群、昆田、昆遗编	社会科学文献出版社 2007 年版
姚鹓雏文集（诗词卷）	姚鹓雏著	上海古籍出版社 2009 年版
南亭词话	李宝嘉撰	词话丛编本
拜石山房词	顾翰著	清名家词本
适园论词	袁学澜撰，零锦集词稿附	苏州护龙街中文学山房印行

十画

海绡翁说词稿	陈洵撰	词话丛编本
海绡词笺注	陈洵著，刘斯翰笺注	上海古籍出版社 2002 年版

海上嘉月楼诗稿	唐晏著	民国十年排印本
酒边词	谢章铤著	续修四库全书本
浮溪精舍词	宋翔凤著	清名家词本
浙西六家词	龚翔麟辑	康熙刻本
浣雪词钞	毛际可撰	清刻本
消寒词	孙原湘等著	清刻本
高旭集	高旭著，郭长海、金菊贞编	社会科学文献出版社2003年版
高燮集	高燮著，高铦、高锌、谷文娟编	中国人民大学出版社1999年版
席月山房词	桂文耀著	民国抄本
瓶隐山房词钞	黄曾撰	咸丰年间刻本
桐石草堂诗集	汪仲鈖著	乾隆二十年刻本
栖云山馆词存	黄锡禧著	同治六年刻本
校经廎文稿	李富孙著	续修四库全书本
校礼堂文集	凌廷堪著	校礼堂全集本
真松阁词	杨夔生著	清名家词本
泰云堂诗集	孙尔准著	四库全书存目丛书本
夏承焘集	夏承焘著	浙江古籍出版社1997年版
索笑词	张文虎著	舒艺室全集本
悔庵学文	严元照著	光绪刻本
倚晴楼诗余	黄燮清著	清名家词本
倚云亭词钞	马功仪著	光绪间刻本
倚声初集	王士禛、邹祗谟辑	顺治刻本
翁山文外	屈大均著	嘉业堂丛书本
留云借月盦词	刘炳照著	光绪十九年刻本
皱水轩词筌	贺裳撰	词话丛编本
通志堂集	纳兰性德著	康熙刻本

通志堂词	纳兰性德著	道光十二年汪元治结铁网斋刻本
通志堂词	纳兰性德著	清名家词本
莲子居词话	吴衡照撰	词话丛编本
桐华阁词钞	杜贵墀著	光绪刊桐华阁丛书本

十一画

章北亭集	章恺著	嘉庆五年螺溪敦艮堂刊本
梁溪词选	侯晰辑	抄本
清梦庵二白词	沈传桂著	清刻本
清代七百名人传	蔡冠洛编著	中国书店 1984 年版
清吟堂词	高士奇著	清名家词本
清代词学概论	徐珂著	大东书局 1926 年版
清史稿	赵尔巽等编撰	中华书局 1977 年版
清史列传	王钟翰点校	中华书局 1987 年版
清词玉屑	郭则沄著	民国蛰园自刊本
清词纪事会评	尤振中等编著	黄山书社 1995 年版
清词珍本丛刊	张宏生编	凤凰出版社 2007 年版
清诗话	丁福保辑	中华书局 1963 年版
清诗话续编	郭绍虞辑	上海古籍出版社 1983 年版
清绮轩词选	夏秉衡辑	乾隆刻本
清芬堂集	潘人龙著	嘉庆二十年载石山房刻本
清足居集	邓瑜著	光绪二十二年刻本
清代词女征略	吴克岐编	稿本
清十一家词钞	王煜辑注	正中书局 1947 年版
清诗纪事	钱仲联主编	江苏古籍出版社 1989 年版
清八大名家词集	钱仲联编	岳麓书社 1996 年版

清词别集知见目录汇编	吴熊和、严迪昌、林玫仪编	中研院文哲研究所1997年版
清人诗文集总目提要	柯愈春著	北京古籍出版社2001年版
清代人物生卒年表	江庆柏编著	人民文学出版社2005年版
渔洋山人文略	王士禛著	王渔洋遗书本
淮海秋笳集	姚正镛等著	咸丰刻本
渚山堂词话	陈霆撰	词话丛编本
褒碧斋集	陈锐撰	民国十九年刊本
褒碧斋词话	陈锐撰	词话丛编本
梦陔堂文集	黄承吉著	咸丰刻本
梦苕庵诗话	钱仲联著	齐鲁书社1986年版
梅山梦草	董良玉著	新文丰出版公司丛书集成三编本
梅村诗余	吴伟业著	清名家词本
梅庄诗钞	华长卿著	同治八年刻本
梅窝诗钞	陈良玉著	光绪年间刻本
梅边吹笛谱	凌廷堪著	清名家词本
梅里词绪	薛廷文辑	清稿本
菊庄词	徐釚著	清名家词本
黄人集	黄人著，江庆柏、曹培根整理	上海文化出版社2001年版
菌阁琐谈	沈曾植撰	词话丛编本
菜香书屋诗草	吴煊著	嘉庆七年刻本
匏庐诗话	沈涛著	中国诗话珍本丛书本北京图书馆出版社2004年版
雪波词	苏汝谦著	民国刊本
雪桥诗话	杨钟羲著	求恕斋丛书本
崇百药斋文录	陆继辂著	国朝文录本

情田词　邵瑸著　乾隆十七年刻本
啸古堂诗集　蒋敦复著　续修四库全书本
晚晴簃诗汇　徐世昌辑　续修四库全书本
曼香词　吴翌凤著　清名家词本
铜鼓书堂词话　查礼撰　词话丛编本
笙月词　王诒寿著　娱园丛刻本
弹指词　顾贞观著　清名家词本
随园著述　袁枚辑　乾隆嘉庆间刻本
续修四库全书提要　王云五主持　（台湾）商务印书馆 1972 年版
续修四库全书总目提要　中国科学院图书馆整理　齐鲁书社 1996 年版
虚受堂文集　王先谦著　续修四库全书本

十二画

湘瑟词　钱芳标著　续修四库全书本
湘绮楼文集　王闿运著　湘绮楼全书本
湘绮楼评词　王闿运评　词话丛编本
湖海楼词　陈维崧著　清名家词本
湖州词徵　朱祖谋辑　吴兴丛书本
童山文集　李调元著　丛书集成初编本
寒松阁词　张鸣珂著　清名家词本
寒松阁词　张鸣珂著　续修四库全书本
谦谷集　汪筠著　四库未收书辑刊本
道古堂文集　杭世骏著　乾隆刻本
棠村词　梁清标著　清名家词本
尊瓠室诗话　陈诗撰　民国诗话丛编本，上海古

		籍出版社 2002 年版
楮叶词	闵华著	清刻本
琴语堂杂体文续	李肇增著	同治三年刻本
琴台梦语	易顺鼎著	光绪十年刻本
琼笙吟馆诗词集	崔瑛著	民国铅印本
越缦堂读书记	李慈铭著	上海书店出版社 2000 年版
越缦堂诗话	李慈铭著，蒋瑞藻辑	民国铅印本
紫藤花馆诗余	刘观藻著	光绪刊古红梅阁遗诗本
赌棋山庄全集	谢章铤著	光绪刻本
赌棋山庄词话	谢章铤撰	词话丛编本
舒乙室杂著	张文虎著	续修四库全书本
程侍郎遗集	程恩泽著	续修四库全书本
程午桥集	程梦星著	乾隆间刻本
然脂余韵	王蕴章撰	民国诗话丛编本，上海古籍出版社 2002 年版
疏影楼词	姚燮著	清名家词本
遐庵词赘稿	叶恭绰著	1954 年石印本
遐庵汇稿	叶恭绰著	民国三十五年刊本
葑烟亭词	黎兆勋著	黔南丛书本
粤词雅	潘飞声撰	词话丛编本
粤东词钞	许玉彬、沈世良辑	道光二十九年刻本
黑蝶斋词	沈岸登著	清名家词本
愢簃词话	闻野鹤著	词话丛编续编本，人民大学出版社 2010 年版

十三画

窥词管见	李渔撰	词话丛编本

新蘅词	张景祁著	光绪刻本
湀书	毛先舒著	思古堂十四种书本
蓉渡词	董以宁著	清名家词本
蓉影词	张琦等著	嘉庆间刻本
蓉影词	赵尊岳辑	惜阴堂民国十一年铅印本
蒿庵类稿、续稿	冯煦著	民国十二年刻本
蒿庵论词	冯煦撰	词话丛编本
蒿庵词	冯煦著	清名家词本
填词名解	毛先舒著	词学全书本
填词百法	顾宪融著	中原书局 1931 年版
填词丛话	赵尊岳著	近现代词话丛编本
填词杂说	沈谦撰	词话丛编本
填词浅说	谢元淮撰	词话丛编本
填词要略及评词四篇	陈声聪著	广东人民出版社 1986 年版
零珠词	孙麟趾著	咸丰六年刻本
零锦集词稿	袁学澜著	同治苏州文学山房刻本
颐道堂诗选、文钞	陈文述著	嘉庆间刻本
楞华室词钞	沈世良著	咸丰四年刻本
愚谷文存	吴骞著	续修四库全书本
鉴止水斋集	许宗彦著	续修四库全书本
锦瑟词	汪懋麟著	清名家词本
微波词	钱枚著	清名家词本
微尚斋丛刻	汪兆镛辑	光绪至民国间刻本

十四画及以上

蔗尾诗集	郑方坤著	四库全书存目丛书补编本
瘦叶词	潘成谋著	民国二十三年石印本

翠薇花馆词	戈载著	嘉庆间刻本
瑶华集	蒋景祁辑	中华书局 1982 年影印本
瑶华阁诗词钞	袁绶著	同治六年刻本
碧瀣词	端木埰著	清名家词本
碧梧山馆词	汪世泰著	清刻重修本
箧中词	谭献编著	光绪八年谭献家刻本
静惕堂词	曹溶著	清名家词本
静惕堂诗集	曹溶著	四库全书存目丛书本
箬红词	潘诚贵著	光绪刻本
遯渚唱和词集	孙运锦辑	上海罗氏蟫隐庐民国八年铅印本
澄秋阁集	闵华著	乾隆十一年刻本
澄秋阁诗集	闵华著	乾隆十七年刻本
鹤静堂集	周茂源著	四库全书存目丛书本
樊榭山房全集	厉鹗著	光绪十年刻本
樊山续集	樊增祥著	上海古籍出版社 2004 年版樊樊山诗集本
樊樊山诗集	樊增祥著	上海古籍出版社 2004 年版
醉盦词	王继香著	抄本
醉白堂文集	谢良琦著	光绪十九年刻本
蕙风词	况周颐著	清名家词本
蕙风词话	况周颐撰	词话丛编本
蕙风丛书	况周颐著	上海中国书店印本
摩围阁词	易顺鼎著	光绪八年刻本
餐樱庑词话	况周颐著	小说月报第十一卷
雕菰楼集	焦循著	丛书集成初编本
雕菰楼词话	焦循撰	词话丛编本
憩园词话	杜文澜撰	词话丛编本

樵风乐府	郑文焯著	清名家词本
彊村老人评词	朱祖谋撰	词话丛编本
彊村语业	朱祖谋著	清名家词本
薇省同声集	端木埰等著	光绪刻本
樽酒消寒词	刘庠等著	光绪十一年刻本
磨剑室诗词集	柳亚子著	上海人民出版社 1985 年版
霞川花隐词	李慈铭著	清名家词本
霞举堂集	王晫著	康熙刻本
檗坞词存	王以敏著	光绪刻本
繁霜榭词札	沈轶刘著	近现代词话丛编黄山书社 2009 年版
藤香馆词	薛时雨著	清名家词本
藤香馆词	薛时雨著	续修四库全书本
瞻园词	张仲炘著	光绪三十一年刻本
瀛濡杂志	王韬著	江苏广陵古籍刻印社 1984 年影印本
曝书亭集	朱彝尊著	四库全书本
攓云阁词	徐灏著	民国十四年补刻本

人名笔画索引

二至三画

四画

五画

六画

七画

八画

九画

十画

十一画

十二画

十三画及以上